U0136934

文學・歷史・社會

楊承祖教授紀念論文集

臺灣學生書局印行

編輯委員會

陳鴻森（召集人）

林鶴宜　　廖卓成

王安祈　　顏美娟

林清源　　陳大道

陳昭容　　許建崑

周質平　　丁　亮

1994 年 11 月　票戲（伍子胥）

1994 年 12 月

2002 年全家福

1992 年 3 月

1969 年攝於東海大學辦公室

1998 年 6 月　由左至右：龍宇純教授、李田意教授、楊承祖教授

1997 年 10 月東海大學中文系舉辦「第三屆魏晉南北朝文學國際學術研討會」
由左至右：薛順雄、王金凌、楊承祖、王初慶、汪中、彭錦堂、陳怡良

2017 年 11 月臺灣大學中文系舉辦
「中國文學、歷史與社會的多重對話」國際學術研討會
由左至右：吳旻旻、周志文、陳鴻森、黃啓方、陳尚君、周質平、廖卓成

目　錄

卅載交往見真淳
——懷念楊承祖先生

周勛初[*]

　　我與楊承祖先生相識於一九九〇年十一月的南京會議，二〇〇二年任教於東海大學，分手後再未謀面，然仍通過電話保持聯繫，直到二〇一七年他不幸去世，前後歷時將近卅年，聯繫從未中斷。

　　一九九〇年十一月，江蘇五所高校的古典文學教研組聯合起來承辦唐代文學學會的第五屆年會暨國際學術討論會，由我主持會務。其時改革開放歷時不久，國外與臺灣地區來此參加活動的人還很少。我從福建的朋友處得知，臺灣的羅聯添教授在他的一本《中國文學史論文精選》裡採錄了我的一篇《梁代文論三派述要》，於是通過這一線索，給羅先生寫了一封信，並請他邀約一批同好前來參加。其時蔣經國對大陸開放不久，他們也很希望到這邊看看，於是打了正式報告，組織了一個經行政院批准的學術代表團，集中了臺灣大學與政治大學及其他學校與研究機構的唐詩專家，由楊承祖教授任團長，內有羅聯添、汪中、吳宏一等多人；王夢鷗先生年高德劭，出任顧問，弟子羅宗濤、李豐楙、王國良教授隨行。這是臺灣地區唐詩學界的一批名人，具有代表意義。

　　這次我們還請了許多日本學者與會：京都大學興膳宏、早稻田大學松浦友久、立命館大學筧文生、神戶大學筧久美子、愛媛大學西村富美子、奈良女子大學橫山弘、大東文化大學內山知也，大阪市立大學齋藤茂等。一次會議，集合如此多的高級學者，前所未見。

　　會議結束後，浙江台州鄭虔紀念館派車迎接日本與臺灣的學者前去浙東遊賞，藉此拓展與外界的聯繫。事後還到天台山等地參觀，前後將近一週。朝夕相處，大家也就熟悉起來。

　　這時才得知，臺灣學者中很多人是從大陸過去的，他們在二十歲前後均生長在家鄉，楊太太與汪太太會議結束後就回到家鄉去見親人。承祖兄熱情豪爽又健談，彼此交流，談了師輩的不少事情，又看到了不少名勝古跡。最後到達上海，我早請人安排在上海的百年老店"功德林"吃素菜，還邀請了幾位上海的朋友前來見面。我們分乘兩部車子，我與日本朋友的車子先到，楊先生等幾位臺灣朋友的車子後到，原來承祖先生是要繞道杭州西湖邊上觀賞一番，可見他對故土的美好風光何等眷戀，何等執著。

　　後來我因業務上的關係，經常到臺灣參加不少大學舉辦的學術會議，一九九八年和二〇〇二

[*] 南京大學人文社會科學榮譽資深教授。

年，還先後到清華大學與東海大學去講學各半年，每次前去必與承祖兄來往。楊太太與我妻子也經常來往。他們夫婦也多次來我校與其他地方參加會議，因此已是很熟很熟的朋友了。

一九九八年時曾有一次浙東之遊，兩家一起去蔣介石老家溪口參觀，先是在妙高臺上遠眺奉化全景，後到蔣氏故居參觀。彼時溪口小鎮還沒有計程車，只有三輪車代步。楊兄夫婦都很胖，三輪車夫一路上抱怨說他們兩個人的體重比四個人還多，從未遇到過這樣的客人。楊太太心地特別善良，隨後就給了車夫一筆豐厚的車費，那個車夫喜出望外，道謝不迭。

也就是在一九九八年秋季，我應邀至新竹清華大學任教，學期結束時，與妻子祁杰應邀赴臺北與楊、羅、汪三位同道見面。楊太太與汪太太預先還爲我與祁杰買了兩枚純金的戒指，汪先生還請一位善於烹調的女學生前來幫忙，舉行家宴。平時楊先生夫婦單獨宴請的次數更多，或是去館子，或是約幾位朋友一起去吃自助餐，可以說是嘗遍了臺灣的山珍海味。席間無話不談，友情可感。

承祖兄熱愛中國傳統文化，本人也多才多藝。他愛好京劇，與龍宇純、王壽南等先生在臺北組織了一個票友會，他唱老生，還能登臺表演。記得有一次我們兩家一起赴台南看一次非公開的演出，龍宇純先生的女兒演青衣，中間楊兄還要到後臺去讚譽與鼓勵。就在那次台南之行，他還抽空去一家養老院看望老師蘇雪林教授。蘇雪林爲本師胡小石先生于民國早期北京女子師範學院的學生，與馮沅君、黃廬隱、程俊英等同班，小石師一直把早年培養出這批女學者引爲快事。其時蘇雪林教授已近百歲，我也深以其時能見到這位老師姊爲幸事。

承祖兄也知道我到臺灣的機會難得，因此總是盡可能帶我們到一些大陸來客很少去的地方。有一次，他們夫婦就陪我們夫婦一起去玩淡水紅毛城的英國領事館。還有一次，兩家一起吃過中飯後，又驅車至陽明山參觀林語堂故居等景點，在陽臺上還留下了一張珍貴的合影。

（攝於林語堂故居陽臺上）

　　上世紀九十年代，大陸學者喜歡在臺灣出書，這也是我輩專治古典文學者的獨特優勢。承祖兄交遊廣，與出版界聯繫多，他把郁賢皓兄《天上謫仙人的秘密》和我的《詩仙李白之謎》都推薦商務印書館出版，還爲拙著撰序揄揚。這書印了1500冊，羅聯添兄認爲已是暢銷書了。

　　承祖兄晚年致力於總結一生成就，編纂《楊承祖文錄》。儘管已是八十多歲的高齡，仍秉持一貫作風，一絲不苟，總要網羅所有有關材料，始能落筆定稿。他先後寫下了《元結年譜》、《張九齡年譜》等著作，這時要對有關孟浩然的著作加以訂正完善。查目錄，發現大陸學者王××有一本孟浩然的專著，臺灣無法看到，他告訴我後，我因年老，無法外出購書，乃請我校圖書館負責書籍流通的朱亞棟學友幫助。查我校圖書館藏書也無此本，他乃商請上海華東師範大學的同行將此書逐頁掃描後，傳遞到他學生的手機上。承祖兄讀過後，認爲新意不多，也無新材料可採摘，這時他方認爲這篇《新訂孟浩然事跡繫年》可以放心定稿。

　　今撫摸遺著，追思往事，仍歷歷在目。我與承祖兄同歲，今年已九十有三，遺忘者多，落筆遲鈍。然在鴻森先生的幫助下，能在老友的紀念冊上留下一些文字，聊盡心願。希望我倆的友誼也能爲承祖兄的衆多門生所知曉。

2021年4月26日

學林鴻儒，傳世文章

——楊承祖先生的學術貢獻

胡可先[*]

庚辰十月，武漢大學召開唐代文學學會第十屆年會，楊承祖先生參加，是時有幸與楊先生相識。庚寅年九月，我受臺中逢甲大學之邀擔任客座教授，能集中精力閱讀臺灣學者的著作，楊承祖先生的論著自當在潛心學習之列，對於其學術有了進一步的了解。辛卯五月，逢甲大學主辦《氣候‧環境與文明——第十屆唐代文化國際學術研討會》，楊先生以耄耋之年，躬身與會，並主持討論與評議，聆聽教誨，如沐春風。丁酉之秋，楊先生遽歸道山，兩岸學界非常震驚。是年歲杪，華東師範大學出版社出版《楊承祖文錄》。次年，復旦大學陳尚君教授聯繫我說，去年九月楊先生去世前，得見華東師範大學出版社《楊承祖文錄》試印本，此書亦屬首次結集出版。出版社給作者樣書一百套，家屬囑交我二十套，轉贈此間學者，並希望引用與介紹。承尚君教授轉贈，我有幸較早閱讀《楊承祖文錄》。去年九月，受臺灣中央研究院陳鴻森教授之邀，爲《楊承祖先生紀念論文集》撰文，竊揆先生之學山高水長，後輩難以望其涯涘，而拜讀先生《文錄》，更加觸發對於先生的景仰之情，故將閱讀體會，整理成文，以應陳鴻森教授邀約。庚子三月，胡可先謹識。

一、變局文興：中唐文學研究的獨特成就

中唐時期是中國歷史上亙古未有之變局，故而從文學發展史的角度而言，與盛唐以前相比，也就有"正"和"變"的不同。歷代論家大多重盛唐而主李杜，即如宋人嚴羽《滄浪詩話》將盛唐詩歌推向經典化，明代李夢陽以復古自命，倡立"文必秦漢，詩必盛唐"，明代高棅《唐詩品彙》確立四唐分期并最重盛唐，清代沈德潛《唐詩別裁》倡溫柔敦厚之旨，更宗盛唐，主李杜。詩重盛唐爲詩史主流，但在客觀上也對中唐文學研究形成了一定程度的遮蔽，有很多論題沒有展開。

一個關鍵的問題，就是對中唐時期的詩文關係的理解。早在上一世紀五十年代，錢穆先生就在《雜論唐代古文運動》中提出"唐代之古文運動，當追溯于唐代之古詩運動"這一論斷。但錢氏沒有進行深入闡述，後來也很少有學者出來研究這一問題。直至九十年代，楊先生專發表《論唐代文學復古的詩文異趣》，在梳理初盛唐文學復古並不區分古詩與古文兩路的基礎上，發展到中唐形成

---

* 浙江大學中國語言文學系教授。

詩文異趣的格局。就詩的方面而言，其復古雖有陳子昂、李白等人的大力提倡，但並沒有像文那樣後勢洶湧，影響深遠。蓋詩之復古，並不排斥近體，而是古詩與近體共榮，形式與內容交匯。其因緣有四：第一，齊梁以降，"近體"的律詩、絕句發展愈趨成熟，這也是順應聲律論而自然演進的，古詩與近體，並不產生絕對的排抑效應；第二，近體詩歌除了受到齊梁聲律說影響，也在實用範圍中與音樂相倚而行，從受眾而言，以古詩完全取代近體實屬不可能；第三，古詩上承漢魏，喚醒了士大夫的道德意識、人生意識、文化意識、社會意識，成為言志文學的大流，而在書寫情感、事感，甚至為實用代言方面，律絕近體方能竟善其功，因而古詩並不完全排抑近體；第四，唐代律詩與科舉制度融為一體，進士考試賦考律詩而不考古詩，重律詩藝術而為社會廣泛接受，這樣的背景之下，欲廢律體而獨存古詩自然全無可能。正因為如此，一些偉志高才之士，在開元、天寶的盛世，恣筆揮灑，自然會兼事古近兩體，盛唐之所以為盛，甚至高不可躋，與復古開新兩種勢力的融會有著密切的關係。

　　發展到中唐時期散文方面的"古文運動"就不一樣。唐代之文歸雅正，盛唐即見端倪，而雅正的起點，在於元德秀等人的引領。李華所作《三賢論》稱："予兄事元魯山而友劉、蕭二功曹：此三賢者，可謂之達矣。"這裡推尊的三賢是元德秀、蕭穎士與劉迅，再加上李華自己，成為古文運動最初的推動者。"廣平程休士美，端重寡言；河間邢宇紹宗，深明操持不苟；宇弟宙次宗，和而不流；南陽張茂之季豐，守道而能斷；趙郡李萼伯高，含大雅之素；蕚族子丹叔南，誠莊而文；丹族子惟岳，謨道沈邃廉靜；梁國喬澤德源，昂昂有古風；弘農楊拯士扶，敏而安道；清河房垂翼明，志而好古；河東柳識方明，遐曠而才：是皆慕于元者也。"[1] 從中可見元德秀的文壇領袖地位。元德秀主張以道治天下，李華、蕭穎士、獨孤及等人，既崇道又禮佛，其共同點是尊孔讀經，崇尚文教，但這時並未形成"古文運動"。到了中唐時期的韓愈，由儒佛融合到儒佛衝突，就成為"古文運動"的思想根源。"有了衝突的思想，產生了極大震撼衝激，再加上'古文'已愈加成熟，而韓柳又以絕世之才，開拓新境，各鑄偉篇，於是'古文運動'的大纛就高高樹立了。……韓愈抓起的'反佛'，已足夠使'古文運動'終於成為思想鬥爭，而且開啟了宋代儒家，或者說理學，使中國傳統文化得到省思發皇的大轉機。"[2] 這樣的古文運動，到了宋代，歐陽修、曾鞏、王安石、三蘇，擴而大之，散文作者，惟韓歐是效，致使唐宋古文成為中國文學史、文化史的上河巨峰。這樣的分流，實自韓愈而起。

　　在中唐的變局當中，楊承祖先生另一個突出的貢獻是中唐文學家元結的研究。他這方面的奠基作品是《元結年譜》和《元結年譜補正》。楊先生在《元結年譜》的後記中述及撰著與刊刻緣起云：

　　　　乙未（1955）中，讀《次山集》，愛其文峭古，其人清直，因取碑傳文集，譜其平生。稿既

1　《全唐文》卷三一七，中華書局1983年版，第3214頁。
2　《楊承祖文錄》，華東師範大學出版社2017年版，第9頁。

成，以孫氏望已先有《次山譜》而未見，遂束閣待之，數歲未獲，邇者得氏所校《次山集》附刊《簡譜》，參比互證，大致相符，竊幸無甚謬也。中間亦有不盡同處，乃自恨讀書少，又不能銅陵氏之詳譜以正也，他山難仰，敝帚自矜，懼或墜散，乃以付梓。[3]

所撰因由是"愛其文峭古，其人清直"，故而譜其平生。當然這也體現了以楊先生爲代表的前輩學者治學過程的普遍特點，先從材料入手，知人而論世。該年譜發表在《淡江學報》1963年第2期，較孫望先生所編《元次山年譜》（中華書局1962年版）雖稍晚，但因當時海峽兩岸無法交流，無緣得見，故而二譜都是原創之作。楊先生治學謹嚴，後來兩岸學術可以交流後，於2000年就參考孫譜重新修訂。現在收錄在《楊承祖文錄》中的年譜就是修訂後的作品。因年譜體例所限，未能述及或不能考證完備的人物，楊先生又作了《元結文學交遊考》，考證元結與元德秀等十九位文士的交遊。值得稱道的是，交遊考不僅考其行跡，而且論其文學。如論述元結與元德秀文學上的關係云："元結既從學於德秀，則其文學思想與風格方面所受的影響，必然甚深。……《三賢論》記元德秀作《破陣子詞》以祀天配祖，而元結作《補樂歌十首》，以補'雲門、咸池、韶夏之聲'，正是賡承德秀的遠意深旨。由此可見在文學思想和風格上，元結顯然接受到元德秀很大的影響。"[4]論元結交遊，對於中唐文學所可注意者至少有三點：第一，元結交遊中，頗多耿介潔白之士，志在丘園，不慕榮利，其餘仕宦，多不顯達；第二，元結交遊，雖少詩壇主流人物如王昌齡、王維、李白等，但元結等力排繁聲，追復古調，並以關切民瘼爲詩人職志，對盛唐詩風而言，頗有異軍突起之勢，元結與《篋中》諸子對於中唐詩風也有前驅啓行之功；第三，與元結有關聯的文章家，如李華、蕭穎士等，都是前期古文運動的中堅，于韓柳古文大業，殊有貢獻，而元結對韓柳及古文運動影響尤顯。

楊先生的元結研究，還在於撰寫《元結評傳》。《元結評傳》是楊先生的一部專著，他之所以寫評傳，是因爲覺得評傳具有年譜所不具備的優勢，可以夾敘夾議，經過適當剪裁，能夠突出重點，讀者容易接受。而其撰寫《元結評傳》也有一個心理變化過程："最初打算對他的生活歷史、作品的內容、寫作的理想、語言的藝術，甚至詁訓、校勘等各方面都加以兼顧。然而動筆之後，透過對元結作品與行操更深的理解，似乎被一股力量牽引著只往一個方向走，就是不斷揣摩他的心志，感受他的熱情，領會他作品的寄託，體察他的道德精神，以致不遑顧及其他，直到洞徹他後期再作《文編序》對寫作心路歷程的剖析，才覺得窺進了元結文學的堂奧。"[5]評傳根據元結一生的軌跡展開，將其家世、經歷、科第、官歷融貫其中，並且凸顯了各個階段的思想變化與文學成就。最後一章給元結以恰當的定位：眞淳的仁者，不言老莊而道，不師孔氏而儒；激情的退士，不肯忘情的彭澤、魯山；文學的異軍，淳古主義的獨行者；不褪的良知之光，不朽之人，不朽之篇。

3　《楊承祖文錄》，第346頁。
4　《楊承祖文錄》，第366頁。
5　《楊承祖文錄》，第410—411頁。

　　楊先生對於元結的研究，可謂全面系統，尤其是基於元結的作品，以表現元結的政治認知，元結的淳古與反主流特色，以及元結詩的直樸現實特色，所論至爲精湛。這就是他的三篇論文《元結的淳古論與反主流》、《元結詩的直樸現實特色》、《元結作品反映的政治認知》。其所得出的結論，可以概括爲四點：第一，元結的思想基礎是“淳古論”，中唐以後的文學思潮是復古，與一般的復古不同，元結的復古表現爲“淳古”，是要追求“三代以上”之文，達到“太古”的道德意識中的“純樸之境”，這是元結作品獨特風格的主要原質，也是造成他在盛唐文學界獨張異軍的基本力量；第二，元結的文壇態度是“反主流”，在詩的方面，他對詩界主流做出猛烈的抨擊，在文的方面，他的主張不僅比蕭李一派的復古更古，而且比韓愈主張復古到先秦兩漢更古；第三，元結的詩歌特點是直樸現實，元結寫作時專注執著于現實的時空感，可以從絕大部分的詩篇中觀察出來，他的寫景懷人一類詩，也都文字質樸，執著於現實，而且自己現身其中，其詩的質樸，不但見於敘事寫景、抒情懷人，他詆責時政，更是正色厲聲，直言無隱；第四，元結的政治認知是簡約恤民，元結的文章重在批評政治上的不合理現象，抨擊權相的亂政怙權以及玄宗的荒淫失道，揭示安史亂後的中央政局與藩鎮跋扈，而這些政治關切成爲他文學創作形成“憫民文學”特點的基礎。

二、知人論世：歷史轉折中的文人遭際

　　文章與立身的關係，不僅貫穿著名作家的一生，同時也貫穿中國文學史的始終，這就是古人論文的“知人論世”之旨。這在變局紛繁的中唐時期，表現得尤爲充分。楊承祖先生論述中唐文學，對於“知人論世”內涵的闡述，極具洞見，體現了一流學者的眼光：“文章能令作品聲名遠颺，甚至不朽，而作者立身之節氣、抱德之終始何如，也最爲誦其詩、讀其文者所關注。”而這種“知人論世”，往往在歷史的大變局中，表現得更爲突出。對於唐代甚至整個中國歷史而言，“安史之亂”就是變局中最爲重大的事件。楊承祖先生就抓住這樣的變局以論文人的遭遇與操持：“唐代天寶，本是繁華極盛之世，但由於禍胎久伏，至安祿山起兵范陽，不數月而兩京陷落，玄宗倉皇出狩，文武百僚，多不及追隨，當時如天崩地裂，人人不知何以自處，或者潛出兵間投奔行在，或者匿避不及受署僞官：就這一個大變亂的時期來討論文人所受的衝擊、反應與影響，自然較易凸顯狀況與問題。”[6]楊先生就是抓住這一特殊的時代，選擇特殊的人物進行研究。

　　以安史之亂爲轉捩點，楊先生將唐代文士分爲三類：一類如高適、岑參、杜甫、元結、獨孤及等，或未嘗陷賊，或雖陷而全身得免，仍能效命於王室；一類如王維、鄭虔、李華等，脫身不及，爲賊擄劫，被迫接受僞命，到兩京光復，遂獲罪譴；一類如李白，雖未屈節于安史，卻因附隨李璘有對抗肅宗之嫌，也被定罪。楊承祖先生專文有《由天寶之亂論文人的運遇操持》，即對鄭虔、王維、李華、李白、高適、岑參、杜甫、元結、獨孤及九人的遭遇進行分析，總結出安史之亂發生時

文人的遭際與命運：任京職者幾皆陷賊，任外職者多能脫身；夙享文名者率被逼接受偽署，文譽未彰者不受注意轉易倖免；歷職較久官位較高較享時名者難免受逼降從，歷職愈淺官位愈低者較能倖免受污；未服官職者易於逃離戰區，遠離戰區者無陷賊之虞；由於原統治集團政權的分裂，以至效忠集團中又產生內部的忠貞問題。這樣，政治的巨變、文壇的運遇和個人的遭際就在每個文人身上都有不同程度的映射，而不同的文人體現出各自的特點。即如楊先生對於李華的解析就頗具啓迪意義，因為李華遭遇安史之亂以後，總體上由道德的自責影響到功名事業的自棄，由人格的自憾影響到文章情辭的自傷。從李華文章中表現的自責與自抒其志，可以深測到他內心的隱痛。而這種隱痛表現出的忠貞死義和徒勞無益且思得當以報的矛盾掙扎，又是千古艱難的，放大到中國歷史的長河之中，這又是歷史的運遇，當時與後世，應該不乏其人。

楊先生的研究，集中於盛唐到中唐文學的轉變時期，最致力於李華，撰有《李華繫年考證》、《李華江南服官考》、《由〈質文論〉與〈先賢贊〉論李華》。蓋其《李華繫年考證》小引以為：「李華辭學，馳聲天寶，與蕭穎士齊名；文體溫雅綿麗，又根柢于王道五經，實開韓柳古文之途。」[7]以此為旨歸，先考證李華之生平，釐清其身世之盤根錯節，進而有助確定其文壇地位。《由〈質文論〉與〈先賢贊〉論李華》更是知其人而論其文。蓋中國古代文人，多以儒家世世行道之質正純明，而守其中行，作為古文家的李華就是典型的人物；以道出發而宣導的「尚質」而不「廢文」的思想，與他的文行也頗相一致，他的基本態度是「尚質」，並以「文質相變亦以濟天下」之理，通過以「質」來改革當時文壇的「浮豔」之弊，從而成為「復古革新」的領袖人物；同時，李華因為在安史之亂中接受偽職，至名節有玷，為士論所惜，儘管如此，從他的《先賢論》中，仍寫降臣去國而仍忠于舊邦，所求作者之苦心能夠為識其志者所諒。這樣的知人論世，以意逆志，深得李華其人其文之精髓。

我們知道，孟子提出「知人論世」論世之說，遂為歷代文史研究者奉為圭臬，成為永恆的主題。但長期以來，談及知人論世者，或為泛言背景，或是無所歸依。楊承祖先生之研究唐代文人，知人論世，洵為典範。蓋其選取之世，為安史之亂前後由大治轉向大亂之世，為數千年最為特殊的時代；而選其人，既為當世文人，又為當世聞人，選取鄭虔、王維、李華、李白、高適、岑參、杜甫、元結、獨孤及，實則當時各類文人也都包括其中。由人與世而論其道德、人格、出處、進退，進而影響其文章。當時名人幸與不幸，毀由時代，亦由自造。故而對己而言，有自棄，亦有自傷，更有自疚；對人而言，因盛唐時代承平日久，華戎混同，理學未興，道佛昌熾，故雖遇國之危難，而殉節之士無多。此與宋時之末世情懷迥異。諸人之中，杜甫最為幸運，其忠耿直心昭然易見，而文章辭氣，也沛然充實。而元結之身世節操，也影響其文章地位。故而楊先生對於中唐文學研究的一大貢獻就在於既詮釋了孟子「知人論世」之說，也發明了孟子「命也，有性焉，君子不謂命也」的命題。

---

7 《楊承祖文錄》，第264頁。

三、考鏡源流：學術研究的崇高境界

清人章學誠在《校讎通義序》中，以爲校讎之義將以"辨章學術，考鏡源流"爲要旨，遂後被學者們奉爲治學之最高境界。楊承祖先生收入《文錄》之作，大多能在學術長河中找準關節之點，所論在學術史與文學史的背景中展開，又能對學術研究具有很大的啓發性。這裡例舉三個實例以說明。

其一，爲楊炯作年譜，楊承祖先生有發凡起例的首創之功，蓋爲唐代著名詩人做年譜，誠爲文學史研究的奠基之作，功德無量。尤其在上一世紀八十年代以後，文獻獲取非常不易，做成一譜，辛苦異常。與楊承祖先生同時而作《楊炯年譜》者，還有傅璇琮先生，而發表問世則楊先生在前，是1975年，傅先生在後，是1980年。當時海峽兩岸地理懸隔，絕無往來，楊先生已發表的論著，傅先生無緣見及，故二人之見解相近者爲所見略同，二人之見解不同者爲特見獨創。尤其值得稱道的是，楊先生修訂該文時，能取傅先生之所見，以及再後出版之張志烈先生所著《初唐四傑年譜》以補正舊作，其治學之嚴謹，述作之不苟，特別值得後輩學習。

其二，嶺南文學沿革的源流梳理。嶺南爲瘴癘之地，上一世紀，其文學發展軌跡並非得到清晰梳理，張九齡爲嶺南文士而致身宰相，故而楊承祖先生研究張九齡也有三篇論文《張九齡年譜》、《張九齡五論》、《論張九齡的完賢人格及其影響》。論張九齡時對嶺南文學發展有這樣的一段文字：

> 嶺南在唐時最爲瘴癘之鄉，文風蓋不甚盛，然九齡乃以文學名家，當有淵源可考。……隋時薛道衡嘗爲州刺史，道衡雅善詞章，當開韶之文風。又武后時王方慶出牧廣州，九齡年十三，上書道左，大嗟賞之。《舊唐書》卷八九《方慶傳》云："方慶博學，好著述，所撰雜書凡二百餘卷。尤精三禮，好事者多詢訪之，每所酬答，咸有典據，故時人編次名曰《禮雜答問》。聚書甚多，不減秘閣。"九齡既爲方慶賞識，當亦有所受益。此外……武周革命前後貶流嶺南文士甚多，如董思恭、徐齊聃、杜審言、郭正一、元萬頃、劉允濟、閭丘均、閻朝隱、王無競、宋之問、沈佺期及李邕等，皆博學工文之士，于嶺表文風之扇揚，必大有功，而九齡生當春時，淵源所自，從可知矣。[8]

這段文字對於盛唐以前嶺南文學發展的論述，頗具卓見。蓋研究嶺南文學者，需要重視薛道衡出守嶺南番州，開啓了蠻荒之地的文學風氣。王方慶通學術而重文士，爲廣州都督應當推進文學與學術，故而張九齡有上書道左之事。初唐南貶文士對於嶺南文學的發展關係至巨，張九齡能夠成爲文壇領袖，其淵源在於長安對嶺南的重視與南貶文人的影響。

其三，對於張九齡政治、思想、學術與文學的論述，更能見到楊承祖先生的識見。這在《張九齡五論》中表現得最爲透切。就政治而言，因唐朝之"關中本位政策"至武則天以後始有改變，至

---

8 《楊承祖文錄》，第114—115頁。

唐玄宗之世破壞無遺。故而"九齡嶺南人，門地孤寒，非特不預'關中團體'，即山東江左之高門世族，亦非可企及者，其所以躋身相位，實以際此社會變革之會也"[9]。也就是說，張九齡處於社會變革時期，以文學進身得以發展，而非前此士族本身之影響。九齡之被任用宰相，與唐玄宗前期任用賢良有關；其被罷免宰相，則是玄宗後期荒怠國事所致，故而九齡之進退就成為唐代政治變動的一大契機。至於張九齡之出身，因為家世孤寒，自不能憑藉族望以登上統治階層，他的主要進身通道是詞科與援引。詞科得益於進士與制科，援引得益于張說的推薦。張九齡的性格風操，楊承祖先生抉出其狷急忠鯁與蘊藉柔弱相互融合。其未執政時忤相告歸，執政時諫相李林甫、張守珪、牛仙客，請誅安祿山，斥武惠妃使，救太子李瑛，皆疾言力諫，直犯龍顏，忠鯁狷急的性格表露無遺。九齡之不能長保相位，也與狷直的性格有關，因為狷直故少能曲容，因為狷直也未免輕躁，輕躁之中亦可窺見性格脆弱的一面，故而柔弱與堅貞聚為一體，就成為張九齡的性格特色。就思想而言，盛唐時期國勢隆盛，社會繁榮，績業文物，勝於前代，而思想哲學，轉不如魏晉宋明之優。大要在儒釋道兼融，而詩人文士，少受束縛。"若九齡者，則可謂盛唐文人之典型，志惟求于聞達，才能期為時用，苟或不遇，乃浩然興江海之思，究其本心，終不能忘情于魏闕。此為九齡思想之大本，可于其詩文證明之。"[10]就文學而言，九齡生於文運將革之際，因時乘勢，變創其體，遂自卓然名家，轉移一代風氣，這也是與時勢相推移的結果。故而能夠引領風氣，開李白、杜甫之先河。其詩歌情蘊重在兩個方面："一為儒家思想貫注之用世熱忱及修身自勵之節操，一為人類天賦親愛之自然感情。"[11]其詩歌自成一體，造有境界，復有名篇佳句足以過人，總體而言風格得以"澹婉深秀"當之。境界與風格也奠定了九齡詩歌的地位："子昂、九齡之復古，實所以開啟盛唐；盛唐之興，以有子昂、九齡而後能興也。……然以復古之創導，子昂當先，而盛唐之大成，李杜在後，雖亦能鼓扇風氣，卓然自立，惜乎嵩華在邇，江河斯逼，故僅為子昂之輔翼，李杜之前驅；至於澹婉一脈、山水一支，功在開啟，因得為一代之宗也。"[12]這樣的論析，步步遞進，層層剝繭，源流縱橫，清晰可見。

四、文學肌理：本原、義例、功能、方向的新探討

（一）逆向研究：傳記文學研究的新思路

楊承祖先生對於傳記文學，有實踐成果《元結評傳》和《武元衡傳論》，有理論研究《論傳記文學的逆向研究：以盛唐文學家為例》。他的理論研究對於傳記文學研究頗有方法論層面的指導意義。楊先生提出"逆向研究"的概念，是說傳記早出現者先入為主，輒居正面地位，壟斷對傳主的

---

9 《楊承祖文錄》，第109頁。
10 《楊承祖文錄》，第123頁。
11 《楊承祖文錄》，第132頁。
12 《楊承祖文錄》，第137頁。

認識，而因不同的考察辨析，對傳主之行事與評價，作不同的解釋，就是逆向研究。這樣的逆向研究就是要突破既有傳記"正面敘說"的研究，使得傳記更加全面與立體化，並且能夠發現更多的研究空間。首先，逆向研究可以賡續正面敘說所沒有解決的問題，如李白不由科舉求出身的真正動因為何，與他的著籍、家世能否通過鄉籍是否有關？通過逆向研究訂正或改變舊說，還要達到以下幾個條件：第一，發現了新材料，經過檢證，確可補充、修訂，甚或推翻舊說，這是逆向研究最有利的方面；第二，重新檢視被忽視的材料，加以利用，改訂舊說；第三，原有材料的新解釋，可以影響傳記研究的方向或層面；第四，於無文字、無記錄處用心，也可以得出新看法、新結論；第五，如果傳記工作者據為準繩的理論基礎有了改變，更是傳記要作逆向研究的巨大動力。傳記"逆向研究"的效果可以促進傳記文學的訂改與更新，但把握得不好，也很可能使得傳記文學走向偏面，所以楊先生又提出了傳記文學"逆向研究"的幾項原則：首先要秉持良知，尤其注意學術良知，要抗拒不合理惡勢力的壓迫，不為私利而妥協，也不因本身的成見而蒙蔽，堅持獨立自主的精神；其次，要確立自己的歷史觀與價值標準，要理性處理信仰問題；再者，要不斷深入對傳主所處環境有所認知，這樣使得傳記文學研究切中肯綮；最後，"逆向研究"多是先破舊再立新，因此要融合新舊，重新整合。

我們將楊先生有關"逆向研究"的理論闡述，衡之於他所作的《元結評傳》與《武元衡評傳》，就知道楊先生在傳記文學的實踐中"正面敘述"與"逆向研究"同時進行、融合無間的。從大的方面來看，《元結評傳》側重於"正面敘述"，而與評傳相類的《元結交遊考》側重于逆向研究，尤其是其中論述元結與蕭穎士、李華這樣的前驅思想觀念不一致的情況很有代表性。這種關係還在楊先生的其他著述中表現，如《元結年譜》側重於"正面敘述"，《元結年譜補正》側重于"逆向研究"。無論哪個方面，楊先生的研究都能示後學以津梁。

（二）回歸本原：文學研究的通達識見

文學的創作是有本原的，這就是作品產生時的原有背景與原生狀態，但後人解詩往往脫離原生狀態而進行過度的闡發，這樣就脫離了文學作品的原旨。楊承祖先生研究文學，很注重回歸本原，注重原生狀態的揭示，這以他的《柳永豔詞突出北宋詞壇的意義》最有代表性。對於柳永的豔詞，自來貶抑者甚多，或斥為"淫詞"，或歸為"情色書寫"，或認為"情感寫本"，或強調"肉慾感受"，這樣的論述或脫離時代而偶陷偏至，或追求新意而求之過深。楊先生論證側豔冶蕩是詞早已具有的素質，也早已形成詞統的一部分，從《花間詞》以來，豔詞已是詞統中深具特色的部分，而柳永正好承衍了這份傳統，並且以更入俗的語言，寫出了大量的作品，而北宋時柳永、張先、歐陽修所寫的"豔詞"，正是詞統中一系延續。柳永是北宋豔詞的領袖，不僅產量最多，也是描繪肉慾最為大膽寫實的，不但超過同時的張先，也甚於後繼的歐陽修。"柳永善寫女性的體態情懷和男女燕私之歡，形成他豔詞的特色，不只數量超過張、歐，寫實風格和白描的造詣，也非他家所可企及，因此能領一時之風騷，尤其受到市井平民、倡優歌妓的歡迎。就這一觀點而論，柳永應該是北

宋最突出的詞家。但是無論當時或後世，柳永也因豔詞而受到譏責，不僅仁宗皇帝和宰相晏殊曾表示不滿，後來蘇軾、秦觀，也都有過微詞；然而從詞史的發展來討論，也許能得到不盡相同的理解和闡釋。"[13]進而楊先生從當時詞壇情形進行拓展論述，從詞史的角度看，自北宋末年，詞已正式成爲雅正文學的主要形式，包括豔詞必然不登大雅。隨後國破君囚，進入南宋，蘇辛一派的豪放之作轉盛，張孝祥的愛國詞作也貫穿南宋，時代的變遷使得柳永的影響逐漸式微。但在柳永之後，眞正成熟的大家如秦觀、賀鑄、周邦彥，仍然有抒寫男女豔情的佳篇。這樣的論述最爲符合柳永詞的創作狀態與北宋詞壇的眞實環境。

（三）文學解析：義例的綜括與功能的拓展

　　楊承祖先生研究文學作品與文學現象，重視義例的綜括與功能的拓展。我們舉他的《從〈五君詠〉論贊賢組詩》加以說明。顏延之以《五君詠》評驚歷史人物，成爲六朝史論詠史詩中的僅見之作。而這樣的一組詩是具有其特定的淵源的，這種敘人論事方式的詩作，較早有班固的《詠緹縈》、陶淵明的《詠荊軻》，一篇詠一人一事；王粲、曹植有《詠三良》，陶淵明的《詠二疏》，一篇不止詠一人一事；顏延之《五君詠》、常景《贊四君詩》，一題之下，分爲數篇。而一題之下分爲數篇的作品，還會有不同作者吟詠，這樣就形成了組詩。這其中，顏延之的《五君詠》就成了最有代表性的作品。顏延之在詩的命題謀篇、詩組的大結構上投入了匠心，他將"竹林七賢"刪去山濤、王戎而成爲"五君"，表現的是反溯歷史的"筆削書法"，是運用《春秋》的"微言大義"來作詩，也運用的類型的結構性功能以表現震撼的力量。顏延之《五君詠》之後，同樣類型的有常景《贊四君詩》，而常景的詩歌也可能是受到鮑照《蜀四賢詠》的影響。這些詩奠定了一種類型，標誌著南北朝詩歌在形式上的發展。到了唐代，引人注目的詩作是張說的《五君詠》，所詠爲張說同時較早的魏元忠、蘇瓌、李嶠、郭元振和趙彥昭五人，較顏氏之作，付出更多的匠心和更難的技巧，在功能效應與藝術技巧上都前進了一步。唐代還有李華的《先賢贊六首》，吟詠春秋戰國時期的管仲、隨會、子產、范蠡、樂毅和東晉時的謝安，實際上是寄託了李華安史之亂後陷賊辱身的經歷，也暗寓了李華思泄恥伸屈而通過贊先賢以表明心志的苦心。楊承祖先生通過從六朝到唐吟詠先賢組詩的梳理，釐出了"詠史詩"當中具有一種"贊賢詩"的亞類型；這樣的詩歌以組詩的形式到了唐代有了進一步發展；唐代還將這種詩體運用到接近的文體當中。同時提醒我們，在文學解析與批評的時候，在大的理論架構之外，更有許多縈縈可以鍥入。

　　楊先生的另一篇論文《閒適詩初論》也是一括例之作，論述了閒適詩類名提出的問題。閒適詩類的形成，是伴隨著山水田園詩的出現而形成的，這就是南朝"永明體"產生的時期，經過陶淵明到唐代白居易達到的最高峰。閒適詩的特質之一是詩中有"我"，以"我"爲主體，閒適的境界可以是"忘我"的，但不能"無我"；閒適詩的特質之二是平近，即是詩人通過平近的觀照，對眼前

13　《楊承祖文錄》，第658頁。

身邊的微物小景、瑣事常情，捕捉到纖致的美感，或產生柔細的溫情與理趣寫之成詩。閒適詩的功能基於表現社會的和諧，是詩人致中和的修養藝術，不僅能夠養性修心，而且可以化民正俗。

五、經學指歸：文學研究的生造之境

經學是中國傳統文化的主骨，一直到二十世紀前半期的研究長盛不衰，而自二十世紀後半期以來，因為學科體制的改變而處於停滯的局面，而在海峽對岸的臺灣則還保持著一定的經學研究血脈。楊承祖先生在其學術研究中，對於經學也有所涉及，他的重要文章《〈風〉詩經學化對中國文學的影響》，主要論述《詩經》的經學化所形成的理論，對文學創作和批評的影響。楊先生指出，歷代有關《國風》引起的爭論很多，尤其是《毛詩序》，也最能突顯《詩經》經學化對中國文學的影響。首先，經學化對《風》詩的解釋方面有著不好的影響，主要集中在附會史事、顛倒美刺、破壞情詩、抹殺風趣四個方面，《詩經》的本色是文學，而經學化就蒙上了一層或多層迷霧而使原來的作品"變形"了；經學化對於文學的影響，有著四個方面特定的因素，就是裨益政教、端正傾側、塞抑諧趣、造闢新境。就"裨益政教"而言，是趨向於"善"的，如在"裨益政教"方面，《考槃》、《衡門》"勸君親賢"，《有女同車》"勸君知權"，《凱風》、《新台》"勸戒淫行"，《還》詩"勸戒田獵"，《素冠》"勸戒孝行"，《子衿》"勸勵興學"。就"端正輕側"而言，如《新台》、《有女同車》、《山有扶蘇》、《狡童》、《褰裳》等詩，就其本色是輕浮側豔的，但經學化以後卻賦之以嚴肅莊重的意義，使人在欣賞文學過程當中會因為其陶冶而養成端正的文學觀，以至於漢代以後的歷代文學家率皆力求文章雅正，都是受到《詩經》經學化的影響，而不是《詩經》本色的影響，中國文學史上每種文學都走到莊重矜嚴的階段後方稱極盛，這與《詩經》的經學化的關係應該值得我們思考。就"塞抑諧趣"而言，《國風》詩裡原本諧趣的歌謠，在漢代以後朱熹之前一直處在塞抑之下，很難復現其中的靈氣，而整個中國文學史比較缺乏諧謔幽默的成分，也可能是《風》詩經學化產生的影響。就"造闢新境"而言，如《考槃》詩已經成為賢士隱君高尚不仕者專用的文典，《青衿》詩作為學生的代稱，《衡門》詩作為安貧守素、肥遁自高的典故，《風雨》詩成為堅定不移的象徵，這些解釋完全脫離了詩的本義，而是經學化以後自成生造之境，而且涵蘊著崇高的道德意義與人生境界。因而對於文學而言，《詩經》經學化經過楊先生的論述，呈現出經學化造成中國後世文學的特殊面貌，無疑是中國文學史研究的一個重要命題。

《詩經正變說解蔽》一文，認為《詩經》學上的正變之說，其來已久，而這只是理論的構架，如果只顧理論而忽略事實就會陷入危險的境地。後代解詩者，往往囿於正變之說而曲解詩歌。通過《國風》的實例，以證明毛、鄭的正變之說有太多矛盾不能自圓，而且有害於《詩經》訓解的正確。最後楊先生總結說："正變是過於規律化的區分，影響了美刺的獨立自現，也影響了對詩的本事本旨的探知。美刺則是以實用的教化觀點來對任何詩作分析時必然產生的二分觀念，往往是上層的或引申的，而且是見仁見智，因人代而不同。所以初步讀《詩經》，應該盡可能地直解本文，既

不囿於所謂正變，也毋蔽於前人的美刺之說，並且要瞭解毛、鄭及其後繼者在許多地方都已受害於其正變之說，因此他們的說法的可靠性，往往要重加檢討。"[14]這樣的論述明確指出了正變說與美刺說的不足，有正本清源之效，無論對於《詩經》的經學史還是文學史的研究，都是深有啓迪的。

六、啟迪後賢：譜傳結撰與作品考析

楊承祖先生《自述》，敘寫在長達六十年的教學中，開設過"唐宋文學專題" "傳記研究"等課程十餘門，其學術研究則以文人傳記與作品考析爲主要範圍。無論在教學還是學術研究方面，楊先生都能傳承學術，開啓風氣。

楊先生開設《傳記研究》課程，作《課前示諸生》云："夫文章者無論新舊，美者斯傳，學術何分中外，惟善是歸，現代西方新傳之法，固當擇從，吾國傳統史傳文學，亦應重視。"主張傳記文學應當新舊融貫，中外兼通。"而以言用，則兼顧爲爲宜，正史碑傳之體段文字，乃貴精核，語體新傳之寫作鋪成，要需暢達，但古今爲傳記者，秉持不盡相同，立言之旨或殊，察人之識有間，趨舍抑揚，容多可商。"說明傳記文學文言與語體各有特色。"今試爲傳記文學概說其源流，略論其特質，明文例古今之變，別理論中外之長。"說明教學宗旨在於通古今之變，融中外之長。"至於講述之重心，討論之實例，則偏于我國古近傳記與相關之研究，期能察乎作者之志趣精詣、筆法匠心，因其善否，獲爲心得。"[15]在講授傳記文學時以中國古近傳記爲主，也因爲楊先生對於本國傳記苦心孤詣，最有所得，故能因材施教，指點迷津。楊先生從教超過半個世紀，在臺灣學界堪稱桃李滿天下，受其業者多有名家，可見其啓迪後學之效。故有關教育之啓迪，自有楊先生入室弟子撰文宏揚，本文就不擬展開。

至於學術研究，楊先生重在譜傳結撰與作品考析。收在《楊承祖文錄》中的39篇文章大抵屬於這兩種類型，這些論文或開疆拓土，獨立新說；或提出問題，但開風氣。尤其是中唐文學研究，辨章學術，考鏡源流，知人論世，解析入微。實有啓迪後賢以賡續者，今以研究李華方面略舉二例明之。

第一，李華《三賢論》與唐代古文

李華作《三賢論》推尊元德秀、蕭穎士與劉迅"三賢"，楊先生在《論唐代文學復古的詩文異趨》中，重點論述元德秀及其門人對於古文發展的貢獻。受楊先生的啓迪，還可以賡續蕭穎士與劉迅的研究。本文因篇幅所限，僅以劉迅述之。

李華《三賢論》云："劉在京下，常浸疾，房公時臨；扶風聞之，通夕不寐，顧謂賓從曰：

14　《楊承祖文錄》，第590頁。
15　《楊承祖文錄》，第804頁。

'挺卿若不起，無復有神道！'尚書劉公每有勝理，必詣與談，數日忘返，退而歎曰：'聞劉公清言，見皇王之理矣。'陳郡殷寅直清，有識，尚恨言理少對，未與劉面，常想見其人。河東裴騰士舉，精朗邁直；弟霸士會，峻清不雜；隴西李廙敬仲，堅明沖粹；范陽盧虛舟幼直，質方而清；潁川陳讜言士然，淡而不厭；吳興沈興宗秀長，專靜不渝；潁川陳兼不器，行古人之道；渤海高適達夫，落落有奇節：是皆重于劉者也。"[16]對於"三賢"，元德秀與蕭穎士文中表述都很清楚，而另一位賢者只點出姓而缺少名，故而當代學者有"劉昚虛"與"劉迅"二說。但《三賢論》中有"挺卿若不起，無復有神道"語，而《全唐文》收此文有小注云："集本作柄卿，《英華》亦作柄卿，注云：《唐書》一作挺，一作捷。"[17]有關劉迅，劉心有《賢者芳名落誰家——〈唐摭言〉所載〈三賢論〉"劉君"之考辨》[18]，考證較詳細，這裡不再贅述。我們着重考察劉迅的身世與文章，劉迅是《史通》著者劉知幾之子。《舊唐書‧劉子玄傳》云："子玄子貺、餗、彙、秩、迅、迴，皆知名于時。……迅，右補闕，撰《六說》五卷。"[19]《新唐書‧劉子玄傳》云："迅字捷卿，歷京兆功曹參軍事，嘗寢疾，房琯聞，憂不寐，曰：'捷卿有不諱，天理欺矣！'陳郡殷寅名知人，見迅歎曰：'今黃叔度也。'劉晏每聞其論曰：'皇王之道盡矣！'上元中，避地安康，卒。迅續《詩》、《書》、《春秋》、《禮樂》五說。書成，語人曰：'天下滔滔，知我得希。'終不以示人云。"又引李華《三賢論》："迅當以《六經》諧人心，穎士當以中古易今世。"[20]李肇《唐國史補》卷上云："劉迅著《六說》，以探聖人之旨。惟《說易》不成，行於代者五篇而已。識者伏其精峻。"[21]劉迅著述，典籍不傳，新出土墓誌有《唐故江南道採訪處置使長樂建安等郡經略使太中大夫使持節再陵郡諸軍事守晉陵郡太守上柱國慈源縣開國公徐公（嶠）墓誌銘》。末署："太原府文水縣尉彭城劉迅文。"文中表彰徐嶠撰著："公撰《易廣義》卅卷，《類二戴禮》百篇，《文集》卅卷。"[22]以此可以窺見劉迅重古文之一斑。劉迅這一文人集團《三賢論》記有九人，今鉤稽事蹟如下：

殷寅字直清，陳郡長平人。早孤，事母以孝聞。應宏詞舉，爲永定尉。與蕭穎士善。《全唐詩》卷二五七存《玄元皇帝應見賀聖祚無疆》二首。岑參有《崔倉曹席上送殷寅充石相判官赴淮南》詩。顏真卿《曹州司法參軍秘書省麗正殿二學士殷君墓碣》："君諱踐猷，字件起，陳郡長平人。……（子）寅，聰達有精識，能繼先父之業，有大名于天下。舉宏詞，大子校書、永寧尉。捶

16　《全唐文》卷三一七，第3215頁。

17　《全唐文》卷三一七，第3215頁。

18　劉心：《賢者芳名落誰家——〈唐摭言〉所載〈三賢論〉"劉君"之考辨》，《中國典籍與文化》2004年第1期，第20—21頁。

19　《舊唐書》卷一○二，第3174頁。

20　《新唐書》卷一三二，第4525頁。

21　李肇：《唐國史補》卷上，上海古籍出版社1979年版，第15頁。

22　郭茂育、趙水森《洛陽出土鴛鴦誌輯錄》，第91頁。

殺讒吏貶，移澄城丞。"[23]《舊唐書‧趙曄傳》："少與殷寅、顏真卿、柳芳、陸據、蕭穎士、李華、邵軫同志友善，故天寶中語曰：'殷顏柳陸，蕭李邵趙。'以其重行義，敦交道也。"[24]

裴騰字士舉，曾官户部郎中。《全唐文》卷四〇三收其《對字詁判》一篇，小傳："騰字士舉，天寶朝官户部郎中。"[25]李頎有《送裴騰》詩，有"令弟為縣尹，高城汾水隅"[26]語，"令弟"即裴霸。

裴霸字士會，曾官員外郎。王昌齡有《和振上人秋夜懷士會》詩，高適有《酬裴員外以詩代書》詩，有"兄弟真二陸，聲名連八裴"語，是讚美裴騰與裴霸兄弟。又有"乙未將星變，賊臣候天災。胡騎犯龍山，乘輿經馬嵬。千官無倚著，萬姓徒悲哀。誅呂鬼神動，安劉天地開。奔波走風塵，倏忽值雲雷。"[27]是寫安史之亂時的經歷。

李廙字敬叔，曾官太子左庶子。常袞《授李廙太子左庶子制》稱"銀青光祿大夫前行給事中上柱國隴西縣開國公李廙"，是其授制時官職。制稱"德崇業廣，多識前言，究典墳之至精，考禮樂之所極。時有著述，贍而不流，其在家邦，率由忠儉"[28]，知其有所著述，並與經書禮樂有關。可知就是《三賢論》中的李廙。又《舊唐書‧劉滋傳》："吏部侍郎楊綰薦滋堪為諫官，拜左補闕，改太常卿，複為左補闕。辭官侍親還東都，河南尹李廙奏署功曹參軍。"[29]郁賢皓先生《唐刺史考全編》卷四九繫於大曆中，與《三賢論》之李廙時代相當。又按，劉滋為劉知幾之孫，劉貺之子，貺與迅為兄弟，推知李廙與劉迅、劉貺兄弟關係甚為密切。

盧虛舟字幼真，曾官殿中侍御史。李白有《廬山謠寄盧侍御虛舟》、《和盧侍御通塘曲》詩，是盧虛舟為當時聞人。虛舟之文，新出土《唐故宋州下邑縣尉鄭府君（兢）墓誌銘》，題署："承務郎守臨汝郡臨汝縣令盧虛舟譔。"[30]賈至《授盧虛舟殿中侍御史等制》云："敕大理司直盧虛舟，閑邪存慶民，遁世頤養，持操有清廉之譽，在公推幹蠱之才。……虛舟可殿中侍御史。"[31]知盧虛舟由臨汝縣令內遷大理司直，再由大理司直遷殿中侍御史，李白詩是在盧虛舟為殿中侍御史時所作。

沈興宗字季長，曾官緱氏縣尉。與李華友善。《全唐文》卷三六五收其《對賜則出就判》、《大唐開元寺故禪師貞和尚塔銘并序》二篇。王昌齡有《緱氏尉沈興宗置酒南溪留贈》詩，有"海

23 《全唐文》卷三四四，第3497頁。
24 《舊唐書》卷一八七下，第4907頁。
25 《全唐文》卷四〇三，第4121頁。
26 《全唐詩》卷一三二，中華書局1960年版，第1342頁。
27 《全唐詩》卷二一一，第2194頁。
28 《全唐文》卷四一二，第4224頁。
29 《舊唐書》卷一三六，中華書局1975年版，第3751頁。
30 柳金福：《洛陽新出土唐誌研究》，中州古籍出版社2014年版，第492頁。
31 《全唐文》卷三六七，第1649頁。

雁時獨飛，永然滄洲意。古時青冥客，滅跡淪一尉"[32]，蓋二人沉淪下僚，故有同命相憐之感。

陳諝言字士然，《全唐文》卷四〇六收其《對祭地判》一篇，小傳："諝言，字士龍，玄宗時擢書判拔萃科。"[33]王昌齡《秋山寄陳諝言》："岩間寒事早，眾山木已黃。北風何蕭蕭，茲夕露爲霜。蟲初悲鳴，玄鳥去我梁。獨臥時易晚，離群情更傷。思君若不及，鴻雁今南翔。"[34]

陳兼字不器，官左補闕，翰林學士。《全唐文》卷三七三收其《陳留郡文宣王廟堂碑并序》一篇。高適有《宋中遇陳二》詩，題注："一作兼。"[35]

高適字達夫，即盛唐著名邊塞詩人高適，史籍載其事蹟甚詳，此不贅述。高適爲劉迅集團中人，與裴霸有詩歌往還，推其與霸兄裴騰亦當有交往。

綜上可見，《三賢論》中劉迅一系九人，都有事蹟可考，就其所留下的篇章及與文士交往情況看，他們在當時也都是名人，但除了高適之外，大多是沉淪下僚者，加以詩文較少傳世，故而這一脈的文章在後世隱而不彰。故筆者沿楊承祖先生的研究路徑，鉤稽諸人事蹟，以對這一古文群體略作揭示。

《三賢論》所稱道劉迅、元德秀、蕭穎士所領各派文章，也可說明安史之亂前後，唐代散文的派別流分情況。但劉迅這一派別，因爲存留下來的作品非常有限，我們也就沒有辦法探索其風格特點。而由此可以得出結論，就是安史之亂前後，唐代的散文發展呈現出多元化狀態，即以李華所作《三賢論》就可以看出以劉迅、元德秀、蕭穎士爲代表的三種路徑。而這三個發展路徑也有一個共同的核心，那就是對於"六經"的宗尚，這也是中唐"古文運動"所要復古的核心內容。

第二，新出文獻與李華事蹟

楊承祖先生研究李華，撰著了《李華繫年考證》、《李華江南服官考》、《由〈質文論〉與〈先賢贊〉論李華》三篇論文，堪稱精審之作。即如當時因爲文獻不足徵，《李華繫年考證》對於李華的生卒年是根據已有的史料進行推測，確定其生年爲開元五年（717），卒年爲大曆九年（774），享年約五十八歲。而今《李華墓誌》已經出土，墓誌記載："春秋六十有一，以大曆九年，青龍甲寅，正月辛亥，終於正寢。"可證楊先生考訂李華卒年完全可信。（說明：《李華墓誌》拓片爲門生楊瓊在洛陽所見，李華家族迄今共出墓誌四方，均將收入筆者與楊瓊合著《唐代詩人墓誌彙編‧出土文獻卷》，將由上海古籍出版社出版）楊先生考證李華卒年，與新出土墓誌適相吻合，足見其深厚的功力。我們受楊先生的啓迪，再根據已經公佈的有關李華撰寫的墓誌，對於李華稍作拓展研究。

出土文獻中李華撰寫的墓誌，目前所見有四方。《故河南府伊闕縣丞博陵崔府君（迥）墓誌

32　《全唐詩》卷一四〇，第1423頁。

33　《全唐文》卷四〇六，第4151頁。

34　《全唐詩》卷一四〇，第1424頁。

35　《全唐詩》卷二一二，第2213頁。

銘並序》，題署："河南府伊闕縣尉華撰。"這方墓誌用散體文字撰寫，並自稱與墓主的關係："永勝□君視事□餘，與□□趙郡李華仗□登舟，為中外之遊。喟然有掛冠逃□之志，每引□客□士，議及大□□□拔俗，皎然在□王之□□□急牽病聞道（下泐）仁者壽，斯人不□□□六經妄設也。……華，君徒執也，灑涕銘之。"[36]新出土大洞法師墓誌（缺題）："有唐開元二十九年六月甲寅，故大洞法師齊國田仙寮謝世，春秋五十有九。……趙郡李華請謚為玄達先生，而銘其墓曰。"[37]又新出土《唐吉居士墓誌銘》，題署："中書舍人李華撰。"[38]墓主以燕聖武元年（756）二月廿一逝於洛陽，二年七月十五日權窆于北部原。又《燕故魏州刺史司馬公（垂）墓誌銘》，題署："承議郎守中書舍人賜緋魚袋趙郡李華撰。"[39]按墓主以聖武二年（757）閏八月九日葬。是這兩方墓誌為李華陷於安史亂中為偽官時所作，是研究李華的重要資料。

李華撰寫墓誌之外，他人所撰墓誌銘也有李華的相關記載：《唐故銀青光祿大夫兵部尚書上柱國漢陽郡公□太子少保馬公墓誌銘並序》："曾祖君才，隋末為薊令，遇大業版蕩，群盜充斥，賊帥竇建德、高開道等攻逼四境，竟克保完，以功遷上大將軍、開府儀同三司。及聖朝受命，奉燕王李藝表入奏，擢拜右武候大將軍、封南陽郡公，故尚書郎趙郡李華撰碑文備載名跡。"[40]又《唐故銀青光大夫檢校司空兼太子少師分司東都上柱國樂安縣開國侯食邑一千戶贈太師孫公（簡）墓誌銘並序》："曾大父諱逖，開元中，三擢甲科，初入第三等，又入第二等，超拜左拾遺。大名鏗發，炳耀當代。雄名如蕭穎士、顏眞卿、李華，咸出座下。累遷中書舍人、刑部侍郎，贈尚書右僕射，諡曰文公。"[41]又《唐故御史中丞汀州刺史孫公（瑝）墓誌並序》："曾伯祖文公諱進（逖），皇秋官侍郎，有大名于時，故派系官族，文儒德業，連環如粲星，有門徒生魯國公眞卿已錄焉，故不書。文公開元中為考功郎，連總進士柄，非業履可尙，不得在選，其登名者有柳芳、顏眞卿、李華、蕭穎士之徒，時號得人，夐古□封。"[42]

李華為李虛己子，虛己墓誌也已出土，《唐故蒲州安邑縣令李府君墓誌》，題署："蘭陵蕭穎士敘，天水趙驊銘。"誌云："君諱虛己，字並同，趙郡贊皇人也。……嘗聞君子之教其子也：授之禮，使之忠孝友愛之節；授之詩，使知文章風雅之道。府君中子華，字叔文，前邢州南和尉。蹈百行之極，函六義之精。未冠而名擅登科，及親而歡從奉檄。華之兄：曰萬，曰歊。華之弟：曰韻，曰苕。咸繼五常之名，聿光萬石之訓。"[43]墓誌明確指出李虛己教其子李華"使知文章風雅之道"，以至其"函六義之博"，這是李華家學傳承的重要文獻。

---

36 周紹良、趙超：《唐代墓誌彙編續集》，上海古籍出版社2001年版，第639頁。
37 周紹良：《唐代墓誌彙編》，第1522頁。
38 《書法叢刊》2014年第6期，第26頁。
39 陳尚君：《全唐文補編》，中華書局2005年版，第2281頁。
40 周紹良、趙超：《唐代墓誌彙編續集》，第750頁。
41 周紹良、趙超：《唐代墓誌彙編續集》，第1110-1111頁。。
42 周紹良、趙超：《唐代墓誌彙編續集》，第1102頁。
43 《書法叢刊》2014年第6期，第26頁。

追尋意趣・彰顯倫理・立言建樹
——楊承祖先生唐代文學研究的特點與成就

羅時進[*]

卓越的文學研究者不僅具有突出的發現問題、闡發問題、解釋問題的能力，而且在長期研究中往往形成獨特的個性。個性與風格不是文學創作者的"專屬"，同樣體現於研究者的過程與結論中。近三十年曾多次拜見楊承祖先生於海峽兩岸唐代文學、文化研究會議，對其所發表的觀點留下頗深的印象。近期因臺灣陳鴻森教授邀約撰文述評楊先生唐代文學研究成果，特通讀《楊承祖文錄・唐代文學與作家研究論著》[1]，不惟進一步瞭解先生研究的突出建樹，亦知其研究方法與學術個性，茲略作述評。

一、"追尋答案的樂趣"

對一個研究者來說，興趣比問題意識還要來得重要些。誰都知道應以問題意識引導研究、驅動研究，然而撇開能力不說，人們"意識"到那麼多"問題"，思想的大門真的就由此打開，受其引導進入研究狀態嗎？這些年強調得太多的"問題意識"，正確得無可非議，卻不太落地。其實與其去泛泛地在理論上談問題意識，還不如從操作上去考慮"對問題的興趣"，即覺得哪些問題有意趣、意味、意義，能夠激發情緒，調動能量，幫助樹立目標，就去研究。[2]

楊先生在1998年5月初北京大學漢學研究國際會議上提交的論文《作品考析與作家體認》可以看作其四十年研究的自我總結，除"留心傳統的義例"等外，特提出"追尋答案的樂趣"，其云：

> 學問中永遠有問題，運用各種方法追尋答案是學術工作者的天職，也是工作動力的源泉，得到答案的樂趣，更是工作上的無價報償。尤其是有些文學作品，由於作者有心隱晦，使人莫得其解。便成了文史工作者的考驗。不過我相信從事研究的人，都會因為挑戰的鼓舞，困心衡慮，苦而不厭，樂而不疲。尤其從看似無關的材料中，得到可以開啟迷庫的鑰匙，更是令

---

[*] 蘇州大學特聘教授，蘇州大學古典文獻研究所所長，兼任中國唐代文學學會副會長。
[1] 楊承祖《楊承祖文錄》，華東師範大學出版社2017年版。
[2] 羅時進《文學社會學的"擺渡"》，《文學社會學：明清詩文研究的方法與視角》，中華書局2017年版，第1頁。

人興奮。

這段經驗之談完全可以看作其數十載研究的"意趣動力論"。唐代作家及其所創作的文學作品，至今千餘年。在特定歷史背景中書寫，作者"有心隱晦"乃常情，而文獻湮沒使本相難明為常見。真實的答案是否能夠完全揭出，受到多種因素的制約，但只有"追尋"才有可能揭開迷障找到答案。"追尋"需要功力、方法，但如何發現他人所未曾注意的問題，堅持不懈地破解，"趣感"往往可成為驅動力量。

楊先生"追尋"之"趣"體現在寬視野與縱深度兩個方面。他的唐代文學研究是從元結入手的，元氏研究的相關文獻遺存尚屬較多，故難度不在於文獻稀少，難以收集梳理，而在於對現有文獻的用心思考，追覓其人生軌跡。這方面作家生平與交遊的考證是首要工作，楊先生先後作有《元結年譜》、《元結年譜辨證》、《元結文學交遊考》、《元結作品年表》。拓展開來與元結關涉的人物生平實證性研究尚有《蘇源明行誼考》、《李華繫年考證》《李華江南服官考》等。可以說元結生平大節已相當明瞭，許多細節得到揭示，一些隱微亦得以抉發。在研究中他充分注意並適當汲取了孫望先生的成果而自成一家，兩者相同之處乃不得不同，相異之說則可以並存。元結生平與文本之實證研究，二家厥功俱偉。

研究向深度探尋，需要過細處理文獻史料的細節，進行抽絲剝繭的分析。在楊先生論文中，這種探尋往往表現為一種"追問"的姿態。《李華江南服官考》是一篇很有見解的論文，因"李華既貶江南，其後出處，史書所載不齊"[3]故其考辨用功甚深。問題的關捩在於李華因受偽職被貶杭州"丁母喪後"的出處行藏。對此他連續提出一系列問題：

> （一）丁母喪後，屏居之意義如何？屏居之暫久如何？（二）上元中以左補闕、司封員外郎召，是否果未拜官？（三）補闕如未拜官，如何更加司封？（四）"璽書連征"是何時事？是否召為補闕、司封時事？（五）何以不願入京"司言"？除自恨失節不可荷君之寵外，有無其他可能之原因？（六）既不願入就京職，何以又入李峴幕為從事？其出處與李峴有何倚伏之關係？（七）李華最後去官，除病風痺外，有無其他可能之原因？[4]

這裡將一個問題所包含的、關聯的問題連環式地剔發出來了，據此進一步作分肌擘理的討論，得出李華"江南服官"與李峴個人關係密切之結論，就有了順流直下之感，其結論自也可信。

不僅在實證性論文中可見楊先生"追問"的姿態和"求答"的樂趣，思考學理性問題亦同樣如此。《論唐代文學復古的詩文異趣》是一篇思辨色彩較強的論文，全文使用頻率最高的詞彙是"何以"。總的問題是："何以復古最先不分詩文，同時俱進，而後來發展則分途異趣？"在引用郭紹虞先生《試論"古文運動"》的觀點後，楊先生"引起了一些疑問"："首先，何以詩人會重視對

---

[3] 楊承祖《楊承祖文錄》上冊，華東師範大學出版社2017年版，第280頁。本文所引楊承祖先生的論述，皆出自本書，以下只標注冊、頁。

[4] 上冊，第281—282頁。

立的統一，而文人則強調對立的鬥爭？""其次，何以文人看到了文學的思想性而進行復古，卻成了兩種形式主義的爭議？古文、駢文的形式爭議是否能完全涵蓋思想性的問題呢？"進而引申出"何以'古詩'復興之興，能與'近體'共適共榮呢？"[5]提出這些問題標誌出思考的起點，與追尋過程以及最終答案相比，這個起點其實更為重要。值得注意的是，他的提問是不斷的，往往與研究過程的展開同步——他是沿著問題、超越問題，最後走向終點的。

通讀楊先生的論著可以看出，一旦進入研究狀態，他總能激發出一種純粹學者的情緒，與這種情緒伴隨的是敏銳與智慧。無論搜討遺佚，編削訛謬，考索文學史料中一言之錯互，一字之異同[6]；或引經據典，思辨闡述，論證唐代文學史一家之地位，一時之風尚，其提出問題與追尋答案，既是學術探索，也是精神梯航。在學術世界日益世俗化、工具化的當下，這種"因為挑戰的鼓舞，困心衡慮，苦而不厭，樂而不疲"的精神境界尤其珍稀，令人追慕感懷。

二、倫理向度的學術批評

人文學科的研究與自然科學同樣需要追尋的興趣、客觀的答案，但有所不同的是，選擇什麼問題，得出何種解釋，是帶有研究者的主觀情感傾向、表現出某種倫理向度的。陳尚君教授謂"先生開朗健談，凡學人造述之得失，同人榮悴之往事，皆有述及；至感念時政，每憂形於色，任氣慷慨，嗚咽叱吒，時露英雄本色。"[7]可知楊先生是一位有憂患意識且道德情感鮮明的學者，故其在研究中相當注重倫理性、道義感。

楊先生《唐代文學與作家研究論著》中相當一部分論文都可歸之於文學"外部研究"，即討論作家、作品與人格、社會的關係，而非文人之藝術修養與作品的藝術構成。其代表性論文有《由天寶之亂論文人的運遇操持》、《論張九齡的完型人格及其影響》、《杜甫政治生涯的新探討》、《從世故與真淳論杜甫的人格性情》、《由〈質文論〉與〈先賢贊〉論李華》、《元結作品反映的政治認知》、《元結的淳古論與反主流》、《武元衡傳論》等。這些文章據題已可見情感所向了，陳尚君教授序其集每稱先生筆下"有寄託"，非常中肯。

《由天寶之亂論文人的運遇操持》一文開宗明義提出：

> 文章能令作品聲名遠颺，甚至不朽，而作者立身的節概、抱負之始終何如，也最為誦其詩、讀其文者所關注。在中國文化傳統的背景中，尤其是喪君覆國的大變亂之際，忠貞問題不僅影響文人本身，也影響當時及後世對其人其文的瞭解與評騭。然而同遭亂世，個人的運遇不同，操持有異，造成各種不同的結果。

5　陳尚君《楊承祖文錄序》，上冊，第1頁—第5頁。
6　這方面的成果，參讀《敦煌唐寫本伯二五七六唐人選唐詩校記》等論文，其對元結文本也做過相當細密的校讀工作，抉發文字異同，頗見糾訛正本之功。
7　上冊，第1頁。

這體現了楊先生的核心觀點，可見其關注"運遇"，更重視"操持"。文章對安史之亂中文人際遇作了較具全景式的勾勒，重點敘述了天寶十五載至代宗初年鄭虔、王維、李華、李白、高適、岑參、杜甫、元結、獨孤及九人的行跡，對何人受僞職、何人得免、何以得免等逐一分析，並歸納出種種帶有規律性的現象，筆下不無婉諷，但人情通達，對"災難時代文人的榮辱得喪"有同情之理解。

楊先生心目中的完美人格形象乃張九齡，《論張九齡的完型人格及其影響》一文中對之以"完型人格"稱之，其筆染濃情地讚揚道："曲江公張九齡垂範千古，令人崇敬，功業文學，都有極高的表現，道德風操，殆臻於完賢之境，對於當時及後世，影響深遠。"[8]文章分析曲江公"完賢"人格鑄成及其表現，"忠鯁而不自謀"，"忠謹謀國"，"不肯揣摩上意，但求保持祿位而已"，"有諫君的勇氣"，"有重臣良相的風骨"，"堅貞之外，亦復謙和中庸"，"蘊藉有風度，足見於溫良恭謹讓頗下涵養功夫"，對"家人朋友的感情敦厚而深摯"。[9]由人及詩，謂九齡詩風開清淡一派，便顯得情理允洽。在寫作本文之前，先生已撰有《張九齡五論》，分論其時代背景、家世出身、性格風操、思想、文學，可謂周詳，然猶感不足而專門將完型人格提出作專文探討，可見"人格"問題在其作家批評中佔有何等重要的地位。

《唐代文學與作家研究論著》中專門討論到的唐文學作家有楊炯、張九齡、孟浩然、李白、杜甫、高適、元結、李華、蘇源明、武元衡等十多位，而重點在盛中唐之交，於元結、杜甫、李華著力最多，其中元結幾乎可以看作除張九齡之外的另一個近於完型的人格形象。

元結研究是楊先生于有唐一代關注最早、持續最久、建樹也最大的一個課題。他何以對這位詩人投入如此巨大的精力？自然因元氏在盛中文學轉關之際具有重要的標誌作用，其"反主流"的文學觀與創作實踐具有詩史意義，但同時也與元結人格形象有關。元結宗兄德秀，"當時最受清流尊敬，仰爲賢人，元結在人格、事業和文學上都受到極大影響。"[10]具體論之，楊先生認爲：

> 德秀儉靜慈惠，歸真返樸，出入黃老，以全德爲一世楷模。元結從人格深處秉執了德秀的道德精神，又由本身的氣質發展出行操與文章的特色。元結在行事上雖然不如德秀廉靜沖和，受到各方面的崇敬尊仰，但在事功和文學上則有更多出色的表現。深入理解元結，體認到他人格精神最基本最高尚的境地時，會察覺元德秀無形而深邃的影響。總之，元德秀影響元結最大，元結也讓元德秀的思想德性具體光大於人間。

與元結生平行履關係密切者，除元德秀外，則屬顏眞卿與呂諲。前者曾爲元結將《大唐中興頌》摩崖於浯溪，元結卒後爲撰《元君表墓碑銘》，可見相契；後者是元結上元年間入幕荊南的幕主，呂氏病逝，元結知府事，料理其身後，亦見忠悃。在研究元結與二人的關係時，楊先生注重說

8　上冊，第141頁。

9　上冊，第142—144頁。

10　下冊，第417頁。

明顏眞卿爲"非常正直的道德之士，唐室最受崇敬的忠鯁之臣"；[11]而呂諲則是"立身無私，歷官清儉，身沒之後，家無餘財"；"人將得於公而公忘其所得。"[12]可見倫理道德始終是楊先生研究的主線，也是解釋人際關係的關鍵。正是透過這一視窗，楊先生看到元結編纂《篋中集》，主旨是"反詩界主流"而宣導古樸詩風，思想根柢則在於七位詩人名位不顯，有"正直、忠信、仁讓"的人格。

如果我們從倫理向度上考察楊先生的唐代文學研究的話，不能不注意他的杜甫批評。自五代孟啓在《本事詩》中將杜詩譽爲"詩史"，宋代出現"千家注杜"之後，杜甫高居"詩聖"地位，後代雖不乏對其人其詩的批評，尤其明末清初楊愼、王夫之等人反省性議論頗見鋒芒，但隨著明清易代，山飛海立，文人需要藉老杜憂國懷抱抒發自我心緒，除了對"注杜"的學術爭議外，關於杜甫的人格特徵就很少涉筆了。內地上世紀七十年代至八十年代初有此方面的討論，楊先生稱之爲"傷痕學術"[13]，但可以相信他於八十年代後期和九十年代撰寫的數篇杜甫研究的論文，是受其啓發的。

收錄於《唐代文學與作家研究論著》中有關杜甫的論文，《從世故與眞淳論杜甫的人格精神》、《杜甫政治生涯的新探討》應予注意。先生認爲，"論者多從'眞淳'一面體認杜甫，很少客觀冷靜地注意他的'世故'。"對於杜甫人格中偉大精誠的不朽部分"如過度的純化美化，也反而可能掩蓋他眞生命的呼吸脈動，眞情感的憂苦悲辛。'世故'不能算是一種懿行，也談不上慚德；是人情練達，處事圓通，有時也是俯仰逐勢，徇俗自保。常人應世接物，多少都會有這種態度，甚至古聖先哲，也往往不免。"[14]這是於學理、於人情都很圓融允當之論。他主要是就兩方面展開討論的：一是謀生求售之時，權宜委婉以乞助；二是危疑恐懼之際，戒懼退謹以避禍。

關於第一點，大陸學者多有討論，體諒有加；第二點則較少論及，頗新人耳目。楊先生主要就"杜甫入蜀以後'世故確乎漸深'"[15]展開，其中有可商榷之處，但總體而言不無根據，可成一家之言。值得欣賞的是，他提出這個問題的態度與立場："杜甫性情之'眞淳'，表現於忠懇、義直、仁民、愛世，論者於此，蓋無異辭。現在論其亦深於'世故'，或者不爲瓣香少陵所樂聞。其實'眞淳'之於'世故'，猶如體用表裡，'眞淳'爲體，而'世故'爲用。杜甫能爲'世故'，並非謂其'眞淳'即虛僞不實。"[16]此論十分通達，既拓展了對杜甫人格行誼討論的空間，又求仁得仁，使其成爲"人世間"的眞實存在，並無損於"詩聖"之形象。

楊先生在《論傳記的逆向研究》中提出"撰寫傳記或從事傳記研究的人，應該抱持幾項原

---

[11]　下冊，第440頁。

[12]　下冊，第475頁。

[13]　上冊，第21頁。

[14]　上冊，第256頁。

[15]　上冊，第260頁。

[16]　上冊，第261頁。

則"，"首先要秉持良知，尤其注意到學術良知；要抗拒不合理惡勢力的壓迫，不爲私利而妥協，也不爲本身的成見而自蔽；能經受道德的磨礪，智勇的考驗。"[17]這其實不僅是傳記研究，也可以視爲作家評騭的準則。他論李華"須待深曲的恕道，方能會得他的貞正"[18]，論武元衡"居鎮七年，時非甚暫，專閫而無自謀之圖，蒞民而有煦愛之恩，邊靖境寧，眞可謂以德臨之。"[19]如此等等，都是"道德磨礪"之語。文如其人，楊先生之文心如此，其人亦可知矣！

三、揣摩文本而立言建樹

近些年"文本細讀"的概念被反覆提出，甚至大力倡導，頗有不可思議處。在西方很多年前出現的"新批評派"那裡，"文本細讀"與"文本分析"相關，即"對詩歌進行分析性的細讀"，要求對文學作品的語言和結構要素作詳細的分析與解釋。文本細讀，無論作爲觀念或方法，當下在學界加以強調，自然對克服不願深入文本，凌虛蹈空的浮躁學風有益，但我們不應忽視傳統經學、訓詁學、文史研究中"本土經驗"的重要價值，尤其老一輩學者潛心文本、讀書得間的學風值得回顧、發揚。

客觀來說，楊承祖先生那一輩學者由於條件的限制，所能夠獲取的唐代歷史、文化、文學文獻比較有限，尤其對這些年引入和發現的頗有價值的域外文獻、出土文獻都無從利用。他們之所以能夠在研究中立言建樹，主要依憑精熟四部，通經貫史，對學術之道有整體性把握，並具有深厚的文獻訓讀、闡釋能力。至於如何潛入文本深處，其功則在揣摩、默察、體悟。

楊先生在《作品考析與作家體認》中專立一節談"揣摩作者的文辭"問題，他強調"研究作家作品，一字一句都不能放過"，發現問題應"停下來慢慢思考"。[20]他特別從杜甫《同元使君春陵行序》中拈出"簡知我者，不必寄元"一句討論元結與杜甫的關係。關於二人交往的文獻史料不多，要回答爲什麼杜甫稱美元詩"兩章對秋月，一字偕華星"，卻又不願將美意寄達元結，並非易事。先生從"天寶六載，有詔命通一藝以上者詣京師就選，元結與杜甫同時應舉，又都隸屬河南府，同到京師。因爲李林甫弄權，當時舉人無一及第。杜甫自此留居長安，而元結則在返鄉之前作了《喻友》"一事入手，得出二人"不能或不復相友"的看法[21]。我想，這未必是最後的結論，但從其舉證史實和論述邏輯來說，應該承認其"揣摩"是可以成立的，到目前爲止仍然是一種較有說服力的解析。

《杜甫政治生涯的新探討》是"對東川奔走眞相的解釋"，這是一篇"立言意識"很強的論

---

[17] 上冊，第23頁。
[18] 上冊，第15頁。
[19] 下冊，第545頁。
[20] 下冊，第767頁。
[21] 下冊，第766--767頁。

文。他針對學界意見提出："杜甫去居東川有更深於隨遇漂泊的動機"。對相關文本（杜甫本人以及其他有關文獻）細加閱讀分析後他設爲三問：（一）杜甫送嚴武之行，何以遠至三百里？友情之外，是否還有別的原因？（二）徐知道之亂平定以後，杜甫何以不回成都而移居東川？難道依靠東川州郡，勝於故人高適？（三）杜甫廣德元年冬中離開梓州，說要東下吳楚，何不東南直經遂州、合州，由渝州沿江出峽，而轉走東北三百里的閬州？[22]楊先生根據大量史料考證"杜甫與房琯嚴武集團的關係"，提出"杜甫留居東川也可能是嚴武或者房琯集團有意的佈置"[23]這一新論。杜甫蜀中生活包括留居東川的行履，是詩人後期相當重要的經歷，"房琯、嚴武政治集團"是否存在，杜甫移居東川是否出於政治經驗和集團關係考量，討論的空間很大，但他對史料搜集與解讀既勤且細，所體現的研究風範仍當稱賞。在這個"大敘事"中，細部尚有不少問題，如房、杜關係，《舊唐書・杜甫傳》認爲有"布衣相善"之緣，先生則認爲"琯長杜甫十五歲，其授館在開元十二年（724），時杜甫僅年十三，不及爲'布衣交'甚顯。"[24]此類具體問題的辨析，對體認杜甫無疑是很有裨益的。《杜詩用事後人誤爲史實例》一文所證數例，發覆求眞，皆爲可取。

楊先生所撰唐人《年譜》、《繫年》、《行誼》較多，自然以上世紀六十年代的《元結年譜》、《元結年譜辨證》學術貢獻最大，《楊炯年譜》、《張九齡年譜》、《新訂孟浩然事蹟繫年》、《蘇源明行誼考》、《李華繫年考證》等各具造詣，其中《楊炯年譜》值得一提。該譜作於1975年，此前只有聞一多1931年撰《初唐四傑合譜》，初成梗概，且流傳未廣。先生之《楊炯年譜》具有原創意義，楊炯生平與交遊以之得明。1978年以後，兩岸學術訊息逐漸相通，1980年傅璇琮先生《唐代詩人叢考・楊炯考》及《盧照鄰楊炯簡譜》面世，1993年張志烈先生出版《初唐四傑年譜》，其他大陸學者關於楊炯生平研究的成果亦復不少，眾說多歧，楊先生皆得閱讀並謙愼斟酌，取之數端以補舊譜之失，使其《譜》更加完善。

順便說到，現在印行的《唐代文學與作家研究論著》中若干年譜和論文，多數寫於兩岸文化、學術交流管道開通以後，其寫作在一定程度上都參照或汲取了大陸學者的研究成果。但宏覽博識，善於汲取是一個方面；燭照洞明，能夠堅持學術立場又是一個方面。從學術個性與風格來看，楊先生是一位"堅持"性相當強的學者，而正是這種"堅持"，使他在一系列研究中設論立言，取得了非凡建樹。

楊承祖先生的學術研究所涉甚廣，從《詩經》、《文選》、宋詞到現當代海內外作家、作品皆有論述，精彩紛呈，而其主要研究範圍集中於唐代文學。他一直站在這一領域的前沿，學術功力深厚，文字氣象雄峻，爲兩岸學者欽慕。誠然其尋繹文本中的微意隱旨，時或求之過甚；對作家批評與回護，有時似乎爲感情所牽；使用文獻史料，亦偶有顧此失彼的瑕疵[25]。但無論如何，先生站立

---

22 上冊，第215頁。

23 上冊，第221頁。

24 上冊，第217頁。

25 如討論爲何元結以"次山"爲字，前論"可能本於《山海經》"，後云可能有"次於魯山之意"（下冊，第416

之高，格局之大，成就之巨，爲唐代文學研究做出了極爲重要的貢獻，在唐代文學學術史上佔有顯重地位。先生立誠爲文，將霑漑學林久遠，則必無疑矣。

《楊承祖文錄》序

陳尚君[*]

　　歲庚午秋，初識承祖先生於金陵。時兩岸初通，往來尚疏，適南京大學承辦第五屆唐文學年會，邀請臺灣宿學耆儒近廿人與會。是年先生方自臺灣大學引退，受聘東海大學，任中國文學研究所所長。因擅治事之能，群推先生爲領隊，事無鉅細，一皆親爲；與大陸學人無分長幼，咸殷接以禮，絕無倨傲，譚藝論文，出言雅馴。尚君方出道未久，位僅講師，先生主動接談，論學無倦，且示自作數文以爲切磋之資。今猶記者，一爲評本師朱東潤先生《杜甫敘論》，以不同立場講讀，每有作者欲言而不能盡言者，先生淋漓道出，力透紙背，誠感有識。另一爲《杜詩引事後人誤爲史實例》，所論凡四事，一爲王季友"賣屩"事，因杜甫《可歎》詩有"貧窮老瘦家賣屩"句，後人遂以爲王曾賣履市井，先生認爲此乃用後漢劉勤賣屩典，贊美王守道食貧而不改其志，初未必實有其事；二論裴迪未任蜀州刺史，裴氏在蜀事蹟，僅杜甫三詩可考，杜稱裴爲"遊子"，以何遜比況，先生因考裴實佐幕於蜀，糾正《唐詩紀事》誤讀之失；三訂杜甫"賣藥都市"之訛傳。賣藥之辭既見於早歲《進三大禮賦表》，復見於晚年之《蘇大侍御訪江浦賦八韻記異》，馮至著《杜甫傳》，屢以此爲言。先生則認爲此用東漢韓康伯"賣藥洛陽市中"故事，初非寫實；四則討論"李邕求識面，王翰願爲鄰"兩句，先生排比二人與杜甫行跡，認定此非紀實事，而係用古今事相映而故作狂語，不可呆讀。前此我也曾撰文討論杜甫晚年行跡與生計，不免多犯此病，讀此眞如醍醐灌頂，醒人神智。此我識先生之始也。

　　其後來往漸多，晉謁亦頻，因會議曾晤談於北京、上海，造訪則數度餐聚於台灣大學內外。先生開朗健談，凡學人造述之得失，同人榮悴之往事，皆有述及；至感念時政，每憂形於色，任氣慷慨，嗚咽叱咤，時露英雄本色（先生業餘習國劇，工老生，言談間亦可體會）。尚君曾客座台中逢甲大學，先生時來電話討論賜教，受惠實多，或刊新著，輒簽名賜示。尚君執教香港時，得周覽台港及南洋書刊，有見先生論著皆複製保留，因多悉先生之往事與性情學識，雖年隔二紀，地居兩岸，絕無隔膜生分之感。

　　先生爲湖北武昌人，生民國十八年己巳，少年即遇國難，佸偬西行讀書；既冠，復侍父遷台，雖歷經艱困險阻，向學之忱，始終未變。晉學於臺灣師範大學及臺灣大學，歷參名師，受教于許世瑛、閔守恆、臺靜農、鄭騫諸名家，開闊胸襟，積累學識，掌握方法，提陞境界。始任教於二省中，後講學上庠，先後任教于臺灣大學、南洋大學及東海大學，治學則上起秦漢經史，晚至近代劇

[*] 復旦大學中國古代文學研究中心主任、任重書院院長。

曲，尤以李唐一代為專詣，授課著述，多有可稱。就我所知，尤應揭示者厥有二端。

一曰接續傳統而具世界眼光。先生幼讀詩書，長治國故，接續正學，溫厚醇富。中年曾得緣參訪美、加諸名校，歷時三月，考察華文教學，周訪西方漢學家及旅美華裔名宿，復經歐洲諸國，參觀各博物館、美術館，感歎"訪古觀風，觸目興懷，于人類歷史文化之興衰演遞，徼省之餘，感慨繫之"，即認識歐美文明之先進，由比較中加深對中華文明之體悟。本書收《課前示諸生》，僅數百字短文，就傳記文學立說，肯定西學"配合文字與社會之變遷，適應文化之潮流"，更強調本國傳記所見"作者之志趣精詣、筆法匠心"，認為"文章者無論新舊，美者斯傳，學術何分中外，惟善是歸，現代西方新傳之法，固當擇從，吾國傳統史傳文學，亦應重視"。此種精神先生堅持始終，故能持論平允，見解通達，精氣貫暢，文識具美。

二曰心存家國，志興正學，尤關注兩岸學術之互動激勵。先生受學始自大陸，成於臺灣，心繫兩岸，未曾或忘。方1955年撰《元結年譜》初成，即聞南京孫望教授刊佈《元次山年譜》，每以海闊天遠無從閱讀為憾。至1964年臺北世界書局翻印，立即通讀，彼此得失，漸次討論，1966年撰成《元結年譜辨正》，刊《淡江學報》五期，是兩岸對峙年代罕見之學術討論。至1990年秋，先生到南京，孫先生恰於是年歸道山，此曲終成絕響。當時先生曾交我人民幣百五十元，囑代東海大學圖書館購買全套《復旦學報》，知其關切大陸學術之殷。既辦妥，偶缺數期則以篋中私存以益之。無如其時兩岸郵路初開，尚多阻阨，所寄杳如黃鶴，常覺愧對先生。先生為中國唐代學會創始人之一，更熱切于與此間研治唐代文學者交流切磋，若我之晚出茫昧，曾得先生指點，受益為多。

本書收先生重要論著，凡分三編，曰《唐代文學與作家研究論著》，曰《其他經學文學研究論文》，曰《附錄》，錄專著、論文、雜文凡五十篇，遴選嚴格，精義紛呈。尚君略作披覽，啟發良多，不能自專，願述所知。

先生專攻有唐，用力既勤，收穫亦豐。于作家研究，則從繫年、年譜入手，繼而展知人論世之評。凡為楊炯、孟浩然、蘇源明、李華、武元衡等繫年，張九齡、元結兩家年譜尤稱譽學林。所考諸人，多服勤王事，體恤民瘼，倡復古道，秉志耿介，文學成就亦各造時極，有先生之人格寄意存焉，讀者當不難體會。諸譜皆循古例，以文獻為依憑，立言慎重，結論妥恰，紘綱大備，細節粗陳，皆足可傳世者。繼而分析人物，評騭得失，無不抉發幽隱，各中肯綮。如論杜甫東川行走之真相，前人僅見其辛苦周折，於諸詩則難得確解。先生從大處著眼，由安史亂後朝廷人事變化及關涉杜甫至深者房琯、嚴武二人切入，房琯既貶，嚴武謀進而求宰輔，退而據劍南，杜甫兩入其幕，參佐實多。當嚴歸朝時，杜則"替他留意舊屬，隨時掌握東川的情況"，"是房、嚴集團規圖劍南的一種佈置"，此似尚存猜測。然文中分析杜與章彝諸詩，《桃竹杖引贈章留後》徵其跋扈，《將適吳楚留別章使君留後兼幕府諸公》復言心境蕭瑟，去住無聊，從"常恐性坦率，失身為杯酒；近辭痛飲徒，折節萬夫後"諸句，更讀出杜之遭猜忌憂疑，杜代王閬州論巴蜀安危表，對兩川形勢洞如觀火，使嚴武再鎮蜀即杖殺章彝，邀杜甫入幕，皆可得合理解讀。其《由天寶之亂論文人的運遇操持》亦有寄託存焉，對陷偽諸人之人生蹉跌及心理反省，分析尤入木三分。論張九齡，既知其出身

卑寒，且來自嶺南，身體羸弱，而刻意自強，更揭示其建立進取之不易，所倡尚文守禮、推賢慎爵，堅守儒家為政之道最為可貴。其論元結政治思想之遷變，逐次分層論列，既見其早年之無政府主義，復見其對小人竊弄國柄之殷憂寓諷與清君側之激烈主張，既亂則對王政得失有別端反思，預見藩鎮擁兵終成國之大患，且流露君主若"荒昏淫虐，不納諫諍"，自應譴責，"稍露一夫如紂可誅的隱意"。此種揭示，確屬深刻而敏銳，將元結提到唐思想史上之特殊地位，不僅一般所認知倡復古道、關心民瘼也。風簷展書，古道可鑑，表彰風烈，心追力仿，於此亦足知先生之理想人格與道德寄意焉。

其次則為經學、文學諸作，尚君不敏，不能盡得領悟，然有特殊欣會者。如論"風詩經學化對中國文學的影響"，則就風詩本有之民間意味，經漢儒解讀，造成附會史事、顛倒美刺、破壞情詩、抹殺風趣等不良影響，舉證皆極豐沛，又從裨益政教、端正傾側、塞抑諧趣、造闢新境諸端加以討論，明示其造成中國後世文學特殊面貌之別具作用。《柳永艷詞突出北宋詞壇的意義》一篇，則參據歷代對耆卿艷詞之貶斥，及近世因西學觀念改變而表彰情色書寫之偏頗，考察柳氏艷詞實淵源有自，更揭柳詞大量書寫男女裸裎，歡情交會，側艷冶蕩，燕婉淫佚，不贊同道學家之譴責，也不附同今人之拔高，認為時風所趨，為北宋詞壇之特殊風景，臻極而致雅人不滿，世亂更引舉世反省，立說通達如此，更見其學其識。其他不多舉。就尚君所知，五十年代臺灣有識者倡守護文化，故國學傳統、經學立場得完整保存，後留學歐美者多歸，更以西學之通達與科學沾漑學林，新舊交集，學派紛呈，舊學既得變化，新知更得孳乳，學有主見，人各不同，然根柢未移，故氣象常新。讀先生所論所述，更增感慨。

《附錄》所收凡序三、學人傳悼六，另《課前示諸生》及自傳。此雖皆短文，然回憶業師舊友，追述往事鴻跡，無不弘明師道，記錄交誼，文辭簡峻，意味雋永，出語冷靜，情感內熱，知先生重情義而知禮序，善文辭而守大節，再三諷讀，回味無盡。

五年前臺中逢甲大學唐學會年會，尚君幸得躬預其盛，先生年屆期頤，孤身南行，主持討論，談說風生，妙見迭呈，信邦國有光，仁者長壽。今承《文錄》編者傅先生雅意，囑尚君為序以弁端。尚君雖曾受知于先生，然為學荒疏，未窺先生志業之十一，海天遼夐，更罕遇機緣叩門問候請益。幸承見委，乃勉力操管，窮搜所知，略述所感，謹此向先生求益，亦順此遙賀先生嵩壽無涯！

丁酉仲夏，慈溪後學陳尚君謹識於滬寓

孔子「正名」思想新詮[*]

丁　亮[**]

一、前言：符號中政治權力的正當性

本文嘗試從現代學術的「符號」脈絡闡明孔子「正名」思想所欲建立的政治權力正當性。

而有關孔子「正名」思想歷來解者多矣。若就歷史文獻對「正名」之「名」的解法來看，約略有以下四類：

1. 形名解：此類偏重名與形器的檢定作用，如《尹文子・大道上》謂「大道無形，稱器有名。名也者，正形者也。形正由名，則名不可差，故仲尼云：『必也正名乎！名不正，則言不順也。』」

2. 名實解：此類關注在名實關係上，近似語言哲學，董仲舒《春秋繁露・實性》謂「孔子曰：『名不正，則言不順。』今謂性已善，不幾於無教而如其自然，又不順於爲政之道矣；且名者性之實，實者性之質，質無教之時，何遽能善？」

3. 名字解：此類著重在事物命名與名字之義，如皇侃《論語義疏》引《論語鄭氏注》謂「正名，謂正書字也。古者曰名，今世曰字。《禮記》曰：百名已上，則書之於策。孔子見時教不行，故欲正文字之誤。」

4. 名分解：此類以名分中的社會作用爲主，如班固《漢書・藝文志》謂「名家者流，蓋出於禮官。古者名位不同，禮亦異數。孔子曰：「必也正名乎！名不正則言不順，言不順則事不成。」此其所長也。及警者爲之，則苟鉤鈲鋠析亂而已。」

上述四類也成爲近代學者以現代學術之概念、觀念、定義、語言、歷史、文化等等角度繼續闡釋的基礎。[1]

---

[*] 本文初稿曾發表於國立臺灣大學中國文學系主辦之「中國文學、歷史與社會的多重對話國際學術研討會」（臺北：2017年11月4-5日），會中承蒙林啟屏教授指正，受益良多。後收錄於《臺大中文學報》第六十九期，頁41~84。投稿期間，又蒙兩位匿名審查人批評指正，本文乃得進一步修改，在此謹申謝忱。

[**] 國立臺灣大學中國文學系教授。

[1] 苟東鋒《孔子正名思想研究》對於古今學者之正名思想研究有詳細的論述，此處乃筆者據其解析略加調整後之結果。詳細情形，讀者可參苟東鋒：《孔子正名思想研究》（上海：復旦大學哲學學院博士學位論文，楊澤波先生指導，2012年5月），第一章第二節，頁52-65。

　　然而對於孔子「正名」思想實有重新思考的必要。因從「爲政」必定「正名」來看，「正名」乃是儒家完成外王理想的關鍵，非常重要，值得深究。故在詮釋的方法上需注意兩件事情：一是要注意有關孔子「正名」思想的歷史解讀，即忠實的以文獻出現時的歷史語境解讀文獻；一是要注意研究者自身的詮釋立場，即藉現代符號學建立明確、有效、統一且有意義的學術立場進行詮釋。

　　首先，所謂的歷史語境，除了一般歷史研究中的歷史客觀環境外，還包括帶有社會文化主觀意識型態的歷史語義，包括字詞的時代意義及相關時代文獻對此一字詞的論述。這也還是歷史環境，只不過是歷史的語言環境，但是這種符號性的環境透顯了當時文化的意識型態，而能有效的闡明歷史客觀事件的附加價值。是以筆者首先重新探索「名」的歷史語義，從先秦「名」即「命」即「令」的語義事實出發，而將古代整個禮樂制度中由「天命」而「王命」而「冊命」而「正名百物」的命名活動作爲釋讀的歷史語境，使詮釋焦點關注在社會文化中「名」的實際操作層面，如此不但足以周備的統合前述「名」的形名、名實、名字、名分諸多內涵，並且在新增的「命令」語義中凸顯了「正名」思想與認知、身體、感官、自我、權力與社會的關聯；其次將藉助現代符號學的研究成果，以現代「符號」（sign）概念對譯古代之「名」，從而建立明確合宜的詮釋立場，據以接引現代學術，並吸收符號學在語言和身體兩次轉向中有關文本、詮釋、認知、身體、感官、自我、權力與社會種種討論的內涵，以助本文釐清「正名」與政治權力正當性的關聯，從而在符號學統一的基礎上，於「名」的符號操作、認知結構、身體功能與權力根源上建立四個有效的突破點。

　　因此，實際論述便以現代「符號」觀點爲立場，將孔子「正名」思想回置於歷史語境之中詮釋。論述又可分成下列四點進行：

1. 「正名」在命名活動中的符號內涵：此乃欲藉現代符號理論，貫通「名」在名字、名實、名分、名位等詞語使用中的基本意涵；

2. 「正名」在命名活動中的認知內涵：說明「正名」中「某，某也」的「認知圖式」（cognitive schema）；

3. 「正名」在命名活動中的身體內涵：此乃藉「名」即「命」的歷史語境，闡明「名」在社會範疇中運作時，「身體」，包含「身體圖式」（schema corporel），所扮演的重大角色，以及禮樂制度在「正身」中以「五聲」、「五色」、「五味」等所內建的感官知覺介面；

4. 「正名」在命名活動中的權力內涵：此乃綜合前兩點，說明「德」才是「名」的正當權力根源。雖然符號的構成便隱含著異化的危機，而認知與身體層面亦藏有異化的因素，但政治異化的關鍵當然還是在權力，德的權力正當性便成爲反制政治異化的關鍵，而孔子所倡推己及人的一體之「仁」乃是其中重點。

如此，本文便在現代學術的觀點下，以孔子最重視的仁德說明了「正名」思想中政治權力的正當性，完成新的詮釋。以下，即分節進行討論。

二、「正名」在命名活動中的符號內涵

論述孔子「正名」思想最根本的依據便是下列文字：

> 子路曰：「衛君待子而爲政，子將奚先？」子曰：「必也正名乎！」子路曰：「有是哉，子
> 之迂也！奚其正？」子曰：「野哉，由也！君子於其所不知，蓋闕如也。名不正，則言不
> 順；言不順，則事不成；事不成，則禮樂不興；禮樂不興，則刑罰不中；刑罰不中，則民無
> 所措手足。故君子名之必可言也，言之必可行也。君子於其言，無所苟而已矣！」[2]

對話發生時間當在魯哀公十年，西元前485年，此時孔子自楚反乎衛，衛君出公輒則已據國九年
矣。蓋衛靈公嘗立世子蒯聵，而蒯聵恥其母南子淫亂，欲殺之，不果而出奔。衛靈公乃立蒯聵之子
輒，以拒蒯聵，是以衛輒有拒父蒯聵之疑。若不適當處理此中君臣父子的名分問題，衛國政治此後
必將動盪不安，故孔子以爲「必也正名乎！」[3]若否，則衛君雖待孔子爲政，依孔子視伯夷、叔齊
二人爲「求仁而得仁」來看，最終仍當是「夫子不爲也。」[4]而於歷史事件之外，上述文字不但完
整彰顯了「名」於爲政的先決功能與廣大的影響範疇，而且先後有序的呈現出孔子「正名」思想，
而可進一步分爲如下數段詮釋：

1. 自「子路曰：『衛君待子而爲政，子將奚先？』」至「君子於其所不知，蓋闕如也」；
2. 自「名不正」至「民無所措手足」；
3. 自「故君子名之必可言也」至「君子於其言，無所苟而已矣」。

首段文字意義核心在孔子爲政「必也正名乎！」一語，由此可以見出「名」在中國古代政治具有極
端又普同的重要性。雖自史遷始，學者即將衛莊公蒯聵與衛出公蒯輒父子爭國之歷史悲劇視爲此
段對話之具體歷史背景，但正名思想的重要性不當侷限於是，《禮記‧祭法》「黃帝正名百物」一
語顯示「正名」思想的根源可能極早，[5]《國語‧晉語》載晉文公「正名育類」則已具體可考，[6]先
秦諸子亦屢見論述，如孟子「欲正人心、息邪說、距詖行、放淫辭」[7]即效法孔子作《春秋》以正
名，《荀子‧正名》更以專篇闡述了具體手段。餘若《管子》「政者，正也。正也者，所以正定萬

2 魏‧何晏集解，宋‧邢昺疏：《論語注疏》（台北：大化書局，1989年），卷13，頁5443。
3 相關言論可參程樹德：《論語集釋》（北京：中華書局，1990年），〈子路〉，頁885-896。
4 《論語注疏》，卷13，〈述而第七〉，頁5390。
5 東漢‧鄭玄注，唐‧孔穎達疏，清‧阮元校勘：《禮記正義》（臺北：大化書局，1989年），卷46〈祭法〉，
　頁3449。
6 東周‧左丘明著，東吳‧韋昭注，上海師範大學古籍整理研究所校點：《國語》（上海：上海古籍出版社，
　1998年），〈卷十‧晉語四〉，頁371。
7 東漢‧趙岐注，宋‧孫奭疏，清‧阮元校勘：《孟子注疏》（臺北：大化書局，1989年），〈滕文公下〉，頁
　5898。

物之命也」、[8]「名正分明，則民不惑於道」[9]，甚至公孫龍論「白馬非馬」，「欲推是辯，以正名實，而化天下焉」，[10]及近代出土《黃帝四經》「名正者治，名奇者亂。正名不奇，奇名不立」[11]等等當亦屬正名思想的表現。故後世朱熹引用謝良佐言說「為政之道，皆當以此為先」。[12]可知，正名即傳統士人內聖外王理想中外王的關鍵。

而回顧歷史語境，「名」的實際內涵實即古代政治上的命名活動，正名因此還包括了名的操作。這可分兩點說明，一是從語文學的角度來看，「名」實即「命」，實即「令」。古籍中二者通用，相互訓解，如《左傳・桓公二年》文，文中「命之曰仇」、「命之曰成師」、「古之命也」與「今君命太子曰仇」中命字皆與名通，故師服曰「異哉，君之名子也」。《國語》「言以信名」、「名以成政」下韋昭注即謂「名，號令也」，「號令所以成政也」，[13]蓋號令即王命，名即命也。是以《書・呂刑》「乃命三后」[14]《墨子・尚賢篇》引作「乃名三后」，[15]而《管子・幼官》「三年，名卿請事」、《管子・任法》「藉人以其所操，命曰奪柄。藉人以其所處，命曰失位」、[16]《呂氏春秋・察今》「故古之命多不通乎今之言者」[17]等亦皆是名命通用之例。故《春秋繁露・深察名號》謂「名之為言鳴與命也」，[18]《說文・口部》謂「名，自命也」，[19]《廣雅・釋詁三》謂「命，名也」，而王念孫《廣雅疏證》更直謂「命即名也」，「名、命古同聲同義」。[20]即在今日出土文獻中亦然，如與今本《老子》相較，馬王堆帛書《老子》乙本已然顯示「名」與「命」二字可以通用，至新出北大漢簡《老子》，「名」「命」通用更加明確。竊以為，今之「名」字與「命」字既聲義相同，則如王念孫言「命即名也」，「名」字實乃「命」字省去上方之「亼」而成，一如「僉」字下方增「曰」後，再省去上方之「亼」而成「皆」字一般。[21]其實，「名」即

8　東周・管仲著，清・黎翔鳳撰：《管子校注》（北京：中華書局，2004年），〈法法〉，頁307。筆者按：此處之命當即名，「正定萬物之命」即「正定萬物之名」，亦即「正名」之謂。

9　同前註，〈君臣上〉，頁551。

10　東周・公孫龍著，清・王琯撰：《公孫龍子懸解》（北京：中華書局，1992年），〈跡府〉，頁34。

11　陳鼓應註譯：《黃帝四經今註今譯》（臺北：臺灣商務印書館，1995年），〈十大經・前道〉，頁378。

12　宋・朱熹：《四書章句集注》（北京：中華書局，1983年），頁142。

13　《國語》，〈周語下〉，頁126。

14　西漢・孔安國傳，唐・孔穎達疏，清・阮元校勘：《尚書正義》（臺北：大化書局，1989年），卷19，頁528。

15　東周・墨翟著，清・張純一編：《墨子集解》（四川：成都古籍書店，1998年），頁61。

16　《管子校注》，頁159、909。

17　東周・呂不韋輯，東漢・高誘注：《呂氏春秋》（上海：上海書店，1991年，諸子集成本），卷15，頁176。

18　西漢・董仲舒著，清・蘇輿撰：《春秋繁露義證》（北京：中華書局，1996年），頁285。

19　東漢・許慎著，清・段玉裁注：《說文解字注》（臺北：黎明文化事業公司，1990年），2篇上〈口部〉，頁57。

20　三國・張揖著，清・王念孫疏證：《廣雅疏證》，《爾雅、廣雅、方言、釋名清疏四種合刊》（上海：上海古籍出版社，1989年），頁441。

21　命之古文字本與令同，甲骨字形乃一口向下命令跪跽之人，如𠇲，其後於金文中增口而為命，成今之命字，然而金文中所增之口形亦有在跪跽人形右方或下方者，跪跽人形在金文中亦可簡略成夕形，則字形省去上方之倒口即成今見金文𠱷之名字形。實際字形讀者可參張桂光主編：《商周金文辭類纂》（北京：中華書局，2014年

「命」之而成，「命」即「名」之以達，甲骨文實表命名活動之情境，其形變過程如下：

甲骨文　　　　金文　　　　清華簡名

又在以名稱物與命令一事在文化中形成之後，社會必有制度化的命名活動，而命名活動之後又必有命令的執行，這樣，人群在命令中就分成了頒布命令的「頒命者」與接受命令的「受命者」兩個社會階級：

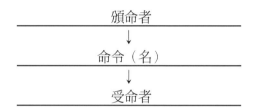

具體的歷史展現，則為周人禮樂制度的核心：「冊命」之禮。「冊命」之禮即是周天子在承受「天命」之後，將此「天命」轉化為「王命」，然後「分（頒）命」於臣子，臣子則「服命」執事，「策名委質」的國家禮制。正名，因此不僅是名稱的問題，更包括了參與者和命令的發布與執行等整個名的操作過程。

　　故而透過歷史語境的考查，便知「名」的形名、名實、名字、名分等等內涵在命名活動中實不互相排斥，亦不單一存在，而可混同不別。如《左傳・桓公二年》謂：

> 初，晉穆侯之夫人姜氏以條之役生太子，命之曰仇。其弟以千畝之戰生，命之曰成師。師服曰：「異哉，君之名子也！夫名以制義，義以出禮，禮以體政，政以正民，是以政成而民聽。易則生亂。嘉耦曰妃，怨耦曰仇，古之命也。今君命太子曰仇，弟曰成師，始兆亂矣。兄其替乎！」[22]

文中「君之名子也」與「名以制義」的「名」在同一敘述脈絡中出現，其使用乃在一名字、名稱、名號、名實、名分與形名等融通不別的範疇下進行，是以可從個人姓名之名論述到國家政治。《荀子・正名》論「王者之制名」時謂「刑名從商，爵名從周，文名從禮，散名之加於萬物者，則從諸夏之成俗曲期」，亦可證古代之「名」本即含融著各種相關內涵。直至《隋志》亦仍呈此種現象，

7月），第1冊命字，頁216，四二六〇、新五三、補五〇九諸條；頁217，一一三四三、一一三四四諸條；頁218，補五〇九條；頁219，四四六四條；頁220，二二三條。金文中跪跽人形略成夕形者，讀者可參上書，頁217-222。同時，簡帛中命字之跪跽人形亦可省略成夕形，如包山簡包二・一二命命，只要字形省去上方之倒口即近似簡帛名字形，如清華簡壹程寤02名 田，則今見名字極有可能是命字省略上方倒口而成。

22　東周・左丘明著，楊伯峻編：《春秋左傳注》（北京：中華書局，1990年），頁91、92。

其文謂:

> 名者所以正百物，敍尊卑，列貴賤，各控名而責實，無相僭濫者也。春秋傳》曰：「古者名
> 位不同，節文異數。」孔子曰：「名不正則言不順，言不順則事不成。」《周官》，〈宗
> 伯〉「以九儀之命，正邦國之位」，辨其名物之類是也。[23]

很明顯，這段論述充分說明古人在爲文時對名物、名實、名位、名分等等可以混同掌握。[24]即使直接從孔子「名不正，則言不順；言不順，則事不成；事不成，則禮樂不興；禮樂不興，則刑罰不中；刑罰不中，則民無所措手足」的論述來看，「名不正，則言不順」中「名不正」的「名」豈非便是名言之名？而「名不正」將導致「事不成」的「名不正」中的「名」又豈非便是事物名稱之名？又其可導致「禮樂不興」「刑罰不中」，則其「名不正」中的「名」豈非便是《老子》「始制有名」中的制度之名、名號之名？最終「名不正」可令「民無所措手足」，則其「名不正」中的「名」豈非又涵有關乎安措手足的名分名位之義？則在討論孔子「正名」思想之時，實應以一名字、名稱、名實、名分與名位混通不別的態度解讀。[25]

而此混通不別即共同展現在「名」作爲符號的指稱作用上。蓋符號，現代著名語言學家索緒爾（Ferdinand de Saussure）《普通語言學教程》將其組成分爲「能指」（signifier）、「所指」（signified）與能所關聯構成：

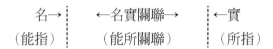

其中「所指」是共時的、無形的心理概念，具有整體性。「能指」則是有形的、感官可以感知與分別的，可以重複，符號也因此可以分別與重複，發揮作用。於是借助有形的能指，如字形或語音，

23　唐・魏徵撰：《隋書》（臺北：鼎文書局，1997年10月），〈經籍志〉，頁1004。

24　有關「名」在政治制度上的操作實況，可參丁亮：〈「名」在中國上中古之變遷〉，《中國文學歷史與思想中的觀念變遷國際學術研討會論文集》（臺北：大安出版社，2005年12月），頁104-116；有關「名」在政治制度上的思想理論，可參丁亮：〈論中國名學天命的歷史根源〉，《思想與文化》第十七輯（2015年12月），頁52-71。

25　名之一字足以混通不別的具有名字、名稱、名實、名分與名位等諸意義，實源於中國文字本於圖象的表意特質。美國藝術心理學大師安海姆《視覺思維》一書即指出在西方語言或拼音文字以隨意約定所建立之「容器式」意義型態外，尚有以視覺圖象爲主所建立「典型式」意義型態，此種型態中的意義乃以直覺感知具體經驗所建立的整體結構爲基礎，再透過圖形的整體結構去表現某一情境或事物的本質，從而建立起一種「典型概念」，以說明某類「存在物的結構本質」，所以其中包含的意義相關多樣，且概念邊界往往模糊。讀者可參（美）魯道夫・阿恩海姆（Rudolf Arnheim）著，滕守堯譯：《視覺思維》（北京：光明日報出版社，1987），頁267。就主要起源於圖象的中國文字而言，此種意義的表達，一如天空之月，在古文字中既表物體之「月」，又表月份之「月」，又表時間之「夕」；又如名之一字，以人跪坐受命之情境爲字形，既可表命名活動中的命令意，又可表所命令之名字、名稱、名實、名分與名位等意義。此乃中國文字不同於拼音文字之表達意義的特質。

符號可以傳達無形的所指，如字義、語義或概念。[26]符號，或名，因此具有轉換或仲介的功能，足以「成事」。當古代之「名」譯爲現代「符號」時，詮釋孔子「正名」思想便有了現代基礎，現代學術整個有關符號的討論，包括語言文字，也就統統都進入討論範圍。[27] 則不論「名」是解作形名之名、名實之名、名字之名或名分之名，其指稱作用都一樣。而形名之名、名實之名或名分之名，在表現上俱得書爲名字之名，彼此相互依存，是以孔子「正名」之「名」在現實中，是從具體的文字書寫之「名」正起，在字形和字義間尋求正確的關聯，[28]然後，在事物之「名」的脈絡，去正形名之名或名實之名，在「名」與其所指稱的事物間建立正確的關聯，最後，提升到人的名分或名位之名，而在人的行爲、地位與倫理間，建立正確的關聯。雖然，單就「衛君待子而爲政」的「衛君」實際歷史處境而言，孔子所言「正名」之「名」好似偏向名分之名，但從「爲政」「必也正名乎」之敘述的普遍意義來看，「正名」之「名」必定涉及所有「名」的符號意涵，故現代學者勞思光即已以「名」爲符號。[29]

然而名既需正，便有不正，此乃在符號操作中所生之異化危機。異化的複雜問題隱藏在符號極爲簡單的構成中，因爲能指與所指其實性質相反，能所關聯具有任意性（arbitrary，或譯爲獨斷性），即《莊子・齊物論》所謂「夫言非吹也，言者有言，其所言者特未定也」，而《荀子・正名》亦謂「名無固宜，約之以命，約定俗成謂之宜，異於約則謂之不宜」。美國符號學家皮爾斯更直言：

A sign is an object which stands for another to some mind.[30]

就在能指與其性質相反的所指結合轉換之中，一個符號，不再指向它自己，而是指向一個不是它的東西，符號雖能傳達訊息，但其結構在本質上並不能確保傳遞的訊息，故此符號的操作具有「異化」的危機，[31]即名雖來自眞實事物，但在操作中卻可能在訊息的傳遞上脫離眞實，最終形成名之未必可言，而言之，也未必可行的狀況。此亦孔子提倡正名的理由，故要特意強調「君子名之必可言也，言之必可行也。君子於其言，無所苟而已矣！」不過從其學生子路「有是哉，子之迂也！奚

---

[26] （德）費爾迪南・德・索緒爾著，屠友祥譯：《索緒爾第三次普通語言學教程》（上海：上海人民出版社，2002年10月），頁135。

[27] 趙毅衡《符號學》一書乃是筆者所見介紹符號相關面向中最爲周全者，讀者可參趙毅衡：《符號學》（臺北：新銳文創，2012年）。

[28] 在正名的傳統之下，名特指文字，如鄭玄注《論語・子路》「必也正名乎！」鄭玄注謂「正名，謂正書字也。古者曰名，今世曰字」；《儀禮注疏・聘禮》「百名以上書於策」鄭玄注謂「名，書文也，今謂之字」；《周禮・外史》「掌達書名於四方」鄭玄注謂「古曰名，今曰字」；《周禮・大行人》「九歲屬瞽史諭書名」鄭玄注謂「書名，書文字也，古曰名」。

[29] 勞思光以爲先秦言「名」者，基本上不外兩大派：孔子之言「正名」，基本上表示道德旨趣；道家言「無名」、「有名」，以「名」爲符號指謂。此處已以「名」爲限定意義之符號。參勞思光：《新編中國哲學史》（臺北：三民書局，1991年），頁147、148。

[30] Charles Sanders Peirce, *Peirce on Signs: writings on semiotic* (Chapel Hill: UNC Press Books, 1991), p. 141。

[31] 按：「異化」一詞意義紛雜，在英文、德文、拉丁文與希臘文中略有差異，但一般指分離、疏遠、陌生、轉讓等等，用一般話語來統一言說，即是什麼變得不是什麼了。

其正？」的回答來看，上古由天子與史官所掌控最為重要的名治傳統恐已不顯，故孔子答以「野哉，由也！君子於其所不知，蓋闕如也。」一旦名治單純的起點發生異化，便將發生後續一連串的政治影響，其中最貼近的便是認知異化。

三、「正名」在命名活動中的認知內涵

名不正，將導致認知異化。這充份展現在「名不正，則言不順」這一與語言密切相關的論述中，而此認知異化將使權力的使用變得非常弔詭。如《國語‧周語下》載周景王二十三年，西元前522年，周景王欲鑄大鐘，鐘的形制超越先王之制，單穆公謂：

> 鐘不過以動聲，若無射有林，耳弗及也。夫鐘聲以為耳也，耳所不及，非鐘聲也。猶目所不見，不可以為目也。夫目之察度也，不過步武尺寸之閒；其察色也，不過墨丈尋常之閒。耳之察和也，在清濁之閒；其察清濁也，不過一人之所勝。是故先王之制鐘也，大不出鈞，重不過石。律度量衡於是乎生，小大器用於是乎出，故聖人慎之。今王作鐘也，聽之弗及，比之不度，鐘聲不可以知和，制度不可以出節，無益於樂，而鮮民財，將焉用之！[32]

單穆公指出「鐘不過以動聲」，而其大小「大不出鈞，重不過石」，是以「一人」之耳為察，「律度量衡於是乎生，小大器用於是乎出」，以使王者「耳內和聲，而口出美言，以為憲令，而布諸民，正之以度量，民以心力，從之不倦。成事不貳，樂之至也」，同時，「聲味生氣。氣在口為言，在目為明。言以信名，明以時動。名以成政，動以殖生。政成生殖」，又是「樂之至也」。其中「言以信名」正是「名不正，則言不順」的反面表現，正名要名正言順，要「言以信名」，才能「名之必可言」，才是認知的正確狀態。先王之制中，鐘的形制正為確保此種可以正當言說的合理作用，而「鐘」之名聯結至「動聲」之實，則為其整體意義與價值的核心。此一核心的名實關聯，並流傳於後世，如《白虎通德論‧五行》所謂「鐘者，動也。言萬物應陽而動下藏也」，《白虎通德論‧禮樂》所謂「鐘之為言動也，陰氣用事，萬物動成」，正是呼應單穆公之言。則「鐘者，動也」便是正名的語言，其餘論述，則均是由此展開的合理言說，以預防周景王欲鑄大鐘之認知異化。顯然，周景王將「鐘」形式大小視為意義與價值的大小，以為王者之鐘形制愈大，王者愈偉大，故生鑄大鐘之欲望。此時，「鐘」之為鐘的存在意義與價值已然在其認知中異化，「鐘」喪失了其名為鐘的正當性。類似的認知異化在周文衰弊後極多，王公貴族已不識禮樂制度中名與器之正當意義，而僅僅從禮器能指之形制大小去聯結其意義，故周定王宴饗晉隨會，隨會以「王室之禮無毀折」疑之；[33] 楚莊王見王孫滿亦輕忽「鑄鼎象物」，「在德不在鼎」的重點，而「問鼎之大小、

32　同註7，頁122。

33　筆者按：此事發生於周定王十四年，亦見載於《左傳‧宣公十六年》冬。《國語》，頁766。

輕重」；[34]魯季氏八佾舞於庭，亦因如此，故孔子大嘆「禮云禮云，玉帛云乎哉？樂云樂云，鍾鼓云乎哉？」

　而「鐘者，動也」的解說實際上便是據「某」說「某」，以防異化的特殊正名語言。蓋符號雖有異化危機，能指與所指的聯結沒有任何必然的保證，但中國文字特殊的表意構造與拼音文字不同，在其字形與字義間可以具有合理的聯結，如古文字中牛字象牛，羊字象羊，馬字象馬，鹿字象鹿，無法任意替換，因爲其能指的形式來自我們存在的世界，而這個生存世界，特別是自然的天地山川萬物，是我們共通的認知基礎，在心理層面保證了我們的在世存有，以及各種事物合理的運作，《禮記‧祭法》「黃帝正名百物」的紀錄，[35]或即指此，只有在極端不合理的權力運作下，才能指鹿爲馬。但當鹿爲馬而鹿非鹿時，即「某」非「某」之時，「某」即不是「某」了。近年出土的〈互先〉中便有一段相關論述，其謂：

　　名出於言，事出於名。或非或，無胃（謂）或。又（有）非又（有），無胃（謂）又（有）。生（性）非生（性），無胃（謂）生（性）。音非音，無胃（謂）音。言非言，無胃（謂）言。名非名，無胃（謂）名。事非事，無胃（謂）事。[36]

「名出於言，事出於名」當即在傳統「正名」思想下所成之論述，而後一連串「某非某，無謂某」的論述，則是不斷在強調以「某」解「某」認知態度的重要。能指與所指間合理的聯結，穩定了什麼即是什麼的認知，形成消解異化的作用。[37]其中字音字形等能指的分別與重複作用又特別重要，以字音、字形爲訓解字義依據其實是將價值與意義定形的最佳方式。不但方便，而且具有強大的說服力，在中國典籍中形成極爲特別的論述方式，如哀公問社於宰我，宰我對曰「周人以栗，曰使民戰栗」，[38]即以「戰栗」之栗解周社之名，是以通名解專名。而宰我爲孔子弟子，顯然，此爲主張正名者訓解名義之慣用手法。餘如「徹者徹也」、[39]「夫也者夫也」、[40]「蒙者蒙也」、[41]「比者比也」[42]等均是；以音與形上皆具親密關係之類近字說者有「政者，正也」、[43]「征之爲言正也」、[44]「生之謂性」、[45]「咸，感也」、[46]「仁者人也」[47]等等；就音上說者有「需，須也」、「離，麗

34　同前註，頁669-672。

35　《禮記正義》，卷46，頁3449。

36　馬承源：《互先》，《上博楚竹書》（上海：上海古籍出版社，2003年12月），第3冊，頁293、294。

37　詳參丁亮：〈漢字符號學初探〉，《符號與傳媒》第6輯（2013年3月），頁103-140。

38　《論語注疏》，卷3，頁5358。

39　《孟子注疏》（臺北：大化書局，1989年），卷5上，頁5871。

40　《禮記正義》，卷26，頁3152。

41　魏‧王弼，晉‧韓康伯注，唐‧孔穎達疏：《周易正義》（臺北：大化書局，1989年），卷9，頁199。

42　同前註。

43　《論語注疏》，卷12，頁5437。

44　《孟子注疏》，卷14上，頁6029。

45　同前註，卷11上，頁5973。

46　《周易正義》，卷4，頁94。

47　《禮記正義》，卷53，頁3533。

也」、「乾，健也」、「義者宜也」、「校者教也」等等；[48]就形上說者有「止戈爲武」、[49]「反正爲乏」、[50]「皿蟲爲蠱」、[51]「自環者謂之私，背私謂之公」、[52]「三畫而連其中，謂之王；三畫者，天地與人也，而連其中者，通其道也」[53]等等。總的來說，上述法則分別表現爲訓詁中的「聲訓」與「形訓」，並在漢代大行其道，從而形成《說文解字》與《釋名》二書。[54]

於是「正名」思想形成「某，某也」的「認知圖式」（cognitive schema）。因爲書字之名既與名物、名實、名位之名混同不分，則書字之名本身就是其本身的說明這件事，足以確保名實、名位等其它脈絡下的說明。《論語・顏淵》載：

> 齊景公問政於孔子，孔子對曰：「君君、臣臣、父父、子子。」公曰：「善哉！信如君不君，臣不臣、父不父、子不子，雖有粟，吾得而食諸？」[55]

這實在是十分奇特，用「君」說「君」，用「臣」說「臣」，用什麼去說什麼，引得墨者強烈質疑。但是，這種什麼即是什麼的直說，卻足以避免符號什麼不是什麼的異化危機，而以名分之解說去保證了名分的實行，特別是在中國文字的表意系統下，君字象君主以手持杖治理之象，臣字以臣服之目象臣之臣服，父字象以手持杖之教子形；子字象襁褓中待教之子，各字字形分別如下：

君　臣　父　子

而當什麼不是什麼時，孔子也將有所感，《論語・雍也》載：

> 子曰：「觚不觚，觚哉！觚哉！」[56]

當「觚」之器不符「觚」之名時，名即不正了，認知亦不正，是以孔子嘆，是以儒家經典屢屢以正名之方式論述，欲以正知正心，如「好好而惡惡，樂樂而安安」、[57]「故人不獨親其親，不獨子其

---

48 以上諸例參考齊佩瑢：《訓詁學概論》（臺北：華正書局，1980年9月），頁118。

49 《春秋左傳注》，744頁。

50 同前註，763頁。

51 同前註，1223頁。

52 東周・韓非著，陳奇猷校注：《韓非子新校注》（上海：上海古籍出版社，2000），〈五蠹〉，頁1105。

53 《春秋繁露義證》，頁329。

54 更多的論述，讀者可參龍宇純：〈正名主義的語言與訓詁〉，《絲竹軒小學論集》（北京：中華書局，2009年），頁358-377。此文從傳統小學的脈絡切入，論述與舉證皆極清晰詳實，將小學有關文字聲韻的研究，從知識考古提升到語用的操作層面，實爲創舉。筆者小著《無名與正名：論中國上中古名實問題的文化作用與發展》（新北：花木蘭文化出版社，2008年），頁85-96，第四章正名觀第二節「符號運作：書法與正字」即曾在此觀點啟發下，補充有關操作的歷史文獻，予以發揮，讀者亦可參考。

55 《論語注疏》，〈顏淵第十二〉，頁5436。

56 同前註，〈雍也第六〉，頁5382。

57 《國語》，〈晉語一〉，頁262。

子」、[58]「學學半」、[59]「以仁安人，以義正我，故仁之爲言人也，義之爲言我也」等。[60]特別是董仲舒論《春秋》的表現最爲誇張，其謂「吾以其近近而遠遠，親親而疏疏也，亦知其貴貴而賤賤，重重而輕輕也。有知其厚厚而薄薄，善善而惡惡也，有知其陽陽而陰陰，白白而黑黑也」。[61]

於是從「正名」的語言到「正名」的認知，「某，某也」的「認知圖式」（cognitive schema）在某種程度上發揮了「正心」的效果，消解了異化的危機。「名」在此傳統下不只是一種手段，而成爲意義與價值的標準，甚至是道德的化身，人生的目的。在能指分別與重複的作用下，「名」本身可以言說它自己，正名之名「名之必可言」，唯當「名不正」時，「言不順」。於是羅蘭巴爾特在〈法蘭西學院就職講演〉中指出語言的兩個範疇：「斷言的權威性和重複的群體性」，[62]就得以在當權者的命令與人民群體可理解的言說中和諧相待，個人的命令在群體的語言中得到檢視，群體的語言在個人的命令中得到效用，「名」與「言」所共成的符號統一系統也足以持續運行。聖王的命名系統與人民的語言結合，成就了人生道德的保障，此乃「正名」在命名活動中的認知內涵。

四、「正名」在命名活動中的身體內涵

論述完「正名」在命名活動中的符號與認知內涵後，接著要面對的便是行爲的身體。所以孔子在「名不正，則言不順」後續謂「言不順，則事不成」，事，要行之而成，故又謂「君子名之必可言也，言之必可行也」。在名正言順後直接要考慮的就是一個言行一致，能夠發出行爲的身體，而在名與身之間，中國發展出一條特殊的通路。

從前述古代政治中「冊命」的命名活動看，身體，在符號的操作上，其實是整個活動成不成功的關鍵。再次回顧前述之命名活動，其實包含了頒布命令的「頒命者」與接受命令的「受命者」兩個社會階級：

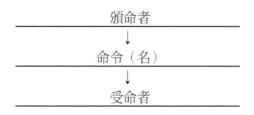

58 《禮記正義》，卷21，頁3059。
59 同前註，卷36，頁3294。
60 《春秋繁露義證》，頁249。
61 同前註，頁11。
62 （法）羅蘭・巴爾特（Roland Barthes）著，李幼蒸譯：《寫作的零度——解構主義》（臺北：時報出版公司，1991年2月），頁147、148。

在上層的頒命者「分（頒）命」於在下層的受命者，即「策名委質」的臣子，以「服命」成事。這時，君主與臣子不但要各自躬行其事，且要成為一體來共同完成政事，上層的人要知道其命令可行，下層的人要知道行事的意義，因此，頒命者或受命者都要對命令中所涉及「名」的身體內涵清晰掌握，彼此才能完美的配合，是以君國要一體，君臣要一體，這包括了掌握命令中的名物之名以及頒命與受命之諸操作者的名分之名，亦即認知「名」時，要將自己的行為、經驗、體會代入，而不僅是存在於大腦中的抽象概念。若周景王鑄大鐘即不能體會到鐘之名為鐘在「動聲」、「在耳之察和」、「在清濁之聞」上「律度量衡於是乎生，小大器用於是乎出」的身體行為內涵，亦不能體會君王之名為君王在治理人民上的身體行為內涵，而將「名」認知為一抽象的概念，一個外在於自己生命經驗的對象，才會有「離民之器」，鑄成大錯。

因此「正名」在名正言順後，還得建立「名」與「身」的有效通路，以使頒命者與受命者均能言行一致，「言之」才「必可行」。而在「名」與「身」中內建彼此共通的機制則是最具保證的作法，而此機制，即是由形色、聲音、香氣、味道、觸覺與感受所形成的感官知覺介面。

「名」中內建的感官知覺介面展現在「所緣以同異」上。《荀子・正名》對制名提出「所為有名」、「所緣以同異」與「制名之樞要」三察，而對其中第二察謂：

> 然則何緣而以同異？曰：緣天官。凡同類、同情者，其天官之意物也同，故比方之疑似而通，是所以共其約名以相期也。形體、色理以目異，聲音清濁、調竽、奇聲以耳異，甘、苦、鹹、淡、辛、酸、奇味以口異，香、臭、芬、鬱、腥、臊、洒酸、奇臭以鼻異，疾、養、滄、熱、滑、鈹、輕、重以形體異，說、故、喜、怒、哀、樂、愛、惡、欲以心異。心有徵知。徵知則緣耳而知聲可也，緣目而知形可也。[63]

很明顯的，在名的操作上，需要掌握身體對其所指之物的感官知覺經驗。並且，在中國文字造字傳統中，這種所指中所蘊藏的身體感官知覺經驗會盡量的反映在能指中，即中國古文字以其圖象特質呈現了身體感受事物與情境的作用，是以象一柔順跪坐人形之「女」字既表女人的女，亦表如意的如，更表聽命之第二人稱的汝；是以象蜃之「辰」字既可表為蜃，又可表為農田除草之時而為辰，或晨，又為農，又為陳草復生之蓐，又為除草之耨，更因農事低下而表為污辱之辱，其形如下，圖中標字乃因所取資料釋字：[64]

辰、蜃（新證下288：商・後 1.13.4《甲》）	晨（新證上170：商・前 4.10.3《甲》）	蓐、辱（新證上64：商・乙 1502《甲》）	農（新證上171：商・前 5.48.2《甲》）

63　東周・荀子著，清・王先謙撰：《荀子集解》（臺北：藝文印書館，1988年），卷16，頁677-680。
64　季旭昇：《說文新證》（臺北：藝文印書館，2004年），頁下228、上170、上64、上171。

其它若「羊」可爲「祥」；「鳳」可爲「風」；「熊」可爲「能」；「蛇」可爲「它」；「象」可爲「像」；「星」可爲「晶」；「虹」可爲「訌」；「丘」可爲「虛」等等，均是。字形僅僅是以其具體形象讓人們回憶起身體的相關經驗，呼喚出曾有的相關感受與體會，所以即使字形之中未見人身，字義不在描述身體，身體依然可在「名」的操作層面作用。故若中國文字學第一部大書《說文解字》〈序〉發揮〈易繫〉之言謂：

> 古者庖犧氏之王天下也，仰則觀象於天，俯則觀法於地，視鳥獸之文與地之宜，近取諸身，遠取諸物，於是始作易八卦，以垂象憲。及神農氏結繩爲治而統其事，庶業其繁，飾偽萌生，黃帝之史倉頡，見鳥獸蹄迒之跡，知分理之可相別異也，初造書契，百工以乂，萬品以察，蓋取諸〈夬〉，〈夬〉，「揚于王庭」，言文者宣教明化於王者朝廷，君子所以施祿及下，居德則忌也。[65]

庖犧氏「近取諸身，遠取諸物」一句雖指作易八卦，但依文中八卦、結繩、書契的敘述脈絡來看，此句亦爲聖王制作符號系統的一貫法則，文字制作自然如是。同時，從庖犧氏「仰則觀象於天，俯則觀法於地，視鳥獸之文與地之宜」的論述來看，聖王身體不止是「物」之一，而且是有取於「身」「物」者。此由《周易‧繫傳》原文於「近取諸身，遠取諸物」文後尚有「以通神明之德，以類萬物之情」二句亦可得知，古代聖王確實是依據身體探索萬物及創造文字的。而文字系統的作用，亦在完成文化的傳播，提供王者「宣教明化」，「施祿及下」，「百工以乂」，「萬品以察」。[66]

於聖王制名造字之後，其後與其下受命、服命者便得在「禮」的作用下，將「五色」、「五聲」、「五味」等感官知覺介面內建於身。即以主上之名制爲禮樂制度，而將臣下之身體置於其中涵養，使其身體行爲能與「名」相合，而言行如一。配合的關鍵則以「氣」爲基礎，建立，相互轉換。

名以制禮一事見於載籍。《左傳》載季文子之言謂：

> 先君周公制周禮曰：「則以觀德，德以處事，事以度功，功以食民。」作誓命曰：「毀則爲賊，掩賊爲藏。竊賄爲盜，盜器爲姦。主藏之名，賴姦之用，爲大凶德，有常無赦。在九刑不忘。」[67]

在此，周禮有則，而禮則乃由「主藏之名」定之，可知禮乃由名制定，《左傳‧莊公十八年》亦謂「王命諸侯，名位不同，禮亦異數，不以禮假人」。前引《左傳‧桓公二年》師服「夫名以制義，義以出禮，禮以體政，政以正民，是以政成而民聽。易則生亂」之語，則在「名」、「義」、「禮」、「體」、「政」、「民」的關聯，間接顯示名禮關係。從《左傳‧昭公二十八年》「心能

---

65 《說文解字注》，頁761。
66 詳參丁亮：〈中國古文字中的身體感〉，余舜德編：《身體感的轉向》（臺北：國立臺灣大學出版中心，2015年），頁261-292。
67 《春秋左傳注》，頁633、634。

制義曰度」知「名以制義」的義實應釋爲儀,即儀容之儀,心能據名制定儀容之度,以身體儀容之制度爲準建立禮的規範,以使政治在執政者身上落實爲人民可象可則的對象,百姓隨之而正,故政事成功而百姓聽從。

禮制定後,君臣的身體便得在禮中正確行爲,涵養成事。因爲禮則的「則」當即由「惟民之則」的身體「威儀」所成,是以古籍屢見禮與身體密切關聯的論述,如《左傳‧成公十三年》「禮,身之幹也;敬,身之基也」、《左傳‧成公十五年》「信以守禮,禮以庇身」、《左傳‧襄公二十一年》「禮,政之輿也;政,身之守也」、《禮記‧禮器》「禮也者,猶體也」、《禮記‧中庸》「《禮儀》三百,威儀三千」、《大戴禮記‧本命》「禮經三百,威儀三千」、《大戴禮記‧衛將軍文子》「禮儀三百,可勉能也;威儀三千,則難也」、《說文》「禮,履也」、《釋名》「禮,體也」。[68]當眾人以符合禮制威儀的規則行動時,身體便進入「名」的規訓,達成政事。周定王謂:

> 夫王公諸侯之有饗也,將以講事成章,建大德、昭大物也,故立成禮烝而已。饗以顯物,宴以合好,故歲饗不倦,時宴不淫,月會、旬修,日完不忘。服物昭庸,采飾顯明,文章比象,周旋序順,容貌有崇,威儀有則,五味實氣,五色精心,五聲昭德,五義紀宜,飲食可饗,和同可觀,財用可嘉,則順而德建。古之善禮者,將焉用全烝?[69]

「五味實氣,五色精心,五聲昭德,五義紀宜」,在禮制所定之「五味」、「五色」、「五聲」、「五義」的涵養訓練中,身體能夠合乎法則的正確掌握味、色、聲、儀等感官媒介及關係,才能在禮中行事,「則順而德建」,進一步「講事成章」,達到政治目的。

至此可知,「禮」既是「正名」成事之後所興盛的對象,亦是由名制定,規訓君民身體,以助成命令,度功食民的制度。不過無論何者,均處於事物功用的層面,而非道德價值的層面,居於「名」的下位。

而「五味」、「五色」、「五聲」、「五義」等感官介面則以天地「氣」之理論爲基礎,極爲精巧的在「名」、「禮」、「身」間滲透穿梭,使身體與名互通,成爲適合執行命令的身體,使頒命者與受命者在禮中成爲行事之一體,使名具有身體意涵而「言之必可行」。《左傳‧昭公元年》(西元前541年)秦醫醫和謂:

> 天有六氣,降生五味,發爲五色,徵爲五聲。淫生六疾。六氣曰陰、陽、風、雨、晦、明也,分爲四時,序爲五節,過則菑。[70]

則知「五味」、「五色」、「五聲」在理論上乃生自天地之氣。而《左傳‧昭公二十五年》載子大叔答趙簡子問禮之語謂:

---

68 有關「威儀」可參丁亮:〈從身體感論中國古代君子之「威」〉,《考古人類學刊》第74期(2011年),頁89-118。

69 《國語》,〈周語中〉,頁64、65。

70 《春秋左傳注》,頁1221、1222。

夫禮，天之經也，地之義也，民之行也。天地之經，而民實則之。則天之明，因地之性，生其六氣，用其五行。氣為五味，發為五色，章為五聲。淫則昏亂，民失其性。是故為禮以奉之：為六畜、五牲、三犧，以奉五味；為九文、六采、五章，以奉五色；為九歌、八風、七音、六律，以奉五聲。……民有好惡、喜怒、哀樂，生于六氣，是故審則宜類，以制六志。哀有哭泣，樂有歌舞，喜有施舍，怒有戰鬥；喜生於好，怒生於惡。是故審行信令，禍福賞罰，以制死生。生，好物也；死，惡物也。好物，樂也；惡物，哀也。哀樂不失，乃能協于天地之性，是以長久。[71]

則知周人「禮」中種種犧牲文章音律的制定乃為奉行「五味」、「五色」、「五聲」，以涵養人民身上的「好惡、喜怒、哀樂」。此實表明，對於周人來說，「五味」、「五色」、「五聲」乃是天地自然之氣所生成的一套有秩序的符號介面，天經地義，人應服膺而內建於人身，但若感官聲色過度淫亂，不但聲色者易失性致病，此套禮樂制度中的符號介面亦會崩毀。

於是頒命者與受命者的體氣均要特別調養，使其身體正確發揮「五味」、「五色」、「五聲」的感官知覺功能，正當完成政治命令。此點單穆公諫周景王鑄大鍾已言之，其文謂：

口內味而耳內聲，聲味生氣。氣在口為言，在目為明。言以信名，明以時動。名以成政，動以殖生。政成生殖，樂之至也。若視聽不和，而有震眩，則味入不精，不精則氣佚，氣佚則不和。於是乎有狂悖之言，有眩惑之明，有轉易之名，有過慝之度。[72]

在此，感官欲望的危險不在其具體耗費，而在其干擾破壞君主之氣與其感官之運作，很明顯的，此處「聲味生氣」之「氣」已非前述天地之氣，而是天氣透過味、色、聲等所轉化生成的人體體內之氣，是人體之氣支持著口目感官發揮作用，若「氣佚」而「不和」，則君王將「有狂悖之言，有眩惑之明，有轉易之名，有過慝之度」，此時，名不正定而言不順訓，命令不行，國家將亡。是以君王等頒命者平日即應調養其氣，《左傳‧昭公二十年》晏嬰之言亦持此見，其文謂：

和如羹焉，水、火、醯、醢、鹽、梅，以烹魚肉，燀之以薪，宰夫和之，齊之以味，濟其不及，以洩其過。君子食之，以平其心。君臣亦然。君所謂可而有否焉，臣獻其否以成其可；君所謂否而有可焉，臣獻其可以去其否，是以政平而不干，民無爭心。故《詩》曰：『亦有和羹，既戒既平。鬷嘏無言，時靡有爭。』先王之濟五味、和五聲也，以平其心，成其政也。[73]

要完成和羹，得講究「水、火、醯、醢、鹽、梅」、「魚肉」、「薪」等材料，還得具備「和之」、「齊之」的技術，更要掌握「濟其不及，以洩其過」的標準，如此費事的關注於一套材料、技術與標準，目的不在君子享樂，而在平君子之心，以飲食之味調和君子血氣，以求成政事。先王

---

71 同前註，頁1457-1459。

72 《國語》，〈周語下〉，頁125。

73 《春秋左傳注》，頁1419、1420。

「濟五味」如此,「和五聲」亦如是。西元前533年,《左傳‧昭公九年》所載膳宰屠蒯諫晉平公之言亦是,其文謂:

> 味以行氣,氣以實志,志以定言,言以出令。[74]

味以行氣之氣即身體之血氣,而言以出令之令,即發號施令之名命,故屠蒯以這段話其實即是將名與身的關聯從氣的通路中獨立出來的論述,頂真形式塑造了強烈的連續性,使名與身的關聯在聽者心中形成固定的印象。至於入諫,乃因晉卿荀盈卒而未葬,晉侯便飲酒作樂,為「司聰」之「君耳」的樂工不諫,為「司明」之「君目」的外嬖不諫,為「司味」之君口的屠蒯只好入諫,這不但是古代國君一體觀念的表現,也是氣的通路中聲、色、味、儀調理的制度化反映。[75]孔子則從受命者之立場呈現此一傳統。《大戴禮記‧四代》記孔子答魯哀公問祿之言謂:

> 食為味,味為氣,氣為志,發志為言,發言定名,名以出信,信載義而行之,祿不可後也。[76]

「發言定名」的「定」字古與「正」通,「定名」通「正名」。此孔子此處所言當是其「正名」思想在調養執命者一事上的發揮,俸祿以食不只是為了獎賞,不只是現實中的利益交換,而是著眼於身體內在感官知覺介面正確的運作,故提供事事者適宜的飲食以調節血氣、培養心志,才能正確下達命令、執行命令,以成政事。

同時,頒命者與受命者在執行禮制之名時,其本身成為一個符號,心志為所指,身體為能指,是以講求「正名」之政命推行時,亦講求身體之「正身」。此即一般所言之身教,而其在周文化之具體內容則為「威儀」,利用一種精準合禮的身體技術,從身體出發,特別是「身體圖式」(schema corporel)意義下的身體,去建立人與人間的一體關係。《左傳‧襄公三十一年》載北宮文子說威儀之言謂:

> 有威而可畏謂之威,有儀而可象謂之儀。君有君之威儀,其臣畏而愛之,則而象之,故能有其國家,令聞長世。臣有臣之威儀,其下畏而愛之,故能守其官職,保族宜家。順是以下皆如是,是以上下能相固也。衛詩曰:「威儀棣棣,不可選也」,言君臣、上下、父子、兄弟、內外、大小皆有威儀也。周詩曰:「朋友攸攝,攝以威儀」,言朋友之道必相教訓以威儀也。周書數文王之德曰:「大國畏其力,小國懷其德」,言畏而愛之也。《詩》云:「不識不知,順帝之則」,言則而象之也。紂囚文王七年,諸侯皆從之囚,紂於是乎懼而歸之,可謂愛之。文王伐崇,再駕而降為臣,蠻夷帥服,可謂畏之。文王之功,天下誦而歌舞之,可謂則之。文王之行,至今為法,可謂象之。有威儀也。故君子在位可畏,施舍可愛,進退

---

[74] 同前註,頁1312。

[75] 古人以身體比君國,詳情可參王健文:〈國君一體——古代中國國家概念的一個面向〉,楊儒賓主編:《中國古代思想中的氣論及身體觀》(臺北:巨流圖書公司,1993年),頁227-260。筆者則以為此一概念亦與氣之通路有關。

[76] 清‧王聘珍撰,清‧王文錦點校:《大戴禮記解詁》(北京:中華書局,1983年),頁171。

可度，周旋可則，容止可觀，作事可法，德行可象，聲氣可樂；動作有文，言語有章，以臨
其下，謂之有威儀也。[77]

周文王以其身體恰當正確之動作與行爲建立「威儀」，令人畏愛而則之，在此基礎下使「君有君之
威儀」，「臣有臣之威儀」，君臣一體，建立起整個國家，此豈非孔子「身正」令行，「正身」
「正人」的思想根源？其後，此一「威儀」便制定成儀禮。

　　而孔子諸多言行更可證明「正身」爲「正名」在命名活動中的身體內涵。當認知異化引生身體
異化，身體行爲便將不正，因爲符號的操作缺乏身體做爲主體的行動經驗與體會，亦即身體異化爲
完成命令的工具，不再是符號操作中行爲與體驗的主體，不管此命令來於自己或他者。最終結果是
行爲者言行斷裂，而命令無法執行。如《論語‧子路》謂：

　　　　子曰：「其身正，不令而行；其身不正，雖令不從。」[78]

又謂：

　　　　子曰：「苟正其身矣，於從政乎何有？不能正其身，如正人何！」[79]

當頒布命令的政治領袖自身行爲動作具有符合命令的正確威儀，其命令便具有身體做爲行動主體的
可執行內涵，其身體則成爲向受命臣民示範正確行爲的符號，而臣民「畏而愛之，則而象之」，不
用命令便已自行。若是頒命者自己的身行便與自己的命令相違，則其自身言行便斷裂不一，命令如
何能眞切完成？故在此論述中顯示，「正身」於政治的重要性幾乎等同「正名」，只是在作用上一
偏重人一偏重事。其餘若《論語‧顏淵》載：

　　　　季康子問政於孔子。孔子對曰：「政者，正也。子帥以正，孰敢不正？」[80]

又載：

　　　　季康子患盜，問於孔子。孔子對曰：「苟子之不欲，雖賞之不竊。」[81]

再載：

　　　　季康子問政於孔子曰：「如殺無道，以就有道，何如？」孔子對曰：「子爲政，焉用殺？子
　　　　欲善，而民善矣！君子之德，風；小人之德，草；草上之風，必偃。」[82]

則是藉季康子具體問政彰顯「正身」的作用。《論語‧爲政》亦載有相類的一條，其文謂：

　　　　季康子問：「使民敬、忠以勸，如之何？」子曰：「臨之以莊則敬，孝慈則忠，舉善而教不
　　　　能則勸。」[83]

　　此則是針對特定之德行，以特定之身行正應之。由此亦可理解《論語》「君子正其衣冠」

77　《春秋左傳注》，頁1193-1195。
78　《論語注疏》，〈子路第十三〉，頁5444。
79　同前註，〈子路第十三〉，頁5445。
80　同前註，〈顏淵第十二〉，頁5437。
81　同前註。
82　同前註。
83　同前註，〈爲政第二〉，頁5346-5347。

（〈堯曰〉）與「正顏色」（〈泰伯〉）的要求及〈鄉黨〉中「割不正，不食」、「席不正，不坐」、「君賜食，必正席先嘗之」、「升車，必正立執綏」等種種孔子身行的根本原因。

總之，「正名」在命名活動中的身體內涵即是「正身」。此始自君王制名，名定禮樂，禮樂制度將「名」中的感官知覺介面制定成「五味」、「五色」、「五聲」，而在禮之威儀規訓中，內建進入君臣身體，君臣「正身」，成為一體，完成命令。此時，「言之必可行」，行事必可成，在君王「正身」示範下，百姓從之，於是禮樂興，刑罰中，民知所措其手足。

五、「正名」在命名活動中的權力內涵

最後，要簡述「正名」在命名活動中的權力內涵即是「德」。「德」基本上當指德能、德行，即行事能力。而有行事能力者，可教人行事，或助人行事，加惠於人，故人願聽命行事，從「正名」的命令角度著眼，所謂「德」，簡單的講，即是一個人能夠命令他人的權力，或者是正當合法的權力根源。落在命名活動中，則因其具有行事能力的「德」，故為「名之必可言，言之必可行」的君子。展現在符號的操作上，則能清晰的掌握及變化運用「名」中能指的溝通作用與所指的行事意義，並且自主的聯結二者，而不會如周景王鑄大鍾或季氏八佾舞於庭般，在符號的運作中異化。因此，從德回觀，「正名」不僅是一種政治手段或工具，人在其中由「仁」而獲得一種「類」存在，故其本身即是人類存在的價值與意義，本身即保障其擁有權力的正當性與合法性。

而「德」是命令正當合法的權力根源，可由其與「命」的關係見出。有德即有命即有名，故夏商周三代皆因敬德而受天命。《尚書‧周書‧召誥》先謂「有夏服天命，惟有歷年」，「惟不敬厥德，乃早墜厥命」，「有殷受天命，惟有歷年」，「惟不敬厥德，乃早墜厥命」，後謂「王其德之用，祈天永命」，可以為證。此點亦早為學者所知，如唐君毅即指出「天命靡常」，天之降命乃因於人之修德，故「後於人之修德，而非先於人之修德者」。[84]有德者是先有其德，然後才能受天命，受天命後才擁有發布命令的權力，成為發布命令的社會權威。但是，修德先於受命，因而「德」實際上又是一種能令他人聽命的躬行能力，《書經‧康誥》謂：

> 惟乃丕顯考文王，克明德慎罰，不敢侮鰥寡，庸庸、祗祗、威威顯民。……天乃大命文王，殪戎殷，誕受厥命。[85]

文王能「明德」並「慎罰」，且此「明德慎罰」乃文王自「以為教首」，教育下民；「不敢侮鰥寡」則是愛民的表現；「庸庸、祗祗、威威顯民」，則是正名語法，表「用可用，敬可敬，刑可刑，明此道以示民」。[86]可知文王呼應天命，「用康保民」，因其具有保民能力，故而人民歸之，

84　唐君毅：《中國哲學原論‧導論篇》（臺北：臺灣學生書局，1986年），頁524-527。

85　《尚書正義》，卷14，頁431。

86　同前註。

聽其命令，受其保護。

　　但「天命」實即「民命」。徐復觀從天與民的直屬關係論述了此理，蓋「天生烝民」，人民直屬於天，和天的關係，較貴族反更直接，故《尚書·盤庚》謂「予迓續乃命于天」，「朕及篤敬，恭承民命」，天命並不先降在王身上，而係先降在人民身上，所以《尚書·酒誥》謂「惟天降命肇我民」，而商紂王「厥命罔顯於民」，雖謂「我生不有命在天」，但不知天命是要顯於民的，從民情見出天命，一如〈大誥〉「天棐忱辭，其考我民」與〈康誥〉「天畏棐忱，民情大可見」所示，所以《尚書·皋陶謨》謂「天聰明，自我民聰明；天明畏，自我民明威」，《尚書·酒誥》又說「人無於水監，當於民監」，《尚書·召誥》亦謂「王不敢後，用顧畏於民碞」，「欲王以小民受天永命」。而王受天命則當敬德保民，以順應天，因「天亦哀於四方民，其眷命用懋，王其疾敬德」，故〈洛誥〉〈康誥〉特別強調「誕保文武受民」、「承保乃文祖受命民」、「若保赤子」、「用康保民」。[87]唐君毅則從天之降命與人之受命，同其繼續不已的角度，訴說了「民命」在「天命」降成「王命」中的意義。《詩經·周頌·維天之命》謂「維天之命，於穆不已」，當人王不能修德以自永其命，天即不能不授命於他人，以成其自身之於穆不已，此乃殷之所以革夏命，周之所以革殷命，正以天之「時求民主」，天之時在「監觀四方」以「求民之莫」。[88]所以，王者受天命，其實是因其有保民之能力，即「德」，故人民從之，授與其命令的權力而聽其命令。

　　而從周人保民之「德」來看，即是以王命將天命化成無數「主藏之名」，制為禮樂，再於「冊命」等命名活動中，以名成就保民之君子及保民之事。無形天命轉化為有形王命與制度主由文王完成，文王有能力將無聲無色的形上之德合理又有秩序的轉化為各種有聲有色的形下儀式與典型，以「明德」來「顯民」，使人民能在儀式典型的具體措施下安心平靜的生活，此即《詩經·大雅·文王》所謂「上天之載，無聲無臭。儀刑文王，萬邦作孚」，亦是《詩經·周頌·我將》「儀式刑文王之典，日靖四方」，也是前述文王「威儀」即「德」的深釋。[89]而後，周公以「主藏之名」將其制為周禮，《左傳·文公十八年》載周公制周禮，「則以觀德，德以處事，事以度功，功以食民」，明言「處事」「度功」以「食民」的「德」被轉換為人民可從的禮「則」。「則順」，「德建」。當禮樂制度建立後，「名」又再轉成「德」的化身或具體展現，繼續發揮「德」的能力，故《左傳·襄公廿四年》載鄭子產對范宣子言謂：

　　僑聞君子長國家者，非無賄之患，而無令名之難。……夫令名，德之輿也；德，國家之基也。有基無壞，無亦是務乎！有德則樂，樂則能久。《詩》云：『樂只君子，邦家之基』，有令德也夫！『上帝臨女，無貳爾心』，有令名也夫！恕思以明德，則令名載而行之，是以

87　徐復觀：《中國人性論史》（臺北：臺灣商務印書館，2014年），頁28-30。
88　西漢·毛亨注，東漢·鄭玄箋，唐·孔穎達疏，清·阮元校勘：《毛詩正義》（臺北：大化書局，1989年），頁526-527。
89　有關命與德的關係，詳可參丁亮：〈論中國名學天命的歷史根源〉，第四節天命思想價值的探索，頁66-68。

遠至邇安。[90]

「君子」治理國家重要關鍵在「令名」，此與「正名」意同。而「令名，德之興也；德，國家之基也」，「令名」載「明德」而行，使無形德行得以彰顯，於是人民願意聽從其命令，「遠至邇安」，而「德」則成為「名」在命令上的權力內涵，並且因為自己本已具有的行事能力，而能確保自己是親身躬行，「名之必可言，言之必可行」的君子，故孔子曰：

　　德成則名至矣。[91]

「德」確保了「名」的正當性，合法性。[92]事實上，孔子「正名」恰恰是承繼了周文以德為基礎所接至之「天命」，「天命」是透過「王命」下落為禮樂制度中之「名」，作用於天下之民，故當周文疲敝，禮崩樂壞之際，孔子當然要倡議「正名」。[93]

　　又從符號的操作面來說，有德之「君子」便是符號的主人，自己的主人，而非奴隸，或「小人」，此乃「君子於其言，無所苟而已矣！」的真諦。因為命令必然透過「名」（符號）傳遞。命令的人是社會中的權威，人群服從權威的命令，而人類社會因此構成，因之「名」的指稱功能是人類社會所必需的，但有異化的危機。特別是所有的「名」都是由權威命令而成的，無論這個權威是個別的他者或社會群體所成的泛化的他者。[94]是在這個權威的作用下「名」的能指與所指聯結在一起，但若後繼者對於名物沒有內在的理解，如周景王對「大鐘」的理解。於是有了符號異化危機，當我們對「名」的理解是由他者，即權威，決定時，真正的自我並沒有出現，主體不在場，我們只是複製權威的表現，由名所成之「物」因此成為空的存在，無得，即無德，我們只是「小人」。而我不再是我，我異化成他人，甚至異化成一個外在於我的對象，一個物，而主體想要在場，回到當下的存在，空的「物」便成為欲望的對象，因為隱藏在「物」背後的其實是對象化的客我期望在他者的欲望中找到自己的意義，以被社會認同，所以不斷追尋，「物」的真實存在因而也異化為欲望的對象。[95]

90　《春秋左傳注》，頁1089，子產語。

91　馬承源：〈孔子詩論〉，《上博楚竹書》（上海：上海古籍出版社，2001年），第一冊，頁125。

92　道家持相反立場，以為名命與道德無關，甚至有害，應分別對待，故《老子‧第1章》謂「道可道，非常道；名可名，非常名」；《莊子‧人間世》謂「德蕩乎名」。

93　關於「正名」思想與孔子個人一生之關係，林啟屏曾以「正名」為觀察視角，切入孔子一生詳論。文中特別從「五十而知天命」指出孔子後期思想的超越性，點出在現實困頓中於衛面對衛靈公、蒯聵及衛出公三代爭鬥事時，孔子仍舊堅持理想，說出「必也正名乎！」的話。此一點出引人深思「天命」與「正名」在孔子思想中的實際關聯，但本文主旨乃在從一歷史脈絡重新詮釋，故暫予略過。詳參林啟屏：〈孔子思想分期之可能及其意義〉，《先秦兩漢學術》第1期（2004年3月），頁53、54。

94　美國社會心理學家喬治‧赫伯特‧米德（George Herbert Mead）即在身體「姿態」這個概念下，說明了「符號」學習是從自我模仿權威並透過權威學習而來，並描述權威謂「偶爾會出現這樣一個人，他能比其他人更多地理解過程中的一個行動，他能把自己置於同共同體中所有群體的關係中，共同體的態度尚未進入共同體中其他人的生活。他成為一個領袖」，筆者以為從此角度理解聖王之制名與正名，有助理解本文。詳參氏著，趙月瑟譯：《心靈、自我與社會》（上海：上海譯文出版社出版，1992年），頁223-229。

95　李幼蒸：《欲望倫理學：弗洛伊德和拉康》（嘉義縣：南華管理學院，1998年），頁121、122。

在周文歷史場域裏的異化，則具體的表現在前述周景王之鑄大鍾。王者偉不偉大和其用鍾之大小根本沒關係，一如魯國季氏之偉不偉大和舞於庭者是四佾、六佾或八佾根本無關，但當周人禮制以鍾鼓玉帛等禮器形制大小表現王者地位時，周景王自然要鑄大鍾了。所指之意義異化爲能指，而從符號的層面出發，到認知，到身體，到王者自我，最終異化擴及包含所有人民百姓的社會，天下大亂。[96]只有藉助自己身體力行的體會，將此生命體會重新灌注於符號的能指與所指之間，取代權威，以我爲主體決定能指與所指的聯結，符號，才真正成爲我的符號，語言，才真正成爲「我的語言」，[97]不致於若周景王或季康子等統治者知行不一、言行分裂了。是以在正名「名之必可言，言之必可行」外，《論語》孔子之言要強調「爲政以德」（〈爲政〉）、「君子之德，風；小人之德，草」（〈顏淵〉）、「有德者必有言，有言者不必有德」（〈憲問〉）等等，又一再著眼於言行一致而強調「君子欲訥於言，而敏於行」（〈里仁〉）、「君子恥其言而過其行」（〈憲問〉）、「古者言之不出，恥躬之不逮也」（〈里仁〉）、「其言之不怍，則爲之也難！」（〈憲問〉）、「見利思義，見危授命，久要不忘平生之言」（〈憲問〉）、「先行其言，而後從之」（〈爲政〉）。

所以，「德」不但是「名」正當合法的權力根源，亦能確保「名」正，確保「名」不異化，命令發揮功用。更有甚者，「德」本身即具價值意義，本身即可是目的，而不只是手段或工具，故當「正名」活動透過命令而在社會不同階層之間傳遞了「德」的實質內涵時，其本身也就不只是政治手段，而是目的與價值，反制了生命在純粹權力中的異化。從前述各節分解的來看，在「名」作爲符號的內涵中，以中國文字的表意特性將「人」做爲人的存在帶入「名」中。又在「某，某也」的認知圖式中，藉符號能指的系統特性和語言的群體性進一步的傳遞了「名」中包含的人類具體生活經驗。然後藉禮樂制度，以「威儀」的講求，將社會階層中各種名分的身體行爲相互配合而建構爲一體，完成命令。最終，則是用「德」說明「正名」在權力上的合法性與正當性，並以「德」將實行這一整套措施的能力內建於生命中，確保其發揮作用。

於是，從「德」整體性的回顧「正名」思想的內涵，「正名」其實爲人建立了一種非異化的「類」存在。[98]《國語・晉語》中晉文公有關「正名」的論述可以說明，其謂：

---

[96] 詳參丁亮：〈《老子》文本中的身體觀〉，《思與言》第44卷第1期（2006年3月），頁234-241，第五節「針砭周文」的部份。

[97] 法國現象學者梅洛龐蒂（Maurice Merleau-Ponty）貫穿身體和語言，而在語言現象學中相對於「思維對象的語言」提出「我的語言」。只有將以我爲主體的生活體驗灌注於符號能指的「空白表格」中，語言才是「我的語言」，才正確表達我的意思，才具有一致性。詳參氏著，姜志輝譯：《符號》（北京：商務印書館，2005年），〈論語言現象學〉中「語言現象」的討論。

[98] 此處「類存在」以及與其相對的「異化」觀念均受馬克思思想的啟發。詳參（德）卡爾・馬克思（Karl Marx）著，李中文譯：《一八四四年經濟學哲學手稿》（新北：暖暖書屋文化，2016年3月），〈第一手稿〉，頁106-122。有關「類存在」與「異化」和語言符號的關係，則可參（美）佛洛姆（Erich Fromm）著，徐紀亮、張慶熊譯：《馬克思關於人的概念》（臺北：南方叢書出版社，1988年），頁53-63。

> 舉善援能，官方定物，正名育類。昭舊族，愛親戚，明賢良，尊貴寵，賞功勞，事耆老，禮賓旅，友故舊。胥、籍、狐、箕、欒、郤、柏、先、羊舌、董、韓，定掌近官。諸姬之良，掌其中官。異姓之能，掌其遠官。公食貢，大夫食邑，士食田，庶人食力，工商食官，皂隸食職，官宰食加。政平民阜，財用不匱。[99]

在「舉善援能，官方定物，正名育類」後接著的便是一連串當時社會各個族群在一整體格局下各正其位的描述。此中「類」的根本解釋即是族類，韋注謂「類，善也」乃是偏重其價值上善好的一面說。而「正名」可以「育類」乃因「名」與其所指之「物」中本即含藏著「類」的存在，就語詞而言，則展現在詞與物的類推關係中，不僅僅是一種邏輯客觀的分類，還包含著主觀感應的類應，故《荀子‧正名》在論名之「何緣而以同異」時謂「凡同類、同情者，其天官之意物也同，故比方之疑似而通，是所以共其約名以相期也」。《墨子‧經上》「名，達、類、私」亦挑明「名」具有「類」的內涵，[100]其實，即使是「私」亦帶有「類」的內涵，否則用「名」時無法溝通。而漢儒《說文解字‧序》更對「類」由物之「理群類，解謬誤」，說到文字之「方以類聚，物以群分」，再說到造字六書之「依類象形」、「比類合誼」、「建類一首」。[101]是故就「名」的操作言，藉著「名」在符號、認知、身體與道德上的群體屬性，人的存在成了一種「類」的存在。

於是「正名」在根基於「德」的權力操作中建立了一體之「仁」。在命名活動中，受命者要能有效的理解頒命者的命令在符號、認知、身體與道德諸層面上的內涵，頒命者則要能有效的頒布命令，而從受命者能夠執行的角度去操作命令在符號、認知、身體與道德諸層面上的內涵，簡單的講，即是將個人之「德」推擴出去，以使禮樂興、刑罰中、民知所措其手足，則恰是「君子」推己及人，脩己以安百姓，與「民」建立一體關係的表現。《論語‧雍也》謂：

> 夫仁者，己欲立而立人，己欲達而達人。[102]

可知，正名即是實踐仁的具體行動，《論語‧顏淵》謂「仁者，其言也訒」，正名君子於其言亦「無所苟而已矣」，並且「疾沒世而名不稱焉」，[103]因為在孔子心中，「名」不只是一般的名分、名聲，而是實踐仁德的象徵，故《論語‧里仁》又載其言謂：

> 君子去仁，惡乎成名？[104]

《論語‧子罕》更載：

> 子罕言利，與命，與仁。[105]

如是，「仁」與「名」在孔子思想中成了不可分割的觀點，「正名」以「仁」德的實踐孕育了人類

99　《國語》，頁371、373。

100　《管子校注》，頁268。

101　《說文解字注》，頁761-789。

102　《論語注疏》，卷6，頁5383。

103　同前註，卷12，頁5468。

104　同前註，卷4，頁5364。

105　同前註，卷9，頁5405。

的普遍人性，跨越了「名之必可言，言之必可行」一語所分立的「名」、「言」、「行」範疇，而使人安然的活在人性的普遍與一體中。存在不再孤獨，我不是一個外於人類存在的對象，人類亦不是外於我的對象，我即是人，不是物，不會因物的「異化」剝奪了自己的人類生活，自己的心志，自己的身體。因而孔子「正名」不僅是為了完成外在的政治事功，其本身即是價值，即是目的。故當衛出公輒與其父蒯聵在權力的爭鬥中扭曲異化喪失一體之仁時，孔子要高唱「正名」了。

如此，「正名」在命名活動中的權力內涵不但是「德」，而且對孔子而言，是「仁」德。此一「仁」德使得頒命者具有發布命令的正當權力，並且統合「正名」在符號、認知、身體與道德上的諸多內涵，讓「正名」本身即成為其存在的價值與目的。

六、結論：社會文化中的權威與符號異化

以上，本文依據古代歷史語境而從現代符號立場重新解讀了孔子「正名」思想的內涵。

在符號內涵中，本文論述了「正名」思想中指稱與操作兩種內涵。操作內涵來自命名活動的結構：

頒命者
↓
<u>命令（名）</u>
↓
受命者

活動中有操作者，包括其認知與身體等層面，並在其中顯示了一個社會聯結的流程。活動中的「名」則具有如下符號結構：

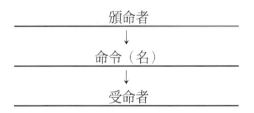

這個結構說明了符號在認知上具有重大的指稱作用，但也打開了異化的可能，所以有「正名」的需要。

在認知內涵的檢視中，本文進一步論述了正名在「正心」上「某，某也」的認知圖式與能指特質能夠確保符號正當運作，避免異化的功能。因為中國文字是表意文字，大異於拼音，符號的能指除了分別與重複的基本功能外，還在其本身的特質上與其所指有合理的聯結，不能任意解讀。此一獨特作用並且在符號能指的共時系統中得到保證。於是在字質（texture）、字符（text）與字境（context）等層面作用下，正名得以完成「名之必可言」的要求。

在身體內涵的檢視中，正名以禮樂制度中「五味」、「五色」、「五聲」感官知覺介面的內建與「威儀」的規訓在操名者身中建構起「正身」的身體圖式。因為命令的執行，必需要考慮命名活動中操作者的身體，頒命與受命之君臣的身體得要成為一體，是以二者身體中內建的感官知覺介面要能一致，其身體技術亦得一致，最終方可在「名之必可言」後達到「言之必可行」。

最後，在權力內涵的檢視中，道德問題進入，「正名」本身即是目的，即是「仁」的實踐。頒命者有頒布命令的權力乃因其有「德」，受命者有受命的資格乃因其從「德」，故「德」成為正名的權力根源，並且貫串在符號、認知、身體與權力諸多層面中。從頒命者與受命者能夠結為一體，推己及人來看，這正是孔子所講求的一體「仁」德，因此「正名」本身即是人生價值的實踐。

綜合言之，孔子「正名」思想一方面乃為延續周人「天命」思想下禮樂制度傳統；一方面乃為對治禮樂制度所生之符號異化問題。是以「正名」所正不僅僅是一語言名稱的問題，還包含「正心」的認知內涵，「正身」的修身內涵，「正德」的權力內涵，以求完成「政者，正也」的「政治」。而此「政治」，實際上就是統治者，或社會權威，以其「威儀」所成就的「德」親身示範「人」之所以為人的「仁」在言行舉止上所應有表現，百姓則之，則可安措其手足，而在人群之中安置其自身，並在「名」中實踐其普遍的人性。但當居位之權威無德之時，則異化從「名」滋生。於是，孔子「正名」思想成為一種主體實踐的過程，並從符號層面開始，避免了認知、身體、自我與社會的異化。

本文因此在前人基礎上對孔子「正名」思想進行了現代新詮釋，所得結論對於處理今日政治社會中的權威與權力問題，以及資本主義風行的「異化符號消費」，亦有參考價值。[106]

---

[106] 有關資本主義中「異化符號消費」可參趙毅衡：《符號學》，〈第十七章第三節從異化勞動、異化消費，到異化符號消費〉，頁477-481。

引用書目

一、傳統文獻

東周・左丘明著,楊伯峻編:《春秋左傳注》,北京:中華書局,1990年。

東周・左丘明著,東吳・韋昭注,上海師範大學古籍整理研究所校點:《國語》,上海:上海古籍出版社,1998年。

東周・墨翟著,清・張純一編:《墨子集解》,四川:成都古籍書店,1998年。

東周・管仲著,清・黎翔鳳撰:《管子校注》,北京:中華書局,2004年。

東周・公孫龍著,清・王琯撰:《公孫龍子懸解》,北京:中華書局,1992年。

東周・荀子著,清・王先謙撰:《荀子集解》,臺北:藝文印書館,1988年。

東周・呂不韋輯,東漢・高誘注:《呂氏春秋》,上海:上海書店,1991年。

東周・韓非著,陳奇猷校注:《韓非子新校注》,上海:上海古籍出版社,2000年。

西漢・董仲舒著,清・蘇輿撰:《春秋繁露義證》,北京:中華書局,1996年。

西漢・毛亨注,東漢・鄭玄箋,唐・孔穎達疏,清・阮元校勘:《毛詩正義》,臺北:大化書局,1989年。

西漢・孔安國傳,唐・孔穎達疏,清・阮元校勘:《尚書正義》,臺北:大化書局,1989年。

東漢・鄭玄注,唐・孔穎達疏,清・阮元校勘:《禮記正義》,臺北:大化書局,1989年。

東漢・許慎著,清・段玉裁注:《說文解字注》,臺北:黎明文化事業公司,1990年。

東漢・趙岐注,宋・孫奭疏,清・阮元校勘:《孟子注疏》,臺北:大化書局,1989年。

三國・張揖著,清・王念孫疏證:《廣雅疏證》,《爾雅、廣雅、方言、釋名清疏四種合刊》,上海:上海古籍出版社,1989年。

魏・王弼,晉・韓康伯注,唐・孔穎達疏:《周易正義》,臺北:大化書局,1989年。

魏・何晏集解,宋・邢昺疏:《論語注疏》,臺北:大化書局,1989年。

唐・魏徵撰:《隋書》,臺北:鼎文書局,1997年10月。

宋・朱熹:《四書章句集注》,北京:中華書局,1983年。

清・王聘珍撰,清・王文錦點校:《大戴禮記解詁》,北京:中華書局,1983年3月。

二、近人論著

*丁　亮:〈「名」在中國上中古之變遷〉,《中國文學歷史與思想中的觀念變遷國際學術研討會論文集》,臺北:大安出版社,2005年。

*丁　亮:〈《老子》文本中的身體觀〉,《思與言》第44卷第1期(2006年3月)。DOI:10.6431/TWJHSS.200603.0197

*丁　亮:《無名與正名:論中國上中古名實問題的文化作用與發展》,新北市:花木蘭文化出版社,2008年9月。

*丁　亮:〈從身體感論中國古代君子之「威」〉,《考古人類學刊》第74期(2011年6月)。

*丁　亮:〈漢字符號學初探〉,《符號與傳媒》第6輯(2013年3月)。

*丁　亮:〈中國古文字中的身體感〉,余舜德編:《身體感的轉向》,臺北:國立臺灣大學出版中心,2015年。DOI:10.6327/NTUPRS-9789863501190

*丁　亮:〈論中國名學天命的歷史根源〉,《思想與文化》第17輯(2015年12月)。

王健文：〈國君一體──古代中國國家概念的一個面向〉，楊儒賓主編《中國古代思想中的氣論及身體觀》，臺北：巨流圖書公司，1993年。

*李幼蒸，《欲望倫理學：弗洛伊德和拉康》，嘉義縣：南華管理學院，1998年。

林啓屛：〈孔子思想分期之可能及其意義〉，《先秦兩漢學術》第1期（2004年3月）。DOI:10.29443/TLXQHD.200403.0002

苟東鋒：《孔子正名思想研究》，上海：復旦大學哲學學院博士學位論文，楊澤波先生指導，2012年5月。

唐君毅：《中國哲學原論・導論篇》，臺北：臺灣學生書局，1986年。

徐復觀：《中國人性論史》，臺北：臺灣商務印書館，2014年。

馬承源：〈孔子詩論〉，《上博楚竹書》，第1冊，上海：上海古籍出版社，2001年。

馬承源：〈亙先〉，《上博楚竹書》，第3冊，上海：上海古籍出版社，2003年。

陳鼓應註譯：《黃帝四經今註今譯》，臺北：臺灣商務印書館，1995年。

張桂光主編：《商周金文辭類纂》，北京：中華書局，2014年。

勞思光：《新編中國哲學史》，臺北：三民書局，1991年。

程樹德：《論語集釋》，北京：中華書局，1990年。

趙毅衡：《符號學》，臺北：新銳文創，2012年。

齊佩瑢：《訓詁學概論》，臺北：華正書局，1980年。

*龍宇純：〈正名主義的語言與訓詁〉，《絲竹軒小學論集》，北京：中華書局，2009年。

*（法）梅洛龐蒂（Maurice Merleau-Ponty）著，姜志輝譯：《符號》，北京：商務印書館，2005年。

（法）羅蘭・巴爾特（Roland Barthes）著，李幼蒸譯：《寫作的零度──解構主義》，臺北：時報出版公司，1991年。

*（美）佛洛姆（Erich Fromm）著，徐紀亮、張慶熊譯：《馬克思關於人的概念》，臺北：南方叢書出版社，1988年。

（美）喬治・赫伯特・米德（George Herbert Mead）著，趙月瑟譯：《心靈、自我與社會》，上海：上海譯文出版社出版，1992年。

（美）魯道夫・阿恩海姆（Rudolf Amheim）著，滕守堯譯，《視覺思維》，北京：光明日報出版社，1987年。

（德）卡爾・馬克思（Karl Marx）著，李中文譯：《一八四四年經濟學哲學手稿》，新北：暖暖書屋文化，2016年。

*（德）費爾迪南・德・索緒爾（Ferdinand de Saussure）著，屠友祥譯：《索緒爾第三次普通語言學教程》，上海：上海人民出版社，2002年10月。

Charles Sanders Peirce, *Peirce on Signs: writings on semiotic*, Chapel Hill: UNC Press Books, 1991.

（說明：書目前標示*號者已列入Selected Bibliography）

Selected Bibliography

Fromm, E. (1988). *Marx's concept of man* [Makesi guanyu ren de gai nian]. (J.-L. Xu & Q.-X. Zhang, Trans.). Taipei: Southern Series Publishing.

Li, Y.-Zh. (1998). *Yuwang lunli xue fuluoyide he la kang* [Ethics of desire: Freud and Lacan]. Chiayi: College of Management, Nan Hua University.

Long, Y.-Ch. (2009). Zhengming zhuyi zhi yuyan yu xungu [Language & historical semantics in name rectification]. In Y.-

Ch. Long (Ed.), *Sizhuxuan Xiaoxue lunwen ji* [Collected essays of Xiaoxue in Si Zhu Xuan] (pp.358-377). Beijing: Zhonghua Book Company

Merleau-Ponty, M. (2005). *Signs* [Fu hao] (Z.-H. Jiang, Trans.). Beijing: Commercial Press. Evanston, IL.: Northwestern University Press.

Saussure, S. (2002). *Saussure's third course of lectures on general linguistics* [Suoxuer di san ci pu tong yuyanxue jiao cheng] (Y.-X. Tu, Trans.). Shanghai: Shanghai People's Press.

Ting, L. (2005). "Ming" zai Zhongguo shangzhonggu zhi bianqian [On the development of "name" in ancient China]. In College of Liberal Arts, National Taiwan University (Eds.), *Zhongguo wenxue lishi yu sixiang zhong de guannian bianqian guoji xueshu yantaohui lunwenji* [Collected essays of international symposium of concept changing in Chinese literature and thought] (pp. 97-143). Taipei: Da An Publishing.

Ting, L. (2011). Cong shenti gan lun Zhongguo gudai jun zi zhi wei [From the bodily feelings on the "wei" of the ancient Chinese gentleman]. *Journal of Archaeology and Anthropology, 74*, 89-118.

Ting, L. (2013). Han zi fuhao xue chu tan [The synchronic system of Chinese characters]. *Signs & Media, 6* (1), 103-140.

Ting, L. (2015). Zhongguo guwen zi zhong di shenti gan [Ancient Chinese characters and sensory experience]. In Sh.-D. Yu, (Ed.), *New perspectives on sensory experience* (pp. 261-287). Taipei: National Taiwan University Press.

Ting, L. (2015). Lun Zhongguo mingxue tianming de lishi genyuan [The historical origins of Chinese logic studies and destiny thought and culture]. *Thought & Culture, 17*(2), 40-84.

談李師師故事的演變

丁肇琴*

一、前言

　　筆者是在講授南宋小說〈李師師外傳〉時，開始思索李師師究竟是何許人也？因爲記憶中的李師師並非像〈李師師外傳〉中所描述的那般近乎完美，如與〈李師師外傳〉約略同時的《大宋宣和遺事・亨集》，也有李師師和宋徽宗相遇共處的描寫，就和〈李師師外傳〉大不相同。《水滸全傳》等書中的李師師又是另一種面貌。到底哪一個才是李師師的眞面目？

　　王瑾〈論李師師藝術形象的演變及其成因〉[1]一文，對〈李師師外傳〉與《水滸傳》、《續金瓶梅》三者中的李師師形象做了比較，認爲受到文體及時代環境的影響而有所不同。黃啓方先生有〈垂楊深院李師師〉一文，[2]就宋、元、明、清各代有關李師師的詩詞、筆記做了詳盡的爬梳及考證，指出南宋張端義《貴耳集》和周密《浩然齋雅談》所記的〈少年遊〉故事撰寫時代雖早，卻不可信，也就是說宋徽宗臨幸李師師宅時，周邦彥並未在現場，也未因此而寫就〈少年遊〉一詞，更無所謂貶周之官職再召爲大晟樂正等事。其文在現代小說部分僅提到高陽（許晏駢）的歷史小說《少年遊》，[3]謂是敷衍李師師、宋徽宗和周邦彥的三角戀情。筆者則注意到近三十年來有幾本現代小說亦皆以李師師爲主角，內容各有所偏，似可探究現代人如何詮釋北宋末年李師師這位歌妓的問題。以下就分別從宋代筆記雜說、古代小說和現代小說三方面論述，希望能從縱切面觀察李師師在小說中的形象變化。

二、宋代筆記雜說中的李師師

　　從歷史文獻上去尋找，長達四百九十六卷的《宋史》並無有關李師師的片言隻字，但南北宋之

---

* 世新大學中國文學系退休教授。

[1] 王瑾：〈論李師師藝術形象的演變及其成因〉，《南昌大學學報》（人文社會科學版）2008年第1期，卷39，頁127-131。

[2] 黃啟方：〈垂楊深院李師師〉，《詩人・美人・文人——唐宋文學十一題》（臺北：國家出版社，2014年），頁305-335。

[3] 高陽：《少年遊》（臺北：皇冠出版社，1966年）。

-61-

間確實曾有李師師這個人。以下就依作者年代順序列出宋代有關李師師的資料：

（一）孟元老（生卒年不詳，1103-1147在世）《東京夢華錄‧卷五‧京瓦伎藝》

> 崇觀以來，在京瓦肆伎藝，張廷叟、孟子書主張。小唱：李師師、徐婆惜、封宜奴、孫三四等，誠其角者。[4]

此處「崇觀」是宋徽宗即位後的兩個年號崇寧（1102-1106）、大觀（西元1107-1110）的省稱，可見李師師正是當時擅長「小唱」的歌者。

（二）張邦基（生卒年不詳，南北宋之間，約1131年前後）《墨莊漫錄‧卷八》

> 政和間，汴都平康之盛，而李師師、崔念月二妓，名著一時。晁沖之叔用每會飲，多召侑席。其後十許年再來京師，二人尚在而聲名溢於中國。李生者門第尤峻。……靖康中，李生與同輩趙元奴及築毬吹笛袁陶、武震輩例籍其家。李生流落來浙中，士大夫猶邀之以聽其歌，然憔悴無復向來之態矣。[5]

由此段文字可見，李師師在宋徽宗政和（1111-1117）年間聞名汴京，之後十餘年聲勢更盛，至欽宗靖康（1126）遭到抄家後流落浙中，已不復當年風華矣。

（三）張邦基《汴都平康記》

> 一云：李生慷慨飛揚，有丈夫氣，以俠名傾一時，號飛將軍。每客退，焚香啜茗，蕭然自如，人靡得而窺之也。邦基又識。[6]

《汴都平康記》與《墨莊漫錄》相較，「政和間……然憔悴無復向來之態矣」一段文字全同，然多此條「一云……」，對李師師之性格描繪更加突出。

（四）劉子翬（南北宋之間，1101-1147）〈汴京紀事之十八〉

> 輦轂繁華事可傷，師師垂老過湖湘。縷衣檀板無顏色，一曲當時動帝王。[7]

劉氏的〈汴京紀事〉共有十八首，這首是最後一首，詩中感慨李師師年華老去流落湖湘，誰能相信她當年在汴京曾以歌曲讓皇帝傾倒呢。

---

4 南宋‧孟元老撰，民國‧鄧之誠注：《東京夢華錄注》（臺北：世界書局，1999年），頁201。
5 宋‧張邦基：《墨莊漫錄‧卷八》（景印文淵閣四庫全書第864冊），（臺北：臺灣商務印書館，1983年），頁760。
6 宋‧張邦基：《汴都平康記》，見陶宗儀：《說郛‧卷六十八》（清‧順治三年，1646年善本第96冊），頁2。
7 宋‧劉子翬：《屏山集‧卷十八‧汴京紀事》（景印文淵閣四庫全書集部第133冊），（臺北：臺灣商務印書館，1986年），頁497。

（五）佚名（南宋初）《靖康要錄·卷一》

（靖康元年正月十二日）御筆將趙元奴、李師師、王仲端及曾祗應倡優之家，并袁陶、武震、史彥、蔣翊、郭老娘逐人家財籍沒。[8]

說明宋欽宗靖康元年正月李師師等人皆遭到驅逐和抄家。

（六）徐夢莘（1124-1207年）《三朝北盟會編·卷三十》

（靖康元年正月十二日）聖旨：……趙元奴、李師師、王仲端曾經祗應倡優之家，并袁陶、武震、史彥、蔣翊三人，築毬郭老娘逐人家財籍沒。[9]

此條與《靖康要錄·卷一》所載雷同。

（七）李心傳（1166-1243）《建炎以來繫年要錄·卷六十八》

（紹興三年九月乙卯）湖南轉運副使李弼孺罷。……御使常同言：弼孺趣操卑污，頃年嘗認倡人李師師為姑，詔事朱勔，贓污狼籍。今又違詔旨，占護錢糧，意望敗事，故弼孺遂罷。[10]

這條資料說明了李弼孺罷官的原因，從常同的說法中可知他曾認李師師為姑母。這應該是在李師師當紅受宋徽宗重視時的事，時移事遷，這種做法當然也就成為罪狀之一了。

（八）郭象（南宋）《睽車志·卷之一》

宣和間林靈素希世寵倖，數召入禁中，賜坐便殿。一日，靈素起，趨階下曰：「九華安妃且至，玉清上真也。」……繼又曰：「神霄某夫人來。」……俄忽愕視唶曰：「是間何乃有妖魅氣耶！」時露臺妓李師師者出入宮禁，言訖而師師至。靈素怒目攘袂，亟起御爐火箸，逐而擊之，內侍救護得免。靈素曰：「若殺此人，其屍無狐尾者，臣其罔上之誅！」上笑而不從。[11]

此則透過道士林靈素之口，說明李師師為狐妖，欲殺之而後快。然宋徽宗笑而不從，林靈素亦莫可奈何。狐妖之說本不可信，而文中言當時李師師出入宮禁，似亦非實事。

8　佚名：《靖康要錄·卷一》（叢書集成初編），（長沙：長沙商務印書館，1939年），頁15。
9　宋·徐夢莘《三朝北盟會編·卷三十》（中國野史集成續編第4冊），（成都：巴蜀書社，2000年），頁230。
10　宋·李心傳《建炎以來繫年要錄·卷六十八》（文津閣四庫全書，史部編年類第322冊），（北京：商務印書館，2006年），頁575-576。
11　宋·郭象：《睽車志·卷之一》（景印百部叢書集成第14冊稗海），（臺北：藝文印書館，1965年），頁1-2。

（九）張端義（1179-？，1235前後在世）《貴耳集‧卷下》

道君幸李師師家，偶周邦彥先在焉，知道君至，遂匿于床下。道君自攜新橙一顆，云：「江南初進來。」遂與師師謔語。邦彥悉聞之，括成〈少年遊〉云：「并刀如水，吳鹽勝雪，纖手破新橙。」後云：「嚴城上已三更。馬滑霜濃，不如休去。直是少人行。」李師師因歌此詞。道君問誰作，李師師奏云：「周邦彥詞。」道君大怒，坐朝，宣諭蔡京云：「開封府有監稅周邦彥者，聞課額不登，如何京尹不按發來？」蔡京罔知所以，奏云：「容臣退朝呼京尹叩問，續得復奏。」京尹至，蔡以御前聖旨諭之。京尹云：「惟周邦彥課額增羨。」蔡云：「上意如此，只得遷就將上。」得旨：「周邦彥職事廢弛，可日下押出國門。」隔一二日，道君復幸李師師家，不見李師師；問其家，知送周監稅。道君方以周邦彥出國門為喜，既至，不遇。坐久，至更初，李始歸，愁眉淚睫，憔悴可掬。道君大怒云：「爾去那裏去？」李奏：「臣妾萬死。知周邦彥得罪押出國門，略致一杯相別。不知官家來。」道君問：「曾有詞否？」李奏云：「有〈蘭陵王〉詞。」今〈柳陰直〉者是也。道君云：「唱一遍看。」李奏云：「容臣妾奉一杯，歌此詞為官家壽。」曲終，道君大喜，復召為大晟樂正。後官至大晟樂樂府待制。邦彥以詞行當時，皆稱「美成詞」。殊不知美成文筆大有可觀，作〈汴都賦〉，如牋奏雜著，皆是傑作。可惜以詞掩其他文也。當時，李師師家有二邦彥：一周美成，一李士美，皆為道君狎客。士美因而為宰相。吁！君臣遇合於倡優下賤之家，國之安危治亂可想而知矣！[12]

這則故事流傳甚廣，但王國維已辨之甚詳，其〈清真先生遺事〉曰：

案此條所言尤失實。《宋史‧徽宗紀》宣和元年十二月帝數微行，正字曹輔上書極論之，編管郴州。又〈曹輔傳〉自政和後帝多微行，乘小轎子，數內臣導從，置行幸局，局中以帝出日謂之有排當，次日未還，則傳旨稱瘡痍不坐朝。始民間猶未知，及蔡京謝表有輕車小輦七賜臨幸，自是邸報聞四方。是徽宗行始於政和，而極於宣和。政和元年先生已五十六歲，官至列卿，應無冶遊之事。所云開封府監稅，亦非卿監侍從所為。至大晟樂正與大晟樂府待制，宋時亦無此官也。[13]

王國維從宋徽宗微行的時間、周邦彥的年齡和官銜等方面證明此條的錯誤。

（十）劉學箕（劉子翬之孫，生卒年不詳，1192前後在世）《方是閒居士小稿‧卷下》

　　賀新郎　代黃瑞夫

---

[12] 宋‧張端義：《貴耳集‧卷下》，（臺北：木鐸出版社，1982年），頁55-56。
[13] 王國維：《王國維遺書》第七冊，（上海：上海書店出版社，1983年），頁105。

白牡丹，京師妓李師師也。畫者曲盡其妙，輸棋者賦之。

午睡鶯驚起，鬢雲偏籠鬆未整，鳳釵斜墜。宿酒殘粧無意緒，春恨春愁似水。誰共說懨懨情味？手展流蘇腰肢瘦，嘆黃金兩鈿香消臂。心事遠，仗誰寄？　籠欄漸是槐風細，對梧桐清陰滿院，夏初天氣。回首春空梨花夢，屈指從頭暗記。嘆薄倖拋人容易。目斷孤鴻沈雙鯉，恨蕭郎不寄相思字，幽恨積，黛眉翠。[14]

由詞序可見李師師確實是京城中的名妓，並有白牡丹的稱號。有人爲她作畫，畫得十分傳神；劉、黃等人觀賞此畫，並和朋友下棋，事先說好輸的人得爲李師師的畫像作詞，所以劉學箕替黃瑞夫作了首〈賀新郎〉。從詞文本身可以想見，這幅畫畫的是心事重重眉頭不展的李師師。

（十一）劉克莊（1187-1269）《後村集‧卷十八‧詩話下》

汴都角妓部六、李師師，多見前輩雜記。……師師著名宣和，入至掖庭。頃見鄭左司子敬云：「汪端明家有李師師傳。」欲借抄不果。[15]

這段文字肯定李師師汴都角妓的聲名，而且確有「李師師傳」的存在，可惜未能抄錄流傳。

（十二）周密（1232-1298）《浩然齋雅談‧卷下》

宣和中李師師以能歌舞稱，時周邦彥爲太學生，每遊其家。一夕值祐陵臨幸，倉卒隱去。既而賦小詞，所謂「并刀如水，吳鹽勝雪」者，蓋紀此夕事也。未幾，李被宣喚，遂歌於上前，問誰所爲？則以邦彥對。於是遂與解褐，自此通顯。……師師後入中，封瀛國夫人。[16]

此條沿襲張端義之說，王國維〈清眞先生遺事〉亦有論及，曰：

案此條失實與《貴耳集》同。云宣和中先生尚爲太學生，則事已距四十餘年。且苟以少年致通顯，不應復以〈憶江南〉詞得罪，其所自記亦相牴牾也。師師未嘗入宮，見《三朝北盟會編》。[17]

周密說周邦彥還是太學生時就常去找李師師，後來李師師入宮被封爲瀛國夫人。但這樣的說法全被王氏推翻。

綜合以上的各項資料，李師師的生平可略述如下：

李師師是宋徽宗崇寧、大觀（1102-1110）時汴京擅長小唱的歌妓，至政和（1111-1117）年間聞名汴京，之後十餘年聲勢更盛，有白牡丹之號。李師師成名後，和官員們關係良好，常爲曹沖之

---

[14] 宋‧劉學箕：《方是閒居士小稿‧卷下》（明景元鈔本），（臺北：新文豐出版公司，1997年），頁333。

[15] 宋‧劉克莊《後村集‧卷十八‧詩話下》（景印文淵閣四庫全書第1180冊），（臺北：臺灣商務印書館，1983年），頁184。

[16] 宋‧周密：《浩然齋雅談‧卷下》（四庫珍本別集，集部詩文評類，第978冊），（臺北：臺灣商務印書館，1975年），頁13-14。

[17] 王國維：《王國維遺書》第七冊，頁106-107。

侑席。宋徽宗在政和至宣和（1119-1125）年間經常微行冶遊，可能就是去會晤李師師。由於李師師可上達天聽，因此朝臣李弸孺甚至曾認她爲姑媽，道士林靈素則怒斥其爲妖魅。李師師性情慷慨飛揚，有丈夫氣，以俠名傾一時，號飛將軍。待客之餘喜焚香啜茗，蕭然自如。李師師在欽宗靖康元年（1126）遭到抄家後流落浙中，雖仍有人請她歌唱，但她已身形憔悴不復當年風華矣。

三、古代小說中的李師師

以李師師爲角色的古代小說有：〈李師師外傳〉、《大宋宣和遺事》、《水滸全傳》、《水滸後傳》、《續金瓶梅》等。李師師在這些小說中的形象並不相同，茲分述如下：

（一）、〈李師師外傳〉中的李師師

佚名的〈李師師外傳〉約二千八百餘字，以文言撰寫，將李師師由出生寫至死亡，相當完整。重點放在她和宋徽宗認識的經過，以及經常來往輒獲得賞賜的情形。後來徽宗退位，師師也警覺到時局不利，於是把歷年所得的錢財全部捐出來，希望能幫助軍隊打敗金兵，她自己則出家當了女道士。可惜金人還是攻陷了汴京，而且到處搜捕她。師師被捕之後，把漢奸張邦昌痛罵了一頓，然後以死明志。

這樣的描寫，讓李師師這個妓女顯得與衆不同，惹人愛憐。她不僅「色藝雙絕」，而且有智慧有遠見，知所進退。試看宋徽宗與李師師初次見面的經過：

> 又良久，見姥擁一姬，珊珊而來，淡妝不施脂粉，衣絹素，無豔服。新浴方罷，嬌豔如出水芙蓉。見帝意似不屑。貌殊倨，不爲禮。姥與帝耳語曰：「兒性頗慢，勿怪。」帝於燈下凝睇物色之，幽姿逸韻，閃爍驚眸。[18]

宋徽宗左等右等，終於見到了李師師的廬山眞面目，但她卻是倨傲不禮，意似不屑的。徽宗非但沒有生氣，反而像欣賞一件藝術品似的「凝睇物色之」，並立即發現了師師的特質——幽姿逸韻，因而「閃爍驚眸」。在〈李師師外傳〉中特別強調師師的「幽姿逸韻」，請看下一段文字：

> 帝嘗於宮中集宮眷等讌坐。韋妃私問曰：「何物李家兒，陛下悅之如此？」帝曰：「無他。但令爾等百人，改豔妝，服玄素，令此娃雜處其中，迥然自別。其一種幽姿逸韻，要在色容之外耳。」[19]

可以說宋徽宗欣賞李師師的正是她的「幽姿逸韻」，當然李師師的琴藝也是了不得的：

> 師師乃起，解玄絹褐襖，衣輕綈，捲右袂。援壁間琴，隱几端坐，而鼓〈平沙落雁〉之曲。輕攏慢撚，流韻淡遠，帝不覺爲之傾耳，遂忘倦。比曲三終，難唱矣。帝亟披帷出，姥聞亦

---

18 佚名：〈李師師外傳〉（臺北：藝文印書館，1967年，據琳瑯祕室叢書本影印），頁2-6。
19 同上，頁6。

起。[20]

宋徽宗和李師師的初會沒有交談，只聆賞了〈平沙落雁〉的琴韻，那是「大觀三年八月十七日事也。」西元1109年的秋天。那時她還不知道宋徽宗的身分，以為他是生意人，「彼賈奴耳，我何為者！」後來長安城人言籍籍，都說皇帝到李師師家去過，李姥大為恐慌，師師倒是胸有成竹：

> 「無恐。上肯顧我，豈忍殺我？且疇昔之夜，幸不見逼，上意必憐我。惟是我所竊自悼者，
> 實命不猶，流落下賤，使不潔之名，上累至尊，此則死有餘辜耳。若夫天威震怒，橫被誅
> 戮，事起佚遊，上所深諱，必不至此，可無慮也。」[21]

師師不只是「色藝雙絕」，還深諳人性。她從宋徽宗當晚的態度就推斷出皇上是憐愛她的，而且皇帝偷偷尋花問柳，碰了釘子哪敢張揚？師師不是尋常妓女，她是聰慧明理的。而當宋徽宗宣布禪位，自號為道君教主，退處太乙宮時，師師立即警覺大禍即將臨頭，她對李姥說：

> 「吾母子嘻嘻不知禍之將及。」姥曰：「然則奈何？」師師曰：「汝第勿與知，唯我所
> 欲。」是時金人方啟釁，河北告急。師師乃集前後所賜金錢，呈牒開封尹，願入官助河北
> 餉。復賂迪等，代請於上皇，願棄家為女冠。上皇許之，賜北郭慈雲觀居之。[22]

她教李姥不要干涉，讓她全權處理，李師師的遠見和貞節也是全文重點。師師受徽宗寵幸後並沒有迷失自己，也沒恃寵而驕，反而對時局有深切的體認。她捐資助戰，出家做女冠，只想過平靜的生活；但天不從人願，金太宗也覬覦她的美色，逼得她只得吞金自盡。臨死前她咒罵漢奸張邦昌的話痛快淋漓：

> 師師罵曰：「吾以賤妓，蒙皇帝眷，寧一死無他志。若輩高爵厚祿，朝廷何負於汝？乃事事
> 為斬滅宗社計。今又北面事醜虜，冀得一當為呈身之地。吾豈作若輩羔雁贄耶？」乃脫金簪
> 自刺其喉，不死，折而吞之，乃死。[23]

師師表明自己寧死不屈，不也對照出徽宗的昏庸無能嗎？

綜合上述，李師師的美麗、才藝和智慧、勇氣都可說是無可挑剔，如果不是淪落風塵，她應該有資格被讚一聲才女或賢媛。但這是真實的李師師嗎？還是被刻意美化了的李師師？我們再看看其他作品中的李師師。

（二）、《大宋宣和遺事》中的李師師

《大宋宣和遺事》是宋代話本小說，文白夾雜，分元、亨、利、貞四集，〈亨集〉主要內容為宋江見天書，三十六將來奔梁山，及宋徽宗幸李師師、進用道士林靈素及預賞元宵花燈等事。宋徽宗幸李師師部分占近半篇幅，其中對李師師的描寫與〈李師師外傳〉大相逕庭。

---

20 同上，頁3。
21 同上，頁4。
22 同上，頁6。
23 同前注。

　　如對李師師的美貌極盡鋪敘之能事：

> 天子覷時，見翠簾高捲，繡幕低垂，簾兒下見個佳人，鬢軃烏雲，釵簪金鳳；眼橫秋水之
> 波，眉拂春山之黛；腰如弱柳，體似凝脂；十指露春筍纖長，一搦襯金蓮穩小。待道是鄭觀
> 音，不抱著玉琵琶；待道是楊貴妃，不擎著白鸚鵡。恰似嫦娥離月殿，恍然洛女下瑤堦。真
> 個是：
>
> > 軃眉鸞髻垂雲碧，眼入明眸秋水溢。
> >
> > 鳳鞋半折小弓弓，鶯語一聲嬌滴滴。
> >
> > 裁雲剪霧製衫穿，束素纖腰恰一搦。
> >
> > 桃花為臉玉為肌，費盡丹青描不得。[24]

開茶坊的周秀也說李師師名冠群芳：

> 「上覆官人：問這佳人，說著後話長。這箇佳人，名冠天下，乃是東京角妓，姓李，小名師
> 師。」[25]

所謂「角妓」是指才藝出眾的女伶，可見李師師非比尋常。徽宗以殿試秀才的身分，與高俅、楊戩
到李師師家，一開始還很謙遜，但共飲之後，李師師一問，徽宗就滔滔不絕報起家門了：

> 師師出見徽宗，施禮畢，道：「寒門寂寞，過辱臨顧；無名妓者，何幸遭逢！」徽宗道：
> 「謹謝娘子，不棄卑末，知感無限！」……天子道：「娘子休怕！我是汴梁生，夷門長。休
> 說三省并六部，莫言御史與西臺；四京十七路，五霸帝王都，皆屬俺所管。咱八輩兒稱孤道
> 寡，目今住在西華門東，東華門西，後載門南，午門之北，大門樓裏面。姓趙，排房第八。
> 俺乃趙八郎也！」師師聞道，諕得魂不著體；急離坐位，說與他娘道：「咱家裏有誣語訛言
> 的，怎奈何？娘，你可急忙告報官司去，恐累咱們！」[26]

這李師師給人的印象就是俗麗美豔的名妓，與〈李師師外傳〉裡的「幽姿逸韻」截然不同。而她
起初以為宋徽宗是假冒趙八郎來訛詐的，嚇得魂不著體，也和〈李師師外傳〉裡雖「長安人言籍
籍」，而仍「胸有成竹」的那位李師師恰成反比。

　　之後師師母女得知確實是徽宗本人，

> 跪在地上，諕得魂飛天外，魄散九霄，口稱：「死罪。」徽宗不能隱諱，又慕師師之色，遂
> 言曰：「恕卿無罪！」師師得免，遂重添美醞，再備嘉殽。天子亦令二臣就坐。師師進酒，
> 別唱新詞。天子甚喜，暢懷而飲。[27]

當晚徽宗就與師師共寢，次晨離去前還解下「龍鳳絞綃直繫」為憑。徽宗剛走，李師師的結髮婿賈
奕即來責怪師師，待賈奕得知剛才離開的人是皇上，昏倒在地。他醒來後，便向著師師道別，

24　佚名：《宣和遺事》四集（臺北：世界書局，1981年），頁49。內頁書眉作「大宋宣和遺事」。

25　同上，頁50。

26　同前注，頁50-51。

27　同前注，頁51-52。

俯伏在地，口稱：「死罪，死罪！臣多有冒瀆，望皇后娘娘寬恕！」師師道：「甚言語？他是天子，有一皇后、三夫人、二十七世婦、八十一御妻；便有三千粉黛、八百煙嬌。到晚後乘龍車鳳輦，去三十六宮二十四苑閑遊，有多少天仙玉女！況鳳燭龍燈之下，嚴粧整扮，各排綺宴，笙簫細樂，都安排接駕，那般的受用，那肯顧我來？且是暫時間厭皇宮拘捲，誤至於此。一歡去後，豈肯長來寵我？你好不曉事也，直這般煩惱！」遂將出幾盞兒淡酒來，與賈奕解悶。[28]

這段文字，可看出李師師顧念夫妻舊情，安慰賈奕，又自以為身分卑賤，皇上只是偶爾前來尋歡而已。不料，天色暗下徽宗又來，賈奕躲避不及，被高俅綁了，幸虧婆子代為求情，才得脫去。《大宋宣和遺事》把李師師寫成送往迎來的名妓，還有結髮婿，引發曹輔、張天覺向徽宗直言進諫，賈奕免死被貶瓊州等事。但徽宗仍迎李師師入宮，冊做明妃，「蓋宣和六年（1124）事也。」[29]

《大宋宣和遺事》的〈利集〉講金兵攻陷汴梁至徽、欽二宗被俘至金的情況，其中尚有一小部分與李師師有關，一是所謂的「樊樓」，一是李師師的下場：

劉屏山有詩云，詩曰：

梁園歌舞足風流，美酒如刀解斷愁。

憶得少年多樂事，夜深燈火上樊樓。

樊樓乃是豐樂樓之異名，上有御座，徽宗時與師師宴飲於此，士民皆不敢登樓。及金兵之來，京師競唱小詞，其尾聲云：「蓬蓬蓬，蓬乍乍，乍蓬蓬，是這蓬蓬乍。」此妖聲也。……

是時徽宗追咎蔡京等迎逢諛佞之失，將李明妃廢為庶人；在後流落湖湘間，為商人所得，因自賦詩曰，詩曰：

輦轂繁華事可傷，師師垂老過湖湘；

縷衫檀板無顏色，一曲當年動帝王。

是年欽宗即皇帝位，改元靖康，大赦天下。[30]

劉屏山即前節所引的劉子翬，他是道學家兼詩人，上引第一首詩為其〈汴京紀事〉十八首之十五；而上引第二首亦為其作品，非李師師自賦，已見前節，僅此處「縷衫」原作「縷衣」略異而已。[31]可見劉屏山的「樊樓」詩也許未必直指徽宗與師師，但小說中提及「樊樓」上有御座，且他二人又時常在那兒宴飲，這首詩就和李師師關係匪淺了。而之後京師流行的小調尾聲「蓬蓬蓬，蓬乍乍，乍蓬蓬，是這蓬蓬乍」，亦當是從〈汴京紀事〉十八首之十六的「自古胡沙埋皓齒，不堪重唱蓬蓬

28　同前注，頁54-55。

29　同前注，頁62-63。

30　同前注，頁85-86。

31　宋・劉子翬：《屏山集・卷十八・汴京紀事》，頁496-497。

歌」[32]而來，可見《大宋宣和遺事・利集》的敘事係敷演劉屏山〈汴京紀事〉而成。

總而言之，《大宋宣和遺事》中的李師師俗麗膽小，名氣雖大，卻沒什麼令人欽仰之處，且有夫婿賈奕在先，後復投奔宋徽宗懷抱。和〈李師師外傳〉裡的李師師相去簡直不可以道里計。

（三）、《水滸全傳》中的李師師

《水滸全傳》第七十二回〈柴進簪花入禁苑　李逵元夜鬧東京〉寫宋江等人到東京看燈，

> 見一家外懸青布幕，裡掛斑竹簾，兩邊盡是碧紗窗，外掛兩面牌，牌上各有五個字，寫道：「歌舞神仙女，風流花月魁。」宋江見了，便入茶坊裡來吃茶，問茶博士道：「前面角妓是誰家？」茶博士道：「這是東京上廳行首，喚做李師師。」宋江道：「莫不是和今上打得熱的？」茶博士道：「不可高聲，耳目覺近。」宋江便喚燕青，附耳低言道：「我要見李師師一面，暗裡取事，你可生個婉曲入去，我在此間吃茶等你。」[33]

乍看宋江似乎是偶然經過李師師的住處，臨時決定要見李師師一面。於是在燕青的美言及帶領下，與柴進、戴宗一起進了李師師的門。但他們四人才剛喝完茶，徽宗就到了，他們只得趕緊離開。第二天元宵節，燕青先送了黃金一百兩，宋江又和柴進、燕青去見了李師師，這次吃了酒食，又聽李師師唱〈大江東去〉詞，宋江還落筆寫下樂府詞一首，但徽宗又「從地道中來至後門」，宋江等只得閃在暗處，看李師師和天子攀話。這時，

> 宋江在黑地裡說道：「今番錯過，後次難逢，俺三個就此告一道招安赦書，有何不好！」柴進道：「如何使得？便是應允了，後來也有翻變。」三個正在黑影裡商量。[34]

由此知道宋江要見李師師是早有預謀的，他想要在適合的時機和場合向徽宗要招安赦書，但柴進反對。接下去因李逵打了楊太尉，又在李師師家放火行凶，宋江等人只得趕緊逃出城外。

第七十四回〈燕青智撲擎天柱　李逵壽張喬坐衙〉末寫到御史大夫崔靖建議：「差一員大臣，直到梁山泊，好言撫諭，招安來降，假此以敵遼兵，公私兩便。」[35]第七十五回至八十回都是在記敘朝廷多次派人到梁山泊招安的過程。第八十一回〈燕青月夜遇道君　戴宗定計出樂和〉寫到吳用建議宋江，再派人去京師探聽招安消息，燕青和戴宗願去。二人遂帶著金珠細軟之物和聞煥章寫給太尉宿元景的書信，進了開封府。次日燕青奔到李師師家，李師師要燕青解釋上次發生的事件，燕青就全盤說出，請李師師幫忙向皇上美言。《水滸全傳》在這回寫李師師對燕青動了心：

> 原來這李師師是個風塵妓女，水性的人，見了燕青這表人物，能言快說，口舌利便，倒有心看上他。酒席之間，用些話來嘲惹他。數杯酒後，一言半語，便來撩撥。燕青是個百伶百俐

32　同前註，頁497。
33　元・施耐庵纂修、羅貫中集撰，李泉、張永鑫校注：《水滸全傳校注》（臺北：里仁書局，2007年），頁1201。
34　同前註，頁1207。
35　同前註，頁1238。

的人，如何不省得？他卻是好漢胸襟，怕誤了哥哥大事，那裏敢來承惹？[36]

後來李師師吹簫、彈阮給燕青欣賞，燕青也吹簫、唱曲回報。李師師又逼燕青脫衣要看他的紋繡（刺青），燕青慌忙脫穿，又生計拜李師師為姊，拜李媽媽為乾娘。當晚李師師便讓燕青見了宋徽宗：

> 李師師見天子龍顏大喜，向前奏道：「賤人有個姑舅兄弟，從小流落外方，今日才歸，要見聖上，未敢擅便，乞取我王聖鑒。」天子道：「既然是你兄弟，便宣將來見寡人，有何妨？」奶子遂喚燕青直到房內，面見天子。燕青納頭便拜。官家看了燕青一表人物，先自大喜。李師師叫燕青吹簫，伏侍聖上飲酒，少刻又撥一回阮，然後叫燕青唱曲。[37]

在李師師的引薦之下，燕青得了御書，又把三次招安的實情稟報徽宗，徽宗嗟嘆不已。第八十二回宋徽宗派太尉宿元景去梁山泊能順利完成招安，李師師和燕青算是頭號功臣。

第一百二十回〈宋公明神聚蓼兒洼　徽宗帝夢遊梁山泊〉是全書的收束，主要是安排梁山泊眾英雄的結局。高俅，楊戩設計害死盧俊和宋江，宋江怕自己死後李逵會造反，遂讓李逵也喝了毒酒，二人同葬在楚州蓼兒洼。吳用、花榮皆夢見宋江、李逵已死，遂趕至蓼兒洼，雙雙自縊於墓旁。之後宋徽宗忽然想起李師師，就至李師師處，才飲過數杯即感困倦，夢見黃衫人戴宗引領前往梁山泊遊玩。夢中宋江向徽宗細訴冤屈，當黑旋風掄起雙斧時，天子方才驚醒。

> 上皇問曰：「寡人恰在何處去來？」李師師奏道：「陛下適間伏枕而臥。」上皇卻把夢中神異之事，對李師師一一說知。李師師又奏曰：「凡人正直者，必然為神。莫非宋江端的已死，是他故顯神靈，託夢與陛下？」上皇曰：「寡人來日，必當舉問此事。若是如果死了，必須與他建立廟宇，敕封烈侯。」李師師奏曰：「若聖上果然加封，顯陛下不負功臣之德。」上皇當夜嗟歎不已。[38]

這回安排宋徽宗到李師師處夢遊，據小說中宋江所說，是因為「臣乃幽陰魂魄，怎得到鳳闕龍樓？今者陛下出離宮禁，屈邀至此。」這固然是很有說服力的說法，但同時也令人想到宋江曾兩次到李師師家，李師師其實就是宋徽宗與宋江的中間人。《水滸全傳》在最後一回做這樣的安排，讓宋徽宗明白宋江冤死，而下旨為他封侯建廟，算是一個補償式的結尾。

《水滸全傳》中的李師師形象如何？王瑾〈論李師師藝術形象的演變及其成因〉中說：

> 李師師是《水滸傳》中能夠從正面肯定的不多女性之一。作者選擇市井味比較濃厚的，似乎符合李師師妓女身分的內容和情節，其目的是為了反襯梁山好漢不為女色所動搖的堅強意志。李師師的智慧和她對現實清醒正確的認識，是作者重點表現的性格特徵。[39]

筆者十分同意王氏的說法，而這所謂的「性格特徵」應當是從張邦基《汴都平康記》中說李師師

---

[36] 同前注，頁1333。

[37] 同前注，頁1335。

[38] 同前注，頁1873。

[39] 王瑾：〈論李師師藝術形象的演變及其成因〉，《南昌大學學報》，頁129。

「慷慨飛揚，有丈夫氣，以俠名傾一時，號飛將軍」而來。所以李師師這個人物的安排雖非全書的重心，但在宋江等人與宋徽宗的關係上卻是極關鍵的，梁山好漢如何從聚眾劫商轉變為接受招安為國效力，全靠李師師在中間穿針引線。如和之前有關李師師的小說比較，《水滸全傳》中李師師竟會對燕青動心，且一再挑逗燕青，是很特別的地方。

（四）、《水滸後傳》中的李師師

《水滸後傳》共四十回，作者陳忱（1615-1670？）係明末清初人，以明朝遺民自居。雁岩山樵《水滸後傳·序》云：

> 嗟呼！我知古宋遺民之心矣！窮愁潦倒，滿眼牢騷，胸中塊磊，無酒可澆，故借此殘局而著成之也。」

古宋遺民即陳忱之筆名，可見《水滸後傳》是陳忱有感於清初時局而借北宋末年的背景所寫，寫梁山泊倖存的三十二人，和花榮之子花逢春、徐寧之子徐晟、呼延灼之子呼延鈺等人。他們起初還為宋抗金，後來大勢已去，李俊遂率眾至暹邏國稱王。

《水滸後傳》第二十四回〈獻青子草野全忠　贖難人石交仗義〉寫燕青叫楊林陪他到駝牟岡去，原來是去見道君皇帝：

> 燕青走進帳房，端端正正朝上拜了三拜，叩三個頭，跪著奏道：「草野微臣燕青，向蒙萬歲赦免罪犯，天高地厚之德，粉身難報！今聞北狩，冒死一觀龍顏。」道君皇帝一時想不起，問：「卿現居何職？」燕青道：「臣是草野布衣。當年在梁山泊宋江部下，元宵佳節，萬歲幸李師師家，臣得供奉，昧死陳情，蒙賜御筆，赦本身之罪，龍箚現存。」遂向身邊錦袋中取出一副恩詔，墨跡猶香，雙手呈上。[40]

燕青又獻上青子百枚、黃柑十顆，取苦盡甘來之意。這段描寫是呼應《水滸全傳》第八十一回的「燕青月夜遇道君」，顯現燕青感念徽宗赦書之恩，所以特地去拜見，以完心願。相對於此，第三十八回〈武行者僧房敘舊　宿太尉海國封王〉燕青和柴進、樂和在杭州遊湖，看見李師師唱歌，卻故意躲避：

> 柴進挽了燕青的手，又走了一段路，只見兩三個人同一美人席地而坐，旁邊安放竹爐茶具，小童蹲著搧火。聽得那美人唱著蘇學士「明月幾時有，把酒問青天」那套〈水調歌頭〉，真有留雲過月之聲，嬌滴滴字字圓轉。月光照出瘦懨懨影兒，淡妝素服，分外可人。燕青近前一看，扯了柴進轉身便走，道：「我們回去罷。」柴進道：「如此良夜，美人歌得甚好，何不再聽聽去。」燕青低低說道：「這便是李師師，怕他兜搭。」柴進道：「我看得不仔細，原來就是他，為何在這裏？」燕青道：「豈不聞『鵓鴿子旺邊飛』！」樂和笑道：「還好，若飛到北邊去，怎處？」回到寓中，呼延灼與孫立猜枚，孫立輸了一大碗。孫立不肯吃，呼

40　明·陳忱：《水滸後傳》（臺北：桂冠圖書公司，1992年），頁238。

延灼要扯耳朵灌他，正在喧嚷。柴進三人到來，說道：「小乙哥忒殺薄情！東京的李師師在二橋堤上唱得正好，小乙哥怕他兜搭，扯了回來。」蕭讓道：「只聞其名，我在東京許久，不曾廝會。明日同去訪他。」燕青道：「這賤人沐了太上皇帝恩波，不思量收拾門頭，還在這裡尋歡買笑，睬他怎的？」柴進道：「多少巨族世家，受朝廷幾多深恩厚澤，一遇變故，便改轅易轍，頌德稱功，依然氣昂昂為佐命之臣。這樣煙花賤婦，卻要他苦志守節，真是宋頭巾！」燕青道：「恐怕不認得葉巡檢了。」眾人皆笑。[41]

顯然燕青怕李師師見到他又像以前一樣兜搭糾纏，且不滿李師師未能為宋徽宗守節而拋頭露面。但該來的總是會來，第二天燕青在昭慶寺前遇見王小閒，他責問燕青為何不去看李師師，柴進等人讓他去安排。大家便到葛嶺去碰面：

屏風後一陣麝蘭香，轉出李師師來。不穿羅綺，白紵新衫，宮樣粧束，年紀三旬以外，丰韻猶存。笑吟吟逐位見過，送了坐，對燕青道：「兄弟多年不會，今日甚風吹得來？」見了柴進，叫道：「葉，」樂和忍笑不住，李師師便縮了口。樂和道：「師娘，這是柴大官人，當年假冒的。」李師師笑道：「妾身是極老實的，竟認做葉官人了。」……下了船。眾人說說笑笑，燕青低著頭再不開口。李師師餘情不斷，叫道：「兄弟，我與你隔了多年，該情熱些，怎地反覺得疏落了！難得相逢，到我家裡寬住幾日。媽媽沒了，是我自作主張。」燕青道：「有王事在身，只怕明日就要起程。」王小閒擺過酒來，都是珍奇異巧之物，香蒸金猊，盂浮綠蟻。李師師軟款溫存，逐個周旋，在燕青面上分外多叫幾聲「兄弟」。……喚丫鬟取過玉簫，遞與燕青道：「兄弟，你吹簫，待我歌一曲請教列位。」燕青推音律久疏。樂和接過來，先和了調。李師師便唱柳耆卿「楊柳岸曉風殘月」這一套，果然飛鳥徘徊，游魚翔泳，盡皆稱贊。李師師道：「當初宋義士的〈滿江紅〉我還記得。」柴進道：「師娘昨晚在翠湖亭歌的〈水調歌頭〉堪為並美。」李師師道：「偶然有兩個俗客，胡亂打發他，不想汙耳。」柴進道：「同令弟燕青在那邊竊聽，恐勞師娘應酬，故到今日纔來奉拜。」李師師道：「失瞻了。」直飲至月落西山，時鐘漸發，方才罷宴。湖船攏了岸，送李師師到葛嶺，又叮囑燕青再來走走。眾人作別歸寓。呼延灼道：「今日反害小乙哥呆坐了一日。」徐晟道：「那婆娘油滑得緊，把茶潑我一身，為甚麼只管叫燕叔叔兄弟？」眾人大笑。[42]

《水滸後傳》中李師師的遭遇是沿用張邦基《墨莊漫錄》所述，形象則是接續《水滸全傳》的發展。李師師淪落臨安，仍以歌藝謀生，但歲月不饒人，已三十餘歲的她雖對燕青難忘舊情，一再熱絡地叫喊兄弟，但燕青謹守君臣分際，以靜默和推拖對應，絕不逾越。

所以《水滸後傳》中的李師師和《水滸全傳》並無二致，只是更歷滄桑罷了。

---

41 同前注，頁382-383。
42 同前注，頁383-385。

（五）、《續金瓶梅》中的李師師

丁耀亢（1599-1670）的《續金瓶梅》續寫西門慶妻妾家人投胎轉世的遭遇，增添了金人入汴後的種種情事。其中關於李師師的描寫主要分布在第十六、二十、二十三、二十五及三十六回，從徽、欽二宗北上李師師自立門戶起，到她官司敗訴被配給一個七十歲的番軍為止。李師師在此書中的行為舉止和之前的各本小說大不相同，如第十六回寫她頗有先見之明，在兵荒馬亂之際早做了妥善的退路：

> 李師師自那搜括倡優、奉旨出城以後，那些行院人家都剝得赤條條出來，……只有李師師原有手眼，未曾上本先知道信，把家事就轉了一半出城，珠寶金銀重器和那綾錦上色衣裝不曾失落一點。他又曾與帥將郭藥師往來，如今郭藥師降金，領兵打頭陣，金兵一到城下，就先差了標下將官來安撫他，不許金人輕入他家。以此在樂戶裡還是頭一家。後來在城外第一條胡同裏臨河蓋造起一路新房，比舊宅還齊整。因沒有道君，越發大開巢窩，不作那官腔了。……那李師師家有十個丫頭，也會品竹彈箏、拆牌識字的。[43]

李師師「大開巢窩」，開了妓院當老闆，但她又裝模作樣，自許清高：

> 因徽宗北狩，李師師故意要捏怪，改了一身道粧，穿著白綾披風、豆黃綾裙兒，戴著翠雲道冠兒，說是替道君穿孝，每日朝北焚香，儼然是死了丈夫一般，自稱堅白子，誓終身不接客。一切人來，有十個侍兒陪待，好不貴重！[44]

她把袁指揮的女兒常姐改名銀餅，嬌養得如花似玉。後來洛陽翟四官人差浮浪子弟鄭玉卿向李師師說媒，要娶銀餅。這時李師師的打扮就不一樣了：

> 鄭玉卿看有多時，忽然湘簾高揭，官扇半遮，前後四個濃粧侍兒簇捧出來的是師師了。也有三十歲年紀，身子兒不短不長，面龐兒半黃半白，顏色也只平常，打扮得十分嬌貴。穿一件天藍翡翠漏地鳳穿花縐紗衫兒，下襯著絳紅縐羅衲襖，繫一條素羅落花流水八幅湘裙，緊罩著點翠穿珠蓮瓣，雲肩宮袖，總是內家。一陣異香，蘭芬桂馥。[45]

鄭玉卿不覺磕下頭去，李師師將他攙起。二人相談甚歡，李師師遂收鄭玉卿為乾兒子，讓他和銀餅兄妹相稱，又以一千二百兩允了婚事。但實則李師師當夜即和鄭玉卿有染，鄭玉卿也受用了銀餅。（以上見二十回）後玉卿和銀餅私奔到南方，銀餅被賣自縊。（見第二十五回）翟四官人不甘人財兩失，向金將提告。雖然李師師「也就是個九尾狐狸三窟兔，七十二變的女妖精。」但翟員外受了兩次坑騙，吃了一場屈官司，終於

> 寫了一張盜國娼妖、通賊謀叛的狀，細開單款八十餘條，將那徽宗末年迷惑道君、私通叛黨的事，備細條揭。說他匿宋朝祕寶，富可敵國；通江南奸細，實為內應。……

43　清‧丁耀亢：《續金瓶梅》（上海：上海古籍出版社，1994年），頁403-404。

44　同前注，頁413。

45　同前注，頁508-509。

卻說李師師正是生日，許多官客在前廳飲酒唱戲，十數個粉頭打扮的天仙玉女一般，吹的吹，彈的彈，唱的唱。到了黃昏，掌上蠟來，把各樣花燈點起，眾人才敢請師師出來舉賀。這師師穿著大紅通袖麒麟袍、鵝黃織錦拖邊裙子，玉帶宮靴，翠珠鳳髻，真似王母赴蟠桃的光景，來到席前，眾女樂笙簫絃索引導著唱了一套花詞……

唱到此處，眾人迎出廳來，舉起大葵花金杯來，滿斟一杯，李師師伸出一雙玉腕，帶著兩個金鐲，才待去接，只聽得街上走的馬一聲裏響，把前後門一齊圍了。早把大門打開，只見這些金兵一湧而入，謔的些子弟們走投無路。先把李師師剝個罄盡，頭上金珠，手上鐲釧，亂分亂搶，只留下一件貼身小襖，好一似雨打梨花，風吹桃片。……連夜解往粘罕衙門來。因夜晚一時不便審問，俱發在開封府倉監，以待明日發落。[46]

李師師在過生日時被逮，狼狽至極。第二天粘罕將軍審理，先把李師師罵了一頓，即令動刑：

皂隸剝去中衣，先打二十大板，可憐把個白光光、滑溜溜、香噴噴、緊楸楸兩片行雲送雨的情根，不消幾下竹篦，早紅雨斜噴，雪皮亂捲。在旁圍的人先也恨他，到此心都軟了，不免動情傷感。又是一拶四十敲，滾的雲鬢如蓬，面黃似紙，口中亂叫，比那枕上風情、被窩中的恩愛還叫得親熱。粘罕將軍看不過意，也就分付放了拶子，差人送入女倉。[47]

一月後粘罕把李師師喚出監來，竟把她賞給一個看馬有功的番軍為妻，往遼東大凌河養馬去了。而這七十歲的番軍本有一個悍妻，李師師還得向她磕頭，侍立在旁。最後李師師的下場是：

那老兵取了一根擔鈎，兩個木桶，叫師師向井邊打水來做飯與老兵吃。那老婆也不問師師是甚麼人。只得兩眼垂淚，取過木桶來，挑起真有千斤之重，這李師師那曉得這個滋味。出門來又不知井在那邊，悽悽惶惶而去。不知終來性命如何。正是：錦屏翠被香猶在，垢面蓬頭事不同。[48]

可見《續金瓶梅》中的李師師和之前小說中的李師師大異其趣，她是極有交際手腕的老鴇，斂財毫不心軟，表裡不一，好似蛇蠍一般。作者丁耀亢把李師師寫得如此惡劣，可能和他本人厭惡娼妓、老鴇有關。各種寫李師師的小說都只寫她是個歌妓，而且是年輕的、令人憐愛的歌妓；丁耀亢卻專寫李師師過氣以後，成了世故的老鴇，反差實在太大。對此，王瑾認為：

《續金瓶梅》中的李師師形象是文人擺脫歷史記載的一個創造。作者借此形象來抒情寫懷表達對社會人生的理解。李師師在小說中外表雍容華貴儀態萬方，內心卻放蕩卑劣，對金錢如蠅逐血。[49]

丁耀亢寫《續金瓶梅》是有指桑罵槐之意的，袁世碩說：「作者是有慨於明清易代之大動亂，綱

---

46 同前注，頁955-959。
47 同前注，頁962-963。
48 同前注，頁966-967。
49 王瑾：〈論李師師藝術形象的演變及其成因〉，頁130。

紀敗壞,假宋金之事以抒之。」[50]李師師恰是宋金易幟時的名人,或許因此被丁耀亢選中而進行改造。但他把〈李師師外傳〉裡忠君愛國的歌妓刻劃成不擇手段的貪狠老鴇,實出人意表,亦可見他對降清之人的憤恨有多深了。

四、現代小說中的李師師

以李師師為主要人物的現代小說當以高陽的《少年遊》為最早,之後陸續又有多部,茲依出版先後略述如下:

(一)《一代名妓李師師》中的李師師

《一代名妓李師師》分為〈筵上的奇變〉等十八章,據作者自序,此書原本在報上陸續發表,之後出單行本:

> 從許多筆記書中,我讀到一些李師師的零星材料。後來,為著要研究北宋末年的學生運動,我又發現了呂將、陳東、朱夢說、丁特起等人的許多可歌可泣的英雄事蹟。……我覺得假使把李師師這個人物做中心,寫成一個故事,倒很足以反映北宋末年整個社會動亂的全貌,可以表現出宋代的愛國運動、學生運動、農民戰爭與異族戰爭。這樣一幅斑斕錯雜的時代圖景,若能真正融入一本小說之中,它應該是動人的,同時,也應該能夠發人深省的。所以,我決定要動筆了。[51]

由此可見他的寫作動機並非只是介紹一位名妓李師師而已,而是要「反映北宋末年整個社會動亂的全貌,可以表現出宋代的愛國運動、學生運動、農民戰爭與異族戰爭。」故閱讀本書,可發現李師師不僅僅是一位名妓,反而更像是女革命先烈或間諜,周旋在皇帝、詞人、政客、太學生、叛軍和盜匪之間,長袖善舞,令人觀止。

此書以李師師參加太學生在守約齋歡迎呂將自杭州探親歸來的筵席開始,原本歡樂熱鬧的場合卻突然變了調,大批人馬包圍國子監要捉拿呂將(因為他帶了不少控訴朱勔的文書),幸而這時李師師挺身而出,將他打扮成書僮帶回香閨,也開啟了二人的情路。

> 師師獨坐燈下,卸卻殘粧,換上一襲玄絹的夾裳,上身披起一件墨綠色的輕綿短襖,捲起右手的衣袖,正在慢鼓著琴,奏出一首「平沙落雁」,那意態悠閒極了。她天生眉黛纖長,橫波如水,一見人來,便在几案傍亭亭而起,臉上笑開一朵鮮豔的薔薇花,指著桌傍的一張圓背靠椅,招呼呂將就坐,同時安慰他道:「呂公子今天受驚了,幸喜你們從城外繞道過來,

50 袁世碩:〈《續金瓶梅》前言〉,收於丁耀亢:《續金瓶梅》第一冊,頁2。

51 未標作者:《一代名妓李師師‧自序》(臺北:河洛圖書出版社,1978年),頁1。按此書1982年由國家出版社出版,書名改為《青樓名妓李師師》,編著者為「國家出版社編審部」,內容全同。至1989年重排出版,改為唐有龍編著。

不然的話，路上的盤查可多著呢！」……

「你太客氣了！這有甚麼值得感謝的呢？我們相識雖還不久，相知雖尚不深，可是我看滔滔塵俗之中，能夠像呂公子這樣慷慨激昂，有丈夫氣度的，實在屈指數不出幾人。呂公子將來一定能夠為國為民做一番轟轟烈烈的事業。我這一點小幫忙，算得甚麼？」……

「自古吉人天相，你大可不必擔憂，只管在這兒住一個時候，慢慢再想法脫身不遲。再說，目前雖是權奸當道，狐鼠橫行，但我相信他們的日子也不會長久的！」呂將聽了她的話，從她底秀麗的眉宇之間，隱隱看出一派英挺之氣，心中不免暗暗稱奇。自想：京師的人都說李師師是「紅粧季布」，果然名不虛傳。這個女郎不但貌美如花，而且抗（操？）志高潔，能人之所不能，敢人之所不敢，的確有季布之雄風。[52]

以上所引文字，第一小段實自〈李師師外傳〉中移來，但在〈李師師外傳〉中是出現在宋徽宗冒名趙乙去看李師師之時，李師師不屑款待富商而彈琴拖延時間，一整晚都沒說一句話。而從上引李師師所講的幾段話中，卻可看出她性情隨和，善體人意，口才伶俐，這都和〈李師師外傳〉中那個孤傲「可令御史裏行」的李師師大不相同。基本上《一代名妓李師師》是把李師師定位在所謂的「紅粧季布」，也就是張邦基《汴都平康記》所說的：「李生慷慨飛揚，有丈夫氣。」和之前古代小說中的李師師差異頗大。

此書另一重點是李師師和呂將的愛戀。作者在〈自序〉中說：

我相信，一般的讀者，總能明白歷史小說與歷史的本身是不同的；它和一本純粹以考據人物生平為主的傳記，自然也有很大的距離。如果給我以較為充裕的時間與篇幅，這本書的人物與背景，都應當加以更深刻更仔細的描劃。現在，差不多大部分的筆力，只能集中在李師師和呂將兩個人物身上，只有他們兩人的性格，能夠得到較為充分的發展。[53]

故知作者是以呂將和李師師二人為小說的男女主角，這當然是李師師小說的一大突破。在此書之前，所有關於李師師的記載都是以宋徽宗為男主角，李師師只是一個被皇上愛幸的女人。而從此書開始，李師師有了她自己愛戀的男子——太學生呂將。

在〈三　題詞之禍〉這節中，李師師請賈奕救呂將，設法把呂將送出汴京，賈奕是呂將的好朋友。在《大宋宣和遺事》中，賈奕是李師師結髮之壻，擔任右相都巡官帶武功郎。但在本書中，他對李師師「本是癡心相戀的，可惜他自己家有髮妻，而且李師師又嫌他做人沒有遠大的志向，所以對他始終不即不離。」[54]賈奕和李師師只是朋友關係，因為他和呂將的交情，他便先把呂將帶回家去。

呂將離開了師師的家，雖然使她稍覺安心，同時卻也使她感到難堪的寂寞。她覺得呂將這個

52　未標作者：《一代名妓李師師》，頁7-8。
53　《一代名妓李師師·自序》，頁2。
54　《一代名妓李師師》，頁24。

人的確別有一種令人難忘的風度。最近這兩天以來，她和他經過一番接觸，彼此間的了解業已加深，便感到他的安危與自己有密切的關係，而他的去留，在她的心理上也引起了一番波動。她似乎有點坐立不安，腦子裡終日拂不去呂將的影子，她明白自己已經暗暗地戀上這一個年少翩翩的太學生了。[55]

但之後賈奕填的〈南鄉子〉詞得罪徽宗而下獄，呂將為了救賈奕，又去找李師師幫忙。李師師正在為得了蛇蚹琴而哭泣：

「這是一件大內珍藏的寶器，名為蛇蚹琴，原是西域送來的貢品。前天皇上到我這兒來，親自帶給我的。然而，難道我一生的理想，就只換來這一個蛇蚹琴嗎？」……

「你的處境我是明白的，一個女子淪落風塵，自然有身不由己之痛，何況他又是當今天子，萬乘之尊，這是任何人都不容易擺脫的。但願你放開懷抱，徐圖將來。一個人只要丹心不死，汙泥裡不是也可開出燦爛的蓮花嗎？」

師師垂淚點頭，忽然羞怯地問道：「但是你不會因此看輕我嗎？」呂將這時緊緊握住她的手，深情地對她說：「你能視帝眷如浮雲，這是何等高潔的一個女子，我怎會看輕你？」師師聞言，禁不住再灑下幾滴感激之淚。……[56]

此書中的李師師雖然是「紅粉季布」，但卻很愛哭。這段文字可說是她和呂將的定情告白，從她為自己即將成為徽宗的禁臠傷心的哭開始，到得聞呂將的理解和安慰感激的哭結束。之後她的眼淚也多半是為呂將而流。

因為呂將的關係，宋徽宗在書中的地位成了第二男主角。此書把宋徽宗安排在李師師收留呂將的第二天，即以商人趙乙之名來鎮安坊造訪，且因竇監、孫榮高聲吆喝要搜捕呂將，遭太監張迪制止而暴露了身分。所以李師師立即知道徽宗是當今天子，「這真教她不知如何是好。」

照常理說，一個身分低微的歌妓能夠上邀帝王的垂青，已是不世的恩遇；然而，李師師有李師師自己的想法：她一向自恃才華，雖則寄身風塵，卻無時不夢想著找到一個年少有為的男子，彼此情志相投，攜手做一番照耀人間的事業。所以她一向守身如玉，憑著她的天性聰明與手腕圓活，周旋於一班都門權貴之間，把他們玩弄於股掌之上，而自己卓然成為出汙泥而不染的蓮花。[57]

這段文字說明李師師人在風塵，卻是心高氣傲的，這和〈李師師外傳〉中形象一致。至於宋徽宗如何看李師師？

徽宗在燈下仔細再向師師打量，只見她鬢鬟如霧，笑靨如梨，星眸閃爍間，宛似包孕了人間的夢幻。他舉起杯來，向師師勸酒道：「卿家真是當今都下的第一美人，我在宮裡早已聽人

---

55 同前注，頁26。
56 同前注，頁34。
57 同前注，頁15。

說到你那紅粧季布之名，如今見面，果然名不虛傳，讓我們先乾了這一杯吧！」……

在李師師的一顰一笑，一顧一盼之間，他發現了從來不曾見過的美。雖然在三宮六院裡面，他有的是大批后妃美人，可是與李師師比照起來，那些妃嬪宮娥，都不過是庸脂俗粉，木美人，死花草。若論國色天香，能歌善舞，除卻李師師之外，恐怕曠世無一人了。

然而，李師師的性格是那麼倔強，志趣是那樣高超，而且還有驚人的慧點。她手段圓滑，在半迎半拒，若即若離之間，把一個宋徽宗弄得神魂顛倒。[58]

書中的李師師運用宋徽宗對她的迷戀和寵愛，多次幫呂將、賈奕、曹紳、燕青等人解決危難。

最後三章〈天子退位〉、〈修道院風雲〉、〈英雄兒女〉分別寫宋徽宗退位、李師師入慈雲觀修道和被送入金大元帥幹離不的軍營。李師師即使身在敵營，仍然忙著探測環境、繪製地圖，設法讓侍女蘭兒送出。她還用劍刺醉臥的幹離不，但蘭兒身上的地圖被金兵搜出，事機敗露，最後李師師只得吞金而死。

《一代名妓李師師》中的李師師足智多謀，儼然是一個優秀不屈的情報員！

(二)、《紅塵俠女傳奇‧從名妓到明妃》中的李師師

《紅塵俠女傳奇》收有紅拂、王朝雲、李師師、柳如是、小鳳仙等五位所謂「俠女」的傳奇，編者為邱小盈。李師師傳奇部分占46頁，一開始描述燕青因躲避官兵而闖入李師師香閨，偷窺師師正和周邦彥討論詞曲，周發出一聲悠長的慨嘆：「人生難得一知己，誰知知己在紅塵！」師師送走周邦彥後，燕青正式和李師師打了照面。李師師為了讓燕青能安全留下，將他打扮成女孩，說是自己鄉下遠房的姊姊。之後介紹李師師的出身，大致沿襲《李師師外傳》的說法，但加入遊方和尚預言李師師的面相：

遊方和尚合掌當胸，念了一聲「南無阿彌陀佛」之後，對王寅說：「令嬡眉清目秀，十分不俗。那兩眉間的朱砂痣，更是大有來頭。這痣生在兩眉之間，名之曰『二龍搶珠』，豔則豔矣，只是……」……遊方和尚嘆息一聲接著往下說：「令嬡眉間『二龍搶珠』，禍福難以逆料。依貧僧之言，捨與佛門罷！」[59]

王寅以女兒太小婉拒，後來他死於獄中，李師師被送到收養孤兒或棄兒的「慈幼局」，由到局中物色搖錢樹的李姥姥抱回，故改姓李。

此書較特別之處在於把燕青安排為李師師愛慕的對象，這是本於《水滸全傳》的情節，但同中仍然有異。《水滸全傳》中燕青任務在身，不敢有非分之想，此書則二人第一次見面就互有好感，但因宋徽宗突然來訪，彼此並無機會交談。等皇上一走，燕青也離去，但留下一信：

李姑娘芳鑒：燕青浪跡江湖，權居水寨，忠義之心常有，報國之日無期。昨蒙垂救，此恩銘

58　同前注，頁19-21。

59　邱小盈編：《紅塵俠女傳奇》（臺北：可筑書房，1990年），頁95-96。

心，始知青樓脂粉之中，亦有紅顏俠骨之人也。或相逢有期，再謝大德……

讀過燕青的手札，一股傾慕之中揉和著的悵惘之情，湧上李師師的心頭，她坐在錦凳上，呆呆地注視著窗外如帶的柳絲，好久好久。[60]

書中李師師和燕青第二次相見，是燕青帶了宋江前來。李師師接待了宋江，宋江委婉地表達願抵禦外侮，到邊關去報國之情，又揮毫寫下表剖心跡的〈念奴嬌〉。但李師師

對宋江表白心跡的陳述，李師師沒有用心去聽，她的心思都在燕青身上，在宋江揮毫題詩的時候，李師師那雙明如秋潭的眸子，始終不離燕青的臉。燕青何嘗不明白李師師的心意！可男子漢大丈夫，在此國事危難之時，應思報效國家，沉溺煙花，壯夫不為！何況現在大事在身，哪裡容得情絲纏繞！……

當宋江、燕青在海棠帶領下打算下樓時，李師師無限幽怨地對燕青說：「兄弟，天涯浪跡，要多保重。姐身雖汙，素心尚在，相見有日，莫忘……」說到後來，已是淚濕粉頰了。[61]

由於篇幅較短，之後即敘述宋徽宗讓位太子、成了金人的俘虜，李師師銷聲匿跡了。

若干年後，有人傳說在湖南洞庭湖畔碰到過她，據說她嫁給了一個商人，容顏憔悴，已無當時風韻了。根據這種傳聞，一位當年曾一睹李師師風姿的詩人大生感慨——

輦轂繁華事可傷，師師垂老過湖湘。縷金檀板今無色，一曲當年動帝王。[62]

這結尾是沿用劉子翬的〈汴京紀事〉和《大宋宣和遺事》的內容，詩只在第三句改了兩個字。

此書中的李師師可能是為了符合「俠女」形象，不重描寫她的美麗，而強調她對燕青這種志士的傾慕，她對宋徽宗也似乎是應付而已。

（三）、畢珍著《李師師》中的李師師

1990至1991年之間，多本與李師師有關的現代小說出版。畢珍這本《李師師》比《紅塵俠女傳奇・從名妓到明妃》遲一年四個月，只比霍必烈的《李師師傳》早三個月。這種現象或許與1990年中視推出由張瑜、周紹棟主演的《一代名妓李師師》（又名《李師師傳奇》）連續劇有關，據飾演劇中李師師的演員張瑜表示：劇本是她在十幾個劇本中挑選出來的，當時實際上拿到的劇本是18集，這是她看到的所有劇本中最完善的一個劇本，但李師師一共要演40集。18集以後，就是邊編邊演，請了很多編劇支援，才使這個劇能演完。[63]臺灣電視劇演出時常會同時出版同名的小說，以便達到宣傳效果。既然當時有十幾個候選劇本，其中幾本稍加整理改成小說出版並非難事。

《李師師》全書共分十二章，第一章〈醉杏樓地動山搖〉，寫汴梁永慶坊的老大趙智「胖頭

---

[60] 同前注，頁107。

[61] 同前注，頁129。

[62] 同前注，頁131。

[63] 張瑜談臺灣演藝經歷：〈「名妓李師師」不好當〉，詳見http://ent.ifeng.com/fcd/special/zhangyu/news/detail_2012_08/15/16822165_0.shtm（2017/09/12瀏覽）

鷹」在醉杏樓請客，宣布三天後醉杏樓要關門，也就是逼李師師三天內必須嫁給她。（醉杏樓在《李師師外傳》中是後來興建，由宋徽宗命名）第二章〈表兄妹情深似海〉，說李師師父李寅（《李師師外傳》裡是王寅）死後把李師師託給李姥姥，和柳家鎮的舅舅斷了來往，但表兄柳仁成得知表妹李師師在汴梁城，便來尋找（表兄柳仁成是這本書的創發，讓李師師有一個真正嚮往的對象）。找到後回家賣田地來贖李師師，但遭到李姥姥的拒絕，李師師要他回去讀書，做了大官再來救她。

第三章〈趙吉人拔刀助〉，宋徽宗出現了。李師師不知他的真實身分，唱歌給他聽（都是些俚歌小調，其他小說裡都是唱詞），也把自己和醉杏樓的危難告訴他，趙吉人答應幫忙。第四章〈逐離京師多懊喪〉，趙大爺派人送來一幅題有「金勒馬嘶芳草地　玉樓人醉杏花天」的畫。然後另一位趙大爺（胖頭鷹）也來了，他被兩個帶刀的爺押來向李師師道歉，然後充軍！第五章〈三千寵愛女兒身〉，寫著宣和七年李師師十八歲，宋徽宗四十二歲。宋徽宗破了李師師的身，

> 皇上走到床邊，坐下，然後道：「可以把燈熄掉了。」皇上說話，一句一句，很嚴肅，而要她熄滅燈火時，那一句話卻充滿甜蜜和溫柔。李師師吹熄了燈，那時她在發抖。她想，曾經正顏屬色抗拒過許多人，為什麼現在不敢？……只因他是皇上。……
>
> 他原以為李師師是一個妓女，曾與許多男人相好，或者異於宮中的后妃。他發現，自己擁抱著的李師師是女兒身，一個未破瓜的姑娘。他有些感動。趙佶知道妓女生活的地方，龍蛇雜處，每一個來這裡的男人，對於女人都要一親芳澤，對一個有著女兒身的人，更是垂涎萬丈。[64]

第六章〈慈悲皇后也憐卿〉的重點是宋徽宗和太常少卿李綱談李師師，和鄭皇后談李師師：

> 「二八姑娘，可以嫁做人婦，李師師十六歲可嫁，從十六至十八，共三年，這三年，身處浪子酒徒之間，對不對？」
>
> 「對！」
>
> 「她還能保得女兒身，也就是保得清白。」趙佶告訴李綱這些後，問道：「李綱，你如果碰到這樣一個堅烈的姑娘，能不援手，使其脫離火坑？朕這樣做，將其安置在艮宮，如果你覺得朕做錯了，你且教朕，該怎麼做？」李綱此時方知李師師出汙泥而未染，心中大為感佩，急忙跪下道：「陛下，臣該死，陛下做得對。」[65]
>
> 「皇上臨幸前，她是一位姑娘，是女兒身？」趙佶點點頭。鄭皇后臉上一陣熱，覺得慚愧。她並不是對皇上和一個女子有曖昧而嫉妒，她是皇后，……她只是怪責一個妓女進入宮中。李師師是一個賣笑不賣身的女子，在龍蛇雜處的環境中，怎麼過下來，難以想像，使她也同情起來。

64　畢珍：《李師師》（臺北：國際文化事業有限公司，1991年），頁78-79。

65　同前注，頁88-89。

「皇上，」鄭皇后接著道：「她是一個好女子，把她接進宮牆裡來如何？」[66]

李綱是北宋至南宋的名臣，曾仕北宋徽宗、欽宗和南宋高宗三朝，個性耿直，《宋史・李綱傳》[67] 中可見他忠君愛國的種種事蹟。小說中出現他和徽宗討論李師師的貞節應屬杜撰，但卻頗符合李綱正言直諫的作風。由上引文字可知，原本對宋徽宗把李師師安置在艮宮不以為然的李綱和鄭皇后二人，都變得同意和理解了。在《李師師外傳》中，只有艮嶽而無艮宮，但艮嶽有潛道可通鎮安坊李師師處。

第七章〈艮宮是有情天地〉，寫開封府派人把柳仁成的田買回來還給他。又提到李師師和徽宗談「狐狸登榻」的事，以及她和鄭皇后見面互有好感。第八章〈汴梁城岌岌不保〉，寫金兵一再進逼，徽宗讓太子即位，派張邦昌通知李師師可自由離宮，李師師決定到慈雲觀帶髮修行。第九章〈梅開二度願難伸〉，寫柳仁成到京城把李師師帶回柳家鎮，但李師師告訴他不能嫁給他。第十章〈河山依舊國不在〉，寫金國的撻賴和宗望都指名要李師師，張邦昌到柳家鎮把李師師帶回京城。為救太上皇等四人，李師師同意前往金營。第十一章〈百劫紅顏不了情〉，寫李師師到了金營想刺殺宗望未成，宗望派人把她押到南方。最後一章〈萬里跋涉尋孤魂〉只有三頁，是柳仁成到真定求見宗望。他說來收表妹李師師的屍，宗望問他為什麼？

「我愛我表妹。」

「她愛你嗎？」

「她愛我，我們相愛，但她不肯嫁我。」……

「她絕不會再愛別人，我相信元帥會逼她與你相愛，她不從，你便會殺她。

或者，她會自殺。」……

「我把她送回去，過了黃河，押解的人釋放了她，可以去黃河南岸相尋。」

柳仁成聽到這話，立即告辭。[68]

綜觀此書對李師師的描寫，有以下幾個重點：和表哥柳仁成相愛，但無緣結合。在醉杏樓出汙泥而不染，贏得宋徽宗和鄭皇后的憐愛。從一而終，不肯再嫁柳仁成，更不願侍奉金將宗望，自殺不成，最後被送至黃河南岸，不知所終。

（四）、霍必烈著《李師師傳》中的李師師

霍必烈著《李師師傳》一書，封面為張瑜、周紹棟飾演《一代名妓李師師》電視劇的劇照，內文分為十六章，從〈年少不識愁滋味〉到〈百劫紅顏不了情〉，對李師師的生平有沿襲舊說的地方，也有新創的部分。如〈年少不識愁滋味〉一開篇云：

66　同前注，頁91。

67　詳見元・脫脫等：《宋史・卷217-218・李綱傳》（臺北：鼎文書局，1983年），頁11241-11274。

68　畢珍：《李師師》，頁166-167。

李師師其人，不見正史，但稗乘野史不僅皆載其人，尤盛傳其事；把她和毛惜惜、陳圓圓、董小宛三妓並列，稱之為四大名妓。毛惜惜之於秦漢光，陳圓圓之於吳三桂，董小宛之於冒裏；而李師師的心上人是呂將，但是她的身體卻是趙佶的女人。[69]

說明此書是以李師師、呂將和趙佶（宋徽宗）三人的情愛糾葛為主。擺脫了之前把周邦彥牽扯到趙、李戀情的老套。

在李師師的身世方面，此書沿用《李師師外傳》，但透過寶光寺悟明法師預言李師師：「此娃命賤但主貴，傷母又剋父。神采奧微，終身恐無婚事，可又從一而終。」[70]以此預言解釋李師師生而失恃，四歲又喪父，之後被賣入娼家淪落風塵的命運；至於「從一而終」，此書作者霍氏以李師師為妓時賣藝不賣身，遇宋徽宗始破瓜，故宋徽宗對李師師寵愛有加。〈八　周邦彥明妃艮宮〉一節中有一段宋徽宗與太常卿李綱的對話：

「李師師出身青樓。」

「青樓怎樣？」

「青樓的女子，是可以用銀子買笑買歡。」

「你曾去過？買了笑買了歡？是誰被你買？」

「臣從未去過青樓，遑論買笑買歡。」

「你目光如豆，井中之蛙，書生之迂。」

徽宗見李綱一時接不上話，接下去說：「你可知，她在青樓長大，十六歲開始營生，今年一十八。十六至十八，她出汙泥而不染，三年來，生張熟魏中彈唱周旋。但她卻保留了清白之身，你知道嗎？」

「這，是陛下身受？耳聞？」

「李綱，你敢出言不遜？」

「不是出言不遜，臣不得不詳察內情。」

「對此烈性姑娘，朕怎能不伸援手！李綱，你我年歲相同，又都是男人，朕且問你，如你是朕，你將如何？」

「臣不敢將天比地。臣怎會想到，明妃是如此一位女人。陛下做得對極，請恕臣多此一問。」[71]

此節文字與前一本畢珍著《李師師》雷同，主要是美化李師師守身如玉，所以宋徽宗要為她爭取名分。

此書把周邦彥定位為「父愛師恩集一身，吐快傾言真心人」，是李師師的師長輩，另引入秦少

69　霍必烈：《李師師傳》（臺北：漢欣文化事業有限公司，1991年），頁1。

70　同前註，頁7。

71　同前註，頁90-91。

游及同爲太學生的呂將。書中的呂將本住錢塘，是李師師的表哥，二人互生情愫，但後來呂將因受到政治牽連而逃離汴京，投入方臘爲中郎將，在返回汴京獵取情報時被捕而死。當初幫助呂將離開汴京的正是賈奕，賈奕也是錢塘人，和呂將是舊識。在《大宋宣和遺事》中，賈奕是李師師結髮之壻，他擔任右相都巡官帶武功郎。但在本書他雖迷戀李師師，卻早已經有了妻小。因本書把李師師定位爲清純的歌妓，故把賈奕的角色也做了調整。

至於燕青，本書中提及：

> 「梁山泊浪子燕青見過師師姑娘！」

顯然，燕青不是第一次見到師師，師師和梁山泊好漢們有所接觸。……

> 「對！就是追捕在下。在下奉了宋公明之命，來京師打探童貫何時出兵進犯梁山泊，下午由東門入城不久，便被盯上了，一直到天黑，在下才越窗而入，請師師姑娘包涵。」[72]

〈五　走馬章臺天子爺〉中追敘宋江和燕青第一次去見李師師，基本上是沿用《水滸全傳》第七十二回的內容，但對宋江的詞作做了分析，顯現李師師的敏銳：

> 不待吟完，師師驚得一身是汗。暗忖：「問乾坤何處，可容狂客？」好大的口氣。「六六雁行連八九」，六六三十六，八九七十二，這豈不是梁山泊水寨的三十六天罡，七十二地煞，這二人莫非一百零八條好漢中的其一其二，而那黑矮漢子，被稱作主人的，一定是宋江宋公明。
>
> 好大的膽子，朝廷中正要發兵討伐，他二人居然大搖大擺來到了汴京，而且又輕易暴露身分。[73]

書中宋江只和李師師見過一面，倒是燕青較常去花茶坊。師師甚至幫燕青向徽宗求取了「御批赦書」：

> 「御批赦書」等於臨時赦免證書，當然是師師替他求取的。師師說，燕青和她有點同鄉關係，逼上梁山當名小嘍囉，奉命下山只不過打探什麼時候有「金雞」消息。把他殺了，對大局無補於事，卻少了個跑腿報信的人。等決定了不御令「金雞」，再收回「赦書」，是死是生任他自己。[74]

故本書將李師師塑造爲所謂的「紅粧季布」，第四節標題即爲〈紅粧季布李師師〉，並云：

> 師師確實是紅粧季布，她人在風塵中，不僅關心國家大事，對朝廷貪官汙吏，奸佞當道，更加痛恨，怨自己是弱小女子，不能參與救國救民行列，只好盡最大可能、最大方便，給這些俠士們最大幫忙。
>
> 套句現代話，她在掩護地下工作者。……

72　同前注，頁42。

73　同前注，頁47。

74　同前注，頁134。

師師哪裡料到，自己一方面被譽為紅粧季布，一方面卻成了被革命者要革命的第一號人物的禁臠。[75]

第五節開始敘述宋徽宗闖入李師師的生活。所以整體而言，此書對李師師的描寫是集大成式的，但又將其中矛盾扞格之處做了巧妙的處理或修改，塑造了所謂「紅粧季布李師師」。

（五）、《一代名妓——李師師》中的李師師

此書分爲〈帝都流浪女〉等九章。第一章一開始寫李齊、李興這對叔侄走江湖賣藝，李師師這個小乞丐也加入。二年後他們到汝陽縣賣藝，得罪了縣太爺的小舅子，三人都被關進大牢，老衙役偷偷放了師師。[76]這些都和其他各書截然不同。

第二章〈青樓恩怨〉，李師師被汴京名妓崔念月收留，六年中教她詩詞歌賦、琴棋畫畫，李師師的名氣漸漸大起來。後崔念月病歿。[77]第三章〈東京上元夜〉，元宵節師師和念月之妹若月賞花燈，因有人行刺高俅而返家，刺客竟是李興，李師師和念月幫他療傷，後李興離去。[78]崔念月此人已見前引張邦基的《墨莊漫錄》，是政和（1111-1117）年間在汴京城與李師師齊名的歌妓。小說中把她安排成是好心收留李師師的人，教授師師歌妓的基本技藝，之後又帶李師師去見李姥，師師遂成爲李姥的搖錢樹。

第四章〈夏日的溫柔〉，若月嫁給裱糊鋪的伙計梁安。京師少年賈奕時常來找李師師，二人私訂終身，但賈家派人來說服她放棄賈奕，二人終究分手。[79]此章透過賈奕的眼睛對李師師的美麗有一番描述：

> 他極力控制自己緊張的情緒，大膽地抬起頭來，正視著眼前的麗人：容長白嫩的臉上，不塗脂粉，泛著健康的紅潤。簇黑的眉毛，似畫非畫，像兩彎新月，一雙流盼生光的眼睛，蕩漾著令人迷醉的波光。[80]

第五章〈一曲動帝王〉，寫李師師參加李邦彥的宴會，唱了一支〈點絳唇〉，因而認識了作詞的周邦彥，周邦彥看李師師：

> 穿著藕荷色冷紗上衣，下面是羽白色的拖地長裙，烏黑的頭髮隨意地挽成一個墮馬髻，不施粉黛，也沒有金銀碧玉的裝飾。翠彎彎似新月的眉毛，微微皺著，秀麗明亮的雙眸，似清冷的寒星，似乎隱藏著無限愁怨。周邦彥忽然想起一句古詩：「清水出芙蓉，天然去雕飾。」面前的這個少女，不正像一朵出汙泥而不染的芙蓉花麼？……

75　同前注，頁44。
76　丁禾、夢桐：《一代名妓——李師師》（臺北：開今文化事業有限公司，1995年），頁12-37。
77　同前注，頁40-68。
78　同前注，頁70-96。
79　同前注，頁98-136。
80　同前注，頁103。

他萬萬沒有想到，師師果真如此冰清玉潔，冠世絕倫，最使他感嘆的還是師師對他的詞的深刻的領悟，和她在歌中所作的貼切恰當的演繹。他為風塵之中能有這樣一個紅粉知音而興奮不已。[81]

這章主要還在記載宋徽宗造訪李師師的經過及緣由，前者基本上是依照〈李師師外傳〉。在宋徽宗看到李師師時，

他曾聽人說起師師的「冷」，也在心中無數次構想過這個少女的形象。然而，今日一見，他還是感到了意外。他沒有想到師師竟是這般冰清玉潔，一塵不染，這般高傲冷峻、亭亭玉立。簡直如月中嫦娥一般。……他只覺得這位少女雖然與他近在咫尺，又如同遠隔天涯，使他怎麼也看不清楚她；她是那麼桀驁不馴，似水中的荷花，「可遠觀而不可褻玩焉」；她的一汪如秋水的眸子是那樣深邃，使人一掉進去就再也爬不出來，而她眸子後面的心靈世界又是那樣深不可測，難以捉摸，讓人讀上一萬遍，也不覺得厭倦……[82]

正因為李師師的「冷」，使得宋徽宗動了心：

徽宗在師師那兒平生第一次遭到一個女人的冷遇，然而，這並沒有激怒他。師師那如花似玉的容貌，那一曲淒冷哀婉的〈平沙落雁〉都深深地打動了他，她那孤高冷傲的氣質，更是他在後宮三千粉黛中所沒有見識過的，對他有非凡的吸引力。她就像冰山上的雪蓮，多刺的玫瑰，要得到它是那麼不易。[83]

第六章〈相見時難〉寫宋徽宗再度去找李師師，為新建的竹樓題名為「醉杏樓」，又送畫和各色禮物給師師，這些內容基本上都是沿襲《李師師外傳》。這章還寫了周邦彥因宋徽宗駕到而躲在床下的情事，以及賈奕想和李師師重修舊好遭拒。[84]

第七章〈江湖豪客情〉寫暗道竣工，宋徽宗見李師師更方便。賈奕得知宋徽宗常去找李師師，酒醉做詞〈南鄉子〉，宋徽宗閱後大怒，將他貶謫至瓊州。宋徽宗贈玉棋給李師師，二人下棋及雙陸。又賜珠冠，將封為李明妃，李師師拒絕接受。又送宮中珍藏的蛇蚹琴，師師報以彈唱〈長相知〉。這章的〈梁山好漢〉一節，講的是李興攜妻子翠鳳來找李師師，安排次日宋江見師師。師師和宋江相談甚歡，但皇上也來了，宋江和李興只得趕緊離開。這裡李興的角色如同《水滸全傳》中的燕青。後來李師師幫李興要到御筆赦書，李興也向徽宗報告二次招安未成的緣故。[85]

第八章〈弦斷塵緣絕〉，宣和七年，宋徽宗要求李師師和他逃命到江南，李師師拒絕。再彈〈平沙落雁〉卻斷了一根弦，李師師預感她和徽宗的緣分已盡，於是把歷年所得的賞賜皆捐給開封府，資助抗金的軍餉。李師師到北郊的慈雲觀出家，李興來訪，師師仍不願跟他走，互道珍重而

---

[81] 同前注，頁145-146。
[82] 同前注，頁155-156。
[83] 同前注，頁168。
[84] 同前注，頁170-198。
[85] 同前注，頁200-250。

別。[86]

第九章〈此恨綿綿〉，若月帶著孩子向慈雲觀奔逃，李師師刺傷金兵救了若月。但張迪引金人來把李師師押到金營，翰（應作斡）離不讓她和徽宗見面，李師師吞金自盡，被安葬立石碑曰「烈女李師師之墓」。李興率領抗金的軍隊追趕金兵，瞥見李師師的墳墓。徽宗鬚髮蒼白，乘坐牛車，用洞簫吹出〈平沙落雁〉，如泣如訴。[87]

此書主要依照《李師師外傳》的脈絡布局，但又添加一些人物，其中最主要的是李興，李興原本是李師師的義兄，失散後重逢，後來他投奔到梁山泊，做了個小頭領。最後書中安排他率軍抗金時看見李師師的墳墓，淚水滿溢；而宋徽宗則在北上的牛車中吹奏當年李師師彈過的〈平沙落雁〉，餘音嬝嬝。

五、結語

正史上雖無李師師的傳記，但從宋代文人詩家的筆記雜說中可知，北宋末年確有李師師其人。她是宋徽宗時汴京城最著名的歌妓，和官員們關係良好。宋徽宗在政和至宣和（1119-1125）年間經常微行冶遊，可能就是和她會晤。李師師色藝雙絕，性情卻慷慨飛揚，有丈夫氣，以俠名著稱，號飛將軍。但她在欽宗靖康元年（1126）遭到抄家後，流落浙中，不知所終。

南宋人所撰的《李師師外傳》，對李師師的身世、美貌，才藝，性格都做了詳細的刻劃，尤其她與宋徽宗之間的來往更是鉅細靡遺，引人興味。但《大宋宣和遺事》中的李師師只是俗麗美豔的名妓，全無氣節可言。《水滸全傳》中的李師師市井味比較濃厚，符合妓女的身分，她同時擔任宋徽宗和梁山泊英雄之間的橋梁，符合宋人筆記說她特有的俠義性格，但也曾對能吹簫唱曲的燕青動心動念。至於李師師在《水滸後傳》中的形象，大致沿襲著《水滸全傳》發展，只是她已淪落江南，不再年輕貌美了。到了《續金瓶梅》，李師師的形象起了很大的翻轉，從歌妓變成老鴇，趨炎附勢，貪狠毒辣，但惡人自有惡人磨，最終被配為番軍之妾。這個李師師很難讓人和其他各本的李師師連在一塊，所以全然是作者丁耀亢的獨創。

在現代小說方面，高陽最早以宋徽宗、李師師和周邦彥的三角戀情撰成歷史小說《少年遊》。1978年河洛出版《一代名妓李師師》，1982年改由國家出版社出版，更名為《青樓名妓李師師》，至1989年又重排出版，可見此書頗受讀者歡迎。1990年至1991年間又有三種李師師的小說出版，這可能與1990年中視推出由張瑜、周紹棟主演的《一代名妓李師師》（又名《李師師傳奇》）連續劇有關。1995年丁禾、夢桐的《一代名妓——李師師》出版，是這波李師師小說的尾聲。

以上這五種小說都摒棄了周邦彥和李師師的師生戀，而另外安排其他年輕男士代替。其中有兩

86　同前注，頁252-268。
87　同前注，頁269-295。

本都寫呂將是李師師的愛人，在較早出版的《一代名妓李師師》中，呂將是太學生，北宋末愛國運動、學生運動的領袖人物，由於李師師多次營救他，二人培養了革命情感。霍必烈的《李師師傳》也以呂將爲李師師的戀人，但安排他是李師師的表哥。此二書皆將李師師定位爲「紅粧季布」，故以革命青年呂將爲其愛侶。

邱小盈編的《紅塵俠女傳奇》中，李師師所占篇不多，把她定位爲「俠女」，重點在她對燕青的傾慕，這是沿用《水滸全傳》的寫法，結尾則和《大宋宣和遺事》相同，全書較少創發。畢珍著的《李師師》開頭寫得很驚悚，幸而只是虛驚一場，比較特別的是創造了柳仁成這個癡情種子，他是李師師舅舅的兒子，一心一意愛著表妹，要盡一切力量救她出火坑，最後他到金營見宗望要收李師師的屍，宗望說可以去黃河南岸找，給他一點希望。

丁禾、夢桐的《一代名妓——李師師》也增加了一個不同的開場，說李師師曾是帝都流浪女，因而成了李興的義妹，失散後再相逢，李興竟成了宋江的手下，安排宋江和李師師會面。這裡的李興相當其他小說中的燕青，只是燕青始終不曾表達對李師師有好感，而李興雖喜歡師師，但師師已是徽宗的禁臠，他終究別娶翠鳳爲妻。當他得知李師師已入金營，曾衝動地想去搭救；最後他率領抗金部隊挺進時，卻忽然瞥見「烈女李師師之墓」。

古代小說中的李師師大致可以區分爲〈李師師外傳〉和《水滸全傳》中的兩種樣貌，前者主要是忠君愛國的奇女子，這種寫法符合唐宋傳奇小說對女主角一貫的讚美和稱奇；後者則是俗豔的市儈人物，這是歷史演義小說對女性描寫的常態，因此她必須逢迎於宋徽宗與梁山泊好漢之間。至於在愛情上，她始終是受制於宋徽宗的，沒有個人的自由可言。《續金瓶梅》中的李師師和這兩種樣貌都截然不同，自成一類。原因可能是作者丁耀亢鄙視降清之人，故意指桑罵槐。

現代小說中，李師師和宋徽宗的關係被美化了，李師師是清純的歌妓，出淤泥而不染；但她另有鍾情對象，只是無法結合，而這正是作者極力渲染之處。他們所選取的不外是太學生或武藝高強者，前者如呂將、柳仁成，後者如燕青、李興，有些還和李師師是表兄妹或義兄妹關係。至於《大宋宣和遺事》中李師師的夫婿賈奕，現代小說作者常利用他對李師師的情愫，讓他當李師師的幫手，居中聯絡或營救同志，只有《一代名妓——李師師》把賈奕改寫成一個懂書畫的京師少年，曾和李師師私訂終身。總之，現代小說在選取李師師做爲小說女主角時，勢必無法拋棄趙、李這條主線，但在宋徽宗邂逅李師師之前則大可鋪敘其他情節，而在其後又利用宋徽宗寵愛李師師，讓李師師可以幫助太學生或梁山泊好漢，增加小說的可看性。結局的寫法也各有不同：有兩本是讓李師師吞金而死，一本是「垂老過湖湘」，另一本是去了黃河南岸，還有一本大概覺得太難抉擇，竟列出三種傳說了事。筆者以爲同樣是吞金而死，讓愛他的兩個男人一個瞥見她的墳墓，一個吹奏初見面她彈奏的曲子，用畫面帶出餘音嬝嬝，是更讓人感動的方式。

引用書目

參考文獻

一、傳統文獻（依作者時代爲序）

佚名：〈李師師外傳〉，臺北：藝文印書館，1967。

佚名：《宣和遺事》，臺北：世界書局，1981。

宋・孟元老撰，民國・鄧之誠注：《東京夢華錄注》，臺北：世界書局，1999。

宋・張邦基：《墨莊漫錄》，臺北：臺灣商務印書館，1983。

宋・張邦基：《汴都平康記》，收於元・陶宗儀：《說郛・卷六十八》，1646。

宋・劉子翬：《屏山集》，臺北：臺灣商務印書館，1986。

宋・佚名：《靖康要錄》，長沙：長沙商務印書館，1939。

宋・徐夢莘：《三朝北盟會編》，成都：巴蜀書社，2000。

宋・李心傳：《建炎以來繫年要錄》，北京：商務印書館，2006。

宋・郭象：《睽車志》，臺北：藝文印書館，1965。

宋・張端義：《貴耳集》，臺北：木鐸出版社，1982。

宋・劉學箕：《方是閒居士小稿》，臺北：新文豐出版公司，1997。

宋・劉克莊《後村集》，臺北：臺灣商務印書館，1983。

宋・周密：《浩然齋雅談》，臺北：臺灣商務印書館，1975。

元・脫脫等：《宋史》，臺北：鼎文書局，1983。

元・施耐庵纂修、羅貫中集撰，李泉、張永鑫校注：《水滸全傳校注》，臺北：里仁書局，2007。

明・陳忱：《水滸後傳》，臺北：桂冠圖書公司，1992。

清・丁耀亢：《續金瓶梅》，上海：上海古籍出版社，1994。

二、近人論著

（一）、書籍（依出版時間爲序）

高陽：《少年遊》，臺北：皇冠出版社，1966。

未標作者：《一代名妓李師師》，臺北：河洛圖書出版社，1978。

王國維：《王國維遺書》，上海：上海書店，1983。

葉慶炳：《中國文學史》，臺北：學生書局，1987。

唐有龍編著：《青樓名妓李師師》，臺北：國家出版社，1989。

邱小盈編：《紅塵俠女傳奇》，臺北：可筑書房，1990。

畢珍：《李師師》，臺北：國際文化事業有限公司，1991。

霍必烈：《李師師傳》，臺北：漢欣文化事業有限公司，1991。

丁禾、夢桐：《一代名妓──李師師》，臺北：開今文化事業有限公司，1995。

黃啓方：《詩人・美人・文人——唐宋文學十一題》，臺北：國家出版社，2014。

（二）、期刊

王瑾：〈論李師師藝術形象的演變及其成因〉，《南昌大學學報》（人文社會科學版）2008年第1期，卷39。

（三）、網路資料

張瑜談臺灣演藝經歷：〈「名妓李師師」不好當〉，詳見網址http://ent.ifeng.com/fcd/special/zhangyu/news/detail_2012_08/15/16822165_0.shtm（2017/09/12瀏覽）

《奇雙會》的幾個問題
——出入徽京崑與鴉神解謎*

王安祈**

前言

　　《奇雙會》目前在京班和崑班都是常演劇目，又名《販馬記》，演李奇外出販馬，歸家後發覺一雙兒女桂枝、保童被繼妻趕出家門，拷問婢女，婢女自盡，李奇入獄。在監時夜哭驚動縣令夫人，而夫人竟是桂枝。桂枝央求縣令丈夫趙寵爲父申冤。適逢八府巡按路經此縣，趙寵指引妻子告狀申冤，而巡按竟是保童，公堂上一家重會。此劇常演四大段落：〈哭監〉、〈寫狀〉、〈三拉〉、〈團圓〉，所謂三拉，指八府巡按扶起驚慌匍匐在地的姐姐桂枝、姐丈趙寵、父親李奇，進入後堂一家重聚。全劇劇名《奇雙會》指李奇與兒女雙雙意外重會，《販馬記》則是以李奇之營生爲劇名。

　　此劇是京班常演劇目，幾個主要流派的創始人都演過，四大名旦梅蘭芳（1894-1961）、程硯秋（1904-1958）、荀慧生（1900-1968）、尚小雲（1900-1976）都演過李桂枝，梅派最爲有名。小生行當中，程繼先（1878-1942）、姜妙香（1890-1972）、金仲仁（1886-1950）、葉盛蘭（1914-1978）等都常飾演趙寵，著名老生馬連良（1901-1966）、周信芳（1895-1975）也都演過李奇，各有自己的流派風格和藝術特色。俞振飛（1902-1993）搭京班前後，[1]先和程硯秋搭檔此劇，一九四五年以後又常與梅蘭芳合演，[2]也與張君秋（1920-1997）、言慧珠（1919-1966）、李薔華等搭檔，更傳授給「傳字輩」，成爲崑班劇目。上海崑劇團的蔡正仁最爲擅長，與旦角華文漪、張靜

---

* 本文曾於2017年11月5日發表於國立臺灣大學中國文學系主辦之「中國文學、歷史與社會的多重對話國際學術研討會」，感謝會議講評人，以及《戲劇研究》期刊兩位匿名審查人的寶貴意見。
** 國立臺灣大學戲劇學系講座退休教授。

1 江沛毅編著：《俞振飛年譜》（上海：上海文化出版社，2011年），1930年9月程硯秋率「鳴和社」來上海演出，力邀俞振飛下海合作。幾經敦請，始允入社，並要求拜程繼先爲師（頁61）。1931年7月正式加入鳴和社公演（頁64）。而在此之前，程硯秋來滬演出已邀俞振飛以票友身份合演多次，其中《奇雙會》已合作兩次，分別爲1925年5月（頁50），1929年11月（頁60）。
2 1945年抗戰勝利，梅蘭芳闊別舞台八年後復出，演出以笛伴奏的崑曲與吹腔，俞振飛應邀加入「梅劇團」，演出《遊園驚夢》、《奇雙會》等戲。江沛毅編著：《俞振飛年譜》，頁125。

嫻的合演都非常受歡迎。蔡正仁在口述自己表演藝術一書中,對〈寫狀〉的表演作了詳細分析,更把此劇當作崑劇「小官生」行當的主要代表。[3]京班也常單演〈寫狀〉。

本文討論《奇雙會》的幾個問題,共分下列各節:

(1)源自京班還是崑班?

(2)宮中演出的意義

(3)版本考察與表演重點

(4)已消失於舞台的鴉神傳音

一、《奇雙會》源自京班還是崑班?

《奇雙會》目前京班和崑班都常演出,劇本相同,都唱吹腔。因為吹腔用笛子伴奏,和崑劇的主奏樂器相同,不同於以京胡為主奏的京劇,遂有許多觀眾誤以為此劇原為崑班劇目,為京班所沿襲挪用。甚至劇團公演的節目冊,都寫作「京劇演員學演崑劇劇目」。

其實不然,《奇雙會》原為京劇劇目,後來是由俞振飛引進崑班,才成為京崑兩劇種雙跨劇目。

俞振飛在〈《奇雙會‧寫狀》的表演格調〉文中,[4]明確說出:《奇雙會》原為京劇劇目,後來由他引進崑班,關鍵論述有三處:

> 崑劇的歷史比京劇久遠,不過,這齣《奇雙會》卻是京劇先有,然後搬到崑劇中去的。(頁65)

> 《奇雙會》是京劇的傳統劇碼,全劇唱的都是吹腔。現在有的同志以為吹腔就是崑曲,其實這是一種誤解。(頁64)

> 崑劇裡有這出《販馬記》,就是從我開始的。(頁92)

俞振飛明言是他把這齣京劇教給「傳字輩」,才成為崑班劇目。

俞振飛說法明確卻也簡略,其間還有許多需要補充或修正。本文詳查史料,做出更完整的論證:吹腔《奇雙會》是京班吸收自徽班的劇目,而後由俞振飛引入崑班。吹腔是徽劇的主要腔調之一,而後徽班發展為皮黃戲,徽班各腔調的劇目一併被吸收,《奇雙會》乃成為京劇在孕育時期即演出的戲。

《奇雙會》目前可見最早演出資料是編於乾隆末(始作於乾隆五十九、完成於乾隆六十)的

---

3 蔡正仁口述,王悅陽整理:《風雅千秋──蔡正仁崑曲官生表演藝術》(上海:上海文化出版社,2014年),頁170-185。

4 俞振飛:〈《奇雙會‧寫狀》的表演格調〉,王家熙、許寅等整理:《俞振飛藝術論集》(上海:上海文藝出版社,1985年),頁63-92。以下所引三條資料,分別出自該文。

《消寒新詠》，[5]有詩題詠雙鳳官：「戲劇場中貴肖眞，毋貪艷冶可怡人。哀音妝出悲腸斷，確像當年骨肉親。」詩句下有小字註曰：「余嘗觀其演《李桂枝查監》一劇，父女相泣，甚爲凄切淋漓。」雙鳳官姓金氏，安慶人，三慶徽部旦色也。可見乾隆末徽班此戲已在北京演出。道光三年《奇雙會》進入宮廷，正月十一在重華宮演，[6]註明「外學」，並非宮中太監，而是民間藝人入宮演出。應是先在民間流行，而後被召入宮，可惜沒有演員名字。而根據杜穎陶〈談奇雙會〉一文，他曾見過徽班《奇雙會》抄本，未題抄寫人姓名，卻記有抄寫年代：清道光四年（1824），正是重華宮演出的隔年。[7]由這緊鄰兩年的資料，可見徽班此戲當時正流行。

　　而道光九年也有宮中演出資料，朱家溍〈昇平署時代崑腔弋腔亂彈的盛衰考〉與〈清代亂彈戲在宮中發展的史料〉兩文都有紀錄，[8]而且還特別說明：

　　「道光七年（1827）南府改爲昇平署，裁撤外學以後，崑腔弋腔照常承應，卻未演出亂彈戲。[9]至九年（1829）九月初三日，同樂園（原註：非民間戲園，乃圓明園內演戲之所）承應，八齣崑腔戲之外另有《奇雙會》（原註：吹腔屬於亂彈）。」[10]

　　接下來道光十九年九月初九日愼德堂後院上排《奇雙會》。[11]道光二十三年（1843）正月初八日，愼德堂後院上排《奇雙會》一次。愼德堂是道光帝的寢宮，在圓明園內。道光二十六年二月二十三日愼德堂後院帽兒排《奇雙會》。[12]（帽兒排即響排）。

　　咸豐二年（1852），因道光帝之喪而禁止一切音樂。解禁不久，即於七月十六日在同樂園承應十五折崑腔，另外有亂彈《奇雙會》。同年八月十九日，「愼思修永」（在圓明園內）帽兒排四折崑腔，有亂彈《奇雙會》。咸豐帝國服方滿，即排演內府比較少演的亂彈戲《奇雙會》，說明宮內對此戲的偏愛。

---

[5] 〔清〕鐵橋山人撰，周育德校刊：《消寒新詠》（北京：中國老年文物研究學會、中國戲曲藝術中心編纂，1986年），頁76。

[6] 周明泰輯：《清昇平署存檔事例漫抄》，《民國京崑史料叢書》第四輯（北京：學苑出版社根據1933年3月初版影印，2009年），頁24。

[7] 杜穎陶：〈談奇雙會〉，《劇學月刊》1935年4卷12期，頁20-23。姜亞沙、經莉、陳湛綺主編：《中國早期戲劇畫刊》（北京：全國圖書館文獻縮微複製中心，2006年），25冊，頁28-31。

[8] 道光九年宮中演《奇雙會》，朱家溍於〈昇平署時代崑腔弋腔亂彈的盛衰考〉和〈清代亂彈戲在宮中發展的史料〉兩文都曾提到，收入朱家溍：《故宮退食錄》（北京：北京出版社，1998年），頁560、575。

[9] 朱家溍於〈清代亂彈戲在宮中發展的史料〉（《故宮退食錄》頁574）指出，從檔案和昇平署遺留的劇本來看，「亂彈」一詞在不同時期有不同的含義。早期曾泛指時劇、吹腔、梆子、西皮、二黃等等，與檔案中所謂「侉腔」是同義語，後來專指西皮二黃，也就是京劇的前身。另可參曾永義：〈梆子腔系新探〉，亂彈名義凡四變，此時指花部諸腔之統稱，曾永義：《戲曲腔調新探》（北京：文化藝術出版社，2009年），頁180-186。也可參考陳芳：〈論清代花雅之爭〉一文，《清代戲曲研究五題》（臺北：里仁書局，2002年），頁9-63，論及北京「京秦合流」後與崑曲對峙，乾隆五十五年三慶班入京形成崑徽之爭，咸豐崑班南下又展開上海崑徽京之爭的局面，從該文花雅之爭的階段分期亦可理解亂彈涵義之變遷。

[10] 道光九年同樂園演《奇雙會》，分別見於前註朱家溍二文，《故宮退食錄》頁560、575。

[11] 范麗敏：《清代北京戲曲演出研究》（北京：人民文學出版社，2007年），頁87。

[12] 范麗敏：《清代北京戲曲演出研究》，頁87。

可惜朱家溍先生沒有註明主要演員，查王芷章的《清代伶官傳》中也沒有演出《奇雙會》的記載。光緒年間（18至29年）有名爲《亂彈提綱》的簿冊，是總管掌握的派戲手冊，記載劇中人和演員名字。其中有《奇雙會》，趙知縣、夫人、李奇都註明「本」字，是宮中太監演出。可見光緒時宮中負責承應戲的太監已會演此劇。[13]

民間的三慶徽班擅演《奇雙會》，著名丑角、富連成教師蕭長華曾對梅蘭芳說，此劇是三慶徽班拿手戲，飾演趙寵的是三慶班頭牌小生、「同光十三絕」之一的徐小香（1831-？），四大徽班領袖程長庚演李奇，著名青衣胡喜祿演李桂枝，[14]《中國京劇史》也如此記錄。[15]俞振飛說，「這齣戲從京劇尚在孕育的時期就有了，是京劇的第一批優秀保留劇目之一。」[16]

徐小香之後的名小生王楞仙（1859-1928）擅演《奇雙會》。《菊部群英》書中有桂官（即王楞仙）擅長劇目，桂官飾演趙寵，桂林飾演夫人李桂枝，兩人爲兄弟，經常合作。除了桂林之外，他與陳德霖（飾李桂枝）、李壽山（飾李奇）的《奇雙會》更是著名，三位都曾爲清內廷供奉。[17]

王楞仙一脈，傳至紅豆館主溥侗，小生名家何時希曾見過紅豆館主的《奇雙會》親抄本，「每頁係直條二行，旁則向下斜行以填工尺，大開毛邊紙綠色水印，趙寵詞譜寫於紙上，李奇、桂枝及其他蓋口，則另貼籤條，誠珍本也。」[18]

清末的演出紀錄還可找到下面四條：[19]

光緒三十三年（1907）「長春班」陸小芬。

光緒三十三年（1907）「義順和班」天明亮。

宣統二年（1910）「長春班」陸小芬。

宣統二年（1910）「義順和班」天明亮。

陸小芬爲小生演員，除了《奇雙會》之外，還擅演《得意緣》、《借雲》。《借雲》由小生飾演趙

13　朱家溍：〈清代亂彈戲在宮中發展的史料〉，《故宮退食錄》，頁610。

14　梅蘭芳：《舞台生活四十年》，收於梅紹武、屠珍等編撰：《梅蘭芳全集》（石家莊：河北教育出版社，2000年），第一冊，頁468。同治十二年的《菊部群英》裡記載徐小香拿手戲有《奇雙會》，見張次溪編：《清代燕都梨園史料》（北京：中國戲劇出版社，1988年），上冊，頁499-500。

15　北京市藝術研究所、上海藝術研究所組織編著：《中國京劇史》上卷（北京：中國戲劇出版社，1990年），頁403。

16　王家熙、許寅等整理：〈《奇雙會・寫狀》的表演格調〉，《俞振飛藝術論集》（上海：上海文藝出版社，1985年），頁65。

17　《清代燕都梨園史料》，上冊，頁475-476。桂花（即王楞仙）光緒十四年十一月十日入值，李六宣統三年正月二十八入值，陳德霖光緒十六年入宮，見松甡：〈清末內廷梨園供奉表〉，《劇學月刊》1934年3卷11期，收入姜亞沙、經莉、陳湛綺主編：《中國早期戲劇畫刊》，23冊，頁536、536、537。

18　何時希：《小生舊聞錄》（北京：北京市戲曲研究所，1981年），頁51。「蓋口」是指唱唸中與其他角色銜接的詞句。

19　以下資料前兩條出自《都門紀略》光緒三十三年（1907）刻本，京都榮錄堂藏版，後兩條出自宣統二年（1910）榮錄堂刻本，見傅謹主編：《京劇歷史文獻匯編（清代卷）》（南京：鳳凰出版社，2011年），頁碼分別爲952，955，966，969。

雲，紮靠，需威武英挺，有大量念白及武功表現，與《得意緣》、《奇雙會》之閨房情趣完全不同，可見陸小芬之戲路，而這也正是京劇小生的寬廣面向。天明亮爲旦角演員，除了《奇雙會》之外，還擅演《二度梅》、《義俠記》。

上海方面，朱素雲（1872-1930）是第一位以小生掛頭牌者，特別的是，不僅「桂枝寫狀」單唱，就連「三拉團圓」這一折都可當大軸。[20]《奇雙會》本以〈寫狀〉爲核心，常單演折子，〈三拉〉與〈團圓〉都很短，常連稱〈三拉團圓〉，重點在趙寵闖巡按轅門時之驚恐著急，戲劇性很強，但無論情節或情緒都與前面的〈寫狀〉一氣呵成緊密銜接，若能單獨演出且置之於大軸，顯然有極爲獨到之處。

俞振飛的《奇雙會》，是向朱素雲的徒弟蔣硯香學的。他說：「我自從向蔣硯香先生學會這齣戲後，除了在京劇專場裡演，有時也在崑曲專場裡演。後來，我又教給了朱傳茗、顧傳玠等同志，他們就在崑曲劇團裡演開了。此後，崑劇裡也就有了這個劇碼，而且常常演出了，對此，我十分欣慰。我覺得，在我的演劇生活中，這也是一件有些紀念意義的事情。」[21]

江沛毅編著《俞振飛年譜》於一九二二年記載，當時二十一歲的俞振飛加入京劇票房「雅歌集」，向京劇前輩藝人蔣硯香（杜蝶雲學生）學習《販馬記》。[22]

「雅歌集」成立於清宣統元年，爲上海早期票房中規模最大、歷史最長的一家。[23]蔣硯香爲該票房所聘教師。俞振飛原工崑曲，到上海才學京劇，先到票房中學習。在京劇流行時代，票房雖爲業餘京劇集社，演唱水準卻非常專業考究，像余叔岩就是病嗓期間在「春陽友社」鑽研唱腔發展成余派的。[24]蔣硯香是「雅歌集」所聘教師，本身是杜蝶雲學生，杜蝶雲在同治年間即已走紅，徐珂《清稗類鈔》登錄有名，《畫圖日報》的「三十年來伶界之拿手戲」（六十一）也有他的《黃鶴樓》。[25]俞振飛之《奇雙會》即學自杜蝶雲學生蔣硯香。

《俞振飛年譜》一九二二年也記載俞振飛向蔣硯香學此劇事，並說：「俞振飛演出的第一齣京劇正是《販馬記》，當時上海票友中，只有他會這齣戲的小生，內外行都找他演。」[26]何時希說：「振飛先生近十年來，幾乎拿這齣《奇雙會》來奠定他在劇壇的地位，可以算他的成名之作，他也沾沾自喜的拿《奇雙會》當他的看家好戲。旦角約他同演，常以此爲談判條件。」何時希這篇收入

20 何時希：〈奇雙會趙寵演技的比較〉，《小生舊聞錄》，頁52。
21 王家熙、許寅等整理：〈《奇雙會‧寫狀》的表演格調〉，《俞振飛藝術論集》，頁92。
22 江沛毅編著：《俞振飛年譜》（上海：上海文化出版社，2011年），頁40。
23 中國戲曲志上海卷編輯委員會編：《中國戲曲志‧上海卷》（北京：中國ISBN中心，1996年），頁747。
24 王安祈：〈京劇票友〉，《爲京劇表演體系發聲》（臺北：國家出版社，2006年），頁251-274。
25 徐珂：《清稗類鈔》（上海：商務印書館，1928年），第38冊，頁49。環球社《畫圖日報》第二八九號第八頁，「三十年來伶界之拿手戲」（六十一）。《畫圖日報》是晚清上海石印畫報，1908年8月創刊，次年8月停刊，計404期，環球社出版發行。從第229號起，闢有「三十年來伶界之拿手戲」專欄，撰文者署一「漱」字，即海上漱石生，真名孫玉聲。繪圖者劉純（伯良）。傅謹主編：《京劇歷史文獻匯編》（南京：鳳凰出版社，2011年）清代卷第玖冊（主編谷曙光），頁310、311。
26 江沛毅編著：《俞振飛年譜》，頁41。

《小生舊聞錄》的文章，曾於一九六一年九月二日以「劍石」筆名刊於《新民晚報》，[27]所謂「近十年來」，大約指的是一九四〇年代後期以降，俞振飛是在一九三〇年北上拜程繼先為師之後正式下海，[28]程繼先之文戲得陸小芬傳授，後又拜徐小香為師，得其真傳，並兼收王楞仙、朱素雲之長。他有著深厚的崑曲根基，戲路極其寬廣，俞振飛學自蔣硯香的《奇雙會》再向程繼先請益，而後教給傳字輩的朱傳茗、顧傳玠，因而把《奇雙會》帶進崑班。此說也見於桑毓喜《幽蘭雅韻賴傳承：崑劇傳字輩評傳》書中所列〈崑劇傳字輩演出劇目志〉，[29]民國十五年（1926）年三月二十八日《奇雙會》首演於上海徐園，顧傳玠飾演趙寵，朱傳茗飾演桂枝，倪傳鉞的李奇，王傳淞胡老爺，周傳瑛李保童（顧傳玠離團後，改由趙傳珺主演趙寵，李奇後來也改為鄭傳鑑）。此條開宗明義指出「係向京劇學習的中型吹腔劇目」。不過說是由蔣硯香所授，並不是俞振飛，可能是直接指出師承來源吧。不過周傳瑛於《崑劇生涯六十年》中也說是蔣硯香教授。[30]

吳新雷編著，華瑋主編的《插圖本崑曲史事編年》還附有當時演出的戲單。[31]這一年上海蓓開、開明公司為顧傳玠、朱傳茗灌唱片，《折柳》、《陽關》、《梳妝》、《茶敘》之外，就有《販馬記・寫狀》，此劇正式列入崑班。

二、《奇雙會》宮中演出的意義

上節已就現存資料將《奇雙會》傳承與演出脈絡做出清理，道光初年已有在宮中上演記錄，民間三慶徽班名角也以此戲聞名。徽班發展成皮黃戲，《奇雙會》成為京劇孕育期劇目。俞振飛向京劇小生學得此戲之後，傳給傳字輩，成為崑班劇目，目前京崑兩班皆常演。接下來這一節，將以《奇雙會》為透視點，通過它在道光年間宮中的演出，觀察當時劇壇崑亂易位的現象。亂指亂彈，為花部諸腔之統稱。[32]

清宮演劇以崑弋為正聲，乾隆組織文人編寫宮廷大戲，演唱腔調都是崑或弋，甚或崑弋合目，而乾隆時期民間的北京劇壇卻已歷經了京腔、秦腔、徽調的幾番更替。由明入清崑腔自是主流，但弋陽腔流傳入京的京腔也極受歡迎，乾隆時「六大名班」皆是京腔。而乾隆四十四年（1779）四川

27　何時希：《小生舊聞錄》，頁49。

28　俞振飛出身崑曲世家，但當時崑曲已無職業班社，想成為職業演員，只能搭京劇班。俞振飛1920年代到上海始學京劇，但俞的父親只允許他以業餘身分演出崑曲。直至粟廬老先生故世，1930年冬天，俞振飛才得以到北京專程拜京劇名小生程繼先為師，加入程硯秋的「鳴和社」。

29　桑毓喜：《幽蘭雅韻賴傳承：崑劇傳字輩評傳》（上海：上海古籍出版社，2010年），頁244。《俞振飛年譜》無此條，但是年（1926）有「應楓涇鎮救火會之邀，偕顧傳玠、朱傳茗、王傳淞、周傳瑛和倪傳鉞等人義演《販馬記》」，頁53。

30　周傳瑛口述，洛地整理：《崑劇生涯六十年》（上海：上海文藝出版社，1988年），頁208。

31　吳新雷編著，華瑋主編香港中文大學崑曲研究推廣計畫叢書《插圖本崑曲史事編年》（上海：上海世紀出版社、上海古籍出版社，2015年），頁174。

32　亂彈名義，詳見註9。

魏長生（1744-1802）帶秦腔入京，一時之間，觀者如堵，京腔舊本置諸高閣，京中六大班無人過問。乾隆五十年（1785）清廷禁唱秦腔，魏長生被迫離京。然而乾隆五十五年（1790）又有三慶徽班開始進京，嘉慶初年，四喜、春台、和春等徽班相繼入京，小鐵笛道人寫於嘉慶八年（1803）九月的《日下看花記》自序：「邇來徽部迭興，踵事增華，人浮於劇，聯絡五方之音，合為一致」，[33]可見當時徽班已經在北京立足站穩。北京劇壇花雅諸腔爭勝，而宮中劇團崑弋正聲穩定單一。因此么書儀《晚清戲曲的變革》指出，[34]乾隆後期，宮廷劇團逐步與外界隔絕，脫離了民間競爭、創新的藝術環境。嘉慶開始悄悄將民間盛行的亂彈戲引入宮中，但又不免矛盾徘徊，嘉慶三年（乾隆還是太上皇）宮廷還又頒佈亂彈諸腔的禁令，[35]正式的變革，要到道光。

道光登基，就有意削減其祖父引以為傲的宮廷劇團，道光元年撤銷景山，[36]道光五年（1825）八月，駁回南府總管祿喜提出按慣例從蘇州選入演戲「隨手」的要求。[37]道光六年大量裁減內外學人數，民籍學生全數由蘇州織造派人送回原籍。[38]道光六年演《淤泥河》，後用小字寫明「外學、四齣、亂」，[39]「亂」只有一種可能，是亂彈戲。[40]

道光七年南府改為昇平署，自此以後，承應戲都由太監擔任。熟悉清宮檔案的朱家溍如此強調：「而道光七年正是崑腔弋腔逐漸衰退，徽班的亂彈逐漸興盛以至成熟的時期。」[41]道光二十年因昇平署中人口少，無法負擔照例承應差事，才又挑選一批民籍學生入昇平署當差，然而挑選的不是蘇州伶人，而是京城戲班名伶。而此刻京城正是「徽部迭興」。

關於道光對宮廷劇團的裁減與改革，[42]么書儀從整個劇壇著眼，認為其實正是戲曲史上「崑亂易位」的同步發展。她從劇目具體舉證：[43]

33　小鐵笛道人：《日下看花記》自序，收入《清代燕都梨園史料》（北京：中國戲劇出版社，1988年），上冊，頁55。

34　么書儀：《晚清戲曲的變革》（北京：人民文學出版社，2006年），頁39-41。

35　丁汝芹：《清代內廷演戲史話》（北京：紫禁城出版社，1999年），頁158，177、178、179。么書儀：《晚清戲曲的變革》，頁38。范麗敏：《清代北京戲曲演出研究》，頁67。

36　祁美琴：《清代內務府》（北京：中國人民出版社，1998年），頁53。

37　丁汝芹：《清代內廷演戲史話》，頁191。隨手指樂師和容妝等。

38　朱家溍：〈清代內廷演戲情況雜談〉，收入朱家溍：《故宮退食錄》，頁543。

39　乾隆朝（1736-1795）內廷演劇達到頂峰，除了選派太監到南府學戲，叫做「內學」，另外還從江南挑選優秀伶人到南府當差，充當民籍教席，招收民籍學生學戲，叫做「外學」。詳見朱家溍：〈清代內廷演戲情況雜談〉，收入朱家溍：《故宮退食錄》，頁542。

40　丁汝芹：《清代內廷演戲史話》，頁206。

41　朱家溍：〈清代內廷演戲情況雜談〉，收入朱家溍：《故宮退食錄》，頁543。

42　朱希祖認為是基於安全考量，嚴禁外人混入宮中，詳見朱希祖：〈整理昇平署標案記〉，《燕京學報》10期（1931年12月），頁2090。丁汝芹以為是道光節儉務實，詳見丁汝芹：《清代內廷演戲史話》，頁184-185。王芷章以為純是道光個人心態，詳見王芷章：《清昇平署志略》（上海：商務印書館，1937年），上冊，頁31。翦伯贊以為是道光帝對戲曲沒有藝術享樂的閒情逸致，詳見翦伯贊：〈清代宮廷戲劇考〉，《中原月刊》1卷2期（1943年9月），頁34。

43　么書儀：《晚清戲曲的變革》，頁42。

道光五年正月十六日，同樂園承應戲中有《長阪坡》；十九日同樂園承應戲中有《蜈蚣嶺》；七月十五日同樂園承應戲中有《賈家樓》；道光六年十月二十七日重華宮承應戲中有《瓦口關》；十二月二十三日重華宮承應戲中有《淤泥河》；道光九年九月初三同樂園承應戲中有《奇雙會》。據朱家溍的考辨，《長阪坡》、《蜈蚣嶺》、《賈家樓》、《瓦口關》、《奇雙會》五齣都是亂彈戲，[44] 而《淤泥河》在檔案上已注明是亂彈。[45] 皇室內苑公然演出亂彈戲始自道光皇帝，至此，乾隆時期對亂彈戲的禁令即使在宮內也已經土崩瓦解。

么書儀指出皇室內苑公然演出亂彈戲始自道光皇帝，所舉例證包括道光九年的《奇雙會》。事實上本文還可補上一條更早的資料：道光三年正月十一重華宮已經演出《奇雙會》。[46]

道光年間《奇雙會》不止一次入宮，如上節所述，咸豐二年，國喪（道光之喪）禁樂期限才過，宮中隨即演出《奇雙會》。咸豐在熱河期間，由昇平署主持演出的三百二十齣戲中，有一百齣為亂彈。[47] 所以么書儀才會對道光宮廷演劇制度的變革做出這樣的結論：「從清代宮廷戲曲的存在情況來看，嘉慶可以說是一個時代的結束，道光則是另一個時代的開始。根本原因當在戲曲史上崑亂易位狀況的發生，影響所及，動搖了崑弋的權威地位，對宮廷的演劇也必然帶來衝擊。道光皇帝的作為，不論從原因，還是從結果上說，都削弱和動搖崑弋權威地位在皇宮中保存的最後據點。」[48]

《奇雙會》在其間居然居於如此關鍵位置。

《奇雙會》也許未必是宮廷首次演出的亂彈戲，[49] 但至少是清廷首先公然、正式且順利演出、未引起爭議的亂彈戲。

《奇雙會》在崑亂易位的關鍵時刻，居於如此重要地位，多次出現於宮中演劇資料中，也許只

44　朱家溍：〈昇平署時代崑腔弋腔亂彈的盛衰考〉，《故宮退食錄》，頁560。

45　丁汝芹：《清代內廷演戲史話》，頁206。

46　周明泰輯：《清昇平署存檔事例漫抄》，《民國京崑史料叢書》第四輯（北京：學苑出版社根據1933年3月初版影印），頁24。另范麗敏：《清代北京戲曲演出研究》也有此條，頁70。

47　朱家溍：〈清代亂彈戲在宮中發展的史料〉，《故宮退食錄》，頁578。

48　么書儀：《晚清戲曲的變革》，頁37。陸萼庭：《崑劇演出史稿》也有類似觀點（臺北：國家出版社，2002年，修訂本），頁411。

49　嘉慶朝宮中已有亂彈資料，丁汝芹《清代內廷演戲史話》書中有「最早見於檔案的侉戲」檔案（頁177），長壽傳旨：「內二學既是侉戲，哪有幫腔的？往後要改。」可見嘉慶朝宮中內學已經演過侉戲（即亂彈），內二學在宮中演出侉戲不可能沒經過允許，因為嘉慶三年是對亂彈下了禁令的。么書儀以為內二學可能自作聰明想要二合一，范麗敏以為宮中內學可能還不太懂亂彈，所以在亂彈戲裡加上弋腔才有的幫腔，結果反遭嘉慶指責。嘉慶七年又傳旨斥責了德麟膽大，違背聖旨學侉戲《雙麒麟》，罰銀一個月，並下令「以後都要學崑弋，不許侉戲。」《雙麒麟》是否演出已不可考，但可見嘉慶三年既頒禁令，嘉慶即使對亂彈戲演法並不生疏，但宮中不可能正式公然演出。詳見丁汝芹主編：〈各朝檔案〉，收入傅謹主編：《京劇歷史文獻匯編》清代卷第三冊清宮文獻（南京：鳳凰出版社，2011年），頁106。朱家溍：〈昇平署時代崑腔弋腔亂彈的盛衰考〉，頁559。么書儀：《晚清戲曲的變革》，頁40。范麗敏：《清代北京戲曲演出研究》，頁67。丁汝芹《清代內廷演戲史話》頁177、178。所謂內二學，可參考丁汝芹：《清代內廷演戲史話》，頁23：道光七年以前內外各學還分為頭二三學、大小班等，以備輪流演出方便。

是偶然，但其中或許也有幾分必然。吹腔原是弋陽腔流傳到徽州，受崑腔影響，減少人聲幫唱，增加笛子伴奏，形成四平腔，而後發展為崑弋腔，最初仍是曲牌聯綴體，但因弋陽腔本不講究曲牌格律，再加上滾調的高度發展，在樅陽、石牌一帶形成的新腔，唱詞已演變為整齊字句，稱為吹腔。[50]就最後發展的結果來看，吹腔和崑曲一為板腔體，一為曲牌體，體製有異，但因都用笛伴奏，且吹腔形成過程中曾受崑曲影響，〈寫狀〉盤旋縈繞的抒情方式，又與崑劇有相仿之處（詳下節）。習慣崑腔的觀眾，《奇雙會》既新鮮，又非全然陌生。這或許是它在劇壇腔調劇種轉折時刻出線機率較高的因素之一。

而其間還有一問題，有沒有可能道光三年的「外學」是崑班藝人？也就是說，有沒有可能在道光初年吹腔《奇雙會》已為崑班吸收？吳新雷先生的〈崑劇劇目發微〉，便如此說。[51]

筆者以為可能性不太大。因為自四大徽班相繼入京後，純崑班在北京已很難立足。陳芳〈論清代花雅之爭的三個歷史階段〉一文根據《兩般秋雨盦隨筆》等資料仔細考察，[52]道光年間北京盡是徽班，徽班雖也唱崑曲（如四喜班），演員也多崑亂不擋，但戲仍分崑亂，吹腔《奇雙會》不太可能在道光時為崑班吸收再進入宮廷。

而以徽班為源頭的京劇，承襲徽班「聯絡五方之音，合為一致」的傳統，始終維持著「多腔調劇種」本質，以「西皮」、「二黃」、「反二黃」為主，但也包括「撥子」、「梆子」、「南鑼」、「柳枝腔」、「銀紐絲」、「崑曲」以及「吹腔」等各種腔調。例如《探親家》唱銀紐絲，《小上墳》唱柳枝腔，《鋸大缸》、《打麵缸》唱南鑼。撥子與梆子已經融入皮黃唱腔，高撥子多用於激昂高亢的場面，南梆子常用來表現輕快愉悅的情緒。崑曲之運用於京劇，包括武戲常唱崑曲曲牌配合身段舞蹈，同時崑曲某些折子也成為京班必學常演劇目，例如〈夜奔〉、〈水鬥〉、〈探莊〉、〈雅觀樓〉、〈出塞〉、〈嫁妹〉、〈刺虎〉、〈遊園驚夢〉、〈別母亂箭〉等。唱吹腔的

---

50 關於吹腔的定義，主要參考陸小秋、王錦琦三篇論文：〈徽劇聲腔的三個發展階段〉，《戲曲研究》第7輯，1982年，頁169-204；〈梆子、梆子腔和吹腔〉，《戲曲藝術》1983年第3期，頁80-84；〈浙江亂彈腔系源流初探〉，《中華戲曲》第4輯，1987年，頁30-59。也正是吳新雷主編：《中國崑劇大辭典》之定義（南京：南京大學出版社，2002年），頁20。與洪惟助主編：《崑曲辭典》（臺北：國立傳統藝術中心，2006年），上冊，頁11的吹腔定義略有差別，關鍵在於西秦腔。洪惟助的定義特別強調「吹腔乃明末清初崑弋腔受西秦腔影響，在安徽樅陽、石牌一帶產生的新腔調」，應是採用潘仲甫〈清乾嘉時期京師秦腔初探〉（《戲曲研究》第10輯，頁13-31）論文觀點。潘仲甫考察魏長生由四川帶入北京的秦腔，並非慷慨激越的陝西梆子而是吹腔，凡不是崑曲而用笛子或嗩吶伴奏的，都謂之吹腔，也包括銀紐絲、南鑼、柳枝腔等屬於吹腔系統的聲腔。也可改用胡琴伴奏，也稱琴腔。陸小秋、王錦琦論文只說吹腔與受山陝梆子影響的撥子曾同台同劇目（梆子受崑弋腔滾調影響形成迴龍疊板，演變為撥子），但吹腔是五聲音階南方曲調，並未受到山陝梆子影響。

51 吳新雷：〈崑劇劇目發微〉，《東南大學學報（哲學社會科學版）》第5卷第1期（2003年1月），頁96。

52 陳芳：〈論清代花雅之爭的三個歷史階段〉，《清代戲曲研究五題》，頁16、17。梁紹壬於道光二年（1822）初入京時，京師梨園除四大徽班（三慶、四喜、和春、春台）外，另有三小徽班（重慶、金玉、嵩祝）。道光六年梁紹壬二度入京時，除了七個徽班外，尚有一專唱崑曲的集芳班，是由四喜部老曲師分班而來，「但未及排入各園」，不半載即散去，《金台殘淚記》即記載道光八年（1828）集芳班報散。爾後四喜部演員又多轉入春台、三慶，「一時徽歌者必推春台、三慶」。

則有《打櫻桃》、《十字坡》，《古城會》、《水淹七軍》等關公老爺戲也唱吹腔。《奇雙會》即是「吹腔戲」，「多腔調劇種」的京劇所唱多齣吹腔戲之一。

這就與崑班不同，曾永義先生指出崑曲是「單一腔調劇種」，[53]雖然也有「時劇」，[54]卻都仍有曲牌。吹腔不屬於崑劇的腔調。就筆者所知，目前崑班僅有《奇雙會》、《百花贈劍》兩齣唱七字、十字詩讚齊言的吹腔戲，都是後來新吸收的。〈百花贈劍〉原屬的《百花記》傳奇全本雖已佚，但明代《歌林拾翠》、《時調青崑》選本內有〈百花贈劍〉，都是曲牌聯套。[55]

而《崑劇演出史稿》一書所附〈清末上海崑劇演出劇目志〉內列有《奇雙會》！但陸萼庭先生特別說明：清末的「正式崑班」從來不見演出，後經「改搭京班的個別崑劇名藝人」加以搬演，受到歡迎，於是也就被視為崑劇劇目，所以一併附於演出劇目志，「以見劇目累積的由來」。[56]可見演員雖然崑亂兼擅，但《奇雙會》終是被視為亂彈戲，清末並未被「正式崑班」納入家門，直要到俞振飛，才正式踏入崑班。

本節一方面詳細考察《奇雙會》演出歷史，乾隆末年已有三慶徽班金雙鳳北京演出的紀錄，道光三年就有到宮中承應的資料，可惜演員不可考。而後南府改制昇平署前後，《奇雙會》是首先公然在宮中演出的亂彈戲，在宮廷劇團反映民間崑亂易位的時刻，《奇雙會》是關鍵戲碼。

三、《奇雙會》版本考察與表演重點

前一節曾提到杜穎陶於〈談奇雙會〉一文中，說他曾見過徽班《奇雙會》抄本，未題抄寫人姓名，卻記有抄寫年代：清道光四年（1824）。[57]共一〇七頁，每頁九行，每行三十字，共四本，每本八齣，總共三十二齣，每齣皆有子目，僅第二十四齣闕，應是照例開科。齣目依序為：

1、開場　　2、春宴　　3、離家　　4、廟會　　5、憶子　　6、投靠

7、露姦　　8、遺棄　　9、收留　　10、遊春　　11、投親　　12、督學

13、聽琴　　14、售馬　　15、許姻　　16、赴試　　17、上任　　18、歸家

53　曾永義：《戲曲之雅俗、折子、流派》（臺北：國家出版社，2009年），頁509-513。

54　《梅蘭芳回憶錄》對時劇的解釋最為清晰：「時劇是崑曲的變革，唱法與崑曲無異，作曲不合崑曲規律。」見梅蘭芳：《梅蘭芳回憶錄》（臺北：思行文化，2014年），頁301。音樂學家王耀華指出時劇因重視情節，所以唱詞通俗易懂，唱腔旋律和字位安排比較自由，與南北曲製譜不同。王耀華：《中國傳統音樂樂譜學》（福州：福建教育出版社，2006年），頁267。

55　戲曲散齣選本《時調青崑》收〈百花贈劍〉，四支【宜春令】之後接【嘉慶子】【品令】【豆葉黃】【玉交枝】【江兒水】【川撥棹】【尾聲】，王秋桂主編：《善本戲曲叢刊》（臺北：學生書局，1984年），第9冊，頁77-87下欄。《歌林拾翠》共收《百花記》十二齣，其中〈百花贈劍〉曲牌較《時調青崑》多出一支【園林好】，餘皆同，要皆為曲牌體。《善本戲曲叢刊》，冊26，頁1260-1269。

56　陸萼庭：《崑劇演出史稿》，頁527。

57　杜穎陶：〈談奇雙會〉，《劇學月刊》1935年4卷12期，頁20-23。姜亞沙、經莉、陳湛綺主編：《中國早期戲劇畫刊》，齣目詳見頁20、21。

19、定計 20、出首 21、行賄 22、誣斷 23、遷官

24、缺齣目演保童赴試得中狀元

25、代巡 26、勸農 27、神引（即今之哭監） 28、寫狀（即今之寫狀）

29、堂逢（即今之三拉） 30、小圓（李奇一家團圓）

31、除姦 32、大圓

此本可惜不存，但由齣目及杜穎陶的各齣劇情簡介可略窺情節。其中〈神引〉、〈寫狀〉、〈堂逢〉、〈小圓〉四齣，杜穎陶特別標明「即今之哭監、寫狀、三拉」及李奇一家團圓。[58]

道光三年被宣召入重華宮演出時的檔案也特別註明「四齣」，或許即是針對原本有三十幾齣而言。往後所有演出資料，都是此四齣。

朱家溍前揭文指出所有入宮演出的戲都要呈繳劇本，外班不能用現成劇本，要按照台上所演，重新抄寫，每戲都有「總本、單頭本、曲譜、串頭、排場、提綱」幾種劇本，總本又分庫本和安殿本，庫本即排演用本，安殿本是恭楷寫的供帝后看戲時所用，串頭本記錄台上的動作，排場本記錄演員的位置和出入，單頭本是個別角色的唱唸詞句。[59]《奇雙會》有入宮多次的紀錄，可惜《故宮珍本叢刊》中並無，[60]目前可見的有《故宮鸞本販馬記》，為上海曲家聽香館主人沈蘅逸所藏，[61]一九四三年掃葉山房出版。此本筆者未得寓目，但能找到「曲學叢刊社」所發行的《戲曲》期刊的連載，題作《販馬記內本》，沈蘅芷序文說是光緒年間王楞仙、陳德霖、李六供奉內廷之原本。至於此本從何而得？序文僅說是：「各有緣法，幸遇」。此外《劇學月刊》一九三五年四卷十二期有曹心泉《奇雙會全譜》，[62]前後並無任何說明，與沈蘅逸本並不相同，或許是不同時期不同班社入宮所用。

首都圖書館編輯《清車王府藏曲本》第九冊也收了《奇雙會總講》，[63]標為「亂彈戲」。從小生上、打引子開始，只有〈寫狀、三拉、團圓〉，沒有〈哭監〉。

黃仕忠、大木康主編《日本東京大學東洋文化研究所雙紅堂文庫藏稀見中國鈔本曲本叢刊》[64]第十五冊收《奇雙會》（李奇本），歸入「皮黃」類。所謂李奇角本，是李奇的所有唱唸台詞，

58　杜穎陶文分別註明「即今之哭監」、「即今之寫狀」、「即今之三拉」，〈小圓〉一齣雖未註明「即今之團圓」，但由「李奇一家團圓」之劇情說明，可知即今之〈團圓〉。

59　朱家溍：〈昇平署時代崑腔弋腔亂彈的盛衰考〉，頁548、550；〈清代亂彈戲在宮中發展的史料〉，頁616。

60　故宮博物院編：《故宮珍本叢刊》（海口：海南出版社，2011年）。

61　《故宮鸞本販馬記》1942年由掃葉山房出版社出版。此書筆者未得寓目，僅能找到曲學叢刊社刊行的《戲曲》雜誌，題作《販馬記內本》，1942年1月起連載，但僅出四期便中斷，只有〈哭監〉、〈寫狀〉。收入姜亞沙、經莉、陳湛綺主編：《中國早期戲劇畫刊》，冊39。

62　曹心泉：《奇雙會全譜》，《劇學月刊》1935年4卷12期，頁8-19。姜亞沙、經莉、陳湛綺主編：《中國早期戲劇畫刊》25冊，頁16-27。

63　首都圖書館編輯：《清車王府藏曲本》（北京：學苑出版社，2001年），頁157-166。

64　黃仕忠、大木康主編：《日本東京大學東洋文化研究所雙紅堂文庫藏稀見中國鈔本曲本叢刊》（桂林：廣西師範大學出版社，全32冊，2013年），15冊，頁197-209。《海外藏珍稀中國戲曲俗曲文獻彙刊》第二種。

只有李奇，沒有其他人物的唱念。即是「單頭本」，又稱「單詞」、「單篇」或「單片」。[65]

而中央研究院《俗文學叢刊》第八十七冊收有此劇兩個版本，一為《販馬記》（趙沖），一為《會合奇圓總本》。[66]前者是趙沖（寵）單篇，後者分〈內堂訴情〉、〈嘲戲寫狀〉、〈姊弟相認〉、〈會合奇圓〉共四齣，皆歸入崑腔類。但《俗文學叢刊》由今人所做的歸類恐怕未必正確，而且從劇本本身也可看出並無曲牌，《會合奇圓總本》雖有【普賢歌】、【紅繡鞋】、【水底魚】三支曲牌，但都是丑角所唱或同場行動曲，【普賢歌】是引子作用的曲牌，可以乾唸，不必唱，此處為獄卒上場時所用。【水底魚】也是乾牌子，只需唸，配合身段動作，此處為小鬼所用。【紅繡鞋】是細曲，但此處用於眾人同唱，且劇本的詞與【紅繡鞋】曲牌的規定完全不合。除了這幾支標出的曲牌之外，主要唱腔都沒有曲牌，只在一開始唱時註明「傍腔」，指「亂彈」戲曲，而後寫「吹腔」。既然都以吹腔為主，列入崑腔類恐怕未必正確。[67]

一九二二年《曲譜選刊》的《奇雙會》為北京富晉書社排印本，筆者未得寓目，而日本雙紅堂文庫有此本。[68]至於民國初年《戲考》，是最常用資料，下文將有引用，此處先不介紹。

原來最早的三十二齣本，按齣目看來，整體結構如點線串珠。「線」指情節一路推衍，凡是遇到「有情可抒」之處，便暫緩情節線之推進，而於原地盤旋，深掘情緒，渲染成「珠」。此為長篇傳奇劇本一貫的敘事模式，同時適用於崑山弋陽等腔，《奇雙會》徽班劇本也是如此。從齣目即可看出，每齣只有一個戲劇動作、主要情節，故事之演述首尾俱全，卻也繁瑣，難免有幾齣只在交代劇情，甚至像第二十四齣根本沒有齣目，類似傳奇劇本常見的照例開科。然而此劇值得注意的是，從道光三年開始，就註明只演「四齣」，不演全本。往後所有版本都是如此（僅有少數未錄完整，只餘三齣，沒有〈哭監〉），所以「〈哭監〉、〈寫狀〉、〈三拉〉、〈團圓〉」類似「小全本」演出形式，幾乎成為定式。這四齣情節本身銜接，雖處於全劇之中、後段，但通過縣令夫人問話、李奇回話，觀眾立刻明白來龍去脈。非但不至於劇情模糊，反倒省卻從頭娓娓演來之繁瑣。四齣在原本中雖是相連，但因某些因果關係已在前面分別敷衍交代，以四齣為單位演出時，情節便呈現「似黏非黏、似脫非脫」。例如弟弟保童考取代巡，在第二十四、二十五齣已經演過。而在此四齣裡，保童突然以八府巡按身分出現，情節看似「脫而未黏」，其實觀眾並不覺突兀，因為全劇趣味全在人際關係，夫妻、父女、姐弟的倫理與深情，重點不在劇情細節。而且因為只演此四齣，寫狀時提到「按院大人」時，觀眾還未預料到正是保童。所以當寫狀演畢，全場拭目以待八府巡按如何

---

[65] 單詞、單片或單篇，詳見吳同賓、周亞勛主編：《京劇知識辭典》（天津：天津出版社，1990年），頁345。時至今日，每位演員都能拿到完整劇本時，仍有不少演員將自己的個別唱詞念白單獨抄出，隨身攜帶。

[66] 中央研究院歷史語言研究所俗文學叢刊編輯小組：《俗文學叢刊》（臺北：新文豐出版公司，2001年），冊87，頁355-368，頁369-424。

[67] 《俗文學叢刊》此本「參考資料」列張五州李奇哭監，其實是根據吹腔改寫新編成二黃唱腔的海派唱法。

[68] 周逸民輯：《曲譜選刊》（民國十一年北京富晉書社排印本），日本東京大學東洋文化研究所《雙紅堂文庫》全文影像資料網站，戲曲類137。參見http://shanben.ioc.u-tokyo.ac.jp/list.php?p=76&order=rn_no&jump_data=4，讀取日期2017年9月5日。

審案時，保童冠帶出場，觀眾反倒像是鬆了一口氣，李奇的冤情必雪無疑。全劇重點原不在破案的證據或懸疑性，濃郁的人情才是核心。

更因為只演四齣，更使許多敘事成為「倒敘」。例如李奇的遭遇，因為省略前面全部過程，因而對縣令夫人訴冤的唱腔，成為倒敘。這就使得人物情感有多層次表現，夫人從答話中逐步發覺眼前犯人竟是失散的親生父親，驚疑、懸念，既喜父女重逢，又心疼老父傷勢，憂心案情，相識卻不敢相認，無論情節或情緒都形成高潮。

桂枝欲為父申冤，所有希望寄託在縣令丈夫身上，而縣令回衙、趙寵上場，情調卻並未一路緊扣申冤。外出多日的趙寵急著回家與新婚妻子相聚，步伐輕快、表情喜悅，回衙更衣，請出夫人，正欲一訴小別離情，卻見夫人愁眉深鎖。趙寵原本擔心憂慮，而當夫人說出私開監禁門，當下一急一驚，惹得夫人痛哭，趙寵又急又心疼，上前安慰卻又使夫人更加傷心。這是〈寫狀〉的第一個小段落，上崑蔡正仁老師無論在演講或私下談話時，曾多次分析自己對這戲的體會，大意是：「絕對不能正經演破案，公案、推理、申冤、擒凶，都不重要，都只是個幌子，這戲就是新婚夫妻閨房樂。」這真是演員親身掌握的深刻體驗，〈寫狀〉是「對兒戲」，縣令的眼神隨時繞著新婚妻子轉，就連她私開監門、觸犯王法、驚嚇哭泣，看在丈夫眼中都是有趣。表演時必須兼顧兩層，既要著急，卻也要隨時欣賞妻子的每一個神態。這才是〈寫狀〉的開頭，卻在此「磨」了許久，冤案毫無進展，終於等到桂枝有整段的唱來訴說冤情，進入下一個段落，觀眾以為要正式討論案情了，誰知桂枝唱完，趙寵「呀」的一聲，竟不是感嘆岳父命運多舛，也不是思索該如何申冤。唱的竟是「她被繼母趕出在外，我也被晚娘逐出了門庭」，接下來縣令一句「天生一對」，夫人接上「地設一雙」，兩人竟以相擁而泣為訴冤這一小段落作結。這段桂枝訴冤的吹腔，完整倒敘了父親蒙冤過程，但倒敘並未指向案情疑點的發現，反倒像是丈夫對新婚妻子更進一步的認識了解，人際關係更加緊密，這才是隱藏在公案背後的主軸。

而後進入第三小段落，桂枝等待丈夫為她父申冤，而縣令竟然毫無對策，「前任官問成死罪，難以更改」。眼見得桂枝全部的指望就要落空，縣令突然一聲「有了」，看似突有妙計，雲開月明，沒想到這主意竟是「明日去向按院大人申冤」。這一個根本不算辦法的辦法，卻引出了寫狀劇情核心。原本夫人擔心無人寫狀，這下子縣令可得意起來了，「我會呀」，氣氛瞬間又轉為輕鬆，而後縣令藉機問出了夫人名字，這點雖然看似不合理，但正可見這戲的每一步發展，都指向彼此的認識了解，新婚夫妻愈來愈親密。直到最後四句下場詩：「一張狀紙到按前，撥開雲霧見青天。若得按台超生命，趙氏孤兒冤報冤」，正正經經的點明善惡有報之後，戲還未完，竟還有「吊場」，[69]終以兩人相互調笑作結。〈寫狀〉的結構，以公案為外框，實則是新婚閨房樂，以喜劇情調演父女失散的悲劇遭遇。日本著名學者青木正兒當年在上海觀賞傳字輩首演時，親筆在戲單上寫

---

[69] 關於吊場，可參考陸萼庭：〈傳奇「吊場」的演變與崑劇折子戲〉，《戲劇學刊》第1期（2005年1月），頁27-39。

下「悲喜劇」三字，爲《奇雙會》的情調氣氛做了註腳。[70]

不過俞振飛在探本溯源分辨《奇雙會》京劇先於崑劇之後，另有更深入的析論：「像這樣一字一腔與一個身段緊密結合的表演，都是崑曲的演法。京劇前輩名演員都重視學崑曲，做到『崑亂不擋』。」〈寫狀〉是小生和旦角的「對兒戲」，兩人無論走位、身段甚或做表，都必須隨時注重舞台平衡感。俞振飛在指出這點之後，又接著說：「在演出實踐中，我又根據崑曲的特長，作了進一步的發揮。我經常用崑曲的演法來加工豐富一些京劇劇碼的舞姿，在這個過程中，我覺得崑曲傳統劇碼的表演雖有載歌載舞的長處，但也有它的弱點。有時，它的動作太多，把表演空間占得太滿，顯得有些繁瑣，不能給觀眾留下想像的餘地；還有許多是專門給唱詞作注解一類的動作，唱什麼，比劃什麼，甚至有些很清楚的詞意，也用動作加以注解，這就尤其令人感到繁瑣（當然，有許多解釋性的動作還是好的，是能說明強化內容的）。京劇的動作比崑曲少，唱西皮、二黃，一般不像崑曲那樣每字每腔都配上動作；它的舞蹈性雖然沒有崑曲強，但也有比較精煉的優點。因此，我想取兩者之長，既要發揮載歌載舞的長處，又要精煉大方，含義深長，以期更多地引起觀眾的想像。」[71]

俞振飛的加入，當然使這戲愈趨典雅精緻。不過，也不是說這齣京班的戲到了俞振飛手裡才開始精緻講究，這段話要和前引俞振飛所指出「這齣戲從京劇尚在孕育的時期就有了，是京劇的第一批優秀保留劇目之一」配合來看。京劇之形成壯大，主要是能對所有戲曲藝術以海納百川之勢兼容並蓄，而崑曲是百戲之母，由明至清領劇壇風騷，所以崑曲的表演必爲京劇孕育期間重要瑰寶，早期京劇伶人都兼擅崑曲，崑曲不只是他們扎根的基礎而已，更是他們必備藝術的一部分。例如《中國京劇史》論徐小香：「京劇小生的演唱，在徐小香之前有曹眉仙、龍德雲。曹以崑曲爲法，嗓音以假聲爲主。龍德雲多用本嗓。而徐小香將二家溶一爐而用之。因而能夠幽逸清新，疏宕雋秀，一洗塵俗」，「不同雌音，純屬雉尾生本色」。[72]在連小生該用假嗓還是本嗓都還沒有固定的京劇孕育期，崑曲一字一腔合歌舞的演法，是被京劇演員當作自身藝術的一部份來表演的。所以我們不能從後人觀點返回頭來說《奇雙會》汲取崑曲特質，[73]而應是這種表演正是京劇孕育時期的一種表現、一個面向。京劇後來發展出自己的藝術特質，與崑曲區隔愈來愈明顯，尤其「葉派」（葉盛

---

70 華瑋主編，吳新雷編著：《插圖本崑曲史事編年》一書，頁174，有一張傳字輩1926年在上海徐園演出的戲單，是青木正兒當時在上海看戲時的保留物，現藏於名古屋大學圖書館「青木文庫」中，由赤松紀彥提供。這張戲單的《販馬記》旁邊，有手寫「悲喜劇」三字，筆者向本書主編華瑋求教，華瑋特別致電吳新雷老師，吳老師回覆得極為詳細，原信如下：「關於徐園戲單上添加的自來水筆字跡，是原有的，不是我加的。現在我又查核，找出旁證，可證是看戲人青木自己添寫的。見五月五日戲單姚傳湄名下添寫『醜女』二字，沈傳芷名下添寫『夫人』二字；五月二日戲單在演員上添寫淨、旦等角色名稱。這只有看過戲的人才能添注出來！另外，五月六日戲單《獅吼記》上添寫『喜劇』二字，筆跡與五月五日戲單上『悲喜劇』相同，均出於同一個看戲人之手。」

71 俞振飛：〈《奇雙會‧寫狀》的表演格調〉，頁173。

72 北京市藝術研究所、上海藝術研究所組織編著：《中國京劇史》（北京：中國戲劇出版社，1990年），頁404。

73 京劇小生演出《奇雙會》時，劇團在演出現場字幕曾有「京劇小生學演崑劇以提升藝術」之說。

蘭）成爲最重要、最具代表性的流派時，京劇小生的特色顯然以「翎子生」（以呂布、周瑜爲代表人物，《轅門射戟》、《白門樓》、《群英會》爲代表劇目）的雄豪剛健兼儒雅大器爲主，觀衆反倒不解何以《奇雙會》竟是京劇劇目。俞振飛對京劇孕育期的說法值得注意。

不過此劇表演與崑劇終是不同。〈寫狀〉雖然抒情興味極濃，但身段歌舞卻不多，並不是靠載歌載舞來渲染成「珠」。吹腔曲子單調，簡單重複卻迴還往復的旋律，適宜配合對襯身段，更重要的是演技、表情，尤其「調情」與「冤案」兩條線交織融合，悲喜雜揉，表演時必須小心拿捏，才能演出情趣而不至於過火。於此俞振飛、蔡正仁都有過專文討論，[74]梅蘭芳在《舞台生活四十年》裡，也有專章討論《奇雙會》，[75]從旦角立場詳細說明他對於此劇（尤其是旦角）的細緻加工。本文特別提出梅蘭芳所做的兩點修改，於下一節詳細論述。

四、已消失於舞台的鴉神傳音

梅蘭芳在《舞台生活四十年》中對於《奇雙會》有專章詳述表演心得，本節主要談他對劇本所做的兩點改動：

> 梅蘭芳說，他初期演《奇雙會》時，按照老路子，一開始「獄神」上高台，傳「鴉神」，叫他把李奇的哭聲送入內衙。第二場先是李奇遭獄卒拷打，綁上柳床。此時鴉神上，站在上場門口的椅子上，手拿「風旗」，當李奇唱的時候，他把風旗慢慢捲起，又照著李奇的曲子重複唱一遍，同時慢慢放開旗子，象徵著收音放音的動作。等到桂枝上場，問清原來是監中囚犯痛哭時，念詞：「想這監中離內宅甚遠，他那裡啼哭，我如何聽得見？其中定有冤情。」這才命人提調老犯人入內問話。對於傳統的這種演法，梅蘭芳認爲迷信。所以「民國二十年移居上海以後」，就做了修改。刪去獄神和鴉神，改詞爲「爲何哭得那樣傷心？其中定有冤情。」另有一處，是李奇向桂枝下跪時，桂枝忽覺頭暈，老路子有句詞：「唉呀且住，這一老犯人與我屈了一膝，我爲何頭暈起來？」做一個站起來往右轉身扶椅子背的身段，隨即命老犯人臉朝外跪。梅蘭芳也覺得這是迷信，取消頭暈，直接改詞：「這一老犯人，偌大年紀，與我屈了一膝，我心中有些不安。」遂命他跪墊回話，臉朝外跪。[76]

翻查民國初年的京劇《戲考》，這是京劇流行期最具代表性的劇本集，第四十冊有《奇雙會》劇本，[77]和梅蘭芳所說的一致，有鴉神傳聲，有受父跪而頭暈，不過命鴉神傳聲的不是獄神而是太白

---

74 〈《奇雙會・寫狀》的表演格調〉，王家熙、許寅等整理《俞振飛藝術論集》，頁63-92。蔡正仁口述，王悅陽整理：《風雅千秋──蔡正仁崑曲官生表演藝術》，頁170-185。

75 《梅蘭芳全集》，第一冊，頁467-493。

76 梅蘭芳：《舞台生活四十年》，收入梅紹武、屠珍等編撰：《梅蘭芳全集》，第一冊，頁470。書中還特別記下：修改十幾年後，有一位演員路過襄城縣，想起《奇雙會》，特別進城看看，回來告訴梅：縣城很小，衙門更小，監中哭聲是可以傳至內宅的。（頁470）

77 王大錯述考，鈍根編次，燧初校訂：《戲考》（臺北：里仁書局，1980年）。

金星。《戲考》全劇一開始，先上場的是「太白金星」，說道：「只因李奇在監受苦，他女桂枝，相隔數載，今日是他父女相會之期，不免命鴉神去到衙中，引那李奇的聲音，也好叫他父女相逢、冤仇相報也。」而後「淨」扮「鴉神」上，先自報家門，說明是為相助李奇父女團圓而來。而後鴉神站在高椅上，搖動旗幟表示傳送聲音。李奇唱吹腔哭泣時，鴉神重複一次李奇的唱腔，《戲考》的舞台提示是：「鴉神照李奇唱前腔」，前後共兩段。而後縣令夫人上場（李奇不下，仍在場上，舞台同步代表兩個空間），知道哭聲傳自監獄，認定其中必有冤情，遂命人傳喚老犯人到官邸問話。[78]

顯然傳統老路都是這樣演。本文前一節所述各版本，除非只有〈寫狀〉、沒有收入〈哭監〉，其他各版本全都有鴉神傳聲和受父跪頭暈，正是梅蘭芳刪改之前的傳統。

但目前兩岸無論京班或崑班，都按照梅蘭芳所改，取消了鴉神傳聲，也不再頭暈。傳統演法已消失無舞台。

文獻資料之外，再與演出資料相互對證。考查梅蘭芳留下的《奇雙會》演出資料，共有三份錄音。一九三二年與小生姜妙香合演的錄音只有〈寫狀〉，沒有〈哭監〉，無法判斷是否有鴉神與頭暈。而一九五四和一九五五兩份與俞振飛合作的全劇明場錄音，可清楚判斷鴉神與頭暈確實都已被刪掉。很可惜一九三一年遷居上海之前的錄音不存，無法聽到梅蘭芳早期遵循傳統的唱法。

不過，傳統卻幸運地保存在臺灣京劇舞台上。臺灣的京班，至少在二十幾年前（大約一九九○年代以前），都還保存傳統，仍有鴉神和頭暈。

據筆者印象，自幼觀賞臺灣京劇團所演此劇，[79]都維持傳統。筆者不僅現場親眼看過十餘次，印象深刻，而且還保留了一份錄影帶，大約是民國七十年代初、七十三年（1984）以前臺灣京劇團在「國軍文藝中心」聯合演出，[80]由華視所做的現場錄影，距今約已三十多年，但其中「鴉神傳聲」以及「父跪女、女頭暈」這兩處現在已消失於舞台的關鍵，都還完好保存。

以下即根據錄影記錄這段傳統表演：

> 李奇被獄卒綁上枷床，枷床由桌椅搭成，置於左舞台（以演員面對觀眾時左方稱之為左舞台，靠下場門與文武場一側），李奇躺在桌上。此時舞台正中無戲，但仍有另一組一桌二椅擺設。獄卒下，起更鼓，由上場門上一「鴉神」，持旗幟，站在上場門出口數步（即九龍口）的椅子上，唸對子：「奉了星君命，監中去傳音」，而後自報家門：「我乃鴉神是也。奉了星君之命去往監中傳音，助他父女相會。」然後李奇在枷床上唱吹腔哭泣，鴉神站在椅子上，搖動旗幟，表示音隨風送。李奇唱完，鴉神唸：「傳音已畢，不免回奏星君去者。」念下場對子：「來無蹤來去無影，千里全憑一陣風」，然後下。更鼓響，縣令夫人由上場門

78　王大錯述考，鈍根編次，燧初校訂：《戲考》，第40冊，總頁5890。

79　臺灣並無職業崑班，只有大學崑劇社團或業餘崑劇偶爾的演出。直到兩岸交流後，大陸崑劇團來臺，臺灣觀眾才看到職業崑班的演出。因此筆者一向所觀賞的是臺灣京劇團的《奇雙會》。

80　此劇由徐露主演桂枝，徐露當時屬於明駝國劇隊，明駝於民國七十三年（1984）解散，徐露隨即退休。

出場，走到右舞台（以演員面對觀眾時右方稱之為右舞台，靠上場門一側）台口，面對觀眾坐下，問道半夜因何有人啼哭？家院左右察看，並無人哭泣。去監中查看，原來老犯人棒瘡疼痛，乃回報夫人。夫人疑惑，監中與後堂距離甚遠，為何能聽見哭聲？其中必有冤情。所以命家院將老犯人帶至後堂。家院如何表現由官衙至監中查看呢？原來是從夫人所在的右舞台口，走到左舞台，此時獄卒由下場門上，將代表監門的反向擺置的椅子，斜翹抬起，表示半開監門。李奇仍躺在柙床上。此時舞台有兩個空間，右舞台的夫人與丫鬟在官衙，左舞台的獄卒、家院與李奇在監獄。中間的桌椅此刻虛置，不代表任何場景。然後是李奇被提調，獄卒將反向擺置的椅子斜推翹起，李奇由此低頭走出，走出監獄牢門，行至舞台正中央，轉身跨門檻，進官衙。夫人此刻已經走到正中原本閒置的桌椅前坐定，表示身在官衙。李奇只走了幾步，就到了官衙，靠的正是「場隨人移，景從口出」的戲曲虛擬寫意特質。

此刻代表監獄場景的椅子都已撤去，舞台指示的場景只剩一個：官衙。李奇向夫人跪拜，夫人突然頭暈，先向左扶住頭，再偏向右，隨即離座站起，左手翻袖，右手搭椅背，表示頭暈。唸道：「老犯人向我屈了一膝，怎麼頭暈起來？」乃命李奇臉朝外跪。

筆者珍藏的這份錄影，完整保留劇本兩處傳統演法：鴉神傳聲，受父跪而頭暈。飾演李奇的是「富連成」的「元」字輩畢業、來臺後加入空軍「大鵬劇團」的名老生哈元章，鴉神是「小海光」女老生姬青惠，獄卒是「陸光劇團」名丑吳劍虹，縣令夫人桂枝是「小大鵬」第一屆、臺灣培養的第一青衣徐露，當時是聯勤「明駝劇團」當家台柱。徐露在自己的傳記裡分析這段表演時，特別強調李奇向她叩行大禮，突感暈眩襲來，而後發覺老犯人正是其父，傷心憂心，用水袖擋住半邊臉，不讓李奇看見自己，又忍不住偷看李奇，俯身向前，側身扭腰，專注傾聽。[81]

徐露此戲學自朱琴心，[82]朱琴心原為票友，一九二三年下海，與馬連良合作，曾與梅尚程荀四大名旦和徐碧雲齊名，有「六大名旦」之譽。一九五四年來臺前曾至香港，其子朱冠英隨俞振飛學戲，筆者在《臺灣京劇五十年》書中收有對朱冠英的訪談。[83]徐露的《奇雙會》學自朱琴心，早期演此戲時飾演趙寵的合作搭檔有兩位，一位即是朱冠英，另一位朱世友為「富連成」科班「世」字輩小生，《臺灣京劇五十年》書中也有對朱世友的訪談。[84]創辦於一九○四年的富連成，是京劇教育史上公認辦學時間最長、造就人才最多、影響最為深遠的一所科班，而在包緝庭著、李德生整理的《京劇的搖籃富連成》一書裡，就把《奇雙會》列入富連成必教必演的劇目。[85]

徐露此戲學自朱琴心，又與富連成有密切關係，遵循的是京劇傳統。與梅蘭芳所說的「老路

---

81 徐露傳記由李殿魁主持，劉慧芬主編：《露華凝香——徐露京劇藝術生命紀實》（宜蘭：國立臺灣傳統藝術總處籌備處，2010年），頁75。

82 同前註。

83 王安祈：《臺灣京劇五十年》（宜蘭：國立傳統藝術中心，2002年），下冊，頁411、412。

84 同前註，頁420-423。

85 包緝庭著，李德生整理：《京劇的搖籃富連成》（太原：山西人民出版社，2008年），頁234。

子」以及民初《戲考》之所記，大體相同，僅有三處不同。這三處是：（1）是省略了獄神或太白金星一角，只由鴞神口中唸出奉星君之命而來。（2）是鴞神由老生飾演，並非「淨」。（3）是鴞神只在李奇唱的時候搖動旗幟就表示傳音了，並未按照梅蘭芳或《戲考》所說「重唱一遍」。這樣的處理，應是戲班演員從「免於重複、趨於緊湊」的角度所做的刪減，但基本上仍維持了傳統所含蘊的民間信仰。

查本文前述的幾本《奇雙會》版本，日本東京大學東洋文化研究所所藏「李奇角本」，以及俗文學叢刊的趙沖（寵）都是單片，只有李奇或趙沖的唱念，看不出是否上鴞神。車王府版本從寫狀開始，沒有哭監。只有俗文學叢刊另一本《會合奇圓》，雖無太白金星和鴞神，卻有獄神命小鬼傳聲。而沈葦逸藏《故宮鸞本販馬記》有太白金星命鴞神傳聲以及受父跪頭暈。[86]曹心泉《奇雙會全譜》和《曲譜選刊》也都有傳聲神，只是用字名稱不同（詳下文）。傳字輩學此戲時也有鴞神，見於《崑劇傳字輩評傳》[87]。此書說傳字輩此劇學自蔣硯香，俞振飛也說他教給顧傳玠、朱傳茗，顯然蔣硯香（及其師父徐小香）、俞振飛一路師承都有鴞神。可見鴞神傳聲不是某一版本的特例。

「鴞神」來源為何？首先聯想的便是《詩經、關風、鴟鴞》，但詩中鴟鴞是兇惡殘暴的貓頭鷹，與傳聲完全無關，無法解釋《奇雙會》鴞神。中國社會科學院葉舒憲的《神話意象》一書第三章〈神聖貓頭鷹──《詩經‧鴟鴞》的誤讀與知識考古〉，[88]認為以往詩經註釋多從禽言詩寓言角度來解釋鴟鴞是不正確的，他全新考證出鴟鴞在遠古是司夜間的女神，後來形象轉為惡鳥，《鴟鴞》一詩遂產生誤讀。但即使葉舒憲對鴟鴞為遠古「司夜女神」的考證可信，也無法用來解釋《奇雙會》鴞神。何況如果詩經時代已經對鴟鴞「司夜間女神」的印象逐漸淡化，那清代戲曲更不可能翻出遠古神話意象，儘管夜間的「人神對話」似是與《奇雙會》鴞神傳聲可以相合。

那麼，鴞神在此是何意呢？

既然《詩經、關風》毀人家宅的殘暴惡鳥無法與傳聲聯繫，那麼回到戲曲本身資料，元代無名氏雜劇《連環計》第三折有這樣一段唱：「枉了你揚威耀武，盡忠竭節，定國安邦，偏容他鴟鴞弄舌，烏鴉展翅，強配鸞凰。」

曲文裡有一句「鴟鴞弄舌」，指的是像貓頭鷹一樣的小人搬弄口舌是非。

由「弄舌」連結到「傳聲、傳音」，應該是目前能找到的解釋鴞神傳聲的資料裡，最合理的。

但是，若再詳細考察，將會發現以下幾條資料非常值得注意：

（1）曹心泉《奇雙會全譜》，寫作「嘐神」。[89]

（2）《曲譜選刊》，寫作「嘐神」。[90]

86　沈葦逸藏：《故宮鸞本販馬記》，《戲曲》創刊號（1943年1月），頁67；第2輯（1942年

87　桑毓喜：《幽蘭雅韻賴傳承：崑劇傳字輩評傳》，頁244。

88　葉舒憲：《神話意象》（北京：北京大學出版社，2007年），頁43-65。

89　曹心泉：《奇雙會全譜》，《劇學月刊》1935年4卷12期，頁8。

90　周逸民輯：《曲譜選刊》（民國十一年北京富晉書社排印本），《雙紅堂文庫》戲曲137，頁1。

（3）杜穎陶文中提及此神，寫作「嚎神」。

這三條資料都寫作「嚎神」，應不是偶然現象。而在筆者所存三十多年前的錄影中，姬青惠飾演的傳聲神，字幕作鴉神（字幕當然是根據劇本所製），演員自報家門卻自稱「嚎神」。筆者以前看此戲，都以為演員念錯字，將鴉字誤讀為嚎，但當筆者找到曹心泉《奇雙會全譜》、《曲譜選刊》與杜穎陶文時，猛然有所悟，隨即請教多位臺灣資深演員，發覺他們一律唸作「嚎神」。原來並非個別演員誤讀，而是此劇安排的並非民間信仰宗教神明，而是一位想像中的傳聲神，能傳送父親哭嚎（哭號、哭咷）聲音給女兒的神明（神秘力量），意指冥冥之中父女情牽。

那麼，「鴉神」不必從鴉鴉取義，而是民間藝人任取一字表達「嚎、咷」哭之意而已。因此字做「鴉」，卻都唸做「嚎、咷」。

而舞台上如何表現「傳聲」？用的正是戲曲「砌末」旗幟。旗幟，在戲曲中有萬般妙用。《水漫金山》用水旗代表波濤翻滾，《六月雪》竇娥臨死前，兩神分由上下場門出場，各自站上左右高椅，各持一旗幟，翻轉搖晃，就代表六月下雪。水、雪都可用旗幟，傳聲當然可借「風旗」，表示「音隨風送」。

傳聲神的加入，當然不只是為了解釋監獄和官衙距離的問題，更主要的是，神力出現幫助解決人生困境。縣令夫人李桂枝與父親李奇失散，也不知父親被判死刑就關在監中。如果不是冥冥中聲隨風送，怎能為父雪冤、父女團圓？

神力的出現，不能稱之為迷信。

民間戲曲裡看到的不只是編劇一人的情緒性格，更是人民百姓集體的情感思想、人生觀、宇宙觀。人生悲涼，面對無真理、無正義可言的社會，人們幻想出「善惡有報」的戲曲情節與主題，以想像出的秩序、正義作為賴以生存的精神依恃；然而戲裡反映的種種人生現況，卻又未必能用自己訂出的秩序規律來解釋，現實世界哪裡都是善有善報惡有惡報？於是，徬徨無依的百姓們，在人生現實之上，另外想像出一超現實世界，在那裡也有一套規律，衡量著、呼應著、觀照著人間世的種種作為。人生種種不圓滿，無法用善惡是非來解釋，只有通過對宇宙的想像來自我安慰。這一切是百姓民眾自己尋求的安身立命之道，豈能稱之為迷信？宇宙觀與人生觀原是一體之兩面，民間信仰裡投射的是小老百姓踏實懇切的生存願望，明知人生混亂，仍假想善惡有報為自己的行為指出一條方向；明知善惡未必有報，仍假想宇宙間自有規律能應和人心。層層遠景的構設，反襯的是人民的誠懇，也是人生的悲涼。而歷代人民就是這樣活了下來，民間戲曲承載了這一切，民間信仰深深含蘊其間。神力的顯現作用，其實是小老百姓自我的心靈安頓。

於是，老實的販馬商人李奇，與善良的兒女桂枝保童分離多年，自己又陷入了死刑困境。善有善報的期望想像，如何在戲曲裡實現？只憑人的力量，無法突破困境，即使女兒桂枝的夫婿趙寵是七品縣令，但這位老實又膽小的小官，也無法翻轉死刑。於是，戲裡出現了太白金星（或獄神）指派的傳聲神，以哭嚎之聲牽連起父女重逢。這是最質樸的人民願望，我們評賞民間戲曲時，應著眼於民間信仰的內涵，如果忽略這層戲曲的內在情感核心根基，而只討論文辭是否優美、結構是否緊

湊、情節是否合理，那就遠離了民間演劇的初衷本意。因此傳聲神正是人民願望的投射。民間戲曲，主要的價值在此。

然而傳聲神和頭暈卻被刪了。刪傳聲神，梅蘭芳認為可避免「迷信」，並可使場面調度更簡便。刪去頭暈，改為夫人一見老犯人偌大年紀，便吩咐家院，叫他「面向朝外，墊跪回話」，梅蘭芳認為更可表現桂枝善良的性格。

梅蘭芳的考慮，可以看出民間戲曲在現代社會中的處境。有劇情緊湊的考慮，希望能略事刪減，以免人物、情節甚至舞台走位調度都橫生枝蔓。除此之外，還顧慮迷信觀念與時代不合。不過梅蘭芳的刪改純粹是個人的藝術主張，[91]與政治無關。而到了「戲曲改革」期間，[92]卻是政治監控藝術，明令所有的戲曲都「禁止封建迷信」，禁令一出，舞台上所有的鬼神一律被迫消失，《活捉》、《烏盆計》這些鬼戲全面封殺，《托兆碰碑》、《洪洋洞》等戲裡的「托夢」情節也因迷信而刪去，傳聲神當然更是全面取消了。[93]梅蘭芳此刻演《奇雙會》，難逃政治監控。考查前述梅蘭芳留下的《奇雙會》演出資料，一九五四和一九五五年兩次全劇明場錄音，最後下場詩的最後一句，原本應是「蒼天饒過誰」，或因蒼天涉及迷信，梅蘭芳竟改唱「紅日正光輝」。政治正確，也合轍押韻。這兩份錄音聽得清楚明白，而且這兩份錄音還被製為「音配像」，由梅葆玖配像，「紅日正光輝」還做成字幕清晰打在光碟上。

傳聲神的取消，對於《奇雙會》情節進展並無太大影響，並沒有很多觀眾認真關注官衙和監中距離，但人民對超現實力量的祈求就此消失，善良無助的百姓祈求神明佑護的心理無法明顯體現，父女的重逢就只是巧合奇會而已。民間戲曲反映集體人民情感的力道，弱了許多。而且因為這只是微幅調整，反而很容易被忽略，所以禁戲政令解除後，劇團或藝人或觀眾都不會刻意要求恢復傳統。全面被禁的戲，在禁令解除後或可重新搬上舞台，例如原本被禁的鬼戲《活捉》、《烏盆計》後來都恢復了，但有些戲只是為了因應「禁迷信」而做局部修改，如《托兆碰碑》、《洪洋洞》的「托夢」，卻在禁令解除後未必引起注意，局部修改的部分並未恢復原狀。久而久之，傳統戲曲原本含蘊的民間信仰，點滴流失。[94]

沒有經歷「戲曲改革、禁止迷信」的臺灣，演《奇雙會》大部分都上鴉神（如前所述），而自兩岸開放之後，演員都學習大陸演法，原有的鴉神反而刪掉了。[95]自從一九九〇年代前後，臺灣京劇舞台上原本保持的傳統也已消失。而戲曲的結構觀也與以前不同，當代演員極力要求結構緊湊、

---

91 鄒元江：〈梅蘭芳奇雙會表演問題初探〉一文，從「非奇不傳的審美原則」出發，對梅蘭芳取消鴉神和頭暈感到遺憾，《文化遺產》2012年第4期（2012年10月），頁19-27。

92 關於戲曲改革，參考朱穎輝、余叢、譚志湘、王安葵、朱文相等執筆：《當代中國戲曲》（北京：當代中國出版社，1994年）。王安祈：《當代戲曲》（臺北：三民書局，2002年）。

93 關於「戲曲改革」禁戲，參見王安祈：〈兩岸京劇禁戲〉，《性別、政治與京劇表演文化》（臺北：臺大出版中心，2012年），頁235-285，對《托兆碰碑》、《洪洋洞》這些戲的「因禁而改」有所考察。

94 關於戲曲改革禁戲，參見王安祈：〈兩岸京劇禁戲〉，《性別、政治與京劇表演文化》，頁235-285。

95 同前註，頁268、269。

節奏明快，鴉神的出場和自報家門使得節奏有些鬆散，演員乾脆選擇省略。這是從戲曲的結構和節奏的角度作的刪改。清末民初京劇是大眾流行、常民娛樂，而當代的戲曲已無法重現流行，轉而以精緻藝術姿態定期做展示，演出功能不再是民情風俗的自然展現，而從純粹藝術性、劇場性著眼，人員必須精簡，結構力求簡練，舞台畫面也應乾淨，鴉神的取消，亦可反映出當代戲曲已由常民娛樂轉為精緻藝術。[96]

結語

　　《奇雙會》是京劇民間劇目，民間戲曲的劇本，並不像文人學者邏輯嚴密、文采斐然，特點反在質樸的反映民間生活情感思想，直接把人民的願望搬上舞台。「神明、超現實世界」不是京劇編劇個別的創造設計，而是人們集體願望的投射。護佑人民的神明出現，既達到了紓解、寬慰情緒的「補恨」作用，也具體反映人心底層的慾望，不僅是劇本的思想底蘊，更是編劇技法和結構手段，民間劇本的文學與文化價值由此體現，更有值得注意的舞台表現，很多受歡迎處都是劇場實踐的成果。由情節看來，重點是李奇由入獄受難到昭雪冤枉的經過，審案似是文本之主軸，但這齣戲一開始就是小生主戲，徐小香、朱素雲、王楞仙都以此聞名。到四大名旦都演這齣戲時，開始豐富了李桂枝的形象，此劇劇場演出主角並非老生李奇，而是趙寵和桂枝這對夫妻，俞振飛特別強調這是小生與旦角的「對兒戲」，當代著名崑曲小生蔡正仁更直言此劇是新婚夫妻閨房樂的調情戲。文本的主軸公案，其實只是幌子，只是情節的外框架，民間戲曲的文本往往與劇場實踐不盡相同。如果只是紙上讀本，[97]可能無法想像舞台的精彩，而評賞民間戲曲，也應從這個角度，放下文采迷思與情節分析，直探文本底層的人心企盼以及生動的演員表演。本文討論《奇雙會》的四個問題，看似彼此無關，其實關注的重點盡在民間戲曲。徽班進京、入宮，而後京劇成形，一併吸收徽班腔調與劇目，《奇雙會》納入京班，至於正式傳入崑班，則以俞振飛為關鍵。劇本的改動出自最重視與時俱進的梅蘭芳，不待政治禁令，即已刪削所謂迷信片段。臺灣曾有一段時間保存傳統，本文提供傳聲神具體演出場面調度之詳細說明，並考證「鴉神」名義。但兩岸交流後，臺灣劇團演出一律學習大陸，並未詳細分辨「戲曲改革」禁止迷信政策對戲的影響，民間戲曲中所含蘊的信仰觀念已逐步消失。當然，當代戲曲演出時間較短，觀賞心態也與以前不同，站在節奏緊湊與結構精練的立場，未必需要在舞台上恢復鴉神，而本文探本溯源呈現傳統，表達的是研究者的關注。

---

[96] 例如筆者服務於國光劇團，規劃青衣魏海敏與小生溫宇航推出《奇雙會》時，曾徵詢魏海敏是否願意恢復鴉神和頭暈，而魏海敏認為太過繁瑣，使得節奏拖沓，主張仍按老師路子（魏海敏為梅葆玖大弟子）。

[97] 如果只是案頭閱讀，很可能誤以為本劇為公案劇，主角為李奇。例如姚一葦：〈奇雙會的結構模式〉一文，便把研究焦點放在分析主角李奇由受難到懸疑、發現、和解的過程，得出與希臘悲劇可為類比的結論。收入姚一葦：《戲劇與文學》（臺北：聯經出版社，1989年），頁31-51。

徵引書目

丁汝芹：《清代內廷演戲史話》，北京：紫禁城出版社，1999年。

么書儀：《晚清戲曲的變革》，北京：人民文學出版社，2006年。

小鐵笛道人：《日下看花記》，收入《清代燕都梨園史料》，北京：中國戲戲劇出版社，1988年。

王大錯述考，鈍根編次，燧初校訂：《戲考》，臺北：里仁書局，1980年。

王安祈：《臺灣京劇五十年》，宜蘭：國立傳統藝術中心，2002年。

_____：《當代戲曲》，臺北：三民書局，2002年。

_____：《為京劇表演體系發聲》，臺北：國家出版社，2006年。

_____：〈兩岸京劇禁戲〉，《性別、政治與京劇表演文化》，臺北：臺大出版中心，2012年。

王芷章：《清昇平署志略》，上海：商務印書館，1937年。

王秋桂主編：《善本戲曲叢刊》，臺北：學生書局，1984年

王家熙、許寅等整理：《俞振飛藝術論集》，上海：上海文藝出版社，1985年。

王耀華：《中國傳統音樂樂譜學》，福州：福建教育出版社，2006年。中央研究院歷史語言研究所俗文學叢刊編輯小組：《俗文學叢刊》，臺北：新文豐出版公司，2001年。

中國戲曲志上海卷編輯委員會編：《中國戲曲志‧上海卷》，北京：中國ISBN中心，1996年。

北京市藝術研究所、上海藝術研究所組織編著：《中國京劇史》，北京：中國戲劇出版社，1990年。

包緝庭著，李德生整理：《京劇的搖籃富連成》，太原：山西人民出版社，2008年。

朱希祖：〈整理昇平署標案記〉，《燕京學報》10期，1931年12月，頁2090。

朱家溍：《故宮退食錄》，北京：北京出版社，1998年。

朱穎輝、余叢、譚志湘、王安葵、朱文相等執筆：《當代中國戲曲》，北京：當代中國出版社，1994年。

江沛毅編著：《俞振飛年譜》，上海：上海文化出版社，2011年。

何時希：《小生舊聞錄》，北京：北京市戲曲研究所，1981年。李殿魁主持，劉慧芬主編：《露華凝香──徐露京劇藝術生命紀實》，宜蘭：國立臺灣傳統藝術總處籌備處，2010年。

吳同賓、周亞勛主編：《京劇知識辭典》，天津：天津出版社，1990年。

吳新雷主編：《中國崑劇大辭典》，南京：南京大學出版社，2002年。

_____：〈崑劇劇目發微〉，《東南大學學報（哲學社會科學版）》第5卷第1期，2003年1月，頁96。

_____編著，華瑋主編：香港中文大學崑曲研究推廣計畫叢書《插圖本崑曲史事編年》，上海：上海世紀出版社、上海古籍出版社，2015年。

祁美琴：《清代內務府》，北京：中國人民出版社，1998年。

杜穎陶：〈談奇雙會〉，《劇學月刊》1935年4卷12期，頁20-23。

沈蘅逸藏：《故宮鈔本販馬記》，《戲曲》創刊號，1943年1月，頁67；第2輯，1942年2月，頁173。

松堯：〈清末內廷梨園供奉表〉，收入姜亞沙、經莉、陳湛綺主編：《中國早期戲劇畫刊》，北京：全國圖書館文獻縮微複製中心，2006年。

周明泰輯：《清昇平署存檔事例漫抄》，收入《民國京崑史料叢書》第四輯，北京：學苑出版社，2009年。

周逸民輯：《曲譜選刊》（民國十一年北京富晉書社排印本），日本東京大學東洋文化研究所《雙紅堂文庫》全文影像資料網站，戲曲類137。參見http://shanben.ioc.u-tokyo.ac.jp/list.php?p=76&order=rn_no&jump_data=4，讀取日期2017年9月5日

周傳瑛口述，洛地整理：《崑劇生涯六十年》，上海：上海文藝出版社，1988年。

俞振飛：〈《奇雙會‧寫狀》的表演格調〉，王家熙、許寅等整理：《俞振飛藝術論集》，上海：上海文藝出版社，1985年。

故宮博物院編：《故宮珍本叢刊》，海口：海南出版社，2011年。

姚一葦：《戲劇與文學》，臺北：聯經出版社，1989年。

姜亞沙、經莉、陳湛綺主編：《中國早期戲劇畫刊》，北京：全國圖書館文獻縮微複製中心，2006年。

洪惟助主編：《崑曲辭典》，臺北：國立傳統藝術中心，2006年。

首都圖書館編輯：《清車王府藏曲本》，北京：學苑出版社，2001年。

范麗敏：《清代北京戲曲演出研究》，北京：人民文學出版社，2007年。

桑毓喜：《幽蘭雅韻賴傳承：崑劇傳字輩評傳》，上海：上海古籍出版社，2010年。

徐珂：《清稗類鈔》，上海：商務印書館，1928年。

陳芳：《清代戲曲研究五題》，臺北：里仁書局，2002年。

梅蘭芳：《舞台生活四十年》，收入梅紹武、屠珍等編撰：《梅蘭芳全集》，石家莊：河北教育出版社，2000年。

＿＿＿：《梅蘭芳回憶錄》，臺北：思行文化，2014年。

張次溪編：《清代燕都梨園料》，北京：中國戲劇出版社，1988年。

陸小秋、王錦琦：〈徽劇聲腔的三個發展階段〉，《戲曲研究》第7輯，北京：文化藝術出版社，1982年。

＿＿＿：〈梆子、梆子腔和吹腔〉，《戲曲藝術》1983年第3期，頁80-84。

＿＿＿：〈浙江亂彈腔系源流初探〉，《中華戲曲》第4輯，太原：山西人民出版社，1987年。

陸萼庭：《崑劇演出史稿》，臺北：國家出版社，2002年。

＿＿＿：〈傳奇「吊場」的演變與崑劇折子戲〉，《戲劇學刊》第1期，2005年1月，頁27-39。

曹心泉：《奇雙會全譜》，《劇學月刊》1935年4卷12期，頁8-19。

曾永義：《戲曲腔調新探》，北京：文化藝術出版社，2009年。

＿＿＿：《戲曲之雅俗、折子、流派》，臺北：國家出版社，2009年。

黃仕忠、大木康主編：《日本東京大學東洋文化研究所雙紅堂文庫藏稀見中國鈔本曲本叢刊》，桂林：廣西師範大學出版社，2013年。

傅謹主編：《京劇歷史文獻匯編（清代卷）》，南京：鳳凰出版社，2011年。

鄒元江：〈梅蘭芳奇雙會表演問題初探〉，《文化遺產》2012年第4期，2012年10月，頁19-27。

葉舒憲：《神話意象》，北京：北京大學出版社，2007年。

蔡正仁口述，王悅陽整理：《風雅千秋——蔡正仁崑曲官生表演藝術》，上海：上海文化出版社，2014年。

翦伯贊：〈清代宮廷戲劇考〉，《中原月刊》1卷2期，1943年9月，頁34。

鐵橋山人撰，周育德校刊：《消寒新詠》，北京：中國老年文物研究學會、中國戲曲藝術中心編纂，1986年。

經典與柳宗元文之關係研究

王基倫*

一、前言

　　初唐時期是個經學思想衰落的時代，陸德明（556-627）《經典釋文》、孔穎達（574-648）《五經正義》、顏師古（581-645）《五經定本》之類的注疏之學，試圖統一東漢至南北朝的各派經學注釋，而忽略了經學思想的建構。經歷安、史之亂後，文風丕變，當代文人對前期價值觀已經有所動搖，一方面對過去思想莫知所從，一方面又亟欲建立新的價值體系；於是鑽研古籍，而又批判古籍，企圖開創一條新思路。韓愈（昌黎，退之，768-824）、柳宗元（子厚，柳州，773-819）所領導的古文運動於此時應運而生，有其思想史上的重大意義。[1]在那個沒有近現代學科分途，區隔文學家、思想家的觀念的時代，文人從事文學創作，並不是依據現代的文學史意義上的「文學」或「文學家」概念從事創作，而是出之以深刻的思考、豐富的情感，表達想法，寫出帶有感染力的語辭文字。於是我們注意到，初、盛唐時期逐漸形成的主流思潮——儒家學說，到了後來，歷經許多文人（兼攝思想家與文學家身分）的努力，才能落實並開展出標榜儒家之道復古思潮的古文創作；中唐古文運動的興盛，實在是由前人不斷地積累其成果而來。陳弱水（1956-）的研究指出：

> 九世紀之後，唐代經學有著活躍的新生命。但這個躍動主要不是存在於經學專家之間，而是在文人群中。這個風氣，部分淵源於啖、趙、陸的新《春秋》學，但非全然如此，中晚唐文人的治經視野也不限於《春秋》。從思想史的觀點看來，中晚唐經學的「業餘」化，其實是經學的一個躍進，因為當時文人具有遠比經史學者為優越的地位和影響力，文人「跨界」治經，對學術有推進之功。……文人治經也是中晚唐儒家復興之成形與持續的一個表徵，它和

---

* 國立臺灣師範大學國文系教授。

[1] 陳寅恪（1890-1969）〈論韓愈〉曾指出韓愈有六大貢獻：「建立道統，證明傳授之淵源；直指人倫，掃除章句之繁瑣；排斥佛老，匡救政俗之弊害；呵詆釋迦，申明夷夏之大防；改進文體，廣收宣傳之效用；獎掖後進，期望學說之流傳。這六項努力方向及成果，實不限於文學而已。」參見陳寅恪：《金明館叢稿初編》（收入陳美延、陳琉求主編：《陳寅恪集》十三種十四冊，北京：三聯書店，2001年7月），頁320-332。鄧小軍（1951-）也說：「韓愈所倡導的中唐古文暨儒學復興運動，實際是一場以新儒學為體（根本精神），以新古文為用（表達形式）的文化運動。」參見鄧小軍：《唐代文學的文化精神》（臺北：文津出版社，1993年9月），第七章四，〈韓愈散文的藝術境界〉，頁370。

宋代經學的關聯，說不定深於八世紀後期的新《春秋》學。[2]

初、盛唐復古思潮的推動者，即是中唐古文運動的先驅者。他們主要是文人群體，其中有許多人的興趣和追求，不限於《春秋》，更確切地說，在於關注「儒家之道」與「古文」的寫作交融。這個時期，他們所付出的心力，可能是寂寞而罕有人知的，是自發性而毫無前景可期的；但也因此突顯出他們真誠素樸的一面，後來發揮了很大的影響力。我們今天看來，文人是「跨界」治經，或者說文人主導了經學發展，而事實上他們在做自己有興趣的事，關心天下國家社會所有的大小事，本來就沒有自命為文人身分而已。

從初、盛唐先驅古文家到中唐韓愈、柳宗元領導古文運動的完成，這是一個儒家思想與古文創作結合的新體式，也是一個文學語言與普通語言結合的新體式，同時更是一邊開展抒情世界、一邊承載社會功能的文體革新。因此，唐代古文家向儒家經典學習，甚至取得寫作的養料，是很重要的成功基礎。這就說明了為什麼初、盛唐時期提出追求「文」、「道」結合的必要性，順理成章地發展出韓愈「約六經之旨而成文」[3]、柳宗元「文者以明道」[4]的文學主張。對柳宗元而言，古文毫無問疑問是最能表現思想深度的載體，他對傳統古書的肯定或否定，對古書的關注焦點，乃至於如何取用儒家思想的內容從事其古文創作，都是學思歷程中很重要的經驗。

二、柳宗元肯定經典與「文」的創作關係

決定柳宗元古文風格的因素，包括個人的性格、經歷、文章的題材內容等，此外，還有先秦兩漢經典古籍與柳文的關係。這裡面，經典的定義不限於五經，在柳宗元身上，已經把《論語》、《孟子》當成經書了，雖然當時還沒有把《論語》、《孟子》列為十三經的名稱，經典的定義在當時是流動的。

那麼柳宗元為何會以儒家經義為主導創作思想形成的要件呢？其原因當是來自時代與個人遭遇。第一，從時代來講。陳寅恪曾經說：

> 中國自秦以後，迄於今日，其思想之演變歷程，至繁至久。要之，只為一大事因緣，即新儒學之產生，及傳衍而已。新儒學者，接受二大挑戰之產物也，一是安史之亂的挑戰，二是釋、道之挑戰。[5]

在另一篇文章中又說：

---

[2] 陳弱水：〈中晚唐文人與經學〉，《中央研究院歷史語言研究所集刊》，第86本第3分，2015年9月，頁553。

[3] 唐・韓愈著，劉真倫、岳珍校注：《韓愈文集彙校箋注》（北京：中華書局，2010年8月），卷六，〈上宰相書〉，頁646。

[4] 唐・柳宗元：《柳宗元集》（北京：中華書局，1979年9月），卷三十四，〈答韋中立論師道書〉，頁873。

[5] 陳寅恪：《金明館叢稿二編》（上海：上海古籍出版社，1980年10月），〈馮友蘭《中國哲學史》下冊審查報告〉，頁250。

　　唐代古文運動實由安史之亂及藩鎮割據局面所引起，其中心思想是「尊王攘夷」。[6]換句話說，從先秦一直到民國時期，中國學術思想只有一個大概念就是儒家思想的傳播流傳。這裡所說的新儒學是指北宋道學的產生，而其淵源於中唐的韓愈。韓愈提倡道統，提高孟子的地位，在這之前《孟子》不夠受重視，但是後來的道學家都很重視《孟子》。同時期的柳宗元，也提出了對《春秋》的新解釋，於是把唐朝初年以前章句訓詁之學的走向，改變成道學家那種思想性的討論。此即後世所謂的「漢學」與「宋學」之爭。陳寅恪說新儒學發生的背景是接受安史之亂的挑戰，以及釋、道的挑戰。韓、柳努力創作古文，作品背後即是思想觀念的改革。所以韓愈、柳宗元一直說他們是讀先秦兩漢之書，而且要復興古道。

　　唐代的古文運動實際上是由安史之亂以及藩鎮割據局面所引起的，它的中心思想是「尊王攘夷」，這個中心思想到了北宋孫復對《春秋》的解釋也是一樣的，也在講「尊王攘夷」。整個中國儒學思想的發展是一條源遠流長的流不斷的江河，而這條江河中最大的轉變是在中唐，中唐以後的新儒學。柳宗元在讀書求學的過程中，師承中唐新《春秋》學派陸淳（後改名陸質，?-806）、啖助（724-770）、趙匡（?-?）等人的學說，他們也都主張不要泥守經書的意思，而必須要提出新的觀點加以解釋。瞭解這樣的背景，可以幫助我們瞭解柳宗元個人在整個儒學發展過程中，他讀經書、對儒學的重視，有很特殊的意義。

　　第二，從個人遭遇來講。柳宗元出生於禮學家庭，他說他家是河東人，是世家大族，他的父親、祖父都在唐朝政府做過官，故而一直以出身名門為榮。這是來自魏晉六朝的九品中正制度提倡門第的觀念，柳宗元一直很在意此門第觀念。陳弱水深入討論過他的世系、家庭，明白指出柳宗元出身「河東柳」，屬於關中集團的一支——「西眷柳家」，且說道：「在生活方式上，西眷柳家看起來一直堅持著北方貴族的傳統，強調道德律令，特別是對已有規範和儀式的嚴格遵守。」[7]這麼優秀的出身，卻遭逢貶謫的痛苦，不僅使家族蒙羞，也促使柳宗元在後半生不停地反思立身處世的問題，連帶地挖掘反省經書的思想內容。

　　因此，柳宗元並不是都按照儒家的經書內容去寫文章的，儘管他認為自己終身服膺儒家思想，但他已經自覺非傳統守舊的儒學繼承者。他曾經直接斥責漢儒：

　　　探奧義、窮章句，為腐爛之儒。[8]

漢朝儒者指的是馬融（79-166）、鄭玄（127-200）等人，他們都在解釋經書的字義。柳宗元認為這種讀書方式不具有重要性。他認為不只要謹守字義，而應該要能夠把經書的內容發揮出來。順宗永貞元年（805）柳宗元貶官永州之後，他寫了一篇〈答嚴厚與秀才論為師道書〉：

6　陳寅恪：《金明館叢稿二編》，〈論韓愈〉，頁193-194。
7　陳弱水：《柳宗元與唐代思想變遷》（南京：江蘇教育出版社，2010年1月），第一章，〈初唐、中唐時期的文人及其思想〉，頁5、第二章，〈柳宗元與長安的氛圍〉，頁30、36。
8　唐•柳宗元：《柳宗元集》，卷三十六，〈上大理崔大卿應制舉不敏啟〉，頁912。

　　　　仲尼豈易言耶？馬融、鄭玄者，二子獨章句師耳。今世固不少章句師，僕幸非其人。[9]

他說「今世固不少章句師」，也就是說中唐時期還是有不少人在注解經書，他說「僕幸非其人」，可知柳宗元是不喜歡做章句師的，他不認為一直在解釋經書的文句、寫注解就是一個好的學問。因此，柳宗元採取信經駁傳、六經注我的方式，把經書注入自己的理解內容，轉變了傳統經學的解釋，他在〈斷刑論下〉說得很清楚：

　　　　經也者常也，權也者達經者也，皆仁智之事也，離之滋惑矣。經非權則泥，權非經則悖。[10]

他指明經書是一種常道、常規，需經過一番權衡，權衡的目的是為了通達經義，亦即經書須經過個人的權衡去理解它，此乃仁智之事，不如此做就會產生疑惑了。經書如果沒有經過個人的權衡、思考，沒有真正理解它，那麼就會滯泥；但是如果權衡、思考，卻離開了經書原義，那麼內容又是違背的。這裡柳宗元所說的權衡，是一種守經達變的觀念，是一種不即不離的態度。經書為他的根本，但是他會加入個人的觀點，形成「創造性詮釋」，這才是他建構創作思想的基礎。

　　柳宗元運用經典以從事古文寫作，首先要處理一個問題，那就是經書內容是否直接接受，或是需要再作轉換？對作家來說，他們並不追求模仿。作家想寫的都是能夠感動讀者的東西，不是想寫出能夠和古書很相似的東西，寫出那樣的作品意義不大。譬如揚雄模仿《周易》而作《太玄》，模仿《論語》而作《法言》，然而模仿出來的作品缺乏原創性，其文學價值往往不如先前的作品。因此在討論柳宗元文和經典的關係的時候，我們不必拘泥於文章中的字句修辭、用典等形式技巧，雖然柳宗元的文章會涉及一些寫作技巧跟經書有相似的地方，某些字句可能直接從儒家經典化用而來，這些足以證明經典與柳宗元的文章有關係，我們只要把《柳宗元集》的注解拿出來，看到某個注解引用過什麼典故，就知道他讀過儒家的哪一部經。可是，這依然是一種考證工夫，不太能當作柳文的成績。更重要的是如何看出柳宗元古文的內涵，他怎樣取用經書加以轉化，這才是應該關注的焦點所在。

　　柳宗元三十三歲時，貶官到湖南永州，十年後又貶官到廣西柳州，四年後去世。他的後半生，幾乎都生活在被貶謫的鄙遠之地。問題在於後來的際遇對他理解經書以及文學創作有沒有影響呢？我們發現，他一輩子讀儒家經典，終身不改其志，始終念念不忘要復興儒學，即使到了偏遠的地區，接觸當地的民間宗教、當地的道教、還有一些佛學思想，但是柳宗元始終沒有放棄以儒學為中心本位的思想，這個目標他始終沒有改變。

三、經典與柳宗元古文題材內容的表現

　　在題材內容上柳宗元講得很清楚：

　9　唐・柳宗元：《柳宗元集》，卷三十四，〈答嚴厚與秀才論為師道書〉，頁878。

　10　唐・柳宗元：《柳宗元集》，卷三，〈斷刑論下〉，頁91。

　　聖人之言，期以明道，學者務求諸道而遺其辭。……道之及，及乎物而已耳。[11]

他主張寫作內容「期以明道」，就是要明白、宣導、闡明儒家之道。「學者務求諸道而遺其辭」，主張在寫作的時候不是追求字斟句酌，而是要闡明「道」。那麼「道」要怎麼闡明呢？他說「道之及，及乎物而已耳」，是說能夠寫到天地萬物，關心天地、人民、百姓，還有萬事萬物的生活，讀書絕不是炫耀文辭而已，而是要能夠真正表達出重要的思想內容，這是柳宗元一貫常有的觀念。

　　從初唐、盛唐古文運動先驅者以來，柳宗元是率先大力提倡「明道」的第一人。他在〈送元十八山人南遊序〉說明「文以明道」的含義：

　　悉取向之所以異者，通而同之，搜擇融液，與道大適，咸伸其所長，而黜其奇衺，要之與孔子同道，皆有以會其趣，而其器足以守之，其氣足以行之。[12]

這裡明確地提出了融合異端文化的原則——伸長黜奇，具體作法是會通，會通的標準是「孔子之道」。貞元十五年（799），柳宗元寫下〈柳公行狀〉讚美柳渾說：「凡為學，略章句之煩亂，採摭奧旨，以知道為宗；凡為文，去藻飾之華靡，汪洋自肆，以適己為用。」[13]這裡再次提出了「為學知道」而後能「為文適己」的寫作方針。羅宗強（1931-2020）指出：「既是『以適己為用』，當然也就強調了情性，而並非強調明道。」[14]柳宗元看出「文」的主導力量，有其自身的獨立價值。

　　「文」既要明道，又要能合乎自己的情性，兩者有無矛盾之處呢？後世道學家常有「作文害道」、「玩物喪志」說法，[15]等於認定「文」與「道」兩者相衝突。然而對於柳宗元來說，他寫出〈永州八記〉等傳世名篇，[16]這些文章表面上看來與儒家思想無多大關聯，作品中具備了個人情感以及文章結構、修辭藝術特徵，並不一定每篇文章都要承載特定的思想。柳宗元〈零陵三亭記〉曾經說：

　　邑之有觀遊，或者以為非政，是大不然。夫氣煩則慮亂，視壅則志滯。君子必有游息之物，高明之具，使之清寧平夷，恆若有餘，然後理達而事成。……在昔神禋謀野而獲，宓子彈琴而理。亂慮滯志，無所容入。則夫觀游者，果為政之具歟？[17]

這段話提示眾人，當政者從事觀游的活動，足以平心靜氣，這是養志的工夫，並不是毫無作為。由此推知，所謂的施行仁政、實踐儒家之道，並不是每日案牘勞形，皓首窮經一生，而是優游自

---

[11] 唐・柳宗元：《柳宗元集》，卷三十四，〈報崔黯秀才論為文書〉，頁886。

[12] 唐・柳宗元：《柳宗元集》，卷二十五，〈送元十八山人南遊序〉，頁663。

[13] 唐・柳宗元：《柳宗元集》，卷八，〈柳公行狀〉，頁181。

[14] 羅宗強：《隋唐五代文學思想史》（上海：上海古籍出版社，1986年8月），第六章第三節，〈韓愈、柳宗元的文體和文風改革與理論上的建樹〉，頁248。

[15] 宋・程顥、宋・程頤：《二程語錄》（臺北：藝文印書館，百部叢書集成：正誼堂全書，第14函，第3冊，1966年），卷十一，頁61。

[16] 唐・柳宗元：《柳宗元集》，卷二十九，〈永州八記〉，頁762-773。

[17] 唐・柳宗元：《柳宗元集》，卷二十七，〈零陵三亭記〉，頁737-738。

在於日常生活中,生活中的百事百物,都可以陶冶性情,都可以寫入文章之中,成為「道」的具體落實。就這點來說,唐宋古文家韓愈、柳宗元,以及後來的歐陽脩(1007-1072)、蘇軾(1037-1101)等人,他們都在生活中實踐了儒家之道,並沒有走上經學家注疏章句之學,或是道學家談論心性之學,而主要是以文學家的生命型態,在現實生活中傳承儒家聖賢之道。彼等觀念是十分相近的。

經典如何具體落到古文的寫作呢?柳宗元有兩段話提到這個問題,一是元和八年(813)作的〈答韋中立論師道書〉:

> 本之《書》以求其質,本之《詩》以求其恆,本之《禮》以求其宜,本之《春秋》以求其斷,本之《易》以求其動,此吾所以取道之原也。參之《穀梁氏》以屬其氣,參之《孟》《荀》以暢其支,參之《莊》《老》以肆其端,參之《國語》以博其趣,參之《離騷》以致其幽,參之《太史公》以著其潔,此吾所以旁推交通而以為之文也。[18]

這段話很著名。韋中立請教柳宗元學習寫作的問題,柳宗元告訴他,要先以五經為根本,作為通路之源,各自尋求其特質。接著又說,可以參考《穀梁傳》、《孟子》、《荀子》、《莊子》、《老子》、《國語》、《離騷》和《太史公》。我們可以發現這些書都是先秦兩漢的古書,它的觀點和韓愈〈答李翊書〉所說:「非三代兩漢之書不敢觀,非聖人之志不敢存」[19]的意思相近。韓、柳二人在推動古文的立場上都是要復興古道,然後才去寫古文。

柳宗元同一年作另一篇文章〈報袁君陳秀才避師名書〉也說:

> 大都文以行為本,在先誠其中。其外者當先讀六經,次《論語》、孟軻書,皆經言;《左氏》、《國語》、莊周、屈原之辭,稍采取之;《穀梁子》、《太史公》甚峻潔,可以出入;餘書俟文成異日討也。其歸在不出孔子,此其古人賢士所懍懍者。求孔子之道,不於異書。[20]

這裡也說要先修養品行,其次才是讀書。讀書先讀六經,其中《樂》已經失傳,因此前述〈答韋中立論師道書〉只提及五經。五經之後是《論語》、《孟子》,柳宗元把它們當作經書,這看法與眾不同。[21]然後《左氏》、《國語》、莊周、屈原之辭稍稍採取,《穀梁傳》、《太史公》都很好,可以出入。這裡看出柳宗元有一概念,經書為最高的層次,其次才是先秦諸子的其他書。依據以上兩則資料,得知柳宗元重視經書,由此從事寫作。「經」即是儒家的學問,亦即是儒家之「道」,他說「文者以明道」,這個「道」就是儒家之道,不會是佛家,不會是老、莊。他已經如此明言,

---

18 唐‧柳宗元:《柳宗元集》卷三十四,〈答韋中立論師道書〉,頁873。

19 唐‧韓愈著,劉真倫、岳珍校注:《韓愈文集彙校箋注》,卷六,〈答李翊書〉,頁700。

20 唐‧柳宗元:《柳宗元集》,卷三十四,〈報袁君陳秀才避師名書〉,頁880-881。

21 唐朝初年陸德明《經典釋文》為《周易》、《尚書》、《毛詩》、《周禮》、《儀禮》、《禮記》、《春秋左氏》、《春秋公羊》、《春秋穀梁》、《孝經》、《論語》、《老子》、《莊子》、《爾雅》十四本書作音義,後來孔穎達《五經正義》取其中《周易》、《尚書》、《毛詩》、《禮記》、《春秋左傳》五經作正義,顏師古《五經定本》繼之,可見唐朝初年經書範圍以五經為主,《論語》、《孟子》有時未列入經書之林。

所以經書和寫作的關係是可以討論成立的話題。

柳宗元所謂「文」的範圍又是什麼呢？應該說，「文」的概念泛指所有的文學作品，包括詩、賦。在唐代柳宗元之前，我們看到所有「文」的指稱，例如曹丕（187-226）《典論論文》、蕭統（501-531）編纂《昭明文選》、劉勰（約465-約520）撰著《文心雕龍》，這些著作不只選文、論文，也選詩、論詩，選賦、論賦。「文」的概念是一個大概念，下面有詩、賦，及其他的次文類。柳宗元提及五經時，把《詩經》拿來當作寫作的源頭之一，他也是把「詩」、「賦」納入「文」的範圍內作討論的。柳宗元〈楊評事文集後序〉說：

> 文有二道：辭令褒貶，本乎著述者也；導揚諷諭，本乎比興者也。著述者流，蓋出於《書》之謨、訓，《易》之象、繫，《春秋》之筆削，其要在於高壯廣厚，詞正而理備，謂宜藏於簡冊也。比興者流，蓋出於虞、夏之詠歌，殷、周之風雅，其要在於麗則清越，言暢而意美，宜流於謠誦也。[22]

此處敘及「文」之效用、來源，歸本於儒家經典；與眾不同的是，柳宗元將「文」分為二道，表面上看來，一類是散文，一類是韻文，骨子裡他更看出散文長於議論、敘事，有著述的功能；韻文長於傳誦、抒情，有比興的功能。要之，散文、韻文都涵蓋在柳宗元「文」的概念之內。

四、五經與柳宗元文之關係舉例說明

以下我們以五經為例，簡要地說明五經和他的文章表現，經典確實深刻地影響柳宗元的古文創作。

（一）《書》

首先談柳宗元對《尚書》的理解。他說：「本之《書》以求其質。」如何「本之」呢？他在一篇神道碑表揚他已逝的父親說：「先君之道，得《詩》之群，《書》之政，《易》之直方大，《春秋》之懲勸，以植於內而文於外，垂聲當時。」童宗說《注》：「《漢·太史公傳》：《書》記先王之事，故長於政。」[23]顯然，柳宗元讀《尚書》時，頗關注政事方面的討論，柳文提及《尚書》均與此有關。比如〈貞符〉這一篇說：

> 仲尼敘《書》，於堯曰「克明俊德」，於舜曰「濬哲文明」，於禹曰「文命祇承于帝」，於湯曰「克寬克仁，彰信兆民」，於武王曰「有道曾孫」。稽揆典誓，貞哉！惟茲德實受命之符，以奠永祀。[24]

---

22 唐·柳宗元：《柳宗元集》，卷二十一，〈楊評事文集後序〉，頁579。

23 唐·柳宗元：《柳宗元集》，卷十二，〈先侍御史府君神道表〉，頁294。

24 唐·柳宗元：《柳宗元集》，卷一，〈貞符〉，頁31。

〈與楊誨之第二書〉這一篇又說：

> 今將申告子以古聖人之道：《書》之言堯，曰「允恭克讓」；言舜，曰「溫恭允塞」；禹聞
> 善言則拜；湯乃改過不恡；高宗曰：「啟乃心，沃朕心」；惟此文王，小心翼翼，日昃不暇
> 食，坐以待旦；武王引天下誅紂，而代之位，其意宜肆，而曰：「予小子，不敢荒寧」……
> 。[25]

上兩段文章中，多處直接引用了《尚書》的文句，強調《尚書》的政治理念，值得後人學習。文中
提及堯、舜、禹、湯、文王、武王，關心他們恭謹德治的作爲。柳宗元熟讀經書，能引經據典。

《柳宗元集》中常常講到「大中之道」。儒家講「中」，它的來源有三：首先是《書・大禹
謨》中講到「人心惟危，道心惟微，惟精惟一，允執厥中」，[26]說的是執守儒家的大中之道。《論
語》也把這句話拿出來，只說「允執其中」。[27]這是儒家的「中」的觀念。其次是《左傳・成公
十三年》說：「民受天地之中以生，所謂命也。」[28]再其次是《禮記・中庸》說：「喜怒哀樂之未
發謂之中，發而皆中節謂之和。中也者，天下之大本也，和也者，天下之達道也」之類的話。[29]這
三處雖然都講「中」，但是《中庸》的話比較感性，《左傳》講的是老百姓接受上位者的施政，可
是《尚書》、《論語》所講的「中」，是當政者應該如何實踐「中」。柳宗元的意思較接近施政者
的作爲，所以「大中」的概念來自《尚書》的可能性更高一些。柳宗元有一篇文章〈桐葉封弟辨〉
說：

> 凡王者之德，在行之何若。設未得其當，雖十易之不爲病；要於其當，不可使易也，而況以
> 其戲乎？……吾意周公輔成王，宜以道，從容優樂，要歸之大中而已，必不逢其失而爲之
> 辭。[30]

這則故事中，柳宗元指明周公分封土地給成王的弟弟，這件事情是不對的，因爲他們是在玩遊戲。
他說周公輔佐成王，應該合乎大道，「從容優樂，要歸之大中而已」，要歸於一個很光明、很正大
的作法。這裡面說到「要歸之大中」，如同前文所說的，是柳宗元從儒家書籍中提煉出來的概念，
所進行的創造性詮釋，將這個概念運用到他對國政事務的看法上，故知柳宗元對於經書的學習絕
不只是字句的類比，而是概念的轉化。柳宗元的「本之《書》以求其質」應該是本之《尚書》的道理

25　唐・柳宗元：《柳宗元集》，卷三十三，〈與楊誨之第二書〉，頁851。

26　漢・孔安國傳，唐・孔穎達等正義：《尚書注疏》（臺北：藝文印書館，十三經注疏1，嘉慶二十年江西南昌府
學開雕重刊宋本，1989年1月），卷四，〈大禹謨〉，頁55。

27　魏・何晏集解，宋・邢昺疏：《論語注疏》（臺北：藝文印書館，十三經注疏8，嘉慶二十年江西南昌府學開雕
重刊宋本，1989年1月），卷二十，〈堯曰〉，頁178。

28　晉・杜預注，唐・孔穎達等正義：《左傳注疏》（臺北：藝文印書館，十三經注疏6，嘉慶二十年江西南昌府學
開雕重刊宋本，1989年1月），卷二十七，〈成公十三年〉，頁460。

29　漢・鄭玄注，唐・孔穎達等正義：《禮記注疏》（臺北：藝文印書館，十三經注疏5，嘉慶二十年江西南昌府學
開雕重刊宋本，1989年1月），卷五十二，〈中庸第三十一〉，頁879。

30　唐・柳宗元：《柳宗元集》，卷四，〈桐葉封弟辨〉，頁105-106。

內容，然後寫出能够推廣施政的作為，而這個施政的作為在先秦兩漢的時候是非常質樸純正的。

（二）《詩》

關於《詩經》，前文已引柳宗元〈楊評事文集後序〉說：「文有二道：辭令褒貶，本乎著述者也；導揚諷諭，本乎比興者也。……比興者流，蓋出於虞、夏之詠歌，殷、周之風雅，其要在於麗則清越，言暢而意美，宜流於謠誦也。茲兩者，考其旨意，乖離不合。故秉筆之士，恆偏勝獨得，而罕有兼者焉。」[31]據此，柳宗元注意到文學的發展不只有散文的著述，另外有一種是《詩經》韻文的比興。他談詩是談文學源流的發展，重視《詩經》借用比興的手法，往往不直接敘述那件事，而表現出導揚諷諭的功能。羅宗強看出這篇文章的深度意涵：

> 本於著述的，實際上是指帶學術性的文章；本於比興的，他說是出於詩，是不是衍變為文學散文，他沒有說。但看來他似已認識到純文學作品與學術性文章的差別，所以他才說二者旨義「乖離不合」。但是，二者也有共同點，就是褒貶諷諭，而且都要有文采。[32]

對柳宗元來說，詩歌、散文同屬於「文」（文章）的概念之下，二者有其共通點，將詩歌比興手法、諷諭功能運用至古文寫作，乃自然之舉。這類文章很多，譬如〈捕蛇者說〉「為之說，以俟夫觀人風者得焉。」[33]或如〈種樹郭橐駝傳〉「傳其事以為官戒。」[34]

明白上述現象，就知道柳宗元為什麼說「本之《詩》以求其恆」了。「恆」是永恆，指永恆的情理，不會改變的情感，具有永恆的感染力。[35]柳宗元說話的重點不在於《詩經》中許多抒情作品具有永恆的感染力，而是說學習《詩經》導揚諷喻的傳統然後能創作具有永恆的感染力的文章，這是中唐漸趨成熟的《詩》學觀念所促成，柳宗元將其運用到古文上而產生出來的一種現象。中唐時期還有白居易（772-846）、元稹（779-831）的新樂府運動，他們也提倡導揚諷喻的功能，韓愈、柳宗元的古文運動與之相呼應，皆能關心社會民間疾苦，寫出讓「聞之者足以戒」的動人文章。比興的功能，運用到文學作品中，然後產生出一種永恆的作品。

（三）《禮》

柳宗元講到《禮》比講到其他經書來得多。「禮」常常是通用意義的，一般指家教、禮學涵養，與當時的社會文化背景有關。柳宗元不討論《周禮》、《儀禮》、《禮記》那些古文、今文之

---

31 唐•柳宗元：《柳宗元集》，卷二十一，〈楊評事文集後序〉，頁579。

32 羅宗強：《隋唐五代文學思想史》，第六章第三節，〈韓愈、柳宗元的文體和文風改革與理論上的建樹〉，頁248-249。

33 唐•柳宗元：《柳宗元集》，卷十六，〈捕蛇者說〉，頁456。

34 唐•柳宗元：《柳宗元集》，卷十七，〈種樹郭橐駝傳〉，頁474。

35 清•林雲銘說「恆」是「不易之情」，參見林雲銘：《古文析義》（臺北：廣文書局，1976年10月），二編卷六，〈答韋中立論師道書〉，頁725。

爭的禮學注疏，而專注於三《禮》的原文，有時候引用《周禮》，有時候引用《禮記》，隨處取用，可見其博學而不拘泥。他引用三《禮》，常著眼於對當前社會有什麼助益？柳宗元曾說：

> 儒以禮立仁義，無之則壞；……是故離禮於仁義者，不可與言儒。[36]

他認爲禮是出自人心的內在：

> 君子病無乎內而飾乎外者，有乎內而不飾乎外者。無乎內而飾乎外，則是設覆爲穽也，禍孰大焉？……然而不克專志於學，飾乎外者未大，吾願子以《詩》、《禮》爲冠屨，以《春秋》爲襟帶，……則揖讓周旋乎宗廟朝廷斯可也。[37]

柳宗元認爲「仁義」是「禮」的根本，「禮」是儒身的外在表現，「仁義」和「禮」配合，可以展現出一種德治的精神。這是柳宗元重視《禮》的主要原因。有關《禮》的討論，柳宗元集中討論在治國施政時如何找到行事得宜的判斷準則，如何施用於國計民生。他在〈寄許京兆孟容書〉這篇文章中說，他早年的政治理想是：「立仁義，裨教化」，「勤勤勉勵，唯以中正信義爲志，以興堯、舜、孔子之道，利安元元爲務。」[38]可見「禮」內在於「仁義」，能夠施廣於教化。

柳宗元在柳州刺史任內，曾經大修孔廟，想要達到「人去其陋，而本於儒，孝父忠君，言及禮義」的目的。[39]大修孔廟，其目的就是推廣儒家之道。柳宗元所說「本之《禮》以求其宜」，其中含有道德判斷的意義。

（四）《春秋》

柳宗元有多篇文章在辨明《春秋》經義，常常討論《春秋三傳》、《國語》中的歷史事件，甚至辯駁了《左傳・襄公二十六年》「賞以春夏，刑以秋冬」的觀念、[40]《禮記・月令》也有類似的說法，[41]柳宗元以此爲非。柳宗元〈時令論上〉一文揭示治國不宜迷信的大原則，說：

> 《呂氏春秋》十二紀，漢儒論以爲〈月令〉，措諸《禮》以爲大法焉。其言有「十二月、七十有二候，迎日步氣，以追寒暑之序，類其物宜而逆爲之備，聖人之作也。」然而聖人之道，不窮異以爲神，不引天以爲高，利於人，備於事，如斯而已矣。觀〈月令〉之說，苟以合五事，配五行，而施其政令，離聖人之道，不亦遠乎？
>
> 凡政令之作，有俟時而行之者，有不俟時而行之者……。[42]

這裡很明確地反對看天時月令而施政的作法，主張實事求是，以民眾福祉爲先。後來在〈時令論

36　唐・柳宗元：《柳宗元集》，卷七，〈南嶽大明寺律和尚碑〉，頁170。

37　唐・柳宗元：《柳宗元集》，卷二十二，〈送豆盧膺秀才南遊序〉，頁607。

38　唐・柳宗元：《柳宗元集》，卷三十，〈寄許京兆孟容書〉，頁780。

39　唐・柳宗元：《柳宗元集》，卷五，〈柳州文宣王新修廟碑〉，頁125。

40　晉・杜預注，唐・孔穎達等正義：《左傳注疏》，卷三十七，〈襄公二十六年〉，頁635。

41　漢・鄭玄注，唐孔穎達等正義：《禮記注疏》，卷十四、十五、十六、十七，〈月令第六〉，頁278-357。

42　唐・柳宗元：《柳宗元集》，卷三，〈時令論上〉，頁84-85。

下〉、〈斷刑論下〉反覆申說此意：

> 聖人之為教，立中道以示于後。曰仁、曰義、曰禮、曰智、曰信，謂之五常，言可以常行者
> 也。防昏亂之術，為之勤勤然書於方冊，興亡治亂之致，永守是而不去也。未聞其威之以
> 怪，而使之時而為善，所以滋其怠傲而忘理也。語怪而威之，所以熾其昏邪淫惑，而為禱
> 禳、厭勝、鬼怪之事，以大亂于人也。[43]

> 夫聖人之為賞罰者非他，所以懲勸者也。賞務速而後有勸，罰務速而後有懲，必曰「賞以春
> 夏」而「刑以秋冬」，而謂之至理者，偽也。使秋冬為善者，必俟春夏而後賞，則為善者必
> 怠；春夏為不善者，必俟秋冬而後罰，則為不善者必懈。為善者怠，為不善者懈，是驅天下
> 之人而入於罪也。……吾固知順時之得天，不如順人順道之得天也。[44]

柳宗元認為治國有常道、常法，不能依天時而拖延獎善懲惡之舉，凡事以民心為準，可見其骨鯁風範。由此可知，柳宗元據事論理，不因前有聖賢書而回避，也不因當權者如此作法已行之有年而退卻，重點在尋得真正的聖人之教，迎合民心，據理力爭。討論夏、商、周三代史事，以古論今，柳宗元往往由此提出新見，是其文筆得意處。

此外，柳宗元欣賞《春秋》筆法，在〈與韓愈論史官書〉中批評韓愈不想做史官，沒有史家的擔當。[45]〈段太尉逸事狀〉也是有名的篇章，柳宗元寫下忠臣的史事，[46]提供給史官參考。到了北宋歐陽脩和宋祁（998-1061）編修《新唐書》時，把柳宗元寫的段太尉（秀實，719-813）事蹟收錄至史冊之中。

柳宗元說「本之《春秋》以求其斷」，「斷」就是斷事論理。周振甫（1911-2000）說：「本之《春秋》以求其斷，《春秋》是用褒貶的字來表示對事物是非的判斷，所以根據《春秋》來求得對事物作出判斷。……這是對於六經說的，對經書表示尊重，所以稱『本之』。」[47]這個解釋是合理的。柳宗元在很多文章中判斷事理，這些判斷的精神會表現到文章上，影響到文章的寫作風格，比方說在文章之中會有立案、斷案、翻案，寫出來的文章就會形成一種三段論的結構組織散文。[48]

（五）《易》

《易經》有〈象傳〉，眾人講到《周易》，常常在講八卦的形象指涉。孔穎達《周易正義》中

---

[43] 唐·柳宗元：《柳宗元集》，卷三，〈時令論下〉，頁88。

[44] 唐·柳宗元：《柳宗元集》，卷三，〈斷刑論下〉，頁90。

[45] 唐·柳宗元：《柳宗元集》，卷三十一，〈與韓愈論史官書〉，頁807-809。

[46] 唐·柳宗元：《柳宗元集》，卷八，〈段太尉逸事狀〉，頁175-179。

[47] 參見周振甫：〈融會貫通：柳宗元〉，收入周振甫：《怎樣學習古文》（臺北：國文天地雜誌社，1990年6月），頁195。

[48] 參見羅聯添（1927-2015）：〈柳宗元二篇議論文分析〉，收入羅聯添：《唐代四家詩文論集》（臺北：學海出版社，1996年12月），頁245-247。

也說《易》是一種萬物形象，[49]所以〈易卦〉是天地萬物形象的類比、寫照與反映。然而柳宗元不是這麼理解《周易》的。柳宗元在〈潭州楊中丞作東池氏堂記〉末段說：

> 君子謂弘農公刺潭得其政，為東池得其勝，授之得其人，豈非動而時中者歟？於戴氏堂也，見公之德，不可以不記。[50]

此處讚美楊弘農公「動而時中」，意謂國家需要重用他的時候，他就做個稱職的地方官；國家不需要他時，他就在東池隱居。「時中」就是說合乎時間點，合乎中庸之道。《易經》其實有「時中」的觀念，且看柳宗元另一篇文章〈送僧浩初序〉也是從這個角度說的：

> 儒者韓退之與余善，嘗病余嗜浮圖言，訾余與浮圖遊。……浮圖誠有不可斥者，往往與《易》、《論語》合，誠樂之，其於性情奭然，不與孔子異道。……吾之所取者與《易》、《論語》合，雖聖人復生不可得而斥也。退之所罪者其跡也，曰：「髡而緇，無夫婦父子，不為耕農蠶桑而活乎人。」若是，雖吾亦不樂也。……且凡為其道者，不愛官，不爭能，樂山水而嗜閑安者為多。吾病世之逐逐然唯印組為務以相軋也，則舍是其焉從？吾之好與浮圖遊以此。今浩初閑其性，安其情，讀其書，通《易》、《論語》，唯山水之樂，有文而文之；又父子咸為其道，以養而居，泊焉而無求，則其賢於為莊、墨、申、韓之言，而逐逐然唯印組為務以相軋者，其亦遠矣。[51]

「僧」是佛教徒，「浩初」是他的法號。柳宗元與佛教徒交往，認為佛教徒「誠有不可斥者」，因為他們的行徑往往與《易經》、《論語》相合，不與孔子異道。為什麼柳宗元這麼認同他們呢？《論語》中孔子說過安貧樂道的話：「富貴於我如浮雲。」[52]《易經》強調「時中之道」，都是動靜有時。柳宗元看到這一點，他認為佛教徒不像世俗人「逐逐然唯印組為務以相軋者」，因此能夠與他們交往。從這些地方我們可以看出來柳宗元讀經書有他自己的體會和理解。

五、柳宗元取用經典之特色

以上談完五經之後，我們可以觀察到柳宗元取用經典內容有其特色：

第一，較早將經典與文學創作結合起來的，當屬南朝梁武帝時代劉勰《文心雕龍‧宗經》，他

---

[49] 唐‧孔穎達《周易正義》：「《易》卦者，寫萬物之形象，故《易》者，象也。象也者像也，謂卦為萬物象者，法像萬物，猶若乾卦之象，法像於天也。」參見魏‧王弼、晉‧韓康伯注，唐‧孔穎達等正義：《周易注疏》（臺北：藝文印書館，十三經注疏1，嘉慶二十年江西南昌府學開雕重刊宋本，1989年1月），卷八，〈繫辭下〉，頁168。當代學者對此所有闡述，參見葉朗：《中國美學史大綱》（臺北：滄浪出版社，1987年2月），第三章，頁67；張善文：《周易與文學》（福州：福建教育出版社，1997年9月），頁3-22；王新華：《周易繫辭傳研究》（臺北：文津出版社，1998年6月），第十一章，頁269-294。

[50] 唐‧柳宗元：《柳宗元集》，卷二十七，〈潭州楊中丞作東池氏堂記〉，頁724。

[51] 唐‧柳宗元：《柳宗元集》，卷二十五，〈送僧浩初序〉，頁673-674。

[52] 魏‧何晏集解，宋‧邢昺疏：《論語注疏》，卷八，〈述而〉，頁62。

提出各種文體的源流都來自五經：「故論說辭序，則《易》統其首；詔策章奏，則《書》發其源；賦頌謌贊，則《詩》立其本；銘誄箴祝，則《禮》總其端；記傳盟檄，則《春秋》為根：並窮高以樹表，極遠以啓疆，所以百家騰躍，終入環內者也。」[53]接著談論學習五經之後的文章風格為：「若稟經以製式，酌雅以富言，是即山而鑄銅，煮海而為鹽也。故文能宗經，體有六義：一則情深而不詭，二則風清而不雜，三則事信而不誕，四則義貞而不回，五則體約而不蕪，六則文麗而不淫。」[54]這些都是從文章寫作的角度出發，談體製，論風格。北朝顏之推（531-591）《顏氏家訓・文章》也有類似的說法：「夫文章者，源出五經。詔命策檄，生於《書》者也；序述論議，生於《易》者也；歌詠賦頌，生於《詩》者也；祭祀哀誄，生於《禮》者也；書奏箴銘，生於《春秋》者也。」[55]他也是談文體的來源。後世如曾國藩（1811-1872）《經史百家雜鈔》等書，也都繼踵前賢的腳步，直到今日，仍有許多學者認同經典是後世文學的源頭。[56]

　　郭紹虞（1893-1984）也認同劉勰以來重視經典與文章體製有關聯的說法，因此他如此解釋柳宗元：「『……本之《易》以求其動』云云者，雖重在道的方面，重在文的內容的方面，而實則《書》《詩》《禮》《春秋》與《易》之風格體製也均包括在內。蓋重在論道，則宜合言之；重在論文，則宜分言之。」[57]郭紹虞強調柳宗元重視「道的方面」、「文的內容的方面」，這點是說對了。柳宗元的確重視經書內容與文辭之間的關係。但是柳宗元從來沒有強調過文章體製，這點與南、北朝文學批評家大不相同，郭紹虞強作解釋是有待修正的。

　　第二，柳宗元對各本經書有其獨到的見解。羅宗強說：「他要明的道，是輔時及物之道，最根本之點，就是有益於時政，有益於生民，重人不重天，求實，重通變，不死守經義。他雖亦標榜孔子之道，但他其實處處考慮的是化人及物，而不在於是否符合經義。他說的『然而聖人之道，不窮異以為神，不引天以為高，利於人，備於事，如斯而已矣。』（《柳宗元集》卷三，〈時令論上〉）就是這個意思。」[58]這個說法比郭紹虞的更清楚，更明確。柳宗元對經義有他自己的獨特見

53　南朝梁・劉勰著，范文瀾注：《文心雕龍註》（臺北：文史哲出版社，1977年8月），卷一，〈宗經第三〉，頁22-23。

54　同前註，頁23。

55　北朝齊・顏之推撰，王利器集解：《顏氏家訓集解》（臺北：明文書局，1984年1月），卷四，〈文章第九〉，頁221。

56　清・曾國藩《經史百家雜鈔・序跋下》說：「他人之著作，序述其意者，經如《易》之〈繫辭〉、《禮記》之〈冠義〉、〈昏義〉皆是。」這是從「經典為後世文學之源頭」的觀點，肯定《易》發源甚早，對後世文學形式有其深刻影響，這也為國內學界目前普遍接受的看法。參見王更生：《中國文學的本源》（臺北：臺灣學生書局，1988年11月），第五章〈經典對中國文學體裁的影響〉，頁53-55；黃慶萱：《周易縱橫談》（臺北：東大圖書公司，1995年3月），頁258；李燦明：《比較易學論衡》（臺北：文史哲出版社，1995年11月），頁72-73、219。

57　參見郭紹虞：《中國文學批評史》（臺北：文史哲出版社，1982年9月），上卷第五篇第二章第二節第四目，〈柳宗元〉，頁256。

58　參見羅宗強：《隋唐五代文學思想史》，第六章第三節，〈韓愈、柳宗元的文體和文風改革與理論上的建樹〉，頁251。

解。

第三，柳宗元如何向「經典」學習以從事古文的寫作？首先，「經典」提供了他寫作資料，比方說他討論夏、商、周三代的歷史事件，會引用《尚書》和《春秋》三傳的文字；其次，「經典」確立了立論的基礎，他對於「經典」有一種層次的區隔，先秦儒家經典是最重要的，如果浮圖可以和儒家經典結合，他也可以接受。反之，不能接受。再其次，「經典」豐富充實了柳宗元古文論述的內容，譬如「大中之道」的開展，據事論理的斷案精神，有助於寫作內容。與此同步，「經典」也會提升寫作技巧，比如文章中出現了三段式的結構。

那麼，柳宗元向經典學習而後寫出來的文章風格會是什麼樣貌呢？韓愈在柳宗元死後爲他所寫的墓誌銘中說：

> 以博學宏詞授集賢殿正字，儁傑廉悍，議論證據今古，出入經史百子，踔厲風發，率常屈其座人。……例貶永州司馬。居閑，益自刻苦，務記覽，爲詞章，汎濫停蓄，爲深博無涯涘，而自肆於山水間。[59]

柳宗元在考取科舉功名之後，能寫出「儁傑廉悍」，極具陽剛力道的文章風格，且議論內容豐富，貫通古今，這與他能出入古代經史百家典籍之間，有緊密的關聯。也因此，柳宗元的文章有很強大的感染力。後來他被貶爲永州司馬，生活刻苦，只能縱情於山水間。不過，此時依然「務記覽，爲詞章」，說明他在貶謫期間還一直在讀先秦兩漢的古書，雖然山水小品增多了，但是韓愈看出這些山水短篇可以放肆縱橫，又能短章停住，蓄積力量，再寫到無邊無際的地方，內容非常廣泛。

後來劉禹錫爲柳宗元編訂文集也說：

> 昌黎韓退之……曰：「……吾嘗評其文，雄深雅健，似司馬子長，崔、蔡不足多也。」
> 安定皇甫湜於文章少所推讓，亦以退之言爲然。[60]

劉禹錫講這些話時，已經編完《柳宗元集》，讀畢柳宗元所有文章，這表示韓愈、皇甫湜以及劉禹錫都肯定了柳文有「雄深雅健」的風格。柳宗元關心國家、關懷社會，議論說明文頗多。當我們真正瞭解柳宗元的心思，明白他所要努力的目標，就知道他之所以能寫出這類風格的作品，並不令人意外。

六、結　語

總而言之，柳宗元向經典古書學習的效用是什麼呢？一是他主張儒學能夠復古，能夠匡時救世，所以他提煉出儒家經典的新義，賦予新生命，日新又新；二是他的議論非常純粹，完全歸於儒家之道，佛教、道教落在其下的考量；三是他的文章因此可以寫出雄深雅健的風格，這是柳文的一

59　唐・韓愈：〈柳子厚墓誌銘〉，收入《柳宗元集》，附錄，頁1434。
60　唐・劉禹錫：〈唐故柳州刺史柳君集〉，收入《柳宗元集》，附錄，頁1443。

大特色。

引用書目

傳統文獻

漢・孔安國傳，唐・孔穎達等正義：《尚書注疏》，臺北：藝文印書館，十三經注疏1，嘉慶二十年江西南昌府學開雕重刊宋本，1989年1月。

漢・鄭玄注，唐・孔穎達等正義：《禮記注疏》，臺北：藝文印書館，十三經注疏5，嘉慶二十年江西南昌府學開雕重刊宋本，1989年1月。

魏・王弼、晉・韓康伯注，唐・孔穎達等正義：《周易注疏》，臺北：藝文印書館，十三經注疏1，嘉慶二十年江西南昌府學開雕重刊宋本，1989年1月。

魏・何晏集解，宋・邢昺疏：《論語注疏》，臺北：藝文印書館，十三經注疏8，嘉慶二十年江西南昌府學開雕重刊宋本，1989年1月。

晉・杜預注，唐・孔穎達等正義：《左傳注疏》，臺北：藝文印書館，十三經注疏6，嘉慶二十年江西南昌府學開雕重刊宋本，1989年1月。

南朝梁・劉勰著，范文瀾注：《文心雕龍註》，臺北：文史哲出版社，1977年8月。

北朝齊・顏之推撰，王利器集解：《顏氏家訓集解》，臺北：明文書局，1984年1月。

唐・韓愈著，劉眞倫、岳珍校注：《韓愈文集彙校箋注》，北京：中華書局，2010年8月。

唐・柳宗元：《柳宗元集》，北京：中華書局，1979年9月。

宋・程顥、宋・程頤：《二程語錄》，臺北：藝文印書館，百部叢書集成：正誼堂全書，第14函，第3冊，1966年。

清・林雲銘：《古文析義》，臺北：廣文書局，1976年10月。

近人論著

王更生：《中國文學的本源》，臺北：臺灣學生書局，1988年11月。

王新華：《周易繫辭傳研究》，臺北：文津出版社，1998年6月。

李煥明：《比較易學論衡》，臺北：文史哲出版社，1995年11月。

周振甫：《怎樣學習古文》，臺北：國文天地雜誌社，1990年6月。

張善文：《周易與文學》，福州：福建教育出版社，1997年9月。

郭紹虞：《中國文學批評史》，臺北：文史哲出版社，1982年9月。

陳弱水：《柳宗元與唐代思想變遷》，南京：江蘇教育出版社，2010年1月。

陳弱水：〈中晚唐文人與經學〉，《中央研究院歷史語言研究所集刊》第86本第3分，2015年9月。

陳美延、陳琉求主編：《陳寅恪集》，北京：三聯書店，2001年7月。

陳寅恪：《金明館叢稿二編》，上海：上海古籍出版社，1980年10月。

黃慶萱：《周易縱橫談》，臺北：東大圖書公司，1995年3月。

葉朗：《中國美學史大綱》，臺北：滄浪出版社，1987年2月。

鄧小軍：《唐代文學的文化精神》，臺北：文津出版社，1993年9月。

羅宗強：《隋唐五代文學思想史》，上海：上海古籍出版社，1986年8月。

羅聯添：《唐代四家詩文論集》，臺北：學海出版社，1996年12月。

文化意象視域與東亞文明重思
——以「瀟湘八景」詩畫為例

衣若芬[*]

一、前言：重思岡倉天心的理想

亞洲是一體的。喜馬拉雅山的區隔只是為了強調兩大文明的特色—孔子的集體主義所代表的中國文明，以及吠陀的個人主義所代表的印度文明。然而，即使是白雪覆蓋的屏障也一刻不能阻礙亞洲民族終極的、普世的博愛精神。

—岡倉天心《東洋的理想》[1]

1903年，岡倉天心(1863-1913)在倫敦完成《東洋的理想》一書，書中提出的「亞洲一體論」，對後來的日本發生了意料未及的深遠廣大影響。明治時代以來的日本知識份子被竹內好(1908-1977)和橋川文三(1922-1983)歸納為主張「亞洲一體論」的「興亞派」，以及主張「脫亞入歐」的「脫亞派」兩大類型，前者以岡倉天心為先驅；後者的代表人物則為福澤諭吉(1835-1901)。[2]

現代化的步伐及程度高於亞洲其他國家的日本，面對西方文化的衝擊和應對也早於亞洲其他國家，「興亞派」或「脫亞派」，思索的都是向西方的態度—有意識的對抗；或是積極的靠攏。也可以說，是面朝亞洲，自詡為領導者；或是背離亞洲，追隨世界發展的方向。這並非簡單的「雞首」或「牛後」的選擇，而是依據對人類文明的理解。

在1885年提出「脫亞論」之前的10年，福澤諭吉在《文明論之概略》裡提出了對「文明」的看法。文明相對於野蠻、無法、孤立，強調的是社會廣大群體的交流互動。英語Civilization的語源為拉丁語Civilidas，即有國家的意思，人類交際活動逐漸改進，遂產生法律制度以規範行為，形成一

---

[*] 新加坡南洋理工大學人文學院教授。

[1] Okakura, Kakuzo, *The Ideals of the East: with Special Reference to the Art of Japan* (Berkeley, Calif., Stone Bridge Press, 2007), p7.

[2] 橋川文三編：《岡倉天心：人と思想》(東京：平凡社，1982年)。徐興慶：〈試論東西文化的融合與構築—以岡倉天心的「亞洲一體」為中心〉，《台大日本語文研究》19期 (2010年6月)，頁197-222。

個國家的體制。因此,「文明」不是固定滯著,而是動態變化的。文明包括物質與精神,二者並重,衣食住行的滿足而有身體的安樂;智慧與品德的砥礪而有高尚的品質。

文明依發展程度有進步與落後之分,將此觀念擴大到世界各國,則可分為「文明」、「半開化」和「野蠻」三種國家,三種等級依其文明進化的情形區別,野蠻國家可因其發展進步成為半開化國家;半開化國家也可因其發展進步成為文明國家。在這三種文明等級國家之中,最文明發達的是歐洲和美國,福澤諭吉認為半開化的亞洲國家如日本和中國,應該以歐美為議論的標準,努力效法學習,改善自身的缺失。[3]

福澤諭吉的這種進化論式的文明史觀,奉行的是歐美中心主義,即使他對全盤西化有所反省和保留,其思想的啟蒙力量,仍導致日本的現代化道路以西方為取徑[4],如同他在〈脫亞論〉裡形容的:「文明就像麻疹的流行一樣」,日本不但不應該像中國和韓國一樣自我封閉,反而更要加速其蔓延,以推動日本的繁榮發展。

相形之下,岡倉天心談的「亞洲一體論」則揭示了另一種對文明的看法,即文明根植於對傳統的繼承和發揚。岡倉天心標舉「愛」與「和平」為亞洲的核心價值觀,認為應該宣揚於世界,借東方文明之劍以對抗西方。值得注意的是,岡倉天心用英語書寫,乍看之下,他所預期的是西方讀者,希冀讓西方讀者了解歷史悠久,光輝燦爛的東方文明對世界的貢獻。然而,他的敘述語氣又往往以「我們亞洲人民」為對象,苦口婆心從數千年積累的智慧成果裡建立亞洲人的自信心。在《東洋的理想》最後,岡倉天心說:「突破黑暗的偉大巨響必須來自亞洲人民自己,沿著民族古老的道路被世界聽見。」「從內在獲得勝利,否則就會被外來的強大勢力置於死地。」可知他的文字策略是向語言不通的亞洲民族傳遞能夠共同閱讀的信息。

相較於福澤諭吉對日本文明只處於半開化水平的批評,岡倉天心將日本推為亞洲諸國的文明極致,儼然以日本為振興亞洲文明的領袖,因而使得後人尊其為精神導師,甚至援引「亞洲一體論」為侵略他國的思想指南。「亞洲一體論」的是非功過暫且不論,十九世紀末和二十世紀初,不僅在日本,韓國人安重根(1879-1910)、中國人孫中山(1866-1925)也都重視東亞國家的連帶關係,所謂「亞細亞主義」,意欲聯合東亞國家以抵抗西方帝國主義。岡倉天心與安重根、孫中山不同的是,他從宗教、哲學和美術出發,列舉了實例佐證。岡倉天心的文明解釋方式,受到費諾羅沙(Ernest Francisco Fenollosa, 1853-1908)的影響和激勵[5],也可以說,是將文化生產力等同於國力的體現。

「脫亞」或是「興亞」,都是以西方文明為對象的妥協或對抗,其根本意識是:不論就地理位置還是文化屬性,日本及鄰國皆為亞洲的構成份子,「亞洲」不是被命名而已,「亞洲」是被認可的具體存在。不幸的是,日本實踐「亞洲一體論」的武力手段讓鄰國和自己都受到了極大的傷害。

3　福澤諭吉:《文明論之概略》(東京:慶應義塾大学出版会,2002年)。

4　子安宣邦著,陳瑋芬譯:《福澤諭吉《文明論概略》精讀》(北京:清華大學出版社,2010年)。

5　巫佩蓉:〈二十世紀初西洋眼光中的文人畫:費諾羅沙的理解與誤解〉,《藝術學研究》第10期(2012　5　月),頁87-132。

結果，亞洲國家不但沒有成功對抗西方，二次大戰以及後續的冷戰格局，更讓新崛起的美國主導了瓜分國際利益的大權，世界的「歐洲中心主義」轉而成爲「美國中心主義」。

二十世紀後期開始，意識到本國或區域文化主體性的被消解，一些學者重新提出了研究亞洲的論點。日本溝口雄三教授的《做爲方法的中國》[6]，試圖以中國研究爲方法學，走向理解世界。中國的孫歌教授在《亞洲意味著什麼？》[7]裡，梳理百年來日本的亞洲論述。韓國白永瑞教授的《思想東亞：朝鮮半島視角的歷史與實踐》[8]，則是站在「雙重邊緣」的立場，思考「東亞共同體」的可行性。臺灣陳光興教授的《去帝國：亞洲作爲方法》[9]，主張臺灣應該「脫美入亞」，尋求亞洲國家相互參照，互爲主體性的自我轉化。

筆者的研究，也在上述的學術思潮中學習與思索。筆者以爲，日本的「亞洲自覺」固然有其民族優越感，仍然提供了一個值得繼續探討的方向。吾人今日面對的，是無可抵擋的全球化趨勢造成的文化失衡，思考亞洲文化的價值並不全然是爲了對付西方，事實上，從個人日常生活到群體社會制度，亞洲人民已經無法隔絕西化。亞洲文化的價值能貢獻於世界，創造人類的終極理想，才是研究亞洲文化的最大成就。

亞洲的範圍裡，筆者能力所及，集中研究的是東亞，以中國、韓國、日本和越南爲主。這些國家是古代以漢字爲主要共同溝通工具的文化圈，除了個別國家和民族的歷史脈絡，在涉及文化構成、文化交流，以及文化特質的探討時，過去的研究方法和重點，大致可以歸納爲以下幾種：

1.起源與影響。

2.受容與變容。

3.引導、傳播、接收、普及的媒介—人、物與地域等。

筆者希望提出另一種研究思路和角度，從「文化意象」的課題進行考察。

二、文化意象視域

所謂「文化意象」，「文化」是「意象」的宏觀載體，「意」猶如審美主體的心靈觀照，心靈觀照投影於審美客體「象」，作用合成，反映一個地域或一個時代集體的審美意識、審美判斷，以及價值觀。

筆者在研究中國「瀟湘八景」詩畫時，曾經分析闡述「意象」的理論。[10]由於「意象」的界義

6　溝口雄三：《方法としての中国》(東京：東京大學出版會，1989年)。
7　孫歌：《亞洲意味著什麼？：文化間的「日本」》(臺北：巨流圖書公司，2001年)。
8　白永瑞：《思想東亞：朝鮮半島視角的歷史與實踐》(北京：三聯書店，2011年)。
9　陳光興：《去帝國：亞洲作爲方法》(臺北：行人出版社，2006年)。
10　衣若芬，〈「瀟湘」山水畫之文學意象情境探微〉，《雲影天光：瀟湘山水之畫意與詩情》(臺北：里仁書局，2013年)，頁31-82。

與「形象」、「表象」、「象徵」、「想像」等詞語相涉，爲了解釋以文化意象理解東亞文明的方法論立場，本文再重申「意象」的意涵，以及「文化意象」的概念。

「意象」一詞用於中國文學批評上，首見於《文心雕龍‧神思》：

> 是以陶鈞文思，貴在虛靜，疏瀹五藏，澡雪精神；積學以儲寶，酌理以富才，研閱以窮照，馴致以繹辭；然後使玄解之宰，尋聲律而定墨；獨照之匠，窺意象而運斤：此蓋馭文之首術，謀篇之大端。[11]

劉勰(465-520?)認爲文學創作必須經過一番蘊釀和培養的工夫，並以木匠勘定墨線和運斧取材爲喻，指出文學創作如同製作器具一樣，按照一定的聲韻格律成規，選擇適合的語詞，以對應外在的物象，表達個人的情思。

西方新批評(New Criticism)文學理論學者認爲：「意象」是詩的基本要素，是構成詩的意義、結構及影響的主要核心。[12] M. H. Abrams曾經歸納「意象」(imagery)一詞的三種通常的用法：

1.詩歌或其他文學作品裡，以直述、暗示或比擬等手法使讀者感受到物體及其特性。

2.較狹義的意思僅僅指對於可見的物體與景象進行描寫，尤其是生動細緻的描寫。

3.目前最普遍的用法是指比喻的語言，尤其是指隱喻(metaphor)和明喻(simile)的媒介。

從美學的角度來說，「意象」的「意」猶如審美主體的心靈觀照，包括思維與情感，「象」則猶如審美客體，包括自然界可觀可感的物質、生活的場景、人事經驗、知識等等，經由審美過程的提煉，結合成「意象」。

中西文學理論將「意象」視爲修辭技巧和解讀策略，作者和讀者運用「意象」的前提，是文化裡的共同思想。這共同的思想可以借用榮格(Carl G. Jung, 1875-1961)所說：「每一個原始意象中都凝聚著一些人類心理和人類命運的因素，滲透著我們祖先歷史中大致按照同樣的方式無數次重複產

11　〔南朝梁〕劉勰著，周振甫注：《文心雕龍注釋》(臺北：里仁書局，1984年)，頁515。

12　M. H. Abrams, *A Glossary of Literary Terms* (New York: Holt, Rinehart and Winston, 1981), pp.78-79.

生的歡樂與悲傷的殘留物」[13]，因此是「集體」、「累積」、「重複」、「帶有情感」的思維，也就是文化記憶的結果。

　　心理學家認為：人類集體生活的心理歷程與產物累積成記憶，而記憶是共同建構出來的，深受文化背景與知識架構所影響[14]。簡而言之，實際的經驗與習得的知識形成我們的文化記憶，文化記憶外在呈現於文化意象，文化意象反映一地域或一時代的審美意識和價值觀，此審美意識與價值觀又沈澱內化於集體的心理、文化經驗、以及生活態度，左右人們的認知和情緒反應，如此循環往復，生生不息。

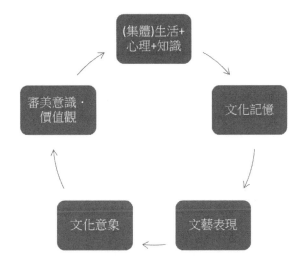

　　「文化意象」看似抽象及符號化，實則長年積累發展為可觀察的母題(motif)，這些母題有具體的文本，文字、圖象、影音…，做為我們理解某時空的依據。由於文化記憶的變動性質，文化意象也在傳播的過程中流動與轉化，共享某共同文化記憶的地域，在接受文化意象時往往產生移植、繼承、本地化、再創造的諸多回應，研究這些回應的現象與結果，便能夠幫助我們理解該文明。

　　共享古代漢字書寫文獻的東亞文化圈，有豐富的共同文化意象母題做為研究的對象[15]，本文僅舉與景觀有關的例子為例，嘗試從「瀟湘八景」的文化意象，概括東亞文化圈的共相與殊相。

13　Carl G Jung; translated by R. F. C. Hull, *The Spirit in Man, Art, and Literature* (Princeton, N.J.: Princeton University Press, 1971), p81. 〈論分析心理學與詩歌的關係〉，卡爾・古斯塔夫・榮格原著；馮川、蘇克編譯：《心理學與文學》(臺北：久大文化股份有限公司，1990年)，頁91。榮格對於原始意象(primordial images)的看法與其「集體無意識」(collective unconscious)和「原型」(archetype)的理論密切相關，此處只是借用，參看Carl G Jung; translated by R. F. C. Hull, *The Archetypes and the Collective Unconscious* (Peking: China Social Sciences Publishing House, 1999).

14　余安邦：〈文化心理學的歷史發展與研究進路：兼論其與心態史學的關係〉，《本土心理學研究》第6期(1996年12月)，頁2-60。余安邦：〈記憶的心理現象之詮釋：文化心理學的觀點〉，「時間・記憶與歷史學術研討會」論文，(臺北：中央研究院民族學研究所，1998年2月19日至23日)。

15　石守謙，廖肇亨主編：《東亞文化意象之形塑》(臺北：允晨文化實業有限公司，2011年)。

三、東亞「瀟湘八景」詩畫

「瀟湘」之「湘」指湘水，湘水是湖南省四大河流之一。「瀟」字在魏晉時代，是形容「水清深」的樣子；到了唐代，「瀟」字轉指瀟水。瀟水與湘水匯流於湖南永州(零陵)。狹義而言，「瀟湘」是瀟水和湘水的合稱；廣義而言，可泛指湖南地區。

「瀟湘八景」的內容，據北宋沈括(1031-1095)記載，是文人畫家宋迪(字復古，約1015-1080)畫的平遠山水圖題目：

度支員外郎宋迪工畫，尤善爲平遠山水，其得意者有「平沙雁落」、「遠浦帆歸」、「山市晴嵐」、「江天暮雪」、「洞庭秋月」、「瀟湘夜雨」、「煙寺晚鐘」、「漁村落照」，謂之「八景」。好事者多傳之。[16]

嚴格看來，沈括並沒有說宋迪畫的是「瀟湘八景圖」。宋徽宗朝《宣和畫譜》中記錄御府收藏的31件宋迪畫作，有一件是「八景圖」[17]，也不稱「瀟湘八景圖」。

至今首見題寫宋迪「八境」題畫詩的釋惠洪(德洪覺範，1071-1128)，詩題爲〈宋迪作八境絕妙人謂之無聲句演上人戲余曰道人能作有聲畫乎因爲之各賦一首〉，另一組畫者未明的題畫詩，題爲〈瀟湘八景〉。〈瀟湘八景〉詩的各景標題幾乎與沈括記載的宋迪「八景圖」一致。[18]南宋趙希鵠(1223年進士)便直接稱「宋復古作『瀟湘八景』」。[19]到了元代，朱德潤(1394-1365)云：「『瀟湘八景圖』始自宋文臣宋迪」[20]，遂爲後世定論。

十二世紀出使中國的高麗使臣和畫家接觸了「瀟湘八景」題材，引入高麗。史籍記載，畫院畫家李光弼於高麗明宗十五年(1185)奉王命繪製「瀟湘八景圖」，[21]李光弼的父親李寧也是畫院畫家，曾經於1124年隨使臣出使宋朝。

北宋亡國後，宋迪的「瀟湘八景圖」留在北方，出使金朝的高麗使臣觀賞並寫了題畫詩。例如李仁老(1152-1220，約1182年出使金朝)的〈宋迪八景圖〉詩，是現今所見最早題詠「瀟湘八景圖」的高麗作品，其八景之各個標題不但與沈括所記載之文字內容相符，順序也完全一致。陳澕(1209年使金)的七言律詩題畫詩則多彷彿釋惠洪，可見其間的傳承情形。[22]

---

16 〔宋〕沈括撰，胡道靜校注：《新校正夢溪筆談》(香港：中華書局，1987年)，卷17〈書畫〉，頁171。

17 《宣和畫譜》(臺北：臺灣商務印書館，1983年《文淵閣四庫全書》本)，卷12，頁2b-3a，總頁138-139。

18 除了沈括記「平沙雁落」，釋惠洪作「落雁」；沈括記「遠浦帆歸」，釋惠洪作「歸帆」。

19 〔宋〕趙希鵠：《洞天清祿集‧古畫辨》，收於黃賓虹、鄧實編：《美術叢書》(南京：江蘇古籍出版社，1997年)，冊1，頁566。

20 〔元〕朱德潤：《存復齋文集》(臺南：莊嚴文化事業有限公司，1997年《四庫全書存目叢書》本)，卷7〈跋馬遠畫瀟湘八景〉，頁6a。

21 「命文臣製瀟湘八景詩，做其詩意，摹寫爲圖。王精於圖畫，與畫工高惟訪、李光弼等繪畫物像，終日忘倦。」金宗瑞等撰：《高麗史節要》(서울：亞細亞文化社，1973年)，卷13，頁342-343。

22 衣若芬：〈高麗文人對中國八景詩之受容現象及其歷史意義〉，韓國祥明大學校韓中文化情報研究所，權錫煥編：《한중 팔경구곡과 산수문 (韓中八景九曲與山水文化)》(서울:이회문화사，2004年)，頁59-72。

宋迪的「瀟湘八景圖」不傳於今世，現存最早的中國「瀟湘八景圖」，為北宋末年南宋初期畫家王洪(約活動於1131-1161)[23]的作品，約繪於1150年，現藏美國普林斯敦大學(Princeton University)。王洪「瀟湘八景圖」具有明顯的李成、郭熙(約1010-1090)華北寒林山水畫筆法，山石以勁爽的皴線，枯枝如蟹爪，十分接近畫史對宋迪畫風的描述。這種繪畫方式被韓國的「瀟湘八景圖」大量繼承，成為主要的表現形式。現存最早的韓國「瀟湘八景圖」約繪於十五世紀後半，幽玄齋收藏，即可得見融合中國李成、郭熙和朝鮮安堅，以及部分重視濕潤筆墨的中國江南山水畫風格。

「瀟湘八景」在中國本為文人畫題材，帶有失志文人「離憂愁緒」的情懷；在古代韓國則屬於宮廷雅玩，傳達「嚮往樂土」的願望。朝鮮安平大君李瑢(1418-1453)愛好文藝，1442年與18位朝臣及一位僧人作「瀟湘八景」詩文盛會，表達樂在山水之趣，今有「匪懈堂瀟湘八景詩卷」存於韓國中央博物館。

「瀟湘八景」傳入日本的時間稍晚於高麗，主要藉著渡日僧人為媒介。大休正念(1215-1290，1269年渡日)有〈山市晴嵐〉詩。一山一寧(1247-1317，1299年渡日)題贊，鈐有「思堪」印章的「平沙雁落圖」(日本私人藏)，被認為出於日本畫家之手，乃日本水墨畫之濫觴[24]，是現存最早的日本「瀟湘八景圖」，畫風近於南宋畫院。宋元之際的中國畫僧牧谿和玉澗的作品在室町時代的將軍茶會中展示，為日本「瀟湘八景圖」模仿的典範。由於創作者和題寫者的身份，日本「瀟湘八景」富有「幽玄禪思」的宗教氣息。

明代浙派畫風自十五世紀中期由出使中國的隨行畫家傳入朝鮮，自十六世紀影響「瀟湘八景圖」。同時期的日本「瀟湘八景圖」也因有雪舟(1420-1506)等去過中國的畫家引進浙派畫風。蒐羅最豐富的狩野探幽(1602-1674)「探幽縮圖」裡，可見到當時流傳於日本的各種「瀟湘八景圖」樣式和題詩。

此外，隨著「瀟湘八景」在朝鮮和日本的深化，在韓語書寫的時調及日語書寫的和歌都有「瀟湘八景」詩。不但文人、僧人、畫院畫家作「瀟湘八景圖」，朝鮮的民間繪畫和青花瓷器、日本的浮世繪都有「八景」題材的作品。一直到二十世紀，日本都還有「瀟湘八景圖」的新畫作。[25]

---

[23] Wen C. Fong et al., *Images of the Mind: Selections from the Edward L. Elliott Family and John B. Elliott Collections of Chinese Calligraphy and Painting at the Art Museum, Princeton University* (Princeton, N.J. : Princeton University Press, 1984).

[24] 斉藤孝：〈里見家 一山一寧賛「平沙落雁図」について—我国中世における大和絵と水墨画の接点〉，《史泉》50號(関西大学文学部史学科創設25周年記念)(1975年4月)，頁143-160。

[25] 關於東亞瀟湘八景詩畫的研究，值得參考的論文不少，近年出版的專書有：
Alfreda Murck, *Poetry and Painting in Song China: The Subtle Art of Dissent* (Cambridge Massachusetts and London: Harvard University Asia Center for the Harvard-Yenching Institute, 2000).
安章利：《한국의팔경문학》(韓國的八景文學) (서울：집문당，2002年)
堀川貴司：《瀟湘八景：詩歌と絵画に見る日本化の樣相》(京都：臨川書店，2002年)
衣若芬：《雲影天光：瀟湘山水之畫意與詩情》(臺北：里仁書局，2013年)。

古代越南也是經由出使中國的文人引進「瀟湘八景」。不同的是，中國、韓國和日本的文人與畫家，除了少數如董其昌(1555-1636)去過「瀟湘八景」的原生地湖南，大多數都是從文字和畫面想像「瀟湘八景」，越南使臣出使的路線如果不循海道而走路陸路，通過中越交界的鎮南關北上廣西，再往北便到達瀟水和湘水匯流處的湖南永州，也就是進入了「瀟湘八景」的地理範圍。順著湘水北上洞庭湖，等於沿途都在「瀟湘八景」的風光之中。[26]因此，越南使行詩裡有大量的瀟湘寫景詩。在越南瀟湘寫景詩裡，主要表達奉命在外，異域懷歸的心情。

四、結語

本文提出了從文化意象理解東亞文明的一種觀察方法，這種方法稍接近岡倉天心以美術和文物考古為材料，建構其思想體系的立場。與岡倉天心不同的是，筆者無意在東亞諸國裡標舉單一國家為文明精華的代表。中國為世界古國之一，是人類文明的起源之一，中國文化對世界的貢獻毋庸置疑，但是高談「中國起源論」、「中國影響說」，並不能讓我們更加認識東亞的多樣性與統合性。換句話說，不能將東亞其他國家的文化視為中國文化的分支或支流。

筆者也對福澤諭吉的文明進化論感到懷疑，文明會變化，但未必是「進化」，文明沒有高低，只有狀態的呈現。「茹毛飲血」，還是「依禮而食」，是文明變化的結果，人們會選擇合宜的生活方式，不應該有何者為野蠻、何者為尊貴的區別。

如果說強調線性發展的福澤諭吉文明進化觀，以及樹立中心的岡倉天心文明精華觀，是屬於「現代式」的思維，筆者提出的「文明變化觀」和「無中心文明觀」則趨於「後現代式」的思維。文化意象做為後現代式思維的例子，幫助我們較為持平地看待東亞諸國的多方發展。

東亞「瀟湘八景」文化意象各異其趣，中國的「離憂愁緒」；韓國的「嚮往樂土」；日本的「幽玄禪思」；越南的「異域懷歸」，這正是「瀟湘八景」文化意象流傳後呈現的本地化結果。

「瀟湘八景」表達的是人與山水的審美關係，各景以四個字為一組，除了「瀟湘夜雨」和「洞庭秋月」，其餘六景沒有具體固定的地點，具有開放性質。「瀟湘八景」包含時節和氣候，以及人事活動—「山市」、「漁村」、「煙寺」，是人為選定的自然景觀。使臣或僧侶；想像或親遊，同樣的母題，卻因不同的文化性格，形成不同的藝術表現，並且催生韓國「丹陽八景」、日本「金澤八景」等地方八景，融合本地特色，生根茁壯。

可以說，「瀟湘八景」做為東亞共同的文化意象題目，共同擁有了「以山水為審美客體」，將自然風景人文化、概念化的創造方式，藉以抒情言志。「瀟湘八景」是東亞的文化資產，我們分析個別國家「瀟湘八景」文化意象的異與同，從而理解東亞文明的傳統與變化，不一定要向西方競爭

---

[26] 詹志和：〈越南北使漢詩與中國湖湘文化〉，《中南林業科技大學學報》第5卷第6期(2011年12月)，頁147-150。

或抗衡，而是要展示它、發揚它，將它置於人類歷史的舞臺。

美國詩人龐德(Ezra Pound,1885-1972)曾經欣賞過日本畫家佐佐木玄龍(1648-1722)的「瀟湘八景圖」冊頁，冊頁裡有傳爲中國畫僧玉澗的漢詩，以及日本和歌。龐德請曾葆蓀(1893-1978,曾國藩之曾孫女）爲他翻譯漢詩，因而寫作《詩章》(Cantos)第49首。龐德對東方文化的汲取，豐富了他的創造性，建構個人的詩學美學，就是「瀟湘八景」文化意象在英語文學的再生。[27]

如果我們能經由闡述像「瀟湘八景」之類的東亞共同文化意象，讓東亞文明的同質性與殊異性有所分辨，或許便得以溝通東亞的過去與現在，並集思廣義，推想繼續與西方互動認知的前景。

---

[27] 葉維廉：《龐德與瀟湘八景》(臺北：臺大出版中心，2008年)。

清中葉一部顛覆性的白蛇戲曲「續集」：日本天理圖書館藏《後雷峰塔傳奇》初探[*]

汪詩珮[**]

一、前言：新發現的「白蛇後傳」戲曲文本

《雷峰塔》傳奇的版本眾多，[1]其「源與流」——創作、改編、傳衍與定型，皆發生於乾隆時期，在文人、伶人、商人、名流間交互影響、激盪，與劇場觀眾、內廷觀賞及皇帝喜好緊密連結。[2]各本「白蛇戲曲」皆以白娘子與許宣姻緣的生滅爲主題，佐以佛教輪迴之前因後果，終以法海的收妖與接引結尾。然而，在此主軸之外，另有一部以「白蛇後傳」爲主軸的戲曲，或可稱之爲「青蛇傳」，主角爲青蛇及其人間宿緣的丈夫，亦包含部分許宣及許士林的戲份。關於這部罕見之劇，較早提及的學者，有杜穎陶（1908-1963）〈記玉霜簃所藏鈔本戲曲〉[3]著錄：

> 《稱心願》。原共二卷，此本缺下卷，未錄作者姓名。按此劇又名《稱心緣》。余曾見曹心泉先生藏本，首尾俱全……（頁54）

「願」、「緣」讀音、意義俱近，應屬傳鈔過程的訛變。穎陶所見爲程硯秋（1904-1958）「玉霜簃」藏鈔本，僅存上卷；該本現藏於北京大學圖書館。[4]他亦曾過目曹心泉（1864-1938）藏完整二

---

[*] 本文投稿過程幸蒙兩位匿名審稿人的修正建議；於國立臺灣大學中國文學系主辦之「中國文學、歷史與社會的多重對話國際學術研討會」（2017年11月5日）宣讀，幸獲游宗蓉教授的討論指正；資料收集過程中，感謝黃仕忠教授、蕭涵珍教授、韓昌雲女士、國會圖書館張建京先生、北京國家圖書館李際寧先生的協助，謹此一併深致謝忱。

[**] 教授。

[1] 如穎陶：〈雷峰塔傳奇的作者〉，《劇學月刊》第4卷第8期（1935年8月），頁37：「梨園鈔本的《雷峰塔》傳奇，曾見過十餘部，但每部齣數多寡，均不相同，若成一本，而去其重複，可得六十餘齣……」。

[2] 參考汪詩珮：〈潛跡與明蹤：清中葉《雷峰塔》傳奇演變新論〉，《民俗曲藝》第199期（2018年3月），待出刊，故頁數未定。

[3] 杜穎陶：〈記玉霜簃所藏鈔本戲曲〉，《劇學月刊》第2卷第4期（1933年4月），頁43-57。

[4] 清‧佚名：《稱心願》，收錄於北京大學圖書館編：《北京大學圖書館藏程硯秋玉霜簃戲曲珍本叢刊》第30冊（北京：國家出版社，2014年），頁451-521，收錄鈔本《稱心願》。該本第一齣有缺頁，共收錄十七齣，即上卷範圍。

卷本。孫楷第（1898-1986）《戲曲小說書錄解題》也著錄一本：[5]

> 稱心愿二卷抄本。不著撰人名氏。其本繼《雷峰塔》而作……

該鈔本爲二卷完整本，來源未知，現不知下落。著述資料最詳盡者爲岑齋（邵茗生）〈《稱心緣》傳奇〉：[6]

> 《稱心緣》傳奇二卷二冊，都七十七頁。每頁十二行；行二十七字至三十三字不等。嘉慶二十一年七月三槐堂王琮鈔本。共三十齣，每齣皆詳注工尺板眼……此本即《雷峰塔》後本，頗罕見。不著撰人姓氏。舊藏懷寧曹氏，今歸上海涵芬樓……

此本舊藏懷寧曹氏，首尾俱全，即爲潁陶過目的曹心泉藏本，[7]後歸上海涵芬樓，今藏北京中國國家圖書館（以下簡稱「北京國圖本」）。[8]由此可知，此戲鈔本至少有三：（一）三槐堂王琮鈔本（稱心緣），（二）杜潁陶著錄之上卷殘本（稱心愿，以下稱北大圖本），（三）孫楷第著錄鈔本（稱心愿）。

　　自三零年代以降，此一罕見戲曲鈔本幾被學界遺忘，直到鄧長風（1944-1999）於〈康熙殘鈔本《稱心緣》傳奇的發現與《雷峰塔》版本、情節衍變之推考〉，[9]披露美國國會圖書館藏有一《稱心緣》殘鈔本，附於《漁家樂》上卷之後，僅存下卷七齣（以下簡稱「美國國圖本」）。鄧文將《漁家樂》、《稱心緣》的鈔本年代推定爲康熙時期，有誤；[10]然其發現亦相當重要：（一）存世的《稱心緣》鈔本多出一部「下卷殘本」；（二），引發學界對「白蛇後傳」戲曲的新認識。[11]然而，此殘本藏於美國，不易得見；北京國圖的王琮鈔本則紙質黃脆，翻閱不易，有一定的辨識難度，故鄧長風文於1997年刊出至今，仍未見學者針對此劇梳理研究。

　　筆者數年前翻閱《日藏中國戲曲文獻綜錄》，[12]其中著錄一部藏於日本天理圖書館（原鹽谷溫舊藏）的《後雷峰塔傳奇（二卷）》鈔本，未經學者檢閱。親自走訪發現此即一部完整的《稱心緣》鈔本，共二卷。上卷卷首標示《後雷峰塔》與各齣齣目，下卷卷首標示《稱心緣（後段）》及

5　孫楷第：《戲曲小說書錄解題》（北京：人民文學出版社，1990年），頁408。根據校次者戴鴻森〈校次綴言〉，該書寫成於1934-1938年（頁1）。

6　岑齋：〈《稱心緣》傳奇〉，《劇學月刊》第4卷第5期（1935年5月），頁28-29。

7　吳書蔭：〈前言〉，北京大學圖書館編：《北京大學圖書館藏程硯秋玉霜簃戲曲珍本叢刊》第1冊（北京：國家出版社，2014年），頁1-2：「清末民初，在北京梨園界中，藏鈔本戲曲最富者，一爲金匱陳氏，一爲懷寧曹氏……懷寧曹氏，指安徽懷寧曹春山，名福林，唱崑曲老生，其父曹鳳志，工崑曲小生，父子倆都是嘉慶、同治年間四喜班的崑曲名角。曹春山之子曹心泉則是近代著名的戲曲音樂家。這兩個梨園世家所藏曲本，大部分是兩家和崑曲班社的演出本，還有不少鈔本出自內府和昇平署。」潁陶所見曹心泉藏本應爲此本。

8　索書號：09686。

9　鄧長風：〈康熙殘鈔本《稱心緣》傳奇的發現與《雷峰塔》版本、情節衍變之推考〉（以下簡稱〈康熙殘鈔本〉），《國立編譯館館刊》第26卷第1期（1997年6月），頁89。

10　參見註2文之考證。

11　陸萼庭：〈序〉，鄧長風：《明清戲曲家考略三編》，《明清戲曲家考略全編》（上海：上海古籍出版社，2009年），頁3-4。

12　黃仕忠：《日藏中國戲曲文獻綜錄》（桂林：廣西師範大學出版社，2010年），頁220。

「松茂堂蔣」四字，顯示抄錄者的堂號與姓氏，次頁再標示《後雷峰塔》與各齣齣目；由此可知《後雷峰塔》即爲《稱心緣》。該本上卷爲難得的「精鈔本」，八行22字，當中「玄」、「胤」、「歷」字避諱（缺撇筆），可知鈔本時代至少在乾隆之後。下卷鈔寫者及書體至少有兩人（種），分別是八行16字與八行20字，均與上卷不同，字體粗疏，近似常見的伶人鈔本。此本堪稱至今最完整、面目最清晰的《稱心緣》鈔本，因藏於東瀛而學界未見，本文將據以介紹劇情、人物，討論其於白蛇戲曲演變脈絡中的意義，兼及推論此本的時代、演出場合與性質。

二、情理之間隙：《雷峰塔》與觀眾反應

清中葉的《雷峰塔》傳奇源自馮夢龍〈白娘子永鎮雷峰塔〉，早期改編者黃圖珌（1699-1752後）[13]未料到小說與戲劇兩種文體存在重大差異：小說讀者乃被動接受故事樣貌，僅能藉評點後設地給予意見；戲劇一旦搬上舞台，觀眾卻有回應、質疑、乃至參與的空間，表演者與閱聽者的緊密互動與相連影響，可能導致情節與人物的轉向與變化。〈白娘子永鎮雷峰塔〉的敘事者，游移於「白蛇的妖氣與專情」、「許宣的受害者姿態與自私色慾」、「法海的拯救與重刑」之間，無意中形塑出「有情之妖」、「無情之人」、「佛法嚴厲」的隱意，反映情理相扞的兩難局面。黃圖珌基本按此思路照搬，依樣畫葫蘆的結果反映作家對小說人物欠缺同情理解，忽視對原著提出新的詮釋觀點，亦未能於改編內容加入時代精神，輕看清初至清中葉觀眾組成與晚明讀者間的差異。是故，黃本的改編其實是不成功的，其迴響之低，作者本人也吃了一驚，僅能怪罪伶人擅改：

> 方脫稿，伶人即堅請以搬演之。遂有好事者，續「白娘生子得第」一節，落戲場之窠臼，悅觀聽之耳目，盛行吳、越，直達燕、趙⋯⋯不期一時酒社歌壇，纏頭增價，實有所不可解也。[14]

> 然姑蘇仍有照原本（按：即黃本）演習，無一字點竄者，惜乎與世稍有未合，謂無狀元團圓故耳。[15]

伶人爲何「好事續之」？因清中葉商業劇場流行，伶人藉賣座營生，顯然戲場觀眾不滿足於黃本敘事，才需「再度改編」。以黃圖珌爲代表的文人作者，與伶人編創之間的縫隙，代表案頭戲劇理念與舞台實際搬演的兩種意圖：前者儘可維持道德化的傳統姿態，強調倫理教化觀；後者面對舞台下的聽眾，不能不考量觀賞者的喜好及其傳播接受。如是，黃本演出的寂寥，與伶人本的廣泛好評、南北盛行，實爲兩種思維與實踐的必然結果。

13　清・黃圖珌：《雷峰塔》，《中華再造善本・看山閣樂府雷峰塔》（北京：國家圖書館出版社，2013年，據乾隆三年黃氏看山閣刻本影印）。

14　清・黃圖珌：〈【賞音人】（觀演雷峰塔傳奇）〉，《看山閣集》，收入《清代詩文集彙編》（上海：上海古籍出版社，2010年），頁428-429。

15　清・黃圖珌：〈【賞音人】（觀演雷峰塔傳奇）〉，《看山閣集》，頁429。

　　伶人/梨園介入後，《雷峰塔》的流行成爲「清傳奇體製」的一頁傳奇。清中葉以降，雖不乏文人傳奇創作，但新作能搬上舞台、廣受歡迎者，並不多見。《雷峰塔》堪稱乾隆時期最受歡迎的崑劇新劇。[16]從黃本起算，約莫三十年的時間，是世代伶人累積改編白蛇戲曲的創造期。伶人打磨開發出「專屬」於新時代、新觀眾、新表演的折子：新的時代意義，必須考量晚明以來的情觀；新的觀眾，必須考量其所喜見的人物個性；新的表演，必須考量武戲的添加，與兼具抒情性、戲劇化的表現手法。三十年期間，《雷峰塔》傳奇面貌大幅轉變，起自「白蛇產子」衍生的各項風波；懷孕、孕痛、產子具有關鍵影響力。首先，孕事如何呈現需要鋪排、襯墊，梨園於編修過程逐漸開發出〈端陽〉一折：在端午忌諱之日，許宣診脈知喜，以雄黃酒表達慶祝；白蛇念著夫妻之情，不欲許宣起疑而強喝酒，竟嚇死夫君。許宣驚死該如何收場？伶人編出〈求草〉，展現白蛇武藝，[17]突出其一往情深與自我犧牲。由死復生後，伶人改造關鍵的金山寺場景，發展〈水鬥〉：白蛇思念夫君，法海斬斷姻緣，一以愛情爲吶喊，一高舉佛法正義旗幟，雙方叫陣，大打出手（再次看到「武戲」的吸引力）。由於懷孕，也因邪不勝正、妖不勝佛，白蛇輸了，接下來怎麼辦？許宣雖虛情假意，但白蛇自始至終鍾愛許宣，從未改變，故伶人編出〈斷橋〉，讓白蛇因即將分娩被迫停息，使這對夫妻暫時和解卻暗潮洶湧。〈斷橋〉細描深寫兩種心情：白蛇的內心創傷與肉體苦痛，許宣的刻意欺騙與隱含機心。換言之，世代伶人歷經三十年最重要的創造，是編排出〈端陽〉、〈求草〉、〈水鬥〉、〈斷橋〉四齣「專屬」於梨園的新折子，表演精彩，情感豐富，伶人面對觀眾的隱形反應也呼之欲出：觀眾對白蛇的同情、對許宣的質疑、對法海強力干涉的不滿，種種出於人性觀點的同情與憐憫，皆與傳統倫理「異類相抵」的價值觀有所扞格；這四齣新創折子，是對「妖亦有情」的呼應。再進一步追問如何結局？唯一的解決之道，只能寄望白蛇腹中的孩子。孩子雖是人、妖結合，卻因其狀元得第，符合儒家承負觀，注定其命運不凡（文曲星），擁有可上達天聽的能力；同時，儒家極重孝道，子永不嫌母之出身，故其哀、奏、哭、祭，成爲白蛇的「救贖」。

　　伶人/梨園本的精神，影響再次修編的文人，方成培（1713-1808？）改梨園本以「雅化」，亦繼承情的主軸，明證爲第一齣〈開宗〉下場詩：

> 覓配偶的白雲姑多情喫苦，
> 了宿緣的許晉賢薄倖拋家。
> 施法力的海禪師風雷煉塔，
> 感孝行的慈悲佛懺度妖蛇。[18]

16　陸萼庭：《崑劇演出史稿（修訂本）》（臺北：國家出版社，2002年），頁389：「整個乾隆期最受歡迎的崑劇新戲，或者說南洪北孔以後清代由藝人參與、具有多方面影響的新劇，當推《雷峰塔》。」

17　如《消寒新詠》（序於1795）卷一記載集秀揚部「武部」小旦倪元齡，擅於與貼旦李福齡合演〈水漫〉、〈斷橋〉，可知乾隆時期梨園旦角所演武戲能吸引觀眾目光。清・鐵橋山人撰，周育德校刊：《消寒新詠》（北京：中國老年文物研究學會、中國戲曲藝術中心，1986年），頁19-20。

18　清・方成培著，徐凌雲編校：《皖人戲曲選刊・方成培卷・雷峰塔》（合肥：黃山書社，2008年），頁1。

從「白蛇」到「白雲仙姑」，精怪不僅人性化，甚至被稱爲「仙姑」；相對以「風雷」形容法海的嚴厲之姿，隱喻其執法過度。白蛇是多情、喫苦，許宣卻成爲薄倖抛家者，譴責意味甚濃。最後，預視其子孝感動天，佛之慈悲度化白蛇升天。若黃圖珌是文人曲家的保守者，方成培毫無疑問是開明、進步人士，願意吸收伶人改換面貌；這也意味觀衆與伶人聯手的勢不可擋，若不接納白蛇故事中情的力量，恐難引起觀者的共感共鳴。從乾隆三年至三十六年，文人視角從譴責俗衆至迎合俗衆，變化甚大。

然而，即便經歷改編與轉化，現存乾隆時期《雷峰塔》的文人、伶人本，在劇情發展與人物形象上，仍多少存有無法撫平的「情之缺憾」，形成此戲本質上的悲情／苦情屬性，亦是觀者必須「忍情」耐之的結節。主因在於：許宣所代表的「凡人」、法海所代表的「佛法」，始終凌駕於異類的「妖」之上，形成難以破除的階級立場、無法撤棄的理性秩序。因此，最大的疑難發生在接近結尾處，關係到如何收束全劇、如何穩定天理人情。如方本〈重謁〉，白娘子分娩半月後，許宣至淨慈寺請法海收妖，法海欲付其鉢：

> （外）……你將此鉢帶回，不可使妖知道。到明日巳牌時分，待他梳粧之際，將此鉢合在他頭上，決無走脫矣。
>
> （生）禪師阿，此妖一時無狀，水漫金山，致遭天譴，理所應該。但弟子夫妻之情，不忍下此毒手。
>
> （外）罪孽深重，佛法難容。也罷，待我明日巳牌時分，親來收取便了。（頁139-140）

許宣表面與娘子和好恩愛，背地卻主動尋求法海收妖，此一負心之舉伶人／梨園本亦未變更，方成培卻努力緩解，見「海棠巢客」尾批：

> 舊本許生恬然受鉢而去，太覺忍心。稍一轉移，情理俱盡。（頁140）

可知「夫妻之情，不忍下此毒手」，是方本最大讓步。下一齣〈煉塔〉，許宣假意向白蛇示好：

> （生上）暗祝妖降歸淨域，又愁邪勝戰心兵。昨日禪師說，今早親來收取此妖。祇得將此事與姐夫、姐姐說明，猶恐害怕，爲此同他每往親戚人家暫避。急急趕回，不免竟入。……
>
> 【梁州序犯】……（生）請娘子畫眉。（旦唱）……（外引二揭諦上）（頁143-144）

預知白蛇大難臨頭，許宣提早安排家人避難，卻對娘子虛情相待；恰於此時法海現身，一切皆爲算計。這段情節固上承〈白娘子永鎮雷峰塔〉，卻使《雷峰塔》的男主角成爲明清傳奇史上罕見的「愛情負面人物」，爲彰顯宇宙秩序卻翻成傳奇變體。方成培應亦不忍，故於本齣結尾稍加轉折：

> （生背介）白氏雖係妖魔，待我恩情不薄。今日之事，目擊傷情，太覺負心了些。咳！恩怨相尋，一場　，我於今省悟了也。（向外介）弟子塵心已斷，願隨師父出家。（頁145）

以「目擊傷情」四字，帶出許宣的不安，然白蛇終遭鎮壓，法海偈語：

> 白蛇聽者，雷峰塔倒，西湖水乾，江湖不起，許汝再世。（頁146）

鍾情之輩，判以無期徒刑；負情之人，反而得道升天。質疑、不平、心疼的情緒，或使目睹演出的觀衆心生震撼，需要情感流洩的出口。因此，乾隆時期的伶人本多於其後安排一場許宣悔悟之

戲。[19]參見乾隆45年「遜錦堂鈔本」（未標齣名）：[20]

（許仙上）……昨日禪師降妖鎮壓，我夜來追想前事，白氏雖係妖魔，與我恩情一載，並無害我之心，況遺下一子。我仔細想來，許仙真薄倖也。想人生碌碌，尤如一枕黃粱，若不及早回頭，空有浮生之嘆。我如今把孩兒托付姐夫、姐姐扶養，我即拜禪師披剃，皈依三寶，免得遺臭於世。且住，倘日後孩兒長大成人，聞知此事，思念雙親，如何是好？吓，也罷，帶我畫成一軸真容，并將自己頭髮剪下，放在匣中，待他成人，使他觀看，便知雙親之事。咳，正是，追思前後心中事，不覺叫人淚滿襟。……[21]

傷痛悔恨總在事件之後，因為人有良心，有感情。伶人雖無力改變結局，卻以此折補敘許宣情緒的發酵。他剪己之髮，繪妻真容，封存記憶，以為其子未來追思的憑藉。此二物，之後亦將聯繫許士林的孝思與祭塔，代表伶人版留予觀眾的抒情出口。其目的，正是彌補白蛇故事於情理之間兩難的縫隙，考量觀眾反應所尋求的解決之道。

綜上所述，乾隆時期《雷峰塔》的傳播與改編者眾，重點為如何處理原先小說、黃本中「情」與「理」的悖論——妖的真情，人的假意；以及如何「行義」的兩難——小青的仗義遭罰，法海的行義過當。可以想見，彼時觀眾已開始質疑傳統正邪不兩立的道德原則，因對峙的兩方呈現「內在本質」與「外顯行為」情、義相反的悖論。觀眾諸般對許宣的憤懣、對法海的不以為然，點滴匯集成為對白蛇、青蛇的無限喜愛，成就傳奇史上同樣難得的奇觀——女主角與女配角皆非人，而是妖，使傳統負面角色成了正面人物。觀眾亦不免期待，二妖因情所滅，能否因情而生？筆者以為，這般隱然、流動、呼之欲出的觀眾情愫，造就了《後雷峰塔》（《稱心緣》）這部精彩的「後傳」，而其改編的新意，必然來自於挑戰《雷峰塔》所形成的諧擬、逆反、甚至革命。

三、稱心與快意：作為「續集」的《後雷峰塔》

清初至清中葉湧現大量小說「續書」，[22]但戲劇續作卻不如小說普遍。[23]主因在於明清傳奇結尾的

19　方成培嫌其累贅，將之刪去，見〈歸真〉尾批：「……舊有〈剪髮描容〉一折，贅甚，亟芟之。（頁149）」

20　筆者於中國國家圖書館發現一部舊鈔本《雷峰塔》（索書號為「85410」）。三冊三卷，共38齣。第二冊開頭有：「遜錦堂徐」，第二冊末有「遜錦堂記」，第三冊開頭有「遜錦堂置」。第三冊末頁有：乾隆庚子四十五年三月廿八日抄完嚟溪子抄記。該本為迄今最早且具體標示年代的《雷峰塔》伶人本。

21　此鈔本通篇無頁數。

22　高玉海：《明清小說續書研究》（北京：中國社會科學出版社，2004年）。段春旭：《中國古代長篇小說續書研究》（上海：上海三聯書店，2009年）。孫康宜、宇文所安主編：《劍橋中國文學史（下卷）》（北京：三聯書店，2013年），第三章「清初文學」（李惠儀著譯），頁242-247。

23　劉廷璣曾批評評客稗官續書，見其《在園雜志》（北京：中華書局，2005年），卷3，頁125，「續書」：「而傳奇各種，《西廂》有《後西廂》，《尋親》有《後尋親》，《浣紗》有《後浣紗》，《白兔》有《後白兔》，《千金》有《後千金》，《精忠》有《後精忠》，亦名《如是觀》……」，但除《後尋親》、《如是觀》外，其餘罕見。郭英德：《明清傳奇綜錄》（石家莊：河北教育出版社，1997年），自清順治9年至嘉慶25

「團圓旌獎」襲套，使戲劇結局趨於完滿，需以續寫撫平的情狀也隨之降低。《雷峰塔》為清中葉流行戲，當中充斥不少及至今日仍有賣點的元素——妖魔、神怪、法術、法器、神鬼大戰等；白蛇永鎮一案若未得完滿解決，彷彿今日電影正集播完後，預留「開放式、未完成、餘波蕩漾」的結尾，暗示未來拍攝「續集」的可能。[24]因此，《後雷峰塔》作為一部後傳、續集，代表清中葉的戲劇編創與展演已具備通俗化、流行化的條件。

然而，續書、續作，難寫易失。成功的戲劇續集，與正集之間須有高度延續性，又得進行轉化、創新，使觀眾兼有熟悉感與新鮮度。因此，重要角色必須大部分保留，否則將是一部新作而非續作；最好能加入新角，因增派人物可對原本故事產生新的動能，也易於鋪排新梗，增添變化；即便是舊角色，也應在人物形象上進行重塑（reshape）或重啓（reset），使新、舊角色擦出火花，引發新的關係、效應。與此同時，續作的情節需與前作彼此呼應、平行對照，使觀眾似曾相識，再導入新的詮釋。同時，續作的戲劇轉折與衝突若能出其不意，且於通往結局的徑路發揮想像力，整體佈局將使觀眾眼睛一亮，具有滿足感，以補正集缺憾。緣此，若從編劇技法的書寫策略（writing strategy）觀之，《後雷峰塔》堪稱一部精彩續作。它並未落入補恨窠臼，[25]而是開發新人物，重塑舊人物，設計兼具平行對照與創新奇想的情節，閱讀時澆灌以充沛的動能，表演時令人感到「稱心快意」。以下二節，將從劇本設計的因果框架、人物塑造與情節變革，分析其獨特手眼；這也是學界首次披露《後雷峰塔》的對話與細節，尚祈方家指正。

（一）重啓（Reset）因果關係

《雷峰塔》開頭對白蛇許宣的情緣，設定一套前世今生的佛理／倫理框架，由釋迦如來擔任總督察，開示法海：座前捧缽侍者許宣，與擷食王母蟠桃修煉千年的白蛇，因有宿緣，待其「孽案」了結，法海需收伏妖精、接引許宣。《後雷峰塔》開篇即針對此一因果論下手，進行看似理路相近、實則悖反的顛覆，故第一齣〈釋因〉[26]引入一位新角色：芙蓉教院教主殷雲：

> 沁宇清香，三生石上尋盟尚；細數名花，檢校情緣賬。……吾乃芙蓉教院教主殷雲是也，合兩姓之歡，掌百緣之簿。……前者如來座下司花侍者許宣，與靈山足下白氏，宿因既深，降生依合。塵緣未了，法海強恃佛力，硬拆姻緣，致使俺情緣簿上，一宗公案未消。今其婢小青與蘇州秦繼元有二載夫妻之分。小青久經悔悟，蒙孚佑真人以金液煉形，仍出凡塵。誠恐

年，傳奇「續書」僅有：陳軾《續牡丹亭》、曹寅《續琵琶》、胡云壑《後一捧雪》、高宗元《續琵琶》、不著撰人《後西遊》、不著撰人《後漁家樂》。

24 若我們諧擬（parody）《蝙蝠俠》電影系列，可考慮將《雷峰塔》與《後雷峰塔》的標題改為：「白蛇I：愛與背叛」，「白蛇II：青蛇崛起」（或「白蛇II：黑暗曙光」）。

25 傳統補恨說著重「補」，《後雷峰塔》讀來令人有開發新路、穿透舊徑之感，非補恨所能道盡。

26 清・佚名：《後雷峰塔傳奇（二卷）》（日本天理大學圖書館（原鹽谷溫舊藏）鈔本，鈔本未標示年代），該本未標頁數。以下提及之齣數、齣目，參考後文表甲的整理。

法海糾纏，復蹈前轍。[27]

芙蓉教主執掌情緣，令人聯想至石曼卿，[28]及《補紅樓夢》寶玉所出任的「芙蓉城主」，芙蓉城即太虛幻境。[29]如此，芙蓉教之內涵，正是「以情為教」，隱喻本劇「情教」乃在「佛教」之上。殷雲情緣簿中，許白因果迥異：許宣不捧缽，成了如來座下的司花使者，以花徵情；白氏於靈山如來足下修練，實為同門師兄妹，頗為巧妙。同時，殷雲也為指控法海定調，譴責其「強」、「硬」姿態，為情之迫害者，違反情緣簿設定；法海不再是《雷峰塔》中受命於如來的執行者，反被視為潛在的「離經叛道者」。最後，殷雲為小青定位，她因久經悔悟，遂得孚佑真人（即呂洞賓）以金液煉形重生，[30]終於擁有自己的俗世姻緣。透過殷雲之口，作為續集的《後雷峰塔》，天理不再凌駕於人情之上，劇作主題是「情」，及由情而生的「悔、悟」，即人性與宗教中最根本的翻轉力量，真正的救贖可能。綜言之，本劇延續《雷峰塔》最重要的四名角色，但改變白、許因果，反轉高僧的執法合理性，明示續集事實上是一部「青蛇傳」，由此再掀情案。

然而，光靠一位無權無勢的芙蓉教主，革命尚難成功。殷雲下一步，是至「燃燈古佛」面前告狀。明代神魔小說中，燃燈古佛乃過去佛，為釋迦如來師父；[31]要壓制《雷峰塔》架構的「如來──法海」體系，《後雷峰塔》必須請出更高的佛界權威，才能解構既定框架，置換新秩序。為此，殷雲與古佛展開對話論辯：

（生）弟子職掌情緣之簿，其間舛錯甚多，特來叩求開示。（佛）佛門四大皆空，與人世情緣何涉？……我佛慈悲，（唱）那情慾固結，多少世人困喪。得與失，遂心懷，皆因果，談這三寸，得這舌強。（佛）俺不二門中，空即是色，色即是空，有甚情緣因果？（生）不是弟子唐突，慈悲即是情，無情焉得有慈悲？因果即是緣，無緣說甚因果？這情緣二字，是佛門至重的。……（佛）聽你所講，有實歸無，無實生有，深合不二之理。只是今日到此，是何因果？（生）啟我佛，二十年前，有法海不察，一味仗彼法力，又犯聖經垂訓，又違我佛

---

27 以下引用《後雷峰塔》，原鈔本無頁數，偶有訛錯別字，皆為依鈔本所書，為保留原貌，暫不更動。

28 宋‧歐陽修著，鄭文校點：《六一詩話》（北京：人民文學出版社，1962年），頁15：「……曼卿卒後，其故人有見之者，云恍惚如夢中，言：我今為鬼仙也，所主芙蓉城……」。蘇軾〈芙蓉城〉詩有：「誰其主者石與丁」，可知宋人傳說視石曼卿與丁度為芙蓉城主。參考胡琇淳：〈蘇軾〈芙蓉詩〉與古典文言小說中的芙蓉城傳說〉，《國立中正大學中國文學研究所研究生論文集刊》第10期（2008年5月），頁27-49。

29 清‧娜嬛山樵著，李凡點校：《補紅樓夢》（北京：北京大學出版社，1988年），頁2-3。第一回：「賈雨村醒悟覺迷渡 甄士隱詳說芙蓉城」：「賈雨村道：『前聞太虛幻境之名，又有仙草通靈之說，竟使人茫然不解，要請教到底是何處何物呢？』甄士隱道：『太虛幻境即是真如福地，又名離恨天，又名芙蓉城。』……士隱道：『賈寶玉就是神瑛侍者……寶玉的前身，神瑛侍者的後身，又為石曼卿，乃是芙蓉城主……』」。

30 呂洞賓為元明「度化劇」常見的度化者，他為小青煉形回生，實是不二人選。

31 燃燈古佛為佛教三世佛中的過去佛，曾為釋迦牟尼的前身授記作佛，參考中國佛文化究所點校：《增壹阿含經》（北京：宗教文化出版社，1999年），卷20。在明代神魔小說譜系中，燃燈古佛被視為釋迦牟尼佛的師父，地位極高，如《西遊記》第九十八回，祂直接繞過佛祖，命白雄尊者奪去唐僧等人「無字之經」；於第一百回末眾佛合掌皈依唸佛時，地位居於眾佛首位，排於佛祖之前。於《封神演義》中，將之轉化為道教的「靈鷲山元覺洞燃燈道人」，曾解救李靖，並協助姜子牙破十絕鎮，收服羽翼仙（即大鵬鳥）等。

慈條，鹵莽如此。至于水漫金山，殘害生靈，皆不量情理，豈不是法海激成奇變？仔細看來，乃奉法不臧耳。……（佛）據汝所言，法海背經違律，咸裂要功，釀成奇禍，難免輪迴一轉矣。

「殷雲」之名，乃取「因緣」相近音義；為重探佛理情緣，殷雲論辯「慈悲即是情」、「因果即是緣」，佛法不是無情，更應賦予有情之眼。這當然不是真正的佛義，而是民間化的思維，但古佛竟被說服，同意法海確實違背慈條，拆散因緣，乃奇變罪首。將情緣納入佛法體系，乃本戲開頭最精彩的顛覆性論述；因「情」重於「理」，才能反轉白蛇、青蛇罪刑至法海身上，使《雷峰塔》中正義的化身，形象為之一變，轉為「僧而為魔」，相對於青、白蛇的「妖而為人（仙）」，不啻扭轉兩極的新架構。細觀之，殷雲僅於全劇首齣出場，之後再未現身，其功能正是確立《後雷峰塔》以情為宇宙秩序及道德依歸。

第六齣〈慈度〉進一步「攻擊」許宣：燃燈古佛從華筵大會返回昭慶寺途中，見江上怨氣重重、鬼聲悽惻，傳喚四名怨鬼詢問：

（佛）我見汝等有數萬愁魂，何故沈淪在此？（四鬼白）上告佛爺，我等皆無辜遭劫的百姓，只因許宣一人負義，激成其妻水漫金山，一概淹死，至今不得超生，所以悲哀耶。……（佛白）汝得當此目前苦景，心中歸怨何人？（四鬼）此村元是法海激成，然他道法甚高，不敢怨他。只有許宣這負心的賊，為他害了數萬生民，他更公然在執事。小鬼們實情不敢，須要驅逐他下山，不許在此為僧，方洩眾恨。……（佛）如此說來，你們何不乘夜深之時，擁入禪堂，驅逐他下山便了？（四鬼）只是山門有護法天王守住，小鬼們不敢進去。（佛）奉我法號，教法海超度你每便了。（四鬼）謝佛爺。（鬼下）善哉善哉，法海仗此佛門法力，作事如此鹵莽，結成數萬之怨，罪孽不少也。……

淹死眾鬼代替民間通俗觀眾的心聲，無辜遭劫的他們不敢怨懟法海，遂將冤念全數推到許宣身上，命其罪名為「負義」，代表本劇對負心漢的宣判，反轉《雷峰塔》的價值體系，認定其不配為僧（當然更不配升天）。古佛代表最高仲裁者，順應「鬼／民」心，令其得逐許宣下山（第七齣〈鬧鬼〉）。因此，繼反轉法海、白蛇評價，此處再撻伐許宣，將之從「被害者」改判為「加害者」，亦為白蛇脫罪。如此，《雷峰塔》中「許宣—法海聯盟」的瓦解，已在不遠；離開法海後的許宣，性格也將產生巨大的轉變。《後雷峰塔》重設四名角色的「因果關係」，徹底改變白蛇故事各版本一以貫之的道德、倫理秩序，為將來的顛覆預作準備。

（二）新角色的派入：奇士、情種、逆佛者

作為續集，《後雷峰塔》增派一位重量級的新角色：與小青有姻緣之分的秦繼元。小青為改編新視角，但繼元的吸引力更甚之，因其言行舉止令人耳目一新。為抗衡《雷峰塔》中許宣的薄悻寡情，繼元於情之層面所展露的痴、專、真，已達「奇士」境界——他偏愛異類更甚人類！見第二齣〈痴情〉：

> ……小生秦繼元，蘇州人也。……小生搏張華之博，好干寶之奇。我想，河岳英靈之氣，不
> 鍾於人，而鍾於物，四海之廣，何地不有？咳，獨吾不能奇其遇，真可浩嘆也。……不免將
> 志異之編，展玩則個……

他甫上場便展現對奇物、異類的興致，於深夜展玩志怪筆記，欽羨其中描寫的種種奇情豔遇。家中
老僕為之倒茶，詢問他為何讀書狂叫：

> （付）相公看舍　詩賦介？亂嘵亂喊介？（小生）是《述異編》。（付）吓，書上看着子舍
> 亇詫異事了？拽起子个樣堂調勒喊？（小生）吓，中間載一段鄭六郎巧遇幻娘。我想，精靈
> 異類具此仙才，有此玉貌，鍾此美情，守此奇節，免不得狂呼大。

這是《後雷峰塔》獨具手眼的新創造：新任男主角僅為「情種」尚不足，還必須是位癡情於鬼狐精
怪者，如小說《任氏傳》的鄭六郎，才能徹底擺脫許宣對異類情變的陰影，進而顛覆「人與異類不
得交通」之「理」。志怪筆記盛於六朝至唐宋，至清中葉更有《聊齋誌異》的成書，但於戲劇裡公
然歌頌、想像異類情緣者，秦繼元恐是明清傳奇第一人。作為回應，老奴說出一則小時親眼見聞之
事——即《雷峰塔》的白蛇故事。口說為憑，此「真跡實事」相較於書本故事，使繼元更加發狂，
入戲太深而泣：

> （小生）阿呀，我那多情多義的白娘娘吓！（付）相公亦拉虼癡哉个，是異類多情，勿算舍
> 个賬勾哭些舍。（小生）奶公說那裡話，情之所鍾，正在我輩。白氏如此坎坷，許宣恁般薄
> 倖，人人得而誅之……奶公，我想白氏如此遭磨，青姐全無消息。（付）个到勿曉得。（小
> 生）我如今到杭州去，親至雷峰塔前，哭奠一番，兼訪青兒消息……

這段對話中，第一層的「真」，是透過劇中人（老奴）所言，將原本為「（假）戲」的故事，幻化
成真；第二層的「真」，是劇中人（秦生）的信以為真，故而「情真意切」，決定親赴杭州哭奠真
人真事（而非傳說故事）。兩重「真實」，其實都是戲劇捏造的「假象」，卻使《後雷峰塔》承
繼、延續《雷峰塔》的時、空，在觀眾眼中，彷彿「前集」與「後傳」皆發生於不遠的當下，皆是
日常生活的熟悉場景；這不就是最早的「穿越劇」？劇中人儼然穿越《後雷峰塔》，回到《雷峰
塔》，再返回觀眾當下的時空。兩部故事中的白蛇、青蛇永遠青春不老，但許宣和許士林／秦繼元
已是兩代人；那麼，白蛇戲劇及其續集，既是舊時傳說，也是當下可觸可及的進行式。

　　繼元尚未抵達杭州，便尋得日思夜想的奇緣。第四齣〈劫奪〉，小青先收伏平望鎮「涉趣園」
內的白鰦魚精，以之為根據地（情節可視為《雷峰塔》〈收青〉的平行對照）。第五齣〈賽社奇
遇〉，秦繼元至平望鎮，恰逢地方三月三的土谷神會社，熱鬧非凡。他上岸遊玩，被人群推擠，無
意間擁住青兒（當然，實乃小青暗中安排），一見鍾情，進而結緣、締姻，居於園中。第八齣〈情
誓〉，三月恩愛後，小青才告知真實身份；她先要繼元猜，遍猜不著後道出，繼元反應為：

> （小生笑介）是了，據娘子說起來，莫非是精怪異類了？（貼）唔（小生）阿呀，妙極的
> 了！小生乃探奇之士，每閱《豔異》諸編，嘆古人多福，今人分慳。我秦繼元何德何能，感
> 蒙錯愛，好僥倖也！（貼）秦郎，你不要太癡了，我與（你）相交厭了，要吃你的呢！不如

撇了我，免傷性命。（小生）怎麼說？娘子要吃我？妙極子又妙了！我和你相愛，如管夫人所云，必須泥塑一個你我打破重圓之說，反不如與娘子吃了，葬于玉體，豈非死生肉骨之？……（貼）痴男子吓，怎麼性命不要的？（小生）喲，士為知己死，何況知己而竟知己乎？哈哈！（貼）阿呀，我那多情多義的親哥，你真是天下第一個情種也！

秦生得知小青為精怪異類，非但沒有絲毫異樣，第一反應竟是美夢成真，興奮不已；連小青伴嗎要吃他，也甘之如飴，引管道昇贈與趙孟頫〈我儂詞〉，表達甜蜜之美好。本劇對繼元的描繪，實已超越小青的「情種」讚嘆，進一步展現他不屑俗緣、嚮往極端、強烈、超越常態的意志。許宣與繼元「常與非常」的對立，使後者成為觀看亮點，他的每一句台詞曲文，皆出人意表、引人入勝。

　　然而，繼元又不僅止於談情說愛。進行至15齣〈簬捫〉（即「簬攝」），劇情急轉直下：繼元病篤，青兒急赴冠山竊取仙草（此為《雷峰塔》白蛇〈求草〉的平行對照）。小青剛走，白飯魚精便趁隙溜進園中，化身「假小青」欲淫繼元，未果；與此同時，法海付簬金剛，令攝秦生之魂羈押。於是，繼元身死，生魂被攝困至金山寺。第18齣〈強項〉，當繼元魂魄發現自己處境，第一反應不是驚疑、恐懼，而是：

> （外白）秦生，你來了麼？（小生）吓呵呸！晦氣晦氣，怎麼走來就撞見個和尚？……
> （外）老僧與你有緣，故此相屈來山。（小生笑介）哈哈，我聞釋老之教，無非異端之說，我讀之嘔吐。見和尚咄咄，平生最惡。有恁緣吓？……

兩人對峙的精彩對話，堪稱明清傳奇中的異數。繼元對釋老的厭惡，表露無遺，劈頭就稱其「晦氣」，開篇即稱其「異端邪說」。值得注意的是，即便《雷峰塔》劇本涵蓋儒釋道三教立場（如劇中出現道士、和尚、孝子），《後雷峰塔》首齣亦尊古佛為大，繼元卻以對立、抗衡之姿，責詈法海、毀棄佛理。接下來，他與法海另有一輪精彩辯論：

> （外）你與青蛇相處已久，未免為害，老僧救你，可保性命。（小生）我磊落襟懷，浩然英氣，縱與蛇虎相處，方寸坦然，況生死乃天命之所關，與你卻無干涉。……（外）老僧念你書香一脈，沈迷慾海，墮入火坑，萬劫難招，因此大發慈悲，婆心垂救，你還不覺悟麼？
> （小生）我讀聖賢之書，明先王之道，豈肯信你空空之教，把三綱俱廢，五倫盡棄吓？……
> （外）秦生，你不皈依三寶，只怕禍到臨頭，悔之晚矣。（小生）呸，什麼叫做皈依？難道教我削髮不成？我想頭之有髮，猶如山林之草木。聖人云，身體髮膚，受之父母，不敢毀傷。若違了聖訓，為名教指斥；若做了和尚，白白要人家布施，生生討人家飯吃，豈不羞死？……（外）這般清秀人才，痴愚何至於此？（小生）你異言異服，深為名教所斥，才是真愚。我堂堂孝廉，人欽鬼服，何謂痴愚？豈有此理。……（外）你若再不回頭，將你押入刀山地獄，不得超升。（小生）吓，如此說來，閻王就是你做的了？真個邪教橫行。可恨吓可恨！……

面對法海的教訓警示，繼元一一剝視回應：以正氣與異類相處，何來相害？命乃天所賜，與佛法何涉？佛理虛空，焉能顛倒儒家聖賢之理？削髮皈依，豈非違背儒家孝道之訓？在儒士面前，佛教才

是他者、異類，以地獄輪迴之說恐嚇世人，豈非邪教？繼元面對法海所表現的精神氣度，已超越純粹作爲「許宣對立面」的角色性格，展露書生反骨，抗觸佛法釋義，毀訾法海僧人，無意間流露編劇對佛教規訓化、獎懲化的反對立場，並爲儒家傳統揚聲。此齣乃上卷結束高潮，繼元一席論辯，直指儒、釋兩教的高下優劣；令人感覺在這一刻，爭論主題已悄悄從人妖異類與情理衝突，轉折至意識形態與思維方式的顛覆性。繼元所痛斥者，應是「宗教律法化」的佛理，故而將法海從一介高僧，扭轉成爲達目的、不擇手段、走火入魔者。

（三）重塑舊角色：從過街老鼠至孟姜女

《後雷峰塔》的挑戰還有「重塑」舊角色，而最需按鈕重啓者，莫過於許宣負心漢。本劇將法海妖魔化，將之從「正義的化身」打落爲「大魔頭」；對許宣則先「刨根」痛責，再「換土」使之重新做人。

《雷峰塔》許宣性格的缺陷，是易惑於色、誘，屢次反覆、疑猜，終至背情負義。《後雷峰塔》許宣的現身，始於跟隨法海於金山寺爲僧。前文已述，群鬼鬧寺後，法海只得令之下山，派遣他至蘇州度化秦繼元，斬斷孽緣。他走至蘇州，飢渴難耐，第9齣〈化齋羣嫉〉，敷演他托缽化緣的遭遇，堪稱奇文。開頭爲熱鬧群戲，綽號「氣殺西施」的婦人，與另二位結拜姊妹（付、淨、三旦）共遊虎丘，聽化緣僧人說唱故事，唱的正是《雷峰塔》中「許宣收白娘娘故事」；這是第二度《後雷峰塔》以《雷峰塔》爲「戲中說／唱」取材，刻意傳達「戲中『觀眾』反應」予「臺下眞正觀眾」，是對《雷峰塔》的諧擬嘲諷，也是續集以「觀眾之眼」賣弄的另種「評點」。「戲中觀眾」的反應，代表「續集」存在的必要性與編劇立場；當「戲中觀眾反應」與「台下看戲觀眾」彼此影響、互動、映照時，無形中成爲另種「互相觀看」、「多元論述」，令人聯想至《比目魚》的「戲中戲」場景，或《桃花扇》出入戲內戲外的老贊禮，代表清中葉傳奇編劇技法的成熟與精進。三位婦人聽著甚覺可憐，掉下淚來。（與繼元聽聞老奴反應相同，不也與各位現場觀眾相同？）接著，他們與化緣的許宣相遇，三人拿素飯施捨，順道閒聊，問和尚是否認識金山寺的許宣，情況便急轉直下：

> （生）就是小僧。（眾）吓，就是你吓？（付）奢渠个飯拿下來，勿許里吃。（淨）騷母命的，拿下來。（付）寧可不拉狗吃，勿要不拉个賊禿吃。（三旦）二位一齊動手，與白娘娘報仇！

三人剛飆淚結束，眼前就是故事中的仇家！他們立刻把飯奪回，寧可給狗吃，也不給賊禿，甚至毆打、痛罵他：

> （三旦）負心的賊，那白氏何等待你，將他怎般處置，世人多像了你這樣男（人），女人盡爲魚肉矣！

當中「男人」與「女人」的性別對立，暗示清中葉男性觀眾與女性觀眾看待許宣態度的歧異。許宣逃走，巧遇一位故舊：吉利橋下開飯店的王敬溪（參見方本《雷峰塔‧遠訪》），他聽聞許宣挨餓

多時，便請至家裡，命妻取素飯施捨。王妻看他面熟，詢問：

（丑）老兄，這和尚有些認得。（末）這就是白娘娘的丈夫許宣官吓。（丑）吓，就是个天
誅地滅个！（打生）……拿飯下來，倒拉豬狗吃！……白娘娘待吥奢等樣情義，替吥生大養
細，問吥為奢斷送里阿鼻地獄里去？……（咬生，末勸介）……（丑）快點趕里出去！……
（丑內白）和尚還勿去殺？拿屎馬桶潑出來哉！……

此處設計極有喜感，甫脫離毒手，以為得救的許宣，竟遭故舊狠狠修理。王妻的詈罵更加激動，不
僅動手打他，甚至張口咬他，最後再拿馬桶潑屎，命其儘速離開。這下子，許宣在蘇州成了過街老
鼠，人人喊打；不妨想像：舞台上許宣被打時，臺下觀眾是否跟著起鬨、叫好？本齣劇情可撫慰觀
眾長久以來對許宣的不滿情緒，引發觀眾的額首稱快、拍手稱慶，形成「解構」許宣形象的高潮。

許宣萬萬沒想到自己被街頭巷尾嫌棄，灰頭土臉、飢渴相逼之下，轉往杭州尋訪秦繼元。第11
齣〈反噬悔悟〉，許宣至平望鎮決定行善，救出被鎮壓於井中的白飯魚精。不料妖精出井後，竟要
吃他！許宣責怪他不念恩情，為「中山狼之輩」，精怪反嘲諷之：

（付）你這賊禿，責人則已，責己則昏。那白氏何等恩情，尚且被你陷害。你不過一揭之
勞，就思保全性命？今日把你細吞慢嚼，替白氏報仇也。

這是強烈的諷刺（irony）、現世的報應；許宣發善心卻無善報，乃因他當初自作孽，連劇中一名真
正的反派、惡者，都能站在比他更高的道德位置，數落之、打擊之，編劇的刁鑽刻薄至甚矣！許宣
於是狂奔，離開精怪，卻逃入涉趣園，被小青丫鬟發現，以為外賊，吊起來打。恰好，青兒與繼元
散步前來，發現許宣，青兒立欲取劍殺之，被繼元勸阻住。但繼元亦忍不住教訓他：

（小生）……許朋友，夫婦乃人倫之始。君子之道，造端乎夫婦。況白娘娘有少君之風，兼
孟光之德，你要想成佛，只怕（有這樣，）沒有這樣沒情無理糊塗菩薩。

《雷峰塔》最恨許宣的不是白蛇，而是青蛇這位仗義忠僕。《後雷峰塔》安排仇人相見，小青卻因
「愛」的力量，放過許宣，再證新角色轉化舊人物的強大動能。本劇「重塑」許宣的切入點，是他
身為和尚的背景脈絡；《雷峰塔》賦予他得道、為僧的位置，《後雷峰塔》將其崇高地位由眾人拉
下扯碎，豈非某種革命精神？他未曾得道，反因眾口訾毀而愈陷迷惘，法海灌輸給他的價值觀亦隨
之動搖。至此，許宣終於看清事實，醒悟過來，性格為之轉向，角色重塑任務完成：

吓，許宣吓許宣吓，你神人共憤，鬼怪不容，似此偷生，何顏立於人世？罷，我如今到杭
州，務將雷峰塔哭倒，救出恩妻，稍蓋前愆也。……法海吓法海吓，你害得我好苦也。……

負心漢許宣頓然悔悟，實為佛理「放下屠刀，立地成佛」的最佳諧擬（「放下（假）佛法，立地成
（真）人」）。他決定痛改前非，效法「孟姜女苦倒長城」，意欲「許宣哭倒雷峰塔」，人物形象
強烈翻轉，內在性格徹底改造。自此，他的行為進入重啟模式。第13齣〈慟塔〉，可視為《雷峰
塔》許士林〈祭塔〉的平行對照，不同的是，將「祭母」改為「哭妻」，這是許宣原型絕對做不到
的事，但「重新做人」的他，卻痛惡前非、深情懺悔：

……我許宣一時失智，辜負恩妻，為天下所不容。因此罰誓，到此必要哭得天地感動，救出

恩妻，方才住手。……妻吓，你在重泉冥冥，不知是何光景，此時恨不得鑽入地中，見我恩妻一面，由你打罵，摠將我剔骨抽筋，亦所甘心。……我想此事多是法海挑唆，害我到此地位。不免咬破指尖，題詩一首，以記此恨。（咬痛介）……賢妻吓賢妻吓，你若不得出來，我從此死于此地，只好陰魂入地，見你之面罷！……我哭了半日，且到淨慈寺中投了晚齋，夜間就在塔下伴我恩妻便了。……

本劇擊垮法海的力量，在繼元是「情」，在許宣是「悔」，這項人性最深沈真切的內省力，使許宣成了另一個人，發誓、哭塔、願受身死、怨懟法海；他連夜間也不離塔，以露宿苦行陪伴恩妻。全齣許宣獨唱四支【山坡羊】，與《雷峰塔》最悲苦纏綿的〈斷橋〉遙相呼應，[32]透過動人的曲唱哭聲，淨化觀眾內心的「負情儂」。懺情之外，許宣的哭塔，也在情節安排上產生意想不到的善果。下卷20齣〈宵會〉，他的暗夜哭聲，驚動官衙內的欽差巡河大人——許士林，他派人將慟哭者帶入官衙，問答之下，意外父子相認！相認的表記，正是《雷峰塔》許宣於〈剪髮描容〉所遣之髮、所繪之像；當初的一念之悔、紀念之舉，在《後雷峰塔》得獲回報，許宣「入佛」前的悔與其「出佛」後的悔，遙相呼應；中間這段「置身佛寺」的身份，反倒成為一趟迷失的旅程。如今他已重返「情之正道」，方得天倫聚首！在夜深欲寐之際，許宣向子辭行：

（生）夜已深了，你夫妻去安睡罷，我去也。（付生）爹爹！（旦）公公！不住在此間，要到那裡去？（生）兒吓，你做爹爹的曾經罰誓，直要哭得雷峰塔倒，救你母親出來，方能慰我之願。日間在你署中盤桓，夜間在河（邊）安歇。我去也。（付生）爹爹，你夜間獨宿湖邊，受了些風寒雨露。（旦同）教孩兒媳婦那裡願意得去？情願一同住在塔下。（生）兒吓，是你為父的日前短幸所致也，休得（管）我！

經由人物內在性格重啟，許宣言行舉止判若二人：他堅守誓言，寧可放棄家人與舒適圈，夜宿塔邊，守護恩妻。其執著的力道、綿長的哭聲，終於上達天聽（古佛處），促成最終的圓滿結局。因此，《後雷峰塔》的前半段，在舞台實際展現眾人對許宣的報復，為觀者提供「稱心快意」；後半段藉由人物心理的重啟，使許宣棄絕法海之理，回歸人性真情，方能在白蛇回歸後，成為與之匹配的丈夫。從因果到人物的翻轉，《後雷峰塔》已顯示其高超的續集書寫技法，以及高度的觀眾意識；接下來的難題，就是如何收尾與安置角色命運。

四、破偈語、強團圓：《後雷峰塔》的新結局與舊框限

明末清初以來，傳奇的編劇技法逐漸成熟，尤其體現在「情節性」的營造上；情節不再只是事隨人走的安排或曲文抒情的脈絡，逐漸精進深化，以展現事件的曲折、人物關係的複雜、場景與主題結合的佈局，如李漁十種曲、孔尚任《桃花扇》、周稚廉三種曲等。換言之，清初以降，傳奇在

---

32 〈斷橋〉開頭二曲皆為【山坡羊】，分別抒發白蛇與許宣的心事。

曲文的抒情造境之外，更重視情節結構所引發的戲劇性；若非彼時劇場盛演花部戲曲的炙熱景況，限縮崑腔傳奇全本新戲的演出機會，傳奇的編創手法或有更多的突破，甚至能產生類似近代通俗劇（melodrama）的新徑路。做為續集的《後雷峰塔》，在角色性格上的翻轉、情節鋪排上的迂迴，皆反映清代傳奇走向新、變、奇的趨勢。若正集的白蛇故事與續集的青蛇故事均能於場上長期聯演，或可帶動傳奇體制從「抒情性」走向「戲劇性」的重要轉機──可惜，歷史不能重演。

《後雷峰塔》情節走向最關鍵的問題，是如何解決白娘子「出塔」懸案，以及如何安排最終的「團圓」；這也是《雷峰塔》各版本改編念茲在茲的課題。一言以蔽之，「續集」不再採取迂迴手法（子為母求），而是選擇直視偈語，以合法性為前提，正面爭戰，不惜衝突，終獲解決。

拯救白蛇的情節發端，得先確認「搜救伙伴」們各自的發展與準備。曾於《雷峰塔》現身的白蛇義兄黑風仙，重回續集，且暌違多年後，已非昔日僅能探望義妹卻無力拯救者；他已然修練完畢，脫胎換骨，未來即將發揮任務。第10齣〈水任〉，黑風仙自道：

> 吾乃黑風仙是也。含至性于玄宮，秉純陰于北極。吞精吸氣，訪道煉魔。修一千五百餘刼，譯四十八萬餘言。性善禮，鬥忍辱，保真祚。（昨）奉天符，道我功行已滿，敕賜冕袞，命作西湖龍王，今日到任。……

白蛇劫難，仙界如同人間，若有熟人關係、靠山，狀況便會不同。因此作者安排黑風仙修練完畢，晉升仙界，得入仙班。第21齣〈憫訴〉，小青與之相遇，大為驚喜：

> （貼）吓，大爺，大爺，那裡去。（淨）元來是小青。（貼）好冠冕吓。（淨）我今為西湖龍王，超出異類，不是你仝類了。（貼）恭喜你了！……

不得不佩服安排黑風仙任職西湖龍王的手眼，掌管水族風雨，可為未來大開方便巧門，為結局預作準備。

第二位與拯救白蛇相干的當事人，為其子士林。在《雷峰塔》中，士林得中狀元，奏請皇上拆毀雷峰塔，但聖旨未允，無功返鄉，僅能於塔前祭奠、哭訴，雖哀情動人，卻於事無補。《後雷峰塔》重塑其背景、官階。第12齣〈蓼懷〉，士林中狀元後，官授翰林院修撰，並與表妹結親，已有五載，姑父母相繼去世。正當思念出家之父、永鎮之母，忽獲吏部派令，命他先任「巡視海塘」的欽差御史，後升任江蘇學道。如此安排，使士林成為位高權重的朝廷命官，行事可任憑決斷，不需事先上奏；其專責「海塘」，則西湖亦屬管轄範疇。於是，仙界有西湖龍王，人間有欽差御史；一為義兄，一為親子，與之干係深厚者，俱居大位，則白蛇未來的出塔，幾乎是萬事俱備，只欠東風。

當人事底定後，情節敷演拯救之前的難關與爭戰，這必然與青蛇與法海的終極對立相聯繫。《雷峰塔》的重要爭戰場景是〈水鬥〉，而《後雷峰塔》與之平行對照的戰鬥，場景同樣在金山寺，情節同樣是法海拘禁秦繼元（生魂），當青蛇踏上舊地，昔日戰敗與傷痛之情再度湧現。來此之前，小青甫從冠山武鬥求草返回（16齣〈竊草〉），發現繼元身亡，立即追至陰間打傷小鬼，要尋閻王查詢死簿（17齣〈鬧拒〉），判官告知秦生未死，小青才從土地神口中，得知其夫生魂被攝

往金山，決心拯救（19齣〈佛庇〉）。一連三齣，皆是小青的重頭武打戲（中間夾一齣秦繼元罵僧的〈強項〉，為口舌之戰），上山、下地、入寺，各有輸贏，緊張萬分，高潮迭起，幾乎可與今日的好萊塢動作片比美。於〈佛庇〉中，她先鼓起勇氣與法海說理：

> （外）咂，你這孽障，已被護法神打死，得蒙佑真人煉形復活，只合潛跡深山，膽敢又入人間，迷惑善良，是何道理？（貼）小奴豈敢迷惑善良，秦生與我元有二載夫妻之分，奉燃燈古佛慈旨，准誠婚配，今已一載。秦生陰魂被師收攝，因此特地到此，懇望大發慈悲，放轉回生呢。……

法海言行陰險詭詐，表面答應讓他領回繼元，實則秦生已被旛旗控制，呆若木雞，無法自主。小青判斷旛旗古怪，決定動手：

> （貼）吓，一定這旛古怪，待我拔去他罷。（金剛）呔，妖魔休得動手！（殺介）（貼逃出跌介）阿呀，唬死我也，好生利害，幸得我逃得快，險些兒被他傷壞。……阿啐，我若怕死，官人何能再生？罷，我不如戰死陰魂，和俺官人一處罷。阿呀，燃燈佛吓，你教（我）下凡，卻把我斷送也！……，守旛神將聽者，俺小青今日不要性命了！……（殺介）

護法金剛將之殺退，小青驚險逃出，為報答繼元義重情深，決定寧可戰死，不願獨活。由後文得知，小青所以殺敗，非因功力不夠，實乃已懷五月身孕。戲劇情節忌重，之前已連續戰鬥兩場，此刻若要再以武鬥取之，觀眾心理勢將疲憊。於是，情節為之轉向。在小青即將遭難、危急存亡的關頭，舞台指示如下：

> （金翅鳥啣旛，小生撲跌，貼身負行，金剛追，金翅鳥護下）

燃燈古佛及時派出座前的大鵬金翅鳥，干預戰事。金翅鳥先啣旛拔起，救出秦生陰魂，小青得負其逃走；再阻撓金剛的追殺，救護兩人順利離開。這段「動作戲」，有神、怪、鳥、人，景況瞬息萬變，成為武鬥爭戰的亮點。不同於〈水鬥〉的悲劇性收場，〈佛庇〉因古佛介入，竟得在法海眼前，上演「青蛇復仇記」，使其一切圈套計謀盡皆落空，豈非暗示未來白蛇的出塔有望？復活後的繼元，將與小青前往杭州祭奠白蛇。於是，隨著情節的進行，西湖岸邊終將聚集所有當事者，迎接最後關頭。

當然，扭轉局勢的關鍵，仍待最高統治者／仲裁者的首肯，才能合乎法理。21齣〈憫訴〉，燃燈古佛聽聞哭聲，詢問西湖龍王；黑風仙稟報此乃許宣哭妻，古佛動心惻隱，再問：

> ……那白氏沈埋塔底多少年了？（淨）二十五載。已悔厥辜，無門哀訴。（佛）一念回頭，可消罪孽。……

古佛乃真佛也，看重「一念」之「悔」的價值，可消罪孽，亦呼應許宣發誓哭倒雷峰塔的執念。於是，《雷峰塔》中法海的凝滯「天理」，在《後雷峰塔》以「慈悲」替代：天理的最高準則，是人的懺悔與佛的慈悲。古佛一念，成為此劇結解的關鍵：不必繞過偈語，只要超越之。《雷峰塔》偈語的法力在於「西湖水乾，江湖不起，雷峰塔倒」，只要西湖水乾、雷峰塔倒，白蛇自可出塔／出世。當然，古人認為西湖如江海，湖水不乾；雷峰塔滿有法力，絕不會倒。但《後雷峰塔》偏偏就

要讓西湖水乾、雷峰塔倒，這才出人意料、才叫觀眾過癮。怎麼做呢？燃燈古佛裁示「破解」永鎮偈語之法予黑風仙：

> 汝可託夢與許狀元，叫他淨寺前開一照池，將塔影倒入水中，以應雷峰塔倒之讖，救出白氏便了。

原來，雖不似孟姜女「哭倒」長城，但破解之鑰卻藏在文字裡：只要把「倒」字解讀為「倒影」，從水面觀看，恰似雷峰塔已倒，此項偈語的法力就能如煙飄散，儼然成真。此破解法最「狠」之處，在於把照池開在「淨慈寺」前——此即法海之寺，亦為《雷峰塔》中許宣受鉢之處，豈非直搗法海巢穴？第22齣〈開池〉，西湖龍王託夢，許士林下令開池，引起眾僧反抗：

> ……人夫已齊，正欲動手，忽有淨慈寺住持率領眾僧，稟稱二十年前有一聖僧法海，曾言照池斷斷開不得，大傷西湖風水。為此稟見大人，祈求電察。（付生）吓，本院奉旨，督理天下河工海塘，豈有一池不能專主？（丑）並非卑職抗違，實是和尚作梗。（付生）說那裡話。難道幾個愚僧，敢與欽差做抗？可傳與眾僧，如再抗違者，即將住持號寺前示眾。……

開池絕非小事，必得官員支持；至此恍然大悟讓士林擔任海塘欽差的方便法門；「正集」中無力作為的白蛇親子，於「續集」中卻展現鐵腕開池，因果相報，足以大快人心。這項命令雖不無以公報私之嫌，卻隱含復仇的力量；士林威脅眾僧的話語，堅毅而不假辭色，顯現其性格由柔至剛的轉變，也使這場「鑿池反抗」之戰，成為拯救白蛇的前哨號。

解決一項之後，該如何面對「西湖水乾」呢？古佛接著裁示：

> （淨）還有西湖水乾之讖，還求佛爺慈悲。（佛）爾現掌西湖，何不暫時一乾？（淨）恐犯天條，未敢枟變。[33]（佛）也罷，你可奏聞上帝，只說我的主意，再賜你七寶妙杵乙枝，持之入土無碍。……

同樣，派任黑風仙的重要功用至此顯明；執掌西湖的龍王，既可呼風喚雨，當然亦可令水乾水滿，簡直是專屬特權——促成此一命令者是古佛，凌駕於上帝、如來的最高統治者。若無第一齣因果關係的重構、宇宙層級的重塑，以上皆無法成立，可知此戲伏筆埋梗之精細。與淨慈寺老巢相似的諧擬諷喻，是古佛所賜予的法器——七寶妙「杵」，正好與法海倚仗的法器「鉢」，形成攻守之勢：以杵之法，破鉢之器，以其人之道，還治其人之身。黑風仙奉令，恰好小青偕同繼元來至西湖，他告知五日後即將救出白蛇，要她屆時一齊舉事。23齣〈晤〉，小青入地救出白蛇，許宣於岸上等候，見到日夜思念的娘子：

> （生）娘子甦醒，娘子甦醒。（貼）娘娘怕風，遮護好了。（生）妻吓，薄倖人負了你了。……許宣之罪，擢髮難數。如今得見恩妻之面，死也瞑目了。

負情郎已然消失，站在白娘子身邊，是位恩重情深的夫君，一句「妻吓，薄倖人負了你了」，不啻

33　枟為「檀」異體字，應為擅之訛，意「未敢擅變」。

一篇摯重的悔過書，前愆盡可抵銷，前緣盡可再敘。這句話堪稱解救白蛇行動後的抒情高潮，無論是白蛇、青蛇或觀眾，從晚明等到清中葉，才等到許宣的回心轉意。所有情節的堆疊與營造，都是為了此刻的暖意；筆者以為，《後雷峰塔》在情節上最精妙的設計，莫過於破解「西湖水乾、雷峰塔倒」偈語／咒語的方式；所有當事者藉此解救旅程改變、成長、聚合，從反抗權威（法海）起始，終得權威（古佛）相助，使一切合法、合理、合乎情之所鍾。《後雷峰塔》之外，從清中葉至今兩百多年來，再也不曾見到如此充滿創意的結解之道。[34]

然而，種種新、奇、變的情節走向與人物發展，隨著白蛇出塔、劫難了結，趨向結尾收束時，《後雷峰塔》彷彿重蹈《雷峰塔》結局的窠臼，陷入另一種「襲套」。劇情走向「疲乏」，是從第24齣〈指訛〉開始；法海發現白蛇出塔，立即趕到現場，緊追在後，準備再次動武；白氏、小青、許宣逃奔不及，眼看就要被缽所籠：

> （外）咄，孽畜，（看）法寶者！（生貼占急下）（佛高高處接缽白）法海，休得逞狂！
> （外）元來是老佛，弟子參拜，聖壽無疆。

關鍵時刻，古佛必然出手干預，因為解救白蛇正是他一手促成的，故除了巧合外，這段情節未能引起驚喜、震撼。而後，古佛狠狠教訓法海：

> （佛）你可知罪麼？（外）弟子不知罪，求佛爺開示。（佛）如來付你法寶，元說許仙與白蛇有姻緣之分，待緣滿之後，若再迷戀不捨，或有相害之意，那時收取未晚。你不待緣滿，豈不知他腹中有文曲星在身？事有不成，反傷數萬人命，豈不是為禍之首？……（外）弟子不察，知罪了，望佛爺垂救。（佛）也罷，你速速回山，禮拜大慈懺文四十九日，梁皇寶懺文四十九日，焰口十壇，河燈萬盞，金剛經十萬八千卷，超度水厄諸魂，齊往生方，那時方免輪迴之苦。謹記謹記。……

法海必須完成諸般「罰課」，否則難免「輪迴」之苦。初看之下亦大快人心，然仔細體察，「撥亂反正」卻又似乎來得太容易；古佛的教訓與規訓，即刻「收編」法海，輕易化解反派力量。這就像《雷峰塔‧煉塔》（合缽）的平行對照，反動勢力瞬間瓦解，但法海承受之罰，相對白蛇卻輕微多。這倒不是輕重的問題，如此一來，法海錯誤的信仰，只需形式化的念經超度，功過便可消抵，缺少內在心理層次的懺悔，無形中使全劇的戲劇衝突「不對等」──尤其，對照許宣的覺醒徹悟，法海全然是被「在上位者」逼迫而反省者。《後雷峰塔》最具生命力的描寫，奠基於人物與情節的「顛覆性」與「翻轉性」。古佛一直隱身幕後，反派、黑暗力量即為法海所代表的「偽佛理」；當古佛從背後襄助者身份站出來，於光天化日下發落法海，「正邪對立」的抗爭與能量不費吹灰之力「被合蟹」，全劇立即洩了元氣。如同《水滸傳》的「招安」一般，此戲結局將重回佛界正道，但前面繼元與法海的抗辯、佛儒之爭的意義，至此亦被消解。終究，佛理仍是天道，事物重回常軌，

---

34 當代改編白蛇的電影，仍多以水淹金山、白蛇鎮壓為結局，如徐克改編李碧華小說的《青蛇》、李連杰主演的《法海：白蛇傳說》。

質問與革命的精神力量，被物質性的經文數量取代，夫妻之情則被得道升天的度化欲求所置換。倘若，古佛與法海之間，也有一番對峙、攻守、收伏的場景，則這「最後一戰」的調性與狀況便會不一樣。戲劇為民間觀眾宣洩情緒的管道，反映他們對改變的渴望，對現世狀況的翻轉與想像，但明清傳奇的大團圓結局，卻多少帶有統治階層的教化觀：無論內部有多少矛盾、勉強、爭議，結局亦得維持美好；否則，不啻隱喻天下破局，怎能忍受？[35]

於是，《後雷峰塔》接下來的劇情進展是：許宣夫婦、小青夫婦與兒媳團圓；許士林升遷赴任，與父母居於江蘇學道府；小青於繼元家中待產，繼元上京應試（25齣〈聚順〉）。第26齣〈歸真〉，法海罰課完畢，接獲古佛指示，托夢度化白氏、許宣；兩人覺醒後，清晨相互道別，各自離家，前往深山修行。士林發現父母失蹤，拼命追趕許宣，哭泣懇求歸家，遭致嚴拒，只得放手。第27齣〈灌頂〉，法海率白蛇、許宣參見古佛，得道歸天。28齣〈賀週〉，小青產下一子，預備返回天界，故擇選一門續姻，托士林提親（29齣〈定姻〉）。末齣〈榮歸喜圓〉，繼元已中探花，因在京得罪宦侍，左遷杭州府理刑，歡欣返家，欲接小青一同赴任，享夫婦天倫之樂；不料，小青已換方外之服，即將離去升天。後面這六齣，無論情節、對話、曲文，皆索然無味。尤其令人疑惑的是，哭塔兩月的許宣，與遭鎮二十五年的白氏，聚首不過數日，轉眼便為求道再次仳離，[36]豈非為襲套而度化、為竊臼而升天？倏忽之間，本劇開頭所看重的「情觀」，再度被「理」所勝，一切化於「空」、「無」，人間得官、續姻與仙界得道，「物質文化」戰勝「情感力量」。續寫乃為情而來，結局卻同樣由多情入無情，這是作為續集的《後雷峰塔》難以圓說的缺憾。唯一遺下的些許反抗精神，仍在獲知「噩耗」的秦繼元身上：

> （貼）今日與你成親的袁小姐，有二十分才貌，你不要認差了。（小生）（縱）是月殿嫦娥，我也不要！……（貼）住了，你我所愛者，情與色耳，譬如我死了，你還戀我什麼？
> （小生）憑你變了白髮婆婆，我只是愛你。……

多情、深情的繼元，不願小青成仙，不願與之分離，不願接受續姻，始終如一地愛著妻子。最後，小青離開了，士林勉強他拜堂，繼元依然難以面對：

> （小生）寸心如割，怎忍成親！

直至末了不發一語，由「贊禮」之詞結束全劇，成為歡欣景象中的異數，以沈默形塑最後的抵抗之姿。傳奇慣性的皆大歡喜，令續集結局虎頭蛇尾，亦是強抑人物情感的罪魁禍首。綜論之，「後傳」到頭來仍服膺權威體制，消抹反叛精神，距離現代化的通俗劇，終缺臨門一腳。

---

[35] 汪詩珮：〈追憶、技藝、隱喻：《桃花扇》中的「作者七人」〉，《戲劇研究》第19期（2017年1月），頁38-39。

[36] 此與《桃花扇》因家國之變而頓悟入道的侯李二人不同，或有意襲其關目。

五、時空、演出與場合：《後雷峰塔》文本的特殊性

本節關注《後雷峰塔》可能的編撰年代、演出情況，及其文本的特殊性。比對天理大學藏本《後雷峰塔》與北京國圖本、美國國圖本《稱心緣》，實同名異；由文本內證看來，《後雷峰塔》早於北京國圖本、美國國圖本，[37]由「劇名」演變推測，亦應先有「續集」概念的《後雷峰塔》，再因應演出、傳播過程中，觀眾反應的大快人心，改名為《稱心緣》。如是，北京國圖本鈔寫年代為嘉慶21年（1816），美國國圖本年代可能為乾嘉之際至嘉慶初年，[38]《後雷峰塔》的編撰與傳鈔，極可能落在乾隆中晚期。1770至1780十年間，為《雷峰塔》傳奇自成熟至定型的關鍵期，[39]《後雷峰塔》的編鈔年代，可能從1770年前後至乾隆末年（1795）之間。原因之一，是「後傳／續集」必須在「正傳」流傳趨於穩定後方才出現，前文分析《後雷峰塔》帶有不少與《雷峰塔》「平行對照」的情節，盡皆呼應《雷峰塔》成熟文本的樣貌（如〈盜草〉、〈水鬥〉、〈斷橋〉、〈剪髮描容〉等）。其餘原因，則與《後雷峰塔》文本的「地景空間」有關。

《後雷峰塔》劇內出現多處蘇、杭地區的「名勝／地景」。先觀察方本《雷峰塔》出現的「名勝／地景」，包括：

籍貫地：峨嵋山連環洞（白蛇仙居）、嚴州桐廬（許宣籍貫）

蘇杭地區：杭州（草橋門、鐵線巷、薦橋雙茶坊）、西湖（斷橋、雷峰塔、淨慈寺）、蘇州（吉利橋、虎丘）

其他：嵩山（求草地）、鎮江、金山寺

以上劃底線者，為小說〈白娘子永鎮雷峰塔〉已出現者，方本添加地名僅：白蛇夫婦籍貫、仙山嵩山、杭州草橋門與鐵線巷、西湖斷橋、蘇州虎丘七地。至於《後雷峰塔》內地名，參見表甲整理。

---

[37] 北京國圖本多將天理本存疑處修改、確認，如第一齣〈釋音〉，天理本首句為「沁字／宇清香」，北京國圖本劃掉「字」，確立為「宇」，且將「許宣」全改為「許仙」，可知時代較晚。美國國圖本亦有將天理本劃掉或省略處，如天理本下卷〈宵會〉首句為「躬膺民社收勤王，事邑有絃歌雅化多」，美國國圖本劃掉「收」，改為：「躬膺民社勤王事，邑有絃歌雅化多」。

[38] 見汪詩珮：〈潛跡與明蹤〉文第四節推論。

[39] 汪詩珮：〈潛跡與明蹤〉，見第三節論證。

表甲：《後雷峰塔》齣目及劇本提及之名勝／地景／地名一覽表

卷	齣數	齣　　名	提及名勝／地景／地名
上卷	1	釋因	西湖昭慶寺 （燃燈古佛留雲下院）
	2	癡情	蘇州秦繼元家中
	3	隊晤	西湖雷峰塔
	4	劫奪	平望 涉趣園（白鱾魚精根據地）
	5	賽社奇遘	平望涉趣園
	6	慈度	長江
	7	鬧鬼	鎮江金山寺
	8	情誓	平望 涉趣園
	9	化齋羣嫉	滸墅關、蘇州、虎丘
	10	水任	西湖（黑風仙上任龍王）
	11	反噬悔悟	平望 涉趣園
	12	蓼懷	京師
	13	慟塔	西湖雷峰塔、淨慈寺
下卷	14	付旛	鎮江金山寺
	15	旛挵	平望 涉趣園
	16	竊草	冠山（萬回隱居地，其爲杭州人）
	17	闃拒	陰間地府 平望
	18	強項	鎮江金山寺
	19	佛庇	鎮江金山寺
	20	宵會	西湖小有天園
	21	憫訴	西湖得勝壩
	22	開池 （美國國圖本：開湖吊場）	西湖淨慈寺
	23	晤 （北京國圖本：出塔） （美國國圖本：開湖吊場，與前齣合爲一齣）	西湖雷峰塔
	24	指訛	西湖雷峰塔道旁
	25	聚順	西湖小有天園
	26	歸眞 （北京國圖本：悟昇）	蘇州江蘇學道府
	27	灌頂 （北京國圖本：佛圓）	西湖昭慶寺
	28	賀週	蘇州秦繼元家中
	29	定姻 （北京國圖本：說親）	蘇州胥門
	30	榮歸喜圓 （北京國圖本：歸別）	蘇州秦繼元家中

據上表分析，值得玩味者有：

（一）新派入角色中，秦繼元籍貫蘇州，隱居冠山、擁有仙草的萬回，籍貫杭州；集中於蘇、杭兩地。相較之下，方本安排白蛇、許宣兩人的籍貫，一為四川、一為浙江桐廬，較為分散。

（二）發生在杭州的場景，全數集中在西湖周邊，包括《雷峰塔》已出現過的淨慈寺、雷峰塔，及《後雷峰塔》新增派的：昭慶寺、小有天園、得勝壩。

（三）發生在蘇州的場景，除《雷峰塔》已出現過的蘇州府及虎邱外，《後雷峰塔》另增派：秦繼元家內、滸墅關、江蘇學道府、胥門。特別值得注意的是，增加蘇杭之間的古鎮「平望」，及平望鎮上的涉趣園。

（四）《後雷峰塔》中的場景，除小青求草冠山、小青下陰間探詢夫婿，鎮江金山寺、士林原任京師之外，全數為蘇、杭景點。

（五）若以場景出現頻率而言，除去故事主線的「金山寺」與「雷峰塔」兩處，次數最多的地景是：平望（涉趣園），小青打敗白鱖魚精後的根據地（5次），其次為秦繼元蘇州家中（3次）、西湖小有天園（2次）。

以上地景空間似乎隱然與乾隆南巡蘇杭有所聯繫。關係最密者首推西湖「小有天園」。「小有天園」在淨慈寺西，慧日峰下，舊名壑菴，清初為汪之萼別墅。乾隆十六年（1751）第一次南巡，賜名小有天，[40]為乾隆西湖二十四景之一。由此線索判斷《後雷峰塔》的編撰年代，必晚於1751年。乾隆極愛此園，南巡必至此，《欽定南巡盛典》[41]收錄多首御製〈題小有天園〉、〈小有天園〉、〈再小有天園〉詩，及御製〈小有天園記〉文，亦於圓明園內仿建其園。[42]乾隆南巡時亦曾路經平望鎮，收錄有御製〈平望〉、〈雨中過平望〉詩。再檢視《欽定南巡盛典》，亦發現多首與《後雷峰塔》地景空間有關的御製詩，歌詠姑蘇、遊覽虎邱等，及與西湖景點相關的〈淨慈寺〉、〈昭慶寺〉等詩。

先看蘇州。由宮廷畫師徐揚奉命繪製的《乾隆南巡圖》，為描繪乾隆首次南巡（1751）的巨幅歷史畫卷，共十二卷。[43]其中第六卷命名為「駐蹕姑蘇」，參見《乾隆南巡圖研究》第七章關於本卷的說明文字：

> 過了一座高大的單拱石橋，呈現出一片繁榮的市鎮，鎮內街巷縱橫，樓舍櫛比，行人南來北往，步行的、騎馬的、擔擔的、坐轎的、熙熙攘攘。沿街店鋪各色貨物紛陳，市招高懸，名目繁多⋯⋯沿街向前行，不少招牌顯示了地方風味、姑蘇特色⋯⋯這時街上來往行人更多，騎馬的、坐轎的夾雜其中。沿街兩邊樓宇精舍大都是鋪面，一些行業顯示出著名的姑蘇

---

40 陳葆真：〈康熙和乾隆二帝的南巡及其對江南名勝和園林的繪製與仿建〉，《故宮學術季刊》第32卷第3期（2015年3月），頁18。

41 高晉、薩載、阿桂等編：《欽定南巡盛典》，收入《景印文淵閣四庫全書》（臺北：臺灣商務印書館，1981年），卷658-659。

42 見陳葆真：〈康熙和乾隆二帝的南巡及其對江南名勝和園林的繪製與仿建〉，頁26-27。

43 〈《乾隆南巡圖研究》簡介〉，中國國家博物館編著：《乾隆南巡圖研究》（北京：文物出版社，2010年），頁1。

工藝……左右店鋪中顧客出出進進，生意紅火。有的招牌上寫著「炕席老店」、「細席發客」。這些市招告訴人們這裡是有名的滸墅關，因這一帶盛產蘆葦，鄉人多以編席為業，滸墅關所產葦席遠近馳名。……[44]

徐揚的畫風工筆寫實，其筆下的「滸墅關」（第9齣地景）正位於御駕入蘇之要塞，細描兩岸人物景象。[45] 再看另一段說明：

進了胥門，畫卷呈現出一片肅穆的景象，寬闊的大路兩邊，各有數十名頂戴袍服的大員沿街依次跪列。一對對騎馬挎刀的御前侍衛在前面引導，九龍曲柄黃華蓋下，乾隆皇帝身著石青色行褂，頭戴紅絨結頂青色行冠，騎在一匹白馬上，後面十幾名御前大臣和帶刀侍衛簇擁著皇上緩轡行進。……胥門內路邊設有結綵戲臺，幾名演員正在裝扮，準備登場。……[46]

本卷長圖中，乾隆所在的位置，便在「胥門」（第29齣地景）入城處，可見此門吞吐蘇州城的重要性。

杭州的「得勝壩」（第21齣地景），是杭州境內運河水道的要津。[47]乾隆南巡最重要的目的，是巡視河塘海工，見《欽定南巡盛典》卷首上〈御製南巡記〉（乾隆49年3月）：[48]

……予意也，蓋南巡之典始行于十六年辛未，是即遲也。南巡之事，莫大 河工……（頁1-2）

而得勝壩屬於「湖塘」之一。《欽定南巡盛典》的「河防」、「海塘」兩門相加共30卷，佔全書100卷比例最高。[49]再檢視《後雷峰塔》錢塘知縣對士林官職的敘述（〈宵會〉）：

（丑）……今有欽差巡河許大人，挈同家眷，自黃河查視，直至海塘；又從海道，直至西湖，耽閣半月，方赴江蘇學道之任。已辦公館在小有天園……（欽命巡視河工海塘江蘇學道上）……

乾隆時期，自黃河查視河工海塘直至西湖者，正是乾隆皇帝本人；許士林甚且將公館置辦在乾隆最喜愛的西湖小有天園，則士林這位御賜欽差可能暗示、隱喻乾隆皇帝及其功績。如此一來，《後雷峰塔》為何在劇中添入許多蘇、杭沿線景點，而幾乎每一處皆為乾隆南巡所造訪者，寓意也就相當清楚。乾隆南巡路線上，最喜愛且屢次造訪的三處，正是揚州鎮江（金山寺）、蘇州、杭州西湖，

44　中國國家博物館編著：《乾隆南巡圖研究》，頁286。

45　王翬繪製《康熙南巡圖》第七卷有「滸墅關」之圖。參見網頁資料：http://blog.sina.com.cn/s/blog_c88d18fa0101m8in.html（檢索日期：2017年7月31日）。清・徐珂：《清稗類鈔》（北京：中華書局，1984年），頁337「巡幸類・聖祖六巡江浙」記有：「聖祖南巡，始於康熙甲子十月二十六日，御舟抵滸墅關。」可知滸墅關為清帝南巡路線中的蘇州要塞。

46　中國國家博物館編著：《乾隆南巡圖研究》，頁287-288。

47　參見網頁資料說明得勝壩：http://www.gcwc.ntnu.edu.tw/news2/news.php?Sn=200（檢索日期：2017年7月31日）。

48　陳葆真：〈康熙和乾隆二帝的南巡及其對江南名勝和園林的繪製與仿建〉，頁4。

49　陳葆真：〈康熙和乾隆二帝的南巡及其對江南名勝和園林的繪製與仿建〉，頁10-11。

及其周遭景點。劇中平望的「涉趣園」，無論是白飯魚精或小青居所，皆爲精怪棲息之地；而蘇州於明代確實有一座「涉趣園」：[50]

> 在太倉璜涇，趙某闢。清時廢。

精怪以廢園爲居，透過法力將之轉化爲美園，故入清後的廢園實景，成爲戲劇「場景設置」的最佳想像空間。

若將《後雷峰塔》的編撰，與乾隆南巡相聯繫，還有一條資料值得推敲。《清稗類鈔》「巡幸類‧高宗南巡供應之盛」提及揚州鹽商接駕之排場：

> 彼時各處紳商，爭炫奇巧，而兩淮鹽商爲尤甚，凡有一技一藝之長者，莫不重值延致。又揣知上喜談禪理，緇流迎謁，多荷垂詢。然寺院中實無如許名僧，故文人稍通內典者，輒令髠剃，充作僧人迎駕。並與約，倘蒙恩旨，即永爲僧人，當酬以萬餘金，否則任聽還俗，亦可得數千金。故其時士子稍讀書者，即可不憂貧矣。[51]

本劇敷演繼元與法海之對峙，有一段僧、儒論辯，前文已述；然而看似反抗佛理的情節主題，卻在劇末接近收尾時，由佛法收編儒士。那麼，是否可將《後雷峰塔》全劇視爲一整套禪理公案？又或編撰者因揣度皇帝口味，故於收束處轉彎歸道？若此戲的編撰、演出，與南巡相關，則結局的疑點與缺憾，似可迎刃而解，畢竟要合乎特定觀眾之品味，怎能不讓最高統治者收攝所有內在、外在的反抗力量，回歸倫理秩序？既然《雷峰塔》於乾隆年間發展與演變的軌跡，從成熟至定型，與揚州淮商及乾隆南巡關係密切；[52]則《後雷峰塔》亦可能與乾隆南巡有關，或爲紀念南巡盛典。其編撰者可能爲蘇杭文士／伶人，[53]演出場合可能在蘇杭（蘇州的可能性又更大，因結尾數齣場景皆在蘇州），才會大量接合蘇杭地名於劇本內，成爲「地域特色」強烈的白蛇後傳。

劇本內部另有一項證據，顯明《後雷峰塔》鈔本存有內廷／御前演出痕跡，見〈賽社奇逢〉繼元上岸觀看「賽社」的鬧熱場景，於活動高潮之際：

> （內）社大來了。（眾擠貼到，小生懷抱住介）（舞球出天下太平彩）（十二童合唱）……[54]

臺上擠滿「圍觀群眾」，小青將被擠倒，繼元扶之；劇本雖未細描勾勒接下來發生的事，我們自可想像，二人必然四目交接，心動，甚至停格數秒，背地裡舉袖讚嘆對方容貌。若是現代劇場，可用聚光燈照在男女主角身上，營造「瞬間的放大感」；而清中葉的此刻，舞臺的辦法，是以「舞球出天下太平彩」的形式，以舞蹈隊形襯托二人的中心位置，再以十二位童子合唱，爲二人內心思緒

---

50 魏嘉：《蘇州歷代園林錄》（臺北：文史哲出版社，1994年），頁197。

51 清‧徐珂：《清稗類鈔》，頁341。

52 汪詩珮：〈潛跡與明蹤〉文第三節。

53 由天理本的齣名（蓼懷、蹻拴、強項、晤等），推測作者爲名流文士的可能性較大。表甲可知美國國圖本與北京國圖本將齣名改爲通俗化，應爲伶人所爲。

54 北京國圖本此處標示：「眾擠倒貼，小生抱住。童兒上，舞球襟耍亦可，完，唱。」

幫腔。[55]此處，舞台指示的關鍵字，爲「天下太平（彩舞）」，這是清代宮廷戲所使用的排場隊形之一。參見《故宮珍本叢刊》所收內廷承應短劇《神芝異卉 芳妍》（串關本），於鈔本首頁標題旁，鈔有：[56]

　　萬花爭豔　代排場　天下太平　天下太平（頁9）

並附上天下太平排場的「萬字圖樣」：

　　（頁9）

鈔本頁末另附「天下太平」四字，於場上結束、眾口合唱的曲文處：

　　　　天
　　平　太
　　　下　　　　　　　　（頁10）

55　令人聯想清中葉演《牡丹亭・驚夢》時，以十二花神（或更多）隊舞簇擁兩人夢中相遇，並以合唱道出交歡情狀。

56　故宮博物院編：《故宮珍本叢刊・崑弋各種承應戲》第2冊（海口：海南出版社，2001年）。

以十二「童子」舞唱,也近似內廷排場。《後雷峰塔》鈔寫「天下太平」的這條線索,北京國圖本未見,北大圖本上卷謹之。若然,則天理藏本《後雷峰塔》的鈔寫與御前演出場合關係應相當密切,而南巡盛典／紀念或爲其編撰初衷。

由《後雷峰塔》易名的《稱心緣》,亦有演出記錄存留於小說內,時代在北京國圖本之前,可證嘉慶中期以前此劇或常上演,故至今留下四種鈔本。參見《紅樓夢》續書之一,嬭嬛山樵的《補紅樓夢》,現存清嘉慶25年(1820)本衛藏板本,作者〈敘〉年爲「嘉慶甲戌(19年,1814)」。[57]第四十回「怡紅院燈火夜談書,蘅蕪院管弦新學曲」,敘述某年五月中旬賈政七十生辰,榮府一連慶祝五日,第五日是家宴。晚上,桂芳(寶玉寶釵之子)與大夥兒談戲:

> 桂芳道:「今兒外頭唱的是《遂人願》的整本新戲,倒也生疏有趣呢。……這本戲是接著《白蛇記》新今打出來的。那白蛇在雷峰塔裡不得出來,青蛇便又配了個秦生,也猶如許宣頭裡的一般,也到雄黃山去取了仙草來救了秦生。那許宣卻在西湖上做了和尚了,他每日還去哭妻。後來秦生做了官,遇見許宣,問其哭妻的緣由,後來便拆了雷峰塔,許宣還與白蛇團圓的故事。」岫煙道:「這《遂人願》的名字就起的有趣兒。人都因為看著白蛇並無過惡,那法海又何苦來要把缽盂罩住了他,壓在雷峰塔底下呢?是凡聽戲的人,總要給白蛇稱冤道屈,故此才演出這本新戲來,給人聽著稱快,都遂了人的心願了。這裡頭和尚哭妻,倒也是翻案的文章呢。」……桂芳道:「今兒這和尚哭妻的那一套曲子,倒很好聽。我卻又不知道他的曲文。……」(頁355-356)

小說稱此「新戲」《遂人願》,與《稱心緣(愿)》同義,均著眼於該戲帶給觀眾心理上的滿足感。桂芳對劇情大要的說明,將重點放在秦生姻緣、青蛇竊草、許宣哭妻、雷峰塔毀與團圓,符合前文析論:新角色的派入、舊角色的重塑、平行對照情節、與結局的扭轉等「續集」關鍵。岫煙的回話,代表對白蛇同情的主要族群——女性觀眾的反應,這也難怪劇中安排唾棄許宣者,幾皆爲女性角色。《遂人願》在情節上的翻轉,固爲塔毀蛇出,但顯然「情感抒發」上的顛覆亦令觀眾落淚,即許宣哭妻由負情轉爲深情的表現;無論是岫煙所言的「翻案遂心」,或桂芳所言的「曲子好聽」,悟、悔、癡的曲文與音樂纏綿的組合,引發觀眾共鳴。再看小說第四十七回,「椿齡女劇演紅香圃,薛寶釵夢登芙蓉城」,多年後,桂芳已中舉,此時升任翰林院侍讀學士,各衙門及親友都來賀喜:

> 初二日,外面一班大戲,園子裡一班小戲兒。大家都在榆陰堂上坐了聽戲,唱的是《遂人願》的整本。寶釵道:「上年聽見外頭唱過這本戲的,我們都還沒聽過呢。這是《雷峰塔》的續本。」湘雲道:「這續本不但能遂人願,卻於情理吻合,關目合宜,通身還不甚支離。就如這〈雄黃山〉一段,也不厭其重複呢。」李紈道:「聽見今兒外頭唱的是《南陽樂》的整本。這本戲雖沒聽過,卻看見過這本傳奇,是新曲六種裡頭的一種。這算是補天之石,演

---

57 清・嬭嬛山樵著,李凡點校:《補紅樓夢》,頁1。

的是諸葛孔明滅魏平吳，也給這《遂人願》的戲是一樣的意思。」湘雲道：「那是從孔明有病禳星起，天遣華陀賜藥，北地王問病，興師滅魏平吳，功成歸臥南陽的故事。這本戲名為《補恨傳奇》，《遂人願》也是補恨。這麼說起來，今兒裡外唱的戲雖不同，意思倒是一樣了呢。」寶釵道：「每每續書補恨的，其才遠遜前書，以致支離妄誕，便成畫虎類犬，自取續貂之誚。這兩本戲雖不能登峰造極，還算刻鵠類鶩的呢。」說著，戲上已唱到西湖上和尚〈哭妻〉的關目。探春看了笑道：「這翻案的文章倒還做的有趣兒。想起頭裡我們二哥哥出家做了和尚去了，各處找尋了年把，合家大小終日哭泣，鬧的家反宅亂。後來我回家來了，就說這都是事有一定，不必找尋了，也不必傷悲，只當沒有這個哥哥罷了。誰知後來，二哥哥有人見他又留了頭髮，不是和尚了。並且優遊自在，已成仙體，身居仙境。大家把這找尋傷悲的心腸，久已丟掉了，坦然毫無罣礙。可見頭裡那些哀痛迫切，都是白摺掉了的。這會子，我們姪兒已發了科甲，入了詞林，又升了官。這也不是翻案的文章麼？將來有人譜入填詞，還不是一本絕妙的好戲麼！」湘雲笑道：「不錯，不錯，我明兒閒了就先起稿兒做出這部傳奇來，大家看看，再為更改添補就是了。」……等場上《遂人願》的戲唱至《團圓》，大家賞了一百多串錢。席散時，才交二更天……（頁421-422）

這一段對話的關鍵、隱語不少。首先，兩次演出《遂人願》皆強調「整本」，可知至少在嘉慶中期以前，該劇主要以全本戲（而非折子戲）方式搬上舞台；一次強調「新戲」、一次強調「續本」，再證該劇為《雷峰塔》流行、成熟、傳播後才「新制」的續集。其次，兩番演出場合，一為祝壽，一位賀喜，皆取團圓喜慶之利，則《後雷峰塔》被改名為稱心、如意、遂人願的緣由，也就意味著「演出場合」與「戲劇形式、內容」之間的相互影響。

更重要的隱喻為：第四十回所提到的《白蛇記》，可與《紅樓夢》第二十九回「享福人福深還禱福　多情女情重愈斟情」，端午平安醮神佛所拈三戲中的首齣《白蛇記》，進行「平行對照」。《紅樓夢》的《白蛇記》，是漢高祖斬白蛇的故事，隱喻賈府先祖跟隨先帝打下江山、白手起家的家族史開頭。[58]除以戲劇扣緊寓意，亦可能曹雪芹寫作之時，白蛇故事戲曲還是以《雷峰塔》之名流傳。《補紅樓夢》故意將第四十回的「白蛇故事」名為《白蛇記》（至四十七回正名為《雷峰塔》），顯然是刻意回應《紅樓夢》。賈府榮衰是《紅樓夢》的背景脈絡；至《補紅樓夢》，賈府各自於仙地、陰府、人間三界重拾生活，人間界則「由衰轉盛」，故《白蛇記》不再適用於漢高祖斬白蛇的故事，反而是白蛇故事的「悲情性」，在續集《遂人願》中已化悲為喜為團圓，等同《補紅樓夢》承接《紅樓夢》重啟下文的願望。《補紅樓夢》兩次提及《遂人願》，皆以「白蛇續集」迂迴討論己作；嬝嬛山樵的補恨之心亦以另位雍乾作家夏綸的《南陽樂》為例；[59]和尚（許宣）哭

58　李湉茵：《《紅樓夢》中引用戲曲之研究》（臺北：國立臺灣大學中國文學系碩士論文，2007年），頁43-44。

59　參考王瓊玲：〈「庸中之奇，斯其奇可傳，而其傳可久」——論夏綸劇作中之倫理意識與社會視野〉，《明清文學與文獻》第2輯（哈爾濱：黑龍江大學出版社，2013年），頁3-46。

妻思妻,隱喻出家的寶玉留髮入仙,當年的「負心人」(先負黛玉,後負寶釵)反因「重情」膺任「芙蓉城主」之位;寶玉之子桂芳中舉升官,彷彿許士林,爲賈府增添榮光;該戲演至尾齣「團圓」散場,也暗示小說以旌獎團圓爲念。姑且不論《補紅樓夢》在文學性上的缺憾/平庸,眾人談論戲裡的翻案文章之際,小說作者趁機偷渡創作理念,則《遂人願》的「刻鵠類鶩」,正是娜嬛山樵對自己《補紅樓夢》的謙譽。[60]

另據黃仕忠、李芳、關瑾華《新編子弟書總目》著錄一部子弟書名:[61]

> 趁心願。三回。作者未詳。……演秦世恩遊西湖,與小青定姻緣事。本事見《續雷峰塔》傳奇。……

所據子弟書目錄來源有:「百本張」、「別夢堂」、「民初輯本」等,可知自清中葉至清末民初,根據此戲改編、摘錄的子弟書亦演唱不輟。

綜論之,《後雷峰塔》的編撰與早期展演,約莫在乾隆後期,與南巡盛典及蘇杭地域相關;嘉慶之後,仍不乏以全本戲型態上演,但已改名爲《稱心緣》或《遂人願》,觀劇焦點除小青姻緣、塔倒團圓外,許宣的懺悔與哭塔實爲抒情高潮。觀劇末贊禮所唱尾曲(〈榮歸喜圓〉):

> 【沽美酒帶太平令】謝穹蒼,福德照,謝皇恩,雨露膏。……【煞尾】世人情痴同調,異類姻緣事所少。再譜新文,以博人間笑。痴情兒,今堪古難遭,異類與相交。把金山譜出奇調,博個人間笑。

「謝皇恩,雨露高」兩句,或許暗示早期展演的場合特殊性;「再譜新文,以博人間笑」,其演出時的「喜劇團圓」氣氛,成爲小說續作可取之嵌入的隱意。

六、餘論:隔代之影響

《後雷峰塔》可視爲清中葉白蛇戲曲發展過程中的一個「左派變體」──暫略其「續集」之身,本劇主軸意欲攻擊法海所代表的僧魔力量,公開提倡人、妖共和的多元成家,孽子(人、妖之子)得古佛支持差點拿僧人開刀等,歷來白蛇戲劇從未達至這般激烈、反叛的高度。雖然嘉慶之後,《後雷峰塔》的文本流傳與舞台演出似乎銷聲匿跡,其「前衛性」(avant-garde)的影響力卻跨越隔代。1924年10月28日,魯迅寫下〈論雷峰塔的倒掉〉,敘述他小時候聽祖母說白蛇故事:

---

60 第四十回還有一段談《西遊記》的續書,同樣爲平行對照,見清・娜嬛山樵著,李凡點校:《補紅樓夢》,頁355:「寶釵道:『但凡前頭有過的書以及傳奇等類,後人見他做的很好了,便想著要續,殊不知前人好手,所謂「極盛,尤難爲繼」的了。後人做出來的,總難免續貂之誚。……』岫煙道:『我看小說裡頭倒是《後西遊記》比前書竟還好些呢。』寶釵道:『也就是這部書算後來居上,其餘總是後不如前的了。』……桂芳道:『我最喜歡他說的,到靈山有無見佛的一段,他說佛原是沒有的,是空是無,那大顛說到了靈山見不成佛,豈不枉費了功夫呢!那小行者聽見了,就變成了如來佛,坐在上頭要割豬八戒的舌頭,說你罵師兄就是罵我,我和你師兄不分彼此。那是說心即是佛,真是遊戲三昧,是好文章呢。』」

61 黃仕忠、李芳、關瑾華:《新編子弟書總目》(桂林:廣西師範大學出版社,2012年),頁276-277。

那時我惟一的希望，就在這雷峰塔的倒掉。……

現在，他居然倒掉了，則普天之下的人民，其欣喜為何如？

這是有事實可證的。試到吳越的山間海濱，探聽民意去。凡有田夫野老，蠶婦村氓，除了幾個腦髓裡有點貴羔的之外，可有誰不為白娘娘抱不平，不怪法海太多事的？

……

聽說，後來玉皇大帝也就怪法海多事，以至荼毒生靈，想要拿辦他了。他逃來逃去，終於逃在蟹殼裏避禍，不敢再出來，到現在還如此。我對於玉皇大帝所做的事，腹誹的非常多，獨於這一件卻很滿意，因為「水滿金山」一案，的確應該由法海負責；他實在辦得很不錯的。

只可惜我那時沒有打聽這話的出處，或者不在《義妖傳》中，卻是民間的傳說罷。[62]

魯迅及所有吳越「山間海濱」凡有腦髓者，都希望雷峰塔倒、法海遭罰；甚至他還聽說玉皇大帝要嚴懲法海。魯迅不知出於何處的民間傳說，當然不在《雷峰塔》或《義妖傳》裡，而在大快人心的《後雷峰塔》及其傳播、傳說中。「吳越」也就是「蘇杭」的擴大版，《後雷峰塔》堪稱清中葉蘇杭地區似魯迅一般打抱不平的文人，所寫的「快意復仇記」。只是《後雷峰塔》的創作與演出者未曾預料，這塔，在民國年間還真的倒了。

從這個意義上而言，《後雷峰塔》原為日本東京大學教授鹽谷溫藏書，身後轉藏天理圖書館，[63]也是歷史的必然。鹽谷溫師從葉德輝治中國戲曲小說，[64]其藏書除自行搜買外，亦得葉氏所贈；[65]葉德輝原籍蘇州，其父於太平天國時期遷居長沙，後以湘潭為籍，其戲曲收藏相當豐富。[66]前文已述《後雷峰塔》與蘇州的關係，鹽谷溫若輾轉得之，天理鈔本來源即應出自蘇州；若非被攜至東瀛，恐怕不無毀於後續戰亂的可能。這部保存良好且珍貴的鈔本，無疑可補充我們對清代戲劇史的認知：清中葉崑劇傳奇的殊異面貌，以及清代戲曲與帝王、宮廷間的緊密關連。

---

62 魯迅：〈論雷峰塔的倒掉〉，《魯迅全集》（北京：人民出版社，2005年），卷1，頁179-180。

63 參考黃仕忠：《日本所藏中國戲曲文獻研究》（北京：高等教育出版社，2011年），頁75-78：「（鹽谷溫）其藏書後為天理圖書館所得……」（頁75）。

64 參見王逸明、李璞編：《葉德輝年譜》（北京：學苑出版社，2012年），頁162，宣統元年（1909）葉氏四十六歲：「日本學者鹽谷溫得水野梅曉之介，前往葉家，拜葉氏為師，研習中國戲曲。」

65 黃仕忠：《日本所藏中國戲曲文獻研究》，頁76：「鹽谷溫的一部分曲籍，出自其師葉德輝所贈。」

66 參見王逸明、李璞編：《葉德輝年譜》，頁104。光緒25年（1899）葉氏三十六歲，寫他與王先謙集資組成「春台班」之事，引其《學行記》：「……提倡崑曲，蓄梨園一部，豪華聲伎之盛，傾動一時。……家藏元明人雜劇數百種，擇其尤雅者，授伶官重演之……」

徵引文獻

古籍

中國佛 文化 究所點校：《增壹阿含經》（北京：宗教文化出版社，1999年）。【Chinese Institute of Buddhist Studies(Annotator). *Ekottara-Agama sutra*. Beijing: Religion and Culture Press, 1999】

北京大學圖書館編：《北京大學圖書館藏程硯秋玉霜簃戲曲珍本叢刊》第1冊（北京：國家出版社，2014年）。【Peking University Library(Editor). *Beijing Da Xue Tu Shu Guan Cang Cheng, Yan-qiu Yu Shuang Yi Xi Qu Zhen Ben Cong Kan*, Vol.1. Beijing: National Press, 2014】

故宮博物院編：《故宮珍本叢刊‧崑弋各種承應戲》第2冊（海口：海南出版社，2001年）。【National Palace Museum(Editor). *Gu Gong Zhen Ben Cong Kan • Kun Yi Ge Zhong Cheng Ying Xi*, Vol.2. Haikou: Hainan chuban she, 2001】

宋‧歐陽修著，鄭文校點：《六一詩話》（北京：人民文學出版社，1962年）。【Ouyang, Xiu(Author); Zheng, Wen(Annotator). *Liuyi Shihua*. Beijing: People's Literature Publish House, 1962】

清‧方成培著，徐凌雲編校：《皖人戲曲選刊‧方成培卷》（合肥：黃山書社，2008年）。【Fang, Cheng-pei(Author); Xu, Ling-yun(Editor). *Wan Ren Xi Qu Xuan Kan • Fang, Cheng-pei Juan*. Hefei: Huangshan Publishing House, 2008】

清‧方成培：《雷峰塔》（乾隆36年初刻本，中國國家圖書館藏）。【Fang, Cheng-pei. *Lei Feng Ta*. 1771 first print in National library of China】

清‧佚名：《後雷峰塔傳奇（二卷）》（日本天理大學圖書館（原鹽谷溫舊藏）鈔本，鈔本未標示年代）。【Anonymous. *Hou Lei Feng Ta Chuan Qi*. Manuscript in Japan Tenri Central Library】

清‧佚名：《稱心願》，收錄於北京大學圖書館編：《北京大學圖書館藏程硯秋玉霜簃戲曲珍本叢刊》第30冊（北京：國家出版社，2014年）。【Anonymous. *Cheng Xin Yuan*, in Peking University Library(Editor). *Beijing Da Xue Tu Shu Guan Cang Cheng, Yan-qiu Yu Shuang Yi Xi Qu Zhen Ben Cong Kan*, Vol.30. Beijing: National Press, 2014】

清‧徐珂：《清稗類鈔》（北京：中華書局，1984年）。【Xu, Ke. *Qingbai Leichao*. Beijing: Zhonghua Book Company, 1984】

清‧黃圖珌：《雷峰塔》，《中華再造善本‧看山閣樂府雷峰塔》（北京：國家圖書館出版社，2013年，據乾隆三年黃氏看山閣刻本影印）。【Huang, Tu-bi. *Lei Feng Ta, Zhonghua Zai Zao Shan Ben Kan Shan Ge Yuefu Lei Feng Ta*. Beijing: National Library of China Publishing House, 2013, Reprint according 1738 Huangshi Kanshange Keben yingyin】

清‧黃圖珌：〈【賞音人】（觀演雷峰塔傳奇）〉，《看山閣集》，收錄於《清代詩文集彙編》編纂委員會編：《清代詩文集彙編》（上海：上海古籍出版社，2010年）。【Huang, Tu-bi. "【Shang Yin Ren】(Guan Yan Lei Feng Ta Chuan Qi)", *Kan Shan Ge Ji*, in *Qing Dai Shi Wen Ji Hui Bian*. Shanghai: Shanghai Gu Ji Publishing House, 2010】

清‧嬋嬛山樵著，李凡點校：《補紅樓夢》（北京：北京大學出版社，1988年）。【Langhuan shanqiao(Author); Li, Fan(Annotator). *Bu Hong Lou Meng*. Beijing: Peking University Press, 1988】

清‧劉廷璣：《在園雜志》（北京：中華書局，2005年）。【Liu, Ting-ji. *Zaiyuan Zazhi*. Beijing: Zhonghua Book Company, 2005】

清‧嘐溪子抄：《雷峰塔》（乾隆四十五年鈔本，中國國家圖書館藏）。【Liuxizi(Transcribed). *Lei Feng Ta*. 1780 manuscript in National library of China】

清・鐵橋山人撰，周育德校刊：《消寒新詠》（北京：中國老年文物研究學會、中國戲曲藝術中心，1986年）。【Tieqiao Shanren(Author); Zhou, Yu-de (Collation). *Xiao Han Xin Yong*. Beijing: Chinese Cultural Relics Society and Chinese opera art center, 1986】

近人論著

中國國家博物館編著：《乾隆南巡圖研究》（北京：文物出版社，2010年）。【National Museum of China(Editor). *Study on The Qianlong Southern Imspection Tour*. Beijing: Cultural Relics Press, 2010】

王逸明、李璞編：《葉德輝年譜》（北京：學苑出版社，2012）。【Wang, Yi-ming and Li, Pu(Editor). *Yearbook of Ye, De-hui*. Beijing: Academy Press, 2012】

王璦玲：〈「庸中之奇，斯其奇可傳，而其傳可久」——論夏綸劇作中之倫理意識與社會視野〉，《明清文學與文獻》第2輯（哈爾濱：黑龍江大學出版社，2013年），頁3-46。【Wang, Ai-ling. "The Ethical Ideology and Social Vision in Xia, Lun's plays", *Literature in the Ming and Qing Dynasties*, Vol.2. Haerbin: Heilongjiang University Press, 2013, pp.3-46】

李湞茵：《《紅樓夢》中引用戲曲之研究》（臺北：國立臺灣大學中國文學系碩士論文，2007年）。【Li, Tien-yin. *The Study of Chinese Traditional Opera in The Dream of the Red Chamber*. Taipei: National Taiwan University Department of Chinese Literature Master Thesis, 2007】

汪詩珮：〈追憶、技藝、隱喻：《桃花扇》中的「作者七人」〉，《戲劇研究》第19期（2017年1月），頁1-50。【Wang, Shih-pe, "Remembrance, Artistry, and Metaphor: The Seven Recluses in The Peach Blossom Fan", *Journal of Theater Studies*, Vol.19, 2017.1, pp. 1-50】DOI: 10.6257/JOTS. 2017. 19001

汪詩珮：〈潛跡與明蹤：清中葉《雷峰塔》傳奇演變新論〉，《民俗曲藝》第199期（2018年3月），待出刊，故頁數未定。【Wang, Shih-pe. "The Underlain Footprints and Revealed Route: A Re-examination on the Development of Thunder Peak Pagoda in Mid-Qing", *Journal of Chinese Ritual, Theatre and Folklore*, Vol.199, 2018.3】

杜穎陶：〈記玉霜簃所藏鈔本戲曲〉，《劇學月刊》第2卷第4期（1933年4月），頁43-57。【Du, Ying-tao. "Notes on the Dramatic Collection of Yu Shuangyi", *Monthly of Drama Study*, Vol.2: 4, 1933.4, pp. 43-57】

岑齋：〈《稱心緣》傳奇〉，《劇學月刊》第4卷第5期（1935年5月），頁28-29。【Cen, Zhai. " The Tale of Cheng-Hsin-Yuan", *Monthly of Drama Study*, Vol.4:5, 1935.5, pp. 28-29】

段春旭：《中國古代長篇小說續書研究》（上海：上海三聯書店，2009年）。【Duan, Chun-xu. *The Research of Sequel-Novels in Ancient China*. Shanghai: Shanghai SDX Joint Publishing Company, 2009】

胡琇淳：〈蘇軾〈芙蓉詩〉與古典文言小說中的芙蓉城傳說〉，《國立中正大學中國文學研究所研究生論文集刊》第10期（2008年5月），頁27-49。【Hu, Xiu-chun, "Su, Shi' s Hibiscus Poem and the Legend of Hibiscus City in Classic Wenyan Stories", *Journal of Postgraduate in Department of Chinese Literature, National Chung Cheng Universit*, Vol.10, 2008.5, pp. 27-49】

高玉海：《明清小說續書研究》（北京：中國社會科學出版社，2004年）。【Gao, Yu-hai. *The Study of Sequel-Novels in Ming-Qing Times*. Beijing: China Social Sciences Press, 2004】

高晉、薩載、阿桂等編：《欽定南巡盛典》，收錄於《景印文淵閣四庫全書》（臺北：臺灣商務印書館，1981年），卷658-659。【Gao, Jin and Sa, Zai and A, Gui (Editor). *Qinding Nanxun Shendian*, in *Yingyin Wenyuange Siku Guanshu*,Vol. 658-659. Taipei: The Commercial Press, LTD., 1981】

孫康宜、宇文所安主編，劉倩等譯：《劍橋中國文學史（下卷）》（北京：三聯書店，2013年）。【Sun, Kang-i and Stephen Owen(Editor); Liu, Qian et al(Translator). *The Cambridge History of Chinese Literature (Volume 2)*. Beijing: Sanlian Bookstore, 2013】

孫楷第：《戲曲小說書錄解題》（北京：人民文學出版社，1990年）。【Sun, Kai-di. *Annotated Bibliography of*

Drama and Fiction. Beijing: People's Literature Publish House, 1990】

郭英德：《明清傳奇綜錄》（石家莊：河北教育出版社，1997年）。【Guo, Ying-de. *Collection of Ming-Qing Chuanqi*. Shijiazhuang: Hebei Education Press, 1997】

陳葆眞：〈康熙和乾隆二帝的南巡及其對江南名勝和園林的繪製與仿建〉，《故宮學術季刊》第32卷第3期（2015年3月），頁1-62。【Chen, Pao-chen. "The Southern Inspection Tours of the Kangxi and Qianlong Emperors and the Painting of Jiangnan Sites and the Imitation of Jiangnan Gardens", *Gu Gong Xue Shu Ji Kan*, Vol.32:3, 2015.3, pp.1-62】

陸萼庭：《崑劇演出史稿（修訂本）》（臺北：國家出版社，2002年）。【Lu, E-ting. *The history of performance of Kun drama* (Xiu Ding Ben). Taipei: Kuo Chia Publishing, 2002】

黃仕忠：《日藏中國戲曲文獻綜錄》（桂林：廣西師範大學出版社，2010年）。【Huang, Shi-zhong. *The Catalogue of Chinese Dramatic Materials in Japan*. Guiling: Guangxi Normal University Press, 2010】

黃仕忠：《日本所藏中國戲曲文獻研究》（北京：高等教育出版社，2011年）。【Huang, Shi-zhong. *The Study of Chinese Dramatic Materials in Japan*. Beijing: Higher Education Press, 2011】

黃仕忠、李芳、關瑾華著：《新編子弟書總目》（桂林：廣西師範大學出版社，2012年）【Huang, Shi-zhong and Li, Fang and Guan, Jin-hua. *New Selected Bibliography of Zidishu*. Guiling: Guangxi Normal University Press, 2012】

鄧長風：〈康熙殘鈔本《稱心緣》傳奇的發現與《雷峰塔》版本、情節衍變之推考〉，《國立編譯館館刊》第26卷第1期（1997年6月），頁73-94。【Deng, Chang-feng. "The Discovery of an Incomplete Kang-Hsi Edition of the Tale of Cheng-Hsin-Yuan and the Study of the Plot Development in the Edition of Lei-Feng-Ta", *Journal of the National Institute for Compilation and Translation*, Vol.26:1, 1997.6, pp.73-94】

鄧長風：《明清戲曲家考略三編》，收錄於《明清戲曲家考略全編》（上海：上海古籍出版社，2009年）。【Deng, Chang-feng. *The third parts of investigation in Ming-Qing playwrights*, in *The complete works of investigation in Ming-Qing playwrights*. Shanghai: Shanghai Gu Ji Publishing House, 2009】

魯迅：〈論雷峰塔的倒掉〉，《魯迅全集》（北京：人民出版社，2005年），卷1，頁179-180。【Lu, Xun. "The Collapse of Leifeng Pagoda", in *The complete works of Lu, Xun*. Beijing: People's Publishing House, 2005】

穎陶：〈雷峰塔傳奇的作者〉，《劇學月刊》第4卷第8期（1935年8月），頁36-39。【Ying, Tao. "The Author of the Legend of Leifeng Pagoda", *Monthly of Drama Study*, Vol.4:8, 1935.8, pp. 36-39】

魏嘉瓚：《蘇州歷代園林錄》（臺北：文史哲出版社，1994年）。【Wei, Jia-zan. *Su Zhou Li Dai Yuan Lin Lu*. Taipei: The Liberal Arts Press, 1994】

傳抄古文「示」部疏證二十六則*

林清源**

　　徐在國所編《傳抄古文字編》一書，公認是當前最具代表性的傳抄古文集大成工具書，爲進一步研究傳抄古文帶來許多便利。緣此之故，本論文擬以《傳抄古文字編》「示」部爲範圍，從中選取「神」、「祇」、「祕」、「齋」、「禋」、「祭」、「祀」、「柴」、「祖」、「祂」等十字，合計二十六組古文字形，深入考察這些傳抄古文的構形演變相關問題。

　　下文徵引的傳抄古文資料均出自《傳抄古文字編》一書，[1] 傳抄古文資料簡稱請詳該書「凡例」。以第一節第一個字形爲例，「0010.1.2」指《傳抄古文字編》第10頁、第1行、第2字，「碧」表示碧落碑。另爲方便敘述，有時會以「△」表示討論中的整個字形組。

一、釋「神」

（一）　0010.1.2　碧 ![字形]

　　　　0010.1.4　碧 ![字形]

　　　　0010.2.3　汗1.3豫 ![字形]

　　　　0010.3.2　四1.31孝 ![字形]

　　　　0010.4.1　四1.31豫 ![字形]

　　　　0010.4.3　四1.31老 ![字形]

　　　　0010.6.1　陰 ![字形]

　　　　0010.6.2　陰 ![字形]

　　　　0010.6.3　陰 ![字形]

　　《說文》「申」字收錄三種字體，小篆作申，籀文作𢑚，古文作𢑚、𢑚（「陣」字古文�所从）二形，其中古文𢑚所从的兩個圈形部件，應是𢑚那兩個圓渦形部件的變體。

---

* 此文為科技部專題研究計畫「《傳抄古文字編》釋字校註」研究成果之一，計畫編號MOST 102-2410-H-005-036-MY3，曾發表於《清華中文學報》第二十一期，2019年6月，頁5-50。

** 國立中興大學中國文學系教授。

[1] 徐在國，《傳抄古文字編》（北京：線裝書局，2006年）。

　　傳抄古文「神」字△形，可用時代最早的碧落碑爲代表，其左半寫法與《說文》古文「示」旁 〳〳形相合，右半寫法也當源自《說文》古文〔 〕形，甚至還可上溯至戰國楚簡〔 〕（郭店・忠6）。有趣的是，碧落碑另有一個「神」字作〔 〕形（0010.1.3），不僅與《說文》小篆〔 〕形一脈相承，更與秦簡〔 〕形（睡虎地・日甲3）完全契合。碧落碑這兩個「神」字，一爲古文，一爲小篆，二者時空背景迥殊，卻雜糅並見於同一個文本中。

　　據陳煒湛統計，碧落碑現存六百三十字，若不計缺裂而無法辨識之字，去其重複，共有四百五十三個單字，且碑文一字多形與音近假借現象十分突出：

> 碑文中一個字重複出現而字形一致者甚少，僅之、哀、又、集、藩、至、章、陔等少數幾個字。其中「之」十九見，均作〔 〕形，最爲突出。大多數是小篆與古文並見，古文又數形並存，不識者還會誤認爲不同的字。……碑文使用大量異體字，使文字形體富於變化，同時又增加觀賞價值。特別是有些句子，一個字出現兩次，一用小篆，一用古文，前後交相輝映，確較同一字形之重複爲好看。如第三行「玄之又玄」、第四行「惟怳惟惚」便是其例。若是接連幾個字筆畫均較少，顯得單調，便將其中某字寫爲筆畫較多的異體字，反之亦然。……碑文之書者確是精通六書，博覽古文奇字，熟知鐘鼎篆籀，實非等閒之輩。[2]

惟仔細檢視陳煒湛判定爲「重複出現而字形一致」的八個例證，不難發現其字形大多還是各具姿態。例如：「章」字作〔 〕（0256.4.1）、〔 〕（0256.4.2）二形，「陔」字作〔 〕（1452.1.1）、〔 〕（1452.1.2）二形，結構雖同，形體卻明顯有別。

　　爲深入認識碧落碑文字「避複」現象，筆者曾全面盤點該碑單字重複出現情況，總共找到一百組例證。[3] 由於期刊論文篇幅限制的關係，這裡僅列舉四組例證略作說明。例如「哀」字，碑文有〔 〕（0121.3.　2）、〔 〕（0121.3.3）二形：前一形中間作「○」，與秦國「哀」字（睡虎地・日甲29背）完全一致；後一形中間作「▽」，依傳抄古文多將「口」旁寫作「▽」形之慣例推估，此形大概源自六國文字「怣」字（包山2.145）之類的寫法。再如「逮」字，碑文有〔 〕（0161.3.1）、〔 〕（0161.3.2）、〔 〕（0161.3.3）三形，前二形所從「辵」旁形態不同，第三形「隶」旁之上不贅加「艸」旁。再如「道」字，碑文有〔 〕（0169.2.2）、〔 〕（0169.2.3）、〔 〕（0169.2.4）三形，可依序與戰國楚簡〔 〕（信陽1.05）、〔 〕（郭店・語二38）、〔 〕（郭店・六26）等形對應，疑皆源自東土六國古文。再如「古」字，碑文有〔 〕（0214.5.2）、〔 〕（0214.5.3）、〔 〕（0214.5.4）三形：第一形與《說文》小篆「古」完全一致，第三形與《說文》古文「〔 〕」基本相合，第二形顯然也是源自《說

---

[2] 陳煒湛，〈碧落碑研究〉，《故宮博物院院刊》2002年第2期，頁28、31-32。謹按：此碑一字多形現象較爲複雜，實際單字總數不易確認。

[3] 碧落碑文重複出現三次以上（含）者，有「天」、「哀」、「逮」、「道」、「古」、「言」、「訓」、「自」、「美」、「於（烏）」、「玄」、「乎」、「盛」、「若」、「之」、「因」、「有」、「容」、「儀」、「真」、「山」、「巖」、「而」、「惟」、「惚」、「雲（云）」、「無」、「風」、「已」等二十九組例證。

文》古文「𥘅」，只不過將左下角所從「土」形部件移至全字底部而已。

　　觀察碧落碑文字風格，書手大概爲了避免流於單調，而將多種書體雜糅於同一個文本中，甚至同一種書體仍會力求變換構形。這種以「避複」爲主軸的藝術表現手法，招致後世學者兩極評價，上引陳煒湛推崇爲「碑文之書者確是精通六書，博覽古文奇字，熟知鐘鼎篆籀，實非等閒之輩」，而唐蘭則認爲作者「雜糅爲之，誠爲可憾」，其說云：

> 作者生材料極盛之時，不能如懷仁集字之法，專取石經或秦篆以爲一碑，而乃雜糅爲之，誠爲可憾，其字多有所本，後人乃以怪異不可解目之，則識字無多之故而不能歸咎於作者也。[4]

由上舉一字多形例證來看，碧落碑書手肯定是「博覽古文奇字，熟知鐘鼎篆籀」，但他對於古文、奇字、鐘鼎、篆籀等書體所屬時空背景的差異，未必具備清楚的認知。

　　啓功曾總結古代寫者的創作思想，指出有「以古體爲鄭重」的傾向，認爲「自眞書通行以後，篆隸都已成爲古體，在尊崇古體的思想支配下，在一些鄭重用途上，出現了幾種變態的字體」，其中之一便是「雜摻各種字體的一種混合體」，此類書寫現象，自漢代夏承碑在隸書中雜摻篆體已開其端，最特別的是西魏〈杜照賢造像記〉，在篆書、隸書、眞書之外，還有既似草書、又似行書的字，這種雜摻諸體的書風「不過是掉書袋習氣而已」。[5]

　　對於中古時期書體雜糅風潮的成因及其亂象，孟玲英、王建魁都曾作過專門研究。孟玲英認爲，自漢代隸書勃興之後，篆書失去實用價值，到了魏晉南北朝，篆文的法度規範幾乎已被遺忘，直到北朝後期，復古之風興起，篆書再度流行，卻因篆書「在唐代已不是通用字體」，寫者對於篆書基本法理普遍認識不足，以致「多體雜糅」、「錯誤百出」、「有失純正」。[6]王建魁也曾指出，北朝時期的碑刻，特別是東魏、北齊以後，在崇古思想支配下，書體雜糅之風盛行，例如東魏興和三年（541）刊立的〈李仲璇修孔子廟碑〉，其文字雖以成熟的眞書爲主體，卻屢見古文、小篆與隸書夾雜其間，這種書體雜糅的風潮，大概延續到唐代中期才消失，碧落碑刊刻於唐高宗（628-683）總章三年（670），此碑文字書體雜摻的現象，與〈李仲璇修孔子廟碑〉用字現象一致，實屬「北朝雜糅書風的延續」。[7]

　　由上引三家說法可知，當隸楷文字取得絕對主導地位後，人們對於籀文、古文、小篆、俗字等書體的認知日趨模糊，已經無力或無心去精確辨明各種書體所屬的時空背景，而將它們都籠統地視爲早於隸書的「古文」。

　　其實，書體雜糅的風潮，發展到唐代中期，雖已日漸式微，卻未徹底消失。以日本大阪市立美術館所藏「五星及廿八宿神形圖」上卷（下卷已佚）爲例，該畫卷每一幅神形圖右側皆配有一段篆

---

[4] 唐蘭，〈懷鉛隨錄•書碧落碑後〉，《考古學社社刊》第5期（1936年），頁148-156。

[5] 啟功，《古代字體論稿》（北京：文物出版社，1999年），頁36-38。

[6] 孟玲英，《唐代篆書發展史研究》（長春：吉林大學歷史文獻學專業碩士論文，2007年），頁6-7、17-21。

[7] 王建魁，《〈碧落碑〉綜論》（臨汾：山西師範大學中國書畫文化研究所碩士論文，2010年），頁17-26。

字題記，上卷共出現十九個「神」字，其中神（辰星神）當爲秦篆，禤（鎮星神）接近《說文》籀文，禤（歲星神）、䏌（心星神）則與《說文》古文相合。[8] 由此可見，同一文本雜糅多種不同書體的書寫風氣，在唐末、宋初之際尚未完全停歇。該畫卷的篆書題記，係爲解說星宿圖、神形圖而寫，並非只是單純的書法創作，其所呈現的書體雜糅現象，固然符合書法藝術的「避複」傳統，但由題記的書寫動機及其書藝水平來看，該書手能否清楚認知所寫各種書體時空背景的差異，同樣值得懷疑。

碧落碑是唐高祖李淵（566-635）第十一子韓王元嘉（619-688）的兒子李訓（789-835）、李誼（763-805）等人爲其亡母房氏（?-?）祈福而立，公認是中國書法史上的珍品。惟由中國書法發展史的觀點來看，碧落碑雜糅諸多書體的藝術風格，應是承繼北朝以降書法風潮的產物，揣度碑文書手的創作理念，除了書法藝術的「避複」傳統之外，恐怕也有啟功所說「掉書袋習氣」的成分，想要藉由豐富多元的文字構形變化，贏得「博覽古文奇字，熟知鐘鼎篆籀」的美譽。

（二）　0010.2.1　汗1.3尚神

　　　　0010.3.4　四1.31尚禤

　　　　0010.5.1　四1.31崔覽

　　　　0010.7.1　海1.13禤

傳抄古文「神」字△形，右旁構形前所未見，李綉玲疑爲古「申」字𢑚（《璽彙》876）、𢑚（信陽1.53）之訛寫。[9] 甲、金文「申」字皆有一道反S形曲畫，且在此一曲畫兩側還會有一組構形相同、位置相對的部件，而△字右半部並未具備這兩項構形特徵，不可能爲古「申」字。

其實，清儒鄭珍（1806-1824）早已正確指出，《汗簡》△字「从旬古文旬爲聲，又从重日。」[10] 春秋金文「旬」字或作𠣜（《集成》261王孫遺者鐘），與△字右半部構形基本相合，二者僅有「日」旁是否重複的差別，而重複相同部件又是戰國文字常見的繁構現象。[11]《說文》古文「旬」字作𠣜形，此形只要重複「日」旁，即與△字右旁寫法相合，可見△字右半部確實是「旬」

---

8 「五星及廿八宿神形圖」畫卷及其篆字題記，過去學者多主張出自唐代開元時期畫家梁令瓚（?-?）之手，惟經李宗焜研究結果，此畫卷題記的篆字形體明顯受到李陽冰篆書之影響，而李陽冰約生於開元（713-741）初年，卒於貞元（785-805）初年，所以此畫卷不應早於開元時期，疑爲唐代大曆之後的摹本，甚至有可能是宋初的摹本。詳李宗焜，〈從李陽冰改篆論《五星廿八宿神形圖》的時代〉，收入李宗焜主編，《古文字與古代史》第5輯（臺北：中央研究院歷史語言研究所，2017年），頁416-423、431-432。

9 李綉玲，《〈古文四聲韻〉古文探賾》（嘉義：中正大學中國文學研究所博士論文，2009年），頁78。

10 鄭珍，《汗簡箋正》（臺北：藝文印書館，1991年清光緒十五年〔1889〕廣雅書局刻本），頁48。下文引用《汗簡箋正》俱出自此書。

11 古文字「增添同形」的構形繁化現象，詳林清源，《楚國文字構形演變研究》（臺中：東海大學中國文學系博士論文，1997年），頁90-91。

旁的繁文。《古文四聲韻》1.31「神」字作「𥛆」形，《集韻・眞韻》、《類篇・示部》「神」字作「𥜇」形，此二者疑同出一源，其右旁乍看似乎上从旬、下从且或旦，其實對照《說文》古文𠣬字即知，此旁只是重複「日」形部件的「旬」字繁構而已。

古音「申」在書紐眞部，「旬」在邪紐眞部，此二聲系聲近韻同，當可互作通假。裘錫圭認爲「申」、「旬」音近，且△字右旁疑爲「旬」字變體，其說可從。[12] 據此，△字當隸定作「祠」，分析作从示、旬聲，疑爲「神」字異體。[13]

《集韻・霰韻》：「袨，好衣也。或作袀。」由訓釋語「好衣也」來看，被訓字應是从衣旁的「袨」、「袀」字，卻因「衣」、「示」二旁隸楷形體相近，容易產生混淆，以致分別訛作「祛」、「袀」形。[14]「袀」字又曾見於《史記・建元已來王子侯者年表》「 侯賢」，司馬貞（679-732）《索隱》：「袀音荀。《表》在東海。」[15] 此一「袀」字讀作「荀」，爲漢代東海地名。這兩個「袀」字的音、義，均與傳抄古文「神」字異體「袀」字迥異，它們應當只是單純的通假關係，彼此異字而同形。

（三） 0010.2.4 汗4.48林 𢒈

0010.5.3 四1.31林 𢒈

傳抄古文「神」字△形，左从申旁，右从不詳。△字右側「彡」或「彡」形部件，其來源目前有兩種不同詮釋：其一、主張右旁爲贅加部件，如鄭珍推測是「仿彪字加彡」，楊慧貞詮釋爲「增彡作」，李春桃判定爲「飾畫」。[16] 其二、懷疑右旁爲「示」字訛體，如黃錫全懷疑△字原本當从示作𥘸形。[17] 徐在國上述兩種詮釋並存，認爲「所从的彡疑是贅加的飾筆，亦可能是示旁的訛變」。[18] 由於傳抄古文所見「示」旁，迄今未見訛作「彡」形的明確例證，是以筆者傾向將△釋爲

12 裘錫圭此說，轉引自徐在國，《隸定古文疏證》（合肥：安徽大學出版社，2002年），頁17。

13 拙文某位匿名審查先生表示：「『旬』與『申』從來未見通假例證，二字的聲母與開合都不同，𥛆右旁是否一定是『旬』？有無可能是『申』的訛變？可以再考慮。」

14 《一切經音義》引《字書》：「袨，衣服美鮮者也。」《文選・蜀都賦》：「袨服靚裝」李善（630-689）注引劉逵（？-？）曰：「袨服，謂盛服也。」均可為證。見〔唐〕慧琳，《一切經音義》，收入延藏法師主編，《佛學工具集成》（北京：中國書店，2009年），冊3，卷24，頁538；〔梁〕蕭統編，〔唐〕李善等注，《增補六臣註文選》（臺北：華正書局，1974年），卷4，頁94。

15 〔漢〕司馬遷撰，〔劉宋〕裴駰集解，〔唐〕司馬貞索隱，〔唐〕張守節正義，《新校本史記》（臺北：鼎文書局，1979年），卷21，頁1113。

16 鄭珍，《汗簡箋正》，頁344；楊慧貞，《〈汗簡〉異部重文的再校訂》（北京：北京語言文化大學漢語言文字學專業碩士論文，2002年），頁69；李春桃，《古文異體關係整理與研究》（北京：中華書局，2016年），頁354。

17 黃錫全，《汗簡注釋》（武昌：武漢大學出版社，1990年），頁324。

18 徐在國，《隸定古文疏證》，頁17。

「申」字繁文，並將其右旁理解爲贅加部件，此處古文應是假「申」爲「神」。[19] 傳抄古文「朱」字或作彩（0563.5.3汗6.81庶）、「工」字或作工（0468.3.3汗2.22說），所從「彡」、「彡」皆爲贅加部件，情況與△字右側所從部件類似，可以參照。

（四）　0010.3.1　汗4.50華魋

　　　　0010.4.2　四1.31華魋

　　　　0010.7.2　海1.13魋

　　《說文‧示部》：「神，天神，引出萬物者也。」《說文‧鬼部》：「魋，神也。」許慎（約30-124）雖將「神」、「魋」視爲二字，而詞義訓釋卻無明顯區別。《玉篇》也是「神」、「魋」二字分立，分別歸入「示」、「鬼」二部中，並將「魋」字訓解作「山神也」，大概是將其理解爲「山神」義的專字。

　　對於「神」、「魋」二字的關係，段玉裁（1735-1815）《注》云：「當作神鬼也。神鬼者，鬼之神者也，故字從鬼、申。《老子》曰：『其鬼不神』，〈封禪書〉曰：『秦中冣小鬼之神者』。」段氏所以主張「魋」字當改訓作「神鬼也」，當是爲了突顯「神」、「魋」二字詞義有別。但《山海經‧中山經》：「青要之山，實維帝之密都。……魋武羅司之，其狀人面而豹文，小腰而白齒，而穿耳以鐻，其鳴如鳴玉。」郭璞（276-324）注：「魋即神字」，[20] 則是將「神」、「魋」視爲一字之異體。其後，馬叙倫、周寶宏都曾根據上引郭璞注語，推測「魋」字應是「神」字俗體，周寶宏還進一步詮釋：「在民間看來，神鬼本爲同類，故從示從鬼都表示相同的概念。」[21]

　　就文字結構而言，「魋」字既未從「山」旁，則《玉篇》所謂「山神」義之說，終究無法獲得證實。再由傳抄古文系統來看，「示」、「鬼」二旁語意相關經常互作，例如《說文》以「魅」爲「彪」字或體，而《集篆古文韻海》4.7「魅」字則是從示、未聲作祩（0906.3.2）；又如「靈」字，春秋金文從「示」作霝（《集成》9733庚壺），而《古文四聲韻》2.22則從「鬼」旁作魗（0030.7.2）。據此推論，「神」、「魋」二者較有可能爲一字之異體。

　　《汗簡》4.50引華嶽碑「神」字作魋形，《古文四聲韻》1.31引華嶽碑「神」字作魋形，二者依形皆應隸定作「魋」，郭忠恕將之歸入「鬼」部字中，注云：「神，亦坤字。」同時《古文四聲

---

[19] 《古文四聲韻》2.13「祥」字作𥛱、𥛱形，右下角所從「彡」形部件，周翔疑為「示」旁之訛。周翔，〈傳抄古文考釋札記〉，《語文月刊》2013年3期，頁41-42。

[20] 〔晉〕郭璞注，〔清〕畢沅校，《山海經》（上海：上海古籍出版社，1995年），卷5，頁550。

[21] 馬叙倫之說，轉引自古文字詁林編纂委員會，《古文字詁林》（上海：上海教育出版社，2003年），卷8，頁190。周寶宏之說，詳李學勤主編，《字源》（天津：天津古籍出版社；瀋陽：遼寧人民出版社，2012年），頁805「魋」字條。

韻》1.37「坤」字引華嶽碑作 ![字形]（1355.5.3），經由構形比對可知，此形實即上引「神」字古文△形寫法的變體，同樣也應隸定作「魁」。《古文四聲韻》將「魁」字分別歸於「神」、「坤」二字條下，此一安排正好可與《汗簡》所謂「神，亦坤字」之說呼應。《集篆古文韻海》1.13將 ![字形] 列於「神」字條下，該書1.19又將 ![字形]（1355.6.4）、![字形]（1355.7.2）列於「坤」字條下，此一安排當是承襲自上引《汗簡》、《古文四聲韻》二書。

《說文·土部》將「坤」字分析作从土、从申，而王筠（1784-1854）《說文句讀》、朱駿聲（1788-1858）《說文通訓定聲》都主張此字應理解作从土、申聲。[22] 季旭昇《說文新證》表示「疑爲形聲」，並將晉璽「坤」字 ![字形]（《璽彙》1263）分析作从立、申聲。[23] 今由傳抄古文「神」字或作「魁」，以及華嶽碑假「魁」爲「坤」的情況來看，「坤」字宜分析作从土、申聲，唯有「坤」、「魁」二字同从「申」聲，「魁」字方可假借爲「坤」，正因如此，宋人才會將「魁」字誤認作「坤」字異體。

（五）　0010.5.4　四1.31雲 ![字形]

《古文四聲韻》1.31轉錄雲臺碑「神」字作 ![字形]，依形應隸定作「禠」。國一妹認爲「古且、盧、虘通作」，![字形] 本爲「祖」字，被誤釋爲「神」。[24] 王丹也贊成釋爲「祖」，認爲古人多將「祖」看成神主，「祖」、「神」二字殆屬同義換讀關係。[25] 李綉玲同樣贊成釋爲「祖」，認爲「祖」、「神」二字聲韻遠隔，《古文四聲韻》將「祖」字置於「神」字條下，應屬義近通用現象。[26] 上述三家說法，對於 ![字形] 字與「神」字關係的詮釋，雖有「誤釋」、「同義換讀」、「義近通用」的歧異，但他們全都主張 ![字形] 應釋爲「祖」。李春桃看法不同，他認爲 ![字形] 與《汗簡》1.3 ![字形]（0012.8.1）應是一字之異體，後者當從鄭珍《汗簡箋正》釋爲「詛」，所以前者也應是「詛」字古文，《古文四聲韻》將 ![字形] 歸於「神」字條下，實誤。[27]

《古文四聲韻》![字形] 字从示、虘聲，《汗簡》![字形] 字从示、盧聲，而「虘」、「盧」二旁又同从「且」聲，這三個聲符當可互作，所以「禠」、「禠」、「祖」應可視爲一字異體的關係。但在戰國楚簡具體用例中，這三個字形似乎出現異體字分工的趨勢，大抵而言：表示「祖先」義，多从「且」聲，作 ![字形]（上博三·彭2）、![字形]（上博六·競2）等形；表示「詛咒」義，多从「盧」聲，作

22　丁福保，《說文解字詁林》（北京：中華書局，1988年），卷13下，頁13159。

23　季旭昇，《說文新證》（臺北：藝文印書館，2014年），頁907。

24　國一妹，《〈古文四聲韻〉異體字處理訛誤的考析》（北京：北京語言文化大學漢語言文字學專業碩士論文，2002年），頁10、20。

25　王丹，《〈汗簡〉〈古文四聲韻〉新證》（上海：上海古籍出版社，2015年），頁70。

26　李綉玲，《〈古文四聲韻〉古文探賾》，頁78-79、303-304。

27　李春桃，《傳抄古文綜合研究》（長春：吉林大學古籍研究所博士論文，2012年），頁66。

禧（天星觀・卜）、纛（包山2.241）、𩫡（上博六・競8）等形。[28]

《古文四聲韻》1.31韽字，其實仍是「祖」字，只不過聲符繁化作「虘」而已。古書常以「神」、「祖」二字並舉，反映它們的詞義密切相關，如《禮記・禮運》：「修其祝嘏，以降上神與其先祖。」[29]《詩・小雅・楚茨》「神保是饗」孔穎達（574-648）疏：「先祖與神一也，本其生存謂之祖，言其精氣謂之神。」《詩・大雅・鳧鷖序》「神祇祖考安樂之也。」孔穎達疏：「神者，天神；祇者，地神；祖者，則人神也。」[30]《古文四聲韻》1.31韽寫法，依形應釋爲「祖」，夏竦（985-1051）卻將之列於「神」字條下，應是將同義字誤認爲本字的緣故。

吳辛丑、徐富昌都曾比對簡帛典籍與傳世典籍所見異文，發現許多異文其實是古人換用同義詞的產物。[31] 假設古文A、B二字語義相近，且古書曾以A字代換B字，在隸書、楷書成爲日常書寫文字的時代，人們已經無法正確認識古文構形理據，此時就有可能根據古書文例而將A字誤認爲B字，影響所及，傳抄古文字書編纂者也就會將A字收錄於B字條下。這種類型的誤釋現象，在傳抄古文中並不罕見，但學者所用術語尚未統一，徐在國認爲「當因義近而誤置」，王丹說是「同義換讀」，李春桃曾先後稱之爲「誤置」、「誤植」或「義近換用」，筆者傾向採用「義近誤植」一語，較能說明釋字錯誤的原因。[32] 例如，《古文四聲韻》4.3將「祺」字列於「福」字條下，王丹認爲「祺」、「福」二字均有「福」義，如《詩・大雅・行葦》：「壽考維祺，以介景福。」即以「祺」、「福」二字對舉，又如《漢書・禮樂志》「惟春之祺」顏師古（581-645）注引如淳（?-?）曰：「祺，福也。」所以《古文四聲韻》此例應屬同義換讀關係。[33]《古文四聲韻》1.31所以將「祖」字列於「神」字條下，也可由「誤以同義字爲本字」的觀點來詮釋。[34]

附帶一提，《集篆古文韻海》4.4「誼」字列有𧞫（0229.7.2）、𧝞（0229.7.3）二形，但前一形顯然應隸定作「禣」，亦即是「祖」字繁文，杜從古所以將之釋爲「誼」字，疑是承襲自汪立名本《汗簡》將𧝞字誤釋爲「誼」的結果；後一形顯然應隸定作「讉」，但此形與《集篆古文韻海》4.11「詛」字譴（0235.7.4）同構，二者都應理解爲「詛」字繁文，不能釋爲「誼」字。《集篆古文韻海》4.11「詛」字作譴形，與《集韻・御韻》「詛」字或體「讉」同構，二者疑應同出一

---

[28] 天星觀簡字形轉引自滕壬生，《楚系簡帛文字編（增訂本）》（武漢：湖北教育出版社，2008年），頁25。

[29] 〔漢〕鄭玄注，〔唐〕孔穎達疏，《禮記注疏》，收入〔清〕阮元校勘，《十三經注疏》（臺北：藝文印書館，1979年），卷9，頁417。

[30] 〔漢〕毛亨撰，〔漢〕鄭玄箋，〔唐〕孔穎達正義，《毛詩正義》，收入〔清〕阮元校勘，《十三經注疏》，卷13，頁456；卷17，頁607。

[31] 吳辛丑，《簡帛典籍異文研究》（廣州：中山大學出版社，2002年），頁51-82；徐富昌，《簡帛典籍異文側探》（臺北：國家出版社，2006年），頁92-98。

[32] 徐在國，《隸定古文疏證》，頁19；王丹，《〈汗簡〉〈古文四聲韻〉新證》，頁159；李春桃，〈《汗簡》、《古文四聲韻》所收古文設置現象校勘（選錄）〉，武漢大學「簡帛網」，http://www.bsm.org.cn/show_article.php?id=1449，檢索日期：2018年11月13日；李春桃，《古文異體關係整理與研究》，頁393。

[33] 王丹認爲「祺」、「福」二字均有「福」義，如王丹，《〈汗簡〉〈古文四聲韻〉新證》，頁70。

[34] 傳抄古文約有三十幾組「義近換用」例證。詳李春桃，《古文異體關係整理與研究》，頁393-399。

源，甚至前者很可能是根據後者改隸作篆而成。[35]

（六）　0010.7.3　海1.13　𥛀

　　《集篆古文韻海》1.13「神」字𥛀形寫法，構形甚爲奇特，卻未見學者提出說明。《訂正六書通・眞韻》「神」字轉錄古文奇字作𥛀，構形特徵與𥛀字基本相合，二者疑同出一源。

　　𥛀字所从「示」旁作「禾」形，中豎畫向上延伸而與頂端短橫畫相接，左右兩側短撇畫上端相接，連成一個倒U形部件，這兩項構形特徵，雖未見於先秦文字，但在中古時期隸楷文字中並不罕見，如東漢〈胸忍令碑〉「祖」字作𥛀、北周〈馬龜墓誌〉「神」字作𥛀、隋〈張壽墓誌〉「禁」字作𥛀、唐〈能師墓誌〉「示」字作禾等例皆具前述第一項構形特徵，尤其隋〈郭休墓誌〉「祖」字作𥛀，所从「示」旁兼具前述兩項構形特徵，更與𥛀字所从「示」旁寫法完全契合。[36]《集篆古文韻海》5.24「莫」字作𦬣（0087.4.2）、𦬣（0087.4.3）二形，下半所从偏旁即是禾、禾二形互作，更可爲𥛀字右旁應是「示」旁訛體提供強而有力的證明。

　　𥛀字左半所从「𦓐」形部件，筆者原本以爲是「申」旁訛體，然遍查傳抄古文「申」字，雖有𣲼（1484.2.1）、中（1484.3.1）、𣲼（1484.3.2）等多種奇詭構形，卻無一可與「𦓐」形部件產生合理聯繫。就現有資料來看，「㣙」字《說文》篆文作𦓐、《汗簡》引三體石經古文作𦓐（0766.6.1），與「𦓐」形部件最爲相似，頗疑「𦓐」是將「𦓐」頂端「八」形筆畫延伸接合成一體的結果，情況與前述《集篆古文韻海》5.24「莫」字下半所从部件禾、禾二形互作有些類似。傳抄古文「歸」字有𦓐（0145.6.1四1.22又）、𦓐（0145.6.2海1.8）二形，前者上半所从𦓐形部件，後者傳抄作𦓐形，頂端兩側筆畫也延伸接合成一體，構形演變情況類似，也可供參照。

　　古音「㣙」在並紐月部，「必」在幫紐質部，此二聲系聲、韻俱近，經常互作通假。[37] 如《集韻・屑韻》：「𥛀，亦作𥛀。」《集韻・屑韻》：「秘，香也。或作𥛀，通作芯。」《類篇・禾部》：「秘，馨香也。芯亦作秘。」皆爲其證。又如上博簡（四）《柬大王泊旱》簡3-5云：「尙𥛀而卜之於大夏。……𥛀而卜之，……𥛀而卜之，……。」天星觀簡也屢見「𥛀志」一語，沈培主張這些「𥛀」字皆應讀爲「蔽」，「𥛀志」即古書習見的「蔽志」，表示占卜命龜之前要「斷志」。[38] 據此，𥛀字應隸定作「𥛀」，分析作从示、㣙聲，實即「秘」、「秘」二字之異體。

　　古書「神」字可表示「特別稀奇」、「不可思議」之意，如《易・繫辭上》：「陰陽不測之謂

---

[35] 此所謂「改隸作篆」，係指後人根據戰國古文寫法，而將辭書所載隸定古文改寫還原成篆體古文。

[36] 臧克和主編，《漢魏六朝隋唐五代字形表》（廣州：南方日報出版社，2011年），頁1001-1003、1008。

[37] 張儒、劉毓慶，《漢字通用聲素研究》（太原：山西古籍出版社，2002年），頁807【必通敝】。

[38] 沈培，〈從戰國簡看古人占卜的「蔽志」〉，收入陳昭容主編，《古文字與古代史》第1輯（臺北：中央研究院歷史語言研究所，2007年），頁391-433。

神。」韓康伯（?-?）注：「神也者，變化之極妙，萬物而爲言，不可以形詰者也。」[39]「祕」也有「稀奇」、「神奇」、「神祕」之意，如《文選‧西京賦》：「祕舞更奏，妙材騁伎。」李善注：「祕，言希見爲奇也。」[40]「神」、「祕」二字語意相通，如《說文》：「祕，神也。」《文選‧魯靈光殿賦》：「乃立靈光之祕殿」，李善注引毛萇（?-?）詩傳曰：「祕，神也。」[41]「神」、「祕」二字還可連用，構成疊義複合詞「神祕」，表示「高深莫測，超乎尋常理性認識之外」之意，如《史記‧蘇秦列傳》：「習之於鬼谷先生」唐司馬貞《索隱》：「又樂壹注《鬼谷子》書云：『蘇秦欲神秘其道，故假名鬼谷。』」[42]《集篆古文韻海》所以將「祕」字列於「神」字條下，大概是將同義字誤爲本字的緣故。

二、釋「祇」

0010.8.1　四1.15汗 ⽊

0010.8.2　海1.5 ⽊

《古文四聲韻》4.15轉錄《汗簡》「祇」字作△形，而《汗簡》本身不僅未收△形，甚至沒有「祇」字，原因待考。

黃錫全將△字列入《汗簡》古文「補遺」中，並對其構形提出兩種不同詮釋：一、△與《汗簡》「禾」字 ⽊（0609.3.2汗3.32）構形類似，二者可能是同一個字，《汗簡》部內每重出與部首形同之字，△疑是郭忠恕採他書以「禾」爲「祇」者；二、△也有可能是「師」字（引者按：「帀」字），假爲「祇」。[43]

徐在國認爲△字與「示」字構形相近，而「示」、「祇」二字古通，並引《周禮》兩處「示」又作「祇」的版本異文爲證。[44] 此說似乎主張△即爲「示」字，卻未說明△、「示」二字的構形演變關係。王丹贊同徐說，並引《訂正六書通‧支韻》轉錄《汗簡》「示」字作 亦 爲證，認爲 亦 正是「示」字由《說文》古文 𒑡 譌成△的過渡形態，進而推測古文「示」字構形演變過程爲 𒑡 → 亦（中部的縱向曲筆已穿出頂部橫筆）→ ⽊（兩邊斜筆已與中部曲筆相連，譌似「木」）。[45]

林聖峯認爲黃錫全釋「帀」之說、徐在國釋「示」之說都頗有理據，但顧及傳抄古文與戰國文

39　〔魏〕王弼、〔晉〕韓康伯注，《周易正義》，收入〔清〕阮元校勘，《十三經注疏》，卷7，頁149。

40　〔梁〕蕭統編，〔唐〕李善等注，《增補六臣註文選》，卷2，頁58。

41　〔梁〕蕭統編，〔唐〕李善等注，《增補六臣註文選》，卷11，頁214。

42　〔漢〕司馬遷撰，〔劉宋〕裴駰集解，〔唐〕司馬貞索隱，〔唐〕張守節正義，《新校本史記》，卷69，頁2241。

43　黃錫全，《汗簡注釋》，頁511。

44　徐在國，《隸定古文疏證》，頁17。

45　王丹，《〈汗簡〉〈古文四聲韻〉新證》，頁14。

字關係較爲密切的緣故，傾向贊成釋「帀」之說，並指出△字與戰國齊系「帀」字 ⿰ （《璽彙》0149）、⿰ （《璽彙》0152）等形最爲相似，《古文四聲韻》將△錄爲「祇」字，當是收錄通假字，至於宋代碑刻三體《陰符經》「才」字作 ⿰ （1361.2.4）、⿰ （1361.3.1）等形，雖與「祇」字古文△形寫法相同，但因「才」、「帀」二字音義毫無相干，應當只是偶然同形而已。[46]

上引釋「禾」、釋「帀」、釋「示」三說，筆者認爲皆有可商之處。先談釋「禾」之說，「禾」字《說文》篆文作⿰，《汗簡》作⿰（0609.3.1汗目）、⿰（0609.3.2汗3.32），前二形有些類似「禾」字反寫，第三形中豎畫頂端向右彎折，構形特徵均與△字有別，恐非一字。再談釋「帀（師）」之說，「帀」字甲骨文作⿰（《合集》26845），西周金文作⿰（《集成》4313師袁簋），戰國金文作⿰（《集成》2795楚王酓忎鼎），中豎畫末端彎曲，頂端未貫穿上橫畫，而△字中豎畫則作反S形，且頂端貫穿上橫畫，構形特徵區別明顯，也不太可能爲同一個字。最後檢討釋「示」之說，上引王丹所描述的構形演變歷程，必須以⿰形比△形更早出現爲前提方可成立，但⿰形出自《訂正六書通》「示」字條，而此書係由明代閔齊伋（?-?）輯錄，清代畢弘述（?-?）篆訂，時間晚於《汗簡》、《古文四聲韻》，其所收錄的《汗簡》字形，難以確認必然早於《古文四聲韻》轉錄的《汗簡》字形。《訂正六書通》「示」字⿰形，疑爲《說文》「示」字古文⿰寫訛，不能據以逆推「祇」字△形寫法的源頭。

《集篆古文韻海》1.5「祇」字作⿰形，同書1.13「材」字作⿰形，此二者構形完全一致，應當同爲「才」字，而分別借用爲「祇」與「材」。觀察《傳抄古文字編》所收「才」、「在」（從「才」聲）二字，即可體會△字可能的構形演變歷程：

⿰（0599.6.2石20上「才」字）

→⿰（1361.3.1陰「在」字）

⿰（1361.3.2陰「在」字）

⿰（1361.3.3陰「在」字）

→⿰（0599.7.2四1.30汗「才」字）

→⿰（0599.6.4汗3.31「才」字）

→⿰（1361.2.4陰「在」字）

→⿰（0010.8.1四1.15汗「祇」字）

⿰（0010.8.2海1.5「祇」字）

⿰（0567.4.1海1.13「材」字）

---

46 林聖峯，《傳抄古文構形研究》（臺中：中興大學中國文學研究所博士論文，2013年），頁109-110、231-232。

「祇」字從「氏」得聲，「材」字從「才」得聲，古音「氏」在禪紐支部，「才」在從紐之部，支、之二部旁轉可通，禪、從二紐讀音也還算相近，此二聲系應可互作通假。[47] 據此推論，△疑為「才」字，此處古文可能是假「才」為「祇」。

三、釋「祕」

0011.1.1　海4.7 祕

「祕」字從示、必聲，而「必」則是取象於戈柲之形，甲金文寫作 𠂤（《合集》3362）、𡉈（《集成》5424農卣）等形，兩周金文多增添聲符「八」繁化作 𢁀（《集成》181南宮乎鐘）、𢁀（《集成》10172裹盤）等形，戰國楚簡又進一步訛作 𢁀（包山2.127）、𢁀（包山2.260）、𢁀（上博二・民2）等形。[48]

傳抄古文所見「必」旁，幾乎都有增添聲符「八」。《集篆古文韻海》「宓」字所從「必」旁作 𢁀（0713.4.1海5.10），而該書獨體「必」字或作 𢁀（0094.1.2海5.9），第二形上斜畫延伸貫穿中豎畫，且所從聲符「八」缺少左側短豎畫，若參照第一形寫法，補足左側短豎畫，並將所有筆畫拉直接合，其構形即與《集篆古文韻海》4.7 祕字所從「必」旁頗為相似。

祕字所從「必」旁作「𢁀」形，其構形又與傳抄古文「中」字 𢁀（0037.5.2汗1.4衛）、𢁀（0037.6.4四1.11衛）等形雷同。職是之故，在傳抄古文體系中，「必」旁有時也會訛寫如「中」旁，例如《集韻・東韻》「醲」字或體作「醓」，「醲」當以「必」為其最初聲符，「醓」當以「中」為其最初聲符，然而「必」聲與「中」聲古音相隔懸遠，這兩個偏旁所以互作，應是透過「必」旁或作「𢁀」形產生連結。戰國時期「中」字，常繁化作「审」形。[49] 頗疑「醲」字所從聲符「宓」之古文，與「中」字繁體「审」形近，以致被誤寫為「审」旁，其後「审」旁又被替換成簡體的「中」旁，遂衍生出或體「醓」字。

《集篆古文韻海》1.2「醲」字作 𢁀（1492.1.1），其所從最初聲符「必」即寫作「中」形，此形與《集韻》「醲」字或體「醓」同構，二者疑應同出一源，甚至前者很可能是根據後者改隸作篆而成。

---

[47] 禪、從二紐讀音相近，如「全（從紐元部）」聲常與「叀（禪紐元部）」聲通假、「戔（從紐元部）」聲常與「善（禪紐元部）」聲通假、「醓（從紐侵部）」從「甚（禪紐侵部）」得聲，皆可佐證。張儒、劉毓慶，《漢字通用聲素研究》，頁698【全通】、頁700【戔通善】。

[48] 金文「必」字加注「八」為聲符，說詳郭沫若，〈金文餘釋之餘・釋弋〉，《金文叢考》（北京：人民出版社，1954年），頁228。

[49] 湯餘惠主編，《戰國文字編》（福州：福建人民出版社，2001年），頁506；滕壬生，《楚系簡帛文字編》，頁57-58。

四、釋「齎」

0011.2.3　海1.11 ▨

　　《集篆古文韻海》1.11 ▨字，左下角爲「辵」旁，其餘部件當爲「齊」旁。「齊」字甲骨文作 ▨（《合集》36493），金文作 ▨（《集成》4216五年師旋簋），一般認爲係由三個穀穗形部件所組成。傳抄古文承之，作 ▨（0672.8.4石38下）、▨（0673.2.1京二）、▨（0192.4.2四1.28又「躋」字）等形，穀穗形部件底部三道長豎畫逐漸變形，甚至與其頂端表示穀穗的「厶」形部件脫離。▨字所從「齊」旁底部那三道長豎畫，又進一步訛作平行三斜畫「彡」，所以會如此訛變，可能是受該字「辵」旁上半所從三斜畫的影響，跟著自體類化而成。[50]

　　▨字依形應隸定作「遳」，分析作從辵、齊聲。「遳」字又見於春秋金文，作 ▨（《集成》9729洹子孟姜壺）、▨（《集成》4245三兒簋）等形。古文字「辵」、「足」、「走」三旁皆可表「行走」義，用爲意符經常互作，如「迹」或作「跡」、「起」或作「赶」。《說文・足部》：「躋，登也。」《玉篇・走部》：「趏，走也。」《正字通・走部》：「趏，俗躋字。」「遳」、「躋」、「趏」三者，疑爲一字之異體。《集篆古文韻海》1.11將 ▨列於「齎」字條下，應是假「遳」爲「齎」。《訂正六書通・皆韻》「齎」字條下，所收 ▨（齊侯鐘）、▨（名印）、▨（名印）等形，同樣是假「遳」爲「齎」，可以參照。

五、釋「禋」

0011.3.2　海1.15 ▨

0011.3.3　海1.15 ▨

　　「禋」字從示、垔聲，《說文》訓作「潔祀也」。「垔」字從土、西聲，《說文》訓作「塞也」。古書所見「垔」字多疊增土旁寫作「堙」，段玉裁《注》：「按此字古書多作『堙』、作『陻』，眞字乃廢矣。」

　　《傳抄古文字編》將《集篆古文韻海》1.15△字列於「禋」字條下，但《集篆古文韻海》現存龔萬鍾、項世英、《宛委別藏》三種抄本△字釋文全都寫作「堙」，且該書1.15已另有「禋」字作 ▨形（0011.3.4）。今由文字構形來看，△字既未從「示」旁，顯然不能逕釋爲「禋」，且其構形與《說文》古文「垔」字 ▨形完全契合，足以證明△當爲「垔（堙）」字無疑。

---

[50] 戰國古文「自體類化」現象，詳林清源，《楚國文字構形演變研究》（臺中：東海大學中國文學系博士論文，1997年），頁157-158。

此外，《集篆古文韻海》1.15「堙」字條還有收錄𡑏（1374.1.1），此字依其結構應隸釋作「闉」，「闉」字《說文》訓作「城內重門也」，此處古文應是借「闉」爲「堙（堙）」。

六、釋「祭」

（一） 0011.4.1 汗1.3庶 𦚤
　　　 0011.4.2 汗2.20庶 𦚤
　　　 0011.4.3 四4.14庶 𦚤
　　　 0011.5.2 四4.16庶 𦚤
　　　 0011.5.3 海4.16 𦚤

「祭」字甲骨文多作𦎟（《合集》22931）、𥙿（《合集》7905）、𣦚（《合集》6965）等形，會从又持牲肉以祭之意。兩周金文多增添意符「示」旁，作𥘿（《集成》245邾公華鐘）、𥙿（《集成》4647十四年陳侯午敦）、𥛐（《集成》6462義楚觶）等形。戰國楚簡多以「攴」旁代替「又」旁，作𥛐（包山2.237）、𥛐（望山1.110）等形。

本目所列古文「祭」字△形，依形應隸定作「脤」。鄭珍認爲△字「去『又』義不完」，質疑此一構形已悖離造字理據。[51] 這種既不从又、也不从攴的「祭」字，出土文獻迄今未曾一見，其構形疑有脫訛。《字彙》：「脤，時史切，音視，肉生也。」其音義均與「祭」字古文△形寫法有別，二者應當只是偶然同形而已。

（二） 0011.4.4 四4.14老 𦚤
　　　 0011.5.4 海4.16 𦚤

本目所列「祭」字△形寫法特異，乍看左半似从「爿」旁，右半所从不詳。其實，△形當由本節上一目「祭」字𦚤、𦚤等形進一步寫訛而成。

傳抄古文所見「肉」旁，解散篆體後，往往會訛如「爿」形，甚至還會進一步替換成形體相近的「疒」旁。例如：「腸」字或作𦞅（0403.2.2海2.13），「臍」字或作𦜵（0406.2.3汗3.36義）、𦜵（0406.2.4汗3.40義），「肭」字或作𤶅（0406.8.2海4.29），「腫」字或作𤺄（0407.1.1三汗），「肺」字或作𦛧（0407.3.1海3.16），「朘」字或作𦡲（0413.7.1四1.29天），「肛」字或作𤸷（0414.2.1海1.4），「脹」字或作𤻘（0416.3.1海4.40）等等。

《訂正六書通‧霽韻》「祭」字轉錄《汗簡》作𦚤，此形與△字最爲相似，左半同樣訛如

---

[51] 鄭珍，《汗簡箋正》，頁52。

「片」形，右半只有頂端構形存在細微差別。《汗簡》「祇」字右半作⺼形，而△字右半作⺼、⺼形，此三者同爲「示」字古文⺼的變體，只不過後二形訛變程度更爲激烈一些而已。

《古老子文字編》「祭」字所收⺼（選4.9）、⺼（篆4.16）二形，應由本目△形進一步寫訛而成，左半「片」形部件同樣是由「肉」旁訛變而成，右半⺼、⺼形部件同樣是由「示」旁訛變而成，比較特別的是，「示」旁左側原本應作短豎畫，疑受該字左半「肉」旁訛作「片」形的影響，也就跟著類化作「⼈」形。[52]

（三）　0011.5.1　四4.16老⺼

《古文四聲韻》4.16轉錄《古老子》⺼字，林聖峯懷疑當由本節第二目⺼、⺼等形訛變而成，此說固然有其合理性。[53] 但相對而言，更有可能直接由本節第一目⺼、⺼等形寫訛而成。⺼字左半「⺼」形部件爲「肉」旁，右半「水」形部件爲「示」旁寫訛。傳抄古文「祈」字或作⺼（0014.3.1海1.8）、「禪」字或作⺼（0015.6.2海4.32），所從「示」旁也訛如「水」形，可以參照。

（四）　0011.6.1　海4.16⺼

《集篆古文韻海》常將「肉」旁訛抄成「目」形，例如該書3.23「腰」字或作⺼（0416.8.1），4.27「腧」字或作⺼（0416.5.1）。《集篆古文韻海》4.16⺼字，當源自本節第一目⺼、⺼等形，惟左半所從「肉」旁已訛如「目」形。「祭」字⺼形寫法，雖然酷似《說文》「視」字古文⺼，但前者爲「祭」字省略「又」旁，後者卻是從目、示聲的「視」字，二者結構類型迥異，不可混爲一談。

（五）　0011.6.2　海4.20⺼

《集篆古文韻海》4.20⺼字，依形應隸定作「郰」，分析作從邑、祭聲。林聖峯改釋爲「鄒」，認爲⺼字是假「郰」爲「祭」，其說可從。[54]「郰」爲周之邑名，古書多作「祭」，其地即今河南省鄭州市管城縣東北十五里的祭城村。[55]

52　徐在國、黃德寬，《古老子文字編》（合肥：安徽大學出版社，2007年），頁9。
53　林聖峯，《傳抄古文構形研究》，頁165。
54　林聖峯，《傳抄古文構形研究》，頁165。
55　顧萬發，〈鄭州祭城鎮古城考古發現及相關問題初步研究〉，《華夏考古》2015年第3期，頁72-83。

七、釋「祀」

（一）　0011.7.1　碧 ▩

　　《說文》「祀」字，篆文从「巳」聲作祀形，或體从「異」聲作禩形。古音「巳」在邪紐之部，「異」在餘紐職部，此二聲系聲、韻俱近，經常互作通假。[56] 碧落碑「祀」字，从「異」聲作▩形，其結構同《說文》或體，惟碑文所从「異」旁下半截有一道中豎畫向下直貫到底，此一寫法與《說文》或體有別，也未見於殷商西周時期的甲、金文。

　　這種寫法的「異」字，在傳抄古文中並不罕見，如「異」字或作▩（0263.2.1石附9上）、▩（0263.2.2汗目）等形，「冀」字或作▩（0812.7.2汗3.24尚）、▩（0812.7.3四4.6貝）等形，「翼」字或作▩（1169.1.2汗5.64庶）、▩（1169.1.4四5.27庶）等形，其中▩形出自三體石經特別值得留意。

　　張富海曾全面考察漢人所謂古文的性質，發現古文「與齊系文字相合和可能與齊系文字相合的佔了絕大多數」，這個現象「有力地說明了漢代人所謂的古文的主體是齊系文字。」[57] 就現有出土古文資料來看，上述那種構形特殊的「異」字，當可上溯至郭店楚簡《語叢三》▩（簡3）、▩（簡53）等形，而《語叢三》正好是學界公認「具有齊系文字特點的抄本。」[58] 這條珍貴的線索，可為「漢代人所謂的古文的主體是齊系文字」之說增添新證據，對於正確認識三體石經、碧落碑古文的時空背景頗有助益。

（二）　0011.7.3　四3.7孝 ▩
　　　　0011.8.2　三4老 ▩
　　　　0011.8.3　三4孝 ▩
　　　　0012.1.1　三4尚 ▩
　　　　0012.1.4　海3.6 ▩

　　出土文獻所見獨體「巳」字，甲骨文多作▩（《合集》17736），金文多作▩（《集成》2837大盂鼎），戰國楚簡多作▩（包山2.207）。本目古文「祀」字所从「巳」旁作▩、▩等形，此形也見於獨體「巳」字，作▩（1480.7.1石30下）、▩（1481.2.1三4汗）、▩（1480.8.1四3.7老）、

---

[56] 張儒、劉毓慶，《漢字通用聲素研究》，頁14【異通巳】。
[57] 張富海，《漢人所謂古文之研究》（北京：線裝書局，2007年），頁323。
[58] 馮勝君，《郭店簡與上博簡對比研究》（北京：線裝書局，2007年），頁251。謹按：郭店簡「異」字，於《語叢二》作▩（簡52），於《語叢三》作▩（簡3）、▩（簡53），後二者可能是由前者筆畫延伸訛變而成。

♀（1481.1.4三4老）、♀（1481.2.3海3.6）等形。春秋戰國金文「祀」字，或作👤（《集成》102 郊公☐鐘）、👤（《上海博物館集刊》第8期燕王職壺）等形，[59]「巳」旁頂部也作「⊙」形，可見「祀」字△形寫法當有所本。[60]

（三）　0011.8.1　四3.7天 祀
　　　　0012.1.2　三4天 祀
　　　　0012.2.2　海3.6 祀

　　《說文》「祀」字篆文從「巳」得聲，而傳抄古文△字則是從「己」得聲。古音「巳」在邪紐之部，「己」在見紐之部，此二聲系聲近韻同，當可互作通假。上博簡（七）《鄭子家喪》有兩個「起」字，甲本皆從「巳」聲作👤（簡3）、👤（簡6）形，乙本則從「己」聲作👤（簡3）、👤（簡6）形，足以證明「祀」字確實可從「己」聲。[61]

　　△字右半所從，周翔疑爲「王」旁或「玉」旁，認爲此一偏旁又是「巳」旁之形訛。[62] 但「王」、「玉」二旁皆有一道長豎畫貫穿三橫畫，與△字第二、三形右旁構形明顯有別。相對而言，三體石經「己」字作👤（1468.3.2石30下）、👤（1468.3.3石37上）等形，齊璽「己」字也作👤（《璽彙》3638）、👤（《璽彙》1475）等形，皆與△字第二、三形右旁構形相合，足以證明△字確實是從「己」得聲。至於△字第一形右半部，其實仍是「己」旁無疑，只不過寫得較爲草率，上、下兩截短豎畫接合成一道長豎畫，以致貌似「王」旁而已。

（四）　0012.2.1　海3.6 禮

　　《集篆古文韻海》3.6「祀」字△形，與碧落碑「祀」字👤形基本相合，二者主要差別在於「異」旁底部中間，△字作「•」形，碑文作「丨」形。筆者原本懷疑「•」是由「丨」收縮而成，但檢視《集篆古文韻海》現存三個抄本所錄△字，發現它們「異」旁寫法各不相同：

---

[59] 周亞，〈郾王職壺銘文初釋〉，《上海博物館集刊》第8期（2000年），頁147。

[60] 李春桃，《古文異體關係整理與研究》，頁14。

[61] 林清源，〈《上博七‧鄭子家喪》文本問題檢討〉，收入李宗焜主編，《古文字與古代史》第3輯（臺北：中央研究院歷史語言研究所，2012年），頁329-356。

[62] 周翔，〈傳抄古文考釋札記〉，頁42。

表一：《集篆古文韻海》三種抄本「祀」字構形比較

〔明〕龔萬鍾本	〔清〕項世英本	〔清〕《宛委別藏》本

抄寫年代最早的龔萬鍾本「異」旁作形，人形的雙手雙足之間還有一個「」形部件，此一部件當源自《說文》「祀」字或體所从「」旁中間那道長橫畫；同時，此一部件很可能也是《宛委別藏》本「異」旁底部中間那個「‧」形部件的前身。

（五）　0012.2.3　海3.6 祀

《集篆古文韻海》3.6 祀字，依形應隸定作「祀」，分析作从示、呂聲。「台」从「呂」得聲，所以祀也可逕釋作「祐」。古音「巳」在邪紐之部，「呂」在餘紐之部，此二聲系聲近韻同，經常互作通假。[63]　「祀」、「祐」、「祀」三者，當屬一字異體關係。《廣韻‧止韻》：「祀，同祀。」《集韻‧止韻》：「祀，或从呂。」《龍龕手鑑‧示部》：「祐，或作；祀，今。」《訂正六書通‧紙韻》轉錄「祀」字古文作祀，同樣從「呂」得聲，可與《集篆古文韻海》3.6△字參照。

（六）　0012.2.4　海3.6 祠

《集篆古文韻海》3.6 祠字，應隸定作「祠」，分析作从示、司聲。「祀」為何寫作「祠」，可有如下三種詮釋：

第一種詮釋，「祠」、「祀」義近換用。「祠」、「祀」二字可同表「祭」義，玄應（？-666）《一切經音義》：「祠，祭也，天祭也。祀，地祭也。」慧琳（736-820）《一切經音義》：「《爾雅》：祠，祭天也。祀，祭地也。」「祠」、「祀」二字也可連用，組成「祠祀」一詞，意思相當於「祭祀」，如《史記‧孝文本紀》：「毋禁取婦、嫁女、祠祀、飲酒食肉者。」[64]《新唐書‧王縉傳》：「初，代宗喜祠祀，而未重浮屠法。」[65] 但此類例證較為罕見，可能性偏低。[66]

第二種詮釋，「巳」、「司」音近換用。周翔認為古音「巳」在邪紐之部，「司」在心紐之

---

[63] 張儒、劉毓慶，《漢字通用聲素研究》，頁32【巳通呂】。

[64] 〔漢〕司馬遷撰，〔劉宋〕裴駰集解，〔唐〕司馬貞索隱，〔唐〕張守節正義，《新校本史記》，卷10，頁434。

[65] 〔宋〕歐陽修、〔宋〕宋祁，《新校本新唐書》（臺北：鼎文書局，1979年），卷145，頁4716。

[66] 傳抄古文義近換用現象，詳李春桃，《古文異體關係整理與研究》，頁393-399。

部，邪、心旁紐雙聲，之部疊韻，二者讀音相近可以替換，所以「祀」也可改从「司」聲。但古文△字依形應隸定作「祠」，而「祠」在戰國秦漢時期已是一個常用字，依一般常理判斷，異字同形不利於訊息交流，古人應會儘量避免造出同形字，此說可能性同樣不高。[67]

第三種詮釋，假「祠」爲「祀」。古音「巳」在邪紐之部，「司」在心紐之部，此二聲系聲近韻同，經常互作通假，祠字疑是假「祠」爲「祀」。[68] 由於傳抄古文字書屢見將假借字誤爲本字的現象，相對而言，此一假設成立可能性最高。

八、釋「柴」

(一)　0012.3.4　四1.28籀 褅
　　　　0012.4.1　四1.28籀 禘

《傳抄古文字編》「柴」字條所錄六個古文，可依構形特徵之異同，概略區分成三組：A組有禘（0012.3.1說）、禘（0012.3.2汗1.3尙）、禘（0012.3.3四1.28尙）三形；B組有褅、褅二形；C組有《集篆古文韻海》禘形（0012.4.2海1.11），此形出自《宛委別藏》本，但該書明代龔萬鍾本此字作禘形，右下角寫法略有歧異。除此之外，還有D組《訂正六書通・皆韻》轉錄「柴」字古文作禘、籀文作禘也有助於理解「柴」字古文構形演變歷程，應當列入一併討論。

A組古文禘、禘、禘三形，皆應隸定作「禘」，此體始見於《說文・示部》：「柴，燒柴 燎以祭天神。从示，此聲。《虞書》曰：『至于岱宗，柴。』禘，古文柴，从隋省。」李春桃在介紹傳抄古文誤植現象產生原因時，曾將A組古文列爲「因音近而誤」的例證，認爲《說文》、《汗簡》、《訂正六書通》此字均釋爲「柴」，《古文四聲韻》釋作「柴」，係因「柴」、「柴」二字形音俱近而致誤。[69]《古文四聲韻》1.28禘字釋文作「柴」形，乍看下半部似从「木」旁，但因中古時期隸楷文字「示」旁往往訛若「木」旁，如北魏〈元朗墓誌〉「祿」字作「禄」、北魏〈宋虎墓誌〉「神」字作「神」、隋〈王榮及妻墓誌〉「禁」字作「禁」、唐〈元鐘墓誌〉「禰」字作「林」等等，[70] 所以「柴」較有可能本爲「柴」字，未必是由「柴」而誤寫爲「柴」。[71]「柴」从「此」得聲，「禘」从「隋」得聲，古音「此」聲在清紐支部，「隋」聲在邪紐歌部，此二聲系

67　周翔，〈傳抄古文考釋札記〉，頁42。

68　張儒、劉毓慶，《漢字通用聲素研究》，頁30【司通巳】。

69　李春桃，《傳抄古文綜合研究》，頁89、540。

70　臧克和主編，《漢魏六朝隋唐五代字形表》，頁1002、1008、1013。

71　《尚書・虞書》：「至于岱宗，柴」，「柴」今本作「柴」，大概也是受隸楷文字「示」旁常訛若「木」旁影響的結果。〔漢〕孔安國傳，〔唐〕孔穎達正義，《尚書正義》，收入〔清〕阮元校勘，《十三經注疏》，卷3，頁38。

聲韻俱近，應可互作通假，「裙」、「紫」二體當為古今字關係。[72]

　　對於B組古文褙、禘二形與「紫」字的關係，學者有形近訛變說與音近通假說兩種詮釋觀點。徐在國認為「褙」與《訂正六書通》「紫」字古文「禃」同構，「禘」與《集篆古文韻海》「紫」字古文「禰」形近，而「禘」疑為「禰」之訛變。[73] 徐海東主張B組字形當源自A組，但「隸定後又有訛變」。[74] 李春桃一方面懷疑「褙」可能是「裙」之訛體，「禘」又是「褙」的省訛，另一方面認為「褙」從「耆」得聲，「耆」是群紐脂部字，「紫」從此聲是支部字，而「此」聲字與脂部字關係密切，所以「褙」、「紫」二字可能是通假關係。[75]

　　由文字構形演變規律的觀點來看，無論是B組隸定古文褙、禘二形，還是C組篆體古文禰、禰二形，以及D組禃、禰二形，確實都有可能源自出現年代較早的A組禃、禰、禰三形。相對而言，古音「紫」在崇紐支部，「耆」在群紐脂部，聲紐有正齒音與牙音之別，韻部也有王力所謂甲類、乙類之分，聲韻關係並不密切，且先秦文獻未見「此」聲與「旨」聲互作通假的例證，「褙」能否借用為「紫」，恐怕不無疑問。[76] 綜合考量的結果，筆者傾向支持形近訛變說。

（二）　0012.4.2　海1.11　禰

　　《集篆古文韻海》1.11禰字，左半從古文「示」，右半構形不明。「紫」字古文又見於《古文四聲韻》1.28，作褙（0012.4.1）、禘（0012.3.4）二形。這兩條資料相互參照，很容易讓人聯想到禰字右半部件應是由「耆」旁改隸作篆而成。黃雅雯在談到《集篆古文韻海》「因為不了解所本的字形已經產生訛變，很容易『製造』出甚為奇怪的古文字形」時，即曾舉「紫」字隸定古文「褙」形為例，認為《集篆古文韻海》是根據傳抄古文「老」字或作㒺（0835.1.4四3.20老），而將「褙」字還原為古文「禰」。[77]

　　禰字右旁所從「耂」形部件，在傳抄古文體系中，除了尚待討論的禰字之外，還見於下列四個從「老」旁的字：「嗜」字或作𢓜（0117.2.2四4.5尚）、𩒩（0117.3.3海4.4）等形；「老」字或作𣥹（0835.1.1陽）、𣥹（0835.1.3汗3.43）、㒺（0835.1.4四3.20老）、㒺（0835.2.1四3.20汗）等形；「壽」字或作𢑱（0836.3.1四3.27老）、𦓃（0836.4.2四4.38老）、𦓹（0836.6.1三19老）、𦓹（0836.7.2海3.34）等形；「孝」字或作𡥈（0838.2.2汗3.43孝）、𡥈（0838.3.1四4.28老）、𠃢

---

[72] 張儒、劉毓慶，《漢字通用聲素研究》，頁576【陸通此】。

[73] 徐在國，《隸定古文疏證》，頁18。

[74] 徐海東，《〈古文四聲韻〉疏證（一二三卷）》（重慶：西南大學漢語言文字學專業博士論文，2013年），頁192。

[75] 李春桃，《古文異體關係整理與研究》，頁126。

[76] 張儒、劉毓慶，《漢字通用聲素研究》，頁511-512「此字聲系」、頁782-783「旨字聲系」。

[77] 黃雅雯，《〈集篆古文韻海〉文字研究》（臺北：臺灣師範大學國文學系碩士論文，2013年），頁241。

（0838.3.2四4.28老）、🔸（0838.4.1四4.28石）等形。根據這些例證可以確認，「产」形部件確實爲「老」旁。

「耆」字所從「耆」旁應分析作从老省、旨聲，而「旨」字甲骨文作🔸（《合集》5637）、金文作🔸（《集成》2628），學者或分析作从匕、从口，會以匕進食之意，或理解爲从人、从口，會人口所嗜甘美之意。[78] 傳抄古文獨體「旨」字，作🔸（0483.8.1說）、🔸（0483.8.2汗1.7庶）、🔸（0483.8.3汗2.23）、🔸（0484.1.1四3.5汗）、🔸（0484.1.2四3.5籀）、🔸（0484.2.4海3.5）等形，上半部所從「匕」旁（或說是「人」旁），雖然可有繁簡變化，卻未見逕予省略之例。合體字所見「旨」旁，情況也是如此。

「耆」字古文鷋形寫法，若如黃雅雯所主張，係由隸定古文「耆」改隸作篆還原而成，則其所從「旨」旁不應省略上半部的「匕」旁（或說是「人」旁）。但《訂正六書通•皆韻》轉錄「耆」字籀文作🔸，《集篆古文韻海》現存三個抄本△字作🔸、🔸，這三個古文右半部，上半所從「产」爲「老」旁，下半所從「夕」、「日」、「自」爲「肉」旁或其訛體，卻未見「旨」旁必備的「匕」旁（或說是「人」旁），據此逆推可知，C組「耆」字鷋形寫法，應當是由A組🔸、🔸、🔸等形直接訛變而來，不太可能由B組「耆」形輾轉改隸作篆而成。

九、釋「祖」

（一）　0012.8.1　汗1.3尚　🔸

《汗簡》1.3🔸字，依形應隸定作「祖」，分析作从示、盧聲，而「盧」又是從「且」得聲，這兩個聲符往往通用無別，所以🔸當即「祖」字繁文。又，《古文四聲韻》1.31🔸字，依形應隸定作「䄴」，此形其實也是「祖」字繁構，卻因義近換用而被列於「神」字條下，說詳第一節第五目。戰國楚簡「祖」字多从盧聲作🔸（包山2.241），或从鼓戲聲作🔸（天星觀•卜），前者與《汗簡》1.3🔸字相合，後者與《古文四聲韻》1.31🔸字相合，可以參照。

（二）　0013.1.2　海3.11　🔸
　　　　0013.1.3　海3.11　🔸

《集篆古文韻海》3.11「祖」字，收錄🔸、🔸、🔸三個古文。第一形明顯爲「且」字，先秦文獻習慣借「且」爲「祖」，如郭店簡《唐虞之道》簡5「親事且（祖）廟」，仲師父鼎銘文「用享（享）用考（孝）于皇且（祖）帝（嫡）考」（《集成》2743），皆可參照。

---

[78] 季旭昇，《說文新證》，頁397。

傳抄古文「且」旁常訛寫作「目」形，如「助」字或作♥（1387.3.1海4.11），「祖」字或作祖（0012.7.3隸）。宋代著錄的銅器銘文摹文中讀為「祖」的「且」字也常訛寫作「目」形，例如《宣和博古圖》14.15祖乙爵「且」字即作△形，同書14.18祖己爵「且」字又進一步隸化作A形，[79] 這種類型的「且」字，若再持續往解散篆體方向發展，即有可能衍生出月、仝寫法。

「白」字甲骨文作白（《合集》3396），金文作白（《集成》2837大盂鼎），而《集篆古文韻海》5.26「白」字作白（0773.7.3），同書5.25假借為「伯」的「白」字作仝（0773.7.3）。傳抄古文「白」字月、仝二形的演變趨向，與「且」字月、仝二形演變趨向大致相當，彼此可以相互參照。

「且」字月、仝二形，僅見於宋人編纂的銅器銘文著錄書，而未見於出土金文實例，由此可以推知，《集篆古文韻海》有些字形應當採錄自宋人編纂的銅器銘文著錄書。

十、釋「祉」

0013.4.1 海4.7（原書殘）夕

「祉」字古文「夕」形，出自《集篆古文韻海》4.7，該書現傳龔萬鍾本、項世英本與《宛委別藏》本三種抄本，此字皆作「夕」形，左半為「肉」旁，右半已亡佚。丁治民校補《集篆古文韻海》曾指出：「夕」字篆體有奪落，《集韻》「祉」、「胏」為異體，《永樂大典》卷一萬三千八百八十「祉」字作「𥙅」形，該書注云：「見杜從古《集篆古文韻海》」，宛委本當據此補正。[80] 此說係以《集韻・至韻》「祉或作胏」為主要證據，再佐以《永樂大典》所錄《集篆古文韻海》佚文字形，理據充足，很有說服力。據此，古文「夕」字當可確定為「胏」字殘文，《說文・示部》：「祉，以豚祠司命。漢律曰：『祠祉司命』。」「祉」、「胏」應是一字異體的關係，前者從「示」表示「祠」義，後者從「肉」表示「豚」義，造字觀點雖然有別，但二者記錄同一個詞，此類意符互作現象可稱之為「義異別構」。[81]

關於《集篆古文韻海》古文的來源及其價值，郭子直曾有一段精闢的陳述：

> 今天看來這書的貢獻，在於補出了《集韻》裡的許多重文的古文寫法。《集韻》所錄的重文，現在公認在古文形體上很有價值，可惜只是隸古定，本書就把一些字的古文寫出。《集韻》編者所能見到的古文資料，杜從古當時也能見到，雖然此書未能記明出處，卻未必就是杜氏杜撰的。[82]

---

[79] 〔宋〕王黼，《宣和博古圖》（揚州：江蘇廣陵古籍刻印社，1991年），卷14，頁15。

[80] 丁治民，《集篆古文韻海校補》（北京：中華書局，2013年），頁170。

[81] 林清源，《楚國文字構形演變研究》，頁131-133。

[82] 郭子直，〈記元刻古文《老子》碑兼評《集篆古文韻海》〉，收入吉林大學古文字研究室編，《古文字研究》

將「祉」、「肶」二字視爲或體關係，大概始見於《集韻》一書，而這組古文形體則保存於同時代的《集篆古文韻海》中。這組例證反映，《集篆古文韻海》古文與《集韻》或體的關係特別密切，此二書所據古文字形大多同出一源，只是前者抄錄篆體古文，而後者收錄隸定古文，甚至前者很可能是根據後者改隸作篆而成。

十一、結論

傳統小學家對於傳抄古文大多抱持懷疑態度，所幸最近三、四十年來，隨著古文字資料大量出土，不少罕見的傳抄古文構形，已陸續在出土古文字中找到對應字形，證實它們大多來源有據，並非後人向壁虛造。例如郭店簡《忠信之道》簡6「申」字作形，即與碧落碑「神」字形所從「申」旁寫法相合。又如春秋戰國金文「祀」字或作、等形，所從「巳」旁上端圈形部件中間贅加一個「•」形部件，此一繁構寫法即與《古文四聲韻》3.7「祀」字形相合。

考察本論文研究範圍所見傳抄古文，其構形演變趨向可概略歸納爲四種類型：（一）筆畫隸變。例如《集篆古文韻海》4.7「祕」字作形，其右半所從聲符「宀」應是「必」旁訛體隸化的結果；又如《古文四聲韻》1.28「祡」字作、二形，經由《訂正六書通》、二形的聯繫可知，此四形疑皆由《說文》古文的變體寫法隸定而成；又如《集篆古文韻海》3.11「祖」字作、二形，已可證實應是採錄自宋人編纂的銅器銘文著錄書。（二）形近類化。例如《古文四聲韻》4.14「祭」字形，所從「肉」旁訛如「爿」形；又如《古文四聲韻》4.16「祭」字形，所從「示」旁訛如「水」形；又如《集篆古文韻海》4.16「祭」字形，所從「肉」旁訛如「目」形。（三）贅加部件。例如傳抄古文「神」字或作、等形，右半所從「彡」、「彡」疑爲贅加部件。（四）更換聲符。例如「神」字本從「申」聲，而《古文四聲韻》1.31「神」字作形，《集韻•眞韻》、《類篇•示部》作「禋」形，皆改從「旬」字繁構得聲；又如「祀」字本從「巳」聲，而《集篆古文韻海》3.6改從「㠯」聲作形；又如「祡」字本從「此」聲，而《說文》古文改從「隋」聲作形；又如「祖」字本從「且」聲，而《汗簡》1.3改從「盧」聲作形，《古文四聲韻》1.31改從「虘」聲作形。

傳抄古文構形演變的結果，有時會造成異字同形現象。例如「祭」字古文（0011.4.1汗1.3庶）、（0011.4.4四4.14老）、（0011.5.1四4.16老）等形，依形皆應隸定作「脈」，而晚近辭書「脈」字讀如「視」，訓作「肉生也」，音、義均與「祭」字古文迥別，二者只是偶然同形而已。「祭」字古文（0011.6.1海4.16），其構形酷似《說文》「視」字古文，但前者爲省略「又」旁的會意字，後者卻是從目、示聲的形聲字，二者結構類型迥異，不可混爲一談；又如《古文四聲韻》3.7「祀」字作形，所從「己」聲寫法已與隸楷「王」旁無別；又如《汗簡》1.3

「神」字作禕形，依形當隸定作「裪」，而《集韻‧霰韻》「裪」字訓作「好衣也」，《史記‧建元已來王子侯者年表》漢代東海地名「裪」字讀作「荀」，這三個「裪」字音義互異，應當只是單純的通假關係，彼此異字而同形。

有些篆體古文的構形，既未見於出土古文字，也未見於先秦典籍及《說文》，卻可在宋代辭書中找到相對應的隸定古文。例如《集韻‧東韻》：「醲，或作醟」，而《集篆古文韻海》1.2「醲」字即作醟形，與《集韻》「醟」字同構；《集韻‧御韻》：「詛，或作讄」，而《集篆古文韻海》4.11「詛」字即作讄形，與《集韻》「讄」字同構；又如《集韻‧至韻》「衹，或作肶」，而《集篆古文韻海》4.7「衹」字殘文作「夕」形，此形當據《永樂大典》「衹」字寫法補足作「𥼒」，與《集韻》「衹」字或體「肶」同構。這些篆體傳抄古文，皆始見於以《集韻》為代表的宋代辭書，並非真正的戰國古文，而是漢代或更晚一些時候才出現的新構形，它們當與宋代辭書所錄隸定古文同出一源，甚至很有可能是宋人根據當代辭書所錄隸定古文「改隸作篆」而成。

文字通假本是戰國古文常見現象，但時隔一千多年之後的宋代學者，已無法清楚分辨戰國文獻中的本字與通假字，因而在編纂傳抄古文字書時，往往會將通假字誤收於本字條下。例如《古文四聲韻》4.15「祇」字作ㄤ形，過去學者曾有釋為「禾」、「帀」、「示」三種不同說法，今比對《集篆古文韻海》1.13「材」字古文ㄤ形，得以確認此字當改釋為「才」，在傳抄古文中疑被借用為「祇」或「材」；又如《集篆古文韻海》1.11「齎」字作𦥑形，應隸定作「遳」，在此則是假「遳」為「齎」；又如《集篆古文韻海》1.15「塏」字或作𡊂形，應隸定作「闓」，在此則是假「闓」為「壋（塏）」；又如《集篆古文韻海》4.20「祭」字作禊形，應隸定作「鄒」，在此則是假「鄒」為「祭」；又如《集篆古文韻海》3.6「祀」字作禩形，應隸定作「祠」，在此則是假「祠」為「祀」。

宋人編纂的傳抄古文字書，除了誤以通假字為本字之外，還曾出現誤以同義字為本字的現象。例如《集篆古文韻海》1.13「神」字作禜形，過去學者對此均感大惑不解，如今比對《訂正六書通‧真韻》「神」字或作龠，以及《集篆古文韻海》「示」、「申」、「尚」諸旁的寫法，可以確認此字應隸定作「禰」，分析作从示、尚聲，實即「祕」、「秘」二字之異體，而「神」、「祕」二字語意相通，《集篆古文韻海》殆因此故，而將「祕」字誤列於「神」字條下；又如《古文四聲韻》1.31「神」字作𥛱形，應隸定作「禰」，為「祖」字繁構，而「神」、「祖」二字詞義密切相關，《古文四聲韻》殆因此而將「祖」字誤列於「神」字條下。

傳抄古文字書釋文錯誤現象，不僅普遍存在宋代辭書中，在今人編纂的集大成工具書《傳抄古文字編》中，蓋因工作量過於沉重，偶爾也會出現一些小錯誤。例如《集篆古文韻海》1.15壺形，《傳抄古文字編》將之列於「禋」字條下，但《集篆古文韻海》現存龔萬鍾、項世英、《宛委別藏》三種抄本此字釋文皆作「垔」，今由文字構形來看，此字並非从「示」旁，不太可能為「禋」字，且其構形與《說文》古文「垔」字𡎂形完全契合，足以證明此為「垔」字無疑，而「堙」即「垔」字繁構，是以《集篆古文韻海》遂釋為「堙」。

　　經由上文討論可知，傳抄古文訛變激烈，以致形體奇詭難識，但詳加考證之後，其構形理據大多可以合理說解，進而再現傳抄古文的學術價值。有些傳抄古文資料，有助於解決特定文字的構形解析問題。例如《說文》、《玉篇》二書都將「神」、「魈」視爲二字，分別歸入「示」、「鬼」二部中，《玉篇》更將「魈」字訓爲「山神也」，而《山海經・中山經》「　武羅司之」郭璞注：「魈即神字」，則是將「神」、「魈」視爲一字之異體。今由傳抄古文系統來看，「示」、「鬼」二旁經常互作，據此推論，「魈」、「神」二者較有可能爲一字之異體。又如《說文・土部》將「坤」字分析作从土、从申，而王筠《說文句讀》、朱駿聲《說文通訓定聲》从土、申聲。今由傳抄古文「神」字或作「魈」，以及華嶽碑假「魈」爲「坤」的情況來看，「坤」字宜分析作从土、申聲，唯有「坤」、「魈」二字同从「申」聲，「魈」字方可假借爲「坤」，正因如此，宋人才會將「魈」字誤認作「坤」字異體。

　　有些傳抄古文資料，則是對於正確認識漢字發展史頗有助益。例如唐高宗咸亨元年（670）所立的碧落碑，碑文有兩個「神」字分別寫作　、　形，同一個文本而有多種不同時空背景的字體混雜並用，此一現象反映此時人們早已習慣使用隸書，對於籀文、古文、小篆等字體日漸生疏，無法清楚分辨每個單字各種書體所屬的時空背景，而將它們壓縮全都看作同一個時間層面的古文字。又如碧落碑「祀」字作　形，所从「異」旁下半截有一道中豎畫向下直貫到底，此一寫法既未見於殷商西周時期的甲、金文，也與《說文》或體有別，卻能與郭店簡《語叢三》「異」字　（簡3）、　（簡53）二形對應，而《語叢三》又是學界公認「具有齊系文字特點的抄本」，這條珍貴的線索，可爲「漢代人所謂的古文的主體是齊系文字」之說增添新證據，對於正確認識三體石經、碧落碑古文所屬的時空背景也很有幫助。

引用書目

一、傳統文獻

〔漢〕毛亨撰，〔漢〕鄭玄箋，〔唐〕孔穎達正義，《毛詩正義》，收入〔清〕阮元校勘，《十三經注疏》，臺北：藝文印書館，1979年。

〔漢〕孔安國傳，〔唐〕孔穎達正義，《尚書正義》，收入〔清〕阮元校勘，《十三經注疏》，臺北：藝文印書館，1979年。

〔漢〕司馬遷撰，〔劉宋〕裴駰集解，〔唐〕司馬貞索隱，〔唐〕張守節正義，《新校本史記》，臺北：鼎文書局，1979年。

〔漢〕許慎著，〔清〕段玉裁注，《說文解字注》，臺北：藝文印書館，1979年。

〔漢〕鄭玄注，〔唐〕孔穎達疏，《禮記注疏》，收入〔清〕阮元校勘，《十三經注疏》，臺北：藝文印書館，1979年。

〔魏〕王弼、〔晉〕韓康伯注，《周易正義》，收入〔清〕阮元校勘，《十三經注疏》，臺北：藝文印書館，1979年。

〔晉〕郭璞注，〔清〕畢沅校，《山海經》，上海：上海古籍出版社，1995年。

〔梁〕顧野王，《玉篇零卷》，北京：中華書局，1985年。

＿＿＿＿，《大廣益會玉篇》，北京：中華書局，2004年。

〔宋〕蕭統編，〔唐〕李善等注，《增補六臣註文選》，臺北：華正書局，1974年。

〔唐〕玄應，《一切經音義》，臺北：大通書局，1970年。

〔唐〕慧琳，《一切經音義》，收入延藏法師主編，《佛學工具集成》，北京：中國書店，2009年。

〔宋〕丁度等，《宋刻集韻》，北京：中華書局，1989年。

〔宋〕王黼，《宣和博古圖》，揚州：江蘇廣陵古籍刻印社，1991年。

〔宋〕司馬光等編，《類篇》，北京：中華書局，1984年。

〔宋〕杜從古，《集篆古文韻海》，臺北：國立中央圖書館藏善本，明嘉靖二年（1523）龔萬鍾抄本。

＿＿＿＿，《集篆古文韻海》，《北京圖書館古籍珍本叢刊》，北京：書目文獻出版社，1988年清嘉慶元年（1796）項世英抄本，冊5。

＿＿＿＿，《集篆古文韻海》，揚州：江蘇古籍出版社，1988年影印《委宛別藏》抄本。

〔宋〕郭忠恕、〔宋〕夏竦輯，李零、劉新光整理，《汗簡　古文四聲韻》，《古代字書叢刊》，北京：中華書局，1983年。

〔宋〕陳彭年等，《新校宋本廣韻》，臺北：洪葉文化，2004年。

〔宋〕歐陽修、〔宋〕宋祁，《新校本新唐書》，臺北：鼎文書局，1979年。

〔遼〕釋行均，《龍龕手鑑》，《四庫叢刊續編》，臺北：臺灣商務印書館，1981年影印江安傅氏雙鑑樓藏宋刻本，經部冊11。

〔明〕張自烈、〔明〕廖文英補，《正字通》，《續修四庫全書》，上海：上海古籍出版社，2002年據康熙二十四年（1625）清畏堂刊本影印，冊234-235。

〔明〕梅膺祚，《字彙》，《續修四庫全書》，上海：上海古籍出版社，2002年據華東師範大學圖書館藏明萬曆四十三年（1615）刻本影印，冊232-233。

〔明〕閔齊伋輯，〔清〕畢弘述篆訂，《訂正六書通》，上海：上海古籍書店，1981年。

〔清〕丁福保，《說文解字詁林》，北京：中華書局，1988年。

〔清〕鄭珍，《汗簡箋正》，臺北：藝文印書館，1991年清光緒十五年（1889）廣雅書局刻本。

二、出土文獻

中國社會科學院考古研究所編，《殷周金文集成》，北京：中華書局，1984-1994年。

中國社會科學院歷史研究所編，《甲骨文合集》，北京：中華書局，1978-1982年。

河南省文物研究所，《信陽楚墓》，北京：文物出版社，1986年。

荊門市博物館，《郭店楚墓竹簡》，北京：文物出版社，1998年。

馬承源主編，《上海博物館藏戰國楚竹書（三）》，上海：上海古籍出版社，2003年。

_____，《上海博物館藏戰國楚竹書（六）》，上海：上海古籍出版社，2007年。

湖北省文物考古研究所、北京大學中文系，《望山楚簡》，北京：中華書局，1995年。

湖北省荊沙鐵路考古隊，《包山楚簡》，北京：文物出版社，1991年。

睡虎地秦墓竹簡整理小組編，《睡虎地秦墓竹簡》，北京：文物出版社，1990年。

羅福頤，《古璽彙編》，北京：文物出版社，1981年。

三、近人論著

丁治民，《集篆古文韻海校補》，北京：中華書局，2013年。

王丹，《〈汗簡〉〈古文四聲韻〉新證》，上海：上海古籍出版社，2015年。

王建魁，《〈碧落碑〉綜論》，臨汾：山西師範大學中國書畫文化研究所碩士論文，2010年。

古文字詁林編纂委員會，《古文字詁林》，上海：上海教育出版社，2003年。

吳辛丑，《簡帛典籍異文研究》，廣州：中山大學出版社，2002年。

李宗焜，〈從李陽冰改篆論《五星廿八宿神形圖》的時代〉，收入李宗焜主編，《古文字與古代史》第5輯，臺北：中央研究院歷史語言研究所，2017年，頁415-439。

李春桃，《古文異體關係整理與研究》，北京：中華書局，2016年。

_____，《傳抄古文綜合研究》，長春：吉林大學古籍研究所博士論文，2012年。

_____，〈《汗簡》、《古文四聲韻》所收古文誤置現象校勘（選錄）〉，武漢大學「簡帛網」，http://www.bsm.org.cn/show_article.php?id= 1449，檢索日期：2018年11月13日。

李綉玲，《〈古文四聲韻〉古文探賾》，嘉義：中正大學中國文學研究所博士論文，2009年。

李學勤主編，《字源》，天津：天津古籍出版社；瀋陽：遼寧人民出版社，2012年。

沈培，〈從戰國簡看古人占卜的「蔽志」〉，收入陳昭容主編，《古文字與古代史》第1輯，臺北：中央研究院歷史語言研究所，2007年，頁391-433。

季旭昇，《說文新證》，臺北：藝文印書館，2014年。

孟玲英，《唐代篆書發展史研究》，長春：吉林大學歷史文獻學專業碩士論文，2007年。

林清源，《楚國文字構形演變研究》，臺中：東海大學中國文學系博士論文，1997年。

_____，〈《上博七·鄭子家喪》文本問題檢討〉，收入李宗焜主編，《古文字與古代史》第3輯，臺北：中央研究院歷史語言研究所，2012年，頁329-356。

林聖峯，《傳抄古文構形研究》，臺中：中興大學中國文學研究所博士論文，2013年。

周亞，〈郾王職壺銘文初釋〉，《上海博物館集刊》第8期，2000年，頁144-150。

周翔，〈傳抄古文考釋札記〉，《語文月刊》2013年3期，頁41-42。

唐蘭，〈懷鉛隨錄・書碧落碑後〉，《考古學社社刊》第5期，1936年，頁148-156。

徐在國，《隸定古文疏證》，合肥：安徽大學出版社，2002年。

＿＿＿＿，《傳抄古文字編》，北京：線裝書局，2006年。

徐在國、黃德寬，《古老子文字編》，合肥：安徽大學出版社，2007年。

徐海東，《〈古文四聲韻〉疏證（一二三卷）》，重慶：西南大學漢語言文字學專業博士論文，2013年。

徐富昌，《簡帛典籍異文側探》，臺北：國家出版社，2006年。

啓功，《古代字體論稿》，北京：文物出版社，1999年。

國一姝，《〈古文四聲韻〉異體字處理訛誤的考析》，北京：北京語言文化大學漢語言文字學專業碩士論文，2002年。

張富海，《漢人所謂古文之研究》，北京：線裝書局，2007年。

張儒、劉毓慶，《漢字通用聲素研究》，太原：山西古籍出版社，2002年。

郭子直，〈記元刻古文《老子》碑兼評《集篆古文韻海》〉，收入吉林大學古文字研究室編，《古文字研究》第21輯，北京：中華書局，2001年，頁349-360。

郭沫若，《金文叢考》，北京：人民出版社，1954年。

陳煒湛，〈碧落碑研究〉，《故宮博物院院刊》2002年第2期，頁27-33。

湯餘惠主編，《戰國文字編》，福州：福建人民出版社，2001年。

馮勝君，《郭店簡與上博簡對比研究》，北京：線裝書局，2007年。

黃雅雯，《〈集篆古文韻海〉文字研究》，臺北：臺灣師範大學國文學系碩士論文，2013年。

黃錫全，《汗簡注釋》，武昌：武漢大學出版社，1990年。

楊慧貞，《〈汗簡〉異部重文的再校訂》，北京：北京語言文化大學漢語言文字學專業碩士論文，2002年。

臧克和主編，《漢魏六朝隋唐五代字形表》，廣州：南方日報出版社，2011年。

滕壬生，《楚系簡帛文字編》，增訂本，武漢：湖北教育出版社，2008年。

顧萬發，〈鄭州祭城鎮古城考古發現及相關問題初步研究〉，《華夏考古》2015年第3期，頁72-83。

敘事表現、心靈書寫與情理之辯：
孟稱舜《嬌紅記》的寫作承襲及其對戲曲愛情劇的開創*

林鶴宜**

前言

　　晚明清初的文人戲曲創作，相較於明代中葉以前，有不少突破性的發展。除了文類本身的內在規律，更與當時通俗文藝盛行密切關連。許多文人透過參與非主流的通俗文學的編纂和創作，表達他們對禮教的反思。[1]同屬敘事文學，小說一向是戲曲取材的主要來源之一，在這樣背景下，兩者的交流和相互影響更是前所未見。其下龐大的讀者群也相互交錯重疊。有不少作者甚至同時寫作小說與戲曲，較具代表性者，如：梅鼎祚、馮夢龍、呂天成、凌濛初、丁耀亢、李漁等人。

　　陳平原曾指出，「嘉靖到萬曆」是小說發展至關重要的一百年。尤其在晚明時期，文人對寫作小說的觀念發生巨大的變化，[2]進一步改變了它的實質內涵。這段時期的小說發展出不少新的品類，[3]雖然並未直接促使戲曲產生相應的品類，卻對文人傳奇戲曲多所啟發，從而豐富了文人傳奇

* 本文為科技部專題研究計畫「晚明清初小說新品類對文人傳奇戲曲敘事開創的影響」（MOST 105-2410-H-002 -126 -MY2）研究成果。初稿發表於國立臺灣大學中國文學系主辦之「中國文學、歷史與社會的多重對話國際學術研討會」（臺北：2017年11月4-5日），後刊載於《戲劇研究》第23期，頁35~72。論文發表及投稿過程中，得到與會學者及審稿人諸多寶貴意見，謹在此表達誠摯的謝忱。

** 國立臺灣大學戲劇學系教授。

1 晚明清初文人之投身通俗文藝，是以資本主義萌芽，市民階層興起為條件。思想背景則是王陽明「心學」被發楊光大。論者甚多，如郭英德：《明清文人傳奇研究》（北京：北京師大，1992年），第三章〈明清文人傳奇的時代主題〉第四、五節，頁108-120。廖奔、劉彥君：《中國戲曲發展史》（太原：山西教育，2000年），第三卷下編第五章第一節〈萬曆戲劇思潮〉，頁294-301。齊裕焜：《明代小說史》（杭州：浙江古籍，1997年），第一章第二節〈在市民文化沃土上成長的明代小說〉，頁7-15。

2 陳平原：《中國散文小說史》（臺北：二魚文化，2005年），第十二章〈兒女與社會：以文人想像為主體〉，頁340。

3 筆者所知，例如：「世情」小說、「才子佳人」小說、「艷情」小說等，以及「公案」小說和「俠義」小說的萌芽。

戲曲的關注面向、寫作技巧和藝術風格。孟稱舜（約1599-1684）《嬌紅記》[4]傳奇便是在這樣一個時代文藝脈絡下的產物。

申純與嬌娘的愛情故事，時代背景為南、北宋之交，地點在四川成都府和鄰近的眉州等地，最早可能是流傳於當地的民間傳說，元代宋遠（字梅洞，生卒年不詳，生存於宋末元初）[5]首先據之寫成一萬八千餘言的中篇文言小說《嬌紅記》（或名《嬌紅傳》、《擁爐嬌紅》）[6]。這部小說在元、明廣為流傳，不僅與《西廂記》同為青年男女的典範讀物，[7]更帶動眾多的仿效者，發展出一脈相承、自成體系的「中篇傳奇小說」，並直接促成晚明清初「才子佳人」和「艷情」中長篇白話小說的出現。[8]

將《嬌紅記》故事譜寫為戲曲者頗不乏其人，[9]孟稱舜《嬌紅記》在眾多改編中獨步同流，[10]創作當時即受到肯定，獲名士陳洪綬（號老蓮，1598-1652）作序、評點，並為繪製嬌娘圖像四幀。陳洪綬評此劇為「古今一部怨譜」（第五十齣〈仙圓〉評語），又指出，孟作不僅「鑄詞冶句，超凡入聖」，「較湯若士欲拗折天下人嗓子者，又進一格」，文詞音律雙美。（陳洪綬〈節義鴛鴦塚嬌紅記序〉）。王業浩（？-1643）則許之為「情史中第一佳案」（王業浩〈鴛鴦塚序〉）。

一九八○年代王季思（1906-1996）選編《中國十大古典悲劇集》，將《嬌紅記》從繁如星海

---

4 本文討論的版本為中國國家圖書館藏明末刊本（陳洪綬評點），有《古本戲曲叢刊二集》影印本，歐陽光注釋：《嬌紅記》（上海：上海古籍，1988年）用的就是這個本子，並加以校訂。臺灣故宮博物院另收藏有崇禎間刊本，據金雯：〈節義鴛鴦塚嬌紅記研究〉（嘉義：嘉義大學中文所碩士論文，2010年）的比對，故宮藏本缺陳洪綬〈節義鴛鴦塚嬌紅記序〉，且因原書壞損，許多地方有所缺漏，頁46。

5 小說《嬌紅記》的作者又有虞集或李詡的說法，皆不可信。參見伊藤漱平著，謝碧霞譯：〈「嬌紅記」成書經緯：其變遷及流傳過程〉，《中外文學》156期（1985年5月），頁90-111。陳益源：〈《嬌紅記》新論〉，收在《從〈嬌紅記〉到〈紅樓夢〉》（瀋陽：遼寧古籍，1996年），頁77-106。

6 宋梅洞《嬌紅記》又名《嬌紅傳》，據陳益源前引文，《嬌紅記》應該是原名。版本可分兩個系統，一為林近陽《燕居筆記》本，題為《擁爐嬌紅》；一為《艷異編》本，題為《嬌紅記》。參見〔明〕王世貞編，孫葆貞等校點：《艷異編》（瀋陽：春風文藝，1988年）；〔明〕林近陽增編：《燕居筆記》（上海：上海古籍，1994年）。本文以《艷異編》本所錄，參酌《燕居筆記》本。以下引用此書文字時不再一一標注，僅以頁數表示。

7 參見伊藤漱平前引文。

8 參見陳益源：《元明中篇傳奇小說研究》（香港：學峰，1997年），第十八章〈結論〉，頁303-317。

9 見於著錄者，包括元代王實甫，明代邾經、劉兌、湯式、金文質、沈受先、孟稱舜，清代許逸等，另有閩南七子班遺存的南曲【薔薇序】套曲十支。而只有劉東生《金童玉女嬌紅記》、孟稱舜《節義鴛鴦塚嬌紅記》、許逸《兩鍾情》留下全本。除了元代王實甫，其他可信皆以流通廣遠的小說《嬌紅記》為本。參見前引陳益源：〈《嬌紅記》新論〉，頁92。

10 前引陳益源：〈《嬌紅記》新論〉指出，劉兌《金童玉女嬌紅記》雜劇與元明神仙道化劇的戲法如出一轍，而且落入團圓收場的俗套，嚴重斲傷了原作的感人力量。頁94-95。金雯前引文第二章第三節「沈壽先與孟稱舜比較」，頁60-75。比對沈受先殘齣與孟作，指出，就文字部分來看，兩者完全不同，孟稱舜在創作上並未受沈作影響，（頁66）且沈作在文學性和技巧方面都不如孟。（頁75）又，韓昌：〈「嬌紅」故事研究〉（嘉義：中正大學中文所碩士論文，2007年）第三章第四節「許逸《兩鍾情》傳奇」，分析許作「關目配置混亂無章」，且「文才不足，弱化原著」，頁96-103。

的古典戲曲作品中，拔擢進入「十大」，更喚起今人對此劇的重視。[11]王季思在〈前言〉提到他選入《嬌紅記》的理由：

> 《牡丹亭》以後，劇壇上繼續出現的許多愛情戲大都情節雷同，語言陳舊，其中比較引人注目的是孟稱舜的《節義鴛鴦塚嬌紅記》。[12]

「傳奇十部九相思」（李漁《憐香伴》第三十六齣〈歡聚〉下場詩），愛情戲曲爲數甚多，《嬌紅記》究竟如何超越《牡丹亭》以後的同時代作品，引起注目呢？此書〈後記〉[13]進一步提出諸多具體的肯定，例如，認爲王嬌娘「同心子」愛情觀，將《西廂記》以來「郎才女貌」的設定，大大推進了一步；認爲申純重愛情、輕功名的思想，是《紅樓夢》男主人公賈寶玉的雛形；甚至推崇此劇是「介於《牡丹亭》與《紅樓夢》之間的過渡作品」。這些肯定廣被接受，並且在其後許多研究中，一再被引用。

〈後記〉同時提到，孟稱舜此作是「一部成功的現實主義作品」，但其所謂「現實主義」，強調的只是劇中人如何和「封建勢力」對抗的論調，對小說原著卻極端忽略。孟稱舜《嬌紅記》係根據宋梅洞小說編創而成，若不能與小說並看，實無法理解其如何透過情節的採用，同時吸收小說敍事手法，造就出文人戲曲新樣貌。

另一方面，也有因爲全劇人物及主要情節幾乎都來自小說，便認爲「孟稱舜不過是忠實的將小說改編爲戲劇」，不應該過分肯定；[14]又或者，因爲戲曲中存在著「直接把小說的原段原句錄入戲曲中的現象」，便認爲「體現於戲曲中的卓越心理描寫並非他的創作」，孟稱舜只是「把小說的這些心理描寫採入戲曲時，作了一些較爲合理的改編」。[15]同樣值得再思。

本文首先援引小說相關研究，分析孟稱舜《嬌紅記》如何承襲宋梅洞中篇文言小說，以「工筆重彩」細膩刻劃發生在「庭院式」侷限空間的連串小事件，建立眞實感；並發揮戲曲做爲「韻文學」的優勢，轉化小說「穿插詩詞」的寫作格套，以曲文抒發人物情感，進而**開創戲曲愛情劇別開生面的敍事風貌**。其次，指出孟作對原著小說人物言談舉止和行爲反應或大或小的調整，**關鍵性的重塑並提升了人物的思想和形象**，使之能與孟氏提出的「情」觀相呼應。最後，說明從小說故事進入文人傳奇戲曲舞台「敍事程式」的規範，[16]孟稱舜如何重新取捨、安置情節，雖見襲用《西廂

11　前引陳益源：〈《嬌紅記》新論〉；許金榜：〈《嬌紅記》的新成就與繼往開來的地位〉，《山東師大學報》1989年第3期，頁61-67；鄭尚憲、張冬菜：〈《嬌紅記》三論〉，《戲劇文學》2002年第12期，頁64-68，皆強調入選「十大」對《嬌紅記》的肯定。

12　參見王季思編：《中國十大古典悲劇集》（上海：上海文藝，1982年），頁12。

13　這篇〈後記〉最早出自歐陽光之筆，見於署名「中山大學戲曲史師資培訓班」的〈《玉簪記》《綠牡丹》《嬌紅記》的思想意義和藝術特徵〉一文「《嬌紅記》校評後記」一節，《文藝理論研究》1981年第3期，頁71-76。

14　李夢生：〈對孟稱舜嬌紅記的新剖析〉，《廣播電視大學學報》1998年第2期，頁12-17。

15　武影：〈《嬌紅記》：小說與戲曲辨〉，《宜賓學院學報》第4期（2004年7月），頁63-67。

16　參見林鶴宜：〈論明清傳奇敍事的程式性〉，《規律與變異：明清戲曲學辨疑》（臺北：里仁，2003年），頁63-126。

記》和《牡丹亭》的字句段落，甚至諧仿其戲劇場景，卻能在《西廂記》寫「情」、《牡丹亭》兼顧「情」與「慾」之上，寫進了人物的「心靈」。同時，透過辯證，訴說「情」與「理」的對立與包容，對於愛情的完成提出一己的詮釋。

一、別開生面的敘事表現

《嬌紅記》堪稱繼《西廂記》、《牡丹亭》之後，戲曲愛情劇文學成就的一個新的里程碑。首先引起注意的是它在敘事上所開展的全新風貌，不同於其前文人戲曲常見的概念化戲劇情境，和對此情境的詩化敘事，《嬌紅記》呈現的都是日常的生活場景，**透過一連串發生在庭院、閨閣等侷促空間場景中的細瑣事件，帶來真實感**，刻劃人物對愛情：渴慕、試探、追求、猜忌、欣喜、失落等心理轉折。這樣的敘事在過去的愛情戲曲中前所未見。**此一敘事風貌的「陡然」出現，不能不說，直接承襲自宋梅洞為中篇傳奇小說所確立的那種細寫人物及瑣事的文人筆調。**

孟氏並以五十齣的充裕篇幅，發揮「劇詩」抒情特長，透過人物自我表述，建立形象、推動劇情，刻劃情感，並扭轉宋梅洞濃媚露骨的艷情傾向，而為清新溫婉的心靈觀照。

（一）從「大事件」到「小細節」：細膩敘事營造的真實感

王業浩〈鴛鴦塚序〉稱孟稱舜《嬌紅記》「據事而不幻」。這句話不僅僅可以理解為，《嬌紅記》見不到《牡丹亭》「死三年矣，復能溟莫中求得其所夢者而生」的那種「理之所必無」的情節；更可以理解為，它在敘事上，沒有《西廂記》「張生遊普救寺」（第一本第一折）所見「遊藝中原，腳根無線如蓬轉」通篇抒發心志、游離於情節外的詠頌。《嬌紅記》的情節都是生活中很日常的小事件，它的曲文則是立基於人物互動細節的心理描寫。

此一敘事新貌的出現，來自小說「工筆重彩」筆法的承襲。程毅中分析宋梅洞《嬌紅記》的藝術成就說：

> 《嬌紅記》除了女鬼冒名迷惑申純那一段插曲之外，基本上都是符合生活真實的描寫。它是融合了某些通俗小說藝術成分的文人作品，……在「工筆重彩」的手法上，它有了新的突破。可以說代表了言情小說從短篇向長篇發展的方向。[17]

孟稱舜《嬌紅記》之前，戲曲愛情劇並非沒有「小事件」的描述，但多只是依附「大事件」的背景或過脈。孟稱舜以五十齣的長篇，將小說搬上舞台，並以「串珠式」的「單齣」將一次次的人物情感互動獨立起來，精雕細琢，呈現細節的動人之處，如此，便讓「小事件」成為全劇的主體。以下將與申純、嬌娘直接相關的各齣情節，依序概述，以見其貌：（括弧內為齣次）

---

17 程毅中：〈《嬌紅記》在小說藝術發展中的歷史價值〉，《許昌師專學報（社會科學版）》1990年第2期，頁15-20。

申純出發探舅。（2）申純、嬌娘初見，相互傾心。（3）嬌娘獨倚繡床，申純前來攀話，嬌自去。（4）「惜花軒」相遇，申純出詩二首，嬌袖下。（6）嬌娘到申純書房，見西窗壁上題詩，和詩。（7）申純以謝詩為名到嬌娘繡房，欲訴衷腸，嬌將所蓄燈爐分贈，申以「留以為贄」戲之，嬌怒，申離去。（9）嬌娘在暖閣中擁火，申純折梨花一枝擲於地，引嬌娘發問，藉以告白。（10）嬌娘約申純「熙春堂」相會，未料大雨傾盆，不得前往。（12）嬌娘前往申純書房扣門，申純睡著未應，嬌娘疑心。（14）申純被招返成都守城，兩人話別，方才互道心意。（15）申純思念嬌娘成疾，以求醫為名，再度前往眉州。（17）申純二度來到舅家，與嬌娘約定幽會地點。（18）兩人幽會。（20）申家院子促歸，申純返家後，申父主動提及為純聘嬌，請媒人提親。（21）王文瑞拒絕申家婚事。（22）申純偕友到舊識丁憐憐家，醉後無意中將二人事說出，丁求嬌繡鞋。（23）媒覆婚事被拒。（24）申純裝病請師婆禳解，指示「到西南方數百里外躲避」。（25）申純三度來到舅家。（26）申純竊嬌娘繡鞋，飛紅見鞋取回，嬌誤會二人有私。（27）飛紅與申純在園中撲蝶，嬌娘撞見，怒斥飛紅。（28）申純在花園拾得飛紅【青玉案】詞詢問嬌娘何時所作，嬌誤會益深。（29）誤會冰釋，申純與嬌娘後花園立誓。（31）申純與嬌娘花園相會，飛紅故意引來妗母撞見二人。（32）申純愧別。（33）王文瑞眉州任滿他調經成都，申純抄小路趕會嬌娘，獲贈同心結香佩。（35）申家兄弟赴試。（36）兄弟皆高中獲官。（37）申純受舅召，四度訪舅，被安排在堂外僻室。（38）女鬼化為嬌娘模樣與申純幽會。（39）飛紅使計喚申純至中堂，令嬌娘問明原委。（40）飛紅與妗母夜半探申純，鬼遁。（41）〔妗母病亡，舅父剛與申家說定親事，帥府派人至王府說親，王父迫於權勢許之。（42）〕[18]申純離開王家。（43）嬌娘病重將危，飛紅喚申純至河下，扶嬌娘往舟中相會。（45）嬌娘求退婚，王文瑞要飛紅取帥公子圖影勸嬌娘。（46）嬌娘氣絕。（47）申純自縊獲救後絕食而亡。（48）二人合葬。（49）清明祭祀，雙人塚出現鴛鴦飛翔上下。（50）

與申、嬌直接相關的四十齣情節，[19]筆墨集中刻劃兩人曲曲折折的互動。因為中表關係，容許申純一再造訪，去而復來，小說中，他五至舅家（不含舟會），戲曲改為四度訪舅。且因為是「家人」（第三齣妗母語）不設防，得以自由親近。他們不像其他古典愛情劇裡的有情人，須等待機會相遇，再想方設法，親近對方，這已耗去許多氣力，因此一旦親近，往往便要「私訂終身」。

申、嬌一開始便越過社會禮教造成的空間隔閡，他們朝夕相處，卻不知對方的想法，因而他們的愛情試探，一開始就直指內心。

在確認申純心意之前，嬌娘的表現是：「似真似假，如迎如拒，去之則邇，即之復遠」（第六

---

[18] 此齣當歸屬於「對立情節線」，描述幫閒威脅利誘的嘴臉，申、嬌之事只以對白交代。詳下文。

[19] 另有第1齣家門，以及描述帥公子求美人的第5、19、30、34、44等齣，及鋪陳武戲的8、11、13、16等齣。詳下文。

齣〈題花〉）。矜持謹慎，不輕易相許。待申純深情告白，打動芳心後，嬌娘即以「若事不濟，當以死相謝」的巨大熱情回報。兩心互許，情意濃烈，過程中，仍少不了猜忌。例如第十四齣〈私帳〉寫嬌娘夜探申純，彈窗低喚，不料申純因醉酒沈睡，未加回應，立刻令嬌娘生疑。孟稱舜以【玉芙蓉】一曲寫風敲翠竹，更添寂寥，「我當初怎把眞情訴他？猛提起，自心疼。」極寫嬌娘失落的心情。第十五齣〈盟別〉嬌娘贈申純離別詩，只因「綠葉蔭濃花正稀」一句，便令申純不滿，問她是否有「別嫁東風」的想法。又，第二十六齣〈三謁 〉申家提親遭拒，申純想盡辦法三訪舅家，嬌娘有「兄來此何幹」之問，也引發申純大大不快，質問嬌娘：「日月未久，何爾相忘？百計重來，以尋舊約，乃有再來何幹之詞，我之失計，不以甚乎？」至於第二十七齣〈絮鞋〉申純竊取嬌娘繡鞋，又被飛紅竊回，引發嬌娘懷疑二人有私，不僅怒責飛紅，更與申純冷戰月餘，也同樣是愛情中的猜忌。其後，兩人誤會冰釋，在明靈王廟前立下大誓，申純爲恐嬌娘不悅，疏遠飛紅，引來飛紅的報復，至使申純倉惶離開王家。[20]

正是這樣的猜忌，集中表現了戀愛中人的複雜心理。因爲在乎對方，眼裡容不了一粒細砂，往往不斷要求確認彼此的心意，喜樂憂戚、情緒起伏，皆受牽絆。對多數人而言，愛情的眞相，正是由無數的甜蜜和猜忌串連而成的小情小愛。這些小情小愛，眞正貼近了眞實世界男女愛情發生的場景，跟讀者（觀衆）幾乎零距離。

（二）庭院愛情故事的侷限空間和人物關係

宋梅洞《嬌紅記》首開文言中篇小說寫作的先河，對後世的影響極大。[21]其中一個鮮明的特徵是，這個前後歷經數年的愛情故事，其主要事件幾乎都發生在侷限的私人庭院場景中。**這也爲戲曲《嬌紅記》的戲劇場景帶來不同於其前戲曲愛情劇的重大改變**，以下將申純、嬌娘直接相關的各齣情節發生地點，依序標出，以見其貌：（括弧內爲齣次）

申家。（2）王家廳堂。（3）小廊→嬌娘繡房。（4）「惜花軒」。（6）中堂→中庭→申純書房。（7）嬌娘繡房。（9）暖閣。（10）嬌娘繡房→申純書房。（12）嬌娘繡房→申純書房外。（14）廳堂。（15）申家。（17）王家嬌娘繡房→申純書房外廡。（18）嬌娘繡房。（20）申家。（21）王家廳堂。（22）丁憐憐家。（23）申家。（24）申家。（25）王家「秀溪亭」→中堂。（26）嬌娘繡房→申純書房。（27）花園。（28）花園→「熙春堂」→申純書房。（29）嬌娘繡房→後園中池。（31）「百花軒」。（32）申純書房→庭畔。（33）成都郊外。（35）赴試途中。（36）申家。（37）王文瑞任所廳堂→廳事東靜室。（38）廳事東靜室。（39）中堂。（40）廳事東靜室。（41）廳堂。（42）中堂。（43）濯

---

20 這些主要情節皆見於小說《嬌紅記》。孟稱舜以曲牌聯套和說白將小說搬上舞台，並在關鍵處調整了人物的言行舉止和對事件的反應，詳本文第二節。

21 參見前引陳益源：《元明中篇傳奇小說研究》，第十八章〈結論〉。

錦江畔。（45）王家。（46）王家。（47）申家。（48）王家嬌娘靈位。（49）王家妝樓→濯錦江墳塚。（50）

陳國軍將宋梅洞《嬌紅記》中所見的「以閨閣、庭院作爲情節的展開空間」的描寫，稱爲「庭院式言情情節範型」，認爲這是宋梅洞爲中篇小說在敘事上確立的三個特點之一：[22]

> 元明四十部中篇傳奇小說的敘事時空和內容，基本定格在閨閣和花園之中。軒亭、台閣，池畔、花前，完成了小說情節的伸展和廣延。融合為小說不可分割的有機整體。閨閣與花園，成為小說男女兩性表情達意的主要場合，成為小說男女靈肉契合的獨特環境，也成為後世愛情小說──尤其是才子佳人小說、家庭小說──不可或缺的內在標示。[23]

空間的侷限，縮短了人物間的物理距離。**戲曲《嬌紅記》承襲小說所建立的情節場景**，常見申純出現在嬌娘繡房，嬌娘也往往輕易的便進入申純書房，幾乎沒有「男女之防」。例如第四齣〈晚繡〉，申純潛入嬌娘繡房，問她：「你倚床長嘆，將有思乎？」。第七齣〈和詩〉嬌娘與飛紅在中庭閒步，走著走著，就走進了申純的書舍。第九齣〈分燼〉申純以謝詩爲名至嬌娘繡房，時嬌娘「恰起理妝」。第三十一齣〈要盟〉嬌娘與申生冷戰月餘，在繡房內自傷，倚床睡去。申純更是直至繡房，見嬌娘睡去，還撫背問她：「何晝寢於此？」

兩人的密約偷期，同樣得利於空間的侷限與不設防。小說中，嬌娘指示申純：「君自寢所逾外窗，度荼蘼架，至『熙春堂』下」，因嬌娘繡房有一窗正對「熙春堂」，逾窗便可進入。到了幽會當天夜裡，小說寫道：

> 生乃逾外窗繞堂後數百步至荼蘼架側，久求門不得，生頗恐。久之，尋路得至熙春堂。堂廣夜深，寂無人聲。生大恐，因疾趨入，見嬌方開窗倚几而坐……（頁265）

從以上兩處引文看來，申純書房和嬌娘繡房中間，隔著「荼蘼架」和「熙春堂」，若從正門出入，須彎彎曲曲的經過花園廊道，且容易引人察覺。若「逾窗」，則只要穿過這兩處，再「逾窗」，便可進入嬌娘繡房。戲曲第二十齣〈斷袖〉完全依照以上的空間設計鋪陳。

活動空間有所限制，固然方便兩人親近，另一方面，卻很容易被爲數不少的奴僕所察覺。第十八齣〈密約〉寫申純因病再度來到舅家求醫，幾日見不到嬌娘，拖著病體在書房外廡竚望，嬌娘果然便出現了。申純情不自禁「牽旦衣介」「旦推介」說道：「此廣庭也，十目所視，休得如此。」這段描述完全翻寫自小說。道出了相互傾慕的兩人，無時不處在「十目所視」的壓力中。

兩人約會月餘，小說描述「豈期欲火所迷，俱無避忌，舅之侍女曰飛紅、曰湘娥，皆有所覺，所不知者，嬌之父母而已。」戲曲則將兩人漸不避人耳目，終被奴僕發覺，改寫爲初次幽會之前，即被湘娥、飛紅知覺，取笑一番：「我們且不要說破他，夜間看他怎麼。」申純離開嬌娘繡房之

---

[22] 陳國軍：《明代志怪傳奇小說研究》（天津：天津古籍，2006年），〈緒論〉，頁1-18。這三個敘事特點爲：庭院式言情情節範型、以詩爲媒的敘事語言體制、漸趨規範的中篇傳奇小說體制。

[23] 同前註，頁7-8。

際，更遭到二人包圍，三人嘻鬧了一陣。（第二十齣〈斷袖〉）

庭院侷限空間對於敘事書寫的影響，首先是「敘事鏡頭」必然十分貼近描寫對象，聚焦兩人世界，刻劃人物氣性品格、愛情觀、對彼此的感覺等。再者，因為空間有限，場景必然常見重複，情節也由發生在侷限空間中的細微物事串連而成。此外，戀愛中的主角面臨的第一波壓力，必然來自同處於狹小空間的奴僕們，兩人愛情是否順利，取決於能否得到這些人的支持。他們態度的改變，也成為故事發展的關鍵因素，代表人物是飛紅。[24]嬌娘曾因怒斥飛紅，引起她的報復，後來為了和申純相會，不惜委曲自己「屈事飛紅」，討其歡心。小說《嬌紅記》更強調申純如何「厚賄舅之左右」。

庭院閨閣本來就是戲曲愛情劇中常見的場景，但通常只佔通篇情節描寫的一部分，未有像戲曲《嬌紅記》這般纏綿於庭院閨閣。空間場景的侷限改變了敘事的風貌，這和事件的瑣碎化和細膩化是相應的。

（三）超越小說原著的曲詞創作

做為不同的文類，小說長於敘事；戲曲則結合敘事與抒情於一身，既能鋪陳故事，又長於抒情。因而就譜寫愛情題材而言，戲曲有其先天的優勢。

陳益源指出，宋梅洞《嬌紅記》的「長篇化」和「散文中穿插韻文」的手法，替文言小說另闢了蹊徑，明代中篇傳奇小說幾乎都奉之為圭臬。[25]宋氏所以在事件敘事中穿插大量的詩詞創作，筆者以為，除了炫才，更為了彌補小說「抒情性」的不足，每當主角人物（特別是男主角的申生）心有所感，便吟詩賦詞，以表心跡。總計全文詩詞創作竟有六十首之多。[26]這些詩詞創作絕多數出自申純，少數為嬌娘所作，飛紅亦有一首。令人驚訝的是，孟稱舜只採用九處詩詞，共詞四首，詩九首。如下：

第三齣〈會嬌〉，申純作【摸魚兒】詠眉州好風景。

第七齣〈和詩〉，嬌讀申純之前在西窗寫下的絕句，並和詩一首。

第十五齣〈盟別〉，嬌作二詩送行。

第二十四齣〈媒覆〉，嬌有【滿庭芳】詞及詩二絕。詞被採用，詩不提。

第二十九齣〈詰詞〉，申拾獲飛紅所作【青玉案】詞。

第三十一齣〈要盟〉，嬌與申冷戰月餘，申一夕逕造嬌室，見窗上有絕句一章。

第三十三齣〈愧別〉，嬌娘以【一剪梅】詞送別。

---

24 小說中，又有嬌娘因事觸怒小鬟綠英，綠英懷恨將二人所為從實告舅，事跡敗露一事，被孟刪去不用。

25 前引陳益源：〈《嬌紅記》新論〉，頁95。

26 《艷異編》本有30首詩，30闋詞和一封書信。（無【步蟾宮】、【臨江仙】、【晝夜樂】三詞）；《燕居筆記》本有29首詩，31闋詞和一封書信。（無【滿庭芳】、【再團圓】二詞、「鬥帳春寒」一律）參見前引陳益源：〈《嬌紅記》新論〉第三節「嬌紅記的版本及其故事內容」，頁27-32。

第三十五齣〈贈佩〉，舅眉州任滿經成都，申純闖其便曳窗挽車與嬌語，嬌占詩一首贈生。

第四十三齣〈生離〉，嬌歌【一叢花】曲，戲曲不言嬌娘善歌，據以改寫化入【小桃紅】曲
文。

第四十八齣〈雙逝〉，申純作一詩別父母，一詩別兄。

第五十齣〈仙圓〉，申純與嬌娘同葬後，魂魄同遊嬌娘妝樓，題詩壁上。

換言之，小說以人物吟詩賦詞彌補抒情性的不足，超過四分之三不被戲曲採用。[27] 被採用的詩
詞大都與情節的推進有關，且多出自嬌娘。

戲曲既能鋪陳故事，又長於抒情，最適合用來敷演愛情故事。是否因為《嬌紅記》曲文已足以
滿足敘事及抒情之需，所以用不上小說中那些出現過於頻繁的詩詞？

答案當然是肯定的，卻又似乎不完全如此。文人傳奇主角人物在第一次上場時，照例要用較長
（正式）的「上場詩」，通常是詞，偶見用古風。戲曲《嬌紅記》或因炫才之故，生、旦每次上
場，多有上場詩，且偏好長短句的「上場詞」，例如第二齣【鷓鴣天】（生）、第四齣【畫堂春】
（旦）、第七齣【訴衷情】（旦）、第九齣【浣紗溪】（旦）、第十齣【菩薩蠻】（旦、老旦）、
第十七齣【踏莎行】（生）、第二十六齣【青門引】（旦）、第三十一齣【清平樂】（旦）、第
三十二齣【搗練子】（旦）、第四十五齣【烏夜啼】（旦、貼）等，有十處之多，皆為新製，並不
採用小說現成文字。

從分量偏重的這些上場詩、詞來看，孟稱舜和宋梅洞一樣，都有藉詩詞逞才的傾向。其所以不
採用小說既有的詩詞，其實是因為兩位作者抒情的著眼點和文字風格有相當大的差異。大抵來說，
宋梅洞的詩詞較為濃媚；孟稱舜較為清新。宋梅洞留意艷情；孟稱舜側重心靈。

以兩人首次私會為例，是夜幽歡已畢，嬌娘令申純歸室，小說寫道：

> 歡會之際，不覺血漬生衣袖。嬌乃剪其袖而收之，曰：「留此為他日之驗。」生笑而從之。
> 有頃，雞聲催曉，釭漏將闌，嬌令生歸室，因視生曰：「此後日間相遇，幸無以前言為戲，
> 懼他人之耳目長也。」因口占《菩薩蠻》詞以贈生：「夜深偷展窗紗綠；小桃枝上留鶯宿。
> 花嫩不禁抽，春風卒未休。千金身已破，脈脈愁無那。特地祝檀郎，人前口謹防。」生亦口
> 占答之：「綠窗深佇傾城色，燈花送喜秋波溢。一笑入羅幃，春心不自持。雲雨情散亂，弱
> 體羞還顫。從此問雲英，何須上玉京。」（頁265-266）

這兩闋詞都不被孟稱舜採用，戲曲《嬌紅記》第二十齣〈斷袖〉對於這段情景是這樣呈現的：

---

27 依戲曲的各齣對應小說情節，不採用的詩詞包括：（括弧內表對應之齣次）申【點絳唇】（4）、申【喜邊鶯】
及二絕（6）、申【減字木蘭花】、申【西江月】（9）、申【石州引】（10）、申【玉樓春】（12）、申【小
梁州】、嬌【蔔運算元】及一詩（15）、申【攤芳詞】（18）、申、嬌【菩薩蠻】二闋（20）、申【永遇樂】
（21）、申「天上人」詩（23）、申【鷓鴣天】（26）、申【青玉案】（27）、嬌「再團圓」詞、申「白牡
丹」詞（31）、申【漁家傲】（32）、申無名詞（35）、申「相思會」詞（38）、申詩二首（39）、申「於飛
樂」、嬌詩十首（40）、申【望江南】（41）、嬌【內家嬌】（42）、申【好事近】（43）、嬌口占一詞一絕
（45）、嬌口占二詩（47）、申【憶瑤姬】（48）。

〔旦〕更漏將盡，怕人知覺，你且去罷。〔生〕怎忍去也。【前腔】燈影下，多嬌妊。〔摟介〕痛相憐，情傾意洽。〔旦指袖介〕認取這點胭脂，春生衣袖。〔剪袖介〕留此為他日之驗，願你後日呵，休忘卻今夕韶華。妾女子也，情牽意惑，殊乖禮法，幸稍秘之。囑檀郎莫向人絮刮，輕輕的葬送兒家，空留做風流話把。〔生〕小生怎敢，雞聲催曉，虯漏已殘，如今只得告去。〔旦〕來宵呵，則和你早相會在那花陰月影簾下。〔旦下〕

同是密會偷期的場面，風格全然不同。小說失之露骨冶艷；戲曲較為含蓄溫婉。

　　除了文采風格的差異，比對相同場景在小說和戲曲中的表現，尤能凸顯戲曲的優美文采和成功刻劃。經典的例子是第十齣〈擁爐〉，主角申純在此展開了最動人亦最具創意的告白。孟稱舜保留了小說原著的對白，而在對白空隙間插入了曲文，讓整個場面鮮活靈動，情致盎然，如下：（劃底線處為原著小說對白）

〔生手執花枝上〕……〔見旦〕〔旦坐不起〕〔生擲花〕〔旦驚視，徐起拾花介，云〕兄為甚棄擲此花？〔生〕花淚盈眶，知其意何在？故棄之。

【喜梧桐】將好花，折在手，未識花心可也得似人心否？撇下花枝，和你兩休休。你果若無情呵，免為你添僝僽。從今後再不、再不向花間走。〔旦〕東皇故自有主，夜屏一枝，以供玩好足矣，兄何索之深也。

【前腔】花淚盈，花枝瘦。知他也為關情，害得這伶仃瘦。人面花容，一樣兩悠悠。還怕道人心不似花容久，風吹的零落、零落在黃昏後。〔生〕幸蒙見諾，無得翻悔。〔旦笑云〕諾甚麼？〔生〕姐姐自想。〔旦〕春風甚勁，兄可坐此共火。〔生坐介〕〔旦〕兄衣厚否？恐寒威相迸呵。

【金梧桐】春寒悲翠衣，獨坐消清晝。怕你客中人，容易傷春瘦。〔生〕我客衣常苦單，您相念情何厚。則我這寸斷柔腸，你可還也相憐否？〔旦笑介〕何事斷腸？妾當為兄謀之。你斷腸為甚，索與從頭剖。〔生〕姐姐無戲言。我自遇姐姐後，魂飛魄揚，不能著體。夜更苦長，終夕不寐，求一訴衷情而不可得。我每細察姐姐，言語態度，亦似非無情者。及言深情味，則變色以拒我。豈真不諳世事而故為此？諒孱謬之質，不足當雅意，深藏自秘，將有售也。今日一言之後，小生只索西騎了。〔淚介〕

更極端的例子是第十二齣〈期阻〉。〈擁爐〉告白後，申純一早到嬌娘窗外，嬌娘正隔窗理妝，遂約申純當夜若晴霽，便在「熙春堂」相會。小說的文字如下：

生聞之，欣然自得，惟俟日暮，得諧所願。至晚，不覺暴雨大作，花陰浸潤，不復可期，生恨恨不已，因作【玉樓春】詞。（頁264）

孟稱舜捨棄【玉樓春】詞，將這寥寥數句，以【豆葉黃】、【園林好】、【江兒水】等曲牌鋪陳申純焦躁的等待日落，唱喏、下跪、下拜皆無效，最後竟潑罵起來。這一段很明顯是從《西廂記》第三本第二折末尾張君瑞盼日落的自白發展而來。妙的是，好不容易夕陽西下，不想一時間竟烏雲密布：

【三月海棠】我這裡凝望眼，將東欄西角都憑遍。甫能得紅輪欲彩，呀，兀的不是雲上也，又早見潑墨生烟。堪怨，雨腳雲頭驀地轉，把重幃障住嫦娥面，兀的不是雨來哩，痛煞風波，倐起平川，將漁郎阻隔桃花岸。看這雨呵，珠連玉散飄千伙，瀺甕翻盆下一宵。急的是翠岩前一派寒泉噴，猛的是繡旗下數面征鼙操。一陣陣打梨花葉落，一聲聲滴愁人心碎。偏生昨日不雨，明日不雨，恰好今宵下的恁急也。

孟稱舜接著以【三月海棠】、【江兒水】、【玉肚交】、【川撥棹】、【前腔】、【尾聲】數曲，寫大雨滂沱，夜不成眠，而以「要做一好夢無緣」雙關，感嘆好事多磨。

　　要之，孟氏《嬌紅記》雖根據小說譜寫而成，許多地方甚至「直接把小說的原段原句錄入戲曲中」[28]，由於風格上改濃媚而為清新；品味上從留意艷情轉而為側重心靈，思想也得到提高。加上戲曲原較小說適於抒情，許多場情加上曲文後，更加生動立體起來，其創作成績是不容忽視的。歷來根據宋梅洞《嬌紅記》小說改編的戲曲雖然有九種之多，卻只有孟稱舜《嬌紅記》憑藉著卓越的才情和充裕的篇幅，真正能較完整的承襲宋梅洞為文言中篇小說樹立的成就，甚至轉化、超越原著，因而能夠獨步同流，發出耀眼的光芒。

二、人物個性的張揚與思想的深化

　　除了別開生面的敘事表現，戲曲《嬌紅記》在思想上亦是大有開拓。

　　小說《嬌紅記》所以能夠在元明時期受到廣大讀者的眷顧，嬌娘、申純及飛紅三個人物形象的創造性成就，功不可沒。孟稱舜在「舞台立體化」這三個人物的過程中，又做了許多關鍵性的調整，大篇幅的透過對話，圓滿、並深化人物，在很多地方甚至「重塑」了人物。使他們的形象更為清晰，思想更為深刻。同時，也指向孟稱舜在這個艷情故事上所欲強化的心靈書寫。[29]

（一）嬌娘：更多的發言權和主導性

　　小說《嬌紅記》從申純訪舅寫起，在兩人戀情尚未明朗之前，筆墨都集中在申純所見，[30]以「探索」的視角，描寫他如何與嬌娘相遇，如何觀察嬌娘的一舉一動，如何展開試探和追求，並以簡單數語交代嬌娘的回應，再由申純賦詩抒懷，結成段落。有如明初劉東生《金童玉女嬌紅記》，採取的是元雜劇「正末一人主唱」的寫法，嬌娘和其他人物都只是對應性的存在。

　　孟稱舜一反其道，在戀情展開的初始，就選擇聚焦在嬌娘身上。第三齣〈會嬌〉、第四齣〈晚

28　前引武影語。

29　孟稱舜：〈《嬌紅記》題詞〉強調「篤於其性，發於其情」、「性情所衷，莫深於男女」。詳下文。

30　李瑞春、李艷如：〈《嬌紅記》的敘事策略〉分析宋梅洞小說的「敘事視角」說：「小說雖然是第三人稱，但此時是從申純的眼光去觀察嬌，因而更多地展示了申純的內心世界，而對嬌的情感卻不甚瞭解。」（頁46）《廣播電視大學學報（哲學社會科學版）》2012年第1期，頁44-47。

繡〉、第七齣〈和詩〉,皆用「重筆」寫嬌娘。刻劃她的心路歷程,寫她如何欣賞申純出眾的人才,寫她對愛情不同凡俗的見解,以及因為不能確定申純心意,而表現得如迎還拒,難以捉摸。

嬌娘初聞表哥來到,未曾妝束,就被母親催促出堂會見這個久未謀面的「三哥」。她並非只做為被觀看的對象,進入華堂前,她先在門外偷覷:「呀!是個玉面鶉裘楚楚郎。」接下來,孟稱舜連用數曲,寫二人相互窺看,彼此留情,不只申純為看嬌娘「佯整搔頭」,而把杯酒打翻在青衫上,嬌娘亦被申純出眾的人材吸引,忍不住讚嘆:

> 〔旦〕申家哥哥好一表人材也。【前腔】神清玉朗,轉明眸流輝滿堂。他雖是當筵醉飲葡萄釀,全不露半米兒疏狂。淹潤溫和性格良,盡風流都在他身上。不爭他顯崢嶸,珠宮畫廊,也不枉巧溫存,錦幃繡床。(第三齣〈會嬌〉)

兩人初見,嬌娘即表現了「品評人物」的自主性和獨到的眼光。引起她注意的是申純即使喝醉了,仍然氣質清新,不露一點疏狂,認為如此風流俊朗,是內在良善溫潤性格與過人才華的外顯,從此心上眷眷,若有所繫。

第四齣〈晚繡〉,嬌娘上場,大段「紅顏失配,抱恨難言」的自白,很顯然呼應《牡丹亭‧驚夢》杜麗娘的遊園自嘆,而「吾今年已及笄,未獲良緣,光陰荏苒,如同過隙」等文字更直接從中拈出。重頭戲在飛紅前來探問心事:「要甚樣姐夫纔好?」嬌娘既不要「潑天價富貴的子弟」,也不願「只揀個讀書的才子」。她認為:「便說那才子,也有不同」。「聰明人自古多情劣」。她想望的是:「但得個同心子,死共穴,生同舍,便做連枝共塚、共塚我也心歡悅」。這便是著名的「同心子」說。光是「有才」尚稱不足,嬌娘要求有情人必須能「同心」,真誠相待,相知、相重,果能如此,那麼就算為此付出生命也在所不惜。**小說中只有嬌娘贈與申純「同心結」一事,並未對背後的義涵提出解釋**。孟稱舜據以提出「同心子」的理想,這就使得男女之「情」的詮釋,從外在才貌的吸引,提升到「心靈的契合」高度。[31] 這是孟稱舜對嬌娘這一人物最大的創發之一。

滿腔心事無人傾訴,只見嬌娘「看花脈脈嬌無語,對景悠悠暗自吁」(第六齣〈題花〉【不是路】),申純試之以言,或贈之以詩,嬌娘幾度欲言不言,徐步而去。申純花間贈詩之後,嬌娘心中更是放不下他,一腔心事難訴說。最後因與飛紅閒步中庭,至申純書舍見綠窗題詩,在飛紅慫恿下,和詩而去。(第七齣〈和詩〉)

甚至到了最著名的第十齣〈擁爐〉,亦先寫嬌娘面對天真無邪的小慧,心事無人投訴。感嘆婚姻不自由,怕錯配鴛鴦偶,盼望與申純半晌綢繆,諸多描寫,申純才上場。

如果說擁爐的重頭戲在申純,那麼第十四齣〈私悵〉,則筆墨又回到嬌娘身上。〈期阻〉之後,嬌娘允諾「乘間當別圖之」,隔夜嬌娘打發了家人,到申純書房外扣門,又低喚多次,皆無回

---

31 研究者對「同心」說多有關注,如歐陽光前引文、許金榜前引文、龍緒江:〈試論《嬌紅記》的現實主義成就及其在文學史上的地位〉,《湘潭師範學院學報》14卷5期(1993年10月),頁38-42。季小燕、齊建華:〈孟稱舜及其代表作《嬌紅記》〉,《當代戲劇》1987年第2期,頁56-58。王瓊玲:〈明末清初才子佳人劇之言情內涵及其所引生之審美構思〉,《中國文哲研究集刊》18期(2001年3月),頁139-188等。

應。「他直恁睡著了？」嬌娘又氣又急，孟稱舜以【玉芙蓉】寫風聲，更添淒冷，嬌娘疑心申純的心意，對自己表露眞情後悔不已。

> 【催拍】他做不的會藍橋水淹的尾生，我做了赴元宵留鞋的月英。想癡心女兒，想癡心女兒，錯認文君，許奔長卿。薄幸無端，辜負初盟，掙脫了錦片前程。我當初怎便把眞情訴他？猛提起，自心疼。

小說裡的幾句話，到了戲曲往往成了一齣齣以嬌娘爲核心的重頭戲。嬌娘對「情」的追求有高度的自覺，也有著近似精神潔癖般的要求。這幾齣戲書寫嬌娘心靈，對於這場愛情的「情」之確立十分緊要。

除了小說「留白」的填補，有些關鍵場次書寫的調整，對人物形象的淨化也至關重要。小說中的嬌娘「持重少言」，幾處性格表現卻十分激烈。例如兩人曾一同望月，申純以言語相狎犯，嬌娘立刻促步下階相逼。又如嬌娘約申純逾窗幽會，申純頗有顧慮，「嬌變色曰：『事至若此，君何畏？人生如白駒過隙，復有鍾情如吾二人者乎？事敗當以死繼之。』」這些都被孟稱舜刪除不用。

至如兩人幽歡之情狀，小說描寫申純進入嬌娘繡房後，兩人先是「並坐窗下」，之後：

> 嬌謂生曰：「夜漏過半，幸會難逢，可就枕矣。」欣然與生相攜素手，共入羅帳之中。解衣並枕間，嬌曰：「妾年幼，殊不諳世事，枕席之上，望兄見憐。」（頁265）

兩人互動中，嬌娘顯得較申純迫切，跟之後「望兄見憐」的話語大不相襯。相較之下，戲曲《嬌紅記》二十齣〈斷袖〉中的嬌娘，則含蓄溫婉：

> 【繡帶兒】【前腔】〔旦〕嗟呀，小兒女婚姻事大，可怎生輕輕的窺宋鄰家？都只為貪戀多才，全不顧禮法相差。〔生〕夜漏過半，幸會難逢，可就枕也。〔旦〕年華，如今弱小剛二八，曉甚麼風流調法。消停坐，同看月華，喜的是桂影嫦娥，伴人幽暇。〔生牽旦，旦推介〕〔生〕
>
> 【前腔】堪誇，燈兒下嬌嬌恰恰，似相逢夢裏巫峽。妝點煞錦繡鴛幃，鎮風流花月窗紗。嬌娃，夜深更永花睡罷，且和你效綢繆鳳鸞同跨。定婚店紅絲暗加，早則是瘞玉留香，恣情歡洽。〔牽旦衣行介〕〔旦〕
>
> 【隔尾】小文君初把香車駕。〔低介〕奴年幼不諳世事，您俏相如呵，休將人認做了夜奔臨邛素有瑕。〔生〕不待多言，俺則與你細探著這一朵葉底風藏藕子花。〔下〕

凡此種種，多能見到戲曲對嬌娘這一人物的重塑。故事後半殉情的描寫，同樣在這樣的脈絡下進行。（詳下文）

（二）申純：更具説服力的深情形象

「擁爐告白」是申、嬌愛情故事的經典場景，成功的塑造了申純深情的形象。（詳上引）其打動人心，不只因爲「棄擲梨花」這個動作的帥氣和創意，更因申純「討一絕決」的那種積極尋求突破的魄力，誠摯可感。

這在兩人關係產生最大危機的〈絮鞋〉事件時，同樣發揮了作用。為了竊鞋一事，嬌娘誤會申純與飛紅有私，與之「形跡頓疏」。不料申純又拾獲飛紅「春怨」詞【青平案】，持問嬌娘何時所作。自此嬌娘與之相會愈疏，私下每痛心申純「轉眼負心」。冷戰月餘之後，申純再次直接走向嬌娘繡房，問她「討個明白」。在第三十一齣〈要盟〉，孟稱舜將這場愛的辯解，從一段平板的對話，加上了許多生活行動，繫之以情緒轉折，顯得情致動人：

〔生上〕……〔行介〕往時到此，小姐喜笑相逢。今空幃冷落，想他還只睡著也。呀，窗上有詩在此。〔讀介〕灰篆香難炷，風花影易移。徘徊無恨意，空作斷腸詩。〔嘆介〕小姐呵，【黃鶯兒】你詩賦斷腸篇，淚斑斑，成翠蘚。歡娛剛好生悲怨，香銷篆煙，花飄錦鈿。俺哀腸萬折應難辨。問蒼天何緣間阻，風浪起平川。〔撫旦背介〕姐姐，何晝寢於此？〔旦起怒介〕此乃妹子臥室，兄無事何以到此！〔生揖云〕是小生得罪了。小生一言請問：再會以來，多蒙厚愛。邇日形跡間，不能不為所棄，何今昔異志乎？〔旦不答介〕〔生〕小生既為所棄，自分薄劣，不敢再造妝台。但見棄之因，亦乞明示。〔旦淚介〕妾昔與兄恩情不薄，不道一旦遂成捐棄。今者君棄妾耳，妾何敢棄君。

申純力辯，嬌娘只是不信：「天下偶然之事，何多之甚耶？」申純只得約嬌娘「當於靈神前，賭下一個大誓如何？」終於搏得佳人一燦，兩人對著明靈大王之祠，立下了生死之約，自是情好倍甚。

同樣的，有些關鍵點的調整創造，不只豐富了情致，甚至從根本扭轉人物形象。這在申純身上尤其明顯。小說中，嬌娘得知父親再許帥府，夜持帥書至申純房中，問申純：「兄何以為計？」申純回答：「事在他日，當徐圖之。」便繼續留住王家數月。嬌娘自此見申純愈密，「生平生嗜好有不能致者，嬌廣用金玉，售以遺生。」後來，嬌娘因事觸怒小鬟綠英，綠英懷恨將二人所為從實告舅，事跡敗露，申純方生歸去之念。

戲曲對此處做了重要的改寫創造，在第四十三齣〈生離〉，面對兩人婚事破滅這樣晴天霹靂的消息，申純的反應便大為不同。他是在睡夢中被嬌娘喚醒的。聽到舅父將嬌娘再許帥家，他大驚：

【章台柳】哎呀，潑天風浪凶，打鴛鴦何處逢？你爹前日呵，早許結姻親，兩姓通，我准備做東床魚水同。為甚平地裡堆成太華峰，生隔斷兩西東？〔泣介〕猛教我淚珠湧，只今日把人輕送。

反倒是嬌娘勸他休埋怨爹爹，申純說：「帥子既來求婚，親期料應不遠，小生便當告別。……你去勉事新君。」嬌娘怒斥「堂堂七尺之軀，不能謀一婦人。」極表堅心相許，二人相擁慟哭，申純說不忍留下來面對嬌娘的出嫁，「如今欲不去呵，怎忍的。**生察察看花飛別紅。**」（【江神子】）又不忍離去，失去一切希望。「欲去呵，**怎忍的煞刺刺眼底飄蓬。**」（【江神子】）正巧申家以申父患病遣院子促歸，申純只得啟程歸家。

不同於小說無可如何，只待「徐圖之」，繼續享受眼前歡愛，戲曲的「不忍見」，又「不忍別」，刻劃申純對嬌娘的一片深情。

相對於嬌娘的「從一而終」，申純的專情其實是帶著「成長」痕跡的。在與嬌娘相遇之前，申

純與成都府角妓丁憐憐是「舊識」；與嬌娘相戀之後，還時與飛紅調笑，讓飛紅有「兩下甚是關情」（第二十七齣〈絮鞋〉）的認知。但漸漸他明白嬌娘的想法和用情之深，也願以真心回報。其後飛紅叫喚，為恐嬌娘不悅，竟佯裝不聞，刻意疏遠。只有鬼魅幻化的「假嬌娘」能令他痴迷。最後，嬌娘為他殉情，使他「不忍獨生」，（第四十五齣〈泣舟〉）意志堅定的結束了自己的生命。[32]

換言之，申純對嬌娘的真摯情感，是成為嬌娘的「同心子」——愛情上的「知己」後，一步步發展、建立起來的，其間有相當大的成分，是對嬌娘深情的回報。由此更足見孟作在戲曲前半以重筆寫嬌娘的必要性。

（三）飛紅：人性的展現與戲劇張力

飛紅引起的關注不下於申純。原因在於她以婢女身分在申、嬌愛情中發揮了舉足輕重的助力，卻又能超出《西廂記》「紅娘」角色的功能性存在，而擁有強烈的愛、恨和想法，甚至因此和男女主角產生衝突。

如果說孟稱舜在一些關鍵點的調整，「重塑」了嬌娘和申純的形象，那麼，飛紅這個形象則是到了戲曲《嬌紅記》，才完整的被建立。[33]這一人物塑造的成功，大大的增加了此劇的真實感和戲劇張力，配角人物同樣擁有七情六慾，其高度的自主意識，更和主角人物取得一致。

小說中，飛紅自申純第一次訪舅家，舅「命侍女飛紅呼嬌娘出見」、「飛紅附耳語妗」之後，便告缺席。申、嬌兩人情感發展得曲曲折折，柳暗花明，飛紅皆未參與。一直到申純第三次來到舅家，竊取嬌娘繡鞋，飛紅才再度出場，並得到較詳細的介紹。宋梅洞以「嬌娘」、「飛紅」各取一字為此故事命名，這種命題方式廣被後世所取法，[34]但小說對飛紅，卻似乎一開始就充滿了貶損之意。文中以和嬌娘對比的方式介紹這個人物：

> 舅之侍女飛紅者，顏色雖美，而遠出嬌下，惟雙彎與嬌無大小之別，常互鞋而行，其寫染詩
> 詞與嬌相埒。嬌不在側，亦佳麗也。（頁269）

飛紅的小腳裹得和嬌娘一般大小，文才也與嬌娘相當，但只有當「嬌不在側」，她才算得上佳麗。她到底有多麼「遠出嬌下」，也就不言可喻。至於飛紅的性情，與嬌娘更是貴賤立判：

> 紅尤喜謔浪，善應對，快談論，生雖不與語，亦必求事以與生言。（頁269）

嬌娘的個性恰恰相反：

---

32 徐朔方、孫秋克曾指出，小說中申純與飛紅、丁憐憐的關係有損申純的形象，女鬼化為嬌娘也是橫生枝節。戲曲《嬌紅記》全盤接受了小說的缺點，「不僅沒有改進，某些缺點的表現，如申生同飛紅的關係，甚至變本加厲。」頁450。徐朔方、孫秋克：《明代文學史》（杭州：浙江大學，2006年）。

33 賴利明：〈飛紅論〉，《貴州教育學院學報》1999年3期，頁65-68。即指出：「到了孟稱舜手裡，飛紅這個人物形象才真正站立起來，和嬌娘相映成趣」，頁65。

34 參見伊藤漱平前引文，頁95。

嬌則清麗瘦怯，持重少言，佇視動輒移日。每相遇，生不問，嬌則不答，戲狎一笑，則使人
魂魄俱飛揚。（頁269）

一個是「善應對，快談論」；一個是「佇視動輒移日……生不問，嬌則不答」，然而，飛紅必須
「求事以與生言」，才能引起申純回應；嬌娘卻只要偶然的戲狎一笑，便足以令申純「魂魄俱飛
揚」。

不同於小說，戲曲《嬌紅記》在一開始，就讓飛紅站穩一席之地。她是唯一在申、嬌兩人初見
面，就看出他們「玳筵前情意長」（第三齣〈會嬌〉【川撥棹】）的人。她還注意到嬌娘「自一見
申家哥哥之後，于心忽忽若有所繫」。在她的探問下，嬌娘對她傾訴「同心子」的想望，（第四齣
〈晚繡〉）更在她的鼓勵下，應和申純在綠窗上的詩句。嬌娘的一切情緒變化，與申純的幽會偷
歡，飛紅都看在眼裡。

第七齣〈和詩〉飛紅自述：

俺飛紅頗饒姿色，兼通文翰，不幸落身侍女隊中，出入老爺房闈之內。奶奶素性嚴妒，俺與
老爺，名雖親近，實未沾身。今年二八，與小姐同庚同月而生。

戲曲強調飛紅「與小姐同庚同月而生」，顯然出自對這一人物的同情。她與嬌娘一般的擁有美貌和
才情，只因身分低下，不得不處於「陪房」侍女的尷尬地位。她並陳述自己對嬌娘「才色兩全」的
欣賞，觀察到嬌娘對申純「獨種深情」，自願「做紅娘」，從旁相助。然而，畢竟青春年少，年方
二八，行到花園，也不由自嘆：「看此春色如許，便鐵石人怎不情動也」。

她對於一表人才的申純也有著強烈的好感：

俺看申家哥哥，果然性格聰明，儀容俊雅，休道小姐愛他，便我見了，也自留情。今日老爺
不在家，奶奶又睡著，且到中堂瞧他去。（第七齣〈和詩〉）

她心裡其實和嬌娘一樣，丟不下申純。第二十七齣〈絮鞋〉一開場，飛紅便自言心裡念著申純，又
自認「我每與他中庭相遇，語言調笑，兩下更是關情。」因為申純竊取嬌娘繡鞋，卻由飛紅歸還，
使嬌娘疑心申純「私通於紅」，沒料到：

一日，見飛紅與生戲於窗外，捉蝴蝶，因大怒詬紅。（頁269）

小說中這十九個字，被孟稱舜擴大鋪寫成為第二十八齣〈詬紅〉。盛怒中的嬌娘，對飛紅厲聲責
罵。飛紅反問：「如此春光，教人怎不閒耍那。」「難道女人家不是人那？」逼得嬌娘端出自己官
家千金的威風，句句以飛紅的「丫鬟」身分壓她：

【三段催】〔旦〕……你丫鬟們呵，止不過房中刺繡添針黹。〔貼〕再呢？〔旦〕妝台拂鏡
除香膩。誰許你遊月下，笑星前，看花底，春情一片閒挑起，將漁郎賺入在桃源裡。則怕奶
奶知道呵，把粗棍兒，敲殺你丫環輩。

受到這樣指責，飛紅不僅不甘示弱，甚至一頓搶白（【三段催前腔】），指桑罵槐，暗譏嬌娘「狂
行亂為」、「言清行虧」，（【歸朝歡】）嬌娘只好搬出老夫人：「還虧你說，我去告知奶奶打你
下半截來。」飛紅這才才認罪：「告姐姐，權饒過丫鬟輩」。（【三段催前腔】）

　　這一場責罵踐踏了飛紅的自尊心，也撕裂了兩人的友誼，　加以其後申純為恐嬌娘不悅，自此不與飛紅一語，飛紅於是趁著兩人花園約會，以「牡丹盛開」為名，引夫人前來，撞見二人攜手，逼得申純狼狽離開王家。（三十二齣〈紅構〉）

　　至於其後嬌娘為了與申純相會而「屈事飛紅」，孟稱舜選擇跳過小說的大肆鋪陳，[35]僅在申、嬌的自白中一筆帶過。（詳下文）飛紅之出賣申、嬌，不僅因為愛慕申純遭到挫敗，更因「自顧才貌不下於人，寄身侍妾」，不甘心受到嬌娘的打壓和申純的傍落。故而嬌娘之屈己以事，形同向飛紅告罪求饒，這對嬌娘而言是愛情的付出；對飛紅而言，正是解開心中憾恨之鑰。而更重要的是，嬌娘的一片真心，不只感動了申純，也感動了飛紅。第四十二齣〈帥媾〉之後，轉向申、嬌愛情的悲劇結局，飛紅便開始扮演起居間奔走、串連的「紅娘」，只是這位「紅娘」曾經捲入三人的情感漩渦，之後激流勇退，成為申、嬌在希望破滅，生命殞落的過程中，淚眼相送的知音人。

　　孟稱舜對於申、嬌二人的重塑，重在強調他們的「心靈」相交。嬌娘追求能和她「同心」的愛侶，對申純「獨種深情」，申純亦能以誠相報，兩人的外在行動，完全扣合著他們對「情」的追求。飛紅的才貌和自主性在戲曲中透過高度參與申、嬌愛情而得到強化，然而這些卻正好說明「申、嬌之戀」超越才與貌的吸引，追求「心靈相契」，故能真愛無悔，更反過來感動因情場失意而作梗的飛紅。

三、愛情的辯證和完成

　　如前所言，小說與戲曲為不同文類。如何把小說情節納入傳奇的「敘事程式」之中，是孟稱舜寫作《嬌紅記》面臨的第一個課題，面對宋梅洞這一萬八千餘言的鉅製，許多改動是為了順應傳奇敘事的慣例，而更多則是出於企圖對「情」提出一番詮釋，這也是他最大的成就處。

（一）情節的安置與取捨

　　戲曲《嬌紅記》順應傳奇寫作套路最鮮明的例子，要算是將「帥府求婚」一事大加渲染，甚至「無中生有」，寫成第五齣〈訪麗〉、第十九齣〈歸圖〉、第三十齣〈玩圖〉、第三十四齣〈客請〉、第四十二齣〈帥媾〉、第四十四齣〈演喜〉的一條「**對立情節線**」；以及第八齣〈番釁〉、第十一齣〈防番〉、第十三齣〈遣召〉、第十六齣〈城守〉的一條「**武戲情節線**」。[36]

　　「對立情節線」的作用在於與「主情節線」形成「正」與「反」的張力，情節如下：（括弧內

---

[35] 小說中有侍女小慧提出她見嬌娘「屈事飛紅」，日久不能平，一一舉例說明嬌娘平日的「負氣」、「愛身」、「重言」，認為她委千金之身於申生，若棄敝屣，又下事飛紅，簡直「喪盡名節」，嬌娘則以「必得生而後已」回應。

[36] 參見前引林鶴宜：〈論明清傳奇敘事的程式性〉。指出，傳奇劇本大體上由生、旦兩條相互配合而對稱的主線，加上「正面人物輔助線」，或「反面人物對立線」、「武戲情節線」等交錯穿梭，構成整部劇作。頁72。

爲齣次）

　　　　帥公子命心腹幫閒尋找成都十郡內絕色女子，畫為美人圖。（5）帥公子心腹尋得九美人圖
　　　　畫回報。（19）帥公子展看美人圖。（30）帥公子臥病，帥太尉問明原因。（34）帥府派人
　　　　至王家說親，王父迫於權勢許之。（42）帥公子找丁憐憐演練拜堂及洞房。（44）

其中，第五齣〈訪麗〉及第十九齣〈歸圖〉，實由小說中丁憐憐向申純講的一小段話擴大而來。有
關帥府的直接描寫，小說中只出現了一次，即帥子招丁憐憐問畫中人一段，卻被孟稱舜憑空添增了
帥公子「玩畫」、「叫畫」的場面，寫成第三十齣〈玩圖〉。帥、丁對話後，「帥子遂令親信懇告
其父，求婚於王」。這十四字被寫爲獨立的第三十四齣〈客請〉，小說同一段文字接著以簡單數句
寫求親，則被寫成第四十二齣〈帥媾〉。第四十四齣〈演喜〉更完全是無中生有。此齣寫帥公子召
來丁憐憐演練拜堂和洞房之事，頗墮戲曲謔鬧之惡趣。

　　「武戲情節線」的作用在於和傳奇主體的文戲形成「鬧、靜」的反差，以調劑場面。情節如
下：（括弧內爲齣次）

　　　　西番國主率眾搶劫西川地方。（8）帥節鎮率兵抵敵。（11）申父命申兄寄書召回申純。
　　　　（13）申純與諸秀才守成都城，番兵掠奪至成都界上而去。（16）

在小說「帥府」和「帥子」求婚的情節基礎上。孟稱舜設想帥父爲姓帥的西川節鎮，既爲節鎮則必
有武事，因而設想了西番國主到川西搶劫挑釁，帥節鎮帶兵禦敵，寫成「武戲情節線」。第八、
十一、十六齣皆無中生有。第十三齣申純被召回家，在小說中原爲「生收家書以從父晉納粟補閬州
武職，以生便弓馬，取生歸侍行。」但申純回家後，「從父以他故不果行」，事情不了了之。戲曲
將這次的歸家理由，改爲番兵犯境，帥節鎮下令官民人等三丁抽一，上城防守。申父認爲申純「熟
諳弓馬，得他上城防守爲便」，一方面順應小說情節，一方面透過〈城守〉刻劃申純臨危不亂，文
武全才。

　　「對立情節線」和「武戲情節線」都是傳奇的敘事慣例，有時頗有僵化的顧慮。但也有論者認
爲，這麼做「在一開始就爲全劇定下了悲劇性的基調」，免除了小說中人爲安排的突兀感。[37]也有
認爲這些武戲反映了明末的戰亂。[38]

　　此外，例如第七齣〈和詩〉寫嬌娘的傷春心緒，先安排丫頭嬉鬧場面。第二十齣〈斷袖〉寫幽
會，令申、嬌先下場，由丫鬟在一旁竊聽、評論帶過。第二十五齣〈病禳〉張師婆和其子以嬉鬧方
式作法爲申純禳解治病。第五十齣〈仙圓〉清明祭祀，申、嬌二人化爲鴛鴦後，有「東華帝君引仙
從上」，封贈一番。這些也都是明顯的傳奇敘事套路。[39]

　　「人物類型化」亦爲戲曲「行當」分工所必然。戲曲一向以「丑腳」來扮演與「生腳」競爭

---

[37] 武影前引文，頁66。

[38] 何宗美：《明末清初文人結社研究》（天津：南開，2004年），頁271。金雯前引書第三章第四節第貳小節「反
　　映社會現實」，頁111-118。

[39] 參見前引林鶴宜：〈論明清傳奇敘事的程式性〉。

的愛情對手，《嬌紅記》也不例外。此劇以「丑」扮演小說中著墨不多的帥子，把他寫成標準的「花花太歲」，極盡醜化之能事。卻又保留了小說中對帥子「端方俊拔」的形容，雖然前後不一，相較於過去愛情戲中，才子的競爭者，只能是像「鄭恆」（《西廂記》）、「馬文才」（《柳蔭記》）、「林大」（《荔枝記》）一類的痴蠢之輩，也算是一個突破。

劇中的「氣質媒婆」也有同樣的問題，她談吐得體，反應靈活，明察秋毫，卻也只能以「丑」角應工。

除了順應戲曲敘事程式所做的情節安置，本文第二節曾提到幾處來自對《西廂記》和《牡丹亭》段落的「套用」文字。而更值得注意的，則是對《牡丹亭》的「諧仿」。其一是第五齣〈訪麗〉，帥公子第一次出場。作者用了【一江風】曲牌六支，寫帥公子和兩個幫閒馬小三和戈小十的對話。諧仿了《牡丹亭》第九齣〈肅苑〉小春香和陳最良的對話。兩組曲不僅同用「江陽」韻，曲文也有對應之趣：[40]

　　【一江風】小春香，一種在人奴上，畫閣裏從嬌養。侍娘行，弄粉調朱，貼翠拈花，慣向妝臺傍。陪他理繡牀，陪他燒夜香。小苗條喫的是夫人杖。（春香）

　　【一江風】小兒郎，富貴天生相，出殼從嬌養。仗爺娘，心頭愛惜，掌上奇擎，當做珍珠樣。不須紙半張，不須字半行，生小兒腳踏在人頭上。（帥公子）

其二是第三十齣〈玩圖〉，小說的原文是帥公子喚丁憐憐入府，對著眾美人畫，問丁：「天下果有如此婦人呼？」孟稱舜在人物對談之前，加入了帥公子對九幅美人圖「玩畫」、「叫畫」，帥公子不斷「自應笑介」的場面，明顯來自《牡丹亭》〈玩真〉。

再就是第三十九齣〈妖迷〉。小說先交代有前任州官之子婦因得暴疾亡，葬於申純居室東側修竹外。接著寫二更時分，申純忽見「嬌娘」來會，實為女妖所化，凡此月餘。這原是文言小說「女鬼夜誘書生」的制式描寫，孟稱舜將之立體化為〈妖迷〉一齣，卻諧仿了《牡丹亭》〈幽媾〉，讓女鬼（魂旦）先上場自訴：因申純思慕嬌娘，受到申純「色心所感，使奴不能忘情」，遂假充嬌娘，夜訪申純。「伴著個俊臉兒書生幽悽煞，惹得俺心魂不住、不住把他牽掛。」女鬼甚至有一套把自己和嬌娘「等同」的論述：

　　奴與那小姐，此心原則相同也。他那裏朝思暮想也只為他，我這裡魂勞意攘也只為他。雖然是依花附草形兒假，人和鬼兩女娃，真情一點不爭差。（【醉羅歌】）

其意雖然自己的外形是假冒來的，但她和嬌娘對申純都是「真情」，沒有差別。申純與之互動，也宛如柳夢梅之與杜麗娘鬼魂。

徐朔方（1923-2007）曾批評《嬌紅記》對《牡丹亭》的「模擬」，認為「不管模擬的效果如何，都不值得提倡，這是對孟稱舜的劇作評價不宜過高的原因。」[41]若以「諧仿」來理解，那麼，

40　徐朔方、孫秋克前引書引此例，認為是「模擬得較好的例子」。頁452。
41　徐朔方、孫秋克前引書，頁453。

〈訪麗〉和〈玩圖〉是刻意製造喜感，至於是否能投觀眾之所好，還須看演員的表演創造。〈妖迷〉則大有發揮，尤其女鬼對自己行為的合理化解釋，頗得其妙。萬物之有情，不僅止於人，只要「情真」，並無高下之分。這可以說不但闡發湯顯祖「情至」的思想，還不經意的提升了「書生女鬼交合」故事母題的思想高度。[42]陳洪綬稱〈玩圖〉「寫來令人噴飯」；並稱女妖為「情鬼」。[43]孟稱舜同時代人吳炳（1595-1648）曾在《畫中人》以〈玩畫〉、〈呼畫〉、〈畫現〉與〈畫生〉正面追摹湯顯祖《牡丹亭》的經典場面；孟稱舜則選擇以「諧仿」提出新的對話角度。

　　戲曲《嬌紅記》的情節雖然絕大部分來自小說，但並非照單全收，有些地方為了減少支蔓而加以省略；[44]又有一些小改動，例如申純往妓院見丁憐憐，透露了與嬌娘的私情，戲曲將時間調到媒婆回覆說親失敗之前，以降低申純思慮欠周的缺失；[45]再如將舅父改調他處，經成都，留住申家三日，改為兩家人約在城外郵亭相見，嬌娘已先被打發前行，以強化二人遭受阻隔的痛苦；又如嬌娘與申純舟中訣別，添增小慧上場，訴說嬌娘病危枯槁之態；又，將申純離開王家前，嬌娘咽倒申純懷中，改到泣舟相別之時，強化死別之傷情。又，將二女望申純飛舟遠去，改為嬌娘聞父歸，先行離去，申純才悵然登舟。都可以見到孟稱舜思慮的細密，連小地方都不放過。

　　最要緊的，是透過情節取捨和著墨輕重的改變，調整申、嬌之戀的追求方向。除前面提到的例子，又如申純被鬼妖迷惑之際，十餘日不入中堂，嬌娘思念至極，吟詩多達九首，表露心志，吟罷即仆倒於地等。凡此，都被戲曲刻意忽略。

　　孟稱舜的方向其實很清楚，那即是：節制小說中對兩人歡愛的描寫，降低「艷情」色彩，而更多的側重「真情」的表現，舉其大者言之：

　　申純第三次拜訪舅家，時申家已向王家提出親事遭到拒絕。小說自申純至舅家寫起，嬌因問「復來何幹？」引發申純不滿，為愧謝申純，嬌娘「因相與歡」，至晚，舅姆方歸。戲曲在第二十六齣〈三謁〉從嬌娘思念盼望申純寫起，兩人相見，正攜手同行，舅姆突回，嬌娘即迴避而去。

　　二人立誓後，情好深篤。一日申純閒步至牡丹叢畔，忽遇嬌娘先已在彼。兩人同行至「百花軒」，申純情不自禁，思欲「百花影裡交鴛頸」，因嬌娘提到「但慮雨雲初交，歡會方密，情狀昏迷，萬一卒有人至，使妾無容身之地」而罷。孟稱舜在之後加入申純提出「以夫妻相稱」的建議，兩人只能在無人處低聲互喚，現實卻是申家提親已遭拒絕。申純見嬌娘淚下，不禁也流下眼淚。

42　「人鬼戀」故事的文化因素討論可參考嚴明、孫愛玲：《東亞視野中的明清小說》（臺北：聖環，2006年）第三篇第一章〈文言小說人鬼戀故事模式的成因探索〉的相關討論，頁319-344。

43　前引陳洪綬評點。

44　例如「惜花軒」試探之前，（第6齣〈題花〉）原有他甥來訪，嬌娘阻止舅姆勸申純飲酒的情節。第9齣〈分爐〉之前夜，小說原有嬌娘以髮釵「理餘香」，申純以嬌娘所和之詩句「春愁壓夢苦難醒」嘲之，激怒嬌娘，促步下階相逼的情節，孟稱舜都不予採用。又，嬌娘死後，申純先後收訣別詩和死訊，在戲曲中則改為同時收到。

45　小說中申家說親既遭王父拒絕，申純又說出與嬌娘之私情，不免傷及嬌娘名節。

「我則在凄涼盡處思歡慶」極寫申純情真。（第三十二齣〈紅構〉）

申純四度至舅家，為妖所迷，幸嬌娘對其眷眷不忘而獲救。申純移入中堂後，生活起居皆在宅內，小說描寫嬌娘與之「歡愛如平日，或至生室連夕，妗亦不知也」。妗母病逝後，在小說中，申純曾一度返家，飛紅專寵於舅，宛轉為嬌媒，力勸王文瑞再三拉申純前來同理家事。兩個月後，舅為再調任計外出，申純因得「與嬌絕無間隔，……玉枕相挨，鸞鳳并翼，或時朱闌共倚，舉盞飛觴，嬉笑嘔吟，曲盡人間之樂。」過半年，王文瑞方歸。因為申純「厚賄舅之左右」，舅歸家後，「左右得生之賂，加以事大體重，無敢言及之者，唯於舅前為生延譽。」這使得王文瑞「悔向日背親之謀」，向申家說定兩人婚事。

戲曲刻意跳過上述兩人縱情歡愛的描寫，在第四十一齣〈明妖〉鬼遁之後，直接來到四十二齣〈帥媾〉，王文瑞上場，說明數月前老妻因病身亡，又提到已說定申純與嬌娘二人婚事，「專待擇日遣聘」。話剛說完，帥家就來提親，在威脅與利誘下，王文瑞又將嬌娘改許帥家。

又，小說多次提到「金錢」在申純、嬌娘和飛紅三人關係中的作用。這也使得申、嬌之戀蒙上重重的世俗色彩，讓我們嗅到了些許「士人妓女戀愛故事」的氣味。在「屈事飛紅」一事上，小說寫道：

> 平日玩好珍奇之物，紅一開口，則舉而贈之，錦繡綾羅，金銀珠翠，惟紅所欲，人皆呼之為紅娘子。紅見嬌之待己厚也，漸釋舊憾，與嬌稔密，嬌結之愈至。（頁275）

不止對飛紅，嬌娘還曾兩度出資提供申純花用。第一次是申純高中，造訪舅父任所，卻被安排在堂外僻室，兩人不得親近。嬌娘勸申純耐心等待：

> 出袖中黃金二十兩與生，曰：「恐兄到此，或有用度，衣服有不堪者，宜令左右以工直持來，當與兄修治也。」（頁274）

第二次是嬌父毀約，將嬌娘改聘帥子。嬌娘不僅自是見生愈密，申純「平生嗜好有不能致者，嬌廣用金玉，售以遺生。」另外，小說三度提到申純「厚賂巫者」、「生厚賂舅之左右，莫不歡悅」、「生厚賂左右，欲一見嬌」。這些都被孟稱舜刻意忽略。

宋梅洞留意艷情；孟稱舜側重心靈，這在文詞表現和情節取捨上是一致的。刻意降低愛慾與物慾的描寫，相對的便提高了「心靈」的高度和「情」的純粹性。而這其實正反映晚明清初，在崇尚「情至」的同時，出現的另一種企圖調和「情」與「理」的逆轉。[46]

（二）「情」與「理」當前：問世間情是何物？

孟稱舜在〈《嬌紅記》題詞〉中說：

---

[46] 參見前引王璦玲：〈明末清初才子佳人劇之言情內涵及其所引生之審美構思〉，頁147。又，該文指出，「此一時期才子佳人劇的作者往往在劇作中努力將屬於『欲』的部分淨化，將之昇華為『情』。」「這些劇作家儘管不諱言色欲，……也反對過度縱慾」，「他們尋找到了藉由男女契合而達致的超越一般情欲的精神滿足。」頁169。

性情所鍾，莫深於男女，而女子之情，則更無藉詩書理義之文以諷諭之，而不自知其所至，
故所至者若此。

相對於讀書人，婦人女子沒有那麼多來自詩書理義的牽絆和包袱，故女子之情更易於說明情之本於
性，發乎自然。湯顯祖和孟稱舜都選擇靈慧而出身官家（受較多禮教束縛）的女子做為論述的代言
人。《嬌紅記》不僅在一開始就用重筆寫嬌娘，更在故事尾聲，透過嬌娘展開一場「情理之辯」。

申純因嬌娘改聘帥子而離開王家，甫半月，嬌娘便已病體沈重，芳容頓改，將至不起。在飛紅
的安排之下，兩人於濯錦江舟中一會。嬌娘心知是最後一面，取出珍藏的「斷袖」作別，申純見嬌
娘「病已到這等」，連忙以「既迫嚴父之命，便暫從他事也罷了」勸慰，嬌娘卻要申純「記取笑擲
梨花，擁爐時節」。（第四十五齣〈泣舟〉）那一晚，申純的真情告白打動了芳心，為此初衷，嬌
娘寧為申純憔悴而死，毫無怨悔，不改其志。

第四十七齣〈芳殞〉，孟稱舜透過飛紅勸導嬌娘的二人對話，為這段「申、嬌之戀」面對世俗
價值和道德觀可能遭到的責難，提出解釋。小說中，飛紅之勸導完全出自其意志，孟稱舜則刻意以
四十六齣〈詢紅〉，強調王文瑞囑咐飛紅「將帥官人圖影，拿去小姐看」。這使得飛紅之勸，背後
多了一個「父親」的影子，成了「父權」和「情至」的對話。

一開始，孟稱舜即提出「孝」道觀念來討論。（小說無）

〔貼〕小姐讀書知禮，豈不聞女子未嫁，當從父命。今乃故生執拗，豈得稱為孝手？

〔旦〕飛紅你有所不知。我始遇申生，雖則未獲老爺之命，自念婚姻事大，古來多少佳人，
匹配匪才，鬱鬱而終。與其悔之於後，豈若擇之於始。至於中間，兩要婚議，老爺業有成
言。今乃一旦改許他氏，是負義之愆，不在我了。昔荀氏毀容截髮，以抗親命，後人不謂非
孝。我今安得強從父命，自背初盟也。

「擇之於始」重申了〈晚繡〉中提到的，「寧為卓文君之自求良偶，無學李易安之終託匪材」。
對於嬌娘來說，「兩『情』既惬」，就算「身葬荒丘，情種來世，亦所不恨。」這一切皆出於對
「情」的重視，不惜違背禮教。而父親許婚申純在前，又負義改許他氏，是嬌娘不從父命的原因。
她更以古代婦女為抗再嫁之命，毀容截髮為例，反駁自己這麼做不為不孝。

飛紅接著出示帥子圖影，就家世、人才和申純相比較：

〔貼〕……小姐始遇申生，也只愛其才貌。今帥家富貴極矣，帥官人端方俊拔，殆過申生。

〔旦〕【集賢賓前腔】種情人自古誰似此，生和死，沒個休時。隨著他甚樣風流豪貴子，俺
怎生生撇卻人兒，重跟別氏？做夫妻全無終始，空惹的顛倒了鴛鴦雙字。

嬌娘提出「種情」[47]之深的個中關鍵，（小說無）呼應第四齣〈晚繡〉提到的「情種來世，亦所不
恨」，以及第七齣〈和詩〉提到的「獨種深情」。嬌娘自言對申純的情意之深，無可比擬，超越生
死，沒有終了之時。不管帥子如何具備優勢，「隨著他甚樣風流豪貴子」（【集賢賓前腔】）嬌娘

---

47 歐陽詢校注本將「種情」改為「鍾情」，此依原刻本。

都撇不下申純。因而推開帥子圖影不願觀看。問道：「那人便美煞，與我何干？」

　　飛紅只能以「今聞申生歸去，已議親貴族」來誆騙嬌娘，甚至假託申生：「他現將你所遺香佩，結以破環只釵，寄還小姐」嬌娘一見香佩，潸然淚下，但哭的不是申純變心，而是她相信：「相從數年，申生心事，我豈不知？他聞我病甚，將有他故，故以此開釋我」。嬌娘甚至說：「休道申生不是那樣人，自嗟咨，便道郎心已改，我也只想望郎時。」（【簇御林】）就算申純變心別娶，只要自己心裡一直記得愛著他的初衷，便不在意。（小說無）

　　飛紅以「他既負心，我亦改意」勸嬌娘。嬌娘對飛紅說出心意，同時解釋自己的行為：

　　　　〔旦〕我始以不正遇申生，今又改而之他，則我之淫蕩甚矣。既不克其始，則當有其終。

嬌娘用「不正」二字，訴說自己與申生踰越禮教的相戀。「不克其始，則當有其終」則是在禮教的框架下尋得的安身之道，可以視為是嬌娘的「貞操觀」。因為愛火熾熱，不能以「守貞」開始，定要能從一而終。

　　聽到這樣的表白，小說中，飛紅「遂不復言」。戲曲卻將這一段辯證推到極至。飛紅說：

　　　　小姐呵，便道申生今未別娶，倘你果有不幸，難道他當真休了不成？那時你則飲恨於荒塚黃泉之下，他卻追歡於瑤台華席之中，悔也悔不迭了。

嬌娘回道：「我甘心一死渾無二，怎做得浪蕊狂枝。」（【黃鶯學畫眉】）飛紅反問，即然如此堅持，為何不在老爺許婚帥家之初，就說個明白呢？嬌娘此時方說出自己的心理歷程：

　　　　我自那日已只辦的一死，兒女恩情從此永休。俺爹爹自背前言，我雖言之亦必不聽。況我與申生私遇，此事怎向爹爹跟前說的也呵。

為免「紅顏失配，抱恨難言」，嬌娘勇敢「自求良偶」。但其實她心裡十分明白，在「父母之命，媒妁之言」的社會規範下，追求「同心子」談何容易？嬌娘自忖與申生的愛情係踰「禮」的「私遇」，當王文瑞再許帥府的那一天，便選擇一死以對。**這與其說是她消極的接受命運，毋寧理解為她以「殉情」的方式，積極完成「從一而終」的想望。**

　　〈芳殞〉結束在嬌娘悶絕甦醒後，強自掙扎，向悲哭的老父告別：「爹爹，孩兒拜謝你了。」她怨怪自己做女兒無終始，只能到黃泉下奉侍母親。嬌娘的自責，正與一開始飛紅以孝道質問相呼應。

　　同樣的，孟稱舜也將小說中申純自言哀慟之因：「佳人難再得」，在第四十八齣〈雙逝〉一齣做了關鍵性的改動。自濯錦江畔與嬌娘相會後不久，傳來嬌娘死訊，申純一時悶絕，醒後即以嬌娘所贈、原本打算用在婚禮的紅絲緞上吊自縊。自縊前，在寫給父母和兄長的詩句，申純即提到父母的「生育深恩俱未報」。孟稱舜在此強調了人倫中最不容捨棄的責任，也就是孝道。申綸先以「吾弟讀書知禮，萬宜自節」、「男兒志在四方」等相勸，又說：

　　　　〔小生〕【二郎神前腔】……你覷著兩爹娘呵，年衰為汝淚雙枯。倘你真個不保，痛怨煞這兩白頭爹娘，究竟何如？

面對兄長責備，父母悲哭。申純說：

二親之言，孩兒亦豈不曉？但事已到此，兒即欲自主，也不能勾。

我與嬌娘，情深義重，百劫難休。他既為我而死，我亦何容獨生？

只為嬌娘情深義重，申純聽聞死訊，「胸懷千裂，肝腸寸斷」，自感無法獨活於世。即使他再理解做為知識分子的責任，再明白父母兄長之眷愛，他的靈魂已隨嬌娘而去：

【二鶯兒】難語，我身軀在此，我魂靈兒早去。想當日呵，有的是死死生生月下書，神明鑒取應難負。〔哭介〕爹娘、哥哥，我都顧不得你了。我一行行淚枯，我一絲絲氣無，不如早些兒死去，也同歸一所。

此時，離開人世已成了申純唯一的解脫。孟稱舜寫二人的離世，把筆墨停留在他們如何撇下家人的這個最艱難的關口。極力為二人解釋，什麼樣的愛情，使他們忍心拋下鍾愛自己的父母和手足。又以義理雖明，不能自主，來寫照愛情的深摯。

〈芳殞〉和〈雙逝〉所見的情理之辯是此劇超越小說的重大創發處，藉由飛紅和申綸之口，提出世俗角度的總總質疑，又藉純、嬌之口，對此一一回應。表達了孟稱舜所處的明末時期，「情」與「理」觀念的改變。不僅大大不同於元代（宋梅洞）強調的「才」與「貌」，也不同於萬曆時期湯顯祖「第云理之所必無，安知情之所必有」的「情」「理」對立，而是將「情」歸復於「性」、「理」，找到兩者之間的調和。[48]

申純與嬌娘「至死不悔」的愛情，正因「篤於其性，發於其情」，先有諸於中而發諸於外，「不自知其所至，故所至若此。」（孟稱舜《嬌紅記‧題詞》）作者雖為這個故事冠上「節」、「義」二字，從他在〈芳殞〉和〈雙逝〉展開的辯證來看，「情」是超越「理」的，「理」則根基於「情」。也就是陳洪綬說的：「蓋性情者，理義之根柢也。」（《嬌紅記‧序》）而從情節取捨和鋪陳方向來看，他所謂的「節」——烈女、「義」——貞夫，都是以「情」來定義的。說到底，他還是一個「情至論」者。[49]

又，值得注意的是，《嬌紅記》（崇禎十二年王業浩、陳洪綬序）之後，孟氏又有《貞文記》（全名「張玉娘閨房三清鸚鵡墓貞文記」，有崇禎十六年作者題詞），《二胥記》（有順治元年宋之繩序）之作，更進一步將「情」與忠孝節義等道德連繫起來，無論情節或思想，都相當露骨的表現「教化」的色彩。反映了作者因國事紛紜的心情變化，[50]筆者以為不可與《嬌紅記》一概而論。

---

[48] 前引王瓊玲：〈明末清初才子佳人劇之言情內涵及其所引生之審美構思〉指出，晚明到清初這一時期，許多愛情劇繼承了湯顯祖謳歌「至情」的傳統，而於此同時，出現另一逆轉，王思任、孟稱舜、李漁和金聖嘆等人，都力圖把情與禮、情與理、情與性折衷的會統起來。頁146-147。

[49] 王瓊玲前引文曾指出，晚明清初作家力圖「把情和禮、情與理、情與性折衷地會統起來」，「逐漸消融於情理交融、情理合一的調和論調之中」，頁139-188。從《嬌紅記》〈芳殞〉和〈雙逝〉展開的辯證來看，仍是「情」勝於「理」。

[50] 王漢民、周曉蘭校點：《孟稱舜戲曲集》（成都：巴蜀書社，2006年），〈前言〉，頁3。

結語

　　本文以敘事表現、心靈書寫和情理辯證三個方面，論析孟稱舜《嬌紅記》如何轉換小說養分，開創戲曲新局。其所以能掌握刻劃愛情題材的新途徑和新手法，並非偶然，實乃根源自晚明通俗文藝全面發展下，小說流行品類對戲曲創作的啟發。

　　宋梅洞以「工筆重彩」（程毅中言）呈現生活真實，又「以閨閣、庭院作爲情節的展開空間」（陳國軍言），確立了中篇小說在敘事上的特徵。侷限的空間場景和細膩敘事是相呼應的，對於「說故事」的影響，是「敘事鏡頭」的貼近，以及以重複空間場景細膩呈現人物的心理及情緒反應，並因而左右了人物的關係和情節的構設。這些都使得孟稱舜《嬌紅記》以別開生面的敘事，超越了其前文人戲曲常見的概念化戲劇情境和詩意描繪，營造了前所未見的真實感，賦予戲曲愛情劇嶄新的面貌。

　　宋梅洞在散文中穿插韻文的手法，廣被仿效，成爲後來中篇文言小說的寫作特色。然而，他爲男女主角所創作的六十首詩詞，卻有超過四分之三不被孟稱舜採用，只保留了情節推展上所必須的九處。這固然因爲文類的差異，更因兩人風格、品味及對愛情詮釋的不同。從文學整體表現來說，宋梅洞的詩詞較爲濃媚；孟稱舜較清新。宋梅洞留意艷情；孟稱舜側重心靈。

　　透過「心靈書寫」和人物個性的張揚，孟稱舜在立體化嬌娘、申純和飛紅三個人物時，做了重要的調整和重塑。

　　他在戲劇一開始，便用「重筆」寫嬌娘，調整了小說一開頭全以申純爲本位的視角，許多地方改從嬌娘的眼睛觀看。小說裡的幾句話，到了劇中往往成了一齣齣以嬌娘爲核心的重頭戲。嬌娘對「情」的追求有高度的自覺，也有著近似精神潔癖般的要求。〈會嬌〉、〈晚繡〉、〈和詩〉等幾齣獨寫嬌娘心靈，對於申、嬌之間「情」的確立十分緊要，以至於有其後的〈分鈿〉和〈擁爐〉。故事後半殉情的描寫，同樣在這樣的脈絡下進行。除了小說「留白」的填補，有些關鍵場次的調整，對人物形象的淨化也至關重要。

　　「擁爐告白」是申、嬌愛情故事的經典場景，成功的塑造了申純深情的形象。戲曲生動刻劃並延續其勇於面對、「討一絕決」的真誠性格。而有些關鍵點的調整創造，不只豐富了情致，甚至從根本扭轉人物印象。這在申純身上尤其明顯。第四十三齣〈生離〉以「不忍見」又「不忍別」取代小說中以「徐圖之」逃避現實，繼續貪歡的反應，刻劃申純用情之深。

　　飛紅這個形象更是到了戲曲《嬌紅記》才被完整建立。這一人物塑造的成功，大大的增加了此劇的真實感和戲劇張力，配角人物的自主意識，和主角人物取得一致的高度，是《嬌紅記》勝過其他愛情劇之處。

　　人物的重塑使他們更能夠爲孟稱舜所提出的「情」觀代言。不僅不同於宋梅洞時代只強調外在的才和貌，更調和了湯顯祖「情至論」的情、理對立。

　　爲了順應戲曲敘事格套，孟稱舜對情節安置做了必要的改動和創造，最具代表性的莫過於將小

說中僅出現一小段的帥公子事蹟，大加渲染，甚至「無中生有」，寫成和「主情節線」形成「正」與「反」張力的「對立情節線」，以及和傳奇主體文戲形成「鬧、靜」反差，以調劑場面的「武戲情節線」。

而除了對《西廂記》和《牡丹亭》文字或場面的套用，戲曲《嬌紅記》更對《牡丹亭》進行多處諧仿，有些只是製造笑料，〈妖迷〉一齣則不但闡發湯顯祖「情至」的思想，還不經意的提升了「書生女鬼交合」故事母題的思想高度。

孟稱舜對情節取捨和筆墨輕重調整的方向其實很清楚，那即是：節制小說中對兩人歡愛的描寫，降低「艷情」色彩，而更多的側重「真情」的表現。在〈芳殞〉和〈雙逝〉兩齣，透過旁人之「勸」，為這段「申、嬌之戀」面對世俗價值和道德觀可能遭到的責難提出解釋。兩人寧可捨棄年輕的生命也不願悖離初衷，透過「情」和「理」一往一來的辯證，成功的堆疊出強烈的沈痛感。也以「情」之真、之純、之至，為「節」和「義」提出的新的定義，調和了「情」和「理」的對立。

《燕居筆記》本《擁爐嬌紅》後有一段作者宋梅洞的評論，提出「謀之於始」的看法：「相期諧老，必先以此，如謀之于嬌娘，然後以其實事告於二家之父母。」他感嘆二人「舍此不務，留連光景，貪于私樂。數載之間，惶惶不暇，卒至窮迫而死，誠可哀也」。這樣的評論，正是湯顯祖在〈《牡丹亭》題詞〉中所謂的「恆以『理』相格耳」，世間男女面對「情之所起」，很多道理是講不清的，就算將問題一一攤開來辯證，亦無可如何。正如同申純所言：「事已到此，即欲自主，也不能勾」。

孟稱舜將「節」、「義」及其他道德關懷（「理」）納入「情」的追求中。這些道德實際是被「情」所定義出來的，如此，便把「情」推向新的高度。續《嬌紅記》之後，孟氏又有《貞文記》傳奇，情節與《嬌紅記》框架相類，卻以金童玉女貫串全劇，帶著明顯的說教意味，更加強烈的宣揚「節」與「義」。論者認為是湯顯祖以來，「以情為主、情理對立的人性觀念在明末清初發生了深層的倒退。」[51]甚至有人批評「作者不可逆轉地由反禮教的鼓吹者，一變而為正統節烈觀的衛道士。」[52]筆者以為《貞文》和《二胥》作於明亡之際，如前所述，所映的是作者的心境，與《嬌紅記》不可並論。

陳益源曾列表說明「元明中篇傳奇小說成為元明清三代戲曲取材的淵藪」。共有根據八部中篇傳奇小說編創的二十四部戲曲作品。[53]而除了孟稱舜的《嬌紅記》廣受肯定，其餘的流傳度都不高。這多少說明中篇傳奇小說過重的文人色彩，若非熟諳戲劇技巧的掌控，很容易止於案頭，成為

---

51 參見郭英德：《明清傳奇史》（上海：江蘇古籍，1999年），頁341。

52 參見徐朔方、孫秋克前引書，頁451。

53 陳益源：《元明中篇傳奇小說研究》，第十八章〈結論〉，頁310。除了七種根據小說《嬌紅記》編創的戲曲，還有根據《鍾情麗集》編創的《畫鶯記》；根據《賈雲華還魂記》編創的同名戲文，以及《指腹記》、《分鈿記》、《姻緣記》、《金鳳釵》、《瀧雪堂》；根據《懷春雅集》編創的《忠節記》、《懷春記》、《忠烈記》；根據《花神三妙傳》編創的《三妙傳》；根據《尋芳雅集》編創的《鶯鶯記》、《三奇緣》；根據《天緣奇遇》編創的《玉香記》、《玉如意記》；根據《劉生覓蓮記》編創的《覓蓮記》、《想當然》傳奇等。

小說的附庸。

　　初讀《嬌紅記》，很難不被作者對主角人物深刻的心靈關照和那別開生面的細膩敘事吸引。然而，申純去而復來，幾多曲折，至〈妖迷〉，已覺筆端纏繞，直到〈生離〉方有柳暗花明又一村之感。這是因為孟稱舜順著小說的情節鋪陳，接受了小說「娓娓道來」的節奏，若不能細細品味其間細膩的心靈刻劃，觀察諧仿、辯證背後的用意，確實容易以「冗長」為病。[54]

　　《集粹曲譜》收有《嬌紅記》〈晚繡〉、〈芳殞〉、〈雙逝〉三齣，正是「書寫心靈」和「情理之辯」的重頭戲，相當能夠反映這部戲曲的動人之處。

---

[54] 參見前引《中國十大古典悲劇集》《嬌紅記》〈後記〉指出：「作品長達五十出，冗長枝蔓」。

徵引書目

王世貞編，孫葆貞等校點：《艷異編》，瀋陽：春風文藝，1988年。

中山大學戲曲史師資培訓班：〈《玉簪記》《綠牡丹》《嬌紅記》的思想意義和藝術特徵〉，《文藝理論研究》1981年第3期，頁71-76。

王漢民、周曉蘭校點：《孟稱舜戲曲集》，成都：巴蜀書社，2006年

王璦玲：〈明末清初才子佳人劇之言情內涵及其所引生之審美構思〉，《中國文哲研究集刊》18期，2001年3月，頁139-188。

伊藤漱平著，謝碧霞譯：〈「嬌紅記」成書經緯：其變遷及流傳過程〉，《中外文學》156期，1985年5月，頁90-111。

何宗美：《明末清初文人結社研究》，天津：南開，2004年。

李瑞春、李艷如：〈《嬌紅記》的敘事策略〉，《廣播電視大學學報（哲學社會科學版）》2012年第1期，頁44-47。

李夢生：〈對孟稱舜嬌紅記的新剖析〉，《廣播電視大學學報》1998年第2期，頁12-17。

季小燕、齊建華：〈孟稱舜及其代表作《嬌紅記》〉，《當代戲劇》1987年第2期，頁56-58。

林近陽增編：《燕居筆記》，上海：上海古籍，1994年。

林鶴宜：〈論明清傳奇敘事的程式性〉，《規律與變異：明清戲曲學辨疑》，臺北：里仁，2003年。

武影：〈《嬌紅記》：小說與戲曲辨〉，《宜賓學院學報》第4期，2004年7月，頁63-67。

金雯：〈節義鴛鴦塚嬌紅記研究〉，嘉義：嘉義大學中文所碩士論文，2010年。

徐朔方、孫秋克：《明代文學史》，杭州：浙江大學，2006年。

許金榜：〈《嬌紅記》的新成就與繼往開來的地位〉，《山東師大學報》1989年第3期，頁61-67。

郭英德：《明清文人傳奇研究》，北京：北京師大，1992年。

＿＿＿＿：《明清傳奇史》，上海：江蘇古籍，1999年。

陳平原：《中國散文小說史》，臺北：二魚文化，2005年。

陳益源：《從〈嬌紅記〉到〈紅樓夢〉》，瀋陽：遼寧古籍，1996年。

＿＿＿＿：《元明中篇傳奇小說研究》，香港：學峰，1997年。

陳國軍：《明代志怪傳奇小說研究》，天津：天津古籍，2006年。

程毅中：〈《嬌紅記》在小說藝術發展中的歷史價值〉，《許昌師專學報（社會科學版）》1990年第2期，頁15-20。

廖奔、劉彥君：《中國戲曲發展史》，太原：山西教育，2000年。

齊裕焜：《明代小說史》，杭州：浙江古籍，1997年。

歐陽光注釋：《嬌紅記》，上海：上海古籍，1988年。

鄭尚憲、張冬菜：〈《嬌紅記》三論〉〉，《戲劇文學》2002年第12期，頁64-68。

賴利明：〈飛紅論〉，《貴州教育學院學報》1999年第3期，頁65-68。

龍緒江：〈試論《嬌紅記》的現實主義成就及其在文學史上的地位〉，《湘潭師範學院學報》14卷第5期（1993年10月），頁38-42。

韓昌：〈「嬌紅」故事研究〉，嘉義：中正大學中文所碩士論文，2007年。

嚴明、孫愛玲：《東亞視野中的明清小說》，臺北：聖環，2006年。

"以文為史" 與 "文史相容" ：
胡適與林語堂的傳記文學

周質平*

前言：

在現代中國傳記文學的領域裡，胡適(1891-1962)是個中心人物。他有關這方面的論文，序跋受到論者再三徵引，他對傳統中國傳記的批評也受到多數學者的認同。與他同時代的林語堂(1895-1976)，雖然在傳記寫作的數量上並不亞于胡適，但他的傳記作品，卻不如胡適的廣受國內讀者的注意。這大概是因爲他主要的傳記都是用英文在海外發表，面向英語讀者，在國內的影響遠不如他的小品文。林語堂雖然沒發表過傳記文學理論方面的文字，但他所發表的傳記作品，橫跨古今，風格獨具，是現代中國傳記作家中極重要的一員。更是中國人向英語世界介紹中國人物，最成功最有影響力的作家。

無論就理論而言，還是就實際作品而言，胡適的傳記文字都是較偏歷史的；而林語堂的則較偏文學。胡適所提倡的"傳記文學"，其實是"以文爲史"，而林語堂則是"文史相容"。他們兩人不同的風格和取向，很可以代表現代中國傳記文學發展的兩個方向。比較兩人有關傳記文學的理論和作品，可以爲現代中國的傳記文學的發展理出一些頭緒。

胡適筆下的傳記文學：

胡適是民國以來，提倡傳記文學最努力的一個人。他從少年時期（1908），就在《競業旬報》上發表了《中國第一偉人楊斯盛傳》，《姚烈士傳》，《顧咸卿》，《世界第一女傑貞德傳》，及《中國愛國女傑王昭君傳》等傳記性的文章，留學期間作《康南耳君傳Ezra Cornell》，日記中也有討論傳記文學的長段記錄。[1]1917年回國之後，更是經常勸人寫傳記，編年譜。他自己也躬身實踐，寫了數量可觀的傳記性文字，影響最大是1933出版的《四十自述》。1956年出版的《丁文江的

---

* 普林斯頓大學東亞系榮休教授。

1 《胡適留學日記》，第2冊，臺北，商務，1973。頁415-418。

傳記》則是他爲傳記文學做出的最後貢獻。

胡適之所以提倡傳記文學，是因爲他覺得“傳記是中國文學裡最不發達的一門”。中國傳統的傳記有許多不能滿人意的地方，諸如，材料少，篇幅短，忌諱多，語言僵硬等，使傳記缺乏親切感人的力量。其中尤以忌諱多一項最能阻礙傳記文學的發展，爲尊者諱，爲親者諱，爲賢者諱的老規矩，使傳記作者處處掣肘，無從暢所欲言。因此，在胡適看來，“傳記的最重要條件是紀實傳眞”。[2]“給史家做材料，給文學開生路”[3]是他寫《四十自述》的部分原因。由此，可以看出，胡適提倡傳記文學有雙重的目的。其一是史學的，其一是文學的。史學方面重在保存材料，他在許多文字中都再三說明這一點；但所謂“給文學開生路”，究竟是什麼意思，他自己並未進一步說明。

最近出版的有關胡適與傳記文學的論文，往往視胡適爲提倡現代中國傳記文學的第一人。[4]其實，在胡適之前，梁啓超從1902年到1908年之間，在《新民叢報》上發表了大量傳記作品，如《義大利建國三傑傳》，《近世第一女傑羅蘭夫人傳》，《明季第一重要人物袁崇煥傳》，《祖國大航海家鄭和傳》等。而此時正是胡適在上海勤讀梁啓超著作的時候，在《四十自述》中，他明白地指出，“梁先生的文章，明白曉暢之中，帶著濃摯的熱情，使讀的人不能不跟著他走，不能不跟著他想。”[5]雖然，胡適在回憶的文字中，並沒有特別提到這幾篇傳記，但推論胡適1908年在《競業旬報》上發表的幾篇傳記多少受了梁啓超的影響，當非大謬。胡適在這幾篇傳記中所提倡的責任感，無私，見義勇爲，愛國等觀念，也都是梁氏那幾年在“新民說”中極力鼓吹的。

這一時期，胡適與梁啓超所寫傳記，有一基本不同，梁氏所傳之人，都是他在《南海康先生傳》中所說之“人物”。他爲“人物”一詞所下的定義是：“必其生平言論行事，皆影響於全社會，一舉一動，一筆一舌，而全國之人皆注目焉…其人未出現之前，與既出現之後，而社會之面目爲之一變，若是者庶可謂之人物也已。”[6] 換句話說，梁啓超的傳記，寫的往往是“英雄人物，偉大事蹟。”但胡適的傳記並不特別強調“英雄”與“偉大”，他更注意的是一個平凡人成功的過程，這也就是他在《留學日記》上所說的“人格進化之歷史”（the development of a character）。胡適認爲中國傳統傳記往往過分重視結果，而忽略過程。他說，“[中國]傳記大抵靜而不動。何謂靜而不動？（靜 static, 動 dynamic.）但寫其人爲誰某，而不寫其人之何以得成誰某。”[7]

胡適提倡傳記文學的原因之一是用“模範人物的傳記”，來作爲“少年人的良好教育材

---

[2] 以上這一段，見胡適，《南通張季直先生傳記序》，《胡適文存》臺北：遠東，1978，集3。頁686-689。另可參看，《傳記文學》，《胡適演講集》，中冊，臺北，胡適紀念館，1970。頁394-417。

[3] 《四十自述》，臺北，遠東，1982。頁3。

[4] 卞兆明，《胡適最早使用傳記文學名稱的時間定位》，《蘇州大學學報》（哲學社會科學版），2002年10月，第4期，頁80-81；140。

[5] 《四十自述》，頁57。

[6] 《飲冰室文集》之6，頁58。在《飲冰室合集》，卷1，北京：中華書局，1989。

[7] 《胡適留學日記》，共4冊，冊2，臺北，商務，1973。頁418。

料…介紹一點做人的風範。"[8]一個只講結果而不及過程的傳記是只把繡好的鴛鴦給人看，而不把金針度於人。使人覺得無法"尚友其人"，這就失掉了傳記的教育意義。1954年，胡適爲沈宗瀚的《克難苦學記》寫長序，並譽之爲："近二十年來出版的許多自傳之中最有趣味，最能說老實話，最可以鼓勵青年人立志向上的一本自傳。"[9]其原因就在於沈宗瀚著墨最多的並不在他功成名就之後的歲月，而是在他艱難的成學過程。

胡適說他自己有"歷史癖"，"考據癖"，兼有"傳記熱"[10]。其實，胡適的"傳記熱"只是"歷史癖"中的一小部分。甚至可以說他的"傳記熱"是爲他的"歷史癖"與"考據癖"服務的。傳記無非就是個人的歷史，胡適的興趣在以小窺大，從個人的發展看出世代的變遷，是"知人論世"之學。因此，在胡適看來，所有的傳記都是一種史料。1943年，胡適在紐約爲Arthur W. Hummel 所主編的《清代名人傳》（*Eminent Chinese of the Ch'ing Period*，1644-1912）寫序，對這套由800人傳記所組成的大型參考書，大爲推崇。特別指出，傳記的研究，可以旁涉政治史，思想史，文學史，藝術史，社會史，乃至於中西交流史。每一篇傳記的意義，絕不只是對傳主的瞭解，更重要的是透過傳主的生平，我們可以看到那個時代的側影。他指出：

> 《清代名人傳》不只是一套傳記字典，也是目前所能找到最詳細，最好的過去三百年來中國的歷史。這部歷史是由八百人的傳記所組成的，這一作法是符合中國史學傳統的。
>
> But *Eminent Chinese of the Ch'ing Period* is more than a biographical dictionary. It is the most detailed and the best history of China of the last three hundred years that one can find anywhere today.[11]

在這篇序中，胡適很清楚的將傳記歸入了史學的範疇，並說明傳記是爲史學研究服務的。

胡適在《南通張季直先生傳記序》中說，"做家傳便是供國史的材料。"[12]這種對傳記的態度和章學誠在《韓柳二先生年譜書後》中所說"年譜之體，仿于宋人，考次前人撰著，因而譜其生平時事，與其人之出處進退，而知其所以爲言，是亦論世知人之學也。文集者，一人之史也。家史，國史，與一代之史，亦將取以證焉，不可不致愼也。"[13]是相通的。胡適將這段話錄于《章實齋先生年譜》之首頁，可見他是深表同意的。胡適對傳記的看法，基本上是"以文爲史"，不難找出章學誠的影子。

1922年2月26日，胡適接到商務印書館寄來的《章實齋年譜》，他在日記中有如下一段文字：

> 此書是我的一種玩意兒，但這也可見對於一個人作詳細研究的不容易。我費了半年的閒空功

8　《領袖人才的來源》，《胡適文存》，4，頁495。

9　胡適，《克難苦學記序》，收入，沈宗瀚，《克難苦學記》，臺北，正中書局，1969。頁1。

10　"歷史癖"，"考據癖"，見《水滸傳考證》，《胡適文存》1集，505。"傳記熱"，見《四十自述》序。

11　Hu Shih, "Preface", in Arthur Hummel ed. *Eminent Chinese of the Ch'ing Period*，1644-1912, Taipei，Cheng-wen Publishing Co., 1970, p. v.

12　胡適，《南通張季直先生傳記序》，《胡適文存》臺北：遠東，1978，集3。頁689。

13　章學誠，《韓柳二先生年譜書後》，收入《韓柳年譜》，香港，龍門書店，1969。頁71。

夫，方才真正瞭解一個章學誠。作學史真不容易！

胡適把寫哲學史比喻為"大刀闊斧"，"開山辟地"的功夫，而編年譜是用"繡花針"做細活兒。編年譜是寫哲學史之前的準備工作。所以他說"作學史真不容易！"[14]同樣的比喻也出現在《南通張季直先生傳記序》中，並指出，寫傳記是"大學的史學教授和學生"的"實地訓練"，是"實際的史學工夫"。此處特別值得注意的是，寫傳記，在胡適看來，是史學，而不是文學。

在近人所寫的傳記中，就"知人論世"這一點而言，蔣夢麟1947年由耶魯大學出版的英文自傳《西潮》(*Tides From the West—A Chinese Autobiography*)和馮友蘭1981年完稿的《三松堂自序》，堪稱傳記文學中的上品。《西潮》一書所呈現的絕不止是蔣夢麟個人的生平，而是中國社會自1842年鴉片戰爭到1941年日本偷襲珍珠港百年之間的城鄉變遷，這本傳記為中國這百年來的外交史，政治史和學術史提供了一個清晰的縮影。尤其值得一提的是《西潮》中的許多篇章段落出之以極優美的文學筆調，如《迷人的北京》(Enchanted City of Peking)一節是頗帶有詩歌韻味的精美散文。[15]

馮友蘭（1895-1990）出生在甲午的次年，死在改革開放之後十年，他的一生經歷了晚清，辛亥革命，軍閥割據，抗戰，國共內戰，人民共和國的成立，反右，文革，改革開放這些中國近現代史上的大事，是個名副其實的"世紀老人"。他晚年的回憶錄除了記錄他一生的坎坷浮沉，和一個知識份子在中國這樣特殊的政治環境中，如何依違逢迎，以求苟全於亂世的曲折歷程，全書也為中國百年來的學術史提供了絕好的見證與材料。這兩本傳記是"知人論世"的典範作品，符合胡適"以文為史"的傳記取向。

胡適所說的"傳記文學"，其文學的部分並非著重在文辭或文采，而是偏重在剪裁。換言之，"傳記文學"是復活一個人物，而不是創造一個人物。他在《黃轂仙論文審查報告》中對年譜和傳記有過分別，他說：

> 中國傳記舊體，以"年譜"為最詳。其實"年譜"只是編排材料時的分檔草稿，還不是"傳記"。編"年譜"時，凡有年代可考的材料，細大都不可捐棄，皆須分年編排。但作"傳記"時，當著重"剪裁"，當抓住傳主的最大事業，最要主張，最熱鬧或最有代表性的事件，其餘的細碎瑣事，無論如何艱難得來，無論考定如何費力，都不妨忍痛捨棄。其不在捨棄之列者，必是因為此種細碎瑣事有可以描寫或渲染傳主的功用。[16]

當然，我們不能把這段話瞭解成"年譜"全不需剪裁，只是相對來說，"年譜"側重在求全，而"傳記"則較需剪裁。把"剪裁"瞭解為一種文學的手段，應該符合胡適的原意。類似的意見，胡適在1958年《梁任公年譜長編》序中說道"年譜不過是傳記的'長編'而已；不過是傳記的原料依

---

14 《胡適日記全集》，冊3，臺北：聯經，2004，頁446。

15 Chiang Monlin, *Tides From the West—A Chinese Autobiography*. New Haven: Yale University Press, 1947. "Enchanted City of Peking，" pp. 175-181. 馮友蘭，《三松堂自序》在《三松堂全集》，第1冊，河南人民出版社，1985。

16 《黃轂仙論文審查報告》，收入耿雲志編，《胡適遺稿及秘藏書信》，冊5，頁678-679。

照年月的先後編排著，準備爲寫傳記之用。"在胡適看來，"正因爲這是一部沒有經過刪削的'長編初稿'，所以是最可寶貴的史料，最值得保存，最值得印行。"[17]對胡適來說，將"長編初稿"之年譜形式，改寫成傳記，就史料之保存而言，毋寧是件可惜的事。

1960年，胡適寫信給沈亦雲，此信收入《亦雲回憶錄》爲序。他強調史料的發表與保存有同等的重要性，僅僅保存而不能發表，則歷史的真實依舊不能大白于人世。保存史料，並繼之以發表，方盡史家之全功。他說：

> 我看了您的幾卷稿本之後，我的感想是：亦雲夫人這部《回憶》的第一貢獻在於顯示保存史料的重要，第二貢獻在於建立一種有勇氣發表真實的現代史料的精神。保存了真實史料而沒有機會發表，或沒有勇氣發表，那豈不是孤（案：手稿作此）負了史料？豈不是埋沒了原來保存史料的一番苦心？[18]

當然，能不能出版史料，是一個言論自由的問題。沒有言論自由，真實的史料保存的再多，也不過是圖書館裡的一堆資料而已。

在新文體的提倡上，胡適最爲人所知的是新詩或白話詩的創作。他的《嘗試集》和"兩個黃蝴蝶，雙雙飛上天"的詩句，已經成了中國現代文學的經典和里程碑。和新詩相比，胡適所提倡的"傳記文學"並沒有受到文學史家同等的重視。這一方面因爲多年來，始終沒有出現過可以爲大家所認可的"新體傳記"。1933年，胡適寫《四十自述》的序，表明他曾有意用"小說式的文字"來寫自述，這就是第一章《序幕：我的母親的訂婚》。但胡適接著說，"我究竟是一個受史學訓練深于文學訓練的人，寫完了第一篇，寫到了自己的幼年生活，就不知不覺的拋棄了小說的體裁，回到了謹嚴的歷史敘述的老路上去了。"[19]我們可以把《四十自述》看作是胡適在傳記文學上的"嘗試集"。但他只是"淺嘗"，而"嘗試"的結果，並沒有清楚地界定什麼是"傳記文學"，卻反而模糊了文學和史學的界限。

小說體的傳記，絕非胡適之所長。也不是他一向所提倡的"傳記文學"。這種小說體的傳記，寫得最成功的是魯迅《朝花夕拾》中的幾篇回憶性的文字，如《從百草園到三味書屋》，《父親的病》，《藤野先生》，《范愛農》等。其實，《彷徨》裡的《弟兄》，《野草》中的《風箏》也都屬於胡適所說的小說式的傳記，也正符合胡適認爲，"（遇必要時）用假的人名地名描寫一些太親切的情緒方面的生活。"[20]魯迅寫到他和周作人的關係時，用的正是這個法子。但這樣的寫法，讓人分不清究竟是虛構還是歷史，這和胡適"以文爲史"，"紀實傳真"的原則是相違背的。因此，我們可以說，學術性的歷史傳記，是胡適所說"傳記文學"的"正格"，小說式的傳記只是他一時

17　胡適，《梁任公先生年譜長編初稿序》，在丁文江編《梁任公先生年譜長編初稿》，臺北，世界書局，1988，頁1-4。
18　沈亦雲，《亦雲回憶》，上冊，（臺北：傳記文學出版社，1971），頁3-4。
19　《四十自述》，頁3。
20　《四十自述》，頁3。

興起的一個小嘗試，是胡適傳記文字中的"變體"。

從現有的材料來看，胡適對傳記"眞實"的要求，遠遠超過他對"文學"的嚮往，他在《南通張季直先生傳記序》中所說，"傳記寫所傳的人最要能寫出他的實在身份，實在神情，實在口吻，要使讀者如見其人。"[21]他之所以讚賞沈宗瀚的《克難苦學記》，全在於作者"肯說老實話"。[22]但過分地要求"眞實"，無形之中，阻礙了傳記"文學化"的可能。而所謂眞實，也只能有相對的眞實，而不能有絕對的眞實。

就傳記文學而言，眞實性最高的，當推日記和家書。1927年，魯迅發表《怎麼寫》一文，很深刻的指出了這種眞假之間的微妙關係，《板橋家書》和《越縵堂日記》，應屬傳記文學中的上品。但魯迅讀後，卻讓他感到"眞中見假"，既名之爲"家書"，"爲什麼刻了出來給許多人看的呢？"至於《越縵堂日記》，魯迅覺得"從中看不見李慈銘的心，卻時時看到一些做作，仿佛受了欺騙。翻翻一部小說，雖是很荒唐，淺陋，不合理，倒從來不起這樣的感覺的。"所以"幻滅之來，多不在假中見眞，而在眞中見假。"在文章末了，魯迅筆鋒一轉，指向胡適的日記。[23]雖未明言，但也難逃魯迅"眞中見假，有幻滅之感"的嘲諷。

魯迅此處所說的"胡適日記"，應指胡適的留學日記。部分的留學日記，許怡蓀曾以《藏暉室劄記》之篇名在1916年12月出版的《新青年》第二卷第四號上開始選刊連載，但遲至1939年才由商務印書館正式出版。胡適生前僅有這部分日記行世，其他日記之正式出版都在他死後了。日記是胡適傳記材料中極重要的一部分。胡適的日記在中國傳記文學史上，可以說獨樹一幟，從日常生活，到所思，所感，所學，眞是無所不包。除此以外，文稿，書牘，剪報也都保留在日記中。胡適將"留學日記"初名"劄記"，其實是更符合其內容的。我每讀胡適日記，都讓我想起顧炎武的《日知錄》。胡適的日記是"日知錄"和"起居注"的總合。這和魯迅的日記無論在內容上，還是風格上都是截然不同的。魯迅的日記是記帳式的，將一日之行事，按先後記下。他很少談自己內心之所感，所思。

在《留學日記》的自序中，胡適把寫日記看作是"做自己思想的草稿。"[24]"這種工作是求知識學問的一種幫助，也是思想的一種幫助。"他把17卷的《留學日記》看成是"絕好的自傳。寫的是一個中國青年學生五七年的私人生活，內心生活，思想演變的赤裸裸的歷史。"[25]在短短的一篇自序中，胡適用了兩次"赤裸裸"，主要是說明，在這批材料中無所隱瞞，也無所迴避。他寫日記從來沒有"秘不示人"的用心。1942年5月19日，胡適任駐美大使去職之前不久，在日記中記下了

---

21 《胡適文存》，3，頁687。

22 沈宗瀚，《克難苦學記》，頁11。

23 魯迅，《怎麼寫》，《魯迅全集》，北京，人民文學，1981。頁24。

24 《胡適留學日記》，冊1，頁4。

25 同上，頁5。

宋子文擅權霸道的作風，在末尾加了一句，"記此一事，爲後人留一點史料而已。"[26]這句話最能
說明：胡適寫日記，不只是給自己看的，也是給天下人看的。與其說他是寫日記，不如說他"修
史"，用他自己的話說，就是"給史家做材料"。他在1941年日記的首頁有如下一段話：

> 我的日記時時有停頓，但就我保存的日記看來，我的日記頗有不少歷史材料，至少可以幫助
> 我自己記憶過去的事實。所以我現在買這1941年日記，決心繼續記下去。[27]

從這段話最可以看出，胡適自己是很清楚他日記的歷史價值的。他之所以決定"繼續記下去"，也
就是決定繼續爲保存史料而努力。余英時先生在《胡適日記全集》序中，稱許胡適的日記是自晚清
以來最有史料價值的日記，"[胡適]日記所折射的不僅僅是他一個人的生活世界，而是整個時代的
一個縮影。"[28]

　　魯迅對日記的瞭解，似乎還始終停留在"隱私"的範圍，因此，不免"眞中見假，有幻滅之
感"。但對胡適而言，日記中並非沒有隱私，但隱私絕非胡適日記的主要內容。對隱私的處理，胡
適也有他的手法。胡適的《留學日記》，初名《藏暉室劄記》，1939年，由上海商務印書館出版。
出版後，胡適寄了一套給他的美國女友韋蓮司（Edith Clifford Williams）。韋蓮司收到後頗有些顧
慮，擔心日記的發表，公開了她與胡適之間的戀情。胡適在1939年6月10日的一封回信中，對此事
作了解釋：

> 日記中提到你的部分都是無關個人的，也是抽象的——經常是一些對大議題嚴肅的討論。那
> 幾首詩也是無關個人的——都沒有主語；三首詩中的一首，我很花了點心思來說明這首詩和
> 個人無關。
>
> The "references" to you in the diary are all of the "impersonal" and "abstract" kind—being usually
> serious discussions on great issues. The poems were also impersonal in reference—no mentioning
> of subject; in the case of one of the three poems, I took pain to say that it had no personal reference.
> [29]

這是胡適日記中有意的一點"障眼法"。但實在不足詬病。

　　1953年胡適在一次題爲《傳記文學》的演講中，提倡"赤裸裸的寫一個人"。"赤裸裸"這三
個字很形象地說明瞭"紀實傳眞"所代表的不掩飾，不避諱。但需要指出的是：傳記或日記中"一
絲不掛"，未必就比"衣冠整齊"來得更高明。在不需要"赤裸裸"的場合，卻剝個精光赤條，既
無必要，也未必更能取信於人。郭沫若在自傳中，說到自己少年時期喜好手淫，"差不多一天有兩
三次。"，又如說到自己少年時期有一定同性戀的傾向，對另一男子的容貌，皮膚雙手進行相當細

26　《胡適日記全集》，冊8，頁125。
27　《胡適日記全集》，冊8，頁86。這段話是1940年，12月23日記的。
28　余英時，《從日記看胡適的一生》，《胡適日記全集》，第1冊，臺北，聯經，2004，頁1。
29　見周質平，《胡適與韋蓮司——深情五十年》。北京大學出版社，1998。頁143。英文原文見《胡適全集》，冊
　　40，頁420。

緻的描述。[30]這樣的 "赤裸裸"，在我看來，是相當廉價的，甚至於有嘩衆媚俗之嫌。這就如同，我們不把 "曝露狂" 稱之爲 "坦誠見人" 是同樣的道理。在不需要 "赤裸裸" 的時候 "赤裸裸"，未必能增加傳記的眞實性。若企圖借此來增加眞實性，這樣的手法，未必高明。

胡適的傳記文學，名爲 "文學"，而實爲 "史學"。文學 "史學化"，文學爲史學服務，是胡適治文學一貫的取向。他的小說考證大多是研究版本和作者的身世及其時代，對作品本身的結構或文學價值則甚少措意。最好的例子莫如近代 "紅學" 的奠基之作，1921年出版的《紅樓夢考證》。正是在這樣的基礎上，胡適在《克難苦學記》的序中，明白的指出："這本自傳在社會史料同社會學史料上的大貢獻，也就是這本自傳在傳記文學上的大成功。"[31] 換句話說，傳記文學的成功必須體現在對史料的保存和史學研究的貢獻上。

比較胡適與林語堂的傳記文學：

在現代中國傳記文學的研究上，林語堂往往是個被忽略的傳記作者。1932年，陳獨秀在上海被捕，林語堂發表題爲《陳，胡，錢，劉》的短文，建議："現在陳先生已逮捕，殺他不忍，我們覺得最好把他關在湯山，給他筆墨，限一年內做成一本自傳。" 胡適也曾勸過陳獨秀寫自傳，這倒是有趣的巧合。[32]

在林語堂傳記作品中，最受爭議的是1928年在《奔流》發表的《子見南子》獨幕劇，此劇在山東省立第二師範演出後，曾引起官司。這齣獨幕劇發表之後，引起的討論大多集中在對孔子敬不敬這一點上，據我所知，還沒有從傳記文學的角度來討論過。就文學形式而言，用話劇來刻畫一個古人，這還是創舉。話劇利用場景，服裝，對話等種種手段來復活一個古人，能帶給觀衆許多傳記所做不到的 "臨場感"。但這樣的臨場感是增加了還是減低了傳記的眞實性，卻是大可討論的一個話題。當然，利用對話，場景來寫傳記，是古已有之的。司馬遷《項羽本紀》中的 "鴻門宴" 一段，就是千古以來，中國傳記文學的典範作品。但從今日嚴謹的學術角度來看，這樣的傳記手法也許不免過分 "繪聲繪影"，作者給讀者的感覺，似乎人在現場，親眼目睹。就胡適所發表有關傳記文學的理論來看，這樣的傳記手法，並不是他所能首肯的。在我看來，這也是他寫《四十自述》，在寫完第一章之後， "回到了嚴謹的歷史敘述的老路" 的眞正原因。

1936年，林語堂將《子見南子》翻譯成英文，*Confucius Saw Nancy*，與其他英文小品合爲一集，由上海商務印書館出版。[33] 即使不看內容，這個英文題目已充滿了幽默。這是林語堂借用孔子來提倡幽默的一個趣例。

---

30 《郭沫若自傳》，上冊，安徽文藝出版社，1997。頁68；73。

31 《克難苦學記》，頁6。

32 《林語堂文集》，第2冊。臺北，開明，1978，頁338。胡適勸陳獨秀寫自傳，見《四十自述》序。

33 Lin Yutang, *Confucius Saw Nancy and Essays About Nothing*. Shanghai: Commercial Press, 1936.

1932年，胡適在《獨立評論》第12號上發表《領袖人才的來源》一文，慨歎中國領袖人才之缺乏，原因之一是中國傳記文學太不發達，歷史上可供作爲典型的模範人物太少。因此，胡適提倡傳記文學，是帶著一定教育的動機的。他所寫的傳記多少是想爲年輕人樹立一些可以學習或模仿的對象。我們姑且把這樣的傳記文學稱作"載道的傳記"。林語堂寫傳記的時候，這種載道的習氣就淡得多了。從《子見南子》的獨幕劇，到《蘇東坡傳》，《武則天傳》，《八十自述》。樹立榜樣，供人學習模仿，似乎並非林語堂寫這些傳記的初衷。

林語堂擇定某一人作爲傳記的對象，與其說是出於教育的動機，不如說是出於興趣或遊戲，"載道"的氣息沒有胡適那麼重。林語堂之所以寫傳記，和"領袖人才的來源"是扯不上關係的。他寫《子見南子》，主要還是提倡他的幽默；他寫蘇東坡，則是心儀這位宋代吟嘯自如的天才詩人，與其說林語堂要把東坡立爲典型，做爲榜樣，不如說是把東坡做爲一個欣賞的對象。至於他寫武則天，主要是著眼在她充滿傳奇的一生，是個絕好的故事。一方面可以娛己，一方面可以娛人。林語堂在《蘇東坡傳》的序中，開宗明義的說道，他之所以要爲東坡立傳：

我寫蘇東坡傳並沒有什麼特別理由，只是以此爲樂而已。多年來，一直想給他寫本傳記。1936年，我舉家遷美。行篋中帶著慎選的袖珍本的中文基本參考書和幾本有關東坡的和東坡自著的珍本古籍… 那時，我希望能寫一本關於東坡的書，或翻譯一些他的詩文，即使不能如願，我要東坡長伴我在海外的歲月。像蘇東坡這樣富有創造力，這樣剛正不阿，這樣放任不羈，這樣令人萬分傾倒而又望塵莫及的高士，有他的作品擺在書架上，就讓人覺得有了豐富的精神食糧。現在我能全力的來寫這本傳記，自然是一大樂事，此外，無需任何其他理由了。

There is really no reason for my writing the life of Su Tungpo except that I want to do it. For years the writing of his biography has been at the back of my mind. In 1936, when I came to the United States with my family, I brought with me, along with a carefully selected collection of basic Chinese reference books in compact editions, also a few very rare and ancient editions of works by and about this poet…I had hoped then to be able to write a book about him, or translate some of his poems and prose, and even if I could not do so, I wanted him to be with me while I was living abroad. It was a matter of sustenance of the spirit to have on one's shelves the works of a man with great charm, originality, and integrity of purpose, an *enfant terrible*, a great original mind that could not conform. Now that I am able to apply myself to this task, I am happy, and this should be an all-sufficient reason.[34]

---

[34] Lin Yutang, *The Gay Genius—The Life and Times of Su Tungpo*. New York: The John Day Company, 1947. p. vii. 翻譯採用了張振玉譯，《蘇東坡傳》，北京，作家出版社，1995，頁5。有部分改動。

借用周作人1932年在《中國新文學的源流》一文中的二分法，[35]將中國文學傳統分爲“載道”與“言志”兩類。胡適所提倡的傳記文學較近“載道”，而林語堂所寫傳記，其動機則較近“言志”。當然，這只是比較相對而言，不可過分拘泥。

在胡適提倡和寫作傳記的過程中，他所遇到的一個難題是如何用文學的筆調來敘述歷史。在“文史相容的”這一點上，林語堂的傳記顯然比胡適的更有成績。他在《武則天傳》的序中說明他的寫作原則：

> 由於武氏難以令人置信並近乎離奇的際遇，我有必要指出：書中所有的人物和事件，甚至於絕大部分的對話，都是嚴格的依據唐代的歷史。所有的情節是根據兩種官修的唐代歷史，《舊唐書》（10世紀）和《新唐書》（11世紀）。

> Because of the incredible and bizarre adventures of Lady Wu, it is necessary to state here that all the characters and incidents, even most of the dialogue, are strictly based on Tang history. The facts are based on the two official Tang histories, the *Old Tangshu* (10th century) and the New *Tangshu* (11th century).[36]

接著，林語堂比較了《舊唐書》和《新唐書》的異同，並極有信心的指出，在這樣龐大的資料中，重構武后一生行徑是有可能的。〔It is possible to reconstruct a clear picture of the doings of this strange woman.〕[37]

林語堂在《蘇東坡傳》和《武則天傳》中，都有生動的對話，蘇東坡在杭州任太守的那段歲月，林語堂還有許多優美的文字描繪西湖的景致。[38] 類似的處理，在胡適所寫的傳記中是少有的。由於林語堂的歷史傳記都以英文寫作，在對話的處理上，反而有其便利之處，因爲漢英對譯，英語讀者不易察覺，除了英漢語言上的不同之外，還有古語今語的不同。這只要一讀《蘇東坡傳》和《武則天傳》的中譯，就能了然。一個唐代宋代的古人，在對話中出之以流利的現代漢語，還是讓人有格格不入之感。換言之，如何讓文學的美不減低歷史的眞，是傳記作者都需要面對的難題。朱東潤在《張居正大傳》的序中，對此有極中肯的說明：

> 因為傳敘文學是史，所以在記載方面，應當追求真相，和小說家那一番憑空結構的作風，絕不相同。這一點沒有看清，便會把傳敘文學引入一個令人不能置信的境地；文字也許生動一些，但是出的代價太大，究竟是不甚合算的事。[39]

---

[35] 周作人，《中國文學的變遷》，在《中國新文學的源流》，收入《周作人全集》，冊5，頁327-336。臺北，藍燈，1992。

[36] Lin Yutang, *Lady Wu*, New York: G. P. Putnam's Sons, 1965. p. 10.

[37] *Ibid.*, p. 11. 林語堂寫孔子這一段，參看，周質平，《在革命與懷舊之間——中國現代思想史上的林語堂》，收入《跨越與前進：從林語堂研究看文化的相融/相涵國際學術研討會論文集》，臺北，林語堂故居，2007。頁23-25。

[38] Linyutang , Chapter 11 "Poets, Courtesans, and Poets", *The Gay Genius*, pp. 141-165.

[39] 朱東潤，《張居正大傳》，湖北人民出版社，1957。頁11。

用這段話來評量胡適與林語堂所寫的傳記，我們可以清楚的看出，胡適所寫的傳記基本上是史學，而林語堂所寫的則 "以文入史，文史相容"。透過史學的眞實，可以 "曉之以理"， 讓我們瞭解一個人，一個時代；透過文學的美，可以 "動之以情"，讓我們感受一個人，一個時代。林語堂在他《八十自敍》的結尾，引用了1935年《吾國吾民》 (*My Country and My People*) 一書《結語》（Epilogue）中 "早秋精神" 的兩段話，使這篇短短的晚年自敍，給讀者以深沉的迴響和共鳴：

> 無論國家和個人的生命，都會達到一個早秋精神彌漫的時期，翠綠夾著黃褐，悲哀夾著歡樂，希望夾著追憶。到了生命的某一個時期，春日的純真已成回憶，夏日的繁茂餘音嫋嫋，我們瞻望生命，問題已不在於如何成長，而在於如何真誠度日，不在於拼命奮鬥，而在於享受僅餘的寶貴光陰，不在於如何花費精力，而在於如何儲藏，等待眼前的冬天。…一陣清早的山風吹過來，落葉隨風飛舞，你不知道落葉之歌是笑歌還是挽歌。因為早秋精神正是寧靜，智慧和成熟的精神。[40]

類似這樣一段話，既不提供史料，也不說明任何事實。但我們能體會到林語堂晚歲面臨老境和死亡的態度和心境。讀者的這種認識是感性的，但 "感性的" 未必是 "不眞實的"。它可能是超越理性而更深刻的，更持久的。文學的筆觸有時也能帶來一種哲學的感悟，這種感悟，就更不是胡適所一再強調的 "史料" 所能提供的了。

胡適在《四十自述》中，寫到他的母親，也偶有動情之筆，但還是較近於 "平鋪直敍"，少了一些曲折和微妙。丁文江是胡適一生的摯友，他在《丁文江的傳記》中，記他死前一個月的行止，極爲詳細，有關病情的發展，幾乎有逐日的紀錄。[41]顯然，他是有意的在 "給史家做材料"[42]，但我們始終看不到他的悲痛。在全傳的結尾，胡適發了幾句感謂：

> 在君是為了求知死的，是為了國家的備戰工作死的，是為了工作不避勞苦而死的。他的最適當的墓誌銘應該是他最喜歡的句子：
>
> 明天就死又何妨！
>
> 只拼命做工，
>
> 就像你永永不會死一樣！[43]

以胡適和丁文江一生的交誼，胡適作爲丁傳的作者，在傳記中稍示哀思，絕不至於不合適。但胡適還是謹守著史家的客觀之筆。1957年4月9日，胡適在寫給陳之藩的信中，說到他寫《丁文江的傳

---

[40] 《八十自敍》，頁71-72。英文原文，見Lin Yutang, *My Country and My People*, New York: John Day, 1935, pp. 347-348. 又見，Lin Yutang, "A Memoirs of An Octogenarian", in 《華崗學報》，第9期，pp. 263-324.

[41] 胡適，《丁文江的傳記》，《中央研究院院刊》第3輯，《中央研究院故總幹事丁文江先生逝世20周年紀念刊》，抽印本，1956。頁107-120。

[42] 胡適，《四十自述》，頁3。類似的話又見1953年演講，《傳記文學》，《胡適演講集》，中冊，臺北，胡適紀念館，1970。頁394。

[43] 《丁文江的傳記》，頁120。最後的墓誌銘是英文"Think as if you live forever. Work as if you will die tomorrow." 的中譯。見胡適1946年5月28日日記。

記》的經過：“我決定用嚴格的方法，完全用原料，非萬不得已，不用second hand sources.”他把整個丁傳寫作的過程和方法，總結爲“述學的工作”。陳之藩希望胡適“能放開筆”，寫一點他的“理想與失望”，“悲哀與快樂”。胡適直截了當的回答，“這大概是不可能的了。”他同時指出：“在四十年前，我還妄想我可以兼做科學的歷史考據與文學的創作。但我久已不做此夢想了。”[44]有趣的是：丁文江覺得胡適小說體的《我的母親的訂婚》這篇文字，在胡適的文存裡“應該考第一。”[45]隨著年齡的增長，胡適的“傳記文學”越來越朝著嚴謹述學的方向走去了，早年在《四十自述》中稍露頭角的“文學”嫩芽，終究沒有開花結果。胡適所寫的傳記，一如他的新詩，依舊是“說理有餘，深情不足”。文章風格，有關個人性情，是不能強求的。

胡適也用英文寫過幾篇中國人的傳記，篇幅較長的如1928年發表的《王莽，一千九百年以前社會主義的皇帝》（Wang Mang, The Socialist Emperor of Nineteen Centuries Ago）[46]，1944年的《現代中國的奠基者孫中山》（Maker of Modern China, The Story of Sun Yat-sen）[47]和1946年的《張伯苓傳》(Chang Poling, A Biographical Tribute).[48]和胡適中文傳記相比，這三篇文字，在行文上比較輕鬆，尤其是《張伯苓傳》，其中採用了不少對話。《孫中山》一文則嚴格遵守了傳記的客觀性，在介紹孫中山思想時，只是說明其內容，而不加以任何批評。作者完全隱沒在傳主的背後。胡適對孫中山“知難行易”的學說是很不以爲然的，他在1929年，發表《知難，行亦不易》，就是對孫文學說針鋒相對的批評。但在孫傳中，胡適除了說明“知難行易”的主旨外，未作任何評論。

最有趣的是英文的《王莽傳》，和1922年所寫中文的《王莽——一千九百年前的一個社會主義者—》[49]相比較，英文傳記反更可讀，更易瞭解。這和林語堂的《武則天傳》和《蘇東坡傳》有異曲同工之妙。中文的《王莽》一文，有許多極爲艱深的古文引文，一個沒有相當古漢語訓練的讀者，要讀懂全文，並不容易。譯文則是平鋪直敘的英文，一般英文讀者讀起來並不費力。換句話說，在英譯的過程中，讓艱深的古漢語“現代化”也口語化了。這是用英文寫中國古人傳記，意想不到的“便宜”。

44　耿雲志，歐陽哲生編，《胡適書信集》，下，北京大學出版社，1996，頁1299-1300。

45　《丁文江的傳記》，頁75-76。

46　Hu Shih, "Wang Mang, The Socialist Emperor of Nineteen Centuries Ago", *Journal of The North-China Branch, Royal Asiatic Society*, Vol. LIX, 1928. pp. 218-230.

47　Hu Shih, "Maker of Modern China, The Story of Sun Yat-sen", *Into the Eighth Year*, prepared by the London Office of the Chinese Ministry of Information, 1944. pp. 17-28.

48　Hu Shi, "Chang Poling, A Biographical Tribute", *China Magazine*, June 1946. pp. 14-26.

49　《胡適文存》，2集，頁20-27。

懷鄉、傳承與記憶
——戰後遷臺族群民俗書寫的三個面向

洪淑苓*

一、前言

自二戰結束至1949年兩岸分治起，隨國民政府遷臺，大批的大陸居民也跟著遷徙到臺灣。這些居民，一方面在臺灣展開新的生活，另一方面對於往昔的歲月也產生濃厚的思鄉之情。他們如何排解、表述這劃時代的鄉愁？除了小說、散文、詩歌等文學著作之外，有沒有其他書寫的方式？當作家透過文字來表達、寄託他對時代與個人際遇的感觸，除了悲歡離合的情節、愛恨生死的故事，有沒有其他的題材？瀏覽各類散文、雜文、傳記、回憶錄等，可發現作家文人對昔日生活的緬懷，也可能來自於節慶的豐饒記憶，或是日常生活中的種種瑣事與習俗。這些無疑都是屬於民俗的範疇。而因為時空的阻隔，作家、文人對昔日民俗的觀察與體驗乃成為一種記憶，不時浮現腦海，也成為他慰解鄉愁的良方。至於一般民眾，更有自己親身的體會與回憶，除了在日常生活中的實踐，也可用文字記述，以達到保存的效果，也可藉此流傳給後代子孫。

是故，本文將從民俗書寫，提供另一種觀察與論述，希望藉由探討遷臺族群對民俗的書寫方式，剖析民俗作為一種集體記憶，所涵具的內容與方法。

二、作家創作懷鄉散文，兼具民俗記述的功能

民俗的敘寫，不只來自方志、民俗志的文獻記載，也可以是個人經驗的記述與呈現。尤其歷經離散，又不能返回故地的情況下，有關故鄉的民俗瑣憶遂成為此地與彼岸最好的聯繫。

兩岸知名作家林海音(1918-2001)，父親為臺灣人，曾到日本，因此她出生於日本大阪，而後回到臺灣，五歲時隨父親舉家遷往北京。此後即在北京求學、結婚、工作，直到1948年底，才與丈夫、家人遷返臺灣。林海音的小說《城南舊事》即是以一個小女孩英子的眼光述說北京的風土人

---

* 國立臺灣大學中國文學系教授。

情，獲得廣大讀者的喜愛。此外，其散文集《兩地》[1]，也有值得注意的篇章。

《兩地》前半為北京回憶部分，含〈北平漫筆〉等23篇文章，後半為臺灣風土，含〈新竹白粉〉等34篇文章。書名「兩地」指的是北京（書中稱北平）和臺灣，前者是她生活了四分之一個世紀的地方，而後者是她的故鄉。在北京回憶的部分，我們看到林海音對北京的濃厚情感，如同她自己說的「我的第二故鄉是北平，我在那裡幾乎住了一個世紀的四分之一。因此除了語言以外，我也有十足的北平味兒，有些地方甚至『比北平人還北平』。」(《兩地》：119)而撰寫這些篇章的原因也是因為離開了北京，對北京充滿了懷念。

〈北平漫筆〉係一組作品，共有12篇文章，涉及的題材很廣，屬於食衣住行的瑣事回憶，其中〈秋的氣味〉寫的是飲食的記憶與習俗，每到秋天，最吸引人的是西單牌樓的糖炒栗子、各色水果，以及安兒胡同的回教館子「烤肉苑上人」的羊肉包子和烤肉（《兩地》：1-3）；而〈男人之禁地〉寫的是媒市街「花漢沖」和絨線胡同「瑞玉興」兩家專賣香水、女紅用品的店，因為是女性顧客出入的地方，所以稱之男人的禁地（《兩地》：3-5）。這篇和〈藍布褂兒〉都是和服飾有關，而且都以女性為主體，可顯見女紅文化和女性服飾的風氣（《兩地》：9-11）。〈換取燈兒的〉，詳細寫出當年平常人家如何和收拾破爛的人換取火柴的事；細膩的刻畫了拾荒者的辛酸，也側寫宋媽的儉樸。「洋取燈兒」即是火柴，是當時北京人對火柴的稱呼，「換洋取燈兒」的叫喚聲，也成為林海音記憶中難忘的聲響(《兩地》：6-8)。這篇可算是和「住」有關的文章，後來林海音也把它擴充為〈在胡同裡長大〉，更仔細地描繪居住在胡同的生活[2]。〈文津街〉寫的是穿梭北平市街、胡同以及遊逛郊外景山、西山的情景（《兩地》：16-17）。這類遊賞北京街坊與名勝的篇章，在在寫出了北京人的生活樂趣，以及對民俗文化的賞玩。而後1986年再寫的〈家住書坊邊──琉璃坊、廠甸、海王村公園〉[3]，也就描述更多遊逛舊書鋪、古玩店、書畫舖和新式書店等的情景，文字生動有味，流露豐富的情感。

林海音不僅寫出自己對北平生活的懷念，也喚起「老北平」的共鳴。因為她的文章才初初刊登，就有讀者寫信來指正其中的錯誤，〈陳穀子、爛芝麻〉一文提到：

> 我漫寫北平，是為了多麼想念她，寫一篇我對那地方的情感，情感發洩在格子稿紙，苦思的心情就會好些。它不是寫要負責的考據或掌故，因此我敢「大膽的假設」。比如我說花漢沖在媒市街，就有細心的讀者給了我「小心的求證」，……如姐，誰說沒有讀者呢？不過讀者不是欣賞我的小文，而是藉此也勾起他們的鄉思罷了。（《兩地》：14）

從這個讀者的回應，我們可看到作家以他的文學創作作品，寄託了思鄉之情，而且這不只是他個人一己之祕，也觸動同鄉者的感懷。就此點而言，林海音的著名小說《城南舊事》也就是具有這樣的

---

[1] 林海音：《兩地》（臺北：三民書局，1966年）。

[2] 林海音：《我的京味兒回憶錄》（臺北：遊目族，2000年），頁63-67。

[3] 同上，頁50-62

效用，藉由書中的主角人物英子記錄其一家人在北平的生活，書中所述的北平風物，也深深打動讀者的心靈[4]。可見林海音對傳統事物的喜愛，也擅長描寫鄉土的題材，所以她筆下的北平風土人情，才顯現那麼動人的況味。而這些懷鄉散文，也就兼具紀錄北京／家鄉民俗的意義了。

林海音對於民俗的興趣，也顯現在她主編《國語日報‧周末周刊》時，開闢一個民俗專欄，邀請各方人士撰寫民俗[5]。此外，她也主編出版了《中國豆腐》[6]，以「有中國人的地方就有豆腐」的概念，廣邀各界來稿，寫下自己家鄉的豆腐食譜。這不僅是一本飲食之作，更是懷鄉情感與記憶的集結。

三、學者撰述「中國民俗」，以傳承民俗文化

在遷臺學人當中，民俗學者對於維護中國傳統民俗自然是不遺餘力的，他們往往藉由撰寫與編輯「中國民俗」之類的文章、書籍，而寄託了個人對家鄉民俗的記憶，也具有保存民族文化的集體記憶之意義。

譬如民俗學家郭立誠（1915-1996），北平人，於1949年遷臺，除了擔任中學教師之外，也繼續她在北京時從事的民俗研究工作[7]，對於家鄉的思念，也往往訴諸於文字，以文字記述北平的風俗習慣民俗生活。這些篇章具有雙重意義，既是出自民俗學者對自身民俗經驗的散文隨筆，有時也加上引經據典，小小考證一番，又可視為是一種可供參考的研究資料。例如對北平新年習俗的記述，在〈豐年拾穗〉一文，全文共十四節，各節標題是：一，過了臘八就是年；二，討不到老婆怎過年；三，穿紅裙子兜喜神方；四，是月也片子飛空車走；五，「一文錢」；六，財神廟燒頭香；七，究竟有幾位財神爺；八，金吾不禁；九，年年難過年年過；十，逛廠甸；十一，破五兒；十二，傳座酒；十三，順星；十四，冰燈火判兒[8]；郭立誠時而引經據典，旁及小說戲曲的印證，時而以自身經驗補充，把北平過年的習俗寫得十分生動有趣，讓北平新年的食衣住行和娛樂的趣味都呈現在讀者眼前。

比較特別的是〈北平的一個啞吧年〉[9]，民國三十二年(1943)，日人已占據北平，新年不准放鞭炮，所以郭立誠的姪子、姪女把它叫作「啞吧年」。這一年，郭立誠家裡靠當賣古玩買了五斤豬

4　林海音：《城南舊事》（臺中：光啟出版社，1960年）。

5　見王鈺婷：〈想像臺灣的方法：林海音主編《國語日報‧周末周刊》時期之民俗書寫及其現象研究(1949~1954)〉，《成大中文學報》35期（2011年12月），頁155-182。

6　林海音主編：《中國豆腐》（臺北：純文學出版社，1971年）。

7　有關郭立誠的民俗學貢獻，參見洪淑苓：〈論郭立誠的民俗研究及其對女性民俗的關注〉，國立成功大學中文系主編，《第12屆國際亞細亞民俗學會年會暨東亞端午文化國際學術研討會論文集》（臺北：樂學出版社，2013年），頁481-510。

8　郭立誠：〈豐年拾穗〉，見其《豐年拾穗談民俗》（臺北：年鑑出版社，1976年），頁127-148。

9　郭立誠：〈北平的一個啞吧年〉，見其《豐年拾穗談民俗》，頁123-126。

肉、一條魚，幾顆大白菜加上一些胡蘿蔔，和學校發的一袋麵粉，包餃子過新年；情景雖然慘澹，但卻十分感動人心。

除了新年習俗，郭立誠也寫下了使用爐子與扇子的習俗，而且都著重在北平人與此二物的關係，可參見其〈閒話扇子〉與〈爐子禮讚〉。[10]推究郭立誠書寫這些民俗與記憶，往往帶著濃烈的鄉愁，如其〈瑣憶故都歲朝風物〉所說，「每逢佳節倍思親」，有時鄉愁也會突然來襲，使她的心田出現漣漪，「我非常想懷念故鄉的許多事物，和老鄉親一談起來，原來大家都是一樣」，「沒奈何只好把它們寫出來，略解鄉愁，亦聊以自慰。」[11]，由此可知，這類記述北平年節風俗的文章，有非常感性的情感因素，也代表當時渡海來臺的文人作家，甚至是一般人對故鄉的懷念之情。

相對於郭立誠較為感性的文筆，婁子匡(1907-2005)則是以著述論說的方式，試圖以民俗筆記、專書的形式來保存傳統的中國民俗。婁子匡在大陸時期即參與中國民俗學會的工作，1949年來臺灣之後，他也立即和臺灣的民俗學界聯繫，並在《公論報・臺灣風土副刊》、《臺灣風物》等民俗研究刊物上發表文章。此外，他也設法將北京大學民俗叢書、中山大學民俗周刊等刊物，重新複印出版。這類行動，充分代表他希望將大陸時期的民俗研究成果延續下去，也希望和臺灣本地的民俗學有所聯結[12]。就婁子匡本人的著作來看，在來臺灣之後的時空背景中，他編著「中國民俗」之類的著作，尤其別具意義。

婁子匡1935年曾由上海商務印書館出版《新年風俗志》[13]，而來臺灣後，1967年應臺灣商務印書館之邀，出版增訂版的《新年風俗志》[14]；翌年(1968年)，則又出版《婚俗志》[15]。至1983年，應中國廣播公司之邀，撰寫並出版《中國民俗》[16]。婁子匡在民俗研究方面曾出版多種研究專書，這幾本書除了延續他自己的研究成果，為臺灣的民俗學增加成績外，在保存、發揚中國傳統民俗的意義上，也具有突出的意義。

由於戰後臺灣的特殊處境，一方面要擺脫日本殖民時期的影響，一方面則須重新回到中國文化傳統，在「去日本化」與「再中國化」之間，有著或顯或隱的力量互相拉扯。因此，藉由研究「中國民俗」這類的議題，無疑可以重建一個中國文化的架構。初版《新年風俗志》集錄江蘇、浙江、安徽、福建、湖南、湖北、廣東、廣西、雲南、貴州、四川、甘肅以及河南等十三省，多數是南方的省份，因此再增補塞北、遼寧、安東、黑龍江、北平、山東、陝西、江西以及臺灣的資料，也把四川、湖南、廣西及廣東的材料再增加充實；文章篇數也由二十五篇增加到四十一篇。從增訂版的

10　皆收入郭立誠：《問耕一得》（臺北：漢光，1985年），頁244-247；252-255。

11　郭立誠：〈瑣憶故都歲朝風物〉，見其《中國民俗史話》（臺北：漢光，1983年），頁61-70。

12　有關婁子匡的民俗學貢獻，參見洪淑苓，〈試論戰後遷臺學人對臺灣民俗之研究及其相關著作成果──以婁子匡、朱介凡為例〉，《2011口傳文學會議論文選集》（臺北：中國口傳文學學會主編，2012年），頁249-270。

13　婁子匡：《新年風俗志》（上海：上海文藝出版社，1989年，影印版），據1935年版影印。

14　婁子匡：《新年風俗志》（臺北：臺灣商務印書館，1967年，增訂版），本文引用此版。

15　婁子匡：《婚俗志》（臺北：臺灣商務印書館，1968年）。

16　婁子匡：《中國民俗》（臺北：中國廣播公司，1983年）。

編排看，已試圖擴充涵蓋的地方，盡可能達到全國各地的新年民俗都能收納進來。

《新年風俗志》的編寫法，很像古代的風土筆記或是民俗志條列式的筆法，但其行文方式，則相當活潑，口語化的描述，直樸親切，就好像一個鄉親耆老對你訴說著家鄉的傳統風俗，尤其經常借用俗語、諺語，更加強了讀者的印象。

例如〈廣東‧海豐〉，「拜年」條：

> 這天，小輩應向長輩叩頭，作揖賀年叫做「拜年」。長輩就把紅紙包著銀元的封包，或是拿柑賞給小輩。人們在路上碰到了，總是不大相識的人，也要互相拱手作揖，這叫做「恭喜」。恭喜時要說「恭喜發財！新年萬事如意。」「恭喜！添丁發財」……這些話語。無論那個都是很和氣，很有禮貌的，就是平時有些怨恨，或昨晚為著討欠賬而相罵的，今天相逢也笑嘻嘻的恭喜。（《新年風俗志》：27）

這番話說得相當溫和順暢，就好像長輩諄諄教誨傳統習俗與行為規範一樣。又如：〈江蘇‧淮安〉，「元旦」條：

> 元旦日，又叫做「大年初一。」……在未吃別的食物以前，要先喝蓮子茶、棗子茶。如果有客人來到，也要請人喝茶，並且拿桌盒或盤子中的糖、瓜子、棗子、糕……請客吃，附帶的說：「甜甜蜜蜜」（糖）「步步高升」（糕）「早早生子」和「早生貴子」（棗子）的。（《新年風俗志》：66）

「甜甜蜜蜜」等吉祥話，係運用諧音取譬，使人更容易記住其中的聯想。有些記載與解說，似是比較晚近的風俗，從這裡也可看出婁子匡勤於收錄民俗的用心，例如〈浙江‧紹興〉，「玩藝」下的「花紙」條：

> 花紙就是彩色的圖畫，因了時代的變遷，從「老鼠做親」式的花紙已改到「兒童教育畫式」的東西了。早前的「孟姜女」、「白蛇傳」、「珍珠塔」……這一類的花紙，雖還沒有全被淘汰了去，但近時的紙張印刷和畫藝，都比以前進步多多，所以「老鼠娶親式」的花紙，過後怕定歸隱滅呢。「時裝美女」「英烈畫像」……這一類新產物正繼續那「泗州城」「渭水河」「黃鶴樓」……陸續的增加。（《新年風俗志》：101）

婁子匡這種書寫的特色，在《婚俗志》中也顯露出來。在記載河北北平的婚俗時，婁子匡描述「八抬轎」的盛況，忽然筆鋒一轉，說：

> 您瞧這頂轎挺神氣不是？當年的婦道人家，讓先生氣極了，最後總會罵出一句來：「我也是你拿八抬轎把我抬來的。」此話一出，先生再也沒轍兒了，好歹也得認了。像這等金碧輝煌的花轎，大鑼大鼓的陣勢，就是當年的婦道人家，婚姻生活的保障。再窮的人家兒，姑娘出閣，坐這頂花轎，是勢在必爭的權利，一輩子就坐這一趟嘛。（《婚俗志》：78）

這裡，可以看到幽默逗趣的言辭之外，也有對女性的體恤。又如吉祥話的例子：

> 等端上子孫餑餑，長壽麵，再叫新郎咬一口，新娘也咬一口，可是這是半生不熟的東西，於是新房的窗根而下，新郎的弟弟妹妹們，一起問著：「生不生？」房裡一連聲回答：「生！

生！」這個「生」既有「早生貴子」的意思，也有「指日高升」的成份。（《婚俗志》：80）

至於新時代的婚俗，也是婁子匡關注的。在介紹江蘇武進的婚俗時，提到新人的服飾：

> 舉行婚禮時，新郎服裝，在清末皆著袍套，領頂輝煌。新娘則御鳳冠霞帔批肩，紅色百褶裙，上轎時並須以紅帕蒙首。入民國後，新郎改穿常袍馬褂，新娘收用「宮裝」。蒙首之俗既廢，代之以金絲邊有色眼鏡。又若干年，新娘有改用白色禮服兼披白色兜紗者。（《婚俗志》：114）

又如，新娘哭泣的習俗：

> 又新娘在母家上轎前，亦須祭祖，則為告別之意，舊時新娘在母家祭祖時必啼哭，上轎亦哭，入民國後，此風始告革除。（《婚俗志》：116）

以上諸例，都可了解婁子匡在記述這些習俗時，不僅是資料的傳鈔而已，也時時加上自己的見聞、感想，顯現他是一位熱情的民俗學者。

再看婁子匡的《中國民俗》，本書分為歲時節令、婚喪喜慶與民間習俗三大類，除前辭、結論外，共十五章。本書1983年才出版，應該是擷取其多年的研究資料與心得，寫來極為順暢，處處見文章。如新年元宵賞燈的習俗，在《中國民俗》書中就有很大的發揮，〈送燈添丁〉這一章，就詳細寫了蘇州、蘇北做花燈、點花燈的習俗，把花燈的型式、花樣、寓意描寫得十分生動；另外也記了廣州、海豐、翁源、潮州、東莞等地的元宵燈節習俗。東北、華北的習俗也介紹了一些。全篇充分寫出了中國人對「燈」、「丁」、「人」的習俗信仰是多麼的認同與投入。〈《中國民俗》：33-42〉又如民間信仰部分，分別介紹敬天祭祖、孔子祭祀、財神之祀、鄭成功祭、城隍供奉、神畫供養及祖先崇拜等七章，除鄭成功祭以臺灣民間的祭祀為主外，其他都是一方面敘述中國傳統的信仰習俗，間接穿插敘述臺灣相關的習俗，顯示了民間信仰的豐富性，和歲時節令禮俗一樣，深入庶民大眾的生活，也從中透顯民眾敬天畏神、遵守善惡分明的思想。（《中國民俗》：151-176）

婁子匡敘述這些傳統習俗時，有的篇章也可看出文字背後對家鄉的思念。例如〈清明掃墓〉，一開始提到臺中的鐵砧山國姓井有個和鄭成功有關的傳說：「相傳鄭成功駐兵處，被困乏水，鄭氏以劍插地，得甘泉，大旱不涸。年年清明，有群鷹自鳳山來聚哭，不至疲憊不止，或云係兵魂固結而成。」，婁子匡因而有所感慨：

> 當時我站在鐵砧山上，遙望左前方就是海天相連，那無垠地帶便是我們底大陸，獨立蒼茫，真自願化為鷹，飛越海峽，去到故里上空，哭至疲憊，為民族掃墓。（《中國民俗》：63-70）

清明掃墓是中華民族的傳統節日，為祖先上墳祭掃，是慎終追遠的表現，也牽繫著世代的情感。婁子匡因為由大陸遷移至臺灣，加上兩岸阻隔，無法回鄉掃墓，當然會有「每逢佳節倍思親」的傷感。也因此在文末他特別引用臺灣俗語：「清明不返鄉，無祖。」來加強清明掃墓這個統習俗的意義。

四、民眾透過家鄉民俗與飲食書寫，建構集體記憶

上述兩類，係作家、學者藉其創作才華與專業知識，撰寫、編輯相關的懷舊、懷鄉文章與民俗論著，然而一般民眾，如何表達其思鄉之情？可從兩方面來觀察。一是報紙雜誌的專題徵稿，往往成為民眾抒發鄉愁、書寫民俗記憶的管道。此外，透過同鄉會組織，聯繫情感，也藉由同鄉會刊物，發表懷鄉文章，並以家鄉民俗為訴求重點。

（一）報刊雜誌中的家鄉飲食書寫

戰後初期，報紙、雜誌時見刊登懷鄉的作品，其中對於家鄉飲食的記憶特別鮮明，這似乎說明飲食記憶深藏於人們的內心深處，在離鄉背井時最能觸動人心。而相較於生命禮俗、節日習俗、歌謠與民間故事等民俗的題材，飲食記憶更具有個人性，也較易從個人經驗入手，經由個別記憶點點滴滴的彙集，也可呈現某個地方慣見的飲食習俗。因此懷鄉飲食書寫，也可視為一般民眾參與建構民俗集體記憶的模式。

早期的懷鄉飲食書寫，散見於報紙雜誌。例如《中央日報》在1949、1950年即曾刊登談論家鄉飲食的文章，但尚未規劃專欄。而後作家劉枋、唐魯孫等人也開始在《婦女》雜誌、《聯合報》副刊等園地，撰寫家鄉飲食記憶；這使得50至70年代，飲食回憶的文章蔚為興盛[17]。而民眾對於家鄉飲食的懷念，更為具體的例子是投稿給專欄。70年代，《中央日報》副刊「現代家庭」版（第9版），開始有「家鄉味」專欄，歡迎讀者投稿介紹家鄉菜。第一篇刊登的是北雁〈餃子〉（1974年9月7日），介紹和麵、包餡、捏餃子和煮餃子的技巧。此文末尾有附徵稿文字：

> 本刊擬介紹我國各地具有風味的小食、點心，菜餚的特色作法及吃法；歡迎讀者惠稿，文長1000字內。(《中央日報》11版，1974年9月7日，現代生活)[18]

---

[17] 參見陳玉箴：〈從溝通記憶到文化記憶：1960-1980 年代臺灣飲食文學中的北平懷鄉書寫〉，《臺灣文學學報》第25期（2014年12月），頁33-68。其中列舉了含英：〈漫談「吃飯」〉，《中央日報》第6版（1949年6月23日）；海音：〈家鄉菜〉，《中央日報》第7版（1950年2月12日）；容若：〈豆腐的滋味〉，《中央日報》第6版（1952年2月18日）。而劉枋則在《婦女》雜誌、臺灣新生報撰寫專欄，後結集出版《烹調漫談》（臺北：立志出版社，1968年）。唐魯孫自1974在聯合報發表〈吃在北平〉，便引起轟動，此後結集為《中國吃》（臺北：大地出版社，1976年）、《唐魯孫談吃》（臺北：大地出版社，1984年）等多種飲食散文集。另參考徐耀坤：〈舌尖與筆尖的對話臺灣當代飲食書寫研究(1949-2004)〉「第二章餐桌上的風景臺灣當代飲食書寫版圖的共構 第一節前菜/主菜書寫的脈絡」(彰化：彰化師大國文所碩士論文，王年雙教授指導，2006年)，頁13-26。

[18] 本文使用「中央日報全文影像資料庫」，以「家鄉味」為關鍵字搜尋，得813筆資料，但真正屬於「家鄉味」專欄文章者有800筆，其餘為標題或內容報導中出現「家鄉味」一詞。「家鄉味」專欄設在「現代家庭」版，大多是9版，少數是11版或12版。1977年7月11日版名更改為「生活」。1985年2月8日版次改為第10版，版名「晨鐘」。1989年2月13日，在20版「家庭」刊登曾麗霜〈曬鰻魚鼓魚麵〉，為最後一篇。臺大圖書館典藏，網址：http://140.112.113.22/cnnewsapp/servlet/Cnnews?textfield.1=%E5%AE%B6%E9%84%89%E5%91%B3&sortarray=DA&arraydir=&searchrows=10&goto.x=32&goto.y=14。2017年10月8日查詢。

這個專欄非常受歡迎，各方來稿踴躍。雖然談北平飲食的不少，但也可說遍及大江南北，也有談到臺灣的飲食。直到1980年2月24日刊登李玫〈廣東的打邊爐〉之後，中央日報將這個專欄的文章結集，由蔡文怡主編，分爲《家鄉味》上下冊出版[19]。而後1985年2月28日的第10版「晨鐘版」又繼續設「家鄉味」專欄，提供各界投稿。直到最後一篇，刊登的是曾麗霜〈曬鰻魚敲魚麵〉，但卻是放在20版「家庭」版（1989年2月13日）。

《家鄉味》出版後，有阿毛在「好書介紹」專欄介紹〈家鄉味〉的內容，上集爲南方，下集爲北方，各包含菜餚、飯點及零食三類。而這兩冊書的意義是：

> 俗話說：「人親不如土親」，這是人們的通病，對自己鄉土的一份情感，在生活習慣上已經養成一種形式，吃的方面也是如此；因此，各人都認爲家鄉菜最好吃。遠離家鄉的人，每每由於思鄉心切，對家鄉味思念尤殷；即使偏處他鄉，也要想盡辦法，做幾道家鄉味解饞，以釋鄉愁。(《中央日報》10版，晨鐘，1984年8月26日)

這800篇的「家鄉味」文章，作者幾乎沒有重複，也少見知名人士。可以說，就是群眾心血的共同結晶，思鄉心切、以釋鄉愁等語，可說一語道破這些飲食書寫背後的動機。而南北飲食習慣不同，各地方的飲食也有地區性的差異，藉由個人記憶、經驗的書寫，也如同提供各式各樣的田野紀錄，在報紙上呈現家鄉味飲食習俗大觀。

此外，民俗學者朱介凡更是慧眼獨具，早在1962年就彙整了50年代報刊雜誌中的飲食文章，而後編輯出版了《閒話吃的藝術(上)》、《閒話吃的藝術(下)》《閒話吃的藝術續編》[20]。朱介凡編輯此二部書有其目的，就是要把飲食書寫當作民俗研究的一環。這從他的《閒話吃的藝術・自序》可看出端倪。在序文中，他說明蒐集這些飲食文章，目的也就是要進行飲食習俗、飲食文化的研究。他也記載一次和多位民俗學者小集之後，陳紹馨曾問他：「咱們中國飲食，稱譽世界，食譜的調配，營養、醫學的分析，都有人在做，可有從民俗、風土、歷史、地理背景，來爲飲食之道研究麼?」答案是「檢討起來，這個問題，目前並非沒人注意，不過，只是限於隨意談談，少有專門的、深入的研究，少有有意識地注重於民俗的，風土的，歷史的，地理的觀察和了解。」於是朱介凡開始剪報建檔，他所蒐集的，都不是食譜之類，「而是民俗的，風土的，歷史的，地理的敘述。」[21]換言之，合乎民俗觀察與研究的特點。以朱介凡所編的這兩部書來看，所蒐羅的文章，不僅有北平飲食風俗，記述南京飲食特色的文章也不少，其他如揚州、徐州、杭州、昆明、桂林、安慶、重慶等知名的美食之都，都有相關文章。而全書分爲總論、一般飲食、小吃、家常菜、鄉土味、異味、點心、果品、茶、酒、藥用食品以及序跋，可說綱張目舉，條理清晰，確實可以最爲飲

---

19 蔡文怡編：《家鄉味》上冊、下冊（臺北：中央日報，1982年）。

20 朱介凡編：《閒話吃的藝術(上)》、《閒話吃的藝術(下)》（臺北：華欣出版社，1978年）以及《閒話吃的藝術續編》（臺北：華欣，1978年）。但《續編》內容與《閒話吃的藝術(下)》是相同的。故以下引述，以《閒話吃的藝術》上、下冊爲準。

21 朱介凡編：〈自序〉，《閒話吃的藝術》，頁9-15。

食習俗的研究材料。

朱介凡編輯此書，也十分珍愛此書，因此他在〈跋〉中列舉書中諸多寶貴、奇特的篇章，提醒專家學者以及社會大眾，「吃」這件事在我們日常生活中的重要性，「吃」的藝術與習俗，更是值得驕傲的民俗文化。他說出了這些飲食文章中寄託的人情義理、飲食特點以及文化的底蘊，例如：

> 雖然，大爺們茶餘酒後的談吃，不無荷包裡很有幾文，食客高坐的那種意態。可是，好些篇章，也顯出小百姓居家過日子，要精打細算，飲食的事，一切必求經濟實惠的原則。而且，不作興「吃獨食」，定得全家老小，共同享受，但不逞口府之欲。

> 宜興小酥糖，要調和得好，才不致成塊、黏牙、過甜、酸牙，或欠糖乏味(161頁)。此所以，稻香村老板，他定要做純中國式的點心(175頁)，絕不用奶油。他太守舊了嗎？

> 方師鐸兄，在燕京大學校長司徒雷登府上，寒天吃冰柿子(215頁)，那可讚的情境，是僅只存在於憶念之中了。

> 潮州人飲茶的講究(232頁)，民國五十八年六月，跟隨著謝冰瑩大姐，曾於天母、趙澄兄府上小為品味，實在是大可讚賞。[22]

瀏覽這三本書，更鮮明的一點是，撰稿者往往在文末記下思鄉之意。例如魏子華〈冒頭兒〉，寫的是四川的小吃，用一個大碗盛滿米飯和小菜，物美價廉，是勞工階級經濟實惠的外食。文章最後，他說：

> 吃冒頭兒有個好處，小菜不算錢，點菜才記帳。……賣得人滿面春風送客，吃的人心滿意足的離去，真是皆大歡喜。記得有人說過：家鄉泥土都是香的，其實何止泥土，一切都叫人懷念的啊。」(《閒話吃的藝術(上)》：84)。

又如春生〈七月十五棗紅圈〉，寫的是家鄉盛產紅棗以及各種紅棗糕點的做法。最後他懷念：

> 現在家鄉正是紅棗的季節，想起這些好吃的東西，也想起童年跟著祖母，坐在棗樹下吃棗子，聽蟬鳴，真是甜蜜極了，也引起我無限的鄉思。」(《閒話吃的藝術(下)》：205)。

到了年節，家鄉食物更是引人思鄉，例如劉蕙〈糯米糍粑〉，寫家鄉湖南貴陽的糕點糍粑，風味特佳，尤其是年節時餽贈親友的佳禮。最後她感嘆：

> 時屆春節，談起故鄉的糯米糍粑，不禁勾起無限鄉思，但願明年今日，能夠凱旋故里，與親友歡度春節，共嘗闊別已久的糯米糍粑」(《閒話吃的藝術(下)》：152)。

思鄉、思親以及伴隨著反共復國的情愫，在在顯示這三本書中的飲食書寫，既有飲食文化的成分，也滿含著鄉愁與時代的印記。

然而，飲食有食材、實際烹飪上的限制，有些食材在異地是買不到的，有些鍋具和相關器物，也恐怕不能盡如人意；這將會影響食物的作法，也可能影響風味。就像沙錚〈扒糕、涼粉〉記載北平的兩種零食，敘述材料、作法和滋味之外，也寫出小販推著車子，在大街小巷胡同裡串遊叫賣扒

22　朱介凡編：〈跋〉，《閒話吃的藝術(下)》，頁341-342。

糕、涼粉，無論大人小孩都趨若鶩的生動情景。但他也在文末點出：

> 如今在臺灣，想吃涼粉，自己還能仿著作一下。要想吃扒糕，實在有點難了。因為只有華北
> 一帶，才盛產蕎麥。也只有北方人才吃得來蕎麥麵。扒糕、扒糕，使我深深懷念。(《閒話
> 吃的藝術(下)》：181)

或者，如周靜好〈茭白〉，寫茭白筍季節到了，颱風過後價錢也便宜許多，茭白炒素煮肉兩相宜，味道都很鮮美。但她更懷念一種北方特有的「小茭白」，俗稱「茭兒菜」：

> 宜炒肉絲雞絲，味似較茭白更雋美，為本省不多見，菜市上不易購到，真使人同樣要做秋蓴
> 之苦思。(《閒話吃的藝術(上)》：92)

可見，人們或許在生活中仍然烹煮家鄉味，但受限於時地，恐怕都得變通材料與做法，才能稍微解除腸胃的鄉愁。甚至更嚴重的情形是，那味道完全不對，以至於泰成〈四川榨菜〉最後說在臺灣仿做出來的四川榨菜，不僅沒有原材料羊角菜，也沒有自流井那樣的井鹽來醃製，「無怪一般霉爛的味道」，令人不敢恭維。(《閒話吃的藝術(上)》：110)西天〈也談火腿〉說的是家鄉的金華火腿，但文章最後也是感歎，雖然臺灣也有兩家火腿行：

> 但是天時地利之不宜，奈何人技秘製之難奪天工，仍是味澀而苦，什麼香味更是杳然難求
> 了。不知還需要多少日子，才能重嘗故園的香醇腿心子啊。」(《閒話吃的藝術(下)》：135-
> 136)。

從以上諸例來看，無論是懷念家鄉飲食，或是仿作食物而稍解鄉愁，或是感嘆「月是故鄉圓」——認為只有家鄉味才是天下美食，都需要以文字來保存這份記憶，以彌補無法完全重現家鄉味的疑慮。正因為「今不如昔」，書寫家鄉飲食的紙上文章，也就具有一種記憶與經驗的傳承，以免離鄉時間越往後，或是第二代以下的子孫將會遺忘家鄉美味。

尚可注意的是，家鄉味的飲食書寫，也具有聯誼、召喚的作用。遷臺族群或者聚集於眷村，或者散居於各地。藉由家鄉味的書寫與閱讀，也可以形成回味、共鳴，使同鄉人感到親切，並且起而效之，也撰寫自己的家鄉味，互相印證。或者，因為菜餚的異同，也會引發其他省分、地方的人士比較的興趣，也來說說自己家鄉這項飲食的特色。譬如前引魏子華〈冒頭兒〉在中央日報刊副刊登（1963年7月28日）後，就引發蜀弓的興趣，「不禁心癢」，也投稿發表〈冒頭兒與挨刀飯〉（1963年8月4日）；而西天〈也談火腿〉則是看到聯合報副刊登出磊庵的〈閒話火腿〉一文，「不覺勾起我無限鄉思」，所以提筆撰稿。這些例子，在在說明有關家鄉的飲食書寫，是可以產生連環效應的，反映一代人的記憶。

（二）同鄉會刊物中的家鄉民俗書寫

戰後遷臺的族群，往往組織同鄉會以聯絡感情。有些同鄉會在舉辦活動之外，也編印刊物，以便鄉親互通訊息、了解故鄉人事，並廣為流傳。因遷臺族群中，山東人為數眾多，因此這裡就以

《山東文獻》為例[23]。《山東文獻》發起於1974年11月，並於1975年6月20日出版第一期第一號。發起者有孔子哲嗣孔德成、臺大教授屈萬里等各界知名人士19人。在〈發起山東文獻啟事〉文中有云：

> 大陸淪陷二十餘年，同胞思鄉之情與日俱增，各省文獻之先後創刊暨各省　同鄉聯誼活動之日益頻繁，均為抒發鄉情之表徵。就中各省文獻之刊佈意義重大，不僅有益於後起子弟之鄉土教育，且足為他日重建鄉土之借鑑。

> 我旅臺山東同鄉不下五十餘萬，雖有局部同鄉活動，尚乏精神上之寄託，因思創刊「山東文獻」季刊一種，以為聚談故鄉史事人物之園地，我同鄉或為作者，或為讀者，足不出戶，可享同鄉會之樂，並增愛護鄉土之情。（《山東文獻》1：1，1975.6，頁3）

可見同鄉會文獻之寓意。《山東文獻》各期的專欄並非完全固定，但大致包含：自傳、專題、感舊錄、史事憶述、史料介紹、人物誌、名勝古蹟、風土人情、藝文以及社務報導等。由於山東軍民在抗戰史上有極為深入、複雜的交涉，因此有關史料、史事的論談非常多，這中間當然也包括許多軍人將官的回憶錄、口述歷史等。而有關古蹟名勝、風土人情的文章，就屬於一般民眾對山東民俗與日常生活的追憶和緬懷了。這類文章，我們可以看到對名勝古蹟、家鄉風物的敘述，也有關於萊陽梨、山東大白菜等食物的記述，以及有家鄉年節習俗的敘述。

如侯統照[24]〈故城掖縣〉，此文從縣城東關的廟臺寫起，廟臺上常聚集談天的人們，而冬天的時候，也會有賣豆漿和油炸菓子，賣大米稀飯的小販來此叫賣，那拉長嗓音的叫賣聲，和熱騰騰的食物，讓人永遠記得。東關街上有一天主堂和幾間雜貨舖子，遇到「趕山」的日子，前來趕集的人們，有各色小販，有逛街的民眾，熱鬧非凡。而西關古城的風景如畫，荷花、垂柳與古城牆相輝映，景色怡人。掖縣的廟多，關帝廟巍峨森嚴，使人望之儼然，不敢造次；城隍廟佈置有十八層地獄的機關，讓人不敢輕舉妄動。而一般民眾則特別崇信狐仙胡三爺。在日常生活中，可輕易看到人們把漢唐時期的銅鏡拿來當容器的蓋子；孩子們玩「擲錢窩兒」，有可能拿著玉雕的小配件碰打著玩；可見掖縣歷史的古老。最後講到吃，掖縣的海鮮，魚蝦之外，蟶、蛤、蟹都是名產；春天的薺菜、蒸榆錢、醋釀杏兒，都是令人垂涎三尺的美食。對於人情的描寫，則透過街道的筆直，「街，是直直的，沒有一點兒彎曲，這不但是掖縣人的性格兒，亦是山東人的個性，就是那麼的爽直。」又說到，掖縣人儘管大多出外闖蕩，但衣錦還鄉時，「仍不脫他那副土兒相，甚至不願忘本的不帶半句外鄉話回去，『撇腔』，是會被家鄉人竊笑的。」這幾處描寫，都點出了掖縣人、山東人質樸、不忘本的性情。而這些風土人情，也是深藏在作者心中的美好記憶。（《山東文獻》：1:1，1975年6月，頁151-155）

---

[23] 屈萬里主編：《山東文獻》（臺北：山東同鄉會編印，1975年）。

[24] 據文前編者的按語，侯統照，筆名學古，掖縣人，世居掖縣東，後隨父記居烟台。來臺灣之後，任教於省立一中。根據童年的記憶撰成此文。

其他如禩夢庵〈大明湖瑣憶〉（《山東文獻》：1:1，1975年6月，頁151-155））、路協普〈臨沂古蹟〉（《山東文獻》：1:3，1975年12月，頁38-139））、屈萬里〈曲阜的聖蹟〉《山東文獻》：1:2，1975年9月，頁8-14）、胡士方〈濟南的三大名勝〉（《山東文獻》：2-4，1977年3月，頁23-29）等，都是記述名勝古蹟、家鄉風土的文章，文字背後都蘊藏對故鄉風物的緬懷。

在飲食方面的回憶，趙書堂〈即墨與青島〉，文末附記「山東大白菜種植概況介紹」，對大白菜的生長、採收情形，有頗詳細的描述；曾景雲〈萊陽梨〉更試圖寫出萊陽梨的美味：

> 萊陽梨的外表，要怎麼難看有怎麼難看，青黑色的粗皮，有無數麻斑，可是將皮削去後，可就美而甜脆了，那雪白而細緻的果肉，水分多，甜又脆，那股沁人心腹的甜味，令人愈吃愈想吃，再吃更甜美。炎熱的三伏天，不僅可以消暑解渴，又可以潤嗓、去火、化痰。……及今思之，仍不禁饞涎欲滴！（《山東文獻》：2-1，1976年6月，頁51）

于寶麟曾撰寫〈閒話濰縣〉等文[25]，其〈濰縣朝天鍋〉寫得尤為生動。其文首先就藉吃不到家鄉味引起話題，最後則以「想到就流口水」的心情來作結：

> 避秦來臺，轉瞬廿餘載。時刻感覺委屈，就是這張嘴巴——少吃了、和吃不到真正的家鄉味。我想，凡是旅臺的老鄉親們，定會有此同感。閒話少說，現在就為後起子弟們來介紹一下濰縣的「朝天鍋」，同時也藉懷鄉和神往來聊以解饞吧。
>
> 若是在北風緊、雪花飄的隆冬季節裡，一頓「朝天鍋」，準會吃的您渾身暖和和，舒服服的。說不定連自己哪天生日也忘了。此情此景，真是「南面王不易也」！寫到這裡，我的口水差一點流到這張稿紙上！（《山東文獻》：1:4，1976年3月，頁60-61）

此外，趙書堂〈故鄉年節的習俗〉則就其家鄉即墨的新年習俗加以記述，以慰思鄉之緒。其文從臘八節開始寫起，把一年中的年節習俗簡要敘述。例如臘八節吃臘八粥、臘月二十三日「辭灶」請灶君吃糖，然後家庭主婦就開始忙著準備磨年糕、蒸米麵等工作。到了三十日除夕那天，貼春聯，紮燈籠，懸祖譜，設棹案擺三牲祭品；除夕夜吃年夜飯，以餃子為主，「餃子類似元寶形，所以吃著包錢的就發大財，吃著包紅棗的就交紅運順利，吃著包花生仁的，就是常生不老」。而後從正月初一到十五元宵節，以下的三月清明節、五月端午節、六月初一日「過半年」、七月初七有乞巧會、七月十五有中元節、八月中秋節、九月九日重陽節、十月初一祭祖日、十一月冬至，直到又到十二月，一年將盡，週而復始。（《山東文獻》：2:4，1977年3月，頁49-53）

又，于寶麟〈漫談濰縣婚嫁習俗〉係以輕鬆幽默的口吻敘述家鄉的婚嫁習俗，首先說濰縣的婦女懷孕時最受婆婆及家人的寵愛，而且產後育兒，也有婆婆等可以幫忙照顧，比起現代婦女可幸福多了。接著才進入正題，述說「合八字」、準備嫁妝的習俗。再準備嫁妝這部分，詳述家具須有三箱、二櫃、大站櫥(即衣櫥)、書桌、兀桌、八仙桌等，衣著被服則須有冬五套、夏六套、不冷不熱

---

[25] 據〈閒話濰縣〉的編者按語，于寶麟，濰縣望留鄉人，歷任排連長，參謀，現任榮工處北迴鐵路施工處課長。
《山東文獻》：1:3，頁33。

（春秋之季）七、八套外，被褥至少三鋪三蓋，講究的人家甚至有十鋪十蓋。而比較特殊的是「填枕頭」習俗，亦即在準備這些衣物時，有個枕頭是預先填了差不多的內料，但留個縫口，請兩個好命的婦人，持紅筷子，從兩邊夾著麥梗填進枕頭裡去，每埃填一次，就要哼一句吉祥話，類似「一填金、二填銀、三元及第聚寶盆、五子登科」等。大約填充十次，然後把袋口縫起來就算大功告成。〈（《山東文獻》：2：4，1977年3月，頁88-93）

《山東文獻》的撰稿者，有學者（如屈萬里、禚夢庵）、教師（如侯統照）、榮民工程處公務員（如于寶麟），也有未加身分註記的個別作者，他們可能是文教人員之外的民眾（如路協普、胡士方），但是仍然秉持著懷鄉的心緒，下筆捕捉對家鄉的記憶。因此這份同鄉會的刊物，也就更有意義，是由同一個族群共同努力，書寫家鄉民俗，以便可以繼續在臺灣流傳，使得後輩子孫不會因遷移而淡忘故鄉人故鄉事。[26]

五、民俗作為「集體記憶」

如前言所說，1945-1949年以後遷移到臺灣的族群，面臨時代的巨變，在生活上、心理上，無論是個人或群體，都有很大的適應問題。遷臺族群被稱為「外省人」，處於這樣的離散情境下，一方面要適應新的居住環境與社會，另一方面則要想辦法和原有的生活方式、故鄉回憶維持聯繫。關於後者，我們可以看到的是遷臺族群到了臺灣，依舊在日常生活中實踐民俗的事項，舉凡新年、清明、端午、中秋等重大的民俗節日，大多數人家都會祭祖拜神，準備各種事物，參與各種儀式活動，既可維繫家庭與家族情感，也可以藉此享受節日的歡樂氣氛。

是故，我們可以說民俗與節慶生活是一種集體記憶，人們透過各個特定的日期，一系列相關的活動，建構了民俗節慶的記憶，也使得民俗文化深入到人們的日常生活與生命的經驗當中[27]。雖然居住空間改變，但是這個集體記憶卻是根深蒂固的，隨著遷移而帶到彼地。為了延續這樣的記憶，透過長輩口頭述說給後輩子弟是一個方法，以文字記錄書寫，也是一種方法。而在書寫民俗的同時，執筆者心中揚起的是思鄉的波濤，也有一股「不得不寫」的熱情衝動，使得他們希望藉由文字來引發記憶深處的情感，引起共鳴，也召喚更多人來藉民俗書寫來建構集體的記憶和認同。如同哈布瓦赫說：

> 我之所以回憶，正是因為別人刺激了我；他們的記憶幫助了我的記憶，我的記憶借助了他們的記憶。……無論何時，我生活的群體都能提供給我重建記憶的方法。……正是在這個意義上，存在著一個所謂的集體記憶的社會框架，從而，我們的個體思維想將自身置於這些框架

---

[26] 此處先以卷一、二為例，對《山東文獻》的研究，詳參洪淑苓：〈民俗、記憶與認同──從《山東文獻》看外省族群的懷鄉意識與身分建構〉，《東華漢學》26期，2018年6月，頁163-210。。

[27] 莫里斯・哈布瓦赫提出集體記憶與社會框架的概念，他認為透過紀念日、紀念碑、儀式等，可以建構一個社會的集體記憶。見莫里斯・哈布瓦赫著，畢然、郭金華譯：《論集體記憶》(上海：上海人民出版社，2002年)。

內，並匯入到能夠回憶的記憶中去。」[28]

其次，當這一群戰後遷徙來臺的外省人，藉由報刊雜誌、同鄉刊物來分享家鄉民俗與過往回憶，可說具有互通消息，安慰彼此失落的心情的作用，不管這是「同是天涯淪落人」或是「他鄉遇故知」的感覺，都形成了如同班納迪克‧安德森所謂的「想像的共同體」：

在此同時，報紙的讀者們在看到和他自己那份一模一樣的報紙也同樣在地鐵、理髮廳、或者鄰居處被消費時，更是持續的確信那個想像的世界就植根於日常生活當中，清晰可見。[29]

在這個「想像的共同體」裡，民俗作為一種集體記憶，也在其中發揮了頗重要的作用，民俗提供人們回味往事、撰寫文章的觸發點；也連接了當下生活，使人們在歲時節慶的習俗中，在家鄉味的飲食習慣中，落實了對過往歲月、以及家鄉的記憶。

就離散、遷移的族群而言，如何在異鄉重建生活秩序，除了現實上的安頓，心靈世界的安頓同樣重要。作家、民眾的懷鄉之鄉，由於時空的阻隔，幾乎等同一個已經消失的世界，但藉由記憶書寫，彷彿可以虛構一個抽象空間，使人流連、回味。而民俗所涵蓋的生命禮俗、歲時節慶、飲食與生活習俗等事項，更可以在日常生活再現，雖然不一定完全等同於家鄉民俗，但起碼維持一定的樣子，差強人意。於是人們更可以藉由民俗穿梭於記憶與實踐之間，獲得現實與心靈上的滿足，穩定遷移後的生活秩序。

此外，遷臺之後，也有機會觀察、接觸臺灣本地的風俗習慣，因此這些遷臺族群對於民俗的書寫，除了以家鄉風物為主，也有不少旁及對臺灣風物的觀察和研究。譬如林海音的《兩地》本來就是取臺灣、北平兩地之意，除了前文引述的北平生活回憶，本書也廣泛地觀照了臺灣臺北、新竹、臺南等地的風物特產，如臺北溫泉、新竹白粉、臺南「度小月」小吃等，也寫了媽祖和臺灣的神明信仰、端午節的午時水和扒龍船等習俗，篇幅與北平的部分相當，可見編輯時的考量[30]。而郭立誠〈茶與禮俗〉[31]，談茶和習俗的關係，其中一段提到茶在臺灣訂婚、結婚禮俗中的應用和重要性；〈從「拜張巡」看移民的痕跡〉[32]，係從臺灣各地信奉保儀大夫的信仰，上溯到唐代張巡、許遠的故事。婁子匡也有關於臺灣民俗的研究《臺灣民間故事》、《臺灣俗文學叢談》、《臺灣民俗源流》等[33]。《山東文獻》雖然以記述山東家鄉的人事物為主，但也有像呂身所寫的〈一百二十八年前出任臺灣鎮總兵官之呂恒安略傳〉，係寫其高祖呂恒安於清道光二十八年來臺灣出任總官兵的事

---

28 莫里斯‧哈布瓦赫著，畢然、郭金華譯：《論集體記憶》「三、過去的重構」與「四、記憶的定位」(上海：上海人民出版社，2002年)，頁69。

29 班納迪克‧安德森著，吳睿人譯：《想像的共同體：民族主義的起源與散布》「第二章　文化的根源」(臺北：時報文化公司，1999年)，頁28-37。

30 林海音：《兩地》(臺北：三民書局，1966年)。

31 郭立誠：《中國民俗史話》(臺北：漢光文化公司，1983年)，頁100-104。

32 郭立誠：《中國民俗史話》，頁243-246。

33 以上皆由臺北東方文化書局出版。

略[34]，篇幅雖僅一頁，但卻顯現想要從史事、人物和臺灣產生聯結的意圖。

遷臺族群如何藉由民俗書寫與在地文化進行交流與對話，除了林海音具有北平、臺灣的兩地經驗，其他人如何書寫他的「民俗兩地書」，則是尚待拓展的議題。

六、結語

1987年解嚴之後，臺灣社會面臨巨大的變動，對於「外省人」的研究，一度掀起熱潮，而今(2017)年恰逢臺灣政治解嚴、開放返鄉探親30年，也是我們重新了解遷臺族群、外省人經驗的契機。伴隨外省族群的研究，「老兵」、「眷村」這兩個名詞與概念始終受到社會大眾的注意。例如2004年，齊邦媛與王德威合編《最後的黃埔：老兵與離散的故事》，收錄與老兵、眷村、探親有關的散文或小說[35]；2007 年，中央研究院社會學研究所規劃主持的「臺灣外省人生命記憶與敘事資料庫」也展開了一系列的史料蒐集與研究[36]。這些著作與研究，說明遷臺族群的命運遭遇與身分認同，呈現流動且多元的特質，而每一個個體的生命經驗都應受到重視與尊重。

本文則是藉由民俗書寫的探討，一窺遷臺族群的懷鄉文化。無論是個人的抒情感懷、懷舊記憶，或者是民俗學者的專業撰述，以及社會大眾投稿報刊雜誌藉此召喚同好，都使我們了解民俗書寫不只限於專家學者的田野調查或是學術研究，它的日常性、無處不在，或者一年一度的歲時節慶，都可以使人人擁有自己的民俗經驗，而將之書寫記述，留下懷鄉情感與個人生命歷程的印記。「懷鄉」是這類文章的基底，也希望藉由書寫來傳承有關生命禮俗、歲時節慶與飲食習俗的記憶，讓家鄉民俗、傳統文化可以移地而重建，成為集體記憶與文化傳承的一部分。

但無可諱言，民俗往往有因時因地制宜的特點，時至今日，家鄉民俗或許已經改變或被人遺忘，則這些文章，不啻為昔日的家鄉民俗保留紀錄，不僅是紀念之用，也是後人研究民俗文化的珍貴文獻。[37]

---

[34] 呂身：〈一百二十八年前出任臺灣鎮總兵官之呂恒安略傳〉《山東文獻》：2：1，頁161。

[35] 齊邦媛與王德威合編：《最後的黃埔：老兵與離散的故事》（臺北：麥田出版社，2004年），收錄朱天心、張啟疆、白先勇、桑品載、李黎、李渝、袁瓊瓊等人的作品，內容涵蓋老兵從軍的心路歷程、眷村族群故事、開放大陸探親以後兩岸人民互動的故事，反映了外外省人戰後遷臺的心境以及外省人兩代之間的代溝問題等。

[36] 張茂桂主持：「臺灣外省人生命記憶與敘事」資料庫，網址
http://twm.ios.sinica.edu.tw/index.html，2017.10.10查詢。

[37] 後記 ：我在研究所期間，曾修習楊承祖老師的「史記研究」和「傳記研究」兩門課，楊老師教學認真，又博學多聞，經常在課餘跟我們談吃，談戲曲文化，師生相處十分融洽。對於我們繳交的讀書札記、期末報告也都給予修改意見，並推薦到期刊發表。我的〈論史記的兩篇合傳——魏其武安侯列傳與衛將軍驃騎列傳〉，就是因此得以發表在《國立編譯館館刊》（21卷1期，1992年2月，頁57-73）。又，本文初稿曾宣讀於第三屆東亞人文學論壇(台灣大學文學院、北京清華大學人文學院、日本早稻田大學文學院、韓國漢陽大學文學院聯合主辦，2013年3月15-18日，地點：北京清華大學)。因有感於論文主題和楊老師的經歷或許有相合之處，因此再增補資料，如「四」之(一)，中央日報「家鄉味」專欄文章、朱介凡編著《閒話吃的藝術》與《閒話吃的藝術續編》等，及增訂修改「五」、「六」的觀點，以修訂稿在本次「中國文學、歷史與社會的多重對話」國際學術研討會發

參考書目

一、專書

朱介凡編：《閒話吃的藝術(上)》，臺北：華欣出版社，1978年。

朱介凡編：《閒話吃的藝術(下)》，臺北：華欣出版社，1978年。

朱介凡編：《閒話吃的藝術續編》，臺北：華欣出版社，1978年。

林海音：《兩地》，臺北：三民書局，1966年。

林海音：《我的京味兒回憶錄》，臺北：遊目族，2000年。

林海音：《城南舊事，臺中：光啓出版社，1960年)。

屈萬里主編：《山東文獻》，臺北：山東同鄉會編印，1975年。

郭立誠：《豐年拾穗談民俗》，臺北：年鑑出版社，1976年。

郭立誠：《問耕一得》，臺北：漢光文化公司，1985年。

郭立誠：《中國民俗史話》，臺北：漢光文化公司，1983年。

婁子匡：《新年風俗志》，上海：上海文藝出版社，1989年，影印版。

婁子匡：《新年風俗志》，臺北：臺灣商務印書館，1967年，增訂版。

婁子匡：《婚俗志》，臺北：臺灣商務印書館，1968年。

婁子匡：《中國民俗》，臺北：中國廣播公司，1983年。

齊邦媛、王德威合編：《最後的黃埔：老兵與離散的故事》，臺北：麥田出版社，2004年。

蔡文怡編：《家鄉味》上冊、下冊，臺北：中央日報，1982年。

莫里斯・哈布瓦赫著，畢然、郭金華譯：《論集體記憶》，上海：上海人民出版社，2002年。

班納迪克・安德森著，吳睿人譯：《想像的共同體：民族主義的起源與散布》，臺北：時報文化公司，1999年。

二、單篇論文

王鈺婷：〈想像臺灣的方法：林海音主編《國語日報・周末周刊》時期之民俗書寫及其現象研究(1949~1954)〉，《成大中文學報》35期，2011年12月，頁155-182。

洪淑苓：〈論郭立誠的民俗研究及其對女性民俗的關注〉，國立成功大學中文系主編，《第12屆國際亞細亞民俗學會年會暨東亞端午文化國際學術研討會論文集》，臺北：樂學出版社，2013年，頁481-510。

洪淑苓：〈試論戰後遷臺學人對臺灣民俗之研究及其相關著作成果——以婁子匡、朱介凡爲例〉，《2011口傳文學會議論文選集》，臺北：中國口傳文學學會主編，2102年，頁249-270。

洪淑苓：〈同鄉會文獻中的庶民記憶與民俗書寫——以《山東文獻》雜誌爲例〉，第57屆全美中國研究學紙上的會年會宣讀論文，美國：休士頓，University of St. Thomas in Houston主辦，2015年10月9日-11日。

洪淑苓：〈民俗、記憶與認同——從《山東文獻》看外省族群的懷鄉意識與身分建構〉，《東華漢學》26期，2018年6月，頁163-210。

陳玉箴：〈從溝通記憶到文化記憶：1960-1980年代臺灣飲食文學中的北平懷鄉書寫〉，《臺灣文學學報》第二十五期，2014年12月，頁33-68。

表。今再次修訂，收入本論文集。謹以本文感謝、懷念楊老師。

徐燿坤：〈舌尖與筆尖的對話——臺灣當代飲食書寫研究(1949-2004)〉，彰化：彰化師大國文所碩士論文，2006年。

三、電子媒體

「中央日報全文影像資料庫」，網址http://140.112.113.22/cnnewsapp/servlet/Cnnews?textfield.1=%E5%AE%B6%E9%84%89%E5%91%B3&sortarray=DA&arraydir=&searchrows=10&goto.x=32&goto.y=14。

張茂桂主持，「臺灣外省人生命記憶與敘事」資料庫，網址http://twm.ios.sinica.edu.tw/index.html

唐代酒價的推測

胡 楚 生[*]

一、引言

本文之作，試圖推測唐代一般市售米酒的價格。

杜甫有「詩史」之稱，主要在於杜詩多寫時事，反映政治社會及民間狀況，可以補史證史之處甚多。此文先從杜甫言酒之詩入手，尋找當時酒價的基準點。

其次，此文借用當代學者全漢昇教授對於「唐代物價的變動」之研究，從七個物價變動時期的米價中，推測七個物價變動時期的酒價，所得的結果，雖然不能論斷唐代酒價的準確數字，但也可以推測出當時酒價變動的大略情況，可以作爲瞭解唐代史事的一項助力。

最後，則根據唐代一般官員的薪俸所得，用以衡量唐代酒價是高是低是貴是賤的狀況。

二、從杜甫詩中尋找酒價之基準點

杜甫是唐代的重要詩人，撰寫了數量龐大的詩篇，《舊唐書‧文苑傳》記載，杜甫有詩集六十卷，即以流傳至今的詩作而言，已經超過一千四百餘首。

本文之作，先依據通行較廣的楊倫《杜詩鏡銓》，搜尋杜甫涉及飲酒的詩篇，作爲推測唐代一般酒價的基準。

洪業先生等人在哈佛燕京學社所出版的《杜詩引得》，列出了杜詩中的「酒」字，一共出現了154次。而與本文關涉最重要的「酒價」，則出現了兩次，一次是在〈屛跡〉三首之第一首中，杜詩說：「衰顏甘屛跡，幽事供高臥，鳥下竹根行，龜開萍葉過。年荒酒價乏，日併園蔬課，獨酌甘泉歌，歌長擊樽破。」（見楊倫《杜詩鏡銓》卷九），此詩中只提到年荒世亂，缺乏購酒之錢鈔，但與本文所要討論的「酒價」，卻並無關係。另一次，則是出現在贈畢曜的一首詩中，楊倫《杜詩鏡銓》卷四〈偪側行贈畢曜〉云：

> 偪側何偪側，我居巷南子巷北。可恨憐里間，十日不一見顏色。自從官馬送還官，行路難行澀如棘。我貧無乘非無足，昔者相過今不得。實不是愛微軀，又非關足無力，徒步翻愁官長

---
[*] 中興大學教授中國文學系退休教授。

怒，此心炯炯君應識。曉來急雨春風顛，睡美不聞鐘鼓傳。東家寒驢許借我，泥滑不敢騎朝天。已令請急會通籍，男兒性命絕可憐。焉能終日心拳拳，憶君誦詩神懍然。辛夷始花亦已落，況我與子非壯年。街頭酒價常苦貴，方外酒徒稀醉眠。徑須相就飲一斗，恰有青銅錢三百。[1]

杜甫一生，大約可以分為三個時期，第一個時期，自一歲至四十四歲（唐睿宗太極元年至玄宗天寶十四年，當西元712年至755年），是大亂以前奔波時期。第二個時期，自四十五歲至四十八歲，（唐肅宗至德元年至乾元二年，當西元756年至760年），是離亂時期。第三個時期，自四十九歲至五十九歲，（唐肅宗上元元年至代宗大曆五年，當西元760年至770年），是寄居成都時期。杜甫〈偪側行贈畢曜〉一詩，作於唐肅宗乾元元年（西元758年），杜甫年四十七歲之時，杜甫時在長安，任左拾遺。畢曜為杜甫第二時期交遊之友人。[2]

偪側，意同逼窄，為生活艱辛，諸事不能如意，心情彆扭之貌，此詩言杜甫與友人畢曜，同在一地居住，相距不遠，但卻不能時時相見，由於自己送還官馬，出無車乘，依例有官職在身者又不得自行徒步外出，往訪友人，更增加心情的急迫，在憶及友人吟誦詩作之神情時，益發盼望友人能夠命駕來此相聚，何況時光飛逝，二人皆已俱非壯年，因此，決意藉酒消愁，命人往市上購酒，酒價雖貴，購得一斗，也可供二人相對一醉為快，這是詩中的大意，回到本文的重點，關鍵則在詩中提出了「酒價」的問題。

「徑須相就飲一斗，恰有三百青銅錢」，唐代前期政治安定，經濟發達，唐高祖李淵，開始以銅鑄造貨幣，稱為「開元通寶」，促進了唐代經濟的繁榮，這種錢幣，在歷史上也流行了久遠。只是，杜甫詩中所說的三百青銅錢購買一斗酒（十升為一斗），那種酒價，是否算是昂貴呢？是否就是當時一般的標準酒價呢？不免有人對此表示懷疑，王夫之《薑齋詩話》云：

「落人照大旗，馬鳴風蕭蕭」，豈以「蕭蕭馬鳴，悠悠斾旌」為出處邪？用意別，則悲愉之景原不相貸，出語時偶然湊合耳。必求出處，宋人之陋也。其尤酸迂不通者，既於詩求出處，抑即以詩為出處，考證事理。杜詩：「我欲相就沽斗酒，恰有三百青銅錢。」遂據以為唐時酒價。崔國輔詩：「與沽一斗酒，恰用十千錢。」就杜陵沽處販酒，向崔國輔賣，豈不三十倍息錢邪？求出處者，其可笑類如此。[3]

船山不讚成為詩歌尋找出處，更不贊成於詩求出處！甚至進而以詩為出處，以考證事理。因此，對於向杜詩斗酒三百錢的句中認定酒價，自然也是極不贊同的事情，他並舉出崔國輔的詩句，作為例證，用以反駁。《全唐詩》卷一百十九，收有崔國輔的五言古詩共37首，其中第二首〈雜詩〉云：「逢著平樂兒，論交鞍馬前，與酤一斗酒，恰用十千錢，後余在關內，作事多迍邅，何肯相救援，

---

[1] 楊倫：《杜詩鏡銓》卷四，（台北，華正書局，1981年）頁190。

[2] 參見費海璣〈杜甫的交遊〉，載費著《文學研究續集》（台灣商務印書館，1975年），及四川文史研究館所編輯之《杜甫年譜》，（台北，學海出版社影印，1978年）。

[3] 王夫人：《薑齋詩話》，（長沙，嶽麓書社《船山全書》本，1995年）頁835。

徒聞寶劍篇。」[4]崔國輔，吳郡人，開元中，應縣令舉，授許昌令，累遷集賢直學士，禮部員外郎，有詩一卷。崔詩言斗酒十千，十千為一萬，超過杜甫斗酒三百的十倍以上，故船山乃諷以可向杜甫沽酒處販酒，轉而可向崔國輔出售，牟取高利。

其實，在唐詩中，像崔國輔那樣「斗酒十千」的語句，並不少見，下面就舉出一些例子：

「金樽美酒斗十千，玉盤珍羞直萬錢」（李白〈行路難〉）

「共把十千沽一斗，相看七十欠三年」（白居易〈與夢得沽酒閒飲且約後期〉）

「十千提攜一斗，遠送瀟湘故人」（郎士元〈寄李袁州桑落酒〉）

「十千一斗猶賒飲，何況官供不著錢」（白居易〈自勸〉）

「若得奉君歡，十千求一斗」（陸龜蒙〈酒壚〉）

這些都是「斗酒萬錢」的例子。那麼，「斗酒十千」和「斗酒三百」，何者才是真實的酒價呢？這可以從文學與歷史兩個層面來看待。

先從文學的層面來看，「杜詩」或「唐詩」都是文學的作品，文學作品，常使用誇示的手法，去描寫事物，因此，不但「斗酒十千」是誇示的作品，「斗酒三百」也不見得就是真正的酒價。況且，「斗酒十千」的「十千」，也不是唐人始創，而是沿用前人的成語句典呢！曹植〈名都篇〉云：

我歸宴平樂，美酒斗十千。

古直《曹子建詩箋定本》卷三云：

《御覽》八百四十五引《典論》：「孝靈末，百司涸酒，酒千文一斗。」詩曰十千，極形其豪侈也。[5]

是則「斗酒十千」，不止是援用前人成語，而且，也如同李白的「白髮三千丈，緣愁似個長」（〈秋蒲歌〉）一樣，都只是詩人寫作時誇張的手法而已，不能誤認為是真實數量。

再從史實的層面來看，「斗酒十千」既然太過誇張，那麼，「斗酒三百」是否就是當時的酒價呢？清人汪中撰有〈釋三九〉一文，說道：

生人之措辭，凡一二之所不能盡者，則約之三以見其多，三之所不能盡者，則約之九以見其極多。此語言之虛數也。實數，可稽也，虛數，不可執也……推之十百千萬，固亦如此，故學古者通其語言則不膠其文字矣。[6]

劉師培《古書疑義舉例補》中有〈虛數不可實指之例〉一條，說道：

古籍以三字為形容眾多之詞，其數之最繁者，則擬以三百之數，以見其多，其數之尤繁者，則擬以三千之數，以見其尤多。[7]

4　《全唐詩》，（台北，明倫出版社，1971年）頁1199。

5　古直：《曹子建詩箋定本》卷三，頁68。見國立編譯館《層冰堂五種》，（1984年）。

6　汪中，〈釋三九〉，見《汪中集》卷二，（中央研究院中國文哲研究所，2000年）頁72。

7　劉師培：《古書疑義舉例補》，見《劉申叔先生遺書》第一冊，（台北，大新書局，1965年）頁504。

既然,「三百」與「十千」一樣,都只是虛數而不可以實指其物,難道本文之作,好不容易從唐詩中大海撈針似地撈出了兩個數目字,卻都不能實際指陳加以應用,難道本文的工作也便繼續不下去,到此為止嗎?

推測酒價,有數字總比沒有數字好些,因此,姑就唐人詩歌代表的李白杜甫二人,從他們二人性格及詩風的豪放與謹嚴作為衡量,我們仍然選擇了杜甫「斗酒三百」,作為推測唐代酒價的第一個基準數字,因為有了它的指標性作用,才能去繼續本文的撰寫工作。

三、從其他史籍中推測酒價及變遷

從其他的史籍中推測唐時酒價的情況,我們仍然可以從杜甫詩中入手,清人仇兆鰲《杜詩詳注》卷六於〈偪側行轉畢四曜〉一詩下注引趙次公云:

> 真宗問近臣,唐酒價幾何?眾莫能對。丁謂奏曰:「每斗三百文。」帝問何以知之,丁引此詩以對,帝大喜曰:「子美真可謂一代之史。」[8]

宋真宗向近臣詢問唐時的酒價,丁謂(晉公)據杜甫〈偪側行贈畢四曜〉詩,回答是每斗三百文(一文即一錢),引起真宗的欣喜與稱讚。仇兆鰲於《杜詩詳注》此詩又引黃鶴云:

> 按《唐‧食貨志》,唐初無酒禁,乾元二年,京師酒貴,肅宗以廩食方缺,乃禁京城酤酒。建中三年,置肆釀酒,斛收值三千。貞元二年,斗錢百五十。真宗問唐時酒價,丁晉公引此詩以對,丁蓋知詩而未知史也。[9]

杜甫言「斗酒三百」,是詩歌,是文學作品,〈食貨志〉是正史,所以,說丁謂「知詩而不知史」,自然是事實。只是,杜甫詩既稱是「詩史」,作為補史證史之用,自然可行,只看讀者是如何應用而已。至於黃鶴所引《唐‧食貨志》之言,確實是一條極有價值的指引,《新唐書‧食貨志》云:

> (肅宗)乾元元年(西元758年),京師酒貴,肅宗以廩食方缺,乃禁京城酤酒,期以熟麥如初,二年,饑復禁酤,非光祿祭祀燕蕃客不御酒。(代宗)廣德二年(西元765年,定天下酤戶,以月收稅。(德宗)建中元年(西元781年)罷之。三年,復禁民酤,以佐民費,置肆釀酒,斛收直三千,州縣總領醨薄,私釀者論其罪,尋以京師四方所湊,罷榷。(德宗)貞元二年(西元786年),復禁京城畿縣酒,天下置肆以酤者,斗錢百五十,免其傜役,獨淮南忠武宣武河東榷麴而已。(憲宗)元和六年(西元806年),罷京師酤肆,以榷酒錢,隨兩稅青苗斂之,(文宗)大和八年(西元834年),遂罷京師榷酤。[10]

8　仇兆鰲:《杜詩詳注》卷六,(台北,里仁書局,1980年)頁468。
9　仇兆鰲:《杜詩詳注》卷六,(台北,里仁書局,1980年)頁468。
10　歐陽脩:《新唐書》卷四十四〈食貨志〉,(台北,鼎文書局,1992年)頁1381。

《新唐書‧食貨志》這一段記載,將唐肅宗至唐文宗之間的這一時期,酒的私釀與官賣(榷者專賣之義)的變動情形,敘述得極爲詳細。

另外,《舊唐書‧食貨志》云:

> (德宗)建中三年(西元760年)初,榷酒,天下悉令官釀,斛收直三千,米雖賤,不得減二千,委州縣綜領酤薄,私釀,罪有差,以京師王者都,特免其榷。(憲宗)元和六年,(西元806年)六月,京兆府奏,榷錢除出正酒戶外,一切隨兩稅青苗,據貫均率。[11]

又《唐會要》卷八十八記載:

> (德宗)貞元二年(西元786年)十二月,度支奏請於京城及畿縣行榷酒之法,每斗榷酒錢百五十文,其酒戶與免雜差役,從之。[12]

《舊唐書‧食貨志》與《唐會要》的記載,也可以補充《新唐書‧食貨志》的記載。

關於唐代「酒價」的問題,前述三種史籍,敘說了兩個關鍵數字,一是德宗,建中三年(西元783年)的一斛售價三千(折合一斗,則是三百)。一是德宗貞元二年(西元786年)的一斗一百五十元。這兩個酒價的數字,都與杜甫〈偪側行贈畢曜〉詩中所說的「斗酒三百」,或相同,或相距不太遠。

在前文中,我們曾以杜甫所說的「斗酒三百」,作爲推測唐代酒價的第一個基準點,至此,我們也可以上述三種史籍中所說的「斗酒一百五十」,作爲推測唐代酒價的第二個基準點,在三百文與一百五十文之間,去推測唐代的酒價。

仇兆鰲《杜詩詳注》於杜詩〈偪側行贈畢曜〉引明人王嗣奭《杜臆》云:

> 北齋盧思道嘗云:「長安酒錢,斗價三百。」此詩酒價苦貴,乃實語,三百青錢,不過襲用成語耳。舊注不引盧說而引丁說,何也?又有引李白「金陵美酒斗十千」之句,疑李杜同時,酒價頓異,豈知李亦襲用曹子建詩成語也。酒有美惡,錢有貴賤,豈可為準。[13]

王嗣奭所謂的「酒有美惡,錢有貴賤」,極爲正確,唐代約三百年間,酒價因時因地,因其種類品質,而有不同的價格,這是極其自然情形。

全漢昇教授撰有〈唐代物價的變動〉[14]一文,分析了唐代約三百年的時間裡,物價有四個上漲的時期,有三個下落的時期。並且徵引了許多史料,說明在這七個時期之中,「米價」漲跌的情形。

---

[11]　劉煦:《舊唐書》卷四十九〈食貨志下〉,(台北,鼎文書局,1992年)頁2130。

[12]　王溥:《唐會要》,卷八十八,(台北,中文出版社,1978年)頁1607。

[13]　仇兆鰲:《杜詩詳注》卷六(台北,里仁書局,1980年)頁469。又參見曹樹銘:《杜臆增校》卷二(台北,藝文印書館,1971)頁102。

[14]　全漢昇:〈唐代物價的變動〉,見《中央研究院歷史語言研究所集刊》第十一本,(1943年)頁101至148。又收入全教授所著《中國經濟史研究》,(新亞研究所,1991年)。

1.唐初物價的上漲

唐代開國以後十年（約在西元618年至627年），因承接隋代幾次對外用兵之後，物價上漲，米價由每斗數百錢，漲到每斗三千錢，甚至每斗萬錢的駭人地步。

2.太宗高宗間物價的下滑

從太宗初年到高宗前期（約在西元629年至666年），政治修明，經濟蓬勃，農產豐碩，物價低廉下滑，米價每斗曾跌至五錢，三四錢，甚至兩錢的極低價格。

3.武周前後物價的上漲

從高宗後期到玄宗即位之前（約在西元667年至712年），由於錢幣貶值，水旱災不時發生，物價有上漲之勢，米價每斗漲至二百二十錢，三百錢，甚至四百錢的高價。

4.開元天寶間物價的下滑

玄宗開元天寶年間（約在西元713年至755年），政治昇平，經濟繁榮，物價低廉，是詩人歌頌讚美的時代，人民生活最為富裕，米價跌至每斗十三錢，二十錢的極低價格。

5.安史亂後物價的上漲

安史之亂（約在西元756年至785年），發生在天寶十四年，漁陽鼙鼓，指向洛陽長安，農工商業，遭到破壞，物價急速高漲，米價也隨之高漲，每斗漲至一千錢，一千五百錢，甚至高至每斗七千錢的價格。

6.兩稅法實行後物價的下落

從德宗貞元元年到宗宗，大中年間（約在西元756年至785年），由於德宗採用楊炎創立的兩稅法，規定人民向政府繳納夏秋兩稅，不用實物，改以錢幣繳納，不能再以穀米絹帛等實物繳納，錢幣因需要而價值增高，粟帛等實物，反因需要減少而價格降低，物價隨之下降，米價低至四十錢，二十錢，甚至有值二錢者。

7.唐末物價的上漲

唐代最後的四五十年（約在西元860年至907年），戰亂連年，災荒頻仍，物價又再度急升，米價漲至每斗二百錢，甚至每斗三十千的不可思議的價格。

全漢昇教授在〈唐代物價的變動〉一文之中，將唐代物價的變動情形，分為七個時期，說明物價上漲或下滑的情形，並且徵引許多史料，說明在這七個時期之中，「米價」漲跌的情形，米是人

們的主食，說明米價的變動情形，自然是重要的事情，但是，米也是「釀酒」的原料，酒價自然也會隨著米價的高低而有所變動，因此，我們也可以由「米價」的高低去推測「酒價」的情況。

　　杜甫生於唐睿宗先天元年，卒於唐代宗大曆五年（西元712年至770年），享年五十九歲。杜甫一生，大約可分為三個時期，第一個時期，自一歲至四十歲，是在亂世中奔波的時期。第二個時期，自四十五歲至四十八歲，是在長安一帶的離亂時期。第三個時期，自四十九歲至五十九歲，是寄居在成都的時期。（說已見前）

　　〈偪側行贈畢曜〉一詩，作於杜甫四十七歲（肅宗乾元元年，西元758年）之時，正值安史之亂嚴重的時候，（唐玄宗天寶十四年，西元755年，安祿山反叛，西元756年，肅宗即天子位，西元757年，安祿山死，西元759年，史思明死，西元762年，肅宗及玄宗崩）。因此，杜甫〈偪側行贈畢曜〉一詩，寫作前後的背景，正是安史之亂初起不久，政局混亂，極其嚴重，尚未平定之前的一段時間。也是全漢昇教授所分析的唐代物價變動所指的由第四個時期「開元天寶間物價的下滑」，轉變到第五個時期，「安史亂後物價的上漲」之間的轉變關鍵時期。在這關鍵時期，物價米價由極度低廉急轉為居高不下的情況，是極為嚴重的。杜甫詩中所說，「徑須相就飲一斗，恰有青銅錢三百」，酒價是一斗三百錢。米是酒的原料，酒是米釀的成品，但是，以米製酒，基本上要經過製麴、投料、發酵、濾酒和加熱等幾個步驟，除了以米作為原料之外，還要加上不少其他原料及製作過程，才能得到新釀成功的米酒。因此，如果說，酒價按照常情，應比米價高出三分之一到二分之一左右，應是可以接受的推測，那麼，杜甫當時所說的「斗酒三百」，折換原料米價，應是二百錢至一百五十錢之間，這與全漢昇教授所分析的唐代物價變動的第四至第五個時期，物價的變動情形，以及當時米價在兩個時期之間的變動情形，也大致可以符合，至少也並無太大的衝突。

　　米是釀酒的原料，酒是米所加工的釀成品，根據全漢昇教授所指出的唐代七個物價變動時期的米價，我們在此作一大膽的推測，以為一斗酒的價格至少需要一斗米的價格加上三分之一斗的米價，或者是加上二分之一斗的米價，才大略可能接近當時一斗酒的價格。根據這一推測，得出一項公式如下。

　　　　酒價（斗）＝米價（斗）＋（米價×1/3）or
　　　　　　　　　米價（斗）＋（米價×1/2）

以下，即以此一公式去推測唐代物價變動七個時期酒價的高低差別價格如下：（酒價皆以每斗計算，價格皆以每錢或每文計算，酒價計算以整數計算，不用小數點。）

1.唐初物價上漲時期之酒價

　　　　300＋（300×1/3）＝300＋100＝400（錢）　低價位
　　　　300＋（300×1/2）＝300＋150＝450（錢）　低價位
　　　　3000＋（3000×1/3）＝3000＋1000＝4000（錢）　高價位
　　　　3000＋（3000×1/2）＝3000＋1500＝4500（錢）　高價位

2.太宗初年到高宗前期之酒價

$3 + (3 \times 1/3) = 3 + 1 = 4$（錢）低價位

$3 + (3 \times 1/2) = 3 + 1.5 = 4.5$（錢）低價位

$5 + (5 \times 1/3) = 5 + 2 = 7$（錢）高價位

$5 + (5 \times 1/2) = 5 + 3 = 8$（錢）高價位

3.武周前後物價上漲時期之酒價

$220 + (220 \times 1/3) = 220 + 70 = 290$（錢）低價位

$220 + (220 \times 1/2) = 220 + 110 = 330$（錢）低價位

$400 + (400 \times 1/3) = 400 + 133 = 533$（錢）高價位

$400 + (400 \times 1/2) = 400 + 200 = 600$（錢）高價位

4.開元天寶間物價下滑時期之酒價

$13 + (13 \times 1/3) = 13 + 4 = 17$（錢）低價位

$13 + (13 \times 1/2) = 13 + 7 = 20$（錢）低價位

$20 + (20 \times 1/3) = 20 + 7 = 27$（錢）高價位

$20 + (20 \times 1/2) = 20 + 10 = 30$（錢）高價位

5.安史亂後物價上漲時期之酒價

$1000 + (1000 \times 1/3) = 1000 + 333 = 1333$（錢）低價位

$1000 + (1000 \times 1/2) = 1000 + 500 = 1500$（錢）低價位

$7000 + (7000 \times 1/3) = 7000 + 2333 = 9333$（錢）高價位

$7000 + (7000 \times 1/2) = 7000 + 3500 = 10500$（錢）高價位

6.兩稅法實行後物價下落時期之酒價

$20 + (20 \times 1/3) = 20 + 7 = 27$（錢）低價位

$20 + (20 \times 1/2) = 20 + 10 = 30$（錢）低價位

$40 + (40 \times 1/3) = 40 + 13 = 43$（錢）高價位

$40 + (40 \times 1/2) = 40 + 20 = 60$（錢）高價位

7.唐末物價上漲時期之酒價

$200 + (200 \times 1/3) = 200 + 70 = 270$（錢）低價位

200＋（200×1/2）＝200＋100＝300（錢）　低價位

3000＋（3000×1/3）＝3000＋1000＝4000（錢）　高價位

3000＋（3000×1/2）＝3000＋1500＝4500（錢）　高價位

以上依據全漢昇教授分析唐代物價變動七個時期的「米價」情況，推測七個時期的「酒價」情況，也許可以略供參考之用。

四、從士大夫的薪俸衡量唐代酒價的貴賤

酒價的漲落，影響到民眾購買的意願，而民眾收入的多寡，也關係到購酒的能力。以下，姑且就唐代一般士大夫階級的薪俸收入，枚舉例證，衡量一下唐代酒類價格的貴賤情況。

唐代的政治制度，據《唐書・職官志》及《新唐書・百官志》所載，分為中央與地方兩大類。

甲、在中央方面

有輔導之官，置太師、太傅、太保各一員，謂之三師，並正一品。又置太尉、司徒、司空各一員，謂之三公，並正一品。

有主政之官，置宰相一人，正一品。下設中書省、門下省，尚書省等政務三省。又設秘書省、殿中省、內侍省等侍從三省。

乙、在地方方面

有州、縣二級之制，另有府制，與州同為一級，府州縣，又各有上中下之分，官員品秩，也有分別。

唐代官員，自中央至地方，遂有九品之分。

宋王溥《唐會要》卷九十一〈內外官料錢上〉記載，玄宗開元二十四年（西元736年）六月二十三日勅：「百官料錢，宜合為一色，都以月俸為名，各據本官，隨月給付，其貯粟宜令入祿數同申，應合減折及申請時限，並依常式。」[15]在此節中，《唐會要》也錄出了九品官員不同的月俸。

以下，我們舉出了時代相近的幾位唐代詩人，由他們曾經擔任過的官爵，推尋他們當時的俸祿情況，作為士大夫薪俸的例子。

杜甫（西元712至770年）曾任中書省右拾遺（從八品上），工部員外郎（唐代尚書各司置員外郎一人，皆為正職，官爵次於郎中，屬從六品上）。

韓愈（西元768至824年）曾任國子博士（正五品上），吏部侍郎（正四品下）。

15　王溥：《唐會要》卷九十一〈內外官料錢上〉，（中文出版社，1978年）頁1654。

柳宗元（西元773至819年）曾任監察御史（正八品下），柳州刺史（正四品下）。

白居易（西元772至846年）曾任刑部侍郎（正四品下），杭州刺史（從三品）。

元稹（西元779至831年）曾任工部侍郎（正四品下），蘇州刺史（從三品）。

這幾位詩人，看他們的官爵，至少也應該是中等以上的職務，他們的薪俸，應該也標示著中產以上階層的收入狀況。

王溥《唐會要》卷九十一〈內外官料錢上〉記載：

四品，一十一千八百六十七文，月俸四千五百，食料七百，防閤六千六百文，雜用六百文。

五品，九千二百，月俸三千，食料六百，防閤五千，雜用五百文。

六品，五千三百，月俸二千三百，食料四百，庶僕二千二百，雜用四百文。

下面用阿拉伯數字將前述四品、五品、六品官員的薪俸表示出來：

四品　　11867＋4500＋700＋6600＋600＝26247（文）

五品　　9200＋3000＋600＋5000＋500＝18300（文）

六品　　5300＋2300＋400＋2200＋400＝10600（文）

另外，在九品官員的薪俸之中，最高一品官員的薪俸是62000（文），而最低九品官員的薪俸是4284（文）。一品官的薪俸是九品官員薪俸的14倍多。至於前述幾位詩人官員，他們平均的薪俸，以五品計算是18300（文），作為一個中數，上與一品官員的薪俸，相差約三倍，下與九品官員的薪俸，高出約四倍。（玄宗開元年間，是唐代的太平盛世，由這一士大夫的薪俸結構中，似乎可以窺見一斑）。

討論唐代的酒價，如果我們以上節所推測到的唐代酒價的數字，應在每斗三百錢與一百五十錢之間上下游動的話，那麼，以唐代一般士大夫（如前述幾位詩人）的薪俸而言，則酒價究竟是貴是賤，也大略可以顯現出端倪。

唐代各級官員的薪俸，隨著時代的轉變，也會有所變更，即使同一時代，中央政府官員與地方政府官員的薪俸，也有所差異，陳寅恪先生撰有〈元白詩中俸料錢的問題〉[16]一文，指出唐代「內外官吏同一時間，同一官職，而俸料亦因人因地而互異」，可資參考。

五、結　語

以米價折換酒價，自然也有不可避免的缺點，因為，大體而言，米只有一種，而酒卻不只一種，米酒之外，有各種各樣水果釀製而成的水果酒，同時，米雖然也有好壞之分，但上等米與中等米，彼此之間，價格的差別，並不太大，而酒有多種，上等酒與普通酒之間的價差，卻極為巨大。這裡只能專就一般市售民間經常飲用的米酒作出討論。由於唐代物價變動的七個時期，米價有明確

16　陳寅恪：〈元白詩中俸料錢問題〉，載《金明館叢書二編》（北京，三聯書局，2001年）頁65。

的文獻記載，但是，酒價卻沒有類似明確的文獻記載，因此，在不得已的情形下，以米價來折換成為一般民間經常飲用的米酒價格，仍然是一種可以嘗試的方法。

因此，杜甫詩中所說「斗酒三百錢」，應該是反映了安史亂前酒價漸漲時期的價格，而德宗貞元二年（西元786年）所計述的斗酒一百五十錢，則是德宗實施兩稅法以後較低的酒價。

此外，依據全漢昇教授分析唐代物價變動七個時期的米價，進行折換，則唐代物價變動高低不同的酒價，也大致可以推測得知，這些情形，都可以提供給研究唐代歷史者，做為參考之用。

引用書目

1. 傳統文獻

《舊唐書》，後晉劉煦，（台北，鼎文書局，1992年）。

《新唐書》，宋歐陽脩，（台北，鼎文書局，1992年）。

《唐會要》，宋王溥，（台北，中文出版社，1978年）。

《薑齋詩話》，明王夫之，（長沙，嶽麓書社，1995年）。

《杜詩詳注》，清仇兆鰲，（台北，里仁書局，1980年）。

《杜詩鏡銓》，清楊倫，（台北，華正書局，1981年）。

《汪中集》，清汪中，（中央研究院中國文學研究所，2000年）。

《全唐詩》，清曹寅等，（台北，明倫出版社，1971年）。

2. 近人論著

劉師培：《古書疑義舉例補》，載《劉申叔先生遺書》第一冊，（台北，大新書局，1965年）。

古直：《曹子建詩箋定本》，國立編譯館《層冰堂五種》（1984年）。

陳寅恪：〈元白詩中俸料錢問題〉，載《金明館叢書二編》（北京，三聯書局2001年）。

全漢昇：〈唐代物價的變動〉，載《中央研究院歷史語言研究所集刊》第十一本（1943年）。

費海璣：〈杜甫的交遊〉，載《文學研究續集》，（台灣商務印書館，1975年）。

"地域文學傳統的建構"成為一種文學敘寫方法

——以明清集序為研究範圍

徐雁平*

一、問題的提出與研究範圍的界定

地域與文學之間的關係，學界已有深入的探究，如吳承學提出"地域文體學"、"中國古代文學地域風格論"等論題，並從"江山之助"的視角切入，論析"自然界留在精神上的印記"、"地域文化與人格塑造和創作"、"風土感召與風格創造"諸問題；[1]蔣寅指出明清兩代地方性詩文集和詩話的不斷湧現，地域文學傳統日益浮現並不斷得到強化。[2]前一學者強調地域對文學的感召作用，後一學者著重文學對地域傳統的構建。依循兩位學者探究的路徑，關於地域與文學的關係，還可進一步追問：受起源甚早的古代文學地域風格論影響的"地域文學傳統的建構"，如果能左右地方文學風氣、成爲文學批評中重要的參照系，那麼它又是如何影響文學創作呢？以撰寫集序而言，序文中常牽涉地域文學傳統的建構，譬如，論及江西文學，往往提及歐陽修、黃庭堅；論湖湘文學，則上探屈原；論嶺南文學，時時聯繫張九齡；論松江雲間文學，則追溯二陸。這一建構行爲和思路，又是如何反過來成爲一種文學表現方法或者文章結構法呢？這一現象的文體學和文化學意義何在？似皆值得探究。[3]

---

* 南京大學文學院教授。

說明：本文使用「構件」這一核心概念，此概念受雷德侯（Lothar Ledderose）《萬物：中國藝術中的模件化和規模化生產》一書影響。該書譯者將module譯為「模件」，筆者以為此譯未能傳達module具有的內在生發性，故用「構件」。（[德]雷德侯著，張總等譯：《萬物：中國藝術中的模件化和規模化生產》，北京：三聯書店，2005年，第3頁。）在學術交流中，羅時進教授對「構件」一詞使用是否妥帖提出建設性意見；考慮到「地域文學傳統的建構」在集序中諸如敘事手段、結構方法多方面的功用，故目前還是用「構件」一詞。特別是在應酬性質較為明顯的集序中，用此概念更能顯現集序撰作時的情境。

[1] 吳承學：《中國古代文體學研究》，北京：人民出版社，2011年，第26頁，第198-215頁。

[2] 蔣寅：《清代詩學與地域文學傳統的建構》，《中國社會科學》2003年第5期，第166頁。

[3] 蔣寅在《清代詩學與地域文學傳統的建構》文中引用魏禧《陳介夫詩序》、杜濬《楚游詩序》、黃定文《國朝松江詩鈔序》時，已有論述地域文學傳統敘述手法的文字，然因其文章重點不在此，故未展開論述。見該文第

問題的發現，源於筆者閱讀新近出版的《沈德潛詩文集》，[4]見沈德潛所撰集序中，有7篇序文包涵地域文學傳統的追溯；再檢《錢牧齋全集》，[5]性質類似的集序有16篇之多。結合其他文集的翻檢所得，似可初步斷定，地域文學傳統的追溯，至少在明清兩代是一種較爲常見的文學表現手法或文章結構方法。此一方法大約在何時形成，則要落實到地域文學觀念的生發。"就文學來說，直到唐代，地域觀念還很淡薄，文學很少被從地域觀念下談論"，"文學創作中的地域差異，實際上到宋代才開始凸顯出來"，以地域性爲主要特徵的文學時代則在明初開國時出現。[6]這些論說，頗具啓發意義，然或多或少是觀念層面上的推衍，還須結合具體文學創作中對地域文學傳統關注的情形。集序（含別集序與總集序）是書序中的一部分，相較書序中其他種類的序文而言，集序文學色彩較濃厚，數量較豐富，適合作爲研究的物件。以此爲研究範圍，筆者逐一查檢《宋集序跋彙編》（5冊）、《宋人總集敘錄》、《全元文》（60冊）、《國立中央圖書館善本序跋集錄》中明清集部，[7]以及52種明清人文集和地方誌中的"藝文"部分，可初步斷定：在集序的範圍內，將地域文學傳統的追溯與建構有意識地作爲一種文學表現手法或文章結構方法，在宋代已見端倪，元代稍有滋長，至明清方興盛。

地域文學觀念、地域文學傳統的建構何時興起，可能有不同的論說，這不是本文討論的重點所在；本文試圖探究的是，一種觀念與風氣興起後，如何被轉化爲一種較爲普遍的文學敘寫方法，及其作爲一種敘寫方法的意義所在。程千帆先生曾指出，研究古代文學理論，不能只從理論到理論，"也應考慮從古代作品中去發現那些尚未發現的理論"。[8]從宋元以來特別是明清的集序的撰寫實踐中，梳理總結一種新的文學敘寫方法的形成與發展，似可視爲對程先生宣導的研究方法的一種嘗試。

二、地域文學傳統敘寫方法的歷史呈現

在集序（尤其是在別集之序）中敘寫地方文學傳統，其眞正的目的不在於建構一地的文學傳統；以文體的功用而言，梳理建構文學傳統，最終是爲了傳達對總集、別集的介紹與揄揚之意。集序的撰寫，不僅是文學修辭行爲，還牽涉社會交往行爲。集序中地域文學傳統敘說的標準樣式大致

174頁。

4 沈德潛著，潘務正、李言編輯點校：《沈德潛詩文集》，北京：人民文學出版社，2011年。

5 錢謙益著，錢曾箋注，錢仲聯標校：《錢牧齋全集》，上海：上海古籍出版社，2003年。

6 蔣寅《清代詩學與地域文學傳統的建構》，第167頁。這些判斷融合龔鵬程、祝尚書、王學泰諸學者的成果。

7 祝尚書：《宋集序跋匯編》，北京：中華書局，2010年；祝尚書：《宋人總集敘錄》，北京：中華書局，2004年；李修生主編：《全元文》，南京：鳳凰出版社，2004年；國立中央圖書館編《國立中央圖書館善本序跋集錄》，台北：中央圖書館，1994年。

8 程千帆：《從小說本身抽象出理論來：在中國古代小說理論討論會上的發言》，原載《武漢師範學院》1984年第5期，現收入鞏本棟編《程千帆沈祖棻學記》，貴陽：貴州人民出版社，1997年，第58-59頁。

如下：

> 宣人之為詩，蓋祖梅聖俞。聖俞以詩鳴慶曆、嘉祐間，歐、范、尹、蘇諸鉅公皆推尊之。後
> 百餘年，又得竹坡先生（周紫芝）繼其聲，而周與梅在宣為著姓，且親舊家也。（陳天麟
> 《太倉稊米集序》）[9]

> 吳自古尚文，至於今盛矣，是故有禮讓之風焉，晉陸氏以兄弟，宋范氏以父子，皆彬彬然華
> 國而名世。國朝賢哲嗣出，騷雅並鳴，每以文甲天下，天下亦首稱之，石湖盧氏兄弟，予所
> 親見者也。蔚然若虎鳳，燁然若山斗，天下大夫士樂交之，吳之文每稱盧氏焉。（胡纘宗
> 《古園集序》）[10]

前後兩序分別出自宋人與明人之手，雖強調程度不同，但表述手法近似，這一手法似乎是在"數家珍"，在對傳統作儀式性的回顧與致敬之後，開始著墨於別集、總集及其作者的表彰。自宋至明清，建構文學傳統的敘寫方法雖無大變化，但亦自有其生長昌盛的過程，以下列出部分統計資料：

1.《宋集序跋彙編》（5冊）共收宋集484種（不含詞集、總集），其中包涵地域文學傳統的宋人序有10篇，還有同類性質的元人序4篇，明人序17篇，清人序17篇；《宋人總集敘錄》收錄總集85種，其中包涵地域文學傳統的宋人序有4篇。總計包涵地域文學傳統的宋人集序有14篇；

2.《全元文》（60冊）所收上述性質的集序有43篇；

3.《國立中央圖書館善本序跋集錄》收錄明集2121種，所收上述性質的明人集序50篇，清人序5篇。

上列包涵地域文學傳統內容的集序，因有完備的專題彙編《宋集序跋彙編》、《宋人總集敘錄》以及大全性質的《全元文》為依據，統計資料基本穩定；而明清則難窺全貌，僅以《宋集序跋彙編》中所錄明清人撰重刻宋集序的篇數而言，即可稍知以地域文學傳統作為敘寫方法的使用範圍。以《國立中央圖書館善本序跋集錄》中明清集序為基礎，筆者再檢50餘種明清別集總集及方志所收序文，共得符合要求的集序210篇，其中明人撰寫的有77篇，清人撰寫的有131篇，年代不能判斷者2篇。以此並不全面的統計，以及前文所述明清之際錢謙益與清中期沈德潛撰寫的相關集序數目來推斷，在宋代已經形成面目的地域文學傳統敘寫方法，經過元代的發展，至明清已經得到文人較為普遍的認可。之所以稱較為普遍，是因為上述210篇集序中，撰序者與別集作者、總集編者為同鄉者有94人，非同鄉者99人，不能判明者7人。同鄉撰序者與非同鄉撰序者數量無明顯差距，說明撰序者構思撰寫並非全部是出自表揚鄉賢的用意，也多有出自"因地制宜"而採用一種更為得心應手的敘寫方法的考慮。

"文變染乎世情"（《文心雕龍‧時序》），集序中地域文學傳統敘寫方法的出現與被認可，應聯繫宋代以來地方意識的興起加以考察。郝若貝（Robert Hartwell）和韓明士（Robert P.

---

9 祝尚書《宋集序跋匯編》，第1081頁。

10 國立中央圖書館編：《國立中央圖書館善本序跋集錄》集部第3冊，第161頁。

Hymes）等學者的"地方史"研究成果顯示：

> 由北宋到南宋有一"地方化"（localized）的轉變，成為近二十餘年來宋史領域中影響頗著的"變革"理論。儘管學者對於是否真有一"地方化"的現象，或此一"地方化"的實際歷史意義尚有爭議，大體上仍承認南宋有一愈來愈龐大的地方士人群體（精英階層），以及愈來愈大量與地方相關的記載。[11]

包弼德（Peter K. Bol）同意郝若貝與韓明士關於南宋與北宋之間"地方轉向"的描述，但他檢視地方士人對地方現象諸多類型的"地方性書寫活動"時，提出"士人社群"概念，並以地方與國家這組視角置換郝、韓二人的社會與國家二元對立視角。[12]總之，"地方性轉向"以及地方性書寫、地方士人社群的大量出現，皆可視為一時代之風氣，它或多或少滲透到文學創作層面。

　　巧合的是，《宋集序跋彙編》收錄的10篇包涵地域文學傳統的集序撰寫時間皆在南宋，《宋人總集敘錄》4篇集序有3篇是在南宋撰寫，據此並結合郝、韓、包三學者的論斷，對地方文學傳統敘寫方法形成的時間，可進一步地限定在南宋。這一歷史脈絡較為清晰的文學現象，可作為一個樣本予以分析，從中可見一種文化意識如何被創造性地轉化為一種文學敘寫方法。西方的文體分析研究試圖將獨特文體的特徵"與作者感知世界和組織其經歷的獨特方式相聯繫"，"或與某一歷史時期特有的觀念框架及對現實的態度相聯繫。"[13]依此思路，可探明南宋日漸興起的地域意識如何滲透到集序的寫作當中，並形成了這一文體的"地方色彩"（local color）。[14]南宋這類集序數量有限，或許是因為這種新型的敘寫方法正處於滋長期，在取法先秦兩漢以及唐代名家的古文創作潮流裡，新型的敘寫方法的展現空間十分有限。這一點尚可略作延伸論說，在注重典範與法度的桐城文家中，特別是桐城三大家方、劉、姚，以及中後期的梅曾亮、曾國藩等人的文集中，此類集序極少，[15]或許是地域文學傳統這一新起的敘寫方法不在先秦兩漢以至唐宋（北宋）的古文系統裡，故幾乎未入桐城古文家的法眼。

　　元代士人的"地方意識"得到延續發展，陳雯怡以元代婺州路為中心，討論地方傳統建構的文化模式及其作用，[16]所關注物件雖為個案，但對探討"地方意識"而言，具有普遍意義。與此相呼應，地域文學傳統敘寫方法至元代得到文家有意識地運用，上文所述《全元文》所收43篇集序中，戴表元有4篇，吳澄有5篇，虞集有4篇，黃溍有3篇。同一撰序者重複使用同一敘寫方法，正是這一

---

[11] 陳雯怡：《「吾婺文獻之懿」：元代一個鄉里傳統的建構及其意義》，《新史學》第20卷第2期（2009年6月），第46-47頁。此一引文包涵韓明士、柳立言、Beverley Bossler、包偉民、John W. Chaffee、包弼德等學者的論點。

[12] 李卓穎：《地方性與跨地方性：從「子游傳統」之論述與實踐看蘇州在地方文化與理學之競合》，《中央研究院歷史語言研究所集刊》，第82本第2分（2011年6月），第326頁。

[13] 〔美〕M.H.艾布拉姆斯著，吳松江等譯：《文學術語詞典》，北京：北京大學出版社，2009年，第613頁。

[14] 「地方色彩」有其特定涵意，此處只是借用。相關解釋見《文學術語詞典》，第291-292頁。

[15] 師法姚鼐的秦瀛例外，在其《小峴山人文集》中，此類集序有8篇。

[16] 陳雯怡：《「吾婺文獻之懿」：元代一個鄉里傳統的建構及其意義》，第43-113頁。

手法漸入人心的表現。自宋元以來，特別是明清時期，方志的編纂成為一地具有連續性的重要文化事業，使得一地的知識與圖景得以百科全書式呈現。同時，方志在"藝文"部分的編選策略也偏向採錄具有弘揚地方傳統的文章，故包涵地域文學傳統的集序時時入選。郡邑性總集和家集的編纂，郡邑性詩話和詞話的撰寫，無疑強化了地方文學傳統意識，故明清兩代採用地域文學傳統敘寫方法的集序，數量大幅度提升；同時在運用的靈活性方面，也更上層樓。

三、作為集序"構件"的地域文學傳統

在集序中針對具體的總集別集梳理建構地域文學傳統，大致能形成一個資訊集中的文字單元，因其在明清集序中屢屢出現，且有相對固定的敘述程式，在此將其名之為集序整體文章結構中的"構件"。集序中的"構件"並非邊界分明、性質固定不變的單元，在文章的整體結構中，這一構件很可能與其他文字或其他構件相互感應，因為這種關聯，使得地域文學傳統構件內具有程式化的文字顯現出某種流動性。

欲探討地域文學傳統構件如何在集序中發揮其功用，須考察這類構件在集序中的分佈位置。仍以前文所列文獻作為考察範圍。在此將集序按照開題、展開、收結的結構大致將集序分為前、中、後三個部分，以下可統計出地域文學傳統構件在前、中、後三部分的分佈情況，其中"前後"表示利用地域文學傳統的梳理，在集序中設計出前、後照應的結構：

1.《宋集序跋彙編》、《宋人總集敘錄》14篇集序：前6，中4，後1，前中1，前後2；

2.《全元文》43篇集序：前37，中1，後1，前後4；

3.包括《國立中央圖書館善本序跋集錄》在內的52種文獻共得210篇集序：前108，中26，後22，前後47，前中4，中後3。

地域文學傳統構件在集序位置的不固定，顯示出它們不是突兀的單元，具有很強的組合性，能較協調地融入整體之中；變動不居，可使集序呈現出較多的面目，而避免千篇一律。以《全元文》所列43篇與明清所列210篇相比，明清集序中的地域文學傳統構件更為活躍，尤其是運用在集序的中、後兩部分，以及利用該構件設計前中、中後、前後的呼應。這或許可表明撰序者對構件性質與功用瞭解更為深入，故使用時能隨文自如運遣。

上列宋、元、明、清集序中，地域文學傳統構件出現在前面的例證最多，眾人如此趨之，說明在一定的場合或氛圍裡，"知人論世"是最簡捷的切入方法，如此展開鋪設，接續的論說就有舞臺。此種安排，在地域這一節點上，隱約與得"江山之助"的地域風格論相關。[17] 山水清淑，蔚為人文，地域文學傳統構件似可視為"得江山之助"敘說的發展。有時在行文中這兩個部分往往聯繫在一起，如蔡汝南撰《水南集序》起首云："苕溪之源發自天目，德清其上游也。山川聳秀，瑰瑋

17　吳承學：《中國古代文體學研究》，第198-215頁。

卓犖，行瀠窪匯，裒翠而爲屛障，融結而爲人才，越自南宋，沈麟士講學吳羌，繼之以休文之博洽、吳潛之經義，由此其選也。緣是人文輩出，代有述作，蓋嵩高降神，或此其理歟！"敍述由山水轉向人文，由人文傳統的鋪墊，再托出重心所在"邑治之東有水南先生焉。"[18]整體而言，以地域文學傳統的梳理開篇，是一種慣常的順水推舟手法。

地域文學傳統構件出現在集序的中間部分，可以較爲充分地顯示其在"結構"方面的作用。就此構件與其他文字的關聯程度而言，偶有"脫節"之感，如張士佩作《訂刻太史升庵文集序》，在述說《升庵文集》的內容及編輯之必要後，過渡語段是："蓋余讀遷史儒林傳，而知齊魯之嫺於文學，聖人之遺化也。蜀自文翁之教行，人士彬彬以學顯於當世，比齊魯雲。"兩層過渡之後，再述司馬相如以後的蜀中文學傳統，遂轉入"爰至我朝，復得之升庵先生。"[19]如此轉換，留下痕跡。而大多數文家撰作，皆有意安排，有出於常見思路者，如毛奇齡撰《金華文略序》，先說"文"與"獻"，接續"金華自顏烏許孜以後，多忠孝節烈之士，而各有文章"云云，[20]思路是先大後小，撰序者常利用處於中間位置的構件，發揮作用。錢謙益撰《鄭閑孟時文序》開篇論鄭閑孟"文有本"，轉述"熙甫之門弟子在嘉定者，獨能郵傳其師說"。順此勢，將鄭氏納入歸有光古文傳承譜系之中，"是故嘉定之士，講貫服習，最爲近古。而閑孟游於諸君子，才氣壯健，遠騁高視，不顧流俗。"[21]錢氏此舉，如同構築高臺，後繼文字，皆以震川文之命運爲背景參照論述鄭氏時文。

處於集序中間位置的地域文學傳統構件，在上下文之間，有鉤連、轉虛爲實、活筋脈之功用，其用近似樞紐。王褘撰宋濂《潛溪先生集序》，其中心題旨就在於闡發"文章所以載乎學術者也"，此意在序文開篇處即點明，而在集序後面，又作呼應："苟即文以觀其學術，則知其足以繼鄉邦之諸賢而自立於不朽者遠矣"，觀此前後呼應設計，其中還有"鄉邦諸賢"作爲承接。王褘敍述地方文學傳統時，用筆舒徐，"然而古今文章作者衆矣，未易悉數也。姑自吾婺而論文，宋南渡後，東萊呂氏紹濂洛之統，以斯道自任，"往下筆墨，皆爲說明宋濂學術淵源厚、培植深，再以"其所推述無非以明夫理，而未嘗爲無補之空言，"[22]引接下文，從而使集序形成一個脈絡分明的整體。若無中間構件，則此文直上直下，全說學理，構件在中間的轉承，有調節文章景觀，造成虛實結合之妙。歸莊撰《嚴祺先文集序》的結構與王褘序近似，前文以朱熹批評韓愈詩文不能免俗入手，後文回應以"雖然，使韓子而居今之世，其立言之旨，當亦如嚴子之迂，必不至有上宰相之書，城南之詩，取譏於大儒矣。"然強調立言之旨以及嚴祺先文矯然拔俗之用意，則依靠地域文學傳統的敍述來完成："無錫自顧端文、高忠憲兩先生講道東林，遠紹絕學，流風未遠。嚴子生於其

---

[18] 《國立中央圖書館善本序跋集錄‧集部》第3冊，第39頁。
[19] 《國立中央圖書館善本序跋集錄‧集部》第3冊，第144頁。
[20] 王崇炳編：《金華文略》卷首，《四庫全書存目叢書》集部第395冊，第629頁。
[21] 錢謙益：《錢牧齋全集》第8冊，《牧齋雜著》，第639頁。
[22] 《國立中央圖書館善本序跋集錄‧集部》第2冊，第220頁。

鄉，誦遺書，沐餘教，……。"[23]地域文學傳統構件的運用，為歸莊撰序創造另一立說的角度，即可從何為立言之旨以及與俗相對的"迂"這一路徑展開；同時，構件調整了序文的節奏，添加寬大之氣，而免峻急局促之弊。

地域文學傳統構件出現在集序的收結部分，是在作"更上一層樓"式的推揚，同時也在釀造一種言有盡而意無窮的餘韻。徐獻忠撰《儼山外集序》述淞濱（上海）文學傳統，稱陸琛"出自華宗，源長有委"，乃陸機陸雲千數百年後一人，"豈非希世之俊民，珪璋之偉大事業望者耶？"[24]歸有光《五嶽人前集序》最後一節列述"荊楚自昔多文人"之後，即接表彰之語："玉叔生於楚，其才豈異於古耶？"[25]此類收結，往往用問句展現撰序者的期望，有意突破文字或結構上的邊界。錢謙益《熊雪堂恥廬近集序》在敘說"江右之文"範圍內宋、元、明諸大家之後，有："西江之後學，其將有焰焰然興起者乎？"[26]沈德潛為王鳴盛作《王西莊四書文序》首論古文與時文之關係，次及王鳴盛根據六經經營四書文，而收結處以地域文學傳統作遠望式的拓展："嘉定故多君子人，以明代言之，前有歸震川、季思，後有黃陶庵，皆純儒也。西莊生於其地，文品既高，而更能抗心希古，日進於純，安見不足接踵前賢耶？"[27]

地域文學傳統構件在集序不同位置的出現，正可看出它不是一個封閉的物理單元，而且自具生發力，這種力量來自撰序者的創造。創造力促使構件在具體語境中略作變形，從而使集序在結構方面有局部的形似，但在神韻上卻各有分別。同時，地域文學傳統的敘說既然被視為構件，必定會被多次利用。俞樾的《春在堂雜文四編》中所錄《鄔黃芝諸暨詩存序》和《翁稚鷗平望詩拾序》兩序，因皆述諸暨地方文學傳統，且皆為郡邑詩總集序，故皆有以王冕為中心的地域文學傳統構件，表述較接近。[28]構件在同一撰序者手中重複使用，應與其面對的別集或總集性質相近有關。李兆洛為朱映霞及其族人朱畫亭詩集撰序，因二人皆為江陰人，故在敘述地域文學傳統中，內容相似：

> 宋以來以詩鳴者時有之，而如王梧溪之真實，黃大愚之哀烈，梅正平之雄橫，要未免有失之於獷者焉。惟葛氏祖孫服習風雅……，元則許北郭之清遠，明則張藻仲之純和，卞蘭塘之倜儻，蓋亦指不多屈焉。（《朱映霞詩敘》）
>
> 大抵宋以前無傳人，宋則有葛勝仲常之父子，元有陸子方、許北郭、孫大雅、王梧溪，明有張溝南藻仲父子、薛堯卿、夏冰蓮、卞華伯，鼎革時有黃介子、梅正平。……梧溪疏而莊，藻仲雄而麗，……他如北郭之清迴，華伯之流美，介子之浩蕩，正平之奇拔，……亦各其詩人之美矣。（《朱畫亭詩集敘》）[29]

23　歸莊撰：《歸莊集》，上海：上海古籍出版社，2010年，第216頁。

24　《國立中央圖書館善本序跋集錄‧集部》第3冊，第75頁。

25　歸有光撰，周本淳點校：《震川先生集》，上海：上海古籍出版社，2007年第2版，第27頁。

26　《牧齋雜著》，第683頁。

27　《沈德潛詩文集》，第1580頁。

28　俞樾：《春在堂雜文四編》卷五，《續修四庫全書》本，第442頁，第443頁。

29　李兆洛：《養一齋文集》，卷四，《續修四庫全書》本，第55頁，第57頁。

稍加比較，兩段關於地域文學傳統的文字可視爲同一構件在不同語境中的變形。構件提供了撰序的便利，但李兆洛並不是生硬的挪移。地域文學傳統構件在同一撰序者手中重複使用，也可看出有應酬性質的集序，很有可能是在"迫不得已"的情形中完成。

四、構件的成型作用及其自我微調

前文列出52種文獻中的210篇集序，指出其中47篇利用地域文學傳統構件建立前後（或前中後）的呼應關係，另有7篇有前、中或中、後部分的聯繫。由此可見地域文學傳統在集序局部發揮功用之外，還影響到集序的整體結構以及結構內各組成部分的聯繫。"所謂一部作品的形式，指的是決定一部作品組織和構成的原則"，[30]這種形式原則亦即成型原則（shaping principle），"將作品的'結構'——即順序、重點和對組成作品的題材和各部分的藝術處理——加以控制和綜合，使之成爲'一個明確的美麗而又有感染力的整體。'"[31]地域文學傳統構件在上述47篇序中，其作用雖不敢斷定可上升爲"原則"，但稱其有成型作用則可以肯定。下列四篇集序的結構：

> 王慎中《唐荊川先生文集序》：（前）"吳之有文學舊矣"，遂述季箚、言偃，"吾於二人，……尚而友之，……於今所見而及與之爲友，又得一人焉，毗陵唐應德也。"（中）"有吳公子輕千乘之國之節"，"其文之以禮樂得言氏之傳"；（後）"上下二千有餘歲之間，吾謂吳有文學三人焉，……唐君獨起於千載之後，追二人者而與之並，豈不爲尤難哉！"[32]
>
> 錢謙益《金爾宗詒翼堂詩草序》：（前）"嘉定有懷文抱質，溫恭大雅之君子，曰金先生子魚。其子曰德開，字爾宗"；（中）"嘉定爲吳下邑，……其地多老師宿儒，出於歸太僕之門，傳習其緒論"；（後）"夫以嘉定之多君子，讀書修行，涵養蘊畜，百有餘年，風流弘長，餘分閏氣，演迤旁薄，猶溽發爲爾宗父子。"[33]
>
> 沈德潛《王直夫詩序》：（前）"前明閩中詩派，國初開於林子羽鴻。……論閩中詩者，不能無待於繼起之人也"；（中）"王子直夫以詩鳴於漳浦之間"；（後）"直夫將歸閩中，作序遺之，見子羽、善夫諸人而後，別有詩之一途。"[34]
>
> 計東《西松館詩集序》：（前）"詩宗三百篇，而三百篇之詩，莫盛於秦。何也？《豳風》、二南正變、大小雅、《周頌》作者，不越邠岐酆鎬之間，皆秦地也。"（中）"今昭代詩人林立，而秦中爲盛；秦中之詩，又以稚恭張先生爲尤盛"；（後）"倘得邕先生之

---

30 〔美〕M.H.艾布拉姆斯：《文學術語詞典》，第203頁。
31 〔美〕M.H.艾布拉姆斯：《文學術語詞典》，第205頁。
32 《國立中央圖書館善本序跋集錄·集部》第3冊，第307-308頁。
33 錢謙益：《牧齋有學集》，見《錢牧齋全集》第5冊，第774-775頁。
34 《沈德潛詩文集》，第1522-1523頁。

功,以釐正天下之心聲,將幾於《豳風》、二南、正雅也不難矣。"[35]

上列四序,以摘要性文字粗略呈現出集序結構。地域文學傳統的敘說,分散佈置。除錢謙益將地域文學傳統構件的重心安置於中間位置,其他三篇皆在集序起首處。雖重心位置略有不同,但在序文中皆可見重心的"輻射"。此即表明撰序者在集序中建構地域文學傳統時,亦留心這一構件與其他文字的鉤連,或設計出一些較為明顯的附件或線索。稱其"較為明顯",主要是撰序者還是在"地方色彩"上雕琢,如序中的"吳"與季劄、言偃,錢序中的"嘉定"與歸有光;沈序中的"閩"與林子羽;計序中的"秦"與《豳風》、二南,敘述文字雖有詳略之分,但附件性文字皆可視為作為重心構件的回應。當地域文學傳統構件在運思中形成時,也就大致影響其他部分文字的走向,特別是當其成為重心時,其統合控制力量愈強,以致在集序中能看出其影響的脈絡;作為表徵,集序的"地方色彩"也就愈明顯。

撰序者利用地方文學傳統構件影響或內在規定集序的主線(近似旋律)時,還會利用其自身特質,創造出抑揚起伏(近似節奏)。上文所引沈德潛《王直夫詩序》,沈氏在述明初詩派之後,對閩中詩人如曹學佺、徐熥、鄭善夫有批評之意,如稱鄭氏"學杜而只得其皮毛";如此抑低,其意圖是為在集序的中間強調王直夫之詩"不背前人,不摹古人。"[36]田汝成為顧起倫《澤秀集》撰序,從吳下人秀而多文、得江山之助入手,述高季迪、徐昌穀、王履吉諸家之詩,"然綺靡者或失之浮華,雄偉者或傷於直致,……於是少年崛起,乃有顧子玄言甫者出焉。"結尾處曰"俾季迪、昌穀以下諸家復起,必馳騖而甘心焉,今之應地靈而以文名世者,不在茲乎!"[37]這兩篇集序有先揚後抑再揚的起伏波動,在曲折中傳達出撰序者的意圖。

在集序中梳理建構地域文學傳統,表現在文字和語氣上,會出現油然而生的自豪感或緊迫的焦慮感。自豪感往往經由"吾鄉""吾邑"之類的地域文學傳統敘說語句引發,此類敘說在地域分佈上不均衡,如宋代的14篇集序中,寫江西文學傳統的有4篇,寫浙江的有4篇,寫福建的有3篇;《全元文》43篇集序中,寫浙江的有19篇,寫江西的有14篇;《國立中央圖書館善本序跋集錄》所錄50篇包涵地域文學傳統的明代集序中,寫江蘇的有13篇,寫浙江的有11篇,寫江西的有8篇,寫福建的有5篇。包涵地域文學傳統敘述的集序在地域分佈上的不均,意味其他文學欠發達區域的地域文學傳統在梳理建構時,文字中常有焦慮之意,同時也多運用與發達地區對比的撰寫手法;在地域分佈不均之外,在時間方面,集序中還有因地域文學由盛轉衰而造成的緊迫感。

以地域而言,福建、廣東、貴州在地域文學傳統建構方面,往往不如浙江自豪,徐熥序《晉安風雅》云:"閩中僻在海濱,周秦始入職方,風雅之道,唐代始聞,然詩人不少概見。趙宋尊崇儒術,理學風隆,吾鄉多談性命,稍溺比興之旨。元季毋論已。明興二百餘年,八體四聲,物色昭

---

[35] 計東:《改亭文集》卷二,《續修四庫全書》本,第105頁。

[36] 《沈德潛詩文集》,第1522頁。

[37] 《國立中央圖書館善本序跋集錄・集部》第4冊,第104-105頁。

代，鬱鬱彬彬，猗歟盛矣！"[38]鄭珍撰《息影山房詩鈔序》云："吾播古號山州，自唐以來，文章道德之士代不乏人，獨無以詩賦名家、與中州人士會盟角逐者。我乾嘉之際，海內晏然，士大夫爭以文章風雅相炫響，絃歌之澤涵濡漫衍，度越古今。"[39]昔盛今衰，在清代的江西與福建文學傳統敘述中可見，魏禧《鄭禮部集序》云："吾江右古以文章名天下，自前輩衰謝，……數十年間，文章之衰甚矣。"[40]杭世駿《鄭荔鄉蔗尾集序》云："百年以來，閩疆詩學日微。"[41]用謙抑筆調寫的地域文學傳統，與前文所述先抑後揚的手法近似，但創造出的效果卻有差異。謙抑的定位，是因爲敘述地理位置邊緣、人文開化較晚、文學傳統衰落等緣故，遂使文字浸染一種滄桑變化中的使命感。

就具體地域而言，要建立較爲連續完整，或者脈絡清晰的文學傳統，並非易事。一地文學的發展，會因各種原因產生空白或斷裂，[42]後人的梳理就不能接續；還會因爲文學發展的豐富與複雜，無法容納於單一的同質性敘述。撰序者在面對地域文學史上的空白與斷裂，往往用一種時間敘述法一筆帶過，如張應泰撰《荷華山房摘稿敍》云："西江之勝，在匡廬一山，……泄越而爲文章，晉栗里得之，以詩先諸子鳴，……千載而下，抑何寥寥也。泊於趙宋，乃有分寧，……自分寧以來，四百有餘歲，其間隨時振響。"[43]又如何白撰《北遊集敍》云："昆陽當宋季，則有太學林德陽先生，以詩倡東南。……越三百餘年，則吾友元輝呂君接武而興。"[44]其後多少年而有某事，即《史記》中所慣用的"搭天橋筆法"，錢鍾書評曰："皆事隔百十載，而捉置一處者也。"[45]這一筆法，很可能給人造成一種錯覺，以爲時間短語連接的兩件事、兩個人物之間有較爲直接、或有源流性質的聯繫。"搭天橋筆法"在地域文學傳統建構中經常被運用，正可看出這個構件的內部鬆動，同時，它所承載的傳統是"被發明的"，"它們與過去的這種連續性大多是人爲的。"[46]撰序者在集序中建構地域文學傳統，是要給別集的作者或總集的編者塑造一種歸屬感，同時使其敘說因爲一種考鏡源流的深度而具備一切實的歷史感。所謂文體（style），"指的是散文或韻文中語言的表達方式——說話者或作者如何說話，不論他們說的是什麼。"[47]就此界定而言，地域文學傳統構件爲撰序者提供了一種較爲特別的表達方式。地域文學傳統構件之所以能發揮作用，在於它再造了一種

---

38 徐熥輯：《晉安風雅》卷首，《四庫全書存目叢書》集部第345冊，第373頁。

39 周恭壽修，趙愷等纂：《續遵義府志》卷三十二下「藝文」，中國地方誌集成本，第444頁。

40 魏禧：《魏叔子文集》卷八，《續修四庫全書》本，第556頁。

41 杭世駿：《道古堂文集》卷十一，《續修四庫全書》本，第303頁。

42 陳雯怡指出：「當元代的作者在襃揚他們輝煌的鄉里傳統時，這個'傳統'指的並不是學派宗旨意義上的延續，而僅是聚合一段長時期的地方先賢所構成的傳統。這些'鄉賢'間並不必然互有關聯……」見《「吾婺文獻之懿」：元代一個鄉里傳統的建構及其意義》，第57頁。

43 《國立中央圖書館善本序跋集錄‧集部》第4冊，第535頁。

44 孫詒讓撰，潘猛補校：《溫州經籍志》，上海：上海社會科學院出版社，2005年，第1269頁。

45 錢鍾書：《管錐編》第一冊，北京：中華書局，1986年第2版，第308頁。

46 〔英〕E.霍布斯鮑姆，T.蘭格編，顧杭，龐冠群譯：《傳統的發明》，南京：譯林出版社，2004年，第1-2頁。

47 〔美〕M.H.艾布拉姆斯：《文學術語詞典》，第607頁。

語境。語境的再造,是指撰序者將別集與總集從晚近或當時的語境中抽離出來,或者淡化與當時語境的聯繫(這類聯繫往往"不稱意"或"無意義"),然後將其置於一種較為宏大、可以充分顯現、可以立論言說的語境中。

地域文學傳統構件如何選擇歷史上的重要文人或文學事件為建構素材,一般而言,有其全域性考慮,譬如它們與別集、總集在內容與形式上的某種關聯,或者可以給表述提供某種便利。選擇必然伴隨淘汰,秦瀛在為黃梅俞石農詩集撰序時,述自三閭以降的楚地文學傳統,相沿數千年不絕,"顧自有明公安竟陵倡為空疏幽詭之學,頓變雅音。……厥後杜于皇、顧黃公輩頗能不染習氣。"[48]在秦氏所撰集序裡,公安派和竟陵派在楚地文學傳統中被抑制,被視為傳統中的"異質"。地域文學傳統構件有選擇和清整素材的一面,還有適度拓展以求容納新鮮素材的一面。朱彝尊為其弟子戴錡《魚計莊詞》撰序,戴氏是僑居浙江秀水的休寧人,似不便列入浙詞的系統裡,但朱氏找到了一條變通的路徑:"在昔鄱陽姜石帚、張東澤、弁陽周草窗、西秦張玉田,咸非浙產,然言浙詞者必稱焉。是則浙詞之盛亦由僑居者為之助,猶夫豫章詩派不必皆江西人,亦取其同調焉爾矣。"[49]構件的適度調整,顯示其隨語境而變的靈活性,而地域文學傳統"被發明"的過程亦得以呈現。

結論

章學誠嘗言後世之文體皆備於戰國,[50]此乃就文體的基本格局而言,實際上,文體在一直衍生,文學的敘寫方法也因不斷創造而增多。文學的敘寫方法,從來就不是文學領地中的獨自經營,而是在豐富的文化創造實踐中汲取營養,儒家經典的箋注,《漢書・藝文志》的分類與溯源,佛經的翻譯,《四庫全書總目》所代表的提要等等,皆對文學的表現手法以及與之相關的文章風格造成影響。[51]集序中地域文學傳統構件的生成與得以運用,是南宋以來興起的地方意識在文學創作中的創造性轉化,它包涵一些似曾相識的基因,如"江山之助"、"考鏡源流"、"知人論世",但它卻是一種新型的敘寫方法,對於集序而言,它出現在前、中、後位置,產生不同的功用;對於整體結構而言,它又有成型的功用。地域文學傳統構件賦予集序一種歷史深度和"地方色彩",明清集部文獻數量的迅速增長,意味集序的撰寫進入規模化生產時期。地域文學傳統構件較為普遍地應用,為撰序者在具有應酬性質的集序寫作中提供一種程式化的便利。"地域文學傳統的建構"作為

---

48 秦瀛:《小峴山人文集》卷三,《續修四庫全書》本,第168頁。

49 朱彝尊:《曝書亭序跋》卷七,上海:上海古籍出版社,2010年,第120-121頁。

50 章學誠著,葉瑛校注:《文史通義校注》,北京:中華書局,1994年,第61頁。

51 2012年4月23日,在從西安回南京的途中,向曹虹教授請教相關問題,得到指點:張惠言《七十家賦鈔目錄序》論諸家賦之源流得失,乃仿照《漢書・藝文志》體例。回家後,檢讀《清代常州駢文研究》,得見更為詳細的論述。見曹虹、陳曙雯、倪惠穎著《清代常州駢文研究》,南京:江蘇人民出版社,2010年,第252頁。略書數語,以記問學之樂。

常用手段在集序的撰寫中被頻頻使用，正表明它作爲一種敘寫方法得到明清文家較爲廣泛的認可。

　　“地域文學傳統的建構”構件具有一定程度的靈活性，它會隨文生變，在一些高超的文家手中有新穎的呈現。地域文學傳統構件及其牽涉的集序的程式化，應置放在繁盛的明清文學生態中考量。雷德侯論及中國藝術中模件化生產的意義時指出：“在藝術中，這種勃勃雄心可能造成一種結果，那便是習慣性地要求每一位藝術家及第一件作品都標新立異。創造力便狹隘地定向於革新。而另一方面，中國的藝術家們從未失去這樣的眼光：大批量的製成作品也可以證實創造力。他們相信，正如在自然界一樣，萬物蘊藏玄機，變化將自其湧出。”[52]集序中的地域文學傳統構件也可提供一種觀察明清其他文體的視角。如數量繁多的壽序、碑傳、方志序、家譜序、書院記、[53]府學縣學記、園記等，[54]絕大多數存在具有文體和文化意義的構件。文章中功能性構件的形成與規模化使用，可以揭示一種文體或文化特色的生成過程，亦可揭示一種明清文學興盛的原因，即繁茂的文學原野，更多的是由大量相似的枝枝葉葉聚集、簇擁與烘托而成。

52　〔德〕雷德侯：《萬物》，「導言」，第11頁。

53　據盧興民的統計分析：「在清人所撰山東書院碑記中，多述及山東一地的地方文化傳統。據筆者統計，在《中國地方誌集成・山東府縣誌輯》中所收的115篇清代山東書院碑記中，論及地方文化傳統者多達55篇，其比例近50%。在此類書院碑記中，作者或追述齊魯自孔孟以至清季的學術大傳統；或著眼一州一縣的小傳統，表彰造化一地人文之先賢。如魯西書院多標舉孔子、孟子、董仲舒、石介等人，而膠東書院則多推揚費直、庸譚、鄭玄等人。」盧興民：《清代山東書院研究三題》，南京大學文學院碩士論文，2012年。

54　較為具體的情況，可參閱王重民、楊殿珣等編：《清人文集篇目分類索引》，北京：中華書局，1965年。

俠義文獻與武俠小說之暗器書寫

徐富昌*

一、前言

　　暗器乃奇門兵器，在中國俠義文獻和武俠小說中，始終是最神秘的絕技。暗器，是指那些乘敵不備，暗發突襲的武器。因其匿藏不露，具有「出其不意、攻其不備」的特點，古人云「明槍易躲，暗箭難防」，即此之謂也。

　　先秦之前或原始社會的武器，其中偶有涉及暗器者，惟其種類甚少。原始社會人們獵殺野獸所用的武器，如拋石、皮索之類的，許多就是暗器的起源。當時的人們已能製造石器工具，並利用石器工具作為生產、生活以及獵殺動物之用。以飛石、絆獸索獵捕動物，已具暗器之雛形。[1]先秦時期，也只有少數拋擲武器之變種，或短兵器，如魚腸劍、匕首一類。至於刺客所用，也以短兵器匕首為主，變化不大。秦漢以後，晚至東漢、三國，逐漸有所發展。如手戟、飛石、流星鎚、飛刀之類，惟多視為第二武器，往往貼身而藏，用於戰陣輔助，以利短兵相接時克敵制勝。

　　魏晉、唐代俠蹤漸起，特殊兵器漸浮現。此際俠客、刺客雖漸多見，暗器仍非主流兵器。唐人傳奇有暗器之說，可見於《虞初志》：「有尼授聶隱娘羊角匕首，刃廣三寸，為開其腦後藏匕首，而無新傷，用即抽之。」聶隱娘所使「羊角匕首」，充滿神奇色彩，是武俠小說的傳奇記載。但是否算暗器，仍可討論。

　　明代小說《水滸傳》，梁山好漢人人皆有兵器，惟就暗器而言，相對仍是少數。明清之際，《水滸傳》、《三俠五義》、《三俠劍》、《兒女英雄傳》等俠義小說，所見暗器漸多，惟以退敵護己為多，重在傷人退敵，不以殺人為要。

　　近現代武俠小說，作者在書寫時，有關暗器之書寫，往往極力鋪陳誇張，不論材料製作、構造特點及傷殺功能，皆極盡變化之能。致人死傷，往往是這些暗器的共同特點。近現代之武俠作品甚多，論述對象以大眾較熟悉的作家作品，如梁羽生、金庸，古龍、黃易等，加以論述，偶亦旁及其他作家作品。

---

* 國立臺灣大學中國文學系教授。
[1] 後世的飛蝗石及套索類的流星鎚、飛爪、繩鏢等暗器，在意義上，可視為是在此基礎發展而來的。

中國的兵器類型和數量很多，暗器相對算是小眾。不過，即便是小眾，暗器內容仍是十分龐雜多樣。在傳統武術中，暗器大致可分四類：手擲類暗器、索擊類暗器、機射類暗器和藥噴類暗器。[2]

一、手擲類暗器：手擲類暗器是指經手發射的暗器種類。由於手擲類暗器攜帶方便，亦可大量攜帶，出手迅速、隱蔽，應用十分廣泛，深受武林人士喜愛，故在暗器種類中佔有較大比重。如飛鏢、金錢鏢、標槍、甩手箭、飛叉、飛鐃、飛刺、飛劍、飛刀、飛箭、飛蝗石、鐵橄欖、乾坤圈、鐵鴛鴦、梅花針、金針、毒針、蜂針、釘、錐等。

二、索擊類暗器：索擊類暗器是指附著於繩索、鐵鍊等物體上的暗器種類。相對於其他種類暗器有去無回的流弊，索擊類暗器最為獨特之處，乃在於能夠做到收放自如，有去有回。這類暗器可知的，有繩鏢、流星錘、飛爪、龍鬚鉤、狼牙錘、軟鞭、鐵蓮花、棉套索等。

三、機射類暗器：機射類暗器，是指借助機械作用的原理來發射的暗器種類。這類暗器的最大特點，其一是「箭在弦上」，可視情況隨時或延時發射，是他種暗器無法比擬的；其次是大大提高了暗器發射的穩定性和準確性。機射類暗器的使用，也較其他暗器更具穿透力和殺傷力。在機械的作用下，不僅速度更快，而且更加隱蔽，更加難以防範。機射類暗器有袖箭、弩箭、緊背花裝弩、踏弩、彈弓。其中，以袖箭和背弩最為知名。

四、藥噴類暗器：藥噴類暗器，是指噴灑迷藥或毒藥的暗器種類。由於該類暗器最為險惡，易致人昏厥或喪命，向來為武林中人所不屑，所以此類暗器較少。藥噴類暗器，主要有袖炮、噴筒、鳥嘴銃、迷迭香等。其中，袖炮較具代表性。袖炮是一種使用火藥的特殊暗器，因匿藏於袖中而得名。

本文主要著重於二個部份，其一是俠義文獻中有關暗器的書寫，其中含三國文獻、《三國演義》、《水滸傳》及明清部份俠義小說；其二，從近現代武俠小說中的暗器書寫談起，進行相關論述。論述對象以梁羽生、金庸，古龍、黃易等人作品為主，偶亦旁及其他作家作品。論述要點則以針類暗器、釘類暗器、錐類暗器及其他為分類。

二、俠義文獻中有關暗器的書寫

早期暗器多為拋射投擲之類的的武器，先秦時期「投壺」所用的短箭（箭桿），也是拋擲武器的變種。投壺源於射禮，或因庭院不夠寬闊，不足以張侯置鵠；或因賓客眾多，不足以備弓比耦；或因部分賓客射箭不行，故而以矢代箭、以壺代侯，以樂嘉賓，以習禮儀。其實，就是將沒有箭鏃

---

2 周慶傑：〈武術暗器文化研究〉，《體育文化導刊水滸傳》，2009年2期，頁117-118。

的箭桿投拋至酒壺內的遊戲。[3]專諸刺王僚的「魚腸劍」[4]及荊軻刺秦王的匕首，更是先秦暗器著名之例。秦漢以後，暗器使用，頗有擴展。三國可見的暗器，有手戟、飛石、流星鎚、飛刀之類的。《水滸傳》中的暗器，有飛石、飛刀。明清俠義小說中的暗器，有飛鏢、袖箭、緊背低頭花裝弩、鐵彈、飛蝗石之類。以下針對三國文獻、《水滸傳》及明清俠義小說中之暗器書寫，論述分析。

（一）、三國文獻中有關暗器之書寫

三國文獻中，可見的暗器，有手戟、飛石、流星鎚（錘）、飛刀等。其中，有些暗器，或為兵器，或於戰陣中轉為暗器。並非實質意義上所謂的暗器。

三國時，有一種暗器為手戟，乃投擲型的小戟。據《三國志・魏書・呂布傳》所載，董卓曾「拔手戟擲布」[5]，幸呂布躲閃迅捷，未被擊中，由此內心怨憤。山東嘉祥漢畫像石有「擲手戟圖」，《釋名・釋兵》：「手戟，手所持摘之戟也。」手戟，即小戟，摘，即投擲。可見手戟是一種供手持投擲擊敵的小戟。從漢代畫像石之手戟圖形，可知戟之枝橫直而不向上弧曲，形制與「卜」形鐵戟，頭部相似。直刺旁側，另有橫出短枝；直刺末端，似有細繩纏繞，以供握執。用時，單手操持，用以突刺，亦可遙擲擊敵。[6]可見手戟，其實就是投擲型類暗器，形制短小，晉・張協《手戟銘》指出其「嚴鋒勁枝，擒鍔耀芒」，威力頗大。《三國志・吳書・孫策傳》謂吳名將孫策，精於手戟，曾以手戟投擲擊殺嚴白虎之弟。典韋亦善用短戟，《三國志・魏書・典韋傳》記其常攜多把手戟，投射擊殺敵軍，可知手戟實多用以投擲。又，《三國志・吳書・太史慈傳》曾載太

3　投壺，是先秦飲宴時，將箭桿投拋至酒壺內的遊戲。投壺最早見於《左傳・昭公十二年》：「晉侯以齊侯宴，中行穆子相，投壺。」《禮記・投壺》：「投壺者，主人與客燕飲，講論才藝之禮也。」宋呂大臨《禮記傳》云：「投壺，射之細也。燕飲有射以樂賓，以習容而講藝也。」秦漢以後，廢除射禮，投壺便成為一種宴賓的娛樂。《西京雜記》記漢武帝時有郭舍人者，善投壺，可「一矢百餘反」、「每為武帝投壺，輒賜金帛。」孫盛《晉陽秋》載「王胡之善於投壺，言手熟可閉目。」意即可閉眼投壺。《朝野僉載》：「薛眘惑者，善投壺，龍躍隼飛，矯無遺箭，置壺於背後，卻反矢以投之，百發百中。」春秋以前，重視射箭，惟春秋末年，貴族多不能拉弓，射禮無法進行，故改射箭為投壺，而投壺就是把沒有箭鏃的箭桿投到酒壺中去。

4　專諸置匕首於魚腹中，以刺殺吳王僚，事見《史記・刺客列傳》。《吳越春秋・王僚使公子光傳》亦謂：「使專諸置魚腸劍炙魚中進之。」《越絕書・外傳・記寶劍》則謂：「闔閭以魚腸之劍刺吳王僚。」未提專諸，略有出入。有關該劍，一說劍身花紋猶如魚腸，乃指形制；一說乃是「魚藏劍」，意謂小巧得能夠藏身於魚腹之中；一說乃小巧短刃，即匕首一類。

5　《三國志・魏志・呂布傳》：「然卓性剛而褊，忿不思難，嘗小失意，拔手戟擲布。布拳捷避之。」《釋名・釋兵》：「手戟，手所持摘之戟也。」手戟，就是小戟，為手持或投擲的兵器。既可單手使用，亦可雙戟對敵，或可一手持戟，一手持盾，甚至常用於投擲。董卓「拔手戟擲布」事，《三國演義》易為擲呂布之畫戟。《三國演義》：「卓尋入後園，正見呂布和貂蟬在鳳儀亭下共語，畫戟倚在一邊。卓怒，大喝一聲。布見卓至，大驚，回身便走。卓搶了畫戟，挺著趕來。呂布走得快，卓肥胖趕不上，擲戟刺布。布打戟落地。布拾戟再趕，布已走遠。」（第8回〈王司徒巧使連環計，董太師大鬧鳳儀亭〉）將「手戟」易為「畫戟」（長戟），可見明人多已不明古代手戟及其使用之情況。

6　閻豔：〈鎣戟、門戟與手戟〉，《內蒙古師範大學學報（哲學社會科學版）》，2004年11月，第33卷第6期，頁102-104。

史慈以手戟與孫策相鬥，《傳》云：「策從騎十三，皆韓當、宋謙、黃蓋輩也。慈便前鬥，正與策對。策刺慈馬，而攬得慈項上手戟，慈亦得策兜鍪。會兩家兵騎並各來赴，於是解散。」是知手戟亦為戰陣格鬥之兵器。又如《三國志‧魏書‧武帝紀》注引《異同雜語》云：曹操「嘗私入中常侍張讓室。讓覺之，乃舞手戟於庭，踰垣而出。才武絕人，莫之能害」。「舞手戟於庭」，可見手戟可以投擲、擊殺、護身，或近身格鬥，應用頗廣。

史書之外，小說《三國演義》中，不少人物善使暗器。如許褚曾以飛石退敵：

> 壯士曰：「我乃譙國譙縣人也，姓許，名褚，字仲康。向遭寇亂，聚宗族數百人，築堅於塢中以禦之。一日寇至，吾令眾人多取石子準備，吾親自飛石擊之，無不中者，寇乃退去。」[7]

飛石，《水滸傳》中或稱飛蝗石，又稱沒羽箭。《水滸》人物張清善使，百發百中。

《三國演義》中，有善使流星鎚（錘）者，如卞喜、王雙之流。卞喜乃黃巾餘黨，後降曹操，為汜水關守關將，善使流星鎚。關羽千里尋兄之時途經汜水關，卞喜假意款待，實欲於席間謀殺關羽，後為關羽所斬。《三國演義》云：

> 關公割帛束住箭傷，於路恐人暗算，不敢久住，連夜投汜水關來。把關將乃并州人氏，姓卞，名喜，善使流星鎚；原是黃巾餘黨，後投曹操，撥來守關。……卞喜知事泄，大叫：「左右下手！」左右方欲動手，皆被關公拔劍砍之。卞喜下堂遶廊而走，關公棄劍執大刀來趕。卞喜暗取飛鎚擲打關公。關公用刀隔開鎚，趕將入去，一刀劈卞喜為兩段。[8]

王雙乃魏國大將，身長九尺，面黑睛黃，熊腰虎背。使六十斤大刀，騎千里征宛馬，開兩石鐵胎弓，暗藏三個流星錘，百發百中，有萬夫不當之勇。曹叡封其為虎威將軍前部大先鋒，與蜀軍作戰。孔明令廖化、王平、張嶷三人出迎。《三國演義》云：

> 王雙、張嶷二將交馬，大戰數合，不分勝負。雙詐敗便走，嶷隨後趕來。王平見張嶷中計，忙叫：「休趕！」嶷急回馬時，王雙流星鎚早到，正中其背。嶷伏鞍而走，雙回馬趕來。王平、廖化截住，救得張嶷回陣。王雙驅兵大殺一陣，蜀兵折傷甚多，嶷吐血幾口，回見孔明。[9]

又，《三國演義》記馬超善使銅撾（毛本是銅鎚），戰張飛時，曾用它投向張飛：

> 原來馬超見贏不得張飛，心生一計，詐敗佯輸，賺張飛趕來，暗掣銅鎚在手，扭回身覷著張飛便打將來。張飛見馬超走，心中也隄防；比及銅鎚打來時，張飛一閃，從耳朵邊過去。[10]

馬超戰張飛時，是兩馬齊出，二槍並舉。二人使的是槍，但馬超卻「暗掣銅鎚在手」，可見他是準

7　參見《三國演義》第12回〈陶恭祖三讓徐州，曹孟德大戰呂布〉，下引皆不列頁數。
8　參見《三國演義》第27回〈美髯公千里走單騎，漢壽侯五關斬六將〉。
9　參見《三國演義》第97回〈討魏國武侯再上表，破曹兵姜維詐獻書〉。
10　參見《三國演義》第65回〈馬超大戰葭萌關，劉備自領益州牧〉。此處用毛本。又，銅撾亦稱「抓」，有長械、短械、軟械三種之分。馬超所用，應為短撾，撾頭似斧腦可宕擊。

備當暗器投擲或宕擊的。

《三國演義》人物中，有善使飛刀者。第90回記祝融夫人善使飛刀，百發百中：

> 孟獲甚是慌張。忽然屏後一人大笑而出曰：「既為男子，何無智也？我雖是一婦人，願與你出戰。」獲視之，乃妻祝融夫人也。夫人世居南蠻，乃祝融氏之後；善使飛刀，百發百中。孟獲起身稱謝。

> 蠻兵見之，卻早兩路擺開。祝融夫人背插五口飛刀，手挺丈八長標，坐下捲毛赤兔馬。張嶷見之，暗暗稱奇。二人驟馬交鋒。戰不數合，夫人撥馬便走。張嶷趕去，空中一把飛刀落下。嶷急用手隔，正中左臂，翻身落馬。蠻兵發一聲喊，將張嶷執縛去了。[11]

所謂「善使飛刀，百發百中」、「背插五口飛刀」、「空中一把飛刀落下」，說明祝融夫人善使飛刀這門暗器。

三國人物中，提到使用暗器的也就三個人，第一個是馬超，在葭萌關之戰用銅錘偷襲張飛，卻被張飛躲過。嚴格說，馬超這也不叫暗器。第二個是許褚善於使用飛石，但在實際作戰中，好像也沒有發揮大的作用，只是用以退敵。第三個，是祝融夫人用飛刀，《三國演義》中描寫諸葛亮七擒孟獲中，祝融夫人是孟獲之妻，以丈八長標為兵器，背插五口飛刀，百發百中，實戰中以飛刀傷張嶷之手，這倒算得上真正意義上的暗器。

此外，叉為兵器[12]，但臨陣亦有以為暗器者。如《三國演義》第52回，陳應與趙雲接戰，「綽叉而出」，「用飛叉擲去，被趙雲接住，回擲陳應。」[13]此乃轉兵器為暗器之例。[14]至於深於道術的左慈，得《遁甲天書》三卷。上卷名〈天遁〉，中卷名〈地遁〉，下卷名〈人遁〉。其中，天遁，能騰雲跨風，飛升太虛；地遁，能穿山透石；人遁，能雲游四海，藏形變身，飛劍擲刀，取人首級。[15]而所謂的「飛劍擲刀，取人首級」，應屬道術，非指飛擲類的暗器而言。

---

11 參見《三國演義》第90回〈驅巨獸六破蠻兵，燒藤甲七擒孟獲〉。

12 叉為十八般兵器之一，以刺為主，與槍同屬刺兵之類。叉的殺傷範圍大，亦能制約敵方武器。它由叉尖和叉巴兩部分組成，長約五六尺，在叉座間鑲有鐵片或繫有彩綢之類。叉尖為鋼製，有三股叉，俗名「三叉戟」。叉有馬叉、九股叉、托天叉等許多種。叉的主要擊法有轉、滾、搗、搓、刺、截、攔、橫、拍等。

13 參見《三國演義》第52回〈諸葛亮智辭魯肅，趙子龍計取桂陽〉。其文云：「陳應領三千人馬出城迎敵，早望見趙雲領軍來到。陳應列成陣勢，飛馬綽叉而出。趙雲挺槍出馬，責罵陳應曰：「吾主劉玄德，乃劉景升之弟。今輔公子劉琦同領荊州，特來撫民。汝何故迎敵？」陳應罵曰：「我等只服曹丞相，豈順劉備！」趙雲大怒，挺槍驟馬，直取陳應，應挺叉來迎。兩馬相交，戰到四五合，陳應料敵不過，撥馬便走。趙雲追趕。陳應回顧趙雲馬來相近，用飛叉擲去，被趙雲接住，回擲陳應。應急躲過，雲馬早到，將陳應活捉過馬，擲於地下，喝軍士綁縛回寨。」

14 《武術匯宗》一書，以飛叉為暗器類：「飛叉長二尺四寸，叉尖為三股，負於背上，以兩手握其柄而發之，如置於毒藥中，則名毒藥刀叉矣。」（中篇・器械學・第三章〈雜記概說〉）參見萬籟聲：《武術匯宗》臺北：臺灣商務印書館，1982年8月臺一版（1929年12月初版），頁160。

15 參見《三國演義》第68回〈甘寧百騎劫魏營，左慈擲盃戲曹操〉。

（二）、《水滸傳》中有關暗器之書寫

《水滸傳》中，使暗器較有名的，要屬「沒羽箭」張清及其夫人仇瓊英的飛石功夫。「沒羽箭」，指的就是飛石[16]，或稱「飛煌石」。《水滸傳》第70回中，重點寫沒羽箭張清善於飛石打人的本領。回中云：「原是彰德府人，虎騎出身；善會飛石打人，百發百中，人呼爲沒羽箭。」[17]張清未上梁山入夥前，面對梁山泊眾多武藝高強的英雄好漢的挑戰，不慌不忙，連拋飛石，連傷十五名武藝超群的梁山好漢。有關張清石打梁山好漢，《水滸傳》在該回云：「宋江再與盧俊義、吳用道：『我聞五代時大槊王彥章，日不移影，連打唐將三十六員。今日張清無一時，連打我一十五員大將，雖是不在此人之下，也當是個猛將。』眾人無語。」[18]眞是「憑一石子而敵眾，使諸將膽裂而心喪矣。」[19]《水滸傳》該回描述頗多，姑且羅列於下：

> 張清出城交鋒，郝思文出馬迎敵。戰無數合，張清便走。郝思文趕去，被他額角上打中一石子，跌下馬來。

> 沒羽箭張清出馬。怎生打扮，有一篇《水調歌》贊張清的英勇：……金環搖動，飄飄玉蟒撒朱纓；錦袋石子，輕輕飛動似流星。不用強弓硬弩，何須打彈飛鈴，但著處命須傾。東昌馬騎將，沒羽箭張清。

> 徐寧飛馬，直取張清。兩馬相交，雙槍並舉。……張清把左手虛提長槍，右手便向錦袋中摸出石子，扭回身，覷得徐寧面門較近，只一石子，可憐悍勇英雄，石子眉心早中，翻身落馬。

> 張清望後趕來，手取石子，看燕順後心一擲，打在鎧甲護鏡上，錚然有聲，伏鞍而走。

> 韓滔要在宋江面前顯能，抖擻精神，大戰張清。……。韓滔疑他飛石打來，不去追趕。張清回頭，……韓滔卻待挺搠來迎，被張清暗藏石子，手起望韓滔鼻凹裡打中，只見鮮血迸流，逃回本陣。

> 兩個未曾交馬，被張清暗藏石子在手，手起，正中彭□面頰，丟了三尖兩刃刀，奔馬回陣。

> 只見盧俊義背後一人大叫：「今日將威風折了，來日怎地廝殺？且看石子打得我麼？」宋江看時，乃是醜郡馬宣贊，拍馬舞刀，直奔張清。張清便道：「一個來，一個走；兩個來，兩

---

[16] 據《史記・李將軍列傳》載，李廣打獵時，誤當草中大石為虎，一箭射去，「中石沒鏃」。裴駰《史記集解》中引用此語，認為「沒鏃」，一作「沒羽」。故「沒羽箭」，原指箭射得又準又狠，竟連箭羽都沒入石中。（寧稼雨：《水滸閑譚》，中國文史出版社，2009年。）可能是後人不明其義，以「沒」為「沒」，認為沒羽箭，即無羽之箭，應屬石彈一類，據此而為張清編造「飛石打人，百發百中」之本事。（侯會：《水滸源流新證》，華文出版社，2002年。）

[17] 參見《水滸傳》第70回〈沒羽箭飛石打英雄，宋公明棄糧擒壯士〉。

[18] 這一十五員，分別為大刀關勝、雙鞭呼延灼、雙槍將董平、美髯公朱仝、天暗星青面獸楊志、金鎗手徐寧、急先鋒索超、醜郡馬宣贊、井木犴郝思文、百勝將軍韓滔、天目將彭玘、錦毛虎燕順、花和尚魯智深、赤髮鬼劉唐、插翅虎雷橫。

[19] 雙峰堂刊《水滸志傳評林》所云，參見朱一玄：《水滸傳資料彙編》，南開大學出版社，2002年，頁151。

個逃。你知我飛石手段麼？」……說言未了，張清手起，一石子正中宣贊嘴邊，翻身落馬。

張清便道：「辱國敗將，也遭吾毒手！」言未絕，一石子飛來。呼延灼見石子飛來，急把鞭來隔時，卻中在手腕上，早著一下，便使不動鋼鞭，回歸本陣。

劉唐手疾，一樸刀砍去，卻砍著張清戰馬。那馬後蹄直踢起來，劉唐面門上掃著馬尾，雙眼生花，早被張清只一石子，打倒在地。

楊志一刀砍去，張清鐙裡藏身，楊志卻砍了個空。張清手拿石子，喝聲道：「著！」石子從肋窩裡飛將過去。張清又一石子，錚的打在盔上，唬得楊志膽喪心寒，伏鞍歸陣。

張清笑道：「一個不濟，又添一個！由你十個，更待如何！」全無懼色，在馬上藏兩個石子在手。雷橫先到，張清手起，勢如招寶七郎，石子來時，面門上怎生躲避，急待抬頭看時，額上早中一石子，撲然倒地。朱仝急來快救，脖項上又一石子打著。

關勝在陣上看見中傷，大挺神威，掄起青龍刀，縱開赤兔馬，來救朱仝、雷橫。剛搶得兩個奔走還陣，張清又一石子打來，關勝急把刀一隔，正中著刀口，迸出火光。關勝無心戀戰，勒馬便回。

董平大怒，直取張清，兩馬相交，軍器並舉。……張清撥馬便走，董平道：「別人中你石子，怎近得我！」張清帶住槍桿，去錦袋中摸出一個石子。手起處真似流星掣電，石子來嚇得鬼哭神驚。董平眼明手快，撥過了石子。張清見打不著，再取第二個石子，又打將去，董平又閃過了。兩個石子打不著，張清卻早心慌。

董平不捨，直撞入去，卻忘了提備石子。張清見董平追來，暗藏石子在手，待他馬近，喝聲道：「著！」董平急躲，那石子抹耳根上擦過去了。董平便回。索超撇了龔旺、丁得孫，也趕入陣來。張清停住槍，輕取石子，望索超打來，索超急躲不迭，打在臉上，鮮血迸流。

張清看了，見魯智深擔著禪杖……。張清道：「這禿驢腦袋上著我一下石子。」魯智深擔著禪杖，此時自望見了，只做不知，大踏步只顧走，卻忘了提防他石子。正走之間，張清在馬上喝聲：「著！」一石子正飛在魯智深頭上，打得鮮血迸流，望後便倒。

此回重點在寫張清「善於飛石打人」，但李卓吾在容與堂刊《李卓吾先生批評忠義水滸傳》云：「此回文字，不濟不濟。張清石子固好，敘處卻沒伸縮變化，大不好看，特是張清人品差勝董平耳。」[20]評價不高，不過，此乃針對文本敘事，並不辱沒張清本領。王望如《評論出像水滸傳》：「《兵法》矢石並稱，以矢制勝者多，以石制敵者少，若張清眞留侯者流也。飛石如錐，有同博浪。十五人者，一世之雄，中傷幾死水泊。開山以來，從無此挫銳之事。」[21]陳忱《水滸後傳論

---

20 容與堂刊《李卓吾先生批評忠義水滸傳》，參見朱一玄：《水滸傳資料彙編》，天津：南開大學出版社，2002年，頁181。

21 王望如《評論出像水滸傳》，參見《中華大典‧文學典：明清文學分典》，南京：江蘇古籍出版社，1999年，頁256。

略》：戴宗之神行法，張清之石子，花榮之射，燕青之廝撲，安道全之醫，可稱梁山泊五絕。[22]二者評價，不可謂不高。

張清歸順梁山後，張清亦屢爲先鋒，隨宋江南征北戰，曾以手中飛石，巧殺遼國上將阿裡奇、耶律國寶等人，令遼兵聞之喪膽。張清歸順後，最具代表性的戰績是「石斃番將阿裡奇」。徐寧敗北時，情勢頗爲危急。徐寧鬥志已失，而番將緊緊追來，堪堪將近，番將雙眼正慢慢鎖定他的後心。花榮「急取弓箭在手」，張清則搶先出手。阿裡奇沒有想到，他用來鎖定別人的眼睛，此時正被另一個鎖定。因徐寧處境極危，張清這一石是猛下殺招，阿裡奇不幸成爲張清惟一以飛石擊斃的高手。[23]

張清夫人瓊英亦擅飛石，張清戰河北時，天緣湊合，石打穿梭，遂與女將瓊英結爲夫妻，兩人用計巧擒田虎成就了大功。瓊英，姓仇。美貌絕倫，天資聰穎，冰清玉潔，曾謂天捷星張清「在夢中教過她飛石」。瓊英有多厲害，且看《水滸傳》第97回：

> 當下鄔梨國舅又奏道：「臣幼女瓊英，近夢神人教授武藝，覺來便是膂力過人。不但武藝精熟，更有一件神異的手段，手飛石子，打擊禽鳥，百發百中，近來人都稱他做瓊矢鏃。臣保奏幼女為先鋒，必獲成功。」田虎隨即降旨，封瓊英為郡主。[24]

瓊英生父仇申，義父鄔梨。[25]十歲時，雙親遇害。後悉雙親遇害內情，誓報瀝血之仇。一日，寐時遇神人教之以武藝，又得神人請「天捷星張清」授之飛石絕技。此爲瓊英武藝及飛石絕技之特殊際遇。瓊英得「飛石絕技」，境遇頗奇，《水滸傳》云：

> 自此日久，武藝精熟，……瓊英一夕，偶爾伏幾假寐，猛聽的一陣風過，便覺異香撲鼻。忽見一個秀士，頭帶折角巾，引一個綠袍年少將軍來，教瓊英飛石子打擊。那秀士又對瓊英說：「我特往高平，請得天捷星到此，教汝異術，救汝離虎窟，報親仇。此位將軍，又是汝宿世姻緣。」瓊英聽了「宿世姻緣」四字，羞赧無地，忙將袖兒遮臉。……次日，瓊英尚記得飛石子的法，便向牆邊揀取雞卵般一塊圓石，不知高低，試向臥房脊上的鷗尾打去，正打個著，一聲響亮，把個鷗尾打的粉碎，亂紛紛拋下地來。卻驚動了倪氏，忙來詢問。瓊英將巧言支吾道：「夜來夢神人說：『汝父有王侯之分，特來教導你的異術武藝，助汝父成功。』適才試將石子飛去，不想正打中了鷗尾。」倪氏驚訝，便將這段話報知鄔梨。那鄔梨如何肯信，隨即喚出瓊英詢問，便把槍、刀、劍、戟、棍、棒、叉、鈀試他，果然件件精熟。更有飛石子的手段，百發百中。鄔梨大驚，想道：「我真個有福分，天賜異人助我。」

22　參見馬蹄疾：《水滸資料彙編》北京：中華書局，1980年，頁6。

23　《水滸傳》第83回〈宋公明奉詔破大遼，陳橋驛滴淚斬小卒〉：「徐寧敵不住番將，望本陣便走。花榮急取弓箭在手。那番將正趕將來，張清又早按住鞍　，探手去錦袋內取個石子，看著番將較親，照面門上只一石子，正中阿裡奇左眼，翻筋斗落於馬下。……看番將阿裡奇時，打破眉梢，損其一目，負痛身死。」

24　參見《水滸傳》第97回〈陳觀諫官升安撫，瓊英處女做先鋒〉。

25　參見《水滸傳》第98回〈張清緣配瓊英，吳用計鴆鄔梨〉。

因此終日教導瓊英，馳馬試劍。[26]

宋江收復昭德時，鄔梨率兵往援，以瓊英爲先鋒，先後戰退梁山王英、顧大嫂；飛石擊退扈三娘、孫新、林沖、李逵與解珍，因鄔梨中箭，乃退。後葉清假求醫之名，潛入宋軍，得安道全及張清化名全靈、全羽療癒鄔梨箭傷，成功做了內應，並與瓊英成了琴瑟之好，鴆殺了鄔梨。《水滸傳》第98回書寫瓊英飛石之技，並不比沒羽箭張清少。如：

> 錦袋暗藏打將石，年方二八女將軍。
>
> 瓊英左手帶住畫戟，右手拈石子，將柳腰扭轉，星眼斜　，覷定扈三娘，只一石子飛來，正打中右手腕。
>
> 那邊孫新大怒，舞雙鞭，拍馬搶來。未及交鋒，早被瓊英飛起一石子，……，正打中那熟銅獅子盔。
>
> 瓊英見林沖趕得至近，把左手虛提畫戟，右手便向繡袋中摸出石子，扭回身，覷定林沖面門較近，一石子飛來。
>
> 手起處，真似流星掣電，石子來，嚇得鬼哭神驚，又望林沖打來。林沖急躲不迭，打在臉上，鮮血迸流，拖矛回陣。
>
> 瓊英見他來的兇猛，手拈石子，望李逵打去，正中額角。
>
> 瓊英見眾人趕來，又一石子，早把解珍打翻在地。
>
> 瓊英眾將見鄔梨中箭，急鳴金收兵。南面宋軍又到，當先馬上一將，卻是沒羽箭張清，在寨中聽流星報馬說，北陣裡有個飛石子的女將，把扈三娘等打傷。
>
> 他便一五一十的說道：「張將軍去冬，也夢甚麼秀士，請他去教一個女子飛石。
>
> 心下驚疑道：「卻像那裡曾廝見過的，槍法與我一般。」思想一回，猛然省悟道：「夢中教我飛石的，正是這個面龐，不知會飛石也不？」
>
> 瓊英拈取石子，回身覷定全羽肋下空處，只一石子飛來。全羽早已瞧科，將右手一綽，輕輕的接在手中。瓊英見他接了石子，心下十分驚異，再取第二個石子飛來。全羽見瓊英手起，也將手中接的石子應手飛去。只聽的一聲響亮，正打中瓊英飛來的石子。兩個石子，打得雪片般落將下來。
>
> 葉清又說：「郡主前已有願，只除是一般會飛石的，方願匹配。今全將軍如此英雄，也不辱了郡主。」[27]

其中，讚瓊英「錦袋暗藏打將石，年方二八女將軍」，又寫全羽（沒羽箭張清化名）與瓊英飛石競技，寫來十分精彩。

《水滸傳》中，也有善使飛刀的，如杜興的主人姓李應，「能使一條渾鐵點鋼槍，背藏飛刀五

26　同上註。

27　以上皆引自《水滸傳》第98回〈張清緣配瓊英，吳用計鴆鄔梨〉。

口，百步取人，神出鬼沒。」[28]回中云：

> 李應那裡肯聽？便去房中披上一副黃金鎖子甲，前後獸面掩心，穿一領大紅袍，背胯邊插著
> 飛刀五把，拿了點鋼槍，戴上鳳翅盔，出到莊前，點起三百悍勇莊客。杜興也披一副甲，持
> 把槍上馬，帶領二十餘騎馬軍。楊雄、石秀也抓紮起，挺著樸刀，跟著李應的馬，徑奔祝家
> 莊來。[29]

《水滸傳》中的八臂那吒項充，更了得，能使一面團牌，「牌上插飛刀二十四把」，手中仗一條鐵
標槍。第59回云：

> 為頭那一個，便是徐州沛縣人氏，姓項，名充，綽號八臂那吒，使一麵團牌，背插飛刀
> 二十四把，百步取人，無有不中，右手仗一條標槍，後面打著一面認軍旗，上書「八臂那
> 吒」，步行下山。

> 史進險些兒中了飛刀，楊春轉身得遍，被一飛刀，戰馬著傷，棄了馬，逃命走了。[30]

上舉諸人，或飛石，或飛刀，品項名目雖不多，仍具代表性。

（三）、明清俠義小說中之暗器書寫

明清俠義（武俠）小說中，寫到的暗器，花樣名目較少。大體上不過是：飛鏢、袖箭、緊背低
頭花裝弩、鐵彈、飛蝗石之類。如：《三俠五義》中寫到：

> 又聽見有人叫道：「鄧大哥！鄧大哥！你跑只管跑，小心著暗器呀！」這句話卻是沈仲元告
> 訴韓彰防著鄧車的鐵彈。不想提醒了韓彰，暗道：「是呀！我已離他不遠，何不用暗器打他
> 呢？這個朋友真是旁觀者清。」想罷，左手一撐，將弩箭上上。把頭一低，手往前一點。這
> 邊「曾」，那邊「拍」，又聽「哎呀」。韓二爺已知賊人著傷，更不肯捨。誰知鄧車肩頭之
> 上中了弩箭，覺得背後發麻，忽然心內一陣噁心，暗道：「不好，此物必是有毒。」又跑了
> 有一二里之遙，心內發亂，頭暈眼花，翻筋斗栽倒在地。韓二爺已知藥性發作，賊人昏暈過
> 去，腳下也就慢慢的走了。

> 此時公孫策同定盧方蔣平俱在大堂之上立等。見韓彰回來，問了備細，大家歡喜。不多時，
> 把鄧車抬來。韓二爺取出一丸解藥，一半用水研開灌下，並立即拔出箭來，將一半敷上傷
> 口。……低頭看時，腕上有鐲，腳下有鐐，自己又一犯想，還記得中了暗器，心中一陣迷
> 亂，必是被他們擒獲了。[31]

其中，「鐵彈」、「弩箭」為暗器類；「此物必是有毒」、「取出一丸解藥，一半用水研開灌下，
並立即拔出箭來，將一半敷上傷口」，則說明暗器往往淬毒，也有解毒之法。這類書寫，所在多有

28　參見《水滸傳》第47回〈撲天雕雙修生死書，宋公明一打祝家莊〉。

29　同上註。

30　參見《水滸傳》第59回〈吳用賺金鈴吊掛，宋江鬧西嶽華山〉。

31　參見《三俠五義》第106回〈公孫先生假扮按院，神手大聖暗中計謀〉。

機關。鐵彈、弩箭，或者袖箭、彈弓、弩箭、緊背花裝弩、踏弩、雷公鑽等也常見，屬於機射類暗器。機射類暗器，是指借助機械原理來發射暗器。其最大特點乃是「箭在弦上」，可視情況，隨時或延時發射，這是其他種類的暗器所無法比擬的。再者，其穩定性和準確性較好，穿透力和殺傷力更強。不僅速度更快，也更隱蔽，更難以防範。其中，袖箭和背弩最為知名。

《三俠五義》有時只寫「暗器」一詞，並不具體指出類別。如：

> 展爺趕至大堂房上，那人一伏身越過脊去。展爺不敢緊追，恐有暗器，卻退了幾步。從這邊房脊，剛要越過。瞥見眼前一道紅光，忙說「不好」！把頭一低，剛躲過門面，卻把頭巾打落。那物落在房上，咕嚕嚕滾將下去——又知是個石子。

> 展爺方才覺眼前有火光亮一晃，已知那人必有暗器，趕緊把頭一低，所以將頭巾打落。要是些微力笨點的，不是打在門面之上，重點打下房來咧。此時展爺再往脊的那邊一望，那人早已去了。[32]

武俠小說中，有時也有個別使用飛劍、飛刀者，多為「下五門」，專幹下三濫之事。如張傑鑫《三俠劍》中的「八寶真人李士寬」，背後插帶八把小飛劍。行事與《水滸傳》中的李應、項充二人頗有不同。此外，《三俠劍》中，諸葛山真的龍頭桿棒，龍頭之龍口內藏有子午悶心釘，能破金鐘罩鐵布衫的，為稀有暗器。

《三俠劍》中，因為鏢局多，故常見「鏢」類的暗器。鏢，即飛鏢，是常用暗器，缺點是「沉重」，經常重至為「斤鏢」。《三俠劍》中之神鏢將勝英，身上帶三隻「甩頭一子」斤鏢：

> 再說他挎的這個鏢囊，裡邊有三個鏢槽，插著三隻斤鏢，這個斤可不是金銀的金，是斤兩的斤，一支鏢足有十六兩，三支鏢是四十八兩重。在鏢當中這個份量的並不多見。再看人家的鏢囊也講究，用南繡平金掛面，鹿皮貼的裡子，三個鏢槽用蓋扣著。用的時候把蓋掀開，大拇指一摁繃簧，鏢可以自動跳出來，使用起來那真是靈活又方便。[33]

因為份量重，所以無法多帶。但飛天玉虎蔣伯芳則不同，常用兵器為金背折鐵刀，但其青壯時期，身上常帶六隻「斤鏢」。《三俠劍》鏢師不少，以鏢為名者，如四大鏢頭，各指南路鏢頭南俠王陵、東路鏢頭石俊山、西路鏢頭錢士忠、北路鏢頭神鏢將勝子川，勝英（字子川）還是十三省總鏢局總鏢頭。與其並稱「二俠」的鎮三江蕭傑，使金背折鐵刀，也用紫金鏢。鏢的另一缺點，是打出去的「速度慢」，常被對方接著，打回來。《三俠劍》第2回寫高雙青其人，能「雙手打鏢，雙手接鏢」：

> 這人是誰？他就是入地崑崙丘連的乾兒子和徒弟，綽號玉面豺狼，名叫高雙青。丘連對他可不錯，在三百一十二個徒弟當中，就選拔出這麼一個，把自己的能耐都傳授給他了。高雙青

---

32 參見《三俠五義》第39回〈鍘斬君衡書生開罪，石驚趙虎俠客爭鋒〉。

33 參見《三俠劍》第1回〈神鏢將松林救難老，金頭虎水中戰淫賊〉。

這小子能雙手打鏢，雙手接鏢，刀法出眾，人也聰明，腦子也敏捷。[34]

能「雙手接鏢」，一方面說明其人靈敏；另方面則顯示常可被對方接著。其實，這類暗器，以護己為主，傷人不多。如前說《水滸傳》中的張清飛石，在戰陣中，連傷了一十五員梁山好漢，無一慘死。飛石命中率較高，但多打臉，傷害不大。側打腮幫，青腫而已；正打則稍嚴重，輕者，粉臉青紫；重者，鼻眼皆平。若說死人，則僅見番將阿裡奇被張清飛石「打破眉梢，損其一目，負痛身死」，並不多見。他如袖箭，是筒裝武器，一指一甩間，瞄準性差，甚少死人。命中率也低，往往是「蹭耳而過」，不然就是釘在窗框了。展昭兩手皆能發袖箭，但因右手使劍，往往只可左手發箭。用來打白菊花，一次也沒打中，可見命中率不高。又或者使用者，不往致命處打，如勝英的「金鏢」和「甩頭一子」，每打必中，但都留有餘地，其「金鏢」打腿，「甩頭一子」蹭臉，並不傷人命。

三、近代武俠小說中的暗器書寫

近代武俠小說中，有關暗器的描寫，複雜多樣，可謂五花八門，令人眼花繚亂。明清以前，《水滸傳》、《三俠五義》、《三俠劍》、《兒女英雄傳》等，都以退敵護己為多，或主在傷人退敵，不以殺人為要。現代武俠小說作者，在書寫時，往往極力舖陳誇張，在製作材料特點、構造特點及功能上，亦極盡變化。故致人死傷，往往是這些暗器的共同特點。由於近當代之武俠作品甚多，論述對象，只取一般大眾較熟悉的作家作品，如梁羽生、金庸，古龍、黃易等，偶亦旁及其他作家作品。以下針對簡單之暗器分類，如針類暗器、釘類暗器、錐類暗器及其他，綜合論述。

（一）、針類暗器

金針、毒針、蜂針等針類暗器，在武俠小說中很是常見，尤以梁羽生小說最為偏愛。其中，又以「毒霧金針火焰彈」尤為有名。「毒霧金針火焰彈」，在《雲海玉弓緣》中，為喬、厲二家的歹毒暗器，亦為女主角厲勝男獨門暗器，內含三種成份，其一為彈丸，其二梅花針，其三為火藥。即在彈丸裡，包著無數細如牛毛的梅花針，並藏有火藥。暗器打出後，即自行炸裂，不但有毒火噴出傷人，更在煙霧中散射梅花針，令人難以躲避。《雲海玉弓緣》云：

孟神通叫道：「你快追上去看。」厲勝男趁他分神之時，冷不防的便發出一件燭門暗器。但聽得「波」的一聲，突然從厲勝男手上飛出一團煙霧，煙霧中有無數細若遊絲的光芒，而且發出嘶嘶的聲響。這正是厲家家傳的歹毒暗器「毒霧金針火焰彈」。上一次厲勝男與孟神通遭遇，就是全靠這暗器脫險的。孟神通見識過它的厲害，哪裡還會上當？

煙霧一起，他的劈空掌亦已發出，勁風呼呼，那團綠色的人餃登時飛了回去，厲勝男一閃閃

開，人猷彈恰好跌落櫃檯，「蓬」的一聲，炸裂開來，櫃檯上的帳簿立即燒著，燃起了熊熊的火光，只聽得嗤嗤之聲，不絕於耳，夾在煙霧中的那一大把梅花針，都釘在櫃檯上。[35]

《雲海玉弓緣》又云：

> 看看就要追到她的背後，厲勝男發出她的獨門暗器「毒霧金針火焰彈」，這暗器一爆裂開來，立即咽霧彌漫，火花四射，毒霧裡還雜著許多細如牛毛的梅花針，本來是極為陰毒的暗器，連孟神通也要畏懼三分。[36]

彈丸、梅花針、火藥皆備的暗器，確實歹毒。暗器打出後，即行炸裂，毒火噴出傷人外，更在煙霧中散射梅花針，令人難以躲避。可說是相當霸道的暗器。「毒霧金針火焰彈」亦見於《聯劍風雲錄》一書，為七陰教主陰蘊玉之女陰秀蘭所使用。[37]

梁羽生在小說作品中，類似的暗器，名稱時常混用。或者是同樣的暗器，同實稱名。類似的彈丸、梅花針、火藥三者皆備的暗器，《俠骨丹心》則稱為「毒霧金針烈焰彈」，書云：

> 原來這個暗器乃是一個球狀物體，打了出來，便即爆裂，發出煙霧，天魔教祖師厲勝男當年有一種最厲害的暗器名為「毒霧金針烈焰彈」，六合幫幫主史白都不知如何得到製造這種暗器的方法。……雖然不是毒霧，但董十三娘卻不知道是有毒無毒，她是識得「毒霧金針烈焰彈」的厲害的，連忙把圓海拉上馬背，便即撥轉馬頭，向後跑了。沙千峰已中毒針，當然更是不敢戀戰。剩下一個文道莊孤掌難鳴，他發了兩記劈空掌，煙霧太濃，乍散即聚，文道莊生怕中毒，心裡發慌，只得也跟著跑了。[38]

「毒霧金針烈焰彈」雖為天魔教祖師厲勝男當年最厲害的暗器，但在梁羽生在作品中，卻到處可見，可說是梁氏書寫使用最廣的陰毒暗器。前引《俠骨丹心》第20回中之厲南星（別名李南

---

35 參見梁羽生《雲海玉弓緣》第19回〈撈出問罪情何忍，黃海浮搓夢已空〉。

36 參見梁羽生《雲海玉弓緣》第21回〈欲消禍患籌良策 但願同心化險夷〉。

37 參見梁羽生《聯劍風雲錄》第28回〈灑淚別情郎命途多舛孤，身逢惡少際遇堪悲〉：「話猶未了，忽聽得『蓬』的一聲，從陰秀蘭手中突然飛出一團煙霧，爆炸開來，煙霧中透出藍色的火焰，還雜著嗤嗤的聲響。原來陰秀蘭是故意鬆懈他的防範，出其不意打出了一件最厲害的暗器，名為『毒霧金針火焰彈』，暗器中不但藏有火藥，而且包有無數細如牛毛的梅花針，都是用毒藥淬煉過的，爆炸之後，那一大把梅花針就在煙霧掩蓋之下射向敵人，饒是第一流的高手亦是防不勝防！」

38 參見梁羽生《俠骨丹心》第13回〈慨贈奇珍懷玉女，巧搓解藥戲魔頭〉。

星）[39]、第26回之賀大娘[40]、第34回之李敦[41]，亦皆曾使用此一暗器。其性質、配置、成份、殺傷力，與「毒霧金針火焰彈」之相當雷同，甚至是同一種暗器，只是作者換了一個暗器名稱罷了。「毒霧金針烈焰彈」的使用者，亦見於《廣陵劍》之巫山幫幫主巫三娘子：

> 巫三娘子踏上一步，突然發出一件暗器。這是她的獨門暗器——「毒霧金針烈焰彈」。只聽得「蓬」的一聲，暗器爆裂，登時煙霧迷漫，一團火光，向陳雲二人罩去。煙霧中閃爍著無數金色光芒，那是細如牛毛的梅花針。鐵廣也發出了他的獨門暗器毒龍鏢，他們一發暗器，立即便向後躍。巫三娘子所發的「毒霧金針烈焰彈」，可說是殺傷力最強的一種暗器，雖然她本來只是用以對付陳石星，但毒霧迷漫，金針四射，烈焰飛騰，凡是站在這海神臺上的人，都是難免被波及了。[42]

> 巫三娘子反手又一枚暗器。這次所發的暗器更為厲害，名為「毒霧金針烈焰彈」，暗器出手便即爆炸，一團火光，濃煙彌漫，煙火之中金星閃爍，那是無數淬過毒液的梅花針。[43]

又見於巫山雲之女巫秀花：

> 巫秀花忽地一個「細胸巧翻雲」倒縱出數丈開外，反手一揚。只聽得「蓬」的一聲，一團濃煙冒起，濃煙中閃爍著無數細如牛毛的光芒。這是她家傳的獨門暗器「毒霧金針烈焰彈」，夾在煙霧之中飛出去的是細如牛毛的梅花針。[44]

「毒霧金針烈焰彈」是梁羽生在作品中，書寫使用最廣的暗器。除了上舉諸書外，尚見於《絕塞傳

---

[39] 同上註，第20回〈願拼熱血酬知己，誤解芳心斷俠腸〉中，亦見此一暗器：「李南星卻不知道帥孟雄的厲害，朗聲說道：『不必著慌，闖過去就是！』把手一揚，只聽得『乒』的一聲，一團煙霧隨風卷去，煙霧中金光閃爍，發出『嗤嗤』聲響。史紅英又驚又喜，說道：『咦，你也會使用這種歹毒的暗器？』原來李南星所發的暗器名為『毒霧金針烈焰彈』，史家也有這種暗器，但史紅英一看，就知道厲南星所發的這枚『毒霧金針烈焰彈』比她們家傳的還要厲害得多。」

[40] 同上註，第26回〈毒酒碎情愴往事　良宵驚夢晤佳人〉：「只見她把手一揚，『波』的一聲，一團煙霧，已是向金逐流籠罩下來。煙霧中金光閃爍，發出『嗤嗤』聲響。這個暗器名叫『毒霧金針烈焰彈』，金逐流曾見史紅英使過，識得厲害。慌忙倒縱避開。賀大娘連發三枚暗器，花徑已是藏身不住。北面是內院的圍牆，退進內院乃是自陷牢籠；南面又是荷塘，金逐流無路可走，逼得退向西邊。」

[41] 同上註，第34回〈聯手雙雄擒惡賊，同心意共定良謀〉：「厲南星初時本來不想多事，後來看見李敦發出的暗器，不覺有點奇怪，『這種「毒霧金針烈焰彈」，乃是天魔教的獨門暗器，怎的此人也會使用？』心頭一動，這才蕃地想起！『怪不得我覺得他的名字好熟，原來他就是在祖徠山上偷學了百毒真經的那個李敦。』」

[42] 參見梁羽生《廣陵劍》第39回〈亂石崩雲騰劍氣，驚濤拍岸鬥魔頭〉。

[43] 同上註，第43回〈琴韻蕭聲歡合拍，雪泥鴻爪偶留痕〉。

[44] 同上註，第38回〈柳下梅邊尋舊侶，蘭因絮果證鴛盟〉。

烽錄》之大理段劍青[45]、宇文雷[46];《彈指驚雷》之段劍青[47];《幻劍靈旗》之銀狐穆娟娟[48];《狂俠天驕魔女》之青靈師太的關門弟子上官寶珠[49]、玉面妖狐赫連清波[50];《牧野流星》之仲毌庸[51]、

[45] 參見梁羽生《絕塞傳烽錄》第10回〈盟心忍令沾泥絮,情劫應嗟逐彩雲(上)〉:「丁兆鳴大喝道:『把他拿下!』可是段劍青亦已同時發動,在他的大笑聲中,把手一揚,『乓』的一聲,將一枚『毒霧金針烈焰彈』爆開來。在他周圍的天山派弟子,躲避不及,傷者甚多,濃煙迅即彌漫。」

[46] 同上註,第12回〈彈指傳烽消罪孽,驚雷絕塞了恩仇(下)〉:「原來他雖然傷了看守冷冰兒的宇文雷,卻尚未知道冷冰兒被囚何處。他本是想抓著宇文雷逼出他的口供的,但宇文雷武功不弱,見面一招,他只能夠令宇文雷受傷,未能把宇文雷活捉,宇文雷立即爆開一枚『毒霧金針烈焰彈』,烈焰、金針、毒霧雖然都傷不了孟華,但宇文雷卻借著煙霧的掩護遁逃了。」

[47] 參見梁羽生《彈指驚雷》第4回〈幽峽迷途逢怪客,神功克敵結新交〉:「冷笑聲中,當的一響,段劍青這小賊的劍果然跌落地上了。那小賊慌忙逃走,此時我的手下已經紛紛趕來,我們正要追他,那小賊發出一枚會爆炸的暗器,噴發濃煙。……『待到煙霧清散,段劍青這小賊和那青年人都已不見。』冷冰兒道:『這種歹毒的暗器名為「毒霧金針烈焰彈」,是妖婦韓紫煙傳授給這個小賊的。』」

[48] 參見梁羽生《幻劍靈旗》第9回〈誤會重重,雙雄決鬥;危機處處,外貨齊來〉:「銀狐一見他出現,立即把手一揚,發出了穆家的一種非常歹毒的獨門暗器—『毒霧金針烈焰彈』。暗器一發,儼如雷電交加,轟隆一聲,煙霧迷漫,登時覆蓋了方圓數十丈之地!」

[49] 參見梁羽生《狂俠天驕魔女》第98回〈竟有狂徒窺出浴,何來小子下游辭〉:「原來上官寶珠情知打不過他,只有希望用暗器來僥倖取勝。是以她必須退開數丈,讓兩人中間有一段距離,才能使用暗器。她所發的乃是靈山派最陰毒的一種暗器,名為『毒霧金針烈焰彈』,不但煙霧有毒,而且其中有許多細如牛毛的梅花針,也是淬過毒的。細如牛毛的梅花針裹在煙霧之中射出,叫人防不勝防。上官寶珠發了這樣歹毒的暗器,滿以為蒙古武士至少也要中她幾支毒針,即使不能取他性命,也可以令他中毒受傷,知難而退。」又如第106回〈玉女有情憐俠士,奸徒無義叛紅妝〉:「上官寶珠掙扎著站了起來,一抖手從窗口打出了一件暗器,是個拇指般大小的彈丸,一打出去,便即爆裂,噴出了一團煙霧。這暗器名為『毒霧金針彈』。毒霧之中還雜有細如牛毛的梅花針,毒霧可以令人昏迷,梅花針也是淬過毒的,能傷奇經八脈,在屋內發這暗器,可能令自己人也要受害,故而上官寶珠要待沙衍流逃出外面之後,才用這最厲害的暗器傷他,免得他跑回去召集黨羽去而復來。」此處稱「毒霧金針彈」,少去「烈焰」二字,實亦同名異稱。

[50] 同上註,第25回〈亦狂亦俠真豪傑,能哭能歌邁俗流〉:「就在這剎那間,西岐鳳身邊的一塊石頭突然移開,『蓬』的一聲,飛了一團煙霧,煙霧中金光閃爍,西岐鳳與東海龍大叫一聲,同時跌倒。只見那『石門』開處,竄出了兩個人來,當前一人是個長髮披肩的女子,不是別人,正是那玉面妖狐赫連清波,那團毒霧就是她發出來的。原來她和另外一個人早已埋伏此間,下面是個地洞,用大石堵住洞口,她從石隙看出來,見金超岳連連後退,卻不知西岐鳳元氣已傷,只道金超岳勢將不敵,故而移開大石,現出身形,同時也就發出她的獨門暗器最歹毒的『毒霧金針烈焰彈』,在毒霧之中混雜著許多細如牛毛的梅花針,東海龍西岐鳳二人元氣已傷,吸了毒霧,穴道又著了幾枚梅花針,當然是禁受不起了。他們二人吸了毒霧,昏昏迷迷,神智雖然尚未消失,但氣力卻是提不起來,西岐鳳即欲自斷經脈,亦已不能。

[51] 參見梁羽生《牧野流星》第59回〈苦口婆心終不悟,惡徒毒婦共偕亡〉:「這件暗器名為『毒霧金針烈焰彈』,本是辛七娘的獨門暗器,梅山二怪逼辛七娘傳給他們,而仲毌庸則是新近從朱角手中學到的。這還是他第一次使用。……仲毌庸的暗器害不了他,已等於於『武比』輸了一招,如何還敢再和他武比下去?仲毌庸繼續發出兩顆「毒霧金針烈焰彈」,這兩次丹丘生已有準備,當然傷不了他。不過仲毌庸和段劍青卻是在煙霧彌漫的掩護之下逃跑,跑得和他的距離越來越遠了。」

鹿洪[52]；《冰河洗劍錄》之伊璧珠瑪（繆夫人）[53]、天魔教主卡蘭妮[54]；《遊劍江湖》之天下第一暗器名家，四川唐家二房家主唐天縱[55]；《鳴鏑風雲錄》之「辣手仙姝」辛十四姑（辛柔蕷）[56]等。以上在不同的作品、人物、背景和不同的門派中，都使用此一暗器，說明梁氏頗好書寫此類暗器。

此外，在《鳴鏑風雲錄》書中的「辣手仙姝」辛十四姑（辛柔蕷），是天下第一使毒高手，其獨門暗器「毒霧金針烈焰彈」外，尚見「毒霧金針子母彈」。此二者，不知是梁氏書寫之誤，抑或真有區別。《鳴鏑風雲錄》云：

> 辛十四姑乘他說話的當兒，倏地把袖一揚，發出了一枚「毒霧金針子母彈」，蓬的一聲響，彈丸出手便即裂開，噴出一團毒霧，霧中金光閃爍，還夾有許多細如牛毛的梅花針。老叫化呼的一掌，把那團毒霧蕩開，梅花針當更是不能射到他的身上。老叫化笑道：「辛十四姑，我知道你的毒功厲害，早已有了防備了。不瞞你說，我是先服了天山雪蓮調制的碧靈丹，才出來會你的，即使我的護體神功尚未練成，你也難奈我何。我勸你不用枉費心機暗算我了，要打就光明正大的打一場吧！」言下之意，他的護體神功亦已是早已練成了。[57]

從引文看，與「毒霧金針烈焰彈」似也無別。

梁氏作品中，有關此一暗器，其名稱書寫，偶有不全者。如《幻劍靈旗》第12回作「金針毒霧」：

> 暗門突然打開，金狐（按：穆好好）現出身來！她一出來，立即聽得「轟」的一聲，一枚暗

---

52 參見梁羽生《牧野流星》第59回〈苦口婆心終不悟，惡徒毒婦共偕亡〉：「鹿洪跳上了老猿石，掏出一枚暗器，居高臨下，向牟麗珠擲去。他這暗器，乃是得自辛七娘的『毒霧金針烈焰彈』，昨日，丹丘生就是被仲冊庸用這暗器所傷的。」

53 參見梁羽生《冰河洗劍錄》第8回〈索女登門較身手，飛杯裂案炫神功〉：「那繆夫人的本領端的非凡，重傷之後，一足微跛，仍然逃得非常迅速，外面本來有許多邙山派的弟子，她一逃出來，一揚手便是一團濃煙烈火，煙火之中還雜著嗤嗤聲響，白英傑認得這是厲勝男當年用過的『毒霧金針烈焰彈』，慌忙與程浩同時發掌，這兩人是邙山派六大弟子之首，劈空掌的功力甚高，雙掌齊發，掌風將毒焰吹上上空，可是仍然有幾個弟子受了毒針之傷。」

54 同上註，第35回〈亦狂亦俠真豪傑，能哭能歌邁俗流〉：「唐努珠穆這一指點她不倒，也覺有點詫異，原來這是他功力驟長。罡氣雖然練成，一時間尚未能運用自如的緣故。天魔教主何等溜滑，趁他一怔之際，立即又飛出了『毒霧金針烈焰彈』。唐努珠穆運掌如風，雙掌齊出，使的卻是截然不同的招數，左掌輕輕一拍，解開了歐陽婉的穴道，右掌卻以最剛猛的大乘般若掌力，對準『毒霧金針烈焰彈』飛來的方向拍去。只聽得「轟隆」一聲，瓦片紛落如雨。」

55 參見梁羽生《遊劍江湖》第54回〈寶刀未老〉：「話猶未了，只聽得「轟隆」一聲，一枚暗器已是在段仇世的面前爆炸開來！原來這是唐天縱一種極其歹毒的獨門暗器，名為『毒霧金針烈焰彈』，內中藏著火藥，爆炸之後，噴出毒霧，而且煙霧之中，還裹有許多細如牛毛的梅花針。剛才他是恐怕誤傷夥伴，才沒有使用的。」

56 參見梁羽生《鳴鏑風雲錄》第55回〈難去心魔生妄念，自慚形穢起猜疑〉：「哪知辛十四姑用的還是緩兵之計，趁這青衣老者防備稍微鬆懈的這剎那間，突然一揮衣袖，飛出一件暗器，只聽得「乓」的一聲，暗器在半空中爆炸，登時噴出一團煙霧，煙霧中金光閃爍，向青衣老者當頭罩下。那閃爍的金光，乃是無數細如牛毛的梅花針。原來這是辛十四姑費了許多心血練成的一宗獨門暗器，名為『毒霧金針烈焰彈』，練成之後，從未使過，本是準備用來對付韓大維的，如今卻給這青衣老者迫得她不能不用了。」

57 參見梁羽生《鳴鏑風雲錄》第55回〈難去心魔生妄念，自慚形穢起猜疑〉。

器從她手中擲出，還沒落地，就爆炸了。這是穆家的獨門暗器—「金針毒霧」！喜廳裡煙霧彌漫，煙霧中夾著無數細如牛毛的梅花針，金光閃爍。[58]

「銀狐」穆娟娟為「金狐」穆好好之姊妹，在同一書第9回中，梁氏謂其「發出了穆家的一種非常歹毒的獨門暗器—『毒霧金針烈焰彈』」。此處則說「金狐」這是穆家的獨門暗器—『金針毒霧』！」二者顯為一物，但後者不但省稱「烈焰彈」三字，「金針」、「毒霧」之序，亦有所不同。此外，《狂俠天驕魔女》第92回提到古雲飛所使之暗器，亦簡稱為「毒霧金針」[59]。凡此，應是梁氏書寫不嚴之故。

梁氏亦曾寫過假的「毒霧金針烈焰彈」，為史紅英所發。該暗器既無金針，亦無烈焰，只有煙霧，且煙霧也是無毒的。只因她不願使用太過歹毒的暗器。《俠骨丹心》云：

> 董十三娘無暇分辯，史紅英也不容她分辯。只聽「波」的一聲，那暗器已是發了出來，一團濃密的煙霧，登時在他們面前擴展！原來這個暗器乃是一個球狀物體，打了出來，便即爆裂，發出煙霧，天魔教祖師屬勝男當年有一種最屬害的暗器名為「毒霧金針烈焰」，六合幫幫主史白都不知如何得到製造這種暗器的方法。不過，現在史紅英所發的暗器，只是形似而實非，沒有金針，沒有烈焰，只有煙霧，而且那煙霧也是沒有毒的。這是因為史紅英不願使用太過歹毒的暗器的緣故。她只是希望利用煙霧的掩蓋脫身。雖然不是毒霧，但董十三娘卻不知道是有毒無毒，她是識得「毒霧金針烈焰彈」的屬害的，忙把圓海拉上馬背，便即撥轉馬頭，向後跑了。[60]

使用此一暗器者，顯然只是用以掩蓋脫身，並非傷人退敵之用。

「金針」可當暗器，亦為救人之器。《鳴鏑風雲錄》中之辛十四姑，是天下第一使毒高手，除了使用「毒霧金針烈焰彈」、「毒霧金針子母彈」之暗器外，亦能以「金針」拔毒、驅毒，進行醫療救治。如：

> 辛十四姑取出一支金針，突然插進了韓大維的太陽穴，韓佩瑛吃了一驚，叫道：「你幹什麼？」辛十四姑微笑道：「不要害怕，我是用金針拔毒的療法，醫治你的爹爹。」[61]

且其「金針拔毒」之法，頗為高明。《鳴鏑風雲錄》云：

> 辛十四姑的「金針拔毒」之法高明之極，但她可以金針拔毒，也可以用金針「驅」毒，把毒質驅趕，移到身體的任何部分，她剛才在牢房裡給韓大維療毒，就是用「金針驅毒」的法子，把毒質趕到奇經八脈之中去。韓大維的功力得以暫時恢復，只是受到她的金針刺穴的刺

58 參見梁羽生《幻劍靈旗》第12回〈解脫塵絲，仗他幻劍；擎開世網，奉我靈旗〉。
59 參見梁羽生《狂俠天驕魔女》第92回〈寄恨傳書求一晤，飛珠嵌壁顯神通〉：「文逸凡說的話，眾人都是聽得莫名其妙，只有古雲飛自己心裡明白。原來十年之前他與文逸凡打了一架，本來是他要輸招的，他仗著獨門暗器『毒霧金針』，在毒霧掩護之下逃走。文逸凡贏了他一招，卻中了他一枚梅花針，這才算是打成平手的。文逸凡所說的『黃鼠狼放臭屁』，自然是暗諷他所放的毒霧了。」
60 參見梁羽生《俠骨丹心》第13回〈慨贈奇珍懷玉女，巧搓解藥戲魔頭〉。
61 參見梁羽生《鳴鏑風雲錄》第27回〈恩怨癡纏難自解，悲歡離合總關情〉。

激所致，效力一失，功力亦失。[62]

可見「金針」可當暗器，亦爲救人之器。此外，若中金針之毒，亦有解法。《雲海玉弓緣》載三個魔頭中了梅花金針，屬勝男讓他們服了解藥，再以磁石將他們身上的金針吸出來，又給他們敷了化膿消毒的藥散，過了一盞茶的時刻，但覺眞氣暢通無阻，手指所按之處，也無疼痛的感覺。說明此一暗器有對症的解症。[63]

梁羽生作品中，尚有其他針類暗器，如「青蜂針」，乃常五娘偷得唐家秘方練成，青蜂爲種罕見的異種蜜蜂，是劇毒暗器，其針比黃蜂更毒。《武當一劍》云：

> 常五娘道：「你不答應，我就永遠跟著你生則同生，死則同死！」不歧皮膚起了疙瘩，說
> 道：「你當真非把我弄到身敗名裂不可嗎？好，你現在就射我一枚青蜂針吧！」
> 藍水靈插口道：「師父，我回山之後，才知道你中了那妖婦常五娘的青蜂針，臥床幾乎有半
> 載之久。聽說那妖婦的青蜂針是著名的劇毒暗器，你雖然好了，可還得多多保重。」[64]

「青蜂針」是「劇毒暗器」，不歧不想身敗名裂，請求常五娘射一枚青蜂針，求死之意，顯而易見，可見此針之毒。《俠骨丹心》和《雲海玉弓緣》另見「五毒針」，是「無人能解」的劇毒暗器。《俠骨丹心》云：

> 賀大娘大吃一驚，心道：「我這梅花針是用五樣最厲害的毒藥淬練的，比那日給他喝的毒
> 茶....李敦「哎喲」一聲，叫道：「這枚毒針你可不能小視了，這是天魔教的五毒針！」[65]
> 那四個魔頭半信半疑，攻勢稍緩，屬勝男吃了一驚，急忙喝道：「不要信他的話，五毒針天
> 下無人能解！」[66]

《七劍下天山》中，有白髮魔女獨門暗器「白眉針」。此針細如牛毛，雖不足已制人死命，卻狠辣非常，入了人體，極不容易取出，眞如附骨之疽。

> 劉郁芳從側面殺出，奇門暗器錦雲兜突然當頭一罩，楚昭南霍地避開，忽覺手腕一陣麻痛，
> 淩未風手臂……白眉針是白髮魔女的獨門暗器，細如牛毛，所以稱為白眉針。
> 她仗著白髮魔女的獨門劍法，忽虛忽實，聲東擊西，只是在消耗成天挺的氣力。兩人惡
> 戰，……白眉針是白髮魔女的獨門暗器，細如牛毛，所以稱為白眉針。[67]

此外，四川唐門暗器「七煞白眉針」，針細如毛，刺入人體之內，順著血管深入，到達心窩。「定形針」，亦爲唐門暗器，陝西穆家亦有此針。針中空，分成三節。因用不同毒藥淬煉，故呈三種不同顏色。「天山神芒」，爲一種形如短箭的芒刺，只生長在天山，非常尖銳，堅逾金鐵。長者如

---

[62] 同上註。

[63] 參見梁羽生《雲海玉弓緣》第23回〈頻生禍事情何忍，未測芳心意自迷〉。

[64] 參見梁羽生《武當一劍》第15回〈獨處墓園懷舊侶，驚聞密室揭私情〉。

[65] 參見梁羽生《俠骨丹心》第28回〈暗使毒針施毒手，且看神劍顯神威〉。

[66] 參見梁羽生《雲海玉弓緣》第22回〈吞舟巨浪兼天涌，裂石熔岩卷地焚〉。

[67] 參見梁羽生《七劍下天山》第23回〈詭計多端，毒酒甜言求秘笈；艱難幾度，癡情蜜意獲芳心〉。

箭,圓者如珠,有各種各樣的形式。「飛芒」,乃以五金之精所煉,形如梅花針,專傷穴道耳目。「七煞奪命神針」,以蛇島最毒之金角蛇口涎所煉,二十四時辰內,毒氣攻心,無藥可救。

綜上可知,梁羽生頗愛寫針類暗器,且器多淬毒。暗器的運用是有爭議的,尤其是用毒。金庸《飛狐外傳》寫了趙半山對暗器用毒:「燭光下見鏢頭帶著暗紅之色,拿到鼻邊一嗅,果有一股甜香,知道鏢尖帶有劇毒。他是使暗器的大高手,卻最恨旁人在暗器之上喂毒,常言道:『暗器原是正派兵器,以小及遠,與拳腳器械,同為武學三大門之一,只是給無恥個人一喂毒,這才讓人瞧低了。』」[68]趙半山是暗器高手,卻最恨旁人在暗器之上喂毒,可見正邪之別。

金庸作品中,也寫針類暗器。《神雕俠侶》中,可見「冰魄神針」和「玉蜂針」。二者皆為古墓派的獨門暗器,乃林朝英當年所有兩件最厲害的暗器。《神雕俠侶》云:

> 玉蜂針是古墓派的獨門暗器,林朝英當年有兩件最厲害的暗器,一是冰魄銀針,另一就是玉蜂針。這玉蜂針乃是細如毛髮的金針,六成黃金、四成精鋼,以玉蜂尾刺上毒液煉過,雖然細小,但因黃金沉重,擲出時仍可及遠。只是這暗器太過陰毒,林朝英自來極少使用,中年後武功出神入化,更加不須用此暗器。小龍女的師父因李莫愁不肯立誓永居古墓以承衣鉢,傳了她冰魄銀針后,玉蜂針的功夫就沒傳授。[69]

「玉蜂針」,乃小龍女之暗器。玉蜂為白色蜂子,小龍女可燒香召回。「冰魄神針」,則為赤練仙子李莫愁所使之暗器,純銀打造,針身縷有花紋,精緻無比。《神雕俠侶》云:

> 一轉頭,只見地下明晃晃的撒著十幾枚銀針,針身鏤刻花紋,打造得極是精緻。他俯身一枚枚的拾起,握在左掌,忽見銀針旁一條大蜈蚣肚腹翻轉,死在地下。他覺得有趣,低頭細看,見地下螞蟻死了不少,數步外尚有許多螞蟻正在爬行。他拿一枚銀針去撥弄幾下,那幾隻螞蟻兜了幾個圈子,便即翻身僵斃,連試幾隻小蟲都是如此。[70]

「銀針旁一條大蜈蚣肚腹翻轉,死在地下」、「地下螞蟻死了不少」,可見此物之毒。

金庸《倚天屠龍記》中,寫有神異暗器「蚊鬚針」,乃明教殷素素所使用的暗器。《倚天屠龍記》云:

> 俞岱岩胸腹間和大腿之上,似乎同時被蚊子叮了一口。其時正當春初,本來不該有蚊蚋,但他也不在意,……聽到「蚊鬚針」三字,一震之下,忙伸手到胸腹間適才被蚊子咬過的處所一按,只覺微微麻癢,明明是蚊蟲叮後的感覺,轉念一想,登時省悟:「他適才說話聲音故意模糊細微,引我走近,乘機發這細小的暗器。」想起海沙派眾鹽梟對天鷹教如此畏若蛇蠍,這暗器定是歹毒無比,眼下只有先擒住他,再逼他取出解藥救治,當下低哼一聲,左掌護面,右掌護胸,縱身便往船艙中沖了進去。[71]

---

68 參見金庸《飛狐外傳》第3回〈英雄年少〉。
69 參見金庸《神雕俠侶》第1回〈風月無情〉。
70 參見金庸《神雕俠侶》第2回〈故人之子〉。
71 參見金庸《倚天屠龍記》第3回〈寶刀百煉生玄光〉。

「蚊鬚針」，屬於近距離發射的暗器。武當俞三俠身中毒針，如「被蚊子咬過」，「只覺微微麻癢」。殷素素以「蚊鬚針」傷了俞岱巖達到目的之後，又去委託龍門鏢局都大錦送俞三俠回武當，其中寫到：

> 但聽得嗤嗤聲響，十餘枚細小的銀針激射而出，釘在那隻插著鏢旗的瓷瓶之上，砰的一響，瓷瓶裂成數十片，四散飛迸。這一手發射暗器的功夫，實是駭人耳目。都大錦「啊喲」一聲驚呼。俞岱巖也是心中一凜。

「細小的銀針激射而出」，「瓷瓶裂成數十片，四散飛迸」，既寫到了蚊鬚針的威力，又可見發射者的功夫不凡。

《笑傲江湖》中，寫有「繡花針」，乃東方不敗的針類暗器。書中寫到：

> 東方不敗手中這枚繡花針長不逾寸，幾乎是風吹得起，落水不沉，竟能撥得令狐沖的長劍直蕩了開去，武功之高，當真不可思議。令狐沖大驚之下，知道今日遇到了生平從所未見的強敵，只要一給對方有施展手腳的餘暇，自己立時性命不保，當即刷刷刷刷連刺四劍，都是指向對方要害。[72]

「長不逾寸，幾乎是風吹得起，落水不沉」，如此之物，常常令人猝不及防，書中又寫到：

> 突然之間，眾人只覺眼前有一團粉紅色的物事一閃，似乎東方不敗的身子動了一動。但聽得當的一聲響，童百熊手中單刀落地，跟著身子晃了幾晃。只見童百熊張大了口，忽然身子向前直撲下去，俯伏在地，就此一動也不動了。他摔倒時雖只一瞬之間，但任我行等高手均已看得清楚，他眉心、左右太陽穴、鼻下人中四處大穴上，都有一個細小紅點，微微有血滲出，顯是被東方不敗用手中的繡花針所刺。任我行等大駭之下，不由自主都退了幾步。令狐沖左手將盈盈一扯，自己擋在她身前。一時房中一片寂靜，誰也沒喘一口大氣。[73]

《書劍恩仇錄》中，有「芙蓉金針」，乃陸菲青的絕技。該書開篇就描寫了此一絕技：

> 那女孩兒來到書房之外，怕老師午睡未醒，進去不便，於是輕手輕腳繞到窗外，拔下頭上金釵，在窗紙上刺了個小孔，湊眼過去張望。只見老師盤膝坐在椅上，臉露微笑，右手向空中微微一揚，輕輕吧的一聲，好似甚麼東西在板壁上一碰。她向聲音來處望去，只見對面板壁上伏著幾十隻蒼蠅，一動不動，她十分奇怪，凝神注視，卻見每隻蒼蠅背上都插著一根細如頭髮的金針。這針極細，隔了這樣遠原是難以辨認，只因時交未刻，日光微斜，射進窗戶，金針在陽光下生出了反光。書房中蒼蠅仍是嗡嗡的飛來飛去，老師手一揚，吧的一聲，又是一隻蒼蠅給釘上了板壁。那女孩兒覺得這玩意兒比甚麼遊戲都好玩，轉到門口，推門進去，大叫：「老師，你教我這玩意兒！」[74]

72　參見金庸《笑傲江湖》第31回〈繡花〉。
73　同上註。
74　參見金庸《書劍恩仇錄》第1回〈古道騰駒驚白髮，危巒快劍識青翎〉。

陸菲青的芙蓉金針雖然有很好的實戰效果，但如此以金針釘蠅，未免令人莞爾。當然，飛針是具有實戰功能的針，講求力度與準確度。明代謝肇淛《五雜俎》云：

> 穿楊、貫蝨，精之至也，然亦可習也。至於截箭齧鏃，非可習而能也。神而明之，有數存乎其間，即羿亦不能傳之子者也。李克用之懸針，斛律光之落雕，射之聖者也。由基矯矢而猿號，蒲且虛弦而鳧落，射之神者也。後羿之繳日，督君謨之志射，射之幻者也。魏成帝過山二百餘步，胡後之中針孔，射之佞者也。蹲甲而徹七箚，射鐵而洞一寸，射之力者也。伯昏務人登高山，履危石，臨不測之淵，背逡巡，足二分垂在外，射之奇者也。范廷召所至，鳥雀皆絕，射之酷者也。魏舒、賈堅，射之雅者也。蕭瑀、盧廙，射之狠者也。嘗于德平葛尚實家見二胡雛，彀弩射飛，弦無虛發。每射棲雀，輒離數寸許，弦鳴雀飛，適與矢會，其妙有不可言者，信天性絕技，非學可至也。吳門彭興祖弟善彈，藏小石袖中以擲鳥雀，百步之內，無不應手而殪。此與《水滸傳》所載沒羽箭張清何異？考史載蕭摩訶擲銳，略與此同，惜不用之疆場，而但為戲耳。[75]

若只「藏小石袖中以擲鳥雀，百步之內，無不應手而殪。」、「此與《水滸傳》所載沒羽箭張清何異？」、「惜不用之疆場，而但爲戲耳！」陸菲青金針釘蠅，亦爲戲乎？

　　黃易《覆雨翻雲》中，黑榜高手，「毒醫」烈震北之「華陀針」，乃結合醫道所創出的武技。針上蘊含一股無可禦的尖銳氣勁，專破對手內家功夫，一旦鑽入手內即隨脈而行，怪異難防。《覆雨翻雲》云：

> 同一時間烈震北衣袖一拂，掃在七節棍上，竟發出「叮」一聲金屬清音，藍天雲立覺隨棍傳來一股無可禦的尖銳氣勁，若利針般破人他的「長河正氣」裡，直鑽心肺，駭然下強提一口真氣，往後飛退。
>
> 銀針點在兩人刀鋒上，兩道尖銳氣勁沿劍而上，鑽入手內，隨脈而行，以兩人精純的護體真氣，一時竟也阻截不住。
>
> 刁氏夫婦大為失色，想不到世間竟有如此怪異難防的內家真氣，那敢逞強。猛然退後，運氣化解，幸好尖銳氣勁受體內真氣攔截，由快轉緩，由強轉弱，到心脈附近便不能為禍，不過已使二人出了一身冷汗，也耗費了大量真元。[76]

「毒醫」，殺人以針，「神醫」，救人亦針。《三國志》卷29《魏書‧方技傳》稱華佗：「若當針，亦不過一兩處，下針言：『當引某許，若至，語人。』病者言已到，應便拔針，病亦行差。」「應便拔針，病亦行差。」其針乃醫病之術。華佗其弟子樊阿擅長針術，與眾不同：「凡醫咸言：背及胸藏（臟）之間，不可妄針。針之不過四分，而阿針背入一二寸，巨闕胸藏（臟）針下五六

75　謝肇淛：《五雜俎》卷6。上海：上海書店出版社，2001年，頁123-124。
76　參見黃易《覆雨翻雲》第9卷第4回〈毒醫的針〉。

寸，而病輒皆瘳。」[77]針下而病輒皆瘳，可見針下病除，其針乃行醫救人之針。武俠小說中的神醫不少，如《倚天屠龍記》中的胡青牛，《笑傲江湖》中的平一指，《天龍八部》中的慕春華，《絕代雙驕》中的萬春流，《血鸚鵡》中的葉天士等，皆宗師級醫者，惟皆性情古怪。平一指尤奇，「醫一人，殺一人；殺一人，醫一人」，醫德不佳，心胸狹窄。

（二）、釘類暗器

釘、錐，也是常見的暗器。朱貞木《羅剎夫人》中的「透骨子午釘」，乃女羅剎所使武器，用腕力指勁將筆芯大小的暗器發出。在黑夜裡殺傷力較大。這種暗器練到家時，可隨心所欲，疾逾閃電，比別的暗器更為霸道，鐵布衫金種罩一類功夫也抵擋不住。《羅剎夫人》指出：

> 沐天瀾急忙返身，走近幾步，朝棚柱上看時，只見柱上插著一支透骨子午釘。知道這種子午釘，任憑多大功夫也搪不住，一經中上，子不見午、午不見子，是江湖上一種最屬害的暗器。沐天瀾一見這種暗器，頓時冒了一身冷汗，霍地回身，正色問道：「此釘何來？你指我看釘是什麼意思？」
>
> 女子眼波流動，好像從眼內射出一道奇光，在他面前一掃而過，冷笑道：「剛才用了兩枚子午釘，救了一條不見情的性命，卻憑空和那人結了仇，此刻我正在後悔呢！」說完，便扭動柳腰，伸手拔下透骨子午釘放入鏢囊，一轉身，向沐天瀾睞了一眼，似欲走開。[78]

子午透骨釘是「一經射中，子時不見午時，午時不見子時，性命難保」，確是江湖上最屬害的暗器。不過，那女子又云：「我這子午釘有毒無毒兩種，鏢袋裡分裡外層藏著，我用的是無毒的一種。」可見「透骨子午釘」有無毒與有毒之別。《射雕英雄傳》中，梁子翁也有「子午透骨釘」，則是一種見血封喉的暗器。

> 郭靖叫道：「喂，還我藥來！」梁子翁怒極，回手一揚，一枚透骨釘向他腦門打去，風聲呼呼，勁力凌厲。朱聰搶上兩步，折扇柄往透骨釘上敲去，那釘落下，朱聰左手抓住，在鼻端一聞，道：「啊，見血封喉的子午透骨釘。」梁子翁聽他叫破自己暗器名字，一怔之下，轉身喝道：「怎麼？」朱聰飛步上前，左掌心中托了透骨釘，笑道：「還給老先生！」梁子翁坦然接過，他知朱聰功夫不及自己，也不怕他暗算。[79]

有關梁子翁擅長野狐拳及腿法，書中對「子午透骨釘」的描寫不多。

梁羽生《冰川天女傳》有「九宮八卦陣」，乃韓重山與葉橫波留下的。按九宮八卦奇正迴圈之理所佈，並需配合暗器。九人持劍，按九宮八卦方位站好，九人同進同退，首尾相連，此呼彼應：

> 葉天任叫道：「變陣散開，用暗青子招呼這個妖女！」九宮八卦陣本來是向裡收緊，這時驟

---

[77] 參見《三國志‧魏書‧方技傳》（卷29）。

[78] 參見朱貞木《羅剎夫人》第2回〈荒山逢巨寇〉。

[79] 參見金庸《射雕英雄傳》第11回〈長春服輸〉。

的向外擴開，外圍旁觀的人紛紛走避，距離稍遠，冰魄寒光劍射出的冷氣，勉強可以抵受，葉大任一聲呼哨，八個方位，暗器齊飛，都向著中心站立的冰川天女疾射。冰川天女道了聲：「好！」雙指頻彈，將冰魄神彈似冰電般的亂飛出去，那些較為細小的暗器，如梅花針、鐵蓮子，飛蝗石、袖箭、透骨釘之類，被冰彈一碰，立刻墮地，冰魄神彈一散，一顆顆好似珍珠大小，亮晶晶的從空中灑下，破裂之後，那寒光冷氣，更是彌漫擴張，宛似從空中罩下一張無形的冰網。冰魄神彈是念青唐古喇山冰谷之中的萬載寒冰所煉，那勺寒之氣，刺體侵膚，比冰魄寒光劍還屬害得多。……再一看，只見葉天任雙眼通紅，雙手各扣著一件奇形暗器，正待發放。原來這暗器名為「回環鉤」，乃是韓重山當年賴以成名的暗器，可以斜飛轉折，碰物回翔，惡毒無比。[80]

此陣法需配以暗器之力，門戶方能緊封，威力才能大顯。八個方位暗器齊飛，都向著中心疾射。暗器則有梅花針、鐵鍊子、飛蝗石、袖箭、透骨釘及回環鉤等類。其中，就含有「透骨釘」。

古龍《楚留香傳奇》系列之《畫眉鳥》中，有「暴雨梨花釘」，號稱天下第一的暗器。以銀製成，外觀扁平如匣，長七寸，厚三寸。上用小篆字體雕出：「出必見血，空回不祥。急中之急，暗器之王。」乃昔時武林中久負盛名的南湖雙劍子周世明所製，其人一生殘疾，智慧走上偏途，費盡心機製造了此一暗器。

楚留香歎道：「這倒也不是他在故意說大話駭人。」

「暗器製作之精巧，發射力量之猛，實在不愧為「暗器之王」四字，當今武林中幾件有名的暗器，和此物一比，速度至少要相差兩成，而暗器一吻，決勝傷人，就在一剎那間，縱然是毫釐之差，也差得大多了。」

胡鐵花道：「此物難道比石觀音所製的針筒還強得多麼？」

楚留香道：「石觀音那針筒射出來的毒針雖急，但你等它發射後再閃避，也還來得及的，而這『暴雨梨花釘』發射後，天下卻無一人能閃停開。」胡鐵花道：「可是你方才卻閃避開了。」[81]

楚留香認為此一暗器製作之精巧，發射力量之猛，比武林上幾件有名的暗器，還快上兩成，甚至超初石觀音所製之針筒，不少高手因此而喪生。此一歹毒暗器銷聲匿跡一段時間後，被李玉函重金購得後，用以暗算楚留香，未能得逞。暴雨梨花釘使用時，二十七枚銀針從三排微孔中激射而出，其速度之快，使武功高強之人也難以躲避。但楚留香卻偏偏避過了。

金庸《碧血劍》寫袁承志與溫方山（溫青青親外公）交手，突施杖頭龍口「鋼釘」：

袁承志心想他是溫青的親外公，不能令他難堪，當下立即收回木劍，……。哪知溫方山跟著便橫杖打出。袁承志心想：「已經輸了招，怎麼如此不講理，全沒武林中高人的身份？」當

80　參見梁羽生《冰川天女傳》第24回：〈羽士魔頭，群邪朝法會；冰彈玉劍，天女上峨嵋〉。

81　參見古龍《楚留香傳奇‧鐵血傳奇》之《畫眉鳥》第3回〈暗器之王〉。

即向左避開，突然嗤嗤嗤三聲，杖頭龍口中飛出三枚鋼釘，分向上中下三路打到。杖頭和他身子相距不過一尺，暗器突發，哪裡避讓得掉？溫青不由得「呀」的一聲叫了出來，眼見情勢危急，臉色大變。卻見袁承志木劍回轉，啪啪啪三聲，已將三枚鋼釘都打在地下。這招華山劍法，有個名目叫作「孔雀開屏」，取義於孔雀開屏，顧尾自憐。這招劍柄在外，劍尖向己，專在緊急關頭擋格敵人兵器。袁承志打落暗器，木劍反撩，橫過來在鋼杖的龍頭上一按。木劍雖輕，這一按卻按在杖腰的不當力處，正深得武學中「四兩撥千斤」的要旨。[82]

「杖頭龍口中飛出三枚鋼釘，分向上中下三路打到」，其手法類似《三俠劍》中，諸葛山眞的龍頭桿棒，「龍頭之龍口內藏有子午悶心釘」。

此外，金庸《神雕俠侶》中，裘千尺口中的「棗核釘」，實是一枚鐵棗核。

突然「呼」的一聲，一枚鐵棗核從口中疾噴而出，向郭芙面門激射過去。她上一句說了「你是郭靖和黃蓉的女兒」，下一句再說「你是郭靖和黃蓉的」這八個字，人人都以為她定要再說「女兒」兩字，那知在這一霎之間，她竟會張口突發暗器。這一下突如其來，而她口棗核的功夫更是神乎其技，連公孫止武功這等高明也給她射瞎了右眼，郭芙別說抵擋，連想躲避也沒來得及想。

口一張，噗的一聲，吐出一枚棗核，向楊過迎面飛去。楊過伸手接住，冷笑道：「快快給我回去，我便不來傷你，諒你這點彫蟲小技，能難為得我了？」[83]

裘千尺的「鐵棗核」，雖是「神乎其技」，在楊過眼中，仍只是彫蟲小技而已。又如：

那知道裘千尺這一釘竟不是射向公孫止，準頭卻是對準了黃蓉。這一下奇變橫生，連黃蓉也萬萬料想不到，急揮打狗棒擋隔，但棗核釘勁力實在太強，只感全身一震，手臂酸軟，「啪」的一聲，打狗棒掉在地下，身子跟著落地。公孫止上躍之力也盡，落在黃蓉身側，橫刀向她砍去。[84]

雖將黃蓉的打狗棒震落於地，畢竟還是沒有擊中。

公孫綠萼本來除死以外已無別念，這時卻起了好奇之心，於是隱身山石之後側耳傾聽，一聽之下，心中怦的一跳，原來說話之人竟是父親。她父親雖然對不起母親，對她也是冷酷無情，但母親以棗核釘射瞎了他一目，又將他逐出絕情谷，綠萼念起父女之情，時時牽掛，此刻忽又聽到了這熟悉的聲音，才知他並未離開絕情谷，卻躲在這人跡罕至之處，想來身子也無大礙，登時心下暗喜。[85]

棗核釘射瞎公孫止一目，算是符合暗器的大原則，只傷人而不致於死。

---

82 參見金庸《碧血劍》第5回〈山幽花寂寂，水秀草青青〉。

83 參見金庸《神雕俠侶》第30回〈離合無常〉。

84 參見金庸《神雕俠侶》第32回〈情是何物〉。

85 參見金庸《神雕俠侶》第31回〈半枚靈丹〉。

（三）、錐類暗器

金庸《笑傲江湖》中，寫令狐沖與向問天聯手接錐，向問天居然能將數十枚飛錐都接在手中：

> 「你為禍武林，人人得而誅之，再接我一錐。」只聽得呼呼呼呼響聲不絕，他口說「一錐」，飛射而來的少說也有七八枚飛錐。
>
> 令狐沖聽了這暗器破空的淒厲聲響，心下暗暗發愁：「風太師叔傳我的劍法雖可擊打任何暗器，但這飛錐上所帶勁力如此厲害，我長劍縱然將其擊中，……一枚枚飛錐飛到他身前，便都沒了聲息，想必都給他收了去。
>
> 突然響聲大盛，不知有多少飛錐同時擲出，令狐沖知道這是「滿天花雨」的暗器手法，本來以此手法發射暗器，所用的定是金錢鏢、鐵蓮子等等細小暗器，這飛錐從破空之聲中聽來，每枚若無斤半，也有一斤，怎能數十枚同時發出？……」只聽得追敵大聲呼叫：「向問天中了飛錐！」白霧中影影綽綽，十幾個人漸漸逼近。
>
> 便在此時，令狐沖猛覺一股勁風從身右掠過，向問天哈哈大笑，前面十餘人紛紛倒地。原來他將數十枚飛錐都接在手中，卻假裝中錐受傷，令敵人不備，隨即也以「滿天花雨」手法射了出去。[86]

這飛錐顯然是一般江湖人士所用的，並不算特殊。但「每枚若無斤半，也有一斤，怎能數十枚同時發出？」看來是頗有重量的。

金庸《碧血劍》中的《金蛇秘笈》，內有發金蛇錐的手法。其手法尤為奇妙，與木桑道人的暗器心法可說各有千秋。

> 兩人聽他說明情由，見了小乖掌上的暗器，也都稱奇。木桑道：「我從來愛打暗器，江湖上各家各門的暗器都見識過，這蛇形小錐今日卻是首次見到。老穆，這可把我考倒啦。」穆人清也暗暗納罕，說道：「把它起出來再說。」木桑回到房中，從藥囊裡取出一把鋒利小刀，割開小乖掌上肌肉，將兩枚暗器挖了出來。小乖知是給它治傷，毫沒反抗。木桑給它敷上藥，用布紮好傷口。小乖經過這次大難，甚為委頓。大威給它搔癢捉虱，拚命討好，以示安慰。那兩枚暗器長約二寸八分，打成昂首吐舌的蛇形，蛇舌尖端分成雙叉，每一叉都是一個倒刺。蛇身黝黑，積滿了青苔穢土。木桑拿起來細細察看，用小刀挑去蛇身各處污泥，那蛇形錐漸漸燦爛生光，竟然是黃金所鑄。木桑道：「怪不得一件小暗器有這麼重，原來是金子打的。使這暗器的人好闊氣，一出手就是一兩多金子。」
>
> 穆人清突然一凜，說道：「這是金蛇郎君的。」木桑道：「金蛇郎君？你說是夏雪宜？聽說此人已死了十多年啦！」剛說了這句話，忽然叫道：「不錯，正是他。」小刀挑刮下，蛇錐

的蛇腹上現出一個「雪」字。另一枚蛇錐上也刻著這字。[87]

這黃金蛇形錐，暗器長約二寸八分，打成昂首吐舌的蛇形，蛇舌尖端分成雙叉，每一叉都是一個倒刺。蛇形錐燦爛生光，乃黃金所鑄。《金蛇秘笈》是金蛇郎君所流傳下來的高明武功。袁承志無意中得到《金蛇秘笈》，翻開閱讀，只見上面寫滿密密小字，又有許多圖畫。有的是地圖，有是是武術姿勢，更有些兵刃機關的圖樣。前面是些練功秘訣以及打暗器的心法，與袁承志師父及木桑道人所授大同小異，約略看去，秘笈中所載，頗有不及自己所學的，但手法之陰毒狠辣，卻遠有過之。

梁羽生《草莽龍蛇傳》，寫有山西路家「三棱透甲錐八十一手」講究砸、紮、截、刺、崩、剪、攔、掛：

> 這樣一來，形勢又是大變，這沙鳴遠使的是罕見的外門兵器三稜透甲錐，江湖上能夠使這種兵器的寥寥無幾，更兼他的外號稱為「千里追風」，輕身功夫，還在董紹堂之上。……這沙鳴遠展開山西路家嫡傳的八十一手透甲錐法。只見他左攻右守，右攻左拒，砸、扎、截、刺、崩、剪、攔、掛，一招一式，全都純熟異常。司空照倒吸了口涼氣，知道董紹堂今天邀來的全都是「硬點子」，非拼死不能闖出去了。……他就疾如電閃的向左面一晃，橫點沙鳴遠的「天池穴」，沙鳴遠竟不閃不避，右手斜帶三稜透甲錐，身形驟轉，刷地掄起透甲錐，斜肩振臂，猛照司空照砸來，司空照這兩招原非實招，一引得沙鳴遠猛攻，董紹堂趨避之際，身趨走式，只一轉，便轉到二人身後，往斜裏一衝，便脫出兩人圍攻。[88]

金庸《天龍八部》中，有「雷公轟」，乃青城派獨門兵刃。

> 王語嫣道：「嗯，你這是『雷公轟』，閣下想必長於輕功和暗器了。書上說『雷公轟』是四川青城山青城派的獨門兵刃，『青』字九打，『城』字十八破，奇詭難測。閣下多半是複姓司馬？」
>
> 他站起身來，雙手在衣袖中一拱，取出的也是一把短錐，一柄小錘，和司馬林一模一樣的一套「雷公轟」，說道：「請姑娘指點。」
>
> 旁觀眾人均想：『你的兵刃和那司馬林全無分別，這位姑娘既識得司馬林的，難道就不識得你的？』王語嫣也道：「閣下既使這『雷公轟』，自然也是青城一派了。」[89]

依《天龍八部》所述，雷公轟是奇形兵刃，左手是柄六七寸長的鐵錐，錐尖卻曲了兩曲，右手則是個八角小錘，垂柄長僅及尺，錘頭還沒長人的拳頭大，兩件兵器小巧玲瓏，到像是孩童的玩具，用以臨敵，看來全無用處，卻另有獨到之處。[90]

87　參見金庸《碧血劍》第3回〈經年覯劍俠，長日對楸枰〉。

88　參見梁羽生《草莽龍蛇傳》第4回〈翰苑塵生，少年落拓雲中鶴；荒山俠隱，陳跡飄零雪裡鴻〉。

89　參見金庸《天龍八部》第13回〈水榭聽香，指點群豪戲〉。

90　參見金庸《天龍八部》第13回〈水榭聽香，指點群豪戲〉。

（四）、其他

1、蛇頭白羽箭

　　臥龍生《飛花逐月》提到一種「蛇頭白羽箭」，箭到之處，望風披靡：

　　　　蕭寒月道：「是一種帶有白羽毛的短箭，是不是蛇頭白羽箭，我就不知道了？」

　　　　常九道：「天下用甩手箭的人，雖然不少，但帶一截羽毛的，卻是不多，除了蛇頭白羽箭之

　　　　外，我還未聽過有第二家？」

　　　　……蕭寒月目光轉動，發覺在座之人，一個個臉色沉重，似乎是蛇頭白羽有著很大的震駭力

　　　　量，心中大奇，忍不住問道：「常兄，那蛇頭白羽箭，可有什麼來歷？」……不待蕭寒月

　　　　問，張嵐長長歎一口氣，道：「蕭兄弟初入江湖不久，不知蛇頭白羽箭的出處，來歷……」

　　　　蕭寒月道：「張兄指教？」

　　　　張嵐道：「二十年前，蛇頭白羽箭威震江湖，箭到之處，望風披靡，鬧得江湖上神鬼不安，

　　　　幸好只鬧了五年，突然隱去不見，但白羽箭的往事，至今仍然傳揚江湖，想不到的蹤十五年

　　　　的蛇頭白羽，竟然會在王府中出現？！」

　　　　蕭寒月道：「蛇頭白羽箭，代表著一個人，還是代表著一個組織？」[91]

不過，從上文看，「蛇頭白羽箭」不太像暗器。《飛花逐月》又云：

　　　　蕭寒月道：「蛇頭白羽箭，左右不過是一種暗器罷了，江湖中人，為何如此害怕？」

　　　　常九道：「蛇頭白羽箭的可怕處，是因為它花樣太多，有的蛇頭中暗藏毒針，有的暗藏磷

　　　　火，也有暗藏火藥，射中人身，或用兵器封擋時，立刻爆炸，但就外形上看去，卻是完全一

　　　　個樣子，叫人無法分辨。」

　　　　蕭寒月道：「原來如此，那當真是防不勝防，十分可怕了。」

　　　　直到此刻，蕭寒月才完全明白，蛇頭白箭一經提出，全座默然，原來，都被這種詭詐難測的

　　　　暗器給震住了。[92]

原來「蛇頭白羽箭」可怕之處，在於它花樣太多。或蛇頭中暗藏毒針，或暗藏磷火，亦有暗藏火藥。射中人身，或用兵器封擋時，立刻爆炸。」、「防不勝防」、「詭詐難測」。

　　鄭證因《鷹爪王》中，雪山二醜的獨門暗器就是「蛇頭白羽箭」，箭尖下橫嵌兩支鋼針，只要箭尖射入人體，鋼針即蹦出左右向肉裡橫穿出去，是以中了此箭，不死也落得殘疾。另外，古龍的後期作品《那一劍的風情》中，青龍會獨有的微型暗器「情人箭」，則是一紅一黑兩支小箭。使用時，黑箭先發，讓對手被宛如情人眼波般的黝黑迷惑，正在心神蕩漾之際，紅箭已悄悄射入，血便

91　參見臥龍生《飛花逐月》第6回〈蛇頭白羽箭〉。

92　參見臥龍生《飛花逐月》第6回〈蛇頭白羽箭〉。

如情人的眼淚般滴滴流出。

2、含沙射影

金庸《碧血劍》中，有五毒教何鐵手的特殊暗器「含沙射影」。

> 原來這毒蟾砂是無數極細的鋼針，機括裝在胸前，發射時不必先取準頭，只須身子對正敵
> 人，伸手在腰旁一按，一陣鋼針就由強力彈簧激射而出。真是神不知，鬼不覺，何況鋼針既
> 細，為數又多，一枚沾身，便中劇毒。武林中任何暗器，不論是金鏢、袖箭、彈丸、鐵蓮
> 子，發射時總得動臂揚手，對方如是高手，一見早有防備。但這毒蟾砂之來，事先絕無微
> 兆，實是天下第一陰毒暗器，教外人知者極少，等到見著，十之八九非死即傷，而傷者不久
> 也必送命。他們本教之人稱之為「含沙射影」功夫，端的武林獨步，世上無雙。[93]

「含沙射影」即毒蟾砂，本質上就是鋼針，是淬了劇毒的鋼針。真是稱得上「天下第一陰毒暗
器」。毒針有機械裝置，「這一暗器，帶有現代工業的機械制動化成分了，最適合近身防衛，既
無準頭，覆蓋面又大，發明者為五毒教的何鐵手。但由於何鐵手武藝高強，所以沒有怎麼派上用
場。」[94]倒是《鹿鼎記》中的韋小寶，在風紀中挾持時，被雙兒以火槍打死，韋小寶唯恐沒死透，
按動腰間機括，把一叢鋼針，全釘在風紀中身上，「好歹算是用了一回」。

3、趙半山暗器

金庸《書劍恩仇錄》中，趙半山是暗器高手，會使的種類不少。「千臂如來」趙半山，坐紅花
會第三把交椅，乃是溫州王氏太極門掌門大弟子。《書劍恩仇錄》云：

> 趙半山是浙江溫州人，少年時曾隨長輩至南洋各地經商，看到當地居民所用的一樣獵器極為
> 巧妙，打出之後能自動飛回。後來他入溫州王氏太極門學藝，對暗器一道特別擅長，一日想
> 起少年時所見的「飛去來器」，心想可以化作一項奇妙暗器，經過無數次試製習練，製成一
> 種曲尺形精鋼彎鏢，取名為「回龍璧」。至於「飛燕銀梭」，更是他獨運匠心創制而成。要
> 知一般武術名家，于暗器的發射接避必加鑽研，尋常暗器實難相傷。這飛燕銀梭卻另有巧
> 妙。張召重劍交左手，將鐵蓮子、菩提子、金錢鏢等細小暗器紛紛撥落，右手不住接住鋼
> 鏢、袖箭、飛蝗石等較大暗器打回，身子竄上蹲下，左躲右閃，避開來不及接住的各種暗
> 器，心下暗驚：「這人打不完的暗器，真是厲害！」正在手忙足亂之際，忽然迎面白晃晃的
> 一枝彎物斜飛而至，破空之聲，甚為奇特。他怕這暗器頭上有毒，不敢迎頭去拿，一伸手，
> 抓住它的尾巴，哪知這回龍璧竟如活的一般，一滑脫手，骨溜溜的又飛了回去。趙半山伸手
> 拿住，又打了過來。張召重大吃一驚，不敢再接，伸凝碧劍去砍，忽然颼颼兩聲，兩枚銀梭

---

[93] 參見《碧血劍》第16回〈石岡凝冷月，鐵手拂曉風〉。

[94] 施愛東：《金庸江湖手冊》，合肥：安徽教育出版社，1998年，391-392。

分從左右襲來。

他看準來路，縱起丈餘，讓兩隻銀梭全在腳下飛過。不料錚錚兩聲響，燕尾跌落，梭中彈簧機括彈動燕頭，銀梭突在空中轉彎，向上激射。他暗叫不妙，忙伸手在小腹前一擋，一隻銀梭碰到手心，當即運用內力，手心微縮，銀梭來勢已消，竟沒傷到皮肉。但另一隻銀梭卻無論如何躲不開了，終究刺入他小腿肚中，不由得輕輕「啊」的一聲呼叫。[95]

趙半山所使暗器主要為袖箭、飛蝗石、甩手箭、鋼鏢、鐵蓮子、金錢鏢、回龍璧、飛燕銀梭，是全能型的暗器高手。

四、結語

暗器，在中國俠義文獻和武俠小說中，始終是最神秘的絕技。暗器，是奇門兵器，是乘敵不備，暗發突襲的武器，具有「出其不意、攻其不備」的特點。

原始社會人們獵殺野獸所用的武器，如拋石、皮索之類的，許多就是暗器的起源。當時的人們獵殺動物之用的飛石、絆獸索，已具暗器之雛形。先秦時期，也只有少數拋擲武器之變種，或短兵器，如魚腸劍、匕首一類。秦漢以後，晚至東漢、三國，逐漸有所發展。如手戟、飛石、流星鎚、飛刀之類，惟多視為第二武器，往往貼身而藏，用於戰陣輔助，以利短兵相接，克敵制勝。

魏晉、唐代，俠蹤漸起，特殊兵器漸浮現。此際俠客、刺客雖漸多見，暗器仍非主流兵器。唐人傳奇有暗器之說，可見於《虞初志》：「有尼授聶隱娘羊角匕首，刃廣三寸，為開其腦後藏匕首，而無新傷，用即抽之。」聶隱娘所使「羊角匕首」，充滿神奇色彩，是武俠小說的傳奇記載。

暗器真正廣泛發展是在宋元之後，隨著冶金技術的發展，武術兵器的殺傷力大大提升。在戰爭中，騎兵過近或過遠搏殺時，長短兵器使用不便，或兵器多不能離手。由此，發展出一些可在馬上、馬下使用的暗器，如飛抓、弩、流星鎚等等。甚至，因應馬戰，發展出「輪圈」這類暗器。輪圈頗為厲害，其外緣內厚外薄，並裝有數十枚鋸齒形尖刺，可重傷敵人的頭頸、面頰等部位。但多為軍事用途。之後民間又衍生出「日月乾坤圈」、「日月風火輪」、「日月雁翅輪」等類頗具殺傷力的暗器。

明代小說《水滸傳》，梁山好漢人人有兵器，除傳統幾大類兵外，更增添了許多新的武器，如板斧、戒刀、樸刀（常見人用）、禪杖、鋼叉、鐵鍊、鋼鞭、水磨八棱鋼鞭、鐵鎚、桿棒（常見人用）、撓鉤、撓鉤套索（常見人用）、飛標、鐵標槍、袖箭、狼牙棒、鉤鐮槍、金槍、棗木槊、留客住（常見人用）、紅綿套索（扈三娘）、團牌等，甚至連扁擔（樵者）、朴刀、鋤頭（村裡莊家）、石子（張清）等，皆派上用場，成了梁山英雄手中有力武器，真是琳琅滿目，不勝枚舉。惟就暗器而言，仍相對仍是少數。《水滸傳》中的暗器，有飛石、飛刀。明清俠義小說中的暗器，有

---

[95] 參見金庸《書劍恩仇錄》第5回〈烏鞘嶺口拚鬼俠，赤套渡頭扼官軍〉。

飛鏢、袖箭、緊背低頭花裝弩、鐵彈、飛蝗石之類。

近現代的之武俠小說，兵器、武功、派別等，非但種類繁多，皆有其特色。就暗器書寫而言，亦呈多彩。作者在書寫時，往往極力舖陳誇張，不論材料製作、構造特點及傷殺功能，皆極盡變化之能。致人死傷，往往是這些暗器的共同特點。其實，在傳統武術中的四類（手擲類、索擊類、機射類和藥噴類）暗器，被近現代武俠小說應用書寫的，並不算多。其中，以手擲類暗器的書寫較多，如飛鏢、金錢鏢、飛鐃、飛刺、飛刀、飛蝗石、鐵橄欖、乾坤圈、梅花針、金針、毒針、蜂針、釘、錐等；索擊類暗器可見的有繩鏢、流星錘、飛爪、軟鞭、鐵蓮花等；機射類暗器，除了袖箭，其他亦不多見；藥噴類暗器，則較少見。不過，現當代部份作家所設計的暗器，除了性質特殊，也往往愛書寫淬毒、噴毒、迷藥。甚或火藥，亦派上用場。這類暗器，也可視為是傳統暗器的變形，如毒霧金針火焰彈、毒霧金針烈焰彈、青蜂針、白眉針、冰魄神針、毒針、銀針、梅花針、透骨子午釘、暴雨梨花釘、棗核釘、蛇頭白羽箭、毒蒺藜、斷魂沙、子午毒沙、鐵鍊子、飛蝗石、袖箭、透骨釘、回環鉤等。有些作家喜歡使用某類暗暗器，如梁羽生愛書寫「毒霧金針烈焰彈」的針類帶毒暗器；有些作家喜歡寫某些擅使暗器、毒藥的家族體系門派，如唐門。其實，四川唐門，是武俠小說中的虛構家族門派，在中國武術史上，並無關於唐門的具體記載[96]。但在武俠小說中，眾多作者爭相書寫[97]、約定成俗，卻使唐門在武俠世界裡有了不可抹滅的一席。

暗器，是暗發突襲的武器，是致人傷殘、取人性命之物，過於狠毒。武林爭鬥，講的是堂堂正正的打鬥，武林豪傑往往慎重使用。不過，暗器本身並無是非。豪傑俠士用以保全性命，救人救己；劫匪惡徒用以謀財害命，殺人於頃刻。現當代武俠小說的暗器，五花八門，極盡變化之能。而致人死傷，則是這些暗器的最大特點。故其使用，是多有爭議的，尤其是用毒。金庸《飛狐外傳》寫趙半山是暗器高手，卻最恨旁人在暗器之上喂毒。[98]可見正邪之別，乃在用毒與否。總之，暗器的出現，豐富了武器的種類，亦拓展了武器使用的空間和範圍，可謂蹊徑獨闢。尤其是在武俠小說

---

[96] 武俠小說作家宮白羽、鄭證因，提到蜀中唐門，應非憑空想像而來的。據萬籟聲《武術匯宗》中的第六章第七節「神功概論」所說：「又有操『五毒神砂』者，乃鐵砂以五毒煉過，三年可成，打於人身，即中其毒，遍體麻木，不能動彈，掛破體膚，終生膿血不止，無藥可醫。如四川唐大嫂即是！」（參見萬籟聲：《武術匯宗》，臺北：臺灣商務印書館，1982年8月臺一版（1929年12月初版），頁288。）首先將唐門和暗器寫入小說的，應是與萬籟聲同年代的武俠小說作家宮白羽。宮白羽創作時，非常注重武學來歷，其知名作品《十二金錢鏢》中，曾出現過威震江湖的「五毒砂」、「毒蒺藜」等暗器，而在《血滌寒光劍》中，這些暗器「見血封喉，其毒無比」的特性，更帶出了《武術匯宗》中的「四川唐大嫂」形象。近年也有不少史學家考證，蜀中唐門、四川唐門、峽江唐門等，實指四川（今重慶）開縣的唐家拳（以拳術和竹鏢自成一系），是否可信，猶待深考。

[97] 宮白羽將「唐大嫂」一人擴為整個唐門，此後多位武俠小說作家各憑本事，寫出不同的唐門和唐氏家族。如梁羽生之《劍網塵絲》、《遊劍江湖》、《武當一劍》、《江湖三女俠》）；古龍之《蒼穹神劍》、《月異星邪》、《情人箭》、《名劍風流》、《白玉老虎》；溫瑞安之《神州奇俠》系列、《四大名捕系列》，都寫過唐門。耐人尋味的是，金庸卻不書寫唐門。

[98] 參見《飛狐外傳》第3回〈英雄年少〉「他是使暗器的大高手，卻最恨旁人在暗器之上喂毒，常言道：『暗器原是正派兵器，以小及遠，與拳腳器械，同為武學三大門之一，只是給無恥個人一喂毒，這才讓人瞧低了。』」

家的生花妙筆下，被賦予了一種神秘的傳奇色彩。暗器，因其神秘莫測，使武俠文化更加玄秘、生動與傳神。暗器，是冷兵器發展史上不可或缺的一環，對於研究中國兵器史以及武俠文化皆有重要意義。

讖緯與漢魏六朝文學修辭

徐興無[*]

一、引言

　　眾所周知，相傳由孔子整理、闡述的"六經"——《詩》、《書》、《禮》、《樂》、《易》、《春秋》，作爲"王教之典籍"[1]，在西漢武帝朝被尊爲學官。史載武帝"罷黜百家，表章六經"[2]，"立五經博士"[3]，中國古代學術進入了經學昌明和極盛的時代[4]。伴隨著經學權威的確立，大約在西漢中後期，興起了配合經學的"緯學"，即讖緯學說以及相應的文獻體系。東漢光武帝根據讖緯中的預言號召天下光復漢朝，讖緯受到朝廷的推尊，成爲經學的一部份，甚至"言五經者，皆憑讖爲說"[5]，後世的經籍目錄也將讖緯列入經部。雖然讖緯的思想和文獻依附於六經，但其中包含了自戰國秦漢以來最爲流行的、以陰陽五行學說爲原理的數術、方技之學，用來推測天與人的感應關係，特別是預言政治興衰，因此被漢人視爲"秘經"[6]，"內學"[7]，"靈篇"[8]，以神秘其事[9]。雖然從它湧現之時起就受到一些精英們的否定與鄙視，但在政治權威的尊崇以及經學家的研習之下，讖緯文獻的文化地位得以確立。魏晉至隋唐以降，因爲具有政治預言，甚至謠言的功能，讖緯學說屢遭帝王禁止，加之北宋以後的新儒學在學術上的揚棄，讖緯文獻散亡不全，並且被視爲五行術數，於是成爲輯佚考古之學。經過明清時期學者的不斷輯佚、校勘，加上四庫館臣從

---

[1]　班固撰，顏師古注《漢書》卷八十八《儒林傳》，北京，中華書局標點本，1962，頁3589。

[2]　《漢書》卷六《武帝紀》，頁212。

[3]　《漢書》卷八十八《儒林傳》，頁3620。按，漢人亦稱「六經」為「六藝」。但由於《樂經》亡佚，故僅立五經博士。

[4]　皮錫瑞以「經學至漢武始昌明」，「自漢元、成至後漢，為極盛時代。」皮錫瑞著，周予同注釋《經學歷史》，北京，中華書局，1959，頁70、101。

[5]　魏徵等撰《隋書》卷三十二《經籍志》，北京，中華書局標點本，1973，頁941。

[6]　范曄撰，李賢等注《後漢書》卷三十上《蘇竟楊厚列傳》李賢注：「秘經，幽秘之經，即緯書也。」北京，中華書局標點本，1965，頁1043。

[7]　《後漢書》卷八十二上《方術傳上‧序》李賢注：「內學謂圖讖之書也。」頁2705。

[8]　《後漢書》卷四十下《班彪列傳》李賢注：「靈篇謂《河》、《洛》之書也。」頁1373。

[9]　陳槃《讖緯命名及其相關之諸問題》一文中有比較詳盡的考證。陳槃《古讖緯研討及其書錄解題》，臺北，國立編譯館，1991，頁142-143。

《永樂大典》中輯出《易緯八種》，至今已能觀其大略。劉師培《讖緯論》認爲，讖緯 "立說誠妄誕不經"，但有助於補史、考地、測天、考文（文字）、徵禮、格物[10]。他沒有指出的是：讖緯文獻中包含的古史傳說、水經地理、占星律曆、符瑞災祥、性情魂魄等神秘龐雜的知識與思想，同樣爲文學描寫與修辭提供了取資，有助於我們考察中古時期的文學創作與文學觀念。

20世紀以來，讖緯研究主要在中國和日本學界開展，其中文獻整理的成果以日本學人安居香山、中村璋八彙集中國的讖緯輯佚成果，補入日本漢籍逸文而成的《緯書集成》爲代表[11]；而研究的方向集中於經學史、思想學術史和文化史的領域。對讖緯與文學關係的注意，則開始於清代的《選學》，清儒汪師韓在其《文選理學權輿》中對《文選注》引用緯候圖讖的現象進行了統計。隨著清代特別是20世紀以來對《文心雕龍》的整理與研究，其中的《正緯篇》也成爲學界關注讖緯及其與文學關係的重要文獻。這兩部文學經典仍是我們進一步研究這個問題的重要基礎。

南朝齊梁時期的劉勰在中國文學批評史上最早闡述了讖緯與文學關係，他在《文心雕龍・正緯篇》中認爲，讖緯 "無益經典，而有助文章，是以後來辭人，采摭英華。"[12]清儒紀昀認爲，讖緯在文學修辭中 "至今引用不廢，爲此故也。"[13]范文瀾《文心雕龍注》於此注解道："《文選注》多引緯書語，是有助於文章之證。"[14]其實，早在清儒全祖望《原緯》一文中，就已指出李善等人的《文選》注中引用讖緯的現象。他說唐初學者孔穎達、李善等人對於讖緯之學 "皆淹通貫穿"[15]，指的就是孔穎達《五經正義》和李善《文選注》廣泛徵引讖緯的現象，這一現象還充分體現在《史記》三家舊注[16]、《漢書》顏師古注、《後漢書》李賢注等史籍注釋之中。根據汪師韓《文選理學權輿》的統計，李善注引用的讖緯文獻達 "七十八種"，[17]如果再進而統計李善注引用讖緯文獻的具體條數，可達五百多條[18]。

注家引用讖緯解說漢魏六朝文學作品，與引用讖緯解說經、史一樣，其根源在於漢魏以來的

---

10 劉師培《左盦外集》卷三，《劉申叔遺書》，鳳凰出版社，1997，頁1371。

11 [日]安居香山、中村璋八《緯書集成》，石家莊，河北人民出版社，1994。按，本文所引讖緯多據《緯書集成》，除有異文，不注明原始出處。

12 范文瀾《文心雕龍注》，北京，人民文學出版社，1958，頁31。

13 周振甫《文心雕龍注釋》引紀昀的評語，北京，人民文學出版社，1983，頁29。

14 《文心雕龍注》，頁41。

15 全祖望《鮚埼亭集外編》，卷四十八「雜著」，清嘉慶十六年（1811）刻本。

16 按，指裴駰《史記集解》、司馬貞《史記索隱》、張守節《史記正義》。

17 汪師韓《文選理學權輿》卷二，嘉慶四年（1799）讀畫齋叢書本，頁8—12。

18 按，李善注引緯的文字皆見於明清以來諸多的讖緯輯佚著作，但由於散入諸緯，所以李善注引緯的特徵，特別是李善注引緯與文學作品中文字的關係不得窺見。由於清儒諸種輯佚詳略不齊，文字又多有訛誤，很難據其復原，有的學者根據清人的輯佚文本，統計《文選》徵引緯文約達450多條（見王令樾博士學位論文《緯學與文學：〈昭明文選〉徵引緯文研究》，南京師範大學，1996，第四章，P2），而筆者《〈文選〉李善注引緯考論——兼及讖緯與漢魏六朝文學的關係》（《西北師大學報》社科版，第50卷第4期）一文曾就《文選》李善注的文字統計核對，約有544條。

學者和作家們皆能"采圖辨緯"[19]。《顏氏家訓‧勉學》曰:"俗間儒士,不涉群書,經緯之外,義疏而已。"[20]俗士如此,何況通儒。從《文選》李善注引用讖緯的情況來看,較多地集中在班固、張衡、馬融、王延壽、蔡邕、曹植、何晏、李蕭遠、陸機、潘岳、張協、郭璞、劉琨、干寶、左思、木華、謝靈運、范曄、顏延年、王融、王巾、任昉、劉峻、沈約、陸倕等人的作品注釋之中[21],說明他們的修辭與讖緯的關係比較密切,他們無疑都是博學者,而《文選》的編者昭明太子蕭統也是一個"馳神圖緯,研精爻畫"的學者[22]。清儒章學誠說:"六朝詩文集,多見采於《北堂書鈔》、《藝文類聚》。"[23]所以,我們不僅可以從經、史、文集的作品和注釋中,還可以從隋唐時期供文人"采擷英華"的類書中,考輯出讖緯文獻與知識,這些作品、注釋、類書"多引緯書語"的背後,是整個漢魏六朝的文學修辭與讖緯之間的密切關聯。

二、讖緯的文獻構成

文獻目錄中最早著錄讖緯文獻並闡述其源流的文字是《隋書‧經籍志》,其中記載了關於此類文獻的傳奇:相傳孔子整理六經之後,天人之道得以發明,但他擔憂後人不能深知其意,於是又編定並創作了"讖"與"緯"兩種秘密經典遺留給後世。不過《隋志》認爲,這些文獻其實出現在西漢時期,"文辭淺俗,顛倒舛謬,不類聖人之旨。"可能出於後人的偽造,而且屢經點竄,難知其原貌。《隋志》敘錄讖緯的文獻體系爲:

> 有《河圖》九篇,《洛書》六篇,云自黃帝至周文王所受本文。
> 又別有三十篇,云自初起至於孔子,九聖之所增衍,以廣其意。
> 又有《七經緯》三十六篇,並云孔子所作,並前合爲八十一篇。
> 而又有《尚書中候》、《洛罪級》、《五行傳》、《詩推度災》、《氾曆樞》、《含神霧》、《孝經勾命決》、《援神契》、《雜讖》等書。[24]

據此可知,讖緯文獻共計"八十一篇",由《河圖》《洛書》四十五篇加上"七經緯"三十六篇組成。"而又有"一句中所列讖緯,有的不在"八十一篇"之中,如《洛罪級》、《五行傳》、《雜讖》等,其它幾種均是"八十一篇"中的單行本。這一敘錄符合漢人的觀念,漢人常常說

---

19 江淹《知己賦》,嚴可均《全上古三代秦漢三國六朝文》第三冊《全梁文》卷三十三,北京,中華書局,1958,頁3144。

20 顏之推撰,王利器集解《顏氏家訓集解》,上海,上海古籍出版社,1980,頁176。

21 參見筆者《〈文選〉李善注引緯考論——兼及讖緯與漢魏六朝文學的關係》。

22 姚思廉《梁書》卷八《昭明太子傳》載王筠《哀冊文》。北京,中華書局標點本,1973,頁170。

23 章學誠《校讎通義‧補鄭》,葉瑛校注《文史通義校注》,北京,中華書局,1994,頁978。

24 魏徵等撰,《隋書》卷三十二《經籍志》,北京,中華書局,1973,頁940—941。

"《河》、《洛》、圖緯"[25]、"《河》、《洛》、七緯"[26]、"《河圖》、《洛書》，五經讖、緯"、"《河》、《洛》、孔子讖、記"[27]、"《河》、《洛》、緯度"等[28]。讖緯文獻中也說："孔子年七十，知圖書，作《春秋》。"[29]

《河圖》《洛書》計四十五篇，其中"《河圖》九篇"、"《洛書》六篇"據說是自黃帝至周文王從上天那裡得到的啟示性文書，《論語‧子罕》載孔子歎"鳳鳥不至，河不出圖"[30]，《易‧繫辭上》所說的：「河出圖，洛出書，聖人則之。」[31]戰國秦漢間諸子亦多神化其說，見諸《管子》（小匡）、《莊子》（天運）、《文子》（道德）、《呂氏春秋》（觀表）、《禮記》（禮運）、《大戴禮記》（誥志）、《淮南子》（俶真）等文獻之中，陳槃認為《呂氏春秋》所云"綠圖幡薄"，《淮南子》所云"洛出丹書，河出綠圖"之類的《河圖》、《洛書》應當是燕齊方士造作的早期讖緯[32]。漢儒進而神化其說，構建經典起源的知識。《漢書‧五行志上》載劉歆認為「虙羲氏繼天而王，受《河圖》，則而畫之，八卦是也。禹治洪水，賜《洛書》，法而陳之，《洪範》是也。"[33]讖緯之中，五帝三王接受上天的祥瑞，皆有《河圖》《洛書》出現，如《尚書中候握河紀》曰："神龍負圖出河，虙羲受之，以其文畫八卦。"[34]《尚書中候考河命》曰："天乃悉禹《洪範九疇》，洛出龜書五十六字，此謂洛出書者也。"[35]《尚書中候》曰："帝堯即政七十載，修壇河洛。仲月辛日，禮備至於日稷（按，即日昃），榮光出河，龍馬銜甲，赤文綠色，臨壇吐甲圖。"[36]《龍魚河圖》曰："黃龍五采，負圖出於舜前，金繩芝泥，章曰：'天皇帝璽'。"[37]另外的三十篇是經過"九聖"們（黃帝、少昊、顓頊、帝嚳、堯、舜、禹、湯、文王）增訂，並由孔子繼承、編纂的文本[38]。《河圖》《洛書》既是《易》與《尚書》中保存的天啟文獻，自然成為"五經"的先天形式，因此讖緯文獻中的《河圖》《洛書》部分當然也成為所有"七經緯"的先天形式。東漢桓譚曰："讖出《河圖》《洛書》，但有兆朕，而不可知。後人妄復

---

[25] 《後漢書》卷七十九下《儒林傳下》，頁2572。

[26] 《後漢書》卷八十二上《方術列傳上》，頁2721。

[27] 陳壽撰，裴松之注《三國志》卷三十二《蜀書二‧先主備傳》，北京，中華書局標點本，1982，頁887、頁888。

[28] 洪适撰《隸釋》卷十二《太尉楊震碑》，北京，中華書局影印本，1986，頁136。

[29] 《河圖挺命篇》，《緯書集成》下冊，頁1182。

[30] 邢昺《論語註疏》卷九，阮元校刻《十三經註疏》，北京，中華書局，1980，頁2490。

[31] 孔穎達《周易正義》卷七，頁82。

[32] 陳槃，《秦漢間所謂「符應」論略》，收於《古讖緯研討及其書錄解題》，頁84。

[33] 《漢書》卷二十七上，頁1315。

[34] 《緯書集成》上冊，頁422。

[35] 《緯書集成》上冊，頁432。

[36] 《緯書集成》上冊，頁402。

[37] 《緯書集成》下冊，頁1151。

[38] 讖緯文獻中的《河圖》《洛書》的具體篇目不可考，古書中散見甚多，安居香山《緯書集成》輯出《河圖》篇目四十三種，《洛書》篇目十五種，共五十八種。

加增依託，稱是孔丘，誤之甚也。"[39]許愼《說文解字》曰："讖，有徵驗之書。河、洛所出書曰讖。"[40]李善注班固《西都賦》"協河圖之靈"引《尚書洛書》曰："《河圖》，命紀也。然《五經緯》，皆《河圖》也。"[41]陳槃指出："蓋《河》、《洛》之篇在先，此等經讖緯後出。後出之讖緯，本以《河圖》、《洛書》爲典要，故名雖附經，而數典猶不忘《河》、《洛》之稱也。"[42]在現存讖緯中，我們幾乎找不到《河圖》、《洛書》引稱"七經緯"的內容，反之，"七經緯"中往往引稱《河圖》、《洛書》。

"七經緯"三十六篇中三十五篇的篇名，始見於《後漢書‧樊英傳》李賢注所列"七緯"：

易緯《稽覽圖》、《乾鑿度》、《坤靈圖》、《通卦驗》、《是類謀》、《辨終備》也；

書緯《璇機鈐》、《考靈耀》、《刑德放》、《帝命驗》、《運期授》也；

詩緯《推度災》、《記歷樞》（按，亦作《泛歷樞》）、《含神務》（按，亦作《含神霧》）也；

禮緯《含文嘉》、《稽命徵》、《斗威儀》也；

樂緯《動聲儀》、《稽耀嘉》、《汁圖徵》（按，亦作《叶圖徵》）也；

孝經緯《援神契》、《鉤命決》也；

春秋緯《演孔圖》、《元命包》、《文耀鉤》、《運斗樞》、《感精符》、《合誠圖》、《考異郵》、《保乾圖》、《漢含孳》、《佑助期》、《握誠圖》、《潛潭巴》、《說題辭》也[43]。

所闕一篇，或許是《尚書中候》，因爲《隋志》在"七經緯"之外，又曰："而又有《尚書中候》。"其中將《尚書中候》與《尚書緯》分別著錄，而且《中候》的篇名，已見於東漢《論衡》和《白虎通》之中[44]，孔穎達《書序疏》引《尚書緯》曰："孔子求書，得黃帝玄孫帝魁之書，迄於秦穆公，凡三千二百四十篇。斷遠取近，定可以爲世法者百二十篇。以百二爲《尚書》，十八篇爲《中候》。"[45]可見漢人已經將《尚書》與《中候》區別爲兩種文獻。

西漢時，《孝經》與《論語》一併施之於基礎教育，經學以《易》與《春秋》爲重，所謂"《易》與《春秋》，天人之道也。"[46]但至東漢，經學以《春秋》與《孝經》爲重，《白虎通‧

39 桓譚《新論‧ 窡》，上海，上海人民出版社，1977，頁28。

40 許愼撰，段玉裁注《說文解字注》，上海，上海古籍出版社，1981，頁90。

41 李善注《文選》卷一，北京，中華書局影印胡克家刊本，1977，頁23。

42 陳槃，《秦漢間所謂「符應」論略》，刊於《古讖緯研討及其書錄解題》，頁84。

43 《後漢書》卷八十二上《方術傳上》，頁2721—2722。

44 見《論衡‧是應篇》（黃暉撰，《論衡校釋》，北京，中華書局，1990，頁763）、《白虎通‧爵》（陳立撰、吳則虞點校，《白虎通疏證》，北京，中華書局，1994，頁4）。

45 孔穎達《尚書正義》，阮元校刻《十三經註疏》，頁115。

46 《漢書》卷二十一上《律歷志上》，頁981。

五經》曰：“（孔子）已作《春秋》，復作《孝經》何？欲專制正。”[47]何休《公羊序》引孔子曰：“吾志在《春秋》，行在《孝經》。”[48]鄭玄注《禮記‧中庸》“經綸天下之大經，立天下之大本”曰：“大經，謂‘六藝’，而指《春秋》也；大本，《孝經》也。”[49]所以《孝經》地位上升，與六經相牟，並稱“七經”，《孝經緯》也列入“七經緯”之中。

“讖”爲徵驗之書，“緯”則專指“七經緯”，起初“緯”亦可稱“讖”。如《白虎通》中有《春秋讖》[50]、《論語讖》[51]，《五經異義》有《禮讖》[52]；《後漢書‧張衡傳》有《詩讖》、《春秋讖》[53]，《張純傳》有“七經讖”[54]，劉昭注《續漢書‧五行志三》有《易讖》[55]，但確定“七經緯”名目之後，“讖”與“緯”便涇渭分明，緯尊而讖卑。《孝經》抬升爲經，便可稱“緯”，而《論語》則位在讖列，《隋志》“《孝經內事》一卷”注中說梁代有“《論語讖》八卷”便是明證。在李善注中，引用《春秋緯》和《孝經緯》的次數遠遠高於其它讖緯文獻[56]，這一現象間接地表明：這兩種讖緯文獻對漢魏六朝的經學或文學的影響較大。

所謂“八十一篇”的數字，是根據天道的成數來神化讖緯文獻，這也是漢代官方確立的讖緯文獻的主體，史載光武帝“唯愼《河圖》、《洛書》正文”，又於建武元年“以章句相況八十一卷，明者爲驗”[57]，中元元年“宣佈圖讖於天下”[58]，張衡曾上疏請禁絕圖讖，但他只要求禁止八十一篇之外增益的篇目與文字，所以他強調“《河》《洛》五九、六藝四九，謂八十一篇。”[59]又說：“且《河》、《洛》、六藝，篇錄已定，後人皮傳，無所容篡。”[60]李善注所引《河圖》、《洛書》與“七經緯”，大多在“八十一篇”之列，說明漢魏以降的讖緯文獻也以此爲正典。

47　《白虎通疏證》，頁446。

48　徐彥《春秋公羊傳註疏》，阮元校刻《十三經註疏》，頁2190。

49　孔穎達《禮記正義》卷五十三，阮元校刻《十三經註疏》，頁1635。按，王應麟《困學紀聞》卷八以鄭玄此注「蓋泥於緯書‘志在《春秋》，行在《孝經》’之言，其說疏矣。」（《困學紀聞（全校本）》，上海，上海古籍出版社，2008，頁653）

50　《白虎通疏證》，頁223。

51　《白虎通疏證》，頁255。

52　皮錫瑞《駁五經通義疏證》卷六，《續修四庫全書》本第171冊。

53　《後漢書》卷五十九《張衡列傳》，頁1912。

54　《後漢書》卷三十五《張曹鄭列傳》，頁1196。

55　《後漢書‧志第十五》，頁3313。

56　參見筆者《〈文選〉李善注引緯考論——兼及讖緯與漢魏六朝文學的關係》一文中《〈文選〉李善注引緯一覽表》。

57　司馬彪《續漢書‧祭祀志上》。《後漢書‧志第七》，頁3166。

58　《後漢書》卷一下《光武帝紀下》。頁84。

59　《後漢書》卷五十九《張衡列傳》，李賢注引《張衡集‧上事》，頁1913。

60　《後漢書》卷五十九《張衡列傳》，頁1912。

三、讖緯與文學修辭

劉勰《文心雕龍・正緯》曰：

> 若乃羲農軒皞之源，山瀆鐘律之要，白魚赤烏之符，黃金紫玉之瑞，事豐奇偉，辭富膏
> 腴[61]。

讖緯之所以"事豐奇偉，辭富膏腴"，是因爲其內容神秘而誇飾。王充《論衡・實知篇》曰："讖書秘文，遠見未然，空虛闇昧，豫睹未有，卓謫怪神，若非庸口所能言。"[62]《後漢書・蘇竟楊厚列傳》載蘇竟曰："夫孔丘秘經，爲漢赤制，玄包幽室，文隱事明。"[63]《後漢書・方術傳序》曰："後王莽矯用符命，及光武尤信讖言，士之赴趣時宜者，皆騁馳穿鑿爭談之也……自是習爲內學，尚奇文，貴異數，不乏於時矣。"[64]可見漢魏南北朝的人們皆認爲，讖緯文獻具有隱秘、奇異和誇張等特徵。這些特徵恰恰帶有文學性。

所謂"羲農軒皞之源"指的是讖緯中編造的伏羲、神農、軒轅（黃帝）、少皞以來的三皇五帝三王等帝王世系與傳說。讖緯文獻在綜合先秦以來古史傳說的基礎上，系統地描述了帝王的五行德性、感天而生（感生）的事蹟和奇異的相貌（異表），這些傳說用五行相生的次序排列古史，人間帝王分別是天上的五帝星座輪流當值，即蒼帝（木德）、赤帝（火德）、黃帝（土德）、白帝（金德）、黑帝（水德），其譜系是：伏羲（木）—神農（火）—軒轅（土）—少皞（金）—顓頊（水）—帝嚳（木）—帝堯（火）—帝舜（土）—禹（金）—湯（水）—文王（木）—漢高祖（火），此外還有所謂的"玄聖素王"孔子等古代聖賢，人間的歷史與宇宙天道的運行相符合，構成完整的歷史文化象徵體系，成爲文學作品中歌頌帝王形象的取資。比如沈約《齊故安陸昭王碑文》中，稱頌南齊受命，曰："帝出於震，日衣青光。"李善注曰：

> 《周易》曰："帝出乎震。""震，東方也。"《春秋元命苞》："孔子曰：'扶桑者，日
> 所出，房所立，其耀盛，蒼神用事，精感姜原。卦得震。震者，動而光，故知周蒼。代殷者
> 爲姬昌，人形龍顏，長大，精翼日，衣青光。' 宋衷曰："爲日精所羽翼，故以爲名。木神
> 以其方色衣之。"[65]

《文選》六臣注本引劉良注曰："震，東方，木也。言齊爲木德，將登帝位。故云：'帝出於震。'日，比君也。衣青光者，亦取其木色也。"[66]而齊受宋禪，史臣曰："豈其天厭水行，固已人希木德。"[67]所以南齊以木德稱帝，爲蒼帝。宋衷認爲，東方爲木，爲日出之地，處於日精的羽

61　《文心雕龍注》，頁31。

62　《論衡校釋》，頁1072。

63　《後漢書》卷三十上《蘇竟楊厚列傳》，頁1043。

64　《後漢書》卷八十二上《方術傳上》，頁2705。

65　李善注《文選》卷五十九，頁817。

66　六臣注《文選》卷五十九，《四部叢刊》景宋本。

67　蕭子顯撰《南齊書》卷二《高帝本紀下》，北京，中華書局，1972，頁39。

翼之下：木爲青色，故"衣青光"。孔子的話中提到了"蒼神用事，精感姜原"，這是讖緯對《詩經》中《大雅‧生民》所載周人祖先后稷誕生神話的表述，《詩含神霧》曰："后稷母爲姜嫄，出見大人跡而履踐之，知於身，則生后稷。"[68]后稷的後代文王姬昌也是一位受天命的蒼帝，《春秋元命苞》曰："姬昌，蒼帝之精，位在心房。"[69]所以文王也是感天而生的，《詩含神霧》曰："太任夢長人感己，生文王。"[70]《河圖》曰："東方蒼帝，神名靈威仰，精爲青龍體。"又曰："蒼帝並乳。"宋衷注曰："法房星也。"[71]這是指東方七宿爲蒼龍之形，由角、亢、房、氐、心、尾、箕構成，所以蒼帝有"龍顏"、"並乳"等異表，所以，《春秋元命苞》描寫文王的奇異相貌恰恰是"文王龍顏"，"文王四乳"[72]。

所謂"山瀆鐘律之要"指的是讖緯中融匯的先秦兩漢以來的天文、地理與鐘律知識，爲文學提供了豐富的想像空間：

其中有描述宇宙開闢的詞語，比如張衡《思玄賦》中描寫遊歷上天，曰："逾厖鴻於宕冥兮，貫倒景而高厲。"李善注曰："《孝經援神契》曰：'天度厖鴻孳萌。'宋均曰：'厖鴻，未分之象也。'"[73]

又有描述天文星象的詞語，比如班固《西都賦》以星象比喻天子宮室，曰："其宮室也，體象乎天地，經緯乎陰陽，據坤靈之正位，仿太紫之圓方。"李善注曰："《七略》曰：'王者師天地，體天而行，是以明堂之制，內有太室，象紫微宮，南出明堂，象太微。'"因此，太紫即指太微垣和紫微垣。但何爲方，何爲圓，賦中所指不明，所以李善又注曰："《春秋合誠圖》曰：'太微，其星十二，四方。'又曰：'紫宮，大帝室也。'"[74]故知太微爲方。再如左思《蜀都賦》寫蜀國的分野："遠則岷山之精，上爲井絡。天帝運期而會昌，景福肸蠁而興作。"劉逵注曰："《河圖括地象》曰：'岷山之地，上爲井絡。帝以會昌，神以建福。'"[75]

又有描述山嶽江河的詞語，比如左思《蜀都賦》寫蜀地山嶽連橫，曰："山阜相屬，含谿懷穀。崗巒糾紛，觸石吐雲。"劉逵注不釋"觸石吐雲"之意，而李善曰："《春秋元命包》曰：'山有含精藏雲，故觸石而出也。'"[76]又如郭璞《江賦》頌揚江水，曰："保不虧而永固，稟元

---

[68] 《緯書集成》上冊，頁463。

[69] 《緯書集成》中冊，頁596。

[70] 《緯書集成》上冊，頁463。

[71] 《緯書集成》下冊，頁1221。

[72] 《緯書集成》中冊，頁594。

[73] 李善注《文選》卷十五，頁222。

[74] 李善注《文選》卷一，頁24—25。

[75] 李善注《文選》卷四，頁81。

[76] 李善注《文選》卷四，頁75。按，此語當爲《春秋元命包》解釋《春秋公羊傳》僖公三十一年「觸石而出，膚寸而合。不崇朝而遍雨乎天下者，唯泰山爾」之語（徐彥《春秋公羊傳註疏》，阮元校刻《十三經註疏》，頁2263）。劉向《說苑‧辨物》亦曰：「五嶽何以視三公？能大布雲雨焉，能大斂雲雨焉。雲觸石而出，膚寸而合，不崇朝而雨天下，施德博大，故視三公也。」（劉向撰，向宗魯校證《說苑校證》卷十八，頁447）

氣於靈和。"李善注曰:"《春秋元命包》曰:'水者,五行始焉。元氣之湊液也。'"[77]又如漢魏以降,碑文中歌頌人物的自然稟賦,稱嶽、瀆之靈,多據讖緯之說。如蔡邕《陳太邱碑文》曰:"徵士陳君,稟嶽瀆之精,苞靈曜之純。"李善注曰:"《孝經援神契》曰:'五嶽之精雄聖,四瀆之精仁明。'又《鉤命決》曰:'五嶽吐精。'宋均曰:'吐精,生聖人也。'靈曜,謂天也。《尚書緯》有《考靈曜》。"[78]

關於音律的知識,讖緯中既有關於音律的形而上學,比如任昉《奉答敕示七夕詩啓》寫音樂與自然的和諧,曰:"克諧《調露》。"李善注曰:"《樂緯動聲儀》曰:'元氣者,受氣於天,布之於地,以時出入物者也。四時之節,動靜各有分次,不得相逾,常以度行之也,謂之《調露》之樂。'"[79]所以,《調露》之樂應當是表現元氣流行於自然的音樂。又有古樂的譜系,比如傅毅《舞賦》寫古樂,曰:"夫《咸池》、《六英》,所以陳清廟。"李善注曰:"《樂緯動聲儀》曰:'黃帝樂曰《咸池》,顓頊樂曰《五莖》,帝嚳樂曰《六英》。'宋均曰:'能爲天地六合之英華也。'"[80]

而"白魚赤烏之符,黃金紫玉之瑞",則是讖緯中驗證帝王所受天命及其世運盛衰的祥瑞物象。武王伐商渡河,白魚躍入舟中;既渡,有火流爲赤烏,事見《史記·周本紀》[81],而讖緯中也發揮其說。如陸倕《石闕銘》頌揚梁武帝"命旅致屯雲之應,登壇有降火之祥",李善注曰:"《尚書帝命驗》曰:'太子發渡河,中流,火流爲烏,其色赤。'鄭玄曰:'以魚燎於天,有火自上複於下,至於王屋,流爲烏。'"從所引的鄭玄注可見,《尚書帝命驗》的文字中應當也有白魚入舟的傳說。

黃金紫玉之瑞,見諸《禮緯斗威儀》,其中陳述了五德輪值爲王的祥瑞:"君乘金而王,其政平,則黃金見於深山。""君乘金而王,則黃銀現。""君乘金而王,則紫玉見於深山。"[82]這類祥瑞的名稱也成爲文學的華麗辭藻。如王融《三月三日曲水詩序》描寫梁武帝芳林園修禊,頌揚道:"天瑞降,地符升;澤馬來,器車出;紫脫華,朱英秀;佞枝植,曆草孳。雲潤星暉,風揚月至;江海呈象,龜龍載文。"這一大段文字,可謂侈陳符瑞。李善注曰:

> 《詩緯》曰:"天下和同,天瑞降,地符升。"《孝經援神契》曰:"德至山陵,則澤出神馬。"《禮記》曰:"山出器車。"《禮斗威儀》曰:"人君乘土而王,其政太平,而遠方

77　李善注《文選》卷十三,頁190。

78　李善注《文選》卷五十八,頁802。

79　李善注《文選》卷三十九,頁554。

80　李善注《文選》卷十七,頁247。

81　司馬貞《索隱》曰:「皆見《周書》及《今文泰誓》。」司馬遷撰,裴駰集解,司馬貞索隱,張守節正義《史記》卷四,北京,中華書局標點本,1959,頁120—121。又,董仲舒《對策》曰:「《書》曰:'白魚入於王舟,有火復於王屋,流為烏。'此蓋受命之符也。」師古注曰:「今文《尚書泰誓》之辭也。謂伐紂之時有此瑞也。復,歸也。」《漢書》卷五十六《董仲舒傳》,頁2500。

82　《緯書集成》中冊,頁522。范文瀾曰:「唐寫本'金'作'銀',是。」《文心雕龍注》,頁41。

神獻其朱英、紫脫。"宋均注曰:"紫脫,北方之物。上值紫宮。凡言常生者,不死也。死則主當之。"《尚書大傳》曰:"德先地序,則朱草生。"《瑞應圖》曰:"朱草,亦曰朱英。"《田俅子》曰:"黃帝時,有草生於帝庭階,若佞臣入朝,則草指之,名曰屈軼。是以佞人不敢進也。"又曰:"堯為天子,蓂莢生於庭,為帝成曆。"《尚書帝命驗》曰:"舜受命,蓂莢孳。"京房《易飛候》曰:"青雲潤澤,蔽日,在西北,為舉賢良。"《禮斗威儀》曰:"君乘土,其政平,則鎮星黃而多暉。"《禮含文嘉》曰:"朋友有舊,內外有差,則箕為之直,月至風揚。"宋均曰:"月至,月行以度至也。"《禮斗威儀》曰:"其君乘水而王,江海著其象,龜龍被文而見。"宋均曰:"龜龍,水物也。文,青黃白赤黑也。具有此色,見於水,故曰被。"[83]

如果沒有李善注所引讖緯文獻的背景,後人無法從字面上知道王融的修辭內涵,而他如此鋪陳,說明這是當時的公共話語。

綜上所述,劉勰所舉,即讖緯為文學修辭所取資的四個主要的方面,而李善引證讖緯注解的作品大多是東漢以後,讖緯流行時期的作品,且多集中於京都、紀行、宮殿、江海諸賦、七、序、頌、贊、符命、史論、論、銘、碑文等體裁,這些文字多有包括宇宙、稱頌帝德、鋪陳祥瑞的內容。特別是祥瑞與文學修辭至為密切,是歌功頌德辭藻的淵藪。讖緯中即有圖錄,東漢時已有專門說解祥瑞的圖書(詳下),南朝沈約撰《宋書》,創設《符瑞志》,集錄歷代祥瑞類別。從《玉燭寶典》、《初學記》、《藝文類聚》等隋唐類書抄錄讖緯中的諸多知識這一現象可以想見,漢魏以降,讖緯中的辭句和詞彙或許已被編成手冊、類書一樣的文獻,供寫作時查閱參考,如魏晉南北朝亡佚的類書《皇覽》(劉劭撰)、《要覽》(陸機撰)、《帝王集要》(崔安撰)之類,一定有類似的抄錄。《隋志》"五行家"著錄"《瑞應圖》三卷,《瑞應圖贊》二卷",注曰:"梁有孫柔之《瑞應圖記》、《孫氏瑞應圖贊》各三卷,亡。"[84]此類文獻在敦煌也有出土,[85]說明南北朝時已有圖錄與文字配合的祥瑞手冊。隋唐時期風氣不減,清儒張金吾《〈稽瑞〉跋》指出,唐代定祥瑞為四等,群臣祝賀,"甚盛典也","上有所好,下必趨之。魏鄭公,名臣也,有《祥瑞錄》。韓文公,大儒也,有《連理木頌》,有《賀慶雲表》、《賀白兔白龜狀》。"[86]查《唐六典》中規定了四等祥瑞及其登記慶賀制度,曰:"凡祥瑞應見,皆辨其物名。若大瑞,上瑞、中瑞、下瑞,皆有等差。若大瑞,隨即表奏,文武百僚詣闕奉賀。其它並年終員外郎具表以聞,有司告廟,百僚詣闕奉賀。其鳥獸之類,有生獲者,各隨其性而放之。原野其有不可獲者,若木連理之類,所在案

83　李善注《文選》卷四十六,頁650。

84　《隋書》卷三十四《經籍志》,頁1038。

85　參見陳槃《古讖緯研討及其書錄解題附錄(二)》:《孫氏瑞應圖》、《敦煌鈔本〈瑞應圖〉殘卷》,刊於《古讖緯研討及其書錄解題》,頁463—665。

86　張金吾《愛日精廬文稿》卷四,「中國近現代稀見史料叢刊【第二輯】」,南京,鳳凰出版社,2015,頁71。按,《新唐書》卷五十八《藝文志》乙部「雜傳記類」著錄魏徵《祥瑞錄》十卷。

驗非虛，具圖畫上。"[87]表奏奉賀，當有寫作參考文獻。唐代劉賡的《稽瑞》似乎可以歸入此類，其中將祥瑞編爲對句，句下出注，以便記誦參考，如首句爲"堯星出翼，舜龍負圖"，下引孫氏《瑞應圖》、《春秋鬥運樞》等文字爲注[88]。唐代日僧遍照金剛《文鏡秘府論》中的《帝德錄》則是指導頌揚帝王德運的寫作手冊。其中先羅列自伏羲至漢高祖的歷代帝號、姓氏、所秉五行之德、感生、異表、服色、功業、道德等內容[89]，再列舉"敘功業"、"敘禮樂法"、"敘政化恩德"、"敘天下安平"、"敘遠方歸向"、"敘瑞物感致"等詞語或運用方法。比如"敘瑞物感致"一章中說："文大者，可作三對、四對。若太平、巡狩、及瑞頌、封禪書表等，可准前狀，或連句，隔句對，並總敘等語參用之。小者，或一句。若瑞表等，可用瑞物之善者，一句內並陳二事而對之，論其眾多之意[90]" 對照這樣的格式，上引王融《三月三日曲水詩序》的敘瑞物感致，共有六對，皆爲連句對仗，應該屬於"文大者"的格式。

四、修辭與文化信仰

"後來辭人"在讖緯中"采摭英華"，如果像劉勰所說的那樣，僅僅是因爲它 "事豐奇偉"、"辭富膏腴"而"有助文章"，這就是一個完全出於文學自覺的修辭策略，但歷史事實恐怕並非如此，且不論作家"采摭英華"的動機，就社會文化及話語世界而言，讖緯中的"事"與"辭"離不開信仰的支持。

首先是對經典和聖人的文化信仰。漢人認爲眞正的讖緯文本經過孔子的編定與創作，王充《論衡・效力篇》表達東漢人的看法，曰："孔子，周世多力之人也，作《春秋》，刪五經，秘書微文，無所不定。"[91]讖緯的主旨就是陳述帝王德運和災異祥瑞，確立政治權威，但相關的知識是依靠孔子刪定的"六經"和讖緯"秘經"確立的。

比如，"靈篇"一詞，始見於西漢宣帝時王褒所作《九懷・陶壅》："神章靈篇兮，赴曲相和。余私娛茲兮，孰哉復加。""神章靈篇"本爲祀神之歌，如屈原所作《九歌》之類，但是東漢王逸《楚辭章句》將"靈篇"解釋爲"《河圖》、《洛書》，緯讖文也。"[92]這樣的解釋無疑增加了"靈篇"的經典神聖性。

再如，《史記・天官書》記載："漢之興，五星聚於東井。"[93]當時的占星家甘公將這一天文現象解釋爲對漢王劉邦有利的徵兆，他說："漢王之入關，五星聚東井。東井者，秦分也。先至

87 李林甫《唐六典》卷四，明正德十年刻本。

88 《叢書集成初編》0702冊據《知不足齋叢書》本影印，商務印書館，1936，頁1。

89 〔日本〕遍照金剛《文鏡秘府論》，北京，人民文學出版社，1975，頁237。

90 《文鏡秘府論》，頁262。

91 《論衡校釋》，頁582。

92 洪興祖，《楚辭補注》，北京，中華書局，1983，頁279—280。

93 司馬遷撰，裴駰集解，司馬貞索隱，張守節正義，《史記》，北京，中華書局標點本，1959，頁1348。

必霸。"[94]這僅僅是對戰爭形勢的預測。到東漢班固《漢書‧天文志》中,就將這一星象解釋成為漢高接受天命的符驗:"漢元年十月,五星聚於東井,以曆推之,從歲星也。此高皇帝受命之符也。"[95]星占術中的天文知識首先不是描述天文現象,而是在表述天意的顯現,這樣的功能確立了占星術的知識權威,其作為政治預言的話語實踐意義更為重要。但是像這樣的知識並沒有出現在儒家的五經六藝之中。《漢書‧五行志上》曰:"景、武之世,董仲舒治《公羊春秋》,始推陰陽,為儒者宗。宣、元之後,劉向治《穀梁春秋》,數其禍福,傳以《洪範》,與仲舒錯。"[96]這說明隨著經學的確立,儒家學者努力地將有關於道、天命的知識歸納到經學之中,使之經典化、神聖化,這正是讖緯文獻的知識建構目標。所以,漢高祖的天命根據也就出現在讖緯之中。比如《河圖》曰:"劉受紀,昌光出軫,五星聚井。"同時增加了高祖接受《河圖》的神話,"漢高祖觀汶水,見一黃釜,驚卻反。化為一翁,責言曰:劉季何不受河圖?"[97]《孝經右契》亦曰:"孔子曰:'天下已有主也。為赤劉,陳、項為輔。五星入井為歲星。'"[98]此時,文獻和知識的類型發生了轉變:這個天文現象是記載於儒家秘經中的事件,是聖人的預言,這樣的知識更具有權威性和話語述行能力。所以,班固在寫《漢書‧天文志》時,就接受了讖緯的表述,他的《兩都賦》也採用了讖緯的詞彙,加強文章修辭的典重與神聖色彩。其中寫漢高祖受天命而建都長安,"仰悟東井之精,俯協《河圖》之靈"。李善深知這一知識發展的脈絡,於此注曰:"《漢書》曰:'漢元年十月,五星聚於東井,沛公至灞上。'[99]又曰:'以曆推之,從歲星也,此高祖受命之符。'[100]《尚書洛書》曰:'《河圖》,命紀也。然《五經緯》,皆《河圖》也。'"[101]

西漢時期出現的祥瑞很多,出現之後,皇帝或改年號,或作歌詩,比如《漢書‧禮樂志》記載武帝元封二年芝生甘泉齊房所作詩曰:"齊房產草,九莖連葉。宮童效異,披圖按諜。"[102]"圖"與"諜"就是解釋靈芝等祥瑞的文獻,為什麼將這些東西視為祥瑞,一定具有知識依據,在先秦文獻中就有許多關於祥瑞的知識,所以,武帝時所檢閱的"圖"與"諜"還不一定是儒家經典。光武帝中元元年夏,群臣奏云:"今天下清寧,靈物乃降……宜令太史撰集以傳世。"[103]這說明東漢初期有關瑞應的記錄與圖錄還在編輯之中。但是到了《後漢書‧章帝紀論》中,便有了這樣表述:"在位十三年,郡國所上符瑞,合於圖書者數百千所。烏呼懋哉!"[104]這裡的"圖書"便是讖緯文

94　《漢書》卷二十一上《律歷志上》,頁981。

95　《漢書》,頁1301。

96　《漢書》,頁1317。

97　《緯書集成》下冊,頁1223。

98　《緯書集成》中冊,頁1001。

99　按,此引《漢書‧高帝紀》文字,見《漢書》卷一《高帝紀》,頁23。

100　按,此引《漢書‧天文志》文字。

101　李善注《文選》卷一,頁22。

102　《漢書》,頁1065。

103　《後漢書‧光武帝紀下》。《後漢書》,頁83。

104　《後漢書》,頁159。

獻，之所以叫"圖書"、"圖讖"、"圖緯"之類，是因爲其中有不少星占、輿地、祥瑞和地理圖像[105]，是記載天人知識的圖錄。王充《論衡・講瑞篇》曰："儒者之論自說見鳳凰麒麟而知之。何則？案鳳皇麒麟之象……考以圖像，驗之古今，則鳳麟可得審也。"[106]班固《東都賦》中所載《白雉詩》曰："啓靈篇分披瑞圖，獲白雉分效素烏。嘉祥阜分集皇都。"[107]唐張彥遠《歷代名畫記》卷三"述古之秘畫珍圖"中所列，有《龍魚河圖》、《五帝鉤命決圖》、《孝經秘圖》、《孝經左契圖》、《孝經雌雄圖》、《河圖》、《詩緯圖》、《春秋圖》、《孝經讖圖》等[108]。祥瑞已經是讖緯秘經中的圖像與文字，當然也成爲神聖性的修辭[109]。

從信仰的角度來看，《河圖》、《洛書》、"七經緯"比"六經"更具有神秘性和本源性，儒者甚至憑讖說經。《禮記・檀弓下・正義》引鄭玄《答張逸問禮注》曰："《書說》者，何書也？答曰：《尚書緯》也。當爲注時，在文網中，嫌引秘書，故諸所牽圖緯，統謂之"說"云。"[110]《易緯》、《尚書緯》和《禮緯》皆有鄭玄注，[111]他在文網禁令之中，仍堅持引用讖緯之說注釋"五經"。同樣，李善雖然很博學，但是他認爲讖緯是很古老的文獻，以至於注釋先秦和西漢人如宋玉、李斯、賈誼、司馬相如、東方朔、王褒等人的作品時，也引用讖緯，而且常常不根據經史文獻，憑據讖緯注釋文學作品。比如李斯《上秦始皇書》曰："《韶》、《虞》、《武》、《象》者，異國之樂也"，這些上古音樂，多見於先秦古書，《虞》當爲《護》，故其師荀子曰："於是《武》、《象》起而《韶》、《護》廢矣。"[112]又曰："和鸞之聲，步中《武》、《象》，驟中《韶》、《護》，所以養耳也。"[113]而李善注曰："《樂動聲儀》曰：'舜樂曰《簫韶》。'又曰：'周樂伐時曰《武象》。'宋均曰：'《武象》，象伐時用干戈。'"[114]又如班固《東都賦》"習習祥風，祁祁甘雨。""甘雨"一詞出《爾雅・釋天》"甘雨時降，萬物以嘉。"李善注曰：

---

[105] 參見王利器《讖緯五論》中的「（四）讖書有圖」一節，張岱年等編，《國學今論》，瀋陽，遼寧教育出版社，1991，頁118—121。

[106] 《論衡校釋》，頁721。

[107] 李善注《文選》卷二，頁36。

[108] 《历代名画记》，北京，人民美术出版社，1963，頁73—74。

[109] 讖緯中的祥瑞圖像與文字也見諸東漢的藝術，如漢墓畫像石和壁畫中的祥瑞圖，有的文字與《宋書・符瑞志》相同，說明來自同樣的讖緯文獻（參見〔日〕田中有《漢墓画像石・壁画に見える祥瑞図について》，安居香山編《讖緯思想の綜合研究》，圖書刊行會，1984，頁57—70）。巫鴻認為武梁祠等畫像石和墓室壁畫中的祥瑞圖具有「圖錄式」的設計傾向，可能是從當時流行的諸多徵兆圖籍中翻制的（巫鴻著，柳揚、岑河譯，《武梁祠：中國古代畫像藝術的思想性》，北京，三聯書店，2006，頁97）。

[110] 《十三經註疏》，頁1313上。

[111] 《隋書》卷三十二《經籍志》，頁940。

[112] 《荀子・儒效》，王先謙撰，沈嘯寰，王星賢點校《荀子集解》，北京，中華書局，1988，頁136。按《史記》卷七十四《孟子荀卿列傳》曰：「李斯嘗為弟子，已而相秦。」《史記》，頁2348。

[113] 《荀子・禮論》，《荀子集解》，頁347。

[114] 李善注《文選》卷三九，頁545。

"《尚書考靈耀》曰：熒惑順行，甘雨時也。"[115]又如干寶《晉紀總論》："至於世祖，遂享皇極。""皇極"一詞出《書・洪範》："皇極，皇建其有極。"李善注曰："《尚書考靈耀》曰：'建用皇極。'宋均曰：'建，立也。皇極，大中也。'"[116]

其次是天命信仰。東漢以來，桓譚、王充、張衡、劉勰等人不信讖緯。不過他們僅僅不信讖緯是儒家的神秘經典，因此否定讖緯與聖人有關，可是他們並不懷疑天命，不否認天人之間存在感應符驗，也不完全否定讖緯中的知識。

王充認為"讖書秘文""空虛闇昧"，但是他相信天命、符瑞和氣物相感。《論衡》中有《講瑞》、《指瑞》、《驗符》諸篇，他最稱讚西漢宣帝和東漢明帝的政治，他讚揚 "宣帝比堯舜，天下太平，萬里慕化，仁道施行，鳥獸仁者，感動而來，瑞物大小、毛色、足翼必不同類。"又曰："和氣至，甘露降，德洽而眾瑞湊。案永平以來，訖於章和，甘露常降，故知眾瑞皆是，而鳳皇騏驎皆真也。"[117]

張衡的賦作中與讖緯相關的修辭比比皆是。比如《西京賦》曰："自我高祖之始入也，五緯相汁，以旅於東井。"[118]《東京賦》曰："總集瑞命，備致嘉祥。"[119]又曰："昔常恨《三墳》、《五典》既泯，仰不睹炎帝、帝魁之美。"薛綜注曰："炎帝，神農後也。帝魁，神農名。並古之君號也。"此注以帝魁為神農，炎帝為其後，但次序顛倒，未能注明文意。故李善補注曰："《孝經鉤命訣》曰：'佳巳感龍生帝魁。'鄭玄曰：'佳巳，帝魁之母也。魁，神名。'宋衷《春秋傳》曰：'帝魁，黃帝子孫也。'"[120]李善引緯為注，糾正了薛氏之說，以"帝魁"為黃帝之後，將"炎帝、帝魁"解釋為"炎黃"之意，發明了張衡的觀念。史載張衡是一個"致思於天文、陰陽、曆算"的人，他看到"儒者爭學圖緯，兼復附以訞言"，因而上疏要求禁絕讖緯。但他既承認光武頒佈的"《河》、《洛》、六藝"八十一篇的權威，也肯定"明審律曆以定吉凶，重之以卜筮，雜之以九宮"是聖人"經天驗道"之法。所以，他說"圖緯虛妄，非聖人之法"，是在強調讖緯與"五經"和孔子沒有關係[121]。

劉勰認為讖緯假託聖人與五經，必偽無疑，但神道、天命是存在的，祥瑞的出現，是為了啟發聖人創制文明，驗證歷代聖王膺負的天命，屬於"神教"。《正緯》篇曰："夫神道闡幽，天命微顯，馬龍出而大《易》興，神龜見而《洪範》耀。故《繫辭》稱河出《圖》，洛出《書》，聖人則之，斯之謂也。但世夐文隱，好生矯誕，真雖存矣，偽亦憑焉。"[122]又曰："圖籙之現，乃昊天休

---

[115] 李善注《文選》卷一，頁35。
[116] 李善注《文選》卷四九，頁688。
[117] 《論衡校釋》，頁738、739。
[118] 李善注《文選》卷二，頁38。
[119] 李善注《文選》卷三，頁64。
[120] 李善注《文選》卷三，頁67。
[121] 《後漢書》卷五十九，頁1911—1912。
[122] 《文心雕龍注》卷一，頁29。

命,事以瑞聖,義非配經……昔康王河圖,陳於東序;故知前世符命,歷代寶傳,仲尼所撰,序錄而已。"[123]斯波六郎指出:"彥和以緯書爲僞作,但似乎承認圖籙。"[124]"《春秋緯》云:'孔子曰,丘攬史記,援引古圖,推集天變,爲漢帝制法,陳敘圖錄。'(《公羊春秋解詁》隱公第一疏引《春秋說》)這雖是緯書之說,但彥和可能也有類似的想法。"[125]正只爲如此,他不僅認爲讖緯"無益經典而有助文章",而且在《原道》篇闡論人文起源的文字中,也多引緯說。比如《原道》曰:"若乃《河圖》孕乎八卦,《洛書》韞乎九疇,玉版金鏤之實,丹文綠牒之華,誰其屍之,亦神理而已。"[126]前文所引《尚書中候握河命》和《尚書中候考河命》已證明其說"八卦""九疇"所本,而"玉版金鏤"二句,斯波六郎認爲"似指《河圖》、《洛書》以外的圖籙。"[127]其言甚確,《詩含神霧》曰:"孔子曰:'詩者,天地之心,刻之玉版,藏之金府。'"[128]

值得注意的是,文學對讖緯的文辭也有影響。雖然讖緯興起於哀、平之際,王莽喜好符命之時,盛行於東漢以降。但是侈陳符命,誇飾辭令的風氣也與漢代的文學有關。司馬相如、王褒、揚雄等辭賦家,鋪張揚厲,勸百諷一,已開讖緯"事豐奇偉"、"辭富膏腴"的先河,李善引讖緯注釋他們的作品,說明了二者的密切關聯。比如《史記》所載武王伐商白魚赤烏之瑞,也見諸司馬相如《封禪文》"蓋周躍魚隕航,休之以燎"、王褒《四子講德論》"武王獲白魚而諸侯同辭"諸句,李善注則引《尚書旋機鈐》曰:"武王得兵鈐,謀東觀。白魚入舟,俯取以燎。八百諸侯,順同不謀。"[129]揚雄《劇秦美新》又有"白鳩丹烏"一句,李善注引《尚書帝命驗》"太子發渡河"之文爲注[130]。又如,司馬相如《子虛賦》曰:"曳明月之珠旗。"李善注曰:"《孝經援神契》曰:'蛟珠旗。'宋均曰:'蛟魚之珠,有光耀,可以飾旗。'"[131]

總之,在漢魏六朝直至隋唐時期的文化實踐中不斷造作、積累、增益而成的讖緯文獻,已經構成了一個龐大的知識體系與文化信仰,浸透到人們的宇宙觀、意識形態以及思想文化的生產過程之中。從實證的角度看,文獻和知識固然有眞僞之別;但是從一個特定歷史時期的文化實踐來看,文獻和知識是一個眞實存在的話語世界,這個世界中的文學必須借助這些話語來表達作品的意義,這才是辭人們"采摭英華"的原因。

---

[123] 《文心雕龍注》卷一,頁30。

[124] 〔日〕斯波六郎《文心雕龍札記》,王元化選編《日本研究〈文心雕龍〉論文集》,濟南,齊魯書社,1983,頁46。

[125] 斯波六郎《文心雕龍札記》,王元化選編《日本研究〈文心雕龍〉論文集》,頁104。

[126] 《文心雕龍注》,頁2。

[127] 斯波六郎《文心雕龍札記》,王元化選編《日本研究〈文心雕龍〉論文集》,頁46。

[128] 《緯書集成》上冊,頁464。

[129] 李善注《文選》卷四十八,頁677;卷五十一,頁716。

[130] 李善注《文選》卷四十八,頁680。

[131] 李善注《文選》卷七,頁120。

論唐代的規範詩學

張伯偉*

一、引言

這裏使用的"規範詩學"一語，來自於俄國形式主義文學理論中的一個定義。鮑里斯•托馬舍夫斯基（1890—1957）在《詩學的定義》一文中指出："有一種研究文學作品的方法，它表現在規範詩學中。對現有的程序不作客觀描述，而是評價、判斷它們，並指出某些唯一合理的程序來，這就是規範詩學的任務。規範詩學以教導人們應該如何寫文學作品爲目的。"[1]之所以要借用這樣一個說法，是因爲它能夠較爲簡捷明確地表達我對唐代詩學中一個重要特徵的把握。在過去的文章中，我曾經說"唐代詩學的核心就是詩格"[2]。所謂"詩格"，其範圍包括以"詩格"、"詩式"、"詩法"等命名的著作，其後由詩擴展到其它文類，出現了"文格"、"賦格"、"四六格"等書，其性質是一致的。清人沈濤《匏廬詩話•自序》指出："詩話之作起於有宋，唐以前則曰品、曰式、曰例、曰格、曰範、曰評，初不以話名也。"[3]唐代的詩格（包括部分文格和賦格）雖然頗有散佚，但通考存佚之作，約有六十餘種之多[4]。"格"的意思是法式、標準，所以詩格的含義也就是指作詩的規範。唐代詩格的寫作動機不外兩方面：一是以便應舉，二是以訓初學，總括起來，都是"以教導人們應該如何寫文學作品爲目的"。因此，本文使用"規範詩學"一語來概括唐代詩學的特徵。

二、"規範詩學"的形成軌跡

研究中國文學批評史的學者，對於隋唐五代一段的歷史地位有不同看法，比如郭紹虞名之

---

[1] 方珊等譯《俄國形式主義文論選》，頁80—81。三聯書店，1989年版。

[2] 張伯偉《隋唐五代文學批評總說》，載日本《中唐文學會報》2000號，頁2。日本中唐文學會編，（株）好文出版，2000年版。

[3] 《叢書集成續編》影印《檇李叢書》本，第158冊，頁97。

[4] 此據張伯偉《全唐五代詩格彙考》及該書附錄《全唐五代詩文賦格存目考》統計。江蘇古籍出版社，2002年版。此書初版題名《全唐五代詩格校考》，由陝西人民教育出版社1996年版。

曰"復古期"[5]，張健名之曰"中衰期"[6]，張少康、劉三富則名之曰"深入擴展期"[7]。言其"復古"，則以唐人詩學殊乏創新；謂之"中衰"，則以其略無起色；"深入擴展"云云，又混唐宋金元四朝而言。究竟隋唐五代約三百八十年（581—960）間的文學批評價值何在，地位如何，實有待從總體上予以說明並作出切實的分析。

唐代是中國古典詩歌的黃金時代，假如從詩學的角度來看，則唐代是文學批評史上的一大轉折。在此之前，文學批評的重心在文學作品要"寫甚麼"，從唐代開始，其重心轉移到文學作品應該"怎麼寫"。

章學誠《文史通義・文德》指出："古人論文，惟論文辭而已矣。劉勰氏出，本陸機氏說而昌論文心。"[8]這裏的"文辭"當指修飾言辭，有關文學的理論也由此而生。《周易・乾・文言》云："修辭立其誠。"[9]如果說，修辭屬於"美"的範疇，那麼，作為其根本的"誠"卻含有"眞"與"善"[10]。《左傳》襄公二十五年引用孔子云："言之無文，行而不遠。晉爲伯，鄭入陳，非文辭不爲功，愼辭哉。"[11]也是強調修辭的重要，所以"言語"爲孔門四科之一。孔子一方面說"辭達而已矣"[12]，另一方面在談到辭命的撰寫時，強調在"草創"之後，又須繼之以"討論"、"修飾"和"潤色"[13]。綜合二者而言，即"情欲信，辭欲巧"[14]，眞誠是前提，修飾是手段。先秦時縱橫家也重視行人辭令之美，但缺乏"誠"的美辭，在孔子看來是"巧言令色，鮮矣仁"[15]，是"巧言亂德"[16]。專以巧詞炫人，則如《漢書・藝文志》所云："邪人爲之，則上詐諼而棄其信。"[17]乃不足取者。《周易・繫辭下》云"聖人之情見乎辭"[18]，孔子說："不知言，無以知人也。"[19]所以，古人也重視由文辭以觀人，由賦詩以觀志[20]。《周易・繫辭下》說："將叛者其辭

5　《中國文學批評史》，頁2。上海古籍出版社，1979年版。

6　《清代詩話研究・自序》，頁3。臺灣五南圖書出版公司，1993年版。

7　《中國文學理論批評發展史》，上冊，頁3。北京大學出版社，1995年版。

8　葉瑛《文史通義校注》上，頁278。中華書局，1985年版。

9　《周易正義》卷一，《十三經注疏》，上冊，頁15。中華書局影印本，1980年版。

10　在儒家典籍中，《中庸》對"誠"字有很好的發揮："誠身有道，不明乎善，不誠乎身矣。""誠者，天之道也；誠之者，人之道也。""誠之者，擇善而固執之者也。"參見饒宗頤《孔門修辭學》，《文轍——文學史論集》。臺灣學生書局，1991年版。

11　《春秋左傳正義》卷三十六，《十三經注疏》，下冊，頁1985。

12　《論語・衛靈公》，朱熹《四書章句集注》，頁169。中華書局，1983年版。

13　《論語・憲問》，同上注，頁150。

14　《禮記・表記》引孔子語，《十三經注疏》，下冊，頁1644。

15　《論語・學而》，《四書章句集注》，頁48。

16　《論語・衛靈公》，同上注，頁167。

17　陳國慶《漢書藝文志註釋彙編》，頁148。中華書局，1983年版。

18　《周易正義》卷八，《十三經注疏》，上冊，頁86。

19　《論語・堯曰》，《四書章句集注》，頁195。

20　《左傳》襄公二十七年記趙孟語："七子從君，以寵武也。請皆賦，以卒君貺，武亦以觀七子之志。"又昭公十六年記宣子語："二三君子請皆賦，起亦以知鄭志。"

慚，中心疑者其辭枝，吉人之辭寡，躁人之辭多，誣善之人其辭游，失其守者其辭屈。"[21]便具體揭示出由辭以觀人的方法。孟子論"知言"，而說"詖辭知其所蔽，淫辭知其所陷，邪辭知其所離，遁辭知其所窮"[22]。這裏，"詖辭"乃偏詖之辭，"淫辭"乃放蕩之辭，"邪辭"乃邪僻之辭，"遁辭"乃躲閃之辭，此爲"四言之病"，而"蔽"（遮蔽）、"陷"（沉溺）、"離"（叛離）、"窮"（困窘）乃"四心之失"。因爲言從心生，不善之心，能生發出不善之言，從而影響到政治，危害於世事。可以看到，先秦時人儘管對"文辭"頗爲重視，但所重者主要還是在其內容，具體到如何討論、修飾、潤色文辭，則較少涉及。

例如作詩文而用喻，自先秦文獻中已屢見不鮮，"博喻"之名，最早見於《禮記•學記》："君子知至學之難易，而知其美惡，然後能博喻，能博喻然後能爲師。"[23]又云："不學博依，不能安詩。"鄭玄注："博依，廣譬喻也。"[24]東晉葛洪寫《抱朴子》，也專列《博喻》篇。但系統總結經傳文中的用喻，並作分類解釋，則要到宋代陳騤的《文則》。所謂"博采經傳，約而論之，取喻之法，大概有十"，而"博喻"即指"取以爲喻，不一而足"[25]。作爲"六義"中的"賦比興"，雖然屬"詩之所用"，但漢人的解釋，仍然偏重在其傳達的內容，着意發揮美刺、勸戒之意，和朱熹的解釋完全不同。即便涉及寫作手法，也是籠統之辭。以"比興"而言，鄭玄在《周禮•大師》注中說："比，見今之失，不敢斥言，取比類以言之。興，見今之美，嫌於媚諛，取善事以喻勸之。"[26]將"比興"與政治得失掛鉤，這當然不合其原意[27]。可見，在魏晉以前，儘管已有一些對於"文辭"的論述，但或偏重在內容，或僅作籠統之言。

其實，文學規範的建立，與文學的自覺程度是一個緊密聯繫的話題。關於文學的自覺，近年來曾引起不少討論。依我看來，文學是一個多面體，無論認識到其哪一面，都是某種程度上的自覺。孔子認爲《詩》"可以興，可以觀，可以群，可以怨"[28]，孟子認爲說《詩》者當"不以文害辭，不以辭害志。以意逆志，是爲得之"[29]，能說這是對文學（以《詩》爲代表）的特性無所自覺嗎？只是其話語的重心，更多的落實在文學的社會作用和道德意義上，但社會作用與道德意義難道不是文學的題中應有之義嗎？《漢書•藝文志》中專列"詩賦略"，這表明自劉向、歆父子到班固，都認識到詩賦有其不同於其它文字著述的特徵所在，因而需要在目錄分類上獨立起來。但班固重視的

21　《周易正義》卷八，《十三經注疏》，上冊，頁91。

22　《孟子•公孫丑上》，《四書章句集注》，頁232—233。

23　《禮記正義》卷三十六，《十三經注疏》下冊，頁1523。

24　同上注，頁1522。

25　《文則》，頁12—13。中華書局香港分局，1977年版。

26　《周禮注疏》卷二十三，《十三經注疏》上冊，頁796。

27　如焦循《毛詩補疏》指出："《雄雉》刺衛宣公，《苑蘭》刺惠公，毛《傳》皆云'興'也，則比興不得以美刺分。《正義》言'美刺俱有比興'是也。"《清人詩說四種》，華中師範大學出版社，1986年版，頁242。

28　《論語•陽貨》，《四書章句集注》，頁178。

29　《孟子•萬章上》，同上注，頁306。

賦，應該具備"惻隱古詩之義"，即如春秋時代的賦詩言志，可以"別賢不肖而觀盛衰焉"。至於歌詩的意義，在班固的心目中，主要在"感於哀樂，緣事而發，亦可以觀風俗、知厚薄云"[30]。一句話，他們重視的還是"寫甚麼"。從這個意義上看，曹丕《典論論文》中"詩賦欲麗"的提出，實在是一個劃時代的轉換，因為他所自覺到的文學，是其文學性的一面。他已經意識到，詩賦之所以為詩賦，不在於其中表現的內容是甚麼，而在於用什麼方式來表現。而"詩賦欲麗"的"欲"，所表達的不僅是一種內在的要求[31]，假如與上文"奏議宜雅，書論宜理，銘誄尚實"中的兩"宜"一"尚"聯繫起來的話，"欲"似乎也含有一種外在規範的意味。所以我認為，唐人"規範詩學"的源頭不妨追溯到這裏。

唐以前最有代表性的文學理論著作，允推劉勰《文心雕龍》和鍾嶸《詩品》。而據章學誠的看法，劉勰也是本於陸機的。在《文賦》中，陸機已經明顯表露出對於文章寫作規範的重視之意，所謂"普辭條與文律，良予膺之所服"[32]。前人對這兩句話的解釋頗多，以先師程千帆先生的說法最為顯豁："辭條即文律，謂為文之法式也。"[33]但陸機具體論述到這些"文律"時，也不過云"其會意也尚巧，其遣言也貴妍。暨音聲之迭代，若五色之相宜"[34]，至於意如何巧，言怎樣妍，音聲用甚麼方法迭代，仍然是模糊的。

《文心雕龍》的《總術》篇是專講"文術"之重要的[35]，所謂"文術"，就是指作文的法則。其開篇云："今之常言，有文有筆。以為無韻者筆也，有韻者文也。"[36]但劉勰並不完全認同這一提法[37]，他認為這種區分於古無徵，"自近代耳"。又對這一說的代表人物顏延之的意見加以批駁，最後說出自己的意見："予以為發口為言，屬筆為翰。"[38]口頭表述者為言，筆墨描述者為翰，這反映了劉勰對於文采的重視。"翰"指翠鳥的羽毛，晉以來常常被用以形容富有文采的作品，如李充有《翰林論》，其中評潘岳的詩"如翔禽之有羽毛"[39]，王儉的《七志》也將《漢志》

---

30 以上見《漢書藝文志註釋彙編》，頁183—184。

31 宇文所安以aspire翻譯"欲"，即傳達出這一意。見《中國文論：英譯與評論》，王柏華、陶慶梅譯，頁67。上海社會科學院出版社，2003年版。

32 《六臣注文選》卷十七，頁314。中華書局影印本，1987年版。

33 《文學發凡》卷下，頁10。金陵大學文學院中國文學系叢書第二種，1943年版。

34 方竑指出這一段文字乃"具論作文之利害所由"，見張少康《文賦集釋》，頁101。上海古籍出版社，1984年版。

35 其中提及陸機《文賦》，雖然頗有貶義，也可證劉勰寫作此篇時，心中自有陸機在。

36 范文瀾《文心雕龍注》，頁655。人民文學出版社，1958年版。

37 由於這在當時已是一個約定俗成的提法，所以劉勰有也會採用。如《序志》中的"文敘筆"，《體性》中的"筆區雲譎，文苑波詭"等，皆以"文"、"筆"對舉。

38 《文心雕龍注》，頁655。案：有些學者認為劉勰與顏延之等人一樣，主張以有韻無韻區分文筆，實為誤解。如逯欽立先生《說文筆》（收入其《漢魏六朝文學論集》，陝西人民出版社，1984年版）即持此類意見，似當糾正。

39 鍾嶸《詩品》卷上潘岳條引。王叔岷《鍾嶸詩品箋證稿》，頁179。臺灣中研院中國文哲研究所，1992年版。

的"詩賦略"改爲"文翰志"，蕭統《文選序》將"義歸乎翰藻"[40]作爲史讚的選文標準之一，這是時代風尙。然而在劉勰看來，用筆墨描寫的也並非都堪稱作品，強弱優劣的關鍵即在"研術"。所謂"才之能通，必資曉術。自非圓鑒區域，大判條例，豈能控引情源，制勝文苑哉"[41]。據《文心雕龍‧序志》所說，其書的下篇乃"割情析采，籠圈條貫，摛神性，圖風勢，苞會通，閱聲字，崇替於《時序》，褒貶於《才略》，怊悵於《知音》，耿介於《程器》"[42]，涉及到文學的創作、批評、歷史等諸多方面的理論。其中創作論部分，又涉及到文學的想象、構思、辭采、剪裁、用典、聲律、鍊字、對偶等命題，部分建立起文學的寫作規範。

這裏不妨舉出與唐代文學理論關係較爲密切者，以便對照。如《麗辭》中講到了對偶：

> 麗辭之體，凡有四對：言對爲易，事對爲難；反對爲優，正對爲劣。……凡偶辭胸臆，言對所以爲易也；徵人之學，事對所以爲難也；幽顯同志，反對所以爲優也；並貴共心，正對所以爲劣也。又以事對，各有反正，指類而求，萬條自昭然矣。張華詩稱"游雁比翼翔，歸鴻知接翮"，劉琨詩言"宣尼悲獲麟，西狩泣孔丘"，若斯重出，即對句之駢枝也。是以言對爲美，貴在精巧；事對所先，務在允當。[43]

劉勰在這裏首先舉出了文章的四種對偶方式，並加以說明，"言對"不用典故，取字詞相對即可。"事對"則須用典，是典故與典故相對。"反對"是情理不同，而旨趣一致。"正對"則事件相異，而意義無別。其次，又指出這四種對的難易優劣。同時指出"言對"和"事對"中皆各有"反對"和"正對"，所以實際上衹是兩種對。再次，又指出對偶的避忌，舉出張華和劉琨的對句，乃"駢枝"之病，後人又稱之爲"合掌"。這一類的毛病，在魏晉以來的詩歌中較爲常見[44]，故在此特別揭示。最後，文章指出對偶的原則，"言對"貴在語言精巧，"事對"貴在用典準確。若兩者不相稱，則不免爲病。

又如《聲律》中講到了平仄等問題：

> 凡聲有飛沉，響有雙疊。雙聲隔字而每舛，疊韻雜句而必睽。沉則響發而斷，飛則聲揚不還。並轆轤交往，逆鱗相比，迕其際會，則往蹇來連，其爲疾病，亦文家之吃也。[45]

這裏所說的"飛沉"，代指的是平仄，而"雙疊"則指雙聲和疊韻。平聲字發音長，仄聲字則短，

---

40 《六臣注文選》卷首，頁4。

41 《文心雕龍注》，頁656。

42 同上注，頁727。

43 同上注，頁588—589。

44 《苕溪漁隱叢話》前集卷一引《蔡寬夫詩話》云："晉、宋間詩人，造語雖秀拔，然大抵上下句多出一意，如'魚戲新荷動，鳥散餘花落'，'蟬噪林逾靜，鳥鳴山更幽'之類，非不工矣，終不免此病。其甚乃有一人之名而分用之者，如劉越石'宣尼悲獲麟，西狩泣孔丘'，謝惠連'雖好相如達，不同長卿慢'等語，若非前後相映帶，殆不可讀，然要非全美也。唐初，餘風猶未殄，陶冶至杜子美，始淨盡矣。"中華書局香港分局，1976年版，頁5。

45 《文心雕龍注》，頁552—553。

故長短相配，就能如轆轤取水般運轉無礙。否則，便會詰屈聱牙，所謂"文家之吃"[46]。但究竟如何做到"轆轤交往，逆鱗相比"，劉勰並未細作規定，這大概是因爲"纖毫曲變，非可縷言"的緣故吧。

《章句》篇專講"宅情"、"位句"，也就是結構和句法。一篇作品之成，由字而句，由句而章，由章而篇。大致可分開始、中段和結尾，既應各有所司，又需互相照應。若顚倒錯亂，則不成文章：

> 啟行之辭，逆萌中篇之意；絕筆之言，追媵前句之旨。故能外文綺交，內義脈注。跗萼相衡，首尾一體。……是以搜句忌於顚倒，裁章貴於順序，斯固情趣之指歸，文筆之同致也。[47]

但這裏指出的僅爲結構文章的原則，同樣未有細則詳規。劉勰認爲：

> 夫裁文匠筆，篇有小大。離章合句，調有緩急。隨變適會，莫見定準。[48]

有常法而無定法，即"贊"所謂"斷章有檢，積句不恆"[49]，"檢"即法度，"不恆"乃多變。其討論句法部分，僅論四言、五言、七言等字數，故紀昀評爲"但考字數，無所發明，殊無可采"[50]。具體涉及到文章寫作規範的要求，是關於語助詞的用法：

> 至於夫、惟、蓋、故者，發端之首唱；之、而、於、以者，乃札句之舊體；乎、哉、矣、也，亦送末之常科。據事似閑，在用實切。巧者回運，彌縫文體，將令數句之外，得一字之助矣。[51]

指出語助在文章的開端、句中、結尾的作用，這在唐代劉知幾的《史通‧浮詞》中得到更明確的表述[52]，而系統總結、歸納語助詞在文章中的用法，則要到唐代杜正倫的《文筆要決》。

鍾嶸《詩品》的寫作重心在"顯優劣"，即通過對自漢以來一百二十多家作品的評論，建立起詩歌評論的標準。其中涉及到"怎麼寫"的內容，主要是以下一段文字：

> 文已盡而意有餘，興也；因物喻志，比也；直書其事，寓言寫物，賦也。弘斯三義，酌而用之，幹之以風力，潤之以丹彩，使味之者無極，聞之者動心，是詩之至也。若專用比興，則

---

46 詩句流暢，是詩人的一般追求。但有的詩人為了出奇或遊戲，也會故意寫作拗口之詩。《苕溪漁隱叢話》前集卷二引《漫叟詩話》云："東坡作《吃語》詩：'江干高居堅關扃，耕犍躬駕角掛經。孤航繫舸菰芰隔，笳鼓過軍雞狗驚。解襟顧影各箕踞，擊劍高歌幾舉觥。荊笄供膾愧攪聒，乾鍋更憂甘瓜羹。'山谷亦有戲題云：'逍遙近道邊，憩息慰憊懣。晴暉時晦明，謔語謘諧謔。草萊荒蒙龍，室屋壅塵坌。僮僕侍偪側，涇渭清濁混。'二老亦作詩戲邪？"這似乎是為了拗折天下人嗓子。而山谷之作者為"聯邊"詩，讀之亦拗口。

47 《文心雕龍注》，頁570—571。

48 同上注，頁570。

49 同上注，頁572。

50 《紀曉嵐評注文心雕龍》，頁294。江蘇廣陵古籍刻印社影印本，1997年版。

51 《文心雕龍注》，頁572。

52 《史通‧浮詞》指出："是以伊、維、夫、蓋，發語之端也；焉、哉、矣、也，斷句之助也。去之則言語不足，加之則章句獲全。"

患在意深，意深則詞躓。若但用賦體，則患在意浮，意浮則文散，嬉成流移，文無止泊，有蕪漫之累矣。[53]

首先，對此"三義"的定義，最引人矚目的是"興"的解釋："文已盡而意有餘"。"文"指的是文字，包括文字所包涵的意義（meaning），"意"則指詩的意味、情調（significance）。"興"是一種詩意的動情力，它能夠決定一首詩的意味和情調，就其所能達到的藝術效果而言，便是一唱三嘆、意在言外[54]。其次，鍾嶸指出詩人對賦比興應該"酌而用之"，不可單用一種，否則就會導致"意深"或"意浮"之弊。這裏所揭示的，其實仍然是一項原則。

對於用典和聲律，鍾嶸也有明確的說明，皆取否定的態度。從"規範"的角度看，屬於消極的避忌，而不是規則的建立。

齊梁以來積極建立詩學規範的，可以沈約等"永明體"詩人為代表[55]。周顒撰《四聲切韻》，沈約撰《四聲譜》，在聲律方面，提出了"四聲八病"的規定。沈約說：

欲使宮羽相變，低昂舛節，若前有浮聲，則後須切響。一簡之內，音韻盡殊；兩句之中，輕重悉異。妙達此旨，始可言文。[56]

從他開始，中國詩歌的音律有了人為的限定，並且要求嚴格執行。在其"規範"的視野之下重新審視詩歌史，儘管自古以來就有"高言妙句，音韻天成"者，但都是"闇與理合，匪由思至"。而文學史上享有大名的作家，如"張（衡）、蔡（邕）、曹（植）、王（粲），曾無先覺；潘（岳）、陸（機）、顏（延之）、謝（靈運），去之彌遠"[57]。他所試圖建立的是一個嶄新的規範，瞭解詩歌的音韻規律成為寫作、談論文學的必要前提。"作五言詩者，善用四聲，則諷詠而流靡；能達八體，則陸離而華潔。"[58]然而，這樣一種有關規範的意見在當代並未得到普遍認同。如陸厥攻擊沈約的論點，認為詩歌中的音律古已有之，不得謂前人"此秘未睹"。甄琛（思伯）撰《礔四聲論》，並取沈約"少時文詠犯聲處以詰難之"[59]。鍾嶸《詩品》列沈詩於中品，並且貶抑為"見重闾里，誦詠成音"[60]。因此，儘管在創作實際上，自"永明體"以降，齊梁合律的詩句比例日漸增多，以至於後代論者往往將律詩的起源追溯到這裏，如楊慎集六朝詩為《五言律祖》，胡應麟《詩

53　《鍾嶸詩品箋證稿》，頁72。

54　關於這一新定義的意蘊，參見張伯偉《鍾嶸詩品研究》第六章《"興"義發微》，南京大學出版社，1999年版。

55　《南齊書‧文學‧陸厥傳》："永明末盛為文章，吳興沈約、陳郡謝朓、瑯琊王融以氣類相推轂。汝南周顒善識聲韻。約等為文皆用宮商，以平上去入為四聲，以此制韻，不可增減，世呼為'永明體'。"

56　《宋書謝靈運傳論》，《六臣注文選》卷五十，頁946。

57　同上註。

58　沈約《答甄公論》，《文鏡秘府論》天卷《四聲論》引。王利器《文鏡秘府論校注》，頁102。中國社會科學出版社，1983年版。

59　《四聲論》，同上註，頁97。

60　把這句批評的話與《詩品序》中"蜂腰鶴膝，闾里已具"結合起來看，可知主要也是針對其詩歌中四聲八病的實踐而言。

藪》內編卷四也說"五言律體,兆自梁、陳"[61],並舉陰鏗等人的作品為證,但在理論上却未見新的推動。

值得注意的是,北方學者在對四聲的推動方面起了較大的作用。對音韻之學的關注,在北方本有傳統。閻若璩《尚書古文疏證》卷五下指出:

> 按顧氏《音學五書》言:"文人言韻,莫先於陸機《文賦》。"余謂《文心雕龍》:"昔魏武論賦,嫌於積韻,而善於資代。"《晉書・律曆志》:"魏武時,河南杜夔精識音韻,為雅樂郎中令。"二書雖一撰於梁,一撰於唐,要及魏武、杜夔之事,俱有韻字。知此學之興,蓋於漢建安中。[62]

魏有李登撰《聲類》十卷,晉有呂靜(山東任城人)撰《韻集》六卷,潘徽《韻纂序》批評道:"李登《聲類》、呂靜《韻集》,始判清濁,纔分宮羽,而全無引據,過傷淺局,詩賦所須,卒難為用。"[63]其中原因在於,李、呂之書乃韻書,非講詩文平仄之書,二者存在着音韻學與詩律學的區別,前人已經指出[64]。但北方韻學研究,可謂由來已久。劉善經《四聲指歸》云:"宋末以來,始有四聲之目,沈氏乃著其譜論,云起自周顒。"[65]這在北方引起很大反響,除了甄思伯的《磔四聲論》明確反對以外,從現存的文獻看,有很多人都是羽翼聲律論的。

1、洛陽(一作"略陽")王斌《五格四聲論》。王與沈約、陸厥同時,在與文學批評相關的著作中,這是第一部在書名中出現"格"的。《南史・陸厥傳》稱:"時有王斌者,不知何許人,著《四聲論》行於時。"[66]其書已軼,但在《文鏡秘府論》中有遺文可覓,有些屬於聲律病犯,如西卷"文二十八種病"中蜂腰、鶴膝二病,一般說來,蜂腰指第二字不得與第五字同聲,鶴膝指第五字不得與第十五字同聲。但"蜂腰、鶴膝,體有兩宗,各互不同。王斌五字製鶴膝,十五字製蜂腰"[67],就正好相反。所以沈約又說:"人或謂鶴膝為蜂腰,蜂腰為鶴膝,疑未辨。"[68]又"傍紐"下引王斌語云:"若能迴轉,即應言'奇琴'、'精酒'、'風表'、'月外',此即可得免紐之病也。"[69]所謂"傍紐",是指雙聲字中間有隔,這本來也是沈約的說法。劉善經說:"傍紐者,即雙聲是也。譬如一韻中已有'任'字,即不得復用'忍'、'辱'、'柔'、'蠕'、'仁'、'讓'、'爾'、'日'之類。沈氏所謂'風表'、'月外'、'奇琴'、'精酒'是

---

[61] 《詩藪》,頁58。上海古籍出版社,1979年版。

[62] 《四庫全書》本。

[63] 《隋書》卷七十六《文學・潘徽傳》,頁1745。中華書局,1973年版。

[64] 陳澧《切韻考》卷六"通論"云:"沈約《四聲譜》乃論詩文平仄之法,非韻書也。若韻書則李登、呂靜早有之,不得云'千載未悟'。況韻書豈能使五字音韻悉異,兩句角徵不同,十字顛倒相配乎?"

[65] 《文鏡秘府論校注》,頁80。

[66] 《南史》卷四十八《陸厥傳》,頁1197。中華書局,1975年版。

[67] 《文鏡秘府論校注》,頁416。

[68] 同上注,頁419。

[69] 同上注,頁429。

也。"[70]王斌乃承沈說。但這裏的文字被引用者加以簡約,所以文義不很明確。結合崔融的《唐朝新定詩格》,其傍紐病云:"'風小'、'月膾'、'奇今'、'精酉'、'表豐'、'外厥'、'琴羈'、'酒盈'。"[71]即在五言詩中分別出現上述字乃爲病,假如能夠調整("若能迴轉"),將分開的兩字合在一起成爲"奇琴"、"精酒",那就可以避免此病("免紐之病")。另外,王斌也有關於創作體式的規定,這應屬於"五格"的範圍。地卷"八階"的"和詩階"下引王斌曰:"無山可以減水,有日必應生月。"[72]所謂"和詩",一方面是外界景色與內心感受相呼應,另一方面是景色與景色相配合[73],王斌的說法屬後者。

2、北魏常景《四聲讚》。劉善經《四聲指歸》云:"魏秘書常景爲《四聲讚》曰:'龍圖寫象,鳥跡擒光。辭溢流徵,氣靡清商。四聲發彩,八體含章。浮景玉苑,妙響金鏘。'雖章句短局,而氣調清遠。故知變風俗下,豈虛也哉。"[74]潘重規認爲"俗下"當爲"洛下"之譌[75],甚爲有見。據《魏書》卷八十二《常景傳》,景"若遇新異之書,殷勤求訪"[76]。"四聲"之說是當時詩壇最爲"新異"的論調,他必然仔細研讀,並付諸實踐。劉善經又引《魏書•文苑傳序》,稱"陳郡袁翻、河內常景,晚拔疇類,稍革其風"[77],以至"洛陽之下,吟諷成群"。

3、劉滔,生平不詳[78]。案劉善經《四聲指歸》多引用各家之說,於南方人士或稱"吳人",或稱"江表之士",或稱"江東才子",而數引劉滔言,皆逕稱之,或爲北方之人。從引文來看,首先是附和沈約之見,如云前人對四聲"竟無先悟",其作品之成敗,乃"得者闇與理合,失者莫識所由。唯知齟齬難安,未悟安之有術"[79]。其次,他提出了必須遵守的寫作規範,在"上尾"、"蜂腰"、"傍紐"、"正紐"下皆引其說,羅根澤已有論述[80],此處從略。劉滔的意見中最值得注意的是兩點:第一是強調五言詩句的二、四不同聲。沈約等"永明體"詩人主張二、五不同聲(如蜂腰病所示),但劉滔說:"第二字與第四字同聲,亦不能善。此雖世無的目,而甚於蜂腰。"[81]這實際上代表了從永明體到今體詩的過渡。在今體詩中,二、五同聲很常見,但二、四同聲須避免。第二,永明體強調四聲分用,平上去入各爲一類而與其它三類相對,但從劉滔的話中可

70　同上注,頁431—432。

71　《全唐五代詩格彙考》,頁137。

72　《文鏡秘府論校注》,頁168。

73　《文鏡秘府論》解釋道:"黃蘭碧桂,風舞葉上之飛香;紫李紅桃,日漾花中之艷色。彼既所呈九暖,此即復答三春。兼疑秋情,齊嗟夏抱。染墨之辭不異,述懷之志皆同。彼此宮商,故稱相和。"

74　《文鏡秘府論校注》,頁104。

75　《隋劉善經四聲指歸定本箋》,載《新亞書院學術年刊》第四期。

76　《魏書》卷八十二,頁1805。中華書局,1974年版。

77　今本《魏書•文苑傳序》中無此段文字。

78　前人懷疑爲梁代的"劉緄",參見王利器《文鏡秘府論校注》,頁81—82。

79　《文鏡秘府論校注》,頁80。

80　參見羅根澤《中國文學批評史》第一冊第三篇第五章"音律說"四"劉滔的病犯說"。上海古籍出版社,1984年版。

81　《文鏡秘府論校注》,頁412。

以看到四聲二元化的趨向：“平聲賒緩，有用處最多，參彼三聲，殆爲大半。且五言之內，非兩則三，……此其常也。亦得用一用四。若四，平聲無居第四。……用一，多在第二。……此謂居其要也。”[82]顯然，是以平聲與其它三聲（上去入）相對。其所謂“非兩則三”、“用一用四”，都是就平聲字與仄聲字在一句詩中的多少而言。而且，對於在不同句式中平聲字應處的位置，作者也有嚴格的規定。

4、北齊陽休之《韻略》。《四聲指歸》指出：“齊僕射陽休之，當世之文匠也。乃以音有楚夏，韻有訛切，辭人代用，今古不同。遂辨其尤相涉者五十六韻，科以四聲，名曰《韻略》。製作之士，咸取則焉。後生晚學，所賴多矣。”[83]顯然，這是一部與文學創作有關的音律學著作，其書對於當時人影響頗大。對於創作者來說，起到了“取則”的規範作用。

5、北齊李概（字季節）《音韻決疑》。《四聲指歸》云：“齊太子舍人李節，知音之士，撰《音韻決疑》。……經每見當世文人，論四聲者衆矣，然其以五音配偶，多不能諧。李氏忽以《周禮》證明，商不合律，與四聲相配便合，恰然懸同。愚謂鍾、蔡以還，斯人而已。”[84]鍾子期、蔡邕均爲知音之人，顏之推《顏氏家訓‧音辭》也曾表彰李季節“知音”。不過，中國幅員遼闊，南北有異，語音不同，“吳、楚則時傷清淺，燕、趙則多傷重濁，秦、隴則去聲爲入，梁、益則平聲似去”[85]。所以在顏之推看來，“李季節著《音韻決疑》，時有錯失；陽休之造《切韻》，殊爲疏野。”[86]所謂“疏野”，是以其設韻太寬[87]。而後來唐代的官韻都以陸法言《切韻》爲藍本，其書以“南北是非，古今通塞”爲標準，分一百九十三韻。唐代科舉之士又“苦其苛細”，要求允許將相近的韻“合而用之”[88]。

6、隋劉善經《四聲指歸》。此書引用了衆多文獻，主要意見亦不外四聲和病犯。值得注意的是作者的態度，對於其所信奉的觀念以不容置疑的口吻道出，具有強烈的規範意識。例如關於四聲，他說：“四聲者譬之軌轍，誰能行不由軌乎？縱出涉九州，巡游四海，誰能入不由戶也？”[89]《文鏡秘府論》西卷有“文筆十病得失”節，據中外學者研究，此節亦出於《四聲指歸》[90]。略舉一例如下：

---

[82] 同上注，頁413。

[83] 同上注，頁104。

[84] 同上注。

[85] 陸法言《切韻序》，載《廣韻》卷首。

[86] 王利器《顏氏家訓集解》，頁474。上海古籍出版社，1980年版。

[87] 周祖謨《顏氏家訓音辭篇注補》指出：“如冬、鐘、江不分，元、魂、痕不分，山、先、仙不分，蕭、宵、肴不分，皆與《切韻》不合。其分韻之寬，尤甚於李季節《音譜》，此顏氏之所以譏其疏野也。”

[88] 封演《封氏聞見記》卷二“聲韻”條云：“隋朝陸法言與顏、魏諸公定南北音，撰為《切韻》，凡一萬二千一百五十八字，以為文楷式。而先、仙、刪、山之類，分為別韻。屬文之士，共苦其苛細。國初，許敬宗等詳議，以其韻窄，奏合而用之，法言所謂‘欲廣文路，自可清濁皆通’者也。”

[89] 《文鏡秘府論校注》，頁97。

[90] 參見興膳宏譯注《文鏡秘府論》，頁688。王利器《校注》，頁459。

上尾，第一句末字、第二句末字不得同聲。詩得者："縈鬟聊向牖，拂鏡且調粧。" 失者："西北有高樓，上與浮雲齊。" 筆得者："玄英戒律，繁陰結序。地卷朔風，天飛隴雪。" 失者："同源派流，人易世疎。越在異域，情愛分隔。" [91]

如果和沈約的說法比較："第一、第二字不宜與第六、第七字同聲。" [92] "不宜"與"不得"語氣顯然有別。再結合對"蜂腰"的看法，王斌的意見與沈約正好相反，沈約以爲兩者可"並隨執用" [93]，又以遲疑的口氣說"疑未辨" [94]。而劉善經則批評王斌"體例繁多，剖析推研，忽不能別" [95]；議論沈約"孰謂公爲該博乎" [96]？種種跡象表明，文學批評上的"規範意識"在批評家頭腦里是越來越強化了。在南方，蕭子顯《南齊書•文學傳論》中提及"吟詠規範，本之雅什" [97]，簡直就是"規範詩學"的另一種表述。

自從初唐人提出融合南北以形成新的詩風，無論是魏徵所謂的"江左宮商發越，貴於清綺；河朔詞義貞剛，重乎氣質" [98]，以"太康體"和"建安體"分別代表南北文學，或是以吸收陸機和宋、齊詩風而形成的"綺錯婉媚"的"上官體"，還是"言氣骨則建安爲傳，論宮商則太康不逮" [99] 的盛唐詩，都把唐人對聲律的吸收，僅僅看成是超越了太康文學，而延續了南齊永明體以來的詩歌成就。事實上，從北魏孝文帝時開始，北方文學在聲律上的成就不容忽視。在劉善經的筆下，其盛況被描述爲"聲韻抑揚，文情婉麗，洛陽之下，吟諷成群。……動合宮商，韻諧金石者，蓋以千數，海內莫之比也。……習俗已久，漸以成性。假使對賓談論，聽訟斷決，運筆吐辭，皆莫之犯" [100]。這決非誇大其詞。《洛陽伽藍記》載喜作雙聲語的李元謙經過郭文遠宅，與其婢女春風的對話，即可見在日常語言中刻意使用雙聲詞，已普及到社會的下層民眾 [101]。而緇門對詩歌的病犯之說也同樣熟悉，如隋朝的慧淨 [102]。這些都顯示了聲律論在北方社會的流行程度。因此，唐代"規

91　《文鏡秘府論校注》，頁460。

92　同上注，頁404。

93　同上注，頁416。

94　同上注，頁419。

95　同上注，頁97。

96　同上注，頁419。

97　《南齊書》卷五十二，中華書局1972年版，第907頁。

98　《隋書》卷七十六《文學傳序》，頁1730。中華書局，1973年版。

99　殷璠《河岳英靈集•論》，李珍華、傅璇琮《河岳英靈集研究》，頁119。中華書局，1992年版。

100　《文鏡秘府論校注》，頁81。

101　《洛陽伽藍記》卷五載："隴西李元謙樂雙聲語，常經文遠宅前過，見其門閭華美，乃曰：'是誰第宅過佳？'婢春風出曰：'郭冠軍家。'元謙曰：'凡婢雙聲。'春風曰：'儜奴慢罵。'元謙服婢之能，於是京邑翕然傳之。"周祖謨指出："案'是誰'爲禪母，'過佳'及'郭冠軍家'並爲見母，'凡婢'爲奉母，'雙聲'爲審母，'儜奴'爲泥母，'慢罵'爲明母，皆雙聲字也。'第'爲定母，'宅'爲澄母，古音亦屬同聲。"

102　《續高僧傳》卷三《慧淨傳》記載了大業初年他與始平令楊宏的對話："（宏）曰：'法師必須詞理切對，不得犯平頭、上尾。'于時令冠平帽，淨因戲曰：'貧道既不冠帽，寧犯平頭？'令曰：'若不犯平頭，當犯上尾。'淨曰：'貧道脫屣升牀，自可上而無尾。'"從其機敏的應對中，正可看出他對這套術語的熟悉。

範詩學"的建立，是有着深厚的歷史淵源和廣泛的社會基礎的。那種僅以南方文學的傳統來認識律詩形成的思路，恐怕是需要調整或修正的。

三、"規範詩學"的建立

如果說一代有一代之勝，那麼，詩歌無疑是唐代之勝。詩歌發展到唐代，古詩、樂府、律詩、絕句，可謂各體皆備，流派縱橫。然而在諸體中，假如要選出一體以代表唐詩，律詩無疑首當其選。或選七律，如元好問之《唐詩鼓吹》；或選五律，如李懷民之《重訂中晚唐詩主客圖》[103]。律詩是唐人的創造，詩而稱"律"，就表明了對"規範"的重視。元稹《唐故工部員外郎杜君墓係銘》云："沈、宋之流，研練精切，穩順聲勢，謂之為律詩。由是而後，文變之體極焉。"[104]律詩的特徵是"研練精切"，"研練"即《文心雕龍・總術》中所說的"研術"和"練辭"，落到實處主要是"穩順聲勢"，一是聲律，二是對偶。元稹對自己的作品分類，以"聲勢沿順、屬對穩切者為律詩"[105]，亦可互證。一般說來，文學史上一種新形式的流行，常常是由於舊形式在人們心目中的日久生厭，"至今已覺不新鮮"[106]。但在中國文學史上，新形式的出現未必總是要取代舊形式，而是在保留它們的同時，向舊形式中注入新的因素。所以，律詩出現後，唐人並沒有使古詩消失，而是將他們提出的規範，同時向古詩滲透[107]。也許正因為這樣，李攀龍才有"唐無五言古詩，而有其古詩"[108]的論斷。

唐人創造的近體詩（包括律詩和絕句）是一種具有高度形式感的詩體，與古詩相比，其結構由開放走向封閉。五七言四句構成了絕句，五七言八句構成了律詩，這是近體詩的基型[109]。由此而決定了一首詩的長度是有限的，詩人藉以跳躍騰挪的空間是規定的。其次，音律由"清濁通流，口吻調利"[110]走向嚴守平仄，避忌文病。第三，句式由單辭孤義走向偶辭並見，由線性的流動變為穩定的對稱。那麼，詩歌應當如何在有限的空間中，使每一個字詞發揮其在視覺、聽覺、味覺、感覺上

---

[103] 元好問最擅長七律，他以七律作為唐詩的代表，顯示了其批評眼光，並且對元、明時代頗有影響。而清人李懷民認為，唐人專攻五律，不輕作七律，因此五律才是唐詩的代表。"略五言而學其七言，是棄其長而用其短也。吾之訂唐詩而不及七言，誠欲力矯此弊。"（《重訂中晚唐詩主客圖說》，咸豐四年刊本）這又代表了另一種批評眼光。

[104] 《元稹集》卷五十六，頁601。中華書局，1982年版。"文變之體"《全唐文》卷六百五十四作"文體之變"。

[105] 《敘詩寄樂天書》，《元稹集》卷三十，頁353。

[106] 趙翼《論詩》之二。《趙翼詩編年全集》卷二十八，第三冊，頁821。天津古籍出版社，1996年版。

[107] 高友工《中國抒情美學》指出："對'法'的迷戀在律詩定型的時候顯得最明顯。……唐代所建立的適合'古體詩'的詩歌理論，同樣反映了對法的關注。"樂黛雲、陳珏編選《北美中國古典文學研究名家十年文選》，頁35。江蘇人民出版社，1996年版。

[108] 《選唐詩序》，《滄溟先生集》卷十五，上海古籍出版社1992年版，第377頁。

[109] 儘管可以有聯章體或排律體，但這些也是由近體詩的基型累疊而成，並非典型，且所佔比例不大。

[110] 鍾嶸《詩品序》云："余謂文製，本須諷讀，不可蹇礙。但令清濁通流，口吻調利，斯為足矣。"

的最大的效用[111]，從而敞開一種若隱若現、可望而不可即、可意會而難言傳的無限的境界？這一文學需要的本身也催生並促進了唐代"規範詩學"的建立和發展。

唐代的"規範詩學"，主要集中在詩格類著作中。詩格的內容，就其本身而言，其討論的重心也有變遷，反映在書名上，比如崔融的《唐朝新定詩格》，徐隱秦的《開元詩格》，王起的《大中新行詩格》，鄭谷等人的《新定詩格》等，或標年號，或冠"新"名，即表示其規定性往往是一時一朝的。但總體來看，唐人對詩學的"規範"主要表現在對文學作品中聲律、對偶、句法、結構和語義的要求上。茲分述如下：

1、聲律

南朝以來的文筆論，主要以有韻無韻作區分，即"無韻者筆也，有韻者文也"。劉勰不主張以此區分文筆，他提出"言"與"翰"之別，前者是口頭語言，後者是文學表現，祇是他的解釋既不够明朗也不够有力。雖然他在《情采》篇中，將"文"又區分爲"形文"、"聲文"和"情文"，但這需要有心的讀者善作勾連。繼作推進者是蕭繹，其《金樓子·立言篇》說：

> 至如不便爲詩如閻纂，善爲章奏如伯松，若此之流，泛謂之筆。吟詠風謠、流連哀思者謂之文。……至如文者，維須綺縠紛披，宮徵靡曼，脣吻遒會，情靈搖蕩。[112]

逯欽立以爲蕭繹的意見"與傳統的文筆說，有天地的懸隔"，並"含有兩大異彩"[113]，堪稱卓見。其新說的意義在於，這是對作品中文學性的又一番深切的反省。因此，閻纂的詩被排斥於"文"之外。蕭繹雖然沒有說閻的詩"不便"在何處，不過，結合他所說的"作詩不對，本是吼文，不名爲詩"[114]，也許是閻不善於對偶。何僧智"賦詩不類"，任昉嘲笑爲"狗號"[115]。可見，未必有韻者即可稱詩。過去的"有韻""無韻"，講的是韻脚，而"宮徵靡曼，脣吻遒會"講的是聲律。一般的語言材料，祇有通過富有文采、音律和情感的的方式表現出來，才可以稱作"文"，也就是劉勰"形文"、"聲文"和"情文"之意。

唐人詩格中有大量關於聲律病犯的限制，從上官儀《筆札華梁》到鄭谷等人的《新定詩格》，韻的問題始終受到高度重視。由於唐人的說法過於頻繁，以至於連紀昀也得出了"言八病自唐人始"[116]的錯誤結論。

"規範詩學"的核心是"怎麼寫"，因此，一般的語言材料通過甚麼方式才能成爲文學作品，就是規範詩學首先面對的問題。從六朝以來文筆之辨的發展以及北朝重視韻學的流變來看，"韻"

---

111 《唐詩紀事》卷四十六引劉昭禹說："五言如四十個賢人，著一字如屠沽不得。"其說可參。

112 許德平《金樓子校注》，頁189—190。臺灣嘉新水泥公司文化基金會，1967年版。

113 《說文筆》，《漢魏六朝文學論集》，頁366。

114 王昌齡《詩格》引，《全唐五代詩格彙考》，頁171。

115 《金樓子·雜記篇》上，《金樓子校注》，頁250。

116 《沈氏四聲考》卷下，《叢書集成初編》本，頁156。

很快引起了批評家的注意。《文筆式》中說：“製作之道，唯筆與文。……即而言之，韻者爲文，非韻者爲筆。”[117]這看起來還是一個傳統的說法，但具體的論述，都是關於如何防止“聲病”。韻脚之“韻”已轉換爲韻律之“韻”。文章最後總結道：

> 名之曰文，皆附之於韻。韻之字類，事甚區分。緝句成章，不可違越。若令義雖可取，韻弗相依，則猶舉足而失路，弄掌而乖節矣。故作者先在定聲，務諧於韻，文之病累，庶可免矣。[118]

即便一段語言材料的內容很好（“義雖可取”），但如果不合韻律（“韻弗相依”），也不成其爲作品。這就典型地表明，語言的聲韻在作品中具有何等重要的審美功能。其中涉及到語音和語調的問題。語音問題論者已多，這裏僅就語調稍作說明。《文筆式》云：

> 聲之不等，義各隨焉。平聲哀而安，上聲厲而舉，去聲清而遠，入聲直而促。詞人參用，體固不恆。請試論之：筆以四句爲科，其內兩句末並用平聲，則言音流利，得靡麗矣。兼用上、去、入者，則文體動發，成宏壯矣。[119]

不同的語調（或平、或昇、或降）會造成不同的語音旋律，產生不同的審美效果，形成不同的文學風格。唐人在聲律上的最大貢獻在“調聲”，這是爲了解決律詩粘對的問題[120]。違反規則，便可能失粘或失對。元兢《詩髓腦》指出：“調聲之術，其例有三：一曰換頭，二曰護腰，三曰相承。”[121]若準此“三術”，就能寫出一首完全合律的近體詩。獨孤及批評當時人“以‘八病’、‘四聲’爲梏拏，拳拳守之，如奉法令”[122]，亦可見“規範詩學”實際效用之一斑。

2、對偶

上文引到蕭繹的話：“作詩不對，本是吼文，不名爲詩。”[123]這已經把對偶作爲詩歌成立的一項必要條件提出。這在唐人就成爲更普遍的要求，如上官儀《筆札華梁》指出：

> 凡爲文章，皆須對屬。誠以事不孤立，必有匹配而成。……在於文章，皆須對屬。其不對者，止得一處二處有之。若以不對爲常，則非復文章（若常不對，則與俗之言無異）。……故援筆措辭，必先知對。比物各從其類，擬人必於其倫。此之不明，未可以論文矣。[124]

崔融《唐朝新定詩格》云：

---

[117] 《全唐五代詩格彙考》，頁95。

[118] 同上注，頁97。

[119] 同上注，頁95。

[120] 王力《詩詞格律》說：“粘對的作用，是使聲調多樣化。如果不‘對’，上下兩句的平仄就雷同了；如果不‘粘’，前後兩聯的平仄又雷同了。”（中華書局，2000年版，頁29。）

[121] 《全唐五代詩格彙考》，頁114。

[122] 《檢校尚書吏部員外郎趙郡李公中集序》，《毘陵集》卷十三。

[123] 《全唐五代詩格彙考》，頁171。

[124] 同上注，頁65—67。

> 凡為文章詩賦，皆須對屬，不得令有跛眇者。跛者，謂前句雙聲，後句直語，或復空談。如
> 此之例，名為跛。眇者，謂前句物色，後句人名，或前句語風空，後句山水。如此之例，名
> 眇。[125]

王昌齡《詩格》云：

> 凡文章不得不對。上句若安重字、雙聲、疊韻，下句亦然。若上句偏安，下句不安，即名為
> 離支。若上句用事，下句不用事，名為缺偶。[126]

從他們反復申明的文章"皆須對屬"中，可見其重視程度。文學是語言的藝術，如果找不到語言的藝術性何在，就難以區分文學語言和日常語言。唐人極其注重文學語言的特徵，其中"對偶"就是重要的一項。缺少這一特徵，"如常不對，則與俗之言無異"。詩歌語言的構成需要根據一定的藝術原則展開，拿對偶來說，就有根據相稱與平衡的原則、對比與映襯的原則、字形與字音的原則等演化出來的各種不同的方式。如果無意中違反了這些原則，便是詩病，如跛、眇、離支、缺偶等。唐人的對偶原則，日僧空海在其《文鏡秘府論》東卷中曾加以整理，"棄其同者，撰其異者，都有二十九種對"[127]，基本上符合以上這些構成原則。如的名對、互成對、異類對、背體對乃根據對比與映襯的原則，隔句對、雙擬對、平對、同對則根據相稱與平衡的原則，雙聲對、疊韻對、字對、聲對又根據字形與字音的原則等。這裏特別需要提出的是"偏對"和"總不對對"，前者謂"全其文彩，不求至切，得非作者變通之意乎"[128]；這其實與"意對"、"交絡對"、"含境對"、"虛實對"、"假對"類似，都不是嚴格的對偶。而"總不對對"竟然得到"如此作者，最為佳妙"[129]的評價。對偶基本上需要遵循的是平衡與對稱的原則，但詩人在達到平衡之後，又需要在一定範圍內打破固有的平衡，"不求至切"，甚至推到極致，以不對為對，即"總不對對"。這是得到允許的"作者變通之意"，與不懂對偶、不善對偶所造成的"不對"未可相提並論。即如"總不對對"而言，其詩例為沈約《別范安成》：

> 平生少年日，分手易前期。及爾同衰暮，非復別離時。勿言一樽酒，明日難共持。夢中不識
> 路，何以慰相思。[130]

雖然從字面上看不對，但從涵義和韻律上自有其內在的對稱。首四句即為不嚴格的隔句對。五六句以席上之樽酒，寫當下之離懷。結尾兩句以他日之遠夢，寫今日之別情。嚴羽《滄浪詩話‧詩體》云："有律詩徹首尾不對者，盛唐諸公有此體。"[131]並舉孟浩然、李白為例。其實，一味強調對偶，並且是很工穩的對偶，也易於造成詩歌的油滑與僵化。所以皎然《詩議》中就批評了當時的

---

125 同上注，頁135。

126 同上注，頁171。

127 王利器《文鏡秘府論校注》，頁223。中國社會科學出版社，1983年版。

128 同上注，頁261。

129 同上注，頁269。

130 《六臣注文選》卷二十，頁385—386。

131 胡鑑《滄浪詩話注》卷二，頁97。廣文書局，1978年版。

"俗對"、"下對"（乃"低下"之"下"），原因即在於句中多著"熟字"、"熟名"和"俗字"、"俗名"。他指出："調笑叉語，似謔似讖，滑稽皆爲詩贅，偏入嘲詠，時或有之，豈足爲文章乎？"[132]他又說："夫累對成章，高手有互變之勢，列篇相望，殊狀更多。若句句同區，篇篇共轍，名爲貫魚之手，非變之才也。"[133]因此，有規範而又有變通，是唐人的智慧處，而唐代詩學的卓越成就，也就自然不同凡響。

3、句法

古典詩歌發展到晉、宋時代，在審美上開始逐步重視起"佳句"、"秀句"，並且在詩學批評上衍生出"摘句褒貶"的方法[134]。杜甫《寄高三十五書記》云："美名人不及，佳句法如何。"[135]這是將"佳句"明確賦予了"法"的權威，"句法"的概念從此而生。到宋代，類似"子美句法"、"老杜句法"的話也就被人津津樂道，"句法"甚至成爲宋代詩學的核心觀念之一[136]。但強調句法實始於唐代[137]，杜詩中的用字不是偶然的。

文學作品總是"因字而生句，積句而成章，積章而成篇"[138]的，從詩歌來看，其基本單位是句。句與句之間按照甚麼樣的審美標準或藝術程序來進行不同的組合，例如相反、對立、承應、互補等，是句法所要處理的主要問題。如果我們認識到對偶也屬於句法的範圍，那麼，在唐代的"規範詩學"中，有關句法的探討實際上佔據了很大的比重。

在古典詩學中，"句法"的涵義頗爲豐富，高友工用現代的話語作了如下表述："'法'這個詞同時有規律（law）、模式（modle）、法則（method）和教育的辦法（pedagogy）這樣幾個意思。"[139]此外，它還含有詩句的內容乃至作者的涵養之意。不過，本文著重要談的是構句的模式。

撇開討論對偶的部分不談，如上官儀《筆札華梁》中的"八階"、"句例"，《文筆式》中的"六志"、"句例"，崔融《唐朝新定詩格》中的"十體"，王昌齡《詩格》中的"十七勢"、"起首入興體十四"、"常用體十四"、"落句體七"，皎然《詩議》中的"詩有十五例"，《詩式》中的"品藻"，齊己《風騷旨格》中的"詩有十體"、"詩有十勢"、"詩有二十式"、"詩有四十門"，徐寅《雅道機要》中的"明聯句深淺"、"明勢含升降"、"敘句度"，神彧《詩

132　《全唐五代詩格彙考》，頁206。

133　同上注，頁205。

134　此語見《南齊書・文學傳論》："張畟摘句褒貶。"參見張伯偉《中國古代文學批評方法研究》外篇第二章《摘句論》第二節"'摘句褒貶'的形成"。

135　仇兆鰲《杜詩詳注》卷三，頁194。中華書局，1979年版。

136　王德明《中國古代詩歌句法理論的發展》一書，實以宋代爲探討重心，即說明了這一點。廣西師範大學出版社，2000年版。

137　李東陽《懷麓堂詩話》云："唐人不言詩法，詩法多出宋人。……所謂法者，不過一字一句、對偶雕琢之工。"此說有誤。

138　《文心雕龍・章句》，《文心雕龍注》，頁570。

139　《中國抒情美學》，《北美中國古典文學研究十年名家文選》，頁35。

格》中的"論詩勢"等，談論的基本上都不出句法的範圍。

不過在表述上，唐人尚不似宋代直接使用"句法"一詞[140]，而多用"體"或"勢"來代指。"體勢"的概念出現於六朝，在《文心雕龍》中專列《體性》和《定勢》篇，對這兩個概念的內涵作了較爲完善的陳述。據學術界的一般認識，劉勰這兩篇所集中闡述的是文學上的風格問題。唐代的文學理論從六朝發展而來，唐人當然有繼續沿用這些概念的情形，但在詩格類文獻中，"體勢"的概念往往具有全新的指涉，即句法。爲何本來用以描述風格的概念在唐人却轉換爲對句法的描述呢？簡單地說，就是唐人充分意識到，一篇作品乃至一個詩人風格的形成，句法是最基本也是最重要的因素。在詩歌中，句子是其基本成份，句與句之間的相互關聯又相互制約，形成了一篇作品的獨特結構，最後，整篇作品便呈現出一個統一的、完整的面貌，這就是作品的風格。假如這種面貌在一個詩人筆下反復呈現，就形成了這個詩人的風格；在一個時代反復出現，就形成了這個時代的風格。在宋代，人們把這些明確爲"句法"[141]。《唐朝新定詩格》列"十體"，可以理解爲十種不同的風格，但根基在不同的句法。例如"飛動體"：

> 飛動體者，謂詞若飛騰而動是。詩曰："流波將月去，潮水帶星來。"又曰："月光隨浪動，山影逐波流。"（此即是飛動之體。）[142]

又如"婉轉體"：

> 婉轉體者，謂屈曲其詞，婉轉成句是。詩曰："歌前日照梁，舞處塵生襪。"又曰："泛色松煙擧，凝華菊露滋。"（此即婉轉之體。）[143]

每體皆舉兩句詩爲例，前者造成的是一種迴環往復的流動之感，正合於"飛動"；後者以錯綜法構句[144]，遂形成"婉轉"的風格。正因爲風格基於句法，所以唐人就把本來用於描述風格的術語直接轉換到對句法的指涉。王昌齡《詩格》中有"十七勢"，羅根澤說："第十二'一句中分勢'與第十三'一句直比勢'，可歸爲一組，都是講明句法的。"[145]這話固然沒有說錯，但實際上，"十七勢"所講的都是句法。例如"下句拂上句勢"云：

> 下句拂上句勢者，上句說意不快，以下句勢拂之，令意通。古詩云："夜聞木葉落，疑是洞庭秋。"昌齡詩："微雨隨雲收，濛濛傍山去。"又云："海鶴時獨飛，永然滄洲意。"[146]

---

[140] 以魏慶之《詩人玉屑》爲例，其卷三、卷四就明確標出"句法"、"唐人句法"、"風騷句法"等名目，可知到宋代"句法"已成爲詩學界普遍使用的一個概念。

[141] 舉一個時代風格的例子，吳可《藏海詩話》云："'細數落花因坐久，緩尋芳草得歸遲。''細數落花'、'緩尋芳草'，其語輕清。'因坐久'、'得歸遲'，則其語典重。以輕清配典重，所以不墮唐末人句法中，蓋唐末人詩輕佻耳。"在吳可看來，"輕佻"是一種風格，其決定因素則是"句法"。餘可類推。

[142] 《全唐五代詩格彙考》，頁131。

[143] 同上注。

[144] 正常的詞序似乎應該是"日照歌前梁，塵生舞處襪"，以及"煙舉泛松色，露滋凝菊華"。

[145] 《中國文學批評史》第二册，頁33。

[146] 《全唐五代詩格彙考》，頁155。

這是說若上句詩表情達意不够明白爽快，則以下一句補充照應。又如"含思落句勢"云：

> 含思落句勢者，每至落句，常須含思，不得令語盡思窮。或深意堪愁，不可具說，即上句爲意語，下句以一景物堪愁，與深意相愜便道，仍須意出成感人始好。昌齡《送別詩》云："醉後不能語，鄉山雨雰雰。"又落句云："日夕辨靈藥，空山松桂香。"又"墟落有懷縣，長煙溪樹邊"。又李湛詩云："此心復何已，新月清江長。"[147]

律詩和絕句都有一定的長度，若"語盡思窮"，則殊爲乏味。而要做到"文已盡而意有餘"，在結句的時候便大有講究。爲了將鍾嶸提出的觀點在創作上落到實處，王昌齡提出了"含思落句"，並具體指授以景愜意作結的句法。後人當然有更爲明確的表述，如張炎《詞源・令曲》云："末句最當留意，有有餘不盡之意始佳。"[148]沈義府《樂府指迷・結句》云："結句須要放開，含有餘不盡之意，以景結情最好。"[149]直到晚清的劉熙載，其《藝概・詞曲概》云："收句非繞回即宕開，其妙在言雖止而意無盡。"[150]講的都是同一個道理。不過，在文字表述上，王昌齡顯得有些絮絮叨叨，這也許是由"規範詩學"的性格所決定的吧。

這樣，在晚唐五代的詩格中，頻繁出現的種種"勢"，其實都是在講句法，也就容易理解了[151]。到了宋代，句法是風格的基礎，乃至以句法代表風格，類似的議論不絕於耳。魏泰《臨漢隱居詩話》評孟郊詩"蹇澀窮僻，……觀其句法，格力可見矣"[152]。《呂氏童蒙詩訓》云："前人文章，各自一種句法。……學者若能遍考前作，自然度越流輩。"[153]又云："淵明、退之詩，句法分明，卓然異衆。惟魯直爲能深識之。學者若能識此等語，自然過人。"[154]范溫《詩眼》云："句法之學，自是一家工夫。"[155]葛立方《韻語陽秋》卷二云："應制詩非他詩比，自是一家句法，大抵不出於典實富艷爾。"[156]然而若考察這番議論的源頭，實在唐人對句法的論述中。

4、結構

文學的結構也是"規範詩學"中的重要命題。陸機說他讀前人的佳作時能"得其用心"，劉勰解釋"文心"二字乃"爲文之用心"[157]，他們所說的"用心"，就是唐人所說的"構思"。

---

147 同上注，頁156。

148 夏承燾《詞源注》，頁25。人民文學出版社，1963年版。

149 蔡嵩雲《樂府指迷箋釋》，頁56。人民文學出版社，1963年版。

150 《藝概》卷四，頁114。上海古籍出版社，1978年版。

151 關於晚唐五代詩格中的"勢"論，參見張伯偉《佛學與晚唐五代詩格》，收入《禪與詩學》，頁15—25。浙江人民出版社，1992年版。

152 何文煥《歷代詩話》上冊，頁321。中華書局，1981年版。

153 胡仔《苕溪漁隱叢話》前集卷八引，頁48。中華書局香港分局，1976年版。

154 同上注，卷十八引，頁119—120。

155 同上注，卷四十一引，頁281。

156 《歷代詩話》下冊，頁498。

157 《文心雕龍・序志》。

《文筆式》云："凡作文之道，構思爲先。"[158]構思首先要解決的是"文"如何"逮意"，即"必使一篇之內，文義得成；一章之間，事理可結"[159]。所以，必須要根據文體之大小，事理之多少，以決定文章段落之劃分。"體大而理多者，定製宜弘；體小而理少者，置辭必局。"[160]段落與段落之間的連結，則靠更端詞的作用。《文筆式》又云："其若夫、至如、于是、所以等，皆是科之際會也。"[161]杜正倫《文筆要決‧句端》云："屬事比辭，皆有次第。每事至科分之別，必立言以間之，然後義勢可得相承，文體因而倫貫也。"[162]這裏所用的"科"或"科分"，來自於佛經科判的術語，指的就是段落[163]。儘管在《文心雕龍》的《章句》篇中，已經提到了"語助"，並有"夫、惟、蓋、故者，發端之首唱"的說法，但就語助辭在文章中的作用作系統總結，則始於唐人。其不同的功能表現爲有的是"發端置辭，泛敘事物"，有的是"承上事勢，申明其理"；有的是"取下言，證成於上"，有的是"敘上義，不及於下"；有的是"要會所歸，總上義"，有的是"豫論後事，必應爾"[164]。此後，一直到元人盧以緯的《語助》（後易名爲《助語辭》），才繼續有從作文的角度論述這一問題的著作[165]。

段落的劃分有四項基本原則："一者分理務周，二者敘事以次，三者義須相接，四者勢必相依。"[166]"分理務周"可使文章段落大致均衡，"敘事以次"可使文章富有條理，"義須相接"能增強文章的邏輯性，"勢必相依"會造就文章的音律美。一篇文章雖然可以劃分爲若干段落，但仍然是一個有機的整體，即"自於首句，迄於終篇，科位雖分，文體終合"[167]。此即唐人有關文章的分段理論。

唐代流行律賦，這種形式感很強的文體，當然很注重其結構，而且具有更強的規定性。《賦譜》云：

> 凡賦體分段，各有所歸。但古賦段或多或少，如《登樓》三段，《天台》四段之類是也。至今新體，分爲四段：初三、四對，約卅字爲頭；次三對，約卅字爲項；次二百餘字爲腹；最末約卅字爲尾。就腹中更分爲五：初約卅字爲胸；次約卅字爲上腹；次約卅字爲中腹；次約

---

158 《全唐五代詩格彙考》，頁80。

159 同上註。

160 同上註，頁81。

161 同上註。

162 同上註，頁541。

163 參見張伯偉《佛經科判與初唐文學理論》，載《文學遺產》2004年第一期。

164 以上引文出於《文筆要決》，見《全唐五代詩格彙考》，頁541—548。

165 現代學術慣將語言、文學分科，學者往往自劃疆界，故視《語助》一類的著作僅爲彙解虛詞的書，甚至將此書推許爲最早之著，可謂數典忘祖。如王克仲先生《助語辭集注》（中華書局，1988年版）的"前言"，即爲一例。同樣，今人有關文學史或批評史的論著，也很少涉及此類文獻。

166 《文筆式‧定位》，《全唐五代詩格彙考》，頁81—82。

167 同上註，頁82。

卅字為下腹；次約卅字為腰。都八段，段段轉韻發語為常體。[168]

唐以前的古賦雖然也有分段，但多少不一。至於律賦則分為八段，每段的字數也有較為嚴格的規定。而段與段之間的連結與轉換，則一依賴於更端詞，在《賦譜》中稱作"發語"，它具有"原始"、"提引"、"起寓"等不同的功能；二依賴於轉韻，所謂"一韻管一段"[169]。總括而言，便是"段段轉韻發語為常體"。

有一定篇幅的文或賦當然需要"構思"，作結構上的安排，一首律詩也同樣有其結構。與對律賦的結構描述方式類似，唐人對律詩的結構也有"破題"、"頷聯"、"詩腹"、"詩尾"的區分，並且作詳細的提示。如《金鍼詩格》分"破題"、"頷聯"、"警聯"、"落句"，《雅道機要‧敘句度》分"破題"、"頷聯"、"腹中"、"斷句"。而神或《詩格》中"論破題"有五種方式，"論頷聯"有四種寫法，"論詩尾"有三種效果。所以雖然是"規範"，也還具有一定的彈性。

這樣的結構理論當然是為了指導後生輩作文而提出，但唐人並不僅僅停留在"理論批評"，而是貫徹到具體的批評實踐中，如孔穎達的《毛詩正義》，就有不少篇章結構的分析，李善注《文選》，也往往區分"科段"[170]，可見"規範詩學"的輻射面還是相當寬廣的。

5、語義

陸機《文賦》中說自己寫作時遇到的最大難題是"恒患意不稱物，文不逮意"[171]。可見，這裏是把文、意、物作為三項而並列的，他所追求的也不過是"意"與"物"的相稱，而不是合一。至《文心雕龍‧神思》篇，則提出"神與物游"，又提出"陶鈞文思，貴在虛靜"[172]，這是用莊學的精神貫注於創作之中，以達到物我為一。由此而產生了"意象"一詞，"意"與"物"的關係在理論上更為緊密了。但這並不代表當時的創作實際，齊梁詩風"競一韻之奇，爭一字之巧。連篇累牘，不出月露之形；積案盈箱，唯是風雲之狀"[173]，"意"與"物"是脫節的。到唐代，無論是陳子昂提倡的"興寄"[174]，還是殷璠強調的"興象"[175]，或是王昌齡所說的"意象"[176]，體現的是一個共同的趨向，即"意"與"物"的融合，而唐代的詩歌創作也能與這一理論趨向同步發展。詩歌

---

[168] 《賦譜》，《全唐五代詩格彙考》，頁563。

[169] 同上注，頁564。

[170] 李匡乂《資暇集》卷上"非五臣"條云："代傳數本李氏《文選》，有初注成者、復注者，有三注、四注者，當時旋被傳寫之。……嘗將數本並校，不唯注之贍略有異，至於科段，互相不同。"

[171] 《六臣注文選》卷十七，頁309。

[172] 《文心雕龍注》，頁493。

[173] 李諤《上隋文帝書》，《隋書》卷六十六《李諤傳》引，頁1544。

[174] 陳子昂《修竹篇序》云："僕嘗觀齊梁間詩，彩麗競繁，而興寄都絕，每以詠嘆。"（《陳伯玉文集》卷一）

[175] 殷璠《河岳英靈敘》批評齊梁以來的作品"都無興象，但貴輕艷"。

[176] 王昌齡《詩格》卷下"詩有三境"云："三曰意境。"

既然是語言材料的有機組合，在一個完整的結構中，小到一詞，大到成篇，都有其特定的意義。於是，語義也成爲"規範詩學"中的一項。

首先是題目。劉宋以前的詩對題目並不在意，有意識地製題也許從謝靈運開始，其次就要數杜甫[177]。唐代進士科考試有詩賦，要想使自己的作品吸引考官的眼球，必然要着意於開篇，也就是詩格著作中所說的"破題"，這自然要重視題目。唐人作詩，大致皆先有題目。於是題目就如同核心，所有的詩句都圍繞題目展開，重視題目或許由此而來。賈島《二南密旨・論題目所由》指出：

> 題者，詩家之主也；目者，名目也。如人之眼目，眼目俱明，則全其人中之相，足可坐窺於萬象。[178]

其"論篇目正理用"就規定了何種題目有何種寓意。《雅道機要》則歸納了詩題的若干類型，如"大雅題"、"小雅體"、"背時題"、"歌詠題"、"諷刺題"、"教化題"、"哀傷題"、"歡恨題"、"感事題"等。徐衍《風騷要式》也專列"興題門"，揭示題目與寓意的關係。但這也不是絕對化，所以《雅道機要・敘血脈》云"詩有四不"，首先就是"不泥題目"[179]。又列"敘通變"，云"凡欲題詠物象，宜密布機情，求象外雜體之意"[180]，可以看作是對"不泥題目"的補充。

其次是物象。唐人詩格中講到的物象，我過去命名爲"物象類型"，它指的是"由詩中一定的物象所構成的具有暗示作用的意義類型"[181]。《二南密旨・論總例物象》云：

> 天地、日月、夫婦，君臣也，明暗以體判用。[182]

這裏的"天地"、"日月"和"夫婦"都是同一類物象，它們暗示的是"君臣"。前者是"明"，後者是"暗"；前者是"用"，後者是"體"。好的物象，應該是體用兼備，是"意"與"象"的結合。不僅如此，唐人詩格中還詳細規定了意、象結合的類型。比如虛中的《流類手鑑・物象流類》云：

> 日午、春日，比聖明也。殘陽、落日，比亂國也。……春風、和風、雨露，比君恩也。朔風、霜霰，比君失德也。[183]

這種硬性的規定其實體現了一種文學傾向，即注重"意"在"象"中的主導作用。《雅道機要・敘搜覓意》云："未得句，先須令意在象前，象生意後，斯爲上手矣。不得一向祇構物象，屬對全

---

[177] 陳衍《石遺室詩話》卷六云："康樂製題，極見用意。然康樂後，無踰老杜者，柳州不過三數題而已。"其說可參。

[178] 《全唐五代詩格彙考》，頁377—378。

[179] 同上注，頁446。

[180] 同上注，頁447。

[181] 《"以意逆志"法的源與流——中國古代文藝批評方法論之一》，載《文化：中國與世界》第二輯，頁20。生活・讀書・新知三聯書店，1987年版。

[182] 《全唐五代詩格彙考》，頁379。

[183] 《全唐五代詩格彙考》，頁379。

無意味。"[184]在中國政治性很強的文學傳統中，自《楚辭》以下本來就有這樣的文學存在，王逸在《離騷經序》中又發揮了"香草美人"之說，所以，唐人詩格是在大量"象徵物象"的作品基礎上提煉出這些寓意[185]，並將這種寓意表述爲"內外意"的原則。《金鍼詩格》最先提出"詩有內外意"，《二南密旨》中說"明暗以體判用"，《流類手鑑》中稱"天地、日月、草木、煙雲皆隨我用，合我晦明"[186]，《處囊訣》以"明昧已分"作爲"詩之用"，反復敘述的都是一個意思。其中以《雅道機要・明意包內外》強調最甚：

> 內外之意，詩之最密也。苟失其轍，則如人去足，如車去輪，其何以行之哉？[187]

這裏的"密"，我想應該是"秘密"之"密"吧。

第三是篇意。《二南密旨・論總顯大意》云："大意，謂一篇之意。"[188]從所舉的詩例來看，他是以詩中的一聯（也許是關鍵句）作爲衡量"一篇之意"的依據的。由此可以知道，在唐人的心目中，"句法"仍然是決定一篇作品風貌的最爲重要的基石。

以上從五個方面闡發唐代的"規範詩學"，我們應該不難得出以下的結論：

1、唐代詩學的特點在於"規範詩學"。

2、"規範詩學"的要義在"怎麼寫"。

3、唐代在中國文學批評史上的地位是，它完成了從"寫甚麼"到"怎麼寫"的轉變。

四、餘論："規範詩學"的意義

唐代是一個追求浪漫的時代，也是一個重視規範的時代。唐律之完備，書法上的"尚法"[189]，都表明了規範在唐代的意義。《新唐書・刑法志》云："唐之刑書有四，曰：律、令、格、式。"[190]唐人把自己創造的詩冠以"律詩"之名，以至於宋代人認爲其性格近於法家[191]。詩格類著作中又多有以"格、式"命名者，乃成爲唐代文學批評的代表。由此看來，"規範"是唐代的風氣，"規範詩學"就是這種風氣的產物。

在今天看來，唐人的"規範詩學"有三方面的意義：

其一，唐代的詩歌是處於從古體詩向近（今）體詩轉型之際發展起來的，在這樣一個轉型過程

---

184 同上注，頁418。

185 同上注，頁445──446。

186 以這種方式作詩或說詩，也會帶來穿鑿附會的弊端。參見張伯偉《中國古代文學批評方法研究》，頁63──66。

187 《全唐五代詩格彙考》，頁418。

188 同上注，頁438。

189 馮班《鈍吟雜錄》卷七在講到唐宋書法之異時說："唐人尚法。"

190 《新唐書》卷五十六，頁1407。中華書局，1975年版。

191 《苕溪漁隱叢話》前集卷八引《唐子西文》云："詩在與人商論，深求其疵而去之，等閑一字放過則不可，殆近法家，難以言恕矣。東坡云：'敢將詩律鬪深嚴。'余亦云：'詩律傷嚴近寡恩。'"

中，唐人十分注重詩歌語言的鍛造與錘煉。從日常生活的語言中可以提煉出書面語言，這是語言的散文化。從日常語言和書面語言中再凝煉而成詩歌語言，這是語言的詩化。詩歌語言的不斷變化，實際上是生活語言與書面語言之間的不斷往復，並且越來越接近的過程。在唐代的"規範詩學"中，不僅注重將詩與日常口語相區分，而且也要將詩與其它文體相區分。它追求的是詩歌語言的規範化，從平仄、對偶到句法、語義，都有非常細密的規定，同時也不乏變通。這就為詩人在詩歌語言達到高度規範化之後，不斷追求新的變化，不避散文化的語言，甚至不避俚俗化的語言提供了可能。杜甫無疑是其最高代表，他一方面"晚節漸於詩律細"[192]、"語不驚人死不休"[193]，另一方面又有非常生活化的詩語[194]。其後到元和時代，詩歌語言便發生了兩方面的變化：一是以韓愈、孟郊為代表的追求怪異，一是以元稹、白居易為代表的追求通俗。前者從散文語言中吸取養份，後者從生活語言中採擷精華。但這並非將詩歌語言混同於散文語言或生活語言，而是經過提煉，使得詩歌語言更加健康、爽朗、凝煉而又充滿生活氣息[195]。這對處於從舊詩到新詩轉型的現代人來說，或許可以從中得到一些有益的啟示。

其二，文學的規範與個性是一對矛盾，張融的《門律自序》說："夫文豈有常體，但以有體為常，政當使常有其體。"[196]在這裏，"以有體為常"是強調規範，"文豈有常體"是強調個性，而"常有其體"則揭示了規範的普遍性。文無"常體"，是要以新的"體"打破舊的規範，但新的"體"一旦取代了舊的規範，就形成了另一種"規範"，從長時段來看，這種更迭所體現的還是"常有其體"。唐人的"規範詩學"蘊含有一定的變通之術，所以就包容了在舊規範中的新因素，為詩人的個性抒展開啟了門戶。宋代的江西詩派強調"奪胎換骨"、"點鐵成金"以及主張"句眼"、"拗律"等，極易使後學"規行矩步，必蹈其跡"[197]，僵化為"定法"或"死法"，所以到了南宋，張戒提出"不可預設法式"[198]呂本中則提出"學詩當識活法"，而所謂"活法"，就是指"規矩備具，而能出規矩之外；變化不測，而亦不背於規矩也"，即"有定法而無定法，無定法而有定法"[199]。對於規範與個性的關係作了更為簡捷的說明。

其三，站在文學理論的立場上看，唐人的"規範詩學"是一種"詩學語言學"，是從語言的角度對詩歌創作提出了一系列的形式上的規範。中國文學理論在文學形式方面的建樹和貢獻，向來沒有得到系統的總結，也因此而在面臨西方文學理論對文學作條分縷析的時候，今人往往顯得有些心

---

[192] 《遣悶戲呈路十九曹長》，《杜詩詳注》卷十八，頁1602。

[193] 《江上值水如海勢聊短述》，同上注卷十，頁810。

[194] 黃徹《䂬溪詩話》卷七云："數物以'個'，謂食為'喫'，甚近鄙俗，杜屢用。"張戒《歲寒堂詩話》卷上云："世徒見子美詩多粗俗，不知粗俗在詩句中最難。非粗俗，乃高古之極也。"

[195] 參見林庚《唐詩的語言》，載《唐詩綜論》，頁80—99。人民文學出版社，1987年版。

[196] 《南齊書·張融傳》，第729頁。

[197] 陳岩肖《庚溪詩話》卷下，《歷代詩話續編》上冊，第182頁。

[198] 《歲寒堂詩話》卷上，同上注，第453頁。

[199] 《夏均父集序》，劉克莊《后村先生大全集》卷九十五《江西詩派》引，《四部叢刊》影印舊抄本。

理自卑。其實，中國古代文論中並不缺乏這方面的成就。二十世紀從語言角度研究文學形式的，就其深度和影響而言，首推俄國形式主義文論。倘若我们將俄國形式主義文論與唐人詩說試作比較的話，便可發現許多相映成趣之處。仔細地比較研究非本文任務，姑且就其中代表人物之一日爾蒙斯基的見解與唐代詩格略作對照。日氏在《詩學的任務》一文中，描述了其詩語學說的五個方面的內容，即1、音韻學；2、詞法學；3、句法學；4、語義學；5、語用學[200]，這與唐代“規範詩學”中的聲律、對偶、句法、結構和語義等內容大致可以相應。而在材料的豐富性、論述的細密性以及思維的圓通性方面，不誇張地說，唐人毫不遜色。從時間和空間上來說，規範詩學延續了二三百年，其影響貫串於宋元明清，並覆蓋到整個東亞世界的詩論與歌論。

　　若干年前，我在《佛經科判與初唐文學理論》一文的結束部分，寫了這樣一段話：“初唐文論中的‘科判’說，與唐代詩格中的許多論述一樣，性質上屬於‘規範詩學’的範疇，其本身所包蘊的理論內涵，具有十分重要的地位和價值。因此，對‘科判’說的理論內涵作進一步闡說，並從‘歷史詩學’的角度予以定位，顯然是十分必要的。但這已軼出本題的範圍，我將另有專文再作探討。”[201]本文便是對上文的“接著說”。而對於“規範詩學”如何在時間上和空間上展開其影響，則需要另外一篇“接著說”的文章來完成了。

---

[200]　參見《俄國形式主義文論選》，頁225—229。另參見方珊為本書所寫的《前言：俄國形式主義一瞥》，其中對他們的主張有提要鈎玄的介紹。

[201]　《佛經科判與初唐文學理論》，載《文學遺產》2004年第1期。

圍繞《續高僧傳》的諸問題
——以金剛寺一切經本《玄奘傳》為中心

曹虹[*]

日本金剛寺一切經本《續高僧傳》，現存二十八卷，據相關專家考察認定，其書寫年代當在平安後期至鎌倉時代。更爲值得矚目的是，該寫本較之刊本大藏經系列的諸本以及同爲唐抄本的興聖寺本[1]，反映了成書的更早期形態。以其中卷四《玄奘傳》而言，該寫卷與刊本大藏經所收諸本差異較大，記述止於玄奘生前的貞觀二十二年（648）之事跡，反映的是撰者於貞觀二十年至二十二年之間的編撰形態，也應是本傳的現存最古之本[2]。刊本大藏經所收諸本在文本信息、文字等方面固然更其整備，當然也竄入後人的改變。金剛寺寫卷的文獻學意義是不言而喻的，由此而可知《續高僧傳》的成書有其階段性。儘管從編撰形態上看，初成之本可能不如後續階段之本的材料轉詳或潤色趨穩，但是我們將該寫卷與通行之刊本校讀之際，有一個印象或許應該強調，該寫卷於措詞之際，比之後來進一步潤色昇級之定本，對高僧與王權交接之際，似更多顯示僧人之獨立自尊情愫。道宣在該寫本所顯示的編撰階段，或許更爲因心任情，因此打磨所疏，反而留下更顯平視王權之文字痕跡。

一、"舊遊"或"親賓"？

《續高僧傳》撰者道宣在其生平經歷中，亦加入了玄奘領導的長安譯場，在全書"譯經"類之總論（卷四末）中，盛贊玄奘在漫漫西行求法取經弘教過程中的卓越能力，謂"百有餘國，君臣謁敬"！[3]關于玄奘與諸國君臣的交接，同書《玄奘傳》寫到他再度從那爛陀寺出發，"往東印度境迦摩■多國童子主所"，"以事達王，嘆奘勝度。童子初聞，即使迎引。"[4]對于這次會見在人

---

[*] 南京大學文學院教授。

[1] 郭紹林點校本《續高僧傳》除利用諸多刊本外，也利用日本興善寺本參校，但未使用金剛寺本。中華書局，2014年。

[2] 參（日本）齋藤達也《解題》，第4-5頁，《續高僧傳 卷四 卷六》，《日本古寫經善本叢刊》第八輯，東京，2014年。

[3] （日本）齋藤達也《金剛寺一切經本〈續高僧傳〉卷四 影印·翻刻》，《日本古寫經善本叢刊》第八輯，第50頁。

[4] （日本）齋藤達也《金剛寺一切經本〈續高僧傳〉卷四 影印·翻刻》，《日本古寫經善本叢刊》第八輯，第32

際關係上的意義，金剛寺本的描述值得玩味：“既達相見，宛若親賓。”[5]“親賓”二字，刊本系統的大藏經本以及興善寺抄本卻是另外兩個字：“舊遊”，這可能是後來潤色階段所改。

無庸置疑，西行的成功只是玄奘弘法的一部分，最後的成功更在于玄奘獲得了大唐皇室兩代君主的協贊，實施了依國主而立佛法之大願。當道宣著筆渲染之際，“宛若”是一種擬度。既是傳達童子王與玄奘的當下關係，又映射到僧門與權門的更有普遍性的交涉意趣。“親賓”乎？“舊遊”乎？如何擬度與取喻，暗含著思想史或精神史的某種趣味。

儘管“親賓”與“舊遊”都是擬寫會面的親切感，不過，若從其所表達的雙方關係的平等性來看，賓主形態之實質是沒有從屬或使役關係的，“舊遊”所顯示的雙方關係則缺乏這方面的限定。在中國中古時期的思想史上，高僧善于以“賓”自處的典型人物是東晉慧遠。當道宣使用“親賓”這個詞彙時，令人感覺到它是隱然有來歷的。

梁釋僧祐《弘明集》卷十二目錄後序曰：“余所撰弘明，並集護法之論，然爰錄書表者，蓋事深故也。尋沙門辭世，爵祿弗縻，漢魏以來，歷經英聖，皆致其禮，莫求其拜。而庾君專威，妄起異端；桓氏疑陽，繼相浮議。若何公莫言，則法相永沉；遠上弗論，則僧事頓盡。望古追慨，安可不編哉！”（《大正藏》本）從佛教傳入中土的歷程看，佛教信仰與中國傳統禮教秩序之間的緊張關係在東晉時期達於思想層面的交鋒，庾冰和桓玄相繼提出沙門禮敬王者的問題。在歷代護法言論中，抵制沙門拜俗是頗爲緊要的一個論題。這裡對何充、慧遠的功績給予了高度評價。就理論性的建樹而言，慧遠無疑是更爲精警的。此後仍不時出現拜俗之議，唐代釋彥悰還將歷代禮敬問題的論爭專門匯爲一書，即《集沙門不應拜俗等事》。通觀慧遠之後這方面的護法之言，基本上沒有超出慧遠的理論境界。

桓玄頗以玄學素養自負，政治野心更其膨脹，元興元年（402）三月，他攻入京師建康，篡奪了東晉政府的實權，改年號爲大亨，自稱太尉。當桓玄自視可以威懾朝廷之後，他曾寫信請慧遠還俗並效力于他的新政，但遭到拒絕，《高僧傳・慧遠傳》載：

> 玄後以震主之威，苦相延致，乃貽書騁說，勸令登仕。遠答辭堅正，確乎不拔，志逾丹石，終莫能回。（《大正藏》本）

慧遠在拒“勸”的過程中也申明了自己的思想。《遠法師答》曰：

> 大道淵玄，其理幽深，銜此高旨，實如來談。然貧道出家，便是方外之賓。[6]

慧遠申明，出家是一種信仰和道德的追求，“貧道出家，便是方外之賓”，個人與權力社會的從屬關係已經解除，世俗的功名榮利都已擯落，那麼，桓玄所謂“永乖世務”的指責就是多餘的。隨著

頁。“以事達王，嘆奬勝度。童子初聞，即使迎引”諸句，郭紹林點校本作：“既達于王，嘆奬勝度，神思清遠。童子王聞，欣得面款，遣使來請，再三乃往。”（第115頁）

[5] （日本）齋藤達也《金剛寺一切經本〈續高僧傳〉卷四 影印・翻刻》，《日本古寫經善本叢刊》第八輯，第32頁。

[6] 本文所用慧遠文，均用（日本）木村英一編《慧遠研究・遺文篇》，創文社，1960年。

桓玄的"震主之威"趨於登峰造極，在其自稱太尉乃至自稱皇帝的元興元年、二年期間，他提出了兩項國家宗教政策，即要求沙汰僧人和沙門禮敬王者。慧遠在予以反擊的《沙門不敬王者論》中指出：

> 天地雖以生生為大，而未能令生者不化；王侯雖以存存為功，而未能令存者無患。是故前論云：達患累緣於有身，不存身以息患；知生生由於稟化，不順化以求宗。義存於此，義存於此。斯沙門之所以抗禮萬乘、高尚其事、不爵王侯而沾其惠者也。

王侯的功業是所有世功的頂峰，但這種功業大有局限。而佛教的成就恰是一般的世功所難以企及的：天地未能令生者不化，佛教則可做到超離生死；王侯不能令存者無患，佛教則可做到解除煩惱。佛教的功德高於世俗功業。既然如此，"抗禮萬乘"是理所當然的，接受世俗的供養也是理所當然的。"沾其惠"的同樣事實，在桓玄看來是沙門禮敬王者的理由；而在慧遠看來是佛教功德無量的結果，是世人對沙門恭敬供養的表示。所以他在論末總結沙門與世間的關係曰：沙門"形雖有待，情無近寄，視夫四事之供，若鶴蚊之過乎其前者耳。濡沫之惠，復焉足語哉！"這樣的意態語氣，對於桓玄式的傲慢是有力的清算和回擊。所謂"四事"，指衣服、飲食、臥具和醫藥，《無量壽經》卷下稱："常以四事供養恭敬一切諸佛。"慧遠處理佛教與世間的關係時，確是契合佛經的根本教義的。

當慧遠自稱是"方外之賓"時，那種自尊自在的意志，從士人精神史的角度看，是一種重要的積澱。余英時指出："'士'的傳統雖然在中國延續了兩千多年，但這一傳統並不是一成不變的。……概略地說，'士'在先秦是'游士'，秦漢以後則是'士大夫'。……魏晉南北朝時代儒教中衰，'非湯武而薄周孔'的道家'名士'（如嵇康、阮籍等人）以及心存濟俗的佛教'高僧'（如道安、慧遠等人）反而更能體現'士'的精神。"[7]這一看法甚為精闢。

在魏晉以道家自然之旨批評名教的人士那裡，也不難見到淡化甚至漠視君臣關係的言論。如嵇康對君臣關係加以反思，其《答難養生論》曰："聖人不得已而臨天下，以萬物為心，在宥群生，由身以道，與天下同於自得。穆然以無事為業，坦爾以天下為公。雖居君位，饗萬國，恬若素士接賓客也。"這裡也用了"素士接賓客"之喻。這可以說是本土的一種思想資源。佛門中的高識之人往往還能自覺進入"東西互舉"的視野[8]，獲得更廣泛的思想資源，即如慧遠在《與桓太尉論料簡沙門書》末意味深長地提到：

> 昔外國諸王，多參懷聖典，亦有因時助弘大化，扶危救弊，信有自來矣。檀越每期情古人，故復略敘所聞。

這裡舉到"外國諸王"助弘佛教的常例，欲借印度的尊教傳統來抑制中國本土禮法社會的尊王傳統。

7　余英時《士與中國文化》，第9-10頁，上海人民出版社，1987年。
8　茲借道宣《續高僧傳》卷四《玄奘傳》贊語："法化之緣，東西互舉。"

有一條評論材料很值得一提，唐代冥祥《大唐故三藏玄奘法師行狀》記青年玄奘法師與其兄長捷法師雖各有個性和神采，"然昆季二人，懿德清規，芳聲雅質，雖廬山將遠，無得同焉！"[9]把他們這方面的精神品味遙接到三百年前"清雅有風則"的廬山慧遠教團的存在[10]。

當然，慧遠沒有親歷西域崇教諸國，而玄奘在多年的參訪遊歷中實見實感到外國諸王助弘佛教的盛況，且因自己的佛學修行而博得"百有餘國，君臣謁敬"！季羨林先生推斷，當時戒日王對于玄奘非常尊敬，"他同玄奘的來往和友誼，也可能對他的宗教信仰有了影響"[11]。佛門與權門的矛盾在慧遠的時代是一個重大的思想課題，而在玄奘、道宣之時則相對趨于調和。不無這樣一種可能，道宣在描寫迦摩縷多國童子王接待玄奘的氣氛時，擬稿階段用了"宛若親賓"，潤色之際又改成"宛若舊遊"，也許先是遙想到像慧遠這樣的護法典範對"賓"位的執著，後又有見于政教調和或互有妥協的時代底色[12]，而采取了從屬關係模糊且不失親切的"舊遊"一詞。

二、玄奘翻《老子》為梵文事

記載玄奘翻《老子》為梵文一事的史料，有賴于道宣。慧立、彥悰《大唐大慈恩寺三藏法師傳》及冥祥《大唐故三藏玄奘法師行狀》對此闕載。道宣《集古今佛道論衡》卷丙《文帝詔令奘法師翻老子為梵文事第十》一篇提供史料最詳，另外，他所撰《續高僧傳》卷四《玄奘傳》亦載入其事。

據《集古今佛道論衡》載："貞觀二十一年，西域使李義表還，奏稱：'東天竺童子王所，未有佛法，外道宗盛，臣已告云，支那大國未有佛教已前，舊有得聖人說經，在俗流布，但此文不來，若得聞者，必當信奉。彼王言，卿還本國，譯為梵言，我欲見之。必道越此徒，傳通不晚。'登即下勅，令玄奘法師與諸道士對共譯出。于時道士蔡晃、成英二人，李宗之望，自餘鋒穎三十餘人，並集五通觀，日別參議，詳覈道德。奘乃句句披析，窮其義類，得其旨理，方為譯之。"[13]

唐初中印交流承南北朝隋的統緒而更其頻繁密切，貞觀十九年（645）玄奘返國後，以驚人的速度和質量從事譯經和撰述，在這類工作的日程以及規模上都可以體現出卓越的效率。返國當年就奉勅撰《大唐西域記》，次年完成。在有生之年翻譯佛經占據主導，但貞觀二十一年（647），衙

9 《大正藏》，第50冊，第214頁。
10 關于廬山慧遠教團的風致，參拙作《慧遠評傳》第四章，南京大學出版社，2002年。
11 季羨林《玄奘與〈大唐西域記〉──校注〈大唐西域記〉前言》，玄奘、辯機原著，季羨林等校注《大唐西域記校注》，第88頁，中華書局，2000年。
12 據季羨林《玄奘與〈大唐西域記〉──校注〈大唐西域記〉前言》，"唐初統治者對宗教的態度"可于若干重要事件之繫年而看出，如關于禮敬問題，朝廷的態度有所搖擺：貞觀五年（631），"春，正月，詔僧、尼、道士致拜父母"；貞觀七年（633），命僧道停致敬父母；高宗顯慶二年（657）二月，詔："僧尼不得受父母及尊者禮拜。"《大唐西域記校注》，第42-44頁。
13 《大正藏》，第52冊，第386頁。

命出使西域的李義表返國，奏稱東天竺童子王請譯《老子》，太宗乃命玄奘主其事。玄奘的翻譯水準及組織能力素來得到太宗信任，但《老子》一書在唐朝立國以後地位非同尋常，因而翻譯的方針也格外牽動人心。唐高祖、太宗認老子爲先祖，這成爲唐朝的國策。此後在高宗時追號老子爲"太上玄元皇帝"，玄宗追尊玄元皇帝爲"大聖祖玄元皇帝"等等，《老子》成了"聖典"——《道德眞經》。在唐初佛道二學發展與交涉的背景下，玄奘確立的翻譯方針是符合學術發展方向的。道宣在《續高僧傳》卷四《玄奘傳》對各種力量介入翻《老子》爲梵文事敘述得更爲簡約明朗：

> 尋又下勅，令翻《老子》五千文爲梵言，以達西域。奘乃召諸黃巾，述其玄奧，領疊詞旨，方爲翻述。道士蔡日光（點校本作"蔡晃"）、成英等，競引論《中》、《百》玄意，用通道經。奘曰："佛道兩教，其旨天殊，安用佛言，用通道義？窮覈言疏，奉出無從。" 日光歸情曰："自昔相傳，祖憑佛教，至於三論，日光所師遵，准義幽通，不無同會，引解也。如僧肇著論，盛引《老》、《莊》，猶自申明，不相爲怪。佛言似道，阿爽論言。" 奘曰："佛教初開，深文尚權，《老》談玄理，微附佛言。《肇論》所傳，引爲聯類，告以喻詞，而來通極。今經繁言，各有司南。《老》但五千，論無文解，自餘千卷，多是醫方。至如此土賢明何晏、王弼、周顒、蕭繹、顧歡之從，動數十家，注解《老子》，何不引用？乃復旁通釋氏，不乃推步逸蹤乎？" 既依翻了，將欲封勒，道士成英曰："《老》經幽邃，非夫序引，何以相通？請爲翻之。" 奘曰："觀《老》治身治國之文，文詞具矣。叩齒咽液之序，其言鄙陋，將恐西聞異國，有愧鄉邦。" 英等以事聞諸宰輔，奘又陳露其情。中書馬周曰："西域有道如李、莊不？" 奘曰："九十六道，並欲超生，師承有滯，致淪諸有。至如順世四大之術，冥初六諦之宗，東夏所未言也。若翻《老》序，則恐彼以爲笑林。" 遂不譯之。[14]

如何理解這種明朗性？簡析之，一是"玄奘法師與諸道士對共譯出"，這在《集古今佛道論衡》的表述中，含有共同受勅命而發生合作之意態，但這裡就明確了"奘乃召諸黃巾"，擔負了譯事的召集與引導之任；二是蔡、成雖是當時道學中的"鋒穎"之才，不過道學在唐代明爲與佛教爭勝，暗中卻不乏套取佛教儀規學理。所以這裡直稱蔡、成等道士"競引論《中》、《百》玄意，用通道經"[15]，他們對這種以佛解玄的方法還自以爲得計，認爲可以與"僧肇著論，盛引《老》、《莊》"相媲美。不可否認，晉宋時期的僧肇在鳩摩羅什門下負"解空第一"之譽，對佛學空宗有深刻的義解水準，其學術方法上的玄佛互證能力，代表了佛學傳入中土向士人社會滲透早期歷程中學術探索的方向性的成就。但初唐以道附佛之流既缺乏方法論上的銳力，也與佛學文獻與義理

14　此用金剛寺本（第45-46頁），個別地方的識讀與齋藤達也先生稍異。

15　案，成玄英《老子義疏》（蒙文通《道書輯校十種》本，即《老子成玄英義疏》）"道沖而用之，又不盈" 疏云 "沖，中也。言聖人施化，爲用多端，切當而言，莫先中道，故云道沖而用之，此明以中爲用也。言又不盈者，盈，滿也。向一中之道，破二偏之執，二偏既除，一中還遣。今恐執教之人，住於一中，自爲滿盈，言不盈者，即是遣中之義。" 即是以佛教中觀中道義解道經典例。

扎根中土的歷史進程有所脫節，所以是遠遠沒有學術的時代方向感可言的。在道宣《集古今佛道論衡》卷丙《文帝詔令奘法師翻老子為梵文事第十》中，還記載了玄奘將《老子》中的"道"譯為"末伽"（mārgaḥ）遭到了成玄英的反對，成氏認為："菩提言道，由來盛談，道俗同委，今翻末伽，何得非妄。"玄奘則指出，"末伽"翻譯為"道"是"西人""通國齊解"，以"菩提"（bodhiḥ）譯之，"非為惘上，當時亦乃取笑天下"。[16]可見玄奘在譯《老子》為梵時所遵從的翻譯立場，是將《老子》視為與佛教無關的俗典，且嚴格按照《老子》文句的原始語義來翻譯，以穩健的語文學立場來反對成玄英以道附佛的觀念。三是玄奘不負引導之任，他極力反對"佛言似道"的粗淺比附，尤其是在佛經原典傳譯繁富之"今經繁言"（點校本作"今經論繁富"）的條件下，進入其思想系統性的內部并謀求開宗立派才更是富有前途的。即以治《老》學而言，他主張"至如此土賢明何晏、王弼、周顒、蕭繹、顧歡之徒，動數十家，注解《老子》，何不引用"？重視魏晉以來《老子》注釋成就，這個文獻學視野也是相當穩健的。他對于更為道教化了的舊題《老子》河上公注序，完全看不入眼："序實驚人，同巫覡之淫哇，等禽獸之淺術。"若譯介到外國，徒令鄉邦丟臉。儘管玄奘內心對佛道高下心存軒輊是不必諱言的，但他組織《老子》譯事時與蔡、成諸道士的爭執，主要是從學術方法的合理性上堅持己見，因為即使從道學的發展而言，一味落入粗淺的以佛附道，實際上也會消解道家思想的體系性特徵。

初唐的道徒挾皇室視老子為先祖之勢，氣焰不可謂不高。照道宣的論定，玄奘其人在與世俗權勢交接之際，他的機智可以總括為："曲識機緣，善通物性。不倨不諂，行藏適時。"他與蔡、成所爭之理，並非刻意牾逆其勢，而是以他華梵兼通的佛學素養和方法以及早年具備的儒道造詣[17]，從而在理論上更為高瞻遠矚。據理而言，則雖牽涉皇室背景，也可以略施譏貶。

寫到中外交往時，難免涉及國體或區域意識，措詞之際，其實也存在著行文背後的主次名分等語感。這就要談到上引《續高僧傳》的首句"尋又下勅，令翻《老子》五千文為梵言，以達西域"。"以達西域"，刊本系統作"以遺西域"，一字之異，意味有別。用"達"字，所顯示的唐室與西域的關係位置更為平等，不存在誰是施與者，誰是接受者；用"遺"字，則意含唐朝對西域的施贈[18]，內外主次之感是難免的，似乎還映射交疊到世俗禮法的某種名分體系或朝貢意識。作為初唐的佛教史家，備睹佛教典籍達於中土的盛況，且從佛教的立場看，這種典籍和思想的"流通"[19]不分內外榮寵，道宣將《老子》梵文本的外流敘為"以達西域"，其實是更符合他作為佛教

---

16 《大正藏》，第52冊，第387頁。

17 唐代冥祥《大唐故三藏玄奘法師行狀》記玄奘法師之兄長捷法師年輕時的學養為"講《涅盤經》、《攝大乘論》、《阿毘曇》，兼通史傳，及善老莊，為蜀人所慕"。長捷法師把少年玄奘攜入佛門，共同修習數年。兄弟兩人學養可通，則可測玄奘早年亦"善老莊"。《大正藏》，第50冊，第214頁。

18 案，《集古今佛道論衡》卷丙《文帝詔令奘法師翻老子為梵文事第十》載成英曰："《老》經幽祕，閱必具儀，非夫序胤，何以開悟？請為翻度，惠彼邊戎。"（《大正藏》，第52冊，第386頁）"惠彼邊戎"更直接地表達出此意，可為一證。

19 道宣于《續高僧傳》卷四《玄奘傳》內引戒賢之語有曰："法貴流通。"

史家的本意的吧。但後來或許是照顧到這一事件的動因是唐太宗的“下勅”，牽連到政體國體意味的某種考量，才改“達”爲“遺”了。

三、餘論

如果說古代佛教文化圈的存在是一個事實，那麼像玄奘、道宣這樣的文化精英人物，本著求法歷練的寬廣視野，在信仰、學問以及人格成就諸方面更爲從容不迫是可以想見的。

道宣在《續高僧傳》卷四《玄奘傳》內，載“初，奘在印度，聲暢五天，稱述脂那人物爲盛。戒日大王並菩提寺僧思聞此國，爲日久矣，但無信使，未可依憑。彼國常傳，贍部一洲，四王所治：東謂脂那王，人主也。西謂波斯王，寶主也。南謂印度王，象主也。北謂獫狁王，馬主也。皆謂四國藉斯治，■因爲言。奘既安達，恰述符同。”[20]玄奘到達印度，參驗了彼國關於四方國情不同的傳言。有趣的是，中國的特點是藉“人”以治，而不同於其他三國更多憑藉天時地利以統領一方。反觀中國是藉“人”以治，社會思想意識中“人和”爲貴，社會中的人倫關係及人倫意識顯然是較爲發達且敏感的。在重重人倫關係中，君臣從屬關係是其核心。尤其是佛法與王法不免矛盾或衝突之際，中國僧人受到的壓力恐怕也是此方獨多吧。舉例來說，玄奘從西域返國後，雖受到京邑萬人空巷的“傾仰”，但他抽身別處，道宣說出了個中緣由：

> 奘雖逢榮問，獨守館宇，坐鎮清閒。恐陷物議，故不臨對。

道宣此語可謂意味深長。但是佛教圈其他諸國“人”治較淡的國情，也給放眼西域的中國僧人打開了窗扇⋯⋯

道宣讚賞玄奘善通人脈，以資弘法，其中最緊要的人物就是唐太宗。《續高僧傳》本傳敘到唐太宗應玄奘之請，序其所譯《瑜珈師地論》，接著道宣寫道：“奘以弘贊之極，易尙帝王（點校本作“勿尙帝王”），開他流布，自古爲重。”[21]誠如所言，唐太宗是一位雄才大略之主，他最終能傾心助玄奘法師弘法，使佛教流布的局面爲之廣開，是曠古以來值得特寫一筆的！玄奘的偉大願力與人格精神感動了萬乘之主的帝王，博得了最高權門的敬服與尊崇。金剛寺寫本作“易尙帝王”，“尙”即“崇尙”之意，這裡用爲使動語態，即易於使帝王崇尙。撇開帝王而護法，不是玄奘的本意。在一個藉“人”以治的國度，現實人倫關係賦予帝王以至高權力威勢，佛徒以個人魅力使帝王崇尙佛教，絕非易事，但玄奘做到了！難易之際的操持與陡轉，也許有說不盡的滋味吧。

（起稿于2014底，修訂於2021年4月下旬）

---

[20] 《日本古寫經善本叢刊》第八輯，第40頁。“彼國常傳”云云，《大正藏》本作：“彼土常傳，贍部一洲，四王所治。東謂脂那，主人王也；西謂波斯，主寶王也；南謂印度，主象王也；北謂獫狁，主馬王也。皆謂四國藉斯以治，即因為言。奘既安達，恰述符同。”（第50冊，第454頁）

[21] 《日本古寫經善本叢刊》第八輯，第42頁。

市場性與戴名世案

——試析《儒林外史》改寫「金聲桓抗清」在內的南明時事

陳大道*

前言

《儒林外史》最早刊刻地——揚州，書籍市場面貌爲何？王澄《揚州刻書考》描述如下：

> 清代揚州書坊刻印書籍種類繁多。刻印量之大首推各種啓蒙讀物，如《三字經》、《百家姓》、《千字文》、《龍文鞭影》、《幼學瓊林》、《女兒經》、《增廣賢文》、《四言雜字》、《神童詩》、《千家詩》、《大學》、《中庸》、《論語》、《孟子》、《左傳》等。其次，各種通俗小說、唱本、說唱本、劇本，各家競相刊刻，經常印售。[1]

以上讀物可歸納爲四類：1、「識字」類——如《三字經》等，2、「詩詞」類——如《千家詩》等，3、「制藝」類——如《四書》等，4、通俗讀物則以「小說」爲首。相較以上清朝書籍市場，晚明書肆流行刊物多出「時務書籍」類。謝國楨云：

> 那時候（明代萬曆末年）書坊店裡，應時的出版品，約有三種，第一是制藝，第二是時務書籍，第三是小說。[2]

這三類書籍有交互影響現象。其中，「時務書籍」與「小說」結合而成的時事小說，既可滿足民眾關切心與新鮮感，又能爲出版者賺取營運資本。顏美娟《明末清初時事小說研究》形容時事小說在晚明書肆出現的過程。云：

> 由於時務書籍能提供人們時事資訊的來源，而小說又有它廣大的讀者群，所以腦筋動得快的書坊，利用小說的普及性結合時務，是利之所趨的必然現象。而這些寫小說的作家，通常也兼通時務書籍之作，如馮夢龍等，時務和小說結合，自然而然的產生時事小說。[3]

---

* 淡江大學中文系副教授。

[1] 王澄：《揚州刻書考》（揚州：廣陵書社，2003年），頁295。

[2] 謝國楨列舉魏忠賢相關的《頌天臚筆》與李自成北京《甲申紀事》說明時務書籍流行情況。謝國楨：《明清之際黨社運動考》（臺北：臺灣商務出版社，1978年），頁146。

[3] 顏美娟：《明末清初時事小說研究》（臺北：中國文化大學中文博士論文，胡萬川教授指導，1992年），頁31。

時務書籍在清初淡出市場,原因包括寫作題材──閹黨、戰爭等國家大事,逐漸消失,以及清廷文禁嚴格查緝「遼事」作品等等。[4]被列入〈乾隆朝禁燬小說戲曲書目〉查禁名單的時事小說有《遼海丹忠錄》、《近報叢譚平虜傳》(一名《退虜公案》)、《勦闖通俗小說》(一名《剿闖小說》)等。[5]

另一方面,結合「制藝」的「小說」,較不受文禁影響。學者胡萬川與徐志平先後撰文舉例說明,自晚明以降到《儒林外史》之前,諷刺科舉的小說情節未曾間斷。[6]表面看來,制藝、小說兩類書籍涇渭分明;前者乃科舉考生必讀參考書,後者提供閱讀大眾生活消遣。尤有甚者,小說作者不乏以功名蹭蹬為題,博取讀者同情,刺激買氣,縱使立足點基於「上榜者少、落榜者眾」的事實,故事情節內容若與鼓勵科考價值觀背道而馳,也不令人意外。[7]雖然如此,「小說」、「制藝」兩類書籍仍有交集,因為,兩者皆需要撰寫、編輯等文字工作,此外,庶務性的印刷、出版與販售工作,亦皆相同。因此,縱有如明末清初《鴛鴦鍼》極盡挖苦明朝科考不公,該小說亦懷抱改革之意,並無汰除科舉企圖。[8]畢竟,科舉培養出士大夫階級取代「九品中正」門閥政治,為百姓提供更公平參政機會,從歷史長河角度分析,有其不可抹滅價值。[9]

吳敬梓(字敏軒,一字文木,1701-1754)集合眾多短篇故事成書的《儒林外史》,不僅延續晚明諷刺科舉的書寫傳統,也從時事小說強調的新聞性,汲取靈感。[10]金和〈儒林外史跋〉云:

---

4 吳哲夫整理清朝禁毀書籍理由,歸為六點:「一、以不敬之詞名『夷狄』者」,「二、關於詆斥『建夷』、『女真』、『女直』之文字」,「三、關於詆斥『夷風夷俗』」,「四、關於詆斥清之先人者」,「五、關於詆斥清兵清政」,以及「六、暗涉訕笑譏刺者」。 吳哲夫:〈清代禁書中關於詆毀「夷狄」暨「清室」文字蠡測〉,《中華文化復興月刊》,4卷7期,60年7月,頁41-5。

5 王利器:《元明清三代禁燬小說戲曲史料》(上海:上海古籍出版社,1981年),頁50-51。

6 胡萬川引用《西遊補》等10部小說,說明《儒林外史》諷刺科考情節前有所承。胡萬川:〈士之未達,其困何如──明末清初通俗小說中未達之秀才〉《真假虛實──小說的藝術與現實》(臺北:大安出版社,2005年,原載第一屆清代學術研討會論文集1989.11),頁145。
徐志平蒐集《警世通言》在內的20部明清話本小說情節,說明批判科舉弊端情節普遍存在於《儒林外史》之前的小說之中。見徐志平:〈明末清初話本小說對科舉制度之批判〉《嘉義技術學院學報》,65期,1999年,頁151-169。

7 胡萬川舉張勻、徐震兩人各自的小說〈序〉文為例。云:「他們兩人都是功名蹭蹬,一生失意潦倒的文人,都在不得已之下,才從事於小說創作的,而所創作的又都以才子佳人小說為大宗──大概因為這種小說易寫易銷吧!」胡萬川:《話本與才子佳人小說之研究》(臺北:大安出版社,1994年2月),頁218。

8 「《鴛鴦鍼》作者對於科舉制度的立場並非全盤否定,他批判的只是科舉弊端,而不是科舉制度本身,他仍是相信科舉的,認同只要能革除科舉弊端,那麼科舉不失為取得真才的好辦法。」王雪卿:〈士與住之間:從《鴛鴦鍼》談明末清初的士人困境與救贖〉,《高雄師大國文學報》第21期,頁167。

9 「科舉所產生的這批新貴,在宋朝,因其人數眾多,又都擔任政府各部門的職務,他們有知識,有功名,在社會上十分活躍,遂形成一特殊階級,我們稱之為士大夫階級。」王霜媚:〈帝國基礎──鄉官與鄉紳〉,《立國的宏規》(臺北:聯經出版事業公司,1983年4月),頁403-404。

10 「這種以同時代重大事件為題材的寫作方式,開始向話本小說滲透,清初最早刊行的話本小說《清夜鐘》,及包含了三篇標準的時事小說。」 徐志平:〈清初短篇「時事小說」析論〉,《大陸雜誌》99卷6期,頁241-248。

……書中杜少卿乃是先生（按，吳敬梓）自況，杜慎卿為青然先生。……書中之莊徵君者程
棉莊；馬純上者馮萃中；遲衡山者樊南仲；武正學者程文也。……《高青邱集》即當時戴名
世詩案中事：或象形諧聲，或廋詞隱語，全書戴筆，言皆有物，絕無鑿空而談者，若以雍、
乾間諸家文集細繹而　稽之，往往十得八九。……。余母為青然先生女孫，略述其顛末如
此；于所不知，蓋闕如也。[11]

文中「《高青邱集》即當時戴名世詩案中事」，意謂康熙52年（1713）發生的「戴名世」文字
獄，被小說〈35回〉改寫成禁書《高青邱集》持有者「盧信侯」遭逮捕，幸得「莊徵君」義助，平
安獲釋。金和文末強調其祖母是吳敬梓從兄「青然先生」孫女，增加其說可信度，也透露《儒林外
史》書寫時事的特色。然而，鑒於戴氏文字獄終清之世未翻，寒蟬效應影響，戴案與《儒林外史》
相關研究，始終乏人問津。

民國以來，戴案不再是禁忌。先有《清史稿‧卷491‧文苑1》為戴名世立傳，之後，以戴氏為
題相關論文，在廿世紀下半期逐漸問世，例如，杜維運〈戴名世之史學〉[12]、何冠彪〈戴名世著作
考略〉[13]、葉龍〈戴名世與桐城派三祖的文論〉[14]。至於戴名世研究專書方面，亦有香港大學中文
系何冠彪《戴名世研究》[15]、法國漢學家戴廷杰（Pierre-Henri Durand）《戴名世年譜》，[16]以及佟
欣《論戴名世的古文理論及創作》[17]等。鑒於目前尚無《儒林外史》「戴名世案」情節研究論文，
因此，本文耙梳文獻資料，分析金和所云「《高》案影射戴案」源由。

本文同時發現，以明朝為背景的《儒林外史》，其中「寧王宸濠反亂」情節，於史不符。筆者
已在2008年撰文指出，《儒林外史》大幅出現寧王案的特殊現象。[18]比較小說「《高》集」與「寧
王宸濠反亂」情節的出現次數，前者在〈8回〉、〈35回〉共兩次，後者在〈7回〉、〈8回〉、
〈10回〉、〈13回〉、〈14回〉、〈37回〉、〈38回〉(〈39回〉)多達7至8次，占全書正文55回
的1/8強。不過，筆者當年並未對照小說寧王案情節與《明史》異同，而是分析小說家如何透過
多人視角變換，呈現常民看待司法案件的各自不同，強調「科舉」並非《儒林外史》唯一關切的
主題。[19]此次，本文仔細核對《儒林外史》與《明史》，發現無論從「人、事、時、地、物」諸

11　清‧金和：〈儒林外史跋〉，文末日期為同治8年冬10月，《儒林外史資料匯編》（天津：南開大學出版社，
　　2003年），頁279-280。

12　杜維運：〈戴名世之史學〉，《故宮文獻》5卷1期，1973年12月，頁1-4。

13　何冠彪：〈戴名世著作考略〉，《明清史集刊》1期，1985年，頁121-170。

14　葉龍：〈戴名世與桐城派三祖的文論〉，《國立編譯館館刊》23卷2期，1994年12月，頁145-169。

15　何冠彪：《戴名世研究》（九龍：香港大學中文系，1987年）。

16　法‧戴廷杰（Pierre-Henri Durand）：《戴名世年譜》（北京：中華書局，2004年）。

17　佟欣：《論戴名世的古文理論及創作》（齊齊哈爾：齊齊哈爾大學文藝學碩士論文，王則遠先生指導，2013
　　年。）

18　陳大道：〈風雨斷腸人──試析《儒林外史》王惠以降明朝寧王案衍生情節的寫作動機〉，《文學視域》（臺
　　北：臺灣學生書局，2009年），頁425-459。

19　同前註，頁448-459。

角度，小說「寧王反亂」大幅偏離《明史》僅3、40天戰事的實情，反而更接近順治5-6年（1648-1649）「金聲桓抗清」始末。

金聲桓抗清見諸《順治實錄》記載稀少，殆因當時距離清軍入關（1644）僅4載，烽火狼煙四起。雖然如此，清初筆記《江變紀略》描述事件始末甚詳，該書雖以清朝立場書寫，仍被列入乾隆《禁燬書目》。[20]此外，寫入金聲桓抗清的清初其它野史筆記《所知錄》[21]與《三藩記事本末》[22]，亦被列入清朝禁書名單。民國以後，《清史稿・世祖本紀一》有較多紀錄。《清史列傳・逆臣・金聲桓》敘述金聲桓為清朝開疆闢土與日後倒戈抗清始末。廿世紀後半期以來，出現以金聲桓為題的學術論著。[23]

本文首先從小說市場下筆。其次，分析《儒林外史》以「《高青邱集》案」影射戴案的可能。第三，舉證「質疑」小說寧王案情節影射金聲桓抗清。第四、推測小說影射明遺民的可能。在文本方面，本文採《續修四庫全書・集部・小說類・第1795冊》影印嘉慶八年臥閑草堂刻本《儒林外史》，標點符號依據臺北三民書局版《儒林外史》，2006年重印二版。

一、《儒林外史》刊刻與流傳

以手抄稿本方式推出小說新作，是明清手工業出版市場常態。為求好兆頭，這類「抄本」往往被取名「鈔本」，冀望買氣熱絡，累積資金與知名度，以利日後排版出書。例如，晚明出版界聞人馮夢龍自沈德符處閱讀到袁中道所藏《金瓶梅》抄本，慫恿書商，「重價購刻」。[24]又如，《紅樓夢》〈程偉元序〉指出，該書先已在手抄本市場受到歡迎。[25]然而，《儒林外史》抄本卻由作者親戚——表兄金棨之子，金兆燕（字鍾越，號棕亭，1719-1791）任「揚州府學教授」期間——乾隆33-44年（1768-1779），將其付梓。[26]換言之，《儒林外史》抄本獲得刻印出版的原因，迴異

20　清・英廉：〈軍機處奏准全燬書目〉，《清代禁燬書目四種・禁書總目》（臺北：臺灣商務印書館，1971年），頁44。

21　〈應繳違碍書籍各種名目〉。同前註，頁136。

22　同前註，頁144。

23　例如，李有靜：《明清時期湘贛編區的秩序變動與社會控制》（南昌：江西師範大學中國古代史碩士論文，謝宏維先生指導，2009年）。又如，日本學者渡邊修：〈江西堤督金聲桓とその反亂〉，《東洋史研究》，49卷3期，1990.12.31，頁517-543。又如，　文保　　志繁，〈漢人降將與清初提督的設置——以江西為例〉，《江西社會科學》2014.10，頁142-147。

24　「又三年，小修（按，袁中道）上公車，已攜有其書，因與借抄挈歸。吳友馮夢龍見之驚喜，慫恿書坊以重價購刻。」明・沈德符：《萬曆野獲編》（北京：中華書局，1959年），卷25，頁652。

25　「……好事者每傳鈔一部，置廟市中，昂其值得數十金，可謂不脛而走者矣！…… 一日偶於鼓擔上得十餘卷，遂重價購之，欣然繙閱，見其前後起伏，尚屬接榫，然漶漫不可收拾，乃同友人細加釐剔，截長補短，鈔成全部，復為鐫板，以公同好。……。」清・程偉元：〈程偉元排印一百二十回本序〉，《紅樓夢》（臺北：三民書局，2006年5月），序文頁1。

26　「金氏乾隆刻本乃其任揚州府學教授期間（乾隆三十三年至四十四年）所刻，是此書初刻本。」王澄：《揚州

《紅樓夢》受市場歡迎、《金瓶梅》受具影響力讀者推薦，而是得力於官場「人脈」。

明清時期任官者，有刻書餽贈友人、應酬往來的傳統。[27]金兆燕任官期間，雖能贊助《儒林外史》刊刻，想必難持續贈書。因為，他的家庭經濟在其父金榘時期，已經不佳。[28]語云「一舉成名天下知」，「知名度」不能做為中舉者經濟寬裕的保證，乾隆12年（1747）中舉的金兆燕亦然。[29]他在祭悼其父〈告廣文公文〉回憶乾隆19年（1754）父子慘然團圓，當時，他自進士科考下第返鄉，適逢其父從安徽修甯「訓導」致仕歸來，「當是時傾囊倒篋，並無半歲之儲，相顧咨嗟，難以存濟。」艱難苦窮，人子只得外出謀生，「隻身居揚州四月，所謀無一成者，殘冬風雪，典裘而歸。除夕侍大人飲，慘然不歡。」直到隔年夏天，獲聘為幕僚，經濟方得改善。[30]11年後（乾隆31年，1766），46歲的金兆燕考中進士。[31]以此估算，金兆燕個人經濟狀況應該略微優於《儒林外史》〈36回〉的小說人物「虞育德」──50歲中進士、派任南京國子監博士。小說〈46回〉描述數年後，虞育德遷調前夕，向前來送行的「杜少卿」低訴晚年生計。云：

> 少卿，我不瞞你說。我本赤貧之士，在南京來做了六七年博士，每年積幾兩俸金，只掙了三十擔米的一塊田。我此番去，或是部郎，或是州縣，我多則做三年，少則做兩年，再積些俸銀，添得兩十擔米，每年養著我夫妻兩個不得餓死，就罷了。子孫們的事，我也不去管他。現今小兒讀書之餘，我教他學個醫，可以餬口。我要做這官怎的？你在南京，我時常寄書子來問候你。（46回，頁388）

總之，縱使金兆燕刊刻《儒林外史》以助流傳，但最後決定《儒林外史》被大眾接受的關鍵因素，仍在於小說內容本身獲得讀者共鳴。

吳敬梓有賣文維生的需求。金和〈儒林外史跋〉指出，吳敬梓雖出身世家，經濟並不寬裕：

刻書考〉，頁157。又「是書（《儒林外史》）為全椒金棕亭（兆燕）先生官揚州府教授時梓以行世，自後揚州書肆刻本非一。」清•金和：〈儒林外史跋〉，《儒林外史資料匯編》，頁279。又，「作教授十二年，皆在揚州。」清•金兆燕：〈方竹樓詞序〉，《棕亭古文鈔》（上海：上海古籍出版社，2002年，續修四庫全書影印清刊本），第1442，頁334。

27 「今士習浮靡，能刻正大古書以惠後學者少，所刻皆無益，令人可厭。上官多以餽送往來，動輒印至百部，有司所費亦繁。」清•葉德輝：《書林清話》引明陸容《菽園雜記•十》（臺北：文史哲出版社，1973年），頁613。

28 「到父親金榘這一代，已經貧困不堪。由於曾祖父和祖父客死他鄉，母親的早逝，金兆燕身邊只有父親金榘一人。」曹冰青，《金兆燕及其戲曲研究》（南京：南京師範大學藝術學戲曲戲劇學碩士論文，陸林先生指導，2013年），頁12。

29 同前註，頁10。

30 「甲戌，下第南還，而大人已致仕歸里。當是時傾囊倒篋，並無半歲之儲，相顧咨嗟，難以存濟。故六月抵家，八月即機驅而出，隻身居揚州四月，所謀無一成者，殘冬風雪，典裘而歸。除夕侍大人飲，慘然不歡。乙亥人日即復出門，顧影茫茫，靡所稅駕，於是轉徙他鄉，客鳩茲者一月，客姑蘇者兩月。孟夏之初，使得入石門之幕。」清•金兆燕：〈告廣文公文〉，《棕亭古文鈔》，頁367。

31 張宏生：〈金兆燕小傳〉云：「乾隆三十一年進士，官揚州府學教授。」《全清詞•雍乾卷》（南京：南京大學出版社，2012年），第二冊，頁885。

（吳敬梓）姻戚故舊之宦中外者以千百計，先生卒不一往；惟閉戶課子，用賣文為生活，而其樂湯湯然，若不知其先富而後貧者。[32]

見諸《儒林外史》的「賣文」方式有二。1、直接以文章換取金錢，例如，〈36回〉描述虞育德轉介杜少卿代寫應用文，以賺取酬金、支付開銷。「虞博士道：『少卿，有一句話和你商議。前日中山王府裡，說他家有個烈女，託我作一篇碑文，折了個杯緞裱禮銀八十兩在此，我轉托了你，你把這銀子拿去作看花買酒之資。』」（頁311）2、接受書商出資，編選八股文墨程發行，例如，〈13回〉新書店以「馬二先生（純上）」選本招攬讀者「新書店裡貼著一張整紅紙的報帖，上寫道：木坊敦請處州馬純上先生精選三科鄉會墨程。」（頁118）；又如，〈18回〉年輕生員匡超人受書商邀約批文章。「主人道：『日今我和一個朋友合本，要刻一部考卷賣，要費先生的心，替我批一批，又要批的好，又要批的快。合共三百多篇文章，不知要多少日子就可以批得出來？我如今扣著日子，好發與山東、河南客人帶去賣，若出的遲，山東、河南客人起了身，就誤了一覺睡。這書刻出來，封面上就刻先生的名號，還多寡有幾兩選金和幾十本樣書送與先生。不知先生可趕的來？』」（頁157）

常理推斷，吳敬梓文字營生方式屬於第一類。然而，從出版市場分析，「制藝」與「小說」出版品具有互相交集的範疇，換言之，吳敬梓能夠透過小說和盤托出制藝書籍出版細節，縱使他厭惡「時文」。[33]日本學者大木康認為，吳敬梓擁有家傳「八股文秘訣」知識，提供寫作靈感。云：

吳敬梓的曾祖父時代，五個兄弟中出現了四個進士。他們的父親吳沛著有《題神六秘說》一書，是記錄科舉八股文秘訣的著作。可知，有關科舉的知識是在一個宗族裡傳承下來的。[34]

總之，吳敬梓既有營生需求又明瞭制藝類書籍編輯與出版細節，這些背景因素都有助於《儒林外史》的誕生。

二、「《高青邱詩集》案」與戴名世案

〈儒林外史跋〉指「《高》案影射戴案」的說法，對吳敬梓同時期讀者而言，具有滿足關切時事——戴名世《南山集》文字獄的心理功能。《高》集在《儒林外史》兩次出現，有「詩話」（〈8回〉做《高青邱集詩話》)與「文集」(〈35回〉做《高青邱文集》)的差異，但從故事情節發展分析，兩者並無不同。清初文禁嚴峻，吳敬梓一生之中，自康熙40年(1701)至乾隆19年(1754)，發生過的文字獄不僅戴案一件，其中，他28歲左右(雍正6年，1728）發生的「呂留良案」最嚴重——雍

32　金和：〈儒林外史跋〉，頁278。

33　友人程晉芳〈文木先生傳〉以「獨嫉時文士如讎」形容吳敬梓。清‧程晉芳：〈文木先生傳〉，同前註，頁131。

34　日‧大木康：〈論《儒林外史》中的出版與士人〉，《第二屆中國小說戲曲國際學術研討會論文集》（臺北：里仁書局，2006年），頁33。

正特撰《大義覺迷錄》並寬恕關鍵人曾靜，乾隆登基（1735）吳敬梓約35歲時，曾靜被乾隆凌遲處死。[35]換言之，金和認定「《高》案」影射戴案而非「呂留良案」或其他文字獄的原因，值得深入分析。

（一）、小說裡的《高青邱集》情節與真實世界的《高青邱集》

《高青邱集》乃元末明初詩人高啓（字季迪，號青邱，1336-1374）作品集。這部作品在《儒林外史》初次出現時，小說〈8回〉安排已退休南昌的「蘧太守」稱其爲一部難得之作。云：

> 《高青邱集詩話》有一百多紙，就是青邱親筆繕寫，甚是精工。蘧太守道：「這本書多年藏之大內，數十年來，多少才人，求見一面不能；天下並沒有第二本，你今無心得了此書，真乃天幸。須是收藏好了，不可輕易被人看見。」（8回，頁79）

蘧太守一番話，引發詩集擁有者、其孫「蘧公孫（駪夫）」興趣。小說先前描述，蘧駪夫巧遇因寧王案逃亡的「王惠」。蘧駪夫襄贊王惠路費，獲枕箱一只回贈，箱內有《高青邱集》手稿。蘧公孫因祖父讚賞《高青邱集》，於是逕行刊刻，

> 蘧公孫聽了，心裡想道：「此書既是天下沒有第二本，何不竟將他繕寫成帙，添了我的名字，刊刻起來，做這一番大名？」主意已定，竟去刻了起來，把高季迪名字寫在上面，下面寫「嘉興蘧來旬駪夫氏補輯」。刻畢，刷印了幾百部，徧送親戚朋友。人人見了，賞玩不忍釋手。自此浙西各郡，都仰慕蘧太守公孫是個少年名士；蘧太守知道了，成事不說，也就此常教他做些詩詞，寫斗方，同諸名士贈答。（頁碼同上）

《儒林外史》再度出現《高青邱集》的情節，發生在〈35回〉莊徵君與盧信侯兩人的交談。他們在北京城外的盧溝橋相遇，前者即將入京接受嘉靖皇帝徵辟，後者爲了向前者討教，已在當地等候多日。盧信侯提及該書，云：

> 因小弟（盧信侯）立了一個志向，要把本朝名人的文集都尋遍了，藏在家裡。二十年了，也尋的不差甚麼的了。只是國初四大家，只有高青邱是被了禍的，文集人家是沒有，只有京師一個人家收著。小弟走到京師，用重價買到手，正要回家去，卻聽得朝廷徵辟了先生。我想前輩已去之人，小弟尚要訪他文集。況先生是當代一位名賢，豈可當面錯過？因在京候了許久，一路問的出來。（35回，頁299）

所謂「高青邱是被了禍的」，依據《明史‧列傳173‧文苑1‧高啓》記載，高啓因文字惹觸怒明太祖，遭「腰斬」，

> 「啟嘗賦詩，有所諷刺，帝嗛之未發也。」「帝見啟所作上梁文，因發怒，腰斬於市，年

35　此時尚未改元，仍用雍正年號。〈雍正十三年十二月辛巳，諭刑部〉，《大清高宗純皇帝實錄》（臺北：華文書局，1968年），卷9，頁335-336。

三十有九。」[36]

高啓遭極刑時，是否曾引發過株連？《明史・高啓》並無記載。小說描述莊徵君當下轉移話題，直到夜間，才警告盧信侯不可觸犯文禁。云：

像先生如此讀書好古，豈不是個極講求學問的？但國家禁令所在也不可不知避忌。青邱文字，雖其中並無毀謗朝廷的言語，既然太祖惡其為人，且現在又是禁書，先生就不看他的著作也罷。（頁碼同上）

事實上，高啓著作在「靖難」後的永樂元年（1403），已公開刊行，日後陸續在正統9年（1444）、景泰初年（1450），以及成化年間，被增添整理。[37]既然高啓作品早已陸續增修，何以小說人物莊徵君被徵召進京的嘉靖皇帝35年(1556)──永樂元年後的150年稱爲禁書？可見，小說所云，不合邏輯。

值得注意的是，《高》集傳世眾多版本中，以雍正6年（1728）金檀（？─？）集注、文瑞樓刻本《高青邱詩集》最著名，「歷來認爲是高啓詩集最完備的版本」。[38]換言之，依照《儒林外史》〈閑齋老人序〉所押「乾隆元年(1736)春二月」看來，眞實社會裡的金檀注《高青邱詩集》，僅比〈儒林外史序〉的日期，早8年問世。

《儒林外史》虛構《高青邱集》文字獄情節，也有自相矛盾之處。先是，小說〈13回〉、〈14回〉描述刊刻《高》集的蘧公孫，險些捲入官司，原因並非《高》集，而是收藏寧王案涉案人王惠的枕箱──所謂「欽贓」。此外，〈35回〉後半部描述的文字獄，其實是一場虛驚。當時莊徵君返鄉，款待來訪的盧信侯，奈何，收藏有《高青邱文集》的盧信侯，遭人密報，引來親王府發兵包圍莊徵君玄武湖住所，「中山王府裡發了幾百兵，有千把枝火把，把七十二隻魚船都拏了，渡過兵來，把花園團團圍住！」莊徵君詢問帶頭的總兵，「那總兵道：『與尊府不相干。』」便附耳低言道：『因盧信侯家藏《高青邱文集》，乃是禁書，被人告發。京裡說這人有武勇，所以發兵來拏他。』」。莊徵君要求盧信侯自行投監，之後，莊徵君關說盧信侯獲釋。「莊徵君悄悄寫了十幾封書子，打發人進京去遍托朝裡大老，從部裡發出文書來，把盧信侯放了，反把那出首的問了罪。盧信侯謝了莊徵君，又在花園住下。」（35回，頁304-305）。

（二）、小說虛構《高青邱集》的可能動機

《儒林外史》對於《高青邱集》描述，有二種迴異態度：1、稱讚，2、查禁。在稱讚方面，〈8回〉蘧駪夫受祖父言語鼓舞，出資刻印，對於閱讀《儒林外史》手抄本的乾隆早期讀者，甚至乾隆33-44年初刻本的讀者而言，這段稱讚文字與刻工精美的雍正6年《高青邱詩集》文瑞樓刻本，

[36] 清・張廷玉等：《明史》（北京：中華書局，1974年），卷285，頁7328。
[37] 沈北宗：〈前言〉，《高青丘集》（上海：上海古籍出版社，1985年），前言頁4。
[38] 同前註，前言頁4-5。

時間接近，不無置入性行銷的可能。在查禁方面，〈35回〉虛驚一場的情節始末，既有可能存在示警目的，也有可能影射「戴名世案」雷聲大雨點小的事實。鑒於戴案發生在康熙晚年，順序在前，先從「影射戴案」的查禁論起。

1、文禁示警

努爾哈赤與明朝對峙期間，所有以「遼」爲名的敵對叫罵刊物，清朝入關後被查禁，啓動清初文禁。[39]可想而知，參加清朝科考的戴名世，絕對不可能使用明清對峙時用語。《清史稿·戴名世》指出，戴名世被捕入獄的原因，在於他的作品中出現南明三王年號，以及引用禁書方孝標《滇黔紀聞》，云：

> 集中有〈與余生書〉稱明季三王年號，又引及方孝標《滇黔紀聞》。當是時，文字禁網嚴，都御史趙申喬奏核《南山集》語悖逆，遂逮下獄。[40]

相對於以上戴名世遭到彈劾的理由，小說「《高》案」文字獄發生，《儒林外史》解釋出自明太祖朱元璋個人好惡——「青邱文字，雖其中並無毀謗朝廷的語言，既然太祖惡其爲人，且現在又是禁書，先生就不看他的著作也罷。」（35回，頁299）

年齡較吳敬梓小四歲的全祖望（1705-1755）曾以文禁爲題，撰寫〈江浙兩大獄記〉。「兩大獄」意謂：1、康熙2年（1663）「莊廷鑨《明史》案」，2、50年後的戴名世案。該文開宗明義強調寫作目的在於「爲妄作者戒也」，云：

> 本朝江、浙有兩大獄，一爲莊廷鑨史禍，一爲戴名世南山集之禍，予備記其始末，蓋爲妄作者戒也。[41]

莊案曾導致編輯、刻工、書商、購書人在內，共70餘人被處死，相對而言，在康熙「恩旨」下，戴案牽連者得以從輕發落。〈江浙兩大獄記〉云：

> 是案也，得恩旨，全活者三百餘人。康熙辛卯、壬辰間事也。[42]

清初眾多文字獄之中，全祖望選擇戴名世案，不無頌揚清帝——「全活者三百餘人」的可能。

《清實錄》紀載戴名世案爆發之初，風聲鶴唳。最初，康熙49年（1710），刑部衙門以「大逆」重罪，議定判處戴名世「凌遲」亟刑，連坐其親友妻族。[43]其次，康熙以「惡亂之輩」、「不

---

39 同註4。

40 趙爾巽等：《清史稿校註》（新北市新店：國史館，1986年-），卷491，頁11172。

41 清·全祖望：〈江浙兩大獄記〉，《全祖望全集彙編·鮚埼亭集外編》（上海：上海古籍出版社，2000年），卷22，頁1168。

42 同前註，頁1179。

43 「察審戴名世所著《南山集》、《子遺錄》內有大逆等語，應即行凌遲。已故方孝標所著《滇黔紀聞》，內亦有大逆等語，應戮其屍骸。戴名世、方孝標之祖父子孫兄弟，及伯叔父兄弟之子，年十六歲以上者，俱查出解部，即行立斬。其母女妻妾姊妹，子之妻妾，十五歲以下子孫，叔伯父兄弟之子，亦俱查出，給功臣家為奴。」清·《大清聖祖仁皇帝實錄》（臺北：華文書局，1964年），卷249·春正月，頁3322。

可留本處也」重話批示，並訓斥有加入吳三桂陣營嫌疑、並涉入戴案的方孝標族人，然而，文末僅以「此事著問九卿具奏」，並未裁定。[44]之後，康熙52年（1713），大學士等再以「戴名世私造《南山集》照大逆例凌遲一案」請旨，康熙諭旨，從輕量刑。云：

> 上諭曰：戴名世從寬免凌遲，著即處斬。方登峰、方雲旅、方世樴具從寬免死，並伊妻子，充發黑龍江，此案內干連人犯，具從寬，免治罪，著入旗。[45]

結果，戴名世雖免凌遲、難逃死罪，方孝標族人免死，改判「充發黑龍江」。方氏族人之中，替戴名世《南山集》寫序、日後桐城派創始者方苞（1668-1749），獲釋後，入漢軍旗——「免治罪，著入旗」，又以文見用，被授與「武英殿總裁」。[46]方苞〈兩朝聖恩恭紀〉一文回憶康熙召見經過，以及雍正登基，赦免因案牽連者始末。[47]

小說中捲入「《高》集」文字獄的盧信侯，與現實世界裡捲入戴案文字獄者，最終皆獲釋。兩者共同的結局，可以做為金和「『小說《高案》』影射戴案」說法的證據之一。此外，小說引用高啟遭朱元璋處決案件為情節，不無轉移漢、滿民族之間衝突壓力的目的，因為，小說《高》案是一樁漢人皇帝處決漢人知識份子的文字獄，換言之，《高》集文字獄情節將「文字獄」定義在統治階層對於文人思想的控管，而非民族之間的對立。

2、宣傳雍正6年《高青邱集》精刻本的可能

鑑於〈儒林外史序〉與金檀注《高青邱詩集》問世僅差距8年，小說稱讚詩集精美，可能存在廣告宣傳商業目的，也可能僅是湊巧。湊巧的原因有二，1、《儒林外史》與金檀注《高青邱詩集》二書刊刻地不同：後者被標示為金檀故鄉——浙江桐鄉，[48]《儒林外史》則是籍貫安徽全椒的金兆燕在揚州刊刻。2、金檀活動於康熙雍正年間，金兆燕活動於乾隆年間。總之，兩書刊刻地點，以及金檀、金兆燕兩人籍貫與生存年代，都有差異。

《儒林外史》與《高青邱集》雖有以上差別，仍可整理出兩點，作為《儒林外史》為後者促銷的理由。1、金檀與金兆燕之父，可能有來往，縱使他們未必同宗，因為，金兆燕之父金榘曾赴金

---

44 同前註。

45 同前註，〈卷253・春二月〉，頁3381。

46 《清史稿・卷297・方苞》：「苞及諸與是獄有干連者，皆免罪入旗。聖祖夙知苞文學，大學士李光地亦薦苞，乃召苞直南書房。未幾，改直蒙養齋，編校御製樂律、算法諸書。六十一年，命充武英殿修書總裁。」頁8836。

47 清・方苞：〈兩朝聖恩恭紀〉，《方苞集》（上海：上海古籍出版社，2008年），頁515。

48 「金公檀，字星輅，父學汾入〈義行傳〉。弱冠游庠，援例得光祿寺署正。博學好古，經史圖籍，靡不徧覽。好聚書，遇一善本，雖重價不悋，期於必得。即不得，必假歸手鈔，積數十年收藏之，富甲於一邑，自訂《文瑞樓書目》十二卷，又校刊刊清江、程巽隱詩文集，箋註《高青邱詩文集》，梓行於世，皆係精槧，為藝林實貴，著作見藝文。」清・嚴辰：《光緒桐鄉縣志・人物下・文苑・金檀》（臺北：成文出版社，1970年，中國方志叢書影印光緒13年刊本），卷15，頁556。

檀祖居地「安徽休寧」擔任訓導工作，[49]金兆燕也曾因爲這個關係，前往跟隨一年，[50]金兆燕〈告廣文公文〉云：「至乙丑冬，隨任休邑，朝夕待奉者僅一年耳。」[51]2、出版同業之間，存有互利關係。謝國楨〈從清武英殿版談到揚州詩局的刻書〉指出，康熙45年（1706）在揚州問世的《全唐詩》「精工細楷鐫刻」，受其刊刻影響，當時「精寫刻本的風氣，就流行於一時，各方愛好刻書的人士，都競相仿效，有些書並且是請名書法家寫刻而成的。」謝氏舉例之作，包括金檀《高青邱集》等。[52]

（三）、吳敬梓以戴名世為影射對象的背景因素

對照戴、吳兩人相關資料，也可以推測金和「《高》集案影射戴案」說法的由來。

1、時間接近

從戴案爆發的康熙52年(1713)至雍正皇帝登基（1723）赦免一干人等，正值吳敬梓12歲到22歲階段。鑑於此階段是青少年發展步入成年社會的關鍵期，由此推測，戴案「殺一儆百目的，得到執政者意料中的回應。」例如，年紀稍小吳敬梓4歲的全祖望，有〈江浙兩大獄記〉傳世。戴案涉案人方苞，亦有〈兩朝聖恩恭紀〉感謝康熙、雍正兩帝赦免。

2、地緣接近

戴名世與同案波及的方孝標家族，籍貫皆是「安徽桐城」。桐城與吳敬梓故鄉「安徽全椒」，兩地雖未接壤——全椒位居皖東、桐城位於皖省中部偏南，但是屬於同一個行政區，明朝稱爲南直隸。

3、家世接近

戴名世乃康熙48年（1709）殿試一甲二名榜眼及第，在此之前，他交遊廣闊，以文字聞名。（《清史稿·戴名世》）吳敬梓雖無功名，可是自從順治年他的先祖吳國對探花入仕，父、祖輩累積數代的官場往來經驗，不無與戴名世交遊出現重疊可能。[53]

---

49 金檀祖父「金士瑜」自安徽休寧遷居浙江桐鄉。《光緒桐鄉縣志·人物下·孝友·金士瑜》云：「金公士瑜字子握、號龍沙，先世為安徽休寧望族，遭亂避地吳越閩。公生於崇禎辛未。常游桐溪，愛其風俗樸茂，遂家焉。」「子三，仲子學汾，見義行傳」，同前註，頁533。

50 「(金榘)舉業十分不幸，二十歲時考取秀才，直到六十二歲時以貢生的資格出任安徽休寧縣訓導。」劉春景：《金兆燕與浙西詞派》（重慶：西南大學中國古代文學碩士論文，胥洪泉先生指導，2014年），頁5。

51 清·金兆燕：〈告廣文公文〉，同註30。

52 謝國楨：〈從清武英殿版談到揚州詩局的刻書〉，《歷代刻書概況》（北京：印刷工業出版社，1991年），頁399-400。

53 陳美林追溯吳敬梓家世到順治十五年孫承恩榜一甲第三名進士的吳國對，「吳敬梓曾祖吳國對且試探花，先後

戴氏聲譽尙未恢復，即遭逢文禁最高峰——乾隆39年8月初5日頒行〈諭各省嚴訪違礙書〉。[54]
各省大吏爲了配合朝廷禁令，屢屢蒐集戴氏作品進呈，以供銷毀。戴廷杰《戴名世年譜》指出，道
光七年（1827）——戴名世死後114年，始有海寧諸生管庭芬重刻其作品《孑遺錄》。[55]再過半個世
紀——同治8年（1869），金和〈儒林外史跋〉指出《儒林外史》「《高》案」影射戴案」，已經
無所忌諱。至於導致文字獄的戴氏作品《南山集》，在光緒26年（1900）有刻本問世。[56]

三、寧王宸濠謀反與金聲桓抗清比較

《儒林外史》〈8回〉至〈10回〉，透過自北京返浙江的「婁氏兄弟」與「高編修」，聲稱
「寧王造反」使得京師風聲鶴唳。然而，核對《明史‧世宗本紀一》當年在北京造成政治鬥爭的主
因是「大禮議」而非寧王案。史載寧王亂平不久，武宗（朱厚照，1491-1521）意外過世，其堂弟
朱厚熜（1507-1567）——嘉靖皇帝登基，嘉靖拒絕承祧無子嗣的「孝宗、武宗」一系，不惜廷杖
毆死反對臣子，血濺朝廷。[57]

《儒林外史》虛構誇大寧王造反嚴重性，更以多達7-8回篇幅出現寧王案與後續情節。相較全
書僅以1-3回描寫其它小說人物，諸如王冕、周進、范進、馬二先生……等，寧王謀反與後續情節
在全書占比，明顯偏高，顯示作者異常用心於虛構相關情節。

（一）、真實世界的「寧王府」與小說的落差

《儒林外史》寧王府情節書寫與眞實世界的寧王府之間的落差，可以分別從寧王之亂的「發生
時間」與「後續影響」兩點加以對照：

典試福建、提督順天學政」「從此，吳氏也才發達起來，佔有大量土地、房屋和奴僕，成為官僚地主家庭。」
陳美林：〈吳敬梓身世三考〉，《儒林外史研究論文集》（北京：中華書局，1987年），頁169。原刊載《南京
師院學報》第3期，1977年。

54 《四庫禁燬書叢刊》編纂委員會：〈編纂緣起〉《四庫禁燬書叢刊》（北京：北京出版社，2000年），第1冊，
頁1。

55 法‧戴廷杰（Pierre-Henri Durand）：〈戴名世先生後譜稿〉，《戴名世年譜》（北京：中華書局，2004年），
頁998。

56 清‧戴名世：《南山集》（上海：上海古籍出版社，2002年，續修四庫全書集部別集類，1419冊影印光緒26年
刻本）。

57 「秋七月乙亥，更定章聖皇太后尊號，去本生之稱。戊寅，廷臣伏闕固爭，下員外郎馬理等一百三十四人錦衣
衛獄。癸未，杖馬理等於廷，死者十有六人。」「甲申，奉安獻皇帝神主於觀德殿。己醜，毛紀致仕。辛卯，
杖修撰楊慎，檢討王元正，給事中劉濟、安磐、張漢卿、張原，御史王時柯於廷。原死，慎等戍謫有差。」
《明史》，卷17，頁219。

1、發生時間

正史記載，寧王宸濠從起兵到被平定，爲時甚短。《明史‧王守仁傳》記載宸濠謀反開始到結束不過35天，就被王守仁平定，「南康、九江亦下。凡三十五日而賊平」。[58]若依《明史‧諸王2‧寧王宸濠》記載，亦僅43日。[59]

相反的，《儒林外史》聲稱「寧王鬧了兩年」。云：

> 寧王鬧了兩年，不想被新建伯王守仁，一陣殺敗，束手就擒。（8回，頁77）

無庸置疑地，所謂「兩年」自然成爲鋪寫「寧王案」——尤其是事件後續發展的最好藉口。

2、後續影響

《儒林外史》描寫涉及寧王之亂的小說人物，難見天日。例如，被俘投降寧王的王惠，落髮披緇，避世逃難（〈8回〉），又如，蘧駪夫因收藏王惠枕箱，險些捲入官司（〈13回〉），又如，郭孝子千里尋父只因其父親曾涉寧王案而後遁世（〈37回〉），至於出家爲僧的郭父，則神智不清，威脅殺子（〈38回〉）等。

《明史‧寧王宸濠》記載，亂平後，嘉靖帝命弋陽王承祧寧王府祭祀，並無撤藩紀錄。[60]不僅如此，寧王府最有名的刻書事業，也由弋陽王一系繼承。《四庫總目‧寧藩書目一卷》云：

> 初寧獻王權，以永樂中改封南昌，日與文士往還所纂輯及刊刻之書甚多。嘉靖二十年，弋陽王世子多焜求得其書目，因命教授施文明校刊行之。所載書凡一百三十七種。詞曲、院本、道家「煉度」「齋醮」諸儀俱附焉。前有多焜〈序〉及〈啟〉一通，後有施文明〈跋〉。多焜〈啟〉中所稱父王者，弋陽端惠王拱檜，以嘉靖初授命攝寧府事，多焜後亦襲封。[61]

寧王府在朱宸濠亂後得到保全，日後「嘉靖」、「隆慶」、「萬曆」諸朝，都有署名「寧王府」出版紀錄，毫無忌諱。見諸張秀民《中國印刷史》的出版品，包括嘉靖16年《天啓聖德中興頌》、29年《豫章既白詩稿》，隆慶3年《友雅》、《五體集唐》，萬曆17年《駢雅》、40年《水經注箋》等。[62]從文化傳承角度分析，明朝藩王府刻書，無世人詬病的一般明刊本陋習。昌彼得〈明藩刻書考〉指出此一現象，云：

> 明藩刻書，尚多據舊本重雕，無明人竄亂之惡習；且藩王多好學，有招賢之力，故校勘亦較

58　同前註，卷195，頁5164。

59　「明日，官軍以火攻之，宸濠大敗。諸妃嬪皆赴水死，將士焚溺死者三萬餘人。宸濠及其世子、郡王、儀賓並李士實、劉養正、塗欽、王綸等俱就擒。宸濠自舉事至敗，蓋四十有三日。」同前註，卷117，頁3595。

60　同前註，頁3596。

61　清‧永瑢、紀昀等：《欽定四庫全書總目》（臺北：臺灣商務印書館，1983年，影印武英殿本），第二冊，頁792。

62　張秀民：《中國印刷史》（浙江：浙江古籍出版社，2006年），頁431-2。

審，而書式多存古意，尤足發思古之幽情也。[63]

總之，《儒林外史》忽略真實世界裡寧王府刻書的文化傳統，卻強調寧王府曾是叛亂根據地，在此情況下，寧王案也成為小說人物王惠與郭孝子之父終身陰影。

（二）金聲桓抗清與小說裡寧王案的相似情節

寧藩首府——南昌，順治初年被金聲桓當作與清廷對抗基地。《明史》以寥寥數行將金聲桓附入〈卷278・揭重熙〉。[64]《清史稿》對於「金聲桓抗清」，敘述不多。可是，依據《清史列傳》與清初筆記《江變紀略》與說法，原籍遼東的金聲桓，入關任左良玉僚下，並在左氏死後隨其子左夢庚降清。之後，用計擒殺李自成部將王體忠、招降王得仁。金聲桓、王得仁聯手，有所謂金、王之稱，一度雄據長江中游，爾後，倒戈抗清，奉南明永曆帝正朔，氣勢甚旺，卻不敵南下八旗軍，金聲桓兵敗身亡，南昌遭屠城，史稱「南昌之屠」。2006年《中華書局》出版、模仿正史體裁的錢海岳（1901-68）私人著述《南明史》，將金氏與李成棟等多人寫入〈卷70・列傳46〉，大幅增加金聲桓抗清重要性，一改《明史》輕描淡寫處理方式。此時，距離金聲桓喪生與南昌之屠，已逾300年。

以下，從「地緣」以及「時間與後續發展」兩點，分析《儒林外史》以寧王案影射金聲桓抗清的原因。

1、從地緣分析

寧王案與金聲桓抗清都是以南昌為跟據地，對抗朝廷。金聲桓在兵馬倥傯的明清之交，曾短暫填補贛省權力空缺。《江變紀略》云：

> 聲桓以江西據江南上游，西控楚南、通閩越、得江西，則東南要害，居其大半。而聲桓未廢滿州一矢斗糧，孤軍傳檄，取十三府、七十二州，數千里地，拱手歸之新朝，計大清入塞以來，功未有高於已者，亦望旦夕封公，王（按，王得仁）次亦不失侯耳。[65]

《江變紀略》奉清正朔，視金聲桓部隊為叛軍，可是，字裡行間，難免緬懷惋惜之情。相對於《江變紀略》極力誇飾降清之後的金聲桓軍事影響力。《順治實錄》僅以寥寥數行描述。云：

> 江西提督金聲桓疏報，吉安等處偽官郭應銓等受永曆偽職，盤據龍泉山中。與渠魁王來八勾連作亂，殘害地方，遣副將劉一鵬，率兵撲勦，擒賊渠王子凌、郭應銓等，斬獲無算，章下所司。[66]

---

[63] 昌彼得：〈明藩刻書考〉，《版本目錄學論叢（一）》（臺北：學海出版社，1977年），頁41。

[64] 《明史》，卷278，頁7129。

[65] 清・徐世溥，《江變紀略》（臺北：文海出版社，1968年，影印清刊本），頁3447。

[66] 清・《大清世祖章皇帝實錄》，（臺北：華文書局，1968年，影印清抄本），卷35，頁412。

《順治實錄》再次出現金聲桓相關事件記載，即是順治5年（1648）2月傳來金聲桓叛亂的消息。[67] 清廷派遣「征南大將軍」譚泰南下，順治6年（1649）戰事平定。[68]從金聲桓事件興起到譚泰平定為止，時序邁入第二年。

2、從時間與後續發展分析

金聲桓抗清時間接近《儒林外史》所謂「鬧了兩年」，同樣以南昌為根據地的寧王之亂僅3、40天。清初筆記《所知錄》記載，金聲桓殞後，被南明永曆帝封為「豫章王」，諡「忠烈」。[69]《三藩記事本末》有〈金王收江西〉與〈金王之亂〉兩節。[70]其中，〈金王之亂〉描述南昌城被清兵圍困，出現「城中糧盡，人相食」，只得將居民放出城外。[71]《南明史・金聲桓傳》描述南昌城破之後，清軍無情地屠殺與掠奪。[72]

南下的滿州八旗軍隊，無論在組織、血緣，以及文化傳統方面，都與漢人政權有異。種種因素，再加上新執政當局對於反抗者的恫嚇，南昌城內遭八旗軍破壞的程度，應超過明朝王守仁攻下南昌城、平定寧王之亂的那場戰役。對於《儒林外史》問世時期的讀者而言，寧王宸濠謀反原本已是過往雲煙，可是，小說家將同樣發生於南昌的金聲桓抗清改以明朝典故包裝，配合著老們記憶與口耳相傳，更容易引發讀者感同身受的震撼。金聲桓抗清始末見諸《順治實錄》僅寥寥數語，並不表示該事件未具規模。如同《順治實錄》沒有「莊廷鑨《明史》案」記載，該案卻可見於全祖望寫成〈江浙兩大獄記〉，莊案之後200年的同治2年（1863），汪曰楨輯《南潯鎮志》──莊廷鑨出生地，已大量收錄莊案相關文章。[73]

乾隆文禁，將金聲桓抗清為主題的《江變紀略》列入英廉輯《禁書總目》。[74]然而，道光年間問世的《荊駝逸史》叢書已收有《江變紀略》。宣統三年（1911）《荊駝逸史》叢書被中國圖書館

---

67 「（順治5年2月）江西總兵金聲桓據南昌以叛，偽稱豫國公，王得仁偽稱建武侯。餘將各稱偽職用偽隆武年號，攻陷郡邑，劫掠船艘，聲言將浮江東下，窺伺江南。」同前註，卷36，頁425。

68 同前註，卷42，頁497。

69 清・錢澄之：《所知錄》（臺北：臺灣銀行，1960年），頁42。

70 清・楊陸榮：《三藩記事本末》（臺北：文海出版社，1967年），頁3739-3744＆頁3775-3786。

71 同前註，頁3784。

72 錢海岳：《南明史》（北京：中華書局，2006年），卷70，頁3347。

73 依次包括顧炎武〈書吳潘二子事〉、費恭庵〈日記〉、陳寅清〈榴龕隨筆〉、全祖望〈江浙兩大獄記〉、〈董志〉、〈記李令晢〉、〈記朱佑明〉、〈茅鼎叔記略〉、〈吳敬夫記略〉、《臨野堂別集》、〈志稿〉、《蠅鬚館詩話》、顧炎武〈汾州祭吳炎潘檉章二節士詩〉、〈盛百二柚堂筆談〉、《豐草菴集》、董煦《董氏詩萃》、〈潯集〉、楊式傳《果報聞見錄》、徐逢吉《清波小志》、《冬心廬雜鈔》、《熊懋蔣希圌閏門錄》、《貫齋遺集》、潘耒《遂初堂集》、紀磊沈眉壽《震澤鎮志》、姚汝鼐《毘勉園雜著》、紀鎬《紀氏族譜》、《華氏傳芳錄》、〈志稿〉、《善田張氏族譜》、〈潯輯〉。清・汪曰楨輯：《南潯鎮志》（上海：上海古籍出版社，2002年，續修四庫全書史部地理類第717冊影印清同治刊本）卷37-8，頁563-89。

74 見〈軍機處奏准全燬書目〉，同註20，頁44。

重新排爲石印本，《江變紀略》亦隨之以嶄新面目與世人見面。[75]2000年「北京出版社」《四庫禁燬書叢刊》抽印《荊駝逸史》叢書版本的《江變紀略》，該書曾遭到禁燬的背景，受到強調。[76]

四、修羅道場新生路
——小說人物王惠、郭孝子之父與清初文人陸圻

《儒林外史》虛構寧王謀反爲長達兩年的重大事件，之後，順理成章地渲染後續情節。包括爲了逃生而出家的王惠（〈8回〉），以及郭孝之父（〈38、9回〉）等。對於乾隆年間讀者而言，這樣的情節安排有其特殊意義，因爲，明清鼎革期間的動盪殺戮，出家遁世成爲一種明遺民保全性命的方式。見諸《清史稿・卷491・文苑1》者，包括，曾燦「尋祝髮爲僧，游閩、浙、兩廣間。」[77]吳偉業遺言「死後斂以僧裝，葬我鄧尉、靈巖之側。」[78]屈大均「遇變爲僧，中年返初服。」[79]賀貽孫「乃剪髮衣緇，結茅深山，無復能蹤跡之者。」[80]又如，戲本《桃花扇》男女主角侯方域與李香君，最終不約而同投身道觀，兩人在薦醮場合遙遙相對，恍如隔世，全劇在此結束。

《儒林外史》描述王惠跪謝蘧駪夫慷慨解，從此出家遁世。云：

> （王惠）跪了下去，蘧公孫慌忙跪下同拜了幾拜。王惠又道：「我除了行李被褥之外，一無所有，只有一個枕箱，內有殘書幾本。此時潛踪在外，雖這一點物件，也恐被人識認，惹起是非。如今也將來交與世兄，我輕身更好逃竄了。」蘧公孫應諾，他即刻過船，取來交代，彼此灑淚分手。王惠道：「敬問令祖老先生，今世不能再見，來生犬馬相報便了！」分別去後，王惠另覓了船入到太湖，自此更姓改名，削髮披緇去了。（8回，78-79頁）

回顧王惠一生，從「年輕傲人的王舉人」（〈2回〉）、「韜光養晦的王翰林」（〈7回〉）、「積極表現的王太守」（〈8回〉）、「官居高位的王道臺」（〈8回〉），他可謂毫無個人性格、符合科舉標準的模範生，最後難逃命運安排，成爲躲避官府通緝、亡命天涯方外人士。

與王惠同樣是因寧王案亡命天涯、青燈古佛度餘生者是郭孝子之父。小說事先無任何相關情節，出家是他「求生」權宜之計。當他最後被千里尋父20餘年的兒子尋得，不單拒絕認子，甚至威脅要下毒手，

---

[75] 清・徐世溥：《江變紀略》（不詳：中國圖書館，1911年）。民國63年（1974）台北新興書局《筆記小說大觀第四編・23冊》收錄的《江變紀略》，乃是據石印本影印發行。民國57年（1968）台北文海出版社《明清史料彙編三集》，影印道光《荊駝逸史》叢書木活字本。

[76] 清・徐世溥：《江變紀略》（北京：北京出版社，2000年，四庫禁燬書目叢刊影印道光木活字本《荊駝逸史》叢書）。

[77] 《清史稿》，頁11135。

[78] 同前註，頁11140。

[79] 同前註，頁11144。

[80] 同前註，頁11146。

老和尚開門，見是兒子，就嚇了一跳。郭孝子見是父親，跪在地下慟哭。老和尚道：「施主請起來，我是沒有兒子的，你想是認錯了。」郭孝子道：「兒子萬里程途，尋到父親跟前來，父親怎麼不認我？」老和尚道：「我方纔說過，貧僧是沒有兒子的。施主，你有父親，你自己去尋，怎的望著貧僧哭？」郭孝子道：「父親雖則幾十年不見，難道兒子就認不得了？」跪著不肯起來。老和尚道：「我貧僧自小出家，那裡來的這個兒子？」郭孝子放聲大哭，道：「父親不認兒子，兒子到底是要認父親的！」三番五次，纏的老和尚急了，說道：「你是何處光棍，敢來鬧我們！快出去！我要關山門！」郭孝子跪在地下慟哭，不肯出去。和尚道：「你再不出去，我就挈刀來殺了你！」郭孝子伏在地下哭道：「父親就殺了兒子，兒子也是不出去的！」老和尚大怒，雙手把郭孝子拉起來，提著郭孝子的領子，一路推搡出門，便關了門進去，再也叫不應。（38回，頁328）

老僧精神狀態透露，他無法接受寺院以外的現實社會。這樣情節，有可能影射明遺民難以接受清朝統治的新時代。雖然如此，郭孝子仍恪盡孝道，在廟外覓得住所，幫傭為生，賺錢孝敬老父，直到老父身故。（〈39回〉）

　　《儒林外史》郭孝子千里尋父的故事情節，彷彿有《清史稿・卷491・文苑1》陸圻（字麗京，1614-？）的影子。清初西泠十子之首的陸圻，遭無辜捲入莊廷鑨《明史》案，雖得清白，全家倖存，他卻選擇出家，其子陸寅萬里尋父不得，「時稱其孝」。《清史稿・卷491・文苑1・陸圻》云，

　　莊鑨（原註云：當作莊廷鑨）史禍作，圻坐逮。以先嘗具狀自陳，事得白，歎曰：「今幸得不死，奈何不以餘年學道耶！」親歿，遂棄家遠遊，不知所終。子寅，成進士，往來萬里，尋父不得，竟悒悒以死，時稱其孝。[81]

陸圻之女陸莘行〈老父雲遊使末〉一文，回顧當年全家捲入莊廷鑨《明史》經過的奔波與劫難，字字痛心。[82]

　　然而，寺院是否真正是安全的庇護所？〈38回〉父不認子情節之後，出現一段驚悚的惡僧隱藏邪寺吃人情節，幸虧少年俠士蕭雲卿拔刀相助。(〈39回〉)換言之，因寧王案遭通緝的王惠與郭孝子之父，雖然剃度出家以逃離官府緝拿，萬一旦遇到殺人犯也採用剃度方式隱藏寺廟，佛門聖地，豈不成為另一個修羅道場？小說從諷刺角度，虛構邪寺情節，質疑宗教界的庇護功能。

---

[81] 同前註，頁11159-60。

[82] 陸莘行：〈老父雲遊使末〉，《明清史料叢書八種》（北京：北京圖書出版社，2005年，影印秋思草堂遺集），第6冊，頁319-338。又，古學彙刊本〈陸麗京雪罪雲游記〉亦署名陸莘行撰，並列〈老父雲遊使末〉異名，《古學彙刊》（揚州：廣陵書社，2006年），第3冊，頁1239-1306。

結論

　　結合「制藝」題材的《儒林外史》，也兼顧晚明流行的「時務書籍」特色；在文禁環境裡，修改時事成爲小說情節。這種掌握市場性的寫作策略，先天上已具備獲得讀者大眾共鳴的條件，再加上作者巧思與卓越文采，因此，一旦手抄本經由吳敬梓表侄——揚州府學教授學官金兆燕的刊刻之後，歷久不衰。

　　從改寫時事的層面分析，晚清同治年金和〈儒林外史跋〉直言《高》案影射戴名世案文字獄而無顧忌的原因，可歸納出三點：

1、涉入戴名世案者，獲清帝特赦；《儒林外史》虞信侯因持有《高青邱集》被捕，最後無罪開釋。二者結局相似。

2、吳敬梓與戴名世有「時間」、「地緣」與「家世背景」接近，以及金和與吳敬梓有遠親關係等背景因素。

3、戴名世《孑遺錄》在道光七年重獲刊刻，清初禁書《江變紀略》亦收錄於道光年間刊印的《荊駝逸史》，再加上「鴉片戰爭」與「太平天國」在道光中、晚期陸續發生，透露清朝中葉以後，國勢已衰，文禁漸弛。

在無新證據足以推翻金和論斷之前，他的「《高》案影射戴案」說法應該可被接受。

　　此外，本文認爲《儒林外史》大幅改寫明朝寧王宸濠謀反以影射金聲桓抗清兼及南明遺民的原因有四：

1、清朝文禁雖影響時務書籍撰寫流通，但時務書籍掌握新聞性吸引讀者的特色，被《儒林外史》傳承。

2、《儒林外史》有清朝時事改寫成明朝故事，以迴避文禁的實例。例如，改戴名世案爲明洪武年高啓文字獄案。

3、金聲桓抗清與寧王朱宸濠反亂，皆以南昌爲基地，並與執政當局發生激戰。前者年代距《儒林外史》成書更近，仍屬於耆老們口耳相傳的時事話題。

4、戰亂期間爲求生而出家遁世的明遺民，他們與清朝以後的誕生的子孫之間，存在「尋親」與「認同」等問題，是吳敬梓與同時代讀者們共同經驗。

　　本文認爲，戴名世案、金聲桓抗清與明遺民故事等，皆是吳敬梓「有意識」改寫雍乾年間民眾共同擁有的記憶。《儒林外史》爭取讀者共鳴、又避免觸犯文禁的同時，並未傳達「反清復明」訊息。原因之一，文字獄陰影使得讀者懼怕，之二，讀者對於安居樂業生活的期待，無心回顧改朝換代的殺戮，之三，吳敬梓亦是清朝仕宦家庭出身的背景。綜合以上因素，使得他採用一種諷刺戲謔手法描寫政治失意者，一如他對於科舉社會人物的塑造與描寫。換言之，《儒林外史》在諷刺科舉社會的同時，也安於現狀，並掌握讀者關切時事議題的心理，面面俱到地滿足不同心境讀者們的閱讀需求。總之，《儒林外史》掌握「諷刺科舉」舊主題，再加入修改過的時新題材，順利通過文字

獄篩檢，又能被市場接受。

引用書目

傳統文獻：

明・沈德符：《萬曆野獲編》（北京：中華書局，1959年）。

清・《大清世祖章皇帝實錄》（臺北：華文書局，1968年，影印清抄本）。

清・《大清聖祖仁皇帝實錄》（臺北：華文書局，1964年，影印清抄本）。

清・《大清高宗純皇帝實錄》（臺北：華文書局，1968年，影印清抄本）。

清・徐世溥：《江變紀略》（不詳：中國圖書館，1911年）。

清・徐世溥：《江變紀略》（臺北：文海出版社，1968年，明清史料彙編三集影印道光荊駝逸史叢書木活字本）。

清・徐世溥：《江變紀略》（北京：北京出版社，2000年，四庫禁燬書目叢刊影印道光荊駝逸史叢書木活字本）。

清・徐世溥：《江變紀略》（臺北：台北新興書局，1974年，筆記小說大觀第四編23冊，影印石印本）。

清・錢澄之：《所知錄》（臺北：臺灣銀行，1960年）。

清・楊陸榮：《三藩記事本末》（臺北：文海出版社，1967年）。

清・陸莘行：〈老父雲遊始末〉，《明清史料叢書八種》（北京：北京圖書出版社，2005年，影印秋思草堂遺集清刊本），第6冊，頁319-338。

清・陸莘行：〈陸麗京雪罪雲游記〉（並列〈老父雲遊始末〉異名）（揚州：廣陵書社，2006年，古學彙刊影印清刊本），第3冊，頁1239-1306。

清・戴名世：《南山集》（上海：上海古籍出版社，2002年，續修四庫全書集部別集類，1419冊影印光緒26年刻本）。

清・方苞：〈兩朝聖恩恭紀〉，《方苞集》（上海：上海古籍出版社，2008年），頁515。

清・吳敬梓：《儒林外史》（上海：上海古籍出版社，2002年，續修四庫全書集部小說類1419冊影印嘉慶八年臥閑草堂刻本）。

清・吳敬梓：《儒林外史》（臺北：三民書局，2006年重印二版）。

清・張廷玉等：《明史》（北京：中華書局，1974年）。

清・全祖望：〈江浙兩大獄記〉，《全祖望全集彙編・鮚埼亭集外編》（上海：上海古籍出版社，2000年），卷22，頁1168-1179。

清・程偉元：〈程偉元排印一百二十回本序〉，《紅樓夢》（臺北：三民書局，2006年5月），序文頁1。

清・金兆燕：〈方竹樓詞序〉，《棕亭古文鈔》（上海：上海古籍出版社，2002年，續修四庫全書影印清刊本），第1442冊，頁334。

清・金兆燕：〈告廣文公文〉，《棕亭古文鈔》，同上，頁367-368。

清・英廉：《清代禁燬書目四種・禁書總目》（臺北：臺灣商務印書館，1971年）。

清・永瑢、紀昀等：《欽定四庫全書總目》（臺北：臺灣商務印書館，1983年，影印武英殿本）。

清・汪曰楨輯：《南潯鎮志》（上海：上海古籍出版社，2002年，續修四庫全書史部地理類第717冊影印清同治刊本）。

清・金和：〈儒林外史跋〉，《儒林外史資料匯編》（天津：南開大學出版社，2003年），頁278-280。

清・葉德輝：《書林清話》（臺北：文史哲出版社，1973年）。

清・嚴辰：《光緒桐鄉縣志》（臺北：成文出版社，1970年，中國方志叢書影印光緒13年刊本）。

近人論著：

《四庫禁燬書叢刊》編纂委員會：〈編纂緣起〉《四庫禁燬書叢刊》（北京：北京出版社，2000年），第1冊。

王利器：《元明清三代禁燬小說戲曲史料》（上海：上海古籍出版社，1981年）。

王鍾翰校閱：《清史列傳》（北京：中華書局，1976年）。

王雪卿：〈士與仕之間：從《鴛鴦鍼》談明末清初的士人困境與救贖〉，《高雄師大國文學報》第21期，頁161-192。

王澄：《揚州刻書考》（揚州；廣陵書社，2003年）。

王霜媚：〈帝國基礎——鄉官與鄉紳〉，《立國的宏規》（臺北：聯經出版事業公司，1983年4月），頁373-411。

吳哲夫：〈清代禁書中關於詆毀「夷狄」暨「清室」文字蠡測〉，《中華文化復興月刊》，4卷7期，1971年7月，頁41-45。

杜維運：〈戴名世之史學〉，《故宮文獻》5卷1期，1973年12月，頁1-4。

沈北宗：〈前言〉，《高青丘集》（上海：上海古籍出版社，1985年），前言頁1-5。

何冠彪：〈戴名世著作考略〉，《明清史集刊》1期，1985年，頁121-170。

何冠彪：《戴名世研究》（九龍：香港大學中文系，1987年）。

李有靜：《明清時期湘贛編區的秩序變動與社會控制》（南昌：江西師範大學中國古代史碩士論文，謝宏維先生指導，2009年）

佟欣：《論戴名世的古文理論及創作》（齊齊哈爾：齊齊哈爾大學文藝學碩士論文，王則遠先生指導，2013年。）

昌彼得：〈明藩刻書考〉，《版本目錄學論叢（一）》（臺北：學海出版社，1977年），頁39-103。

胡萬川：《話本與才子佳人小說之研究》（臺北：大安出版社，1994年2月）。

胡萬川：《真假虛實——小說的藝術與現實》（臺北：大安出版社，2005年）。原載第一屆清代學術研討會論文集1989.11。

徐志平：〈清初短篇「時事小說」析論〉，《大陸雜誌》99卷6期，1999.12，頁241-248。

徐志平：〈明末清初話本小說對科舉制度之批判〉《嘉義技術學院學報》，65期，1999年，頁151-169。

陳大道：〈風雨斷腸人——試析《儒林外史》王惠以降明朝寧王案衍生情節的寫作動機〉，《文學視域》（臺北：臺灣學生書局，2009年），頁448-459。

陳美林：〈吳敬梓身世三考〉，《儒林外史研究論文集》（北京：中華書局，1987年，原刊載《南京師院學報》第3期，1977年。）

張宏生：〈金兆燕小傳〉，《全清詞·雍乾卷》（南京：南京大學出版社，2012年），第二冊，頁885。

張秀民：《中國印刷史》（浙江：浙江古籍出版社，2006年）。

曹冰青：《金兆燕及其戲曲研究》（南京：南京師範大學藝術學院戲劇戲曲學碩士論文，陸林先生指導，2013年）。

葉龍：〈戴名世與桐城派三祖的文論〉，《國立編譯館館刊》23卷2期，1994年12月，頁145-169。

趙爾巽等：《清史稿校註》（新北市新店：國史館，1985年）。

劉春景：《金兆燕與浙西詞派》（重慶：西南大學中國古代文學碩士論文，胥洪泉先生指導，2014年）。

錢海岳：《南明史》（北京：中華書局，2006年）。

謝國禎：《明清之際黨社運動考》（臺北：臺灣商務出版社，1978年）。

謝國楨：《歷代刻書概況》（北京：印刷工業出版社，1991年）。

顏美娟：《明末清初時事小說研究》（臺北：中國文化大學中文博士論文，胡萬川先生指導，1992年）。

日·渡邊修：〈江西堤督金聲桓とその反亂〉，《東洋史研究》，49卷3期，1990年12月31日，頁517-543。

日‧大木康：〈論《儒林外史》中的出版與士人〉，《傳播與交融：第二屆中國小說戲曲國際學術研討會論文集》（臺北：里仁書局，2006年，國立嘉義大學中文系主辦，徐志平主編）。

法‧戴廷杰（Pierre-Henri Durand）：《戴名世年譜》（北京：中華書局，2004年）。

從記音到專義

——從簡牘及識字教材看戰國秦漢時期漢字發展的大趨勢

陳昭容*

一、漢字是以圖象為主的書寫記號

儘管許慎沒有看過甲骨文，也可能只看過很少的青銅器銘文，但是許慎在著作《說文解字》時，很顯然對於漢字的起源和演變，都有很透徹的研究，即使在兩千年後的今天，我們讀《說文解字‧敘》，還是覺得其中有些說法依然可以成立，這是一件很了不起的事。

《說文解字‧敘》中提到漢字的來源主要是：

仰則觀象於天，俯則觀法於地，觀鳥獸之文與地之宜——觀察自然界的現象如日、月、天、地、山、川、鳥、獸等。

近取諸身、遠取諸物——取自於人的身體五官及人所創造的工具事物

「自然」與「人」的具體元素，是漢字初始製作時的重要來源。觀察近代學者對於甲骨文的分析與歸納，可以明白許慎所說的漢字取材主要來自「自然」與「人」（人體與人為創造物）的說法，很接近事實。

近代古文字學大家唐蘭，在1935年北京大學國學研究所的課堂講義中，提出一項突破性的研究，他認為漢字起源於圖畫，字形的演變由象形而象意而形聲，在字形分類上，若以象形作部首，理論上將能夠涵蓋所有文字，他對自己首創的「自然分類法」提出清楚的原則說明：

> 部與部之間的繫連，我廢棄了許叔重的據形繫連法，而分象形字為三類，第一是屬於人形或人身的部分，第二是屬於自然界的，第三，是屬於人類意識或由此產生的工具和文化。用這三大類來統屬一切象形文字，同時，也就統屬了一切文字。[1]

在唐蘭的自然分類法之後，日本人島邦男編輯《殷墟卜辭綜類》（1967年出版）時，就以「甲骨文自然分類法」的概念，將甲骨文字分門別類，建立甲骨文部首表，分為164個部首（附錄一）。唐

---

* 中央研究院歷史語言研究所退休研究員。
[1] 唐蘭，《古文字學導論》，（北京：北京大學出版組，1935），下編，頁76。

蘭先生也在1976年親自編寫《甲骨文自然分類簡編》，將甲骨文字分為231部，[2] 將甲骨文三千多字真正的做到「以類相從」的分類方法，不僅是便於檢索，而且字形字義的聯繫更容易彰顯。

就部首排列的次序而言，唐蘭在《古文字導論》中採取「象身」、「象物」與「象工」的分類。1949年出版的《中國文字學》中，又加上一類「象事」，指抽象的型態、符號、數字等。島邦男大體上按照人體、自然界的物、人類發明的工具事物排列，與唐蘭差別不大。此後，這幾乎成了甲骨文研究部首排列次序的基本方式。在這個理論架構下，後來的不少甲骨研究書籍都採用了這種分類方式，[3]雖然各家分部或有異同，部首或有多寡，排列次序或有前後，但大體上都跟隨著唐蘭所建立的自然分類的基調。

這兒我們須對「部首」做個說明。一般文字學所說的部首，是指《說文》的540個部首，與甲骨文自然分類法中所建立的「部首」是不同的概念，需要分辨。舉一個簡單的例子，例如常見的「鑑」字，他是由「金」跟「監」兩部件組成（也可以說是兩個偏旁），「金」是部首，一般字典會收在「金」部。「監」是組成「鑑」的另一個部件，同時也是聲符。但是「監」並不是「最小的有意義的單位」，它是由臣、人、皿三個部件組成，這三個部件已經不能再細分了，這些不能再細分的「最小的有意義的單位」，叫做「字根」。古文字學中，我們也會把相近的「字根」歸類（例如將表示眼睛的 𤕨 和 𠂤 合併為 𤕨），稱作「部首」。

古文字學者從甲骨文的分析歸納，提出「甲骨文自然分類法」的概念，更可以證實漢字基本上是以圖象為主的書寫記號。這一點不容置疑。中研院資訊所文獻處理實驗室莊德明以容庚四版《金文編》為對象，將金文字形作偏旁分析，並窮盡的分析到「最小的成文單位」，由文獻處理實驗室輸入電子計算機中，經過運算統計，整理出金文的字根共491個，歸併為147個部首，並依此理論建構了「漢字構形資料庫」。[4]在字形的層層分析與歸建部首的過程中，我們發現唐蘭的「象身」、「象物」與「象工」加上抽象指事符號，基本上也足以涵蓋金文字形。

二、漢字在書寫時，常常當作記音符號使用

雖然漢字是以圖象為基礎，但是在書寫的時候卻以記錄語音為主。換句話說，一個圖象漢字，

---

[2] 唐蘭著，唐復年整理，《甲骨文自然分類簡編》，太原市：山西教育出版社，1999。

[3] 《殷墟甲骨刻辭摹釋總集》（1988）、《殷墟甲骨刻辭類纂》（1989）、《甲骨文字詁林》（1996）。季旭昇《甲骨文字根研究》（台北市：文史哲出版社，2003）共得485個字根，歸類為151個部首、李宗焜《甲骨文字編》（北京：中華書局，2012），也都採取了這個分類方式。即使有的字書編輯採《說文》的排列，也更周到的附上與《殷墟卜辭綜類》的對照，以達相互發明的效用，如松丸道雄教授的《甲骨文字字釋綜覽》（1993）。雖然各家分部或有異同，部首或有多寡，排列次序或有前後，但大體上都跟隨著唐蘭所建立的自然分類基調。

[4] http://cdp.sinica.edu.tw/cdphanzi/漢字構型資料庫已於2014年轉為網路版，並擴大內容，改名「小學堂」http://xiaoxue.iis.sinica.edu.tw/

在記錄語言時,這個漢字所傳達的意義未必與該圖象有關,很多時候,它只是當作一個記音符號使用。舉例來說:

甲骨文的「今」字寫作 A ,象曰(曰)字的倒寫,可能是「吟」字的原始型態,表示不說話的意思。後來別造了「唫」或「噤」。在甲骨文中,A 都表示「現在」的意思,如今日、今夕,與「禁聲不說話」無關。

甲骨文的「翼」字寫作 ,象禽鳥類的翅膀。在甲骨文中, 都表示「第二天」的意思,後來才別造了「昱」或「翊」或「曌」為「第二天」的專義字。翅膀的 與第二天意思無關。

甲骨文的「亦」字寫作 ,用兩小點指人的腋下。但在甲骨文中, 常常當作「夜晚」的意思,後來才別造了從夕亦聲的 字,為「夜晚」的專義字。「亦」與「夜」意思無關。

甲骨文的「東」字寫作 ,像一個兩頭以繩子綑綁的囊袋,但在甲骨文中, 都當作「東邊」的「東」,意思與「囊袋」無關。

這樣的例子在甲骨文裡太多了。上述的這些例子,都是象意字,但在記錄語言時,選取一個聲音相同或相近的字,當作記錄語言的記號,與這個字的本義全然無關。

所以,儘管漢字是以圖象為主的書寫系統,但是當漢字在記錄語言的時候,往往只是一個記音的符號,與它的圖象本義無關。這一點應當受到更多的重視。

三、從「六書」到「三書」到「二書」
——加強關注表音的漢字

漢字做為記錄語言的記號,其聲符應該引起更多的重視。古文字學家都已經意識到聲符的重要性,在漢字的分類方式上,從「六書」到「三書」到「二書」,與聲音有關的漢字在分類中逐步佔有重要地位,已經充分的表達了學者對聲符的加強關注。

漢字作為記錄語言的記號,借用一個音同或音近字,就足以運用。但逐漸人事日繁,借字記音往往在傳達上不夠清楚,於是加上意符,賦予這個記音字專屬的意義,例如「亦」字記錄「夜」的意思,後來加上「夕」,成為記錄「夜晚」的專義字,「亦」字後來加上「肉」部成為「胇」「腋」,讓「腋下」的本義更清楚。加了專意符號的字,如「夜」或「胇」「腋」,從表面上看,都是形聲字,但聲符的部分透露了它曾經假借為記音符號的過程(如假「亦」為「夜」),也可以從聲符部份去反向推測它的本義(如從「胇」「腋」回推其本義)。

形聲字的聲符,不論是單純只是記音的符號(如「夜」的聲符是「亦」),或是聲符的本身就是帶有意義的(如「胇」字的聲符「亦」本來就是臂腋的意思),聲符都具有相當重要的訊息。學者在研究古文字構形時,逐漸加強對聲符的關注,就說明了聲符的重要地位。

最早對漢字作整理並加以系統化分類的是東漢的許慎,他依據字形系聯,將九千三百五十三個文字分類,首創五百四十部。許慎根據漢代小篆分析漢字的造字原則為「六書」,就是大家熟悉的

象形、指事、會意、形聲、轉注、假借。但是放到先秦古文字的研究上，「六書」卻有許多扞格難通之處。加上許慎對於「六書」的界定並不十分明確，使得後來的學者產生許多的疑問。例如戴震在許慎「六書」的基礎上，提出「四體二用」的主張，他認爲許慎「六書」中的象形、指事、會意、形聲是四種「造字」的方法，轉注、假借是「用字」的方法，利用原有的字形記錄語言，並沒有造新的字形。

唐蘭也針對說文六書的缺點，提出「三書說」的主張：一、象形文字；二、象意文字；三、形聲文字。這個理論在《古文字學導論》已經提出來，[5]在《中國文字學》中，他再次強調形聲字爲三書說中的一個主要部分。

大約在同一個時候，陳夢家對漢字的分類也表示了他的看法，他將漢字分爲表形字（單純表形）、聲假字（單純表音）、形聲字（半形半音）。[6]陳夢家在1956出版的《殷墟卜辭綜述》中，對唐蘭的分類法提出強烈的批評，指出唐蘭的三書說沒有假借字，是很重要的缺陷，陳夢家認爲「假借字必須是文字的基本類型之一，他是文字與語言聯繫的重要環節」。

唐蘭將假借字排除在漢字基本類型之外，是個錯誤的主張，這一點，李孝定曾在1968年指出唐蘭的三書說沒有納入假借字，有所不足，他提出表形文字（象形）、表意文字（指事、會意）、表音文字（假借、形聲、轉注）的主張。[7]李先生對於漢字的發展做了一個清晰的圖表，表音文字在漢字發展的次第上排在表形、表意字之後，他認爲表音字出現，說明甲骨文是個成熟的書寫系統。

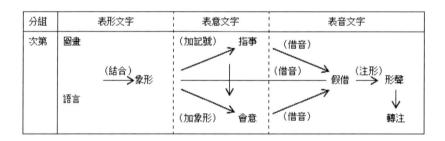

袁錫圭也對唐蘭未將假借字納入漢字基本類型提出批評，他贊成陳夢家的三書說，但將標題改爲表意字、假借字和形聲字三大類。[8]袁錫圭的三書說，是將傳統的象形、指事、會意合併爲表意字，其他兩項與陳夢家相同。凸顯了聲符的重要意義。

最新的主張「二書說」是由黃天樹提出的，他的主要概念是強調文字與語言不能截然劃分，應該將視野擴大爲「文字是用何種方式來記錄語言」，「凸顯"聲符"在記錄語言和構形中的重要

5　唐蘭，《古文字學導論》，（北京：北京大學出版組，1935），下編，頁76。

6　陳夢家，《文字學甲編》，完成於1939年，收錄於陳夢家《中國文字學》（北京：中華書局，2006），頁26-27。

7　李孝定，〈從六書的觀點看甲骨文字〉，《南洋大學學報》第二期（1968），頁84-106。又收入《漢字的起源與演變論叢》（台北：聯經出版社出版，1986），頁1-42。

8　袁錫圭，《文字學概要》，台北：萬卷樓出版社，1994。

性」，他將漢字分為「無聲符字」和「有聲符字」字兩大類，將象形、指事、會意及記號字列為「無聲符字」，將假借字和形聲字列為「有聲符字」。他進一步將1258個已識甲骨文字，並用「六書」的觀點，對其結構逐一進行分析和歸類，得出「有聲字」佔48.57%的結論。[9]

從陳夢家、李孝定、裘錫圭的分類中，不難看出假借字（借音同音近的漢字記錄語言）在漢字分類中不可忽視的重要性。黃天樹提出的二書說新主張也凸顯了聲符在記錄語言時的重要地位。他也將假借字列入「有聲符字」項目中，但是他的統計中「有聲字」佔48.57%（四捨五入為48.6%），並未將假借字計算在內。其中的考慮，推測可能是假借字基本上是不造新字，只是借用已有的字來記錄或描述語言中的相同的聲音，與象形、指事、會意構字法，可以造出新字，本質上有所不同。

如果仔細分析甲骨文字，會發現借用同音字作為記音符號的例子，如甲乙丙丁等天干字、子丑寅卯等地支字，東西南北等方向字，五、六、七、八、九、十、千、萬等數目字，再加上人名、地名等等，多不勝舉。這些假借字原來都是表意字，但在應用時都只是一個記音符號。在黃天樹的分析中沒有列入計算，是可以理解的。由此，也更可以了解，漢字雖然是以圖象為主，但作為記音符號十分普遍，這是漢字很基本的特質。

四、有聲字數量增加是漢字發展的大趨勢

漢字作為記錄語言的記號，其中有聲字（包括形聲和假借）具有不容忽視的重要性。前述幾位學者的漢字分類研究中，有聲字的份量逐漸加重，從「三書說」到「二書說」，學者的加強關注有聲字，正凸顯聲符在漢字構形與記錄語言時的重要性。

李孝定曾在1968年根據甲骨文的六書分析，指出可識的甲骨文1225字，其中表音文字（假借與形聲）約占37.8%。黃天樹在二書分析中，指出可識甲骨文1258字，其中有聲符字字佔48.6%（形聲，不含假借）。兩位學者的分析略有差異，但是都強調一個事實，那就是在甲骨文的時代，帶有標音功能的漢字已經佔相當的比例。

觀察漢字長時間的發展趨向，估算出其中象意字與有聲字的比例，就能很清楚的看到有聲字的強勢發展。以下將利用前人分析甲骨文、金文、小篆、楷書的數據，呈現有聲字在漢字歷時演變

9　黃天樹〈論漢字結構之新框架〉，《南昌大學學報》40卷1期（2009.1），頁131-136；黃天樹〈殷墟甲骨文形聲字所佔比重的再統計—兼論甲骨文「無聲符字」與「有聲符字」的權重〉，收入《出土材料與新視野》（第四屆國際漢學會議論文集），台北：中央研究院，2013.6。

中，比例逐漸升高的現象，下表將數據簡化成有聲與無聲兩類（詳細數據請看附錄二）：

	無聲字			有聲字		
	象形	指事	會意	假借	形聲	轉注
甲骨文（李孝定）[10]	56.4%			37.8%		
甲骨文（黃天樹）[11]	51.4%			未統計	48.6%	未統計
金文（李孝定）[12]	29.1%			69.3%		
小篆（朱駿聲）[13]	17.4%			82.5%		
宋代楷書（鄭樵）[14]	6%			94%		

　　表中的數據或許會因每位學者的認知不同，而有些微的差別，但是這些細微的差距不足以影響漢字演變的大趨勢。從有聲字所佔比例明顯攀升、象意字比例逐漸下降的數據中，很明確凸顯出聲符在漢字構形中的重要性。

　　這兒我們還提出一個值得重視的問題，漢字作為記錄語言的記號時，假借是個重要的方式，這個記號所代表的只是聲音，亦即借同音字來記錄語言，與這個記號的意義毫無關係。這種現象在書面語中十分普遍，但是在上表的統計數字中卻很難表達。舉例來說，兩人相背為「𣥔」（北），就構形而言，這原是個會意字，但在甲骨文中，都被借為方向的「北」。又如「𪂕」（鳳）是長尾美麗的鳥，在甲骨文中都借為「風」。借用同音字去記錄語言，在構形分析上很難歸類，即使要分析，也只能從他的象意圖象上去分析，歸入象意字中。所以從甲骨、金文、簡牘等古文字的文本來看，記音字使用十分頻繁，卻因很難估算而沒法在統計數字中，被正確考量。

五、從記音到專義——形聲字增加的主因

　　從漢字演變歷史看，有聲字的比例逐漸升高，聲化現象顯然是重要的發展趨勢。從上表中可以看出，象意字比例逐漸降低，這說明一個事實，那就是新造漢字基本上不採取象形、指事、會意方式造字，而以意符和聲符結合的方式，大量製造新字。漢字數量逐漸增加，形聲字是新造漢字的主流方式。這種以形聲方式構造新字的現象，比創造一個表意字（圖象文字）更為容易，既有意符表達其所屬義類，又有聲符起標音作用，在記錄語言時更能有效且便捷。構造形聲字長時間持續進

10　李孝定，〈從六書的觀點看甲骨文字〉，《漢字的起源與演變論叢》，頁21。
11　黃天樹，〈殷墟甲骨文形聲字所佔比重的再統計——兼論甲骨文「無聲符字」與「有聲符字」的權重〉。
12　李孝定，〈殷商甲骨文字在漢字發展史上的相對位置〉《史語所集刊》64：4（1993.12），頁91-1024。
13　朱駿聲根據說文9475個篆體字所作的分析，見《六書爻列》，轉引自李孝定，〈從六書的觀點看甲骨文字〉。
14　鄭樵根據宋代24235個楷體字所作的分析，見《六書略》，轉引自李孝定，〈從六書的觀點看甲骨文字〉。

行，並不局限於哪個時代，但是從古文字資料分析，這個趨勢發展的高峰是在戰國秦漢時期，漢字結構中兼有義類及聲符的形聲字大量出現，在整體漢字中，所佔的比例大幅攀升，成為漢字的主流。

漢字聲化現象主要有四種方式：

（一）將過去借用音同或音近字記錄語言的方式加以改變，給予每個借用字專屬的意符（義類部件）。例如甲骨文中「亦」寫作夾，是個指事字，用兩小短畫指出人腋下部位。但是「夾」在甲骨文中從來沒用它的本義，主要是借用這個字表示「夜晚」的意思。後來在假借的「亦」字上加上表示夜晚的「夕」（或「月」）為意符，於是造出夜（夜）字，成為夜晚的專義字，這字見於西周金文。從借用音同音近的字，加上專屬的意符，造出從夕亦聲的形聲字「夜」。甲骨文中「亦」字，對於「夜晚」的意思來說，只是個記音的符號，「夜」是西周時期新造的形聲字。

（二）將原本就是專義的象意字，增加其所屬義類部件，使其本意更彰顯，原本的象意字成為兼義的聲符。例如本義是臂腋的「亦」字，加上「肉」為意符，造出從肉亦聲的夜（腋）字（見於包山楚簡），同時也造出從肉夜聲的「夜」（腋）字（見於戰國楚國青銅器），加了「肉」為意符後更能彰顯「亦」的本義。又如「世」字，西周金文寫作屮，本象枝上有葉之形，「世」常被借做「世代」之用，於是加上「木」成為「枼」，強調是象枝幹上有葉之形。後來「枼」仍然常被借用，於是又加上「艸」，成為從艸枼聲的形聲字「葉」。從象意字「世」到「枼」再到「葉」，逐步強化「世」的本義，同時也多造了兩個形聲字。這種先被借用後加意符去伸張本義的例子很多。

（三）以變換聲符的方式另造新的形聲字。例如前述的「吟」字，另有噤、唫等同義字。或因為方言差異，變換聲符另造同義字，例如美麗的美，也寫作「媺」，從女敚聲，南楚之外謂好曰嫷，「嫷」從女，隋聲。美、媺、嫷都是意義相同的字，只是變換聲符，造出新的形聲字。[15]

（四）聲符不變，而是取另一個意思相近的意符造成新的形聲字，例如絲織品「錦」，從帛金聲，戰國簡牘也做「鈐」或「鏄」，都是以「金」為聲，意符「帛」「市」「糸」義類相近，更換意符製造新的形聲字。

上述幾種方式造成形聲字的過程並不相同，但從表面結構上看，都同樣是兼有義類及聲符的形聲字，這是形聲字比例加重的主因。其中，在借字記音的假借字上加意符，另造形聲字，是漢字發展的一大進步，如此可以無窮盡的製造新的形聲字，表情達意更加容易。當這樣快捷便利的造字方式運用熟練時，製造新字可能不再需要一個借字記音的過程，而是直接拿一個音同音近字加上意符，配上相關的意符，立刻造出一個準確的記錄語言的形聲字，這可能是形聲字大幅增加、漢字總數激增的最重原因。

---

[15] 有的學者認為這是因應「方言音殊」而造的「轉注」字，兩字部首相同，意義相同，僅聲符有異，符合許慎「轉注」的定義。

六、從秦漢簡牘及識字教材看大量形聲字產出

從記音到專義，在借音記字之後，加上專屬的意符，造成形聲字，是漢字當中形聲字大幅增加的主因。這樣製造形聲字的手段，在甲骨文時期已經出現了。可以在記音之後，製造專屬的字，精確表達意思，所以學者認為甲骨文是很成熟的文字。一些原來的表意字，也在加上專屬的意符之後，更能精確傳達造字本義。在西周金文、春秋金文、戰國簡牘資料中，我們都看到這樣的造字方式十分便捷，也大量的運用。

前面我們已經談過，賦予專屬義類大量製造形聲字，無時無刻都在進行，尤其在春秋戰國時期，純熟製造的形聲字大量出現，這可以在戰國簡牘資料中看得很明顯。舉例來說：

表示衣服滾邊，在西周春秋金文中都以「屯」自來記錄。直到西周晚期〈師道簋〉作𠦪（從巾，屯聲）、戰國中山國青銅器作𦂁（從束，屯聲）、戰國青銅器〈陳純釜〉作𦈫（從糸，屯聲）。「屯」甲骨文寫作𠂤，可能是像豆類剛剛發芽的樣子。長期借用「屯」記錄衣服滾邊的意思，後來造出三個專義的形聲字𠦪、𦂁、純，到小篆以後，已經統一寫作「純」了。

表示冬天的冬，甲骨文、西周春秋金文都借𠂤來表示，直到戰國才出現加上「日」為意符的專義字，寫作𣆍（陳璋壺）、𣊄（楚簡）、𠈌（說文古文），《說文》小篆做𡙊，加上仌（冰）為意符。𠂤這個字的造字本義，可能是像一束絲的兩端綁上繩結的樣子，所以𠂤這個字在甲骨文、金文中也表示終端、終了的意思。到戰國楚簡中加上「糸」為意符，成為𦇥（從糸，冬聲），是「終了、結束」的專義字。

在戰國時期，大量的記音字以義類加聲符的方式，製造了專義的形聲字。以「糸」這個部首為例，在《新金文編》中收錄32個以「糸」為意符的形聲字，[16] 在《楚系簡帛文字編》中，大量增加共150個字。[17]雖然戰國楚人陪葬品清冊記錄許多陪葬的衣服名稱，造成以「糸」為意符的形聲字大量增加，但這些衣服名稱少用記音符號，而是大量製造專義字，可以看出戰國時代，是純熟運用形聲造字法，大量製造形聲字的時代。其他例如以金、車、革為意符的字，也都大量增加，例如曾侯乙墓出土的竹簡，有很多與馬車、車器、車上用品有關的詞彙，多數是以意符加聲符造成形聲字做記錄，而不是用假借的記音字。

戰國、秦漢時代大量製造形聲字，在小學識字教材中也可以觀察到同樣的現象。秦國統一中國時，丞相李斯編寫《蒼頡篇》，車府令趙高作《爰歷篇》、太史令胡毋敬作《博學篇》，以秦篆書寫，作為統一文字的教材。漢代閭里書師將這三份資料合成一編，每句四字，斷六十字為一章，共五十五章，共3300字，稱《蒼頡篇》。其後到漢元帝（48~33BC）時，黃門令史游新編《急就篇》，將日用文字重新整理編定，以七言為主，共222句，收錄2016字。這兩部小學識字教材都經

---

16 董蓮池，《新金文編》，北京：作家出版社，2011。
17 滕壬生，《楚系簡帛文字編》（增訂本），武漢市：湖北教育出版社，2008。

過歷代增補，流傳廣大，在許慎完成《說文解字》以前（成書於漢和帝永元十二年到安帝建光元年之間，100-121AD），《蒼頡篇》與《急就篇》是漢代流傳極廣的識字教材。可惜《蒼頡篇》在晉代已經亡逸，《急就篇》在第六世紀《千字文》興起之後，也漸漸乏人問津。

漢代的《蒼頡篇》內容如何？近百年來陸續出土許多竹簡木牘留下了部分的資料，雖然斷簡殘篇，但仍然珍貴。從漢簡《蒼頡篇》的內容看來，與《急就篇》同樣，是日用文字的匯集，將同類事物會聚在一起，編成韻文，方便記誦。

根據前面的討論，已經清楚知道，在戰國以後，將意符與聲符拼合成形聲字的造字方式已經十分成熟。茲舉阜陽漢簡中收錄的《蒼頡篇》內容為例。阜陽漢簡出自安徽阜陽雙古堆汝陰侯墓，其抄寫年代最晚應在汝陰侯下葬之前，即漢文帝十五年（165BC）。[18] 文中還避秦始皇的名諱，應該是以秦代《蒼頡篇》為底本的西漢初期抄本。[19] 阜陽漢簡《蒼頡篇》不僅是未經漢人修訂的較早抄本，也保持豐富的內容，十分珍貴。從其中可以看到很多意符相同的字匯聚一起，例如：

筐篋籢笥　C004　（附錄三.1）

癃痒癱瘥，疢痛瘷欬　C007　（附錄三.2）

繭絲枲絡，布絮繫絜　C012　（附錄三.3）

疧疕禿瘻，齲齗痍傷，毆伐疾疛　C025　（附錄三.4）

2009年北京大學收進一批西漢竹簡，其中也有86枚竹簡是《蒼頡篇》的內容，其抄寫時代稍晚於阜陽簡，大約於漢武帝的後期，公元前100年左右。這一批竹簡內容也是意義相同的字詞匯集排列。[20]

此外，中國西北地區敦煌、居延地區出土的簡牘資料中，也有零星的《蒼頡篇》殘簡，例如清末斯坦因在敦煌探險所得的簡牘，由羅振玉、王國維整理出版的《流沙墜簡》，[21] 書中所收《蒼頡篇》殘簡，其抄寫年代約在西漢晚期到東漢中期，有以「黑」為意符的字一連串的出現（附錄三.5）：

黚黸黭黯，黗黔黝黢，黔黮赫赧，黲赤白黃[22]

將相同事類的字詞匯集，依形聲造字方式，必定能看到同樣意符的字相類聚。漢字的「部首」呼之欲出，已經十分明顯。

《蒼頡篇》收字以西周晚期的《史籀篇》為主，其中顯然已經有許多秦漢時期不實用的字，漢元帝（48~33BC）時，黃門令史游將當時日用文字重新整理編定《急就篇》，很快受到許多使用者

18　文物局文獻研究室、安徽省阜陽地區博物館阜陽漢簡整理組，〈阜陽漢簡簡介〉《文物》1983.2，頁21-40。

19　秦始皇名「政」，簡文「飭端修法」不做「飭政修法」，具有時代特徵。

20　北京大學出土文獻研究所，〈北京大學藏西漢竹書概說〉《文物》2011.6，頁49-56；朱鳳瀚，〈北大漢簡蒼頡篇概述〉《文物》2011.6，頁57-63。北京大學出土文獻研究所編，《北京大學藏西漢竹書》第一卷，上海：上海古籍出版社，2012。

21　羅振玉、王國維，《流沙墜簡》，1914年上虞羅氏宸翰樓影印本。

22　阜陽漢簡《蒼頡篇》C033、C034簡可以看到相似的內容。

喜愛，《急就篇》以七言為主，開頭幾句，已經很清楚的說明內容排列的方式，也確定這是一種有效的學習方式：

急就奇觚與眾異，羅列諸物名姓字，分別部居不雜廁，

用日約少誠快意，勉力務之必有憙。（附錄四.1）

這種「羅列諸物名姓字，分別部居不雜廁」的排列方式是《蒼頡篇》以來的傳統，並不是《急就篇》的新創，但是《急就篇》匯聚當時日用詞彙，將同類事物分類，以七言排列，顯得更為靈活，[23]例如：

綈絡縑練素帛蟬，絳緹絓紬絲絮綿　（《急就篇》7-9、8-1）

紛紆㯶縕裹約纏，綸組縌綬以高遷　（《急就篇》8-6、8-7）

引文前後共有24個以「糸」為意符的形聲字，排比各種布料織品名稱及顏色，像這樣直接拼合意符「糸」與聲符，製造形聲字，不需要經過假借的過程。當熟悉運用這種拼合方式時，漢字可以無窮無盡的造字，取之不盡，用之不竭！

當意義相近的形聲字羅列一起，漢字的「部首」已經隱然成形，最有趣的例子是《急就篇》的第十二章，內容是：

銅鐘鼎鋞銅鈍銚，釭錭鍵鉆冶錮鐈

在敦煌出土的竹簡中，正好有這一段文字，可惜竹簡裂成兩片（附錄四.2），右邊的聲符都不見了，只剩左邊的意符「金」，於是「金」字排列成隊，部首「金」不就很明顯了嗎？請對比元代刻寫的《急就篇》（附錄四.3）。

《急就篇》中也有假借字，並不是都造了專義字，有些記音字用久了，習慣了，反而不急著造專義字。以下舉《敦煌漢簡》「鏡斂疏比各有工」這個句子為例作說明（附錄四.4）：

「鏡」從商代以前就有了，早期記錄「鏡」這個東西，都借用「𥐮」（監）這個字，這個字本象「人在裝水的器具前仔細觀看的樣子」，後來為這種裝水的侈口青銅器，製造了專義字「鑑」。在戰國時期竹簡中常以「監」「鑑」記錄「鏡」這個東西，有時候也借用「竟」來記錄。西漢時期的鏡子常有銘文，借用「竟」字記錄十分常見。後來就加上意符「金」造了「鏡」字，敦煌簡《急就篇》收「鏡」字，比《說文》早。

戰國到西漢時期的放鏡子的梳妝箱，多以「檢」或「斂」來記錄，敦煌簡《急就篇》作「斂」字，是借音記錄。直到《說文》，才出現專義字，「籢，鏡籢也。從竹，斂聲。」《說文》之後，有另造「匲」字，從匚，僉聲。現代漢字寫作「奩」，是個部件移位造成的訛寫字。

「疏比」指兩種梳子，梳齒疏鬆的稱作「疏」、梳齒細密的稱作「比」。敦煌簡《急就篇》記錄作「疏比」，這是借字記音。直到《說文》才出現專義的「梳」字；到第六世紀編寫的《玉篇》

---

[23] 《急就篇》經多次增補，內容或有差異，但主要收字及排列，差別不大。下舉內容取自元刊本《玉海》附刻《急就篇》。

才出現專義的「篦」字。

以上幾個例子，說明每個借字記音的記號，製造專義字的早晚時間並不一定，有時最常用的記音字反而晚出現專義字，罕用字（例如前述的幾個以「黑」為意符的字）卻直接拿聲符加上意符，很快造成專義字。

《急就篇》「羅列諸物名姓字，分別部居不雜廁」是繼承了《蒼頡篇》的傳統，不是《急就篇》的新發明。但漢字在羅列式的排比中，「部首」已經隱約出現，直到《急就篇》編成之後約150年，許慎編寫《說文解字》時，標舉540個部首，《說文‧敘》中說部首建立可以使漢字「分別部居，不相雜廁」，已經說明了部首的建立傳承自《急就篇》，這是漢字發展歷史中最重要的發明，而這個重要的發明，是繼承《蒼頡篇》和《急就篇》的傳統，加以改進而來，並不是許慎獨創。不過許慎依據部首系統化整理漢字，還是很偉大的貢獻。

七、結語

漢字從記音到專義，走了漫長的道路。對甲骨文的部件分析，很清楚的看到商代基本的漢字，以象意字為主。這些圖形文字，直到三千年後，現在還保留圖形的樣貌。但是在商代，圖形字常被借用來記錄語言中聲音相近的字，這些借用字只能當作記音的符號看待。其後，在借用的記音字上加表意的偏旁，造成專義的形聲字。這種造字方式大量運用，便利且讓語意表達更清楚，逐漸成為漢字造字的主要方式。通過對歷代文字的分析，形聲字比例越來越高，很清楚說明這個事實。這是漢字發展的大趨勢。

為記音字造出專屬字，隨時都在進行，並不限於甚麼時代，但是從各種出土文字資料來看，戰國秦漢時期是以形聲方式造專義字的高峰期，這可能與戰國時期人事日繁有關，文字運用需求更多，也更複雜，需要更準確的表達。表意偏旁（意符）加上記音符號（聲符）組合成字的方式，在戰國時代已經十分熟練，形聲字於是大量的出現。秦漢時期編輯的識字教材《蒼頡篇》《急就篇》，都將同類事物的名稱並排羅列，同樣的表意偏旁自然而然的匯聚，漢字的「部首」就水到渠成了。

《說文解字》是漢字史上最偉大的一部工具書，承襲《蒼頡篇》《急就篇》建立部首，使漢字「分別部居，不相雜廁」，其中大部分的字都有了專屬的意義，借音字逐漸消失，漢字的形與義因此而逐漸固定下來，《說文解字》在這方面起了積極的作用。

漢字從圖象字開始，而後借音同音近的圖象字紀錄語言，再以意符加聲音結合方式大量製造形聲字，發展趨勢十分明顯。三千年後，漢字仍然保有自己的特色，沒有走向拼音的方式，簡單的理解，應該是形聲字的表達清晰容易，一個字形中兼有意類和聲符，看見這個字形，就大約可以知道其中的意思，也可以大概讀出聲音，這樣的方式讓使用漢字的人覺得方便。

三千年來，漢字走出了自己的道路。

＊本文為歐洲漢語語言學學會第八屆研討會 The 8th Conference of the European Association of Chinese Linguistics (2013 /9 / 26 --9/ 28法國巴黎) 主題演講講稿，會後就講稿修改增訂而成。

＊本文已發表於《中國文字》新四十四期（台北：藝文印書館，2019年3月），頁1-21。

附錄一 島邦男〈甲骨部首總表〉

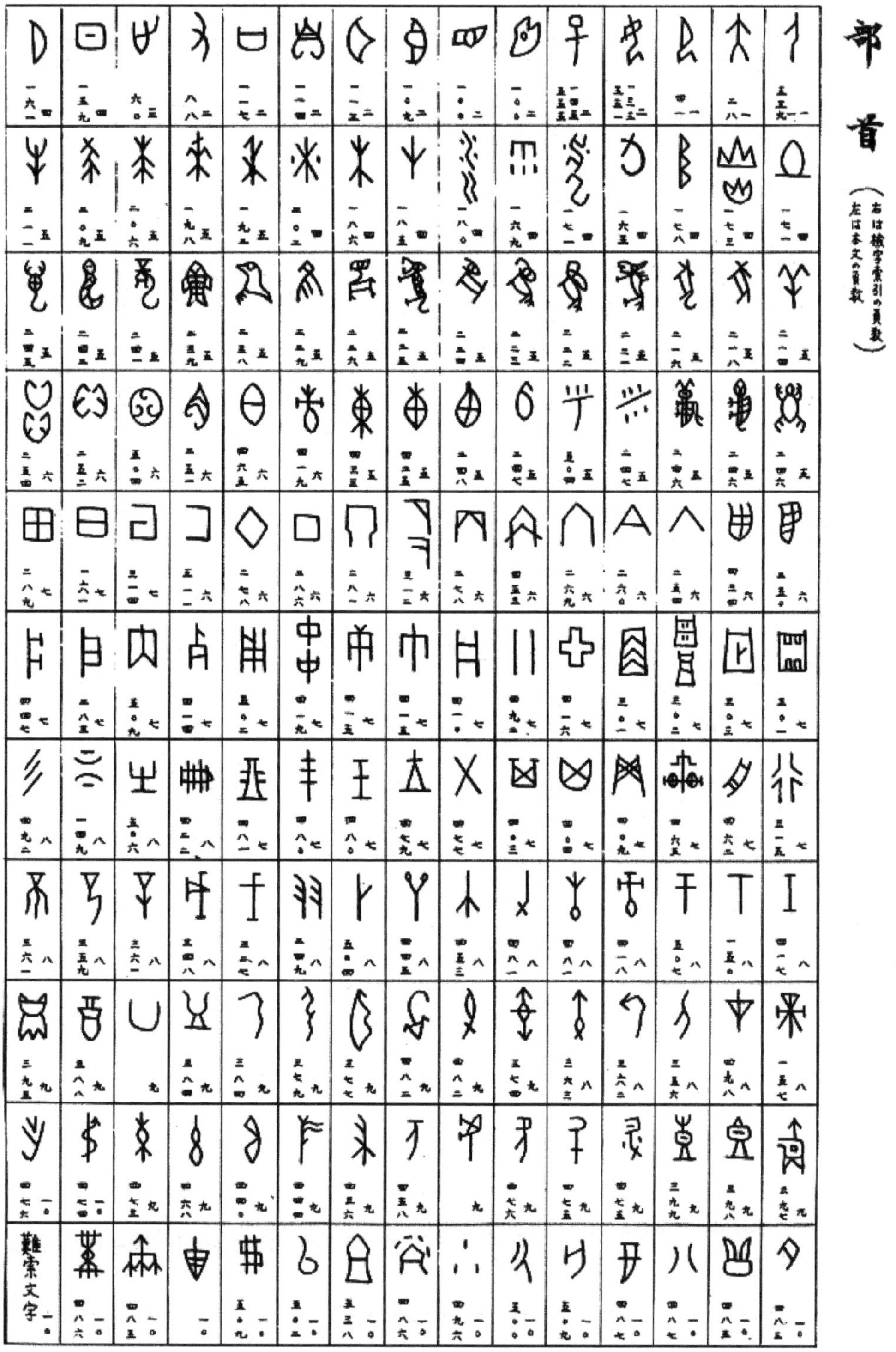

附錄二 漢字分類的歷時統計

（以李孝定先生的統計表為基礎，加上甲骨文（2）是黃天樹的新數據）

		象形	指事	會意	假借	形聲	轉注	未詳	總計
甲骨文（1）	字數	276	20	396	129	334	0	70	1225
	百分比	22.5%	1.6%	32.3%	10.5%	27.3%	0	5.7%	100%
甲骨文（2）	字數	307	22	318		611			1258
	百分比	24.4%	1.75%	25.28%	未統計	48.6			100%
金文	字數	221	28	480	226	1516	0	43	2514
	百分比	8.8%	1.18%	19.1%	9.0%	60.3%		1.7%	100%
小篆	字數	364	125	1167	115	7697	7	0	9475
	百分比	3.8%	1.3%	12.3%	1.2%	81.2%	0.1%	0	100%
宋代楷書	字數	608	107	740	598	21810	372	0	24235
	百分比	2.5%	0.4%	3.1%	2.5%	90%	1.5%	0	100%

附錄三　漢簡《蒼頡篇》

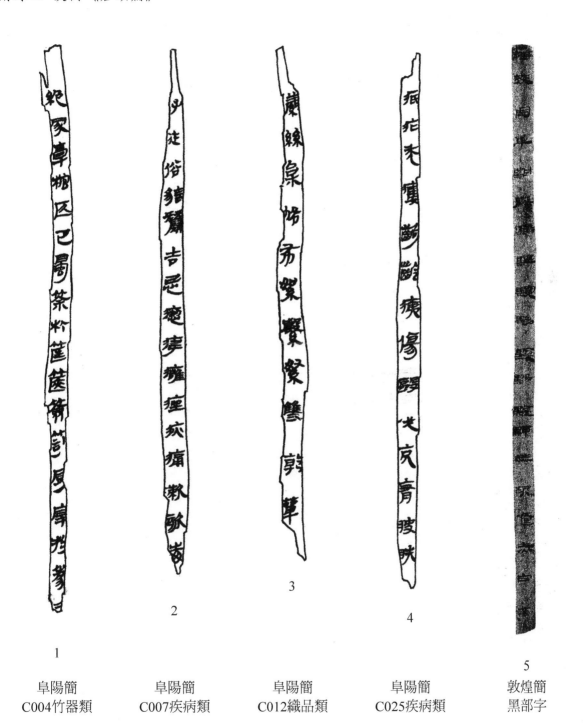

1

阜陽簡
C004竹器類

2

阜陽簡
C007疾病類

3

阜陽簡
C012織品類

4

阜陽簡
C025疾病類

5

敦煌簡
黑部字

附錄四 漢簡《急就篇》及元刻《急就篇》

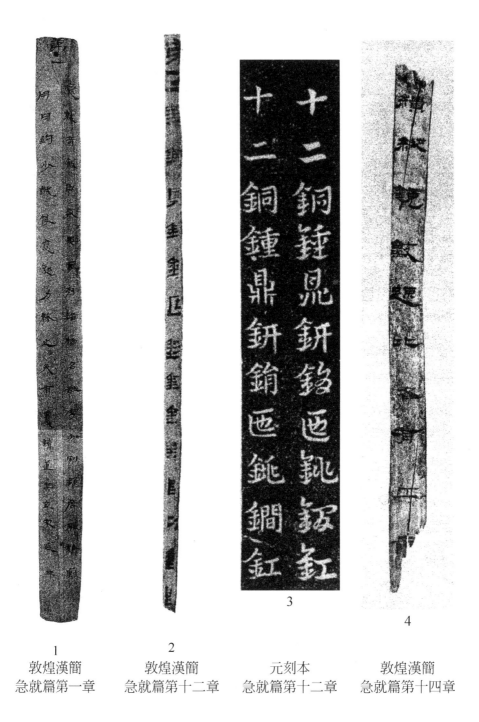

<table>
1
敦煌漢簡
急就篇第一章 | 2
敦煌漢簡
急就篇第十二章 | 3
元刻本
急就篇第十二章 | 4
敦煌漢簡
急就篇第十四章
</table>

曹學佺《唐詩選》的編纂與評議

許建崑*

一、前言

明崇禎二年(西元1629年)，福建侯官人曹學佺(1575-1646)[1]授命廣西按察副史，時年五十六歲。十五年前(1614)曹學佺以四川按察使「察典」而獲罪，謫居十年；天啓二年(1622)復起爲廣西右參議，三年任滿，因刊刻《野史紀略》之舊事，又遭貶謫；如今榮獲新命，卻因長子孟嘉病卒，對於仕途心灰意懶，乃力辭不就，決心留在家鄉以著述、編纂與出版爲務。除了整理個人詩文集之外，他撰述《大明一統志》、《蜀中廣記》三百餘卷，做了編選儒家經典爲《儒藏》大計畫的準備，同時也開始編纂《石倉十二代詩選》。[2]

這部詩選的編纂，曹學佺從崇禎三年(1630)秋天到冬天，先後撰寫了《宋詩選》、《明興(初集)詩選》、《元詩選》的序文，次年清明、立夏，又寫下〈古詩選序〉、〈唐詩選序〉[3] (見附圖一)，也在《明次集》卷62楊守阯《碧川集》留下一篇跋語。到了崇禎六年(1633)十二月，爲《明五集》卷首撰述〈選七子詩序〉，由林古度謄抄。可見在這三、四年之中，曾密集工作。

何以名爲《十二代詩選》？係指古詩(漢、魏、晉、宋、陳、梁、陳、隋)八代，再加上唐、宋、元、明四代。曹學佺把北魏、北齊、北周與古逸，作附卷，另有金人元好問(1190-1257)一人附在《元詩選》前端；顯然他是以統治過南方的朝代才入列。[4]

---

* 東海大學中國文學系退休教授。

[1] 曹學佺生於萬曆二年甲戌閏臘月十五日，換算西元1575年1月26日。坊間作1574年，未注意到閏月的關係。見拙著〈晚明閩中詩學文獻的勘誤、搜逸與重建〉，《曹學佺與晚明文學史》(臺北：萬卷樓，2014年2月)，頁31。

[2] 有關《石倉詩選》研究，最早見於朱偉東〈《石倉十二代詩選》全帙探討〉，《文獻季刊》第3期，2000年7月，頁211-221。並於2005年以《石倉十二代詩選研究》，提交上海復旦大學碩士論文。拙作〈曹學佺《石倉十二代詩選》再探〉，發表於上海復旦大學主辦「明代文學學會(籌)第九屆年會暨2013年明代爲學國際學術研討會」，論文集於南京鳳凰出版社2005年12月出版，頁501-511；初稿轉刊於北京師範大學《勵耘學刊》總18期，2013年第二輯，頁190-210；重新整理後，收入《曹學佺與晚明文學史》(台北：萬卷樓，2014年2月)，頁137-256。

[3] 此文《四庫全書》本並未抄入，僅見於崇禎四年刻本之中，以及曹學佺《石倉全集•文稿》卷19之2，頁10。陳伯海主編《歷代唐詩評論選》(保定：河北大學，2003年6月)，頁711-712，只作節選。

[4] 《四庫全書》館臣認為此書列出十五朝，不合《十二代詩選》之名，遂改為《石倉歷代詩選》提要。見《四庫全書總目提要》，集部卷189。

就現存的文獻目錄記載：黃虞稷《千頃堂書目》作此書888卷，止於《明六集》100卷；而《四庫全書》收錄，僅及《明二集》，有506卷。北京國家圖書館載錄亦為888卷，似乎與《千頃堂》之卷數相同，事實上僅及《六集》66卷，另有37卷是混亂散置的卷帙，總數891卷，多了兩卷。中央研究院文史哲研究藏有此書1985年製作的微卷。

然而禮親王昭槤在《嘯亭雜錄》中說，家藏有1743卷[5]。這些書籍從王府中散出，鄭振鐸購得了部分卷本[6]，其餘轉賣到京都大學。再查現存於日本京都大學的藏書著錄1258卷(實為1261卷)[7]，如同昭槤所說，在各集之中，有許多所謂的《續集》，如《三、四續集》、《四、五續集》、《五續集》，卷數零星，表示暫時收納，有待插入正集恰當的位置；《九集》以後，僅稱「冊」，不稱「卷」；以區域、社團為名的分集，如《南直集》、《浙集》、《閩集》、《社集》等等，也是以「冊」為單位。

上海圖書館尚殘存《七集》、《八集》47卷，為其他各處所無，版頁上有墨丁未刻之處，也有多組兩卷、三卷標為同一卷號的現象。可以證明《七集》以後並未編成上市。昭槤為禮親王後裔，府中所藏極可能是他的祖先代善從福州曹學佺家中帶走的底稿及書版，因此包含了編輯中尚未出版上市的內容，數量當然最多；黃虞稷斷在《明六集》之處，是他看到此書在書市中最完整的狀態；而四庫館臣抄錄時，斷在《明二集》，除了政治意念宣達，也可能是此書通行最常見的版本。[8]

曹學佺試圖建構一套詩學通史[9]，《古詩選》、《唐詩選》為「古代詩學」之源，宋、元兩代則各有變化，而明代詩學創作，佔全書三分之二，才是他關注的「現代詩選」。為了正本溯源，他並沒有疏忽《唐詩選》的編纂。

然而，在他所處的時代，相關唐詩選的著作，至少有百餘種以上。[10]高棅(1350-1423)《唐詩品彙》重新刊刻了十五遍以上，以《品彙》為底本的各種選本，也有三十餘部。曹學佺友人臧懋循(晉叔，1550-1620)、黃克纘(紹夫，1550-1634)、畢懋謙(為之)，各編有《唐詩所》(1606)、《全唐風雅》(1618)、《十家唐詩》(1608)出版。顯然曹氏要提出自己的編選主張，才足以讓廣大的讀者接受。

---

[5] (清)昭槤《嘯亭雜錄》(北京：中華書局，1980年12月)，卷8，頁246-247。

[6] 鄭振鐸《劫中得書記》(上海：上海古籍，2006年7月)，頁55-57。此書捐北京國家圖書館。

[7] 京都大學人文科學研究所編《漢籍目錄》(京都；同朋社，昭和56年12月)，頁20。2011年個人核對，應有1261卷。然三集、五集缺35卷，係從鄭振鐸所收雜亂卷帙中以手抄本混入。

[8] 《四庫全書・集部八・總集類》(臺北：台灣商務，影文淵閣本)，〈石倉歷代詩選提要〉云：「是本止於嘉、隆，正明詩之極盛，其三集以下之不存，正亦不足惜矣。」事實上，《二集》收永樂十八年以迄弘治十八年間(1420-1505)詩人與詩作，到《五集》、《六集》才收嘉、隆之間詩人與詩作。參見拙著〈曹學佺石倉十二代詩選再探〉，《曹學佺與晚明文學史》，頁137-145。

[9] 以現今的角度觀察，詩史已經延及清、民國，曹學佺此書只好歸入「斷代詩選」。

[10] 金生奎將「明人選唐詩」分作三期來觀察。第一期是洪武至成化年間119年，有42部；第二期為弘治至隆慶84年時間，有111部；第三期為萬曆以迄崇禎71年時間，有170部。合三期出版之知見詩選，至少有323部。見氏著《明代唐詩選本研究》(合肥：合肥工業大學，2007年7月)，頁22-83。

二、曹學佺《唐詩選》的編纂

就曹學佺的〈唐詩選序〉，可以讀出他的編纂理念。他先指出高棅區分唐詩爲初、盛、中、晚四期；高氏選詩重在初、盛；而元朝周弼(1194-1255)，專注中、晚之選；同時代泉州黃克纘，「則以盛唐而寄於初、中、晚之內」，對各期之作均加重視。至於坊間流行的《唐詩類苑》[11]，只重題材分類而不重選詩高下。友人鍾惺《詩歸》之選評，則學李贄「論史」的方法，並不了解詩無法盡意。

只要合於「詩法」的詩，自然要選出，供讀者閱讀涵泳。有些唐代編者選詩的好尚，舉元結、白居易爲唐詩之首選，並非正論。而宋人王安石根據宋敏求的選本，選錄《唐百家詩選》廿卷千餘首，不選李、杜等名家詩，不能「足觀」唐詩。高棅「以杜爲大家而不入正宗之內」，也是受到自己的偏見左右。李攀龍說「唐無古風」，是李氏不能理解李、杜的古風，看不見唐代古風之盛。蓄意減少李、杜的選詩，自然看不見「以青蓮之飄逸，而啓中唐之門戶；少陵之鑽研，而開晚唐之谿逕」。因爲「李之才情古法合，杜之極思與格調合」。

曹學佺強調「古風」，專好五言古詩、五言律詩，他甚至希望五律也要具有「古風」的精神，不須要特別標舉中、晚唐風格：

> 大曆以下之諸公純用才華而蘊藉少矣，貞元以下之諸公純用工巧而風致乖矣，其病皆在不習古風也。如習古風，則發揚之氣自不足以勝收斂，而工巧之詞自不足以易風致，又何必爲中、爲晚之目乎？[12]

對於坊間流行《唐六家詩》、《詩刪》、《詩歸》，認爲都是「偏師特至，自成隊伍」，只有高棅的《品彙》，獨得大全，因此要以《品彙》作爲選唐詩的模範。

《唐詩品彙》以四唐分期，依詩體五古、七古、五絕、七絕、五律、五排、七律排序，再分正始、正宗、大家、名家、羽翼、接武、正變、餘響、旁流等九品(格)來歸納詩作。全書90卷，另有拾遺10卷，共收詩人681人，詩6723首。

《石倉‧唐詩選》100卷，加上拾遺10卷，總合110卷，共收詩人1159人，詩作11205首；從選詩數量上來看，《品彙》正好是《石倉‧唐詩選》的60%，反過來說，《石倉、唐詩選》則有《品彙》的1.67倍。而此書也是依據四唐分期：初唐18卷，作家115人，選詩1206首；盛唐15卷，作家145人，選詩2367首；中唐27卷，作家52人，選詩3141首；晚唐30卷，作家72人，選詩2794首；方外、宗風、宮闈、閨秀合爲10卷，作家178人，選詩894首。

---

11 張之象《唐詩類苑》200卷，萬曆廿九年(1601)原刊本，流傳至日本，由日人中島敏夫整理，上海：上海古籍，2006年4月影印出版。另有清人吳蓉芝重輯本。以題材分類，如天、歲、時、地、山、水、京都----等39部，細分1093類，收詩人1468人，詩三萬多首。另有卓明卿割截初盛唐部分，爲100卷本。見陳伯海、朱易安《唐詩書錄》(濟南：齊魯書社，1988)，頁60-61。

12 同註9。

至於拾遺10卷,首兩卷為初唐詩,收詩人86人(已扣除方外2人),詩作119首;第三卷盛唐,詩人41人,詩作58首;第四卷中唐,詩人15人,詩作160首;第五卷以迄第十卷為晚唐,詩人415人(已扣除重出30人,方外3人),詩作563首。可得下表的數字:

表一、《石倉‧唐詩選》收入作家人數與選詩數目

體例:原詩選數+拾遺數=合計

	卷數	作家(人)	選詩(首)	比重(%)
初唐	18+2	115+86=201	1206+117=1323	11.8
盛唐	15+1	145+41=186	2367+58=2425	23.8
中唐	27+1	52+15=67	3141+160=3301	29.5
晚唐	30+6	72+415=487	2794+563=3357	30.9
方外	7	43+5=48	486+5=491	7.1
宗風	1	32	60	
宮闈	1	20	62	
閨秀	1	79	186	
總數	110	562+597=1159	10302+903=11205	100

從表列中,可見初盛詩仍佔35.6%,略多於中唐29.5%、晚唐30.9%,與高棅《唐詩品彙》選詩比例,分別為:初唐14.4%、盛唐32%、中唐34.7%、晚唐11.6%、其他7.3%[13]。從表面上看,曹學佺仍跟從高棅《品彙》的道路;仔細比較,初盛唐詩少10.8%,中唐詩少5.2%,晚唐詩則大幅增加19.3%。尤其是拾遺10卷之中,有6卷屬晚唐詩,補入了大量的詩人與詩作。這絕對是曹學佺對晚唐詩投以關注的證據。

再檢視《石倉‧唐詩選》所收詩作50首以上的詩人(其中有兩人雖未達50首而單獨存一卷),可得以下的數字:

初唐10人,分別是太宗皇帝(53首)、王勃(73首)、楊炯(26首)、盧照鄰(53首)、駱賓王(67首)、陳子昂(63首)、沈佺期(68首)、宋之問(94首)、張說(60首)、張九齡。盛唐10人,有玄宗皇帝(35首)、儲光羲(124首)、王維(273首)、孟浩然(120首)、王昌齡(96首)、高適(124首)、岑參(164首)、李頎(66首)、李白(399首)、杜甫(242首)。

---

[13] 金生奎《明代唐詩選本研究》,緒論,頁9。

中唐28人，有錢起(78首)、劉長卿(189首)、韋應物(195首)、韓翃(65首)、皇甫冉(70首)、李嘉祐(54首)、李端(69首)、司空曙(56首)、耿湋(59首)、李益(70首)、劉禹錫(81首)、柳宗元(56首)、孟郊(69首)、張籍(148首)、王建(151首)、白居易(209首)、元稹(101首)、楊巨源(64首)、戴叔倫(65首)、權德輿(50首)、武元衡(65首)、李紳(53首)、張祜(74首)、朱慶餘(103首)、姚合(69首)、李賀(73首)、賈島(163首)、李德裕(59首)。晚唐21人，有李商隱(142首)、杜牧(112首)、許渾(102首)、溫庭筠(74首)、杜荀鶴(53首)、雍陶(61首)、陸龜蒙(109首)、馬戴(56首)、吳融(100首)、薛能(54首)、張喬(61首)、羅鄴(51首)、鄭谷(52首)、李中(50首)、方干(86首)、李群玉(69首)、劉得仁(73首)、趙嘏(80首)、司空圖(79首)、韋莊(69首)、胡曾(56首)。方外4人，有方外吳筠(56首)、釋皎然(74首)、釋貫休(52首)、釋齊己(71首)。

如果將選詩25首以上至49首以下的作者加入。那麼，初唐增3人：杜審言(29首)、劉希夷(31首)、李嶠(29首)；盛唐增6人：祖詠(26首)、賈至(33首)、崔國輔33(首)、元結25(首)、崔顥(41首)、常建(41首)；中唐增8人：郎士元(45首)、顧況(44首)、韓愈(41首)、歐陽詹(33首)、張南史(26首)、于鵠(39首)、盧綸(41首)、羊士諤(34首)；晚唐增22人：李頻(39首)、劉駕(36首)、曹鄴(39首)、崔塗(34首)、羅隱(29首)、曹松(38首)、李洞(32首)、李建勳(27首)、楊衡(47首)、李咸用(34首)、鄭巢(27首)、于鄴(25首)、章孝標(30首)、王貞白(34首)、裴說(27首)、皮日休(44首)、項斯(42首)、于濆(45首)、黃滔(44首)、薛逢(41首)、韓偓(41首)、劉滄(49首)；方外增3人：女冠魚玄機(26首)、無可(47首)、清塞(32首)。

從詩作50首以上的詩人來觀察，曹學佺所收初、盛、中、晚、方外之詩人，分別為10、10、28、21、4人，合計73人。如果以選出25首以上詩人人數統計，則各有13、16、36、43、7人，合計115人。明顯可知，曹氏所選初、盛唐詩人較少，但詩作數量則相對豐盛；而選中、晚唐詩人，除了白居易、韋應物、劉長卿、賈島、王建、李商隱等大家，仍承繼前人的編選而納入，對於個別詩作數量少的作家，甚至許多僅存一首詩的，也大大增加。這種「細大兼容」的作風，可以說是曹學佺編選「詩史」的企圖，擴大了晚明文人「詩隊伍」的陣容。

三、《石倉・唐詩選》與《唐詩品彙》所選詩人之比較

檢視高棅與曹學佺選集中所選唐代詩人前40名(見表二)：

表二、《石倉・唐詩選》與《唐詩品彙》所收唐代詩人作品前四十名比較表。

說明：各家排行名次標示在括號中，僅止於第40名。

唐代詩人		石倉詩選 詩數	唐詩品彙 詩數	唐代詩人		石倉詩選 詩數	唐詩品彙 詩數
初唐	宋 之 問	94首(22)	72首(20)	白 居 易		209首 (4)	36首
	王　　勃	75首(28)	41首(37)	元　　稹		101首(19)	14首
	沈 佺 期	68首	61首(25)	張　　祜		74首(29)	25首
	陳 子 昂	63首	78首(18)	朱 慶 餘		103首(17)	10首
	張　　說	60首	66首(22)	姚　　合		69首(36)	15首
	蘇　　頲	32首	43首(34)	李　　賀		73首(32)	40首(38)
盛唐	張 九 齡	57首	59首(26)	楊 巨 源		64首	42首(36)
	李　　頎	66首	83首(15)	賈　　島		163首(8)	43首(34)
	李　　白	409首 (1)	266首(2)	韋 應 物		195首 (5)	163首 (6)
	王　　維	273首 (2)	189首(4)	韓　　愈		41首	83首(15)
	杜　　甫	242首 (3)	271首(1)	柳 宗 元		56首	47首(32)
	岑　　參	164首 (7)	146首(7)	孟　　郊		69首(36)	62首(24)
	高　　適	124首(12)	123首(8)	盧　　綸		40首	71首(21)
	儲 光 羲	122首(13)	92首(12)	韓　　翃		65首	52首(27)
	孟 浩 然	120首(14)	101首(10)	李　　端		69首(36)	51首(28)
	王 昌 齡	96首(21)	103首(9)	戴 叔 倫		65首	50首(29)
中唐	郎 士 元	45首	46首(33)	晚唐	李 商 隱	142首(11)	50首(29)
	劉 長 卿	189首 (6)	193首(3)		杜　　牧	112首(15)	39首(40)
	王　　建	151首 (9)	66首(22)		許　　渾	102首(18)	94首(11)
	張　　籍	148首(10)	87首(13)		溫 庭 筠	74首(29)	49首(31)
	劉 禹 錫	81首(24)	85首(14)		陸 龜 蒙	109首(16)	13首
	錢　　起	78首(27)	186首(5)		吳　　融	100首(20)	7首
	皎　　然	74首(29)	74首(19)		方　　干	86首(23)	12首
	齊　　己	71首(33)	3首		李 群 玉	69首(36)	14首
	皇 甫 冉	70首(34)	79首(17)		趙　　嘏	80首(25)	34首
	李　　益	70首(34)	33首		司 空 圖	79首(26)	6首
	權 德 輿	50首	40首(38)		韋　　莊	69首(36)	21首

　　高棅所選入圍的第四十名為39首，曹學佺的第四十名為69首。以兩人選集的詩作總數相差1.67倍來比較，高棅所的選約等於曹學佺的65.13首之級數，相差不大。兩人各自選出而合計者有54人，分別是初唐6人、盛唐10人、中唐27人、晚唐11人；而兩人都選入的則有28人，為初唐2人、盛唐8人、中唐13人、晚唐4人。

　　先以前10名來觀察比較。高棅選盛唐7名，中唐3名；曹學佺選盛唐4名，中唐6名。顯然兩人關注的詩人群體，集中在盛唐、中唐。高棅標舉盛唐格律，而曹學佺傾向中唐詩，略見分明。如果以前20名來觀察，高棅四唐詩人數的分布是2：9：8：1，中、晚唐詩人數與盛唐詩人數等齊；曹學佺

則為0：7：8：5；所選中、晚唐詩人數已經超越盛唐，達到1.85倍。擴大31名來觀察[14]，高棅的選擇分布為4：10：14：3，盛唐大家已經全數入列，因此中唐詩人數增加，晚唐詩人仍然稀少；而曹學佺所選2：8：12：9，中、晚唐詩人數達到初、盛唐詩人的兩倍。最後，以前40名來比較，高棅之選為6：10：20：4，仍以補入中唐詩人為多；曹學佺之選為2：8：19：11，中、晚詩人大增，達初、盛唐的三倍。曹學佺自言合「古風」即佳，未必要注重中、晚唐詩風，並非如此。

總合來看這張前四十名的「榜單」。初唐詩人，高棅選入6人，分別為王勃、宋之問、沈佺期、陳子昂、張說、蘇頲。後四者雖未入曹學佺之榜，僅蘇頲(32首)落差較大，可能是奉和、應制之詩過多而遭削除，其餘三人所收詩作數仍有68、63、60首之多。盛唐詩人高棅選入榜者10人；僅張九齡、李頎2人落出曹學佺榜單，但詩數也有57、66首，仍是高分落榜。顯然，在初、盛唐詩人部分，高、曹兩人有著高度共識。

中唐詩人入榜27人，高、曹共同選出者僅13人，明顯拉出了差距。高棅對於齊己、李益、元稹、白居易、朱慶餘、姚合等的詩作興趣缺缺，是因為不合格律派論詩的主張，還是當時詩集流傳較少，能見度不足？而韓翃、楊巨源、韓愈、柳宗元、盧綸、郎士元、戴叔倫、權德輿等8人，雖未入曹學佺榜，但收錄的詩篇數量平均為53首，還是在進入榜單的邊緣，並未被忽略。

至於晚唐詩人進榜者11人，有許渾、李商隱、溫庭筠、杜牧等4人被共同選出，有7人差異甚大。除了趙嘏、韋莊之外，陸龜蒙、吳融、方干、司空圖、李群玉幾乎不入高棅的法眼，而曹學佺對這些詩人則刮目相看。

高棅對四唐詩的品論，可見於《唐詩品彙‧總敘》之中：

> 貞觀、永徽之時，虞(世南)、魏(徵)諸公，稍離舊習，王、楊、盧、駱，因加美麗，劉希夷有閨帷之作，上官儀婉媚之體，此初唐之始制也。神龍以還，洎開元初，陳子昂古風雅正，李巨山(嶠)文章宿老，沈、宋之新聲，蘇、張之大手筆，此初唐之漸盛也。開元天寶間則有李翰林之飄逸，杜工部之沈鬱，孟襄陽之清雅，王右丞之精緻，儲光羲之真率，王昌齡之聲俊，高適、岑參之悲壯，李頎、常建之超凡，此盛唐之盛者也。
>
> 大曆、貞元中則有韋蘇州(應物)之雅澹，劉隨州(長卿)之閒曠，錢(起)、郎(士元)之清瞻，皇甫(冉)之沖秀，秦(系)公緒之山林，李(嘉祐)從一之臺閣，此中唐之再盛也。下暨元和之際，則有柳愚谿(宗元)之超然復古，韓昌黎之博大其詞，張(籍)、王(建)樂府得其故實，元、白序事務在分明，與夫李賀、盧仝之鬼怪，孟郊、賈島之饑寒，此晚唐之變也。降而開成以後，則有杜牧之豪縱，溫飛卿之綺靡，李義山之隱僻，許用晦之偶對，他若劉滄、馬戴、李頻、李羣玉輩尚能黽勉，氣格將邁時流，此晚唐變態之極，而遺風餘韻猶有存者焉。

這段論述，確立了唐詩分期與作家作品風格評析，成為一般文學史共同的引述。儘管文中對晚唐

劉滄、馬戴、李頻、李羣玉等人多做讚許，但在選詩上並未表現出來。[15]至於方外人士，皎然、齊已、方干，並未列入論述。

以杜甫為詩人之冠，是高棅肯定杜甫「盡得古人之體勢而兼昔人之所獨專」[16]的成就，而給予充分肯定，單設「大家」一目，充分讚許他對詩學的貢獻。在復古派的推波助瀾之下，到了萬曆年間，杜甫的聲勢仍然遠遠高出李白。[17]

曹學佺跟從高棅格律為主的基調，卻有些改變。他將李白列為首位，獨佔兩卷，而王維詩數為第二名，贏過了高棅所標榜的大家杜甫，顯然將「雄渾豪邁」、「精細雅秀」的風格，放在「沉鬱頓挫」之前。韋應物以「詩如渾金璞玉，不假雕飾成妍」[18]，劉長卿則「簡練渾括」，又見「淒涼蕭瑟」，都得到高、曹兩人的推許。獨獨白居易之作，高氏以其七言古詩「庸俗」，又說歌行長篇「格調扁而不高，然道情敘事悲歡窮泰，如寫出人胸臆中語，亦古歌謠之遺意也」，以備一體[19]；曹氏彰顯白居易的理由，顯然是重視現實人生悲歡離合的詩作，正好超脫了高棅受限於格調束縛而興起的喟嘆呢。

四、曹學佺編選全唐詩史的企圖

明萬曆初年(1573)之後，有關唐詩選的書籍已經充斥書市，曹學佺此書標舉「詩史」的概念，試圖在書市中提供一種新的《唐詩選》版本。在他之前，先有黃德水模仿馮惟訥《古詩紀》(或稱《漢魏六朝詩紀》)，編選《唐詩紀》16卷。由吳琯續編至60卷。萬曆十三年(1585)刊行《唐詩紀》，包含《初唐詩紀》60卷，《盛唐詩紀》110卷，共選1300多家，詩近萬首。吳琯在〈凡例〉中說：「是編原舉唐詩之全，以成一代之業，緣中、晚篇什繁多，一時不能竣事。故先刻初、盛，以急海內之望，而中、晚方在編摩，續刻有待。」[20]只可惜中、晚唐之集，坊間並未見著錄。

其次是新安吳勉學，計畫編選《四唐彙詩》，到了萬曆三十年(1602)，完成《初唐彙詩》70卷、《盛唐彙詩》224卷。原先打算刻「卷四百有奇，代必盡人，人必盡業，林林總總，囊括無遺。」[21]這個理想顯然也未能實現。

曹學佺家中經營出版事業，平時蒐集古籍為務，能掌握較多的中、晚唐詩集，自己又以詩家身

15 胡震亨《唐音癸籤》(臺北：木鐸出版社，1982年7月)，頁327，云：「許渾、李頻、馬戴平調不足以稱變——而大謬在選中、晚唐必繩以盛唐格調，概取其膚立僅似之篇，而晚未人真正本色，一無所收。」

16 高棅《唐詩品彙・五言古詩敘目》(臺北：學海書局，1983年7月)，頁48，影汪宗尼萬曆刻本。

17 查清華從萬曆中期杜詩注本受到重視的程度，推斷：「與明代中期相比，李白受到關注的程度遠不及杜甫」，見《明代唐詩接受史》(上海：上海古籍，2006年7月)，頁312。

18 高棅《唐詩品彙・五言古詩》(臺北：學海書局，1983年7月)，卷15，頁181。

19 同註15，頁270-271。

20 查清華《明代唐詩接受史》，頁304。另見金生奎《明代唐詩選研究》，頁54-55。

21 陳伯海、朱易安《唐詩書錄》，頁61。另見查清華《明代唐詩接受史》，頁305。

分參與編輯，有自己的見識，絕非坊間刻書者泛泛之作。這也是四庫全書館臣所云：「學佺本自工詩，故所去取，亦大都不乖風雅之旨，固猶勝貪多務得，細大不捐者。」[22]

從世界各地圖書館的藏書目錄來看，曹學佺的《唐詩選》似乎有單獨出版發行而被保存下來的跡象，但未能引起詩評家討論。他熱愛「古風」，認為是詩的源頭，放棄詩體辨類的觀念，將古詩、樂府、律詩、絕句雜次編輯，來彰顯唐代詩人的個人風格。無獨有偶，鍾惺、譚元春《唐詩歸》中，批評儲光羲「五言近體皆有古詩骨脈」，李頎「律詩帶古」，王昌齡「五言律，音節多似古詩」[23]，顯然也是想追隨「古風」的意思，不再以講求詩體的辨識為務。難道晚明詩學都有這樣的傾向嗎？

就金生奎研究「明代唐詩選本」323種之中，最有影響力的仍是高棅《唐詩品彙》、李攀龍《唐詩選》，以及鍾惺、譚元春《唐詩歸》等三部。《品彙》的主要版本，至少有15種，成化(1487)之前有兩種；弘治到隆慶之間(1488-1572)有五種，萬曆以後至少有八種以上刊刻[24]。但後人更喜歡依照高棅重編的《唐詩正聲》22卷本來出版「縮節本」，或者只選其中單獨的詩體，如吳西立編《唐詩品彙七言律詩》2卷，黃氏編、屠隆序的《唐詩品彙選釋斷》，迎合市場需求。

而李攀龍《古今詩刪》有新安汪時元34卷本，萬曆年間烏程閔氏中墨套印，刪去「明詩」部分的23卷本。不過坊間流行的，仍是僅存「唐詩」的7卷本，如吳興凌氏朱墨套印《李于鱗唐詩廣選》7卷本，蔣一葵箋釋《唐詩選注》7卷附錄1卷本，更有託名王稚登、唐汝詢、袁宏道、錢謙益、陳繼儒、李頤、孫鑛等，假評點、訓解、評注、參閱、參評、箋釋等名義出版的刻本。[25]許學夷說：「李于鱗《唐詩選》較《詩刪》所錄益少，中復有《詩刪》所無者，其去取之意亦不可曉。[26]」指出了這些冒李攀龍之名的「山寨版」，充斥了市場。

至於鍾惺、譚元春的51卷本《詩歸》，萬曆四五年(1617)刊刻起，至明亡(1644)，27年之間，刻版了九次左右。金生奎說《詩歸》的「刊刻頻率幾乎可以與李攀龍《唐詩選》媲美。[27]」

事實上，書商從來沒有放棄任何別出心裁的出版機會，於是出現了萬曆四六年(1618)黃克纘、衛一鳳合選《全唐風雅》12卷，就高棅、李攀龍二家選本增損而成；同年建陽余獻可託李攀龍、袁宏道之名出版《新刻李袁二先生精選唐詩訓解》7卷卷首1卷；天啟四年(1624)烏程沈子來寧遠山房將《唐音》、《唐詩正聲》、《唐詩選》三書合刻，而成《唐詩三集合編》；天啟六年(1626)郭濬刻的《增定評注唐詩正聲》12卷本，自云合刻高棅《正聲》和李攀龍的《唐詩選》為一本；崇禎八年(1635)周珽毅采齋根據祖父周敬舊本刻成《刪補唐詩選脈會通評林》，共收430家2400首詩，推崇高棅、李攀龍等人之選，並收羅諸多名家詩評於一本；明末藜光堂劉孔敦假鍾惺之名，評注李攀

22 文淵閣本《四庫全書·集部八·總集類》，〈石倉歷代詩選提要〉，頁1387-1。
23 各見於鍾惺、譚元春《詩歸》卷2、7、11。
24 金生奎《明代唐詩選本研究》，頁86、97。
25 拙作《李攀龍文學研究》(臺北：文史哲，1987年2月)，頁295-301。
26 許學夷《詩源辯體》(北京；人民出版社，1987年)，頁367-368。
27 金生奎《明代唐詩選本研究》，頁119。

龍的《唐詩選》7卷附錄1卷的刻本；南京孝友堂出版《唐詩合選》6卷，則題為「李攀龍、鍾惺同選，蔣一葵箋釋，劉化蘭增訂」；甚至還有天啓三年(1623)華亭唐孟莊、新安吳憲周在唐汝詢《唐詩解》的基礎上，羼入高棅、李攀龍、鍾惺之選本，出版《彙編唐詩十集》40卷目錄7卷本，自云：「高之純雅，李之高華，鍾之秀逸，並顯而不雜」，並且要「采高、李之舊評而補其缺，汰鍾說之冗雜而矯其偏」[28]。看起來，這套書折衷各家之選，摘錄優良詩評，以嘉惠讀者；眞實情形是任意割裂選集內容，並剽竊各家評語，劣幣逐良幣，以成本低廉而粗糙的出版品搶奪市場佔有率。

除了相關《唐詩選》的出版之外，萬曆以後，歷代各家詩集、各體詩選等有如雨後春筍。吳縣許自昌、烏程閔家、凌家與茅家，均有大量的詩文選集出版，同時也推出許多晚唐詩集[29]。尤其是常熟毛晉汲古閣更具有出版策略，大量刷印唐人詩文別集，推陳出新，也叢書、合集行銷，如先刻印宋人楊齊賢集注《李翰林集》25卷，黃鶴補注《杜工部詩》20卷《文》2卷；再合編為《盛唐二大家》47卷本發行[30]，增加商品的多樣化。其他還有《三唐人集》34卷(孫樵、李翱、皇甫湜)、《唐三高僧詩集》47卷(貫休、齊己、皎然)、《唐人四集》12卷(李賀、吳融、杜荀鶴、竇氏兄弟)、《五唐人詩集》26卷(孟浩然、孟郊、溫庭筠、李紳、韓偓)、《唐人六集》42卷(常建、王建、韋應物、鮑溶、姚合、韓偓)、《唐人八家詩》42卷(許渾、羅隱、李中、薛能、賈島、李嘉祐、李群玉、李商隱)，甚至是《唐人選唐詩八種》23卷等等，讀者可以選自己喜歡的作家群，少量的、分次的、搜全式的購買，自由度高，經濟力也容易分擔。

興旺的唐詩出版事業，排山倒海掩來，造成晚明唐詩學鼎盛。曹學佺這本巨型的詩選集篇幅過大，即使是《唐詩選》的部分，也有千詩人萬首詩，讓初學者眼花撩亂；不辨詩體，又偶爾增入詩人史傳及詩文集序跋，對於初學詩、寫詩者徒增困擾，毫無學習模仿的作用。

面對市場競爭壓力，儘管曹學佺擁有較廉宜的福建建寧工坊，在印刻成本上取得優勢，但還是無法招架。更何況政府的鹽運政策改變，以及船隻遭颱風吹翻，經濟陷入困難[31]，再加上福州城破，明祚覆滅，《石倉十二代詩選》失去了正式出版上市面對競爭的可能。

五、結論

羅時進說：「詩文化是與整個社會歷史文化運動、演變同步共振的，因此具體的詩學型態、

---

[28] 王重民《中國善本書目提要》(臺北：明文書局，1984年12月)，頁463；另見查清華《明代唐詩接受史》，頁304-305。

[29] 嘉靖十九年(1540)朱警編《唐百家詩》171卷，收中、晚唐詩69家，超過初、盛時期。萬曆中期以後，許自昌、畢效欽、李之禎、姚孟希、毛晉等人才再大量刊刻的中、晚唐詩集。見陳伯海編《唐詩學史稿》，頁474。

[30] 陳伯海等《唐詩書錄》，頁239、

[31] 崇禎十三年十月，徐興公寫信給莆田周爰槩，說：「曹能始為狡親所鼓弄，散財為鹽商。此時國課嚴督，鹽策凋敝，費數萬金莫能收拾。今秋颱風又沉其槎船八、九隻，又失去數千金。日下制肘之甚」，見《徐興公未刊稿》，在《上海圖書館未刊稿本》第43冊，頁340。

風格替興終將取決於時代的潛在選擇」。[32]觀察明代詩學的發展,正是籠罩在「復古運動」的氛圍裡,也可以說是一部「唐詩接受史」。廖可斌談論明代文學的復古運動,如果將開國時期朱元璋「恢復漢唐衣冠」的企圖,茶陵派揭櫫復古思想,到復社、幾社的活動連結起來,文學與政治的糾結,復古意識的高漲,是可以理解的。復古可以是形式上的復古,也可以作爲精神上的復古。廖可斌同時指出先秦、六朝到盛唐,在比興、情景與意境的追求上,頗爲著力,而「情與理,個人與社會,意與象的統一,就是唐代,特別是盛唐詩歌的靈魂,也是它的藝術魅力的所在。——到了中、晚唐的詩歌,還以感性化、俗化、技巧化爲主流,那麼入宋以後,則是理性化、技巧化爲主流。」[33]古典詩學歷經長時間的分化與衰落,到了明朝詩人手中,嘗試「復古」,試圖振奮,也就水到渠成。

清人編纂《明史・文苑傳》[34]時,強調明代詩學處在格調復古的風潮中,直到萬曆晚期以後,才有公安、竟陵出現,主張性靈,力挽狂瀾。其實明代詩學的復古與性靈之說,仍相表裏。好比說,詩的形式如人之骨架,詩的內涵如人之靈魂。沒有血肉骨架,如何承載靈魂?但是呢?以古人血肉骨架,又如何承載今人靈魂?形式與內涵、骨架與血肉、體格與靈魂的辯証,永遠在反覆中循環下去。

左東嶺指出明代文學復古詩歌流派與性靈詩歌流派同時代並存,兩種不同的審美觀或爲主流,或爲伏流,交互消長。[35]孫學堂論述明代詩學思想時,不管在前、在後的章節裡,均以風韻、性靈、格調並舉方式論述,免除了尖銳的二元對立,倒不失情理兼顧的方法。[36]

歸納詩學思想發展,其作用,起於聖人之「風教」,觀於民間之「風俗」。從教化思想,走向社會關懷。其詩體裁,在「格調」之間,有風格、聲律可循。其作者,在才思與情感的展示。其作品,靈動於「風趣」與「風神」,也就是趣味與神韻。論者所持,皆不出教、俗、格、調、情、思、趣與神之間,隨著時代風向而轉圜,每個元素相互交織,而成爲各時代獨特風行的主張。

曹學佺編纂這部《詩選》,選詩標準從「外在格調」的追求,試圖轉向「內在情性」的涵泳,傳播個人的審美趣味與詩學主張,啓迪後進,有極大的熱忱。《詩選》未能編成,自然有許多主、客觀因素影響。就《唐詩選》的部份,曹學佺想要展開「全唐詩史」,讓明代文人的眼光,從「盛唐」移向「全唐」,但因爲時間跨距太大,作品眾多繁雜,在各時期流行的風格亦復不同,無法斷出客觀選擇的標準;而詩備各體,更難找出「放諸四海而皆準」的評選尺度。他受學於格律森嚴的閩中詩學,透過自己的性情與琢磨,知道格律詩派的好尚與極限;面臨公安、竟陵講求性靈風潮的

32 羅時進《唐詩演進論》(南京:江蘇古籍,2001年9月),頁358。
33 廖可斌《明代文學復古運動研究》(上海:上海古籍,1994年12月),頁10-28。
34 《明史・文苑傳一》(臺北:鼎文書局,1980年1月),卷285,頁7307。
35 左東嶺〈明代詩歌的總體格局與審美風格的演變〉,《中國詩歌研究》第四輯(北京:首都師範,2008年),頁30-41。
36 孫學堂《明代詩學與唐詩》(濟南:齊魯書社,2012年8月),頁13、247、347、473。

激盪，也知道求新求變的必要。他可以暫離格律派的束縛，卻不能完全同意性靈派的主張，因此找出以「古風」作為選詩的依據。所謂「古風」，原指漢魏以來五言古詩，入唐以後，逐漸講求對偶、押韻，蛻為律詩。古、律漸漸難分。曹學佺自稱的「古風」，不是「詩體格式」，而是一種「古詩的風神元氣」，期盼能作用在各體詩中，僅憑藉個人的一心自用。在他個人的詩文集中[37]，依照生活的時間、地點、工作分卷，而不區分詩的體裁；但要說服他的閨中、官場，以及詩壇友人放棄詩體分別，已經做不到了，更何況一般的讀者？他又有擅改古人詩作的習慣，〈唐詩選序〉中說：「凡遇中、晚之古風，若獲拱璧焉，即有微瑕必加潤色」，就有點走火入魔了。但我們也不能不敬佩曹學佺的高瞻遠矚，體現「求全備」的觀念，「以全景式的眼光選唐詩[38]」，極具先見。編纂一部類近《全唐詩》的選集，供晚明文人閱讀觀覽，足以打開詩學視野，不再斤斤計較於格律與性靈的分野。只可惜，編選這樣的《詩集》，在當時還沒有得到肯定。

稍後，友人范汭、茅元儀曾就曹學佺唐詩選部分，擴大編輯，歷時十年，而成《全唐詩》1200卷，也是命運乖舛，燬於兵燹[39]。其他較完整的唐詩編選，僅有海鹽胡震亨《唐音統籤》1032卷，清初的季振宜編輯《唐詩》717卷，還有曹學佺批評的《唐詩類苑》200卷[40]。這些搜羅全唐詩人與詩作的作品，影響了康熙四八年(1707)彭定求等人，可以集中詩人2200餘家，詩作48900餘首，而成《全唐詩》900卷。足可以證明曹學佺編選《石倉‧唐詩選》，作全面的「唐詩」觀覽，確實有領先群倫的作用。

曹學佺於萬曆廿六年(1598)左遷南京大理寺左寺正，到卅六年(1608)升任四川右參政之間，在南京主盟詩壇，造成萬曆年間第二次詩學活動的熱潮，為錢謙益所稱賞。[41]明亡殉國，家中書版遺失，幸好最完整的《石倉全集》被存放於日本內閣文庫；除了北京國家圖書館之外，卷帙留存最多的《石倉十二代詩選》，也收藏在日本京都大學。在日本，甚至有託名曹學佺的詩選刻本行世。[42]近來大陸學界也開始注意曹學佺的詩學主張與貢獻，將來也一定能修正尖銳的性靈與格調的對立說，還給晚明文學一個客觀而公正的論斷。

---

[37] 曹學佺《石倉全集》109卷本，61冊，晚明刻本，臺北：國家圖書館漢學中心藏有，影印自日本國立公文書館原內閣文庫藏本，1993年製作，合裝為30本。

[38] 查清華《明代唐詩接受史》，頁305-306。

[39] 金生奎《明代唐詩選本研究》，頁69。

[40] 見註9。儘管此詩所收作品雜蕪，卻也是提供《全唐詩》編選、校勘的材料。

[41] 錢謙益《列朝詩集小傳》(上海：上海古籍，1983年10月)，頁462。另見拙作〈萬曆年間曹學佺在金陵詩社的活動與意義〉，收在《曹學佺與晚明文學史》，頁59-82。

[42] 近日坊間上網販售明曹學佺選《唐詩選》7卷，巾箱本74冊，文化六年(1809)和刻本。書影則題為《晚唐詩選》，曹學佺選，文化三年丙寅，管機樞卿識。依詩體分為七卷，比較接近《唐詩選》系統，與曹學佺的主張不合。又卷七，「佺」字刻為「銓」，疑為書。

引用書目

傳統文獻

(明)李攀龍《古今詩刪》，明萬曆初年汪時元刊本。

(明)胡震亨《唐音癸籤》，臺北：木鐸出版社，1982年7月，原上海古籍周本淳校點本。

(明)高棅《唐詩品彙》，臺北：學海書局，1983年7月，影萬曆汪宗尼刊本。

(明)徐興公《紅雨樓集、鼇峰文集》不分卷，在《上海圖書館未刊稿本》第43冊，上海：復旦大學出版社，2008年。

(明)許學夷《詩源辯體》，北京：人民文學出版社，1987年。

(明)曹學佺《石倉十二代詩選》891卷，崇禎刊本，藏於北京國家圖書館。

(明)曹學佺《石倉十二代詩選》1258卷，崇禎刊本，藏於京都大學人文科學研究所附屬東亞人文情報學研究中心。

(明)曹學佺《石倉歷代詩選》506卷，文淵閣《四庫全書》本，臺灣商務印書館影印。

(明)鍾惺、譚元春《詩歸》36卷，上海：上海古籍，續修四庫全書本，第1589-1590冊，影萬曆45年原刊本。

(清)張廷玉《明史》，臺北：鼎文書局，1980年1月，原北京中華書局排印本。

(清)昭槤《嘯亭雜錄》，北京：中華書局，1980年12月。

近人論著

王重民《中國善本書提要》，臺北：明文書局，1984年12月。

金生奎《明代唐詩選本研究》，合肥：合肥工業大學，2007年7月。

查清華《明代唐詩接受史》，上海：上海古籍，2006年7月。

許建崑《李攀龍文學研究》，臺北：文史哲，1987年2月。

許建崑《曹學佺與晚明文學》，臺北：萬卷樓，2014年2月。

孫春青《明代唐詩學》，上海：上海古籍，2006年7月。

孫琴安《唐詩選本提要》，上海：上海世紀，2005年1月。

孫學堂《明代詩學與唐詩》，濟南：齊魯書社，2012年8月。

陳伯海、朱易安《唐詩書錄》，濟南：齊魯書社，1988年12月。

陳伯海主編《歷代唐詩評論選》，保定：河北大學，2003年6月。

陳伯海主編《唐詩學史稿》，北京：人民出版社，2011年4月。

陳國球《唐詩的傳承：明代復古詩論研究》，臺北：臺灣學生書局，1990年10月。

廖可斌《明代文學復古運動研究》，上海：上海古籍，1994年12月。

羅時進《唐詩演進論》，南京：江蘇古籍，2001年9月。

學位與期刊論文

朱偉東《石倉十二代詩選研究》，復旦大學古及研究所碩士論文，2005年。

左東嶺〈明代詩歌的總體格局與審美風格的演變〉，《中國詩歌研究》第四輯，北京：首都師範大學，2008年。

朱偉東〈《石倉十二代詩選》全帙探討〉，《文獻季刊》第3期，2000年7月，頁211--221。

查清華〈明代唐詩的評點〉，《中國典籍與文化》，2005年1月，頁68-72。

查清華〈明人選唐詩的價值取向及其文化意涵〉，《文學評論》第4期，2006年8月。

附圖一、唐詩選序首、尾二頁

台北國家圖書館(原國立中央圖書館)藏

此本乾隆卅八年收入《四庫全書薈要》，藏於屐硯齋。

除原刻曹學佺、能始二印，

另有屐硯齋圖書印、擷藻堂藏書印、高印春浦、字守之號滌生四鈐印。

刻工：鄭西，表示仍用曹學佺舊版翻印。

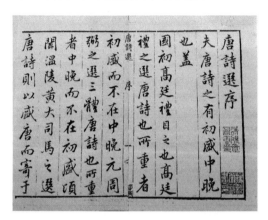

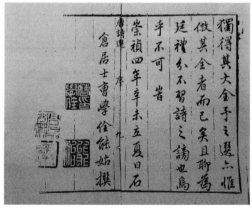

從文獻論戲曲創作之動機和目的[*]

曾永義[**]

引言

文學創作每有動機也有其目的。《尚書‧堯典》云：

> 詩言志，歌永言，聲依永，律和聲。八音克諧，無相奪倫，神人以和。[1]

《毛詩‧大序》：

> 詩者，志之所之也，在心為志，發言為詩，情動於中而形於言，言之不足，故嗟歎之，嗟歎之不足，故詠歌之，詠歌之不足，不知手之舞之足之蹈之也。[2]

《禮記‧樂記》：

> 凡音之起，由人心生也。人心之動，物使之然也。感於物而動，故形於聲。聲相應故生變，變成方謂之音。比音而樂之，及干戚羽旄謂之樂。樂者，音之所由生也，其本在人心之感於物也。是故其哀心感者，其聲噍以殺；其樂心感者，其聲嘽以緩；其喜心感者，其聲發以散；其怒心感者，其聲粗以屬；其敬心感者，其聲直以廉；其愛心感者，其聲和以柔。六者非性也，感於物而后動。是故先王慎所以感之者。……凡音者，生人心者也。情動於中，故形於聲。聲成文，謂之音。是故，治世之音安以樂，其政和。亂世之音怨以怒，其政乖。亡國之音哀以思，其民困。聲音之道，與政通矣。[3]

《尚書‧堯典》說的是詩歌聲律的命義，兼及「八音克諧，神人以和」的作用。《毛詩大序》雖為漢初毛亨說《詩》之作，但以其實發揮「詩言志」之說，故附見於此，他說的是詩歌舞蹈源生的自

---

[*] 2017年11月4日於臺灣大學中國文學系「中國文學、歷史與社會的多重對話」國際學術研討會上發表；刊載於〈從文獻論戲曲創作之動機與目的〉，《戲曲研究》第104輯（2017年12月），頁114-146。

[**] 世新大學中國文學系講座教授、臺灣大學中國文學系特聘研究講座教授、中央研究院院士。

[1] 漢‧孔安國傳：《尚書》；唐‧孔穎達疏：《尚書正義》，清‧阮元校刻：《重刊宋本十三經注疏附校勘記》第2冊（臺北：藝文印書館，1955年據清嘉慶二十年江西南昌府學開雕本影印），總頁46。

[2] 漢‧毛亨傳，鄭玄箋：《毛詩傳箋》；唐‧孔穎達疏：《毛詩正義》，清‧阮元校刻：《重刊宋本十三經注疏附校勘記》第3冊（臺北：藝文印書館，1955年據清嘉慶二十年江西南昌府學開雕本影印），總頁13。

[3] 漢‧鄭玄注：《禮記注》；唐‧孔穎達疏：《禮記正義》，收入清‧阮元校刻：《重刊宋本十三經注疏附校勘記》第8冊（臺北：藝文印書館，1955年據清嘉慶二十年江西南昌府學開雕本影印），卷37，頁1，總頁662。

然道理。《禮記‧樂記》則在〈大序〉的基礎上，進一步闡發了六心與六聲互相感發，乃至治世、亂世、亡國與聲音融通呈現的關係。像這樣對於詩歌樂舞的基本理念和看法，可以說影響著此後中國的每一個讀書人，所以我們也就不厭其煩的抄錄原典如上。

而從這幾段話，又可以整理出古人對「歌樂」間源生與發展完成的觀念理路，那就是：心→志→詩→歌→聲→音→踏→舞→樂，也就是說在「歌」之前，已因感物「心動」而用「詩」的語言形式來表達內心情志的感覺，因此說「詩言志」、「詩者，志之所之也；在心爲志，發言爲詩，情動於中而形於言。」

而「歌」則是以「詩」爲載體，從心中自然流露出來的嗟嘆和吟詠，所謂「滿心而發，肆口而成。」這樣的嗟嘆和吟詠就是「聲」，因此說「歌永言，聲依永」，「言之不足，故嗟嘆之，嗟嘆之不足，故詠歌之。」

而「音」則是「聲」的進一步藝術化，是指配器合律而彼此和諧的「聲」，因此「八音克諧，無相奪倫」，「聲相應，故生變；變成方，謂之音。」「聲成文，謂之音。」

而「樂」的完成，是要加入「舞蹈」的，所以「詠歌之不足，不知手之舞之、足之蹈之也。」但這種「舞」應當只是配合「歌謠」的「踏舞」，即所謂「踏謠」之「踏」只是應和節奏的肢體韻律；如果是「配器合律」的「音」，就應當是手執干戚羽旄的儀式之舞，其舞蹈已具象徵性的肢體語言，至此，才是整個「樂」的完成，也因此說，「比音而樂之，及干戚羽旄謂之樂。」

以上可以說是古人由心而志而詩而歌而聲而音而踏而舞而樂系列連鎖演進的「歌樂」觀念。其縝密連瑣之關係，真是間不容髮；而由此也可見其對歌樂體會之周延與深刻。而由此也可見詩歌、音樂、舞蹈創作的動機和其呈現世態人情以及希期「八音克諧，神人以和」的目的。

而若論戲曲「雛型」之「小戲」，或爲宮廷滑稽小戲，或爲宗教儀式小戲，或爲鄉土歌舞小戲，宮廷滑稽小戲專爲貴族娛樂，宗教儀式小戲娛神娛人，鄉土歌舞小戲則與庶民日常生活息息相關，大抵主詼諧，調劑身心。

那麼進一步若就以歌舞樂爲美學基礎，發展爲綜合文學、綜合藝術的戲曲而言，其創作之動機與目的又是如何呢？而其實創作之動機與目的只是因果關係，其間實是一而二，二而一，可以併爲討論。筆者觀其相關文獻，可約爲諷諫、教化、抒憤、游藝、主情五說，加以論述。

一、諷諫說

諷諫指用旁敲側擊的幽微言語來糾正君王的過失。起源甚早，流行甚遠。早見於先秦瞽矇說詩和俳優滑稽。《周禮》卷二十三〈春官‧宗伯下〉云：

> 瞽矇掌播鼗、柷、敔、塤、簫、管、弦、歌，諷誦詩，世奠繫，鼓琴瑟。[4]

---

4 漢‧鄭玄注，唐‧賈公彥疏：《周禮注疏》，收入清‧阮元校刻：《重刊宋本十三經注疏附校勘記》第5冊（臺

可見周代瞽矇掌管各種樂器,並且諷誦詩篇之微言大義導正人主。

《史記‧滑稽列傳》司馬遷(約西元前145-前90)說倡優在滑稽言語中「談言微中,亦可以解紛。」說優孟「多辯,常以談笑諷諫。」[5]梁劉勰(465-522)《文心雕龍‧諧隱第十五》因此說:「優旃之諷漆城,優孟之諫葬馬,并譎辭飾說,抑止昏暴。是以子長編史,列傳〈滑稽〉,以其辭雖傾回,意歸義正也。」[6]正發揮了史公的旨趣。而倡優也正是後來戲曲的演員,因此唐參軍戲和宋金雜劇院本,便承繼了這種「優諫」的傳統。筆者有〈參軍戲及其演化之探討〉,[7]列舉參軍戲與宋金雜劇之優語數十條,可以明白看出參軍戲演出時純出滑稽和寄寓諷諫者兼而有之,至若宋雜劇,則幾為「寓諷諫於滑稽詼諧」。而這種「諷諫說」,北宋徽宗崇寧間馬令(生卒不詳,1105年成書)《南唐書‧談諧傳第二十一‧序》說得很清楚:

> 嗚呼,談諧之說,其來尚矣,秦漢之滑稽,後世因為談諧,而為之者,多出乎樂工、優人。其廓人主之禍心,譏當時之弊政,必先順其所好,以攻其所蔽。雖非君子之事,而有足書者,作〈談諧傳〉。[8]

南宋洪邁(1123-1202)《夷堅志》支乙志卷四〈優伶箴戲〉也說:

> 俳優侏儒,固伎之最下且賤者,然亦能因戲語而箴諷時政,有合於古「瞽誦工諫」之義,世目為雜劇者是也。[9]

又南宋李攸(1126前-1134後)《宋朝事實》(生卒不詳)卷九〈官職‧內侍省〉云:

> 五代任官,凡曹掾、簿尉,有齷齪無能,以至昏老不任驅策者,始注為縣令。故天下之邑率皆不治。甚者誅求刻剝,穢跡萬狀,故天下優諢之言,多以長官為笑。而祖宗深嫉貪吏。[10]

可見「優諫」於滑稽詼諧之際,對於王以外的「長官」,也用來嘲弄譏刺。但在朝廷,基本上還是對君王「諫諍」。南宋吳自牧(生卒不詳)成書於宋度宗咸淳十年(1274)的《夢粱錄》卷二十〈妓樂〉條云:

> 且謂雜劇……大抵全以故事,務在滑稽唱念,應對通遍。此本是鑒戒,又隱於諫諍,故從便跣露,謂之無過蟲耳。若欲駕前承應,亦無責罰。一時取聖顏笑。凡有諫諍,或諫官陳事,上不從,則此輩妝做故事,隱其情而諫之,於上顏亦無怒也。[11]

北:藝文印書館,1955年據清嘉慶二十年江西南昌府學開雕本影印),卷23,頁18,總頁358。

5 漢‧司馬遷著,日本‧瀧川龜太郎考證:《史記會注考證》(臺北:大安出版社,2007年),卷126,〈滑稽列傳第六十六〉,頁2、6,總頁1293、1294。

6 梁‧劉勰著,周振甫注:《文心雕龍注釋》(臺北:里仁書局,1994年),頁275。

7 曾永義:〈參軍戲及其演化之探討〉,《臺大中文學報》第2期(1988年11月),頁135-225。

8 宋‧馬令:《馬氏南唐書》,《文淵閣四庫全書》第464冊(臺北:臺灣商務印書館,1983年據國立故宮博物院藏影印),卷25,頁1,總頁367。

9 宋‧洪邁:《夷堅志》(北京:中華書局,1981年),頁822-823。

10 宋‧李攸:《宋朝事實》(北京:中華書局,1985年),頁156。

11 宋‧吳自牧:《夢粱錄》(上海:古典文學出版社,1957年),頁308-309。

此段記載明顯是根據成書宋理宗端平二年（1235）耐得翁（1233-1297）《都城紀勝》〈瓦舍眾伎〉條修飾而成。[12]可見宋代朝廷優戲確實以「諫諍」為主要目的。元明間楊維楨（1296-1370），其《東維子文集》卷十一〈優戲錄序〉，則因「錢塘王暉集歷代之優辭有關於世道者」，而昌言優諫之效從容於一言之中，發揮了太史公為滑稽者作傳，取其「談言微中，則感世道者深矣」的宗旨。[13]這種「諫諍」，歷元明而猶然。

又孔齊（約1367前後在世）《至正直記》記虞集之語云：

> 一代之興，必有一代之絕藝足稱於後世者。漢之文章，唐之律詩，宋之道學，國朝之今樂府，亦開於氣數音律之盛。其所謂雜劇者，雖曰本於梨園之戲，中間多以古史編成，包含諷諫，無中生有，有深意焉。是亦不失為美刺之一端也。[14]

虞氏應當是最早提出「一代有一代之文學」觀念的人。而他認為元雜劇之所以有「深意」，即在其「包含諷諫」，不失「美刺」之義。

何良俊（1506-1573）《四友齋叢說》卷十云：

> 阿丑，乃鐘鼓司裝戲者，頗機警，善諧謔，亦優旃、敬新磨之流也。成化末年，刑政頗弛。丑於上前作六部差遣狀，命精擇之。既得一人，問其姓名，曰：「公論。」主者曰：「公論如今無用。」次得一人，問其姓名，曰：「公道。」主者曰：「公道亦難行。」最後一人曰「胡塗」，主者首肯曰：「胡塗如今盡去得。」憲宗微哂而已。[15]

何氏對此事批評說：

> 若憲宗因此稍加釐正，則於朝政大有所補。正太史公所謂「談言微中，亦可以解紛。」則滑稽其可少哉！惜乎憲廟但付之一哂而已。若在今日，則胡塗亦無用處，唯佻狡躁競者乃得進耳。[16]

可見自太史公以後，對於「優諫」，一般是被肯定的。而這種戲曲中唐參軍戲、宋金雜劇院本的「寓諷諫於滑稽詼諧」，到了宋元南曲戲文、金元北曲雜劇、明清傳奇、南雜劇、清代花部亂彈、京劇，就都轉化而成為劇中淨丑的「插科打諢」，旨在逗笑，兼施嘲弄，即使轉型而成為說唱之「相聲」，亦復如此。則亦可見其「源遠流長」。

12　宋・耐得翁：《都城紀勝》（上海：古典文學出版社，1957年），頁96。

13　明・楊維楨：《東維子文集》，《四部叢刊初編》第312冊，（臺北：臺灣商務印書館，1965年據上海商務印書館縮印江南圖書館藏鳴野山房舊鈔本影印），頁82。

14　元・孔齊撰，莊葳、郭群一校點：《至正直記》（上海：上海古籍出版社，2012年），卷3，「虞邵庵論」條，頁110。

15　明・何良俊：《四友齋叢說》（北京：中華書局，1959年），頁89。

16　同註16。

二、教化說

其次「教化說」，是戲曲創作極爲重要的動機和目的。

其影響明清兩朝，使戲曲創作走上寓教於樂的途徑。一方面是承襲儒家長遠以來的詩樂教化觀；而更爲直接的則是朝廷嚴峻的律令。《大明律》卷第二十六〈刑律九・雜犯〉，「搬做雜劇」條云：

> 凡樂人搬做雜劇、戲文，不許粧扮歷代帝王后妃忠臣烈士先聖先賢神像，違者杖一百；官民之家，容令粧扮者與同罪，其神仙道扮及義夫節婦孝子順孫勸人為善者，不在禁限。[17]

元至正25年（1365年），朱元璋佔領武昌後，開始著手議訂律令，1367年命左丞相李善長爲律令總裁官，依《唐律》編修法律；洪武六年（1373）由刑部尚書劉惟謙二次修訂，經實踐考察後進行第三次修改和增刪，洪武三十年五月（1397）《大明律》才正式頒發。而這條律令，同樣被抄入《大清律例・刑律・雜犯》，規定雜劇、戲文只能妝扮神仙道扮及義夫節婦孝子順孫勸人爲善者，而對於扮演歷代帝王后妃忠臣烈士先聖先賢則予以禁止，這固然由於太祖爲了建立鞏固統治者威權，以免被優伶褻瀆尊嚴；但因此戲曲的生命被拘限了。到了明成祖，更嚴屬的執行他父親這項律令。明顧起元（1565-1628）《客座贅語》卷十〈國初榜文〉云：

> 永樂九年七月初一日，該刑科署都給事中曹潤等奏：乞勅下法司，今後人民倡優裝扮雜劇，除依律神仙道扮、義夫節婦、孝子順孫、勸人為善及歡樂太平者不禁外，但有褻瀆帝王聖賢之詞曲、駕頭雜劇，非律所該載者，敢有收藏傳誦、印賣，一時挐送法司究治。奉旨：「但這等詞曲，出榜後，限他五日都要乾淨將赴官燒毀了，敢有收藏的，全家殺了。」[18]

「限五日都乾淨燒毀」，否則「全家殺了」。這樣的嚴刑峻法，不止作者廢筆、演員畏縮，就是觀衆也裹足不前。戲曲限制到成爲宣傳宗教、道德的工具，比起宋元自由發展的恢宏氣魄，自然要萎縮退化了。太祖這條律令和成祖這道榜文非常有效，有明一代的劇本，碰到非借重皇帝不可的地方，便只好以「殿頭官」來敷演；至於像羅本（約1330-約1400）《龍虎風雲會》扮演宋太祖，那恐怕是禁令之前的作品，羅本是元人入明的。呂天成（1580-1618）《齊東絕倒》扮演堯舜、程士廉（生卒不詳）《帝妃遊春》扮演唐明皇以及臧懋循（1550-1620）《元曲選》之刊行《漢宮秋》、《梧桐雨》諸劇，那大概是末葉禁令鬆懈了的緣故。

於是戲曲的風世教化作用，變成了戲曲的重要旨趣。這在元末戲文高明（1305-1359）《琵琶記》已經彰顯得很清楚。其開場【水調歌頭】謂「不關風化體，縱好也徒然。」他要表現的是「子孝共妻賢」。[19]明朱鼎（約1573前後在世）《玉鏡臺記》開場【燕春臺】也說「賴扶植綱常，維持

---

17 效鋒點校：《大明律》（北京：法律出版社，1999年），卷26，〈刑律九・雜犯〉，「搬做雜劇」條，頁202。

18 明・顧起元：《客座贅語》，收入《元明史料筆記叢刊》第16冊（北京：中華書局，1987年），卷10，〈國初榜文〉，頁347-348。

19 明・高明著，汪巨榮校注：《琵琶記》（臺北：三民書局，1998年），頁2、3。

名教，中流砥柱，眼底誰能。」[20]明金懷玉（約1573前後在世）《狄梁公返周望雲忠孝記》開場【何陋子】更說得明白：「景仰先賢模範，無非激勸人情。詞豔不關風化體，有聲曾似無聲。惟有忠良孝友，知音人耳堪聽。」[21]而明邱濬（1421-1495）《伍倫全備忠孝記》開場則簡直是一篇教化淑世，振興倫常的箴言。他在【鷓鴣天】裡先學高明說：「若於倫理無關緊，縱是新奇不足傳。」所以「今宵搬演新編記，要使人心忽惕然。」[22]他更說：

> 小子編出這場戲文，叫作《伍倫全備》，發乎性情，生乎義理，蓋因人所易曉者，以感動之。搬演出來，使世上為子的看了便孝，為臣的看了便忠，為弟的看了敬其兄，為兄的看了友其弟，為夫婦的看了相和順，為朋友的看了相敬信，為繼母的看了不管前子，為徒弟的看了必念其師，妻妾看了不相嫉妬，奴婢看了不相忌害。善者可以感發人之善心，惡者可以懲創人之逸志，勸化世人，使他有則改之，無則加勉。自古以來，轉音都沒這個樣子，雖是一場假託之言，實萬世綱常之理，其於出出教人，不無小補云。[23]

像這樣把戲曲當作「伍倫全備」的教化工具，明邵璨（約1465-約1531）《香囊記》【沁園春】踵繼其後說：「因續取五倫新傳，標記紫香囊。」[24]其後諸如此類的觀點和劇作，真是「車載斗量」。如明王守仁（1472-1529）《王陽明全書·語錄三》云：

> 古樂不作久矣！今之戲子，尚與古樂意思相近。……《韶》之九成，便是舜的一本戲子；《武》之九變，便是武王一本戲子。聖人一生實事，俱播在樂中，所以有德者聞之，便知其盡善盡美與盡美未盡善處。若後世作樂，只是做些詞調，於民俗風化絕無關涉，何以化民善俗？今要民俗反樸還淳，取今之戲子，將妖淫詞調刪去了，只取忠臣孝子故事，使愚俗百姓，人人易曉，無意中感激他良知起來，卻於風化有益。[25]

在陽明這位心學家的眼目中，戲曲的功能和虞舜《韶》樂、周武王的《大武》之樂可以等量齊觀，給戲曲提升很高的地位；他又認為戲曲要教忠教孝，發揮風化善俗的作用，才能像舜的「韶樂」那樣如孔子所說的「盡善盡美」。

李開先（1501-1568）〈改定元賢傳奇後序〉云：

> 傳奇凡十二科，以神仙道化居首，而隱居樂道次之，忠臣烈士、逐臣孤子又次支，終之以神

---

[20] 明·朱鼎：《玉鏡臺記》，《古本戲曲叢刊二集》（上海：上海商務印書館，1955年據長樂鄭氏藏汲古閣刊本影印），頁1。

[21] 明·金懷玉：《狄梁公返周望雲忠孝記》，《古本戲曲叢刊二集》（上海：上海商務印書館，1955年據北京圖書館藏明文林閣刊本影印），頁1。

[22] 明·邱濬：《伍倫全備忠孝記》，《古本戲曲叢刊初集》（上海：上海商務印書館，1954年據北京圖書館藏明世德堂刊本影印），頁1。

[23] 明·邱濬：《伍倫全備忠孝記》，《古本戲曲叢刊初集》，第一折【西江月】，頁2。

[24] 明·邵璨：《香囊記》，收入明·毛晉編：《六十種曲》第1冊（北京：中華書局，1990年據上海開明書店原版重印），頁1。

[25] 明·王守仁：《王陽明全集》（上海：上海古籍出版社，1992年），上冊，卷3，〈語錄三〉，頁113。

佛、烟花、粉黛。要之激勸人心，感移風化，非徒作，非苟作，非無益而作之者。今所選傳奇，取其詞意高古，音調協和，與人心風教具有激勸感移之功。尤以天分高而學力到，悟入深而體裁正者，為之本也。[26]

又如明人陶奭齡（1562-1609）《小柴桑喃喃錄》云：

今之院本即古之樂章也。每演戲時見孝子悌弟、忠臣義士，一言感心，則涕泗橫流，不能自己，傍視左右，無不皆然，此其動人最神最速，較之老儒擁皋比、講經義，與夫老衲登座說法，功效百千萬倍，有志世道者，宜就此設教，不可視為戲劇，漫不加意也。[27]

與陶氏同樣的觀點，署名明代祁彪佳（1602-1645）〈貞文記‧敘〉：

今天下之可興、可觀、可群、可怨者，其孰有過于曲者哉！蓋詩以道性情，而能道性情者莫如曲。曲之中有言夫忠孝節義、可忻可敬之事者焉，則雖駔儈愚娼[婦]見之，無不擊節而忻舞；有言夫姦邪淫慝、可怒可殺之事者焉，則雖駔儈愚婦見之，無不恥笑而唾詈。自古感人之深而動人之切，無過於曲者也。[28]

就因為戲曲最為「感人之深而動人之切」，所以清代宋廷魁（1710-？）在所撰《介山記‧或問》也說道：

吾聞治世之道，莫大於禮樂。禮樂之用，莫切於傳奇。何則？庸人孺子，目不識丁，而論以禮樂之義，則不可曉。一旦登場觀劇，目擊古忠者孝者，廉者義者，行且為之太息，為之不平，為之扼腕而流涕，亦不必問古人實有是事否？而觸目感懷，啼笑與俱，甚至引為佳[佳]

---

26 明‧李開先：《閒居集》，收入俞為民、孫蓉蓉主編：《歷代曲話彙編：明代編》第1集（合肥：黃山書社，2009年），頁407。

27 明‧陶奭齡：《小柴桑喃喃錄》（國家圖書館藏明崇禎乙亥(1635)陶奭齡自序，吳寧李為芝校刊本），卷上，頁65a。

28 明‧孟稱舜撰；明‧陳箴言等點正；明‧祁彪佳評：《張玉娘閨房三清鸚鵡墓貞文記》（明崇禎十六年（1643）金陵書房石渠閣刊本），祁彪佳〈敘〉，頁1。又清‧杜煦編，清‧杜春生補編：《祁忠惠公遺集》（清道光十五年（1835）刻二十二年（1842）增刻本，補編，頁2）收有〈孟子塞五種曲序〉，實與《貞文記‧敘》為同一篇文章。〈孟子塞五種曲序〉的作者歸屬曾有過異議，徐朔方〈孟稱舜行年考〉指出，《貞文記》成於清順治十三年（1656）或略後，《祁忠惠公遺集補編》所收〈孟子塞五種曲序〉應是《貞文記》的序言，冒名為〈五種曲序〉，然祁氏卒于順治二年（1645），故此序屬於偽託。鄧長風〈〈孟子塞五種曲序〉的真偽與《貞文記》傳奇寫作、刊刻的時間〉（《鐵道師院學報》1998年第15卷第5期，頁17-18）則據董康所記述的久保天隨舊藏本，認為徐說不能成立。經黃仕忠〈孟稱舜《貞文記》傳奇的創作時間及其他〉考證，得出：《貞文記》完稿於順治十三年深秋，此後不久，「攜至金陵，同志諸子為之鋟而傳焉」，是為金陵石渠閣刻本，它也是《貞文記》的唯一刻本。孟稱舜親自參與了刻印之事。此版本今日尚存三種，唯久保舊藏本封面、首〈敘〉完整。孟稱舜任職松陽，離祁彪佳去世已有數年。至《貞文記》完稿，祁氏墓木已拱。所以刻本卷首「祁彪佳」之敘、正文之評，不可能出於祁氏之手，而系假託。它不見於祁彪佳之遺稿，所以不入《祁忠惠公遺集》。後人據金陵石渠閣刻本收作祁集附錄，並改題為《孟子塞五種曲序》。金陵石渠閣刻本既為孟稱舜本人手定，且自撰「題詞」，則封面題「寫山主人評」，卷首錄署祁彪佳撰的手寫刻之「敘」，另鈐有孟氏個人印章，顯然出於孟稱舜本人的授意，而且不排除孟稱舜本人撰寫而假託於祁彪佳的可能性。因此，「敘」中所說孟稱舜創作的情況，是真實可信的，但今後不能再作為祁彪佳的觀點加以引用。黃文詳見《浙江大學學報（人文社會科學版）》39卷1期（2009年1月），頁76-84。

話，據為口實。蓋莫不思忠、思孝、思廉、思義，而相儆於不忠、不孝、不廉、不義之不可為也。夫誠使舉世皆化而為忠者孝者、廉者義者，雖欲無治不可得也。故君子誠欲鍼風砭俗，則必自傳奇始。[29]

宋氏把戲曲看作「禮樂之用」，也因為其「針風砭俗」的功能極為深入人心。

又林以寧（生卒不詳），其〈還魂記題序〉云：

治世之道，莫大於禮樂；禮樂之用，莫切於傳奇。愚夫愚婦每觀一劇，便謂昔人真有此事，為之快意，為之不平，於是從而效法之。彼都人士誦讀，聖賢感發之神有所不及。君子為政，誠欲移風易俗，則必自刪正傳奇始矣。[30]

立論雖本於教化說，但能點明戲曲對庶民之感染力與影響力，亦屬難得。

又蔣士銓（1725-1785），著有戲曲《藏園九種曲》，其中五種曲在〈自序〉中，敘其作劇之動機與目的：其《空谷香‧自序》為南昌令之賢姬姚氏而作，寫其貞節；《桂林霜‧自序》為西興驛丞馬宏塏之家世而作，寫其三藩之變之節烈。《香祖樓‧自序》寫人兒女相思而示之以正。《雪中人填詞‧自序》寫鐵丐不凡事跡。《冬青樹‧自序》寫其鄉文、謝兩公事跡。[31]即此已可概見蔣氏傳奇但重關目奇情與旨趣之可諷世。

在這種戲曲教化觀的影響下，或者出以叱奸罵讒、表彰忠烈的，如明人周禮（1457前-1525左右）《東窗記》、姚茂良（約1464-1521）《雙忠記》、張四維（1526-1585）《雙烈記》、馮夢龍（1574-1646）《精忠旗》、孟稱舜（1599-1684）《二胥記》、無名氏《鳴鳳記》、《十義記》、《運甓記》等；或出以獎勵節孝的，如李開先（1502-1568）《斷髮記》、陳罷齋（生卒不詳）《躍鯉記》、張鳳翼（1527-1613）《祝髮記》、清人袁于令（1599-1674）《金鎖記》、沈受宏（1645-1722）《海烈婦》、黃之雋（1668-1748）《忠孝福》等。而夏綸（1680-1753）《惺齋五種》，《無瑕璧》用以表忠，《杏花村》用以教孝，《瑞筠圖》用以勸節，《廣寒梯》用以獎義，《南陽樂》用以補恨；蔣士銓（1725-1785）《藏園九種曲》和楊潮觀（1710-1788）《吟風閣雜劇》三十二種，也莫不以忠孝節義倫理教化為其主要創作旨趣。戲曲的「高台教化」也成為衛道之士所認可而努力從事的創作動機和目的。

而到了晚清民初，如洪炳文（1848-1918）著《警黃鐘》，其自序謂「警黃鐘者何？警黃種之鐘也。黃種何警乎爾？以白種強而黃種弱也。」[32]可見以戲曲為警世之利器，頗富時代之意識。同

---

[29] 清‧宋廷魁：《介山記》，收入《傅惜華藏古典戲曲珍本叢刊》第42冊（北京：學苑出版社，2010年據清乾隆刻本影印），〈或問〉，頁1，總頁23。

[30] 清‧林以寧：〈還魂記題序〉，收入俞為民、孫蓉蓉主編：《歷代曲話彙編：清代編》第1集（合肥：黃山書社，2008年），頁717。

[31] 清‧蔣士銓：《藏園九種曲》，收入俞為民、孫蓉蓉主編：《歷代曲話彙編：清代編》第2集，頁207-211、215。

[32] 清‧洪炳文：《警黃鐘‧自序》，收入俞為民、孫蓉蓉主編：《歷代曲話彙編：近代編》第1集（合肥：黃山書社，2008年），頁5。

時又有箸夫〈論開智普及之法首以改良戲本為先〉[33]已注意話劇、戲曲之社會功能。梁啓超（1873-1929）《劫灰夢》、《新羅馬》、《俠情記》三種，也有扶亡圖存警世之旨。

三、抒憤說

我們都知道，司馬遷所以忍腐刑之辱而撰著《史記》，是因為「意有所鬱結，不得通其道」，乃發憤宣洩，成此千古不朽之書。李白（701-762）、杜甫（712-770），一位要「風期暗與文王親」，要「為君談笑靜胡沙」，一位要「致君堯舜上，再使風俗淳。」但都遭世不偶，便將一肚皮「鬱勃之氣」發洩而為詩歌，於是一位成為詩聖，一位成為詩仙。這樣就成了往後文人命運不濟、蹭蹬委頓，轉化生命力以成就名山事業的一扇法門。

元代是戲曲首先興盛的時代，但那個時代，誠如《新元史・百官志》所說的：

> 上自中書省，下逮郡縣親民之吏，必以蒙古人為之長，漢人、南人貳之。終元之世，奸臣恣睢於上，貪吏掊克於下，痛民蠹國，卒為召亂之階。甚矣！王天下者不可以有所私也。[34]

漢人是指先被蒙古滅亡的金國治下的百姓，南人是指其後被蒙古滅亡南宋治下的百姓。他們即使做官也是沒有實質的僚屬；而在科舉廢置的八十年間，舞文弄墨的儒生，往往力耕不能、經商不肯，謀生之道既乏，焉能不被士人所鄙視。宋人謝枋得（1226-1289）〈送方伯載歸三山序〉云：

> 滑稽之雄，以儒為戲者，曰：「我大元制典，人有十等，一官二吏，先之者，貴之也；貴之者，謂有益於國也。七匠八娼、九儒十丐，後之者，賤之也，賤之者，謂無益於國也。嗟乎卑哉，介乎娼之下丐之上者，今之儒也。……吾人品豈在娼之下，丐之上者乎？[35]

同時鄭思肖（1241-1318）〈大義略序〉亦云：

> 一官二吏三僧四道五醫六工七獵八民九儒十丐。[36]

兩說雖微有不同，但列「儒」於第九等則一。鄙意以為謝列「民」為第八，當係「娼」之誤，因「民」非行業，不能與其他並舉；若此，則「儒」於元代固在「娼」下「丐」上。讀書人落此田地，恐不止空前，而且是絕後。

馬致遠（1250-1321）可以說是典型的元代讀書人，他在《東籬樂府》裡吐露了最真切的心聲：

---

[33] 清・箸夫：〈論開智普及之法首以改良戲本為先〉，收入俞為民、孫蓉蓉主編：《歷代曲話彙編：近代編》第1集，頁102-103。

[34] 清・柯劭忞：《新元史》，（臺北：藝文印書館，1956年據據清乾隆武英殿刊本景印），卷55，〈百官一〉，頁1，總頁615。

[35] 宋・謝枋得：《疊山集》，《四部叢刊續編》第35冊（臺北：臺灣商務印書館，1976年據上海涵芬樓景印常熟瞿氏鐵琴銅劍樓藏明刊本影印），卷6，頁3-4，總頁17626。

[36] 宋・鄭思肖：《心史》，《北京圖書館古籍珍本叢刊》集部宋別集類第90冊（北京：書目文獻出版社，1988年），〈大義略序〉，頁42-43，總頁980-981。

夜來西風裡，九天雕鶚飛，困煞中原一布衣。悲，故人知未知。登樓意，恨無上天梯！（【南呂‧金字經】）

佐國心，拿雲手。命裏無時莫剛求，隨時過遣休生受。幾葉綿，一片綢，暖後休。（【南呂‧四塊玉】）

嘆寒儒，謾讀書，讀書須索題橋柱。題柱雖乘駟馬車，乘車誰買〈長門賦〉。且看了長安回去！（【雙調‧撥不斷】）

布衣中，問英雄，王圖霸業成何用。禾黍高低六代宮，楸梧遠近千官塚，一場惡夢。（【雙調‧撥不斷】）[37]

由這四支曲子，可見東籬自許有「佐國心、拿雲手」的抱負和能耐，更具「九天鵬鶚飛」的豪情勝慨，只是「命裡無時」，缺少相援引的故人。於是始則悲涼滿腹、鬱勃牢騷，繼則「嘆寒儒，謾讀書」，而消極的「隨時過遣休生受」，終至於指斥「王圖霸業成何用」，直把人生看作「一場惡夢」了。他那有名的散套〈秋思〉「百歲光陰一夢蝶」，[38]應當就是他對於人生生了悟的表白吧！然而他胸中實有一股不可遏抑的「鬱勃之氣」，他終於在其《薦福碑》雜劇中淋漓盡致的發洩了。其第一折【油葫蘆】云：

則這斷簡殘編孔聖書，常則是、養蠹魚。我去這六經中枉下了死工夫。凍殺我也！《論語》篇、《孟子》解、《毛詩》注，餓殺我也！《尚書》云、《周易》傳、《春秋》疏。比及道河出圖、洛出書，怎禁那水牛背上喬男女，端的可便定害殺這個漢相如！

這壁攔住賢路，那壁又擋住仕途。如今這越聰明越受聰明苦，越癡呆越享了癡呆福，越糊突越有了糊突富！則這有銀的陶令不休官，無錢的子張學干祿。（第一折【寄生草么篇】）[39]

這些話語不止是馬東籬自家的寫照，更是生活在異族鐵蹄下讀書人的共同心聲。我們且看無名氏的兩支【中呂‧朝天子】〈志感〉：

不讀書有權，不識字有錢，不曉事倒有人誇薦。老天只恁忒心偏，賢和愚、無分辨。折挫英雄，消磨良善，越聰明、越運蹇。志高如魯連，德過如閔騫，依本分只落得人輕賤。

不讀書最高，不識字最好，不曉事倒有人誇俏。老天不肯辨清濁，好和歹、沒條道。善的人欺，貧的人笑，讀書人、都累倒。立身則小學，修身則大學，智和能都不及鴨青鈔。[40]

這兩支曲子真把當時讀書識字的「不中用」，說得玲瓏剔透，而其間的憤懣悽苦也最教人惻惻哀傷。這種憤懣悽苦和惻惻哀傷是籠罩著當時每個讀書人的心靈的。

然而蒙元才學之士，處此黑暗世界，又如何自處呢？明正德間胡侍（1429-1553）《眞珠船》

---

[37] 元‧馬致遠著，瞿鈞編注：《東籬樂府全集》（天津：天津古籍出版社，1990年），頁46、60、74、75-76。

[38] 同上註，見【雙調‧夜行船】〈秋思〉，頁143。

[39] 元‧馬致遠撰：《雷轟薦福碑》，收入《古本戲曲叢刊四集》（上海：上海商務印書館，1958年據北京圖書館藏明萬曆孟稱舜評點《新鎸古今名劇酹江集》本影印），頁4、6。

[40] 隋樹森：《全元散曲》（臺北：漢京文化事業有限公司，1983年），頁1688。

卷三〈北曲〉云：

> 北曲音調，大都舒雅宏壯，真能令人手舞足蹈，一唱三嘆。若南曲則淒婉嫵媚，令人不歡，直顧長康所謂老婢聲耳。故今奏之朝廷郊廟者，純用北曲，不用南曲。[41]

明人好作南北曲之別，當以胡氏爲始，其後又有康海（1475-1540）、李開先、何良俊、魏良輔（1489-1566）、王世貞（1526-1590）、梁辰魚（1519-1591）等等。又卷四〈元曲〉云：

> 元曲，如《中原音韻》、《陽春白雪》、《太平樂府》、《天機餘錦》等集，《范張雞黍》、《王粲登樓》、《三氣張飛》、《趙禮讓肥》、《單刀會》、《敬德不伏老》、《蘇子瞻貶黃州》等傳奇，率音調悠圓，氣魄宏壯。後雖有作，鮮之與競矣。蓋當時臺省元臣、郡邑正官，及雄要之職，盡其國人爲之。中州人每每沉抑下僚，志不獲展，如關漢卿入太醫院尹，馬致遠江浙行省務官，宮大用釣臺山長，鄭德輝杭州路吏，張小山首領官，其他屈在簿書，老於布素者，尚多有之。於是以其有用之才，而一寓之乎聲歌之末，以舒其怫鬱感慨之懷，蓋所謂不得其平而鳴焉者也！[42]

此謂元曲之所以盛行的原因，在於元人每多沈抑下僚、屈在簿書、老於布素，於是將才情發於聲歌，以抒其怫鬱感慨之懷。胡氏此觀點，爲學者所遵從。

又明萬曆己酉（1609），于若瀛（1552-1610）〈陽春奏序〉亦云：

> （蒙元）一時名士，如馬東籬輩，咸富有才情，兼善聲律，以故遂擅一代之長。要而言之，寔所以宣其牢騷不平之氣也者。彼腥羶當國，凡秉樞要，悉任醜虜，而中原懷才抱藝之夫，僅僅辱在僚佐，此其所以慷慨悲歌于儜[仙]呂諸宮、南呂諸調，悉詣其至極也。[43]

也就是說元代的才學之士在窮愁潦倒之餘，便運用「雜劇」這種文學形式，來反映政治社會的無法無天，而宣洩於公案劇、綠林劇之中；又假借與歌妓的愛情劇和發跡變態的仕宦劇來建構心中虛幻的空中樓閣，也憑依仙佛度脫劇來安頓無從棲泊的心靈。

對此，今人鄭振鐸（1898-1958）已有〈元代公案劇產生的原因及其特質〉、〈論元人所寫商人、士子、妓女間的三角戀愛劇〉，[44]筆者亦有〈雜劇中鬼神世界的意識形態〉[45]詳論其事。

而明代縱使恢復漢唐衣冠，有人青雲得志，但也有人落拓不偶，同樣托諸翰墨以寄牢愁。明人李贄（1527-1602）《焚書》卷三〈雜述・雜說〉云：

> 且夫世之真能文者，比其初皆非有意於爲文也。其胸中有如許無狀可怪之事，其喉間有如許欲吐而不敢吐之物，其口頭又時時有許多欲語而莫可所以告語之處，蓄極積久，勢不能遏。

41　明・胡侍：《真珠船》，收入俞爲民、孫蓉蓉主編：《歷代曲話彙編：明代編》第1集，頁207。

42　明・胡侍：《真珠船》，收入俞爲民、孫蓉蓉主編：《歷代曲話彙編：明代編》第1集，頁208。

43　明・尊生館主人編：《陽春奏》，《古本戲曲叢刊四集》（上海：上海商務印書館，1958年據北京圖書館藏明萬曆刊本影印），東海于若瀛：〈陽春奏序〉，頁2-3。

44　收入《鄭振鐸文集》第5卷（北京：人民文學出版社，1988年），頁465-485、486-506。

45　曾永義：〈雜劇中鬼神世界的意識形態〉一文詳論，原載《中華文化復興月刊》第9卷9期（1976年9月），頁84-91；收於曾永義：《論說戲曲》（臺北：聯經出版事業有限公司，1997年），頁23-45。

一旦見景生情，觸目興嘆；奪他人之酒杯，澆自己之壘塊，訴心中之不平，感數奇於千載。既已噴玉唾珠，昭回雲漢，為章於天矣！遂亦自負，發狂大叫‧流涕慟哭，不能自止。寧使見者聞者切齒咬牙，欲殺欲割，而終不忍藏於名山，投之水火。[46]

李氏把鬱積塊壘、發憤著書的情境寫得如火如荼，雖未必人人激烈，但確實能教人感同身受。而這種創作的動機和情懷，明清戲曲作家在劇作裡，自我表白的也屢見不鮮。譬如徐復祚（1560-約1630）《投梭記》開場【瑤輪第七】云：

瑤輪先生貌已焦，何事復呶呶。自從世棄，屏居海畔，煞也無聊。況妻身號冷，子腹啼枵。不將三寸管，何處覓逍遙。　算來日月，只有酒堪澆。一醉樂陶陶。自歌自舞，自斟自酌，暮暮朝朝。但清風無偶，明月難邀，聊將離索意，說向古人豪。[47]

如此窮愁潦倒，杯酒自澆塊壘，寄託於三寸之管，可以說是文人慣用的「技倆」。其實明陸采（1497-1537）《南西廂記》【南鄉子】早說過類似話語：

吳苑秀山川，孕出詞人自不凡。把筆戲書雲錦爛。堪觀。光照空濛五色間。天意困儒冠。且捲經綸臥碧山。那個榮華傳萬載，徒然。做隻詞兒盡意頑。[48]

陳玉蟾（生卒不詳）《鳳求凰》【玉樓春】亦說：

冷看世事如棋壘，蠻觸雌雄呼吸改，英雄袖手臥蒿萊，坐對金鵝飛翠靄。文人腑臟清於水，拍腦長吟銷慷慨，閒抽五色繪風流，一曲飛觴澆塊壘。[49]

姚茂良《雙忠記》【滿庭芳】亦云：

士學家源，風流性度，平生志在鷹揚。命途多舛，曾不利文場。便買山田種藥，杏林春熟、橘井泉香。無人處，追思往事，幾度熱衷腸。　幽懷無可托，搜尋傳奇，考究忠良。偶見睢陽故事，意慘情傷。便把根由始末，都編作律呂宮商。《雙忠傳》天長地久，節操凜冰霜。[50]

梁辰魚《浣紗記》【紅林檎近】更行不改名坐不改姓的說：

佳客難重遇，勝遊不再逢。夜月映臺館，春風叩簾櫳。何暇談名說利，漫自倚翠偎紅。請看換羽移宮，興廢酒杯中。　驊足悲伏櫪，鴻翼困樊籠。試尋往古，傷心全寄詞鋒。問何人作此，平生慷慨，負薪吳市梁伯龍。[51]

46　明‧李贄：《焚書》（北京：中華書局，1974年），卷3，頁271-272。

47　明‧徐復祚：《投梭記》，收入明‧毛晉編：《六十種曲》第8冊（北京：中華書局，1990年據上海開明書店原版重印），頁1。

48　明‧陸采：《南西廂記》，《古本戲曲叢刊初集》（上海：上海商務印書館，1954年據大興傅氏藏明周居易刊本影印），頁1。

49　明‧陳玉蟾（澹慧居士）：《鳳求凰》，《古本戲曲叢刊二集》（上海：上海商務印書館，1955年據長樂鄭氏藏明末刊本影印），頁1。

50　明‧姚茂良撰；王鍈點校：《雙忠記》（北京：中華書局，1988年以富春堂為底本點校），頁1。

51　明‧梁辰魚：《浣紗記》，收入毛晉編：《六十種曲》第1冊，頁1。

以上之所以不厭其煩的錄下這些明人傳奇「開場大意」，無非要強調抱著這樣藉他人酒杯以澆自己塊壘的明代文人亦復不少。

那麼清代呢？吳偉業（1609-1671）《北詞廣正譜‧序》云：

> 蓋士之不遇者，鬱積其無聊不平之槩於胸中，無所發抒，因借古人之歌呼笑罵以陶寫我之抑鬱牢騷；而我之性情爰惜古人之性情，而盤旋於紙上，宛轉於當場。[52]

吳氏所見雖雷同前人，但也可見此等情懷歷久不衰。康熙間張韜（約1681前後在世）《續四聲猿‧題辭》云：

> 猿啼三聲，腸已寸斷，豈更有第四聲，況續以四聲哉！但物不得其平則鳴，胸中無限牢騷，恐巴江巫峽間，應有「兩岸猿聲啼不住」耳。徐生莫道我饒舌耳。[53]

徐生即徐渭（1521-1593），則張韜《霸亭廟》、《薊州道》、《木蘭詩》、《清平調》續徐氏《四聲猿》，蓋亦用發「胸中無限牢騷」。其後乾嘉間桂馥（1736-1805）亦有《後四聲猿》，王定柱〈序〉言：

> 同年桂未谷先生以不世才擢甲科，名震天下，與青藤殊矣。然而遠官天末，簿書霊項背，又文法束縛，無由徜徉自快意。山城如斗，蒲棘雜庭牖間。先生才如長吉，望如東坡，齒髮衰白如香山，意落落不自得，乃取三君軼事，引宮按節，吐臆抒感，與青藤爭霸風雅。獨《題園壁》一折，意於咸串交游間，當有所感，而先生曰無之。要其為猿聲一也。[54]

桂馥為乾隆五十五年（1790）進士，時年五十五，選雲南永平縣知縣，七十歲（嘉慶十年，1805）卒於官。其衰年暮齒，勞形於邊荒小縣，生活未能愜意可想。而由此也可見，文人牢騷並非全由失意科場，也有用來嘲弄敗壞的世風和淫蕩的社會，如明沈璟（1553-1610）《搏笑記》，又如孟稱舜《殘唐再創》，卓人月（1606-1636）於〈小引〉說：「子塞復示我《殘唐再創》北劇，要皆感憤時事而立言者。……假借黃巢、田令孜一案，刺譏當世。……。至若醸禍之權璫，倡亂之書生，兩俱礫裂於片楮之中，使人讀之，忽焉譬噓，忽焉號呶，忽焉纏綿而悱惻，則又極其才情之所之矣。」[55]則孟子塞也真擅長文人之「口誅筆伐」。也有為古人補恨的，如道光間周樂清（1785-1855）《補天石》是最顯著的例子。

---

52 明‧李玉：《北詞廣正譜》，《善本戲曲叢刊》第六輯（臺北：臺灣學生書局，1987年據清康熙文靖書院刊本影印），吳偉業：〈序〉，頁1-3。

53 清‧張韜：《續四聲猿》，收入鄭振鐸纂集：《清人雜劇初集》（香港：香港商務印書館，1961年），頁174。

54 清‧桂馥：《後四聲猿》，收入王紹曾、宮慶山編：《山左戲曲集成》（上海：上海古籍出版社，2007年），王定柱〈後四聲猿序〉，頁666。

55 清‧焦循：《劇說》，《中國古典戲曲論著集成》第8冊（北京：中國戲劇出版社，1959年），卷4，頁171。

四、游藝說

說到「游藝」，便令人想到《論語・述而》：「子曰：志于道，據于德，依于仁，游于藝。」可見孔子不是很刻板的道德家，他把藝術和道德、仁義並舉，因為他知道藝術陶冶人心的重要。《莊子・人間世》也說：「乘物以游心」，因為以觀照的心靈，則萬物在耳聞目睹中，無不欣然可悅。所以「游藝」便也為作家創作的動機和目的，因為從中可以獲得許多名利權勢所難於達成的愉悅，何況藉此也可以逞逞一己之才華。晉陸機（261-303）〈文賦〉云：

> 伊茲事之可樂，固聖賢之所欽，課虛無以責有，叩寂寞而求音。函緜邈於尺素，吐滂沛乎寸心。言恢之而彌廣，思按之而愈深。播芳蕤之馥馥，發青條之森森。粲風飛而猋豎，鬱雲起乎翰林。[56]

陸機真是體察道盡了創作的快樂，可以將無作有，可以以小見大，可以於寸翰尺素中馳騁無盡的才思，大展豐美的辭華。詩文可以如此，戲曲涵括尤廣，豈不更能如此？也因此戲曲游藝之說，早見於元代理論家。

元人胡祗遹（1227-1293）《紫山大全集》卷八〈贈宋氏序〉謂「百物之中，莫靈莫貴於人，然莫愁苦於人。……此聖人所以作樂以宣其抑鬱，樂工伶人之亦可愛也。」[57]楊維楨（1296-1370）〈沈氏今樂府序〉亦說「今樂府者，文墨之士之游也。」[58]鍾嗣成（約1279-約1360）《錄鬼簿》卷下云：

> 若以讀書萬卷，作三場文，占奪巍科，首登甲第者，世不乏人。其或甘心巖壑，樂道守志者，亦多有之。但於學問之餘，事務之暇，心機靈變，世法通疏，移宮換羽，搜奇索怪，而以文章為戲玩者，誠絕無而僅有者也。[59]

則鍾氏認為能「以文章為戲玩者」，必須「甘心巖壑，樂道守志」之士才能達成。

明初朱有燉（1379-1439）《誠齋樂府》中《瑤池會》、《八仙壽》、《辰鉤月》、《牡丹仙》、《海棠仙》、《靈芝慶壽》、《蟠桃會》等均因為壽慶佐樽、風月解嘲，以發胸中藻思，以見太平美事，以為藩府之嘉慶。又李贄（1527-1602）《焚書》認為：「雜劇院本，遊戲之上乘也。」[60]又湯顯祖（1550-1616）〈宜黃縣戲神清源師廟記〉說戲神清源「為人美好，以遊戲而得道。」[61]胡應麟（1551-1602）《少室山房筆叢》謂「詞曲游藝之末途」，[62]王驥德（約1560-約

---

56 西晉・陸機：〈文賦〉，劉運好校注：《陸士衡文集校注》（南京：鳳凰出版社，2007年），頁18。

57 元・胡祗遹：《紫山大全集》，《四庫全書》第1196冊（臺北：臺灣商務印書館，1983年），頁171。

58 明・楊維楨：《東維子文集》，《四部叢刊初編》第312冊，（臺北：臺灣商務印書館，1965年據上海商務印書館縮印江南圖書館藏鳴野山房舊鈔本影印），卷11，〈沈氏今樂府序〉，頁76。

59 元・鍾嗣成：《錄鬼簿》，《中國古典戲曲論著集成》第2冊（北京：中國戲劇出版社，1959年），頁131。

60 明・李贄：《焚書》，卷3，頁270。

61 明・湯顯祖著；徐朔方箋校：《湯顯祖詩文集》（上海：上海古籍出版社，1982年），頁1128。

62 明・胡應麟：《少室山房筆叢》，收入俞為民、孫蓉蓉主編：《歷代曲話彙編：明代編》第1集，頁649-650。

1623）《曲律》卷四〈雜論第三十九下〉更說：「第月染指一傳奇，便足持自愉快，無異南面王樂。」[63] 謝肇淛（1567-1624）《五雜組》亦曰：「凡爲小說及戲劇、戲文，須是虛實相半，方爲遊戲三昧之筆。」[64]

而清人李漁（1610-1680）是把創作戲曲之樂，說得最爲淋漓盡致之人。其《閒情偶記‧賓白第四‧語求肖似》云：

> 文字之最豪宕，最風雅，作之最健人脾胃者，莫過填詞一種。若無此種，幾於悶殺才人，困死豪傑。予生憂患之中，處落魄之境，自幼至長，自長至老，總無一刻舒眉。惟於制曲填詞之頃，非但鬱藉以舒，慍為之解，且嘗僭作兩間最樂之人，覺富貴榮華，其受用不過如此，未有真境之為所欲為，能出幻境縱橫之上者——我欲做官，則頃刻之間便臻榮貴；我欲致仕，則轉盼之際又入山林；我欲作人間才子，即為杜甫、李白之後身；我欲娶絕代佳人，即作王嬙、西施之元配；我欲成仙作佛，則西天、蓬島，即在硯池筆架之前；我欲盡孝輸忠，則君治、親年，可躋堯、舜、彭籛之上。非若他種文字，欲作寓言，必須遠引曲譬，醞藉包含，十分牢騷，還須留住六七分，八斗才學，止可使出二三升。稍欠和平，略施縱送，即謂失風人之旨，犯佻達之嫌，求為家絃戶誦者，難矣。填詞一家，則惟恐其蓄而不言，言之不盡。[65]

笠翁眞是個大戲曲家，如非深得編撰之樂，如何能道出如此玲瓏剔透之言。

而把戲曲結合人生看得最透徹，又最能切合其本質的，則是清人李調元（1734-1803），其《劇話‧序》云：

> 劇者何？戲也。古今一戲場也；開闢以來，其為戲也，多矣。巢、由以天下戲，逢、比以軀命戲，蘇、張以口舌戲，孫、吳以戰陣戲，蕭、曹以功名戲，班、馬以筆墨戲，至若偃師之戲也以魚龍，陳平之戲也以傀儡，優孟之戲也以衣冠，戲之為用大矣哉。孔子曰：「《詩》可以興，可以觀，可以羣，可以怨。」今舉賢奸忠佞，理亂興亡，搬演於笙歌鼓吹之場，男男婦婦，善善惡惡，使人觸目而懲戒生焉，豈不亦可興、可觀、可羣、可怨乎？夫人生，无日不在戲中，富貴、貧賤、夭壽、窮通，攘攘百年，電光石火，離合悲歡，轉眼而畢，此亦如戲之傾刻而散場也。故夫達而在上，衣冠之君子戲也；窮而在下，負販之小人戲也。今日為古人寫照，他年看我輩登場。戲也，非戲也；非戲也，戲也。尤西堂之言曰：「《二十一史》，一部大傳奇也。」豈不信哉！[66]

李氏把「人生如戲」說得很到位。他雖然也不免有儒家藉此警世化民的意味，但把戲曲當作遊戲娛樂的旨趣則是其根本，也因此才能超脫人間的是非成敗。

63　明‧王驥德：《曲律》，《中國古典戲曲論著集成》第4冊（北京：中國戲劇出版社，1959年），頁181。

64　明‧謝肇淛：《五雜組》，收入俞為民、孫蓉蓉主編：《歷代曲話彙編：明代編》第2集，頁409。

65　清‧李漁：《閒情偶記》，《中國古典戲曲論著集成》第7冊（北京：中國戲劇出版社，1959年），頁53-54。

66　清‧李調元：《劇話》，《中國古典戲曲論著集成》第8冊，頁35。

於是明清也自然有許多戲曲家抱持著遊戲娛樂於藝術的心理來創作：明周憲王朱有燉（1379-1439），在奉藩之暇，爲「賞花佐樽」，寫了《牡丹仙》、《牡丹品》、《牡丹圖》、《海棠仙》、《賽嬌客》五本雜劇來表現「太平之美事，藩府之嘉慶。」王九思（1468-1551）評《寶劍記》之創作是「直以取快一時」，[67]於〈答王德徵書〉則自謂「終老而自樂之術」。[68]阮大鋮（1587-1646）著《春燈謎》是「娛親而戲爲之。」[69]清人黃圖珌（1699-1752後）作《雷峰塔》在於「看山之暇，飲酒之餘，紫簫紅笛，以娛目賞心而已。」[70]袁蟫（1869-1930）自序其《瞿園雜劇》謂「聊以戲吾之戲，且與友人之樂戲吾戲者，共覓一消遣之法而已矣。」[71]

像這樣將戲曲當作「賞心樂事」來編撰的作家，尤以明清南雜劇之一折短劇爲多，因爲他們幾乎都是爲家樂演出於紅氍毹而作。這樣的作家爲數頗多，筆者有《明雜劇概論》與《清雜劇概論》詳論其事。即使單舉其合爲「組劇」者而言，亦所在不鮮！如明人許潮（約1619在世）《泰和記》、汪道崑（1525-1593）《大雅堂四種》；清人《明翠湖亭四韻事》、洪昇（1645-1704）《四嬋娟》、楊潮觀（1710-1788）《吟風閣雜劇》、曹錫黼（約1729-約1757）《四色石》、石韞玉（1755-1837）《花間九奏》、舒位（1765-1816）《瓶笙館修簫譜》、嚴廷中（1795-1864）《秋聲譜》、張聲玠（1801-1848）《玉田書水軒雜劇》、朱鳳森（生卒不詳）《十二釵傳奇》、吳鎬（生卒不詳）《紅樓夢散套》、許善長（1823-1891）《靈媧石》等。因爲組劇和一折短劇清代盛行，故例證爲多。

五、主情說

明代中葉以後，言情之說大行其道，而情有說不完的故事，言不盡的篇章，雖然使得明清傳奇「十部九相思」，但鉅著宏篇正復不少。

戲曲中眞正能呈現傳統中國愛情眞義和現象的，就庶民百姓而言，莫過於從我在拙著《俗文學概論》中所說的「民族故事」，諸如牛郎織女、西施、昭君、楊妃、孟姜、梁祝、白蛇等所改編的相關劇作；[72]就士大夫而言，從傳奇小說〈會眞記〉所改編的《西廂記》和〈杜麗娘慕色還魂記〉

---

[67] 明・李開先：《寶劍記》，《古本戲曲叢刊初集》（上海：上海商務印書館，1954年據北京圖書館藏明刊本影印），王九思：〈書寶劍記後〉，後序頁1。

[68] 明・王九思：《渼陂集》（臺北：偉文圖書出版社，1976年），卷七〈答王德徵書〉，頁13，總頁256。

[69] 明・阮大鋮：《春燈謎》，《古本戲曲叢刊二集》（上海：上海商務印書館，1955年據長樂鄭氏藏明末刊本影印），《自序》，頁1。

[70] 清・黃圖珌：〈伶人請新制《棲雲石》傳奇行世〉，《看山閣集》，收入《清代詩文集彙編》第288冊（上海：上海古籍出版社，2010年據清乾隆刻本影印），卷四南曲，【大石調・花月歌】之「小引」，頁13-14，總頁429。

[71] 清・袁蟫：《瞿園雜劇》，《傅惜華藏古典戲曲珍本叢刊》111冊（北京：學苑出版社，2010年據清光緒三十四年(1908)排印本影印），〈自述〉，頁1，總頁4。

[72] 曾永義：《俗文學概論》（臺北：三民書局，2003年），〈三編：民族故事〉，頁409-508、529-567。

所改編的《牡丹亭》。

在庶民百姓長年積累而成的民族故事中，牛郎織女雖由神話而仙話而傳說，但原本所反映的是人們在威權的家長制下，欲求男耕女織的簡單愛情生活而不可得，夫妻終於被生生撕離，只能每年七夕相會鵲橋的痛苦。孟姜女除了塑造一位堅貞節烈的婦女典型外，也反映了暴政苦民賦役，拆散恩愛夫妻的悲情。而她那一哭，呼天搶地，感鬼泣神，轟轟烈烈，長城為之崩毀，則抒發了數千年的邊塞之苦與生民之痛。梁祝融歷代愛情故事於一爐，有古代女子恨不為男兒身的惆悵和熱切求學的慾望，有耳鬢廝磨油然生發而不可遏抑而生死以之而墓烈同埋的深情與節烈。而人們讚嘆他們死生至愛，哀悼他們有情人不能成為眷屬，而莊生既然可以化為栩栩然的蝴蝶，為什麼不可以教他們的「貞魂」兩翅駕東風，成雙作對，翩躚於天地之間？白蛇雖涉神怪，而物我合一的理念亦頗明顯。她勇於奮鬥爭取愛情，而人們既感念她的犧牲無悔，悲憫她的遭殃受難；而她有子夢蛟，為什麼不可以教他高中狀元，衣錦祭塔，超脫她於苦難？

西施雖吳越爭戰中史無其人，但她承載著古代美人禍水如褒妲亡國的觀念和「興滅國，繼絕世」的女間諜重任，厭惡她的人便教她落得「各種不得好死」；喜歡她的人，則教她功成名就，隨著心愛的范蠡作五湖之遊。昭君是漢元帝後宮良家子，在和親政策下，嫁給呼韓邪、雕陶莫皋兩位南匈奴父子單于，生兒養女，過了一輩子。但在民族意識、思想、情感、理念的「作祟」下，卻使昭君成了貌為「後宮第一」，能退十萬雄兵，卻投黑龍江而死的節烈美人，在文人心目中也把她當作「香草美人」來賦詩吟詠，來寄託心志。楊妃本為壽王妃，被唐明皇度為女道士，入宮冊為貴妃，真是一齣堂而皇之的「公公奪媳婦」醜劇。杜甫〈北征〉用「不聞夏殷衰，中自誅褒妲」[73]兩句詩，把她定讞為挑起安史之亂的「罪魁禍首」，司馬光《資治通鑑》更捉風捕影的污衊她與安祿山「穢亂後宮」；[74]所幸白居易〈長恨歌〉說她是蓬萊仙子，晚唐以後，她也逐漸成為「月殿嫦娥」，清人洪昇《長生殿》更用五十齣寫她與唐明皇的生死至愛。

《西廂記》有南戲北劇，以號稱王實甫之北劇膾炙人口。[75]其題材取自唐人小說元稹〈鶯鶯

---

[73] 唐・杜甫〈北征〉：「憶昨狼狽初，事與古先別。奸臣竟菹醢，同惡隨蕩析。不聞夏殷衰，中自誅褒妲。周漢獲再興，宣光果明哲。桓桓陳將軍，仗鉞奮忠烈。微爾人盡非，于今國猶活。」引自清・彭定求等編：《御定全唐詩》，《文津閣四庫全書》集部總集第1429冊（北京：商務印書館，2006年），卷217，頁11，總頁335。

[74] 宋・司馬光：《資治通鑑》，《四部叢刊初編》（臺北：臺灣商務印書館，1979年據宋刻本影印），卷215，頁2102-2113。

[75] 關於《西廂記》作者約有六說，即：王實甫作、關漢卿作、王作關續、關作王續、關漢卿作晚進王生增、關漢卿作董珏續。後二說甚謬，故實際只有四說而已。今人議論，擴而論之，再添兩說：元後期作家集體創作、元末無名氏作。現今所見最早文獻鍾嗣成《錄鬼簿》乃第一個將《西廂記》著作權歸諸王實甫者，題《崔鶯鶯待月西廂記》。朱權《太和正音譜・古今群英樂府格式》評「王實甫之詞，如花間美人。鋪敘委婉，深得騷人之趣。極有佳句，如玉環之出浴華池，綠珠之採蓮洛浦。」在〈群英所編雜劇〉下第三位列王實甫十三本雜劇，第一本列《西廂記》。第五位列關漢卿，底下無《西廂記》。到了賈仲明給《西廂記》「天下奪魁」之號。於是乃有將現今所看到的「天下奪魁」《西廂記》的著作權歸諸王實甫之說。關於諸家議論請詳見林宗毅：《西廂記二論》（臺北：文史哲出版社，1998年），頁1-7。

傳〉，[76]它和蔣防〈霍小玉傳〉一樣，[77]它們原本寫的是唐代士大夫戀愛的實際情況，只能在不被禮教管轄的女道士或樂戶歌妓中去尋找沒有拘束的愛情，然後予以拋棄，再去選取名門閨秀成婚，以此提高自己的社會地位，並爲家族盡傳宗接代的責任。但演爲戲曲改作團圓之後，就成了許多才子佳人故事的典型，這其間的情境，就成爲人們要衝破禮教牢籠，達成自由戀愛和婚姻的嚮往。

由以上可見，愛情在傳播廣遠的民族故事和戲曲小說名篇中，其主要人物，都成了某種愛情類別的樣本。像牛女的愛而被撕離，孟姜節烈的感天格地，西施的捨愛報國，昭君的志節，趙五娘的「有貞有烈」，梁祝的生死不渝，明皇貴妃的長恨，白蛇爲愛奮鬥的一往無悔。就中雖然加入不少民族意識、思想、感情和理念的成分，含有更多的意義和內涵，但剖析其維繫愛情力量的核心，則實在也脫離不了「真心」所生發出來的「真情」。

即此又使我發現到，莊子「貴真說」遠大的影響，更在一代高似一代對愛情境界的提升。據我觀察，儘管有的理念前人已涉及，但把它當作認知來發揮的應當是宋人秦觀、[78]金人元好問、[79]明人湯顯祖、[80]清人洪昇四家，[81]他們可以作爲宋元明清四朝的代表。

秦觀歌詠牛郎織女鵲橋會說：「兩情若是久長時，又豈在朝朝暮暮。」[82]元好問讚嘆殉情的鴻雁，開頭就「問世間情是何物，直教生死相許。」[83]湯顯祖《牡丹亭・題詞》云：「天下女子有

---

[76] 唐・元稹：〈鶯鶯傳〉，收於宋・李昉：《太平廣記》（北京：中華書局，2003年），卷488，〈雜傳記五〉，頁4012-4017。

[77] 唐・蔣防：〈霍小玉傳〉，收於宋・李昉：《太平廣記》，頁4006-4011。

[78] 秦觀（1049年-1100年），字少游、太虛，號淮海居士，揚州高郵（今屬江蘇）人。北宋詞人，「蘇門四學士」之一。

[79] 元好問（1190年-1257年10月12日），字裕之，號遺山，山西秀容（今山西忻州）人，世稱遺山先生。金、元之際著名文學家。著作有《中州集》、《南冠錄》、《壬辰雜編》等等。

[80] 湯顯祖（1550年9月24日-1616年7月29日），中國明代末期戲曲劇作家、文學家。字義仍，號海若、清遠道人，晚年號若士、繭翁，江西臨川人。著有《紫簫記》（後改為《紫釵記》）、《牡丹亭》（又名《還魂記》）、《南柯記》、《邯鄲記》，詩文《玉茗堂四夢》、《玉茗堂文集》、《玉茗堂尺牘》、《紅泉逸草》、《問棘郵草》，小說《續虞初新志》等。因為《牡丹亭》、《紫釵記》、《南柯記》、《邯鄲記》這四部戲都與「夢」有關，所以被合稱為「臨川四夢」。這四部戲中最出色的是《牡丹亭》，在《牡丹亭》之前，中國最具影響的愛情題材戲劇作品是《西廂記》。而《牡丹亭》一問世，便令《西廂記》減價。

[81] 洪昇（1645年-1704年7月2日），字昉思，號稗畦、稗村，別號南屏樵者，錢塘（今浙江杭州）人，著名的戲曲作家，以劇本《長生殿》聞名天下。與《桃花扇》作者孔東塘齊名，有「南洪北孔」之稱。洪昇的戲曲著作有九種，除《長生殿》外，還有《迴文錦》、《回龍記》、《錦繡圖》、《鬧高唐》、《節孝坊》、《天涯淚》、《青衫濕》、《長虹橋》。現存《長生殿》和雜劇《四嬋娟》兩種。另有《稗畦集》、《稗畦續集》、《嘯月樓集》等。

[82] 宋・秦觀【鵲橋仙】：「纖雲弄巧，飛星傳恨，銀漢迢迢暗渡。金風玉露一相逢，便勝卻人間無數。柔情似水，佳期如夢，忍顧鵲橋歸路。兩情若是久長時，又豈在朝朝暮暮。」引自唐圭璋編：《全宋詞》第一冊（北京：中華書局，1965年），頁459。

[83] 元好問【摸魚兒】：「問世間、情是何物，直教生死相許。天南地北雙飛客，老翅幾回寒暑。歡樂趣，離別苦，就中更有癡兒女。君應有語，渺萬里層雲。千山暮景，隻影向誰去。橫汾路，寂寞當年簫鼓，荒煙依舊平楚。招魂楚些何嗟及，山鬼暗啼風雨。天也妒，未信與，鶯兒燕子俱黃土。千秋萬古，為留待騷人，狂歌痛飲，來訪雁邱處。」狄寶心選注：《元好問詩詞選》（北京：中華書局，2005年），頁143。

情,寧有如杜麗娘者乎?……情不知所起,一往而深。生者可以死,死可以生。生而不可與死,死而不可復生者,皆非情之至也。夢中之情,何必非眞?天下豈少夢中之人耶!必因薦枕而成親,待掛冠而爲密者,皆形骸之論也。」[84]

洪昇《長生殿・傳概》【滿江紅】云:「今古情場,問誰個眞心到底?但果有、精誠不散,終成連理。萬里何愁南共北,兩心那論生和死。笑人間、兒女悵緣慳,無情耳。 感金石,回天地,昭白日,垂青史。看臣忠子孝,總由情至。先聖不曾刪鄭衛,吾儕取義翻宮徵。借太眞外傳譜新詞,情而已。」[85]

秦觀認爲眞正的愛情,並不在隨時隨地的親密,而要能超越廣遠時空的阻隔和考驗。他顯然是要將人間形貌相悅的戀愛提升到柏拉圖式的精神境界。

元好問則進一步將愛情提升到死生不渝、超越生死的境地。因爲好生惡死是人之常情,而一旦能視生死於無懼的一對男女,其愛情往往十分眞誠十分感人。

湯顯祖又頗爲周延的發揮了生死至愛的情境,他認爲「生者可以死,死可以生」才稱得上「一往而深」的至情。也就是說他積極的認爲愛情非終於完成不可,其努力的辛勤過程,就是「出生入死」亦所不惜。湯氏的這種「至情觀」,與之時代相近的張琦(生卒不詳),在其《衡曲塵譚・情癡寱言》中有所發揮:

> 人,情種也;人而無情,不至於人矣,曷望其至人乎?情之爲物也,役耳目,易神理,忘晦明,廢饑寒、窮九州、越八荒、穿金石、動天地、率百物。生可以生,死可以死,死可以生,生可以死,死又可以不死,生又可以忘生。遠遠近近,悠悠漾漾,杳弗知其所之。[86]

可見情之於人是何等的無所不至、無所不撼動。

而洪昇則更加完密的建構愛情的境域,他幾乎是綜合以上三家的觀點,並遙承莊子貴眞的理念。認爲眞誠不散的眞心是愛情的基礎,有此基礎必然有緣成爲佳偶,而且可以超越時空,超越生死那樣的永生不渝。他甚至於認爲愛情的力量可以使金石爲開,天地回旋,光耀白日,永垂青史。連那儒家所倡導的臣忠子孝,也是從至情生發出來的。則洪昇的至情說,其實是調和儒家「倫理」、佛家「緣分」、道家「精誠」而成就的圓滿。

我們知道明萬曆間,爲了挑戰理學家的「存天理,滅人欲」,彰顯莊子的「貴眞」,而有李贄

---

84 明・湯顯祖著,徐朔方、汪笑梅校注:《牡丹亭》(臺北:里仁書局,1995年),頁1。
85 清・洪昇著,徐朔方校注:《長生殿》(臺北:里仁書局,1996年),頁1。
86 明・張琦:《衡曲塵譚》,《中國古典戲曲論著集成》第4冊,頁273。

（1527-1602）「童心」、[87]湯顯祖（1550-1616）「情至」、[88]、潘之恒（1556-1622）「情癡」、[89]袁宏道（1568-1610）「性靈」、[90]馮夢龍（1574-1646）「情教」[91]等主張。湯顯祖的「情至」表現在《牡丹亭》之中。但我們細繹《牡丹亭》的「情至」，卻似乎只存在於杜麗娘的「夢魂」和「鬼魂」，而其間之「情」，又似乎「情慾」為多。她雖然經歷了由生入死、從死復生；而一旦回歸人間，柳夢梅要與她成親時，她便搬出了「必待父母之命，媒妁之言」的儒家禮教規範，和「前夕鬼也，今日人也。鬼可虛情，人需實體」[92]的看法。可見湯顯祖其實只在他「人生如夢」的虛幻中去肆無忌憚的破除理學家禁慾的樊籬，而在現實的世界上，他還是像杜寶、陳最良那樣的要守住儒家傳統的禮法。他在《牡丹亭‧標目》【蝶戀花】中也揭櫫「但是相思莫相負，牡丹亭上三生路。」又在〈言懷〉中藉柳夢梅之口說到：「夢到一園，梅花樹下，立著個美人……說道：『柳生！柳生！遇俺方有姻緣之分，發跡之期。』因此改名夢梅。」於〈冥判〉中也由判官觀看冥府姻緣簿，然後向杜麗娘說新科狀元柳夢梅和她有姻緣之分。則湯氏顯然也相信佛家姻緣之說。若此，湯氏《牡丹亭》還是同受儒釋道三家的影響。洪昇基本上雖和他一樣，也同樣說夢說鬼，但是洪昇以「精誠不散的真心」為根本來論述愛情，看來更為周密圓融，這其間也正合乎了「後出轉精」之義。然而湯洪所講究之「情」，不也正是莊子「歸真」的發揮和推演嗎？

到了明末，張沖〈彩筆情辭引〉：「捨情則無以見性，無以致命。人能真其情，則為聖為賢，為仙為佛，離其情則為槁木，為死灰。」[93]可見張氏為臨川信徒。

而戲曲之作，以言情為多，尤其動輒數十齣之傳奇更為其敘寫之主題。雖然其間也有不少是庸姿俗粉，但出諸奇思妙想、文采飛揚，配搭崑山水磨調之細膩柔婉之國色天香，有如吳炳（1595-1647）之《粲花五種》與阮大鋮（1587-1646）之《石巢傳奇》亦復不少，則是不能否認的事實。

87　明‧李贄〈童心說〉：「夫童心者，真心也；若以童心為不可，是以真心為不可也。夫童心者，絕假純真，最初一念之本心也。若夫失卻童心，便失卻真心；失卻真心，便失卻真人。人而非真，全不復有初矣。」見明‧李贄：《焚書》，卷3，頁273-274。

88　「情不知所起，一往而深，生者可以死，死可以生。生而不可與死，死而不可復生者，皆非情之至也。」見明‧湯顯祖著，徐朔方、汪笑梅校注：《牡丹亭‧題詞》。

89　潘之恒《亙史》〈情癡〉舉《牡丹亭》為例，謂情之所為情，乃在於「癡」也。見俞為民、孫蓉蓉主編：《歷代曲話彙編：明代編》第2集，頁183。

90　袁宏道主張「獨抒性靈，不拘格套」（袁宏道〈敘小修詩〉），而「性之所安，殆不可強，率性所行，是謂真人」（袁宏道〈識張幼於箴銘後〉），強調「非從自己胸臆中流出，不肯下筆」（袁宏道〈敘小修詩〉）。見明‧袁宏道著，錢伯城箋校：《袁宏道集箋校》（上海：上海古籍出版社，2008年），卷4，頁187、193。

91　馮夢龍仿效佛教創立「情教」，其指出：「自來忠孝節烈之事，從道理上做者必勉強，從至情上出者必真切。夫婦其最近者也，無情之夫，必不能為義夫；無情之婦，必不能為節婦。世人但知理為情之範，孰知情為理之維乎？」見《情史‧情貞類總評》，魏同賢主編：《馮夢龍全集》第37冊（上海：上海古籍出版社，1993年），頁82。

92　明‧湯顯祖著；清‧吳震生、程瓊批評；華瑋、江巨榮點校：《才子牡丹亭》（臺北：臺灣學生書局，2004年），第三十六齣〈婚走〉，頁476。

93　明‧張沖：〈彩筆情辭引〉，收入俞為民、孫蓉蓉主編：《歷代曲話彙編：明代編》第2集，頁465。

只是往往表彰的是「義男貞女」，已多少加入了倫常教化的意味；如孟稱舜（1599-1684）《貞文記》《嬌紅記》是典型的例子；只是因為結構龐大繁複，不得已而以物件為始終關合之憑藉，其物件則有如織布機上之梭，往來穿梭結撰，以成全篇，也成了關目布置之不二法門，自從元末高明《琵琶記》之琵琶至有清洪昇（1645-1704）《長生殿》之釵盒、孔尚任（1648-1718）《桃花扇》之桃花扇莫不如此。

以上是我對於戲曲「主情」的看法。而誠如今人劉奇玉《古代戲曲創作理論與批評‧愛情題材論》所云：

> 對於愛情題材的創作，戲曲理論界和創作界都激蕩著情與理的矛盾，總體上呈現出以理格情→以情抗理→以情化理或以理融情的發展軌跡。主理者主張以理限情，甚至滅情，力圖縮小愛情題材的生存空間。主情者則以歌頌真摯而美好的愛情為支點，往往突破理學家的桎梏，高揚人類內在的、靈動的情感。但他們的觀念並沒有脫離傳統文化，超脫於世俗社會，責任感使他們的主情論同傳統的道德規範保持著千絲萬縷的聯繫，道德因子普遍存在成為愛情題材劇的一個重要文化特徵。[94]

對於這樣的觀念，劉氏在書中論之已詳。且據此略舉古人論述數則如下：

清湯來賀（1607-1688）《內省齋文集》卷之七〈說解‧梨園說〉云：

> 自元人王實甫、關漢卿作俑為《西廂》，其字句音節，足以動人，而後世淫詞紛紛繼作。然聞萬曆中年，家庭之間，猶相戒演此，惡其導淫也，且以為鄙陋而羞見之也。近日若《紅梅》、《桃花》、《玉簪》、《綠袍》等記，不啻百種，括其大意，則皆一女遊園，一生窺見而悅之，遂約為夫婦，其後及第而歸，即成好合，皆杜撰詭名，絕無古事可考，且意俱相同，毫無可喜，徒創此以導邪，予不識其何心。嘗思人之行淫，猶畏人知者，謂此事猥鄙，不敢令人知耳，是所行雖惡，而羞惡之良心猶未盡泯也。今乃譜為傳奇，播諸聲容，使人昭然共見之，共聞之，則是淫奔大惡，不為可羞可罪之穢行，反為可歌可舞之美談矣，是勸世以行淫，莫大於此矣。又況人之為不善者，猶懼其有惡報，謂一念之淫，神明畢見，天遂奪其科名，遂促其壽算，遂絕其後嗣，是以恐懼而不敢輕為；今乃創為及第成婚之說，是以至惡而反膺美報，不特誣人，亦且誣天，其罪可勝誅乎！[95]

湯氏堅執男女私相結合即為「淫奔」，可以說就是「以理格情」，而其所謂「理」，實是拘泥於傳統的道學觀念。但所云愛情劇之情節易陷於雷同之窠臼，則是事實。

何良俊《曲論》云：

> 大抵情辭易工。蓋人生於情，所謂「愚夫愚婦可以與知者」。觀十五國《風》，大半皆發於

[94] 劉奇玉：《古代戲曲創作理論與批評》（北京：中國社會科學出版社，2010年），頁210。
[95] 清‧湯來賀：《內省齋文集》，《四庫全書存目叢書》集部別集類第199冊（臺南：莊嚴文化出版社，1997年據清華大學圖書館藏清康熙書林五車樓刻本影印），卷7，頁4-5，總頁301。

情，可以知矣。是以作者既易工，聞者亦易動聽。即《西廂記》與今所唱時曲，大率皆情詞也。[96]

何氏認為「情」是人心自然所發生，而且「情詞」易工，也易於動人。這種觀點也就引發了上文所論述李贄等人主情說的主張。明萬曆間何璧（生卒不詳）《北西廂記‧序》更云：

《西廂》者，字字皆擊開情竅，刮出情腸，故自邊會都鄙及荒海窮壤，豈有不傳乎？自王侯士農而商賈皂隸，豈有不知乎？然一登場，即耄耋婦孺、瘖瞽疲癃皆能拍掌，此豈有曉諭之耶？情也。[97]

何氏把「情」之普及全民，乃無論貴賤男女；其深中人心，乃無論都鄙智愚；說得如火如荼，以見「情」之無遠弗屆、無所不能至。

然而如上文所論，主張「至情說」的湯顯祖在處理柳夢梅、杜麗娘的愛情時，仍不免要受到傳統倫理道德的羈絆；因為不如此，愛情與淫慾便難於分別。為此清康熙間吳舒鳧（1647-1704前）便提出了情、慾皆天性自然的看法。其《吳吳山三婦合評牡丹亭還魂記》云：

人受天地之中以生，所謂性也。性發為情，而或過焉，則為欲。《書》曰：「生民有欲」，是也。流連放蕩，人所易溺。〈宛丘〉之詩，以歌舞為有情；情也而欲矣。故《傳》曰：「男女飲食，人之大欲存焉。」至浮屠氏以知識愛戀為有情，晉人所云：「未免有情」，類乎斯旨。而後之言情者，大率以男女愛戀當之矣。夫孔聖嘗以好色比德，詩道性情，〈國風〉好色，兒女情長之說，未可非也。[98]

既然「情」、「慾」是天性自然，是一體之兩面，則「兒女情長」，豈能以人為之「道德」論是非，則「十部傳奇九相思」也就是戲曲彰顯人性最真實自然的寫照了。

結語

以上就文獻所見歸納戲曲創作之動機與目的，由於動機與目的，就創作而言實為因果關係，甚至可說是一體之兩面，所以可以合併探討而約為五端。

其持諷諫說者，實為古優之傳統，司馬氏所謂「談言微中，亦可以解紛。」其對君主「寓諷諫於滑稽詼諧」，以宋雜劇最為典型；而戲曲發展為大戲之後，宋金雜劇院本起初作插入性演出，後來化身為劇中之「插科打諢」，雖或不失其諷刺之旨，但多為出諸滑稽詼諧以搏人一笑，勸喻之意自然不存。

---

[96] 明‧何良俊：《曲論》，《中國古典戲曲論著集成》第4冊，頁7。

[97] 元‧王實甫撰，明‧何璧校：《北西廂記》，收入國家圖書館古籍館編：《古本西廂記彙集初集》3冊（北京：國家圖書館出版社，2011年），〈序〉，頁1-2，總頁338-339。

[98] 明‧湯顯祖撰，清‧陳同、談則、錢宜評點：《吳吳山三婦合評牡丹亭還魂記》，《不登大雅文庫珍本戲曲叢刊》第6冊（北京：學苑出版社，2003年），〈還魂記或問〉，頁4-5，總頁452-453。

其持教化說者，自是秉持先秦儒家「寓教於樂」的觀念，勸導人倫道德、忠孝節義，尤其明清兩代著爲律令，更使戲曲走上做爲「高台教化」的工具，戲曲所呈現的思想理念便顯得千篇一律，日久生腐，積重難返，不免使人厭煩。而其「教化」，即使在今日，何嘗不也是一種戲曲創作之正確法門；只是如何從中推陳出新，如何似春風化雨般的潤物細無聲，則有待於劇作家靈妙之文學技巧。

其持抒憤說者，不必說是起於太史公，《詩經‧小雅‧節南山》就有「家父作誦，以究王訩」之語，家父作詩的目的是要追究王政敗壞的緣由，很明顯的是在發抒對主政者大師與尹氏亂政喪師的不滿。可見作家發憤著爲篇章自古而然，何況元代文人身處黑暗的政治和社會，何況明代士子頻遭科場蹭蹬的煎熬；而其時戲曲之北劇南戲正爾盛行，則執此以消胸中塊壘，也就很自然了。

其持游藝說者，自有功名富貴場中得意之人，或爲彰顯自家才情，或爲賞心樂事，或爲附庸風雅，也不免藉時興戲曲來作遊藝筆墨。而這種劇作，縱使有華麗的辭藻，精準的格律，也絕大多數失諸情感貧乏、思想淺薄、排場平庸的弊病。要從中找出名篇佳作，恐怕比披沙揀金還難。所以像明周憲王朱有燉《誠齋雜劇三十一種》，縱使工整有餘，其他則不足觀矣！

其持主情說者，誠然享有「親情、愛情、友情、人情」者爲人世間最幸福最快樂之人，而此四情因人因事日新月異，說不盡亦寫不完。尤其「愛情」最爲動人魂魄，最爲人所企慕追想，也爲絕佳之創作題材，此實爲「十部傳奇九相思」之緣故。倘不流入情節模式之窠臼，不拘泥思想理念於陳腐；倘能發人性之底蘊，探人心之渴求，出諸自然而然，使人如萬響廝應、千燈共明；則至意至情何須顧慮無可憑藉之關目，朝思暮想何須憂愁難於言宣之音聲；其題材必然順手可拈，其情節必然引人入勝，其旨趣必然撼動人心。蓋以情爲真爲誠，實爲人們最根本渴望的需求。其情事不僅在古今中外，更在你我他之周遭。

然而此古人五說之外，古今之藝文創作，尤其作爲藝文最總體表徵之戲曲，難道更無別說可論？

有，但很遺憾的，戲曲自晚清以來，卻每每淪爲政治鬥爭的工具，簡約言之，清末被志士用來作爲「驅除韃虜，恢復中華」的革命工具；八年對日戰爭，用來作爲對日抗戰的宣傳工具；國共內戰，彼此也用來作爲醜化對方的工具。而戲曲在臺灣，於日本帝國統治下，更被迫當作侵略挺進的傳聲筒；國民黨退守臺灣，照樣以之爲「反共抗俄」的宣傳媒介。試想：戲曲是民族藝術文化的總體表徵，是何等的崇高尊貴，而在國家動盪之下，竟落得如此不堪；所謂「君子不器」，一個堂堂正正的人，都以被當工具爲恥，更何況是屬於全民族的戲曲呢？

也因此，筆者認爲被工具化的戲曲作者，也許是無奈的，也許是甘居下流的，皆非戲曲創作動機與目的之自發性途徑，所以在此一筆帶過。而筆者希望：戲曲作者倘能以博大均衡之胸襟、真摯自然之性情、高瞻遠矚之涵養，如日月之明，觀照於無私，爲人類尋覓可以安身立命之途，可以人間愉快之方，而承載於戲曲歌舞樂之中，則庶幾可以無憾、可以執此以往矣！

引用書目

傳統文獻

漢・孔安國傳：《尚書》；唐・孔穎達疏：《尚書正義》，清・阮元校刻：《重刊宋本十三經注疏附校勘記》第2冊，臺北：藝文印書館，1955年據清嘉慶二十年江西南昌府學開雕本影印。

漢・毛亨傳，鄭玄箋：《毛詩傳箋》；唐・孔穎達疏：《毛詩正義》，清・阮元校刻：《重刊宋本十三經注疏附校勘記》第3冊，臺北：藝文印書館，1955年據清嘉慶二十年江西南昌府學開雕本影印。

漢・司馬遷著，日本・瀧川龜太郎考證：《史記會注考證》，臺北：大安出版社，2007年。

漢・鄭玄注，唐・賈公彥疏：《周禮注疏》，收入清・阮元校刻：《重刊宋本十三經注疏附校勘記》第5冊，臺北：藝文印書館，1955年據清嘉慶二十年江西南昌府學開雕本影印。

漢・鄭玄注：《禮記注》；唐・孔穎達疏：《禮記正義》，收入清・阮元校刻：《重刊宋本十三經注疏附校勘記》第8冊，臺北：藝文印書館，1955年據清嘉慶二十年江西南昌府學開雕本影印。

西晉・陸機著，劉運好校注：《陸士衡文集校注》，南京：鳳凰出版社，2007年。

梁・劉勰著，周振甫注：《文心雕龍注釋》，臺北：里仁書局，1994年。

宋・司馬光：《資治通鑑》，《四部叢刊初編》，臺北：臺灣商務印書館，1979年據宋刻本影印。

宋・吳自牧：《夢粱錄》，上海：古典文學出版社，1957年。

宋・李攸：《宋朝事實》，北京：中華書局，1985年。

宋・李昉：《太平廣記》，北京：中華書局，2003年。

宋・洪邁：《夷堅志》，北京：中華書局，1981年。

宋・耐得翁：《都城紀勝》，上海：古典文學出版社，1957年。

宋・馬令：《馬氏南唐書》，《文淵閣四庫全書》第464冊，臺北：臺灣商務印書館，1983年據國立故宮博物館藏影印。

宋・鄭思肖：《心史》，《北京圖書館古籍珍本叢刊》集部宋別集類第90冊，北京：書目文獻出版社，1988年。

宋・謝枋得：《疊山集》，《四部叢刊續編》第35冊，臺北：臺灣商務印書館，1976年據上海涵芬樓景印常熟瞿氏鐵琴銅劍樓藏明刊本影印。

元・孔齊撰，莊葳、郭群一校點：《至正直記》，上海：上海古籍出版社，2012年。

元・王實甫撰，明・何璧校：《北西廂記》，收入國家圖書館古籍館編：《古本西廂記彙集初集》3冊，北京：國家圖書館出版社，2011年。

元・胡祇遹：《紫山大全集》，《四庫全書》第1196冊，臺北：臺灣商務印書館，1983年。

元・馬致遠著，瞿鈞編注：《東籬樂府全集》，天津：天津古籍出版社，1990年。

元・馬致遠撰：《雷轟薦福碑》，收入《古本戲曲叢刊四集》，上海：上海商務印書館，1958年據北京圖書館藏明萬曆孟稱舜評點《新鐫古今名劇酹江集》本影印。

元・鍾嗣成：《錄鬼簿》，《中國古典戲曲論著集成》第2冊，北京：中國戲劇出版社，1959年。

明・王九思：《渼陂集》，臺北：偉文圖書出版社，1976年。

明・王守仁：《王陽明全集》，上海：上海古籍出版社，1992年。

明・王驥德：《曲律》，《中國古典戲曲論著集成》第4冊，北京：中國戲劇出版社，1959年。

明・朱鼎：《玉鏡臺記》，《古本戲曲叢刊二集》，上海：上海商務印書館，1955年據長樂鄭氏藏汲古閣刊本影印。

明・何良俊：《四友齋叢說》，北京：中華書局，1959年。

明・何良俊：《曲論》，《中國古典戲曲論著集成》第4冊，北京：中國戲劇出版社，1959年。

明・李玉：《北詞廣正譜》，《善本戲曲叢刊》第六輯，臺北：臺灣學生書局，1987年據清康熙文靖書院刊本影印。

明・李開先：《寶劍記》，《古本戲曲叢刊初集》，上海：上海商務印書館，1954年據北京圖書館藏明刊本影印。

明・李贄：《焚書》，北京：中華書局，1974年。

明・阮大鋮：《春燈謎》，《古本戲曲叢刊二集》，上海：上海商務印書館，1955年據長樂鄭氏藏明末刊本影印。

明・孟稱舜撰；明・陳箴言等點正；明・祁彪佳評：《張玉娘閨房三清鸚鵡墓貞文記》，明崇禎十六年（1643）金陵書房石渠閣刊本。

明・邱濬：《伍倫全備忠孝記》，《古本戲曲叢刊初集》，上海：上海商務印書館，1954年據北京圖書館藏明世德堂刊本影印。

明・邵璨：《香囊記》，收入明・毛晉編：《六十種曲》第1冊，北京：中華書局，1990年據上海開明書店原版重印。

明・金懷玉：《狄梁公返周望雲忠孝記》，《古本戲曲叢刊二集》，上海：上海商務印書館，1955年據北京圖書館藏明文林閣刊本影印。

明・姚茂良撰；王鍈點校：《雙忠記》，北京：中華書局，1988年。

明・徐復祚：《投梭記》，收入明・毛晉編：《六十種曲》第8冊，北京：中華書局，1990年據上海開明書店原版重印。

明・袁宏道著，錢伯城箋校：《袁宏道集箋校》，上海：上海古籍出版社，2008年。

明・高明著，汪巨榮校注：《琵琶記》，臺北：三民書局，1998年。

明・張琦：《衡曲塵譚》，《中國古典戲曲論著集成》第4冊，北京：中國戲劇出版社，1959年。

明・梁辰魚：《浣紗記》，收入毛晉編：《六十種曲》第1冊，北京：中華書局，1990年據上海開明書店原版重印。

明・陳玉蟾，澹慧居士：《鳳求凰》，《古本戲曲叢刊二集》，上海：上海商務印書館，1955年據長樂鄭氏藏明末刊本影印。

明・陶奭齡：《小柴桑喃喃錄》，國家圖書館藏明崇禎乙亥(1635)陶奭齡自序，吳寧李為芝校刊本。

明・陸采：《南西廂記》，《古本戲曲叢刊初集》，上海：上海商務印書館，1954年據大興傅氏藏明周居易刊本影印。

明・尊生館主人編：《陽春奏》，《古本戲曲叢刊四集》，上海：上海商務印書館，1958年據北京圖書館藏明萬曆刊本影印。

明・湯顯祖著，徐朔方、汪笑梅校注：《牡丹亭》，臺北：里仁書局，1995年。

明・湯顯祖著；徐朔方箋校：《湯顯祖詩文集》，上海：上海古籍出版社，1982年。

明・湯顯祖著；清・吳震生、程瓊批評；華瑋、江巨榮點校：《才子牡丹亭》，臺北：臺灣學生書局，2004年。

明・湯顯祖撰，清・陳同、談則、錢宜評點：《吳吳山三婦合評牡丹亭還魂記》，《不登大雅文庫珍本戲曲叢刊》第6冊，北京：學苑出版社，2003年。

明・馮夢龍著，魏同賢主編：《馮夢龍全集》第37冊，上海：上海古籍出版社，1993年。

明・楊維楨：《東維子文集》，《四部叢刊初編》第312冊，，臺北：臺灣商務印書館，1965年據上海商務印書館縮印江南圖書館藏鳴野山房舊鈔本影印。

明・楊維楨：《東維子文集》，《四部叢刊初編》第312冊，，臺北：臺灣商務印書館，1965年據上海商務印書館縮印江南圖書館藏鳴野山房舊鈔本影印。

明・顧起元：《客座贅語》，收入《元明史料筆記叢刊》第16冊，北京：中華書局，1987年。

清・宋廷魁：《介山記》，收入《傅惜華藏古典戲曲珍本叢刊》第42冊，北京：學苑出版社，2010年據清乾隆刻本影印。

清・李漁：《閒情偶記》，《中國古典戲曲論著集成》第7冊，北京：中國戲劇出版社，1959年。

清・李調元：《劇話》，《中國古典戲曲論著集成》第8冊，北京：中國戲劇出版社，1959年。

清・杜煦編，清・杜春生補編：《祁忠惠公遺集》，清道光十五年（1835）刻二十二年（1842）增刻本。

清・柯劭忞：《新元史》，，臺北：藝文印書館，1956年據據清乾隆武英殿刊本景印。

清・洪昇著，徐朔方校注：《長生殿》，臺北：里仁書局，1996年。

清・桂馥：《後四聲猿》，收入王紹曾、宮慶山編：《山左戲曲集成》，上海：上海古籍出版社，2007年。

清・袁鏜：《瞿園雜劇》，《傅惜華藏古典戲曲珍本叢刊》111冊，北京：學苑出版社，2010年據清光緒三十四年(1908)排印本影印。

清・張韜：《續四聲猿》，收入鄭振鐸纂集：《清人雜劇初集》，香港：香港商務印書館，1961年。

清・彭定求等編：《御定全唐詩》，《文津閣四庫全書》集部總集第1429冊，北京：商務印書館，2006年。

清・湯來賀：《內省齋文集》，《四庫全書存目叢書》集部別集類第199冊，臺南：莊嚴文化出版社，1997年據清華大學圖書館藏清康熙書林五車樓刻本影印。

清・焦循：《劇說》，《中國古典戲曲論著集成》第8冊，北京：中國戲劇出版社，1959年。

清・黃圖珌：《看山閣集》，收入《清代詩文集彙編》第288冊，上海：上海古籍出版社，2010年據清乾隆刻本影印。

近人論著

狄寶心選注：《元好問詩詞選》，北京：中華書局，2005年。

林宗毅：《西廂記二論》，臺北：文史哲出版社，1998年。

俞為民、孫蓉蓉主編：《歷代曲話彙編：明代編》第1-2集，合肥：黃山書社，2009年。

俞為民、孫蓉蓉主編：《歷代曲話彙編：近代編》第1集，合肥：黃山書社，2008年。

俞為民、孫蓉蓉主編：《歷代曲話彙編：清代編》第1-2集，合肥：黃山書社，2008年。

唐圭璋編：《全宋詞》，北京：中華書局，1965年。

效鋒點校：《大明律》，北京：法律出版社，1999年。

曾永義：〈參軍戲及其演化之探討〉，《臺大中文學報》第2期，1988年11月，頁135-225。

曾永義：〈雜劇中鬼神世界的意識形態〉，《中華文化復興月刊》第9卷9期，1976年9月，頁84-91。

曾永義：《俗文學概論》，臺北：三民書局，2003年。

曾永義：《論說戲曲》，臺北：聯經出版事業有限公司，1997年。

隋樹森編：《全元散曲》，臺北：漢京文化事業有限公司，1983年。

黃仕忠：〈孟稱舜《貞文記》傳奇的創作時間及其他〉，《浙江大學學報，人文社會科學版》39卷1期，2009年1月，頁76-84。

劉奇玉：《古代戲曲創作理論與批評》，北京：中國社會科學出版社，2010年。

鄧長風：〈〈孟子塞五種曲序〉的真偽與《貞文記》傳奇寫作、刊刻的時間〉，《鐵道師院學報》1998年第15卷第5期，頁17-18。

鄭振鐸：《鄭振鐸文集》，北京：人民文學出版社，1988年。

論陸游出蜀後歌詠異人奇士的愛國詩

黃奕珍*

一、前言

陸游的愛國詩一向為宋詩、甚至詩歌史中重要的研究重點，不過，一般皆將其視為一整體加以考察，而缺乏對其形成、發展、轉變的歷時性過程的探討。

從清代趙翼開始，即將陸游詩作分為少、中、晚三期，其中第二個階段，為自乾道六年(1170)陸游46歲入蜀至淳熙十六年(1189)陸游65歲被劾罷官的二十年，是陸詩臻於成熟的關鍵時期，第三個階段則為65歲之後至其逝世。可是，如果仔細分析陸游的愛國詩作，不難發現這樣的分期無法符合並解釋其變化的軌跡。本人以為應以陸游至南鄭從軍為第一時段(48歲)、離開南鄭至成都為第二時段(49-53歲)，而出蜀後為第三時段(54-85歲)。

陸游在南鄭的經驗成為他日後創作此類詩歌的基本素材，而其對空間的敘寫也可看出此期對之後的影響，〈論陸游南鄭詩作中的空間書寫〉[1]處理了此一問題，並得到以下的結論：藉著比較寫於南鄭時之詩作及追憶之作的空間書寫，發現前一階段已然奠定了之後的基本藍圖，即包括了終南山南北的領域，但後者則凝定了之前「望南山」的意象、新增了對南鄭生活細節的描寫，並使關中地區成為書寫的大宗：不僅常以「河渭」指代從軍歲月，又突顯了「大散關」北望中原的意象，並進而建構以關中為本根四出進擊的征戰場面。

至於陸游在成都的愛國詩作，本人也已於〈論陸游成都時期愛國詩的特色〉[2]一文中提撕其特出之處：一.廣泛地與其他主題結合，並善用各類題材的特性，以擴充愛國詩的範圍，其中「游仙」是相當突出的一類。二.以讀書、看圖或聞聲起興，且常忽略起興之物，而將重點放在邊塞，可說是豐富了愛國詩的寫法。三.以多元的敘事聲音歌詠異人奇士，藉以展演具體的復國圖卷。

從以上三項觀之，可以說成都時期的此類詩作奠定了陸游之後愛國詩的基本格局。我們也可由此看到此期陸游的愛國詩作無論在思想與感情上都豐富多采：他對北伐的策略、自我的定位、典範人物的標舉都有深入的探討；而於悲憤、失望中亦仍對未來充滿信心。更值得關注的是詩作的藝術

---

* 國立臺灣大學中國文學系教授。

1 《文學遺產》2014年第二期(2014年3月)，頁76-85。

2 《文學遺產》2016年第五期(2016年9月)，頁15-23。

特點也相對突出：從遊仙主題體現寫實與造境的巧妙結合、以曲折精微的敘事手法塑造英雄形象，還有七言古體詩藝的成熟等等。一般以為陸游這個時期的創作偏於「放浪不羈」的既定印象也應加以修正。

陸游成都時期愛國詩作的幾項特點在離蜀之後仍舊有著持續的發展與變化。與求仙主題的結合，之後還有〈碧海行〉、〈月下野步〉、〈有道流過門留與之語頗異口占贈之〉、〈聞虜亂代華山隱者作〉等作品，至於飲酒詩亦多有傑作：〈長歌行〉、〈醉歌〉、〈草書歌〉、〈三江舟中大醉作〉、〈醉中戲作〉、〈雪中獨酌〉、〈醉中作行草數紙〉、〈醉歌〉、〈醉書秦望山石壁〉、〈醉題〉、〈酒熟醉中作短歌〉。而且，這個傾向在之後還增加了與寫作草書主題的結合。陸游的這種作法，使其愛國主題能夠滲入更多種類的詩歌主題之中，或如求仙一般代換了原先描寫對象的優先順序、或如飲酒一般重新賦予「藉酒澆愁」不同以往的內容，這些都形塑了各種題材的新穎面貌。

本篇論文主要探討的是陸游出蜀之後的愛國詩如何接續成都時期歌詠異人奇士的路線，其中有何變化，又有何特出的意涵。

以下將就兩個面向討論此一時期的愛國詩。

二、以「將軍」為主的圖寫

出蜀後陸游主要描述的是具有超凡才能的將軍，而且常連帶寫其率領的軍隊，他們一起建立了彪炳的戰功。〈將軍行〉可為代表：

> 將軍入奏平燕策，持笏梐前親指畫。天山熱海在目中，下殿即日名烜赫。
>
> 馳出都門雪初霽，直過黃河冰未坼。繡旗方掠桑乾渡，羽檄已入金臺陌。
>
> 勇士如鷹健欲飛，孱王似兔何勞搦。戎服押俘獻廟社，正衙第賞頒詔冊。
>
> 端門賜酺天下慶，御觴尚恨滄溟迮。從來文吏喜相輕，聊遣濡毫書竹帛。[3]

本詩仍維持陸游愛國詩中常見的快速節奏，將軍由獻策開始即受到皇上高度的肯許，而後各以一句寫其行軍的剽疾與羽檄的告捷；接著寫征伐成功、獻俘封賞、天下歡慶的場面。全詩僅有最後兩句對文臣只能書功於史冊略有蔑視之意。這首詩並未正面描寫將軍的裝扮與相貌，反而是從具體的行事中反映了他的瓌偉奇傑：既能親自為天子籌畫平戎策略，又能包概漢唐以來國土之極西之地，是具有謀略的將才；而付諸實踐時，勢如破竹，顯示他堅實的作戰能力；部屬健猛如鷹，代表他的練兵實力；最後回到都城，接受天子賞賜，則完成了他承諾的功業。

〈將軍行〉一如其詩題所示，「將軍」作為敘事的主人翁從而接受了完整、傳神的繪寫。而其

---

3 宋 陸游著，錢仲聯校注：《劍南詩稿校注》(上海：上海古籍出版社，1985年9月)，頁 1941。以下引詩皆據此本，不另標注。

他相類的詩篇則往往取其一段作為重點，並不做如此全方位的圖寫。譬如〈出塞曲〉[4]就以將軍射獵技藝之高超喻示其武功與能力之高強，而後則截取遺民感泣、胡兒乞降的畫面代表勝利的景況。

> 朝踐狼山雪，暮宿榆關雲。將軍羽箭不虛發，直到祁連無雁羣。隆隆春
> 雷收陣鼓，蜿蜿驚蛇射生弩。落莫遺民立道邊，白髮如霜淚如雨。褫魄
> 胡兒作窮鼠，競裹胡頭改胡語。陣前乞降馬前舞，檄書夜入黃龍府。

另一首〈出塞曲〉[5]篇幅較短，交代場景為「將軍八千騎，萬里逐單于」，再精要地以「北風吹急雪，夜半埋氈廬」寫征戰的辛苦，而後馬上接以獲勝的豪麗場面：「漢家如天臣萬邦，歡呼動地單于降。鈴聲南來金閃鑠，赦書已報經沙漠。」而〈塞上〉[6]略去將軍進策一段，僅以「將軍承詔出全師」帶過，之後各以軍隊精良的裝備、東西馳突的快捷表示此將統御的部隊卓越的作戰能力：「精金錯落八尺馬，刺繡鮮明五丈旗」、「上谷飛狐傳號令，蕭關積石列城陣」。結尾與其他詩作高昂的語調比起來，似有保留：「不應幕府無班固，早晚燕然刻頌詩」含蓄婉曲地暗示了最終的成果。與此詩重點較為類似的還有〈小出塞曲〉[7]，「全師出雁塞，百戰運龍韜」寫事由，「金絡洮州馬，珠裝夏國刀」寫裝備，「度沙風破肉，攻壘雪平壕」寫作戰之難，「明日受降處，甲齊熊耳高」則寫勝利之景況。

而〈涼州行〉[8]則細膩刻畫君主賜衣駐紮於涼州將士一事，並以之作為平定西北漢唐舊疆的依據：

> 涼州四面皆沙磧，風吹沙平馬無迹。東門供張接中使，萬里來宣布襖勑。勑中墨色如未乾，
> 君王心念兒郎寒。當街謝恩拜舞罷，萬歲聲上黃雲端。安西北庭皆郡縣，四夷朝貢無征戰。
> 舊時胡虜陷關中，五丈原頭作邊面。

詩末則將敘事時式推遠至未來，明確地將南宋的國土限縮當成過去的歷史。捨去步驟分明的圖寫，而以一個畫面與結果呈現這支軍隊的精良，可說是別出心裁的寫法。而且，〈將軍行〉中我們看到了君王之採納大將的良策與功成後的行賞，這裡則看到了他對軍士真誠的關愛與軍士對其之忠誠，因而深入地探及戰爭成功的內在因素。

　　值得特別關注的還有這個時期歌詠將軍的組詩。在此之前陸游雖曾寫過與愛國相關的組詩，但僅只一組，且非敘寫出征將士者。[9]然而出蜀之後他卻有四組詩作，[10]分別以不同的首數與角度來刻畫神奇非凡的主人翁。

4　頁857-858。

5　頁1205。

6　頁1252。

7　頁1945。

8　頁1976。

9　〈獵罷夜飲示獨孤生〉三首，頁693。淳熙四年（1177）九月，自成都往漢州道中。其第二、三首有部分詩句與征戰有關，但寫的是想像中自己得償宿願的英姿。

10　還有一組為〈老將〉二首，將於之後討論。

〈軍中雜歌〉計有八首，[11]其情節大約是由邊防守軍寫起，誇耀將領維持邊境安寧的能耐。而後以叫陣的口吻警告胡人，並描寫之後他們投降的慘狀，緊接著再以紫髯將軍之精通騎獵來強調他的雄威。之後即爲中央之揮軍北上，「檄書纔下降書至」，快速地收復了失土。最後兩首各以漁陽的女子與北庭的征人表示遺民重回故國，而西北邊地再爲宋朝疆域。觀察其敘事的順序，在第六首之前應是採用邊塞詩的傳統寫法，以北地、匈奴、名王之降、飛將軍與紫髯將軍等過去的地點與人物加以描述，直到第六首才落實於南宋的實況，直言其攻打之對象爲「女眞」。

八首之一

三受降城無壅城，賊來殺盡始還營。漠南漠北靜如掃，清夜不聞胡馬聲。

八首之二

秦人萬里築長城，不如壯士守北平。曉來磧中雪一丈，洗盡羶腥春草生。

八首之三

匈奴莫復倚長戈，來款軍門早乞和。鐵騎如山尚可避，飛將軍來汝奈何！

八首之四

名王金冠玉蹀躞，面縛纛下聲呱呱。薰街未遽要汝首，賣與酒家鉗作奴。

八首之五

三月未春冰塞川，冬月苦寒雪闇天。紫髯將軍曉射虎，嚇殺胡兒箭似椽。

八首之六

北面行臺號令新，繡旗豹尾渡河津。檄書纔下降書至，不用兒郎打女眞。

八首之七

漁陽女兒美如花，春風樓上學琵琶。如今便死知無恨，不屬番家屬漢家。

八首之八

北庭茫茫秋草枯，正東萬里是皇都。征人樓上看太白，思婦城南迎紫姑。

這八首詩以殊異的寫法刻畫不同時代將軍的英勇與能幹：第一首說他殺敵時破釜沈舟的決心，第二首肯定他鎮守邊境的功勞，第三首特地點出他的威風，第五首以北地的嚴寒與射獵的技巧突顯他的勁健。而後北上的軍隊速度功效皆佳，其領袖雖未被明確描繪，但其號令嚴明、軍容雄壯、進退有節，與之前所寫的將軍難分軒輊。此外，此組詩歌寫法多樣：直白的賦寫戰功的有「漠南漠北靜如掃，清夜不聞胡馬聲」，含蓄的隱喻有「曉來磧中雪一丈，洗盡羶腥春草生」，刻畫異邦國君的外貌舉止爲「名王金冠玉蹀躞，面縛纛下聲呱呱」，而呈示漁陽女子的心曲爲「如今便死知無恨，不屬番家屬漢家」。結尾更爲精彩，以北庭常駐之軍士表明南宋朝廷不僅回復了北宋的疆域，更擴展國土至漢唐時的領地，而且還能穩定地駐守、防護，可說是全面地肯定國家用兵的績效。整體來看，本組詩作前五首歌詠歷史上守邊與告捷的將軍，第六首則以南宋的軍隊加以接續，組成一個具

11　頁1158-1160。

有輝煌戰功的譜系，也等於將退守半壁江山的南宋政權重新加入秦漢盛唐的陣營，這也是為何他把第八首寫得神似盛唐邊塞詩的原因。

利用組詩較長的篇幅與較多的首數，陸游成功拓寬了描寫的範圍，〈軍中雜歌〉從防守寫到征伐，從戰時寫到承平，從將軍寫到胡虜與遺民，從過去、現在直到未來，像展閱長長的北伐復國圖卷。

至於〈焉耆行〉[12]二首則採取敵方的視角來繪寫我方的將領，二首詩皆以前半四句交代當地的氣候與風物，再以後四句寫他們對守邊漢將的畏懼與對漢地政局的讚揚：

之一

焉耆山頭暮煙紫，牛羊聲斷行人止。平沙風急捲寒蓬，天似穹廬月如水。

大胡太息小胡悲，投鞍欲眠且復起。漢家詔用李輕車，萬丈戰雲來壓壘。

之二

焉耆山下春雪晴，莽莽惟有蒺藜生。射麋食肉飲其血，五穀自古惟聞名。

樵蘇切莫近亭障，將軍臥護真長城。十年牛馬向南睡，知是中原今太平。

首先，詩人不直接敘寫將軍的形貌、能力、戰功，而以胡人的行動來說明內心的憂慮，正可反面襯出我方將領的傑出。他捨棄慣用的作戰、投降、得勝的畫面，而代以看似平和、寧靜的場景，更能凸顯主旨。其次，以秋日之戰雲壓壘、春季的長城臥護代表長時間的對峙與和、戰的狀況，全面地展現了此地的真實情形。最後，則是由「詔用李輕車」延伸至「中原今太平」，更可看出君主是何其英明。

而〈塞上曲〉四首[13]則以前二首寫戍守北境的將士，第三首寫王師北伐的陣仗與深層意義，最後一首非常特別，由之前的情節主線突然轉到敘事者本身：

之一

秋風獵獵漢旗黃，曉陌霜清見太行。車載甂甒馳載酒，漁陽城裏作重陽。

之二

將軍許國不懷歸，又見桑乾木葉飛。要識君王念征戍，新秋已報賜冬衣。

之三

金鼓轟轟百里聲，繡旗寶馬照川明。王師仗義從天下，莫道南兵夜斫營。

之四

老矣猶思萬里行，翩然上馬始身輕。玉關去路心如鐵，把酒何妨聽渭城。

這組詩作的事件安排可說是〈軍中雜歌〉的簡約版，包含了戍守、進攻與得勝。較長時間駐防於北方邊境(太行、漁陽、桑乾)的將軍一心報國，並未有歸鄉之思，而且，以初秋即得報賜衣來表示國

12　頁1404-1405。

13　頁1552-1553。

君對他們的關懷。這與後一首的「王師仗義」應有內在的關聯，亦即臣忠君仁，目的在維護正義，其本質與偷襲敵營的軍隊判若天壤。然而其與〈軍中雜歌〉亦有區別，本詩未曾明言王師爲南宋的軍隊，所以比較合理的敘事順序應爲太行、漁陽、桑乾等北境已爲其國土，而後再揮軍北指，意圖取得更爲廣大的領地。而後，又以第四首的玉關帶出向西拓境的規畫，與〈軍中雜歌〉所描述的領域相當類似。而末首以一位期盼加入此一軍旅的男子發聲，他願意不辭辛苦、爲國殺敵，先說「老矣」，又說「翩然上馬始身輕」，表示他對從軍的熱愛，原本沈重的身軀，竟可因此變得輕盈靈活。而眾人畏懼的邊關他卻一意前往，更反用〈渭城曲〉「西出陽關無故人」的意思，充滿從戎的驕傲感。這又與「將軍許國不懷歸」互相呼應，展現這支軍隊以及君主的整體品德是如斯令人嚮往。

〈塞上曲〉四首與〈涼州行〉皆寫到君主與將士間的情誼，〈焉耆行〉二首更進而擴充到內政的清明，可見陸游對北伐能否成功的考慮層面至少比成都時期更爲全面。

寫於宋寧宗開開禧元年（1205）夏天的〈出塞四首借用秦少游韻〉四首，[14]表現了他贊成北伐的一個面向：

之一

北伐下遼碏，西征取伊涼。壯士凱歌歸，豈復賦國殤。連頸俘女真，貸死遣牧羊。犬豕何足讎，汝自承餘殃。

之二

煌煌藝祖業，土宇盡九州。當時王會圖，豈數汝黃頭。今茲縛纛下，狀若縠觫牛。萬里獻太社，裨將皆通侯。

之三

符離既班師，北討意頗闌。志士雖有懷，開說常苦艱。諸將初北首，易水秋風寒。黃旗馳捷奏，雪夜奪楡關。

之四

小醜盜中原，異事古未有。爾來閫左起，似是天假手。頭顱滿沙場，餘截飼豬狗。天網本不疎，貸汝亦已久。

前二首以迅疾的筆調寫得勝，主要重心在投降與封賞。第三首陡然落入現實，直接提到孝宗隆興元年(1163)北伐於符離失利以致被迫簽訂隆興和議的往事，因爲此次敗戰，要再討論出兵北討是很困難的。陸游提到若決定北向用兵，行前必然不免有壯士不還的憂慮，然而他馬上振起，直寫勢如破竹的成功。第四首則以威嚇的口吻警告金人，並搬出上天作爲宋軍的後盾。這組詩作不僅指明確切的時空，還非比尋常地提及符離敗績一事，這在歌詠異人奇士的脈絡中，是絕無僅有的。再者，以

---

14 頁3527-3529。在前一年正月，韓侂冑定議伐金，5月，追封岳飛爲鄂王、吳曦練兵西蜀，12月，韓侂冑兼國用使。宋廷準備伐金。

全體將士爲描寫對象，雖未凸顯特定的將領，但卻技巧地將志士、壯士、主將、副將等全部形塑成一可望得勝的團隊。

綜觀陸游描寫「將軍」的組詩較之單篇的作品，具有拉長時間跨度、改用敵方視角、混合泛觀與個別視角的寫法，這些使得敘事的場景更爲遼濶、主角更爲立體，呈顯了更爲豐富的內涵。

圖寫異人奇士的作品還有一個面向是雙寫遇與不遇，例如與〈將軍行〉相當類似的〈大將出師歌〉，[15]此詩特寫領兵辭行時的風光場面，中間也帶上軍隊陣容之龐大，而迅速獲得勝利後，則著意寫降虜的可憐膽怯，最後則以還朝策勳作結。特別的是，此詩最後兩句將時間倒回大將尚未受到重用之前，那時誰能預料他今日的榮顯？

> 將軍北伐辭前殿，恩詔催排苑中宴。紫陌驚塵中使來，青門立馬羣公餞。
>
> 繡旗雜沓三十里，畫鼓敲鏗五千面。行營暮宿咸陽原，滿朝太息傾都羨。
>
> 天聲一震胡已亡，捷書奕奕如飛電。高秋不閉玉關城，中夜罷傳青海箭。
>
> 可汗垂泣小王號，不敢跳奔那敢戰。山川圖籍上有司，張掖酒泉開郡縣。
>
> 還朝策勳兼將相，詔假黃鉞調金鉉。丈夫未遇誰得知，昔日新豐笑貧賤。

本詩的敘事時間點分爲兩段：遇／不遇，而主要部分在前者。〈秋月曲〉[16]亦分兩段：主人翁在長安與邊塞的生活，雖然他贊揚後者，卻未將前者視爲不得志：

> 舊時家住長安城，萬戶千門秋月明。紫陌朱樓歌吹海，酣宴不覺銀河傾。
>
> 受降城頭更奇絕，莽莽平沙千里月。選兵夜出打番營，鐵馬蹴冰冰欲裂。
>
> 塞月未落成功回，腰鼓橫笛如春雷。長安高樓豈不樂，與此相去何遼哉！
>
> 丈夫志在垂不朽，漆胡骷髏持飲酒。舉頭雲表飛金盤，痛飲不用思長安。

不論是長安的笙歌宴舞還是受降城頭的豪飲酣戰，都被描寫得爽朗迷人，只是比較起來，他更偏愛從軍生涯。

陸游在此期間也寫了老去的將軍，這是出蜀前未曾出現的狀況。〈老將效唐人體〉[17]塑造了一個追憶昔年事蹟的垂老將軍，他壯志仍在，對敵情既了解又關心，只是國家採行議和政策，不傾向用武，他的回憶與本領顯然不受青睞：

> 寶劍夜長鳴，金瘢老未平。指弓誇野戰，抵掌說番情。已矣黑山戍，悵然青史名。和親不用武，教子作儒生。

另外，他還有〈老將〉二首，[18]其一仍以身上的創傷說明戰爭的情況，但憾恨之意更爲深重，而且直接點明自己參戰之時即爲北宋[19]：

15　頁887。

16　頁2208。

17　頁1420。

18　頁1779-1780，

19　錢仲聯注本詩引王偁《東都事略》卷128附錄西夏二，認為是神宗時起兵討伐西夏事，頁1780。

憶昔東都有事宜，夜傳帛詔起西師。功名無分身空在，猶指金創說戰時。

其二則寫老將現今的生活狀況，是由軍中豪邁快意的將領變為湖山間時感悲涼的老農，尤其值得注意的是，他回鄉後須變名易姓，他所在的時世並不平靖，所以他要「待太平」。

百戰西歸變姓名，悲歌擊筑醉湖城。貂裘換得金鳴觜，種藥南山待太平。

飽經戰事卻「功名無分」，是否暗示了賞罰不公？退役後變易姓名，是否表示他曾犯了過錯、得罪上司或有不可公開的冤屈，所以只能如此以防人知曉而徒生禍端。等待天下平治，是認為還不到偃兵息甲的時候，但身為老農，他的看法顯然缺乏影響力。綜合起來，這位不像〈老將效唐人體〉中的那位壯心未已的老將單純，他的過去不易了解，他的心思複雜深沈，他現在的處境並不理想，對自己也感到相當無奈。

縱觀以上的詩篇，可以發現〈大將出師歌〉以降的作品與之前的〈將軍行〉、〈出塞曲〉和〈涼州行〉等有所區隔。前者同時顧及了主人翁生命的不同階段，而後者則專意於描寫風光出征以至凱旋歸來的一段。這種方式與成都時期亦不甚相同，那時描寫的不管是「丈夫」或「壯士」，雖也有獲用與不用兩種狀況，卻是各以一首詩集中描述的。[20]

三、「我」與「英雄」的疊近

其實，陸游歌詠的將軍與隊伍、征伐的過程與成果等典型情節，在某些詩篇中也會或多或少的出現。與前節所舉詩例不同的是這些詩篇似乎並不專注於描寫外在的一個人物、多個對象，反而是與詩人有著程度不等的牽連，換句話說，詩中的英雄隱約帶著敘事者本身的特質。

我們或許可以從以下這首詩談起：

天寶胡兵陷兩京，北庭安西無漢營。五百年間置不問，聖主下詔初親征。

熊羆百萬從鑾駕，故地不勞傳檄下。築城絕塞進新圖，排仗行宮宣大赦。

岡巒極目漢山川，文書初用淳熙年。駕前六軍錯錦繡，秋風鼓角聲滿天。

首蓿峰前盡亭障，平安火在交河上。涼州女兒滿高樓，梳頭已學京都樣。

御駕親征、軍容壯盛、快速平定、大赦天下、盡有西北漢唐故土、以髮式學習京都作為文化認同的象徵等等，甚至直接設定為南宋時事、表明此舉在歷史上的意義等，在在皆可於前節詩篇中找到類似的敘述。說是歌頌北伐王師的詩作，亦無太大的問題。但是，如果考慮到此詩詳盡的詩題，也許會有不同的想法：〈五月十一日夜且半夢從大駕親征盡復漢唐故地見城邑人物繁麗云西涼府也喜甚馬上作長句未終篇而覺乃足成之〉。[21]陸游在此解釋所寫之內容主要是其夢中所見，而且，他是追隨天子北征的一員，在馬背上即開始寫作，這與客觀地圖寫外在的景況是有所區別的。由陸游夢中

---

20 丈夫：〈金錯刀行〉頁361、〈胡無人〉頁367。壯士：〈出塞曲〉頁624、〈大雪歌〉頁710。

21 頁970。

感到「喜甚」與醒後續成可知這壯濶而激勵人心的場面可說是詩人心目中的理想狀態。這麼說來，前節所寫的將軍似乎也就不能完全與詩人無關了。

寫於此詩次年的〈夢中作〉[22]也展示了一些典型的片斷，其結尾與〈大將出師歌〉亦雷同：

　　拓地移屯過酒泉，第功圖像上凌煙，事權皂纛兼黃鉞，富貴金貂映玉蟬。

　　油幢毬場飛騕褭，錦裁步障貯嬋娟。擁塗士女千層看，應記新豐舊少年。

正因為其詩題寫明了為「夢中所作」，所以讀來夫子自道的意味就更濃厚了一些。事實上令人有此感想的原因並不單純，我們只要把年份相近的一些作品比對來看，就會發現有些描述常是既用在自述又用在描摹他人的：「皂纛黃旗都護府，峨冠長劍大明宮。功名晚遂從來事，白首江湖未歎窮。」[23]寫他的志向、「少年讀書忽頭白，一字不試空虛名。公車自薦心實恥，新豐獨飲人所驚。」[24]便以新豐少年自比。而且，第五、六句的場景與他寫從軍所見極為類似：「四十從戎駐南鄭，酣宴軍中夜連日。打毬築場一千步，閱馬列廄三萬疋。華燈縱博聲滿樓，寶釵豔舞光照席。琵琶絃急冰雹亂，羯鼓手勻風雨疾。」[25]

即使是像〈秋風曲〉[26]這樣傾向於客觀敘事的詩題，也往往可以滲入濃濃的自道意味：

　　秋風吹雨鳴窗紙，壯士不眠推枕起。床頭金盡尊酒空，櫪馬相看淚如洗。

　　鴻門霸上百萬師，安西北庭九千里。帳前畫角聲入雲，隴上鐵衣光照水。

　　橫飛渡遼健如鶻，談笑不勞投馬箠。堂堂羽檄從天下，夜半研營屏可部。

　　拾螢讀書定何益，投筆取封當努力。百斤長刀兩石弓，飽將兩耳聽秋風。

詩中的壯士與以下諸詩所寫者亦相當吻合：「浮生亦念古有死，壯氣要使胡無人」[27]、「百戰鐵衣空許國，五更畫角只生愁」[28]、「老夫實好義，北望常酸辛。何當擁黃旗，徑涉白馬津？窮追殄犬羊，旁招出鳳麟。努力待傳檄，勿謂吳無人！」[29]、「青海天山戰未鏖，即今塵暗舊戎袍。風高乍覺弓聲勁，霜冷初增酒興豪。」[30]、「老夫壯氣橫九州，坐想提兵西海頭，萬騎吹笳行雪野，玉花亂點黑貂裘」[31]，他甚至表明即使年已老耄，也仍願報國：「八十將軍能滅虜，白頭吾欲事功

22　頁1080。

23　〈冬夜月下作〉，頁1237。

24　〈秋雨歎〉，頁1188。

25　〈九月一日夜讀詩稿有感走筆作歌〉，頁1802。另〈春感〉亦有類似的描述：「射堋命中萬人看，毬門對植雙旗紅」，頁536。

26　頁1169。

27　〈讀書罷小酌偶賦〉，頁1219。

28　〈秋興〉二首之一，頁1167。

29　〈哀北〉，頁1144。

30　〈野飲夜歸戲作〉，頁1136。

31　〈冬暖〉，頁1098。

名。」[32] 〈壯士吟次唐人韻〉[33] 就讓人難以分辨所敘寫的人物是否即爲詩人本身：

　　士厭貧賤思起家，富貴何在髮已華。不如為國戍萬里，大寒破肉風卷沙。

　　誓捐一死報天子，兜鍪如箕鎧如水。男兒墮地射四方，安能山棲效園綺！

　　塞雲漠漠黃河深，涼州新城高十尋。風餐露宿寧非苦，且試平生鐵石心。

也許我們可以這麼解釋：陸游所歌頌的偉大將軍，其實很大部分是他心目中那個能夠完成北伐的理想的自己，一如〈縱筆〉三首之二[34] 所寫：

　　東都宮闕鬱嵯峨，忍聽胡兒敕勒歌。雲隔江淮翔翠鳳，露霑荊棘沒銅駝。

　　丹心自笑依然在，白髮將如老去何。安得鐵衣三萬騎，為君王取舊山河！

這首詩清楚表達了他做爲將軍的意願，而在其他詩作中所表彰的勁旅，也是他亟欲參加的隊伍。當然，詩人非常明白現實與理想間的距離，因此，他下筆極爲愼重。當他寫到理想形象之時，往往以未來式加以表現，或乾脆以「夢」爲媒介，明確界定之間的距離。然而在此與彼間，我們發現了更豐富的層次。

　　首先，除了前述軍中打毬歌舞之外，陸游所繪寫的英雄還擁有他自己的一些經歷，，例如〈十月二十六日夜夢行南鄭道中既覺恍然攬筆作此詩時且五鼓矣〉[35] 一詩：

　　孤雲兩角不可行，望雲九井不可渡。嶓冢之山高插天，漢水滔滔日東去。高皇試劍石為分，草沒苔封猶故處。將壇坡陀過千載，中野疑有神物護。我時在幕府，來往無晨暮。夜宿沔陽驛，朝飯長木舖。雪中痛飲百榼空，蹴踏山林伐狐兔。耽耽北山虎，食人不知數。孤兒寡婦讎不報，日落風生行旅懼。我聞投袂起，大呼聞百步，奮戈直前虎人立，吼裂蒼崖血如注。

　　從騎三十皆秦人，面青氣奪空相顧。國家未發度遼師，落魄人間傍行路。對花把酒學醞藉，空辱諸公誦詩句。即今衰病臥在床，振臂猶思備征戍。南人孰謂不知兵？昔者亡秦楚三戶！

此詩段落分明：前8句描述道中景色，中16句寫當時或夢中事件，後8句回到現實，抒發憂憤之情。

---

[32] 〈冬夜不寐至四鼓起作此詩〉，頁1079。
[33] 頁3321。
[34] 頁1417。
[35] 頁1092。

陸游是否眞的打過老虎，衆說莫衷一是，[36]這裡所寫應是有所本的夸飾，[37]詩人的目的不在陳述事實，而在以此事件表明他的豪俠之氣與武藝，以過渡至末段的惆悵，增強其欷歔之程度。因爲詩題中說是「既覺」之後才提筆寫下此詩的，因此也可以說他在這裡寫的奇士就是自己，那勇武的形象並不訴諸未來，而是早已於其生命中體現。這樣，他筆下的那些英雄與他的距離也就更爲接近了。

另一首〈醉歌〉[38]也寫到獵虎，但未託之夢境，所以筆調較爲收斂：

> 往時一醉論斗石，坐人飲水不能敵。橫戈縱劍未足豪，落筆縱橫風雨疾。
>
> 雪中會獵南山下，清曉嶙峋玉千尺。道邊狐兔何曾問，馳過西村尋虎跡。
>
> 貂裘半脫馬如龍，舉鞭指麾氣吐虹。不須分弓守近塞，傳檄可使腥羶空。
>
> 小胡逋誅六十載，猘猘獷子勢已窮。聖朝好生貸孝戰，還爾舊穴遼天東。

較之前篇，這首更是馬上接著寫行軍打仗之事，而其寫法一如之前寫將軍一般，這也讓我們看到他如何構築自己與那些「終極英雄」間的關係，加上了自己曾參與或眞的打虎的經歷，他只要得到更好的機會，便可以廁身那英雄的殿堂了。

在有些詩作中，他把自己塑造成另一種型態的奇士，例如，〈我夢〉一詩憑藉著「夢」的自由與無所拘限，作了這樣的想像：

> 我夢入煙海，初日如金鎔。赤手騎怒鯨，橫身當渴龍。百日京塵中，詩料頗闕供。此夕復何夕，老狂洗衰慵。夢覺坐歎息，杳杳三茆鐘。車馬動曉陌，不竟睡味濃。平生擊虜意，裂眥髮上衝。尚可乘一障，憑堞觀傳烽。[39]

詩篇一開首即以雄邁魔幻的情節駭人耳目，這個場景金光燦爛、主人翁既可馴服海中的鯨魚，又能與兇猛的巨龍對峙。這與韓愈寫賈島大膽開創文學路途可謂異曲同工：「蛟龍弄角牙，造次欲手攬……天陽熙四海，注視首不頷。鯨鵬相摩窣，兩舉快一噉。」[40]然而覺醒之後，他發現自己只是待在京城中百無聊賴的老人，不過末四句又陡然上接篇首的豪氣，以擊虜復仇振起之。夢中那位勇

---

[36] 錢鍾書即持懷疑的態度，他指出了二種不一致爲其立論之根據。其一爲打虎的細節、一爲對老虎的態度：「《西京雜記》卷5記李廣射了老虎，『斷其髑髏以爲枕』……《劍南詩稿》卷4〈聞虜亂有感〉：『前年從軍南山南……赤手曳虎毛氈氈』；卷11〈建安遣興〉：『刺虎騰身萬目前，白袍濺血尚依然』；卷14〈十月二十六夜雪行南鄭道中〉：『雪中痛飲白楊空，蹴踏山林伐狐兔……奮戈直前虎人立，吼裂蒼崖血如注』；卷26〈病起〉：『少年射虎南山下，惡馬強弓看似無』；卷28〈懷昔〉：『昔者戍梁益，寢飯鞍馬間……挺劍刺乳虎，血濺貂裘殷』；卷38〈三山杜門作歌〉第3首：『南沮水邊秋射虎』。或說箭射，或說劍刺，或說血濺白袍，或說血濺貂裘，或說在秋，或說在冬。《劍南詩稿》卷1〈畏虎〉：『心寒道上跡，魄碎菻葉低，常死不自免，一死均豬雞』、卷2〈上巳臨川道中〉：『平生怕路如怕虎』，此等簡直不像出於一人之手。因此，後世師法陸游的詩人也要說：『一般不信先生處，學射山頭射虎時』(曹貞吉《珂雪二集·讀陸放翁詩偶題》5首之3)」。《宋詩選註》(北京：生活·讀書·新知三聯書店，2001年)，頁325-326。

[37] 如徐振輝〈陸游的「射虎」與「畏虎」詩案〉即針對錢鍾書的說法提出商榷，他認爲錢氏忽略了陸游之射虎是在圍獵行動中，而所謂的「畏虎」更僅只是一個隱喻。《書屋》第11期(2014年11月)，頁59-62。

[38] 頁1134。

[39] 頁1573。

[40] 〈送無本師歸范陽〉，《昌黎先生詩集注》(臺北：學生書局，1967年5月)，卷5，頁292。

士的行徑可說是詩人深藏的壯志的表徵。

在〈悲歌行〉[41]中，他也描寫了部分與此類似的奇士行爲：

> 士如天馬龍爲友，雲夢胸中吞八九。秦皇殿上奪白璧，項羽帳中撞玉斗。
>
> 張綱本不問狐狸，董龍何足方雞狗。風埃蹭蹬不自振，寶劍牀頭作雷吼。
>
> 憶遇高皇識隆準，豈意孤臣空白首！即今埋骨丈五墳，骨會作塵心不朽。
>
> 胡不爲長星萬丈掃幽州？胡不如昔人圖復九世讎？
>
> 封侯廟食丈夫事，齷齪生死真吾羞！

因爲缺少了「夢」的支撐，這裡他雖桀驁不馴，卻也僅能自比爲與龍爲友的天馬，接下來，他寫了自己的氣概：胸懷廣大、如藺相如般出使敵國而能不畏強權，又如亞父般爲了錯失良機而懊惱不堪，他想爲國除大害而不把奸佞小臣看在眼裡。可惜這些才能與抱負全因時運不濟而無法施展。經過幾句低吟後，又如同前首詩般陡然振起，以長星之滅胡與公羊之復讎自許，語調之高昂令人驚訝。這裡所寫的「丈夫」，就其胸襟與才幹來說，都是值得尊敬與推崇的，與前節的「將軍」或本節騎鯨射虎的英雄比起來平易近人許多。

從歌詠異人奇士的詩篇之內容來看，我們發現自述與述他二者間幾乎相同的詩例，由是可知他所繪寫的主人翁與理想的自己間是有著密切的關係的。而且，在某些詩篇裡，也看到他把自己獵虎或從軍的經驗加入奇士的履歷中，這證明了他與他所頌揚的人物間可能部分是重合的。另外，在瓌偉不凡的將軍之外，他還把自己寫成了能騎鯨抗龍的異人，或與歷史上立下奇功的名臣同等地位的奇士，這表現他對自己的多元期許，也表示「將軍」只是他的理想形象之一種。

四、結語

陸游在成都時期歌詠的異人奇士包括了將軍、[42]渴望反攻的軍人、[43]王師、[44]豪邁不遇的壯士[45]與劍客。[46]前面三種在出蜀之後依然可見，只是變成以將軍爲主的書寫，第四種也被融入其中。比較特別的是劍客形象的淡化。在這個時期僅有〈月下野步〉[47]中劍術高超的主人翁，不過原先劍客

---

[41] 頁2196-2197。

[42] 〈胡無人〉，頁367、〈出塞曲〉，頁624。

[43] 〈金錯刀行〉，頁361。

[44] 〈九月十六日夜夢駐軍河外遣使招降諸城覺而有作〉，頁344、〈戰城南〉，頁625。

[45] 〈大雪歌〉，頁710

[46] 這兩首〈劍客行〉各見頁601、727。

[47] 「空中磊落斗跨天，道旁荒寒月滿川。行歌驚起鷗鷺眠，三萬里在拄杖邊。敲門索酒太華前，飛渡黃河不須船。袖中短鐵青蜿蜒，昔曾巴丘從老僊，削平巖崖抉雲煙，此妙可得不可傳。雷聲殷殷電煜然，已覺遼碣無腥羶。雪花如席登祁連，歸來卻看東封年。」頁1615。此詩擬置於遊仙愛國詩的部分討論。

的身份為刺殺敵國君王的刺客，在此並非如此。此期〈題海首座俠客像〉[48]似乎對未能召募到此種刺客深致歎惋，不過再也沒有創作如〈劍客行〉般繪寫細膩、情感激昂的詩篇了。

　　為什麼出蜀後他嘗試由單篇、組詩的形式不斷描述英勇的「將軍」而捨棄了之前的劍俠呢?原因之一可能是他認識到真正能夠回復故疆、不愧祖宗的方法便是整軍經武，堂堂正正地反攻北方。派遣刺客取金主性命以圖恢復並非良策。這由他寫將軍往往連帶寫君主的仁恩、內政的清明，甚至屢屢以一得勝之團隊歌頌其中的志士、壯士、主將、副將等可以見出，北伐復國不能靠個別的力量，而須全國戮力、一心一德，方可成功。

　　成都時期所寫的將軍英勇非常，但沒有往前推進至其暮年的，但出蜀之後卻以深沈感慨寫「老將」，似乎反映了詩人對於人生更深刻的體會：百戰將軍不見得能像他常寫的那樣威風、而往往滿腹委屈、以落拓失意為下場。

　　同樣的，詩人雖然慣以盛唐邊塞詩的氣概寫作愛國詩，他想像的宋代領域是「盡復漢唐故地」，他說宋太祖時「土宇盡九州」，其實都是「大言」，不符歷史現實。對於現況的理解，在這個時期也漸有揭露，例如，〈軍中雜歌〉八首之六直說其敵人為「女真」、〈涼州行〉承認南宋的國界為「五丈原頭作邊面」、〈出塞曲四首借用秦少游韻〉之三寫出北伐敗戰之事，也代表此刻他所謂的「邊塞」即為南宋與金朝為界的「淮水」。這意味著他在邊塞詩書寫中加入了南宋，讓他的國家與時代進入這個悠久的傳統從而增長了時間的跨度。

　　以上的現象顯示隨著詩人年紀與閱歷的增長，他對於種種現實有了更為全整深入的理解，因而關懷的面向也就更為豐富、寫作的內涵更為複雜。

　　另外，陸游在自述詩篇中，也常使用成為「將軍」或期待從軍的想法，這代表他所圖寫的不僅只是一個外在客觀的存在，而可以視為他的典範，然而，他也為自己塑造了更為多樣的英雄型態，這些都與他的復國志業有著莫大的關連。而且，除了「將軍」之外，他還加入了自己的經歷，使其與典範的距離更為靠近。並且謹慎運用「夢」、「醉」或想像來加以鋪陳，不輕易混淆二者的界限。

---

[48]　頁1301。

引用書目：

唐・韓愈，清・朱彝尊、何焯評：《昌黎先生詩集注》(臺北：學生書局，1967年5月，秀野堂本)

宋・陸游著，錢仲聯校注：《劍南詩稿校注》(上海：上海古籍出版社，1985年9月)

徐振輝：〈陸游的「射虎」與「畏虎」詩案〉，《書屋》第11期 (2014年11月)，頁59-62。

黃奕珍：〈論陸游南鄭詩作中的空間書寫〉，《文學遺產》2014年第二期(2014年3月)，頁76-85。

黃奕珍：〈論陸游成都時期愛國詩的特色〉，《文學遺產》2016年第五期(2016年9月)，頁15-23。

錢鍾書：《宋詩選註》，(北京：生活・讀書・新知 三聯書店，2001年)

五句體與連章詩

——杜甫《曲江三章章五句》體式發微

程章燦*

一、"五句成章"的《曲江三章章五句》

唐人好詠曲江[1]，這不僅因爲曲江是唐代首都長安的風景名勝之地，還因爲曲江對致力於科舉仕進的士子們具有特別的象徵意義。自開元中疏鑿以來，曲江就因其景色迷人，又具南有紫雲樓和芙蓉苑、西有杏園和慈恩寺的位置優勢，而成爲長安士人春秋佳日遊集之地。當時考中進士的人，都要聚宴於曲江亭相互慶賀，謂之曲江會。[2]杜甫對曲江也懷有深厚的情感，他一生創作了13首詠曲江詩，[3]作於天寶十一載（752）的《曲江三章章五句》，是杜甫第一次以"曲江"爲題寫景抒情，[4]因而在其曲江題材詩歌創作史上具有獨特的意義。這幾乎是不言自明的。而本文所要論證的是，這組詩無論從其題旨表達、還是從其章法結構來看，都特別富有獨特性和創造性，值得專門探討。

天寶十載（751），杜甫在長安兩次應試失敗之後，向朝廷獻《三大禮賦》，希望能被皇上賞識，結果僅得集賢院待制候用的空名。次年，杜甫遊曲江，有感於仕途失意，遂作《曲江三章章五句》：

> 曲江蕭條秋氣高，菱荷枯折隨風濤，遊子空嗟垂二毛。白石素沙亦相蕩，哀鴻獨叫求其曹。
>
> 即事非今亦非古，長歌激越梢林莽。[5]比屋豪華固難數。吾人甘作心似灰，弟侄何傷淚如雨。
>
> 自斷此生休問天，杜曲幸有桑麻田。故將移住南山邊。短衣匹馬隨李廣，看射猛虎終殘年。

---

* 南京大學文學院教授。

1 參看謝泉《淺談唐代的「曲江」詩》，《寶雞文理學院學報(社會科學版)》，第24卷，第4期，2004年8月。

2 李肇，《唐國史補》。（唐）李肇等撰《唐國史補 因話錄》，上海古籍出版社1979年，第55-56頁。

3 按：《詩經》中常有多章成篇者，故此處將《曲江三章章五句》計作一首，而將《曲江二首》計作二首。

4 譚文興《杜甫詩中的曲江》，《杜甫研究學刊》1994年第1期。

5 此處「莽」讀作「莫補切」，與本章第一、三、五句諧韻。詳見（唐）杜甫，（清）仇兆鰲注《杜詩詳注》卷二，中華書局1979年，第138頁。

這是一首景中含情的詩篇，景物與心情的深度融合，使其衝擊力由視覺而穿透內心，震撼古今讀者。第一章以寫景起興，由物候變換襯托內心的感慨。第二章即興吟詠，放歌解憂，語似曠達，實多悲憤。詩中所謂"即事非今亦非古"，指的是"即事吟詩，體雜古今。其五句成章，有似古體；七言成句，又似今體"[6]這種"非今亦非古"的詩體，實出於杜甫自創。"長歌"，顯然指三章相連的"連章疊歌"。[7]第三章以"自斷"引出一段直抒胸臆，進一步強化了全詩的抒情基調。

無論從語言形式還是從章法結構來看，本詩都是相當獨特的。"七言成句"雖然較爲常見，但與"五句成章""三章成篇"相結合，就形成了與衆不同的語言形式。每一章前三句句句用韻，爲第一層次，後二句隔句用韻，組成又一個層次，章法結構自成特色。總之，全詩章法井然，針線綿密，各章內部以及三章之間，婉轉自如。正如《杜臆》所言："（首章）先言鳥'求曹'，以起次章'弟侄'之傷。次言'心似灰'，以起末章'南山'之隱。雖分三章，氣脈相屬。總以九回之苦心，發清商之怨曲，意沉鬱而氣憤張，慷慨悲淒，直與楚《騷》爲匹，非唐人所能及也。"[8]這不僅是杜甫自創的"連章體"，而且是最爲嚴格意義上的"連章詩"。

二、"五句成章"的體制溯源

杜甫作詩，喜歡在詩題中標明該詩的篇幅或結構，包括字數、句數、韻數、章數以及篇數。標明字數的，如《自京赴奉先縣詠懷五百字》；標明韻數的，如《送李校書二十六韻》《奉贈韋左丞丈二十二韻》以及《秋日夔府詠懷奉寄鄭監李賓客一百韻》；標明篇數的，如《戲爲六絕句》《絕句漫興九首》《前出塞九首》《解悶十二首》等；同時標明韻數與篇數的，有《三韻三篇》；而同時標明句數和章數的，就只有《曲江三章章五句》。《曲江三章章五句》的詩題，不僅突出其"五句成章"的形式特點，而且點明其"三章成篇"的結構特色。在這一點上，《曲江三章章五句》明顯與衆不同，特別引人注目。

那麼，《曲江三章章五句》的體制淵源是從哪裡來的呢？

從"五句成章"來看，《曲江三章章五句》的體制可以溯源至《詩經》。《詩經》中含有"五句成章"的詩篇，包括但不限於以下15篇：

《召南·小星》二章章五句

《鄭風·褰裳》二章章五句

《齊風·東方之日》二章章五句

《魏風·葛屨》二章一章六句一章五句

---

[6] 《杜詩詳注》第138頁引明王嗣奭《杜臆》。按：今本《杜臆》（上海古籍出版社，1983年）卷四第43-44頁《曲江三章章五句》下無此句。

[7] 同上。

[8] （明）王嗣奭撰《杜臆》，卷四，上海古籍出版社，1983年，第44頁。

《秦風‧權輿》二章章五句

《豳風‧鴟鴞》四章章五句

《小雅‧四牡》五章章五句

《小雅‧斯干》九章四章章七句五章章五句

《小雅‧巷伯》七章四章章四句一章五句一章八句一章六句

《小雅‧鼓鍾》四章章五句

《大雅‧文王有聲》八章章五句

《大雅‧卷阿》十章六章章五句四章章六句

《大雅‧召旻》七章四章章五句三章章七句

《周頌‧維清》一章五句

《商頌‧殷武》六章三章章六句二章章七句一章五句[9]

以上15篇，共含49個"五句成章"之例，既有出自《召南》以及鄭、齊、魏、秦、豳諸國風者，亦有見於大、小雅和周、商二頌者，分佈範圍相當廣。其中，"五句成章"固然有僅見一章者，但亦有貫串全篇各章者，如《小雅‧四牡》"五章章五句"，又如《大雅‧文王有聲》"八章章五句"。凡此皆足以說明，在《詩經》的時代，"五句成章"是並不罕見的。

如果一篇中多章由五句構成，那麼，大多數情況下這些"五句成章"是比較集中的，而不是分散出現。有時候，不同句數的詩章之間的切換，可能寓有層次轉換的意義。例如，今本《大雅‧卷阿》共由十章組成，前六章章五句，後四章章六句，高亨先生就認為，"這首詩疑本是兩首詩。前六章為一篇，篇名《卷阿》，是作者為諸侯頌德祝福的詩；後四章為一篇，篇名鳳凰，是作者因鳳凰出現，因而歌頌群臣擁護周王，有似百鳥朝鳳。"[10]其說頗有道理。

當然，最值得注意的是"三章章五句"這種結構形式，至少從文字表面來看，這是《曲江三章章五句》詩題的直接出處。按照毛《傳》的統計，《詩經》中具有"三章章五句"的結構特點的，計有以下五篇詩作：

《召南‧江有汜》三章章五句

9　以上諸詩，分別見《毛詩正義》，（清）阮元校刻《十三經註疏》（中華書局2009年據嘉慶刻本影印）本，第613-614、723-724、741、756-757、796、842-844、867-868、933-938、978-980、1002-1003、 1132-1135、1176-1180、1247-1250、1259-1260、 1354-1356頁。按：今本《詩經》斷句或有不同，故句數統計上容或有出入。如《秦風‧權輿》，傳統（如《毛詩正義》）認為是兩章章五句，而高亨《詩經今注》（上海古籍出版社，2009年，第175頁）斷作兩章章三句：「於我乎夏屋渠渠，今也每食無餘。於嗟乎不承權輿！」「於嗟乎每食四簋，今也每食不飽。於嗟乎不承權輿！」又如《大雅‧召旻》第四章，《毛詩正義》斷為七句，而今人則或斷作五句：「維昔之富不如時，維今之疚不如茲。彼疏斯【米卑】，胡不自替？職兄斯引。」（見高亨《詩經今注》，第472頁；陳致導讀，陳致、黎漢傑譯注《詩經》，中華書局（香港）有限公司，2016年，第445頁）若如此，則《大雅‧召旻》合計七章，其中五章章五句，二章章七句。

10　《詩經今注》，第418頁。

《鄭風・叔于田》三章章五句

《秦風・無衣》三章章五句

《小雅・庭燎》三章章五句

《大雅・泂酌》三章章五句 [11]

這五篇分散見於《召南》、鄭、秦二國風和大、小雅，面比較廣，其共同特點是"五句成章" "三章成篇"。下面依次對這五首詩的形式結構略作分析。

第一首，《召南・江有汜》詩云：

江有汜，之子歸，不我以。不我以，其後也悔。

江有渚，之子歸，不我與。不我與，其後也處。

江有沱，之子歸，不我過。不我過，其嘯也歌。

本詩三章，各章第一、三、四、五句諧韻。值得注意的是，其第三句與第四句是複遝關係，這一方面增強了前後連貫的語勢，另一方面也將前三句與後二句自然地區隔為前後兩個層次。

第二首，《鄭風・叔于田》詩云：

叔于田，巷無居人。豈無居人，不如叔也，洵美且仁。

叔于狩，巷無飲酒。豈無飲酒，不如叔也，洵美且好。

叔適野，巷無服馬。豈無服馬，不如叔也，洵美且武。

本詩三章，各章第一、二、三、五句諧韻。值得注意的是，其第二句與第三句是頂針的關係，這既增強了前兩句與後三句的聯繫，也使二者自然地區隔為前後兩個層次。

第三首，《秦風・無衣》詩云：

豈曰無衣，與子同袍。王于興師，修我戈矛。與子同仇。

豈曰無衣，與子同澤。王于興師，修我矛戟。與子偕作。

豈曰無衣，與子同裳。王于興師，修我甲兵。與子偕行。

本詩三章，各章第二、四、五句諧韻。這種韻式，可以將詩句分割為兩個部分（前二句、後三句），也可以分割為三個部分（前二句、中二句、後一句）。值得注意的是，其第一句與第三句很可能也存在諧韻關係。若果如此，那麼，本詩前四句的韻式就屬於交韻（abab)，而且，交韻這種韻式還進一步凝固了前四句的內部關係，使得前四句形成一個完整的單元。與此同時，第五句與第四句之間就有了自然區隔，形成前四後一的兩個層次單元。

第四首，《小雅・庭燎》詩云：

夜如何其，夜未央，庭燎之光。君子至止，鸞聲將將。

夜如何其，夜未艾，庭燎晰晰。君子至止，鸞聲噦噦。

---

[11] 以上諸詩，分別見《十三經註疏・毛詩正義》第614-615頁、第712-713頁、第794-795頁、第924-925頁、第1172頁。

夜如何其，夜鄉晨，庭燎有輝。君子至止，言觀其旂。

本詩三章，頭兩章第二、三、五句諧韻，第三章則是第三、五句諧韻。無論從詩意還是從韻式來看，這首詩都可以看作是由前三句與後二句兩個層次構成的。

第五首，《大雅・泂酌》詩云：

泂酌彼行潦，挹彼注茲，可以饋饎。豈弟君子，民之父母。

泂酌彼行潦，挹彼注茲，可以濯罍。豈弟君子，民之攸歸。

泂酌彼行潦，挹彼注茲，可以濯溉。豈弟君子，民之攸墍。

本詩三章，各章第三句與第五句諧韻。[12]從韻式結構來看，本詩亦可以視爲由前三句與後二句兩個層次組成。

上述五篇雖然同有"三章章五句"的結構特點，但是，各篇韻式彼此不同。從韻式來看，只有《鄭風・叔于田》與《曲江三章章五句》的韻式相同，都是第一、二、三、五句相諧。從句式來看，《詩經》這五篇有三言、四言和五言，獨無七言，而《曲江三章章五句》全篇由七言構成，這是二者的根本區別。當然，這一區別並不妨礙我們作出這樣的判斷：杜甫創作《曲江三章章五句》一詩之時，不僅在命題上，而且在章法構造上，都對《詩經》（尤其是上述五篇詩作）有所借鑒。明代著名杜詩學者王嗣奭即曾明確指出："此公學三百篇，遺貌而傳神者也，觀命題可見。而自謂非今非古，意可知矣。嘗謂公此詩學三百，……俱自開堂奧，不肯優孟古人。"[13]清代著名杜詩學者楊倫也說："題仿三百體，詩則公之變調。"[14]所謂"遺貌而取神"，所謂"變調"，我以爲，指的就是《詩經》以四言爲主，而《曲江三章章五句》則是純粹的七言。

從"七言成句""五句成章"這一外形特點來看，《曲江三章章五句》與南朝張率《白紵歌》頗爲近似。張率詩見於《樂府詩集》卷五十五"白紵舞辭"，共九首，其前五首中，有四首屬於"五句成章"：

歌兒流唱聲欲清。舞女趁節體自輕。歌舞並妙會人情。依弦度曲婉盈盈。揚蛾為態誰目成。

妙聲屢唱輕體飛。流津染面散芳菲。俱動齊息不相違。令彼嘉客澹忘歸。時久玩夜明星稀。

（中一首六句成篇，略）

秋風蕭條露垂葉。空閨光盡坐愁妾。獨向長夜淚承睫。山高水深路難涉。望君光景何時接。

---

12 此用朱熹之說。朱熹《詩集傳》卷六：「饎，音熾，葉昌里反」，「母，葉滿彼反也。」「罍，音雷」，「歸，葉古回反」；「溉，音蓋，葉古氣反」，「墍，音戲。」詳見（宋）朱熹注，《詩集傳》，鳳凰出版社2007年第231頁。按：朱熹對《詩經》的音韻分析有明顯的「叶韻」特點，後代學者亦有不同意朱說者，如顧炎武《詩本音》認為這首詩是二三四五通押；王力《詩經韻讀》則認為第一章二三四五押韻，第二章二四押韻、三五押韻，第三章二四押韻、三五押韻。見王力《詩經韻讀》第357-358頁，上海古籍出版社1980年。按：顧、王二說韻腳均較朱說爲密，可以說與朱說並不矛盾。

13 王嗣奭說見（清）仇兆鰲撰《杜詩詳注》（中華書局，1979年）第139頁引。按：此二段引文均不見於（明）王嗣奭撰《杜臆》（上海古籍出版社，1983年）第43-44頁「曲江三章」。

14 （唐）杜甫著，（清）楊倫箋注，《杜詩鏡銓》卷二，上海古籍出版社，1980年，第45頁。

遙夜方遠時既寒。秋風蕭瑟白露團。佳期不待歲欲闌。念此遲莫獨無歡。鳴弦流管增長歎。[15]

總體來看，張率《白紵歌》九首，每一首都是"七言成句"，一章成篇。在這個意義上，"五句成篇"與"五句成章"是同義詞。因此可以說，這九首《白紵歌》中，"五句成章"者四，六句成章者二，四句成章者三。無論是幾句成章，這九首都是句句押韻，這又是其與《曲江三章章五句》的歧異之處。

《白紵歌》屬於舞曲歌辭。《宋書》卷十九《樂志一》云："又有《白紵舞》，按舞詞有巾袍之言，紵本吳地所出，宜是吳舞也。晉《俳歌》又云：'皎皎白緒，節節為雙。'吳音呼緒為紵，疑白紵即白緒。"[16]可見此舞起源於南方，故東晉南朝作《白紵歌》或《白紵曲》者，屢見不鮮。劉宋劉鑠有《白紵曲》一首，為七言六句，鮑照有《白紵歌》六首，每首皆為七言七句（有一句為三三句式），湯惠休有《白紵歌》二首，一首七言六句，一首七言八句。[17]此外，王儉、梁武帝、沈約、隋煬帝、虞茂亦皆作有《白紵辭》或《四時白紵歌》，除王儉詩只有二句（疑不完整），其他每首四句至八句不等。[18]這兩組作品的共同特點是，每句七言，每首都是句句押韻，[19]或一韻到底，或換韻。

唐代詩人中，崔國輔、楊衡、李白、王建、張籍、柳宗元、元稹等人皆作有《白紵辭》或《冬白紵歌》，[20]可謂不絕如縷。這些詩作的句式，雖然不完全是七言，但仍以七言為主，其篇幅短則四句，長則十四句，卻未見有"五句成章"者。這似乎說明，"五句成章"並不是《白紵歌》不可變更的固定格式，至於張率《白紵歌》有四篇用此格式，最多只能說明這種格式在南朝曾經比較流行。且其韻式為句句用韻，與杜詩迥然不同。換句話說，張率《白紵歌》雖然有四首屬於"七言成句""五句成章"，但是，其對《曲江三章章五句》的影響，恐怕不宜給予過高評價。[21]

15　（宋）郭茂倩撰，《樂府詩集》，卷五十五，中華書局，1979年，第802頁。校記：「依，《詩紀》卷七九注'一作調'，是。」按：在《樂府詩集》以前，這九首有時不是一起出現。前兩首見於《玉台新詠箋注》卷九（中華書局第423-424頁），作者是「張率」，第三首的作者也是「張率」，而見於中華書局本第461頁。《文苑英華》卷一百九十三共收錄五首，其中包括本文列出的第一、三、四首，而沒有第二首，作者名字都是「張樂」，但在中華書局影印本的目錄裡改成了「張率」。見中華書局1966年影印本《文苑英華》第二冊第950頁。

16　（南朝梁）沈約撰，《宋書》，卷十九，中華書局，1974年，第552頁。

17　《樂府詩集》，卷五十五，第800-801頁。

18　《樂府詩集》，卷五十五、卷五十六，第798-800頁，第806-808頁。

19　《樂府詩集》卷五十六第808頁錄虞茂《四時白紵歌》二首，每首八句，其第六句皆與前四句相諧，第一首第五句與第七八句相諧，第二首第五句與前後各句皆不諧韻。按《樂府詩集》當頁校記：「《詩紀》卷一二〇題下有'和煬帝'三字。」按：《樂府詩集》同卷第807頁錄隋煬帝《四時白紵歌》二首，亦八句成篇，前四句押一韻，後四句押一韻，皆句句有韻。疑此處虞茂詩傳寫致訛，致脫卻韻字。

20　《樂府詩集》，卷五十五，第803-805頁；卷五十六，第808頁。

21　李新、盧萌《杜甫研究辨誤三則──與蕭滌非、丁　陣、肖文苑等先生商榷》（《河北廣播電視大學學報》，第15卷第1期，2010年1月）稱張率創作《白紵歌辭》三首（按：應作四首），皆七言五句，為杜甫《曲江三章章五句》之濫觴，又批評蕭滌非稱此體為杜甫首創說誤。今按：李、盧之說不確。

清代以王士禎爲中心的一批師友，曾經圍繞"七言五句古"體式的淵源、體制特點以及創作要領等問題而有所討論。所謂"七言五句古"，就是以"七言成句""五句成篇"爲標誌的古詩體式。王士禎認爲，"七言五句起於杜子美之'曲江蕭條秋氣高'也，昔人謂貴詞明意盡，愚謂貴矯健，有短兵相接之勢乃佳。"顯然，在王士禎看來，《曲江三章章五句》是杜甫的創體。張蕭亭則認爲，這種體式的古詩，在結構上通常有兩種特點：一種是"第四句既合之後，複拖一句掉轉，使餘韻悠然"，另一種是"二三句雙承，第四句方轉，以取第五句之勢"。顯然，《曲江三章章五句》屬於第二種。而張歷友則認爲，此體源自漢昭帝《淋池歌》。[22]《淋池歌》見於《古詩紀》卷十一，其辭云：

> 秋素景兮泛洪波，揮纖手兮折芰荷。涼風淒淒揚棹歌。雲光開曙月低河，萬歲爲樂豈雲多。[23]

此詩文本始見於晉王嘉《拾遺記》卷六[24]，出自小說家言，其是否爲漢昭帝之作未可遽斷，然可以確定爲晉以前之詩作。從年代上看，這首"七言五句古"顯然要早於張率《白紵歌》，雖然其首二句雜用騷體句式，顯得不夠純粹，而句句押韻的柏梁體韻式也與《曲江三章章五句》有所不同。實際上，較爲可信的漢代"七言五句古"作品，是驪氏二鏡銘，此二鏡雖有大小之別，而銘文無異，皆爲七言五句："驪氏作竟（鏡）四夷服。多賀國家人民息。胡虜殄滅天下復。風雨時節五穀孰，長保二親得天力。"[25]由此可見，"七言五句古"的體式在漢代確已存在。

王士禎等人也討論了"五言五句古"的體式問題。所說"五言五句古"，就是以"五言成句""五句成篇"爲標誌的古詩體式。"五言五句古"與"七言五句古"雖有五言與七言之別，卻同具"五句成篇"的體制特點，亦即同屬於"五句體"。張歷友認爲："五言古五句體，惟劉宋《前溪歌》爲然，其詞曰：'黃葛結蒙籠，生在洛溪邊。花落逐水去，何當順流還。還亦不復鮮。'此詩頗爲創格，妙有餘韻，或以爲車騎將軍沈充所作舞曲也。"[26]如果此說可信，那麼，"五言五句古"與"七言五句古"的起源，同樣與舞曲有關係。而且，這首《前溪歌》的結構，正與"七言五句古"的一種常見結構相同，亦即"第四句既合之後，複拖一句掉轉，使餘韻悠然"。

明人田藝蘅不滿足於《詩經》中的例子，而繼續追溯"五句體"的起源，並舉《夏人歌》爲"五句體"的濫觴。[27]其所謂《夏人歌》，始見於《韓詩外傳》卷二十一，稱"昔者桀爲酒池糟

22　王士禎、張蕭亭、張歷友諸人之說，見於《詩問》卷一（郎廷槐問、王士禎答）、卷二（郎廷槐問、張歷友答）、卷三（郎廷槐問、張實居答），參見（清）王士禎等著，周維德箋注《詩問四種》，齊魯書社1985年，第11、37、58頁。

23　（明）馮惟訥，《古詩紀》，卷十一，台灣商務印書館景印文淵閣《四庫全書》第1379冊，第84頁。

24　（前秦）王嘉等撰，王根林等校點《拾遺記外三種》，上海古籍出版社2012年，第40頁。

25　（宋）洪适撰，《隸續》，卷十四，《隸釋隸續》合刊本，中華書局影印洪氏晦木齋刻本，1985年，第419頁。

26　《詩問四種》卷二，第37-38頁。

27　《留青日札》卷六：「《彈鋏歌》一句，《易水歌》二句，《大風歌》三句，《南風歌》四句，《夏人歌》五句，《麃廖歌》六句。」（（明）田藝蘅《留青日札》，上海古籍出版社1985年據萬曆刻本影印，第239頁）

堤，縱靡靡之樂，一鼓而牛飲者三千人，群臣皆相持而歌"云云，[28]然其初詩題未定，至宋郭茂倩《樂府詩集》，乃確定爲《夏人歌》，共兩首，各五句，其辭云：

> 江水沛兮，舟楫敗兮，我王廢兮。趣歸於亳，亳亦大兮。
>
> 樂兮樂兮，四牡驕兮，六轡沃兮。去不善而從善，何不樂兮。[29]

此詩是否確爲夏代作品，大有疑問，竊以爲，它可能只是漢代的創作，不晚於韓嬰。韓嬰生活於漢文帝至漢武帝時代，其年代略早於漢昭帝。另外，從句式來說，此詩是四言與六言的混合，不及《淋池歌》更近於七言。

總之，《曲江三章章五句》的體式相當特別，它在詩歌史上引人注目，是不足爲奇的。這主要體現在如下幾方面：第一，許多專家學者對此一體式十分讚賞，如前引明人王嗣奭，又如當代學者蕭滌非先生。蕭先生高度評價《曲江三章章五句》，稱其爲杜甫之首創。[30]第二，前人耗費許多精力，努力追溯這種體式的歷史淵源，論證其存在的合理性和合法性，甚至不惜追溯到與之相鄰或相近的其他體式，本文也是這種努力的一部分。第三，通過對這種體式的各種論述以及效法擬作，確立《曲江三章章五句》及其體式的經典地位。

三、《曲江三章章五句》體式之嗣響

"五句成章"或者"五句成篇"，可以統稱之爲"五句體"。五句體，除了有四言、五言、七言者，還有六言，如現存孔融六言詩三首中，就有一首是"五句成篇"。[31]作爲一種詩歌體式，"五句體"早在宋代就已經引起詩學家的重視。《彥周詩話》云："李邯鄲公作《詩格》，句自三字至九字、十一字，有五句成篇者，盡古今詩之格律，足以資詳博，不可不知也。"[32]李邯鄲即李淑，是北宋著名學者、藏書家，著有《詩苑類格》三卷，[33]《彥周詩話》所謂《詩格》，殆即此書，可惜其書早佚。《詩苑類格》將"五句成篇"專門列爲一格，可見李淑對此體的重視。《曲江三章章五句》無疑是"五句成篇"體式的典型代表，宋人詩話中也已經予以確認。宋張表臣撰《珊瑚鉤詩話》卷三云："《曲江三章》云："'即事非今亦非古'，餘曰：在今古間。"[34]雖是專釋"即事"一句，其實也涉及《曲江三章章五句》全詩寫法的特點。南宋魏慶之《詩人玉屑》卷二更

---

28 （漢）韓嬰撰，許維遹集釋，《韓詩外傳集釋》，卷二，中華書局，1980年，第57頁。

29 《樂府詩集》，卷八十三，第1167頁。

30 蕭滌非《杜甫詩選注》，人民文學出版社1979年，第42頁。蕭滌非先生《杜甫研究》中《杜詩的體裁》也談到了這個體格，不過沒說「創體」這樣的話。（齊魯書社1980年版，上卷第124頁）

31 逯立欽輯校，《先秦漢魏晉南北朝詩》，第197頁，中華書局，1983年。按：另外兩首，一首四句，一首六句，三首有可能皆非完整篇章。

32 （宋）許顗撰，《彥周詩話》，見（清）何文煥輯《歷代詩話》，中華書局，1981年，第384頁。

33 （元）脫脫撰，《宋史》，卷二百九，中華書局，1977年，第5410頁。

34 （宋）張表臣撰，《《珊瑚鉤詩話》，卷三，見（清）何文煥輯《歷代詩話》，中華書局，1981年，第469頁。

是專設"五句法"一條，並闡述其寫作規範："此格即事遣興可作，如題物、贈送之類，則不可用。"[35]魏慶之所謂"五句法"，就是李淑所謂"五句成篇者"。魏慶之所舉範例就是《曲江三章章五句》中的兩章，可見在他的心目中，杜甫此詩就是此體的典型代表。

但是，總體來看，自宋以來，仿作這種"五句"體的詩人並不多。這些仿作大致可以分爲三大類。第一類近於銘詩，如南宋陸淞撰有《鄉校頌》，其小序云："鄉校，海鹽縣大夫能教育人材而成之也。"其辭云：

> 維鄉有校，示民有知。教始豫遜，迪於訓彝。維風化是裨。
>
> 維校在鄉，示民有防。入孝出悌，為忠為良。斯邦家之光。
>
> 鄉校有基，如德弗虧。劉侯遷之，魏侯新之。李侯能成之。
>
> 其遷者初，其新者中。肄業傳道，有師有宗。繄李侯之功。
>
> 樂只君子，孰後孰先。顯有嘉聞，於斯萬年。維大夫之賢。[36]

這是一篇頌詩。詩中的"李侯"，指時任海鹽縣令李直養。關於此詩的寫作背景，清人厲鶚引《海鹽縣圖經》云："李直養，字無害，維揚人，正民之孫。紹熙中爲海鹽令，興學校，修大成殿，置書籍祭器，兼設小學，擇師教之。陸淞有詩。"值得注意的是，厲鶚將此篇稱爲"鄉校五章章五句"。[37]顯然，這樣一種題名，突出的是它與杜甫《曲江三章章五句》的關係。此詩以四言爲主，五句成章，每章由前四句與後一句兩個層次組成。其形式結構特點，與唐代碑誌文中的某些銘詩如出一轍，如顏真卿《郭子儀家廟碑》中的銘詩。[38]

第二類仿作，可以元人張翥《今我不樂三章章五句》爲例：

> 今我不樂思故山，虎豹盤踞愁難攀，豈無壯士藏田間。誰能西鄉發一矢，畏途如此何由還。
>
> 鷗鶃夜鳴兮天似漆，煙際微茫小星出，破窗無鐙望白日。東方未明起攬衣，風雨何來忽蕭瑟。
>
> 月白西南星宿稀，巷無行人蝙蝠飛，步檐蕭蕭露沾衣。目斷天涯遍芳草，王孫不歸春自歸。[39]

詩題中的"今我不樂"，出自《詩經·唐風·蟋蟀》，但是，此詩與其說源自《詩經》，不如說直接仿效杜甫《曲江三章章五句》，二者形神俱似。從外形上看，二者都是七言成句（張翥詩第二章第一句多一"兮"字）、五句成章、三章成篇，又都是第1、2、3、5句押韻；從主題上看，二者都

35　（宋）魏慶之撰，《詩人玉屑》，上海古籍出版社，1978年，第35頁。

36　（清）厲鶚撰，《宋詩紀事》，卷五十八，上海古籍出版社，2013年，第1460-1461頁。

37　同上，第1461頁。

38　（宋）李昉等編，《文苑英華》，卷八百八十，中華書局，1966年，第4642頁。按：清梁玉繩《志銘廣例》（《叢書集成初編》本）卷一「銘詞異格」條也注意到此碑「銘詞八章，每章四言五句」的特點。參看拙撰《漢語詩律學研究的新材料與新問題——論唐代碑誌銘詞韻式之革新》，《中央大學人文學報》第45輯，2007年，又載陳洪、張洪明主編《文學和語言的界面研究》，頁1-23。南開大學出版社，2008年。

39　（元）顧瑛編，《草堂雅集》，卷四，台灣商務印書館景印文淵閣《四庫全書》，第1369冊，第264頁。

是即事抒懷，而所抒發的又都是憤懣不滿的情緒。

乾隆皇帝是文學史特別是詩歌史上的好事者，他的《無邊風月之閣三章章五句效杜甫體並以題中字爲韻》，不僅有意效仿杜甫《曲江三章章五句》之詩體，更進一步"以題中字爲韻"，處處顯示他的"好事"：

> 大塊噫氣名爲風，振拂草綠與花紅。吾則何敢披稱雄。有時望雲懼吹去，佇立亦厭飄蓬蓬。
>
> 四時皆宜惟有月，滌蕩精神瑩肌骨，近水樓臺益清越。箕疇設以卿士占，蒿目渴賢念無竭。
>
> 耳得目遇真無邊，清風明月太古年。細故記憶非高賢。杜陵楬爾效其體，吟弄於我何有焉。[40]

與張耒詩作相比，乾隆此詩對《曲江三章章五句》的擬仿更爲自覺，也更爲徹底。他在詩題中也已經作了明確的告白。這是證明《曲江三章章五句》已經成爲經典的最好的例子。

第三類仿作，可以舉明李夢陽撰《空同集》卷四《風雅什・始雷》爲例：

> 雷之礚兮，西山之陽兮。翕兮張兮，發坤藏兮。闢而昌兮。
>
> 雷之升兮，列缺光兮。驅罔象兮，劃幽匡兮。維民之福兮。
>
> 雷虩虩兮，民愬愬兮。施甘雨兮，昌下土兮。登我稷黍兮。[41]

此詩見於《空同集》第四卷，此卷總標題是"風雅什"，每篇篇末都標名章數和句數，如此篇篇末標注："《始雷》三章章五句"。很顯然，這是對《詩經》亦步亦趨的效仿，也可以說，李夢陽是越過《曲江三章章五句》而遙承它的遠源《詩經》。李詩句式以四言爲主，間雜五言，與杜詩差別甚大，但李夢陽在篇末標注章數句數的做法，明顯受到毛詩的啓發，也很可能受了杜甫的啓發。

詞中也有"五句體"。與詩相比，五句成篇的詞調並不罕見。僅據《御定詞譜》卷一略舉數例：

> 《江南好》單調二十七字，五句三平韻；
>
> 《瀟湘神》單調二十七字，五句三平韻一疊韻；
>
> 《章臺柳》單調二十七字，五句三仄韻一疊韻，又一體單調二十七字，五句三仄韻；
>
> 《解紅》單調二十七字，五句三平韻；
>
> 《赤棗子》單調二十七字，五句三平韻；
>
> 《南鄉子》單調二十七字，五句兩平韻三仄韻，又一體單調二十八字，五句兩平韻三仄韻，又一體亦單調二十八字，五句兩平韻三仄韻；
>
> 《搗練子》單調二十七字，五句三平韻；
>
> 《桂殿秋》單調二十七字，五句三平韻；

40　（清）愛新覺羅・弘曆撰，《御制詩集》三集卷三十四，台灣商務印書館景印文淵閣《四庫全書》，第1305
　　冊，第775頁。按：據《欽定日下舊聞考》卷八十二，無邊風月之閣在圓明園，「四宜書屋西南爲無邊風月之
　　閣」。乾隆對此園顧為愛賞，集中有多篇詩作詠之。

41　（明）李夢陽撰，《空同集》，卷四，台灣商務印書館景印文淵閣《四庫全書》，第1262冊，第36頁。

《天淨沙》單調二十八字，五句四平韻一叶韻，又一體單調二十八字，五句三平韻兩叶韻等。

這些都是單調詞，不分闋，類似詩中的單章。對這些詞作來說，"五句成章"等於"五句成篇"。此外還有不少雙調的詞牌，前後段均為五句。如《南鄉子》又一體，即雙調五十四字，前後段各五句，四平韻，又如《搗練子》又一體，雙調三十八字，前後段各五句，三平韻。這就相當於詩中的"兩章章五句"了。

曲中也有"五句體"。如張雨《喜春來》："江梅的的依茅舍，石瀨濺濺漱玉沙，瓦甌蓬底送年華。問暮鴉，何處阿戎家。"這是單調二十九字，五句，一叶韻，四平韻。又如明倪瓚《憑闌人》（又一體）："客有吳郎吹洞簫，明月沉江春霧曉，湘靈不可招。水雲中，環佩搖。"這是單調二十五字，五句，三平韻，一叶韻。可見"五句體"源遠而流長。

四、《曲江三章章五句》與連章詩

杜甫作詩慘澹經營，極其重視詩的結構平衡。他的詩作結構，既追求平衡性，又常常打破平衡，刻意創新。一般來說，他的近體詩作品是比較講究平衡的。這一方面表現為近體詩的語句中講究對偶，例如《絕句四首》中就有："兩個黃鸝鳴翠柳，一行白鷺上青天。窗含西嶺千秋雪，門泊東吳萬里船。"四句兩兩對偶，十分工整。另一方面，這也表現為組詩篇章構造中對平衡偶對的極端重視和苦心經營。例如杜甫晚年最為著名的組詩之一《秋興》八首，就是講求結構平衡的典範作品。

與此同時，杜甫詩歌中也有一些不那麼平衡的結構，句數、章數或篇數為奇數的詩篇，都或多或少地帶有這樣的特點，例如，《秋雨嘆》三首、《詠懷古跡》五首、《乾元中寓居同穀縣作》七首、《前出塞》九首等。至少，這些作品比起四首、八章一組的結構來說，顯得不平衡。他的名篇《飲中八仙歌》，按照清人何焯的分析，此篇描述八位酒仙，"三人兩句，四人三句。一人四句，相雜成章"。[42]全篇22句，句句押韻，汝陽王李璡、左相李適、崔宗之及張旭等四人，每人三句三韻，都是奇數。杜甫《曲江三章章五句》，以七言成句、五句成章、三章成篇，皆取奇數，更是出奇制勝的典型。

杜甫對於詩歌結構的自覺意識，也體現於一般人不太重視的詩歌制題上。他的《三韻三篇》在詩題中明確注明韻數和篇數，與《曲江三章章五句》相映成趣。[43]《愁（強戲為吳體）》中，明確標明為"吳體"，有意突出其體式與眾不同。[44]最值得注意的是他的《短歌行贈王郎司直》：

---

[42] （清）何焯撰，《義門讀書記》，卷五十一，中華書局，1987年，第996頁。

[43] 《杜詩詳注》，第1211頁。仇兆鰲引申涵光曰：「三韻三篇，甚古悍。」

[44] 《杜詩詳注》，第1599頁。

　　王郎酒酣拔劍斫地歌莫哀，我能拔爾抑塞磊落之奇才。豫章翻風白日動，　鯨魚跋浪滄溟開。且脫劍佩休徘徊。

　　西得諸侯棹錦水，欲向何門跋珠履。仲宣樓頭春色深，青眼高歌望吾子。眼中之人吾老矣。[45]

　　這篇《短歌行》由兩段組成，如前人所言："此章二段，各五句分截"，"此歌上下各五句，於五句中間，隔一韻腳，則前後叶韻處，不見其錯綜矣。此另成一章法。"[46]從這個角度來看，我們不妨稱之為《短歌行二章章五句》。實際上，此詩除了前兩句為十一言長句之外，其他各句均為七言，都各有一句不押韻，與《曲江三章章五句》相似。最重要的是，杜甫稱自己這首詩為"短歌行"，也就是將其性質界定為樂府歌行。

　　《曲江三章章五句》與《短歌行贈王郎司直》不僅同為"五句成章（篇）"的"五句體"，而且同樣源自樂歌。自古以來，歌謠即有"五句體"，其遠源可以追溯到《詩經》，近源則在隋唐五代的詞調中猶可尋覓，而當代的流裔則是至今仍在鄂、湘、渝、陝、豫、皖、贛等省市流行的傳統山歌樣式——五句體山歌。它以七言五句為一段，有以一段歌詞獨立成章的，也有若干段五句子聯綴的，稱為"趕五句"或"排子歌"。[47]在河南一些地區流行的五句體山歌，還形成了自身的特色。[48]儘管這種五句體山歌起於何時，在杜甫那個時代、在杜甫的家鄉是否流行，還有待研究，但是，上述各種史料證據至少可以表明，《曲江三章章五句》與唐代的民間歌謠及音樂文學是有聯繫的。換句話說，杜甫於詩廣收博采，民間歌謠也是他學習參考的資源之一。

　　《曲江三章章五句》是杜甫集中最名符其實的連章詩。"連章詩"這個概念，濫觴於明代王嗣奭，王氏稱《曲江三章章五句》為"連章疊歌"。至清代浦起龍，乃正式有"連章詩"這一提法。浦起龍在《談杜心解·發凡》中說："乃其連章詩，又通各首為大片段，卻極整齊，極完密。少陵此體，千古獨嚴。"[49]按照浦起龍的解釋，只要"通各首為大片段，卻極整齊，極完密"者，就可以稱為連章詩。於是，《詠懷古跡》五首和《秋興》八首之類，皆可以歸入連章詩的範疇。[50]其後，連章詩的概念外延進一步擴展，連"三吏"、"三別"等亦被視為連章詩。有些學者認為，連章詩就是組詩，故以"連章組詩"稱之。[51]也有學者提出，連章詩屬於組詩的範疇。所謂連章詩，是指

45　《杜詩詳注》，第1885-1886頁。

46　《杜詩詳注》，第1886頁，第1887頁。

47　參看趙要欽，《論五句體民歌的結構特徵——以「慢趕牛」為例》，《音樂時空》2014 年第 20 期。按：明代著名文人馮夢龍曾注意蒐集五句體歌謠，其蒐集的《桐城時興歌》共24首，其中23首是五句體。

48　參看董學民，《五句子歌的地理屬性》，《音樂探索》，2002年第4期；邵小萌，《河南五句體山歌曲式結構探析》，《音樂創作》，2011年第6期。

49　（清）浦起龍撰，《讀杜心解》，中華書局，1961年，第9頁。

50　《杜詩詳注》第1499頁引《杜臆》：「（《詠懷古跡》）五首各一古蹟，首章前六句，先發己懷，亦五章之總冒。其古蹟，則庾信宅也。」即將《詠懷古蹟》五首作為一個整體，其所謂「首章」云云，即視此整體為連章詩。

51　參看長谷部剛撰、李寅生譯，《從「連章組詩」的視點看錢謙益對杜甫〈秋興八首〉的接受與展開》，《杜甫

在一個總的詩題之下，由兩首或兩首以上相對獨立成章而又有整體的構思佈局、彼此間氣脈聯絡照應的一組詩。合而觀之，連章若一；分而觀之，各章又相對獨立。[52] 按照 “分之則獨立成章，合則能成爲一個有機整體” 的界定，不僅杜甫的很多組詩就是連章詩，而且宋金元也有很多連章詩。[53] 如果組詩可以涵蓋連章詩，連章詩是組詩中的一小類，那麼，組詩中的首與連章詩中的章便無分別。果眞如此，杜甫詩題中爲什麼還要有章與首的分別呢？

曾經師事浦起龍的張玉谷，在其《古詩賞析》中，曾將曹植《贈白馬王彪》稱爲 “連章詩”。[54] 其中不免有乃師的影響。應該說，張玉谷使用 “連章詩” 這一概念是審愼的。《白馬篇》畢竟有樂府的淵源。《說文解字》三上： “章，樂竟爲一章，從音從十。十，數之終也。” [55] 杜甫《曲江三章章五句》之所以稱 “章” 而不稱 “首”，竊以爲也是基於 “章” 字的音樂淵源。在杜甫詩作中，只有《曲江三章章五句》是嚴格意義上的名符其實的連章詩，《短歌行贈王郎司直》庶幾近之，而其他所謂 “連章詩” 則只是組詩而已，它們既然沒有音樂的結構屬性，似乎也就不必用 “連章詩” 來稱呼界定之。總之， “連章詩” 的概念有必要精確界定，而不能隨意擴大、濫用。

【附記】

1990年11月，楊承祖先生率臺灣學者一行來南京參加唐代文學學會第五屆年會暨國際研究學術研討會，初接光儀，對其靄然長者之范印象極深。其後我赴台參加一些學術研詩會，又見過幾次，有幸聆聽楊先生的教誨。2013年至2014年間，在台大客座期間，也曾見過一面。對我來說，那是見楊先生的最後一面。前賢雖往，儀型俱在，誦讀遺文，感念尤深。今陳鴻森先生編輯楊先生紀念文集，徵及末學。楊先生是唐代文學研究的行家，謹貢獻唐代文學研究的小文一篇，以示景仰與懷思。2021年4月29日程章燦並記

研究學刊》1999年第2期。

52　聶巧平《論杜甫連章詩的組織藝術》，《暨南學報(哲學社會科學)》，2000年第2期。王丹《張溍〈讀書堂杜工部詩集註解〉研究》（暨南大學2012年碩士論文）曾概述總結其師聶巧平教授的觀點如上。

53　王輝斌《論宋金元的連章體》，《貴州師範學院學報》，第26卷11期，2010年11月。

54　（清）張玉谷撰，許逸民點校《古詩賞析》，上海古籍出版社，2000年，第194頁。

55　（漢）許慎《說文解字》，中華書局影印陳昌熾刻本，1963年，第58頁。

中國大陸傳記學管窺

廖卓成*

一、前言

本文旨在介紹大陸研究傳記的概況，以供研究生參考。我就所瀏覽大陸學者撰寫的傳記文學史、傳記通論、論文集，扼要敘述評論，以便初學。範圍以研究中國傳記爲限。

大陸的相關著作，題爲「傳記」或「傳記文學」，大多可以互通，後者強調文學性。題爲「史傳文學」的，限於歷史傳記，又以正史爲主。題「傳記學」則表示研究傳記的學問。[1]本文討論1949年以後大陸學者出版的論著，分爲三部分，依序介紹傳記文學史、傳記通論、期刊和論文集。

二、傳記文學史

（一）朱東潤《八代傳敘文學述論》

大陸的傳記研究，朱東潤（1896-1988）是元老，他兼有理論和創作兩方面的重要成果，常被稱引。他1943年的《張居正大傳》，備受矚目；他對傳記的意見，也表現在〈序〉中。他的理論代表作《八代傳敘文學述論》（上海復旦大學出版社2006年11月）是1942年的著作，但遲至2006年才首次出版。[2]

---

* 國立臺北教育大學語文與創作學系教授。

[1] 我讀過以「傳記學」爲題的，以1948年（據作者自序所署年份）中山大學王名元的《傳記學》爲最早，臺灣牧童出版社1977年出版，作者改題爲「王元」。據書序，「傳記學」是陳立夫任教育部長時始行頒佈的大學課程。陳立夫（1900-2001）1938-1944任教育部長。朱東潤的自傳提到，1940年秋，「恰好重慶教育部的新章，大學中文系可開傳記研究這一課。」見朱東潤：《朱東潤傳記作品全集4》（上海：東方出版中心1999年1月），頁255。辜也平曾引用沈萬華《傳記學概論》，1947年由福州市教育圖書出版社出版。見辜也平：《中國現代傳記文學史論》（臺北：萬卷樓圖書，2015年12月），頁381。這可能是最早以傳記學爲題的書，但我未見其書。王名元《傳記學》很粗略，分類混亂、語氣煽情，論述多不當理，襲用梁啓超、郭登峰之處甚多。我1994年曾撰文評論，收入拙著《敘事論集》（臺北大安出版社2000年）。

[2] 該書完成後一直沒有出版，原因不詳。（見整理本書出版的陳尚君寫的〈後記〉）本書書名不稱「傳記」而稱「傳敘」，作者主張以「傳敘文學」一詞取代「傳記文學」，認爲「傳」敘人而「記」敘事，傳和記是不

　　正文有173頁，分爲12章，依次爲〈緒言〉、〈傳敘文學底名稱和流別〉、〈傳敘文學底蒙昧時期〉、〈傳敘文學底產生〉、〈傳敘文學底自覺〉、〈幾個傳敘家底風格〉、〈傳敘文學勃興底幻象〉、〈劃時代的自敘〉、〈思想混亂底反映〉、〈南朝文士底動向〉、〈《高僧傳》底完成〉、〈北方的摹本〉。正文12章之後，頁174至頁254是18篇附錄，由〈東方朔別傳〉到《高僧傳・慧遠傳》，都是由古書中輯錄的漢魏六朝傳記，其中11篇出自《三國志》裴松之注，其他各篇也非出自罕見之書。

　　〈緒言〉18頁大部分是傳記通論，論述傳記（他稱爲「傳敘」）的本質、價值，強調傳記的眞實性，一再認爲傳記文學的使命，「是人性眞相底流露」。（頁12、18）他雖然非常強調傳記的眞實性，但也了解「眞實正是一個不能捉摸的東西。」（頁9）父母不見得了解兒女，「其實我們對於自己的認識，又何嘗完全正確。」(頁10)「人類對於往事的記憶，常因受到心理上必然的影響，以致無形之中往往變質，所以儘管作者沒有掩蔽事實的存心，但是在傳敘家採用的時候，仍舊不能不給以審愼的考慮。」(頁8)「在無法探獲眞値的時候，祇能追求近似値，原是無可如何的事。但是傳敘文學家却不得不盡力把一切僞造無稽的故事刪去，把一切眞憑實據的故事收進。」(頁10)他主張寫長傳，對於眞實資料太多時如何刪汰，就沒有多著墨。

　　他認爲以前的寫法，多是定格的，假定了人物是怎樣的定型，然後把他一生事實，從這個觀點去解釋，這種寫法「常常抹煞了人性底眞相，也便摧毀了傳敘文學底使命。」他主張不定格，「人性並非固定的路線」，寫傳不要假定傳主的定型，「祇是收集他一生的事實，從各種觀點去推究，以求得最後的結論……」他認爲唐、宋以後的傳，常是定格人物，有各類式樣，傳主的行爲，恰恰配合某種式樣。（頁12-13）

　　他強調西洋長傳的優越，貶抑組成全書的列傳，似乎忽略兩種傳的設計，本來就不同。史書的列傳，不獨立單行，如果事事都一再詳見於參與的各人傳中，不止全書篇幅浩繁，讀來也異常冗沓。他推崇一人獨立詳細的大傳，如他所撰的《張居正大傳》，有不少筆墨交代歷史大事、時代背景。張居正曾是一時政事核心，這樣寫還算合理。但如陳子龍，就不是一時的歷史關鍵人物，301頁的傳，所記背景大事，很多和陳子龍沒有直接關係，他當初題名爲《陳子龍大傳》，但被出版社改爲《陳子龍及其時代》，[3]可見端倪。

同的，不可合併爲一。（頁19）但翌年1943年的《張居正大傳・序》中稱本書，已改稱爲《八代傳記文學述論》。

[3] 朱邦薇在〈永久的紀念〉中說：「一九八二年，祖父開始撰寫他的晚年力作《陳子龍及其時代》（一九八四年由上海古籍出版社出版）。對於這部作品，祖父傾注了他晚年的熱情和精力。祖父對我說：『別人都認爲《張居正大傳》寫得最好，我自己認爲還是這部《陳子龍及其時代》寫得最成功。』書名本該是《陳子龍大傳》，因體例不同於傳統的人物傳記，後被出版社方面改爲今名。」見朱東潤《李方舟傳》（上海：上海遠東出版社，1996年2月），頁139。上海東方出版中心的《朱東潤傳記作品全集》的《李方舟傳》沒有收錄他孫女這篇文章。朱東潤在《陳子龍及其時代》的敘事中，常插話評論解釋，甚至把自己的註解攪入古人對話中：「馬士英託人和他說：『幼平——道周字——不出山，是不是準備和史道鄰——可法字——共同擁立潞王嗎？』」見

（二）姜濤、趙華《古代傳記文學史稿》

姜濤任教於遼寧大學，趙華任教於瀋飛工學院，二人1987年時是遼寧大學古代文學教研室助教進修班的師、生，《古代傳記文學史稿》1990年11月由遼寧大學出版社出版，全書218頁，共分6章，依次爲：1.緒論2.司馬遷及其傳記文學3.其他正史中的人物傳記4.通行人物傳記 5.行狀、碑志與誄文 6.眞人眞事之外的傳記。

本書主要談《史記》，第2章有110頁之多，其中第7節談《史記》傳記的寫作藝術，有44頁，但缺少獨到的見解，有時大段引文缺漏錯誤連連（頁77-78）。引文賞析也剪裁失當，譬如引垓下突圍戰說明司馬遷「人物刻畫維妙維俏」（頁82），引了一大段，描述項羽跟部下誇口能斬漢將，引文卻止於「亡其兩騎耳」；緊接著的原文「乃謂其騎曰：『何如？』騎皆伏曰：『如大王言！』」最能佐證所述，反而截斷不用。

（三）韓兆琦主編《中國傳記文學史》

韓兆琦（1933-）是北京師大中文系、復旦大學研究生畢業（1963），擔任北京師大教授多年，曾編著多種《史記》相關著作。《中國傳記文學史》1992年8月由石家莊河北教育出版社出版，除主編外，還有四位編者：陳蘭村（1938-）、吳鶯鶯（1952-）、王凱符（1934-2014）、吳龍輝（1965-）。[4]全書466頁，分八章敘述先秦至清代，外加10頁緒論。幾位編者閱讀歷代大量的資料，敘述各朝代傳記的特色，論斷優劣，對初學很有幫助。但有時沒有清楚交代頁碼和出處，緒論部分可以斟酌的問題也比較多。[5]有些不屬於傳記的也納入範圍，譬如5-7章最後一節的傳記體小說。

（四）楊正潤《傳記文學史綱》

楊正潤（1944-）南京師大中文系畢業，南京大學比較文學與世界文學碩士，留中文系任教，著書當時是南京大學教授，2009年退休後到上海交通大學傳記中心任職。《傳記文學史綱》1994年11月由南京江蘇教育出版社出版，644頁。他在〈後記〉中說，八十年代朱東潤在復旦招收傳記文學博士生，鼓舞了他原有的傳記文學興趣，決心研究傳記文學，寫出包括各主要國家的傳記文學史。1987年他在美國肯薩斯大學英文系進修，一年中努力讀了很多相關資料。這部書其中有429頁介紹外國傳記的發展，在中文著作中，非常難得。不過，資料龐大，疏漏難免，除了分類不嚴謹之外，對扁平人物的了解和原文不符，對自傳的認識不夠深刻，對中國傳記發展的介紹，也不如韓兆

朱東潤：《陳子龍及其時代》（上海：上海古籍出版社，1984年1月），頁240。

[4] 本文提及各書作者的簡介，資料來源包括網路《百度百科》、出版社在書頁的介紹、期刊的作者介紹，和各學校網頁的簡介、系務年鑑等。

[5] 我於1996年曾撰文評介此書，收入《敘事論集》（臺北：大安出版社2000年）頁205-212。

琦等五人的《中國傳記文學史》。[6]

（五）李祥年《漢魏六朝傳記文學史稿》

李祥年（1955-）是復旦大學副教授，《漢魏六朝傳記文學史稿》1995年4月由復旦大學出版。據作者的〈後記〉，這是他在復旦的博士論文（1987年底答辯）基礎上寫成的。他是朱東潤指導、中國第一個以傳記文學爲題的博士。全書共199頁，分爲8章，依次論述漢代傳記文學的歷史淵源、司馬遷的傳記文學觀、《史記》的傳記文學意義與侷限、《漢書》及漢代其他史傳創作、正史傳記的跌落（兩章）、魏晉南北朝新傳記的崛起（三章），內容有時重複，譬如〈緒言〉提到從三方面把握司馬遷的傳記觀，（頁3-6）第二章又重複詳細說一遍。（頁36-45）

他論述涵蓋的範圍，雖然和朱東潤《八代傳敘文學述論》大致相同，但重複的很少。譬如朱東潤論《史記》的篇幅不多，而李祥年卻有兩章之多；朱東潤少提《漢書》，這裡也有三分之二章專論《漢書》（三分之一章論《史記》的補續）。其餘各章，引述的大段傳文，和朱東潤重複的也很少。

書中有些長句，讀來吃力。詮釋資料，也有理解錯誤之處，譬如引裴松之註的〈費禕別傳〉：「孫權每別酌好酒以飲，禕視其已醉，然後問以國事，并論當世之務，辭難累至。禕輒辭以醉，退而撰次所問，事事條答，無所遺失。」（頁145-146）前兩句的斷句應該是：「孫權每別酌好酒以飲禕，視其已醉，」費禕爲蜀出使孫吳，孫權是主人；「飲」是孫權請費禕喝酒，「其」指費禕，是孫權看費禕醉了，才問費禕問題。

（六）張新科《唐前史傳文學研究》

張新科（1959-）是陝西師大中文系本科、碩、博士（1998），教授，研究《史記》。《唐前史傳文學研究》2000年9月由西安西北大學出版社出版，全書327頁，分爲10章，依次爲：1.史官文化與唐前史傳文學2.唐前史傳文學的嬗變軌跡3.唐前史傳文學中人物形象的建立4.唐前史傳文學中人性的展現5.唐前史傳作家的創造個性6.史傳影響下的唐前雜傳7.唐前史傳與民間文學8.唐前史傳文學與中國古典小說9.唐前史傳與辭賦10.唐前史傳文學的生命價值。最後是〈餘論：唐前史傳對今天傳記創作的啓示——求眞、求深、求美〉和附錄〈劉知幾的史傳文學理論〉

這本書涵蓋的範圍很廣，材料很駁雜，敘人一瞬的《左傳》、《國語》、《戰國策》，與敘人一生的列傳，一併論列，涉及的方面也很廣泛，但未發現其中有過人的論斷。

---

[6] 我於1996年曾撰文評介此書，收入《敘事論集》頁212-227。楊正潤在〈後記〉中說，有接到韓兆琦寄贈前述的《中國傳記文學史》，但來不及吸收。

（七）全展《當代傳記文學概觀》

全展（1956-）是湖北荊楚理工學院教授。[7]《當代傳記文學概觀》2004年8月由哈爾濱黑龍江人民出版社出版。正文290頁，附錄書目和傳記文學大事記。全書分12章：1.中國當代傳記文學的發展歷程2.領袖傳記3.將帥傳記4.英雄傳記5.文學家傳記6.藝術家傳記7.科學家傳記8.企業家傳記9.名人/明星自傳10.平民傳記11.反派人物傳記12.當代傳記文學理論研究與批評態勢。

這本書論述1949年以後創作的傳記，依傳主的身份分類論述。從反派人物的歸類，可知作者立場很認同黨國；行文之中，有時更溢於言表，如：「毛澤東同志」（頁2）「無產階級革命領袖」（頁6）「從小生活在烈士鮮血澆灌過的神聖土地上」（頁88）書中提到的作品很多，讓人對各類人物的傳記，有廣泛的印象，但通常析論不夠深入。不過，有些意見是其他書少提到的，譬如某些時期傳記寫作出版的弊病。（頁24-26）他也提到某時期傳記書的出版數量、每年新書出版數目，但未說明根據。全書以首尾兩章較有價值，書末的〈傳記文學大事記〉也可以參考。

（八）李健《中國新時期傳記文學研究》

李健是《解放軍報》記者、上校，中國傳媒大學新聞系畢業（1987），蘭州大學文學博士（2007），《中國新時期傳記文學研究》是她的博士論文（程金城指導），2008年5月由北京新華出版社出版。全書207頁，分六章：1.中國新時期傳記文學發展概述2.中國新時期傳記文學的「史傳合一」與西方傳記的「史傳分離」3.對中國新時期傳記文學的反思4.中國新時期傳記文學的新英雄主義精神5.中國新時期傳記文學與重建人文精神6.中國新時期傳記文學的大眾化及發展趨勢。

新時期指1976年以後，那一年毛澤東死、文革結束、四人幫倒台。這雖然是博士論文，引書無論古今，都沒有頁碼；引《日知錄》或《文史通義》等書，連篇名也沒有。內容敘述多連綴前人意見，組織排比無過人之處，缺乏獨到的見解。比較可觀之處，是她批評陳廣生寫的《雷峰傳》，說在當時文藝為政治、為工農兵服務的政策指導下，雷峰的戀愛、有料子褲、外國手錶、皮夾克等奢侈品，很長時期「都被有意識地掩蓋。」（頁129）

（九）郭久麟《中國二十世紀傳記文學史》

郭久麟（1942-）四川大學中文系本科畢業，四川外語學院中文系教授，寫過多本老共產黨員傳記。[8]《中國二十世紀傳記文學史》2009年6月由太原山西人民出版社出版。

全書16章，正文共400頁，附錄9頁全展對本書的書評。全書分6篇共17章，第一篇〈緒論〉：1.傳記文學概論2.中國傳記文學發展概論。第二篇〈中國傳記文學從古典到現代的嬗變〉：3.戊戌

---

[7] 1977年讀大學，未知其詳細教育背景。他在主編的《荊楚理工學院學報》設傳記研究的專欄。他的第三本書《傳記文學：觀察與思考》2016年由西南師大出版，我未見其書。

[8] 半年刊《現代傳記研究》第三輯有郭久麟的自述〈我與傳記文學的不解之緣〉，有11頁的篇幅。

-473-

變法前後的傳記文學4.辛亥革命時期的傳記文學。第三篇〈中國現代傳記文學的突破和發展〉：5.五四以後的自傳文學6.五四以後的他傳文學創作7.延安革命根據地的傳記文學。第四篇〈新中國成立初期傳記文學的興盛和衰落〉：8.新中國成立初期傳記文學的興盛9.「文化大革命」時期傳記文學的衰落。第五篇〈新時期傳記文學的繁榮和發展〉：10.新時期傳記文學的大發展11.新時期政治人物傳記12.新時期作家、學人傳記13.新時期藝術家、明星傳記14.新時期科學家、企業家傳記15.新時期中外歷史人物傳記16.新時期普通百姓傳記。第六篇〈港台及海外華人傳記文學〉：17. 港台及海外華人傳記文學。

　　這本書以傳主身份分章，和全展的書相似。書中提到的作家和作品也很多，但論述立場比較靠攏共產黨，歌頌讚美爲主，意見粗略表淺，缺乏獨到的見解。透過本書所述，可以知道很多作家的大概生平（書中都有生卒年），和很多傳記的書名、篇名，至於他的論斷，有價值的很少；以連方瑀的《半世紀的相逢——兩岸和平之旅》爲全書傳記作品壓軸，其識見與品味可知。他另有《傳記文學寫作論》（香港天馬圖書1999）、《傳記文學寫作與鑑賞》（中國三峽出版社2003），我未見其書。

（十）史素昭《唐代傳記文學研究》

　　史素昭（1970-）畢業於湖南師大中文系，浙江師大碩士（2001年，導師俞樟華）、廣州暨南大學古代文學博士（2009）、惠州學院教授。《唐代傳記文學研究》2009年8月由長沙岳麓書社出版，是博士論文修訂本。全書共358頁，分爲六章：1.緒論2.「唐初八史」的史筆與文筆3.傳統史傳的繼進與新揚3.從史傳到唐代散傳的歷程4.唐代各體散傳研究5.唐代的專傳——《慈恩傳》6.唐代的傳記文學理論。

　　本書比較難得的是第二、三章。唐修八史篇幅不少，作者舉例論述其文學成就，強調其中有敘事動人的篇章。全書引述資料，出處明確，方便讀者檢核。

（十一）陳蘭村主編《中國傳記文學發展史》

　　陳蘭村（1938-）西北大學中文系本科畢業（1961），曾任浙江師大中文系教授，現已退休。本書成於眾手，主編之外，著者有王成軍、王炎、葉志良、李世萼、許菁頻、楊俊庫等。本書初版1999年1月由北京語文出版社出版，2012年9月修訂版新撰12章的第2節，是和全展合作，補充綜述第一版（1997年完稿，1999年出版）之後，1997-2012的傳記文學研究概況。

　　全書496頁，緒論之後分爲10章：1.先秦傳記文學的產生與發展2.《史記》的誕生和漢代史傳文學的輝煌3.魏晉南北朝史傳文學價值的下降和雜傳的興起4.唐代史傳文學和碑志傳記的繁榮5.宋元傳記文學在曲折起伏中的嬗變與演進6.明代市民傳記的興起與傳記文學觀的新突破7.清代傳記文學的精緻與停滯8.近代傳記文學的轉變9.「五四」後的現代傳記文學10.當代傳記文學的回顧與展望。

陳蘭村曾參與韓兆琦主編的《中國傳記文學史》（1992年），這本新的傳記文學史和韓兆琦主編的比較，唐以後每一時期都注意到傳記文學理論，而且不敘述《聊齋誌異》等小說，論述不止於清末，更延伸到當代作品和研究情況。不過，引述古今學者著述，幾乎都沒有頁碼，縱使現代很厚的書亦如是。清代一章兩次引斯蒂芬‧歐文之說，甚至沒有書名。西元有時沒有仔細校對。[9]縱使如此，全書論述還是比較全面。

（十二）謝志勇《逡巡于文史之間──唐代傳記文學述論》

謝志勇（1972-）是福建師大博士（2011），任教於江西宜春學院。《逡巡于文史之間──唐代傳記文學述論》2012年12月由北京中國社會科學社出版，是他博士論文修訂本。全書206頁，〈緒論〉之後，各章依次為：1.背景論：史官文化浸潤下的唐代傳記文學 2.作者論：唐代傳記文學創作者的總體考察 3.文與史的交融：唐初「八史」傳記文學價值新論 4.繼承與新變：唐代以「傳」為題的傳記文學述論 5.佛界「傳」奇：《大慈恩寺三藏法師傳》的傳記藝術 6.以「碑」傳情：唐代碑志的情感世界。

本書後出而沒有轉精，缺乏值得參考的見解，對臺灣、歐美的相關研究也隔閡。

（十三）俞樟華、邱江寧等《清代傳記研究》

俞樟華（1956-）是浙江師大中文系本科畢業（1982），浙江師大教授。邱江寧（1973-）是浙江師大碩士、復旦中文博士（2005），浙江師大教授。《清代傳記研究》2013年1月由上海三聯書店出版。全書261頁，加〈前言〉12頁。據〈前言〉，署名的兩位作者組織策劃和修稿，並撰寫第一篇〈清代傳記理論概述〉，其餘每篇都由古代傳記文學專業方向的碩士論文組成，依次為：1.錢謙益散傳研究（劉卉）2.黃宗羲傳記寫作及理論之研究（俞恩波）3.王士禛傳記研究（尤秋華）4.全祖望碑傳文研究（潘德寶）5.姚鼐傳記理論與寫作研究（郭玲玉）6.清初女性散傳研究（李朋博）。

這幾篇論文雖然未能完全涵蓋整個清代的傳記作品，各篇都有可觀之處。尤其是潘德寶[10]〈全祖望碑傳文研究〉，不止廣徵博採臺灣出版的成果，又能透過對比袁枚和全祖望寫姚啓聖的不同敘事方式，凸顯全祖望敘事的長處，更能援引敘事學的觀念，融入自己的分析之中，沒有穿鑿之感，在各篇之中，最令人矚目。

（十四）郭丹《先秦兩漢史傳文學史論》

郭丹（1949-）是江西師大中文碩士（1987），福建師大教授。《先秦兩漢史傳文學史論》

---

9 頁320把艾南英的生年說成1538年，應該是1583；頁348把戴名世說成1771年，應該是1717。
10 潘德寶（1980-），浙江師大碩士（2009），復旦大學博士（2013），現任教浙江工業大學。

2014年10月由上海古籍出版社出版，是1999年廣西師大出版社《史傳文學：文與史交融的時代畫卷》的修訂本。全書357頁，分上下編共13章。上編〈本體論〉分六章：1.文化背景與生成機制2.史學本體意識的形成與強化3.形式的萌生與成熟4.文學化的歷史敘事5.史學中的美學與批評6.橫向的滲透與影響。下編〈流變論〉分七章：1.史傳文學之發軔2.宏大歷史敘事的開創者——《左傳》3.《國語》與《戰國策》4.小說化的《穆天子傳》與《晏子春秋》5.史傳文學的高峰——《史記》6.史傳文學的變異7.史傳文學的轉型與回落。

　　郭丹把先秦很多敘事段落算作史傳，和一般對傳記的看法不同，這本書100頁之前，和寫人一生的史傳沒有多大關係。下編也有好些篇章，和史傳沒有直接關係。比較值得注意的，是上編第四章的第三節〈文學化的敘事模式〉，援引敘事觀點來賞析史傳。但他對敘事觀點的判斷，往往有誤：譬如說鄭莊公對潁考叔說出來的話，認為「也是其內心活動」，以此作為全知視角的例子；事實上客觀敘事觀點可以這樣表現。（頁107）又如宋華父督讚美孔父之妻，「目逆而送之，曰：『美而豔。』」郭丹認為「是由華父督眼中出之」，「用限知視角」。（頁108）既然溢於言表，不僅是內心想法，那已經是旁人可察可聞的客觀觀點，有如舞台演出了。

（十五）辜也平《中國現代傳記文學史論》

　　辜也平（1955-）華東師大中文系本科畢業（1982），福建師大教授。《中國現代傳記文學史論》2015年12月由臺北萬卷樓圖書出版。

　　全書460頁，分三篇共16章，前有導論，後有餘論。上篇〈比較視野下的歷史研究〉：1.中國現代傳記文學的民族源流2.西學東漸與中國現代傳記文學3.他傳的起步與文體的轉型4.自傳的興起與轉型的完成。中篇〈歷史視野下的個案研究〉：5.梁啟超與現代傳記的轉型6.胡適的傳記文學倡導與創作7.魯迅傳記創作的文學啟示8.郭沫若自傳創作的文學個性9.郁達夫的傳記「文學」取向10.巴金的傳記文學翻譯與創作11.陶菊隱名人傳記的通俗故事12.朱東潤的傳記文學理論與實踐。下篇〈詩學視野下的理論建構〉：13.現代傳記文學的理論建構14.體系建構中的關鍵性分歧15.現代傳記文學的民族特色16.現代傳記文學的「歷史」重負。最後是〈餘論：現代傳記文學發展的當代啟示〉。

　　各篇之中，以14頁篇幅的〈導論：傳記文學的本質屬性及其他〉最見融通的功力，在各書之中，最為言簡意賅；特別是頁8-13，對夾纏不清的問題，能條理清楚的論斷。對理論有興趣的，13-14章可以細讀。他對民國初年至1949年資料的掌握，無論傳記作品或研究論述，儕輩無出其右。他能借用敘事學觀念分析作品，也能用考證去論斷紛紜的眾說，對魯迅和陶菊隱傳記的評論，有獨到的見解。論現代傳記的各書之中，這本最值得參考。

三、傳記通論

（一）朱文華《傳記通論》

朱文華（1949-）復旦大學中文系畢業（1976），爲復旦大學中文系教授。《傳記通論》1993年8月由上海復旦大學出版社出版。全書269頁，分爲3篇，一爲理論篇，之下依次爲：1.傳記釋義2.傳記作品的分類3.傳記作品的基本要素和功用4.傳記作品與其他學科的聯繫。二爲歷史篇：1.西方傳記寫作及理論發展的輪廓2.中國傳記的傳統、特點及其發展。三爲實踐篇：1.傳記寫作的準備工作2.傳記寫作的一般原則方法3.傳記寫作的謀篇布局4.傳記寫作的語言文字技巧5.幾種傳記類型的一般體例6.大中型傳記的技術細節處理和附錄性工作。

出版社〈內容提要〉介紹「本書係國內第一部傳記理論教材」[11]，筆路藍縷，尤爲難得。書中舉例相當豐富，而且能注意臺灣的資料，沒有劃地自限。不過，他的分類在同一層次雜沓用了幾重標準，引資料很多缺頁碼。〈歷史篇〉共82頁，等於簡要的中西方傳記史，朱文華自承「囿于外語水準，無法根據第一手資料來瞭解和把握西方傳記寫作及其理論發展情況。」（頁73）他是根據外國百科全書中譯等資料寫成西方傳記那一章。他有撰寫傳記的經驗，據〈後記〉，他已經寫過胡適、郭沫若、鄭振鐸、陳獨秀的評傳。〈實踐篇〉的六章，雖然未必精深，卻是當時難得的論述。

（二）李祥年《傳記文學概論》

《傳記文學概論》1993年12月由合肥安徽文藝出版社出版，更在他《漢魏六朝傳記文學史稿》之前。[12]

《傳記文學概論》254頁，分8章：1.傳記文學的藝術範疇2.人物傳記的基本形式3.傳記文學的美學原則4.傳記文學與其它社會學科的關係5.傳記文學的社會價值6.傳記文學與其它文學樣式7.中國傳記文學的歷史發展8.西方傳記文學的歷史發展。

這本書徵引資料，沒有注明頁碼，有時甚至沒有出處，使人難以查考。作者能讀英文，[13]但很少直接參考英文著作。從有注明出處的資料看來，顯然忽略臺灣出版的研究和傳記作品，未免狹隘。行文時，有些句子一氣四五十個字，讀來吃力。印刷不佳，墨色濃淡、版面疏密不一，校對也粗心。[14]有時語焉不詳，譬如批評說有「某些局限」，（頁216）卻沒有具體說明是甚麼局限。儘管

---

[11] 據〈後記〉，他1988年完成初稿，翌年以書稿內容為中文系四年級開傳記研究選修。據學位論文資料庫，他曾指導好幾篇傳記研究碩博士論文，據復旦中文系網站的年鑑，他2014年退休。

[12] 李祥年還出版過《人的大寫——中國史傳文化》（瀋陽出版社1993年），我未見此書。據復旦中文系網站的年鑑，他2015年以副教授退休。

[13] 他在頁25和頁96的注曾引英文資料，但他不知道美國首任總統是華盛頓，而誤以為是傑佛遜。（頁84）

[14] 有些錯誤很明顯，有些則不易察覺，譬如頁188-189引歐文·斯通的話：「除了這些寫作技巧上的自由以外，本

如此，這本書的架構比較完整，條理相當清楚，在當時是較好的入門書。

（三）王錦貴《中國紀傳體文獻研究》

王錦貴（1945-）北京大學本科畢業（1969），北大教授，研究文獻目錄學。《中國紀傳體文獻研究》1996年8月由北京大學出版社出版。全書447頁，由甲至庚，分為七篇，依次論源流、創作、體例、成就、研究、工具、辯證，最後有〈餘論〉和附錄。

一般的研究，較偏重前四史，本書則兼及之後各史，處理的資料範圍很龐大。在使用上，〈工具篇〉和〈辯證篇〉可能最有幫助。〈工具篇〉說明了廿五史的版本，那一種最好，也介紹了各種紙本的檢索工具。〈辯證篇〉討論官修、私修史書各自的長短，通史、斷代史的優缺點，舊作、新編史書的好壞，紀傳、編年、紀事本末體裁的利弊，正史、雜著的比較等等。如果對歷史文獻學有興趣，這本書值得參考。研究現代傳記，大概用不著這本書；如果研究古代史傳，這本書雖然和文學沒有直接關係，卻有助於處理研究材料時，選擇合宜的版本，和了解不同材料的特性。

（四）韓兆琦《中國傳記藝術》

《中國傳記藝術》1998年6月由呼和浩特內蒙古教育出版社出版。全書385頁，分為內、外篇，內篇又分兩篇：1.歷朝正史中的傳記藝術2.歷代文人的單篇傳記藝術。外篇下分四篇：1.傳記文學萌芽時期的優秀作品2.以傳記面目出現的寓言作品3.以傳記面目出現的滑稽作品4.以傳記面目出現的文言小說

這部書其實是文選賞析，每一部分選取篇章論其寫作藝術。他研究《史記》，所以〈歷朝正史中的傳記藝術〉（篇幅佔全書過半）之中，《史記》選得最多，有八篇；《漢書》兩篇，《後漢書》兩篇（由學生撰寫初稿），《新五代史》一篇（選〈伶官傳序〉是議論文，不是人物生平），其他的正史都省略了。萌芽時期賞析了《左傳》和《戰國策》各一篇，寓言談《史記・日者列傳》（他認為這是寓言）和韓、柳寫的傳，都追溯到《莊子》去。

他在2016年10月出版了《史記與傳記文學二十講》（北京商務印書館），其中第14講〈中國古代傳記文學略論〉，15-18講論韓、柳、歐、蘇的傳記藝術，19講論《新五代史》的思想與藝術，第20講〈傳記文學的派生藝術光映千秋〉，都和《中國傳記藝術》有重複之處。

（五）趙白生《傳記文學理論》

趙白生（1964-）是北京大學外語學院教授、北大世界傳記中心主任。[15]《傳記文學理論》2003年8月由北京大學出版社出版，全書272頁，分5章，依次論述：1.傳記文學的事實理論2.傳記文學的

書是完全自由的。」令人費解。參考他在頁205重複徵引這些話，可知「完全自由」應該是「完全真實」。
[15] 北大網頁介紹他是博士，網路資料只強調所獲獎項、出訪學校，未知其受學校系。

虛構現象3.傳記文學的結構原理4.傳記文學的闡釋策略5.傳記文學的經典訴求。

作者參考了豐富的英語文獻，夾敘夾論，從標題到內容，卻常有語焉不詳之感。譬如開宗明義，強調「傳記文學的三字經」是「吾喪我」，「這三個字幾乎隱含了傳記文學的全部禪機。」（頁4）接近書末又說：「寫癖異之人，或寫人之癖異，也許是張中行的禪外禪吧？」（頁228）彷彿瞭解傳記文學還得先參禪。

有的重要斷語，和前人相比，毫無進展，譬如第二章論傳記文學的虛構現象，是傳記學重要課題，書中如此論斷：「傳記既不是純粹的歷史，也不完全是文學性虛構，它應該是一種綜合，一種基於史而臻于文的敘述。在史與文之間，它不是一種或此即彼、彼此壁壘的關係，而是一種由此即彼、彼此互構的關係。」（頁44）遊移不定，還不如朱東潤1942年的見解。

趙白生忽視臺灣、香港的資料，豐富的書目之中，只有一筆臺灣資料蘇雪林的《猶大之吻》。第五章〈傳記文學的經典訴求〉，「羅列當代傳記文學十家，以期學者和讀者去悉心研讀，看看哪些作品可以作為傳記文學加以經典化……」（頁221）他列的十家固然是他一人之言，這章的結語尤其讓人費解：「當每個人爭相拿出自己的議案時，傳記文學的經典化歷程就大有希望。我的議案不過是磚石，僅供墊底。以上十位傳記家如果有一個共同點的話，那就是他們都『偏愛寫人』。」（頁228）學術論著，總應該先求清楚明白。趙白生有能力廣徵博采英美傳記理論，如果願意深入淺出，清楚明白的表述，或者能嘉惠初學。

（六）楊正潤《現代傳記學》

《現代傳記學》2009年5月由南京大學出版社出版，全書655頁，分為3篇12章，上篇本體論四章，依次論傳記的本質、構成、主體、功能。中篇形態論五章，依次論他傳的範疇、自傳、私人文獻、亞自傳、形態的實驗與擴展。下篇書寫論三章，依次論書寫的準備、傳記中的虛構、文本的完成。

楊正潤參考了大量中西傳記和英文傳記理論著作，眼界開闊。書後附錄的〈主要文獻書目〉，中文書目只列成冊的，僅36筆，內文引用的很多資料都不在書目中，大概並非「主要」之故，英文書目則比中文的豐富得多。全書的架構完備，論述語調平實。下篇〈傳記書寫論〉三章共一百五十頁最能見出功力，對研究者（不只是初學者）也最有貢獻。中篇〈傳記形態論〉不止介紹各種型式傳記的特色，也會扼要的評論其優點缺點。其中一節以傳主身份分類，英雄、聖徒、名人、明星、平民、作家、女性等，同一層次用了不只一個分類標準，不夠嚴謹。並非傳記主幹的七、八兩章，特別是書信、日記與遊記，這三種不必有六十多頁的論述。

他對古文的理解，有時不準確，對《史記》文字就有多處誤解。運用敘事觀點分析時也有語病，對自傳研究的發展，了解不夠深刻。[16]他論虛構的意見，比趙白生的清楚明確得多。（見頁

---

[16] 詳細的舉證，可參見拙著〈評楊正潤現代傳記學〉，《現代中國文化與文學》11輯（成都巴蜀書社2012年11

535、541）比較兩書類似的議題，可以發現，楊正潤的文體（style）比較樸實和明白曉暢。整體而言，這是最完整的傳記通論，如果能刪繁撮要，縮減篇幅，會更平易近人。

（七）張新科《中國古典傳記文學的生命價值》

這本書2012年12月由北京人民出版社出版，全書468頁，分為12章：1.源遠流長：中國古典傳記的發展及其特徵2.活力釋放：中國古典傳記的生命內涵3.追求不朽：中國古典傳記的生命價值的體現4.深厚蒼勁：中國古典傳記的憂患意識5.死而後已：中國古典傳記的悲劇精神6.自強不息：中國古典傳記的哲學意蘊7.面對現實：中國古典傳記的民族心理8.復活昇華：中國古典傳記中道德生命的張揚9.力的象徵：中國古典傳記的審美價值10.消費接受：中國古典傳記終極目標的實現11.走向永恆：中國古典傳記的民族精神及其當代意義。

這本書的端倪應該已見於他2000年出版的《唐前史傳文學研究》最後一章〈唐前史傳文學的生命價值〉，意思不是史傳文章有生命，有生老病死；可能是指史傳記載了人物，而文章表現了人物的生命有價值。這本書的章節標題很堂皇，內文會用陌生的措辭表達尋常的意思，譬如「悲劇實踐主體」其實就是下一行的「悲劇主人公」。（頁181）作者也動用了「現代生物學」、「生命粒子」、「脫氧核糖核酸」、「四種約50億個不同的分子」、「儲存特定遺傳信息的功能單位」、「以其特有的遺傳密碼編織」、「基因操縱」等等，要表達的只是：人人生而不同。至於「當細胞的新陳代謝不能繼續進行或者細胞活動突然停止時」，不過是說：每個人都會死。（頁62-63）他也援引了馬斯洛需求理論、社會心理學恐懼管理理論、天人合一、柏格森生命哲學等等，（頁152、160、196）但卻沒有合成出任何真知灼見。全書不著邊際的話充斥，缺乏重點，真正和傳記有關的很少。

四、論文集與期刊

（一）論文集

1.陳蘭村、張新科《中國古典傳記論稿》

《中國古典傳記論稿》1991年10月由西安陝西人民教育出版社出版。全書313頁，有20題，談到古代傳記的起源、發展、歷史地位、基本特徵、社會作用、與小說關係、佛教傳記、自傳文學價值，《左傳》到《史記》的嬗變、人物形象、特徵，和漢魏六朝雜傳、韓柳傳記貢獻、歐陽修雜體傳記、明代中後期傳記觀、梁啟超的傳記等等。

月），頁330-337。

這是比較早期的著作，偶有零星可觀意見，但資料出處有時欠清楚，後出轉密，現在已經不是合適的入門書。

2.全展《傳記文學：詮釋與批評》

《傳記文學：詮釋與批評》2007年5月由武漢湖北人民出版社出版，全書328頁，書中各篇都曾以單篇論文發表，各篇內容有重疊，和2004年的《當代傳記文學概觀》也部分重複，並且保留了前書行文的缺點。書中有些篇題有意義，譬如論傳記文學的批評原則，但沒有寫成功。大體上，他的文章可以讓人知道傳記出版概況、作品名稱、大致內容；但他談理論缺乏洞見和條理，分析作品不深入。他回顧傳記文學研究的述評文章，也讓人知道有哪些專書和論文。他對創作和研究的批判少，較值得參考；他的讚美，則較普及而欠嚴謹。

3.趙山奎《傳記視野與文學解讀》

趙山奎（1976-）是南京大學博士（2005，導師楊正潤），浙江師大教授。《傳記視野與文學解讀》2012年10月由北京大學出版社出版。全書259頁，只分4章：1.傳記詩學與西方傳統2.自我意識與近代中國自傳3.卡夫卡與他的書4.文學裡的人生故事。只有前兩章和傳記有關，其中以第二章第二節〈精神分析理論與西方傳記〉這17頁較值得參考，全書談中國傳記的不多。

4.葉志良《現代中國傳記寫作的歷史與敘事》

葉志良（1964-）浙江師大中文系本科畢業（1986）留校，曾任人文學院教授，現任教浙江旅遊職業學院。《現代中國傳記寫作的歷史與敘事》2012年12月由北京清華大學出版社出版。全書共六章，雖署一人之名，據〈後記〉，五、六章為學生李梅、郭穎杰主撰，三、四章有四個學生合作，一、二章郁達夫部分吸收他人成果。全書198頁，有〈緒言：「五四」以來現代中國傳記寫作的基本特徵〉各章依次為：1.名人自傳：名家創作與中國傳記的現代轉型2.現代他傳：中國傳記表現領域與方法的雙向拓展3.當代雜傳：傳記寫作文體的泛化與主題彌散4.類自傳：中國當代紀實性文學的突圍表演5.自傳體小說：20世紀90年代以來女性小說的傳記式敘事6.小說傳記：基於童年意緒的蘇童小說的虛構敘事。

第三章至第六章，援引了好些當代西方文論的觀念，李梅的第五章運用了比較多敘事視角分析，對自傳文本分析有興趣的讀者可以參考，但自傳小說已經逸出傳記研究範圍，第六章完全不屬於傳記。

6.王成軍《傳記詩學》

王成軍（1961-）[17]是北京師大碩士（導師韓兆琦）、南京師大文藝學博士（2003）、南京大學博士後、江蘇師大教授。《傳記詩學》2017年3月由北京新華出版社出版，262頁，共26章。一編是理論研究：1.傳記文學考釋2.事實正義論：傳記文學的敘事倫理3.論時間和自傳4.論中西自傳之「我」5.在懺悔中隱瞞？——論析西方自傳的「坦白」敘事6.自傳文本的解構和建構——保羅‧德曼的《盧梭〈懺悔錄〉論》7.文本‧文化‧文學：論自傳文學8.論傳記電影敘事中的「契約倫理」9.莫洛亞傳記文學研究10.試論傳記文學11.中國傳記文學的三大淵源12.關於自傳的詩學13.論21世紀中國傳記文學的當代性。

第二編文本闡釋：14.中西傳記文學文本比較15.自傳文本的非解構性詩學因素——《羅蘭‧巴特論羅蘭‧巴特》論析16.孔子的自畫像：以《論語》為語料17.論自傳敘事與自我身份政治建構：以曹操、毛澤東、富蘭克林為個案18.中國經驗：《後漢書》史傳敘事選讀19.清代傳記文學論——以顧炎武、方苞、曾國藩為個案20.事如春夢記有痕：沈復《浮生六記》賞析21.梁啓超傳記文學論22.論沈從文傳記敘事的「趣味化問題」23.論中國當代政治人物傳記敘事24.傳記文學這一家：傳記作家散論之一25.敘述自我與靈魂自傳：尼采《瞧！這個人》的現代性與詩學價值26.韓愈、夏多布里昂、劉心武、高爾基。最後附錄了〈韓信傳論〉。

文章的先後安排鬆散無序，標題明顯可見受西方觀念影響，論述不限於中文作品，大要詳今略古，論自傳為多。有些文章，比較像雜誌副刊的賞析。引文都有出處頁碼，但不一定準確：頁132引杜維運的文章，標題有刪改；頁144 整整六行的引文，註明出處是廖卓成〈評述兩本論傳記的書——《書寫生命》與《傳記：虛構、事實與形式》〉，但我查核1988年寫的文章，王成軍的引文沒有任何一句話出自我這篇書評。有些論題，譬如梁啓超的傳記理論，臺灣1987年已有學位論文，而且有出版行銷大陸，他似乎不察。[18]

主要參考文獻列出中、英書目各一頁，中文書目除去翻譯，僅剩10筆，現代人著作有7筆，扣除西方文論介紹，僅存4筆。其中《紅樓美學》赫然在列，作者何永康是王成軍的指導教授，研究紅樓夢;至於其他人的傳記研究，只有3種。他列了楊正潤1994年的《傳記文學史綱》，卻不列楊正潤2009年的《現代傳記學》，這本應該和王成軍《傳記詩學》更有關係——《現代傳記學》的英文

---

[17] 寫《龍樹大師傳》的另一個王成軍（1960-），是北京師大歷史博士，任教於陝西師大歷史系，著有《中西古典史學的對話——司馬遷與普魯塔克傳記史學觀念》（博士論文，2009年8月北京社會科學出版社出版），其中第五章〈文與史的交融與對立——傳記史學的真實觀〉和傳記研究有關。

[18] 廖卓成有《梁啟超的傳記學》（臺大中文所1987碩士論文，楊承祖先生指導，花木蘭出版社2012年初版）。王成軍論沈復《浮生六記》，也忽略了張漢良（1945-）出色的分析；張文見《比較文學理論與實踐》（臺北東大圖書1986年），王成軍談《羅蘭‧巴特論羅蘭‧巴特》時，曾引用過張漢良這本書，見王書頁124的註。《傳記詩學》有些篇題和內容，曾出現在他《紀實與虛構——中西敘事文學研究》（南昌百花洲文藝出版社2003年12月出版）中。

書名是A Modern Poetics of Biography。

（二）會議論文集

中國傳記文學學會編，《傳記傳統與傳記現代化──中國古代傳記文學國際學術研討會論文集》，2012年10月由北京市中國青年出版社出版。全書464頁，論文分為5組：1.中國古代傳記的整體考察（9篇）2.先秦到兩漢的傳記文學（10篇）3.漢以後的傳記文學（9篇）4.新文化運動與傳記新潮流（7篇）5.當代傳記的問題（6篇）除了會議的36篇，之後加上5篇，共41篇論文。副題雖然是「古代傳記」，不少文章並非論古代傳記。作者除了大陸、美國、港、台、日本的學者，還有作家。論文品質參差，有的頗有見地，也有簡陋而完全忽略前人研究的。[19]

大陸幾乎每年都有傳記研究的會議，傳記文學學會也不只一個，據說1994年成立的中外傳記文學研究會每年有研討會[20]，也有多個傳記中心（規模最大的可能在交通大學），論文集一定不只一種，只是蒐集未備。

（三）期刊

期刊之中，最值得注意的是《現代傳記研究》，由上海交通大學傳記中心主辦，楊正潤主編，上海商務印書館出版，2013年10月出第一輯，兼收中英文稿，不限討論現代傳記，也不限討論中文作品。一年兩期，我看到1-7期（2016秋季號）。以第一期為例，正文200頁，包含20篇文章（其中兩篇英文），分屬6組：1.第四屆中國傳記文學優秀作品獎專欄（4篇）2.專稿（1篇）3.理論研究（5篇）4.作品研究（6篇）5.人物研究（3篇）6.書評（1篇）。每期分組不定。其中有些文章很短小，才四、五頁，審稿可能有時欠嚴謹，譬如正文僅四頁的〈概論歐洲第一部關於蔣介石的傳記〉，介紹謝壽康（1897-1974）1941年用法文出版的《蔣委員長的幼年和青年時代》，最後一段結論：「正是這些文學成就讓謝壽康於1926年當選為比利時皇家語言文學院院士，」該院還推崇蔣傳。（頁119）但上一段提到的成就，除了博士論文的出版（1924年），其他三項都在1926年之後，蔣傳更遲至1941年。

此外，又有《生命敘事與心理傳記學》，由湛江師範學院心理傳記學與生命敘事研究所和臺灣生命敘事與心理傳記學會主辦，北京的中央編譯出版社2014年4月出版2013年第一輯，我只看到一輯；網路上提到有2016年第三輯。同時有正體字版。

更早的1997年10月，中外傳記文學研究會曾出版《傳記文學研究》（湖南文藝出版社），正文409頁，分ABC三部分，A理論研究（13篇）B文本分析（5篇談中國、7篇談外國人作品）C序跋書

---

19 譬如作家李世琦〈論梁啟超傳記文學理論的影響〉四頁的文章。

20 中國傳記文學學會則成立於1991年，相關敘述見全展《當代傳記文學概觀》（哈爾濱：黑龍江人民出版社出版，2004年），頁14。

評、傳主介紹（6篇）。C部分基本上不是研究，有些文章都在標榜出版這本書的湖南文藝出版社得獎的傳記叢書。《傳記文學研究》預定兩年一輯，但未見到第二輯。

五、總論

上述各書之外，還有不少未出版的學位論文、零星散見的期刊論文，而不以傳記為題的論著，其中也有相關的篇章。以《史記》為題的專書，常會涉及傳記相關問題，而上述的韓兆琦、陳蘭村、俞樟華、張新科等，當初都研究《史記》。傳記作品選本的導言和賞析，也有相關見解。新傳記的書評、報章、雜誌的作品評論，也可能有值得參考的看法。

大陸1949年之後的傳記研究論著，我曾寓目的，都在1991年之後出版。此外，有些只知其名，未見其書，如陳蘭村與葉志良編《20世紀中國傳記文學論》（天津人民出版社1998年）、俞樟華《中國傳記文學理論研究》（湖南文藝出版社2000年）、朱興榜與何元智《中西傳記文學研究》（中國文學出版社2003年）、俞樟華與許菁頻《古代雜傳研究》（吉林文史出版社2005年）、楊正潤主編《眾生自畫像——中國現代自傳與國民性研究（1840-2000）》（上海人民出版社2009年）等等。

有些學者會引用翻譯的自傳論著，譬如京都大學川合康三（1948-）的《中國的自傳文學》（北京中央編譯出版社1999年），很少人注意到1936年郭登峰《歷代自敘傳文鈔》（臺北商務印書館1965年重印）已有分類架構，美國的吳百益（1927-2009）也有論中國自傳的英文專著The Confucian's Progress: Autobiographical Writings in Traditional China.（Princeton大學出版社1990年），這兩本書川合都沒有提到，他注意到的古代篇章，好些都有臺灣學者分析過。同時，Philippe Lejeune的Le Pacte autobiographique的中譯《自傳契約》（楊國政譯，北京三聯書店2001年）也常被徵引。

上述學者，朱東潤很明顯受英國傳記影響，據他八十歲寫的自傳，「莫洛亞的一本傳記文學理論，是我所見的唯一的理論書，」他邊讀邊譯，「在一個月內，把這部理論掌握了。經過刻苦鑽研，我才認識到在西洋文學裡，一位重要的傳主，可能有十萬字乃至一二百萬字的傳記，除了他的一生以外，還得把他的時代，他的精神面貌，乃至他的親友仇敵全部交出，烘托出這樣的人物。」[21]莫洛亞書原文是法文，他當時應該是從英譯本翻譯的。楊正潤、李祥年、趙白生、王成軍、趙山奎等，都有參考外文著作，而以楊正潤最有成就，投入也最深。辜也平似乎沒有顯赫的學歷，也未強調出洋訪學，但他吸收西方相關知識，在文章中表現得最為融通，論述有條理，分析有見解，熟悉1920-1949年的資料，而且每一筆引述都有明確來源和頁碼。

---

[21] 本文提及各書作者的簡介，資料來源包括網路《百度百科》、出版社在書頁的介紹、期刊的作者介紹，和各學校網頁的簡介、系務年鑑等。

　　臺灣的研究生如果想了解大陸傳記研究的基本情況，可以從辜也平《中國現代傳記文學史論》（2015年正體字印刷）的〈導論：傳記文學的本質屬性及其他〉入手，接著讀13、14章，就可得其大概。進一步了解民國至1949年傳記發展，則可通讀全書。要略知1949年迄今大陸傳記出版與研究概況，可以讀陳蘭村主編《中國傳記文學發展史》（2012年）第10章，較詳細的可讀全展《當代傳記文學概觀》（2004年）和他在《荊楚理工學院學報》撰寫的年度述評（至2009年）。若要概覽中國傳記全史，則可通閱《中國傳記文學發展史》；概覽西洋傳記史，中文唯有參考楊正潤《傳記文學史綱》（1994年）。通論之中，楊正潤《現代傳記學》（2009年）最全面。吸收傳記研究新知，可留意交通大學傳記中心的半年刊《現代傳記研究》。如果要廣泛查閱學位論文、期刊論文，則可透過圖書館資料庫的CNKI中國知網。整體而言，中國大陸的傳記研究，比臺灣蓬勃。

引用書目

中國傳記文學學會編，《傳記傳統與傳記現代化──中國古代傳記文學國際學術研討會論文集》。北京：中國青年出版社，2012年10月。

王成軍，《傳記詩學》。北京：新華出版社，2017年3月。

全展，《當代傳記文學概觀》。哈爾濱：黑龍江人民出版社，2004年8月。

朱文華，《傳記通論》。上海：復旦大學出版社，1993年8月。

朱邦薇，〈永久的紀念〉，見朱東潤《李方舟傳》頁119-145。上海：上海遠東出版社，1996年2月。

朱東潤，《張居正大傳》。（無出版地）湖北人民出版社，1981年8月。

朱東潤，《陳子龍及其時代》。上海：上海古籍出版社，1984年1月。

朱東潤，《朱東潤傳記作品全集4：朱東潤自傳‧李方舟傳》。上海：東方出版中心，1999年1月。

朱東潤，《八代傳敘文學述論》。上海：復旦大學出版社，2006年11月。

李健，《中國新時期傳記文學研究》。北京：新華出版社，2008年5月。

李祥年，《傳記文學概論》。合肥：安徽文藝出版社，1993年12月。

李祥年，《漢魏六朝傳記文學史稿》。上海：復旦大學出版社，1995年4月。

姜濤、趙華，《古代傳記文學史稿》。瀋陽：遼寧大學出版社，1990年11月。

唐玉清，〈概論歐洲第一部關於蔣介石的傳記〉，《現代傳記研究》第1輯（2013年10月），頁114-119。

張新科，《中國古典傳記文學的生命價值》。北京：人民出版社，2012年12月。

郭丹，《先秦兩漢史傳文學史論》。上海：上海古籍出版社，2014年10月。

陳尚君，〈後記〉，見朱東潤，《八代傳敘文學述論》頁255-263。上海：復旦大學出版社，2006年11月。

陳蘭村主編，《中國傳記文學發展史》。北京：語文出版社，2012年9月。

辜也平，《中國現代傳記文學史論》。臺北：萬卷樓圖書公司，2015年12月。

楊正潤，《傳記文學史綱》。南京：江蘇教育出版社，1994年11月。

楊正潤，《現代傳記學》。南京：南京大學出版社，2009年5月。

廖卓成，〈評述兩本論傳記的書──《書寫生命》與《傳記：虛構、事實與形式》〉，《中國文學研究》第3輯（1989年5月），頁185-201。

廖卓成，《敘事論集：傳記、故事與兒童文學》。臺北：大安出版社，2000年8月。

廖卓成，〈評楊正潤現代傳記學〉，《現代中國文化與文學》11輯（2012年11月），頁330-337。

趙白生，《傳記文學理論》。北京：北京大學出版社，2003年8月。

《宋史筌》之筆法與價值
——以〈歐陽脩傳〉為基礎之考論[*]

謝佩芬[**]

一、前言

元順帝至正五年（1345）十月，《宋史》成書，雖然卷帙浩繁，但「潦草率率」[1]、「舛謬不能殫數」[2]、「為史家最劣也」[3]之類惡評屢見不鮮，自朱明肇建後，便有諸多學者致力訂補、改修《宋史》。[4]

中土之外，朝鮮正祖李祘（1752-1800）親自編刪《宋史》，並令博學閣臣十數人修訂整理，[5]

---

* 本文為科技部專題研究計畫「宋代文史研究之域外視角——以《宋史筌》為例之探討」
（MOST105-2410-H-002-201-MY2）部分成果，初稿、二稿曾分別於「2017 年阜陽歐陽修國際學術研討會」、「中國文學、歷史與社會的多重對話國際學術研討會」宣讀，修改後刊登於《文與哲》第32期。承蒙《文與哲》二位審查人、黃師啟方、王基倫教授、李貞慧教授惠賜高見，金卿東教授協尋資料，獲益良多，謹此致謝。本文原載於《文與哲》第32期，經「《文與哲》編輯委員會」授權轉載，特此註明。

** 國立臺灣大學中國文學系教授。

1 〔清〕朱彝尊：〈書柯氏宋史新編後〉，《曝書亭全集》（長春：吉林文史出版社，2009年），卷45，頁496。

2 〔清〕永瑢等編撰：《四庫全書總目提要・史部》（上海：商務印書館，1933年），卷46，「史部二・正史類二・宋史四百九十六卷」，頁1009。

3 〔清〕趙翼撰，王樹民校證：《廿二史劄記校證》（北京：中華書局，1984年），卷1，頁512。

4 自明初宋濂承皇命續修《宋史》，以迄明末，投入此事者甚多，相關著述約有123種，但今日可見之書籍僅存王洙：《宋史質》100卷、王維儉：《宋史記》250卷、柯維騏：《宋史新編》200卷，詳參吳漫：《明代宋史學研究》（北京：人民出版社，2012年10月）一書，另可參見陳學霖：〈明代宋史學——柯維騏《宋史新編》述評〉，《明代人物與史料》（香港新界：香港中文大學出版社，2001年），頁283-319。清代則有潘昭度、黃宗羲、陳黃中、錢大昕、邵晉涵等學者意欲重修，但僅邵晉涵《南都事略》成書，其餘皆未能克盡全功，參見張舜徽：《清儒學記》（武漢：華中師範大學出版社，2005年），頁186-187。另有考異糾謬、補充缺漏著作多種，參見王延紅：《明清學人以紀傳體體例對《宋史》的改撰與補修》（廣州：暨南大學歷史文獻學碩士論文，2007年），頁29、高遠：〈清人宋史學研究回顧與前瞻〉，《甘肅社會科學》2010年第1期，頁235-238。

5 參與《宋史筌》編修工作的朝臣計有：徐命膺、黃景源、沈念祖、李鎮衡等十數人，詳參李成珪著、林美英譯：〈「宋史筌」的編纂背景與特色——關於朝鮮學者編纂中國史的研究〉，《韓國學報》第6期（1986年12月），頁191-192。

「累十易藁，篇簡溢於箱篋」[6]，歷時二十餘年，而後完成《宋史筌》一書。[7]遠在異域的李祘以君王之尊重修外國史書，實爲殊異現象，即使「在朝鮮歷史上亦絕無僅有」[8]。

據考，李祘在春宮時便「研精九經，微辭奧旨，咸造其極」[9]，好學精讀外，也勤於訪購書籍、著述編纂，[10]「右文」[11]傾向與宋代相似，曾讀《宋史》而喟嘆道：

> 有宋之風氣人物，與我朝相近，其爲鑑戒，比他史尤切。故刪正正史，而有《宋史筌》焉。[12]

明白顯示出，李祘生存年代雖是清朝乾隆年間，但他認同、嚮慕的卻是亡滅已久的宋代。因此，雖然朝鮮所修中國史書以明史爲中心，[13]但李祘在位期間編修的五部中國史書卻僅有《明季提挈》一書純爲明史，[14]《歷代紀年》爲通史，[15]其餘《宋史撮要》[16]、《宋朝史詳細節》[17]、《宋史筌》全是環繞宋代之作。

關於《宋史筌》的編纂原因，〈義例〉明確表述：

> 若有宋矩矱之正，文物之盛，與夫儒術之賅性理，士習之重名節，　我朝之所尤尚者，有其

---

6 〔朝鮮〕徐命膺：《御定宋史筌・序》，《宋史筌》，卷首，〈義例〉，見中國社會科學院歷史研究所文化史研究室編：《域外所見中國古史研究資料彙編・朝鮮漢籍篇・史編史傳類》（重慶：西南師範大學出版社；北京：人民出版社，2013年），冊9，頁375。

7 關於該書編修過程，〔朝鮮〕李德懋嘗云：「先是，上在春邸，以《宋史》繁冗，乃于視膳之暇，親御朱墨而筆削之，釐爲八十卷，名《宋史筌》。御極之後，命直提學沈念祖撰義例。甲辰，公除積誠，命攜至宮，更加校正，凡四年乃定。」見氏著：〈宋史筌編撰議〉，《雅亭遺稿》（漢城：漢城大學古典刊行會影印，1966年），卷5，頁466。現存《宋史筌》計有義例、目錄各1卷，本紀8卷、志47卷、世家2卷、列傳91卷，共150卷，61冊。

8 孫衛國：〈朝鮮王朝所編之中國史書〉，《史學史研究》2002年第2期，頁74。

9 〔朝鮮〕徐命膺：《御定宋史筌・序》，《宋史筌》，卷首，〈義例〉，《域外所見中國古史研究資料彙編・朝鮮漢籍篇・史編史傳類》，冊9，頁374。

10 據計數，李祘親自編纂的書籍共達89種2490卷，召命臣屬編纂者則有64種1501卷，自身文集《弘齋全書》共184卷，參見金鎬：〈《古今圖書集成》在朝鮮的傳播與影響〉，《東華漢學》第11期（2010年6月），頁245統計《群書標記》所得。

11 〔朝鮮〕李祘：《日得錄二・文學二》，《弘齋全書》（收入《韓國文集叢刊》，首爾：韓國古典翻譯院，2014年3月），冊267，卷162，頁169。

12 〔朝鮮〕李祘：《群書標記》，《弘齋全書》，冊262，卷179，「新訂資治通鑑綱目續編二十七卷」條。

13 孫衛國：〈朝鮮王朝所編之中國史書〉，頁67-69。

14 該書記載明太祖洪武元年（1368）至南明昭宗永曆十六年（1661）歷史，共20卷，爲綱目體。

15 該書記載盤古至明代永曆年間歷史，爲編年體，僅有3卷。

16 〔朝鮮〕李祘：《宋史撮要》（重慶：西南師範大學出版社，2011年，《域外漢籍珍本文庫》第二輯史部10，影印韓國首爾大學奎章閣圖書館藏朝鮮寫本），爲宋太祖至宋孝恭帝間帝紀，乃「與《史筌》相爲表裏」（〔朝鮮〕李祘：《群書標記》，卷179，「宋史撮要三卷」條），共3卷。

17 該書摘編宋太祖至明太祖間各種歷史事件，編修而成，爲編年體，共10卷。李祘將宋末帝趙昺於祥興二年（1279）跳海殉國至明太祖朱元璋開國（1368），期間九十年，納入「宋朝史」，全盤否定元朝具有政權正統性，也透露李祘對宋朝的強烈認同。

尚也。則宜急所徵，苟欲徵也，則莫良於史。[18]

可見編修《宋史筌》的目的絕不在於保存史料或展示學識，而是意欲借鑑宋代規矩法度、文物治理國家，並推重「儒術之賅性理，士習之重名節」。在這種動機下，「盍加筆削，以爲勸戒之助」[19]前，李祘當會先檢核《宋史》弊端，以便思考「筆削」準則與方式，所謂：

> 蓋作史至難，刪史亦不易，《史筌》有刪有作，刪之未允，尚屬舊疵，作而失當，秪彰新謬。且史有四體，闕一不可，事所以寔之也，貴乎不誣，詞所以華之也，貴乎不陋，義所以通之也，貴乎衷適，法所以撿之也，貴乎謹嚴。舊史（指《宋史》）固未達此。[20]

顯見李祘強調史書須具備：事、詞、義、法四體，各體重點分在於：不誣、不陋、衷適、謹嚴。正因《宋史》並未符合良史要求，故而編修《宋史筌》時，絕不可能僅作削刪工夫，必會就事、詞、義、法四方面詳加斟酌，視情況刪減、訂正、增補，以達致「采其實，去其雜」[21]目標。

不過，朝鮮距離中土迢遙，編撰《宋史筌》的時代又已是宋亡後四百餘年，參用、考證的資料有限，有時爲矯易《宋史》「繁冗」[22]之病，以致「過份省略，減縮內容及改變原文，使它不免被譏評爲較《宋史》更不具史料價值。」[23]

事實上，《宋史筌》雖有筆削失當處，但仍有部分篇章確能采實去雜，訂補《宋史》疏謬，提供研究者更豐富開闊、精確平允的觀看視域。以〈歐陽脩傳〉爲例，《宋史筌》的改易便極具價值。

歐陽脩（1007-1072）乃宋代文學代表人物之一，著作等身，必然是韓人重視的對象，據考查：

> 歐陽修的《新五代史》及其與他人合撰的《新唐書》最晚也在1175年前，周必大（1126-

---

18 〔朝鮮〕徐命膺：《御定宋史筌・序》，卷首〈正祖辛亥上諭〉，〈義例〉，《域外所見中國古史研究資料彙編・朝鮮漢籍篇・史編史傳類》，冊9，頁367。

19 〔朝鮮〕徐命膺：《御定宋史筌・序》，卷首，〈義例〉，《域外所見中國古史研究資料彙編・朝鮮漢籍篇・史編史傳類》，冊9，頁375。

20 〔朝鮮〕徐命膺：《御定宋史筌・序》，卷首〈正祖辛亥上諭〉，〈義例〉，《域外所見中國古史研究資料彙編・朝鮮漢籍篇・史編史傳類》，冊9，頁367。

21 〔朝鮮〕徐命膺：《御定宋史筌・序》，卷首，〈義例〉，《域外所見中國古史研究資料彙編・朝鮮漢籍篇・史編史傳類》，冊9，頁375。

22 〔朝鮮〕李德懋：〈宋史筌編撰議〉，《雅亭遺稿》，卷5，頁466。

23 李成珪著、林美英譯：〈「宋史筌」的編纂背景與特色——關於朝鮮學者編纂中國史的研究〉，頁218。關於《宋史筌》史料價值如何，審查人提供另種見解，資料如下：「以藩屬國而傾注難以計數的人力物力，不遺餘力地爲前朝宗主國編修大量史書，李氏朝鮮的做法在世界歷史上恐怕都是獨一無二的。……《宋史筌》的史料價值早已被學界認可。李朝正祖李祘爲世子時即著手對傳入朝鮮的元朝脫脫主編的《宋史》進行改修，即位後又命群臣潤飾並最終完成。學界公認該書可補脫脫《宋史》之不足，其中《遺民傳》、《高麗傳》的補苴作用尤大。」參見中國社會科學院歷史研究所文化史研究室編：〈古代朝鮮漢文文獻所見中國史料的整理與研究——《域外所見中國古史研究資料彙編・朝鮮漢籍篇》前言〉，《域外所見中國古史研究資料彙編・朝鮮漢籍篇・史編史傳類》，冊1，頁1-2。

1204）所編的《歐陽文忠公全集》最晚也在1241年前便已經傳入了高麗王朝（918-1392）。

此後，高麗王朝後期的文人開始學習歐陽修的各種文章。[24]

朝鮮王朝（1392-1897）時期，歐文「在國家政策上是被視爲書寫公文的重要參考文本之一」[25]，「流布與閱讀十分廣泛」[26]，「是爲當時韓國文人視作具備最高水平的文章」[27]，而「歐陽修的文章不僅被當時的文人所喜聞樂見，還被用於考題」[28]，歐陽脩對韓國文史的影響與重要性可想而知。

此種背景下，《宋史筌》如何觀看歐陽脩？書寫歐陽脩？筆法、內容與《宋史》有何異同？是否具現「事不誣」、「詞不陋」、「義衷適」、「法謹嚴」規範？能否反映當時朝鮮君臣的文史觀點？

凡此種種，若能詳加釐清，既可具體而微地考知《宋史筌》與《宋史》異同之處，也可進一步審視《宋史筌》是否落實「采實去雜」原則？如何落實？成效如何？價值如何？有無超越《宋史》？是否具獨立存在價值？或僅是《宋史》刪簡本？更可辨明有關歐陽脩的生平史實，自有研究價值。

一般而言，《宋史筌》對《宋史》的刪修，多數爲不影響文意的字句減削，但有時雖僅更動幾個字，卻致使文意產生極大變化，如「辭卻范仲淹舉薦事」及「宋神宗欲深護脩事」，皆因一字之差而使得《宋史筌》與《宋史》呈現不同歷史。茲述如下。

二、辭卻范仲淹舉薦事

宋仁宗景祐三年（1036）三月，范仲淹（989-1052）與宰相呂夷簡（978-1044）對朝政主張不同，二人於帝王面前交章對訴，言詞激切，范仲淹因而受責降黜，貶知饒州。[29]

歐陽脩旋即貽書嚴責左司諫高若訥（997-1055），致以「恣陳訕上之言，顯露朋奸之迹」[30]遭貶夷陵。

仁宗康定元年（1040）五月，范仲淹受命爲陝西經略安撫副使，[31]隨後便以「奏議上聞，軍書

---

[24] 黃一權：〈歐陽修著作初傳韓國的時間及其刊行、流布的狀況〉，《復旦學報》（社會科學版）2000年第2期，頁139。

[25] 同前註，頁136。

[26] 同前註，頁139。

[27] 黃一權：〈試論韓國史書及文人對歐陽修散文的評價與論說〉，《中國比較文學》2001年第2期，頁47。

[28] 同前註，頁50。

[29] 參見〔宋〕李燾：〈仁宗十九〉，「景祐三年一‧五月」條，《續資治通鑑長編》（北京：中華書局，2004年），卷118，頁2783-2784。

[30] 〔宋〕歐陽脩：〈三任謫夷陵制詞〉，見李逸安點校：《歐陽修全集》（北京：中華書局，2001年3月），〈附錄〉卷1，頁581。

[31] 〔宋〕李燾：〈仁宗二十八〉，「康定元年二‧五月己卯」條，《續資治通鑑長編》，卷127，頁3013-3014。

叢委，情須可達，辭貴得宜，當藉俊僚，以濟機事」[32]，而歐陽脩「文學才識，為眾所伏」[33]等理由，舉薦歐陽脩充任該司「節度掌書記」一職。未料歐陽脩「以親為辭」[34]，並於六月復任館閣校勘。[35]

以上情事，《宋史》載曰：

> 范仲淹以言事貶，在廷多論救，司諫高若訥獨以為當黜。脩貽書責之，謂其不復知人間有羞恥事。若訥上其書，坐貶夷陵令，稍徙乾德令、武成節度判官。仲淹使陝西，辟掌書記。脩笑而辭曰：「昔者之舉，豈以為己利哉？同其退不同其進可也。」久之，復校勘，進集賢校理。慶曆三年，知諫院。[36]

《宋史筌》則記：

> 范仲淹以言事貶，臣寮論救，司諫高若訥獨以為當黜。脩貽書責之。若訥上其書，坐貶夷陵令。仲淹使陝西，辟掌書記。脩辭曰：「同其退不同其進可也。」久之，遷集賢校理。[37]

《宋史筌》刪除「稍徙乾德令、武成節度判官」、「復校勘」，改「進集賢校理」為「遷集賢校理」等有關官銜的記載，可使文章簡要，稍免冗贅。另將「謂其不復知人間有羞恥事」、「昔者之舉，豈以為己利哉」幾句刪去，雖不如《宋史》說明完整，具體錄記歐陽脩言詞內容，凸顯個性，但並不影響文意表達。

《宋史筌》最值得注意的更動在於將「笑而辭曰」改易為「辭曰」，雖只刪減「笑」、「而」二字，但對歐陽脩辭薦時的心情、表情、態度理解卻有極大不同，值得細審。

表面上看來，歐陽脩似是基於孝道而不得已婉拒范仲淹美意，但他同年寄致梅堯臣（1002-1060）的書信中曾明白說道：

> 安撫見辟不行，非惟奉親避嫌而已，從軍常事，何害奉親？朋黨，蓋當世俗見指，吾徒寧有黨邪？直以見召掌賤奏，遂不去矣。[38]

直言「掌賤奏」才是他不願赴命的真正原因。根據宋代官制規範，「節度掌書記」屬從八品官，[39]

32　〔宋〕范仲淹：〈舉歐陽修充經略掌書記狀〉，李勇先、王蓉貴：《范仲淹全集》（成都：四川大學出版社，2002年9月），卷19，頁432。

33　同前註。

34　〔宋〕歐陽脩：〈答陝西安撫使范龍圖辭辟命書〉，洪本健校箋：《歐陽修詩文集校箋》（上海：上海古籍出版社，2010年9月），卷47，頁1164。

35　〔宋〕李燾：〈仁宗十九〉，「康定元年•六月辛亥」條，《續資治通鑑長編》，卷127，頁3020。

36　〔元〕脫脫等撰：〈歐陽脩傳〉，《宋史》（臺北：鼎文書局，1980年），卷319，頁10375。

37　參見〔朝鮮〕李标：《宋史筌•歐陽脩傳》，中國社會科學院歷史研究所文化史研究室編：《域外所見中國古史研究資料彙編•朝鮮漢籍篇•史編史傳類》，冊11，卷82，頁221。

38　〔宋〕歐陽脩：〈與梅聖俞•其十二〉，《歐陽修全集》，卷149，頁2450。

39　參見〔清〕徐松：〈職官•職官八•吏部•仁宗•皇祐三年〉，「職官八之三」，《宋會要輯稿》（上海：上海古籍出版社，1995年），頁363。

主要負責軍事文書，[40]而當時歐陽脩所擔任的武成節度判官屬正九品官，[41]可「協理郡事」，[42]發揮空間較大。因此，所謂「參決軍謀、經畫財利、料敵制勝，在於幕府，苟不乏人，則軍書奏記一末事耳，有不待修而堪者矣。」[43]恐怕不能視爲單純的謙遜推讓言詞，反而眞實地透露出歐陽脩心中感受：他希望能參與謀畫軍事策略、貢獻計謀等與實際作戰有關的任務，而非較無關緊要的文書工作。

也正是在這樣的期待與失落下，歐陽脩書寫〈答陝西安撫使范龍圖辭辟命書〉時，才會先是稱揚范仲淹「忠義之節信於天下」[44]，繼而承認「士之好功名者，於此爲時，孰不願出所長少助萬一，得託附以成其名哉？」[45]但歐陽脩對於「狂虜猖蹶」[46]的反應是「尤爲憤恥，每一思之，中夜三起」[47]，滿腔熱血，原以爲可有報國殲敵機會，怎料范仲淹卻只委付文書事務，失望惆悵之下，歐陽脩情緒難以抑止地於「中夜三起」後，直率明言：「不幸修無所能，徒以少喜文字，過爲世俗見許，此豈足以當大君子之舉哉？」[48]

「無所能」看似自責，但恐含有憤激、自嘲語氣，連結其後「懼無好辭，以辱嘉命」[49]、「國士」之論，[50]以及文末「若修者，恨無他才以當長者之用」[51]諸般陳述，在在可知，歐陽脩或有感嘆范仲淹未「深相知」[52]的意思。正因「知之不盡」[53]，所以「士不爲用」[54]，這才是歐陽脩心中眞正感受，奉親、不復作四六云云，可能都只是禮貌上的藉口而已。

雖然因著職位、身分考量，歐陽脩試圖在辭辟命書信中謙抑自持，但他「遇事發憤」[55]的個性終究難以遮飾，仍忍不住在「士不爲用」之後，持續論說：

> 今奇怪豪俊之士，往往蒙見收擇，顧用之如何爾。然尚慮山林草莽，有挺特知義、慷慨自重

40　參見龔延明編著：《宋代官制辭典》（北京：中華書局，1997年4月），頁545。

41　同前註，頁543。〔宋〕馬端臨：〈職官考十六〉，《文獻通考》（臺北：臺灣商務印書館，1987年），卷62，頁566-2載：「宋朝乾德二年，詔歷兩任有文學者，許兩使、留後奏充掌書記。太平興國六年，詔諸節度州依舊置觀察支使一員，凡書記、支使不得并置，有出身曰書記，無出身曰支使。位在判官之下，推官之上。」如據本書，則節度掌書記職階反在節度判官之下，依常理，范仲淹似不會作此安排。

42　龔延明編著：《宋代官制辭典》，頁543。

43　〔宋〕歐陽脩：〈答陝西安撫使范龍圖辭辟命書〉，《歐陽修詩文集校箋》，卷47，頁1164。

44　同前註。

45　同前註。

46　同前註。

47　同前註。

48　〔宋〕歐陽脩：〈答陝西安撫使范龍圖辭辟命書〉，《歐陽修詩文集校箋》，卷47，頁1165。

49　同前註，頁1164。

50　同前註。

51　同前註。

52　同前註。

53　同前註。

54　同前註。

55　〔宋〕歐陽脩：〈歸田錄序〉，《歐陽修全集》，卷126，頁1909。

之士，未得出於門下也，宜少思焉。[56]

再度點明「用」的問題，而「奇怪豪俊」、「挺特知義」、「慷慨自重」之士，似乎都是意在言外地指向自己，自負之外，更多了「諷切」[57]意味。

這般心情、態度下，歐陽脩到底是怎麼拒絕范仲淹的？「笑而辭曰」？或，「辭曰」？〈答陝西安撫使范龍圖辭辟命書〉與歐陽脩其他詩文、書信作品中，都未曾出現：「昔者之舉，豈以爲己利哉？同其退不同其進可也」一段文字，相關記載最早可能見於歐陽發（1040-1085）等述〈先公事迹〉，文云：

> 先公既坐范公遠貶，數年復得滑州職官。會范公復起，經略陝西，辟公掌箋奏，朝廷從之。時天下久無事，一旦西邊用兵，士之負材能者，皆欲因時有所施爲，而范公以天下重名好賢下士，故士之樂從者眾。公獨歎曰：「吾初論范公事，豈以爲己利哉！同其退不同其進可也。」遂辭不往。其於進退不苟如此，以至致位二府，惟以忠義自得主知，未嘗有所因緣憑藉。[58]

簡述范、歐二人關連後，說明西邊用兵之際，范公與士人互動情形，以「公獨歎曰」接於「士之樂從者眾」，似有意塑造歐陽脩不隨時俗、孑然孤立形象，「獨」、「眾」的相鄰對舉，更凸顯歐陽脩難能可貴之處。「歎」字則生動地傳達出歐陽脩無法「因時有所施爲」的寂寞與感慨。至於「豈以爲己利哉」、「同其退不同其進可也」雖與〈答陝西安撫使范龍圖辭辟命書〉、〈與梅聖俞・其十二〉中的自負、不滿有別，但或可視爲歐陽脩在有志難伸的無奈下，意圖安頓自我的一種說法吧？

「辭辟」一事，吳充（1021-1080）〈歐陽脩行狀〉僅以「范文正公經略陝西，辟掌書記，辭不就」[59]寥寥數語帶過，韓琦（1008-1075）〈歐陽公墓誌銘〉[60]則只載：「康定初，召還，復館閣校勘」[61]，全無一字涉及該事。特別的是，徽宗崇寧五年（1106）[62]，蘇轍（1039-1112）於〈歐陽文忠公神道碑〉中詳記此事，文云：

56　〔宋〕歐陽脩：〈答陝西安撫使范龍圖辭辟命書〉，《歐陽修詩文集校箋》，卷47，頁1165。

57　清人何焯評論此文，云：「言外多諷切，亦忠告之遺意。」頗得其情。見氏著：《義門讀書記》（北京：中華書局，1987年），卷30，頁680。

58　〔宋〕歐陽發：〈先公事迹〉，《歐陽修全集》，〈附錄〉卷2，頁2630-2631。

59　〔宋〕吳充：〈歐陽脩行狀〉，《歐陽修全集》，〈附錄〉卷3，頁2692，撰於熙寧六年七月。

60　此文全題為：「故觀文殿學士太子少師致仕贈太子太師歐陽公墓誌銘」，收入〔宋〕韓琦著，李之亮、徐正英箋注：《安陽集》（成都：巴蜀書社，2000年10月），卷50，頁1535-1559，撰於熙寧六年。

61　同前註，頁1537。

62　據〔宋〕蘇轍〈歐陽文忠公神道碑〉所云，歐陽脩之子歐陽棐於崇寧五年「以墓隧之碑來請」，當時蘇轍「方以罪廢於家，且病不能執筆」，「既而病已」，即守諾撰作該文。參見是文（《欒城後集》，卷23，收入陳宏天、高秀芳點校：《蘇轍集》，北京，中華書局，1990年，頁1129）。孔凡禮：《三蘇年譜》將〈歐陽文忠公神道碑〉繫於崇寧五年，認為：「約作於本年或稍後。」見是書（北京：北京古籍出版社，2004年），卷58，頁3104。本文暫訂為崇寧五年。

康定初，范公起爲陝西經略招討安撫使，辟公掌書記。公笑曰：「吾論范公，豈以爲利哉？同其退不同其進可也。」辭不就。召還，復校勘，遷太子中允，與修《崇文總目》。[63]

關於歐陽脩言詞內容，大抵與〈先公事迹〉相同，但他的態度卻由「獨歎曰」轉爲「笑曰」，雖只是一二字詞的改動，人物個性、形象、心態的呈現卻有大幅變化。如前所析，「獨」「歎」刻畫出歐陽脩堅守原則、孤絕寂寞的處境，「笑」則多了些瀟灑豁達情韻，心情大不相同。

翻查現存宋代文史資料，關於蘇軾與人論談時「笑曰」的記載所在多有，歐陽脩則較爲少見，似僅有與蘇軾（1037-1101）誦吟文同（1018-1079）詩句，[64]王安石（1021-1086）誤讀歐詩[65]二事中，得見歐陽脩「笑曰」，對象都是自己曾經獎拔的晚輩，語境都是與文藝論談有關的輕鬆場合。

此外，歐集中雖出現百餘次「笑」字，但僅有四則資料明確爲「我笑」、「自笑」，其中「却思初赴青油幕，自笑今爲白髮翁」[66]具自嘲意，其餘「我時寓直殿廬外，眾中迎子笑以忻」[67]、「我笑謂吳生，爾其聽我言」[68]、「笑語同來向公子，馬頭今日向南行」[69]中的「笑」，都表達與人相接時的正面意涵。

依據歐陽脩「剛勁」[70]個性，輔以他親筆撰寫的辭辟命書及上引資料，當時歐陽脩辭辟心情可能較近於失望落寞，甚至帶有憤激，恐怕不會「笑曰」，何況，「綜其實，事迹云者正行狀之底本，而碑志、四傳所絲出也」[71]，〈先公事迹〉可信度應較〈神道碑〉高。

即使現存宋人史料，關於此事的記載，多無「笑」字，[72]但以三蘇父子受知於歐陽脩，[73]彼此

63　〔宋〕蘇轍：〈歐陽文忠公神道碑〉，《欒城後集》，卷23，頁1130。

64　事見〔宋〕彭乘《續墨客揮犀》，收入孔凡禮整理：《全宋筆記》（鄭州：大象出版社，2008年），第三編，冊1，卷4，頁98。

65　參見〔宋〕陳鵠撰，孔凡禮點校：《西塘集耆舊續聞》，《唐宋史料筆記叢刊》（北京：中華書局，2002年），卷1，頁290。

66　〔宋〕歐陽脩：〈答西京王尚書寄牡丹〉，《歐陽修詩文集校箋》，卷13，頁411。

67　〔宋〕歐陽脩：〈送呂夏卿〉，《歐陽修詩文集校箋》，卷1，頁19。

68　〔宋〕歐陽脩：〈送吳生南歸〉，《歐陽修詩文集校箋》，卷7，頁185。

69　〔宋〕歐陽脩：〈奉使契丹回出上京馬上作〉，《歐陽修詩文集校箋》，卷12，頁374。

70　〔元〕脫脫等撰：〈歐陽脩傳〉，《宋史》，卷319，頁10375。

71　〔宋〕朱熹：〈朱子考歐陽文忠公事迹〉，《歐陽修全集》，〈附錄〉卷2，頁2642。

72　〔宋〕王稱：《東都事略》（《景印文淵閣四庫全書》，臺北：臺灣商務印書館，1986年，冊 382，卷72，頁348）載：「脩曰」，〔宋〕章定：《名賢氏族言行類稿》（《景印文淵閣四庫全書》，臺北：臺灣商務印書館，1986年，冊933，卷55，頁776）作：「修曰」，〔宋〕趙善璙：《自警編》（《景印文淵閣四庫全書》，臺北：臺灣商務印書館，1986年，冊875，卷5，頁70）、〔宋〕朱熹：《三朝名臣言行錄》（《四部叢刊》初編縮本，臺北：臺灣商務印書館，1965年，據上海涵芬樓借海鹽張氏涉園藏宋刊本影印，冊63，卷2，頁44）皆作：「公歎曰」，僅〔宋〕杜大珪《名臣碑傳琬琰之集》（《景印文淵閣四庫全書》，臺北：臺灣商務印書館，1986年，冊450，上卷24，頁167）作：「公笑曰」。

73　〔宋〕曾鞏：〈蘇明允哀辭〉載：「嘉祐初，始與其二子軾、轍復去蜀，遊京師。今參知政事歐陽公修爲翰林學士，得其文而異之，以獻於上。既而歐陽公爲禮部，又得其二子之文，擢之高等。於是三人之文章盛傳於世，得而讀之者皆爲之驚，或歎不可及，或慕而效之，自京師至於海隅障徼，學士大夫莫不人知其名，家有其書。」見陳杏珍、晁繼周點校：《曾鞏集》（北京：中華書局，1984年11月），卷41，頁560。

往來數十年的情誼，兼以蘇轍文名高揚，〈神道碑〉的「笑曰」難免具有影響力，如李燾（1115-1184）、洪邁（1123-1202）等編修之《四朝國史‧歐陽修傳》便書爲：「修笑而辭曰」，[74]其後，脫脫（1314-1355）等人所修《宋史‧歐陽脩傳》，文字多有雷同，也承續而作：「脩笑而辭曰」，《唐宋文醇》、《宋元學案》也都有「笑」字，[75]歐陽脩「笑辭」范仲淹辟命，似已成爲諸多世人認同的形象。

在此情形下，《宋史荃》刪除「笑而」二字，無論原因是，編寫者認爲歐陽脩不可能「笑而辭」，或認爲不需加上修飾「辭」的形容字詞，只需留下表示結果的「辭」便可。《宋史荃》勇於改變《宋史》記載，可能更接近事實，自有價值。

三、宋神宗「欲深護脩」事

關於蔣之奇（1031-1104）誣陷歐陽脩時，宋神宗（1048-1085）所持態度，《宋史》與《宋史荃》記載雖只有一字之差，但意思全然對反，究竟事實爲何？《宋史荃》的改動有無根據？是否確當？值得深究。

事情起因於英宗治平二年（1065）朝廷追崇濮王（995-1059）而引發的論爭。[76]當時大臣們因意見紛歧而分爲數派，蔣之奇與歐陽脩想法一致，當「脩薦爲御史」[77]後，蔣之奇爲了擺脫眾人將他視爲「姦邪」[78]的壓力，竟然利用薛宗孺（?-?）假造的謠言，[79]上章彈劾歐陽脩，《宋史》載記：

> 脩婦弟薛宗孺有憾於脩，造帷薄不根之謗摧辱之，展轉達於中丞彭思永，思永以告之奇，之奇即上章劾脩。神宗初即位，欲深譴脩。訪故宮臣孫思恭，思恭爲辨釋，脩杜門請推治。帝

74　〔宋〕李燾、洪邁等：〈四朝國史本傳〉，《歐陽修全集》，〈附錄〉卷2，頁2677。

75　見清高宗：《唐宋文醇》（臺北：中華書局，1969年2月），卷23，頁143、〔清〕黃宗羲撰，〔清〕全祖望補修，陳金生、梁運華校點：〈廬陵學案〉，《宋元學案》（北京：中華書局，1986年），卷4，頁182。

76　此事史稱「濮議」，詳情可參見〔明〕陳邦瞻：〈濮議〉，《宋史紀事本末》（北京：中華書局，1977年5月），卷36，頁311-322。

77　〔元〕脫脫等撰：〈歐陽脩傳〉，《宋史》，卷319，頁10380。

78　同前註。

79　〔宋〕范鎮撰，汝沛點校：《東齋記事》（《唐宋史料筆記叢刊》，北京：中華書局，1980年，卷3，頁27）、〔清〕曹仁虎、稽璜：《欽定續通志‧歐陽修傳》（臺北：臺灣商務印書館，1987年，冊397，卷343，頁5253-1）、〔宋〕葉濤：《重修實錄‧歐陽脩傳》（《歐陽修全集》，〈附錄〉卷2，頁2668-2669）皆作「薛宗孺」；〔宋〕司馬光撰，鄧廣銘、張希清點校：《涑水記聞》（《唐宋史料筆記叢刊》，北京：中華書局，1989年，附錄二，《溫公日記‧蔣之奇劾歐陽脩有帷薄之醜》，卷2，頁348）、《宋史‧蔣之奇傳》（臺北：鼎文書局，1980年，卷343，頁10915）、《續資治通鑑長編》（卷209，〈英宗十〉‧「治平四年三月」，頁5078）、《欽定續通志‧蔣之奇傳》（卷358，頁5359-3）、〔清〕黃叔璥輯：《南臺舊聞》（收入楊一凡編：《中國監察制度文獻輯要》，北京：紅旗出版社，2007年，冊2，卷14，頁14）、清高宗敕撰：《御批代通鑑輯覽》（《景印文淵閣四庫全書》，臺北：臺灣商務印書館，1986年，冊338，卷76，頁42）則皆作「薛良孺」。

使詰思永、之奇，問所從來，辭窮，皆坐黜。脩亦力求退，罷為觀文殿學士、刑部尚書、知亳州。[80]

《宋史筌》刪除其中「摧辱之」、「初」、「觀文殿學士刑部尚書」數字，其餘保留，特別的是，將「譴」字改為「護」，神宗態度就此有了180度的轉變。

現存史料對這件事，計有：「欲深譴脩（脩）」[81]、「欲加深謫」[82]、「初欲誅脩（脩）」[83]、「欲深護脩（脩）」[84]、「欲深護之」[85]五種說法，前三種基本上可歸為同一類，都傳遞出神宗厭棄歐陽脩的訊息，這可能反映出：歷來不少編修資料者認為，宋神宗對歐陽脩的態度是較不友善的。

---

[80] 〔元〕脫脫等撰：〈歐陽脩傳〉，《宋史》，卷319，頁10375。本文所用《宋史》乃鼎文書局以「元至正本配補明成化本」為底本之本，「清乾隆武英殿刻本」（見是書卷319，頁3294）、仁壽本（臺北：二十五史編刊館，1956年，影印元杭州路刊本，卷319，頁3380）、北京中華書局本（1977年11月，卷319，頁10380）亦作：「欲深譴脩」；《景印文淵閣四庫全書》本（臺北：臺灣商務印書館，1986年，冊286，卷319，頁232）、《景印文津閣四庫全書》本（北京：商務印書館，2006年，冊280，卷319，頁588）、臺灣開明書局本（臺北：臺灣開明書局，二十五史刊行委員編，1961年，冊6，卷319，頁5339）、臺北德志本（臺北：德志出版社據武英殿重刊本，卷319，頁3428）、臺北藝文本（臺北：藝文印書館，1956年，影印乾隆四年校刊本，卷319，頁4062）諸本則作：「欲深護脩」；《欽定宋史》（五洲同文局據乾隆四年校刊本石印，1903年10月，冊66，卷319，頁6）作：「欲深護修」。雖有版本作「護」，但目前所見可能為最早版本之仁壽本（關於仁壽本之編印與其價值，可參見詹建德：〈國史館藏《仁壽本二十五史》簡介〉，《國史館館訊》06期（2011年6月），頁151-158）作「譴」，推測《宋史》原初或書「譴」字，其後因傳鈔刊印等問題，方有「護」字出現。然既有「譴」字版本，且非僅一見，本問題便有辨明必要。

[81] 如〈宋史本傳〉，《歐陽文忠公集‧附錄》，卷4（臺北：臺灣商務印書館，1965年，四部叢刊初編縮本，頁1177）、《四朝國史‧歐陽修傳》》（收入李之亮箋注：《歐陽修集編年箋注‧附錄》，成都：巴蜀書社，2007年）。收入於《四朝國史》之歐傳皆引自歐集附錄，計參對多種版本，含：〔宋〕歐陽脩撰，〔宋〕周必大編：《文忠集》（此本比對《景印文淵閣四庫全書》（臺北：臺灣商務印書館，1986年，冊1102，頁9）、《歐陽文忠公集‧附錄》、《四部叢刊初編縮本》（據上海商務印書館縮印元刊本景印，臺北：臺灣商務印書館，1965年，卷4，頁1283），另核對李逸安點校：《歐陽修全集‧附錄》（《歐陽修全集》，卷2，頁2680）等本。

[82] 〔元〕陳桱：《通鑑續編》，《景印文淵閣四庫全書》（臺北：臺灣商務印書館，1986年），冊332，卷7，頁573，「丁未四年三月‧歐陽修罷」註。

[83] 如：〔宋〕李燾：《續資治通鑑長編》（卷209，頁5079）、〔宋〕楊仲良：《宋通鑑長編紀事本末》（上海：上海古籍出版社，1995年，清嘉慶宛委別藏本，卷58，頁559）、〔宋〕陳均：《九朝編年備要》（北京：商務印書館，2006年，宋紹定刻本，卷17，頁288）、〔清〕畢沅：《續資治通鑑》（合肥：黃山書社，2008年，清嘉慶六年遞刻本，卷65，頁800）、〔清〕徐乾學《資治通鑑後編》（《景印文淵閣四庫全書》，臺北：臺灣商務印書館，1986年，冊343，卷75，頁405）諸書。後四書可能都是承襲《續資治通鑑長編》文字而作此記錄。

[84] 如：〔明〕邵經邦：《弘簡錄》（《續修四庫全書》，上海：上海古籍出版社，2002年3月，冊307，卷185，頁236）、〔明〕柯維騏：《宋史新編》（北京：北京圖書館出版社，2006年，明嘉靖四十三年杜江睛江刻本，卷102，頁1080）、《欽定續通志‧歐陽修傳》（冊397，卷343，頁5253-1）、〔清〕孔繼汾：《闕里文獻考》（成都：四川大學出版社，2005年，清乾隆刻本，卷56，頁480）、〔宋〕李燾、洪邁等編：《四朝國史‧歐陽修傳》（收入於李之亮箋注：《歐陽修集編年箋注‧附錄》，卷5，頁538）、《宋史‧歐陽脩傳》（《歐陽修集編年箋注‧附錄》，卷5，頁552）諸書。

[85] 〔清〕黃宗羲撰，〔清〕全祖望補修：〈廬陵學案〉，《宋元學案》，卷4，頁183。

為辨明此事，我們勢得先考察二人相處情形。

治平四年（1067）正月八日，英宗（1032-1067）駕崩，正月十一日，「命宰臣韓琦撰陵名及哀冊文，曾公亮撰諡冊文，參知政事歐陽修書冊寶，翰林學士承旨張方平議諡號」[86]，參與其事的都是國之重臣。所謂「冊寶」乃指冊書寶璽，為帝后治喪隨葬必備物品，歐陽脩承擔書撰大責，當是深受朝廷信任倚重。

國喪期間，歐陽脩未「著素淡之衣」[87]，而「誤於布衣下服紫襖」[88]，以致「為御史所彈」[89]，神宗不僅未依法嚴加懲治，[90]反而「寢其奏，遣使諭修令易之」[91]，歐陽脩有感皇恩隆厚，曾「拜伏面謝」[92]。就此事看來，神宗對歐陽脩應屬寬容。

及至蔣之奇彈劾歐陽脩帷薄醜事，神宗反應有「疑其不然」[93]、「不聽」[94]幾種記載，至關重要的是司馬光（1019-1086）在「濮議」中，乃與歐陽脩立場相左，但他在日記中明示：「上以為無是事」[95]，所述可信度應高。

即使有「上初欲誅修」[96]的說法，但當孫思恭（?-?）為歐陽脩極力辨解後，神宗便有所領悟，不但大費周章地詳查始末，分析因由，並以「言事者以閨門曖昧之事中傷大臣，此風漸不可長」[97]訓誡朝臣，另一方面則賜下手詔，勸慰歐陽脩，言道：

> 數日來以言者污卿以大惡，朕曉夕在懷，未嘗舒釋。故數批出，詰其所從來，訖無以報。前日見卿文字，力要辨明，遂自引過。今日已令降黜，仍榜朝堂，使中外知其虛妄。事理既明，人疑亦釋，卿宜起視事如初，無恤前言。[98]

86　〔清〕徐松：〈禮・禮二九・歷代大行喪禮上・英宗〉，「禮二九之四八」，《宋會要輯稿》，頁235-236。

87　〔宋〕司馬光：《書儀》，《景印文淵閣四庫全書》（臺北：臺灣商務印書館，1986年），冊142，卷5，頁484。

88　〔宋〕歐陽脩：〈乞根究蔣之奇彈疏箚子〉，《歐陽修全集》，卷93，頁1373。

89　同前註。

90　有鑑於唐末五代風俗敗壞景況，宋代對於官員守喪違法之處罰更加嚴厲，詳參丁凌華：《中國喪服制度史》（上海：上海人民出版社，2000年），頁270-276。

91　〔宋〕歐陽脩：〈乞根究蔣之奇彈疏箚子〉，《歐陽修全集》，卷93，頁1373。

92　〔宋〕司馬光撰，鄧廣銘、張希清點校：《涑水記聞》附錄二，《溫公日記・歐陽脩衰絰之下服紫袍》，卷2，頁348。

93　〔宋〕歐陽脩：〈乞根究蔣之奇彈疏箚子〉，《歐陽修全集》，卷93，頁1373。

94　〔宋〕蘇轍撰，俞宗憲點校：《龍川別志》，《唐宋史料筆記叢刊》（北京：中華書局，1982年，卷下，頁93）載：「臺官蔣之奇以浮語彈奏歐陽公，英宗不聽，之奇因拜伏地不起。」雖蘇轍與歐陽脩關係密切，所記情事應具一定可信度，但衡諸各種史料，此處「不聽」者應為神宗，而非英宗。

95　〔宋〕司馬光撰，鄧廣銘、張希清點校：《涑水記聞》附錄二，《溫公日記・蔣之奇劾歐陽脩有帷薄之醜》，卷2，頁349。

96　〔宋〕李燾：〈仁宗十九〉，「景祐三年一・五月」條，《續資治通鑑長編》，卷118，頁2783-2784。

97　〔宋〕司馬光撰，鄧廣銘、張希清點校：《涑水記聞》附錄二，《溫公日記・蔣之奇劾歐陽脩有帷薄之醜》，卷2，頁349。

98　〔宋〕宋綬、宋敏求編，司義祖校點：〈政事四十一・慰撫中・賜參政歐陽修詔〉，《宋大詔令集》（北京：中華書局，1962年），卷188，頁689。

安撫優遇態度頗爲明白。[99]如果，神宗確有意「深譴」歐陽脩，按理，應不會輕易善罷干休，但衡諸各種史料所載，神宗態度似較支持歐陽脩。[100]在這種情形下，「護」可能較近於實情，《宋史筌》記載正確度恐較高。

四、追並韓愈、蘇穆從游事

前二節所論，基本上都是屬於一二個字詞的小處變動，由小看大，發現《宋史筌》的價值。本節則試圖探討整句刪除的情形，此類刪修在《宋史筌》處處可見，本文以「追並韓愈」、「蘇氏兄弟與穆脩從游」爲例，續析《宋史筌》對歐陽脩傳的書寫狀況與意義。

唐宋古文運動在中國文學史上的重要性毋須贅言，而二代領袖歐陽脩與韓愈（768-824）的關係、異同，更常是研究焦點，成果豐碩。但，歐陽脩如何得識韓愈其人其作？對韓文態度如何？有無變化？原初對古文想法如何？韓愈之外，宋初古文發展脈絡又是如何？

以上諸般疑問，如翻查《宋史》，得到的答案如下：

> 宋興且百年，而文章體裁，猶仍五季餘習。鎪刻駢偶，淟涊弗振，士因陋守舊，論卑氣弱。蘇舜元舜欽、柳開、穆脩輩，咸有意作而張之，而力不足。脩游隨，得唐韓愈遺稿於廢書簏中，讀而心慕焉。苦志探賾，至忘寢食，必欲并轡絕馳而追與之並。舉進士，試南宮第一，擢甲科，調西京推官。始從尹洙游，爲古文，議論當世事，迭相師友，與梅堯臣游，爲歌詩

---

[99] 根據此處《續資治通鑑長編》、《溫公日記》文字，宋神宗對此事的態度前後不一，似有矛盾，但如參照另件情事，或許有助理解神宗心情，《續資治通鑑長編》另載：「初，蔣之奇劾歐陽修，上怒曰：『先帝大漸，邵亢建垂簾之議，如此大事不言，而抉人閨門之私乎？』之奇以告吳申，申即劾亢。事下中書，上徐知其妄，中書亦寢申所奏。元時同知貢舉，及出，上殿自辨曰：『臣在先帝時若有是請，必不爲先帝所容。且先帝不豫已來，群臣莫得進見，臣無由面陳，必有章奏，願陛下索之禁中，若得臣章，當伏誅。索之不得，則讒臣宜得不問，願下獄考究。』上曰：『朕不疑卿，吳申所奏已不行。』」（是書，卷209，〈英宗十〉‧「治平四年‧三月」條，頁5084）神宗原對邵亢「垂簾之議」深感不滿，但其後「徐知其妄」，尤在當事者極言自辨後，更有所改變，甚至以「朕不疑卿」強調自己的信任，「吳申所奏已不行」的安撫意味也與此類似，二事應可並參。另，歐陽脩惟薄事，相較「「垂簾之議」確爲小事，神宗對蔣之奇劾奏不分輕重緩急，頗不以爲然，或許也是處置方式有別的原因之一。

[100] 「蔣之奇劾歐陽脩有惟薄之醜」一事，宋神宗雖相信歐陽脩未有失德行爲，但或許因「濮議」紛爭而心懷芥蒂，所以罷歐陽脩「爲觀文殿學士、刑部尚書、知亳州」（〔元〕脫脫等撰：〈歐陽脩傳〉，《宋史》，卷319，頁10380）。至於宋神宗對「濮議」芥蒂事，可參見下引資料：「癸酉，樞密使、禮部侍郎吳奎參知政事。上初欲用奎，宰相言：『陳升之有輔立陛下功。』上曰：『奎輔立先帝，其功尤大。』遂越次用之。奎入謝日，進治說三篇。上嘗語以追尊濮王事與漢宣帝異。奎對曰：『然。宣帝與昭帝祖行，昭穆不相當，又大臣所立，豈同仁宗能以義立先帝爲子？先帝入奉大統，天下欣戴，雖先帝積有令聞，良由仁宗命爲子，所以人無異言。』因言：『仁宗本意止在先帝，更無它擇。臣自壽州召還，已見仁宗意，爲大臣間有異議者，遂輟。後每見必知其微，終能決意建立，此天地之恩，不可忘也。追尊事誠牽私恩。』上深然之，又言：『此爲歐陽修所誤。』」（〔宋〕李燾：《續資治通鑑長編》，卷209，〈英宗十〉‧「治平四年‧三月」條，頁5082-5083。）玩味「此爲歐陽修所誤」一語，神宗懊惱不快的情緒，略可想像。

相倡和，遂以文章名冠天下。[101]

對於宋初文章體裁興變的傳承，明確梳畫出一條軌跡，即是：蘇舜元舜欽——柳開——穆脩——歐陽脩。歐陽脩舉進士後任官西京，古文、詩歌創作分與尹洙（1001-1047）、梅堯臣相關，學習影響脈絡多元。明代邵經邦（?-1566）《弘簡錄》合「唐、宋、五代、遼、金五史為一」[102]，「剛除蕪穢，轉移補益」[103]，《宋史筌》頗有取於此書者，該書載曰：

> 是時，宋興且百年，而文章體裁猶仍五季餘習，鍜刻駢偶，洙泆弗振，學者固陋守舊，論卑而氣弱。自柳開、穆修輩，咸有意作興而力不足。修始游隨，得唐韓愈遺薰於廢簏中，讀而慕焉。苦志探賾，至忘寢食，必欲并轡絕馳而追並之。試南宮第一，登進士甲科，調西京推官。從尹洙為古文，議論當世事，迭相師友，與梅堯臣歌詩相倡和，名冠天下。[104]

對於文章傳承的系統，《弘簡錄》直接自柳開（948-1001）起端，省略蘇舜元（1006-1054）、蘇舜欽（1008-1048）兄弟二人。相同的是，二書都認為：歐陽脩於隨州廢簏中得見韓愈文稿，心生仰慕，以至苦志探賾，廢寢忘食，意欲與韓愈並駕齊驅。「舉進士」似乎也與此番意念有關。

《宋史筌》雖頗有取於《弘簡錄》，歐陽脩讀韓《集》事卻未全盤抄錄。《宋史筌》刪除《宋史》「必欲并轡絕馳而追與之並」，改作：

> 宋興且百年，而文章體裁，猶仍五季餘習，洙泆不振。柳開、穆脩輩，咸有意作而張之，而力不足。脩得唐韓愈遺薰，苦志探賾，至忘寢食。擢進士甲科，調西京推官。始從尹洙游，為古文，遂以文章名冠天下。[105]

這般易動造成文意上極大的改變，也就是，歐陽脩觀讀韓愈文集後的感想、啟發，甚至因而決心必定要「并轡絕馳」的雄情壯志剎時泯滅無蹤。《宋史》可能隱約暗示，歐陽脩讀韓《集》與科舉中第的因果關聯或動機，也隨之消失。「議論當世事，迭相師友，與梅堯臣游，為歌詩相倡和」大段刪去，則可能與《宋史筌》較重視古文，[106]有意集中焦點有關。

關於《宋史筌》的刪修是否得當合宜？必須先考辨以上數句所涉及的情事，真相為何？才能判斷得失。

歐陽脩校訂韓《集》後，曾親撰〈記舊本韓文後〉，追憶他與韓愈文集相遇、相知往事：

> 予少家漢東。漢東僻陋無學者；吾家又貧無藏書。州南有大姓李氏者，其子堯輔頗好學，予為兒童時，多游其家，見有弊筐貯故書在壁間，發而視之，得唐《昌黎先生文集》六卷，脫

---

101 〔元〕脫脫等撰：〈歐陽脩傳〉，《宋史》，卷319，頁10375。

102 〔明〕邵經邦：〈賀石崖周宗主先生擢廣右　政序〉，《弘藝錄》（臺北：藝文印書館，1971年，清康熙邵遠平刻本），卷22，頁150。

103 同前註，〈弘齋先生自傳〉，卷32，頁213。按，「剛除」疑為「刪除」之誤。

104 〔明〕邵經邦：《弘簡錄》，《續修四庫全書》，冊307，卷185，頁2848。

105 〔朝鮮〕李祘：〈歐陽修傳〉，《宋史筌》，卷82，《域外所見中國古史研究資料彙編・朝鮮漢籍篇・史編史傳類》，冊9，頁221。

106 關於此點，筆者已另撰文討論，請容他日補證。

落顛倒無次序。因乞李氏以歸，讀之，見其言深厚而雄博。然予猶少，未能悉究其義，徒見其浩然無涯，若可愛。是時，天下學者楊、劉之作，號為時文，能者取科第、擅聲名，以誇榮當世，未嘗有道韓文者。予亦方舉進士，以禮部詩賦為事。年十有七試於州，為有司所黜。因取所藏韓氏之文復閱之，則喟然而歎曰：「學者當至於是而止爾！」因怪時人之不道，而顧己亦未暇學，徒時時獨念於予心。以謂方從進士干祿以養親，苟得祿矣，當盡力於斯文，以償其素志。[107]

自文中明白可知：歐陽脩「兒童」時期「多游」漢東李家，無意中在壁間見到「弊箧貯故書」，好奇而得到韓集的驚喜。當時歐陽脩年紀幼小，未能「悉究其義」實屬理所當然，雖然覺得韓文「浩然無涯」、「若可愛」，但是否就會被激盪出強烈好勝心，立志要與韓愈並駕齊驅，絕塵世俗？恐令人起疑。歐陽脩對韓文的深刻領悟，乃至推崇備至，應當是十七歲科考失利後，再次展讀的心得，《宋史》寫法，極易讓人誤會，以為歐公於廢籠中偶見韓文後，便有意追並之。

事實上，根據歐陽脩自述，即使感慨萬千地讚歎：「學者當至於是而止爾！」但迫於必須「干祿以養親」的現實壓力，歐陽脩仍不得不從俗地習作「時文」，只能在心中暗自許下承諾，待得祿後必當盡力於斯文。衡量當時文壇宗尚、無奈處境以及受挫心情等等因素，應也不可能有「必欲并轡絕馳而追與之並」的豪氣。

彼時歐陽脩致力學習的「時文」即四六文，其子歐陽發等人所作的〈先公事迹〉云：

及舉進士時，學者方為四六，號時文，公已獨步其間。[108]

「獨步其間」四字，一方面透露了歐陽脩能夠登科的原因，再方面也證明歐陽脩初次應考失敗後，努力的方向與成果並不在韓文或古文。

景祐四年（1037），歐陽脩貶居夷陵期間，有感於荊南樂秀才「力學好問」[109]，作書回覆：

僕少孤貧，貪祿仕以養親，不暇就師窮經，以學聖人之遺業。而涉獵書史，姑隨世俗作所謂時文者，皆穿蠹經傳，移此儷彼，以為浮薄，惟恐不悅於時人，非有卓然自立之言如古人者。然有司過采，屢以先多士。及得第已來，自以前所為不足以稱有司之舉而當長者之知，始大改其為，庶幾有立。然言出而罪至，學成而身辱，為彼則獲譽，為此則受禍，此明效也。夫時文雖曰浮巧，然其為功，亦不易也。僕天姿不好而強為之，故比時人之為者尤不工，然已足以取祿仕而竊名譽者，順時故也。先輩少年志盛，方欲取榮譽於世，則莫若順時。[110]

對自身作文赴考的心路歷程與文風選擇，娓娓道來，真切懇摯。雖然不滿時文「穿蠹經傳，移此儷彼」、「浮巧」，但仍肯定其功用，歐陽脩以四六應試得名，殆無疑問。臺靜農（1902-

107　〔宋〕歐陽脩：〈記舊本韓文後〉，《歐陽修詩文集校箋》，卷23，頁1927。
108　〔宋〕歐陽發：〈先公事迹〉，《歐陽修全集》，〈附錄〉卷2，頁2627。
109　〔宋〕歐陽脩：〈與荊南樂秀才書〉，《歐陽修全集》，卷47，頁173。
110　同前註。

1990）[111]、葉慶炳（1927-1993）[112]、袁行霈[113]等學者也已辨明。再次證知，歐陽脩雖賞愛韓文，但在進士及第之前，對韓文「苦志探賾，至忘寢食」的機率並不高，[114]《宋史》、《弘簡錄》所言，恐非事實。

二書記載失誤，或許是因考證不當，然若對照其他史傳，則有另一種可能性。

范祖禹（1041-1098）、黃庭堅（1045-1105）等人所修《神宗舊史》，[115]以及葉濤（?-?，登熙寧進士乙科）《重修實錄》，內容大抵相同，《神宗舊史》所載歐〈傳〉云：

> 國朝接唐、五代末流，文章專以聲病對偶為工，剽剝故事，雕刻破碎，甚者若俳優之辭。如楊億、劉筠輩，其學博矣，然其文亦不能自拔於流俗，反吹波揚瀾，助其氣勢，一時慕效謂其文為昆體。時韓愈文，人尚未知讀也，脩始年十五六，於鄰家壁角破簏中得本，學之。後獨能擺棄時俗故步，與劉向、班固、韓愈、柳宗元爭馳逐。是時，尹洙與脩亦皆以古文倡率學者，然洙材下，人莫之與。至脩文一出，天下士皆嚮慕，為之唯恐不及，一時文章大變，庶幾乎西漢之盛者，由脩發之。[116]

《重修實錄》則言：

> 國朝接唐、五代末流，文章專以聲病對偶為工，剽剝故事，雕刻破碎，甚者若俳優之辭。如楊億、劉筠輩，其學博矣，然其文亦不能自拔於流俗，反吹波揚瀾，助其氣勢，一時慕效謂其文為昆體。時韓愈文，人尚未知讀也，脩始年十五六，於鄰家壁角破簏中得本，學之。後獨能擺棄時俗故步，與司馬遷、賈誼、揚雄、劉向、班固、韓愈、柳宗元爭馳逐，侵尋乎其相及矣。是時尹洙與脩亦皆以古文倡率學者，然洙材下，人莫之與。至脩文一出，天下士皆嚮慕，為之惟恐不及，一時文字大變從古，庶幾乎西漢之盛者，由脩發之。[117]

---

[111] 臺靜農《中國文學史（下）》云：「歐陽脩原是作駢文出身，中了進士以後才改行為古文的。……當時科舉風尚，不作偶儷之文，便不能取得進身之階，有如明、清兩代的讀書人，為科舉非作八股文不可，於獲得功名後，方從事自家愛好的文體，歐陽脩便是如此。」參見是書（臺北：國立臺灣大學出版中心，2004年12月），頁490。

[112] 葉慶炳《中國文學史（下）》云：「然脩早年作品，仍多四六駢體。……其致力於散文，實始於與尹洙、蘇舜欽論交後。」參見是書（臺北：臺灣學生書局，1987年），頁170-171。

[113] 袁行霈《中國文學史》云：「歐陽脩早年為了應試，對駢儷之文下過很深的功夫，同時也認真研讀韓文，為日後的古文寫作打好了基礎。」參見是書（臺北：五南圖書，2011年），頁50。

[114] 關於此點，前引袁行霈文字，因「同時也認真研讀韓文」緊接於「歐陽脩早年為了應試，對駢儷之文下過很深的功夫」，如匆匆看過，似乎是指歐陽脩「早年為了應試也認真研讀韓文」，但若參讀〈記舊本韓文後〉，則知本文推論可能較近於事實。

[115] 《神宗實錄》成於元祐六年，紹聖年間重修後，為便於參照閱看，分別以墨、朱色抄寫，元祐六年所修書，常有稱為「神宗舊史」者，參見〔宋〕李心傳撰：《建炎以來繫年要錄》（北京：商務印書館，2006年），卷76、85。

[116] 〔宋〕范祖禹、〔宋〕黃庭堅：〈神宗舊史本傳〉，《歐陽修全集》，〈附錄〉卷2，頁2726。

[117] 〔宋〕葉濤：〈重修實錄本傳（朱本）〉，《歐陽修全集》，〈附錄〉卷2，頁2670。此《重修實錄》為《神宗實錄》，宋神宗實錄計改修五次（詳參吳振清：〈北宋《神宗實錄》五修始末〉，《史學史研究》1995年第2期，頁31-37），此書為紹聖年間二修本。

二者較大差異在於葉書在「與劉向、班固、韓愈、柳宗元爭馳逐」中，增列「司馬遷、賈誼、揚雄」三位文人，而且未按生年先後排序，將司馬遷（145BC?-90BC?）提出置於最前，賈誼（200BC-168BC），揚雄（53BC-18）依次排放在劉向（77BC-6BC）之前。對照其後「一時文字大變從古，庶幾乎西漢之盛者，由修發之」，推想，葉濤極可能是爲了突出所謂「西漢之盛」，因而特意提舉三位具代表性的「西漢」文人，更爲強調「大變」「從古」，所以將歐陽脩「欲學其作」[118]的司馬遷視爲「爭馳逐」體系的第一人。這般時間錯亂的列舉法，應是作者有意宣示某種優先理念的外現，恐非修寫疏忽。

值得注意的是，分修於宋哲宗元祐、紹聖年間的《神宗實錄》、《重修實錄》都提到「爭馳逐」三字，以此顯示歐陽脩「獨能擺棄時俗故步」，而躋身古來成就非凡文人行伍，韓愈則爲其中一員。《重修實錄》甚至在「爭逐馳」三字後，再加「侵尋乎其相及矣」一句，補敘歐陽脩與前人「爭馳逐」的結果，具體肯定歐公追及古人的成就與地位。

《重修實錄》的這幾句文字與《宋史》、《弘簡錄》「必欲并彎絕馳而追並之」，頗有相似之處，不同的是「絕馳追並」的對象多寡，《宋史》、《弘簡錄》只集中在韓愈一人。

李燾（1115-1184）、洪邁（1123-1202）等人所撰修《四朝國史》之記載，則與《宋史》、《弘簡錄》十分接近：

> 宋興且百年，而文章體裁猶仍五季餘習，鎪刻駢偶，浸忍弗振，士因陋守舊，論卑氣弱。蘇舜元、舜欽、柳開、穆修輩，咸有意作而張之，而力不足。韓愈遺稿閼於世，學者不復道，修游隨，得於廢書簏中，讀而心慕焉。晝停餐，夜忘寐，苦志探賾，必欲並彎絕馳而追與之並。舉進士，試南宮第一，擢甲科。[119]

根據以上比對，可推測：《宋史》、《弘簡錄》係以《四朝國史》爲底本而進行修改，但取讀材料時，二書恐有節略失當、解讀偏差的問題，以致產生訛誤。

再就上舉蘇舜元、舜欽、柳開、穆修有意作張的先後看來，《宋史》也有雜亂失實之弊。柳開爲其中最早出生者，按理應排於首位，穆脩居次，其次才是蘇舜元、蘇舜欽兄弟。蘇氏兄弟與歐陽脩年歲相當，彼此多有往來，歐陽脩曾憶述：

> 天聖之間，予舉進士于有司，見時學者務以言語聲偶摘裂，號爲時文，以相誇尚。而子美獨與其兄才翁及穆參軍伯長，作爲古歌詩雜文，時人頗共非笑之，而子美不顧也。[120]

可見，歐陽脩得知蘇氏兄弟與穆脩作古歌詩雜文的時間，當在天聖年間。[121]

---

118 〔宋〕歐陽脩：〈桑懌傳〉，《歐陽修詩文集校箋》，卷15，頁1748。

119 〔宋〕李燾、洪邁等：〈四朝國史本傳〉，《歐陽修全集》，〈附錄〉卷2，頁2677。關於宋代《四朝國史》編修經過、內容，可參見劉兆祐：《宋史藝文志史部佚籍考》（臺北：國立編譯館，1984年），頁40-45。

120 〔宋〕歐陽脩：〈蘇氏文集序〉，《歐陽修詩文集校箋》，卷41，頁1064。

121 劉德清據蘇舜欽〈哭師魯〉溯算，將歐陽脩、蘇舜欽初交繫於天聖六年（1028），詳見氏著：《歐陽修紀年錄》（上海：上海古籍出版社，2006年），頁32。

關於蘇氏兄弟及穆脩三人間有無從游情形，歐文中並無訊息，《宋史・穆脩傳》記載：

> 自五代文敝，國初，柳開始為古文。其後，楊億、劉筠尚聲偶之辭，天下學者靡然從之；
> 脩於是時獨以古文稱，蘇舜欽兄弟多從之游。脩雖窮死，然一時士大夫稱能文者必曰穆參
> 軍。[122]

穆脩昂然挺立於當世，不隨時俗撰作西崑的形影頗為鮮明。文中特別標舉「獨以古文稱」，則蘇氏
兄弟從之游而作的「文章」，似乎被限縮、專指為「古文」，與歐文所稱「古歌詩雜文」大不相
同。

此段文字，《宋史筌》節寫為：

> 初，柳開始為古文。其後，楊億、劉筠尚聲偶之辭，脩獨以古文稱，一時士大夫稱能文者必
> 曰穆參軍。[123]

集中焦距地針對「古文」回顧，柳開（始為）——楊億、劉筠（不為）——穆脩（獨以之稱）——
士大夫（稱頌）的關係頗為清晰，卻在這條發展路徑中刪除了「蘇舜欽兄弟多從之游」一句。《宋
史筌》的取捨，反映了編撰者的態度，也就是，對於蘇氏兄弟從游穆脩的說法，有所保留。《宋史
筌・蘇舜欽傳》則載：

> 舜欽少慷慨有大志，狀貌怪偉。天聖中，學者為文多病偶對，獨舜欽與穆脩好為古文、歌
> 詩，往往驚人，豪俊多從游。[124]

清楚指出是「豪俊」「從游」「舜欽與穆脩」，與〈穆脩傳〉所言一致，而且有互見補充作用。
《宋史・蘇舜欽傳》文字近似，載曰：

> 舜欽少慷慨有大志，狀貌怪偉。當天聖中，學者為文多病偶對，獨舜欽與河南穆脩好為古
> 文、歌詩，一時豪俊多從之游。[125]

但若與《宋史・穆脩傳》比對，明顯可見，《宋史》關於「從游」的說法自相矛盾。相較之下，
《宋史筌》自然較能令人信服。

再者，翻檢蘇舜元、舜欽及穆脩文集，現僅存〈二蘇先生悲穆孟二子聯句〉[126]、〈哀穆先生
文〉[127]二篇作品透露三人交誼情形，蘇舜欽在詩文中縷述穆脩生平要事，深致推重、悲惋之意，但
略無一字與「從游」有關。

因此，蘇舜欽兄弟與穆脩「游」是事實，如「一時士大夫稱能文者必曰穆參軍」般肯定穆脩古
文成就，應無疑問，但是否「從」，則不敢斷言。[128]

---

[122] 〔元〕脫脫等撰：〈穆脩傳〉，《宋史》，卷442，頁13070。

[123] 〔朝鮮〕李祘：〈穆脩傳〉，《宋史筌》，卷122，頁4。

[124] 同前註，〈蘇舜欽傳〉，頁6-7。

[125] 〔元〕脫脫等撰：〈蘇舜欽傳〉，《宋史》，卷442，頁13073。

[126] 〔宋〕歐陽脩：〈悲二子聯句〉，《歐陽修詩文集校箋》，卷1，頁23。

[127] 〔宋〕歐陽脩：〈哀穆先生文〉，《歐陽修詩文集校箋》，卷6，頁384。

[128] 審查人引蘇舜欽〈哭師魯〉：「憶初定交時，後前穆與歐。君顏白如霜，君語清如流。予年又甚少，學古眾所

依常理判斷，《神宗舊史》、《重修實錄》、《四朝國史》等重要史籍，脫脫等人編撰《宋史》時，必然會加以參考援用，[129]但極可能閱讀粗疏，詮解不夠精準，以致關於上述資料中有關宋初文章演變情形、歐陽脩對韓愈態度、誰從游誰等幾項問題都掌握失當，張冠李戴，證實《宋史》確有考訂不周、錄寫輕率的弊端，衍生諸般訛誤。

元代之後的中土書冊，基本上多承襲《宋史》載錄文字，對於此段攸關文學史承傳體系的書寫與理解，幾乎是陳陳相因、習焉不察地流抄下去，而罕能洞見其中謬失。這般狀況下，《宋史筌》提供了校正參考，「他山之石」的存在價值隨之彰揚。

五、「奉使契丹」、「臺諫論執中過惡」、「河決商胡」事

前論幾種情形外，《宋史筌‧歐陽脩傳》還有將《宋史‧歐陽脩傳》某件情事整段全部刪去的狀況。對於觀閱《宋史筌》的讀者而言，等於該件情事在歐陽脩的生命歷程未曾出現，沒有留下任何蛛絲馬跡，「奉使契丹」、「臺諫論執中過惡」、「河決商胡」諸事都是如此。這般處理方式，原因何在？有何利弊得失？以下試析之。

先論「奉使契丹」一事。

宋仁宗至和二年（1055），契丹國主耶律宗真（1016-1055，遼興宗）過世，遣使來至宋廷報訊。因應變故，宋朝立即撤換原先安排前去祝賀正旦、生辰的使團，改以歐陽脩等人替代，前往弔喪，並祝賀新主耶律洪基（1032-1101，遼道宗）登位。此段情事，《宋史‧歐陽脩傳》載曰：

> 奉使契丹，其主命貴臣四人押宴，曰：「此非常制，以卿名重故爾。」[130]

寥寥數語簡要交代歐陽脩出使事，為何奉使契丹？承擔任務為何？折衝樽俎過程如何？結果如何？全無隻字片言，僅只記錄押宴人數，以及遼主對歐陽脩的優遇禮敬，似乎有意藉此帶出「名重」二字，其他全非重點。

關於此事，《宋史‧仁宗本紀》載曰：

> 契丹使來告其國主宗真殂，帝為發哀，成服于內東門幕次，遣使祭奠、弔慰及賀其子洪基立。[131]

自宋帝角度書寫，層次井然地記錄：契丹使臣為何事而來、仁宗反應、作為、遣使目的，無一字冗

羞。」認為：「穆脩上承柳開，年紀比蘇舜欽大三十歲，有傲氣、成名比蘇早，既然他們有遊往，蘇舜欽過從穆脩是很合理的。」

129 王雲海編：《宋會要輯稿研究》云：「元朝脫脫等所修《宋史》，是以宋人所修《國史》為底本稍加編次而成……特別是〈藝文志序〉，明確提出是根據太祖至寧宗四種《國史》合編而成……正因為如此，所以《宋史》能夠比其他正史詳備，但同時也由於沿襲舊史調整失檢，存在不少問題。」參見是書（河南：河南師大學報編輯部，1984年），頁28-29。

130 〔元〕脫脫等撰：〈歐陽脩傳〉，《宋史》，卷319，頁10378。

131 〔元〕脫脫等撰：〈仁宗趙禎四〉，「至和二年」條，《宋史》，卷12，頁238。

詞贅語，簡單俐落地交代清楚。至於宋朝使團成員、任命、出發時日等訊息則一字未提，需翻查《續資治通鑑長編》方能得知。

先是，至和二年八月辛丑，任命「翰林學士、吏部郎中、知制誥、史館修撰歐陽修爲契丹國母生辰使」[132]，「雄州以契丹主之喪來奏」[133]後，便「改命歐陽修、向傳範爲賀契丹登寶位使。」[134]九月「戊午，契丹遣右宣徽使、忠順節度使、左金吾衛上將軍耶律元亨來告哀。上爲成服於內東門幄殿，宰臣率百官詣東横門進名奉慰。」[135]

其間，何人爲「契丹祭奠使」、「契丹弔慰使」、「契丹國母生辰使」、「契丹生辰使」等，《續資治通鑑長編》皆依編年體體例，依序記錄月日、受命者職銜，詳盡明白，甚至旁及宗眞長才、[136]交涉送畫等事。[137]

至於《遼史•道宗本紀》，則僅以「丙申，宋遣歐陽修等來賀即位」[138]簡單帶過。

當時，宋廷派遣的使臣衆多，分居要職，[139]但在舊君亡故、新主繼立的交接時刻，歐陽脩身爲「賀契丹登寶位使」，恐怕才是最重要的代表人物，因此《遼史》只載錄歐陽脩一人之名，祭奠使、弔慰使諸人皆省略不記。

上述史料的差異，基本上與各書體例、敘事立場、焦點有關，《宋史•歐陽脩傳》的寫法固然可證明「其爲外夷敬伏如此也」[140]，但此事似與歐陽脩政績無關，於全傳篇幅中也顯得短小簡略，或許因而刪除。

再看「臺諫論執中過惡」一事。

至和二年，御史趙抃（1008-1084）臚列八事，上奏彈劾宰相陳執中（990-1059），歐陽脩亦上

---

132 〔宋〕李燾：〈仁宗八十一〉，「至和二年•三／八月」條，《續資治通鑑長編》，卷180，頁4365。

133 同前註，頁4366。

134 同前註。

135 〔宋〕李燾：〈仁宗八十二〉，「至和二年•四／九月」條，《續資治通鑑長編》，卷181，頁4370。

136 「宗真善畫，嘗以所畫鵝雁來獻，上作飛白書答之。」同前註，頁4364。

137 「初，契丹主宗真送其畫像及隆緒畫像凡二軸，求易真宗皇帝及上御容。既許之，會宗真死，遂寢。至是遣使再求，故命昪等諭令更持洪基畫像來即予之。翰林學士胡宿草國書，奏曰：『陛下先已許之，今文成即世而不與，則傷信。且以尊行求卑屬，萬一不聽命，責先約，而遂與之，則愈屈矣。』不從。昪等至，契丹果欲先得聖容，昪折之曰：『昔文成弟也，弟先面兄，于禮為順。今南朝乃伯父，當先致恭。』契丹不能對，以未如其請 ，夜載巨石塞驛門，眾皆恐，永年擲去之。由是世傳永年有神力。」〔宋〕李燾：〈仁宗八十六〉，「嘉祐二年一•三月」條，《續資治通鑑長編》，卷185，頁4473。

138 〔元〕脫脫等撰：〈道宗耶律洪基一〉，「清寧元年」條，《遼史》（臺北：鼎文書局，1980年，底本：元末明初翻刻本殘本），卷21，頁252。

139 如：「龍圖閣直學士、兵部郎中呂公弼為契丹祭奠使，西上閤門使、英州刺史郭諮副之。鹽鐵副使、工部郎中李參為契丹弔慰使，內苑使、兼閤門通事舍人夏佺副之。」「劉敞、竇舜卿為契丹國母生辰使。戶部副使、工部郎中張掞為契丹生辰使，西染院副使、兼閤門通事舍人王道恭副之。」（皆見於〔宋〕李燾：〈仁宗八十一〉，「至和二年•三／八月」條，《續資治通鑑長編》，卷180，頁4366。）

140 〔宋〕司馬光撰，鄧廣銘、張希清點校：《涑水記聞》（收入《唐宋史料筆記叢刊》，北京：中華書局，1997年），附錄一〈涑水記聞佚〉，「歐陽脩為外夷敬伏」條，頁334-335。

疏進諫，其後，趙執中罷相。此件情事，於《宋史・歐陽脩傳》僅有四十八字：

> 臺諫論執中過惡，而執中猶遷延固位。脩上疏，以爲「陛下拒忠言，庇愚相，爲聖德之累」。未幾，執中罷。[141]

相較《續資治通鑑長編》長篇累牘記敘，〈歐陽脩傳〉聚焦傳主，可謂簡潔之至。而《宋史筌》竟將此段文字全數刪除，令人不解。依內容，保持原狀正可以刻畫歐陽脩剛正不阿、據理力諫、不顧死生的忠直形象，《宋史筌》爲何割捨不用？考量關鍵何在？

《宋史・陳執中傳》載曰：

> 會張貴妃薨，治喪皇儀殿，追冊爲后。王洙、石全彬務以非禮導帝意，執中隨輒奉行，至以洙爲員外翰林學士，全彬領觀察使，給留後奉。久之，嬖妾笞小婢出外舍死，御史趙抃列八事奏劾執中，歐陽脩亦言之。至和三年春，旱，諫官范鎭言：「執中爲相，不病而家居。陛下欲弭災變，宜速退執中以快中外之望。」既而御史中丞孫抃，與其屬郭申錫、毋湜、范師道、趙抃請合班論奏，詔令輪日入對，卒罷執中爲鎮海軍節度使、同平章事、判亳州。[142]

陳執中悖禮胡爲的情狀具體書記，並已引發群臣激憤，輪番奏劾，其中趙抃尤爲積極慷慨，以「不學無術，且多過失」[143]，「當罷，以全國體」[144]等詞語猛烈抨擊，甚至因此與范鎭（1007-1088）有隙。[145]

如若僅讀《宋史・歐陽脩傳》，容易忽略當時群體表現，誤以爲歐陽脩爲主要領導者，陳執中罷相是歐公上疏之功。事實上，據《續資治通鑑長編》所記，歐陽脩此次奏疏後未久，便與賈黯（1022-1065）雙雙補外。[146]而「孫抃等既入對，極言執中過惡，請罷之。退，又交章論列」[147]攻訐火力從未稍減，前引諸人外，呂溱（?-?）亦曾「疏論宰相陳執中姦邪」[148]，當然，史傳有「互見」筆法，讀者不一定會斷然誤會歐陽脩爲主要上疏者。然各御史本傳中，多會簡述陳執中過錯，歐傳則未曾言及。致使歐陽脩「拒忠言，庇愚相」的具體指涉無法落實檢證，奏疏直諫的力道無法有所對比凸顯。比較歐傳與其他御史本傳，上諫陳執中事的確交待得較不完整。

或許基於以上幾種理由，《宋史筌》認爲，與其始末不清，造成誤導，不如在歐傳中整段刪去，較能符合「采實去雜」標準。

關於「河決商胡」一事，起因爲慶曆八年（1048）六月，黃河於商胡埽決口，皇祐元年（1049）、二年（1050）、四年（1052）幾次潰決，連年水患不止。至和元年（1054），朝廷派員

---

141 〔元〕脫脫等撰：〈歐陽脩傳〉，《宋史》，卷319，頁10379。

142 〔元〕脫脫等撰：〈陳執中傳〉，《宋史》，卷285，頁9604。

143 〔元〕脫脫等撰：〈趙抃傳〉，《宋史》，卷316，頁10321。

144 同前註。

145 〔宋〕李燾：〈仁宗八十一〉，「至和二年・三／六月」條，《續資治通鑑長編》，卷180，頁4353。

146 同前註，頁4350。

147 同前註，頁4352。

148 〔元〕脫脫等撰：〈呂溱傳〉，《宋史》，卷320，頁10401。

勘察河道，計畫大興工程。[149]對於整治方法，朝廷有兩派主流意見：一是以賈昌朝（?-1065）為首的「開故道」，另一則是以李仲昌（?-?）為首的「修六塔」。歐陽脩對二者皆持反對意見，並於至和二年上疏，論述二法不妥之處，更提議他法：「就其下流，求入海之路而浚之」。然而朝廷並未理會歐陽脩的建議，決採「修六塔」法整治黃河。不幸，「開六塔」果如歐公所慮，造成嚴重後果。[150]

此段情事於《宋史·歐陽脩傳》中亦有記載：

> 河決商胡，北京留守賈昌朝欲開橫壠故道，回河使東流。有李仲昌者，欲導入六塔河，議者莫知所從。脩以為：「河水重濁，理無不淤，下流既淤，上流必決。以近事驗之，決河非不能力塞，故道非不能力復，但勢不能久耳。橫壠功大難成，雖成將復決。六塔狹小，而以全河注之，濱、棣、德、博必被其害。不若因水所趨，增隄峻防，疏其下流，縱使入海，此數十年之利也。」宰相陳執中主昌朝，文彥博主仲昌，竟為河北患。[151]

大段抄錄歐陽脩奏疏內容，存史功效顯著，但文章只分記賈昌朝、李仲昌主張，以及二位宰相各自支持對象，卻未記載朝廷最終採納何方意見，以及治河的具體成效、影響。一句「竟為河北患」，偏於簡略，既不知為何「為患」，也不知如何「為患」，更不知「為患」嚴重程度、後果。

如果「為患」輕微，歐陽脩疏狀不免有危言聳聽之嫌；如若「為患」嚴重，則歐陽脩於朝廷採納「開六塔」提議後仍執意反對，[152]便有洞燭機先、擇善固執的意義。其高遠見識與堅持勇氣，更會因災禍的對反烘襯而顯得愈加可貴。[153]

此處有關《宋史·歐陽脩傳》的不足，《宋史筌》並未加以考訂增補，或略事修改，反而大筆一揮，全段刪棄。編撰者取捨原因為何，難以斷言，但細審《宋史筌·歐陽脩傳》全篇內容與比例安排，《宋史筌》似乎較重視歐陽脩在文學史上的成就，以及與人格大節、輔政要事（如立儲、濮議）有關的事蹟，至於在各州府、言官任上的作為，或是如此例般，歐陽脩只是眾多參與其事的官

---

149 〔元〕脫脫等撰：〈河渠志·黃河上〉，《宋史》，卷91，頁2267。

150 詳見〔宋〕李燾：〈仁宗八十三〉，「嘉祐元年一·四月」條，《續資治通鑑長編》，卷182，頁4400。

151 〔元〕脫脫等撰：〈歐陽脩傳〉，《宋史》，卷319，頁10378。

152 〔宋〕李燾：〈仁宗八十二〉，「至和二年四·十二月」條：「歐陽脩又言：『朝廷定議開修六塔河口，回水入橫壠故道，此大事也。中外之臣，皆知不便，而未有肯為國家極言其利害者，何哉？蓋其說有三，一曰畏大臣，二曰任小人，三曰無奇策。』」見《續資治通鑑長編》，卷181，頁4386。

153 歐陽脩為「河決商胡」事共上書三次，可見十分關心，依《宋史·歐陽脩傳》所載，容易誤會歐公僅上書一次。後人對第三次上書評價較高，如茅坤：「較前二狀更勝，亦與前二狀相發明。」（〔明〕茅坤：《唐宋八大家文鈔》，清文淵閣四庫全書本，冊1383，卷35，頁309）何焯：「指陳利害鑿鑿」（〔清〕何焯：《義門讀書記》，清乾隆刻本，上卷，頁435。）第三次上書，《續資治通鑑長編》繫年有誤，依據內容（〈論修河第三狀〉，《歐陽修全集》，卷109，頁1650-1652），實為歐陽脩奉使契丹還朝之後，故此事應從胡柯繫於「嘉祐元年」（詳見劉德清：《歐陽修紀年錄》，頁279）。第三次上書約在二月，當年四月，「李仲昌等塞商胡北流，入六塔河，隘不能容，是夕復決，溺兵夫、漂芻藁不可勝計。」（〔宋〕李燾：〈仁宗八十三〉，「嘉祐元年·一／四月」條，《續資治通鑑長編》，卷182，頁10398）嚴重狀況不難想見。

員之一，《宋史》本傳的記載又不夠詳明時，《宋史筌》選擇全段刪減。

六、「韓琦薦脩」、「御閣春帖」事

《宋史筌》對《宋史》的處理方式，多半是以「減法」刪落原文，但《宋史筌・歐陽脩傳》卻有幾段增補，其中文字並未載於《宋史・歐陽脩傳》，頗為特別，值得細察。其中之一為「韓琦薦脩」事：

> 初韓琦屢薦脩，而帝不用。琦曰：「韓愈，唐之名士，天下望以為相，而竟不用。使愈為之，未必有補於唐，而談者至今以為謗。脩，今之韓愈也。陛下何惜不一試之，以曉天下後世？」帝從之。[154]

此段補遺置於「在政府，與韓琦同心輔政」之前，看似有意凸顯歐陽脩與韓琦於政事上的同心協力與良好互動，但若細審文末論贊處的一句增寫，或許將有另番領會，其文云：

> 論曰：三代以上，文章本於道術，觀其言藹如，其光曄如，知其本之有在也。秦漢而降，與時盛衰，涉魏晉而弊，至唐韓愈振起之。涉五季而弊，至宋脩又振起之。可以羽翼大道，扶持人心，此兩人之力也。蓋其風節氣槩俊偉磊落，一出於正，豈徒文章而已哉？雖然，愈不獲用，脩用矣，亦不克究其所蘊，可慨也夫！[155]

此段文字與《宋史》所載大同小異，[156]較大的不同在於「蓋其風節氣槩俊偉磊落，一出於正，豈徒文章而已哉？」係《宋史筌》另增。

考察此句由來，「風節」[157]、「俊偉」[158]均曾用以形容歐陽脩，「一出於正」則幾乎都以「粹然一出於正」的形式出現，[159]並多在談論「道統」或「譜系」的脈絡中使用。與歐陽脩時代相近的詩文中，尚未檢得以「一出於正」評論歐公的資料，但殊需注意的是，歐陽脩與宋祁（998-1061）

---

[154] 〔朝鮮〕李縡：〈歐陽脩傳〉，《宋史筌》，卷82，《域外所見中國古史研究資料彙編・朝鮮漢籍篇・史編史傳類》，冊9，頁222。

[155] 同前註，頁223。

[156] 〔元〕脫脫等撰：〈歐陽脩傳〉：「論曰：三代而降，薄乎秦、漢，文章雖與時盛衰，而藹如其言，曄如其光，皦如其音，蓋均有先王之遺烈。涉晉、魏而弊，至唐韓愈氏振起之。唐之文，涉五季而弊，至宋歐陽脩又振起之。挽百川之頹波，息千古之邪說，使斯文之正氣，可以羽翼大道，扶持人心，此兩人之力也。愈不獲用，脩用矣，亦弗克究其所為，可為世道惜也哉！」見《宋史》，卷319，頁17878。

[157] 如〔元〕脫脫等撰：〈歐陽脩傳〉：「脩以風節自持」（見《宋史》，卷319，頁10380）、〔宋〕李燾、洪邁等：〈四朝國史本傳〉：「脩本以風節自持」（《歐陽脩全集》，〈附錄〉卷2，頁2680）。

[158] 〔宋〕王安石：〈祭歐陽文忠公文〉：「如公器質之深厚，智識之高遠，而輔以學術之精微。故形於文章，見於議論，豪健俊偉，怪巧瑰琦」，見王水照主編：《王安石全集》（上海：復旦大學出版社，2016年），卷48，頁7。

[159] 如〔元〕脫脫等撰：〈范鎮傳〉：「百祿受學於鎮，故其議論操修，粹然一出於正。」見《宋史》，卷337，頁10800。或如〔元〕劉祁：《歸潛志》載：「（劉祁）推以躬行踐履，振華落實，文章議論粹然一出於正。士論咸謂得斯文之傳。」詳見是書（北京：中華書局，1983年），〈跋〉，頁193。

合撰的《新唐書》中卻有用例，且恰巧出現於〈韓愈傳〉，文曰：

> 然愈之才，自視司馬遷、揚雄，至班固以下不論也。當其所得，粹然一出於正，刊落陳言，橫鶩別驅，汪洋大肆，要之無牴牾聖人者。其道蓋自比孟軒，以荀況、揚雄為未淳，寧不信然？[160]

《新唐書》將韓愈置於孟子——司馬遷——揚雄之列的系譜，頗有推舉韓愈繼承古文道統之意，與《舊唐書‧韓愈傳》態度判然有別。《舊唐書》訾責韓愈「時有恃才肆意，亦有蘩孔、孟之旨」[161]，甚至抨擊〈毛穎傳〉「譏戲不近人情，此文章之甚紕繆者」[162]，〈順宗實錄〉「繁簡不當，敘事拙於取捨」[163]，「頗為當代所非」[164]，用辭嚴厲。

《宋史筌》論及文章道術盛衰演變情形時，則先是彰揚「唐韓愈振起之」的功勳，其次簡述「涉五季而弊」，緊接著便帶出「至宋脩又振起之」一句，其後並論韓、歐二人，顯然以歐陽脩為韓愈文、道的承繼人。「一出於正」四字更明白地扣合到《新唐書‧韓愈傳》，《宋史筌》將歐陽脩畫歸韓愈一脈文道系譜的用心，昭然若揭。

此處另需補論的是，王十朋（1112-1171）於紹興庚午（紹興20年，1150）翻讀《東坡大全集》後，曾有題跋曰：

> 韓、歐之文粹然一出於正，柳與蘇好奇而失之駁，至論其文之工、才之美，是宜韓公欲推遜子厚，歐陽子欲避路放子瞻出一頭地也。[165]

「韓、歐之文粹然一出於正」之語，是否對《宋史筌》有所啟發，無法證知，但宋人雖已覺察韓、歐「一出於正」的關聯，卻似僅就「文章」本身而言。《宋史筌》則進一步推擴至「道術」，「風節氣槩」、「俊偉磊落」諸字詞的增引，更使「正」的內涵加深加廣，兼指文人內在道德修養與外現舉止態度，意蘊較王十朋所言更為豐富。

而這段贊論也印證了前文所述：《宋史筌》似乎較重視歐陽脩在文學史上的成就，以及人格大節、輔政要事相關事蹟的書寫。

另，關於《宋史筌》所增「韓琦薦脩」一事，目前可見之最早記載，應為陳師道（1053-1101）《後山集》、《後山談叢》：

> 韓魏公屢薦歐陽公，而仁宗不用。他日復薦之，曰：「韓愈，唐之名士。天下望以為相，而竟不用。使愈為之，未必有補於唐，而談者至今以為謗。歐陽修，今之韓愈也，而陛下不用，臣恐後人如唐。謗必及國，不特臣輩而已。陛下何惜不一試之，以曉天下後世也上從

---

160 〔宋〕歐陽脩、宋祁撰：〈韓愈傳〉，《新唐書》（臺北：鼎文書局，1981年），卷176，頁5269。

161 晉‧劉昫等撰：《舊唐書》（北京：商務印書館，2006年），卷160，頁4204。

162 同前註。

163 同前註。

164 同前註。

165 〔宋〕王十朋：〈讀蘇文〉，見梅溪集重刊委員會編《王十朋全集》（上海：上海古籍出版社，1998年），卷14，頁798。

之？」[166]

陳師道與歐陽脩時代相近，雖或未曾從游歐公，但「出於曾（鞏）而客於蘇（軾）」[167]的背景，極可能曾自蘇軾處聽聞「韓魏公屢薦歐陽公」一事。而韓琦（1008-1075）對蘇軾嘗有「愛人以德」[168]美事，蘇軾則爲韓琦泣書〈醉白堂記〉，二人相知情誼不容置疑，加上歐陽脩與蘇軾的師生關係，種種因素，使得此段記載或具有一定可信度。

此外，歐陽脩與韓琦自景祐二年（1035）同朝任官，便漸有往來，慶曆三年（1043），歐公舉薦韓琦「稟性忠鯁，遇事不避，若在樞府，必能舉職」[169]，而後在慶曆新政、濮議等事件中，二人都是「同心輔政」[170]的盟友，晚年更相知相契，「相親最深」[171]，因而，韓琦對歐陽脩的認識必較他人深刻，[172]以熙寧四年（1071）〈寄致政歐陽少師〉爲例，文云：

> 獨步文章世孰先，直聲孤節亦無前。欲知退足高千古，請視經猶疾五年。在我光陰長更樂，扶天功業去如捐。西湖風月誰爲伴，笑許當時處士賢。[173]

推尊歐陽脩爲宋代文章先驅，具體意涵當與復振古文、追躡前朝有關，韓琦〈故崇信軍節度副使檢校尚書工部員外郎尹公墓表〉道：

> 文章自唐衰，歷五代，日淪淺俗，寖以大敝。本朝柳公仲塗，始以古道發明之，後卒不能振。天聖初，公獨與穆參軍伯長矯時所尚，力以古文爲主；次得歐陽永叔，以雄詞皷動之，於是後學大悟，文風一變。使我宋之文章將踰唐漢而躡三代者，公之功爲最多。[174]

回顧文章自唐代衰微，以迄宋朝「文風一變」的歷程，雖稱揚尹洙「功爲最多」，但歐陽脩使「後學大悟」、扭易文風的貢獻也不容抹滅。而韓琦爲歐公所撰〈祭文〉與〈墓誌銘〉，更有可與前文輔證並看之處：

> 公之文章，獨步當世。子長、退之，偉贍閎肆。曠無擬倫，逮公始繼。自唐之衰，文弱無氣。降及五代，愈極頹敝。唯公振之，坐還醇粹。復古之功，在時莫二。[175]

> 於是文風一變，時人競爲模範。自漢司馬遷沒，幾千年而唐韓愈出，愈之後又數百年，而公

---

[166] 〔宋〕陳師道：《後山集》（上海：中華書局，1920-1934年），卷5，頁14-15。〔宋〕朱熹、〔宋〕李幼武撰：《宋名臣言行錄五集》（新北：文海出版社，1967年）所記「韓琦薦脩」之文後，注有「談叢」二字，見《後集》卷1，頁38-39。

[167] 〔宋〕葉適：《習學記言序目》（北京：中華書局，1977年），卷47，頁698。

[168] 〔元〕脫脫等撰：〈韓琦傳〉，《宋史》，卷338，頁10802。

[169] 〔宋〕歐陽脩：〈論王舉正范仲淹等劄子〉，《歐陽修全集》，卷98，頁1510。

[170] 〔宋〕蘇轍：〈歐陽文忠公神道碑〉，《欒城後集》，卷23，頁1133。

[171] 〔宋〕朱熹、〔宋〕李幼武撰：《宋名臣言行錄・後集》，卷1，頁409。

[172] 關於韓琦與歐陽脩交游情形，可參見屠青：《韓琦交游考略》（河南：鄭州大學文學碩士論文，李之亮、徐正英先生指導，2003年5月），頁2-9。

[173] 〔宋〕韓琦：《安陽集》，卷16，頁554。

[174] 同前註，卷47，頁1458。

[175] 〔宋〕韓琦：〈祭少師歐陽公永叔文〉，《安陽集》，卷44，頁1363。

始繼之，氣焰相薄，莫較高下，何其盛哉！[176]

二段引文，同具有「歐陽脩繼承韓愈」、「歐陽脩與韓愈振作文風」理路，「坐還醇粹」與「粹然一出於正」也有關聯。綜上所述，可知，韓琦確實有「歐陽脩＝宋之韓愈」的比擬與推崇，而吳充與蘇轍為歐陽脩所撰〈行狀〉[177]與〈神道碑〉[178]都有類似讚揚，蘇軾〈六一居士集序〉：

> 自漢以來，道術不出於孔氏，而亂天下者多矣。晉以老莊亡，梁以佛亡，莫或正之，五百餘
> 年而後得韓愈，學者以愈配孟子，蓋庶幾焉。愈之後二百有餘年而後得歐陽子，其學推韓
> 愈、孟子以達於孔子，著禮樂仁義之實，以合於大道。其言簡而明，信而通，引物連類，折
> 之於至理，以服人心，故天下翕然師尊之。自歐陽子之存，世之不說者嘩而攻之，能折困其
> 身，而不能屈其言。士無賢不肖不謀而同曰：「歐陽子，今之韓愈也。」[179]

亦以歐陽脩與韓愈為百年難得一出的道統振興者。其中「士無賢不肖不謀而同曰」尤能呈顯「歐陽子，今之韓愈也」一說的普遍性。或許因歐陽脩承繼韓愈，甚至連結孔孟以降的道統，已成為北宋諸多文士的共同認知，故而《宋史筌》特意增補相關訊息，藉以強調歐陽脩在古文、道統上的承傳存續地位，以及貢獻所在。而據前文考辨，也可證明《宋史筌》所增文字當是有所憑依，絕非空穴來風。

前例之外，《宋史筌》另有一段增敘「御閣春帖」事：

> 帝嘗見御閣春帖子，讀而愛之，知為脩所作，悉取諸帖閱之，歎曰：「舉筆不忘規諫，真侍
> 從也。」[180]

此段文字補於「遷翰林學士，俾修唐書」[181]之後，係歐陽脩就任翰林學士時之故事。相似記載見於歐陽發等述〈先公事迹〉：

> 先公在翰林，嘗草《春帖子詞》。一日，仁宗因閒行，舉首見御閣帖子，讀而愛之，問何人
> 作，左右以公對。即悉取皇后、夫人諸閣中者閱之，見其篇篇有意，歎曰：「舉筆不忘規
> 諫，真侍從之臣也！」自是，每學士院進入文書，必問何人當直；若公所作，必索文書自
> 覽。[182]

---

176 〔宋〕韓琦：〈故觀文殿學士太子少師致仕贈太子太師歐陽公墓誌銘〉，《安陽集》，卷50，頁1151-1152。

177 〔宋〕吳充〈行狀〉：「已而有詔，戒天下學者為文使近古，學者盡為古文，獨公古文既行，世以為模範。自兩漢後，五六百年有韓愈，愈之後，又數百年而公繼出，李翱、皇甫、柳宗元之徒不足多也。」見《歐陽修全集》，〈附錄〉卷3，頁2693。

178 〔宋〕蘇轍〈神道碑〉：「惟韓退之一變復古，開其頹波，東注之海，遂復西漢之舊。自退之以來，五代相承，天下不知所以為文。祖宗之治，禮文法度，追跡漢、唐，而文章之士楊、劉而已。及公之行於天下，乃復無愧於古。於戲！自孔子至今，千數百年，文章廢而復興，惟得二人焉。夫豈偶然也哉！」見《歐陽修全集》，〈附錄〉卷3，頁2713。

179 〔宋〕蘇軾：〈六一居士集序〉，《歐陽修全集》，〈附錄〉卷5，頁2756。

180 〔朝鮮〕李标：〈歐陽脩傳〉，《宋史筌》，卷82，頁7。

181 同前註。

182 〔宋〕歐陽發：〈先公事迹〉，《歐陽修全集》，〈附錄〉卷2，頁2636。

《宋史筌》所補當屬言之有據。所謂「春帖子」，《清波雜志》記曰：

> 翰林書待詔請春詞，以立春日翦貼於禁中門帳。……春、端帖子，不特詠景物為觀美，歐陽文忠公嘗寓規諷其間，蘇東坡亦然。自政、宣以後，第形容太平盛事，語言工麗以相夸，殆若唐人宮詞耳。近時楊誠齋廷秀詩，有「玉堂著句轉春風，諸老從前亦寓忠。誰為君王供帖子，丁寧綺語不須工」之句，是亦此意。[183]

說明「春帖子」書寫者、時間、張貼處所、內容、寫法等資訊，其原初性質或有迎春、頌美作用，因此，「詠景物為觀美」、「語言工麗」、「形容太平盛事」等情形，當未逾越春帖子應有規範。而歐陽脩卻特意於其中寓託「規諫」，既可顯示其人謹守「侍守」本份，不阿承主上，又能具現歐公忠君愛國、鯁直輔政的作為，切合前文所述，《宋史筌》去取、書寫準則。

詳考「韓琦薦脩」、「御閣春帖」二段重要增補，再度證明，《宋史筌》絕非只是單純刪略，一味精省文字，也絕不只是《宋史》的精簡版本。若有可信依據，且能藉以彰顯傳主獨特面向、高潔風骨，符合編修目的、體例，《宋史筌》亦會斟酌增補《宋史》所無之文字。而《宋史筌》之筆法與價值，也因此愈加顯明得證。

七、結語

綜上所析，本文略可得致幾項結論：

1. 李祘以君王之尊重修外國史書，具現他對宋朝的認同與嚮慕，故而，編修《宋史筌》目的絕不在於保存史料或展示學識，而是意欲借鑑宋代規矩法度、文物治理國家，並推重「儒術之賅理性，士習之重名節」。

2. 《宋史筌》重視事、詞、義、法四體，強調須不誣、不陋、衷適、謹嚴，編修時力求采實去雜，以為勸戒之助。

3. 《新五代史》、《新唐書》、《歐陽文忠公全集》相繼傳入高麗王朝，當時文人開始學習歐陽脩各類文章，朝鮮王朝時期，歐文被視為書寫公文的重要參考文本之一，流布甚廣，深受重視，甚至曾被用於考題，歐陽脩對韓國文史的影響與重要性可想而知。

4. 歐陽脩辭卻范仲淹薦舉事，《宋史》、《宋史筌》分載為：「笑而辭曰」、「辭曰」，參酌〈答陝西安撫使范龍圖辭辟命書〉、〈與梅聖俞・其十二〉、〈先公事迹〉等史料與歐公個性，可推知「笑」可能性較低。《宋史》或受蘇轍〈歐陽文忠公神道碑〉影響而誤，《宋史筌》文字恐較近於事實。

5. 蔣之奇誣陷歐陽脩帷薄醜事時，宋神宗態度為何，《宋史》、《宋史筌》分記為：「欲深譴

---

[183] 〔宋〕周輝撰，劉永翔校注：〈春帖子〉，《清波雜志校注》（北京：中華書局，1994 年），卷10，頁424-425。

脩」、「欲深護脩」，文意截然對反。據神宗處治歐陽脩國喪誤服紫襖，「疑其不然」、「不聽」彈劾事，以及事後訓誡朝臣、勸撫歐陽脩等線索視之，「護」恐較近於實情。

6. 歐陽修讀韓《集》事，《宋史筌》雖僅刪去《宋史》「游隨」及「必欲并轡絕馳而追與之並」等字句，然於因果關係上大有不同。並參其餘史料，《宋史筌》所呈情事應更符合史實，使歐陽脩與古文發展的研究得以更為精確。

7. 字句刪修之外，《宋史筌》歐傳甚至刪去《宋史》幾段情事不錄。其中或如「奉使契丹」事過於簡略，或如「臺諫論執中過惡」事並非歐陽脩重要政績，或如「河決商胡」事剪裁史料失宜，無法彰顯歐陽脩真知灼見之外，亦不夠簡當。《宋史筌》為達「采實去雜」之效，刪略實有其理。

8. 刪減或修改之外，若有可信資料，《宋史筌》亦視情況適度補入，如「韓琦薦脩」事可彰顯歐陽脩於文學史上對韓愈的繼承，或如「御閣春帖」事可襯托出歐陽脩作為輔臣的忠誠與用心。

9. 綜合《宋史筌・歐陽脩傳》對《宋史》的修改、刪略與補述，或能看出《宋史筌》編者於取捨上自有標準，如〈歐陽脩傳〉，即著眼於歐陽脩在文學史上的成就、風節氣槩及其輔政事蹟。

10. 《宋史筌》確有革易《宋史》「繁冗」弊病，並審察《宋史》訛誤、不足之處，加以修訂改正的部分功效，絕非僅只省略減縮，其價值應予肯定。

徵引書目

一、傳統文獻

孔繼汾：《闕里文獻考》，清乾隆刻本，成都：四川大學出版社，2005年。

王十朋撰，梅溪集重刊委員會編：《王十朋全集》，上海：上海古籍出版社，1998年。

王安石撰，王水照主編：《王安石全集》，上海：復旦大學出版社，2016年。

王稱：《東都事略》，收入《景印文淵閣四庫全書》冊382，臺北：臺灣商務印書館，1986年。

司馬光：《書儀》，收入《景印文淵閣四庫全書》冊142，臺北：臺灣商務印書館，1986年。

司馬光撰，鄧廣銘、張希清點校：《涑水記聞》，收入《唐宋史料筆記叢刊》，北京：中華書局，1989年。

　　　　：《涑水記聞》，收入《唐宋史料筆記叢刊》，北京：中華書局，1997年。

永瑢等編撰：《四庫全書總目提要‧史部》，上海：商務印書館，1933年。

朱熹、李幼武撰：《宋名臣言行錄五集》，新北：文海出版社，1967年。

朱熹：《三朝名臣言行錄》，《四部叢刊》初編縮本，據上海涵芬樓借海鹽張氏涉園藏宋刊本影印，臺北：臺灣商務印書館，1965年。

朱彝尊：《曝書亭全集》，長春：吉林文史出版社，2009年。

何焯：《義門讀書記》，北京：中華書局，1987年。

宋綬、宋敏求編，司義祖校點：《宋大詔令集》，北京：中華書局，1962年。

李心傳撰：《建炎以來繫年要錄》，北京：商務印書館，2006年。

李燾：《續資治通鑑長編》，北京：中華書局，2004年。

杜大珪《名臣碑傳琬琰之集》，收入《景印文淵閣四庫全書》冊450，臺北：臺灣商務印書館，1986年。

周煇撰，劉永翔校注：《清波雜志校注》，北京：中華書局，1994年。

邵經邦：《弘簡錄》，收入於《續修四庫全書》冊307，上海：上海古籍出版社，2002年。

　　　　：《弘藝錄》，清康熙邵遠平刻本，臺北：藝文印書館，1971年。

柯維騏：《宋史新編》，明嘉靖四十三年杜江晴江刻本，北京：北京圖書館出版社，2006年。

范仲淹撰，李勇先、王蓉貴點校：《范仲淹全集》，成都：四川大學出版社，2002年。

范鎮撰，汝沛點校：《東齋記事》，收入《唐宋史料筆記叢刊》，北京：中華書局，1980年。

茅坤：《唐宋八大家文鈔》，文淵閣四庫全書本，臺北：臺灣商務印書館，1986年。

徐松：《宋會要輯稿》，上海：上海古籍出版社，1995年。

徐乾學《資治通鑑後編》，收入於《景印文淵閣四庫全書》冊343，臺北：臺灣商務印書館，1986年。

馬端臨：《文獻通考》，臺北：臺灣商務印書館，1987年。

曹仁虎、嵇璜：《欽定續通志》，臺北：臺灣商務印書館，1987年。

清高宗：《唐宋文醇》，臺北：中華書局，1969年。

清高宗敕撰：《御批代通鑑輯覽》，收入於《景印文淵閣四庫全書》冊338，臺北：臺灣商務印書館，1986年。

畢沅：《續資治通鑑》，清嘉慶六年遞刻本，合肥：黃山書社，2008年。

章定：《名賢氏族言行類稿》，收入《景印文淵閣四庫全書》冊933，臺北：臺灣商務印書館，1986年。

脫脫等撰，二十五史刊行委員編：《宋史》，臺北：臺灣開明書局，1961年。

脫脫等撰：《宋史》，影印元杭州路刊本，臺北：二十五史編刊館，1956 年。

　　　　：《宋史》，影印乾隆四年校刊本，臺北：藝文印書館，1956 年。

　　　　：《宋史》，據武英殿重刊本，臺北：德志出版社，1962 年。

　　　　：《宋史》，北京：中華書局，1977 年。

　　　　：《宋史》，元至正本配補明成化本，臺北：鼎文書局，1980 年。

　　　　：《宋史》，清乾隆武英殿刻本，臺北：鼎文書局，1980 年。

　　　　：《宋史》，收入於《景印文淵閣四庫全書》，臺北：臺灣商務印書館，1986年。

　　　　：《宋史》，收入於《景印文津閣四庫全書》，北京：商務印書館，2006年。

　　　　：《欽定宋史》，五洲同文局據乾隆四年校刊本石印，1903 年。

　　　　：《遼史》，元末明初翻刻本殘本，臺北：鼎文書局，1980 年。

陳均：《九朝編年備要》，北京：商務印書館，2006年，宋紹定刻本。

陳邦瞻：《宋史紀事本末》，北京：中華書局，1977 年。

陳師道：《後山集》，上海：中華書局，1920-1934年。

陳桱：《通鑑續編》，收入於《景印文淵閣四庫全書》冊332，臺北：臺灣商務印書館，1986 年。

陳鵠撰，孔凡禮點校：《西塘集耆舊續聞》，收入《唐宋史料筆記叢刊》，北京：中華書局，2002年。

彭乘撰，孔凡禮整理：《續墨客揮犀》，收入《全宋筆記》，鄭州：大象出版社，2008年。

曾鞏撰，陳杏珍、晁繼周點校：《曾鞏集》，北京：中華書局，1984年。

黃叔璥輯，楊一凡編：《南臺舊聞》，收入於《中國監察制度文獻輯要》，北京：紅旗出版社，2007 年。

黃宗羲撰，清·全祖望補修，陳金生、梁運華點校：《宋元學案》，北京：中華書局，1986 年。

楊仲良：《宋通鑑長編紀事本末》，清嘉慶宛委別藏本，上海：上海古籍出版社，1995年。

葉適：《習學記言序目》，北京：中華書局，1977年。

趙善璙：《自警編》，收入《景印文淵閣四庫全書》冊875，臺北：臺灣商務印書館，1986年。

趙翼撰，王樹民校證：《廿二史劄記校證》，北京：中華書局，1984 年。

劉祁：《歸潛志》，北京市：中華書局，1983 年。

劉昫等撰：《舊唐書》，北京：商務印書館，2006 年。

歐陽脩、宋祁撰：《新唐書》，臺北：鼎文書局，1981年。

歐陽脩：《歐陽文忠公集》，據上海商務印書館縮印元刊本景印，臺北：臺灣商務印書館，1965年。

歐陽脩撰，李之亮箋注：《歐陽修集編年箋注》，成都：巴蜀書社，2007年。

歐陽脩撰，李逸安點校：《歐陽修全集》，北京：中華書局，2001年。

歐陽脩撰，洪本健校箋：《歐陽修詩文集校箋》，上海：上海古籍出版社，2010年。

韓琦撰，李之亮、徐正英箋注：《安陽集》，成都：巴蜀書社，2000年。

蘇轍撰，俞宗憲點校：《龍川別志》，收入《唐宋史料筆記叢刊》，北京：中華書局，1982年。

蘇轍撰，陳宏天、高秀芳點校：《欒城後集》，收入《蘇轍集》，北京，中華書局，1990年。

李祘：《宋史筌》，收入於《域外所見中國古史研究資料彙編·朝鮮漢籍篇》，重慶：西南師範大學出版社；北京：人民出版社，2013年。

　　：《宋史撮要》，收入《域外漢籍珍本文庫》第十輯，重慶：西南師範大學出版社，2011年。

　　：《弘齋全書》，收入《韓國文集叢刊》，首爾：韓國古典翻譯院，2014年。

李德懋：《雅亭遺稿》，漢城：漢城大學古典刊行會影印，1966年。

二、近人論著

（一）專書

丁凌華：《中國喪服制度史》，上海：上海人民出版社，2000年。

王雲海編：《宋會要輯稿研究》，河南：河南師大學報編輯部，1984年。

孔凡禮：《三蘇年譜》，北京：北京古籍出版社，2004年。

吳漫：《明代宋史學研究》，北京：人民出版社，2012年。

袁行霈：《中國文學史》，臺北：五南圖書，2011年。

陳學霖：《明代人物與史料》，香港新界：香港中文大學出版社，2001年。

張舜徽：《清儒學記》，武漢：華中師範大學出版社，2005年。

葉慶炳：《中國文學史》，臺北：臺灣學生書局，1987年。

臺靜農：《中國文學史》，臺北：國立臺灣大學出版中心，2004年。

劉兆祐：《宋史藝文志史部佚籍考》，臺北：國立編譯館，1984年。

劉德清：《歐陽修紀年錄》，上海：上海古籍出版社，2006年。

龔延明編著：《宋代官制辭典》，北京：中華書局，1997年。

（二）學術期刊

李成珪著、林美英譯：〈「宋史筌」的編纂背景與特色——關於朝鮮學者編纂中國史的研究〉，《韓國學報》第6期，1986年12月，頁189-219。

吳振清：〈北宋《神宗實錄》五修始末〉，《史學史研究》1995年第2期，頁31-37。

金鎬：〈《古今圖書集成》在朝鮮的傳播與影響〉，《東華漢學》第11期，2010年6月，頁241-272。

孫衛國：〈朝鮮王朝所編之中國史書〉，《史學史研究》2002年第2期，頁66-75。

高遠：〈清人宋史學研究回顧與前瞻〉，《甘肅社會科學》2010年第1期，頁235-238。

黃一權：〈歐陽修著作初傳韓國的時間及其刊行、流布的狀況〉，《復旦學報》（社會科學版）2000年第2期，頁131-140。

：〈試論韓國史書及文人對歐陽修散文的評價與論說〉，《中國比較文學》2001年第2期，頁45-63。

詹建德：〈國史館藏《仁壽本二十五史》簡介〉，《國史館館訊》06期，2011年6月，頁151-158。

（三）學位論文

王延紅：《明清學人以紀傳體體例對《宋史》的改撰與補修》，廣州：暨南大學歷史文獻學碩士論文，2007年。

屠青：《韓琦交游考略》，河南：鄭州大學文學碩士論文，2003年。

從清代詩文談府城良皇宮、鯤鯓王與水手爺

顏美娟[*]

一、前言

　　府城良皇宮，主祀保生大帝，祖廟在福建同安附近的白礁，先民來台拓墾，多漳、泉人，爲抵抗瘴癘之氣，以吳眞人爲神醫，多立廟祀奉。如王必昌《重修臺灣縣志》所說：「眞人廟宇，漳、泉人所在多有，荷蘭踞臺，與漳、泉人貿易時，已建廟廣儲東里矣。嗣是鄭氏及諸將士皆漳、泉人，故廟祀眞人甚盛。或稱『保生大帝廟』，或稱『大道公廟』，或稱『眞君廟』，或稱『開山宮』，《通志》作『慈濟宮』，皆是也。」[1]所言漳、泉移民來臺拓墾，多祀保生大帝，最早興建的廟宇，甚至早在荷據時期，及至明鄭時期更盛。

　　良皇宮，全稱爲「下大道北線尾良皇宮」，以有別於明鄭時期在鎮北坊觀音亭旁所建的「頂大道公廟興濟宮」。良皇宮建於何時，未有確切的說法，或可從方志記載推測，康熙二十五(1686)年蔣毓英纂修《臺灣府志》載：「慈濟宮：四所：一在府治西定坊，一在鎮北坊，一在鳳山縣治安平鎮，一在土墼埕保」[2]位在土墼埕保或西定坊的慈濟宮，未知是否即是良皇宮。另康熙五十九(1720)年王禮主修《臺灣縣志》載：「在西定坊 開山宮：祀吳眞人，一在新街，曰『開山宮』；一在北線尾，曰『大道公廟』。」[3]位在西定坊北線尾的大道公廟，應即是良皇宮。

　　關於北線尾良皇宮，歷來學者對此有諸多看法，如盧嘉興就沿海西伸的觀點認爲當海岸隆起，台江內海海岸線以福安坑即現在府前路西段南邊大排水溝爲界，南邊屬萬年州土墼埕，北邊屬天興州西定坊。內海沿岸在這個坑口北岸稱北汕，南岸叫做南汕，　所以現在小西門圓環北邊係北汕到坑口爲底部，稱作北線尾，和鹿耳門口南岸北線尾無關。[4]盧嘉興的說法，可弭合蔣志所說的慈濟宮即是王禮《臺灣縣志》所載北線尾的大道公廟。然此說不爲良皇宮所採信，據《北線尾良皇宮簡

---

[*] 國立高雄師範大學國文系教授。

[1] 清•王必昌：《重修臺灣縣志》，《臺灣史料集成：清代臺灣方志彙刊》(臺北市：文建會，2005)，頁268。

[2] 清•蔣毓英：《臺灣府志》(臺北市：文建會，2004)，頁208。

[3] 清•王禮：《臺灣縣志》(臺北市：文建會，2005)，頁270。

[4] 盧嘉興：〈由明鄭時期的古廟宇來談總管宮〉《台灣研究彙集》19，自印本，頁71。所言「北汕」或做「北線」依照原文用字。

介》說此廟原在(鹿耳門口)北線尾建廟,與安平海頭社廣濟宮為分別位於臺江的龍虎兩側,因而有龍虎宮之名,良皇宮即為其臺語之讀音。之後廟被沖毀,於乾隆三十二(1766)年,遷建於西定坊現址。[5]無論是原址說或是遷建說,良皇宮與北線尾的關係,從最早的匾額,乾隆丙辰(1735)年端月,由「北線尾良皇宮諸戶敬獻」的「回天之功」(圖一),可資證明。而其坐落在福安坑口,座東面海,也提供自清以來,南鯤鯓王爺,道經臺江內海,南來府城駐駕,地理上的優勢。可從清・謝金鑾、鄭兼才《續修臺灣縣志》「城池圖」可見,入小西門,福安坑右(南岸)為土墼埕,左(北岸)即良皇宮(圖二)。[6]

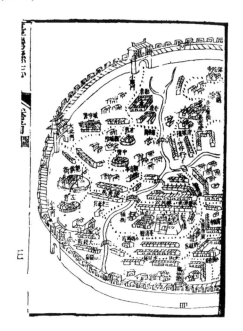

圖二:《續修臺灣縣志》城池圖

　　良皇宮也是府城四安境之一,為府城的聯境組織,起源於民間的保甲制度,道光二十(1840)年中英鴉片戰爭,郡城內外民間的自我防衛組織。[7]由良皇宮、沙淘宮、南廠保安宮、神興宮所組成,有一四安境共同香爐(圖三),由四廟輪流供奉,巡境時也要抬出來繞境。

5　學者周茂欽對此說表示質疑,認為在康熙三十五(1666)年以前,安平只有慈濟宮,所以不贊同良皇宮和廣濟宮為龍虎宮之說。參氏著:《臺南大道公信仰研究》(臺南市:臺南市文化局,2013),頁279-280。
6　清・謝金鑾、鄭兼才:《續修臺灣縣志》上(台北市:文建會,2007),頁64-65。
7　參謝奇峰:《臺南府城聯境組織研究》(臺南市:南市文化局,2013),頁60。

圖一：良皇宮乾隆元年的匾額　　　　　　　圖三：四安境香爐

　　南鯤鯓代天府，號稱臺灣王爺的總廟，位於臺南北門區八掌溪與急水溪氾濫的沙洲上。據《南鯤鯓代天府沿革簡介》稱：明朝末葉南鯤鯓尚為倒風內海中之沙汕，漁民在此搭寮捕魚。某日飄來小船，上供六尊綢製神像和一面旌旗，書李、池、吳、朱、范五府千歲名以及中軍府代天巡狩字樣。漁民暫搭草寮供俸，早晚膜拜，所求無不靈驗，於是倡議為五王建廟，於明永曆十六(1662)年興建，故鯤鯓灣水道在清代有王爺港之稱。後傳說南鯤鯓廟宇三寶被盜，經山洪海濤的侵蝕，再次擇地於北門嶼桄榔山虎峰今址，於嘉慶二十二(1817)年興建，道光二(1823)年完工。民國初年再次重修，大擴前基廟貌宏偉。廟宇所在之北門、南鯤鯓，據王碧蕉〈南鯤鯓廟的傳說〉言荷蘭時期，此地為赤崁北部要港，舟楫出入頻繁，日治時期是支廳所在，因開拓鹽業而頗負盛名。[8]

　　南鯤鯓廟與鹽水、麻豆位處倒風內海，與府城台江內海水道往來方便。自言康熙二十二(1683)年明亡起，每逢癸亥年即出巡全島，代天巡狩驅除魍魅，每年三月間出巡鹽水港，四月出巡麻豆，五月出巡府城，海外澎湖亦有不定期的出巡，南鯤鯓王爺信仰也藉此散布流傳。

　　根據黃文博《南鯤鯓代天府王爺進香期》言：南鯤鯓代天府集體或個別出巡主要時機有：癸亥巡狩、歲時巡狩和臨時巡狩。歲時巡狩有麻豆、府城、鹽水三地，都是始於清朝，麻豆止於1956年，府城、鹽水止於日治時期1915年。[9]自清以來每年固定巡狩的這三地，只有府城，從道光年間起有詩文紀錄。本文的研究動機起因拙作研究府城重慶寺醋矸傳說，[10]為釐清重慶寺的速報司爺是否為水手爺，發現府城水手爺的來歷與鯤鯓王、良皇宮有歷史淵源。為進一步研究三者關係，本文聚焦在清代的詩文筆記、良皇宮石碑等文獻資料，試圖從中爬梳鯤鯓王南來，如何與府城獨特的歷史地理相結合，對府城庶民生活產生影響。研究鯤鯓王南來府城與娼家水手爺關係，最早有連橫的

8　王碧蕉：〈南鯤鯓廟的傳說〉《臺灣風土》第四冊(臺南市：南市文化局，2013)，頁90。

9　黃文博：《南鯤鯓代天府王爺進香期》(臺南市：南市文化局，2013)，頁87-98。

10　參見顏美娟、陳貞吟〈攬去愛情裡的沙子——重慶寺醋矸傳說考〉，收入陳益源主編《府城四大月老與月老信仰研究》(台北：里仁，2016)，頁61-86。

〈雅言〉[11]、朱鋒(莊松林)〈「鯤鯓王」與「水守爺」〉、〈古碑拾遺〉[12]，提供早期娼家祭祀水手爺的資料，爲本文立論重要的基礎。

二、溯源：嘉慶年間良皇宮的古碑、石香爐

鯤鯓王南來府城駐駕在良皇宮，確實的起源時間不得而知，據良皇宮表示有典藏一圓形瓷器香爐，爲鯤鯓王南來府城，最早使用的香爐。(圖四：良皇宮的圓形瓷香爐)南鯤鯓代天府也有一相同型式的圓形香爐，(圖五：南鯤鯓代天府的內爐)，均稱是明末清初產物。置於南鯤鯓五府千歲前的香爐，廟方稱爲內爐，是建廟以來即有的香爐，一般進香的神明需來此爐繞三圈以示過爐，一般人不得接近。另外良皇宮正殿供桌上，有擺放一長方形石香爐，正面刻「南鯤鯓千歲爺」、左刻「嘉慶甲子年(1804)置」、右刻「弟子徐揖宗叩謝」等字樣，這個石香爐是否在嘉慶甲子年即已放置在良皇宮？有待進一步證實。[13] (圖六：良皇宮石香爐)

圖四：良皇宮的圓形瓷香爐　　圖五：南鯤鯓代天府的圓形內爐

但據良皇宮表示圓形香爐爲早期鯤鯓王行臺專用，後因香火極盛不敷使用，於嘉慶甲子年，再

---

11 連橫：〈雅言〉收入《臺灣文獻叢刊第一六六種》(臺北市：臺灣銀行經濟研究室，1963)

12 朱鋒：〈古碑拾遺〉原發表於〈臺灣風土〉第一七七期(43年6月16日)、〈「鯤鯓王」與「水守爺」〉《南臺灣民俗》(臺北市：東方文化，1971) 文中所指「水守爺」即本文水手爺，以下若有引用其文，皆遵原文用字。

13 該香爐雖設於嘉慶九年，然據嘉慶十五年〈重修良皇宮序〉言，良皇宮因「迭經風雨，棟宇傾頹，幾沒蓬蒿」，故於嘉慶十一年由監生黃鍾岳勸募修繕，棟宇傾頹非一朝一夕，良皇宮似不可能在此狀況下香火極盛不敷使用，故推測或在廟宇完工「崙奐聿新」成爲「海外巨觀」，之後該香爐才放置。

添一石香爐。[14]兩樣香爐皆可做爲清朝鯤鯓王南巡府城駐駕良皇宮的證明。

圖六：良皇宮嘉慶九年石香爐　　　圖七：嘉慶十五年重修良皇宮序

　　良皇宮除了有南鯤鯓代天府的這兩件香爐，也供奉了南鯤鯓的五府千歲。大道公何以與南鯤鯓王交陪？據廟中謝姓人員表示，由於南鯤鯓王南巡府城，駐駕在小西門外，大道公請祂進廟內作客，至此香火鼎盛，成爲年年例事。此外他也說明，良皇宮的信徒，有很多是來自北線尾臺江內海的漁民，也是南鯤鯓代天府的信徒。[15]其說法有兩個重點，其一、良皇宮位在小西門外，鯤鯓王自海道來府城，駐駕在良皇宮有其地利之便。其二、良皇宮臺江內海的漁民，也是倒風內海鯤鯓王的信徒。兩者信仰的重疊，若以劉枝萬從王爺瘟神信仰，有六個演化階段來看：疫鬼本身、驅逐疫鬼的代天巡狩、與海洋文化結合的海神功能、醫神、保境安民之神、到萬能之神。第四階段的醫神，因王爺祛瘟，終不離施藥，自然與保生大帝結合，即一廟內兩者並存，王爺廟並祀大道公，或大道公廟並祀王爺。[16]良皇宮作爲鯤鯓王巡行府城的駐駕之地，廟中也奉祀代天府王爺，正是瘟神信仰與大道公結合的證明。兩者信仰的重疊，也強化原本各自的神能，從良皇宮的匾額及廟柱對聯可見端倪。良皇宮最早的匾額乾隆丙辰(1735)年的「回天之功」、咸豐元(1850)年仲夏的匾額「保命護生」以及同年由信徒奉獻的木質對聯「大道無私隻鶴雲端救世」、「眞人有德青囊腕底回春」，強調保生大帝的醫神救世特質。同治甲戌年六月的廟匾「護國庇民」以及晚近的廟柱對聯「良廟神堂一向明大道」、「皇宮帝室千秋鎭小西」，顯示保生大帝醫神與保境安民的護國形象。

　　廟中另一件值得注意的古碑，嵌在良皇宮前龍邊石造壁上，爲嘉慶十五(1810)年重修良皇宮後由董事黃鍾岳所立的〈重修良皇宮序〉(圖七：重修良皇宮序)。最早注意到此碑價值的是朱鋒，他在〈古碑拾遺〉一文中提到「重修良皇宮碑」，認爲這塊古碑前段略述修建緣由及其經過外觀，內容實屬簡單而平凡，後段刻捐題者姓名，向不爲人重視，整個碑的價值容易被忽略。他認爲從捐題者芳名，即可以知其時其地的人事；觀其金額，也可以略知社會經濟枯榮的狀況。[17]朱鋒從古碑上

14　〈四安境下大道北縣委良皇宮導覽簡介〉，臺南市四安境下大道良皇宮董事會。

15　本人於2017.8.19訪談良皇宮謝姓執事人員。

16　劉枝萬：《臺灣民間信仰論集》(臺北市：聯經出版社，1983)，頁233。

17　朱鋒：〈古碑拾遺〉收入林佛兒總編輯，《台灣風土》第二冊「考古與原住民之部」(臺南市：南市文化局，

的捐題芳名及金額，看到這塊碑文的價值。然而本文認爲後半段的人名，雖值得注意，古碑的前段內容及整修時間，也可提供一些線索。就時間、金額、修建規模來看，良皇宮於嘉慶十一(1806)年因「迭經風雨，棟宇傾頹，幾沒蓬蒿」而由監生黃鍾岳共勸盛舉重修。就整修規模與金額來看，良皇宮總共費銀約八百多元，除了黃鍾岳出資五百餘元，另三百多元由其他三十九人共同籌集。雖耗時四年，但如廟碑所說「規模仍其舊」，比起嘉慶四(1799)年重修，嘉慶十(1805)年竣工，也是由黃鍾岳擔任董事的彌陀寺，費銀六千餘兩，「規模大擴前基」[18]可知，兩者不能相比，良皇宮只能說是小修。而〈重修良皇宮序〉中所說：「崙奐聿新，堪與法華、竹溪、彌陀等寺並稱海外巨觀焉」，應是廟成之後套用彌陀寺的溢美之詞，兩者文字應同出自黃鍾岳之手。所以將良皇宮與竹溪、彌陀並稱，除了說明良皇宮也是府城歷史悠久的大道公廟，都是香火鼎盛的廟宇，或許也因爲良皇宮與竹溪、法華、彌陀等寺廟，黃鍾岳都有參與或出資重建之故。

就古碑上的捐題者來說，本文認爲捐題者四十人，其身分最主要的可分爲仕紳及民家。重修良皇宮最主要由董事監生黃鍾岳等仕紳所主導，也是最主要的出資者，他與貢生沈清澤、監生鄭建邦、徐炳文、職員沈其孚，合出重修金額的四分之三及油漆色料工，其餘四分之一才由三十五位民家所出。

而黃鍾岳根據相良吉哉《台南州祠廟名鑑》提到，他於乾隆五十八(1793)年倡議重修關帝廳、[19]嘉慶元(1795)年寄附八百九十元募款重修竹溪寺、[20]嘉慶四(1799)年彌陀寺重修任董事，對府城歷史悠久的寺廟重修，出錢出力十分熱心。此外他也重視府城文教，當時府城魁星閣因陋就簡，魁星之神爲儒林所崇奉，故於嘉慶二十一(1815)年與仕紳黃纘、監生洪坤、陳廷瑜，向按察使司分巡台澎兵備道兼提督學政麋奇瑜(1762-1827)，建請重修府城魁星閣，除擔任董事並捐銀六百元。[21]嘉慶二十四(1818)年任普濟殿職員，捐銀四十元，參與由石克纘及三郊等商行所發起的普濟殿重修，事見〈普濟殿重興碑記〉。[22]可知黃鍾岳在乾隆、嘉慶年間是府城頗爲活躍於文教寺廟，且財力雄厚、樂善好施。

再看上述與黃鍾岳活動有交集的其他仕紳，如與黃鍾岳聯合建請修府城魁星閣的陳廷瑜，則與府城監生黃拔萃等人成立引心文社與引心書院。黃拔萃在嘉慶十(1805)年，黃鍾岳任重建彌陀寺董事時，與黃纘共同捐銀一千元，咸豐二(1852)年劉家謀(1814-1855)《海音詩》有詩歌頌他在府城的

2013.10)，頁147。

18　〈重建彌陀寺碑記〉《臺灣南部碑文集成》(臺北市：臺灣大通書局，1987)第九輯，台灣銀行經濟研究室編，頁182，載：「茲寺之興，經畫雖依故地，而規模大擴前基，禪房蘭若、寶殿珠林，殆與法華、竹溪並稱海外勝概焉。」

19　相良吉哉：《台南州祠廟名鑑》(台北縣：大通書局，2002)，頁13。

20　相良吉哉：《台南州祠廟名鑑》，頁32。

21　清・麋奇瑜撰：〈重修魁星閣碑記〉《臺灣南部碑文集成》，頁205，其文：「越甲戌夏，適紳士黃君纘、黃生鍾岳、洪生坤、陳生廷瑜等，以建閣來請，余即捐俸以爲之助，至丙子秋而厥功告成」。

22　〈普濟殿崇興碑記〉《臺灣南部碑文集成》，頁211-216。

善行:「迎年餞臘事休論,爆竹聲中欲斷魂。徵得城西黃太學,一囊夜半忽敲門。」[23]稱讚他由貧致富,好行善事。成立引心文社於呂祖廟以育後進,所需費用都由他捐錢作爲飯食與獎勵。除夕前幾天先預備千金,作爲親朋告急之用,除夕並親自出巡街巷,見不能度歲的就加以資助。黃拔萃子黃化鯉(1781-1837)行善亦不落人後,開澎進士蔡廷蘭(1801-1859),在未中進士前,於道光年間兩度受聘引心書院講席,曾撰〈壽黃春池化鯉廣文〉,大力讚其爲人行事:「英風俠氣薄雲霄,家計裴寬善富饒。傾囊恩周千口活,修城義倡萬金銷」[24],除了修城濟貧,所說的英風俠氣,據《續修臺灣縣志》記載,嘉慶十一年紛擾全臺的蔡牽之亂,黃化鯉以獲蔡牽黨羽許和尙授訓導。[25]另外剿滅蔡牽有功,時任福建水師提督的王得祿(1770-1842),也參與此次黃鍾岳所勸請魁星閣的重建,並捐銀兩百元。

從上述府城士紳的總總善舉,可知當聚落發展到一定的階段,文人仕紳主導建廟興學,是社會發展的自然趨勢。劉枝萬將台灣寺廟之建置分爲三期,第一期爲攜帶香火草創期,第二期爲農村構成期,多土地祠以祈五穀豐登,第三期爲聚落形成街肆期,隨生產力之提高,擁有財富巨資之頭人、總理、仕紳等具好召力,易以鳩資興建宏敞廟宇。就其行爲之社會心理因素,因生活安定,漸見重視子弟教育,其中之一是文昌祠的興建,乃至建立書院,以作爲士子敬業樂群之所。[26]所歸納第三期的社會發展,正可說明府城仕紳如黃鍾岳等人,在生活逐漸安定富饒之下,開始重視子弟教育,興學建廟的用心。

另外,黃鍾岳任重修普濟殿的職員並捐銀之舉,普濟殿以祭祀池王爺或稱池府千歲爲主神,據黃鍾岳所參與重修,嘉慶二十四年由董事石克纘所立的〈普濟殿重興碑記〉中說:「囊者因王戾止,普濟名『殿』,原係『普濟廟』;寧靖王曾經此廟,將廟稱殿」[27]說明此殿命名與南明寧靖王有關,藉改廟爲殿以提升地位。朱鋒在〈台南的普濟殿〉一文引黃叔璥(1682-1758)《臺海使槎錄》卷一寺廟篇中所記陳永華臨危前有人持柬借宅,稱爲池大人,永華亡,土人以爲神,故並祀焉。以及連橫《台灣通史》言延平郡王入臺後,闢土田,興教養,存明朔。及亡,民間建廟以祀,而時已歸清,語多避忌,而以王爺稱。[28]兩段引文認爲普濟殿所祀之池王爺,與民間追念明朝以及陳永華、鄭成功的恩德有關。此說獲得蔡相煇的支持,並認爲〈普濟殿重興碑記〉中所說:「古建已不可考,越向尤無所稽」,是指普濟殿原爲坐東向西之座向,入清以後因不願臣服於清,改廟宇座

---

23 清・劉家謀:《海音詩》,收入全臺詩編輯小組編撰,《全臺詩》第十五冊(臺北市:遠流出版社,2004),頁305。

24 陳益源、柯榮三選注:《蔡廷蘭集》(臺南市:臺灣文學館,2012),頁245。

25 清・謝金鑾、鄭兼才:《續修臺灣縣志》下(台北市:文建會,2007),頁508。

26 劉枝萬:《臺灣民間信仰論集》(臺北市:聯經出版社,1983),頁276-277。

27 〈普濟殿崇興碑記〉《臺灣南部碑文集成》,頁212。

28 朱鋒:〈臺南的普濟殿〉《臺灣風土》第四冊「續民俗與民間文學之部」(臺南市:台南市文化局,2013),頁48-49。

向爲坐西朝東。[29]如此說可信,則普濟殿應當建於明鄭時期。但根據相良吉哉《台南州祠廟名鑑》記載,普濟殿創立於康熙二十五(1685)年,爲信徒自福建割香興建。[30]劉枝萬亦支持此說。[31]康熙二十二年鄭氏滅亡,台灣版圖已歸清,若康熙二十五年創建普濟殿,應不會有寧靖王戾止改廟爲殿之事。然而嘉慶二十四(1818)年的〈重興碑記〉所以如此記載,必有其道理在。

黃鍾岳參與捐助重修普濟殿以及重修與鯤鯓王有南來關係的良皇宮,他雖爲監生身分,對王爺並非以瘟神負面的形象看待。普濟殿位居鎮北坊,號稱是全臺最早的王爺廟,嘉慶二十二年普濟殿所立的對聯:「代天綏北鎮,護國被東瀛」、「普庇臺疆霑聖德,濟扶海宇沐王麻」,用代天綏北鎮、護國東瀛、普庇臺疆、濟扶海宇來表達對池王爺的尊崇,顯現王爺在這些仕紳以及三郊衆多商家眼中,具有保境安民的護國形象。這樣的形象如何形成?自乾隆年間林爽文民變以來,常需仰賴義民平亂。尤其嘉慶年間海賊蔡牽之亂,數度騷擾圍攻府城,劫掠商船,府城居民人心惶惶,如鄭兼才〈紀禦海寇蔡牽事〉所記:嘉慶九年蔡牽入鹿耳門「罄商船所有而去」、嘉慶十年攻安平、郡城「一日中數傳賊入城」、「郊民男婦扶老攜幼至,已閉不得入,相與哭擁街衢」[32],危難當時三郊總義首陳啓良建請,建造從小西門越大西門到小北門,費銀六千的防禦木城。三郊出錢出力,常是郊衆先行,臺令薛志亮再督鄉勇出戰。劉家謀有詩〈大頭家〉說:「莫做大頭家,家大公私急。前年供兵糧,今年助賑荒。」、「台澎一鎮十六營,有事還借三郊兵,如何不使安其生。」[33]再加上民有餘貲,常遭吞噬,稱「公餉」[34]具有強烈保境安民、普庇臺疆、濟扶海宇三者兼而有之、有別於官方力量的王爺信仰,就成了安撫民心重要的精神象徵。然而民間信仰的正統性,歷來仍需官方的加封認證,府城普濟殿王爺,託言明寧靖王戾止、越向改建,其目的皆在此。臺灣王爺信仰來源複雜,有瘟神、歷史人物、近代有功成神、陰神升格等說。[35]南鯤鯓代天府,其來源雖爲王船漂來的瘟神信仰,隨著時代演化,道光二(1822)年廟宇重建完成,次年福建水師提督王得祿以「靈佑東瀛」,首度有官方身分獻匾;道光十五(1835)年益泉號獻對聯:「保赤全台,永鎮鯤鯓施福澤。垂青奕世,曾從鹿耳顯威名」;道光二十五(1845)年福建鎮台澎總兵昌伊蘇獻「光被四表」匾,彰顯王爺保境安民的護國形象,南鯤鯓王爺在民間信仰的力量下,終於受到官方的認可肯定。

三、鯤鯓王南來府城的詩文

石香爐見證嘉慶以後,南鯤鯓王爺與良皇宮兩廟有頻繁往來,紀錄兩廟往來事蹟之詩文,則從

29 蔡相輝:《台灣的王爺與媽祖》(臺北市:臺原出版社,1990),頁86。
30 相良吉哉:《台南州祠廟名鑑》(臺北市:大通書局,2002),頁25。
31 劉枝萬:《臺灣民間信仰論集》,頁263。
32 清・鄭兼才:《六亭文選》,《臺灣文獻叢刊一四三種》(臺北市:台灣銀行經濟研究室,1962),頁57-61。
33 清・劉家謀:《海音詩》,《全臺詩》第十五冊,頁326。
34 清・劉家謀:《海音詩》,《全臺詩》第十五冊,頁295。
35 吳明勳、洪瑩發:《臺南王爺信仰與儀式》(臺南市:南市文化局,2013),頁14。

道光年間，鯤鯓王廟被官方認可之後。咸豐、光緒以來，見於許廷崙(？-？)、劉家謀(1814-1855)、陳肇興(1831-1866)、林占梅(1821-1868)、許南英(1855-1917)等宦臺或臺籍的詩文中。最早見錄於徐宗幹(1795-1866)所刊的《瀛洲校士錄》。道光二十七(1847)年徐宗幹奉旨調任台灣，次年四月繼姚瑩(1785-1853)之後任按察御史銜分巡台灣兵備道兼提督學政，「振興文風，集諸生於海東書院肄業，給其膏火，又時蒞臨講席，為言義理，一時士氣敦厚，競相奮勵，乃選院課刊之。」[36]其中收有許廷崙所做〈保生帝〉、〈鯤鯓王〉兩首，詳載鯤鯓王南來府城良皇宮事。從這兩首詩作，也可約略了解當時的活動時間、參與人員與盛況：

〈保生帝〉

保生帝，不醫國，當醫民。功德在民宜為神。喧騰五月龍舟開，海上王拜帝君來。帝顏微笑送王歸，五色香花夾路飛。霓旌風馬不得見，袂雲汗雨空霏霏。歸來傾篋坐歎息，斗儲忽罄虛朝食。已拋綾錦勞歌喉，又典衣衫換旗色。清時樂事人所為，澆風靡俗神不知，神不知，降祥降殃天無私。[37]

府城保生大帝廟歷史悠久且享盛名的，一在鎮北坊的興濟宮，一為西定坊的良皇宮，許廷崙此詩所寫的保生大帝即是良皇宮所祀。詩中破題即言「保生帝，不醫國，當醫民」，接著敘述鯤鯓王南來的時間在五月，由海路喧騰熱鬧開來，前來府城良皇宮朝拜保生大帝。「帝顏微笑送王歸」，歸去時一路五色香花、袂雲汗雨，鯤鯓王的霓旌風馬被娼家夾路包圍，十分擁擠熱鬧。當廟會激情消歇，回家只能傾篋嘆息，「斗儲忽罄虛朝食」，因為已在這場宗教盛會中，拋綾錦勞歌喉、典衣衫換旗色，將金錢捐獻給廟宇和歌妓。

〈鯤身王〉

落花如塵香不歇，紫簫吹急夕陽沒。靈旂似復小徘徊，解纜風微訖不發。碧波涵鏡逼人清，照見輕妝水底月。龍宮百寶縱光怪，洛水明璫漢臯佩。淫佚民心有識傷，昇平餘事無人續。神來漠漠雲無心，神去滔滔空水深。仕女雜沓舉國狂，年年迎送鯤身王。[38]

此詩著重在描寫送鯤鯓王回程的景象，「落花如塵香不歇，紫簫吹急夕陽沒。」以落花如塵、紫簫吹急兼寫花、音樂與送駕歌妓的男女聯想，巧妙運用了明‧湯顯祖《紫簫記》，李益在上元節拾簫與霍小玉相識的愛情故事，並點出鯤鯓王起駕返航的時間在夕陽西斜時。送駕的人傾城而出，裝滿光怪陸離的龍宮百寶、盛裝打扮明豔有如洛水神女、佩玉漢姝雜沓其間，使人情緒為之瘋狂，恍如置身昇平盛世。送神的船看似依依不捨，「靈旂似復小徘徊，解纜風微訖不發」，直到月色已經照應水面，年年迎送鯤鯓王的活動至此達到高潮。

兩詩分從保生帝、鯤鯓王的角度，完整地勾勒鯤鯓王南來府城的經過。詩人以理智的冷眼看待

36　連橫：《台灣詩乘》(連雅堂先生全集)(南投市：省文獻會，1992)，頁135-136。

37　清‧許廷崙：〈保生帝〉，《全臺詩》第五冊，頁84。

38　清‧許廷崙：〈保生帝〉，《全臺詩》第五冊，頁84。

這場年年的宗教盛會，連橫(1878-1936)在〈鯤鯓王〉詩下有註：「按南鯤鯓在安平之北，距治約二十里，每年五月，其王來郡，駐良皇宮，六月始歸。男女晉香，絡繹不絕，刑牲演劇，日費千金，而勾欄中人祀之尤謹。」[39]說明當時男女為了進香、刑牲演劇，而日費千金，尤其勾欄中人特別活躍，在鯤鯓王年年的迎送之間，民窮財盡卻樂此不疲。然而神來神去，一如雲無心、水空深，使詩人再次感嘆「澆風靡俗神不知」。

道光二十九(1849)年任台灣府學訓導的劉家謀(1814-1855)，於咸豐二(1852)年所寫的《海音詩》也有兩首提到鯤鯓王南來府城事：

競送王爺上海坡，烏油小轎水邊多，短幨三尺風吹起，斜日分明露翠娥。[40]

此詩描寫鯤鯓王回程，郡中婦女多乘著烏油小轎至海邊送行的景象，「斜日分明」說明送駕時間在夕陽西斜時，詩註：「鯤鯓王，俗謂之『王爺』。以五月來，六、七月歸。歸時，郡中婦女皆送至海波上。輕薄之徒，藉言出遊，以覘佳麗。」[41]則補充說明王爺來府時間為五月來，六、七月歸。「短幨三尺風吹起」動態描寫藉由風的撩撥到「露翠娥」，點出整個慶典中微妙的男女關係。而「郡中婦女皆送至海波上」，也和許廷崙詩作所說的：「碧波涵鏡逼人清，照見輕妝水底月」互相呼應。

另一首詩則寫鯤鯓王來府城一個月，府城士庶至良皇宮祈禱膜拜的情形：

解從經史覓傳薪，自有文章動鬼神。夢裡幾曾分五色，年年乞筆向鯤鯓。[42]

「年年乞筆向鯤鯓」說明鯤鯓王於四五月南來府城時，府城的讀書人競向鯤鯓王乞筆以求功名。此詩作者加註：「枕經葄史者，何地無才；而率爾操觚、便求速化，此學人之通病也。鯤鯓王以四五月來郡，祈禱於行宮無虛日；皆攜所乞以歸，明年必倍數酬之，如求利者乞錢、求名者乞筆乞紙之類。」[43]可知南來府城的鯤鯓王，在民間信仰上已超越除瘟、避水、保境安民，而有「求名」、「求利」功能。

府城為全台最早有興學教育之地，明鄭時期鄭經採陳永華之議設全臺首學，是為官方設學之始。明清以後書院義學，也多集中在台南府城，[44]相較於草地，府城較為富裕安定的生活，城民也較重視子弟教育，故有讀書人乞筆、乞紙以求速取功名，和今日應考生至廟求取狀元筆、拿准考證祈求高中意義相近。枕經葄史，百年樹人以育良才所應奠定的基本功夫，反而不被重視。對於這種「率爾操觚、便求速化」的心態，劉家謀另有詩作，可解釋這種現象：「少時了了大時差，游戲徒教誤歲華。莫惜十年遲樹木，飄零容易是唐花。」下註「臺童多早慧，父師教之為應制之文，一學

39　連橫：《台灣詩乘》，頁136。

40　清・劉家謀：《海音詩》，《全臺詩》第五冊，頁290。

41　同前註。

42　清・劉家謀：《海音詩》，《全臺詩》第五冊，頁300。

43　同前註。

44　參林文龍：《台灣的書院與科舉》(臺北市：常民文化，1999)，頁25-31。

而就；書法皆圓整光潤，不難造成大器，第入學之後，束之高閣矣。」[45]一針見血的指出：臺童遊戲誤歲華，造成小時了了卻成不了大器的毛病。

道光末年來台的分巡台灣兵備道徐宗幹〈諭書院生童〉也說：「書院之設，非徒課文詞也，所以造人才、敦士品也……子弟在外多事者，紳富之家居多。」[46]指出紳富之家的子弟常在外惹事。另外他在〈諭郊行商賈〉中進一步說明：三郊不能約束子弟，稍有贏餘，便為習俗所染，其父兄或遠涉他方，以為子弟自有書齋，功課自有師傅督責，其實私行遊蕩，甚至債累滿身，而父兄尚在夢中。[47]這是臺灣郊行商賈子弟常見的弊端。所言「為習俗所染」，黃叔璥《臺海使槎錄》「習俗」篇提到臺地之俗：洋販之利歸於臺灣，故尚奢侈、競綺麗、重珍旨，彼此相倣。賭博父兄不禁，豪健家兒聚少年之徒要盟。[48]分析臺俗人民因有洋販之利，生活競奢侈、賭博、無賴少年結盟不禁，這應該是導致臺童「游戲徒教誤歲華」的原因。仕紳弟子如此，商人娼家也因鯤鯓王帶來人潮，前來「乞錢」，「明年必倍數酬之」，類似現今民間廟宇供人乞錢母之俗。因大受歡迎，所以「祈禱於行宮無虛日」。

淡水竹塹詩人林占梅(1821-1868)於咸豐五(1854)年〈與容談及嵌城妓家風氣偶成〉詩，談及府城妓女參與迎送鯤鯓王及七月盂蘭盆會的熱絡情況：

> 臺郡盛秋娘，相欣馬隊裝（各境七月盂蘭會，夜放水燈，多以妓女裝成故事。年紀至二十餘者，尚辦馬隊；殊不雅觀）；倩粧簪茉莉款客捧檳榔。最尚巫家鬼，頻燒野廟香；儘觀花與柳，須待送迎王（有神曰南鯤身王爺，廟在鹿耳口。每年五月初至郡，六月初始回；迎送之際，群妓盛服，肩輿列於衢道兩傍，任人玩擇）。[49]

整首詩著墨在府城妓女的描寫，詩中特別提到，「儘觀花與柳，須待送迎王」，下註迎送鯤鯓王時，可見群妓盛服，列於兩旁，任人玩擇，說明鯤鯓王南來府城的繞境活動，也為府城妓女帶來商機。

咸豐九(1859)年陳肇興(1831-1866)《陶村詩稿》〈赤崁竹枝詞〉，有詩描寫每到六月，南鯤鯓來的王爺、北港來的天上聖母，皆齊聚府城：

> 荷蘭城外一聲雷，鑼鼓喧闐幾處催。儂向南鯤賽神去，郎從北港進香來。[50]

詩中藉由赤崁城外喧闐如雷的鑼鼓聲，宣告府城有南鯤鯓王爺、北港媽祖的賽神進香活動，[51]並以

45　清•劉家謀：《海音詩》，《全臺詩》第五冊，頁296。

46　清•徐宗幹：〈諭書院生童〉《斯未信齋文編》，《台灣文獻叢刊第八七種》(臺北市：台灣銀行經濟研究室，1960)，頁84。

47　清•徐宗幹：〈諭郊行商賈〉《斯未信齋文編》，頁85-86。

48　清•黃叔璥：《臺海使槎錄》，頁38。

49　清•林占梅：《潛園琴餘草簡編》，《臺灣文獻叢刊第二0二種》(臺北市：台灣銀行經濟研究室，1964)，頁72。

50　清•陳肇興：《陶村詩稿》《台灣文獻叢刊第一四四種》(臺北市：台灣銀行經濟研究室，1962)，頁49。

51　北有媽祖，南有鯤鯓王齊聚府城的迎神賽會，甚至到了日治時期大正3年，《臺灣日日新報》6月23日一則〈神

女性的口吻，點出其中的男女關係。

光緒年間許南英(1855-1917)也對鯤鯓王南來府城，入、停留以及回程時地有詳細的描寫：

鯤鯓王入小西門，一月香煙不斷溫。回駕遍遊城內外，下船時節已黃昏。

詩作扼要點出鯤鯓王從小西門入，停留期間以「一月香煙不斷溫」，說明祂在府城的受歡迎，回駕時還要繞境府城，才在黃昏時返航。

東寧才子丘逢甲(1864-1912)有詩寫府城迎送鯤鯓王的情形：

唱罷迎神又送神，港南港北草如茵。誰家馬上佳公子，不看神仙祇看人。

相約明朝好進香，翻新花樣到衣裳。低梳兩鬢花雙插，要鬥時新上海妝。

鯤鯓香雨竹溪孤，海氣籠沙墨畫圖。襯出覺王金偈地，斑支花蕊綠珊瑚。[52]

詩中點出，在迎送神的進香過程，不看神仙祇看人，神明掃除魍魎、驅除瘟疫、保境安民的神聖意義被模糊化，世俗的男女關係才是進香的重點。詩人以「鯤鯓香雨竹溪孤」，勾勒海邊網罟如畫的鯤鯓廟，以及屋居前後遍植綠珊瑚、黃蕊班支(木棉花)相映襯的竹溪寶地，同時存在著兩個廟宇的世界：一是成雙成對相約進香的世俗男女；一是有「小西天」之稱，佛家出世精神的「了然世界」[53]。

詩文中勾勒出當時鯤鯓王南來府城的輪廓：四、五月海道南來，從小西門入，駐駕良皇宮一個月，期間香火不斷，信徒為求名求利而刑牲演劇，日費千金，到了斗儲忽罄虛朝食的地步。回駕前先遍遊府城內外，直到黃昏，在男女信徒的歡送下，啟程返航。而神祇滿足信眾所求，「明年必倍數酬之」，帶有濃厚的商業性與世俗性。娼家趁鯤鯓王南來府城的駐駕與繞境，人潮可為其帶來財利，不僅積極參與，且「祀之尤謹」，使神聖的信仰有世俗的一面。

詩人在詩中扮演觀察者的角色，並從中反思：鯤鯓王代天巡狩南來府城，其目的在掃除魍魎、保境安民，士庶商家為「求名」、「求利」而「祈禱於行宮無虛日」，歌妓至海邊送駕，引起輕薄之徒的騷動，皆非府城教育子弟所樂見的民風。從文人的書寫，大致傳達出如斯的反省：保生大帝隨著明朝先民來台被立廟祀奉，即使無力挽回明朝滅亡的氣數，也當醫治百姓澆薄、淫佚的陋俗和民心。

上述描寫鯤鯓王南來府城的詩文，大都著重在「駐駕」、「送駕」的過程，以及「歌妓」的描寫，前者鯤鯓王代天巡狩，以掃除魍魎、保境安民的府城巡行，與後者結合形成一種神聖與世俗的微妙關係。韓明士(Robert Hymes)認為台灣的儀式並存兩種模式：一為普遍、非個人和神祇官僚等級的接觸模式；一為個人和地方神祇之間直接接觸模式。所謂官僚體系，神祇在天界有一套和人間官府相似的官僚體系，在天界官府中各司其職，這一套體系的建立者除了地方菁英，朝廷本身對神

駕鼎峙〉的報導，還可見到這樣的盛會。

52　丘逢甲：〈台灣竹枝詞〉，收入《全臺詩》第十五冊，頁64。

53　竹溪寺的「了然世界」為府城四大名匾之一。

祇的加封也推動神仙的官僚圖。私人方面，神祇也是信眾的保護者，對信眾提出宗教服務。[54]這兩種模式也顯現在鯤鯓王南來府城。從官僚體系來看，如許廷崙所言保生大帝應當是醫國醫民的神，從過去歷代對保生大帝的加封：南宋乾道年間封「大道真人」、慶元年間的「忠顯侯」，到明永樂年間的「保生大帝」，歷代官方的加封認可，顯現祂在諸神譜系被推升至帝的神聖位置。在民間信仰上，保生帝不僅是醫神，也管民間的水旱災、盜賊入侵、瘟神行疫、行船遇險，是無所不能的地方保護神。[55]從世俗利益面來考量，鯤鯓王來駐駕，「一月香煙不斷溫」所帶來的信眾及經濟利益，應十分可觀。而鯤鯓王以府城良皇宮為行臺駐駕之地，除了地理位置的方便，兩者的連結，也有著低位階神明向高位階神明參拜的考量。[56]許廷崙詩中所寫「海上王拜帝君來，帝顏微笑送王歸」，其中的帝與王的位階關係，不言而喻。除了經濟的考量，這層帝與王的關係，其目的也在藉保生大帝受官方的認可，以鞏固王爺信仰的正統性。

鯤鯓王以「代天巡狩」代表了祂在民間信仰體系的神聖地位，雖所到之處受信眾歡迎，但一直要到道光三(1823)年，才首度受到王得祿以官方身分獻匾「靈佑東瀛」的認可。鯤鯓王依例臺澎出巡、不斷製造傳說的靈驗，無非是要擴大信仰圈及鞏固其信仰的正統性，而府城的出巡，是使祂的信徒階層，從漁民百姓到商人娼家、仕紳讀書人、官宦等各階層的重要關鍵。使位於北門鯤鯓沙汕，與洪災瘟疫抗衡，加上山海賊侵擾的亂事頻仍，具有原始的瘟神、驅疫、醫神、保境安民，最終走向萬能之神，躍居為「臺灣王爺的總廟」。

四、城西歌妓與水手爺

清代詩人筆下的鯤鯓王南來府城，何以會和府城歌妓緊密連結？最主要的原因是鯤鯓王駐駕的良皇宮位在府城西定坊，府城西區面海，自荷蘭人據臺建安平赤崁二城，即以臺江為貿易通商港口。明鄭時期亦積極對外貿易，以臺灣米糖鹿皮與南洋日本交易。自清朝以後，福建福、興、漳、泉四府人多田少，皆仰賴臺灣之米，雍正四年，開放臺灣商販任許至福、泉等府貿易，[57]是為臺灣郊商之始。康熙六十一(1722)年巡臺御史黃叔璥《臺海使槎錄》〈赤崁筆談〉談臺江內海形勢紀錄當時的俗諺；「鯤鯓響，米價漲。」[58]說明臺江若起大浪，船行停開，將影響福建的米價。所謂郊行，掌握商業經營中心為「行」，結合同業以確保商業信用的團體組織為「郊」。府城三郊為「北郊」、「南郊」、「港郊」，以雍正三年來臺貿易的蘇萬利、金永順、李勝興為蒿矢。[59]臺江日漸

54　〔美〕韓明士(Robert Hymes)著，皮慶生譯：《道與庶道：宋代以來的道教，民間信仰和神靈模式》(南京：江蘇人民出版社，2007)，頁245。

55　周茂欽：《臺南大道公信仰研究》(臺南市：南市文化局，2013)，頁19-26。

56　王見川：〈光復前(1945)的南鯤鯓王爺廟初探〉，《北臺通識學報》第2期(2006年)，頁105。

57　陳衍：《台灣通紀》《臺灣歷史文獻叢刊》(南投市：台灣省文獻委員會，1993)，頁121。

58　清・黃叔璥：《臺海使槎錄》(臺北市：臺灣銀行經濟研究室，1957)，頁7。

59　〔日〕伊能嘉矩：《臺灣文化志》(下)(臺中市：台灣省文獻委員會，1991)，頁2。

淤積後，有賴五條港水路的運輸，五條港分由五大姓蔡郭黃盧許所把持，劉家謀有詩說：「蔡郭黃盧大姓分，豪強往往虐榆枌。那知拔戟能成隊，五色旌旗趨海濆。」[60]說的是五大姓為霸一方，但若遇賊亂也能守禦郡城。城西區在雍正乾隆以後，逐漸發展成為繁榮的商業區，港口碼頭工人聚集，娼家自然林立。根據許丙丁〈台南教坊記〉所說清代府城的娼家多設在大西門城邊及水仙宮一帶。因港道分流到此，商賈必經之地，另外佛頭港、南勢街、北勢街也都茶樓酒肆聚集。[61]

陳肇興在〈赤崁竹枝詞〉詩中提及水仙宮外，為有名的城西風化區，可為佐證：

> 水仙宮外是儂家，來往估船慣吃茶。笑指郎身似錢樹，好風吹到便開花。[62]

詩中動態的以「笑指」，明白說明娼家以郎為搖錢樹的到來，來往的生意人習慣在此吃茶流連。

丘逢甲(1864-1912)則寫出文人與歌妓之間的風流韻事：

> 水仙宮外水通潮，潮去潮來暮又朝。幾陣好風吹得到，碧桃花下聽吹簫。[63]

水仙宮因地處五條港水路便利之處，潮來潮去自然吸引很多弄潮客來尋花問柳。

在五條港討生活的府城娼家，隨著鯤鯓王南來府城帶來生意，不僅「祀之尤謹」，也祭祀起水手爺。林占梅詩中提到「最尚巫家鬼，頻燒野廟香」，說明娼家有詭秘的祭祀之俗。至於娼家如何祭祀水手爺，連橫《雅言》載：「臺南勾闌之中，祀一紙偶，曰：『水手爺』，即南鯤鯓王之水手也。龜子、鴇兒每夕必焚香而祝曰：水手爺，腳蹺蹺，面繚鐐，保庇大豬來進稠…此為一種呪語，野蠻人每用之」[64]可知，水手爺是一紙偶，娼家於每夕焚香祝禱，口唸咒語，嫖客就會像愚癡的大豬一樣，被迷惑把錢花光。所以祭祀紙偶水手爺，是娼家的一種咒術。

朱鋒在〈古碑拾遺〉「重修良皇宮碑」中提到，保生大帝是掌醫藥之神，此廟接近秦樓楚館密集的城西地帶，因何原因和娼家結了不解之緣？原因在鯤鯓王自清中葉每年南巡府城，駐駕此廟為行宮，帶來人潮與活潑商機，尤以娼家受益最大，「回駕時還遺留一水守爺於此廟，自是以後，廟宇娼家結了一段姻緣。」[65]文中所說良皇宮與娼家結下不解之緣，來自於鯤鯓王南來府城，然而良皇宮是否留有水手爺供人祭祀，頗令人懷疑，考察良皇宮目前確實有供奉五尊王爺，但並非水手爺。水手爺應該只是娼家私下祭祀紙偶，所施行的一種咒術。朱鋒另文〈「鯤鯓王」與「水守爺」〉則更詳細說明娼家如何祀奉水手爺，不僅孝敬鯤鯓王，且對其侍從水手爺格外巴結，水手爺大批一到，爭前恐後為其更換新衣，並備辦豐富的佳餚孝敬，「每於回駕後，象其形體，糊一紙偶，置於廳堂棹下，一到黃昏燒香祈念：『水守爺，腳蹺蹺，面皺皺，保庇大豬來進稠…』」[66]說明娼家在鯤鯓王來時除了為其換新衣、備辦佳餚，走後還糊紙偶水手爺於廳堂之下，每夕祝禱。

60　清・劉家謀：《海音詩》，《全臺詩》第五冊，頁296。

61　許丙丁：《許丙丁作品集》(臺南市：臺南市文化中心，1996)，頁470。

62　清・陳肇興：《陶村詩稿》，頁48。

63　丘逢甲：〈台灣竹枝詞〉，《全臺詩》第十五冊，頁64。

64　連橫：《雅言》，《連雅堂先生全集》，頁37。

65　朱鋒：〈古碑拾遺〉，林佛兒總編輯，《臺灣風土》第二冊，頁147。

66　朱鋒：〈「鯤鯓王」與「水守爺」〉《南臺灣民俗》(臺北市：東方文化，1971)，頁143。

　　娼家祭祀水手爺的風俗,被許丙丁寫入《小封神》,於1931-1932年在《三六九小報》連載的台語原版〈報司爺見色失醋〉回中,提到金魚仙到重慶寺偷走報司爺的醋矸,往新町水手爺的所在去。金魚大仙因怕水手爺討猴賬,將自己原形隱住。見水手爺展一枝迷魂幡,好厲害。[67]日治時期的新町,即今之康樂街,是當時有名的風化區。1956年,許丙丁中文改版,增加了回目,在第十一回〈報司爺迷色失醋〉中將新町改爲大知街,也是台南有名的銷金窟,並將原先拿著迷魂幡的水手爺一段增加內容,反映當時娼家養女被虐事。藉金魚仙之口感嘆:「我在鹿角洞裡,倒是逍遙自在,看到人間分明是地獄」,趁機將水手爺的迷魂幡偷走。[68]這裡許丙丁將娼家祭祀水手爺的事,寫入《小封神》的〈報司爺見色失醋〉回中,接在金魚仙偷重慶寺報司爺的醋矸之後。也許是《小封神》刊出後大受歡迎,於是有重慶寺的速報司是水手爺之說。誠如連橫所說:「此爲一種呪語,野蠻人每用之」,王爺作醮,中軍府常設有紙糊差役,隨後會安置在王船跟隨燒化,良皇宮雖有五王陪祀,並無祭祀娼家水手爺的詭秘之俗,俗傳重慶寺掌醋矸的速報司爲水手爺,亦爲誤解。

　　府城五條港的水道漸淤積,離海日遠,滄海變桑田,從陳肇興(1831-1866)在咸豐九年寫的〈赤崁竹枝詞〉:「水淺蓬萊海又乾,安平晚渡踏成阡。鴻泥回首滄桑改,只閱春光十二年。」[69]可見幾年之間,安平已與府城陸連。而過去描寫水仙宮繁忙的水上景象:「東溟西嶼海潮通,萬斛泉源一葉風。日暮數聲欸乃起,水船都泊水仙宮。」[70]也淤積陸地化。

　　另外位在小西門內的良皇宮,在連橫(1878-1936)〈小西門外近海頗有水村風景閒行到此口占一詩〉中也可見到良皇宮外有村風的景象:

　　　　迢遞層城路可通,小西門外有村風。曉雲含雨珊瑚綠,夕照回光硇砂紅。結網漁人談海熟,
　　　　迎香鄉老祝年豐。歸來小憩榕陰下,燈火輝煌大道宮。[71]

昔日小西門外,面臨大海,設有砲台,在光緒年間小西門外已成村落,以綠珊瑚圍籬、硇砂石圍墻,大道宮成鄉老漁民歸來小憩之處,燈火輝煌依然是府城人的信仰中心。

　　日據時期,五條港雖淤積沒落,鯤鯓王南來府城仍不間斷,直到民國3(1914)年,還可從《台灣日日新報》6月23日的新聞,看到當年府城迎接南鯤鯓王於下大道公廟,與其他神明熱鬧的「神駕鼎峙」盛會報導:

　　神駕鼎峙

　　本島人民,沿舊時積習,信奉神明,糜費巨金,在所不惜。現時南鯤鯓王爺稅駕於大道公廟
　　中。北港天上聖母駐駕於檨仔林街。岡山超峰寺佛祖亦降臨七良境街廟中,鼎足而三。每
　　日紅男綠女,前往參香者絡繹不絕。過午或島優演劇,或藝妓彈唱,各極其盛,入夜尤爲熱

67　許丙丁:〈小封神〉《許丙丁作品集》上(台南市:南市文化局,1996),頁30。
68　同上註,頁102-103。
69　清‧陳肇興:〈赤崁竹枝詞〉,《全臺詩》第九冊,頁237。
70　同上註,頁237。
71　連橫:〈小西門外近海頗有水村風景閒行到此口占一詩〉,《全臺詩》第三十冊,頁88。

　　鬧，於此可見迷信之一端也。[72]

從新聞可看見鯤鯓王駐駕大道公廟與北港天上聖母、岡山超峰寺佛祖，齊聚府城，島優演劇、藝妓彈唱，男女進香，熱鬧府城的六月天。

　　良皇宮目前還保留一張日據時期，鯤鯓王南來府城行臺的路關紙，上書「敬奉 開山王南鯤鯓四安境良皇宮行臺」，[73]可藉以了解當時鯤鯓王要回駕前的府城繞境路線。換成今之路線圖來看，午前十一點州廳(今臺文館)前集齊，正午出發合，繞行大半個臺南，下船回駕也應該要黃昏時節。

　　民國4(1915)年，臺南府城因祀奉王爺的西來庵發生抗日事件，頗遭當局忌諱，祀奉王爺的白龍庵、西來庵以及鯤鯓王紛紛銷聲匿跡。當年《台灣日日新報》一則8月8日的〈神亦有盛衰耶〉的報導，可以作為佐證：

> 台南市歷年自舊曆六月初一日起，白龍庵、西來庵則同日開堂。中旬先後繞境兩日，然後趨瘟出海。腫事增華，各極其盛。而南鯤鯓王爺亦稅駕下大道保生大帝廟中。各街備品致祭，亦極盛況，各青樓龜子祭品尤豐。回駕之時，尤為熱鬧，馬隊藝棚鑼鼓，以數十隊計，率以為常。本年白龍庵、西來庵俱不開堂，自無繞境趨瘟之舉，即鯤鯓王亦不稅駕，據各匿跡消聲。惟大媽祖宮因新塑天后神像，其應如響……，由此觀之，神亦有盛衰也。[74]

從這則報導可知，在民國4年之前，農曆6月府城仍循往例迎鯤鯓王，熱鬧非凡，尤其點出「青樓龜子祭品尤豐」。但當年白龍庵、西來庵和鯤鯓王，都因西來庵事件而銷聲匿跡，唯獨大媽祖宮及普濟殿照常活動。西來庵事件，是真正促使年年南來的鯤鯓王，不再出巡府城，結束自清朝以來超過半世紀的府城駐駕之因。

　　民國11(1922)年6月27日的《台灣日日新報》刊載了一則〈南鯤鯓王爺〉的報導說，王爺不再如舊清時代例常出巡，是因「鑑於時世不同，未便舉行」，但「與諸董事等，種種考慮」，決定有希望到廟迎王往該地方出巡繞境者，可直接前臨交涉。[75]於是當年有王爺出巡澎湖三個月之行。由此報導可知南鯤鯓王爺，雖不再循舊清時代，例常出巡，但是為廟宇的經營考量，出巡是維持廟宇經營的必要策略。

　　隨著南鯤鯓的開發，廟宇本身更見宏偉，依往年六月出巡府城的南鯤鯓王，在民國18(1929)年有則〈南鯤鯓王爺，廢燒金易賽錢，兩日得三千餘元，修繕廟宇〉的報導，記載只是6月3、4兩日，就有信眾三萬五千人，遠自高雄臺中來。廢止燒金，改為賽錢，多至三千五百圓。[76]從中可見南鯤鯓廟在當時所擁有的信眾及廣大的信仰圈。南鯤鯓廟在財力逐漸雄厚之餘，漸漸支持起在地的

72　〈神駕鼎峙〉，《台灣日日新報》第6版(1914年6月23日)。

73　〈四安境下大道北線尾良皇宮導覽簡介〉，臺南市四安境下大道良皇宮董事會。

74　〈神亦有盛衰耶〉，《台灣日日新報》第6版(1915年8月28日)。

75　〈南鯤鯓王爺〉，《台灣日日新報》第6版(1922年6月27日)。

76　〈南鯤鯓王爺〉，《台灣日日新報》第4版(1929年6月8日)。

藝文活動，如民國23(1934)年北門地區的詩人，於南鯤鯓廟重修落成後舉辦聯吟。[77]而北門、將軍因當地人才輩出，自日據時期起，詩社如嶼江吟社、白鷗吟社、琅環詩社等，如雨後春筍般發跡於南鯤鯓附近，臺灣光復以後更為昌盛。[78]詩人的謳歌改在南鯤鯓廟舉行，吟詠的對象也逐漸轉移為謁南鯤鯓廟宇本身。良皇宮與鯤鯓王行臺府城這段文人筆下的佳話，遂成為歷史。

五、結論

自清中葉以來，位於倒風內海的鯤鯓王，每年固定巡狩府城、麻豆、鹽水三地，只有府城巡狩，從道光年間起有詩文紀錄，可略窺此宗教盛事的端倪。歸納詩文所見，鯤鯓王巡行府城的描述，有以下幾點淺見：

其一、詩文描寫多聚焦在鯤鯓王從小西門入與送駕至海坡過程，舉國瘋狂的描寫，凸顯駐駕小西門內的良皇宮，有當時運用台江內海，地理位置方便的時空背景考量。

其二、許廷崙詩中所寫「海上王拜帝君來，帝顏微笑送王歸」，鯤鯓王何以選擇駐駕在良皇宮，其中的帝與王的關係，除了是低位階神向高位階神參拜，其目的也在藉保生大帝受官方的認可，以鞏固王爺信仰的正統性。對於遲至道光三(1823)年，才首度受到王得祿以官方身分獻匾「靈佑東瀛」認可的鯤鯓王，尋求官方的認可或加封，確立自身的正統性，是有必要的。

其三、鯤鯓王依例臺澎出巡、不斷製造傳說的靈驗，以擴大信仰圈及鞏固其信仰的正統性，而府城的出巡，是使他的信徒，從漁民百姓擴大到商人娼家乃至仕紳文人、官宦如黃鍾岳、王得祿等上流階層支持的重要關鍵。

其四、鯤鯓王駐駕良皇宮，在地理上接近城西商業區，商人娼家因鯤鯓王帶來人潮，前來「乞錢」，明年必倍數酬之，且「祈禱於行宮無虛日」，帶有濃厚的商業性與世俗性。娼家私祀紙偶水手爺，每夕焚香祝禱，成為一種詭秘之俗。鯤鯓王南來府城駐駕良皇宮，如丘逢甲詩所言：「鯤鯓香雨竹溪孤」，其中的「鯤鯓香雨」恰為鯤鯓王行臺，娼家祀之尤謹做了最佳詮釋。

其五、從詩文可見鯤鯓王年年南來府城駐駕，自清中葉至日治大正3年，歷史超過半世紀，事件的紀錄、對府城風俗所帶來的影響，以及文人的批判，補足方志缺乏記載的缺憾。鯤鯓王代天巡狩，主要在驅除瘟疫魍魎、代天理陰陽分黑白、勸善改惡，要世人修真消末劫，[79]具有神聖的宗教意義。然而鯤鯓王南來，府城為全臺首學、文風鼎盛之地，駐駕期間，府城讀書人競相乞筆、乞紙

---

[77] 〈曾北聯吟會〉，《台灣日日新報》第8版(1934年10月20日)。

[78] 吳新榮：〈南鯤鯓代天府沿革誌〉，收入《南瀛雜俎》(南瀛文獻叢刊第四輯)(臺南縣：南縣政府，1982)，頁215-216。

[79] 參南鯤鯓代天府正門對聯，相傳嘉慶二十五(1820)年諸羅(嘉義)巡狩時，與縣令相遇於途，互不相讓，神附身農夫，寫下：「代天府理陰陽，但願遷善惡改，一道修真消末劫。巡狩間分黑白，非因紙獻錢燒，百般貢媚免災殃。」後由台南舉人羅秀惠修改，湖北姚濱揮毫，掛在寺廟正門。

以求速取功名，劉家謀分析這種「率爾操觚、便求速化」的心態，認爲是「游戲徒教誤歲華」，造成「少時了了大時差」、「飄零容易是唐花」的結果。而臺俗競奢侈，從鯤鯓王駐駕期間，男女士庶爲了進香、刑牲演劇，日費千金到典衣虛朝食，卻樂仍此不疲。雖然鯤鯓王代天巡狩，強調勸人改惡遷善：「非因紙獻錢燒，百般貢媚免災殃」，但人們著眼於世俗面的滿足，在「仕女雜沓舉國狂」的過程，模糊了宗教的神聖意義，使詩人感嘆「澆風靡俗神不知」。

民國103年正逢甲午(2014)年，南鯤鯓代天府做六十年一次的建醮大典，於11月1、2日兩天，出巡臺南「巡禮會香」，南鯤鯓代天府作爲臺灣王爺的總廟，此次府城巡禮，不是不對等的上下關係，而是具有特殊兄弟情誼的「會香」。第一天先在市政府集合，由良皇宮接駕，晚上駐駕良皇宮，次日巡行府城，至晚上十點，在小北夜市送鯤鯓王走陸路回駕，距上次民國3年(1914)年的府城巡行，恰好滿百年。

參考書目

一、史料

清・王禮：《臺灣縣志》，《臺灣史料集成：清代臺灣方志彙刊》(臺北市：文建會，2005)

清・丘逢甲：《柏莊詩草》，全臺詩編輯小組編纂：《全臺詩第拾伍冊》(臺北市：遠流出版社，2011)

清・林占梅：《潛園琴餘草簡編》，《臺灣文獻叢刊第四四種》(臺北市：台灣銀行經濟研究室，1959)

清・郁永河：《裨海紀遊》，《臺灣文獻叢刊第二0二種》(臺北市：台灣銀行經濟研究室，1964)

清・徐宗幹：《斯未信齋文編》，《臺灣文獻叢刊第八七種》(臺北市：台灣銀行經濟研究室，1960)

清・許南英：《窺園留草》，全臺詩編輯小組編纂：《全臺詩第拾壹冊》(臺北市：遠流出版社，2008)

清・陳肇興：《陳肇興集》(臺南市：台灣文學館，2011)

清・黃叔璥：《臺海使槎錄》，《台灣文獻叢刊第四種》(臺北市：台灣銀行經濟研究室，1957)

清・劉家謀：《海音詩》，全臺詩編輯小組編纂：《全臺詩第五冊》(臺北市：遠流出版社，2004)

清・蔡廷蘭著，陳益源、柯榮三選注：《蔡廷蘭集》(臺南市：台灣文學館，2012)

清・蔣毓英：《台灣府志》，《臺灣史料集成：清代臺灣方志彙刊》(臺北市：文建會，2004)

清・謝金鑾、鄭兼才：《續修臺灣縣志》，《臺灣史料集成：清代臺灣方志彙刊》(臺北市：文建會，2007)

連橫：《臺灣詩乘》，《台灣文獻叢刊第六四種》(臺北市：台灣銀行經濟研究室，1960)

連橫：《雅言》，《台灣文獻叢刊第一六六種》(臺北市：台灣銀行經濟研究室，1963)

臺灣銀行經濟研究室編：《台灣南部碑傳集成》上下，《臺灣歷史文獻叢刊》(南投市：台灣省文獻委員會，1999)

陳衍：《臺灣通紀》，《臺灣歷史文獻叢刊》(南投市：台灣省文獻委員會，1993)

二、近人著作

王碧蕉：〈南鯤鯓廟的傳說〉，林佛兒編：《台灣風土》第四冊「續民俗與民間文學之部」(臺南市：南市文化局，2013)

王見川：〈光復前(1945)的南鯤鯓王爺廟初探〉《北臺通識學報》第二期，2006，頁94-105。

朱鋒(莊松林)：《南台灣民俗》(臺北市：東方文化，1971)

朱鋒(莊松林)：〈古碑拾遺〉，林佛兒編：《台灣風土》第二冊「考古與原住民之部」(臺南市：南市文化局，2013)

吳新榮：〈南鯤鯓廟代天府沿革誌〉，《南瀛雜組》《南瀛文獻叢刊第四輯》(臺南縣：臺南縣政府，1982)

林文龍：《台灣的書院與科舉》(臺北市：常民文化，1999)

林玉茹：〈潟湖、歷史記憶與王爺崇拜——以清代鯤鯓王信仰的擴散為例〉《臺大歷史學報》第43期，2009，頁43-86。

吳明勳、洪瑩發：《臺南王爺信仰與儀式》(臺南市：南市文化局，2013)

周茂欽：《臺南大道公信仰研究》(臺南市：南市文化局，2013)

許丙丁：《許丙丁作品集》上下(臺南市：南市文化中心，1996)

黃文博：《南鯤鯓代天府王爺進香期》(臺南市：南市文化局，2013)

劉枝萬：《臺灣民間信仰論集》(臺北市：聯經出版社，1983)

蔡相煇：《臺灣的王爺與媽祖》(臺北市：臺原出版社，1990)

趙文榮：〈清代台南地區文教的發展與仕紳階級的形成〉《臺南文化》新50期，2001，頁12-35。

謝奇峰：《臺南府城聯境組織研究》(臺南市：南市文化局，2013)

謝貴文：〈清代南鯤鯓廟興盛原因之探討—以民間傳說爲主要分析對象〉《臺灣文學研究彙刊》第十七期，2015，頁1-34。

〔日〕三尾裕子：〈王爺信仰的發展：台灣與中國大陸之歷史和實況的比較〉收入徐正光、林美容主編：《人類學在台灣的發展：經驗研究篇》(台北市：中研院民族所，2004)，頁31-67。

〔日〕伊能嘉矩：《臺灣文化志》下卷(中文版)(臺中縣：臺灣省文獻委員會，1991)

〔日〕相良吉哉：《台南州祠廟名鑑》(臺北市：大通書局，2002)

〔美〕韓明士(Robert Hymes)《道與庶道：宋代以來的道教，民間信仰和神靈模式》(南京：江蘇人民出版社，2007)

三、報紙

〈神駕鼎峙〉，《台灣日日新報》第6版(1914年6月23日)。

〈神亦有盛衰耶〉，《台灣日日新報》第6版(1915年8月28日)。

〈南鯤鯓王爺〉，《台灣日日新報》第6版(1922年6月27日)。

〈南鯤鯓王爺〉，《台灣日日新報》第4版(1929年6月8日)。

〈曾北聯吟會〉，《台灣日日新報》第8版(1934年10月20日)。

「高宗諒陰」考

陳鴻森[*]

一、問題之提出

　　《論語・憲問篇》子張問「高宗諒陰」章，係先秦儒家經說影響中國古代喪服制度極爲關鍵之一章。子張所問《尚書》「高宗諒陰，三年不言」史事，見於今本《尚書・無逸篇》。惟覈《尚書》原文，此係成王即位後，周公稱述殷代三位賢君及周文王黽勉勤政之史事，以誠成王當知民生稼穡之艱難，施政應「治民祗懼」，不可荒逸。《尚書》原文具在，其說與國君居喪初無關係。由《論語》此章孔門師弟問答之語繹之，蓋春秋末年，「高宗諒陰」事實本末已漸茫昧，「諒陰」二字之本義久失其解，以致孔門傳訛，「高宗諒陰，三年不言」二語，漸譌變爲先秦、秦漢儒家推行「三年之喪」說主要之歷史依據。「諒陰」二字則演化爲「居喪」、「凶廬」、「心喪」等義之代稱；而「諒陰不言」則成新君「居喪」之行爲規範。

　　按「諒陰」一詞，秦漢載籍亦書作「諒闇」、「涼陰」、「亮闇」、「梁闇」、「諒暗」等，其字不一，詞義則同，段玉裁《古文尚書撰異》云：「『諒』、『涼』、『亮』、『梁』古四字同音，不分平仄也。『闇』、『陰』古二字同音，在侵韵，不分侵、覃也。」[1] 一九七三年，河北定州八角廊村出土漢墓竹簡《論語》，此章已殘損，惟「書云□□□音，三年不言」諸字尙可辨，[2] 其字作「音」，亦同音假借。「諒陰」之義，[3] 舊有二說，馬融、孔《注》等訓爲「信默」，鄭玄則解爲「凶廬」，然此二義與《尚書・無逸篇》本文並未密合，故朱熹《論語集注》訓解「高宗諒陰」之文，直言：「諒陰，天子居喪之名，未詳其義。」[4] 清代學者雖多株守鄭玄「凶廬」之說，然此說自魏晉以來學者即多疑辭，前儒積疑，依然莫釋。當代學者雖不乏論及「高宗諒陰」文義及史事者，[5] 然類皆依違馬、鄭舊說，各尊所聞，各從其是。間有疑舊說未安嘗試提出新解者，則多

---

[*] 中央研究院歷史語言研究所兼任研究員。

[1] 段玉裁《古文尚書撰異》，《經韵樓叢書》本，卷二十二，頁4。

[2] 河北省文物研究所定州漢墓竹簡整理小組《定州漢墓竹簡論語》，1997年，北京：文物出版社，頁67。

[3] 按本文引用群籍，「亮闇」、「梁闇」、「涼陰」諸字各隨原文；而文中論述，則從今本《論語》作「諒陰」。

[4] 朱熹《論語集注》，嘉慶十六年，吳志忠眞意堂刊本，卷七，頁21。

[5] 顧頡剛〈高宗諒陰〉，收於氏著《史林雜識初編》，1963年，北京：中華書局，頁100－103；李民〈高宗「亮

割裂文義,覈諸《尚書》前後文脈,卒未可通。管見所及,迄今並未見有足資信據之新解,「諒陰」原義爲何,依然懸而未決。本文之用意有三,一則擬由現存先秦語料,鉤稽「諒」字湮薶之古義,考證《尚書》周公所言「高宗諒陰」之原意;再則藉由西漢新君繼位史事,推證殷高宗「諒陰不言」之歷史眞相,以見口傳歷史時代,史事傳述譌變之樣態;其三則由秦漢學者引例,分析「高宗諒陰」與「三年之喪」衍生之關係,並尋溯儒家「三年之喪」說形成之痕跡。

二、「高宗諒陰」解

《論語・憲問篇》載:

> 子張曰:「《書》云:『高宗諒陰,三年不言』,何謂也?」子曰:「何必高宗?古之人皆然。君薨,百官總己以聽於冢宰三年。」[6]

皇侃《論語義疏》釋此章章旨云:「子張讀《尚書》,見之不曉,嫌與世異,故發問孔子何謂也。」[7]惟孔子並未直接回答子張所問「諒陰」何義?或「高宗諒陰,三年不言」其事如何?孔子將話題轉移,謂非止「高宗諒陰」,古之人亦皆如此,古代「君薨」,嗣君莫不「諒陰,三年不言」,百官則「總己」聽命於冢宰。孔子雖未明白答覆何謂「諒陰」,然由「君薨」云云之語,可知孔子顯然將「諒陰」指實爲新君居喪也,所謂「三年不言」,則因嗣君居喪哀慟,無心政務,故由冢宰攝行國政,由是「群臣百官不復諮詢於君」,「皆束己職,三年聽冢宰,故嗣王君三年不言也」。[8]

《禮記・檀弓篇》亦記此事,文字微異:

> 子張問曰:「《書》云:『高宗三年不言,言乃讙』,有諸?」仲尼曰:「胡爲其不然也。古者天子崩,王世子聽於冢宰三年。」[9]

此載子張問《尚書》所記「高宗三年不言」,是否果有其事?孔子答言「胡爲其不然也」,認爲此事殊不足異,古者天子崩,則由冢宰代行其政三年,非惟高宗如此,其他王世子亦莫不「聽於冢宰三年」。〈檀弓篇〉子張所問,雖未語及「諒陰」一詞,然與《論語》所問者當同一事,當時孔門

陰」與武丁之治〉,《歷史研究》1987年第2期,頁140-141;何發甦〈「高宗諒陰,三年不言」說解試析——兼論孔子對《書》的闡釋〉,《殷都學刊》2010年第2期,頁10-15;易寧〈《史記》載「高宗亮陰三年不言」考釋——兼論司馬遷敘史「疑則傳疑」〉,《北京師範大學學報》2010年第6期,頁66-71;楊華〈「諒闇不言」與君權交替——關於「三年之喪」的一個新視角〉,收於氏著《古禮新探》,2012年,北京:商務印書館,頁48-86;井之口哲也〈「高宗諒陰三年不言」小考〉,2008年,《國際儒學研究》第16輯,頁196-205。

6 《論語注疏》,嘉慶二十年,江西南昌府學刊本,卷十四,頁16。

7 皇侃《論語義疏》,鮑氏《知不足齋叢書》本,卷七,頁44。

8 此用皇侃之說,同上注。

9 《禮記注疏》,南昌府學刊本,卷九,頁29。

弟子各有所記，所載異辭耳。《論語》文強調「古之人皆然」，則「諒陰」者非獨高宗爲然；〈檀弓〉之文，孔子雖強調古者君薨，「王世子聽於冢宰三年」，則百官當亦「總己聽於冢宰三年」，二者文異而義同，則此章所記應爲孔門實事，非秦漢儒者虛造之說。惟檢現存先秦、漢初群籍，凡言及「諒陰」者俱屬殷高宗一人，並未見其他三代君薨有稱「諒陰」之例者，則孔子所謂「何必高宗，古之人皆然」，似非史實，此其可疑者一也。其次，詳繹《尚書》前後文意，益見孔門將「諒陰」解爲「居喪」之非。按《尚書·無逸篇》載：

> 周公曰：「……其在高宗，時舊勞于外，爰暨小人作。其即位，乃或亮陰，三年不言。其惟不言，言乃雍。不敢荒寧，嘉靖殷邦。至于小大，無時或怨。肆高宗之享國五十有九年。」[10]

此即子張問「高宗諒陰，三年不言」原始出典。依《尚書》本文，成王親政之初，周公恐其忽忘先人創業維艱，安於逸樂，故作〈無逸〉以誡之，欲成王常念生民稼穡之艱難，勤恤民隱，國家乃可長治久安。因以前代爲鑑，舉殷代賢君三人，中宗因「嚴恭寅畏，天命自度，治民祗懼，不敢荒寧」，故能享國七十五年；而高宗武丁即位後，「乃或亮陰，三年不言」，「不敢荒寧，嘉靖殷邦。至于小大，無時或怨」，故享國五十九年；祖甲則「知小人之依，能保惠于庶民，不敢侮鰥寡」，故享國三十有三年。自是厥後，殷代諸君率「不知稼穡之艱難，不聞小人之勞，惟耽樂之從」，故皆「罔或克壽，或十年，或七八年，或五六年，或四三年」。[11]

今繹周公之語，其言武丁即位後，「乃或亮陰，三年不言。其惟不言，言乃雍」，則「諒陰」顯爲高宗返都即位後個人非常之舉，故周公特地言之。倘「古之人皆然」，王世子莫不「諒陰，三年不言」，則周公特稱高宗「乃或諒陰」，豈非詞費？正因高宗「諒陰」爲異常行爲，故先秦、兩漢學者常引爲話題，如《呂氏春秋·重言篇》言：

> 人主之言，不可不慎。高宗，天子也，即位諒闇，三年不言，卿大夫恐懼，患之。高宗乃言曰：「以余一人正四方，余唯恐言之不類也，茲故不言。」古之天子其重言如此，故言無遺者。[12]

《淮南子·泰族篇》亦言：

> 高宗諒闇，三年不言，四海之內，寂然無聲；一言聲然，大動天下。[13]

此俱以「諒闇三年不言」爲高宗即位後特異之行。《呂覽》謂高宗所以「三年不言」，乃因其初即位，以一人率正四方，「唯恐言之不類」，故而不言；惟其謹愼於言，故言無所失。《淮南子》則謂高宗「諒闇三年不言」，舉國「寂然無聲」，其後「一言聲（歆）然」，天下大動。此與《尚書·無逸》所言高宗「諒陰」，俱強調其「不言」，與居喪並無關係。《史記》載高宗「三年不

10　《尚書注疏》，南昌府學刊本，卷十六，頁10。

11　同上注，卷十六，頁10—12。

12　王利器《呂氏春秋注疏》，2002年，成都：巴蜀書社，頁2135—2137。

13　劉文典《淮南鴻烈集解》，1989年，北京：中華書局點校本，頁663—664。

言」者有兩處，一爲〈殷本紀〉：

> 帝小乙崩，子帝武丁立。帝武丁即位，思復興殷，而未得其佐，三年不言，政事決定於冢
> 宰，以觀國風。武丁夜夢得聖人，名曰說，以夢所見視群臣百吏，皆非也。於是迺使百工營
> 求之野，得說於傅險中。是時說為胥靡，築於傅險。見於武丁，武丁曰是也，得而與之語，
> 果聖人，舉以為相，殷國大治。……武丁修政行德，天下咸驩，殷道復興。[14]

一即〈魯周公世家〉：

> 周公歸，恐成王壯，治有所淫佚，乃作〈多士〉，作〈毋逸〉。〈毋逸〉稱：「……其在高
> 宗，久勞于外，為與小人作。其即位，乃有亮闇，三年不言，言乃讙。不敢荒寧，密靖殷
> 國，至于小大無怨，故高宗饗國五十五年。」[15]

〈殷本紀〉雖未用「諒陰」、「亮闇」之語，然據「三年不言，政事決定於冢宰」之文，知亦指高
宗即位後，「諒陰不言」也。而高宗所以不言，則為「思復興殷」，以謀匡復之道。〈周公世家〉
則全本《尚書‧無逸》之文。按《史記》襲用《尚書》文，常將原文作適度語譯，以便讀者理解。
而〈殷本紀〉省略「亮闇」之語，〈周公世家〉則沿仍《尚書》「亮闇」之文，未另加詮解，蓋
「諒陰」本義，孔門當日已不得確解，史遷之時益莫聞其詳矣。

考「諒陰」之義，舊有二解，《漢書‧五行志》言：「殷道既衰，高宗承敝而起，盡涼陰之
哀」，顏師古《注》：

> 涼，信也；陰，默也。言居哀信默，三年不言也；涼，讀曰「諒」。一說：涼陰，謂居喪之
> 廬也，謂三年處於廬中不言。[16]

顏氏所稱「信默」一義，即本馬融之說；而「居喪之廬」則鄭玄義也。《晉書‧禮志》引杜預議太
子喪服，云：

> 《易》曰：「上古之世，喪期無數。」《虞書》稱「三載四海遏密八音」，其後無文。至周
> 公旦乃稱「殷之高宗諒闇，三年不言」，其《傳》曰：「諒，信也；闇，默也。」下逮五百
> 餘歲，而子張疑之，以問仲尼。仲尼答云：「何必高宗，古之人皆然。君薨，百官總己以聽
> 於冢宰三年。」[17]

王鳴盛《尚書後案》謂杜預所引《尚書傳》，即馬融之說：

> 杜預于泰始十年議皇太子喪服，引《書傳》云云，載《晉書》。時孔《傳》未出，故杜注
> 《左傳》，于今《尚書》皆不引；且今孔《傳》亦無此文，故定為馬《傳》。[18]

---

[14] 《史記》，1959年，北京：中華書局點校本，頁102－103。

[15] 同上注，頁1520。按此云「饗國五十五年」，與《尚書》作「五十九年」者異。

[16] 《漢書》，1962年，北京：中華書局點校本，頁1410。

[17] 《晉書》，1974年，北京：中華書局點校本，頁620。

[18] 王鳴盛《尚書後案》，《續修四庫全書》本，卷二十一，頁4。

孔穎達《春秋左傳正義》亦引此傳，云：「亮，信也；陰，默也。爲聽於冢宰，信默而不言。」[19]
較《晉書・禮志》引者爲全。而《尚書・無逸篇》：「乃或亮陰，三年不言」，孔《傳》云：

> 乃有信默，三年不言，言孝行著。[20]

是僞孔亦解「諒陰」爲「信默」。《論語》「子張問高宗諒陰」章，何晏《集解》引孔安國《注》
亦言：

> 諒，信也；陰，猶默也。[21]

《尚書孔傳》與《論語孔注》非一人所爲，[22] 然二者俱依馬融「信默」之說。另，《國語・楚語
上》載白公諫靈王曰：

> 昔殷武丁能聳其德，至于神明，以入于河，自河徂亳，於是乎三年默以思道。卿士患之，
> 曰：「王言以出令也，若不言，是無所稟令也。」武丁於是作書曰：「以余正四方，余恐德
> 之不類，茲故不言。」如是而又使以象夢旁求四方之賢，得傅說以來，升以爲公，而使朝夕
> 規諫。……[23]

《國語》言武丁「三年默以思道」，或即馬說之所本，故韋昭注「三年默以思道」句，即言：
「默，諒闇也；思道，思君人之道也。《書》曰：『高宗諒闇，三年不言，言乃雍。』」上引馬
融、《論語孔注》、《尚書孔傳》、韋昭、杜預諸說俱同，則東漢、魏晉學者多主「信默」之說。

鄭玄則以「諒陰」爲「凶廬」，《後漢書・張禹傳》：「方諒闇密靜之時」，李賢《注》引：

> 鄭玄注《論語》曰：「諒闇，謂凶廬也。」[24]

又《史記・周公世家》，裴駰《集解》引鄭玄《尚書注》云：

> 楣謂之梁；闇，謂廬也。[25]

《禮記・喪服四制》引《書》曰：「高宗諒闇，三年不言」，鄭《注》言：

> 諒，古作梁，楣謂之梁。闇，讀如「鶉鷃」之「鷃」；闇，謂廬也。廬有梁者，所謂柱楣
> 也。[26]

鄭玄以「諒闇」、「亮闇」並爲「梁闇」之假借，解「梁」爲柱楣，「闇」爲廬，而「廬有柱楣

[19] 按《左傳》隱公元年，孔穎達《正義》：「杜〈議〉引《尚書傳》云：『亮，信也；陰，默也。爲聽於冢宰，信默而不言。』鄭玄以『諒闇』爲『凶廬』，杜所不用。」（《左傳注疏》，南昌府學刊本，卷二，頁24）

[20] 《尚書注疏》，卷十六，頁10。按僞古文〈說命篇〉言：「王宅憂，亮陰三祀」，孔《傳》云：「居憂信默，三年不言。」（卷十，頁1）蓋僞古文經、傳同出一手，〈說命〉以「亮陰」爲「信默」，此後出之義，與〈無逸篇〉所言高宗「亮陰」原始之義，迥然不同（說詳下），此亦今本〈說命篇〉出後人僞造之一證也。

[21] 《論語注疏》，卷十四，頁16。按敦煌本《論語集解》，伯2716號殘卷此注作「孔曰」，與今本同；伯3359號殘卷則作「馬曰」，與《尚書傳》合。

[22] 參拙稿〈《孝經》孔傳與王肅注考證〉，《文史》2010年第4輯，頁5－32。

[23] 韋昭《國語韋氏解》，黃氏《士禮居叢書》景宋明道本，卷十七，頁10。

[24] 《後漢書》，1965年，北京：中華書局點校本，頁1499。

[25] 《史記》，頁1521。

[26] 《禮記注疏》，卷六十三，頁15。

者」即「喪廬」也,其說本於《尚書大傳》:

> 《書》曰:「高宗梁闇,三年不言」,何謂「梁闇」也?《傳》曰:「高宗居倚廬,三年不
> 言,百官總己以聽於冢宰而莫之違,此之謂梁闇。」子張曰:「何謂也?」孔子曰:「古者
> 君薨,王世子聽於冢宰三年。」不敢服先王之服,履先王之位而聽焉。以民臣之義,則不可
> 一日無君矣,不可一日無君,猶不可一日無天也。以孝子之隱乎,則孝子三年弗居矣。[27]

按《尚書大傳》「居倚廬」之說,顯然本於《論語》、〈檀弓〉之文,故其下即引孔門師弟問答之
語。清代學者如惠士奇《禮說》、江聲《尚書集注音疏》、王鳴盛《尚書後案》、劉寶楠《論語正
義》、黃式三《論語後案》、黃以周《禮書通故》等,莫不據《尚書大傳》與鄭玄之說轉相推闡;
今人注解《論語》亦多從此義,本文不復具述。惟鄭玄此解,何晏《論語集解》、杜預議太子喪服
俱莫之取。《通典》卷八十載晉武帝時博士段暢引申杜預之說,曰:

> 《尚書‧毋逸》云:「高宗亮陰,三年不言」,諸儒皆云「亮陰,默也」,唯鄭玄獨以「諒
> 闇」為「凶廬」。今據諸儒為正,明高宗既卒哭即位之後,除縗麻,躬行信默,聽於冢宰,
> 以終三年也。言即位,以明免喪之後素服心喪,謂之諒闇。故杜〈議〉曰:「天子居喪,
> 齊斬之情,菲杖絰帶。當其遂服,葬而除服,諒闇以終三年也。」《國語‧楚語》及《論
> 語》、《禮記‧坊記、喪服四制》,皆說高宗之義,大體無異。惟《尚書大傳》以「諒闇」
> 為「凶廬」,蓋東海伏生所說,鄭玄之所依。博而考之,義既不通,據經所言,是唯天子居
> 凶廬,豈合禮制?代(世)俗皆謂大祥後禫時為諒闇。《漢紀》稱和熹鄧皇后居母喪,縞素
> 不食肉,亦曰諒闇,此乃古今之通言,「信默」者為得之也。[28]

其時雖有范宣者,仍主鄭玄「凶廬」之說,終不能勝。蓋先秦儒家提倡「三年之喪」,墨者之徒非
之,力主節葬。漢武帝獨尊儒術,提倡孝治,《論語》之書,童蒙誦而習之。孔子既以「三年之
喪」為「天下之通喪」,則固當舉世奉行;然臣屬上下為天子修服三年,又事所難行,[29] 晉代學者
為調和其說,乃將「諒陰三年」之說轉化為免喪之後「素服心喪」,以求兩全。然所謂「素服心
喪」、「諒陰以終三年」,皆由牽附《論語》文衍生之說。如上文既述者,《尚書‧無逸篇》周公
言「高宗諒陰」,其事本與居喪無關,文意固甚明白,顧頡剛先生嘗論之:

> 〈無逸〉述殷王之賢者凡三,高宗而外有中宗與祖乙,孟子且言「賢聖之君六、七作」,而
> 「亮陰」之事獨記於高宗之下,將謂如此喪禮惟高宗一人能行之,其他賢君悉廢之乎?若
> 惟高宗一人能行之,則所謂「何必高宗,古之人皆然」者又將如何說起?且苟惟高宗能行
> 之,則古制具在,行之可矣,何以云「乃或」?「或」之云者,固介於可不可與然不然之間
> 者也,非定制之謂也。夫謂「古人皆然」而他君無聞,謂高宗守制而行之「乃或」,此非

---

27 皮錫瑞《尚書大傳疏證》,《續修四庫全書》本,卷六,頁6-7。
28 杜佑《通典》,1988年,北京:中華書局點校本,頁2161。
29 《晉書‧禮志中》載杜預〈議〉云:「漢氏承秦,率天下為天子修服三年。漢文帝見其下不可久行,而不知古
  制,更以意制祥禫,除喪即吉。魏氏直以訖葬為節,嗣君皆不復諒闇終制。」(《晉書》,頁619)

大怪事乎？又「雍」者和也，「謳」者樂也，居喪則三年不言，除喪則憂悲都盡，雖無怨
於禮法，得非習其儀而忘其意，有類於朝祥而暮歌者乎？推求文意，知「亮陰」者乃言與
不言之問題，而非有禮與無禮之問題。何以不言？由於亮陰；何以謳雍？由於言之。……
「諒陰」，《論語》何晏《集解》引孔安國曰：「諒，信也；陰，猶默也。」邢昺《疏》
曰：「謂信任冢宰，默而不言也。」「諒」義雖未知然否，而「陰」義則無疑。鄭玄乃云：
「諒，古作梁。……闇，謂廬也。廬有梁者，所謂柱楣也。」彼蓋以傅合於〈喪大記〉之
「既葬，柱楣、塗廬，不於顯者」之義，而不知其不可通也。[30]

此文剖析《論語》以「諒陰」爲居喪之說，與《尚書》原義枘鑿不相合，其說甚爲明晰。鄭玄以
「諒陰」爲「凶廬」，施之《論語》，義雖可通，然《尚書》文解爲「乃或凶廬」，或引申爲「乃
或居喪」，義俱不諧，故何晏、韋昭、杜預等俱不用其說。清儒宗鄭學者雖力爲證釋，然如顧頡剛
先生指出者，核之《尚書》本文，鄭義終「不可通」。而馬融及魏晉學者所主「信默」之說，諦審
之，亦不無疑義，蓋《尚書》「乃或諒陰，三年不言」，與「信」本無關涉；且如王鳴盛質疑者：
「下云『不言』足矣，上言『信默』，語意複疊。」[31] 而孔穎達、邢昺將「諒陰」分解爲「信任冢
宰」、「默而不言」兩事，[32] 尤不免增文解經之弊，益非確詁。

除「信默」、「凶廬」兩義外，《文選》潘岳〈閑居賦〉：「今天子諒闇之際」，李善
《注》：「諒闇，今謂凶廬裏寒涼幽闇之處，故曰諒闇。」[33] 此六朝以後孳生之別義，蓋「諒陰」
亦作「涼陰」、「涼闇」，傳學者望文生訓，乃由鄭玄「凶廬」之說增生此義，專指凶廬「寒涼幽
闇」之處。然鄭氏「凶廬」之說既不可從，則此說更不足立矣。

郭沫若撰〈駁《說儒》〉一文，認爲「諒陰」應即近代醫學所謂「不言症」：

健康的人要「三年不言」，那實在是辦不到的事，但在某種病態上是有這個現象的。這種
病態，在近代的醫學上稱之謂「不言症」（Aphasie），爲例並不稀罕。……所謂「諒陰」
或「諒闇」，大約就是這種病症的古名。「陰」同「闇」是假借爲「瘖」，口不能言謂之
「瘖」。「闇」與「瘖」同從「音」聲，「陰」與「瘖」同在侵部，《文選·思玄賦》：
「經重瘖乎寂寞兮」，舊注：「瘖，古『陰』字。」可見兩字後人都還通用。……「亮」和
「諒」雖然不好強解，大約也就是「明確」、「真正」的意思吧。那是說高宗的啞，並不是
假裝的。[34]

此說穿鑿甚矣，按〈無逸〉下文云：「其惟不言，言乃謳」，知高宗「不言」乃自主之舉，非病

---

[30] 顧頡剛《史林雜識初編》，頁100－102。

[31] 王鳴盛《尚書後案》，卷二十一，頁4。

[32] 《尚書注疏》，卷十，頁1；《論語注疏》，卷十四，頁16。

[33] 李善注《文選》，1974年，北京：中華書局影印北京圖書館藏南宋淳熙八年尤袤刻本，卷十六，頁2。按潘岳
〈西征賦〉：「天子寢於諒闇，百官聽於冢宰」（卷十，頁2），其「諒闇」之語殆用此義。

[34] 郭沫若《青銅時代》，1982年，北京：人民出版社，頁439。

不能言也。劉起釪著《尙書校釋譯論》，本郭氏此說，將高宗「諒陰」解爲患瘖啞症。[35] 然郭氏將「諒」字解爲「明確」、「眞正」之意，義本聲曲，〈無逸〉原文作「乃或亮陰」，豈高宗「眞正的啞」亦時眞時否？劉起釪謂郭氏習醫，極稱斯說之精，然兩家所解，刻意將「乃或」二字棄置不顧，劉氏且並「諒」字亦去之，殊失經詁之宜。蓋此解於文義本牽強難通，於事理亦無所依據，並無足取。[36]

如上文所述者，歷來解者對「諒陰」一詞，雖知「陰」、「闇」與「不言」有關，然對「諒」字則苦不得確詁。今繹《尙書》本文，高宗即位後，「乃或亮陰，三年不言。其惟不言，言乃雍」，則「三年不言」爲「亮陰」之行爲結果；而高宗之所以「諒陰」，則與即位前「舊勞于外，爰暨小人作」之事歷有關。歷來解者不尋溯前因，但截取「三年不言」一語，以求「諒陰」之義，宜乎不得確解。今按「諒陰」陰字舊訓爲「默」，說原不誤；而「諒」字則當訓爲「強」，高宗「亮陰」，即高宗「強默」，乃「強抑不語」之謂，蓋高宗自昔「舊（久）勞于外」，終日與小人偕作，一旦被迎立入都即位，朝中故無所親，鑒於當時朝局形勢，未敢自專，有所興舉，故乃或「強默」，三年不言，政事悉聽於冢宰，此爲高宗刻意自保之舉（說詳下節），與患病無關。「諒」字古有「強」義，此訓久已湮失，古今字書俱缺此義，然參伍鉤稽，尙可起其墜義也。

按《說文》魚部：「鱷，海大魚也。从魚，畺聲。」其字亦作「鯨」，故《說文》云：「鯨，『鱷』或从京。」段《注》：「古『京』音如姜。」[37] 則从「畺」、从「京」音義相近，故《說文》人部：「倞，彊也。从人，京聲。」[38] 又《莊子‧大宗師》：「禺強得之，立乎北極」，《釋文》：「簡文云：北海神也，一名禺京。」[39] 此皆可證古从「京」、从「畺」之字音近，義得通假。《廣雅‧釋詁》：「倞，強也。」王念孫《疏證》云：「《說文》：『倞，彊也。』《爾雅》：『競，彊也。』競與倞通，倞、競、強聲並相近。」[40] 而《禮記‧郊特牲》：「祊之爲言倞也」，鄭玄《注》：「倞，或爲『諒』。」[41] 則「倞」、「諒」二字本通用。「諒」、「強」二字古音亦相近，[42] 義得通假，則「諒陰」之「諒」訓「強」，固持之有故也。「諒」字有「強」義，

---

35 顧頡剛、劉起釪《尚書校釋譯論》，2005年，北京：中華書局，頁1534－1536，又頁1551－1552。

36 今人解「高宗諒陰」別樹新義者，除郭氏外，岑仲勉撰〈「三年之喪」的問題〉一文，末附〈「諒陰」意義的推測〉，謂古伊蘭文有rarəma字，即「諒陰」之對音，「相當於中文的『安靜』、『休息』」，「『高宗諒陰』就是高宗要休息，所以『三年不言』」。（岑氏《兩周文史論叢》，1958年，上海：商務印書館，頁310）又，方述鑫撰〈「三年之喪」起源新論〉，謂：「諒陰」之「陰」，通「殷」，亦通「衣」，即卜辭褅祭先王先妣之「衣」祭也，「所謂『諒陰』，就是誠信地進行衣祭」。（《四川大學學報》2002年第2期，頁98－103）此二說於《尚書》前後文意俱未可通，不足深辨也。

37 段玉裁《說文解字注》，嘉慶間經韵樓刊本，十一篇下，頁26。

38 同上注，八篇上，頁9。

39 陸德明《經典釋文》，1985年，上海古籍出版社影印北京圖書館藏宋刊宋元遞修本，卷二十六，頁21。

40 王念孫《廣雅疏證》，《續修四庫全書》本，卷一下，頁9。

41 《禮記注疏》，卷二十六，頁22。

42 「諒」、「倞」古音屬來母，陽部，王力擬音作lǐaŋ（郭錫良編《漢代古音手冊〔增訂本〕》，2010年，北京：商務印書館，頁412）；「強」字（gǐaŋ）與「勍」、「黥」等字（gǐaŋ）爲羣母，陽部（《漢代古音手

現存先秦古籍猶有可徵者。今以《毛詩》證之，《鄘風‧柏舟》云：

> 汎彼柏舟，在彼中河。髧彼兩髦，實維我儀。之死矢靡它，母也天只，不諒人只。

> 汎彼柏舟，在彼河側。髧彼兩髦，實維我特。之死矢靡慝，母也天只，不諒人只。[43]

此詩「實維我儀」、「實維我特」，毛《傳》「儀」、「特」二字皆訓「匹」，爲「匹偶」之義。「之死矢靡它」、「之死矢靡慝」爲自誓之語，即「至死誓無他」、「至死誓不渝」也。[44]《毛詩‧序》云：「〈柏舟〉，共姜自誓也。衛世子共伯蚤死，其妻守義，父母欲奪而嫁之，誓而弗許，故作是詩以絕之。」此詩是否爲共姜所作，今姑不論。然味詩意，確爲女子自道其心已有所屬，「父母欲奪而嫁之，誓而弗許」，不肯屈從也。毛《傳》解「母也天只」二句，云：「諒，信也。母也天也，尚不信我。天，謂父也。」朱熹《詩集傳》亦言：「諒，信也」，解末句爲「何其不諒我之心乎」。[45] 按「諒」字釋「信」，固訓詁常義，然此女既信誓旦旦，決不他嫁，父母豈能不信其意？是此「諒」字解爲「信」，應非確詁。此詩「諒」字當訓爲「強」，「不諒人只」即「不強人也」，末二句正呼訴父母勿強迫其改易他嫁，如此解，乃與上文「之死矢靡它」自誓之語緊相呼應。

另以《大雅‧大明》末章爲例：

> 牧野洋洋，檀車煌煌，駟騵彭彭。維師尚父，時維鷹揚。涼彼武王，肆伐大商，會朝清明。[46]

〈大明〉一詩寫周邦膺受天命以代商也。此末章專寫武王兵車聲威壯盛，甲子朝於牧野一舉伐滅商紂之事，以收束全詩。「涼彼武王」句，《釋文》云：「涼，本亦作『諒』，同力尚反，佐也。《韓詩》作『亮』，云『相也』。」[47] 是《毛詩》作「涼」若「諒」，《韓詩》作「亮」，三字通用，亦猶「諒陰」或作「涼陰」、「亮闇」也。「涼」字，毛《傳》訓「佐」，《韓詩》訓「相」，二者文異而義同，皆爲「輔佐」之意。朱熹《詩集傳》云：「涼，《漢書》作『亮』，佐助也。」[48] 其義亦同。惟如此解，則「涼彼武王」一句上屬「維師尚父」爲義，其主語則爲尚父，故鄭《箋》解此云：「尚父，呂望也，……佐武王者，爲之上將。」孔《疏》述毛、鄭之意，解此章曰：

冊〔增訂本〕》，頁410、437），故王念孫云「倞、競、強聲並相近」。考《說文》力部云：「勍，彊也。《春秋傳》曰：『勍敵之人。』」（段玉裁《說文解字注》，十三篇下，頁52）又弓部：「彊，弓有力也。」段《注》：「引申爲『凡有力』之稱；又叚爲『勥迫』之勥。」（十二篇下，頁58）蓋「勍」、「勥」聲義俱同，實爲一字，即今「強敵」、「強迫」之「強」也。

43　《毛詩注疏》，南昌府學刊本，卷三之一，頁1－3。

44　按「之死矢靡慝」，毛《傳》：「慝，邪也。」此解未確。此文「慝」字即「忒」之假借，《說文》：「忒，更也。」即自誓至死不欲改變也，說詳馬瑞辰《毛詩傳箋通釋》，1989年，北京：中華書局點校本，頁167。

45　朱熹《詩集傳》，1958年，上海：中華書局點校本，頁28。

46　《毛詩注疏》，卷十六之二，頁9－10。

47　《經典釋文》，卷七，頁2。

48　朱熹《詩集傳》，頁178－179。

牧地之野洋洋然甚寬而廣大，於此廣大之處，陳檀木之兵車，煌煌然皆鮮明；又駕駉騵之牡馬，彭彭然皆強盛。維有師尚父者，是維勇略如鷹之飛揚，身為大將，時佐彼武王，車馬鮮強，將帥勇武，以此而疾往伐彼大商，會值甲子之朝，不終此一朝而伐殺虐紂，天下乃大清明，無復濁亂之政。[49]

依毛、鄭、孔此解，尚父儼然成為牧野之戰一役之主帥，此則未免喧賓奪主矣。按此文「涼」字亦當訓「強」，「涼彼武王」與「信彼南山」之類句式同，「涼」為形容武王之詞，為神武威強之意，「涼彼武王」為下「肆伐大商，會朝清明」二句主語，此三句總結全詩，寫天期已至，武王帥師伐殺虐紂，周邦應運而代興也。此章前五句鋪述周人兵車之壯盛、副帥之勇武，皆以刻畫武王軍威聲勢之強大，故甲子日臨敵，「不終朝而天下清明」（毛《傳》語）。毛、鄭以來舊解「涼」字訓「佐」、訓「相」，胥失其旨也。

再以《論語‧憲問篇》「子貢問管仲非仁」章為例：

> 子貢曰：「管仲非仁者與！桓公殺公子糾，不能死，又相之。」子曰：「管仲相桓公，霸諸侯，一匡天下，民到于今受其賜。微管仲，吾其被髮左衽矣！豈若匹夫匹婦之為諒也，自經於溝瀆，而莫之知也。」[50]

管仲與召忽共事公子糾，後齊桓公殺其兄子糾，召忽死之。管仲既未從死，又不能為故主致命殺讎，乃復相桓公，似嫌背主求榮，故子貢疑其「非仁者與」。孔子答語則極稱管仲事功，當其時戎狄交侵，管仲相桓公，成霸業，尊王攘夷，使中國不致陷於危亡之境。設無管仲其人，則我輩今將「被髮左衽」為夷狄之民矣。蓋管仲志存大業，豈若匹夫匹婦之所為，徒自經死於溝瀆，而世莫知其人也。此文「豈若匹夫匹婦」二句，何晏《集解》引王肅之說云：

> 經，經死於溝瀆中也。管仲、召忽之於公子糾，君臣之義未正成，故死之未足深嘉，不死未足多非。死事既難，亦在於過厚，故仲尼但美管仲之功，亦不言召忽不當死。[51]

王肅此注並未直解「匹夫匹婦之為諒」之義，其意專在辨解管仲、召忽雖共事子糾，然其時子糾未立為君，不存在「君臣之義」，故召忽可以從死，管仲亦可不死。然王肅一則以召忽之死為「過厚」，「未足深嘉」；繼又謂孔子「亦不言召忽不當死」，則「豈若匹夫匹婦」二句竟成空文虛設矣。為此，皇侃《論語義疏》特為補述其義：

> 諒，信也。匹夫匹婦無大德而守於小信，則其宜也。[52] 自經，謂經死於溝瀆中也。……君子直而不諒，事存濟時濟世，豈執守小信，自死於溝瀆，而世莫知者乎！喻管仲存於大業，不

---

[49] 《毛詩注疏》，卷十六之二，頁10。

[50] 《論語注疏》，卷十四，頁9。按《漢書‧晁錯傳‧贊》，顏師古《注》引此文，末句作「人莫之知」（頁2304）；《後漢書‧應劭傳》引「孔子曰：經於溝瀆，人莫之知」（頁1611），蓋《論語》一本「莫」上有「人」字。

[51] 《論語注疏》，卷十四，頁9。

[52] 按「則其宜也」句，日本元治刊本、懷德堂本、鮑氏知不足齋本並同，余校「其」下當脫「死」字。

為召忽守小信。[53]

邢昺《正義》亦言：

> 諒，信也。匹夫匹婦，謂庶人也，無別妾媵，惟夫婦相匹而已。言管仲志在立功創業，豈肯
> 若庶人之為小信，自經死於溝瀆中，而使人莫知其名也。[54]

皇、邢二疏皆訓「諒」字為「信」，並刻意將匹夫匹婦執守者視為「小信」；朱熹《論語集注》襲其說，逕注：「諒，小信也。」[55] 然孔子固言：「志士仁人，無求生以害仁，有殺身以成仁。」[56] 子貢之疑管仲「非仁者」，正因其不能「殺身以成仁」，此與管仲是否守「信」原無關涉；而匹夫匹婦舍身就義，正孟子所謂「志士不忘在溝壑，勇士不忘喪其元」也，[57]「死事既難」，不得因其為庶人，遂貶之為「小信」也。細繹此章文義，管仲之不死與「匹夫匹婦之為諒」相對成義，此文「諒」字亦當訓「強」，即「剛強」、「強禦」之意，《後漢書‧應劭傳》載劭上議，云：「昔召忽親死子糾之難，而孔子曰：『經於溝瀆，人莫之知。』」[58] 則漢人解「豈若匹夫匹婦之為諒也」，確指召忽言，王肅謂孔子「不言召忽不當死」，誤也。下文「人莫之知」，亦與管仲「民到于今受其賜」相對為義，其意云：召忽之死，僅如匹夫匹婦剛強使氣，徒自經死溝瀆，卻無所樹立，故人莫知之，豈可與管仲匡時濟世、「一匡天下，民到于今受其賜」者相提並論。此文「諒」字必訓為「強」，乃與下「自經溝瀆」文義相承。前人舊解俱訓「諒」字為「小信」，此未得孔子貶抑召忽「輕死」之旨也。

由上引諸例觀之，則先秦古義「諒」字訓「強」，固尚可稽證也。〈柏舟〉「諒」字義為「強迫」，〈大明〉之「諒」為「強大」，匹夫匹婦之「諒」義為「剛強」，「諒陰」之「諒」為「勉強」，義似有別，然其共同語義基因則皆為「強」，蓋古語簡質，不分別造字，各隨其語境義有轉移耳。[59] 考先秦、漢初群籍凡言「諒陰」者，俱與高宗有關，皆源自《尚書》、《論語》之文，明「諒陰」乃高宗個人獨行，此二字並非一固定詞組。而所謂高宗「諒陰」，即「強默」、「強抑不語」之謂也。

今據此義覈諸《尚書》本文，周公言：高宗未即位之前，久勞於外，日與小人偕作，深知民間疾隱。故即位後，乃或強抑不語，三年不言，潛心圖謀興復之道。其既經長思久慮，則出言有中，俱有實效，故群下咸以為讙。高宗復黽勉從事，不敢荒怠，由是殷邦嘉靖，臣民上下無有怨者，故

---

53 皇侃《論語義疏》，卷七，頁33。
54 《論語注疏》，卷十四，頁10。
55 朱熹《論語集注》，卷七，頁15。
56 《論語注疏》，卷十五，頁4。
57 《孟子注疏》，南昌府學刊本，卷六上，頁1。
58 《後漢書》，頁1611。
59 《廣雅‧釋詁》：「駊、勁、堅、剛……倞、悙、快，強也。」王念孫《疏證》云：「此條『強』字有二義，一為『剛強』之強，……一為『勉強』之強。……《爾雅》：『競、逐，彊也』，郭璞《注》云：『皆自勉彊。』是『勉強』之強，與『剛強』之強，義本相通也。」（《廣雅疏證》，卷一下，頁9）

能長治久安，享國五十九年。

本文鉤稽「諒」字先秦古義，將「諒陰」解爲「強默」，即「強抑不語」之謂，此於《尚書》文義並無若何滯礙處，較諸漢人舊解「信默」、「凶廬」之說，諒爲愈也。下文擬由漢代史事，推考「高宗諒陰，三年不言」事實原委，即高宗即位後，何以刻意「諒陰不言」以求自保？明乎其故，則此兩三千年莫解之積疑，即可渙然冰釋矣。

三、由漢代史事推考「高宗諒陰」事實原委

《論語》子張問「高宗諒陰，三年不言」其事如何？孔子並未具答「高宗諒陰」史事本末，蓋春秋時學者漸失其傳矣。吾人生三千年後，世遠事湮，史料匱乏，其事益復難稽。惟孔子答言「君薨，百官總己以聽於冢宰三年」，〈檀弓篇〉載孔子曰「古者天子崩，王世子聽於冢宰三年」，依此，則世子遭喪，驚惶悲慟，故由冢宰攝行國政，「群臣百官不復諮詢於君」，「皆束己職，三年聽命冢宰，故嗣王君三年不言」。果爾，則新君三年居喪期間，悉去其發號施令之權，國政全由冢宰掌控，新君惟居喪廬，銜哀不語，實質上即成「國家囚徒」。錢穆認爲「君薨，聽於冢宰三年」乃上古選舉共主之遺制：

> 竊疑當堯舜之際，中國尚爲部族酋長選舉共主之時代，此如烏桓、鮮卑、契丹、蒙古皆有之。而中國定制較爲精愜，厥有三端：一者，選舉共主，必先預推其爲候選人，以資其政事上之歷練，如堯之使舜相，舜之使禹相，禹之使益相，是也。二者，當前一共主崩，其候選人則試政三年，以驗眾意之向背，如堯崩，舜攝政三年；禹崩，益攝政三年，是也。三則於三年之後，必退居以待眾意之抉擇，如舜之避於南河之南，禹之避於陽城，益之避於箕山之陰，是也。及王位世襲之制既興，前王崩薨，後王嗣位，而舊禮尚存，蛻變難驟，乃有「君死聽於冢宰三年」之制。即如太甲居桐三年而復歸於亳，此亦「君薨，聽於冢宰三年」之古禮也。[60]

錢氏將「高宗諒陰，三年不言」，想像爲上古選賢「試政三年」之遺制。然三代「禪讓」政治是否實有其事，抑或周秦百家託古虛飾之美談，今固難以質言。即如其說，世子惟居喪廬不言，政事一聽於冢宰，此一則無以考驗世子之治事才能；再者，倘無極文明之制度規範及強固之防衛機制，舉國政事悉聽於冢宰三年，異時新君除服親政，其不成冢宰操控擺佈之人質者幾希！

「高宗諒陰」史事，孔門當日已莫得其詳，先秦載籍所記，復各變造虛飾，不一其說。然兩漢新君即位，方欲自主有爲之時，師、傅輒引「高宗諒陰，三年不言」史事爲誡。今由漢代史實分析，溯洄尋索，尚可約略推見「高宗諒陰」事情之原委。《漢書》卷七十二〈王吉傳〉載：

---

60 錢穆〈駁胡適之說儒〉，收於錢氏《中國學術思想史論叢（二）》，1988年，臺北：聯經出版社，頁312-313。

昭帝崩，亡嗣，大將軍霍光秉政，遣大鴻臚宗正迎昌邑王。〔王〕吉即奏書戒王曰：「臣聞高宗諒闇，三年不言。今大王以喪事徵，宜日夜哭泣悲哀而已，慎毋有所發。且何獨喪事，凡南面之君何言哉？天不言，四時行焉，百物生焉，願大王察之。大將軍（按指霍光）仁愛勇智，忠信之德，天下莫不聞，事孝武皇帝二十餘年，未嘗有過。先帝棄群臣，屬以天下，寄幼孤焉。大將軍抱持幼君襁褓之中，布政施教，海內晏然，雖周公、伊尹，亡以加也。今帝崩亡嗣，大將軍惟思可以奉宗廟者，攀援而立大王，其仁厚豈有量哉！臣願大王事之敬之，政事壹聽之，大王垂拱南面而已。願留意，常以為念！」[61]

〈宣帝本紀〉載：「元平元年（74B.C.E.）四月，昭帝崩，毋嗣。大將軍霍光請皇后徵昌邑王。」[62] 時王吉為昌邑中尉，吉「兼通五經，能為騶氏《春秋》，以《詩》、《論語》教授」；[63] 嘗數上書諫爭言事，甚得輔弼之義。昭帝崩後，「大將軍霍光請皇后徵昌邑王」，昌邑王劉賀將赴都繼統，王吉洞燭朝局形勢，因引「高宗諒陰，三年不言」史事誡之，盼昌邑王即位後，「宜日夜哭泣悲哀而已，慎毋有所發」，師古《注》云：「發，謂興舉眾事。」即勸止昌邑王勿欲「有為」。且非惟居喪如此，即除服親政後，亦當敬慎虔事大將軍霍光，「政事壹聽之」，王惟法「天不言，四時行焉，百物生焉」之教，只宜「垂拱南面而已」。

漢武帝性忌刻，以致冢嗣絕，眾子疏。晚年病間乃立少子弗之為太子；臨終，遺詔霍光等輔政。昭帝即位時，年止八歲，霍光專權，領尚書事，「政事壹決於光」。[64] 昭帝在位十三年，既長，方欲有為之時遽崩，年僅二十一歲，無嗣。時武帝尚有一子廣陵王劉胥在國，「群臣議所立，咸持廣陵王」；[65] 然其人並不為霍光所喜，[66] 霍光乃請皇太后下詔，迎立昌邑王劉賀。然「王既到，即位二十餘日，以行淫亂廢」。[67] 蓋昌邑王不能深體王吉「高宗諒陰，三年不言」、「垂拱南面」之誡，即位僅二十餘日，即以「行淫亂」之名，為霍光所廢。《漢書‧霍光傳》載其事：

光乃引延年給事中，陰與車騎將軍張安世圖計，遂召丞相、御史、將軍、列侯、中二千石、大夫、博士會議未央宮。光曰：「昌邑王行昏亂，恐危社稷，如何？」群臣皆驚鄂失色，莫敢發言，但唯唯而已。田延年前，離席按劍曰：「先帝屬將軍以幼孤，寄將軍以天下，以將軍忠賢能安劉氏也。今群下鼎沸，社稷將傾，且漢之傳諡常為孝者，以長有天下，令宗廟血食也。如令漢家絕祀，將軍雖死，何面目見先帝於地下乎？今日之議，不得旋踵。群臣後應

---

[61] 《漢書》，頁3061－3062。

[62] 同上注，頁238。

[63] 同上注，頁3066。

[64] 同上注，頁2932。

[65] 同上注，頁2937。

[66] 《漢書‧武五子傳》載：「胥壯大，好倡樂逸游，力扛鼎，空手搏熊羆猛獸，動作無法度，故終不得為漢嗣。」（頁2760）蓋劉胥孔武多力，「動作無法度」，固非霍光所易操控，故不得立也。

[67] 《漢書》，頁3062。

者，臣請劍斬之。」……於是議者皆叩頭，曰：「萬姓之命在於將軍，唯大將軍令。」[68]
據此，知劉賀被廢，乃出霍光之意，其預與田延年、張安世圖計，以武力脅迫朝中大臣，以遂其意，此固無異今之「政變」。於是「太后詔歸賀昌邑」，「昌邑群臣坐亡輔導之誼，陷王於惡，光悉誅殺二百餘人，出死，號呼市中曰：『當斷不斷，反受其亂。』」顏師古《注》：「悔不早殺光等也。」[69] 蓋昌邑王近臣見霍光長期把持國政，密謀劃除霍氏勢力，而力未能，反先受害，昌邑群臣二百餘人悉誅死，盡除其根，以免貽患。[70]

同年七月，霍光議立武帝曾孫劉病已為嗣，皇太后詔曰：「可。」是為漢宣帝，即位時年十八。翌年本始元年（73B.C.E.）正月，「大將軍光稽首歸政，上謙讓委任焉。論定策功，益封大將軍光萬七千戶，車騎將軍、光祿勳富平侯〔張〕安世萬戶」。[71] 宣帝乃戾太子之孫，因巫蠱事，「雖在襁褓，猶坐收繫郡邸獄」。既長，「受《詩》於東海澓中翁，高材好學。然亦喜游俠，鬥雞走馬，具知閭里奸邪、吏治得失」。[72]〈霍光傳〉載：「宣帝自在民間，聞知霍氏尊盛日久，內不能善」；又云：「宣帝始立，謁見高廟，大將軍光從驂乘，上內嚴憚之，若有芒刺在背。」[73] 然因霍光把持國政日久，「黨親連體，根據於朝廷」。[74] 宣帝即位時已非幼主，渠洞悉形勢，故即位後，霍光理當歸政，但宣帝「謙讓不受，諸事皆先關白光，然後奏御天子。光每朝見，上虛己斂容，禮下之已甚」，[75] 國家因而得相安無事。霍光「秉政前後二十年」，地節二年（68B.C.E.），霍光卒，宣帝乃逐步「以所親信許（妻黨）、史（母黨）子弟」取代霍氏親黨，最後劃除諸霍，「與霍氏相連坐誅滅者數千家」。[76]《漢書・循吏傳》言：

> 及至孝宣，繇（由）仄陋而登至尊，興于閭閻，知民事之艱難。自霍光薨後，始躬萬機，屬精為治，五日一聽事，自丞相已下各奉職而進。及拜刺史、守、相，輒親見問，觀其所繇，退而考察所行，以質其言。……是故漢世良吏於是為盛，稱中興焉。[77]

68　同上注，頁2937－2938。

69　同上注，頁2946－2947。

70　劉賀被廢後，歸昌邑，國除，為山陽郡，賀居故宮監管。宣帝元康三年（63B.C.E），復封海昏侯，就國豫章；旋於神爵三年（59B.C.E）薨（《漢書》，頁2765－2770），年僅三十餘。近年江西南昌發現海昏侯劉賀墓藏，出土簡牘、器物甚夥。有關劉賀被廢原因，一時論者紛紜，甚至有以霍光「尊孝宣而廢昌邑」，廢昏立明，謂此為皇權更迭之新典範者（參呂宗力〈西漢繼體之君正當性論證雜議——以霍光廢劉賀為例〉，《史學集刊》2017年第1期，頁22－38）。此類討論，因與本文論旨無直接關係，茲不具論。

71　《漢書》，頁239。

72　同上注，頁235－237。

73　同上注，頁2951，又頁2958。

74　《漢書・霍光傳》云：「自昭帝時，光子禹及兄孫雲皆中郎將；雲弟山奉車都尉侍中，領胡越兵。光兩女婿為東西宮衛尉，昆弟、諸婿、外孫皆奉朝請，為諸曹大夫、騎都尉、給事中。黨親連體，根據於朝廷。」（頁2948）

75　同上注，頁2948。

76　同上注，頁2953－2956。

77　同上注，頁3624。

漢宣帝因出身「仄陋」，「興于閭閻，知民事之艱難」，與《尚書·無逸篇》周公稱殷高宗「舊（久）勞于外，爰暨小人作」，出身正同。宣帝「虛己斂容」，「諸事皆先關白光，然後奏御天子」，與〈殷本紀〉載高宗「三年不言，政事決定於冢宰」，事亦相類。而殷高宗、漢宣帝除去權臣後，厲精圖治，俱稱「中興」之君，其事亦同。然則宣帝與昌邑王之成敗，厥在於宣帝能靜默虛己以待其機。明乎此，則知王吉何以引「高宗諒陰，三年不言」故事勸止昌邑王，但「宜日夜哭泣悲哀而已，慎毋有所發」。繹此，則高宗「諒陰不言」之本義，固不難意會矣。

下另引漢哀帝史事以徵之，《漢書》卷八十六〈師丹傳〉云：

> 上（按哀帝劉欣）少在國，見成帝委政外家，王氏僭盛，常內邑邑。即位，多欲有所匡正。封拜丁、傅，奪王氏權。丹自以師傅居三公位，得信於上，上書言：「古者諒闇不言，聽於冢宰，三年無改於父之道。……」書數十上，多切直之言。[78]

哀帝少在侯國，「見成帝委政外家」，王氏一門九侯、五司馬。王鳳以元舅爲大司馬、大將軍秉政，諸舅譚、商、立、根、逢時同日封侯，世稱「五侯」。其時王氏子弟，亦猶霍氏「黨親連體，根據於朝廷」，且尤有過之，即郡國守、相、刺史，亦多出王氏門下。王鳳卒後，從弟音、商、根相繼當國。綏和元年（8B.C.E.），王莽繼四父之後輔政。哀帝爲太子時，師丹爲太子太傅；哀帝即位後，以師丹「爲左將軍，賜爵關內侯，食邑，領尚書事，遂代王莽爲大司馬，封高樂侯。月餘，徙爲大司空」。是哀帝即位後，思以師丹取代王莽，然月餘即受挫。哀帝復封拜丁、傅妻黨，期奪王氏權。師丹治《齊詩》，爲匡衡弟子，稱當世儒宗，[79] 深知王氏黨親長據勢要，盤根錯節，未易速去，因引高宗「諒陰不言，聽於冢宰」故事，勸阻哀帝勿急欲興舉，當俟後日徐徐圖之。漢自昭、宣以來，國柄多旁落外戚之手，昭、宣時，霍光長期把持國政。待霍光卒後，宣帝盡除霍氏，然仍親用許（妻黨）、史（母黨）；臨崩，遺詔史高（祖母史良娣之子）輔政，則依然外戚是賴。蓋同姓宗室宜封建爲外藩，不宜內朝輔政，以防骨肉相殘。然弱主輒爲權臣劫持，繼立之君朝中勢孤，惟外戚是親，故元帝之任許、史，成帝任王氏，哀帝任丁、傅，胥由於此。然亦以此，遂不免太后干政，〈師丹傳〉載：「哀帝即位，成帝母稱太皇太后，成帝趙皇后稱皇太后。而上祖母傅太后與母丁后皆在國邸，自以定陶共王爲稱。」[80] 而皇太后與王氏相倚，掣肘其後，哀帝雖欲有爲，勢所難成。師丹自知無力調劑其間，因轉而親附王氏，卒以此罷歸，免爲庶人，「廢歸鄉里者數年」。然哀帝在位僅六年，二十三歲崩，無子。太皇太后（元帝后王氏）仍詔王莽爲大司馬，迎立平帝，王莽復掌控朝政，終成篡漢之局。而師丹則於王莽復起後，封義陽侯，月餘卒。師丹之引「諒陰不言」史事勸止哀帝，其用意與王吉正同，惜乎昌邑王、哀帝俱不能聽，終致速敗。

上文嘗論《尚書·無逸》高宗「乃或諒陰」，爲高宗「乃或強默」，強自克制不語。今觀前述

78　同上注，頁3503－3504。

79　同上注，頁3503，又頁3509。

80　同上注，頁3505。

漢代史事,即知高宗何以「強默」,無所興舉矣。〈殷本紀〉云:「武丁即位,思復興殷,而未得其佐。三年不言,政事決定於冢宰。」蓋高宗興於仄陋,「舊勞於外」,日「暨小人作」,一旦被迎立繼統,朝中無所親,雖「思復興殷,而未得其佐」,勢孤力薄,故惟強自克制,「三年不言,政事決定於冢宰」,隱忍自抑,以圖後計。而武丁之所以「久勞於外」者,蓋殷代王位繼承,以「兄終弟及」為主,無弟則傳於子。王靜安〈殷周制度論〉嘗言:

> 商之繼統法,以「弟及」為主,而以「子繼」輔之,無弟然後傳子。自成湯至於帝辛三十帝中,以弟繼兄者凡十四帝(外丙、中壬、大庚、雍己、大戊、外壬、河亶甲、沃甲、南庚、盤庚、大辛、小乙、祖甲、庚丁)。其以子繼父者,亦非兄之子,而多為弟之子(小甲、中丁、祖辛、武丁、祖庚、廩辛、武乙)。惟沃甲崩,祖辛之子祖丁立;祖丁崩,沃甲之子南庚立;南庚崩,祖丁之子陽甲立。此三事獨與商人繼統法不合,此蓋《史記・殷本紀》所謂中丁以後九世之亂,其間當有爭立之事,而不可考矣。[81]

據《史記・殷本紀》記載:

> 河亶甲→(子)祖乙→(子)祖辛→(弟)沃甲→(兄祖辛之子)祖丁→(沃甲之子)南庚→(祖丁之子)陽甲→(弟)盤庚→(弟)小辛→(弟)小乙→(子)武丁[82]

其中沃甲未傳子南庚,而傳兄子祖丁;祖丁亦未傳其子陽甲,而傳沃甲之子南庚;南庚亦未傳其子而傳祖丁之子陽甲,三者既非「弟及」,亦非「子繼」,故王靜安謂「此三事獨與商人繼統法不合」。而陽甲傳弟盤庚,遞傳至小乙而盡。其後嗣立者究為小乙之子武丁,抑或復傳陽甲之子,未易輕定。王氏〈殷周制度論〉嘗謂:

> 由傳子之制,而嫡庶之制生焉。夫舍弟而傳子者,所以息爭也,兄弟之親本不如父子,而兄之尊又不如父,故兄弟間常不免有爭位之事。特如傳弟既盡之後,則嗣立者當為兄之子歟?弟之子歟?以理論言之,自當立兄之子;以事實言之,則所立者往往為弟之子。此商人所以有中丁以後九世之亂,而周人傳子之制正為救此弊而設也。[83]

島邦男《殷墟卜辭研究》亦言:

> 祀序表中,武丁祀日次于小乙,並見于上述直系先王列記卜辭,為次于小乙的直系王,故即小乙之子。弟之子即位,事始于武丁。[84]

味兩家之說,知武丁繼統,以「弟之子即位」,並非當然之理。近年蔡哲茂撰〈武丁王位繼承之謎——從殷卜辭的特殊現象來作探討〉一文,認為:「當時在王室的內部,陽甲之子與武丁很可能有一番關於繼承的紛爭,最後武丁獲勝」。[85] 此說似是而非。據《尚書・無逸篇》,周公稱武丁

---

81 王國維《觀堂集林》,2001年,石家莊:河北教育出版社,頁289。

82 《史記》,頁101-102。

83 王國維《觀堂集林》,頁290。

84 島邦男《殷墟卜辭研究》,濮茅左、顧偉良中譯本,2006年,上海古籍出版社,上冊,頁141。

85 蔡哲茂〈武丁王位繼承之謎——從殷卜辭的特殊現象來作探討〉,刊於宋鎮豪主編《甲骨文與殷商史》新四

「舊勞于外，爰暨小人作」，顯見武丁久放在外，初非嗣統之人，其迎立武丁返都繼位者，毋寧出自冢宰之意。蓋陽甲之子其年必較武丁為長，謀位既久，其人自非冢宰所得任意擺佈；而武丁久在外，朝中勢孤，冢宰為求繼續攬權，因迎立武丁。武丁久在仄陋，閱歷既深，洞知事勢，故即位後，乃自克制，強默不語，無所興舉，「政事悉決定於冢宰」，一若漢宣帝時，「諸事皆先關白〔霍〕光，然後奏御天子」。然則武丁「其即位，乃或諒陰，三年不言」者，正強自隱抑以待其機也。

迨武丁在位日久，權力基礎漸穩固後，即思剷除冢宰勢力，「而未得其佐」。《史記·殷本紀》載：

> 武丁夜夢得聖人，名曰說。以夢所見視群臣百吏，皆非也。於是迺使百工營求之野，得說於傅險中。（《史記索隱》云：舊本作「險」，亦作「巖」也。）是時說為胥靡，築於傅險；見於武丁，武丁曰是也。得而與之語，果聖人，舉以為相，殷國大治，故遂以傅險姓之，號曰傅說。

蓋武丁自昔久勞於外，日與小人偕作，即知有一胥靡刑人名「說」者強幹多能，或可共圖其事。因託言夜夢所見，[86]「使百工營求之野」，後果於傅巖得其人。

清華簡〈說命上〉亦言：「惟殷王賜說于天，甬（用）為失仲使人。王命厥百工向（像），以貨徇求說于邑人，惟弼人得說于傅巖。」[87] 所述與〈殷本紀〉略有異同，然亦可見〈殷本紀〉亦自有本。其後，武丁與傅說共謀剷除冢宰勢力，終底於成，乃「舉說以為相」，取代冢宰舊勢力，「殷國大治」，遂啟殷代中興新局。

茲由《尚書》、《史記》及漢代史事參伍鉤稽，推證「高宗諒陰，三年不言」事實原委，尚可略得其彷彿。孔子將「高宗諒陰」理解為「三年居喪」，固大失實；即周公所述，亦未曲得其情。蓋「口傳歷史時代」，史事傳述易滋譌變，此其一例也。

四、「高宗諒陰」與「三年之喪」

如上文所考者，《尚書》「高宗諒陰」其本義原與「居喪」無關，然因孔門誤解及戰國儒者之演繹，「高宗諒陰，三年不言」竟成先秦儒家推行「三年之喪」主要之歷史依據。如《禮記·喪服四制》云：

輯，2014年，上海古籍出版社，頁3。

86　《莊子·田子方篇》載：「文王觀於臧，見一丈夫釣」（即呂望），「文王欲舉而授之政，而恐大臣父兄之弗安也；欲終而釋之，而不忍百姓之無天也。於是旦而屬之大夫曰：『昔者寡人夢見良人，黑色而頯（髯），乘駁馬而偏朱蹄，號曰：寓而政於臧丈人，庶幾乎民有瘳乎！』諸大夫蹴然曰：『先君王也。』文王曰：『然則卜之。』諸大夫曰：『先君之命，王其無它，又何卜焉！』」（《四部叢刊》影印明世德堂刊本，卷七，頁36-37）觀此，即可意會武丁何以「夜夢得聖人」矣。

87　李學勤主編《清華大學藏戰國竹簡（叄）》，2012年，上海：中西書局，頁122-123。

始死，三日不怠（鄭注：「不怠，哭不絕聲也」），三月不解（鄭注：「不解，不解衣而居，不倦怠也」），期悲哀，三年憂，恩之殺也。聖人因殺以制節，此喪之所以三年，賢者不得過，不肖者不得不及，此喪之中庸也，王者之所常行也。《書》曰：「高宗諒闇，三年不言」，善之也。王者莫不行此禮，何以獨善之也？曰：高宗者，武丁；武丁者，殷之賢王也，繼世即位，而慈良於喪。當此之時，殷衰而復興，禮廢而復起，故善之；善之，故載之書中而高之，故謂之高宗。三年之喪，君不言，《書》云：「高宗諒闇，三年不言」，此之謂也。[88]

此文兩引「高宗諒陰」之語，闡述先秦儒家所以提倡「三年喪」之故也。聖人基於「因殺以制節」、中庸之原則，特別制定喪期以三年為盡，如此，可使孝子不致長凶過哀而傷身滅性，不肖者亦得於此期限報其生養之恩。文中兩引「高宗諒闇」之文，一則證明殷高宗已行三年之喪，更據此推衍，以為自昔「王者莫不行此禮」。而武丁因「慈良於喪」，上行下效，使「殷衰而復興，禮廢而復起」，史官因載其事於史冊而「高（崇美）之」，故稱「高宗」。後者則據高宗「諒陰」事例，特別強調「三年之喪，君不言」。其後更由「君不言」，推廣下及一般士庶亦「三年之喪，言而不對，對而不問」，[89] 此即中國古代喪服制度普徧可見之「上同」現象。另如《禮記・坊記》言：

子云：「君子弛其親之過（鄭注：『弛，猶棄忘也』），而敬其美。」《論語》曰：「三年無改於父之道，可謂孝矣。」高宗云三年，其惟不言，言乃讙。[90]

此文「高宗云」三字當有脫誤，「三年，其惟不言，言乃讙」並非高宗之語，「云」字疑為「諒陰」壞字，蓋本作「高宗諒陰三年，其惟不言，言乃讙」。此將《論語》中〈學而篇〉、〈里仁篇〉孔子之語，與「高宗諒陰三年」之說拼合，即將孔子孝道思想與《尚書》之文結合，據此以論「喪所以三年」也。

又《白虎通・爵篇》云：

《春秋傳》曰：「天子三年然後稱王者，謂稱王統事，發號施令也。」《尚書》曰「高宗諒陰三年」，是也。《論語》：「君薨，百官總己聽於冢宰三年」，緣孝子之心，則三年不〔忍〕當也。[91]

孔子謂「三年無改於父之道，可謂孝矣」，而新君即位，當必有所興革，此則違反「三年無改」之義，故先秦儒家藉《尚書》之文，主張新君「諒陰三年」，政事一皆委之冢宰。《春秋》學者更藉「孝子之心，不忍當父位」之名，主張「天子三年然後稱王」，乃可統事發令也。由上引諸例，可

---

[88] 《禮記注疏》，卷六十三，頁15。

[89] 同上注，卷四十二，頁6。

[90] 同上注，卷五十一，頁16。

[91] 班固《白虎通》，《四部叢刊》影印元大德覆宋本，卷一，頁8。按此文末句「不」下蓋脫「忍」字，參下引《公羊傳》文公九年文。

見「高宗諒陰三年」故實,屢爲秦漢儒家引申演繹,作爲各種不同論述之史事依據。

孔子身處春秋末年,外則列國兼併,交相攻伐,內則「陪臣執國命」,公室傾危之際。孔子乃藉「高宗諒陰,三年不言」故實,提倡「三年之喪」,強調新君三年居喪期間,凡百政事悉聽於冢宰,其說本出於對《尚書》文義之誤解;即實際政務運作,亦滯礙難行。《公羊》文公九年《傳》曰:

> 九年春,毛伯來求金。「毛伯者何?」天子之大夫也。「何以不稱使?」當喪,未君也。「踰年矣,何以謂之未君?」即位矣,而未稱王也。「未稱王,何以知其即位?」以諸侯之踰年即位,亦知天子之踰年即位也;以天子三年然後稱王,亦知諸侯於其封內三年稱子也。「踰年稱公矣,則曷爲於其封內三年稱子?」緣民臣之心,不可一日無君;緣終始之義,一年不二君,不可曠年無君;緣孝子之心,則三年不忍當也。[92]

《春秋》三傳中,《公羊》尤嚴守名分大義。今由「毛伯來求金」一節之議論,知春秋時諸侯其實「踰年即位」,從而可知天子亦「踰年即位」。而所謂「踰年即位」,並非一年後除喪即位,而係「緣終始之義,一年不二君」,嗣君釋服後即位,踰年乃改元耳。蓋一國政務紛煩萬端,固「不可曠年無君」;而所謂「三年」者,乃「緣孝子之心」,三年不忍當其父之位耳。據此可知:春秋時,周王朝及列國諸侯其實並未行「三年之喪」,亦無孔子所言「百官總己聽於冢宰三年」之事。此亦可由《孟子・滕文公篇》徵之:

> 滕定公薨,世子(按滕文公)謂然友曰:「昔者孟子嘗與我言於宋,於心終不忘。今也不幸至於大故,吾欲使子問於孟子,然後行事。」然友之鄒,問於孟子。孟子曰:「不亦善乎!……諸侯之禮,吾未之學也。雖然,吾嘗聞之矣:三年之喪,齊疏之服,飦粥之食,自天子達於庶人,三代共之。」然友反命,定爲三年之喪,父兄百官皆不欲,曰:「吾宗國魯先君莫之行,吾先君亦莫之行也,至於子之身而反之,不可。」[93]

滕文公欲行三年之喪,然父兄百官(趙岐注:「滕之同姓、異姓諸臣也。」)質難:「我宗國魯先君及滕國先君俱無行三年喪者,何以至於子之身而反之?」乃父方殁,即欲遽改「父之道」,豈非正與「三年無改」之說相悖戾?因父兄百官群相反對,滕文公不得已復使然友至鄒,與孟子商之,孟子即引「孔子曰:『君薨,聽於冢宰。』歠粥,面深墨,即位而哭,百官有司莫敢不哀」以答之。最後滕文公變通之:「五月居廬,未有命戒。」即五月而葬,而未葬居廬時,不曾發號施令也。由《孟子》此文,可見戰國時列國亦不行「三年之喪」,即春秋時「魯先君莫之行,滕亦莫之行」也。焦循《孟子正義》引顧棟高《春秋大事表》云:

> 滕文公欲行「三年之喪」,父兄百官群然駭怪。孟子去孔子之世未百年,而當日之習尚如此,則其泯焉廢墜,豈一朝夕之故哉!余嘗詳考《左氏傳》,而知天子諸侯喪紀已廢絕於春

---

92 《公羊傳注疏》,南昌府學刊本,卷十三,頁16。

93 《孟子注疏》,卷五上,頁3。

秋之時無疑也。蓋自周道陵遲，皇綱解紐，有以諸侯不奔天子之喪、不會天王之葬，而甘僕僕於晉、楚者矣。有以天子貧乏，不備喪具，至七年乃葬，於魯求賵求金。甚至景王三月而葬，以天子而用大夫之禮者矣。逮子朝作亂，王室如沸，奉周之典籍以奔楚，而周天子之禮遂亡。

列國不守侯度，其侈者如宋文公之椁有四阿，棺有翰檜，儼然用王禮。而苟簡不備者，如晉樂書以車一乘，葬公於東門之外；齊崔杼葬莊公，四翣不蹕，鄰封不與知，公卿不備位。魯號秉禮，而葬昭公於墓道之南。〈檀弓〉載孟敬子之言，明知食粥為天下之達禮，而居然食食。其餘列國尤放肆不軌，由是惡其害己，而皆去其籍，而諸侯之禮亦亡。[94]

顧棟高深慨周天子之禮廢絕於春秋之時；迨戰國時，列國益不循禮制，故並諸侯之禮亦亡之。顧氏畢生覃研春秋史事，此說實即透露：春秋、戰國時，周天子、諸侯國無行三年喪者。焦循《孟子正義》另引毛奇齡《賸言》，認為「三年之喪」乃「商以前之制，並非周制」：

滕文公問孟子，始定為三年之喪，豈戰國諸侯皆不行三年喪乎？若然，則齊宣欲短喪，何與？然且曰「吾宗國魯先君不行，吾先君亦不行」，則是魯周公、伯禽、滕叔繡，並無一行三年之喪者。往讀《論語》子張問「高宗三年不言」，夫子曰：「何必高宗，古之人皆然」，遂疑子張此問、孔子此答，其周制當必無此事可知。何則？子張以高宗為創見，而夫子又言「古之人」，其非今制昭然也。及讀《周書‧康王之誥》，成王崩方九日，康王遽即位，冕服出命，令誥諸侯，與「三年不言」絕不相同，然猶曰此天子事耳。後讀《春秋傳》，晉平公初即位，改服命官而通列國盟戒之事，始悟孟子所定三年之喪，引三年不言為訓，而滕文奉行，即又曰「五月居廬，未有命戒」，是皆商以前之制，並非周制。[95]

毛奇齡此說見於《四書賸言》卷三，毛氏所著《四書改錯》卷九亦有此說。毛奇齡據《尚書‧顧命篇》載：乙丑周成王崩，至癸酉康王即位，前後僅九日耳。成王即位後，即「冕服出命，令誥諸侯」，並無「諒陰三年不言」、「百官總己以聽於冢宰」之事，可證西周並未行三年喪制。且「子張問『高宗諒陰，三年不言』，而不知所謂，則必近世無此事；而夫子告之以『古之人』，其非今制可知矣」，[96] 是春秋孔子之時亦不行「三年之喪」，明非周制矣。而毛奇齡所以臆推三年喪為「商以前之制」者，則因《論語》此章云「高宗諒陰，三年不言」，孔子又言「古之人皆然」，則似殷商以前嘗行三年喪矣。

一九三四年，傅斯年先生撰〈周東封與殷遺民〉一文，亦認為三年之喪「蓋殷之遺禮，非周之制度」，故而「『君薨，百官總己以聽於冢宰三年』，全不見於周人之記載」。[97] 胡適先生繼撰〈說儒〉一文，亦從傅先生之說，認為：「三年之喪是『儒』的喪禮，但不是他們的創制，只是殷

---

94 焦循《孟子正義》，1987年，北京：中華書局點校本，頁325－326。
95 同上注，頁325。
96 毛奇齡《四書改錯》，《續修四庫全書》本，卷九，頁3。
97 傅斯年〈周東封與殷遺民〉，1934年，《中央研究院歷史語言研究所集刊》4本第3分，頁288。

民族的喪禮。」[98] 兩先生之爲此說，其主要論據，亦沿舊說以「高宗諒陰，三年不言」爲高宗時已行三年喪也。適之先生另舉《左傳》兩例，魯僖公三十三年十二月乙巳薨，翌年（文公元年）四月葬僖公；二年冬，「公子遂如齊納幣」，修昏姻。又魯文公於十八年二月丁丑薨，翌年（宣公元年）正月，「公子遂如齊逆女」。據此，則文公死未期年，宣公即急於婚娶，「此更是魯侯不行三年喪的鐵證」。抑如昭公十五年六月，王大子壽卒；八月，王穆后崩。「十二月，晉荀躒如周，葬穆后，籍談爲介。既葬，除喪，以文伯宴」，此亦「可證周王朝不行三年喪制」。周王朝、魯國既不行三年喪，而孔子極力鼓吹之，孔子自言「丘也殷人也」；又《禮記・檀弓篇》載：「子張之喪，公明儀爲志焉。褚幕，丹質，蟻結于四隅，殷士也。」孔子、子張俱殷人之後，胡適先生因據此推論「三年之喪」應爲「殷民族的喪禮」。

適之先生文中所舉諸證，但能證明周王朝、魯國不行三年之喪，然遽以三年喪爲殷人喪制，論據不免薄弱。郭沫若即撰〈駁《說儒》〉一文，引《殷墟書契》前編卷三所收「癸未王卜貞：酒肜日自上甲至于多后，衣。亡它自尤。在四月，惟王二祀」，又「□□王卜貞：今由巫九咎，其酒肜日〔自上甲〕至于多后，衣。亡它自尤。在〔十月〕又二。王稽，曰大吉。惟王二祀」兩例，證明殷王即位第二年，「已經在自行貞卜，自行稽疑，自行主祭。古者祭祀侑神必有酒肉樂舞，王不用說是親預其事了。這何嘗是『三年不言』、『三年不爲禮』、『三年不爲樂』？何嘗是『百官總己以聽於冢宰』，作三年的木偶？」[99] 抑如本文所考，《尚書・無逸篇》所言「高宗諒陰，三年不言」，原與居喪無關，則以三年喪爲殷之遺禮，頓失所據矣。

一九六二年，郭氏撰〈長安縣張家坡銅器群銘文彙釋〉，舉一九六一年十月陝西長安出土之師旂簋，爲屬王時器，器銘云：「惟王元年四月既生霸，王在減居。甲寅，王各廟，即位。……王呼作冊尹克冊命師旂。……」是屬王即位之年已臨朝聽政矣，郭沫若因據此論斷「西周並無三年之喪的制度」，並認爲三年喪之說，「斷然是孔子的創制」。[100] 一九八八年，黃瑞琦復引衛盉及師酉簋兩器，前者銘文爲周恭王三年三月，在豐舉行建旂典禮；後者器銘爲周宣王元年，王在吳，至吳太廟，冊命師酉事，此二者亦可證西周並不行三年喪。惟黃氏並不同意郭沫若以三年喪爲孔子創制之說。[101]

近年學者撰文討論「三年之喪」起源者紛出，迄無定論。據丁鼎〈「三年之喪」源流考論〉、吳飛〈三年喪起源考論〉所列，[102]「三年之喪」起源諸說，除先秦儒家倡言起於三代之說外，另有朱熹「周公之法說」，廖平、康有爲「孔子創制之說」，及孔德成、章景明「東夷之俗說」。又《淮南・道應篇》載：武王問太公曰：「……吾恐後世之用兵不休，鬥爭無已，爲之奈何？」太公

---

98 胡適〈說儒〉，同上注，頁246。

99 郭沫若《青銅時代》，頁437－438。

100 郭沫若〈長安縣張家坡銅器群銘文彙釋〉，《考古學報》1962年第1期，頁2－4。

101 黃瑞琦〈「三年之喪」起源考辨〉，《齊魯學刊》1988年第2期，頁49－52。

102 丁鼎〈「三年之喪」源流考論〉，《史學集刊》2001年第1期，頁7－15；吳飛〈三年喪起源考論〉，待刊稿。

曰：「……爲三年之喪，……繁文滋禮以夐其質，厚葬久喪以亶其家。……以此移風，可以持天下弗失。」又《淮南・要略》云：「武王欲昭文王之令德，使夷狄各以其賄來貢，遼遠未能至，故治三年之喪，殯文王於兩楹之間，以俟遠方。」王念孫據此而言「武王始爲三年之喪」。近年復有學者舉此，以三年喪爲武王所創制。[103]

按《禮記・三年問》云：

> 三年之喪，人道之至文者也，夫是之謂至隆，是百王之所同，古今之所壹也，未有知其所由來者也。孔子曰：「子生三年，然後免於父母之懷。夫三年之喪，天下之達喪也。」[104]

據此，則秦、漢時禮家已不知三年喪「其所由來者」。蓋禮俗多由「積漸」以成，必欲執求何人所定制，非誣即鑿。孔子曰：「麻冕，禮也；今也純，儉，吾從衆。」[105]「從衆」、「從俗」乃禮俗施行之普徧原則。今喪家遽失所親，不問其家生活、經濟條件如何，一皆責以長喪，古先王制禮，斷無是理。《禮記・檀弓上》載：

> 子思之母死於衛，柳若謂子思曰：「子，聖人之後也，四方於子乎觀禮，子蓋慎諸！」子思曰：「吾何慎哉？吾聞之：有其禮，無其財，君子弗行也。有其禮，有其財，無其時，君子弗行也。」[106]

蓋禮從其所宜爲尚，非以備觀覽。《論語・爲政篇》：「孟懿子問孝，子曰：『無違。』……樊遲曰：『何謂也？』子曰：『生，事之以禮；死，葬之以禮，祭之以禮。』」[107] 行孝無涯，事父母但求「能竭其力」，葬祭則「盡哀」、「盡禮」而已。人之情性、現實處境各異，未必盡人皆可成孝子，然絕無有願負「不孝」之名者，死生之事大矣，孝子爲求「盡哀」、「盡禮」，必竭其力以之，故喪葬之俗自必有「上同」、「加隆」趨勢，如士庶而求上同於大夫，期而爲三年，齊衰而復有斬衰，胥此理也。然喪而至於三年，盡擯生事，斯則人所難能，即禮家亦認爲：「三年之喪，人道之至文者也，夫是之謂至隆。」其言「至文」、「至隆」，則知三年乃後來所增飾。《禮記・三年問》固明言：

> 何以至期也？曰：「至親以期斷。」是何也？曰：「天地則已易矣，四時則已變矣，其在天地之中者，莫不更始焉，以是象之也。」然則何以三年也？曰：「加隆焉爾也，焉使倍之，故再期也。」[108]

據此，則雖至親，本期年除喪，孔穎達《正義》云：「本實應期，但子加恩隆重，故三年焉爾也。」是三年之喪乃人子私情爲求盡哀盡禮而「加隆」焉，非三代古王制禮，即以三年爲定制也。

103　李洪君〈論三年喪俗起源于武王伐紂〉，2011年，《蘭台世界》第28期，頁63－64。
104　《禮記注疏》，卷五十八，頁4。
105　《論語注疏》，卷九，頁1。
106　《禮記注疏》，卷八，頁10－11。
107　《論語注疏》，卷二，頁2。
108　《禮記注疏》，卷五十八，頁3－4。

前述滕文公時，列國無行「三年之喪」者，渠欲博「孝」名，故就孟子而問焉，擬行「三年之喪」，而「父兄百官皆不欲」也。蓋春秋、戰國之際，因儒者極力鼓吹，三年喪之說漸習乎人口，故《墨子》乃倡「節葬」以反之。惟人情各異，世既有服三年者，則向時所行「至親以期斷」，漸有以為薄而逾制者，時俗倣效，各以「加恩隆重」為人子盡孝之表現。

漢初，似喪期漸有加長者，故漢文帝臨終時，謂：「天地萬物之萌生，靡不有死。死者，天地之理，物之自然者，奚可甚哀！當今之時，世咸嘉生而惡死，厚葬以破業，重服以傷生，吾甚不取。」遺詔速葬短喪。[109] 漢代以孝治天下，《論語》之書童蒙而習焉，孔子「三年之喪，天下通喪」之說，習乎人耳，然真能恪行三年喪哀瘁盡禮者究屬有限。《漢書‧翟方進傳》載：成帝時，丞相翟方進喪後母，「既葬，三十六日除服，起視事。以為身備漢相，不敢踰國家之制」。顏師古《注》：「漢制自文帝遺詔之後，國家遵以為常，大功十五日，小功十四日，緦麻七日。方進自以大臣，故云不敢踰制。」[110]《後漢書‧光武紀》載：中元二年（C.E.57），光武帝崩，遺詔曰：「朕無益百姓，皆如孝文皇帝制度，務從約省。」[111] 又〈蔡邕傳〉載熹平六年七月邕上封事，其七言：「臣聞孝文皇帝制喪服三十六日，雖繼體之君，父子至親，公卿列臣，受恩之重，皆屈情從制，不敢踰越。」[112] 是迄東漢之末，漢代君臣多從漢文帝遺制「以日易月」，三十六日除服。依兩《漢書》記載，成、哀之世，間有服三年喪者，行者或為天子所褒揚，或為衣冠所歎慕，或為鄉里所稱許，然服長喪者究屬極少數。及王莽當國，欲崇古學，乃倡三年喪制，惟光武時即止之。東漢安帝、桓帝時，亦曾議行「三年之喪」，然皆「令後五年復斷」。[113] 此顯示三年之喪現實上誠未易施行。雖東漢以後，服三年喪者史不絕書，此俱孝行過人，亦因其行為世所難能，故史籍特加記載。抑如：

《後漢書‧韋彪傳》載：彪「父母卒，哀毀三年，不出廬寢。服竟，羸瘠骨立異形，醫療數年乃起。好學洽聞，雅稱儒宗。」[114]

又〈濟北惠王壽傳〉載：濟北孝王劉次九歲喪父，「父沒，哀慟焦毀過禮，草廬土席，衰杖在身，頭不枇沐，體生瘡腫，諒闇已來二十八月。自諸國有憂，未之聞也」。[115]

又〈陳紀傳〉載：靈帝時，陳紀「遭黨錮，發憤著書數萬言，號曰《陳子》。……遭父憂，每哀至，輒嘔血絕氣，雖衰服已除，而積毀消瘠，殆將滅性。」[116]

此類毀瘠盡禮之行，究非常民所能。而三年生事俱廢，損其飲食，哀瘁傷身，亦非君人者所樂見，

---

[109] 《史記》，頁433－434。

[110] 《漢書》，頁3416－3417。

[111] 《後漢書》，頁85。

[112] 同上注，頁1997。

[113] 楊樹達《漢代婚喪禮俗考》，1933年，上海：商務印書館，頁237－247。

[114] 《後漢書》，頁917。

[115] 同上注，頁1807。

[116] 同上注，頁2067－2068。

職是之故，漢雖以孝治國，然迄未定「三年之喪」為國制。西漢末年，人主雖有意推行三年喪，然稍行輒止，終難久行。趙翼《廿二史札記》卷三「兩漢喪服無定制」條嘗論：「統計兩漢臣僚，罕有為父母服三年者，蓋因習俗相沿，已成故事也。」[117] 其為父母服長喪者，皆緣乎人子孝思，非由制度也。晉武帝泰始十年，群臣議太子喪服，杜預刻意曲解「諒陰」為既葬除服，三年心喪終制，[118] 以解決經義與現實之扞格，後世遵而行之。自是「三年之喪」葬畢惟戚容而無服，但「行之在心」，僅遺其形式，成為儒家孝道思想之「理念」耳。三年之喪既非古制，今必欲溯原其始，考之《禮記》，此似出東夷之俗。《禮記‧雜記下》載：

> 孔子曰：「少連、大連善居喪，三日不怠，三月不解，期悲哀，三年憂，東夷之子也。」[119]

而《禮記‧喪服四制》云：

> 始死，三日不怠，三月不解，期悲哀，三年憂，恩之殺也。聖人因殺以制節，此喪之所以三年，賢者不得過，不肖者不得不及，此喪之中庸，王者之所常行也。《書》曰：「高宗諒闇，三年不言」，善之也。

比觀二文，即知〈喪服四制〉所述「聖人因殺以制節」、「三日不怠，三月不解」云云之說，悉同少連、大連之所為。蓋孔子善其行，取以為法，因推廣之，並曲解《尚書》「高宗諒闇，三年不言」之文，以證此為先王舊制，「古之人皆然」，「王者之所常行也」。前臺灣大學孔德成教授亦以「三年之喪」為東夷之俗，其說云：

> 由〈雜記〉記載孔子所說「少連、大連善居喪云云」這段話看來，少連、大連為東夷之子，則其所行之禮，似應為東夷之俗。如果這個假設為是，則「三年之喪」很可能就是東夷的舊俗。曲阜為魯之都，亦在東夷奄之舊墟，可能是孔子因居所的關係，採取了此一東夷的風俗，而賦予新的理論，以「子生三年，然後免於父母之懷，⋯⋯予也亦有三年之愛於其父母乎」之說，將這一個風俗的意義解釋成一種報恩紀念的行為。至於孔子把三年之喪說為「天下之通喪」，以及「古之人皆然」，孟子說它是「三代共之」等說法，其用意是在於藉此鼓吹他們仁親的思想，因而提出的宣傳口號。[120]

此說可謂先得我心。蓋夷俗事簡情重，故有行三年喪者；至少連、大連所為，深合孔子喪祭「盡禮」、「殺以制節」之意，故晚年極力推行「三年之喪」。惟此本非時制，故子張問曰：「《書》云：『高宗諒陰，三年不言』，何謂也？」鄭玄《禮記注》云：「時人君無行三年之喪禮者，問有此與？怪之也。」[121] 子張以為「怪」，即知「三年之喪」固異俗也。復據《禮記‧雜記下》云：

> 士三月而葬，是月也卒哭。大夫三月而葬，五月而卒哭。諸侯五月而葬，七月而卒哭。士三

---

[117] 趙翼《廿二史札記》，《續修四庫全書》本，卷三，頁15。

[118] 《晉書》，頁619。

[119] 《禮記注疏》，卷四十二，頁6。

[120] 據章景明《先秦喪服制度考》轉引，1971年，臺北：臺灣中華書局，頁17。

[121] 《禮記注疏》，卷九，頁29。

虞，大夫五，諸侯七。[122]

蓋士、大夫本死後三月而葬，今孔子乃主張「三年之喪」，故宰我以爲「期已久」，反對長喪。《論語・陽貨篇》記：

> 宰我問：「三年之喪，期已久矣。君子三年不爲禮，禮必壞；三年不爲樂，樂必崩。舊穀既沒，新穀既升，鑽燧改火，期可已矣。」
>
> 子曰：「食夫稻，衣夫錦，於女安乎？」曰：「安。」「女安則爲之！夫君子之居喪，食旨不甘，聞樂不樂，居處不安，故不爲也。今女安則爲之！」宰我出。
>
> 子曰：「予之不仁也！子生三年，然後免於父母之懷。夫三年之喪，天下之通喪也。予也有三年之愛於其父母乎？」[123]

此章「君子三年不爲禮」諸句，皇侃《義疏》云：

> 君子，人君也。人君化物，必資禮樂。若有喪三年，則廢於禮樂，禮樂崩壞，則無以化民，爲此之故，〔故〕云宜期而不三年。[124]

皇侃認爲此章所云「君子」，係就「人君」言之，此似未可執也；然此「君子」必爲治民者，則可知也。今繹宰予之言「若有喪三年，則廢於禮樂」云云，知此爲未然之詞，非時制也。又宰予斟酌其宜，而有「期已久矣」、「期可已矣」之說，知此問答應在孔門推行三年喪之初，與子張之問「高宗諒陰」者，殆相前後，故一以爲怪，一以爲過長。倘「三年之喪」此前久已行之，則宰予何人斯，焉敢僭妄欲改天下久行之「通喪」，而人亦孰肯聽之？孔子但斥其「不仁」，不責其破壞先王禮制，亦可證此非時制也。此章「舊穀既沒，新穀既升，鑽燧改火」諸句，馬融《注》云：

> 《周書・月令》有更火之文，春取榆柳之火，夏取棗杏之火，季夏取桑柘之火，秋取柞楢之火，冬取槐檀之火。一年之中，鑽火各異木，故曰「改火」也。[125]

皇侃《義疏》云：

> 夫人情之變，本依天道。天道一期，則萬物莫不悉易，故舊穀既沒盡，又新穀已熟，則人情亦宜法之而奪也。鑽燧者，鑽木取火之名也，〈內則〉云「大觴木燧」，是也。改火者，年有四時，四時所鑽之木不同。若一年，則鑽之一周，變改已遍也。[126]

何晏《集解》不釋「舊穀、新穀」二句，蓋如字面解之，故皇侃特爲補釋其義。歷來學者解此，其說皆同。惟此似未得宰我言外之旨，按《漢書・五行志》云：

> 《書序》曰：「伊陟相太戊，亳有祥，桑穀共生。」《傳》曰：「俱生乎朝，七日而大拱，伊陟戒以修德而木枯。」劉向以爲殷道既衰，高宗承敝而起，盡「諒陰」之衰，天下應之。

122　同上注，卷四十三，頁3。
123　《論語注疏》，卷十七，頁8−9。
124　皇侃《論語義疏》，卷九，頁17。
125　《論語注疏》，卷十七，頁8。
126　皇侃《論語義疏》，卷九，頁17。

> 既獲顯榮，怠於政事，國將危亡，故桑穀之異見。桑，猶喪也；穀，猶生也。殺生之秉失而在下，近草妖也。[127]

劉向所言「桑，猶喪也；穀，猶生也」，蓋秦漢相傳古義，則宰予言「新穀既升」，即以喻生；「鑽燧改火」，則指桑柘之火，以喻喪也。宰予於孔門四科居言語之首，其必言「舊穀既沒，新穀既升」者，蓋言人生於世，自有升沒，生死乃自然之理，而人子非惟送死，尚需養生育幼，未可因親死久喪，凡百生事悉廢，故宰予本從時制，以士大夫「三月而葬」，「期已久矣」；必欲「加隆」，則依天道循環之理，主張「期年可已矣」。孔子則認爲：在昔殷高宗已行三年之喪，蓋古之人俱然，且「子生三年，然後免於父母之懷」，因堅持三年之喪，且益信此爲「天下之通喪」也。《史記・孔子世家》載：

> 孔子病，子貢請見。孔子方負杖逍遙於門，曰：「賜，汝來何其晚也！」……後七日卒。……孔子葬魯城北泗上，弟子皆服三年。三年心喪畢，相訣而去則哭，各復盡哀，或復留。唯子貢廬於冢上，凡六年然後去。弟子及魯人往從冢而家者百有餘室，因命曰「孔里」。[128]

孔鯉早卒，孔子晚年衰病，群弟子各有生事，不能長侍左右，孔子益生寂寥之感。而三年喪者，仲尼所鼓吹，晚年常縈念於心者，故孔子卒後，群弟子「各復盡哀」，爲服三年心喪。（《禮記・檀弓上》鄭玄《注》：「心喪，戚容如父而無服也。」）而子貢復「加隆」焉，「廬於冢上，凡六年然後去」。而宰予則爲孔門所屏，《史記・仲尼弟子列傳》云：「宰我爲臨菑大夫，與田常作亂，以夷其族，孔子恥之。」[129]此說傳聞失實，司馬貞《史記索隱》已辨其誤：

> 按《左氏傳》無宰我與田常作亂之文，然有闞止字子我，而因爭寵，遂爲陳恆所殺。恐字與宰予相涉，因誤云然。[130]

趙翼《陔餘叢考》卷五、梁玉繩《史記志疑》卷二十八、桂馥《晚學集》卷二〈宰予與田常作亂辨〉，並論其誣。[131]按司馬遷嘗「適魯，觀仲尼廟堂車服禮器，諸生以時習禮其家，余祇回留之，不能去云」。[132]宰予與田常作亂之說，蓋孔里所流傳，故司馬遷據以載入《史記》。宰予不欲三年喪，孔里竟以「夷族」詛之；而《史記》宰予〈傳〉以「孔子恥之」四字作結，今余讀之，輒有餘痛焉。

127　《漢書》，頁1410。

128　《史記》，頁1944－1945。

129　同上注，頁2195。

130　同上注。

131　趙翼《陔餘叢考》，乾隆五十五年，湛貽堂刊本，卷五，頁10－11；梁玉繩《史記志疑》，1981年，中華書局點校本，頁1212－1213；又桂馥《晚學集》，《續修四庫全書》本，卷二，頁12－14。

132　《史記》，頁1947。

五、結論

《論語》子張問「高宗諒陰」章,影響傳統中國喪服制度既深且遠。顧「諒陰」原義爲何?春秋時已漸失其解;而「高宗諒陰」史事,因時遠事湮,孔門當日已不得其詳,今更邈漠難稽。惟繹《尚書‧無逸篇》周公稱述「高宗諒陰,三年不言」原委,其文原與「居喪」無關,而因孔門誤解及戰國儒家之演繹,此二語竟成儒者推行「三年之喪」主要之歷史依據。西漢以後,儒家思想取得引領、主導社會價值之優勢地位,而喪服禮制爲綱常名教之所繫,透過制度規範,服制成爲體現中國孝道思想最具表徵之符號形式。

近年學者討論「三年之喪」起源者眾,或因循舊說而折衷之,或支離牽附,競標新異,各據所聞,迄無定論。本文由現存先秦語料,鉤稽「諒」字湮薶之古義,並藉由西漢新君繼立史事,推證高宗「諒陰不言」之事實本末。今考索所得,綜其要者凡若干事:

一、「諒」、「強」二字古通用,此訓久已湮失,歷來辭書俱闕此義。然由「鱷」字或體作「鯨」,知從「畺」從「京」之字古音相近。《說文》「倞」字、「勍」字並訓爲「強」,而《禮記‧郊特牲》鄭注云:「倞,或爲諒。」則「倞」、「諒」二字本通用;「諒」、「強」其音亦近,可以通假。「高宗諒陰」,「諒」字訓「強」,「陰」若「闇」字訓「默」,「諒陰」即「強默」、「強抑不語」之謂也。

二、高宗即位後,何以「乃或諒陰,三年不言」?現存先秦、兩漢群籍語焉而不詳。今由西漢史事推證,昌邑王、漢哀帝初即位,頗思興革,亟欲剷除權臣舊勢力,以創新局,王吉、師丹輒引「高宗諒陰,三年不言」史事誡之。蓋其時霍光、王莽前後把持國政日久,黨親盤據於朝,新君遽由侯國入京繼統,朝中勢孤,王吉、師丹洞燭形勢,因各勸其主,宜效「高宗諒陰」故事,政事一聽於冢宰(權臣),俟權力基礎穩固後,乃徐圖之。惜昌邑王、漢哀帝俱不能聽,終致速敗。而殷高宗即位後所以「諒陰不言」者,非因居喪,實審度情勢,強忍自抑,以圖後計也。

三、殷代王位繼承,以「兄終弟及」爲主,無弟則傳子。陽甲卒後,傳弟盤庚,盤庚傳弟小辛,小辛復傳弟小乙。小乙無弟,其後繼統者究爲小乙之子武丁,抑傳諸陽甲之子?今據《尚書》言高宗「舊(久)勞于外,爰及小人作」,知武丁並非原定繼統之人。然當時冢宰爲求操控國政,因迎立武丁於野。武丁初即位,雖欲有爲,然朝中勢孤,故強自克制,三年不言,政事悉決定於冢宰。待其權力根基穩固後,乃託言夜夢所見,尋得強圉能幹之胥靡刑人傳說,相與共謀剷除冢宰勢力,終底於成,遂啓殷代中興之局。

四、今人討論「三年之喪」起源,諸說不一,或謂此本殷人舊制,或謂周武王、周公所創制,或謂孔子託古改制,或以爲東夷之俗。今由卜辭、西周銘文、《尚書》、《左傳》、《論語》、《孟子》諸書鉤稽互證,知殷代、西周、春秋、戰國俱未行三年喪制。而據《禮記‧雜記下》孔子曰:「少連、大連善居喪,三日不怠,三月不解,期悲哀,三年憂,東夷之子也。」此「三日不怠」云云之說,與《禮記‧喪服四制》所言三年喪制正同,蓋此本東夷之俗,孔子嘉少連、大連居

喪所爲，能盡哀盡禮、「因殺以制節」，故法而推廣之，並曲解《尚書》「高宗諒陰，三年不言」之文，以「諒陰」爲「居喪」，且由「三年不言」推臆殷代已行三年喪矣。

　　五、孔子晚年極力鼓吹三年之喪，子張以其異乎時制，怪而問之；宰予則以三年爲過久，認爲死生乃自然之理，親喪固當盡哀盡禮，然人子尙需負生養之責，長喪則傷生破業，故主張宜法天道，以期年爲斷。孔子則以「子生三年，然後免於父母之懷」，堅持三年之喪。三年喪期是否合宜，宰予「理性思維」雖爲孔子所抑，一時受挫。漢以孝治天下，武帝獨尊儒術，然漢代並未定三年喪爲國制，其間雖有人君欲推行之，然稍行輒止，終兩漢之世，究以短喪爲主。蓋長喪有妨生業，難以久行，故漢文帝遺詔，三十六日釋服；東漢光武帝因之。晉武帝時，群臣議太子喪服，杜預刻意曲解「諒陰」爲既葬除服，三年心喪終制，以解決經義與現實之扞格，後世遵而行之。自是「三年之喪」僅遺其形式，北魏崔鴻所謂「三年之餘哀，不在服數之內」也。[133]

---

[133] 魏收《魏書》，1974年，北京：中華書局點校本，頁2798。

附

錄

據「四民分業」之制試撰李杜研究二題[*]

楊承祖[**]

一、何謂「四民分業」？

「四民分業」是說士、農、工、商在社會或國家中因從事的工作或生產方式形成的四種行業，也使從事其業者各有了不同的身份。在中國歷史上頗長一段時期，呈現具體或約模的區分，也形成階層之別。

早在春秋戰國時期，「四民分業」的情形，就有政治家和思想家注意到了。先則見於《國語・齊語》中管仲回答齊桓公的問話，其後《左傳・昭公二十六年》晏子回答齊景公如何可以保國有國，就說要「民不遷，農不移，工賈不變，士不濫，官不滔」。[1]孟子在〈滕文公上・許行章〉更談到「勞心者治人，勞力者治於人」，是對國民分業問題再深一層的討論。

二、唐代「四民分業」實明見於史籍

先秦已見「國民分業」，而秦統六國之後，政治經濟規模更進，雖治亂相仍，而社會中的「國民分業」，並未泯退。到了唐朝，已有明確的政令，見於史籍，規定「四民分業」。北京中華書局陳仲夫點校本《唐六典・尚書戶部卷第三》云：

> 凡天下之戶，……百戶為里，五里為鄉。兩京及州縣之郭內分為坊，郊外為村。里及村坊皆有正，以司督察。四家為鄰，五家為保。[2]保有長，以相禁約。凡男女始生為「黃」，四歲為「小」，十六歲為「中」，二十有一為「丁」，六十為「老」。每一歲一造計帳，三年一造戶籍。縣以籍成於州，州成於省，戶部總而領焉。凡天下之戶，量其資產，定為九等。每定戶以仲年，（子、卯、午、酉），造籍以季年（丑、辰、未、戌）；州縣之籍恒留五比，

---

[*] 國立臺灣大學中國文學系退休教授。本文原載《曾永義先生學術成就與薪傳國際學術研討會論文集》（臺北：臺灣大學中文系，2017年）。

[**] 本文撰寫之際，曾就唐代史料之解析，與高明士教授切磋討論，獲益良多，謹此誌感。

[1] 西晉・杜預注：「濫，失職；滔，慢也。」

[2] 「五家為保」或作「五鄰為保」〈陳校〉於卷三（注112）討論甚詳（見頁98、99），可參看。

　　　省籍留九比。[3]

對戶籍如此重視，其中包含了農業授田政策的規畫與執行，賦稅徵收和役政，尤其制定鄉里村坊爲保有長「以司督察」、「以相禁約」，應該是對人民的督察制約。由此可知，國政正常運作時，可以做到令行禁止。

　　上引《唐六典》中的政令，在《舊唐書》的〈職官志二・尚書・戶部・郎中員外郎〉條和〈食貨志上・武德七年始定律令〉條都能見到，內容文字類同，也都強調：

　　　士農工商，四〔民〕（人）各業，食祿之家，不得與下人爭利，工商類種，不得預於士。

雖只說「士」和「工商」的區隔，其實農和士是同類的，因爲上引政令和戶部職掌，幾乎全是關於農民的權利義務，國家的財政也主要靠農業，而農民也比較能有餘暇讓子弟讀書成爲士，進而通過考選「入仕」成爲官吏。因之，「四民分業」對國民能否參加科考的限制影響，顯而易見。更明確地說，「士商雜類」不能參加科考選舉。[4]

　　根據以上的了解，我想就兩位盛唐大文學家，李白和杜甫，各提一個問題來討論，拙見是否有當，惟祈方家不吝指正。

三、李家業商，故太白不能參加科考

　　李白家世，資料參差，但家本富有，則應可信。他在〈上安州裴長史書〉中曾言：「曩者東遊惟揚，不踰一年，散金三十餘萬。」讀他的樂府詩〈將進酒〉：「天生我才必有用，千金散盡還復來……主人何爲言少錢，逕須沽取對君酌。五花馬，千金裘。呼兒將出換美酒，與爾同銷萬古愁」，就能感覺到出身富豪之家讒能有此吐屬，然則到了揚州，不踰一年散金三十餘萬，可以相信不是虛矯的空言。[5]

　　李白家庭富有，應是其父李客經商致富。據王琦的《李太白年譜》，在開元八年李白二十歲時，說他「性倜儻，……輕財重施，不事生產」又約計開元十三年（七二五）二十五歲時出蜀，「遊襄漢，南泛洞庭，東至金陵、揚州，更客汝海，還憩雲夢，故相許圉師家以孫女妻之，遂留安陸十年。」並註曰：「以上遊歷之處……其歲月皆無可考，而娶於許氏，約計當在是年之後。」是知李白出峽漫遊初期，是靠家貲，以後文名大振，更是自天子至於庶民，賜齎不絕。既不乏居停之

---

[3] 唐・李林甫等撰、陳仲夫點校，《唐六典》（北京：中華書局，2014年7月）。本文凡舉《唐六典》均據此本。

[4] 關於「四民分業」的問題，凍國棟教授有〈唐宋歷史變遷中的「四民分業」問題〉等論文，研考詳密，可參考。凍氏此文原題尚有副標題「述唐中後期城市居民的職業結構」。收入《唐宋制度變遷與社會經濟學術研討會論文集》（廈門：廈門大學，2002年10月）；又收入《暨南史學》第三輯（廣州：暨南大學出版社，2004年），及凍氏專書《中國中古經濟社會史論稿》。

[5] 周勛初〈李白研究百年回眸〉說：「李白自述生平，要以〈上安州裴長史書〉一文爲詳。」見周氏所編《李白研究》，頁48。

處，更何愁漫遊之資呢？[6]何況開元盛世，國富民殷，正如杜甫所詠：「憶昔開元全盛日，小邑猶藏萬家室。稻米流脂粟米白，公私倉廩俱豐實。九州道路無豺虎，遠行不勞吉日出。宮中聖人奏雲門，天下朋友皆膠漆。」（〈憶昔〉其二）

又《舊唐書‧玄宗本紀‧開元二十八年》：

其時頻歲豐稔，京師米斛不滿二百，天下乂安，雖行萬里，不持兵刃。

與杜詩所云正符。

行歌漫遊，文章驚世，並不是李白人生嚮向的最高目的，他和杜甫一樣，希望能致君堯舜，入世濟民。唐人想獻身朝廷，莫如經由科舉，而李白不應科舉是研究者頗為關心的課題。

周勛初先生在〈李白研究百年回眸〉中說：

李白的與眾不同處之一，……既不去應常科的進士明經考試，也不去應天子特詔的制科試。原因何在，引起了學術界的廣泛注意。解決這一問題，只能從李白的家庭和其本人身上去找解答。[7]

周先生指出的方向是對的，可是研究者的著力點卻有偏差。這些偏差暫且不提，我想從兩方面加以討論：一是李白不願參加，一是李白沒有資格參加。

李白願否參加科舉考試，雖有主動拒考的可能，但先要有曾被徵拔的記錄，方能討論。但除了永王璘在至德元載（756）曾加延聘，他也應召入為幕僚，雖然是在安祿山叛亂之後，玄宗奔蜀中途，於普安令諸子分鎮，方有永王璘擅兵之事，李白竟受徵入幕，其非不欲仕宦至顯，然則不拒科考亦至明顯。既如此，則李白不應科考，非不欲，實以未能預於科考也。

何以如此？周先生曾歸納出兩種情況，一是李白之父李客為富商或富有的胡商。胡商之說，出於陳寅恪先生在前，富商之說，出於郭沫若在後。[8]周先生曾析論陳說為長，所論誠是，惟無論胡商或富商，均屬「不得預於士」的「工商雜類」，無法取得「五家為保」或「四鄰為保」的保約，李客是在李白五歲時「逃歸于蜀」的，既屬「逃歸」，必無正式的戶籍，不可能成為農戶，分配到田地，更談不到為「縉紳士宦」了。既未「食祿」，又無田地，其能致富，必由經商。

李白在出蜀之前，文學已嶄露英華，受到由禮部尚書出為益州長史的蘇頲賞識，待以布衣之禮，謂群僚曰「此子天材英麗，下筆不休，雖風力未成，且見專車之骨，若廣之以學可以相如比肩。」（見《王譜‧開元八年（720）》）此際李白年方二十，已文采斐然，必受過良好的文學教育，這也與其家境富裕不無關係。

家境既好，文學又高，卻由於商家的身分不能取得科考的資格入仕，只能以新詞見賞於玄宗，

6　同上，周勛初〈李白研究論文薈萃〉收喬象鍾〈李白漫遊的經濟來源〉論此甚詳。
7　周勛初：〈李白研究百年回眸〉，《李白研究》（武漢：湖北教育出版社，2003年8月），頁35。
8　陳寅恪：〈李太白氏族之疑問〉，1935年。
　　郭氏說見其所撰《李白研究》，1971年，頁19。
　　周勛初：〈李白研究百年回眸〉，《李白研究》（武漢：湖北教育出版社，2003年8月），頁32-35。

待詔翰林，至代宗初，乃拜左拾遺，而制下白已前卒，如范傳正〈李公新墓碑序〉所云「生不及祿，沒而稱官」，假定李白能應科舉，早登仕版，就不致如此了。

四、杜甫未嘗賣藥及混跡漁商

當代研究杜甫，很少人不利用聞一多先生的《少陵先生年譜會箋》（下稱《聞譜》），而最受讀者喜愛的，則應數馮至的《杜甫傳》（下稱《馮傳》），文筆流暢，敘事簡達。一九五二年由北京人民文學出版社，以正體字直排，於十一月發行第一版，到一九五五年三月已經第七次印刷了，其暢銷可知。一九八〇年三月，第二版發行改用簡體字，橫排右行，增加附錄二種，其一爲論述三篇，其二爲小說一篇，而正文則似未改動。

馮氏在初版「前記」中說：

> 作者在寫這部傳記，力求每句話都有它的根據，不違背歷史。……這部傳記在一九五一年一月到六月的《新觀察》上連續發表時，有不少的讀者對它……提出寶貴的意見，發表後又有人寫了評論，這給作者很大的鼓勵，如今印成單行本，作者……參酌那些意見和評論，作了必要的修正和補充。[9]

可見馮氏寫此傳時是很愼重的，其後孟瑤教授在新加坡得見此書，知道臺灣讀者無法看到，便加改寫，也稱《杜甫傳》，我因已有《馮傳》，並未細看孟瑤的《杜甫傳》不知其中有無論及下文所要提出的問題。

我現在只提兩個問題來討論：杜甫曾否賣藥，及曾否混跡漁商之市。

（一）賣藥的問題

《馮傳》第五章〈長安十年〉中說：

> 杜甫在李林甫的陰謀政治裏受到打擊，同時他的經濟情形也起了大變化。……他在長安一帶流浪，一天比一天窮困，爲了維持生活，他不能不低聲下氣，充著幾個貴族府邸中的「賓客」。……除此之外，還找到了一個副業，他在山野裏採擷或在階前培種一些藥物，隨時呈獻給他們（按指貴族）換取一些「藥價」，表示從他們手裏領到的錢財不是白白得來的。這就是他後來所說的「賣藥都市，寄食友朋。」[10]

上引最後兩句，是杜甫〈進三大禮賦表〉的句子，所謂「賣藥都市」是用韓康賣藥的典故，表示自己尙爲處士，隱居山林。王勃在〈秋晚入洛於畢公宅別道王宴序〉中也寫過「野老披荷，暫辭幽澗；山人賣藥，忽至神州」，便是用《後漢書‧遺民傳》韓康常采藥名山，賣於長安市的故事入

9　馮至：《杜甫傳》（北京：人民文學出版社，1955年3月），頁2。
10　同前註，頁44。

文，這都是文詞用典。《馮傳》坐實杜甫眞正以賣藥爲副業，恐怕是錯了。

（二）在漁市擺攤的問題

《馮傳》在最後一章〈悲慘的結局〉中，又寫杜甫：

> 到了潭州，船成了他的家。他殘廢多病，有時在漁市上擺設藥攤，出賣藥物來維持生活，一天，有一個名叫蘇渙的來拜訪他，在茶酒間把他近來寫的詩在杜甫面誦讀，杜甫聽了，覺得句句動人，小小的船篷裏充溢著金石的聲音。……此後蘇渙便常到漁市來看杜甫，杜甫也常到蘇渙的茅齋裏暢談……。[11]

此言在漁市擺攤賣藥便是不知「四民分業」中，「食祿之家不得與下人爭利」的規定。杜甫至遲在嚴武回鎮劍南時，拜工部員外郎，已是中朝尙書省從六品上的「食祿之家」了。雖說流落湖湘，但所到岳潭，仍與守令相唔，能得餽贐，自然不須也不能和漁販爭利了。[12]其後，一九五八年四川省文史研究館出版館長劉孟伉的《杜甫年譜》，就把《馮傳》中這一段，置入譜中，久而久之，杜甫在潭州賣藥漁商之市，將被視爲實然。

五、結語

「四民分業」在唐朝見諸政令，必曾實行。但安史之亂以後政治經濟變動劇烈，政令鬆動在所難免，而李白、杜甫主要生活在開元天寶間，以「四民分業」之制，討論他們的問題，應該大致可信。但再往下，尤其金元以後，北方民族統治中國，社會變遷劇烈，國民分業勢必更受民族文化差異的影響。近代西方勢力東漸，文明科技日異月新，要討論起來就會另是一番光景了。

---

[11] 同前註，頁178。

[12] 見《舊唐書》卷四三〈職官志〉「工部員外郎」條。

楊承祖先生行述

黃啟方[*]

　　先生諱承祖，湖北省武昌市人，民國十八年二月十四日生。父海平公，母江惠存女士。先生五歲入武昌第十小學；抗戰軍興，隨父母避難四川、貴州，先後肄業於萬縣金陵大學附中、貴州省立安順中學、四川長壽國立十二中；畢業於湖北省立武昌第一中學，旋入遷校漢口之國立湖北師範學院。

　　民國三十八年夏，國共和談破裂，時局丕變；先生隨梁氏姨父母南走廣西，其後隻身赴重慶，而海平公適于役新疆，間關抵重慶，父子因得相聚。十一月末，西南情勢危殆，海平公隨政府撤遷，經成都飛海南抵臺灣，艱苦險巇，先生隨侍在側。

　　三十九年春，先生考入臺灣省立師範學院（今國立台灣師範大學）國文系，在校三年餘，從系主任高鴻縉先生及許世瑛、程發軔、潘重規、高明、牟宗三、李辰冬、蘇雪林、董作賓、伍叔儻、王叔岷、閔守恆等教授受學；四十二年卒業。服預備軍官役一年後，由閔教授及數學系管公度主任推薦，任教於省立台北成功中學。

　　民國四十四年，從許世瑛教授遊，撰寫論文《元結研究》，是爲先生論文考史之始。明年，入臺灣大學中國文學研究所深造；在學期間，受業於臺靜農主任及戴君仁、鄭騫、董同龢、陳槃、王叔岷、屈萬里等教授，並由鄭騫教授指導，撰寫論文《張九齡研究》。四十八年畢業，獲文學碩士學位。時閔教授在南洋大學，邀先生往，未果行。乃任教於臺北市第一女子高中，並應許世瑛教授之召，至淡江文理學院（今淡江大學）中文系兼任講師，開授「詩經」、「文選及習作」課程。四十九年秋，應聘爲臺灣大學中文系講師。五十五年秋，新加坡南洋大學聘爲新制副教授，講授「詩經」、「史記」、「唐宋文選」等課程。

　　民國五十七年歲暮，先生獲紐約卡內基基金會贈與大英國協大學教席專題研究獎助，赴美、加考察華語文教學。先生返臺稍作安頓，即由日本轉赴美、加，先後參訪日本京都大學、大阪大學；美國夏威夷大學、耶魯大學、哈佛大學、普林斯頓大學；加拿大多倫多大學、溫哥華不列顛哥倫比亞大學等二十餘所名校，觀摩考察其華語文教學，既見各大學華語文教育之慘澹經營，又對美國各名校及國會圖書館收藏豐富之中文圖書，印象深刻，認爲其發展實未可限量云。

　　先生在美、加期間，歷覽各大博物館、美術館，眼界由是大開。又得晤西方漢學名家蒲立本、

* 國立臺灣大學中國文學系退休教授。

傅漢思、牟復禮諸教授，並拜會旅美中國學者趙元任、李方桂、蕭公權、何炳棣、錢存訓、李田意、勞榦、陳世驤等名宿，先生嘗自謂：「接其風儀，多獲啓迪。」欣幸之情，溢於言表！

先生結束美、加三個月訪問行程，取道歐洲，經英、德、瑞士、希臘、義大利諸國，翌年春末返抵新加坡。遊歐期間，「訪古觀風，觸目興懷，於人類歷史文化之興衰演遞，儆省之餘，感慨繫之！」此次西遊，一則開拓先生之視野襟抱，再則增進先生對歷史文化之省思。

先生講學新加坡期間，曾駕車遍遊馬來西亞：南起新山，經麻六甲、狄克生港、吉隆坡、怡保，至檳榔嶼而返。沿途縱覽南國風光，憑弔華人古蹟；而於馬來亞社會貧富之懸殊、馬來農村人民經濟力之薄弱，華人經商多致富而政治上則倍受壓抑諸現象，感觸特深；故每開諭華裔子弟：「毋以種族差異而生歧視，而當就社會之開放、經濟之互利、教育機會之均等與夫文化之溝通作努力，以期化解無益有害之矛盾與衝突，而謀族群之共適共存。」蓋有感於南洋華人屢遭暴力迫害，而華裔子弟有以馬來人爲智力弗及而加歧視者，故先生苦心勸牖焉。仁者之懷，其言藹然！

先生經吉隆坡時，特趨謁王叔岷教授於馬來亞大學；王教授止宿命酒，師生夜話星移，樂如之何！先生在南大三年，系主任爲李孝定教授，李教授精研甲骨學，碩學宿儒，溫文爾雅，與先生本舊識，賓主相得。民國八十六年八月，李教授病逝臺北，先生特撰〈李陸琦教授行述〉，深致哀挽！

先生於五十八年回臺，轉任臺中東海大學副教授，越二年，晉正教授。六十三年，臺大中文系龍宇純主任特邀先生返臺大任教。七十二年，先生復應東海大學梅可望校長之聘，經臺大同意，出任東海大學中文研究所所長，乃廣延國內宿學名家，先後禮聘李孝定、周法高、李田意、汪中、龍宇純、羅錦堂、張敬、昌彼得、鄭清茂、胡楚生諸先生，爲專任講座或兼任教授，一時斯文甚盛，學界稱羨。乃增設博士班，造士益眾，學生咸感其德，至今猶多追念其事者。七十七年，先生辭東海職事，返台灣大學任教。明年，東海梅校長又力請回任，先生感其誠，因於七十九年八月提前自臺大退休，轉任東海大學教授兼所長，更歷五年，致力延攬師資，增開課程。八十八年，先生以年屆古稀，再自東海退休。九十二年，世新大學中文系新設研究所，洪國樑主任簽准專案禮聘先生等爲兼任教授，前後十餘年；世新大學中文系師生，如沐春風，尊之如泰山北斗，崇敬有加。

先生從事教研工作逾五十年，除早歲曾擔任成功、北一女二高中教席，其在上庠，專任則臺大、東海與南洋大學，兼任則淡江、文化、大同、中山、中興、世新；分別講授「詩經」、「史記」、「國學導讀」、「漢魏六朝、唐宋、明清散文」、「專家文」、「杜詩」、「唐代文學專題」、「傳記研究」、「國劇概論」、「國劇音韻」等課程，指導學位論文，嘉惠學子。先生既關切唐代文史研究，爰於民國七十二年與莊申、羅聯添、汪中、王壽南等教授，共同發起成立「中國唐代學會」，深得嚴耕望、李樹桐等前輩學者贊成其事。籌畫之初，先生殫心盡力；創立前期，任總幹事，諸事親爲，會務井然；後被推爲理事長，更歷任理監事，始終如一。「唐代學會」定期主辦國際、國內學術會議，發行會刊與論文集，規畫極嚴謹，甚得海內外學界所推重，會員多有日、韓、美、歐、港、澳籍學者。七十九年，先生率學者十餘人專赴南京大學，參加唐代文學研究會舉

辦之國際學術會議，與大陸學者互動誠摯，建立深厚情誼，開兩岸文史學界交流之紀元，其後兩岸學者互訪講學，漸成常規，實拜先生之首倡！

先生博涉經史，感於早歲之顛沛流離，論學尤重「知人論世」之義，故其撰述，特擅文人傳記之考訂與作品寓意之辨析，而於唐代文學所入尤深，所撰專著如《張九齡年譜》（台灣大學出版）、《元結研究》（國立編譯館出版），皆蜚聲學界。晚歲又輯其專論三十餘篇，并歷年所作傳、序、事略、雜文等，都為一集，計兩巨冊八百頁，自署《楊承祖文錄》，親自校閱，再三修訂，寤寐縈思，必蘄至當而後已。如是者年餘，始由門人中央研究院歷史語言研究所陳鴻森研究員送交上海華東師範大學出版社印行。書將出版，而先生遽歸道山，竟不及親見全集問世！天意難測如此，悲乎！然先生最後精思悉萃於此，神實式憑。

先生自入大學，所在組織劇社，以耽喜國劇而嫺習老生也。又頗喜票戲，與龍宇純教授同聲相應，為文史學界之美談！先生於唱戲一事，嗜之不厭，至老弗衰，蓋以為可以舒情適意，引氣強身。先生於保健之道，素極講求，自少即習游泳，曾入選臺大與師大校隊；平居常作長泳，雖旅途之中、冬寒之日不肯輟，亦終身之樂也！先生嘗言：「讀書、教書、游泳、唱戲，為祛老延年之方。」先生儀形魁偉，朋儕暱稱「楊胖」而不名；雖聲若洪鐘，望之儼然，然和藹可親，尤好獎掖後進。夫讀書、教書，靜者也；游泳、唱戲，動者也。夫子不曰「智者動，仁者靜；知者樂，仁者壽」乎？以先生之涵泳，壽登期頤，不卜可知也。乃民國九十九年間，先生突為類帕金森症候群所侵，舉止行動日受影響，偶爾票戲，或不免跌躓，然樂此不疲，稍癒輒復往。今年初，因血壓低降，停用高血壓藥。八月下旬，復因心律不穩，加裝心律調節器後，恢復良好，門人陳鴻森前往探望時，猶暢談最後校訂稿若干元結繫年問題，娓娓忘倦，神明不爽。九月三日，忽爾發燒，急赴臺大醫院就診，疑似吸入性肺炎，幸症狀尚輕，不意九月四日午後，遽爾轉劇，延至九月五日上午七時五分，因心臟衰竭而登仙籍。噩耗傳出，學界震悼！

夫人周俊瑜女士，山西忻縣人，銘傳商專畢業，長期任中學教職；民國五十三年來歸先生。長子先謹，台灣電視公司新聞部副主任；次子先愷，英文教師。長媳楊錦蓁，財團法人自行車研發中心行政部經理。次媳李嘉琳，香港商法華香水化粧品有限公司台灣分公司進出口及產品登記主任。孫友端，先謹子，高中肄業。家屬擇於九月十七日穀旦，假臺北市第二殯儀館至真三廳設奠治喪，上午十時三十分家祭，十時四十五分公祭。靈骸暫厝六張犁「慈恩園」。

嗚呼！斯老云亡，遺編恆長；知者卹哀，後生徒傷，唯其豁達明朗之承揚！

晚 黃啓方 拜述
2017年9月10日

楊承祖教授著作目錄

洪春音校錄

一、專書

1. 《張九齡年譜附論五種》，1964年，《臺灣大學文史叢刊》二集。

   按此書後由先生增訂，易名《唐張子壽先生九齡年譜》，1980年由臺灣商務印書館重印出版。

2. 《元結研究》，2002年，臺北：國立編譯館。

3. 《楊承祖文錄》上下冊，2017年，上海：華東師範大學出版社。

二、學術論文

1. 〈元結年譜〉，1963年，《淡江學報》第2期。

2. 〈淺釋詩經葛覃篇〉，1964年，《孔孟月刊》2卷第5期。

3. 〈詩經正變說解蔽——兼論孔子授詩的態度〉，1964年，《孔孟月刊》3卷第3期。

4. 〈元結年譜辨證〉，1966年，《淡江學報》第5期。

5. 〈敦煌唐寫本伯二五六七《唐人選唐詩》校記〉，1967年，新加坡《南洋大學學報》第1期。

6. 〈丘菽園研究〉，1969年，《南洋大學學報》第3期。

7. 〈孟浩然事蹟繫年〉，1970年，《許詩英先生六秩誕辰論文集》，臺北：驚聲文物供應公司。

8. 〈胡適對中國白話舊小說考證與批評的貢獻〉，1973年，《東海學報》第14期。

9. 〈楊炯年譜〉，1975年，《東方文化》13卷第1期。

10. 〈元結交遊考〉，1979年，《書目季刊》13卷第1期。

11. 〈閒適詩初論〉，1981年，《臺靜農先生八十壽慶論文集》，臺北：聯經出版公司。

12. 〈杜詩用事後人誤為史實例〉，1983年，《中央研究院歷史語言研究所集刊》54本第1分。

13. 〈杜甫政治生涯的新探討——東川奔走真相的解釋〉，1985年，《鄭因百先生八十壽慶論文

集》，臺北：臺灣商務印書館。

14. 〈杜甫李白高適梁宋同遊考年〉，1985年，《臺灣師範大學校友學術論文集》，臺北：水牛出版社。

15. 〈杜甫傳記研究中的畸變〉，1987年，《香港大學中古史研討會論文集》。

16. 〈胡適對中國語文與文學研究的貢獻〉，1987年，臺灣大學中文系編《毛子水先生九五壽慶論文集》，臺北：幼獅文化事業公司。

17. 〈從世故與真淳論杜甫的人格性情〉，1989年，《第一屆國際唐代學術會議論文集》，臺北：臺灣學生書局。

18. 〈元結的淳古論與反主流〉，1989年，《中央研究院第二屆國際漢學會議論文集》，臺北：中央研究院。

19. 〈由《質文論》與《先賢贊》論李華〉，1991年，《唐代文化研討會論文集》，臺北：文史哲出版社。

20. 〈李華繫年考證〉，1992年，《東海學報》第33期。

21. 〈李華江南服官考〉，1993年，《王叔岷先生八十壽慶論文集》，臺北：大安出版社。

22. 〈論元結詩的直朴現實特色〉，1993年，《第二屆國際唐代學術會議論文集》，臺北：文津出版社。

23. 〈論謝朓的宣城情懷〉，1993年，香港中文大學編《魏晉南北朝文學國際研討會論文集》。

24. 〈宗經主義對中國文學形式影響的兩點省察〉，1994年，臺灣師範大學國文系編《第一屆經學學術討論會論文集》，臺北：文史哲出版社。

25. 〈論唐代文學復古的詩文異趣〉，1994年，《第二屆唐代文化研討會論文集》，臺北：文史哲出版社。

26. 〈由天寶之亂論文人的運遇操持〉，1995年，成功大學中文系編《慶祝蘇雪林教授九秩晉五華誕學術研討會論文集》，臺北：文史哲出版社。

27. 〈從〈五君詠〉論贊賢詩組〉，1995年，南京大學古典文獻研究所編《第二屆魏晉南北朝文學國際研討會論文集》。

28. 〈武元衡傳論〉，1998年，中正大學中文系編《唐代文學論叢》，臺北：巨流圖書公司。

29. 〈蘇源明行誼考〉，1998年，《東海中文學報》第12期。

30. 〈作品考析與作家研究〉，1998年，《北京大學百年校慶漢學研究國際會議論文集》。

31. 〈作品繫年工作與兩岸古籍整理相關問題的建議〉，1998年，北京：《第二屆兩岸古籍文獻研究學術會議論文集》。

32. 〈《文選‧與嵇茂齊書》作者辨〉，1998年，東海大學中文系編《第三屆魏晉南北朝文學國際研討會論文集》。

33. 〈歷史人物戲劇變形的反思〉，1999年，《紀念許世瑛先生九十冥誕學術研討會論文集》，

臺北：文史哲出版社。

34. 〈李白《贈孟浩然》與《黃鶴樓送孟浩然之廣陵》的年序問題〉，2000年，李白研究會編《中國李白研究》，合肥：安徽文藝出版社。

35. 〈元結作品反映的政治認知〉，2000年，《唐代文學研究》第9輯，廣西桂林：廣西師範大學出版社。

36. 〈柳永豔詞突出北宋詞壇的意義〉，2000年，《柳永研究國際研討會論文集》，福建武夷山。

37. 〈論張九齡的完賢人格及其影響〉，2009年，收於《張九齡學術研究論文集》，廣東珠海：珠海出版社。

38. 〈風詩經學化對中國文學的影響〉，2009年，《林天蔚教授逝世三週年紀念論文集》，臺中。

39. 〈民初至七十年代杜甫研究政治影響之檢討〉，2014年，《世新中文研究集刊》第10期。

40. 〈據「四民分業」之制試撰李杜研究二題〉，2017年，《曾永義先生學術成就與薪傳國際學術研討會論文集》，臺北：臺灣大學中文系。

三、序跋

1. 〈周勛初教授《詩仙李白之謎》序〉，1996年，臺北：臺灣商務印書館。
2. 〈《龍宇純教授七秩晉五壽慶論文集》序〉，2002年，臺北：臺灣學生書局。
3. 〈重印《織齋文集》序〉，2005年，原書俟訪，此文已收入《楊承祖文錄》。

四、傳記憶往

1. 〈郭何韻甫女士事略〉，1977年。
2. 〈番石榴和衝葉的奠儀——對洪炎秋先生的追思〉，1980年，收入《楊承祖文錄》。
3. 〈顧故校長念先先生事略〉，1982年，《顧校長念先教授紀念集》。
4. 〈郭蓮峰先生事略〉，1983年，《國史館現藏民國人物傳記史料彙編》第1輯。
5. 〈戴靜山先生（君仁）事略〉，1983年，《書目季刊》17卷第3期。
6. 〈故東海大學教授方師鐸先生事略〉，1994年，《國史館現藏民國人物傳記史料彙編》第19輯。
7. 〈敬悼周法高教授——兼記他在東海校園的最後生活〉，1994年，香港中文大學編《周法高教授紀念文集》。
8. 〈李陸琦教授（孝定）行述〉，1997年，《中國文字》新22期。

9. 〈故中央研究院院士陳槃庵先生事略〉，1999年，《書目季刊》32卷第4期。

10. 〈梅園思恩〉，2000年，臺灣大學中文系編《戴靜山先生百年誕辰紀念文集》。

11. 〈莊申教授傳〉，2001年，《中國唐代學會會刊》第11期。

12. 〈追念方太太和師鐸先生〉，2001年，《方師母張懋言女士紀念文集》，臺中。

13. 〈董王守京女士事略〉，2009年，臺北。

14. 〈自述〉，2010年，《中國唐代學會會刊》第17期。

15. 〈我的民國三十八年〉，2017年，《傳記文學》111卷第5期。

16. 〈抗戰前期的見聞〉，2018年，《傳記文學》113卷第1期。

17. 〈抗戰後期的見聞〉，2018年，《傳記文學》113卷第5期。

五、未刊稿

《詩經講義甲稿》二冊，1966年，南洋大學油印本，歷年續有增訂，稿藏於家。

回憶楊承祖教授在南洋大學的幾件往事

胡楚生

　　民國五十五年（1966）十月，我與楊承祖教授、皮述民教授，同時應聘前往南洋大學任教，我與他們兩家，搭乘同一班飛機前往新加坡，飛機抵達時，南大中文系主任李孝定教授，已在機場等候我們。到達南洋大學後，李教授先請我們晚餐，然後取出三把鑰匙，放在桌上，說：「你們三位各取一把。」皮述民教授拿了南大湖邊二樓的一間宿舍，楊承祖教授和我都拿了南洋灣上柔佛樓的宿舍，他住五十七號A，在樓上，我住五十七號，在樓下，從那時起，開始了我與楊教授超過五十年的珍貴友誼。

　　以下，即就楊教授在南洋大學的幾件往事，回憶記載於下。

風木哀思的椎心之慟

　　民國五十年代，臺海兩岸還是處於敵對狀態，交通阻隔，楊教授的母親身陷鐵幕之中，音訊全無。楊教授抵達新加坡之後，立即撰寫多封書信，郵寄大陸，尋覓母親的下落。

　　一天下午，楊大嫂很急促地敲門，對我說道：「胡先生，請你上去勸勸楊承祖，承祖剛接到大陸的來信，說他母親已經去世，承祖他跪在地上痛哭，不肯起來！」我立刻跑上樓，看見楊教授跪在床邊地上，一直痛哭，我上前勸他拉他，他不肯起來，一邊哭，一邊說：「我已經是無母之人了啦！」我說：「唉！這是時代的悲劇，多少人天倫夢斷，成了悲劇中的人物。唉！此別應須各努力，故鄉猶恐未同歸啊！」勸說了許久，他才止住了悲泣，隨後在那一段日子裡，他一直在手臂上佩帶著黑紗，為母親戴孝，神情悲戚！

展開南洋華人史事的研究

　　楊教授在南洋大學中文系，開設了「詩經」、「史記」、「唐宋文選」等課程。課餘時，他也

---
[*] 中興大學教授中國文學系退休教授。

留心華僑開拓南洋的歷史，從事探討工作，在《南洋大學學報》第三期中，他發表了〈邱菽園研究〉。

邱菽園是福建漳州人，生於清同治十三年，八歲時，隨父母遷居新加坡，卒於民國三十年（1874至1941），享年六十八歲。綜計邱菽園一生，在政治上最重要的，是一九〇〇年歡迎康有為至新加坡，組織保皇分會，這是近代中國流亡政治家，以新加坡為海外重要基地的開始。六年以後，陳楚楠、張永福始迎接孫中山來新加坡。此外，他也曾捐款支持唐才常在漢口的革命起義。在文化上，他在新加坡創立文社，最早興辦華文學校，開辦華文報紙。同時，他也是最先以「星洲」之名來稱呼新加坡的人。

楊承祖教授的那篇論文，分為「敘言」、「家世」、「年譜」、「事業」、「人格」、「文學」等六節，對邱菽園作出了全面性的研究，極受南洋華人的重視。

在書畫欣賞會上引吭高唱

南洋大學有一種「校外考試委員」的制度，每系都聘有一位校外考試委員，三年一任，任內必須來校一次，提供教學發展的改進意見，像物理系的楊振寧，地理系的洪黻，歷史系的何炳棣，中文系的屈萬里、高明，都是當時的校外委員。

一九六七年一月，歷史系的校外考試委員何炳棣教授，從芝加哥來到新加坡。那時，他剛獲選為中央研究院的院士，同時，他對書畫藝術作品，也極感興趣，因此，在文學院十多位同仁陪伴下，參觀了著名收藏家陳之初珍藏的藝術品。（陳先生經商有成，人稱胡椒大王）在仔細觀賞之後，陳先生又設宴招待大家，酒酣耳熱之際，熱愛國劇的何教授，即席表演了一段「法門寺」，身裁高大的何教授，專習黑頭，一開口聲震屋瓦，神似金少山，獲得滿堂彩。楊承祖教授也喜愛國劇，擅長老生，眾人請他票上一段，只見他引吭高唱一段〈空城計〉，字正腔圓，贏得熱烈掌聲。從那時起，我才知道楊教授曾經粉墨登場，正式演出過不少齣名劇。

參加游泳比賽獲得冠軍

教學之餘，楊教授也喜歡運動，他最擅長游泳。在那個時代，東西方兩大陣營，正在冷戰不已，而中共與蘇聯又因珍寶島事件，發生武力衝突，關係惡化，蘇聯在大陸的顧問人員，也一起撤回俄國。新加坡是一個對國際開放的國家，不論是南北韓，或是東西德，都設有領事館。因此，一時之間，南洋大學的校園之中，突然出現了不少美國學生和蘇聯學生，大家在校園中一起打籃球，踢足球，相安無事，成為冷戰時期難得一見的景像。

在一次學校運動會中，一位來自莫斯科的學生，自稱是游泳健將，難逢敵手，不料裁判槍聲一響，選手躍入水中，幾個來回之後，來自莫斯科的學生，在泳池中緩慢前進，只見楊教授用力划動

手腳，遙遙領先，抵達終點，榮登冠軍寶座。直到那時，我才見識到楊教授的游泳本領。

我與楊教授相交五十多年，情義不輟，如今濡筆，回憶起他在南洋大學的一些往事，歷歷在目，對於楊教授，我有更深的懷念之情，懷念那段珍貴的友誼！

恭送楊承祖老師

王安祈[*]

　　楊老師每週五下午固定去台大教職員票房吊嗓，結束後我們送他下樓、過馬路、搭公車，一路顫顫巍巍，中途要停歇好幾回。大家都勸老師搭計程車，老師卻說要強迫自己活動。我們實在擔心，卻又希望老師每週都出門來唱唱戲，這可是他一輩子最重要的興趣啊。

　　我和楊老師就是因京劇而在師生之情外另有更深一層的緣分。楊老師京劇審美品味很專一，老生戲只聽最純正的余派 (以及余的傳人孟小冬和衍生流派楊寶森楊派)，這是京劇文化中最精醇的一脈。中文系龍宇純老師、陳舜政老師，還有當時的助教劉翔飛學姊，都是同道。這樣的美學正是中國文學文化氣韻神髓的體現，元好問評陶淵明詩的「豪華落盡見真淳」，差可比擬。不講究花俏旋律，不追求高亢嘹亮，純在咬字用氣上鍛鍊，講究的是火候韻味。這樣的藝術境界，中文系理應提倡發揚。就在老師們倡導下，成立了以中文系為主體的台大教職員國劇社，我就是在那兒和楊老師培養了親密情感。我們不只在票房見面，每當周正榮、李金棠等余楊派老生演出時，國藝中心就是我們師生會面之所。見面不消多說，只要揚一揚手裡的錄音機，說句類似「今天〝洪三段〞啊」或是「來聽〝我本是〞」之類的行話，便相視一笑，莫逆於心。那時可以公然帶錄音機進場，至於劉曾復說戲或朱家溍演唱錄音等不宜公開的資料，便只能偷偷摸摸私下傳遞，而就在那一刻，我們的關係比師生更親密，因為這樣的同好愈來愈少了。

　　週五的票房雖然持續數十年直跨越進21世紀，但我想楊老師一定愈來愈寂寞。翔飛學姊去世，龍老師中風，陳舜政老師離開，週五人愈來愈少，而楊老師堅持不變，堅守余楊正宗，堅持韻味境界，孤單寂寞卻依舊興味盎然。這兩年因帕金森症精神漸差，只能坐著吊嗓，經常閉眼拍板，在個人的精神世界神遊。有時唱著唱著，一恍神，竟唱回頭了。琴師鼓佬也都了解，心領神會，跟著重走一遍來時路，和老師一起怡然自得的反覆咀嚼。

　　而楊老師以前可是極有精神的，尤其受邀至東海中文系所擔任主任之時，非常積極地邀請了各領域著名學者任教，周法高、李田意、李孝定、汪中、龍老師，還有我的老師張敬清徽先生等等，學生們獲益良多。當時在東海讀碩士現為台大教授的林鶴宜就說：「簡直大開學術眼界」！楊老師以最高的熱忱和誠意敦請各路名師，每一位都是親自登門相請，就連作為學生輩的我，老師都親自規畫交通路線，並親自開車到站接送。那時我剛博士畢業，才開始在清華大學任教，資歷極淺，蒙

---

[*] 國立臺灣大學戲劇學系特聘退休教授。

老師這般禮遇，著實不敢當。冬天上課老師囑咐助教準備電熱暖爐，鶴宜論文有問題，老師也親自打電話問我是否能讓她到清華來找我討論。東海中文系何其有幸，有這般疼愛他們的老師。而老師慈祥卻也嚴格，正如同他對京劇，堅持的品味境界，絲毫不讓步。

　　八月某週五老師缺席票房，我們覺得非比尋常，電話連打多通老師才接，反覆說道：「現在是晚上，沒有票房」，聽得我們忐忑難安。隔天老師打電話來，原來是藥吃了重複份量，昏睡日夜顛倒。老師一方面反過來勸我們寬心，一面大呼遺憾，錯過一次吊嗓機會。沒想到事後才知，這通電話才掛掉，老師就摔倒送醫。後來雖稍好轉，卻又在裝置心律調節器時發生狀況。那時我有事去日本韓國一趟，中途為了敏隆講堂早訂下的京劇演講，特意返台一天。講完有位聽眾來找我，說在東海曾上過我的課，她說：「那時我們都覺得好幸福，楊老師建構了寬廣的學術天地，讓我們悠遊其中，別說上課、讀書，連寫報告都興味盎然。雖然畢業後我沒去探看楊老師，但我永遠感念在心。」我記得那天是九月二日，隔天一早我就要飛韓國，當下心裡想著，三天後回來一定要告訴老師。沒想到九月五日飛機才降落，打開手機就收到老師病逝的消息，來不及了。不過我們都知道楊老師做的這一切，原不要學生感念，楊老師一生都是興味盎然地堅持自己想做的、該做的，老師，我會永遠想念您，您見證了讀書人、文化人的風範，有幸與您結緣四十年，感念您的一切。

懷念楊承祖老師

丁肇琴*

在臺灣大學四年我很少見到楊老師,唯一的印象是楊老師曾和系主任龍宇純先生一起登臺,唱京劇《四郎探母》歡送畢業生。民國七十三年我念碩士班二年級時才開始上楊老師的課,老師那時在研究所開「傳記研究」,我的指導教授葉慶炳老師建議我修這門課,博士班沈寶春學姊也說,老師上課很精彩,於是我就選了老師的課。

第一次上課時,楊老師問我有沒有上過他的課,我說:「沒有。老師,我是六十四年畢業的。」他說:「你有那麼大嗎?」我答:「有!」老師搖搖頭:「看不出來,看不出來。」一個月以後,老師在課堂上提到他曾在洪炎秋老師過世(按:洪老師民國69年逝世)後寫文章悼念他,又說國語日報應該為洪老師出全集。我便舉手說:「老師,我上過洪老師的文學概論,那是民國六十年的事。」老師又問我:「你有那麼老嗎?」

上學期的報告我打算以顧翊群《李商隱評論》為重心,老師告訴我,必須把顧翊群以前的各種講法,這本書的整個寫法都加以敘述批評,之後各家如方瑜、高陽等人的文章都得看,年譜也得看。老師知道我年紀大,還提醒我:「如果花幾年時間混個學位,論文做得可看可不看,畢業後也寫不出幾篇像樣的文章,那這幾年豈不是白白浪費了?」

學期末終於把報告寫好了,親自送到老師府上。開門的是老師的兒子,中學生的模樣;接著見著師母,就像老師對我們形容過的,身材胖胖的,笑容甜美;然後老師出來了,精神很煥發。這份報告我得了90分,是全班第二高,僅次於博士班的王基倫學長。

下學期老師教年譜,要求我們做一個人的年譜當學期報告。我不知道要做誰好,老師說:「你不是洪炎秋老師的學生嗎?你就做洪炎秋年譜吧。」老師說洪老師的文章很多,都集結成書,他生平的經歷都寫在裡面了,做他的年譜應該不難。而且洪師母還健在,我可以去訪問她,取得第一手資料。老師要我先去找林文月老師,說林老師和洪家很熟。這點我可以肯定,記得洪老師請假都是由林老師來代課。原來洪師母是林老師舅舅和舅母的媒人,林老師一口答應幫我聯絡洪師母。

後來我把洪老師的著作全找來讀了,做了好多卡片,又順利去拜訪洪師母兩次請教一些疑問,終於把年譜完成。記得期間曾為了無法確定洪老師的出生年而煩惱,楊老師教我一招:「你問一下洪師母,老師是屬什麼生肖。」果然讓問題迎刃而解。這次報告我用限時專送寄給老師,第三天一

* 世新大學中國文學系退休教授。

早，老師批改過的報告就出現在舍下信箱裡了。老師看得快，改得認真，凡是我馬虎帶過沒有肯定查考確切的地方，都被老師一條條揪出來，讓我慚愧極了。我趕緊補正重謄再寄給老師，老師又幫我改了第二次，我再去老師家領回。這學期老師給我92分，我不知道別人怎麼樣，但我進步了，是在老師指導下進步的。

我受業於楊老師門下，僅此一年，但因為很喜歡楊老師，我還去旁聽了一年楊老師的《史記》課，這是大學部的課，聽起來很輕鬆，沒有壓力。碩班畢業後，我去天下雜誌任文稿編輯，做了半年還是想教書，就先到世界新專兼課，後來改成專任，我在世新學報發表的第一篇論文，就是〈洪炎秋先生年譜〉。

民國81年我考上輔大博士班，便常回臺大聽課或參加學術研討會，偶爾遇見老師，老師認識我，卻叫不出我的名字。過了一陣子，老師居然一看見我就能立刻喊我的姓名，而且很得意地告訴我：「以前我老記不住你的名字，只知道你是廖卓成的同學。後來我就想得諾貝爾獎的丁肇中和你只差一個字，這麼一來，我就記住你的名字了。」老師就是這麼可愛的一個人！為了要記學生的名字還真煞費苦心。

民國92年，世新中文系洪國樑主任邀老師來研究所開課，老師欣然接受。從此我和老師經常見面，有一次請老師到翠谷餐廳吃午飯，老師話匣子一打開，滔滔不絕，從古文講到唐詩，又講到京劇的流派，於是我們接著喝咖啡、嚐點心，直到下午五點鐘，服務生來說：「不好意思，我們要打烊了。」老師口才之流利，腹笥之豐富，真是少人能及！

老師在世新授課，很受學生歡迎，一開始老師只開「傳記研究」，但學生希望能繼續上老師的課，所以老師陸續開設杜甫傳記研究、唐代文人譜傳研究、作家與作品研究等課程，讓世新學子受益良多。老師也常和我通電話，一聊就是一兩個小時，在報上看到什麼好文章、進劇院看了什麼好戲，老師都會和我分享。還常常想著我以前是弄古典小說的，一有相關的材料就找學生送給我，要我參考或好好研究。老師也送我他的著作，大大厚厚的一本《元結研究》，是老師從碩士論文《元結年譜》出版後，一直不斷修正補充才完成的，幾十年的心血，真是學生的典範！

老師研究元結用力最深，對杜甫也下了許多功夫。前年（2015）老師給我一篇他的新作〈民初至七十年代杜甫研究所受政治影響之檢討〉，要我看看是否可以在《世新中研所集刊》上發表，還附上老師於1987年在香港大學亞洲研究中心「中古史研討會」發表的〈杜甫傳記研究中的畸變〉。老師給我這個任務，讓我好像又回到課堂上，重新向老師學習。老師是謙謙君子，總是要學生給點意見。我哪能提什麼意見，只是認真地讀，做一些校對工作罷了。

三年前老師說他得了輕微的失智症，不再教課。但系所的活動，老師還是會來參加。老師的動作比以前緩慢些，但不讓人攙扶，總是自己慢慢起身，拿雨傘、背背包，毫無差錯。說話仍是那麼風趣，大家都聽得著迷，不忍離去。今年放暑假前，老師還打電話問我：「有沒有人想學唱京劇的老生啊？我們的票房很歡迎年輕人，就在公館練唱，交通很方便，我們還有琴師呢。」沒想到這竟是和老師通的最後一次電話！

　　之前林鶴宜籌劃爲老師辦壽慶研討會，問我願不願意也寫一篇？我立刻說好，暑假中不敢懈怠，希望能如期交卷。聽說老師要負責主題演講，也不敢去打擾老師，不料老師竟在開學前仙逝，系裡同仁餐會上精彩的講古從此成了絕響！

　　老師雖然離開了我們，但老師留下的風範將永遠縈繞在我們心頭。

回憶楊老師，點滴在心頭

陳昭容*

  書桌上擺著《湖北方言調查報告》，楊老師要我查一查1925年趙元任先生主持湖北方言調查時，有哪些人參與？董同龢先生是以甚麼身分參與其事？這大約是2017暑假時老師電話中要我查的資料，但這個功課我一時沒做完，一直擱著。驚聞老師突然離去的消息，與師母在電話兩端對泣，然後放下電話，呆呆地看著桌上這本書……。

  這些年，和老師在電話中聊長長的天，已經很習慣了。老師學識淵博，閱歷豐富，談論事情、引用典故，浩瀚無涯。我貧乏無知，常常跟不上步調，一知半解，又不好意思露怯，就把聽筒夾在肩頸之間，偷偷查谷歌，然後佯裝知道，繼續和老師聊天。通常要等到師母提醒，才結束通話。這樣的電話常常在周末研究室無人打擾時，會更為酣暢淋漓，往往我隨手記下老師說的事情或要代查的資料，筆記能寫滿兩大頁。這樣的幸福電話，再也沒有了，好想念。

  1971年我從台中女中畢業，憑著自己幾篇被師長稱讚的散文，幾篇發表在報章的短篇，就自以為中文系是我的最愛，大學聯考志願只填中文系，第三志願分發到東海。然而滿心的喜悅，被大一國學導讀的課澆了冷水，文藝少女哪裡知道張之洞的《書目答問補正》是如此枯澀艱難？大一國文自問是認真學習了，但期末全班被當掉大半，我連滾帶爬勉強過關。這兩門都是楊老師的課，老師十分用心教導，但我得坦承自己不夠用功，天天還在假文青的狀態下，遊蕩東海的美麗校園。

  大二開始上楊老師的文學史。老師從《詩經》《楚辭》一路講下來，精彩極了。老師滔滔不絕，縱橫全場，氣勢磅礡，講課也好，跑野馬也好，讓我深深著迷。尤其是老師講到各種文體的萌芽、成長、巔峰、衰落，新的文體是在前一文體顛峰期就悄然萌芽，而不是始於衰落期。老師旁徵博引，氣勢如虹，文學史上的名家作品信手捻來，台下的我們（那時有能力的同學轉走許多位，只剩二十個同學），大概都屏息專注地跟著神遊文學大海。這時大家都愛上文學史了，愛上楊老師了。文藝少女從此了解中文系不是偶而寫寫無病呻吟的小文，於是開始瘋狂閱讀文學作品。大三下學期結束，楊老師即將轉任台大，最後一堂文學史課，劉月卿在下課時衝向講台，向楊老師獻上一把七里香，那時許多同學都紅了眼眶。

  東海的工讀制度，在冥冥中給了我珍貴的機會。叛逆個性的我，暑假不願回家，只想留在 東海校園閒蕩，於是去登記了暑期工讀，被安排到楊老師家打工。那時楊老師國科會計畫做唐代詩人

---

* 中央研究院歷史語言研究所退休研究員。

交遊考，許建崑是工頭，做高端研究助理，翻查資料，做卡片。我是小工讀生，聽命於工頭，做低端的抄抄寫寫工作。當年複印機還不流行，每印一張價格十分昂貴。我們用複寫紙抄寫一式四份，錯一個字修改十分麻煩，因此小工讀生也得全神貫注。就是這樣，連愷愷鑽進桌下拿剪刀剪褲管的事，都渾然無知。休息時間，師母總是笑吟吟的端出好吃的餅乾點心，老師也會從書房走出來一起喝茶談天。有時住在東海路十七號的方師鐸老師和師母也會過來串門子。回想起來，那種認真做一件事，心無旁騖的感覺，真的很享受。現在每看到很多學者作文人交遊考，用電腦搜羅網路、利用資料庫查詢，堆疊資料卻缺少分析。我總是暗自想著，放下電腦，離開網路，看看誰厲害！

幫楊老師打工的樂事，持續到老師搬家到新店之後。大學畢業那年暑假，我奉命到新店幫老師抄寫，工頭還是許建崑。老師總是在書房全神貫注寫稿。每到周末，師母常塞電影票給許子，讓我們去看電影，記憶中好像還有蛋糕或咖啡券。對窘澀的學生而言，這當然是十分奢侈了。偶然間聽說，師母以為許子和我在談戀愛。我們哈哈大笑，繼續去看電影。其實，每次我都是無辜聽眾，專心聽許子暢談他的女朋友們，從ABC到XYZ（許子不要打我）。

上楊老師的課，在老師家打工，除了學習待人處事之外，在讀書態度上也收益良多。老師的一絲不苟，讓我理解到甚麼是專注，甚麼是嚴謹，甚麼是上窮碧落下黃泉。這也許是默默導引我走向學術研究的契機。

老師總是竭盡全力的幫助同學進入職場，據所知，很多同學的工作，都有老師助一臂之力。我一生中只做過兩個全職工作，一是懷恩中學的國文教師，一是進中研院，都是楊老師推薦的。

大學畢業那年，我不知哪來的膽子，有一天散步到懷恩，莽撞地闖進懷恩中學去求見校長。田振聲校長很客氣地和我聊聊之後，留下聯繫資料，說學校不缺國文老師。後來顏貴綉因結婚要離開懷恩，楊老師主動的寫推薦信給田校長，我因而有機會進入懷恩，先後與秦葆琦、唐香燕、陳安桂、顏淑慧幾位很優秀的東海同學共事，度過快樂的四年中學教師生涯。

我的第二份工作也是十分偶然。1983年我準備要結婚到南港定居，但在北部完全找不到任何工作機會。那時任職史語所的李孝定老師在東海中文所兼課，正在找兼任助手，準備增訂《甲骨文字集釋》。楊老師知道我的處境，就向李孝定老師推薦，我才有機會進入中研院。東海中文系沒有甲骨文、金文的課程，古文字底子全無，說實話，晉用這樣的助理，是非常冒險的。李孝定老師答應給試用助理的機會，完全是基於和楊老師多年情誼。剛進史語所當臨時工，每周只上三天班，為了怕讓楊老師沒面子，我上班之餘，全時坐在傅斯年圖書館，加緊補課，才勉強通過考核。後來有機會再回東海讀博士課程，楊老師請來李孝定老師、周法高老師、龍宇純先生，還有原先在校的方師鐸老師，小學課程師資超優，其他文學課程陣容也十分堅強。東海中研所師資一時成為全台之冠，這都是楊老師的苦心籌畫。

近些年，同學們常跟老師師母聚餐，看展覽，散會時總是依依不捨。每次老師都會提前問清楚有多少同學參加，師母總是備好禮物分送大家。回想一下，年近八十的老師，從西裝口袋拿出一管名牌口紅，塞到每位女同學手上。此情此景，現在想起來都忍不住要甜滋滋的打從心裡微笑。我一

向不化妝，年紀漸大，臉色早已蠟黃，實在慘不忍睹。每次要上課要演講，一直是用著老師師母給的口紅，妝點一下門面，自認為勉強挽回一點頹勢。

在老師的眼裡，我們永遠都是大一的小孩子。老師常常在電話中問我：昭容，你今年幾歲啦？45歲了嗎？我總是大笑說，老師，我都要退休了。老師也總是故作驚訝，有嗎？有嗎？你還小嘛！這樣的對話經常重複。回想起從19歲進東海到現在65歲退休，生命中超過三分之二的時光，有楊老師和師母引領，這樣的緣分真的太難得了。最近幾年，每次要出遠門，總在臨上飛機前，給老師電話，報告行程，回來後也打電話報平安。這樣的習慣已經多年，彷如儀式一般。在家父母已仙逝之後，老師師母就像我在台北的家長。

今後，再也聽不到老師電話中磁性的聲音問「哪一位？」想到這兒，真想哭。楊老師，我們永遠都愛您！

後記

林鶴宜

　　2016年，我們幾個受業於承祖教授的學生，都覺得應該為老師舉辦一場盛大的祝壽學術研討會，以我們的研究成績回報老師的教導。在學長陳鴻森教授的帶領下，由臺灣大學中文系出面，開始了會議的籌備。我們選定了當時剛整修好，堪稱臺大校園最莊重亮麗的行政大樓第一會議室，規劃了以楊老師治學及其所培育的學術人才所串連起來的「中國文學、歷史與社會的多重對話國際學術研討會」。從啟動邀稿、經費申請到場地申請，幾乎每件事情都進行得很順利。我定期向老師報告進度，每每見到老師露出欣慰的笑容，總帶給我無比的動力。期間經鴻森學長積極奔走，安排，在會議前完成了另一件大事：《楊承祖文錄》（上海，華東師大，2017）的出版。

　　而就在會議前兩個月，承祖老師竟因病於2017年9月5日溘然長逝。心喪震悼之餘，籌備會決定改以紀念的方式，照原計畫於11月4-5日盛大舉行。感念臺大中文系梅家玲主任、東海中文系周玟慧主任的全力支持，會議期間，大家得以共聚一堂，以治學來懷念和報答恩師，深情厚意，至今回想，歷歷如在目前。許多與會者，特別是曾經受業，蒙受承祖師啟迪教誨的發表人，都在論文發表前先向承祖師致意。當時在情緒上完全無法接受事實的我，竟沈痛不能措一語。

　　會議圓滿結束後，學長陳鴻森教授力主應該出版紀念論文集。他考慮周全，認為紀念論文集應有討論楊師學問之作，除了親臨會議的陳尚君教授已有一文，又力邀大陸治中唐詩名家胡可先、羅時進教授，先師摯友周勛初前輩，及南京大學張伯偉、曹虹、程章燦、徐興無、徐雁平教授賜稿，幾位皆當今大陸著名學者，並與楊師、東海有所淵源。紀念集共得論文三十篇，附錄七篇。

　　承祖老師對我的影響極大，他的為人、治學和作為教育家的風範，是我一生學習的目標，也是一直以來支撐我兢兢向上的力量，甚至堅定了我對世間存在真誠良善的信心；相信這是許多「楊門」受業者的共同感受。感謝學長鴻森教授的悉心編排，感謝諸位作者的支持，在大家同心協力下，我們得在楊師歸列仙籍五週年之際，將論文集出版，藉此表達我們無盡的哀思。

國家圖書館出版品預行編目資料

文學‧歷史‧社會——楊承祖教授紀念論文集

楊承祖教授紀念論文集編輯委員會編. – 初版. – 臺北
市：臺灣學生，2022.12
面；公分

ISBN 978-957-15-1904-3 (精裝)

1. 中國文學 2. 文集

820.7　　　　　　　　　　　　　111021413

文學‧歷史‧社會——楊承祖教授紀念論文集

主　編　者　楊承祖教授紀念論文集編輯委員會
出　版　者　臺灣學生書局有限公司
發　行　人　楊雲龍
發　行　所　臺灣學生書局有限公司
地　　　址　臺北市和平東路一段 75 巷 11 號
劃 撥 帳 號　00024668
電　　　話　(02)23928185
傳　　　眞　(02)23928105
E - m a i l　student.book@msa.hinet.net
網　　　址　www.studentbook.com.tw
登記證字號　行政院新聞局局版北市業字第玖捌壹號
定　　　價　新臺幣一二〇〇元
出 版 日 期　二〇二二年十二月初版
I S B N　978-957-15-1904-3

82067　　　　有著作權‧侵害必究